Diario
de una nazi

Diario de una nazi

Enrique Coperías y
Cristina García-Tornel

B

Papel certificado por el Forest Stewardship Council®

MIXTO
Papel procedente de
fuentes responsables
FSC® C117695
www.fsc.org

Penguin
Random House
Grupo Editorial

Primera edición: febrero de 2021

© 2021, Enrique Coperías y Cristina García-Tornel
© 2021, Penguin Random House Grupo Editorial, S.A.U.
Travessera de Gràcia, 47-49. 08021 Barcelona

Printed in Spain – Impreso en España

ISBN: 978-84-666-6748-7
Depósito legal: B-4.181-2020

Compuesto en Fotocomposición gama, sl

Impreso en Rodesa
Villatuerta (Navarra)

BS 67487

Al hombre le pueden arrebatar todo salvo una cosa: la
última de las libertades humanas, la elección de su propia actitud personal ante cualquier tipo de circunstancias, la elección de su propio camino.

VIKTOR FRANKL,
El hombre en busca de sentido, 1946

A Álex y Santi

En memoria de los millones de personas que murieron, sufrieron y lucharon contra la barbarie nazi y el Holocausto, y de aquellos pequeños y a la vez grandes héroes, en su mayoría anónimos, que con las únicas armas que poseían, el amor, la compasión, el perdón y la paciencia, lograron tirar abajo las altas murallas del odio.

PRIMERA PARTE

Los alemanes entraron en Cracovia a las seis de la mañana del 6 de septiembre de 1939.

El silencio de ese día fue paralizante. Solo los pasos de los soldados que marchaban resonaban en el aire sin voz. Ese silencio fue peor que el rumor de disparos y bombardeos. Esto último fue acción; el silencio era anticipación.

JERZY MIKUŁOWSKI POMORSKI,
Kraków w naszej pamięci
(Cracovia en nuestra memoria, 1991)

1

Finales de mayo de 1943

Allí estaba ella..., sentada una fila delante de mí, al otro lado del pasillo que dividía el patio de butacas, completamente ausente de la grandiosidad de cuanto la rodeaba. Guardo esa imagen grabada en mi interior como un preciado legado del pasado. De entre las mujeres que asistieron al encuentro, ella logró cautivarme con su belleza particular. Por un instante imaginé que Botticelli debió de sentir una atracción semejante cuando Simonetta Vespucci excitó sus retinas por primera vez.

La silueta venusina de aquella dama, que seguramente se acercaba a las treinta primaveras, destacaba sobre el fondo encarnado de la gran bandera, una de las muchas que ondeaban con orgullo desde los palcos de aquel viejo teatro. La casualidad quiso que el círculo blanco sobre el que se dibujaba la cruz gamada cayera detrás de su cabeza, a modo de una aureola, que atenuaba el brillo natural de sus cabellos de oro y ondulados que se agolpaban hasta morir tensados en un rodete, a la altura de un cuello largo y delicado. Llevaba un vestido ceniciento poco consonante con su blanca piel, una piel deshabituada a los rayos del sol. La falda, circunspecta para la moda del momento, ocultaba casi por completo sus piernas, aunque se adivinaban hermosas. Tan solo se podían ver sus delgados tobillos, envueltos en seda, lo que acrecentaba su sensualidad. Una discreción calculada que, manejada por aquella dama, podría cautivar a todos los hombres del lugar. Pero era evidente que no estaba allí para tal menester. Sus finos labios deslucían exentos de carmín. Nada de sombreros, nada de afeites, nada de peinados recargados, nada de joyas, a excepción de un discreto anillo dorado con una pequeña amatista. Podría pasar desapercibida por su sencillez entre el resto de las damas, si no fuera porque acompañaba al caballero que estaba sentado a su diestra, un oficial de alto rango, lo que explicaría que, como mi esposo y yo, ocupara un lugar preferente. Para la ocasión, los jefes militares pidieron expresamente estar lo más cerca del orador y no ocupar los palcos como era costumbre, en aquel día abarrotados de autoridades, políticos, alto personal administrativo y la élite social de la ciudad.

Sorprendía sobremanera que aquella mujer de grata impresión para los sentidos careciera de esa necesidad vital, propia del género femenino, de eclipsar al sexo contrario y polarizar las miradas inquisitivas y recelosas de las demás féminas, muchas de las cuales venderían sin dudar su alma al diablo a cambio de poseer semejante potencial seductor. Pero allí estaba ella, sentada en una postura recatada, casi monjil, con las rodillas apretadas una contra la otra y las manos recogidas sobre el regazo. Era como si alguien hubiera tenido el mal gusto de echar una sábana por encima de la *Venus de Urbino*. Sin duda, su persona constituía un poderoso enigma; había algo en ella inquietante y perturbador, algo que no alcanzaba a entender; y tal vez fue ese arcano indescifrable lo que me atrajo como un imán.

Desde mi butaca solo podía ver su rostro parcialmente, difuminado por la neblina del humo de los cigarrillos y puros que viciaba el ambiente. Intuí en ella una mirada extraviada, una expresión de fría impasibilidad que quedaba fuera de mi alcance y que contrastaba con la faz risueña de su acompañante, que llevaba con orgullo el uniforme de las SS y tenía puestos los cinco sentidos en la sonora y profunda voz de Hans Frank, nuestro *Generalgouverneur*. Sus palabras retumbaban en las paredes del teatro como las olas de una mar embravecida contra el malecón: «... El Reich de Adolf Hitler será perpetuo, damas y caballeros. Ha sido la voluntad divina la que nos ha traído a este hombre. Nos fue enviado cuando Alemania se encontraba en el más hondo abismo. Él llegó con la victoria ya en la mano; nos guio y, en cuestión de pocos años, nos sacó de las profundidades y nos alzó como la primera potencia del mundo... Y ahora, caballeros, el destino nos ha encomendado crear una nueva Europa, una Europa donde los pueblos puedan vivir en paz y armonía».

Eran frases gloriosas. Cerré los ojos y me relamí como si saboreara en ellas un caramelo de fresa entre los labios. Afloró en mí el inefable sentimiento de triunfo compartido con el resto de los presentes. Aquel discurso, pese a su naturaleza etérea, se dejaba sentir en nuestras carnes, en forma de ráfagas de escalofríos, y nos unía a los allí convocados con hilos invisibles, indestructibles como el acero de los majestuosos aviones de la Luftwaffe.

«... Hemos reconquistado el país que antaño ya nos pertenecía. ¡Nosotros no somos los extraños, caballeros, sino los verdaderos moradores! ¡Fue el germano quien bendijo estas tierras con sus dotes de espíritu, con su arte y su cultura! Buen trabajo el nuestro, sí, señor; en muy poco tiempo hemos logrado adecentar este pueblo de mala muerte y recuperar lo que nos es legítimo...»

El auditorio ardía en emociones. Muchas mujeres, embriagadas por las palabras del *Generalgouverneur*, abrazaban y besaban a sus maridos, como muestra de gratitud por su contribución a los logros del *Führer*. Los augustos hombres que se encontraban sentados en la primera fila asentían y aplaudían de forma contenida; unos, recostados complacientes en la butaca, y otros, sacando pecho y alardeando de sus propios méritos con cruces de miradas henchidas de orgullo. Apelotonados de pie en uno de los dos pasillos laterales de acceso, un grupo de jóvenes soldados de la Wehrmacht enarbolaban sus gorras en señal de júbilo y armaban tal estruendo golpeando el suelo con sus botas de clavos que me arrancaron una intempestiva carcajada.

De repente, el sonido de las pisadas de los soldados y el de la lluvia de aplausos empezaron a sonar compasadamente, al ritmo de los corazones de la multitud. El teatro vibraba entero, desde el patio hasta el mismísimo paraíso, como un ser vivo ávido de conquistar nuevos mundos.

El júbilo parecía no afectarle en lo más mínimo a mi Simonetta. Su rostro flemático no dejaba entrever ningún gesto de entusiasmo, ni un suspiro, ni un pestañeo, ni una lágrima de emoción... Nada que diera a entender que su espíritu se hallaba con nosotros en la sala. De sus labios solo surgía de tanto en tanto una liviana sonrisa.

Cuando el orador rogó a los asistentes que guardaran silencio para proseguir con su intervención, todos callamos.

«Queridos compatriotas: Como les iba diciendo, ganaremos esta guerra... El *Führer* me ha dicho que no piensa ceder ni un solo metro cuadrado de este territorio, lo que reafirma los numerosos meses de esfuerzo que hemos dedicado como enviados del Gran Reich para acondicionar debidamente este lugar. Esto es lo hermoso de esta guerra: aquello de lo que nos apoderamos no lo devolvemos nunca.»

Una voz estentórea gritó desde uno de los palcos «*Heil Hitler!*», y el teatro entero se puso de pie para responder con la misma frase, varias veces, con el brazo levantado. Amusgué los ojos de nuevo hacia la mujer, que seguía sin reaccionar ante el discurso de nuestro mandatario, quizá porque no lo estaba escuchando, una posibilidad que hizo que me irritara por un instante. «¿En qué estará pensando? —cavilé—, ¿qué problema personal puede sustraer la mente de un momento como este? ¡Por Dios, la pluma que escribe la historia se encuentra delante de nosotros!»

Recuerdo que, en ese instante, dejé volar la imaginación y fantaseé con que ella estaba sentada en la butaca contigua a la mía y que yo le hacía tomar conciencia del memorable e irrepetible escenario al que nos asomábamos, acorde con el momento histórico que protagonizaba nuestro país. Una pareja de águilas imperiales doradas escoltaba los flancos de la embocadura del escenario, sujetando entre sus garras una corona de laurel. En sus gélidas pupilas se reflejaban las telas rojas que engalanaban los palcos con sus tallas de oro y las esvásticas de las numerosas banderas que arropaban el encuentro. La voz del *Generalgouverneur* me sacó del ensimismamiento, y la pasión que imprimía a su oratoria volvió a espolear en mí la viveza de los pensamientos y me seducía como el canto de una sirena.

«...¡El pueblo alemán es invencible! ¡Ganaremos esta guerra!, ya lo creo, caballeros, y ¡de ninguna manera cederemos el Gobierno General, lo conservaremos a toda costa, aunque para ello tengamos que sacrificar la sangre azul de miles de nosotros!... *Sieg!*»

Con esta última palabra hizo que su audiencia estallara en un clamoroso «*Heil!*», que repitió elevando aún más el tono. Como un barco de papel que se deja llevar por la corriente, la bella Simonetta se puso en pie a un tiempo con los demás. Y su acompañante la rodeó por el hombro con su zurda, apretándola contra sus galones. Acto seguido alzó con firmeza el otro brazo y exclamó, a voz en grito, el tercer y más poderoso «*Heil!*» al unísono con el público.

En medio de este brote de euforia compartida, llegó la hora de que nuestro representante abandonara el atril, adornado con una tercera águila áurea de menor tamaño que las otras dos. Entonces, cedió la palabra al jefe de mi querido esposo, cuya visita a Cracovia, decían que improvisada, era el motivo principal de aquella ceremonia. Günther, que estaba sentado a mi izquierda, dejó escapar desde lo más profundo de sus pulmones una exhalación de admiración y, como si adivinara lo que en esos momentos se me pasaba por la cabeza, me susurró bullicioso al oído: «¡Ah, Ingrid, querida!, no me negarás que, bajo el férreo yugo de nuestro gobierno, este país se va estabilizando por momentos. Me deleita ver a estos pimpollos de las Juventudes Hitlerianas; a los jóvenes y no tanto de la policía o del NSKK; a los miembros de las SS y de la Wehrmacht..., en definitiva, a nuestros compatriotas desenvolverse con total naturalidad, como si estas tierras les pertenecieran desde hace siglos... ¡Eh, mira! ¡Ahí tienes en carne y hueso a ese hombre excepcional!».

El *Generalgouverneur*, con incontenible emoción, anunció al orador que todos habíamos acudido a escuchar: «Damas y caballeros, le cedo la palabra a nuestro *Reichsführer-SS* Heinrich Himmler».

Los vítores y los murmullos se fundían ahora en una palpitante melodía, en una agitación emocional colectiva como la que se rendía a los césares en el Coliseo. Abrí hasta donde pude los ojos para grabar en mi conciencia aquel instante irrepetible. Unas botas negras como la antracita y del brillo de la turmalina subieron con paso tranquilo los cuatro peldaños que conducían al espacio escénico, dando tiempo a que todos sintiéramos la presencia de quien las calzaba. Después de saludar como corresponde a un militar de tan alta graduación y cumplir con el protocolo, el *Generalgouverneur* bajó por aquellos mismos escalones y se acomodó en la butaca de la primera fila reservada para él, a la vez que retiraba con un pañuelo el sudor que le caía de la frente, producto seguramente de su estado de tensión.

Mientras Himmler se posicionaba en el atril, extraía de su bolsillo lo que parecían unas cuartillas dobladas por la mitad y ajustaba el micrófono, me vino a la mente el *Éxtasis de santa Teresa*, y sentí cómo mi rostro se convertía en el tallado por Bernini. Fue un momento místico, alienante. Nuestro *Reichsführer* pidió calma agitando suavemente las manos, y el silencio fue poco a poco haciéndose con el teatro.

La audiencia quedó paralizada; solo las cabezas de los más curiosos asomaban inquietas por encima de las demás a fin de no perderse ninguno de los movimientos y gestos del gran líder, que solo por su aspecto y manera de actuar despertaba fascinación y respeto en el público. Si bien era verdad que pocas mujeres coincidiríamos en tacharlo de galán, no menos cierto era que su belleza interior rezumaba por las costuras de su uniforme. Un hombre bravo y honrado, digno de merecer la amistad y la confianza del dios que tenía postrada a sus pies a media Europa. El caballero que tenía ante mis ojos se codeaba regularmente con Hitler, discutía frente a frente con él los grandes proyectos de Alemania; se reían y bebían juntos, en un mismo sofá; y el *Führer*, tal vez en más de una ocasión, le pondría la mano en el hombro en señal de aprobación o de agradecimiento. Al día siguiente, Himmler emprendería su vuelta a Berlín para encontrarse una vez más con el canciller imperial. Por un momento, sentí envidia, pero pronto volvió el éxtasis. La luz de los focos, recortada por irreverentes nubes de humo que ascendían por el escenario hasta la enorme lámpara central, me mostraba a un prohombre, uno de los tantos, del Gran Reich.

Himmler esperó a que el murmullo se disipara calmadamente, haciendo que barajaba las cuartillas desplegadas sobre el atril. Luego, jugando de forma magistral con los tiempos, clavó sus ojos sonrientes en los militares de las primeras filas y fue levantando la mirada hacia el resto de los presentes, hasta pararse en los palcos, que recorrió de un extremo al otro con la altivez de un titán. Todos ansiábamos ser acariciados por las pupilas de un hombre único. Satisfecha su curiosidad, se acercó las gafas al entrecejo y aclaró la garganta para a continuación lanzar sobre todos nosotros la primera proclama: «La guerra es nuestra; los comunistas tienen los días contados».

Él sabía que con aquellas palabras el teatro se convertiría en un volcán en erupción. La gente daba gritos de alegría y vociferaba repetidamente su nombre y el de Hitler. Yo estaba convencida de que se cumpliría su vaticinio. «Acaudillados por hombres como él —pensé—, nada malo puede sucedernos; lograremos la rendición absoluta del enemigo y, tarde o temprano, el nombre de nuestro pueblo lucirá como el más grande de todo el planisferio... y de todos los tiempos.» Los ojos que se sinceraban tras esas gafas redondas no podían mentir. El resto de los presentes en la sala y yo lo sabíamos bien. Ni una sola alma alemana dudaba de nuestra victoria; solo algunos asistían dubitativos a las conquistas de sus compatriotas. Recordé entonces lo que solía decir mi abuelo para alentarnos durante la Gran Guerra, cuando nos cruzábamos por la calle con soldados marcados por los horrores del frente, con algún miembro amputado, o le preguntábamos si nuestro padre volvería sano y salvo de la guerra: «Jamás hay que perder la esperanza, pues sin esperanza la batalla está perdida».

«... La guerra decide sobre la existencia y la no existencia de los alemanes, y de ella depende la propagación exitosa de nuestra raza. Por ello, esta guerra, tanto en el campo de batalla como fuera de él, requiere de un gran sacrificio por parte de cada uno de nosotros... —prosiguió Himmler con tempo reposado—. Caballeros, no somos asesinos; cumplimos con nuestro deber. Son ellos o nosotros. Hay que luchar contra la enconada resistencia clandestina del pueblo polaco y limpiar las calles de parásitos indeseables como los judíos, la herrumbre que emponzoña la buena salud de los grandes pueblos. ¡No se ablanden, compatriotas, sean implacables! ¡Nada de achantarse ni dar un paso atrás! Todo lo contrario, ¡saquen pecho ante las embestidas del rebelde, como hicieron heroicamente nuestros hombres apenas hace unos días en el gueto de Varsovia! Vivimos en una época de hierro, y solo existe un único remedio contra ellos: ¡cortar por lo sano, apartándolos de nosotros sin compasión!...»

Un agradable temblor en mi espinazo me anunció que nuestro Himmler encarnaba al ejecutor de una voluntad divina. Su última exclamación se repitió dentro de mí como el eco, una reverberación que abrió paso a la dicha de pertenecer a la raza superior aria, y no a una subclase humana. No había palabras para expresar lo que sentí al escuchar en la voz de Himmler mis propios ideales, mis íntimos pensamientos.

«... Y si la misión se les antoja demasiado difícil, caballeros, o si en ocasiones creen sentirse desalentados porque algún idiota o algún ruin traidor les cuenta que los rusos están aquí y allá, entonces recuerden que es tan solo una cuestión de días, y que llegará el día en que masacraremos, aquí y allá, a los rusos... Y el hecho de que eso ocurra más cerca o más lejos de nuestras fronteras carece absolutamente de relevancia. Lo fundamental es que también acabaremos con esa escoria roja. Piensen en que llegará la paz. Piensen en el futuro, que tenemos asegurado si hoy actuamos como es debido, si cumplimos con nuestra obligación... —De nuevo, el orador se vio interrumpido por la masa—. ¡Y no olviden nunca, como bien dice nuestro *Führer*, que peor que cualquier situación de guerra será en cualquier caso la que les deparará a nuestros enemigos después de nuestra victoria!»

Los veintitantos minutos que duró su vehemente discurso pasaron en un santiamén. La última frase de su proclama la encadenó con un «*Heil Hitler, heil Deutschland!*». Antes de que el público, totalmente rendido a sus pies, pudiera devolverle el saludo, nuestro *Reichsführer* recogió sus pertenencias del atril y bajó raudo las escaleras.

El director de la orquesta se puso en pie y con su batuta hizo que los músicos interpretaran *Sieg Heil Viktoria*, una de las marchas militares que siempre que la escuchaba conseguía ponerme el vello de punta, sobre todo si, como en esta ocasión, el público la acompañaba cantando y dando palmas.

Himmler estrechó con brío la mano a un militar tachonado de condecoraciones y que se había puesto en pie apoyándose en su muleta. Fue entonces cuando lanzamos un nuevo pero apoteósico «*Heil Hitler!*».

Miré a mi Simonetta y vi que alzó el brazo como si le pesara. Aún más indiferente me pareció su lenguaje corporal cuando el propio Himmler le cogió calurosamente las manos tras saludar a su acompañante. ¡Himmler le había dado la mano y ella reaccionó como si le hubiera devuelto el cambio su carnicero! Después ella continuó con la mirada puesta en un punto del infinito, donde quizá estaba su magín, mientras el gran hombre desaparecía, rodeado de acólitos. Él pasó a un par de metros de mí, y creí ver que me regalaba una sonrisa, pero esa cortesía quizá fue más un deseo que una realidad.

Desbordada de alegría, comencé a lanzar vítores con los ojos clavados no en el *Reichsführer*, sino en aquella dama impasible, porque en mi interior subyacía el deseo de captar su atención, de que ella se volviera y me dedicara una mirada; de ayudarla a salir de la inopia y se uniera al aquelarre. Mas de nada sirvió que yo gritara, aplaudiera y hasta silbara; ella no se dejaba arrancar de su otro mundo.

La exasperación que causó en mí su falta de entusiasmo se disolvió como un azucarillo en el agua cuando pensé en la posibilidad de inmortalizar su belleza en mis dibujos. Podría ser la manera perfecta de plasmar en el papel el ideal femenino ario. Quizá, de ese modo, conseguiría abrirme camino en el difícil mundo del arte y hacerme célebre, cual Leni Riefenstahl. Aboceté con trazos rápidos en mi imaginación a la venus del Gran Reich, una nueva Nefertiti que sería exhibida en la Casa del Arte Alemán, en los museos y galerías de Berlín, más tarde, también en los de París, Roma, Atenas..., hasta que finalmente la crítica, rendida a mis pies, la catalogara como obra maestra.

Tiré ligeramente de la guerrera de Günther y le susurré al oído:

—Querido, ¿sabes quién es aquel *SS-Obergruppenführer*?

—¿Y ese repentino interés por él? —me preguntó extrañado.

—No seas celoso, te lo pregunto porque me encantaría conocer a la mujer del vestido gris que lo acompaña —lo tranquilicé, satisfecha de pensar que todavía, tras tantos años juntos, seguía vivo su temor de que pudiera sentirme atraída por otro varón.

Los dos miramos con discreción a la pareja. El hombre desconocido ayudaba caballerosamente a mi Simonetta a cubrirse los hombros con un echarpe de seda. Günther me cogió de la mano y la presionó con cariño, y apretó los labios para darme a entender que satisfaría mi petición.

Traté de no perder de vista a aquella dama excepcional entre tanta algarabía; la gente avanzaba a trompicones, dejándose llevar por una marea humana pletórica de alegría, animada por los mensajes triunfalistas de Himmler. La gran mayoría se dirigía hacia la salida que le quedaba más próxima, mientras que otros, los menos, en ademán de buscar a algún camarada o acompañante extraviado, andaban en sentido opuesto, provocando la confusión y entorpeciendo el desalojo del local.

Espoleados por el hervor hormonal del estío, los chavales de las Juventudes Hitlerianas taponaban una de las salidas flirteando con unas joviales enfermeras militares. Pero no eran los únicos que allí aprovecharon la exaltación colectiva para coquetear y lanzar sonrisas y miradas insinuantes a mujeres dispuestas a recibirlas. Los hombres, especialmente los del mundo castrense, tienen una debilidad incontenible por las curvas femeninas, sobre todo las de los cuerpos jóvenes. Yo aún podía presumir de poseer una juventud madura y una silueta agradable.

Me valí de dicha flaqueza varonil —y de una amable sonrisa— para abrirme paso entre tanta hombría, seguida de Günther, al que conducía de la mano, y situarme a la altura de Simonetta. No me sorprendí de que ella no detectara mi impetuosa aparición; miraba al suelo, pendiente tal vez de no llevarse ningún pisotón, un paso por detrás de su compañero, al que asía del brazo con ambas manos. De la muchedumbre surgió un halago: «¡Ah, estas nuestras maravillosas hembras alemanas!». Busqué al autor de semejante alabanza, y vi a dos camaradas de las SS que tenían los ojos clavados en mi Simonetta. Arrogante Ingrid, me reprendí, ¡no siempre has de ser tú el blanco de los piropos!

De pronto, un espeluznante estruendo azotó mis tímpanos. El sonido resonó por toda la sala y enmudeció a la orquesta; la melodía de la música se transformó en sonidos metálicos de instrumentos cayendo al suelo y chocando entre sí. Del sobresalto, me agarré al antebrazo de Simonetta y, debido al tirón de cintura que me dio Günther, caímos ambas al suelo, junto con todos los de alrededor, pues en un acto reflejo se habían agachado y llevado las manos a la cabeza a fin de protegerse de un peligro desconocido. De inmediato descarté que se tratara de una bomba, pues el ruido se asemejó más al que producen dos tableros al chocar. Entre los gritos de mujeres presas del histerismo, levanté la vista por encima del hombro de un desconocido y observé que algunos militares usaban las butacas como parapetos; habían desenfundado su pistola y apuntaban con ella hacia el escenario. En medio de este, un soldado blandía una Radom que apuntaba hacia el techo, la pistola de la que salió el disparo que causó el revuelo. Era un hombre larguirucho, entrado en años, deduje, por la cabellera canosa que asomaba por debajo de su gorra. Le temblaba el cuerpo entero, y su tez plomiza, bañada en sudor, estaba parcialmente enrojecida por el esfuerzo que le suponía rodear con su brazo izquierdo el cuello de su rehén, un pez gordo de la Wehrmacht. Ignoro cuántas armas apuntaban a aquel lunático, pero eran muchas. Algunos soldados le exhortaron a tirar la pistola al suelo y liberar a su prisionero, pero fue un *SS-Hauptsturmführer* quien se impuso sobre los demás:

—Como superior le ordeno que se entregue de inmediato. Tiene mi palabra de que nadie le disparará —dijo con voz firme, mientras pedía calma a los presentes moviendo despacio su pistola en el aire.

El soldado, que usaba el cuerpo del retenido a modo de escudo, respondió a la invitación con un nuevo disparo al aire. Günther me sacudió el hombro para indicarme con gestos que reptara a esconderme en el espacio que existía entre las filas de butacas. El mismo consejo recibió mi Simonetta de su acompañante, que a continuación nos susurró: «Permaneced agachadas y no os mováis de aquí».

Quedamos en cuclillas una junto a la otra, con nuestros rostros a poco más de un palmo de distancia y envueltas en un discreto aroma a jazmín que provenía de ella. Así fue como mi deseo de estar a su lado se vio cumplido, aunque de una manera que jamás habría imaginado. Pese a que mi corazón latía desbocado y mi cabeza estaba paralizada por el terror, pude dedicar un rápido pensamiento a que la media de mi pierna izquierda se me había soltado del liguero y se escurría incómodamente por el muslo. Luego noté la respiración acelerada de Simonetta contra mi mejilla y me recreé en el azul de sus ojos asustados, salpicados de trazos grises, que iluminaban un cutis visiblemente más lustroso que el mío, libre de las manchas y los irreverentes surcos que nos recuerdan que la juventud comienza a languidecer.

Ese mismo miedo me empujó a asomarme con cuidado por encima del respaldo de la butaca. Simonetta siguió mi ejemplo y ambas observamos la situación desde nuestra improvisada trinchera en la retaguardia.

Alguien había apagado la iluminación del escenario, salvo el par de focos que concentraban su luz sobre los dos hombres: ahora se veía claramente cómo el agresor hundía el cañón de la Radom contra la sien del retenido. Di gracias a Dios de que no fuera mi marido quien estuviera siendo encañonado por esa alimaña. La víctima se aferraba con las manos al antebrazo que oprimía su gaznate hasta dejarlo sin respiración, y toda ella se dejaba llevar por su atacante, que, inseguro, empezaba a tambalearse de un pie a otro como un muñeco balancín. En un alemán malo y con un inconfundible acento polaco, gritó con decisión:

—¡Silencio! ¡Quietos! ¡O matar hombre!

Aguardó a que todos acataran la orden y cada cual se mantuviera en su lugar sin moverse. Luego, cuando le pareció tener la situación bajo control, pues toda su audiencia enmudeció con el propósito de salvar la vida al compatriota, el avieso individuo se desgañitó profiriendo en su lengua palabras ininteligibles para mí. Empezó en un tono violento y ofensivo y acabó quejumbroso, casi llorando de rabia.

De repente, en un ademán casi heroico por hacer que su captor entrara en razón, el rehén, que entendió el mensaje lanzado por aquel ser inferior, probó a amedrentarlo:

—*Sukinsyn!* ¡Cabrón! ¡Por cada alemán muerto no caerán cien polacos, sino mil!... ¿Es eso lo que buscas, maldito imbécil?

Su arrojo causó sorpresa entre los nuestros, y las exclamaciones y murmullos que se sucedieron intimidaron al polaco, pues este comenzó de nuevo con su escalofriante balanceo. El brazo con el que sostenía el arma le temblaba, y mascullaba lo que parecía una plegaria. David comenzó a mostrar señales de flaqueza ante el Goliat que lo miraba desde el auditorio.

Un soldado que seguía los acontecimientos entre bambalinas pensó que ese instante era una oportunidad de oro para entrar en escena, como si de una representación teatral se tratase. Desenfundó su pistola y comenzó a caminar de puntillas con el brazo estirado apuntándole al canalla por detrás a la altura de la cabeza. Al darse cuenta de sus intenciones, un oficial situado próximo a la orquesta trató de distraer a este último:

—¡Eh, tú, polaco! Alemania no cede ante el chantaje. ¿Lo sabes? Estás metido en un buen lío, y solo tú puedes sacarnos de este embrollo. ¿Te das cuenta de que con esta acción traidora estás poniendo en peligro a tu familia? Personas inocentes acabarán ante un pelotón de...

El bravo militar no necesitó rematar la frase, porque en ese mismo instante una bala entró por la nuca del polaco que debió de partirle la tapa de los sesos, pues su gorra salió despedida y dio varias volteretas en el aire antes de tocar el suelo. Cerré los ojos unos segundos, y cuando los volví a abrir, vi al polaco tirado en la tarima rodeado por un charco de sangre, y al otro con el rostro lleno de salpicaduras que abrazaba por los hombros a su salvador en señal de gratitud. Luego hice un barrido visual por la platea, donde la gente aplaudía y aullaba como los guerreros de una tribu tras la victoria en el campo de batalla. Volví la mirada hacia mi Simonetta, que se había llevado las manos a la cara para no ver el acto final de aquella macabra representación. Y antes de que pudiera recobrar el aliento, alguien me agarró con decisión por el hombro y tiró de mí; la bella dama quedó atrás escondida entre sus dedos estilizados. Era Günther que, sin mediar palabra y presionando mi cabeza contra su pecho, me sacó de la sala a toda prisa hasta el vestíbulo del teatro, donde los espectadores, en estampida, se apelotonaban dando empujones y codazos para salir por la puerta principal. Por un instante me faltó el aire y creí desmayarme ante la mirada de una cariátide de pechos firmes que parecía estar disfrutando de nuestra angustia.

Ya fuera del teatro, me abordó una brisa de aire fresco y húmedo. La inspiré varias veces, forzando a mis pulmones a recoger el máximo volumen por bocanada. En cada exhalación, dejaba salir poco a poco el miedo que había agarrotado cada rincón de mi cuerpo. Levanté la vista al cielo de Cracovia para intentar serenarme con las nubes negras que a gran velocidad iban robando los pocos claros que otras habían olvidado conquistar. En un periquete, aquellos nubarrones se adueñaron de la luz vespertina para dejarnos al albur de una lánguida sombra. En aquella penumbra, frente a mí, me pareció estar contemplando a millones de hormigas que corrían por direcciones opuestas sin detenerse a tomar aliento, ahuyentadas por el asaltante que perturbó la paz del hormiguero.

En medio del bullicio, pude divisar nuestro flamante Mercedes negro bajo un balcón ocupado por un soldado que avizoraba con unos prismáticos y, a escasos metros de allí, al viejo Hermann abriéndose paso hacia nosotros, con su pipa colgándole de los labios como en él era costumbre.

Le señalé a Günther dónde se encontraba nuestro chófer, y en lo que mi esposo tardó en cubrirme los hombros con el chal que serpenteaba alrededor de mi brazo, se formó un gran alboroto en la plazoleta de la iglesia vecina al teatro: tres agentes de la Schutzpolizei salidos de la nada corrían hacia allí con las pistolas desenfundadas. Desde unos tejados, una bandada de palomas salió despavorida y se dispersó sobre nuestras cabezas. Quizá los policías habían atrapado a algún cómplice del asesino, deduje. «¡Menudo lío se ha montado ahí dentro! ¡Me alegro de que los dos estén bien y de que el polaco haya caído sin causar ninguna baja!», dijo Hermann, al corriente del magnicidio fallido. Y señalando hacia la iglesia, manifestó que el peligro quizá aún no había pasado y que debíamos abandonar el lugar sin dilación.

Acompañadas de una molesta tremolina, las primeras gotas, frías y grandes como guisantes, nos obligaron a acelerar el paso, y él, ajustándose la gorra en la cabeza, se nos adelantó para coger un paraguas del maletero del coche. «Vamos, vamos, apresúrese», lo apremié en la intimidad de mis pensamientos al sentir que la lluvia se hacía cada vez más intensa y amenazaba con dejar hecho un guiñapo el recién estrenado tocado de plumas de pavo real que Günther me había hecho llegar desde París. Una vez a salvo bajo las varillas del paraguas, el viejo Hermann me abrió la puerta trasera del coche y dio un paso a un lado para dejarme libre el acceso al habitáculo.

Mientras me acomodaba en el asiento, escuché cómo Günther vociferaba un nombre, Karl, seguido de un seco silbido. Su cuerpo impedía que pudiera ver qué estaba sucediendo ahí fuera y el golpeteo furioso de las gotas de agua en el techo no me dejaban escuchar la conversación que luego tuvo lugar. No dediqué un segundo de mi tiempo a afinar el oído, ya que estaba más interesada en detectar los posibles estragos que podía haber causado la lluvia en mi ornamentada cabeza. Absorta en mi espejito de mano, escuché cómo alguien abría la puerta del otro lado con brusquedad. Con el rabillo del ojo vi una rubia coronilla femenina que entraba apresurada hacia el interior, a buen seguro desesperada también por el inoportuno aguacero, y que venía acompañada de una fragancia floral que reconocí al instante. ¡Simonetta! Apenas tuve tiempo de sorprenderme, pues detrás de ella surgió la cabeza de mi marido con órdenes precisas para Hermann: «Por favor, lleve a las señoras a sus casas y después vuelva aquí»; y otro mensaje para mí: «Ingrid, esta es la esposa de mi buen compañero Karl... Os dejo que vosotras mismas os hagáis las presentaciones... No me esperes levantada, la grave situación que se ha generado en el teatro requiere de nuestra presencia».

Unos nudillos golpearon desde fuera el cristal del lado de Simonetta y sentí cómo una voz masculina le pedía que bajase la ventanilla. Ella giró rápido la manivela con el refinamiento de una diva y apareció una mano que sujetaba un guante blanco de algodón. «Querida, se te había caído.» La misma mano se dirigió al rostro de ella y pellizcó su barbilla con suavidad. En su dedo anular lucía un anillo de oro con una enorme piedra negra que contenía en su interior una estrella luminosa de seis puntas. Jamás antes había visto una gema tan apetecible, pues me pareció que poseerla era como llevar encima un pedacito de firmamento.

Me despedí de mi amado lanzándole un dulce beso a través de la ventanilla empañada de vaho. Pero el ósculo se diluyó en el éter antes de que las figuras de Günther y el hombre de mi Simonetta desaparecieran tras la cortina de agua.

Hermann quiso salir de frente, en dirección hacia la plaza de Adolf Hitler, pero los coches estaban parados formando un enorme embotellamiento. Optó entonces por cambiar de sentido y salir por el parque Planty. En tanto que hacía el giro, desempañé el cristal para poder ver al pasar el majestuoso teatro, ahora nuestro. La policía ya lo tenía rodeado, y dos tanquetas flanqueaban la entrada principal. Ya no había ningún civil en sus proximidades. Las gotas convertidas en granizo impactaban con violencia sobre la gran cúpula verde del edificio, cuya calma se vio alterada por hombres con impermeable que corrían de acá para allá por la azotea para apostarse en puntos estratégicos. Y casi me dio un vuelco el corazón al ver que un soldado parapetado detrás del busto gigante de un diablo que me enseñaba enfurecido los dientes nos apuntaba con su fusil. Rogué a Hermann que nos sacara de allí cuanto antes.

Dejamos atrás el teatro acompañados de relámpagos cuyo fulgor alumbraba las negras nubes que cabalgaban hacia el oeste y de truenos que me hacían estremecer; y al llegar a la altura del Planty, nos recibió un viento huracanado que tironeaba sin compasión los troncos de tilos y arces.

Advertí que Hermann se puso a regular el espejo retrovisor cuando los coches de delante le obligaron a detener la marcha. Me llamó la atención porque era un gesto que no había visto hacerle en mucho tiempo; nadie aparte de él conducía el Mercedes. Pero no tardé en descubrir el motivo del ajuste. Su ojo diestro —el izquierdo lo guardaba oculto bajo un parche— buscaba encontrarla a ella en el reflejo del espejo. Con el fin de no ser descubierto, pasó su pañuelo por el retrovisor, para hacer ver que lo desempañaba.

Avanzábamos muy despacio, con el Planty a nuestra diestra y unos edificios señoriales al otro lado, desdibujados por las gotas que perdían su esfericidad correteando en las lunas del vehículo. Nadie hablaba, solo se escuchaba el repetitivo soniquete del limpiaparabrisas. Mi Simonetta parecía ignorarme; sus ojos seguían sin interés las casas que desfilaban ante ella. Había adoptado una postura agazapada en el asiento, con los puños cerrados y los pulgares dentro de ellos, del mismo modo que hacen los indefensos bebés recién nacidos. Estaba envuelta en su echarpe como si su fino tejido la fuera a proteger igual que las piezas metálicas de una armadura. Unas diminutas perlas de sudor le empañaban la frente. Noté que estaba pendiente de su respiración, inhalando y exhalando de forma lenta, al estilo de los ascetas hindúes con objeto de renovar la energía. Quizá era su manera particular de superar el mal trago, y por eso preferí no molestarla. Yo, por el contrario, me sentía más relajada a medida que nos distanciábamos del teatro. Es más, mi mayor preocupación en aquel momento era quitarme la media que se había soltado del liguero y que amenazaba con descender hasta la pantorrilla.

Aproveché que Hermann estaba concentrado en el tráfico para sacármela con disimulo. Miré a la bella para hacerle cómplice de mi plan, pero ella andaba perdida en algún recuerdo que la aislaba del presente, tal vez el recuerdo aún caliente de aquel disparo a quemarropa. Ninguna de las dos estábamos preparadas para la guerra. Vivíamos inmersas en ella, pero lejos de la sangría que acarreaba, de las incontables penurias e injusticias que golpeaban a nuestros soldados, de los que fallecían en el campo de batalla y dejaban huérfanos y viudas. Y bastó la amenaza de un tipejo con una pistola para meternos el miedo en el cuerpo, hacernos conscientes de que la muerte se antojaba más próxima de lo que pensábamos y desearíamos.

Vestida con solo una media me sentía incompleta y decidí quitarme la otra, una tarea algo más difícil, ya que estaba sujeta a la liga. Me subí la falda poco a poco, lo justo para llegar a los broches. El sonido de uno de ellos hizo que Simonetta me mirara de reojo y sus labios se curvaran unos milímetros para dibujar el bosquejo de una sonrisa. Mantuvo la mirada al frente, con la intención de no llamar la atención de Hermann. Hice una bola con la seda y la puse a buen recaudo dentro del bolso.

—Han de inventar algo para resolver este problema —musité.

El viejo Hermann me miró por el retrovisor y, al saber que mi comentario no iba dirigido a él, volvió a concentrarse en la carretera. Ella se enjugó la frente con un pañuelo estampado en flores.

—Me llamo Ingrid F. —dije estrechando su mano, fría como las nieves del Zugspitze—. He preferido respetar su silencio, porque sin duda el incidente en el teatro nos ha dejado a ambas sin habla.

Simonetta, en un inconfundible acento bávaro, se me reveló como «Clara W.». «¿Clara? —pensé—, un nombre de dos sílabas, vulgar y simple, carente de toda distinción e impropio de una venus.»

Le iba más Alexandra, Katharina o Angelika. Al principio sentí una ligera decepción, pero luego pensé que «Clara» evocaba transparencia y aludía a algo tan puro, tan bañado en luz, como lo eran las musas.

—Horrible, un día aciago... Esta mañana tuve el presentimiento de que algo malo iba a ocurrir... Si mi esposo no me hubiera insistido... —murmuró y cerró la boca con la intención de callar lo que iba a decir.

—Esté tranquila, *Frau* W. —le dije para animarla, y arropé con mi mano su muñeca con cuidado de no violentarla—; todo ha terminado.

Pese a la expresión tensa de su rostro, toda ella seguía irradiando una hermosura extraordinaria. Dos mechones de pelo se habían desprendido del recogido y le caían sobre la frente, rompiendo con la composición perfecta de su peinado.

—Usted no lo entiende... —Su voz se apagó bajo el retumbo de la lluvia sobre la chapa del coche. Con la cara interna de su muñeca hizo un pequeño círculo para desempañar el cristal y mirar a través de él, de nuevo sin fijarse en nada concreto del exterior. De repente, el diluvio adquirió tintes bíblicos. El viejo Hermann aminoró la velocidad más y más, guiando el volante con la nariz casi tocando el parabrisas, hasta que una inesperada tromba de agua le quitó por completo la visión y se vio obligado a detener el vehículo a la altura de un edificio, donde bajo el cobijo de su soportal dos SS examinaban la documentación de una pareja de jóvenes polacos. Clara fijó sus ojos en ellos. La densa cortina de lluvia a duras penas me dejó distinguir que la muchacha envolvía con su brazo el de su compañero y cómo un instante más tarde los agentes los instaban con las porras a arrodillarse con las manos en la nuca. La joven se echó al suelo en el acto; y él permaneció de pie sin obedecer la orden, por lo que recibió un fuerte empujón de uno de los hombres que lo estampó contra la jamba del arco de piedra que presidía la entrada del edificio. Dos porrazos después, ya tenía las piernas dobladas sobre el suelo y las manos en el lugar indicado. Rendido, como no podía ser de otra forma.

Mi Simonetta suspiró.

—Cálmese, *Frau* W. —insistí—; Cracovia es la ciudad del Gobierno General con el mayor número de agentes de las SS, está sobradamente protegida. No cabe duda de que el incidente de hoy ha sido algo excepcional, un fallo de seguridad cuyo responsable tendrá que rendir cuentas. Estamos en el lugar más seguro de Europa...

Pasaron unos segundos de silencio un tanto desconcertantes para mí, hasta que ella apartó la vista de los jóvenes polacos para mirarme, esta vez con ojos humedecidos.

—Ese hombre no era de la Armia Krajowa ni era un asesino; no merecía morir... —dijo con la aspereza de una piedra pómez.

Comprendí enseguida que se refería al polaco del teatro. Su indulgencia con él me dejó perpleja. Para mí solo fue un ser despreciable que nos arruinó un día de gloria y que, sin duda alguna, se habría llevado por delante a nuestro compatriota y a cualquier alemán que se hubiese puesto en su camino. Pensé que ella debería moderar sus palabras y ser más prudente con lo que decía, porque ver con buenos ojos a las subrazas solo podía acarrearnos problemas, poner en peligro nuestra seguridad. No era de recibo su compasión por aquel ser inhumano. Sí, falto de humanidad, en el sentido de que los polacos estaban más próximos al mono que al hombre, eran sumamente torpes, ineptos; en definitiva, una subraza como otras muchas que hasta ahora campaban por todo el continente sin que nadie les pusiera freno, mezclando y ensuciando nuestra herencia. Consideré que Clara tenía que ser más dura con él. Lo trascendental de aquella experiencia era que aquel gorila disfrazado de uno de los nuestros había afrentado a un soldado alemán y, con él, a todo el pueblo germano, y eso bastaba para llenarse de indignación y desear borrarlo del mapa.

—Querida, no comparto su manifiesta... permita que lo denomine «aflicción» —apunté con suavidad—; es más que consabido que el *Führer* exige de nuestros maridos que protejan el Reich de cualquier acción hostil o elemento asocial. La determinación con la que cumplió con su deber aquel soldado no se merece otra cosa que una medalla al valor; si de mí dependiera, ya la estaría luciendo en su noble pecho. No hay por qué alterarse ante este tipo de respuestas por parte de nuestro país. Todos lo sabemos: son ellos o nosotros.

—Sí, por supuesto... —susurró otra vez, y de nuevo me dejó con las orejas levantadas, como las del perro fiel que espera consignas de su amo. Su discurso calculado, sereno, comenzaba a incomodarme.

Fuera empezó a escampar; el fuerte aguacero fue aflojando hasta desaparecer. Los SS dejaron marchar a los dos jóvenes polacos, que, cogidos de la mano, apretaron el paso para doblar en la primera esquina que encontraron. Hermann reanudó la marcha con un ligero acelerón que hizo que las dos nos hundiéramos en el respaldo del asiento. Miré al cielo y las agotadas nubes se distanciaban entre sí para permitir que la última claridad de la tarde inundara las calles.

—Pero en esta ocasión —prosiguió en el momento en que un apagado rayo de luz le cayó sobre el rostro— se trataba de un padre desesperado que tan solo reclamaba la liberación de su hijo, encarcelado, según él, de forma injusta por hallarse en el lugar y en el momento equivocados.

No me dejé impresionar por que supiera polaco y hubiera comprendido las palabras del agresor, y en tono casi tosco repliqué:

—Padres, hijos, abuelos... ¿Acaso no se da cuenta, *Frau* W.? Da igual cuál sea su parentesco o condición, esas gentes se resisten a aceptar que están por debajo de nosotros. Y esa ofuscación les impide ver la nueva realidad, dejar atrás su pasado mísero y abrazar los dones de nuestro espíritu, nuestras artes y nuestra cultura. Y el que no lo vea así que apechugue con las consecuencias. De nada sirve escudarse en excusas, justificaciones.

—No sé, precisamente porque somos superiores hemos de rehuir de la violencia para solucionar conflictos. Se equivocan quienes piensan que de la violencia surgirá un mundo mejor... Dudo que a través de ella pretendamos hacer que los polacos se sientan más libres —sentenció.

—Antes de nada, permítame decirle que tratamos con seres que han de ser domesticados. ¿Se le ocurre a usted una forma mejor de preservar el Reich en esta espesura plagada de buitres y hienas, de sostener todo el entramado que lo mantiene en pie? Como afirma mi esposo, el Gobierno General ha de ser regentado con puño de hierro, para que sus antiguos pobladores vean con claridad meridiana quién lleva las riendas del país. Con efusión de sangre, si así lo prefieren...

Un carraspeo intencionado del viejo Hermann hizo que tomara conciencia de mi nivel de exaltación; respiré hondo y, a modo de colofón, añadí, más lánguidamente:

—De todas formas, creo que nuestros dirigentes están aplicando su potestad para ejercer la violencia solo allí donde se requiere... Los alemanes somos un pueblo civilizado.

Clara no contestó. Se frotó suavemente su nariz perfilada con el dedo índice y continuó mirando por la ventanilla, con la misma expresión de ensimismamiento con que la descubrí por primera vez en el teatro. Permaneció en ese estado hasta que salimos del centro y nos adentramos en la zona residencial con la mayor vigilancia desplegada de Cracovia, apartada del bullicio urbano, donde se alzaban las mansiones y las villas lujosas de los alemanes más pudientes. Fue grato para mí que se confirmara mi presentimiento de que Clara también residía allí.

—Pondría la mano en el fuego por que ese pobre padre no nos quería ningún mal... —insistió con terquedad teutona.

Su buenismo tuvo el efecto de una bomba incendiaria en mis entrañas y contuve su estallido mordiéndome la parte interna de los carrillos; me hice daño. Como no prestó atención al discurso de Himmler, no había escuchado que, según él, con diálogo y tolerancia no se levantan imperios. Nada de consideraciones, nada de miramientos. Nuestro pueblo poseía las herramientas para hegemonizar a toda Europa, barrer la inmundicia que emborronaba el horizonte de prosperidad. Como solía decirme Günther, cualquier resistencia u oposición era una enfermedad que solo se curaba con el antídoto del terror.

—Sinceramente, *Frau* W., opino que medio mundo nos está echando un pulso, y solo vencerá aquel con el brazo más musculoso... —Ella hizo ademán de querer decir algo, pero le hice una ligera señal con la mano para que me dejara terminar—. El pueblo alemán es una gran familia, con sus virtudes e imperfecciones; con su gente maravillosa, sus ovejas negras y sus manzanas podridas. Inevitablemente, hay muchas cosas que nos dividen y enfrentan, pero hasta los más desavenidos se unen cuando alguien de fuera osa amenazar a nuestro país. Y nunca antes en nuestra historia, incluida la Gran Guerra, nuestro pueblo se ha sentido más amenazado. Solo nos queda luchar si no queremos volver a ser derrotados y humillados...

Clara se removió en el asiento, como si quisiera acomodarse para lo que me iba a decir:

—Entonces, me está dando usted la razón. Ese hombre obró tal y como haría cualquier padre desesperado. Quizá su ofuscación lo llevó a tomar una decisión suicida. Un acto irreflexivo, salido desde el corazón. ¿No actuaría usted del mismo modo?

—Por supuesto, soy alemana. Él no... La compasión, querida, es un sentimiento que solo debemos profesar entre nosotros mismos. El resto del mundo jamás sintió ni sentirá piedad por Alemania.

Me pregunté en qué mundo de princesas aleladas vivía mi Simonetta. El desconocimiento de la realidad llevaba a la compasión con quienes la desmerecían. A diferencia de mí, seguramente no tenía ni idea de los objetivos más elementales del nuevo Reich, de las bondades a corto y medio plazo de la higiene racial, del papel de los judíos en todo esto, de las responsabilidades individuales para satisfacer la voluntad del *Führer* y de otras tantas cosas que en ese momento se apilaban en mi cabeza. Me hubiera gustado ilustrarla, asombrarla con mis conocimientos de la actualidad, pero no era el momento ni el lugar. Además, corría el riesgo de intimidarla y de que no quisiera volverme a ver. A pesar de su indulgencia y trato distante, Clara me cayó bien. Ella podría ser mi primera amiga en Cracovia, algo que necesitaba mucho.

—Le pido disculpas por si en algún momento me he comportado de forma vehemente o se ha sentido violentada por mis palabras. Hoy ha sido un día especial y los nervios están a flor de piel —dije en tono conciliador.

—No se preocupe, conozco personas de mi entorno que, como usted, viven la política con pasión —respondió con amabilidad. Y añadió—: Hace mucho tiempo que perdí la fe en los políticos.

Clara tuvo que dejar aparcada nuestra conversación en ese punto para indicar a Hermann que se detuviera junto a una verja ornamentada con barrotes redondos de hierro forjado y rematados en su extremo con puntas de lanza. A uno de los lados de aquella gigantesca estructura y soportada por dos columnas también enormes había una sólida puerta de rejas negras; y en el otro lado, lo mismo, lo que creaba una suntuosa simetría. No menos colosales eran los muros que apantallaban la finca, una tapia de ladrillo rojo que rozaba los tres metros de altura y que se alargaba hasta donde me alcanzaba la vista. Clara me pidió gentilmente que la dejáramos junto a la puerta negra de la derecha. El viejo Hermann, satisfaciendo su deseo, aparcó el Mercedes un par de metros más lejos, para salvar un enorme charco de agua que la lluvia había dejado en el firme.

—Mis hombres me acompañarán a la casa. Dispénseme si no la invito a pasar, pero todo lo ocurrido me ha levantado una fuerte jaqueca... Quizá en otro momento... —comentó mientras Hermann le abría la puerta.

—Por supuesto, *Frau* W., lo comprendo. Ha sido una tarde muy intensa. Concedámonos un buen descanso. Estoy segura de que hallaremos la ocasión para volver a vernos.

—Sí, sí, sería maravilloso —dijo al apearse. En ese instante, apareció por una de las puertas de hierro un centinela, que se aproximó a ella con el típico saludo marcial.

Antes de enfilarse hacia él, Clara se volvió y me regaló por fin una sonrisa jovial, que le dibujaba hoyuelos en sendas mejillas.

—Espere un momento, Mayor —puse mi mano sobre el hombro del viejo Hermann cuando se disponía a pisar el acelerador—, no arranque todavía.

Observé cómo la dama, que había dado un nuevo sentido a lo que yo entendía por belleza, se alejaba de nosotros con andares garbosos. Clara desprendía una elegancia natural, sin fingimientos, que más que opulencia reflejaba clase y buen gusto.

Su figura menuda quedaba prácticamente oculta por el corpulento soldado que la seguía unos pasos por detrás. A pesar de su estatura —rozaría el metro sesenta—, Clara era una mujer bien proporcionada. Senos abundantes pero discretos, glúteos firmes, piernas estilizadas y, sobre todo, unas caderas femeninas perfectas que se movían como el péndulo de un reloj de pared con cada paso que daba en sus zapatos de alto tacón y que a buen seguro estaban hipnotizando a su guardián. *Femme fatale*, me vino a la mente.

El soldado abrió la puerta de hierro labrado que había dejado entornada y le cedió el paso a Clara; luego cerró y perdí de vista a los dos por un segundo. Ella reapareció tras los barrotes de la inmensa verja y caminó hacia un coche descapotable de color azul cobalto aparcado a unos metros de la entrada, donde la esperaba otro militar en posición de firmes y sujetando con su mano derecha la manija de la puerta que acababa de abrir. Los últimos suspiros de una luz crepuscular me permitieron ver cómo Clara se adentró elegantemente en aquel vehículo, que, según avanzaba, era engullido por una negrura boscosa que conducía a su residencia. Entonces se apoderó de mí una suerte de indefensión ante la incertidumbre de si ella de verdad deseaba que volviéramos a encontrarnos. El titileo de unas farolas que empezaban a alumbrar la calle me apartó de aquella duda que estaba angustiando mi espíritu.

—Lléveme a casa, Mayor, por favor, estoy agotada.

Subí aprisa los tres peldaños que morían a la entrada de mi hogar dado que por donde yo vivía la tormenta aún no había pasado e insistía con una llovizna fina que calaba hasta los huesos. Elisabeth, nuestra factótum, me recibió en el umbral con un paraguas en mano que no tuvo tiempo de desplegar y me dijo servilmente:

—Espero que el acto haya sido de su agrado.

—¿Y Erich? ¿Está ya acostado? —quise saber. No estaba de humor para referirle el incidente del teatro.

—Sí, señora; Anne lo ha llevado a la cama hace apenas un rato. Puede que lo encuentre aún despierto... Por cierto, ha telefoneado su esposo.

—¿Sí?

—Ha dicho que le transmita el recado de que no regresará esta noche; tal vez lo haga la semana próxima.

—Gracias, lo suponía; ya sabe, su trabajo lo absorbe ahora más que nunca —contesté dejando caer el brazo en gesto de resignación mientras me apresuraba escaleras arriba. Al abrir la puerta de la habitación de Erich hallé a Anne sentada en el suelo junto a la cama del niño, con su costado apoyado sobre el colchón y la cabeza descansándole sobre el brazo derecho. Evocó en mí a la muchacha dormida de Rembrandt. Su respiración ahogada hizo que se me antojara más anciana y más baqueteada por la vida que de costumbre. Asomaba del bolsillo de su falda el diario de su hijo Kurt, que fue asesinado a palos aquella fatídica noche del 9 de noviembre de 1938, a pocas semanas de cumplir los cuarenta y dos años, por una caterva de gente con sed de venganza que lo confundió con un judío.

—Anne, es hora de que se acueste. Ya ha hecho usted bastante por hoy —le susurré al oído mientras me inclinaba sobre ella con cuidado de no asustarla.

Parpadeó somnolienta un par de veces y, sin decir nada, se levantó y me dejó a solas con Erich, que despertó al sentir el movimiento del somier cuando el peso de mi cuerpo se hundió en él.

—¡Madre! —dijo en tono festivo. Me miró con los pequeños ojos azulados y risueños heredados de su padre. Lo abracé contra mi pecho con la fuerza de una madre que teme por la vida de su pequeño. Pero tenerlo entre mis brazos no templó aquella nueva preocupación que me asaltó unas horas antes, la de vivir en una tierra en que el enemigo nos acechaba como las raposas con los gallineros en la noche. Debía velar por que no le sucediera nada malo, ni entonces ni en el futuro, pensé con angustia. Mientras estrujaba a Erich, las amargas imágenes del trágico suceso revivieron en mi mente. Un escalofrío me entumeció las piernas.

Günther había conseguido distanciarnos de los horrores de la guerra, mientras que la parca se había instalado en toda Alemania, para segar vidas a diestro y siniestro con su afilada guadaña. Él quiso alejarnos de su largo brazo cuando las bombas sobre Berlín empezaron a preocuparle. Nos puso a salvo en una discreta granja a las afueras de la ciudad, donde compartimos el hogar con una familia campesina durante unas semanas eternas. Así, gracias a mi esposo, la contienda se me hizo sentir como un rumor en la lejanía.

Sin embargo, aquella tarde la realidad se me presentó tal cual era. Cracovia no era segura; los polacos nos odiaban a muerte. En esas circunstancias, el sueño de forjar en las tierras conquistadas una nueva vida corría el riesgo de convertirse más bien en una pesadilla de fantasmas agraviados que buscaban la forma de vengarse de nosotros.

Recosté con cuidado a Erich en la cama y me asomé con discreción por la ventana para asegurarme de que los centinelas seguían ahí, atentos a cualquier contratiempo. La brisa arrastraba una humedad con sabor a campo de labranza junto al murmullo somnoliento de las hojas del bosque vecino, que fue corrompido por uno de los soldados cuando dejó salir de su garganta un eructo retumbante. Aguardé un instante hasta que vi aparecer al *SS-Rottenführer* Hans bajo la luz de una de las farolas con una petaca entre las manos. Mi sombra proyectada en el suelo lo hizo mirar hacia arriba y esconder con un movimiento fugaz la botellita de peltre bajo la axila, al creer verse sorprendido. Luego bajó la cabeza como si no hubiera visto nada para proseguir su camino. Sus pasos se alejaron, y el silencio de la noche, quebrantado por el canto de los grillos y el croar de unas ranas procedente de alguna charca cercana, volvió a hacerse en la oscuridad, una oscuridad salpicada de destellos fulgurantes en lo alto del cielo. Las nubes se habían ido a otra parte y sobre mí pude vislumbrar la Osa Menor, con su brillante Estrella Polar que señalaba el norte.

«Una noche más sola —pensé—; y es harto probable que no vuelva a ver a Günther en dos semanas.»

—¿Madre? ¿Ocurre algo?

Erich me sacó de mis elucubraciones.

—No, cariño... —Me volví hacia él y le pregunté si quería que le leyera unas líneas de *Tom Sawyer*.

Erich aceptó mi ofrecimiento con entusiasmo. Una sensación de culpa se apoderó de mí. La vida allí era poco estimulante para un crío como él, tan ávido de emociones y experiencias. No tenía ningún amigo de su edad, todos habían quedado atrás, en un pasado inmediato, y hasta el otoño no empezaría a ir a la escuela.

De repente, Tom dejó de silbar. Ante él tenía a un forastero; un chico una pizca más alto que él. En aquel decadente pueblecito de San Petersburgo, cualquier recién llegado, fuera cual fuera su edad o su sexo, resultaba una curiosidad asombrosa...

El forastero de San Petersburgo me trajo a la mente a Clara, la ninfa que debía convertirse en la inspiración de mis carboncillos. Tenía que volver a verla como fuera. Quise continuar leyendo, pero Erich ya dormía profundamente.

2

8 de junio de 1943

Era todavía muy temprano, al amanecer; unos destellos de luz asomaban con timidez por entre las tiernas hojas de un haya centenaria que era azotada sin miramientos por los últimos coletazos de un aguacero primaveral. La luna creciente aún brillaba en el firmamento. Las gotas de lluvia se desvanecían contra los cristales y escurrían por el ventanal de vidrieras que quedaba delante de la mesa del comedor, donde sorbía mi primer té de la mañana, al resguardo del viento, el agua y el frescor matinal. Desde allí divisaba la parte delantera de la casa: un jardín de aspecto asilvestrado que, si recibiera los cuidados de unas manos expertas, bien podría engalanar el contorno del palacio de una princesa de cuento. Quizá era así como me sentía yo, una dignidad imperial que desde su atalaya —en mi caso una antigua casa solariega— contemplaba sus posesiones; unos dominios con los que jamás alcanzó a soñar. Y todo gracias al *Führer*, que había traído la prosperidad a nuestro imperio.

Mi nueva vida en Cracovia no se asemejaba en nada a la que con anterioridad llevé en Berlín. El actual cargo de Günther nos había abierto las puertas al lujo y la ostentación. De la noche a la mañana, pasamos de ocupar un piso de alquiler, en una calleja próxima a la Alexanderplatz, a habitar una mansión fastuosa con todas las necesidades cubiertas. Un hado realmente espléndido. Lo que más podía desear una madre para su hijo, y una mujer para sí misma: rodearse, además, de mobiliario que combinaba toda clase de estilos, desde el art déco al gótico; de alfombras en las que flotas al andar y de tapices procedentes de Oriente; y de óleos que según mi marido eran piezas únicas y que ni siquiera yo, con mis nociones artísticas, conocía. Marcos, cuberterías y vajillas de oro y plata, o bañados en estos preciosos metales; esculturas de bronce y mármoles de las canteras de Carrara y lugares exóticos; jarrones y floreros de cerámica y alabastro; un sinfín de objetos maravillosos de incluso valor histórico. A veces, me paseaba por la casa para disfrutar de ellos como si visitara un museo. Y, por supuesto, no había que olvidar las joyas, pieles, vestidos y zapatos, procedentes de las casas más codiciadas de Europa y que se amontonaban ordenadamente, sin dejar apenas un espacio libre, en el vestidor, contiguo a mi dormitorio y casi tan espacioso como nuestra salita de estar berlinesa.

Me distraía con una pareja de mariposas de alas blancas que se habían posado, desafiando la gravedad, en el dintel de la ventana para guarecerse de la lluvia cuando la silueta de Hans pasó como una centella por delante del cristal. Eso perturbó mi paz interior: me sentía, en efecto, como una aristócrata rodeada de privilegios, pero al mismo tiempo me creía una desdichada Cenicienta, viviendo bajo el yugo de una constante vigilancia, privada de la intimidad y la libertad de movimientos que otras personas disfrutaban. No podía ir a ninguna parte si no iba acompañada del Mayor o la escolta que los superiores de mi esposo nos habían asignado, dado el trabajo tan sensible que realizaba en el complejo de Auschwitz.

Günther me advirtió mil y una veces sobre lo peligrosos que eran los polacos: se organizaban..., nos atacaban en el momento menos esperado. Y que últimamente estaban muy agitados, por los tiempos tan convulsos que corrían, por la escasez de alimentos, por la miseria a la que se vieron abocados... Los asaltos y asesinatos de soldados alemanes empezaban a preocupar sobremanera a las autoridades. Pero infravaloré el auténtico alcance de este tipo de noticias. Creí que entre aquellas adversidades y mis seres queridos y yo había un cristal blindado que impedía que pudieran alcanzarnos, pero el incidente en el viejo teatro días atrás provocó una grieta en ese blindaje que creí inquebrantable.

Tal vez debiera seguir el consejo del viejo Hermann y regresar a Berlín durante una temporada con mis padres..., pero entonces Erich vería aún menos a Günther. Y yo no quería eso para el pequeño, que acababa de cumplir los cinco años y ya era consciente del vacío interior que causa la ausencia paterna; ni tampoco lo deseaba para mí, pasar largas temporadas sin él. Necesitaba tener cerca a mi esposo, y su hijo también. Además, si ahora, separados por una corta distancia, lo veía apenas poco más de dos días al mes, ¿cada cuánto lo haría si Erich y yo nos volviésemos a Alemania? Y por añadidura, nadie sabía con certeza el tiempo que precisarían de sus servicios en Auschwitz. ¡Su estancia en el KZ[1] bien podría prolongarse años! Además, él me prometió que aquí, en Cracovia, se nos abriría una nueva etapa para nuestras vidas mucho más fructífera, al margen de la encarnizada batalla que el Reich libraba contra el enemigo.

Continué observando a Hans, que se dirigía camino abajo hacia el acceso principal de la finca. En aquella hora estaba obligado, al igual que los demás centinelas del resto de las viviendas arias contiguas, a hacer una señal a la patrulla situada al final de la calle para informar de que todo estaba en orden. Iba enfundado en un chubasquero que le cubría hasta las rodillas, ocultando una delgadez casi enfermiza. En una ocasión oí a Günther referirse a él como el tirillas de aire descarado, mote que le venía como anillo al dedo. Y es que Hans era un tipo áspero de solemnidad en el trato con sus compañeros, y de altivez ridícula en sus ademanes cuando una mujer le rondaba cerca. En mi fuero interno intuía que, detrás de aquella fachada de moralidad impecable, aquel hombrecillo malcarado escondía una personalidad traicionera.

Para disimular su escasa estatura, Hans tenía por costumbre andar bien erguido, sin apenas tocar el suelo con los talones, y apretando los glúteos hacia dentro, como si con ello fuera más fácil impulsarse al caminar. La obstinación por sobresalir de entre los demás soldados y de compensar su apariencia poco agraciada lo hacían desenvolverse con afectada distinción; resultaba implacable en la exactitud y certeza de cada uno de sus pasos marciales que no pocas veces me recordaban el caminar de las lagartijas del jardín. Mas lo único que transmitía al buen observador era que había sabido sacar el mayor provecho de la instrucción recibida en el servicio militar. En definitiva, era uno, de entre tantos, que representaba su papel con pasión, tal vez desmedida. Esa actitud vehemente lo convertía en un sujeto peligroso. Estaba segura de que en una situación de amenaza respondería con una brutalidad y eficacia que eri-

---

1. Siglas alemanas de *Konzentrationslager,* 'campo de concentración'.

zaría el vello al mismísimo Hitler, llevándose por delante las vidas que fueran precisas para controlar la situación. En ese sentido, me tranquilizaba tenerlo cerca. No podía decir lo mismo del *SS-Schütze* Otto, su compañero, que aprovechaba la menor oportunidad para escabullirse de sus obligaciones. Desde que tenía trato con él, siempre encontraba el momento de regalarse un descanso, bien para echar una cabezadita, en las cuadras cuando llovía o a la sombra del haya cuando el sol azotaba, bien para colarse en la casa y ser agraciado con un café servido por Elisabeth; y con un poco de suerte, poder robarle con torpe galantería una sonrisa alegre y, en el mejor de los casos, una mirada picarona.

Cuando hacían guardia, Hans y Otto se me antojaban una versión lóbrega de Laurel y Hardy. El de escasas carnes llevaba la voz cantante de lo que había que hacer a cada instante —hasta mi dormitorio, en la primera planta, alcanzaban sus berridos—; si flanquear la casa por la cara norte, si rodearla cada uno por un lado, a fin de sorprender a un intruso o un posible enemigo... El otro, el rubicundo cuyo aspecto rollizo y panzudo le otorgaba un aire porcino, se sometía a las fanfarronadas del primero y le reía todas las gracias, aunque no tuvieran en realidad nada de divertidas.

Al revés que la pareja cómica, en mi casa era el flaco el que lucía por debajo de una nariz puntiaguda y aguileña el bigote o, mejor dicho, una fila de hormigas que se descolocaba cada vez que el hombre movía el labio superior para proferir órdenes a su servil ayudante. Luego se lo atusaba varonilmente con los dedos índice y pulgar, como si bajo sus orificios nasales pendiera el poblado mostacho de Nietzsche. Y si yo presenciaba semejante escena, el majadero enjuto me miraba de soslayo para comprobar qué impresión había provocado en mí. Ante sus parodias napoleónicas yo no podía hacer más que darle la espalda con disimulo y evitar así que se me notara la risa contenida. Eran ambos unos personajillos de poca monta y espíritu distraído que el destino quiso que cayeran en el servicio de vigilancia y no en el frente.

Recostado en el horizonte, un sol brillante y rojo luchaba con sus rayos por apartar de su cara los nubarrones desgastados por la tormenta que, como el final de algunas sinfonías, alcanzaba su momento estridente y turbulento. Las gotas de lluvia hacían pompas en los charcos y regaban a borbollones las dehesas que quedaban al otro lado de la calle, desde donde Hans volvía sobre sus pasos, tras cumplir con su deber. Caminaba rápido a causa del ventarrón, aunque este y el agua que le abofeteaba inmisericordemente el rostro fueron incapaces de impedir que marchara tieso como una vela. Ahora que no me veía, dejé que una enorme sonrisa se dibujara en mi cara y me alegré de que el paisaje quedara libre de presencia humana; solo las ramas de los árboles y los arbustos, agitados por las huestes de Eolo y Zeus, perturbaban una naturaleza sosegada, sabedora por experiencia de miles de siglos de que las tempestades son pasajeras.

«Dios quiera que esta soledad mía se disipe con la misma desenvoltura que el viento tira de las nubes de jade», cavilé a la par que se me borraba del rostro el gesto risueño. Era una soledad desconocida, que palpaba por primera vez en mis carnes. Nunca me figuré lo difícil que me resultaría abandonar la Alemania donde nací y crecí, ni siquiera en el momento de partir. Ya en el Gobierno General empecé a temer que, poco a poco, las raíces que hundí en aquella querida tierra desde mi infancia pudieran debilitarse de forma irreversible.

Atrás dejé un hogar donde moraban recuerdos entrañables, únicos e irrepetibles, como el de sentir por primera vez a mi hijo entre los brazos; y cientos de kilómetros me separaban de amigos con los que mantenía lazos fraternales. Pero lo que más desasosiego me producía, hasta retorcerme el estómago, fue aquel «adiós, pronto nos veremos» con el que me despedí de mis padres, que optaron por quedarse en Spandau, y aquella sugerencia de «procura visitar de vez en cuando a mamá y a papá» que espeté en un tono casi exigente a Birgit, mi hermana menor.

Birgit tenía una mente privilegiada y soñadora, llena de pájaros. Con diecinueve años entró a trabajar de enfermera en un reputado hospital de Magdeburgo. Pero su carrera sufrió un tropezón cuando arrastrada por su corazón se enamoró de un apuesto joven de buena familia llamado Jürgen. Este poseía todo para encandilar a una tierna damisela: elegancia en el vestir, caballerosidad, simpatía y, sobre todo, una facilidad de palabra que empleó con sagacidad para librarse de tener que liar el petate e ir al frente y, lo peor, para aprovecharse de las almas incautas que se le ponían a tiro. Una de ellas fue mi hermana, que, al poco tiempo de conocerlo y declararse amor mutuo, colgó su traje de enfermera para acompañarlo en sus delirios de grandeza.

Jürgen pertenecía a ese género de hombres con extraordinarios e ingeniosos proyectos en la cabeza que son incapaces de llevarlos jamás adelante o que los abandonan una vez puestos en marcha ante la primera adversidad, y con vidas que de cara a la galería resultan ejemplares, pero que a poco que se rasca en ellas aparecen montones de basura. En efecto, Jürgen caminaba sobre un pestilente vertedero: las deudas causadas por su adicción a los casinos y a las apuestas de caballos, además de las que generaron sus negocios fallidos. Y mientras tanto Birgit, desoyendo cualquier consejo que perturbara su estado de ensimismamiento, esperaba que su amor cambiara de conducta e hiciera realidad la pila de sueños que todos sabíamos, salvo ella, que jamás iba a emprender.

Aparte del hecho de estar al lado de Günther, aunque solo fuera cada cierto tiempo y siempre por períodos cortos, algo que se habría reducido a la nada de haberme quedado esperándole en Alemania, lo único que me daba fuerzas para no hacer las maletas y abandonar el Gobierno General eran las largas y entrañables cartas que recibía regularmente de mi madre. A pesar de mi insistencia y las súplicas para que la familia permaneciera unida, ella y mi padre decidieron no acompañarnos. Él, patriota acérrimo, quería morir en el país que, según él, le dio absolutamente todo y, además, consideró que no era el momento de cerrar la fábrica de botones, remaches y hebillas para la industria textil y de confección que heredó de su padre y de la cual dependían ahora las familias de una veintena de empleados. Por su parte, mi madre jamás lo dejaría allí solo, máxime cuando el volumen de trabajo había aumentado considerablemente, debido a los encargos que había conseguido de la Wehrmacht, y se encontraba bastante agobiado.

Sus epístolas eran para mí una bombona de oxígeno, a pesar de que muchos de sus pasajes resultaran descorazonadores. Mi añorada madre se esforzaba por desmenuzarme, casi como un corresponsal de prensa, la situación en Alemania y cómo se complicaba día a día, y me reiteraba que, por el bien de Erich, aguantara en lo que en su día fueron tierras polacas. Según contaba, debía sentirme orgullosa —que lo estaba— de estar entre los alemanes pioneros en conquistar el nuevo espacio vital, de poder llevar y propagar la cultura alemana en aquel territorio como hicieron los exploradores españoles tras descubrir el Nuevo Mundo. Mi humilde presencia en Cracovia la colmaba de esperanzas para un orbe mejor. Pero desconocía la fragosidad de mi entorno, sobre todo, porque aquí, en tierra polaca, no tenía a quien confiar mis sentimientos, mis inquietudes, mis añoranzas y, cómo no, mis temores.

¿A quién importaban mis intranquilos pensamientos? Las personas más próximas formaban parte de la servidumbre, y ya se sabe que a estas jamás hay que hablarles como a un igual para que no acaben minando tu autoridad por la senda de la confianza. De manera que me encontraba sola por completo, con la única posibilidad de compartir mis confidencias con un niño de cinco años, cosa, naturalmente, impensable. A veces, cuando me sentía destruida por el silencio de la soledad, me hablaba a mí misma de forma inconsciente, como hacen los locos, pero en mi caso ese diálogo interno me ayudaba a relativizar los pensamientos negativos y frustraciones. Aun así, esta sensación de aislamiento degeneró con el paso de las semanas en que la espera al cartero se fue convirtiendo casi en obsesiva. «Tiene que estar a punto de llegar nueva correspondencia», «¿cuándo fue la última vez que escribió madre?», me preguntaba cada vez que me asaltaba la añoranza. En ocasiones descolgaba el teléfono y llamaba a casa de mis padres, pero no siempre era posible la conexión, y este tipo de conversaciones a distancia me resultaban demasiado frías, poco íntimas, tan breves y espontáneas que no dejaban sitio a la reflexión. A mi juicio, dicha espontaneidad hacía añicos la belleza expresiva de la escritura epistolar.

Saqué del bolsillo de mi bata la carta que había empezado a escribir a Günther la noche anterior, con el propósito de darle las últimas pinceladas:

Querido amor mío:

De nuevo tomo la pluma para volcar sobre el papel lo que acontece por estos lares e informarte de los muchos progresos que va haciendo nuestro hijo y que me hubiera gustado contarte de viva voz, cenando en un restaurante romántico, tras salir del teatro. Pero el destino dispuso que no fuera así. He de confesarte que Anne es una mujer excelente, y que se entrega con denuedo a educarlo como hombre de provecho que merece el mañana. Creo que Erich se ha hecho un hueco en su corazón, y esto es reconfortante para ella, pues viene a rellenar en parte el vacío inmensurable dejado por su hijo fallecido. Hermann, por su parte, también pasa tiempo con él y su re-

— 48 —

lación me recuerda a la de un nieto con su abuelo, un abuelo que le da consejos para la vida, que le cuenta sus batallitas en la Gran Guerra y lo estimula para que admire a nuestros soldados. Sé que es lo correcto, pero me aterra pensar que esta contienda no encuentre fin y que los hados nos lo arrebaten para llevarlo al campo de batalla. Es una sensación amarga que solo una madre puede experimentar.

Con todo, Erich te añora; siempre pregunta por ti. Solo hago que contar los días que faltan para nuestro próximo reencuentro, pues, amor mío, echo en falta tu regazo, tu compañía, tu apoyo. El vacío infinito que se apodera de esta enorme mansión cuando tú no estás y que solo se desvanece con tu presencia me empuja a escribirte casi a diario. Tal vez no sea este el momento de mostrarme débil ante ti; sé que cuando nos conocimos me tomaste por una mujer fuerte, que no se doblegaba ante nada. Yo misma me creía dueña de ese carácter acerado que Dios otorga a pocas mujeres, pero ahora tengo la impresión de que la llama de mi fortaleza se apaga aquí con cada día que pasa. También todo puede ser fruto del terror que experimenté en el incidente del teatro, que despertó en mí unos miedos de vulnerabilidad ante el enemigo hasta entonces desconocidos, y de que tus obligaciones en ese instante nos separaran, sin que pudiéramos hablar de ello y superarlo juntos.

En fin, espero no importunarte con todo ello; soy consciente de tu carga de trabajo y de que a duras penas puedes tomarte un respiro para leer estas líneas y menos todavía para contestarlas. No te tomes estas palabras como un reproche; no espero respuesta. Me conformo con que las recibas y nunca olvides que eres el hombre de mi vida; que, como sabes, no hay mujer en este planeta que pueda quererte más que yo; que tienes mi espíritu a tu lado en tus horas difíciles, que no serán pocas. Tampoco pretendo que faltes a tus obligaciones, que hasta te roban los fines de semana, y vengas a consolarme corriendo los apenas setenta kilómetros que hay entre nosotros. El *Führer* te necesita. Nos necesita. A mí, como esposa ejemplar de militar alemán, que se entrega sin condiciones a las necesidades de su marido.

Pese a mi tonta melancolía, no te inquietes por nosotros. Si te sirve de alivio, estamos por fortuna en un mes en que la naturaleza despliega todos sus encantos, y los rayos de un sol primaveral, también aquí en el Gobierno General, apaciguan en mí cualquier brote de desasosiego. Los pétalos de las rosas son como manecillas de reloj que se abren y cierran contando el tiempo que resta para tu regreso. Como sabes, la primavera tiene en mí un efecto purificador. Me hace sonreír y ver el vaso medio lleno, aunque su contenido sea agua putrefacta; me hace buscar el lado bello de las cosas... Es época de fresas, tiempo de rosas y de noches cortas; de tormentas que hacen callar el bullicio de la vida silvestre excitada por el cortejo y las ansias de perpetuarse. Por cierto, las lluvias han hecho que la vegetación madure vigorosamente. Los bosques, fragantes, desprenden un dulce aroma a humus que me hacen sentir tu aliento. Fresnos, chopos, abedules, hayas, alisos se visten con sus hojas tiernas. Las madreselvas se abren camino cubriendo de verde los recovecos yermos que encuentra a su paso. Margaritas, amapolas, estrelladas y otras flores olorosas que jamás había visto antes inundan de colores las praderas que esperan a que paseemos juntos por ellas cogidos de la mano...

—¿Desea otro té, *Frau* F.? —La voz de Elisabeth evaporó aquellos instantes de nostalgia causados por las últimas líneas escritas. La oronda mujer asomaba la cabeza por la puerta que dejó entreabierta tras servirme el desayuno. Dos trenzas rubias que flotaban sobre sus exuberantes bustos le otorgaban un aire provinciano y casi extemporáneo.

—No, gracias. ¿Dónde está Erich?

—Anne lo está vistiendo. ¿Quiere que la avise cuando baje a la cocina a desayunar?

—No es necesario, Elisabeth. Ahora mismo voy. Finiquito lo que tengo entre manos y enseguida estoy con él.

Elisabeth cerró la puerta detrás de sí y, en el silencio que volvió a sucederse, bebí el último sorbo, templado, que me quedaba de té.

Empuñé la pluma e instintivamente miré a través de la ventana en busca de un detalle bajo el arco del cielo que me diera pie para acabar de forma romántica la misiva a mi esposo, un estímulo que colmara sus ganas de estar a mi lado. Pero apenas tuve tiempo para cavilaciones, puesto que Hermann irrumpió en el paisaje, abriendo la puerta del Mercedes para salir de él con la parsimonia que lo caracterizaba. Deduje que había estado fumando en pipa dentro del coche, hojeando como de costumbre algún ejemplar atrasado de *Der Angriff*, mientras pasaba el diluvio y hacía tiempo hasta la hora de partir. Günther le había comunicado que tenía que estar en Auschwitz a media mañana para recogerlo y llevarlo a atender no sé qué asuntos. ¿A dónde llevaría a mi esposo esta vez? ¿Con quién se reuniría?..., discurría mientras se me cruzó el pensamiento de que debía terminar sin dilación la carta si quería que el viejo se la entregara en mano a mi esposo.

Debía de ser una cita especial, pues Günther solo pedía los servicios de Hermann cuando despachaba asuntos oficiales o tenía que viajar por el interior del Gobierno General; en esta ocasión, solo supe por Hermann que regresaría sin mi esposo de madrugada. Ciertamente, era un conductor refinado en las formas, prudente y experimentado, que, según mi exigente marido, difícilmente podía sustituirse por los jóvenes soldados, en no pocas ocasiones impresentables o pueriles, destinados a conducir los coches oficiales en Auschwitz. De no ser por estos servicios puntuales, quizá nunca me enteraría de los viajes que de cuando en cuando se veía obligado a atender. Las desapariciones de nuestro chófer eran como las miguitas que dejaba Pulgarcito para encontrar el camino de regreso a casa, aunque en mi caso servían para seguir el rastro del hombre al que acompañé a Cracovia con el propósito de estar junto a él y que para mi desgracia parecía alejarse como la golondrina en las postrimerías del estío. Me consolaba pensar que la compañía de Hermann despertaría en Günther un sentimiento de familiaridad que le evocaría los maravillosos momentos en que los cuatro viajábamos juntos, jugando con nuestro hijo al veoveo o cantando las canciones que nos proponía Erich.

El bueno de Hermann, que cambió su fusil por un volante; el rango de sargento por el de simple chófer. Luchó en la Gran Guerra, hasta que la injusta metralla de una granada durante la invasión de Bélgica le destruyó el glóbulo ocular izquierdo y le causó una leve cojera que lo acompañaría para siempre. Un trágico episodio para quien el ejército era y seguía siendo la forma más noble de servir a su país. Aquella explosión lo apartó definitivamente de la primera línea para realizar trabajos de oficina en diversos centros militares de Berlín. Fue en uno de ellos donde empezaron a llamarlo en broma *el Mayor*, ya que, por su aspecto, garboso y siempre impoluto, y comportamiento, serio y juicioso, aparentaba pertenecer a un rango superior. Al final se quedó con ese apodo que siempre pensé que le honraba.

Durante su estancia en el frente belga conoció a mi tío Heine, con el que compartió trincheras y una estrecha amistad que continuó tras el conflicto, hasta que aquel falleció víctima de un paro cardíaco repentino, hacía dos años. Hermann acudió a su entierro para rendirle un último adiós, y fue allí, en el mismo cementerio, donde mi padre mostró un mayor interés por el que fuera el mejor amigo de su hermano, y digo «mayor» porque no era la primera vez que mi padre hablaba con Hermann. Mi tío ya se lo presentó durante la guerra, y luego los dos coincidieron casualmente en actos y reuniones en las que Hermann acompañaba a mi tío.

Así, de la mano de un suceso trágico, fue como el Mayor entró en nuestras vidas. Pero aconteció un tiempo después. Medio año más tarde, su esposa falleció a causa de una extraña enfermedad pulmonar y, como si de una macabra broma del destino se tratara, veinticuatro horas después se quedaba sin su trabajo de chófer, al morir atropellado el abogado al que servía. A través de una amistad común, llegó a oídos de mi padre cómo la vida se había ensañado con el pobre Hermann y sin pensarlo dos veces telefoneó a Günther, que, tras ser nombrado *SS-Hauptsturmführer*, buscaba un chófer de confianza. Dado que ningún familiar cercano ataba ya al Mayor en tierras alemanas, pues Dios no quiso concederle hijo alguno, no fue difícil convencerlo para que, año y medio después, nos acompañara a Cracovia. «Estaré encantado de prestarles mis servicios en cualquier parte del mundo: pueden contar conmigo para todo cuanto necesiten», dijo emocionado y agradecido de brindársele la oportunidad de vivir en primera persona los progresos de nuestra nación en la tierra recién conquistada. Günther y yo nos congratulamos de haber encontrado un chófer leal e íntegro, aunque a Erich, al principio, le causaba cierto pavor. «¿De verdad, madre, que no es un pirata?», me preguntaba acongojado por el parche que el Mayor llevaba en un ojo. Pero aquel miedo se convirtió pronto en admiración, gracias a su fantástica imaginación, que convirtió el Mercedes en un barco bucanero y al viejo Hermann en un John Silver el Largo bonachón.

Antes de que nos diésemos cuenta, el Mayor había conquistado nuestros corazones, y su presencia en nuestras vidas había adquirido un peso incontestable. Sin duda alguna, nos convertimos en su nueva familia, y él se sentía como el gran patriarca que velaba por nuestra seguridad e intereses domésticos, cuidando de ellos como si fueran los suyos propios. Para mí era una tranquilidad que estuviera tan pendiente de Erich, por quien daría su vida, y un alivio que no perdiera de vista a la servidumbre y los centinelas para que cumplieran con sus obligaciones y las tareas que yo les encomendaba.

La lluvia no disuadió a Hermann de estirarse con esmero la chaqueta del uniforme antes de emprender su marcha hacia la casa. La buena presencia era para él una cuestión de principios. Llevaba la marcialidad en la sangre. «El aspecto exterior pregona muchas veces la condición interior de un hombre», el viejo Hermann solía citar a Shakespeare cuando reprendía a Erich o a cualquier miembro del personal que llevara alguna prenda de vestir sin colocar debidamente o manchada. Lo cierto era que nuestro querido tuerto tenía por costumbre citar a grandes pensadores. Nunca supe dónde aprendió tantas y tan variadas frases sabias y cómo las podía archivar en su cabeza para extraer la apropiada en el momento preciso. De seguro que de ningún libro, porque, como él mismo presumía sin ningún rubor, no lograba encontrarle el gusto a la lectura. Y añadía que el mejor uso que podía darse a los libros era el de plancha. Apenas pude contener la risa cuando me explicó que antes de irse a la cama estiraba el pantalón sobre una superficie lisa y colocaba sobre él pilas de libros, una junto a la otra, para disfrutar al día siguiente de una raya impecable. Supuse que esa noche, con las gotas que le estaban cayendo encima, reforzaría las pilas con más libros. Con paso ligero, el bueno de Hermann desapareció de la gran vidriera. Escuché desde el salón el chirrido de la puerta principal y sus pisadas inconfundibles dirigiéndose a la cocina.

Suspiré. El paisaje empapado que iba dejando atrás la tormenta, con sus relámpagos fugaces y moribundos coloreando la tenue neblina del horizonte, no fue suficiente incentivo para que me pusiera a dibujar. «Hoy no», pensé. Sentí de nuevo cómo la soledad y la monotonía caían sobre mí.

Algo tenía que ocurrir. Y mi instinto me decía que sí, que no faltaba mucho para dejar atrás los desabridos días que se apoderaron de mí desde que salí de mi amada Alemania. No andaba equivocada.

Me disponía a escribir las últimas letras para Günther cuando volví a distraerme: en esta ocasión era la cabeza del joven cartero que avanzaba, arriba y abajo, por la parte exterior del muro como el títere de un guiñol, luchando contra las gotas de lluvia que abofeteaban su rostro y un viento empeñado en arrebatarle su impermeable de color amarillo azufre. Siempre me llamaba la atención su desvencijada bicicleta, que hacía que me preguntara cada vez que la veía por qué demonios no se le proporcionaba una nueva; al fin y al cabo, tenía el encomiable cometido de llevar de un lado a otro los mensajes de amor, tristeza o júbilo que tenían que decirse nuestras gentes del Gran Reich.

Di un respingo; me acordé de que el roñoso buzón de aquella casa se convertía en una tina cada vez que llovía, porque la chapa estaba perforada en sus cuatro costados. Y cuando el cartero metía por su boca la correspondencia tras un temporal, todas las cartas terminaban empapadas, y si no se sacaban rápidamente de allí, el papel se ablandaba y la tinta se corría. En una ocasión me quedé sin poder leer una epístola que mi madre me envió.

«¡No! ¡Esta vez no lo permito!», exclamé en medio de aquella sala. Sin querer dejé caer de entre los dedos la pluma, salpicando de tinta el papel, y salté de la silla, sin reparar en que iba en mi bata y zapatillas de raso.

Crucé rápido el vestíbulo y abrí el enorme portón de enebro de la entrada principal. Rodeándome la cabeza con los brazos, corrí sorteando los charcos y saltando las pequeñas escorrentías del camino que bajaba a la calle, donde el buzón se levantaba sobre un poste de metal. Sentía cómo las frías salpicaduras batían en mis tobillos, y el suelo, de consistencia arenosa, cedía como la arcilla del escultor ante la presión de mis pasos. Y en uno de ellos, el firme se deslizó con tan mala suerte que ni la suela de las zapatillas ni mi sentido del equilibrio pudieron impedir que cayese de bruces contra el barro. Quedé con el rostro apenas a un palmo del suelo. Sentí un dolor intenso desde los antebrazos hasta los omóplatos. Me entraron ganas de romper a llorar.

Como salida de la nada, una mano robusta y desconocida tiró de mí hacia arriba, y noté cómo mi cuerpo se incorporaba. Estaba empapada; el agua corría por los mechones de pelo que me tapaban la cara, y con los dedos índice de cada mano retiré los cabellos que me impedían ver. La bata estaba embarrada de arriba abajo, la zapatilla derecha hecha un guiñapo, y la izquierda había volado por los aires. Mi pie quedó desnudo, hundido en medio de un sucio charco.

Aún aturdida por el encontronazo, escuché, entre los apenas perceptibles «¡ay!» que iba soltando, los chirridos metálicos y estridentes provocados por el cartero al pedalear, lo que me recordó el porqué de mi actual situación. Mi siguiente pensamiento fue que, para evitar que la correspondencia acabara como yo, debía librarme de la mano que seguía atenazando mi brazo.

Miré a la cara del dueño, que se me antojó muy varonil. Curtida por el sol, era morena como el azúcar que solía echarme al té y brillaba debido a las gotas que le caían por la frente desde debajo de su pelo rizado y castaño claro. Percibí un destello singular en su mirada de ojos marrones, y una calidez en su semblante difícilmente descriptible con palabras. Durante unos segundos permanecí absorta, quizá embelesada, ante la presencia de lo que parecía el modelo en vivo de la escultura de un atleta de la antigua Grecia. Se me escapó otro gemido, cuya naturaleza no acerté a descifrar; si era fruto del dolor o de la impresión que en mí causaba su rostro clásico de facciones rectas y cuello y nariz áticos.

—Señora, ¿se encuentra usted bien? —me preguntó en un alemán casi perfecto.

Asentí con la cabeza, mientras mi curiosidad me pedía seguir explorando a aquel extraño más allá de su busto heleno. Bajo una fina camisa a cuadros, con los puños remangados a la altura de los codos y desbotonada casi hasta la mitad del pecho, se dejaba entrever el cuerpo piloso, aunque no en exceso, de un joven adulto delgado pero fornido. Sin embargo, su rostro revelaba que me aventajaba en años, calculé que rondaría la edad de Günther.

—Señora, ¿le duele algo? —intentó averiguar con un tono de voz amable y de preocupación sincera.

Le dije que no se preocupara, que ya me encontraba algo mejor y que todos mis huesos, aunque doloridos, estaban en el lugar que les correspondía. La pequeña hacha que portaba sujeta al talle del pantalón ponía de manifiesto que solo podía tratarse de un mozo de mantenimiento del lugar. Jamás había reparado en él, si es que no acababa de ser contratado. Era normal que no estuviera al tanto de ello, pues no era de mi competencia, por deseo de Günther, ocuparme de cuanto sucedía ahí fuera. Para ello estaba el viejo Hermann, a quien le echaban una mano Hans y Otto.

Un pensamiento fugaz y atropellado conmocionó con tal violencia mi ánimo, en ese momento distraído por la presencia de aquel Doríforo de carne y hueso, que un escalofrío solapó las pequeñas molestias repartidas por mi anatomía. «¡Un polaco, su maldito acento lo ha delatado!», exclamé en mi cabeza. Desde mi llegada a Cracovia, aquella era la primera vez que me encontraba tan cerca de uno. Le golpeé la mano para que me soltara. «¡Cómo se atreve a tocarme!», pensé.

Indignada miré por encima de su hombro y vi que el cartero se alejaba por donde había venido. ¡Maldita sea! Demasiado tarde. Quise retomar mi carrera, pero un ligero pinchazo en el tobillo me lo impidió. Él hizo el ademán de volver a sujetarme, pero mi mirada hostil fue suficiente para que se frenara a tiempo de rozarme.

—¡Por favor, tráigame el correo del buzón! —le rogué al desconocido que tenía delante. Enseguida me percaté de mi despropósito y corregí el tono—: ¡Vamos, ve! ¡Deprisa! ¡Y límpiate esas manos; no quiero que ensucies las cartas!

«Para ser la primera vez, no se te ha dado nada mal meterlo en cintura», me felicité. De alguna manera, me tranquilizó que el hombre se mostrara obediente. Ninguno de los dos debíamos olvidar que para él solo existía una obligación, la de trabajar y comportarse fielmente, como el perro con su amo. Así, bajó hasta la calle, extrajo el contenido del buzón y me lo trajo sumisamente. Para entonces, los dos estábamos calados hasta los huesos, pero de un modo que traslucía las diferencias entre razas. Él, cual salvaje que vive sin techado ni resguardo y cuya piel desnuda está acostumbrada a soportar los vaivenes del tiempo, no reaccionaba ante las inclemencias de este, mientras que yo, delicada como los pétalos de un jazmín en el mes de enero, sentía cómo mis brazos y piernas se entumecían por el frescor del líquido elemento.

—Depositamos en su interior nuestros sueños, deseos y secretos más íntimos sin ser conscientes de que es un envoltorio frágil y fácil de profanar —apuntó el jayán haciéndome entrega del sobre—. Me temo, señora, que el agua...

Con el brazo extendido se lo arranqué de la mano y con unos ojos de gata enfurruñada le di a entender que no me interesaban sus comentarios y que, por la cuenta que le traía, mantuviera las distancias, incluida la física, pues entre nosotros debía existir un espacio, de al menos un metro, que jamás debía traspasar.

Aquel desagradable percance pasado por agua me permitió descubrir una faceta que nunca antes había desplegado y que a partir de ahora debería cultivar y perfeccionar, esto es, la de poner en su sitio a los inferiores. Günther habría estado orgulloso de verme ejercer de soberana. «A los judíos y a los polacos hay que atarlos en corto para que jamás nos pierdan el respeto —le había oído decir en más de una ocasión—. Es un principio que no debemos descuidar, porque cualquier atisbo de tolerancia o libertad por nuestra parte es visto por ellos como un paso atrás, como un acto de vulnerabilidad que despierta en sus mentes cerriles el instinto de morder.»

Las señas del remitente habían quedado ininteligibles, una tinta negra desteñida de gris manchaba la cubierta del sobre.

—¡Cuántas veces les habré dicho a los zoquetes de Hans y Otto que manden cambiar de una vez por todas el condenado buzón! —masculló furiosa entre dientes mientras protegía el sobre de la lluvia bajo la bata—. ¿Qué diantres le pasa a este país? ¿Por qué todo está viejo y deteriorado?

No pude evitar volver a clavar mis pupilas en los ojos del polaco, dándole a entender que despreciaba todo cuanto tuviera que ver con su cultura, con lo que existió allí antes de nuestra llegada. Mis mejillas ardían como brasas, por el odio que fluía desde mi corazón. Mas él no se turbó en lo más mínimo; parecía un ser impertérrito, de irritante temple sereno, y lo que fue una estatua helena de mármol blanco real ahora se me presentaba como de vulgar arcilla. El hecho de que lo sobrevalorara fue, sin duda, producto de la conmoción que sufrí al caerme, pensé.

—Sin ánimo de ofender, señora, le recuerdo que fueron ustedes quienes invadieron sin misericordia nuestras tierras y hogares, por lo que no debe extrañarse de que ni siquiera el buzón de allá abajo saliera indemne de la metralla de sus armas —pronunció esas palabras con la parsimonia del profesor que alecciona a una colegiala por las consecuencias de una mala conducta.

«¡Qué se ha pensado esta deyección humana!», le espeté en mis pensamientos. ¿Quién se había creído que era ese tipo? ¿Era consciente de que con un chasquido de dedos podía mandarlo al KZ, donde a buen seguro le bajarían esos humos de prepotencia? Tomé aire profundamente y decidí ganar por mérito propio mi primera batalla en campo enemigo, como un valeroso soldado de la Wehrmacht, aunque fuera en bata y semidescalza.

—Veo que la ignorancia es tu carta de presentación. Puedes decirme lo que quieras, pero la realidad es que vosotros estáis donde estáis y nosotros estamos donde estamos. ¿Qué pueblo noble y poderoso se rinde en apenas un mes ante una invasión? —le repliqué con vehemencia.

De sopetón, mi furia se volvió excitación. Me había transformado en un pequeño *Führer* que esperaba la respuesta de un contrincante que no le llegaba a la altura de la suela de su zapato. Empezaba a disfrutar de aquel pulso cuando Hans se abalanzó sobre él, empujándole en el pecho con las dos manos.

—¿Qué haces, miserable? ¡Cómo osas molestar a la señora! —le increpó el tirillas con el puño listo para propinarle un puñetazo en la cara.

Me sorprendió que la embestida del SS apenas moviese del sitio al extraño, que ni pestañeó ante la provocación de su agresor.

—No pasa nada, Hans, tranquilícese, solo estábamos intercambiando opiniones sobre ganadores y vencidos —ordené decididamente.

Me gustó: ahora tenía a dos hombres comiendo de mi mano. La grandeza del momento fue engalanada por una repentina luminosidad; el cielo se abría por fin para dejar paso a unos cegadores rayos de luz. La calidez del sol se hizo sentir sobre la piel mojada, todo a mi alrededor se tornó en una acuarela multicolor y unas últimas gotas de lluvia se estrellaban en la tierra borracha de agua. Solo el cuerpo enjuto de Hans afeaba aquella estampa vernal en la que el cuerpo de un esbelto Apoxiomeno, aunque gredoso, impactaba en mis retinas como una silueta dibujada por el astro rey que lo iluminaba por detrás.

—¡Vuelve a tus quehaceres, haragán! —le espetó el SS con el cuello tan tieso como un gallo de corral dispuesto a lanzar el siguiente picotazo a la menor provocación. Su actitud ciertamente me resultaba molesta, pues estaba convencida de que la explotaba siempre en presencia femenina..., ¿y acaso me consideraba una gallina a la que podría seducir con sus galanteos aviares?

El polaco inclinó ligeramente la cabeza en señal de acatamiento, y yo, en respuesta, me giré para darle la espalda como las reinas hacen con sus súbditos y distraje mi mirada en unas malas hierbas que crecían insolentes en medio del camino. Escuché cómo sus pasos se alejaban de mí. O al menos eso creí, pues de repente volví a sentir su voz aplomada y respetuosa.

—Disculpe, señora, su zapatilla.

Le miré de reojo. La sujetaba con una mano y con la otra intentaba quitar, con delicadeza, la arena y el agua que habían descompuesto su pompón rosa. Él extendió el brazo con actitud servil y yo recogí mi calzado mostrándole una sonrisa forzada como agradecimiento. «¡Bueno, tras la tormenta siempre viene la calma!», reflexioné mientras contemplaba cómo mi derrotado hoplita se dirigía hacia las cuadras; en mitad del camino, se agachó para recoger unas ramas rotas por el viento y reanudó su ignominiosa retirada. «Le concederé una segunda oportunidad», me dije finalmente, pensando que debía aparecer ante la servidumbre como una líder justa y magnánima, a modo de nuestro Adolf.

—*Frau* F., le recuerdo que debemos mezclarnos lo menos posible con los polacos —manifestó Hans pidiéndome con gestos de la mano la carta que asomaba por el escote de la bata—. ¿Me permite?

Al ver que mi respuesta era aprisionar el sobre con más fuerza contra el pecho, insistió:

—Ya sabe por su esposo que debemos cerciorarnos de que no reciba cartas intimidatorias ni paquetes que puedan darle un susto o algo peor. En este asunto he de ser inflexible.

—¡Por el amor de Dios! ¿No tienen suficiente con espiar mis conversaciones telefónicas? ¿También han de andar husmeando en mis cartas? —Estaba harta de que se entrometieran en mis asuntos privados, como quién era el remitente, de que abrieran la correspondencia sospechosa o de que supieran con qué regularidad mi madre me contaba sus preocupaciones más íntimas...

—Las órdenes son órdenes, *Frau* F.

No me importaban sus órdenes, pero me reservé mi opinión para no caer en un diálogo de besugos. Aunque, por otra parte, acababa de salir airosa de una batalla y quería saborear las mieles de una segunda victoria. Para arrugar al gallo Hans debía actuar con convicción.

—No sabe cuánto me complace que se preocupe por mi seguridad, pero a partir de ahora, Hans, sepa usted que mi correo es tan solo asunto mío y que seré yo quien recoja mi correspondencia del buzón. ¿Ha quedado claro? Con el resto de las cartas y paquetes puede proceder como le dicten desde arriba. Hoy mismo aprovecharé que Hermann viaja a Auschwitz para poner al tanto a Günther de mi decisión.

Funcionó. Por vez primera, percibí una expresión dubitativa en el rostro de Hans: un nuevo gallo con faldas estaba a punto de hacerse con el corral. El SS, tras cerciorarse de que nadie estaba presenciando aquella conversación, alzó los brazos y los dejó caer contra los muslos, en actitud de rendición.

—¡Retírese, soldado! —le ordené, satisfecha de mi segundo triunfo encadenado. El ejercicio de ejercer la autoridad me satisfizo tanto que mi cuerpo se revitalizó—. ¡Ah! Y, por favor, Hans, transmítale este mismo deseo también a Otto. Muchas gracias.

Cuando me encontré sola por fin, abrí el sobre, deprisa, deseosa de conocer su contenido. Su interior guardaba una postal con la más que conocida fotografía de nuestro *Führer*, en la que aparecía ataviado con un traje tradicional bávaro, de pantalón corto y calcetines de lana altos, sentado en un banco. Miraba seriamente a la cámara, con su rostro augusto y su inconfundible bigote, que no rebasaba el límite de las aletas de su nariz y que caía vertical sobre el labio superior. Tenía su brazo derecho puesto en jarra y el izquierdo apoyado en el muslo del mismo lado. Al pie de la foto se leía «Un Pueblo, un Reich, un *Führer*». Y en el dorso de la tarjeta una letra negra femenina, de trazo casi perfecto, transmitía el siguiente mensaje:

Estimada *Frau* F.:

Será un grato placer para mí volver a verla. No obstante, y si no le importa, me gustaría que el encuentro se celebre en mi casa, en la misma fecha y hora que Ud. señala. Espero que me dispense por los posibles trastornos que pudiera causarle; en nuestra cita le daré a conocer los motivos.

Heil Hitler.
CLARA W.

Se me iluminó la cara de felicidad, y un temblor ligero y agradable me conquistó. Me fascinó descubrir que Clara no solo había respondido a la invitación que le hice llegar al día siguiente de conocernos, sino que accedía a que nos volviéramos a ver.

Albergué la esperanza de encontrar en la bella Simonetta una amistad que me librara del yugo de la incomunicación, de aquel calabozo que por tiempo indefinido debía considerarlo mi hogar. El encuentro iba a ser a la tarde siguiente así que, con la postal apretada contra el pecho, caminé con la celeridad que me permitía mi tobillo dolorido para llegar cuanto antes a mi vestidor y escoger entre el vestuario las prendas que consideraba más oportunas para nuestra primera cita formal.

La elección no resultaría nada sencilla, pues mi intención no era otra que cautivarla en cuanto me viera entrar en su casa. Era crucial que mi aspecto le mostrara sin equívocos la esencia de mi persona y la persuadiera a compartir mi deseo de hacernos buenas amigas. Descarté los trajes serios y sombríos, y busqué entre los vestidos los más sencillos, sin cortes provocativos, cuyas telas fueran ligeras y frescas, de tonos vivos y luminosos que evocaran en ella la llegada de los días largos y cálidos del verano. El peinado debía ser desenfadado, al igual que todo lo demás. Quería que la tarde transcurriera distendida, lejos de las tensiones y angustias que sufrimos el día en que nos conocimos.

3

9 de junio de 1943

Era miércoles. Lo que parecía que iba a ser un mediodía insulso como otro cualquiera tomó un nuevo cariz. Por primera vez desde mi llegada a Cracovia se me presentó el irreprimible impulso del artista, el de crear. Y no fue una inquietud espontánea, germinó por la proximidad del encuentro con Clara, que iba a producirse Dios mediante en unas pocas horas. Ansiaba que su belleza aguijoneara mis languidecidos sentidos, despertara a mi musa del sueño de los dioses y la pusiera a trabajar para obrar el milagro de transferir al papel el placer que el artista siente ante la contemplación de lo sublime.

Tomé asiento en el sillón de mi dormitorio, un orejero perlado de estilo imperio tapizado en damasco, y exhumé de la rinconera que quedaba a mi derecha los carboncillos y el portafolios donde la desgana había enterrado mis cuadernos de dibujo y algunos bocetos en papel de estraza. Por el ventanal entreabierto, una brisa fresca y vivificante trajo hasta mí la caricia de unos aromas florales y el dulzor de los trinos de pajarillos libres y enamorados. Entonces, me sentí sobrepasada por un aluvión de sentimientos, ideas y emociones, solo comparable a cuando decidí retratar por primera vez a Erich pocos meses después de que viniese al mundo.

El embarazo de mi hijo fue complicado y me postró en cama durante la mayor parte de los siete meses y medio que duró. A la angustia y al miedo de perder el bebé se sumó la frustración de ver truncadas mis aspiraciones profesionales, pues tuve que rechazar un puesto como profesora de Arte en una de las escuelas más reputadas de Berlín, porque Günther se empecinó en que yo atendiera personalmente la crianza del pequeño. Pero para mí no fue fácil renunciar a aquel sueño, y me deprimí tanto por esa decisión que abandoné mi impulso creativo, la necesidad de hablar con el mundo a través de mis obras.

Pero todo cambió cuando tuve en brazos a la criatura; me conformé con pensar que Erich era la recompensa a mis sacrificios; un día amanecí llena de energía y me convertí, salvando las distancias, en un Tintoretto fuera de control: cogí los lápices y comencé a dibujar al ser que más quería en el mundo. A decir verdad, Erich, un niño sano y bonachón, nunca supuso un obstáculo para que yo retomara mi vocación artística: los momentos de asueto los aprovechaba para buscar a mi alrededor la chispa de la inspiración, dejarme llevar por el inconsciente y trasladar al papel vergueteado aquellas cosas que hacían sentirme feliz o que causaban en mí algún tipo de estímulo deleitoso. Eso explicaba que mis carboncillos desearan que me dedicara a Günther y al pequeño; pasar delicadamente el dedo sobre los retratos, para crear luces y volúmenes, era como acariciar sus pieles desde la distancia.

Similar deleite me procuraba la naturaleza. Contemplarla suponía zambullirme desnuda en un océano pacífico; la evasión obligada para soportar los reveses del día a día y los desastres causados por la guerra. Mi ánimo gozaba recogiendo pinceladas de la infinita belleza que esconde la vida silvestre, y disfrutaba reflejando en las acuarelas y dibujos la magnitud de sus prodigios a través de detalles ínfimos que desfilan ante los ojos de los urbanitas sin ser atendidos: el rocío matinal que adorna de pequeños diamantes los pétalos de las flores; el consuelo del rayo de sol que hace estallar las yemas de los árboles en delicadas hojuelas; el mullido musgo y los líquenes tranquilos que invaden la cara norte de roquedos y troncos centenarios; las arañas que tejen sabiamente sus telas geométricas o que se dejan llevar por la brisa, unidas a un paracaídas consistente en un hilo casi invisible; las lagartijas que se camuflan con el entorno para calentarse con el sol de la mañana; la nube caótica de insectos volitando al contraluz cuando el astro rey se enrojece al atardecer...

Trashojé una tras otra las páginas del cuaderno más reciente, parándome en cada uno de los dibujos, realizados con diferentes técnicas, de la acuarela al carboncillo, pasando por el lápiz y el pastel, y haciendo el ejercicio de recordar el estímulo que me incitó a crearlos. La mayoría eran obras inacabadas, algunas de ellas meros trazos que se vieron interrumpidos por mis muchas obligaciones y no pocas distracciones de entonces. Siempre me prometía concluirlas, pero casi nunca cumplía la promesa, bien porque caían en el olvido, bien porque iniciaba un nuevo proyecto. Pero ahora, aquí en el Gobierno General, el destino me puso en bandeja la oportunidad de realizar mi sueño, de olvidarme del tictac del reloj y dedicar las horas que se me antojaran a saciar mis apetitos artísticos.

El nuevo trabajo de Günther nos permitió contratar toda una tropa de sirvientes —el chófer, la cocinera que además hacía de ama de llaves, la institutriz de Erich...— que nos liberó a los dos de las tareas más improductivas para el intelecto.

Las risas de una chiquillería que entraban por la ventana captaron mi atención. Al aplicar el oído distinguí enseguida las inconfundibles carcajadas de mi hijo. Me pareció que hacía una eternidad que no le escuchaba reír con tanto alborozo. Pero ¿de quién era la otra vocecilla chillona y desconocida que rompía el silencio rutinario del lugar?

Espoleada por la curiosidad, salí al balcón de la alcoba y asomé la cabeza más allá del barandal para zanjar el misterio. Desde aquella suerte de baluarte en la planta de arriba podía contemplar la parte trasera de la propiedad, un terreno de casi una hectárea en el que destacaban los establos de nuestros tres caballos, una casita para invitados, ocupada ahora por los dos soldados de las SS, y un extenso parterre que se me antojaba aún más descuidado que el que presidía el lado de la finca que daba a la avenida. Carecía de flores ornamentales. Tan solo algunos arbustos longevos, de poderoso tronco y extraordinaria altura, y macizos de arbolillos desmadrados descollaban con su verdor sobre la gravilla parda del terreno, rota por las malas hierbas, y de los retales de maleza seca por las heladas del invierno. Por aquí y por allá, rodeando el parterre, crecían avellanos, perales y otros árboles frutales, y grupos aislados de robles añosos que reclamaban una inmediata atención. Mis dominios morían en un triste muro levantado en piedra, al que, tal vez por dejadez de los antiguos propietarios, le faltaba alguna que otra pieza rocosa. Aquella tapia abandonada me sacaba dos o tres cabezas de alto, y al otro lado de sus setenta o más metros de longitud se abrían unos pastizales que se extendían hasta el límite de unos bosques frondosos que tapizaban de verde unas suaves colinas. De cada extremo del muro, partían unas tapias de menor altura que bajaban paralelas por uno y otro lado de la propiedad, marcando las lindes con nuestros vecinos, hasta juntarse con la valla principal.

Según pudo saber Hermann, la vivienda que me quedaba a la derecha estaba ahora deshabitada, pues el *Oberst* de la Luftwaffe que vivió en ella partió a un nuevo destino con su mujer y sus dos hijas. La casa del otro lado la compartían varios jefes de la milicia, a los que yo no tenía el gusto de conocer y esperaba que así se mantuviera para siempre. Personalmente no tenía ningún interés en establecer vínculo alguno con ellos. Además, me creaba una cierta inquietud la posibilidad de que supieran o llegaran a saber que a tan solo unos pocos metros vivía una mujer joven y de buen ver, y con un marido ausente la mayor parte del tiempo. Lejos de esposas y novias, llevaban una vida libidinosa; cada dos por tres me llegaba el eco de sus juergas nocturnas, de voces empapadas en alcohol y de carcajadas de suripantas. Temí por que alguno de ellos osara llamar a mi puerta con las excusas más peregrinas para importunarme con visitas cuyo fin no fuese otro que el de vivir una aventura amorosa. Del resto de los vecinos, cuyas casas quedaban lejos de la mía y estaban tapadas por líneas de setos y arboledas que seguramente se plantaron con el propósito de crear intimidad, apenas sabía nada; algún que otro chisme que llegó a mis oídos por parte del servicio doméstico. Nada relevante. En esas semanas no tuve la ocasión de entablar conversación con los vecinos de alrededor, salvo algún que otro hola y adiós de gente que se cruzaba en mi camino. Acostumbrada a tanta soledad, el hecho de que Erich intercambiara risas con otro muchacho me resultó muy extraño.

Desde el balcón, la parte trasera de la casa aparecía despejada: ni un alma a la vista, a pesar de que seguían llegándome las voces de los niños. Parecían provenir de un árbol chato y de tronco retorcido. Puse los ojos en él sin éxito, hasta que una oportuna ráfaga de viento me permitió ver a mi hijo trepando por una de sus ramas. Un instante después, vislumbré entre la espesura del follaje el cuerpo de otro niño también encaramado a otra rama. Despuntaban entre el verde aceituna de las hojas de aquella planta los colores marrón e índigo de su ropa.

Durante unos minutos, permanecí callada, inmóvil como cuando paseando por el bosque sorprendes a un cervatillo bebiendo en un riachuelo, y seguí atenta el jugueteo de los críos. El desconocido por fin se dejó ver, al saltar desde una buena altura con la agilidad de un gato y caer rodando al suelo. Creí que se había roto los huesos, pero no, se levantó como impulsado por un resorte, de espaldas a mí, se examinó los codos y se sacudió el trasero con unos azotes. Luego miró hacia arriba y le masculló algo a Erich que no llegué a entender; con inequívoco deje polaco, chapurreaba un alemán difícilmente inteligible. Sin embargo, era evidente que entre ellos no existía ningún obstáculo lingüístico que les impidiera comunicarse. Pero ¿quién era ese crío? ¿De dónde diablos había salido?

Escudriñé de arriba abajo al forastero. Sería tan alto como Erich, pero de complexión enclenque, y quizá hasta compartían la misma edad. Tenía la tez algo más oscura que la de mi retoño y por debajo de una gorra de pana gris, que bien podría habérsela tomado prestada a un hermano mayor, afloraba una mata de rizos de color castaño claro. Una andrajosa camiseta parda de algodón era lo único que abrigaba su torso, y de sus mangas cortas salían unos brazos escurridos de carnes. El crío arrastraba unos pantalones de tono añil, dos o tres tallas más grandes que la suya real, remangados y deshilachados debido al roce constante con el suelo.

¡Era la estampa del mismísimo Huckleberry Finn! O así por lo menos me imaginaba yo al íntimo amigo de Tom Sawyer con unos cuantos años menos. Su pinta, al igual que Huck, era la del típico niño dejado de la mano de Dios, aquel que no asistía a la escuela, que no rendía cuentas a nadie, que hacía lo que le venía en gana y disfrutaba de todo cuanto hacía bella la vida. En la novela, las madres de los demás niños evitaban que sus pequeños jugaran con él; temían que el mal ejemplo de Huck los arrastrara a conductas reprobables y, en definitiva, tirar por la borda sus vidas apenas recién salidos del cascarón. Era comprensible que pensaran de ese modo y que les horrorizara que sus hijos hicieran buenas migas con Huck, aunque todas sus prevenciones y temores hacia él eran infundados, porque en realidad no conocían la nobleza de su corazón.

Supuse que si Erich poseyera ahora amiguitos de su misma clase social y provenientes de buenas familias, habría echado mano de los mismos argumentos esgrimidos por aquellas mujeres para alejar a aquel intruso de mi hijo. Es más, en mi circunstancia esta actitud sobreprotectora tenía una mayor justificación: el niño que estaba correteando en el jardín con mi hijo era un humilde polaco, la peor pesadilla para una madre alemana. Pero en aquellos instantes mi sentido común fue incapaz de juzgar razonablemente la situación. Para mi sorpresa, mi mente no pergeñó ningún argumento que me impulsara a bajar corriendo las escaleras y echar sin contemplaciones a la criatura de nuestra propiedad, como sin duda habría hecho Günther si hubiera estado allí conmigo. ¿Cómo era posible que me viera incapaz de cumplir con algo que mi esposo o cualquier otra persona habría ejecutado sin titubear? ¿Debía abochornarme por mi flaqueza? ¿Qué pensaría la gente que me conocía si me viera en aquella tesitura? Quedé desconcertada. Me dije a mí misma que la vida se encuentra condicionada por los múltiples acontecimientos que nos sobrevienen, unos evitables y otros no. Así es la vida, un convivir con lo que se nos va presentando y con lo que nos vamos quedando, reflexioné. En ese momento, era una madre que veía a su hijo jugando, feliz, con otro niño en un mundo de mayores enfrentados.

—¡Allá voy! —gritó Erich, que se batía en una lucha por descender del árbol para reunirse con el pequeño polaco. Mi hijo carecía de la destreza y agilidad del otro muchacho. Abrazó torpemente la rama con los brazos en un intento de dejarse deslizar por ella, como si se tratara de una barra de bomberos. Pero la rama era rugosa y tan poco inclinada que Erich se quedó atascado; sus piernas, rendidas por el esfuerzo, se descolgaron. Las balanceó con ahínco para rodear con ellas de nuevo la rama, pero tan solo logró que sus brazos también flaquearan y las manos terminaran siendo su único punto de agarre. Frustrado, empezó a gimotear. Era un gimoteo sonoro y lastimero.

—¡Suétate, suétate ya, no pasar nara! —le sugirió el polaquito.

Erich se había quedado colgado a un metro y poco del suelo. Me estremecí y quise correr en su auxilio, pero me esperé al ver cómo el desconocido se acercó a él y, con sus pequeñas manos, empujó por el trasero a Erich, que volvió a enroscarse a la rama. Así avanzó un trecho, y el riesgo de que mi hijo se rompiera la crisma pasó de largo. Pero cuando estaba a punto de conseguirlo, las piernas de su ayudante empezaron a retorcerse como un alambre, todo su cuerpo se descompensó y acabó por retirarle las manos de los glúteos, seguramente doloridas por el esfuerzo. Los dos perdieron el equilibrio y cayeron atropelladamente, uno sobre otro.

Un sinfín de bolitas verdes que Erich guardaba en los bolsillos se desparramaron rodando por el suelo. Eran los frutos inmaduros que los niños se habían dedicado a reunir en su periplo arbóreo. Repuestos del susto del encontronazo, ambos mequetrefes rompieron a reír a carcajadas, tumbados uno al lado del otro y mirando al cielo. Y yo, aliviada de verlos ilesos, los acompañé en sus risas, en silencio, para que no descubrieran que los estaba observando.

Hasta nueva orden del Gobierno General, estamos siendo muy estrictos con la política de relaciones entre alemanes y polacos. El único contacto de muchos de mis camaradas con ellos ha sido para domeñarlos, para perseguir y detener a los insurrectos, a aquellos que se niegan a servirnos y quienes atacan u ofenden a nuestros compatriotas. Muchos de ellos, los que creemos que son irrecuperables o una amenaza seria para nuestros propósitos, son fusilados sin misericordia. Los restantes son traídos a Auschwitz, donde nosotros nos ocupamos de domesticarlos. Mis funciones en el campo me obligan a tener trato habitual con ellos, y puedo asegurarte que son criaturas casi irracionales, difíciles de doblegar. Pero por mucho que se resisten, al final se impone la ley del amo y el siervo. Aquí poseo decenas de esclavos a mi cargo, que realizan las faenas desagradables de las que el hombre ario debe quedar redimido. Te sentirás una reina.

Me asaltaron a la memoria las líneas de ánimo que me escribió Günther semanas antes de que Erich y yo partiéramos de Alemania para reunirnos aquí con él. En la carta nos prevenía además sobre nuestras obligaciones como dueños de esas tierras:

Te insisto en que el destino ha decidido que nosotros seamos aquí los señores y ellos los vasallos. Y los polacos deberán permanecer siempre como tales, sin posibilidad alguna de ascender en la escala social, del mismo modo que nunca un simio compartiría mantel con nosotros; o de disfrutar de las ventajas del bienestar alemán. No sé si sabrás que ningún polaco rebasará la categoría de contramaestre; ningún polaco tendrá la posibilidad de adquirir una formación superior en las instituciones públicas...
Por esta razón has de ir mentalizándote de que no podrás relacionarte con esta gente como iguales, que nunca deberás compadecerte por uno de ellos, sea niño o anciano, hombre o mujer, sano o

enfermo, y que deberás estar atenta a tus sentimientos para no encariñarte de aquellos con los que tengas más trato, algo que vosotras las mujeres, por vuestra debilidad innata, tendéis a hacer con facilidad. Está en tu mano dar ejemplo y no hacerme quedar mal ante nuestros colegas. Solo los más tenaces y entregados al proyecto de nuestro *Führer* tienen posibilidad de granjearse su admiración y ascender.

El insistente repiqueteo de unos nudillos en mi puerta me sacó del repaso mental que hacía de la misiva de mi marido. Al no obtener respuesta, Anne la abrió despacio y asomó la cabeza.

—Perdone, *Frau* F., pero como no respondía y era algo urgente... He de informarla de que estaré ausente, calculo que una hora, pues el Mayor me lleva al centro para hacer acopio de víveres. ¿Desea añadir algo más a la lista que entregó a Elisabeth? ¿Quiere que...?

Me puse el dedo índice en los labios para indicarle que callara, y con la mano libre le indiqué que se acercara en silencio a la ventana.

La mujer entrada en años no ocultó su sorpresa ante mi invitación y vino hacia mí con pasos sigilosos, pero con la celeridad del que es arrastrado por la curiosidad.

—¿De dónde ha salido esa criatura polaca? ¿Sabe usted quién es? —le musité nada más tenerla a mi altura.

La expresión de Anne se agrió y los ojos se le desorbitaron al descubrir la figura del muchacho desconocido, que en ese momento se encontraba recolectando en cuclillas los frutos desperdigados. Erich lo secundaba de rodillas.

—¡La madre de Dios bendito! —susurró horrorizada—. Dejé a Erich a cargo del Mayor, como siempre, mientras disponía todo y me arreglaba para salir... Claro que el niño es responsabilidad mía... no culpo al Mayor...

—¡Chist, tranquilícese, Anne! Solo me gustaría saber...

—Oh, *Frau* F., ¡cuánto lo lamento! Espero que perdone mi torpeza. —Su desconcierto no la dejaba entrar en razón—. Jamás imaginé que...

—¡Basta, Anne! —la exhorté alzando ligeramente la voz. Los niños seguían jugando con sus frutos aceitunados. El desconocido había sacado de sus bolsillos el botín del que él mismo había hecho acopio. Ahora parecía que los ordenaban por tamaños.

—No, *Frau* F., no tengo la menor idea. Jamás lo había visto —señaló tartamudeando tras una larga pausa.

La mujer se quedó pasmada. Era incapaz de explicarme por qué Erich estaba jugando con un extraño y que ella no estuviera al tanto. Sabía, y en su cara lo noté, que por una cuestión así de grave podía ser despedida. La tomé de la muñeca con firmeza y le dije con voz queda:

—Anne, ni mucho menos estoy enfadada con usted. Serénese, se lo ruego... Ahora vaya a buscar al Mayor, por favor; es evidente que solo él puede sacarnos de esta incertidumbre.

Salió con el ánimo más tranquilo, y yo me quedé a solas, enredada en una maraña de dudas y con la amarga sensación de vulnerabilidad desatada por aquella circunstancia que, al parecer, nadie del servicio había sido capaz de detectar. La nueva situación requería de mí una toma de decisión consecuente con lo sucedido. ¿Tanta seguridad para qué? ¿Y si en lugar de un niño se hubiera colado en nuestro jardín un polaco adulto con aviesas intenciones? ¿Dónde se había metido esa pareja de zoquetes? «¡Van a rodar cabezas!», pensé precipitadamente.

Procuré tranquilizarme centrándome en Erich y el niño misterioso, que corrían zigzagueando alrededor de la vegetación para evitar ser alcanzados por los proyectiles verdosos que se lanzaban entre sí. El Mayor y Anne entraron callados como tumbas a mis aposentos, él delante de ella, ambos con las manos cogidas por delante. Y los dos se pararon en seco nada más rebasar el dintel de la puerta.

—No, no se retire, Anne. También a usted le atañe la cuestión —le ordené al aya cuando hizo ademán de marcharse, y dirigiéndome al viejo Hermann, solicité la aclaración que tan deseosa estaba de obtener—: Bien, sea tan amable de ponerme al día, Mayor...

—Ayer por la mañana conduje a su esposo al campo de Płaszów, y luego lo llevé a la residencia del *Generalgouverneur* Frank, el castillo Wawel. Había sido invitado a almorzar, junto con otros oficiales. Todo un honor para el *Herr Hauptsturmführer*, que, dicho sea de paso, me transmitió un abrazo cariñoso para usted y el niño cuando lo volví a dejar en...

—Gracias, Mayor —le interrumpí cortésmente, sabedora de cómo acababa la explicación. Sentí una vez más la punzada en mi pecho de saber que Günther había estado cerca y no había tenido la deferencia de hacer una breve parada en su casa para obsequiarnos con su presencia. Un beso o un abrazo no llevan más de unos segundos, pero la huella que dejan en el corazón tarda en extinguirse, sobre todo cuando añoras tan intensamente a tu pareja. Pero en aquellos momentos no deseaba saber el motivo tan urgente que impidió que Günther visitara a sus seres queridos, sino qué rayos estaba sucediendo allí en casa.

—No me refería a mi esposo... Lo que ahora me preocupa es saber quién es ese niño que anda correteando con Erich como si fuera su amigo de toda la vida. —Quise ir al quid de la cuestión.

Aquel Huckleberry Finn resultó ser el hijo del jardinero, un tal Bartłomiej Kopeć, que se hallaba arreglando la asilvestrada rosaleda de la entrada principal, nos explicó Hermann. Hasta cuanto *Herr* Kopeć le había contado a mi chófer, la madre murió hacía un tiempo y el abuelo se hizo cargo del niño mientras *Herr* Kopeć trabajaba de sol a sol para llevar algo de dinero al hogar. Y así fue hasta hace unos días, cuando el anciano falleció de muerte natural mientras dormía.

—¿Desde cuándo trabaja ese hombre para nosotros? Porque el jardín está hecho unos zorros. Ilústreme.

—En su última estancia de fin de semana, el *Herr Hauptsturmführer* me informó de que iba a buscar sin falta a alguien que se ocupara del jardín, porque, como usted ha mencionado, daba una mala imagen de sus inquilinos: «el estado del jardín, Hermann, es un reflejo de sus dueños», me comentó su esposo en tono aleccionador. Me pareció una sabia decisión, si me permite decirlo... Nadie negará que esta finca precisa de un buen *peinado*... Yo le insistí en ocuparme de ello hasta encontrar a la persona idónea, pero el señor me contestó, siguiendo con la broma, que yo no estaba allí ni para cortar el pelo a los árboles ni para afeitar la hierba, y que dentro de mis atribuciones no estaba la de hacer de mozo de cuadra, limpiando y aparejando los caballos, tareas de las que también se ocuparía el jardinero. En cualquier caso, di por sentado que usted estaba al corriente, Ingrid.

El viejo Hermann era la única persona del servicio que me llamaba por mi nombre de pila, porque así se lo pedí expresamente, dado que lo veía más como un amigo de la familia que como un empleado.

—No tenía la menor idea, Mayor —le repliqué con sorpresa.

—Pues creí que la idea partió de usted, dada su afición por las plantas. Pensaba que ya sabía que desde hace casi una semana el cuidado de la desaliñada vegetación está en manos del polaco —dijo, confuso—. Por cierto, por lo que he visto hasta ahora es un jardinero como la copa de un pino, si me permite el símil.

Me volví hacia el balcón para evitar que Hermann y Anne advirtieran las indómitas lágrimas de amargura que empañaron mis ojos.

—¡Será una delicia ver los resultados! —exclamé en un intento de disimular la rabia que crecía dentro de mí.

Günther había decidido todos los asuntos del hogar sin tenerme en cuenta. Tuve casi que rogarle que me dejara hablar con Anne antes de contratarla, pues no podía dejar en manos de cualquier desconocido a nuestro hijo.

Desde que me anunció eufórico nuestro traslado al Gobierno General todo fue diferente. En Berlín era más condescendiente conmigo: antes de tomar cualquier decisión que pudiera afectarnos como pareja e incluso a su carrera profesional me la consultaba, como si él viera en mí dotes de oráculo. Escuchaba mis opiniones y consejos con la dulce atención de un esposo enamorado. Me hacía sentir que le importaba, que era algo más que la madre que criaba a su hijo, su «pequeño gran proyecto», como le gustaba llamarlo; la mujer que le hacía sentirse hombre cuando llegaba a casa agotado del trabajo.

Aquí, sin embargo, empezaba a albergar la pavorosa sensación de que Erich y yo éramos un lastre para él, una carga con la que se había comprometido y que había dejado aparcada en Cracovia, sin que supiéramos por qué. Ya hizo gala de su metamorfosis a los pocos días de nuestra llegada a la antigua Polonia, cuando, empujada por el deseo de escuchar su voz, tuve la ocurrencia de telefonearlo al KZ. «Las llamadas telefónicas quedan reservadas para asuntos de urgencia —me espetó y, con un tono áspero que se me grabó en el corazón como el hierro candente de la yerra en la piel de la res, añadió—: No se te ocurra volverme a molestar con minucias.» Él ya no podía dedicar su preciado tiempo a atender mis «preocupaciones domésticas ni las quejas plañideras de una esposa desabrigada por un marido que había sido llamado para resolver cuestiones trascendentes, que concernían a la suerte y el futuro del Reich».

En aquella primera y última llamada telefónica, los reproches de Günther hicieron que me sintiera una consorte egoísta, como si antepusiera mis triviales preocupaciones a las suyas, que no eran otras que las del *Führer*. Y por muy mal parado que saliera mi ego, en el fondo él llevaba razón. Corrían otros tiempos. Erich y yo éramos piezas secundarias en el complejo puzle que Hitler había puesto en manos de hombres valerosos como mi marido. Las SS eran ahora más importantes para Günther que cualquier familiar, incluidos sus padres. Si no quería volverme loca, debía digerir rápido todo aquello, concienciarme del cargo de responsabilidad que Günther ejercía en Auschwitz, de que él tenía que emplear sus cinco sentidos al edificante trabajo que la nación le había encomendado. Para mi consuelo, no debía olvidar que, al fin y al cabo, la guerra no duraría eternamente. Y que aquel trance, por muy duro que fuera para nuestras vidas, era un pasaje ineludible a tiempos de gloria.

En cualquier caso, seguía pensando que Günther debería haberme dejado intervenir en la selección del jardinero, pues en cierto sentido este y yo deberíamos congeniar para poner orden en la jungla que se habían convertido nuestros dominios. Me entraron unas ganas enormes de conocerlo, de saber las propuestas de un profesional para embellecer el jardín... «¿De un polaco?», me pregunté desconcertada.

—Lo que no alcanzo a comprender es por qué mi marido no contrató a un operario alemán. ¿No habría sido más sencillo y nos habríamos evitado las limitaciones que plantea el idioma? —interpelé al viejo Hermann, que puso la vista al frente, erguido, como un auténtico soldado. Pese a su edad, conservaba buena planta, era alto y fuerte, y no dudé de que en sus tiempos jóvenes robara el corazón a muchas mujeres. Se tomó su tiempo para responderme, carraspeó repetidas veces, y al fin dijo:

—A decir verdad, Ingrid, jamás he puesto en duda la capacidad de decisión de su esposo. Si el *Herr Hauptsturmführer* lo ha escogido es porque sus referencias como profesional de la jardinería son excelentes y su conducta inmaculada. Además, para alegría de todos, habla nuestro idioma bastante bien.

—Ah, esto es una buena noticia. Mi esposo está siempre en todo; además, tiene razón, Günther nunca cometería la imprudencia de dejarnos solos con alguien del que no pueda fiarse al cien por cien —dije con un punto de orgullo hacia mi marido.

—Siempre he elogiado su carácter prudente. Cualquier precaución es poca, sobre todo en los tiempos que corren, aunque no está en mi ánimo asustarla. En cierto modo, todo lo que me está planteando ya había pasado por mi canosa cabeza, y llegué a la conclusión de que es un hombre de fiar —dijo a la vez que se sacaba del bolsillo la pipa, para juguetear con ella.

—¿Fiar? —repetí entonces.

—Bueno, aparte de sus credenciales, está el niño. Cualquier estupidez que osara cometer le pondría tras las rejas y su hijo quedaría en la calle abandonado, sin nadie que lo cuide. Y no creo que esa sea su intención —argumentó Hermann.

Las palabras de un viejo combatiente lograron aplacar en gran medida mis fantasmas. «Un padre solitario y viudo ha de velar por su hijo huérfano», cavilé. La visión de Huckleberry Finn, ese pequeño diablo que, pese a su condición y situación, se mostraba pletórico de felicidad jugando con mi hijo me hacía pensar que quizá su padre, en una mañana, podría encontrarse entre aquellos que celebraban la llegada del nacionalsocialismo alemán, con su cultura e ideales de renovación y prosperidad. Según el régimen, los polacos que tomaran plena conciencia de su inferioridad racial asumirían su destino como siervos del pueblo ario y llevarían una vida venturosa bajo la tutela de nuestro *Führer*. Günther lo explicaba muy bien con un ejemplo: «Los perros, por muy fieros que sean, siempre se pueden amansar, con castigos, palos o ambas cosas; y una vez desembravecidos, acaban comiendo de la mano de su amo. Y serán siempre felices, y agradecerán cualquier gesto benévolo que tenga el amo hacia ellos...».

Los ladridos de unos perros en la lejanía me devolvieron a mi conversación con Hermann.

—¿Y el padre? Bueno, el jardinero... —le planteé.

—¿Aún no se ha cruzado con él? ¿No ha visto por aquí a un tipo alto, delgado, de pelo castaño... y con pinta de jardinero? —me preguntó extrañado.

—¡No me diga que va a ser ese con cara de grieg... con el que me crucé ayer cuando salí a recoger el correo! —exclamé con sorpresa disimulada para ocultar aquella primera impresión de escultura helena que me produjo al conocerlo.

—Al respecto de esto, Ingrid, su esposo me dijo que le transmitiera que, a pesar de que lo desaprueba, ha ordenado a Hans y Otto que no toquen su correspondencia —dijo mi chófer.

—No esperaba otra respuesta que esta. —Esquivé el asunto del buzón, que por mi parte zanjé con determinación, para retomar el del jardín—: Está bien. En cuanto a lo del jardinero, estoy contenta. Al fin alguien hará del exterior de la casa un lugar risueño que invite a pasar largas horas al aire libre y no atravesarlo corriendo por miedo a que te salga un leopardo de entre la maleza —dije en tono jocoso.

Me imaginé rodeada de lirios blancos, amarillos, rosados... embriagándome con su poderosa fragancia. Y a mi hijo jugando con sus amiguitos al fútbol en una pradera de césped apretado y verde luminoso. Cosa que hasta entonces él solo podría hacer con el niño que en ese instante lo perseguía simulando llevar los mandos de un avión de combate. Entonces me sobrevino una duda que trasladé al Mayor:

—¿Y qué piensa hacer el polaco con su hijo? ¿Traerlo consigo al trabajo? —le pregunté según dirigía mi mirada a Anne, que escuchaba atentamente la conversación, ya algo más relajada.

—Antes el crío se lo quedaba su abuelo, pero ahora nadie puede hacerse cargo de él. Ayer y anteayer permaneció sentado abajo en la calle, en un lateral de la puerta de entrada, quieto, sin rechistar, hasta que su padre terminó la jornada. Pero este ha solicitado mi autorización para que, hasta que dé con una solución, pueda echarle una mano, pues es un niño trabajador y resuelto: sabe distinguir las malas hierbas de las buenas, y posee destreza y fuerza suficientes para arrancarlas y cargar con ramas y rastrojos... —Hermann hizo una pausa; mi silencio lo empujó a ir al asunto—: Estábamos inmersos Erich y yo jugando con sus peonzas, sentados fuera, en el banco que queda cerca de las cuadras. Ya sabe usted que soy tozudo, y no cejo en el empeño de que este lugar le resulte apacible al pequeño... Pero cuando Erich vio a la otra criatura, que en ese momento hizo aparición por detrás del pajar, ocupado retirando del camino esos cantos que fastidian los pies cuando uno se tropieza con ellos, salió disparado hacia él. Ni siquiera me dio tiempo a reaccionar... En un pispás ya estaban ambos estrechando lazos de camaradería y complicidad infantil... Se me derritió el corazón como la manteca en la sartén, así que los dejé a su aire. ¡Difícilmente puede competir un vejestorio como yo con un muchacho de la edad de Erich!

Procuré mostrarme indiferente ante su justificación, pues no quería que ni él ni Anne percibieran que me estaba dejando llevar por la misma emoción enternecedora que motivó que Hermann hiciera la vista gorda a sabiendas de que incurría en una negligencia. La realidad es así de caprichosa, a la vez que impertinente y pertinaz, cuando se empecina en darnos una lección de humildad. La estampa de los dos niños, jugando ajenos a los muros que las culturas, razas y clases sociales levantan para en cierta manera aislarse y protegerse, se me antojó como un oasis de afecto sincero y desinteresado en medio de un desierto hostil, alimentado por los odios e instintos bélicos del hombre, que no daba tregua a que en su firmamento se dibujara un arcoíris de esperanza. No todavía. Tal vez en un futuro próximo, cuando Alemania hubiera cumplido con sus objetivos y erradicado a los elementos inservibles de la nueva sociedad.

—Comprendo su descontento, Ingrid —contestó el Mayor ante mi callada respuesta—. Soy consciente de que el *Herr Hauptsturmführer* pondrá el grito en el cielo cuando le informe de mi indulgencia. Supongo que sí, que dejar al chico con ese polaco fue un error que espero que su esposo me sepa perdonar. Creo que siempre le he demostrado sincera lealtad a su familia, y sabe que jamás dejaría hacer algo a su hijo que no hubiera permitido hacer a uno propio que pusiera en peligro su seguridad. Y en aquel encuentro entre dos niños no pude ver más que ternura e inocencia.

No quise interrumpirle por nada del mundo, pues su elocuente discurso, aderezado por las risotadas que se colaban por la ventana, sonaba bien en mis oídos.

—Como no podía ser de otra manera, Ingrid —continuó Hermann—, asumo que tendré que pagar por mi falta y enmendarla. De hecho, ahora mismo bajaré a ordenarle a *Herr* Kopeć que saque al niño de su propiedad y que busque inmediatamente a alguien con quien dejarlo si no quiere que otro ocupe su puesto. Estará en sus manos decidir qué hará luego usted conmigo.

Pasé por alto su propuesta de echar al pequeño, así como su insistencia de ser sancionado por su desliz, pero no que volviera a llamar por segunda vez «*Herr*» a un polaco; me parecía una cortesía innecesaria, un despropósito para los hombres que sí son señores. Pero le excusé pensando en que el Mayor era demasiado caballeroso, un hombre chapado a la antigua, de valores tradicionales y apóstol de la moral, capaz de mostrar su hidalguía hasta con el peor enemigo.

La pareja de sesentones seguía con las manos cogidas por delante, tal vez más en una actitud defensiva refleja que de pleitesía, para protegerse de una posible embestida dialéctica por mi parte. Mientras mi cabeza desliaba un nudo de emociones contrapuestas, advertí, una vez más, que Anne se acicalaba más de lo habitual cuando salía al centro acompañada de Hermann. Recordé, además, que esta era la tercera vez consecutiva que se había ofrecido a Elisabeth para ir en su lugar a hacer acopio de provisiones en la *stare miasto*.

Miradas, pero furtivas, eran las que Anne dedicaba al Mayor cuando creía que nadie la veía. Nunca antes me había parado a pensar que existiera por parte de ella una atracción hacia el Mayor que fuera más allá de la amistad y de la admiración, o de un inocente flirteo. Pero aquel día se me encendió una lucecita en mi confiada sesera, que, como siempre bromeaba mi esposo, era la última en detectar los enredos amorosos.

Para la ocasión, ella lucía una flamante blusa blanca de hombreras pomposas, cuyo corte y confección, aunque humilde, fue ideado en realidad para un evento festivo. Los botones de nácar iban decorados por ambos lados con discretos plisados, y el cuello y los puños estaban bordados en flores con delicadas puntadas de color. La tela era fina de textura y descansaba sutilmente sobre sus generosos senos, dejando entrever unos contornos que aún conservaban la firmeza y causaban algo que toda mujer desearía al codearse con los sesenta, esto es, que los hombres giren la cabeza al pasar. La falda, igualmente sencilla, llevaba ribetes bordados en color blanco sobre la verde franela. Y los zapatos de hebilla, albos, cerrados hasta el empeine y de medio tacón, hacían juego con la blusa. No cabía duda de que aquel conjunto la favorecía, aunque para mi gusto le daba un aire provinciano.

Pensándolo bien, a Hermann no le disgustaba la compañía de Anne. Más bien lo contrario, pues últimamente se dirigía a ella en un tono de voz afable que no gastaba con los demás, ni siquiera con Erich. Si bien era verdad que hasta ahora llevaba la viudez con modosidad, no menos cierto era que la compañía de una mujer como Anne, sobre todo a esas edades, bien podría disculpar el cese del luto. «Sería maravilloso que el destino los emparejara —pensé—, pues ambos, de corazón noble, merecen tener a su lado a alguien que les dé calor y apoyo, sobre todo al acercarse la senectud.»

—No hagamos de esto un drama, Mayor. Con su explicación y disculpa el tema queda por mi parte zanjado, y no tiene por qué trascender de estas cuatro paredes, ¿verdad, Anne? —dije mirando a los dos.

Anne dibujó una sonrisa en la cara y asintió con la cabeza. Pero en Hermann detecté que aún estaba algo soliviantado.

—¿Cuántos años hace que me conoce, Mayor? Quizá nunca fui lo suficientemente expresiva, pero sepa que le aprecio, que todos en esta casa lo hacemos, no solo porque fue íntimo camarada de mi tío, sino también por sus cualidades como persona. Nos sentimos muy afortunados de tenerlo a usted con nosotros. Y, puestos a ser claros, le confieso que yo en su lugar habría procedido de la misma manera con los niños. Niños son —confesé con sinceridad.

—Agradezco sus amables palabras, que recojo como un bálsamo reconstituyente dada mi eventual soledad —contestó Hermann en tono familiar, peinando con sus uñas los pelos de su fino y cuidado bigote. Advertí cómo torció furtivamente su ojo hacia Anne, para quizá recoger su reacción al mensaje subliminal que le acababa de lanzar. Jamás me atreví a decirle que cuidara sus miradas de cíclope, porque era más fácil leer en ellas las intenciones cuando se tiene un ojo en lugar de dos.

Deseé que Günther estuviera en su despacho para ir corriendo a contarle el orgullo que sentía por haber sido capaz yo sola de descubrir un romance llevado de forma tan discreta. Aunque barajé la posibilidad de que me respondiera lo de siempre en estos casos: «¿Y ahora te enteras, alma de cántaro?». Volví a mirar al exterior, pero en esta ocasión con la intención de que la pareja tuviera la oportunidad de acabar de enviarse señales codificadas sin que hubiera interferencias por mi parte y también para darme tiempo a pensar sobre cómo replantear el asunto de los niños con las únicas dos personas con las que podía contar en ese momento. Deduje que los tres estábamos de acuerdo en que nada había de malo en que Erich y su nuevo amigo estuvieran juntos. Pero me preocupaba la reacción de las lenguas viperinas del vecindario, que tergiversaran la amistad de dos querubines y la extrapolaran al ponzoñoso mundo de los adultos y que nos acusaran de ser amigos de los polacos, lo cual podría afectar a la credibilidad de mi marido. Pero ¿dónde estaba escrito que el juego entre niños pequeños pudiera resultar peligroso para los intereses de mi querida Alemania? ¿Qué hay de infame en que un niño alemán comparta amistad con un niño polaco? Ni el *Führer* se había pronunciado a ese respecto, porque, en mi modesta opinión, todo el mundo estaba de acuerdo en mantener a la población infantil al margen de la lucha racial. De hecho,

Hitler, que gustaba rodearse de jóvenes en sus apariciones públicas, ordenó la germanización de miles de niños y niñas polacos bajo el auspicio del Reich, una inequívoca señal de buena voluntad hacia los otros pueblos.

—¿Qué creen ustedes que deberíamos hacer con el niño polaco? —tanteé—. Y, por favor, les ruego que sean sinceros en sus juicios, pues tienen mi palabra de que lo que aquí se hable aquí quedará para siempre.

Hermann no tardó en confirmar mi impresión: afirmó que, partiendo del hecho de que mi hijo no había estado en contacto con otro crío desde hacía varios meses, era hasta saludable para su mente que entablara amistad con él, por lo menos hasta que Erich empezara a ir a la escuela, pasado el verano.

—No puedo estar más de acuerdo con él, *Frau* F.... —intervino Anne con la determinación de un cómplice—. Un niño jamás debe estar aislado del resto; es como quitarle las alas a un ruiseñor... —Oportunamente, las risas estentóreas de los pequeños, llenas de musicalidad para mis oídos, interrumpieron durante un instante a Anne—. Jamás me atrevería a achicar la felicidad que en estos instantes inunda a Erich... Pero me temo, si me permite expresarlo, que el *Herr Hauptsturmführer*, como ya ha advertido el Mayor, no sea tan condescendiente, dada su implicación en el sometimiento del pueblo polaco...

—Para ser honesta, he de decir que jamás ha salido de su boca una palabra en contra de los niños polacos, salvo que son revoltosos y que sus capacidades creativas, mentales y físicas están lejos de las de nuestros hijos —puntualicé para reforzar mi argumento.

Fue un alivio para mí constatar que contaba con dos aliados; gracias al apoyo de Hermann y Anne resultaría relativamente fácil llevar con discreción nuestro pequeño secreto. Además, mi esposo apenas aparecía por casa; solo se dejaba ver algún que otro fin de semana, lo que hacía más sencillo que no coincidiera con el jardinero.

¡Oh, Günther! Sentí cómo el corazón se desgajó en dos. Una parte se puso del lado de Erich, al velar por su dicha; la otra se encogió ante la eventualidad de traicionar la confianza que mi esposo depositó en mí. Nunca antes le había ocultado nada, y ahora estaba a punto de hacerlo con un tema nada baladí. Mi conciencia me susurró al oído que si me callaba algo así sería una esposa desleal, pero me dije a mí misma que obraría de buena fe, en aras del bien de Erich. Además, la amistad duraría hasta que mi hijo comenzara la escuela; sería poco tiempo. Entonces las cosas serían diferentes. Erich se echaría nuevas amistades y únicamente sería cuestión de buscar a otro jardinero para poner fin al embuste. Y si entretanto mi esposo descubría el pastel, siempre podría apelar a su buen corazón y generosidad. Y si eso fallaba, me quedaba la opción de desplegar mis encantos femeninos que, según el grado de su cólera, podrían ir aderezados con unos sollozos. Nunca dejé de sorprenderme del poder debilitante que ejercen unas lágrimas femeninas sobre el mal llamado sexo fuerte. Era, por supuesto, el más vil —y fácil— de los recursos para meterme a Günther en el bolsillo, pero por algo Dios nos dotó a nosotras y no a ellos de semejante arma lacrimógena.

—¡Estupendo! ¡Con esto queda dicho todo! —dije sin poder ocultar mi complacencia, eso sí, levemente herida por la punzada de un remordimiento latente—. ¿Qué le parece que traslademos las clases a las tardes? De este modo Erich podrá dedicar las mañanas a su nuevo compañero de juegos —le propuse a Anne con fervor.

—Por supuesto, *Frau* F. Seguramente cogerá los libros con más ahínco —respondió ella con ojos dubitativos por el *complot doméstico* que yo estaba tejiendo.

—Perfecto... ¡Ah, habrá que poner al corriente también a Elisabeth! Aunque no creo que tenga inconveniente en que un crío más corretee por aquí; su debilidad son los niños. Por favor, Anne, hágaselo saber usted de mi parte; estoy convencida de que no solo no pondrá objeción alguna, sino que será una fiel aliada. Bastará con que vea el rostro iluminado de Erich y la facha desaliñada del polaco para que se despierte su instinto maternal. En cuanto a Hans y Otto..., ya idearé el modo en que no se vayan de la lengua —señalé con absoluta seguridad en las palabras, pero sin saber muy bien cómo granjearme la complicidad de los SS. La prudente sirvienta asintió, sumisa, y antes de que el viejo Hermann sacara de nuevo a relucir las posibles objeciones de Günther, añadí—: En cuanto a mi esposo, simplemente no le diremos de esto ni pío, pues es seguro que él no aceptaría bajo ningún concepto que su hijo confraternizara con un polaco. Llevaremos el asunto con la máxima discreción, y en los días en que vaya a venir mi marido prescindiremos de los servicios del jardinero. Pondré yo misma al día de este particular a Elisabeth para que se coordine con nosotros. Así de sencillo, ¿no les parece?

—¿Y si por la razón que sea el señor se entera de nuestros tejemanejes...? —preguntó Anne.

—Esté tranquila; en el caso de que mi marido les pidiera explicaciones a cualquiera de ustedes, respóndanle que estoy al tanto y que hable conmigo —indiqué.

—Mmm, eso si antes no ordena a Hans que nos pase por el paredón —exclamó sarcásticamente el Mayor, ya del todo comprometido con la causa.

—Déjese de bromas, pues bastante fusilamiento está habiendo por todo el país como para traerlos a casa... ¡Y vamos, no se queden ahí como dos pasmarotes! ¡Váyanse y aprovechen que van de compras para disfrutar de un paseo por la ciudad! ¡Ah, Mayor!, lleve a Anne a la plaza de Adolf Hitler, a disfrutar de la bella arquitectura de la Sukiennice, que tanto me emocionó la vez que me la mostró Günther, y tómense un vino, un helado o lo que deseen, pues déjenme que los invite para sellar nuestra alianza, y luego vayan a pasear por las orillas del Vístula, resulta grato contemplar a las parejas de jóvenes enamorados que se dejan ver por allí cogidos de la mano. —Confié a su imaginación cómo debían interpretar esta última exhortación.

Salieron ambos, la dama endomingada por delante del varón, no sin antes intercambiar unas miradas timoratas y un tanto pueriles para su edad. Pero el amor es lo que tiene; por un tiempo da la vuelta al reloj de arena de la vida y hace que nos comportemos como adolescentes.

Al quedarme sola noté lo excitada que estaba; un temblor casi imperceptible agitaba mis brazos y piernas por nuestra desobediencia. Respiré profundamente para que se marchara, y me centré de nuevo en descubrir qué sucedía en el jardín. Los frutos inmaduros yacían abandonados en el suelo. El coche de pedales, con el que mi hijo se pasaba largos ratos dando vueltas a la casa, monopolizaba ahora la atención de los pequeños. El personificado Huck iba montado en él y pedaleaba a una velocidad asombrosa, como si estuviera entrenándose a fondo para una carrera como las de antaño en Le Mans. Parecía un piloto experimentado, pero apostaría mi brazo por que era la primera vez que se ponía al volante de un juguete como aquel, al alcance solo de los bolsillos más pudientes.

Erich lanzaba vítores y agitaba una bandera imaginaria, como la que da la salida en las competiciones. «¡Rápidos como un galgo, resistentes como el cuero y duros como el acero de Krupp!», vociferó. Y yo me descollaba en mi puesto para poder seguir con la mirada al piloto entusiasta que se disponía, sin *pisar el freno*, a doblar la esquina de la casa.

Pero antes de completar la maniobra, surgió como de la nada el orondo Otto. Y en un intento de no llevarse por delante al soldado, el audaz piloto dio un volantazo rápido, pero con la mala fortuna de que le arrolló al SS el pie izquierdo. Otto se puso hecho un basilisco, y con la cara teñida de rojo lo arrancó bruscamente del cochecito de chapa cogiéndolo en volandas por la camiseta. Como consecuencia de su brutal actuación, la gorra del niño salió volando por los aires y la tela de la camiseta se rasgó por el cuello. Para evitar que la presa se le escabullera, el SS la agarró por el pescuezo con su zarpa derecha y, zarandeándola sin contemplaciones, la levantó del suelo cual matarife que se dispone a abrir en canal la pieza. Huck agitó espasmódicamente sus piernas de palillo, dando patadas inútiles al aire, y en un intento de liberarse se agarró con sus diminutas manos a la del que debía de parecerle un ogro gigante. El polaquito se asemejaba a una marioneta sin control, de cuyos hilos tiraba un titiritero novato.

—Te voy a hacer tragar las cuatro ruedas del cochecito, maldito hijo de... —bramó Otto, que no acabó su grosera expresión al percatarse de la presencia de Erich.

Temí que pudiera lesionar al niño e instintivamente eché a correr. Salí de la habitación a toda prisa, pero mi tobillo accidentado el día anterior impidió que bajara las escaleras con la celeridad de la que sabía que era capaz. Mi carrera hasta la puerta de servicio de la cocina, el camino más corto a la parte trasera del jardín, me pareció una maratón.

En realidad, pasó menos de un minuto, tiempo suficiente para que Otto, fuera de sí, protagonizara una tragedia. Sobre los hombros de aquel soldado entrado en carnes y de aspecto inofensivo, reposaba una cabeza de chorlito que debía alojar un botón común a muchos varones violentos, a quienes les basta una mirada extraña, un roce involuntario o cualquier cosa que consideren una agresión a su persona, como que les atropelle un niño con un triciclo, para entrar en un trance irreversible de agresividad.

Fuera me topé con Otto riendo a mandíbula batiente, sujetándose la barriga con ambas manos, lo que amortiguaba las vibraciones que en ella producían sus carcajadas, y apisonando con su bota gigante de cuero el vientre del polaco. El pequeño parecía un cervatillo recién cazado por el lobo: estaba totalmente petrificado, con sus brazos rendidos, abiertos en cruz, y el rostro pálido. A mis oídos llegaban unos resoplidos mortecinos.

—¿Has visto, chaval, cómo se aplasta una cucaracha? ¡Ja, ja, ja! —Rio Otto.

Vi cómo Erich, entre bufidos desesperados, tiraba de la rodilla de Otto en un intento baldío de rescatar a su amiguito.

—¡Otto, retire ahora mismo la bota de la tripa del niño! ¿No ve que no puede respirar?... Es usted un... Es usted un... ¡No sé decirle en este momento lo que es usted, pero lo que sí sé es que no está en su sano juicio! —le reprobé a voz en grito.

—*Frau* F., siento que tenga que presenciar una escena tan desagradable, pero esta musaraña me agredió y está recibiendo un escarmiento —dijo Otto mientras obedecía mi orden.

—Lo he visto todo desde la ventana y sabe usted que no está diciendo la verdad —repliqué, enfadada, cogiendo en brazos al muchacho con la delicadeza y ternura de una madre.

Pesaba muy poco en comparación con Erich. Al acurrucar su cabeza en mi hombro pude ver sus preciosos y enormes ojos pardos que me miraban con asombro. Por un momento me vi a mí misma encarnando a la Virgen del Socorro de las obras pictóricas medievales que rescata al niño del diablo.

—Ya acabó todo, pequeño, estás conmigo —le susurré con la esperanza de poder calmarlo, aunque no pudiera entenderme. Erich se apretó contra mi falda, consternado por la furia del SS. Y al sentir su desazón, se apoderó de mí una rabia aún mayor que proyecté en Otto a través de una mirada fría y cortante como el carámbano. Este, vacilante, se defendió de nuevo con justificaciones de lo más peregrinas:

—¡Insisto, *Frau* F., en que ese maldito mequetrefe lleva veneno en la sangre! El muy bastardo me arrolló deliberadamente, pues bien pudo dar un volantazo a tiempo y evitar así destrozarme la pantorrilla.

—¡Ya será menos, soldado! ¡Debería usted sentir vergüenza de haberla emprendido a tortas con el pequeño! —lo reñí a la vez que comprobé que Huck había resultado ileso de la vejación, al menos físicamente.

—Pero ¡si no le he tocado un pelo...! ¡El muy canalla! —murmuró Otto lleno de cólera. Su rostro seboso ardía como un infiernillo—. A este asqueroso polaco hay que meterlo en cintura antes de que crezca y se convierta en una mala bestia que...

—¡El maltrato gratuito no es la solución! —repliqué sin darle tiempo a que prosiguiera, y al decir esto me fijé en que le asomaban unos horribles pelos rojos por la nariz.

—Las órdenes de arriba son contundentes, *Frau* F.: tolerancia cero con los polacos, independientemente de su sexo y edad. Yo solo aplico el reglamento —argumentó Otto indignado, como si él hubiera sido el agredido.

—¡Por Dios, con un niño al que su madre podría aún estar dándole la teta! Pero ¿de qué caverna ha salido usted? ¿Cómo pretende que con ese talante pendenciero los sometidos confíen en nosotros su destino, su seguridad, sus esperanzas de futuro? ¿Cuál cree que sería la reacción de nuestros gobernantes si todos nosotros nos comportáramos con ellos como usted acaba de hacer con el pequeño? —dije abochornada.

—¡Si yo le contara! —exclamó entonces con gesto chulesco.

—¡Y nada menos que a-un-ni-ño! —repetí remarcando cada sílaba—. Tratándolo a puntapiés lo único que conseguirá es sembrar en su alma la semilla del odio. La violencia, Otto, conduce a más violencia, y el odio y el rencor, a una violencia que solo complace al mismo diablo. ¡Sí, sí, un cruel justiciero, eso es lo que hará usted de él! ¿Acaso quiere vivir en un Gobierno General donde los vencidos solo sueñen con el momento de la revancha, de aniquilarnos a nosotros y nuestras familias? —pregunté en un tono más conciliador con el único propósito de que analizara con objetividad por qué se sobrepasó en sus funciones.

—¿Qué sucede aquí? —Hans entró en escena cuando su compañero se disponía a lanzarme una contrarréplica. Se aproximaba a paso rápido hacia nosotros, visiblemente atraído por el alboroto y por la idea de intervenir y dar lustre a su autoridad.

A fin de reafirmar la hegemonía de la que se creía poseedor, se cuadró tan erguido como le permitió su espinazo, con los brazos en jarras. Pero en vista de que ninguno de nosotros tomábamos la iniciativa de informarlo, frunció el ceño y con ojo escrutador nos examinó uno a uno, atusándose el bigote para hacernos saber que estaba efectuando un concienzudo reconocimiento, por si tuviera que expedientar a alguien o adoptar medidas disciplinarias. Advirtió mi manifiesto enojo, el desaliento del niño entre mis brazos, el miedo en la mirada de Erich y el semblante dubitativo de Otto. Pero el análisis visual no le condujo a formular ninguna hipótesis. Ante su fracaso detectivesco, se dirigió con su habitual vehemencia a su compañero de armas:

—¿Y bien...? —Frunció nuevamente el ceño, en un intento de intimidarlo.

—Esto, verás, resulta que... —Otto se enjugó la frente encharcada de sudor; tras mi represión, el gordo ya no estaba tan seguro de que su visión de los hechos encontrara la aprobación por parte de su camarada.

—Llega usted en el momento oportuno, Hans —me interpuse, poco dispuesta a alargar por más tiempo aquel asunto y conocedora ya de cómo desarmar al gallo del corral—. Otto y yo hemos tenido ciertas discrepancias sobre el modo de actuar con los niños, pero el tema ya está zanjado. Lo más importante es que, aprovechando que están aquí los dos, he de informarlos sobre una novedad de última hora. Este niño de aquí —apunté al pequeño con un ligero movimiento de barbilla— tiene la autorización del *Herr Hauptsturmführer* para jugar con Erich. —Los ojos de Hans, turbados, se abrieron como platos; sus labios se movían mascullando cosas inteligibles—. Por esta vez, Otto, pasaré por alto su increíble conducta de la que lamentablemente acabo de ser testigo. —Y dirigiéndome a Hans, aclaré—: También usted deberá dejar tranquilo a este crío. Si hace alguna trastada, se me informa y yo seré quien disponga el castigo más conveniente.

—Lo cierto es que desconocía esa nueva directriz de su esposo, que sin duda alguna acataremos y cumpliremos a rajatabla —sonrió tímidamente Hans, que no quería buscarse problemas con los mandos superiores. Aproveché aquel talón de Aquiles para completar la mentira.

—Al hilo de lo que dice, les aconsejo que no intenten buscar una explicación a esta orden, y les advierto de que mi esposo me ha comunicado expresamente que no quiere que nadie le vuelva a importunar con *el tema de los mocosos*, como lo ha bautizado. Y ya saben ustedes cómo las gasta mi marido con los indiscretos, chismosos y boquirrotos —concluí con el convencimiento de que había desarmado y acongojado a las únicas dos personas que podían echar por tierra mi plan.

—Pero ¡es que...! —musitó Otto, cuya abominación hacia los polacos lo mantenía en sus trece.

—¡No hay pero que valga, cabeza de chorlito! ¿Acaso estás duro de oídos? ¡Es deseo expreso del *Herr Hauptsturmführer*! —le profirió Hans con el propósito de que yo captara el mensaje de que todo estaba bajo control—. ¡Con eso basta!

—Y ahora les ruego, caballeros, que vuelvan a sus quehaceres —finiquité la conversación con ganas de perderlos de vista, pues ni uno ni otro eran santos de mi devoción.

El flaco marchó en el acto orgulloso, pensaría, de su actuación. Y el gordo, al que llevó más tiempo comprender el significado de aquellas palabras, tardó unos segundos en reaccionar. Luego entrechocó los tacones en un acto reflejo, como si se encontrara frente a un soldado de rango superior del que debía acatar una orden, pero no llegó a extender completamente el brazo para hacer el saludo del *Führer*. Resopló como un burro y debió de escuchar en su mente una voz de mando, pues dio una perfecta vuelta de ciento ochenta grados, mascullando algo entre dientes como parecía ya ser costumbre en él, y se enfiló hacia Hans marcando el paso, eso sí, con las zancadas torpes e irregulares que le procuraban sus gruesas piernas. Todavía aferrado a mí, Erich siguió con la mirada la retirada de Hans y Otto hasta asegurarse de que estaban lo bastante lejos para proferir un par de insultos contra el orondo: «¡Imbécil, idiota!». Acto seguido les sacó la lengua a ambos.

Huck soltó una ligera carcajada. Su cuerpo cobró vida entre mis brazos, y lo puse en el suelo, tal como me sugerían sus movimientos que hiciera. Salió corriendo en busca de su gorra de pana gris, que sacudió y se caló hasta las cejas, y regresó hasta nosotros de inmediato, mientras yo reprendía a Erich con expresión grave:

—¿Imbécil? ¿Idiota? ¿Qué te digo siempre en cuanto a decir cosas feas de las personas?

—Que si no sabemos nada bueno de alguien, debemos contener nuestra lengua —respondió el pequeño tratando de poner el rostro serio, pues no podía ocultar su contento por mi mediación con los soldados.

—Eso es; y esta es una de las cosas que uno no debe olvidar nunca —añadí. Tomé a los dos críos de la mano y volviéndome al de los grandes ojos castaños, pregunté—: Es un placer para mí conocerte. Yo soy la mamá de Erich..., llámame *Frau* F. Y tú..., ¿cuál es tu nombre?

—Jędruś —contestó raudo, mostrando poseer una buena comprensión del alemán. Sin duda, había recuperado por completo la vitalidad. Su expresión era la del débil que era rescatado en el último momento por una heroína.

—Bonito nombre... Escúchame bien, Jędruś. Debes saber que ya no tienes por qué temer a ese hombre: no volverá a molestarte. Y si algún día lo hace, deberás decírmelo. ¿Entiendes lo que digo? —Jędruś asintió con una inclinación de cabeza—. Ahora, si te parece bien, iremos a la casa a buscarte algo de ropa porque este jirón de aquí —le señalé con el dedo la tela desgarrada que dejaba parte de su clavícula al desnudo— difícilmente puede remendarse.

Así, con él caminando a mi izquierda y Erich a mi derecha, pusimos rumbo a la vivienda que por primera vez en mucho tiempo volvería a sentir sobre sus cimientos las pisadas de un polaco.

De repente, el padre de Jędruś apareció por un lateral de la casa cuando nos disponíamos a subir los tres peldaños que conducían a la cocina. Empujaba una carretilla llena de estiércol equino, con una pala clavada en medio del montículo. Los músculos de sus antebrazos estaban tensos por el peso que acarreaban. Al vernos, el hombre de complexión vigorosa apoyó la carretilla en el suelo y fingió tomar un respiro. Advertí que sus ojos se clavaron con diplomacia en la mano de su hijo, que iba cogida a la mía. Luego se pasó por la frente el dorso de la mano para retirar el sudor; y en menos de lo que dura un pestañeo y sin manifestar la menor emoción, retomó su camino como si contemplarme con su pequeño fuera una circunstancia cotidiana. No supe cómo interpretar ese gesto, si encerraba altivez o desdén, ni siquiera conseguí adivinar si fue deliberado por su parte hacerme sentir incómoda. En cualquier caso, logró contrariarme.

«Es comprensible que no se oponga a que la señora de la casa fraternice con su hijo, porque dicha relación podría reportarle algún rédito en el futuro», medité. Si el polaco contemplaba esta posibilidad, se equivocaba de cabo a rabo. El que él fuera el padre del niño era un hecho absolutamente circunstancial, y de ningún modo implicaba que yo tuviera que tratarlo de manera diferente que a cualquier otro jardinero, y menos aún si era polaco. Debía estar muy atenta ante cualquier intento por su parte de romper el muro social que existía entre un siervo polaco y una patrona aria...

Estos pensamientos me rondaban la cabeza mientras sentaba a Jędruś en la mesa de la cocina para limpiarle con un paño húmedo las manchas de tierra de sus dedos de gorrión. En vista de que Elizabeth todavía estaba arriba haciendo las habitaciones, preparé yo misma un improvisado refrigerio para mitigar el hambre que sin duda le había causado el susto con Otto. Sus piernas escuálidas, colgando del borde de la mesa, sus clavículas sobresalientes y sus mejillas hundidas en el rostro me entristecieron. «¡Pobre niño, las penurias por las que habrá pasado en su corta vida!», rumié.

—Bien, muchachito —le dije cariñosamente a la que lo bajé de la mesa y lo invité a que se sentara en una silla—, mientras Erich y yo vamos a buscarte una nueva prenda de vestir, tú puedes comerte este panecillo con queso y jamón. —Luego miré a Erich, que parecía estar encantado, y le pregunté—: ¿Verdad que le vas a regalar una de tus camisetas, ratoncito?

—¡Sí, madre, y ya sé cuál! —exclamó.

Coloqué una manzana y un vaso grande de leche junto al plato. El niño, sin mediar palabra, se limitó a zamparse el alimento con voraz apetito, mientras que Erich lo contemplaba pasmado de pie junto a la mesa.

—¡Mastica despacio o te dolerá luego la tripa! —Erich repitió lo que yo solía decirle a él cuando lo veía tragar con ansia desmedida.

Hice un gesto a mi hijo con la mano para que lo dejara comer tranquilo y me acompañara a cumplir con lo prometido. Con una sonrisa de oreja a oreja, le lanzó el saludo alemán y trotó risueño adelantándome hacia el umbral de la puerta, donde me volví para captar de nuevo aquella imagen, tan entrañable y sobrecogedora, de un Huck real, caído del cielo para colmar de alegrías a mi pequeño. Desde allí quedaban a la vista los piececitos de Jędruś, que bailaban de excitación a dos palmos del suelo, y observé que la suela de su zapato izquierdo estaba parcialmente desprendida por delante. El corazón me dolió de verlo así. Me sobrevino el deseo de procurarle también calzado decente, incluso de darle un baño caliente y reparador... Parecía un angelito dejado de la mano de Dios, y yo estaba dispuesta a compensárselo, agasajándole con un pedacito de felicidad. Pero mi euforia se topó con la realidad inmiseri-corde... Me pondría en evidencia prodigando excesivas atenciones a un polaco.

Debía templarme y proceder con la prudencia y sensatez que se esperaba de un alemán ante aquel pueblo si no quería que mi plan se fuera al traste y llegara a oídos de Günther. «Modérate —me dije—, recuerda que no es hijo tuyo, que por sus venas no corre sangre aria y que su presencia en nuestras vidas es pasajera.» Sí, todo esto estaba bien, pero en mi fuero interno no podía apartar la idea de ayudar al pequeño. «¡Bueno, al fin y al cabo, es como si le hubiera traído a Erich un cachorro para que se distraiga con él! ¡Qué hay de malo pues en alimentarlo, vestirlo o asearlo! —me excusé a mí misma—. Visto así, cualquier persona entendería mis atenciones hacia él.»

Nos ausentamos durante unos pocos minutos y a nuestro regreso encontramos a Jędruś sentado, con el plato y el vaso vacíos, relamiéndose los restos de leche pegados a los labios, como si hubiera acabado de comer en ese justo momento y no se hubiera movido del sitio. Pero sus bolsillos me revelaron que había estado ocupado atesorando las viejas y rancias nueces relegadas a meros adornos en una cestita de mimbre junto a los botes de especias colocados en fila junto al fogón. «Este Huck, menudo ladronzuelo...», me reí para mis adentros.

Fingí no notar las protuberancias irregulares que se dibujaban por encima de sus perneras y lo vestí con un suéter verde que llevaba bordada una locomotora marrón. A pesar de que mi Erich era una pizca más bajito y corpulento, le sentaba perfectamente. Enseguida supimos que a Jędruś le gustó, pues con entusiasmo siguió con su dedito el contorno del tren. Luego alzó la vista y exclamó:

—*Dziękuję!*... ¡Gracias!

—¡Es mi camiseta preferida! —le soltó Erich entusiasmado. En una reacción inesperada para nosotros, el niño polaco le regaló un abrazo fraternal.

—*Dziękuję, dziękuję* —le repitió en el oído.

Volvió a mirarse la locomotora y de forma espontánea comenzó a correr alrededor de la mesa imitando con los brazos el movimiento de las manivelas del tren y emitiendo por su boca el típico chucu-chucu-chu.

—¡Pasajeros al tren! —aulló Erich y se enganchó a sus caderas.

No recuerdo las vueltas que dieron en torno a la mesa, pero me dio tiempo a prepararles unas onzas de chocolate con pan. Y cansada de tanto trajín, los invité a que volvieran a jugar al jardín.

—¡Tened cuidado con subiros a los árboles y no atropelléis a nadie más con el bólido! —les sugerí entre risas.

Erich salió corriendo al grito de «¡¿A que no me coges, tortuga?!» y Jędruś, subiéndose hasta el pecho los pantalones caídos por el peso de los frutos, corrió tras él.

El día se prometía espléndido. Erich tenía por fin un amigo en Cracovia y a mí me esperaba una tarde especial en casa de Clara, donde también podría surgir una amistad. Esta vez para mí.

4

Aquella misma tarde

La caída del día amenazaba con ser calurosa y poco húmeda; ni siquiera la brisa que penetraba por las ventanillas abiertas del coche sofocaba el fuego abrasador de los rayos del sol.

Hermann detuvo el vehículo frente a la disuasoria puerta de hierro forjado que ya me era familiar y que en breve me abriría el acceso al espacio íntimo de la mujer que había de convertirse en la renovada fuente de inspiración, la protagonista de mis nuevos trabajos. La cita me había producido una gran expectación, unos nervios que fueron en aumento desde que me subí al coche y el Mayor puso en marcha el motor.

Uno de los dos centinelas que custodiaban la entrada salió por una de las puertas laterales del muro de ladrillo encarnado y solicitó a Hermann nuestra documentación. Mientras él tramitaba de forma distendida el obligatorio ritual del papeleo, pues poseía la virtud de caer bien a la gente, distinguí desde el asiento trasero del vehículo una fulgurante placa de cobre con las letras grabadas en bajorrelieve AQUILA VILLA. Me llamó la atención que no reparara en ella cuando trajimos a Clara. Deduje que bajo el letrero se ocultaba cincelado el nombre original del lugar. ¿Cuál sería? ¿Quién habría sido el anterior propietario de aquella residencia, que ya desde sus muros prometía no defraudarme? ¿Un terrateniente polaco, un judío usurero que se enriqueció estafando sin compasión a los cracovianos más necesitados?

Al fin nos fue abierto el acceso y uno de los guardias hizo señales con la mano para que reemprendiéramos la marcha. Hermann viró hacia el interior del recinto, y apenas habíamos avanzado unos metros cuando se manifestó ante nosotros un edén de exuberante vegetación que se extendía en todas direcciones y que nos impedía ver más allá de unas decenas de pasos según íbamos avanzando. Sentí que estábamos penetrando en el jardín más maravilloso que había visto jamás.

—¡Qué vergel, Ingrid! Podría ser un bosque sacado de un cuento. ¡Tendré que ir con cuidado para no atropellar a un duende despistado u otra criatura del bosque...! —bromeó un deslumbrado Hermann, que conducía agazapado contra el volante para poder contemplar mejor el paisaje y a una velocidad que aburriría a las tortugas.

Los adoquines del ancho camino apenas eran perceptibles, pues el discurrir de los años había dejado que el musgo y otros vegetales rupícolas se instalaran sobre ellos hasta casi ocultarlos por completo. El empedrado estaba flanqueado por hileras de tilos y robles con troncos enormes que cerraban el cielo con sus copas, formando con las que crecían enfrente unas portentosas bóvedas góticas que parapetaban los rayos del sol. Por detrás, unos jóvenes carpes intentaban abrirse paso entre los mayores, y a los pies de unos y otros crecían flores de distintos colores, helechos y pequeñas plantas arbustivas. Los variados gorjeos de los diferentes pájaros parecían una orquesta sin director y se hacían oír por encima del rugido del motor. El camino ascendía por una suave colina, con curvas abiertas a cuya salida nos asombraban con nuevos parajes teñidos de formas y colores inesperados. A mi derecha, unos senderos de arena serpenteaban a la sombra de bosquecillos seculares que alojaban especies arbóreas de lo más variopintas, desde abedules y sauces hasta arces y poderosos abetos, junto con densos y umbrosos matojos y coníferas rastreras. Y a mi izquierda, en los claros soleados, sobresalían entre la hierba rasurada grupos ornamentales de lavandas, tomillos, manzanillas y arándanos rojos. Un pensil delicioso, que fue engalanado por la frescura y la lozanía de la primavera y me incitaba a asomar una y otra vez la cabeza por la ventanilla del Mercedes a riesgo de perder el sombrero y arruinar el peinado.

Aquel pasillo catedralicio de arcos, bóvedas y columnas levantadas por la madre naturaleza y modeladas por el hombre daba paso a una suntuosa mansión decimonónica de estilo neoclásico y color gris pálido que se alzaba en la parte más elevada de la villa, en un claro cercado por un anillo de álamos negros. Era el tipo de residencia a la que solo podían acceder nobles, diplomáticos y poderosos empresarios que ansiaban mostrar al mundo su inmensa fortuna con un simple golpe de vista. Un pabellón que lindaba con el edificio principal y que otrora debió de destinarse a la servidumbre tenía en la actualidad la función de alojar a la patrulla encargada de la seguridad del lugar. Había aparcados junto al acceso tres Volkswagen y dos sidecares. Tuve la sensación de penetrar en una fortaleza inexpugnable, fuertemente custodiada por numerosos soldados: que yo contara, los dos que nos recibieron en la entrada principal del recinto, la pareja con la que nos topamos durante nuestro ascenso por el camino y el trío que patrullaba por los alrededores de la vivienda... La guardia personal de mi anfitriona empequeñecía a Otto y Hans, que yo ya consideraba una pegajosa multitud. Fue entonces cuando tomé conciencia de que iba a pasar la velada con la esposa de algún hombre de las altas esferas de las SS.

El Mayor me condujo hacia la entrada principal de la vivienda, que por sus detalles arquitectónicos ganaba en majestuosidad a medida que nos aproximábamos. En el centro de su fachada destacaba un gran pórtico de cuatro columnas corintias que soportaban un frontón triangular decorado por un bajorrelieve de una cuadriga romana que me recordó, en pequeño, a la de la puerta de Brandeburgo. No menos imponente era la escalera flanqueada por dos estatuas marmóreas de Adonis y Afrodita, que dejaban paso a una balaustrada sobria pero elegante. A cada lado del frontón, en la planta baja, por lo menos una decena de ventanales me observaban con sus brillantes reflejos del exterior; y en el piso superior, unos balcones alargados arropaban otros tantos ventanales y puertas enormes con cuarterones de cristal.

Hermann detuvo el coche a la altura de la estatua del joven que arrebató los sentidos a la deidad de la lujuria. Permaneció en su asiento a la espera de que yo terminara con mis preparativos. Había aprovechado el último tramo del trayecto para sacar del bolso el carmín rosado y la polvera y darme un último retoque en mejillas y labios.

Llegó el momento de que el Mayor saliera del vehículo y me abriera la puerta, pero antes de hacerlo se volvió hacia mí y me transmitió el deseo de que la tarde estuviera a la altura de mis expectativas. Admiré su demostración de afecto, ya que el viejo no era muy proclive a hacerme ese tipo de cumplidos. Él era conocedor de mi obstinación por dar siempre una buena impresión allá adonde fuera, pero en esa ocasión auguró que aquella cita era particularmente significativa para mí, en parte por mi atípico comportamiento y en parte por mi indumentaria: los finos guantes blancos de encaje que me cubrían hasta la muñeca y el tacón alto de unos zapatos de charol igualmente níveos delataban la relevancia de la ocasión; todo ello iba a juego con un alegre vestido de lino del mismo color que estaba estampado en flores de distintos tonos y tamaños.

Cuando me apeé al fin del Mercedes, un joven soldado, apuesto y con refinada distinción, me recibió a unos pasos de distancia del vehículo con el saludo del *Führer* más perfecto y firme que nadie antes me había dedicado.

—*Frau* F., es un honor para mí darle la bienvenida, nada menos que a la esposa del *Hauptsturmführer* F. —dijo, acercándose con una ligera inclinación de cabeza—. Quedo a su disposición para lo que necesite. Soy el *Sturmmann* Schmidt.

—¿Conoce usted a mi marido? —pregunté, sorprendida.

—No personalmente, pero he tenido el placer de escuchar a mis compañeros hablar de sus méritos en el cuerpo y el excelente trabajo que desempeña aquí en el Gobierno General.

Intenté disimular mi perplejidad, pues ignoraba que las actividades de Günther trascendieran más allá de los límites de Auschwitz, un lugar nada del otro mundo para mí. Quise preguntarle cuáles exactamente eran esos méritos que habían llegado a sus oídos, pero temía llenarme de vergüenza si aquel joven se percataba de que la mujer del *Hauptsturmführer* F. desconocía la ocupación de su esposo. Lo único que le llegué a sonsacar a Günther era que una de sus tareas consistía en llevar a cabo unas rutinarias investigaciones antropológicas, raciales y médicas en prisioneros dirigidas a establecer el perfil completo de la raza aria, una labor con escaso interés para los profanos en la materia; y que a veces se desplazaba a Płaszów con el fin de reclutar judíos y polacos con perfiles concretos para sus estudios. De sus otras actividades meritorias jamás dijo palabra. Siempre deseé saber la rutina de Günther en el KZ, pero, las pocas veces que lo había visto desde su traslado a Auschwitz, él solía estar demasiado cansado para abordar el tema o me transmitía que era tan monótono que ni merecía la pena pararse a describirlo. O abiertamente escurría el bulto con el primer pretexto que se le pasaba por la imaginación.

Así, algo ruborizada, contesté al gentil militar con una lacónica sonrisa de agradecimiento por el elogio tributado a Günther. Sin embargo, estaba indignada por dentro; me puse el imperativo de que cuando volviera a reunirme con mi marido, este no escaparía de contarme qué papel cumplía en el campo y por qué los demás eran conocedores de sus méritos a excepción de mí.

—¿Me acompaña, *Frau* F.? —dijo caballerosamente el soldado, que enfiló con paso militar hacia la escalinata.

Yo le seguí, fijándome otra vez en la cuadriga ornamental y pensando en que no quedaría mal que el que montara aquel carro de la victoria fuera nuestro Hitler y no ese romano desconocido. Subimos los seis u ocho peldaños de la escalera juntos y al coronar el rellano él aceleró el paso para llegar antes que yo a la puerta. La golpeó tres veces con una aldaba en forma de león en lugar de llamar al timbre, quizá para hacer más ceremoniosa la presentación.

—Enseguida saldrá alguien a recibirla, *Frau* F. Excuse mi osadía, pero le deseo una agradable estancia y reitero mi admiración por su esposo —insistió el joven, que me concedió una ligera reverencia con la cabeza, acompañada de un golpe de tacones, antes de retirarse.

Quedé allí abandonada y hecha un manojo de nervios que exteriorizaba alisando compulsivamente las inexistentes arrugas del vestido. «¿Estaría la bella florentina esperándome al otro lado de la puerta tan azorada por la emoción como yo?», pensé. Debí de parecer una cría ante la puerta de la casa de su nueva compañera de pupitre, pues, mirándolo bien, mi histerismo era más propio de una colegiala que de un adulto. Intenté distraer mi agitación explorando al broncíneo felino, pero no funcionó. Más bien sucedió lo contrario: sus afilados incisivos sujetando la argolla y sus ojos feroces parecían presagiar sombríos augurios sobre lo que podría encontrarme al otro lado de la puerta, como si atravesar aquel umbral fuera a cambiar mi vida por completo, sin posibilidad de volver atrás.

«Cielos, pero ¿es que nadie va a abrir este portón antes de que me dé un soponcio?», grité enmudecida, pues mis piernas empezaban a moverse sin mi autorización. Volví el rostro en busca de amparo humano. Detrás de mí, bajo la sombra de un sauce añoso y en actitud contemplativa, el viejo Hermann había adoptado su habitual postura para fumar: apoyado sobre el capó del Mercedes, con las piernas cruzadas y el brazo que sujetaba la pipa descansando sobre el otro. Sus labios parecían silbar una canción y su mirada se perdía en unas nubes pasajeras que en ese momento eclipsaban el sol de la tórrida tarde, despreocupadas de su efimeridad. «Me cambiaría ahora por una de ellas... ¡Ya está bien, Ingrid! Has de tomar las riendas de esta absurda situación que te has creado al dejar que la excitación se apodere de ti», me dije a mí misma. Deduje que aquel inquietante presentimiento era producto de mi inseguridad. En realidad, temía que Clara poseyera una cultura y un bagaje intelectual muy superiores a los míos y que, por esa razón, no me considerara lo suficientemente digna como para compartir conmigo su tiempo. Me había ilusionado tanto con hacerme su amiga, pues tenía el pálpito de que el destino había puesto ante mí a un ser humano especial, que un rechazo por su parte sería demoledor para mi autoestima, además de hacer más inaguantable mi soledad en las tierras conquistadas. Entonces, mi pretensión inicial de convertirla en la catapulta que me lanzaría al éxito como pintora pasó a un segundo plano.

Al fin me abrió la puerta un ama de llaves cuyo aspecto físico estaba en las antípodas de la belleza femenina. A primera vista me causó una reacción de rechazo que hizo que me olvidara del diabólico león. Era espigada —me sacaba media cabeza— y de constitución tan exageradamente escuálida que en su cuerpo no se apreciaba curva alguna. Poseía un rostro oliváceo surcado de arrugas que la hacían aparentar más años de los que en realidad tendría. Rondaría la treintena, estimé. Unos ojos saltones, ojerosos y hundidos entre pómulos picudos me miraron tímidamente durante un instante, pero enseguida apuntaron al suelo en señal de sumisión. Sin mediar palabra, la mujer se puso a un lado, agarrada a un enorme picaporte, para darme paso.

Detrás de ella se me apareció un grandioso vestíbulo de altos techos con maravillosos relieves florales y unas paredes enlucidas con estuco veneciano de un color crema suave agradable para la vista. Era palpable que aquella mansión había sido diseñada por un arquitecto con un sentido estético exquisito, capaz de combinar magistralmente la sencillez con la elegancia, atributos que la casa casualmente compartía con su inquilina. Pasé al diáfano espacio que se extendía ante mí, mientras la parsimoniosa sirvienta cerraba la puerta acompañándola con las dos manos, como si temiera que aquel gigante de madera se fuera a romper en mil añicos al chocar con el marco. «Bueno, ya estoy dentro, no hay marcha atrás. Lo que tenga que suceder sucederá», medité. De momento, la primera sensación que me vino fue positiva. Noté la calidez de un hogar entrañable, que se sentía a gusto con mi presencia.

Para el que visitaba por primera vez la morada de Clara, lo más llamativo era sin miedo a equívocos la enorme escalinata que rasgaba el vestíbulo y cuyos largos escalones se iban estrechando desde abajo hasta encumbrar el piso superior, donde lo esperaban unos amplios pasillos que, desde mi posición, supuse que conducían a los aposentos. A ambos lados de la escalera, unos pasamanos de refulgente caoba descansaban sobre unos balaustres dorados forjados en hierro y unidos en una composición que conferían a la barandilla un aspecto señorial. En aquel instante era imposible adivinar que, en un futuro no muy lejano, aquella escalinata quedaría impresa de por vida en mi memoria.

La sirvienta giró un par de llaves de pared para encender las lámparas barrocas, conté dos o tres, que colgaban del techo, quizá con la intención de reforzar la luz natural que iluminaba el vestíbulo. Así pude ver mejor los detalles del óleo con una escena cinegética colgado entre dos puertas de doble hoja que quizá daban acceso a una biblioteca o al despacho del marido de Clara o a una sala de estar. Colegí que detrás de la puerta de la pared de enfrente, también de doble hoja, pero con un vano que duplicaba al de las demás, se hallaba un gran salón. A su derecha destacaba un blasón familiar, y a poco más de un metro de la jamba izquierda arrancaba un espejo majestuoso con marquetería de bronce de estilo rococó. El resto del vestíbulo estaba decorado con una larga consola Luis XV de patas finas y con una tapa de mármol verde esmeralda sobre la que descansaba la estatua en bronce de un cazador con el pie apoyado en el venado abatido y acompañado por la que parecía ser una pareja de perros bracos de Weimar; con varios bustos en piedra de posibles familiares apoyados en pedestales de madera tallada, y con una pareja de vasos de porcelana china casi tan altos como Erich que podrían haber salido de un museo arqueológico.

La sirvienta me indicó de nuevo con gestos que la acompañara. Así lo hice. Anduve detrás de ella hacia la puerta más señorial, sobre un mosaico de mármoles blancos y negros cuya configuración me recordaba a la de los templos cristianos. Los golpes de mis tacones resonaban en las paredes, y el frescor que de estas emanaba mitigaba el calor que desprendía mi piel, castigada por la calorina de fuera. Antes de llegar a la puerta de destino me salí de la fila y corrí con pasos prestos y apoyándome solo en la suela de los zapatos, con el fin de callar el taconeo, hasta el espejo, para comprobar una vez más que estaba satisfecha con mi aliño, al que había dedicado el mismo empeño y solicitud que destinaba a mis dibujos con el deseo de que despertaran el interés y la atracción de quien los contemplara. Me satisfizo el reflejo proyectado, un presente de salud, belleza y juventud. Solo el sombrero desentonaba de pronto con la composición. Reservado y guardado con mimo para estrenarlo en una ocasión especial, su diseño italiano se me antojó de repente excesivo, casi provinciano, un tanto atildado, y me lo quité con cuidado de no descomponer el moño. Eché un vistazo breve a la repulsiva criada, que me esperaba pacientemente junto a la puerta por la que se suponía que debía entrar, y rápidamente me pasé los dedos por las pestañas y coloqué en su debido sitio unos mechones díscolos que seguramente se desprendieron cuando asomé la cabeza para disfrutar del paisaje.

—¿Sería tan amable de guardarme el sombrero? —susurré a aquella huraña mujer, que había tenido tiempo de abrir de par en par una de las hojas de la puerta. Le hice entrega de la pieza italiana en las palmas de sus manos, que había juntado para convertirlas en una bandeja. Inclinó unos milímetros su cabeza, me dio la espalda y se esfumó. «¡Menudos modales! ¡Parece salida de una película de cine mundo!», cavilé despechada. Me abandonó a mi suerte, sin decir nada, en medio de terreno desconocido; al menos podía haberme dicho que «la señora» o «los señores» se reunirían conmigo enseguida, y sacarme así de dudas para saber a qué atenerme.

Pero no hay mal que por bien no venga. Pues pude fisgonear libremente por aquella estancia que por sus dimensiones y por la cantidad de objetos allí coleccionados me evocó las vastas salas del Museo Histórico Alemán. Todo un deleite para los ojos de un admirador del arte: mobiliario espléndido, tapices antiguos restaurados, cuadros de gran valor, figuras talladas en marfil, animales cinegéticos y exóticos disecados —entre ellos, un cocodrilo de por lo menos metro y medio, o quizá se trataba de un caimán, no sabía distinguirlos—, jarrones de Sèvres con flores de colores atadas con cintas de raso rojo...

Cada objeto seducía por su particularidad. El papel pintado de las paredes combinaba con buen gusto dorados y cobrizos en hojas otoñales con relieves. En uno de los rincones, una piel de cebra vestía el damero de mármol que conformaba el pavimento; sobre ella, un precioso orejero de cuero beis orientado hacia las mejores vistas del exterior, al resguardo de la luz solar que penetraba a raudales por media docena de ventanales rasgados desde el suelo al techo y que arremetía contra el otro extremo del inmenso salón, inundándolo de la luminosidad propia de una tarde de junio. A la mano de unos finos visillos descorridos, interminables cortinas de raso perlado, sujetas con lazos, caían desde donde partían las cuatro bóvedas que conformaban el techo. Sin duda, aquel era el salón principal de la vivienda. Pero ¿cuántos más poseería? Residencias como aquellas solían tener varias salitas de estar secundarias...

Hasta ese día aquel tipo de mansiones solo las había visto en fotografías. Siempre creí que entrar en una casa tan grande y lujosa sería motivo de gozo y admiración. Pero no conté con que también advertiría las dentelladas de la envidia. Aquel derroche de ostentación que me abrumaba desbordó todas mis expectativas. Yo, que hasta entonces me había visto como una gran señora, me sentí tan insignificante al lado de Clara como un vulgar mochuelo junto a una majestuosa águila imperial. Descubrí que había sido una ingenua al creerme por encima de ella. ¡Cómo me engañó su apariencia natural y espontánea, la notable sencillez de su estilo! Pero ella no tenía culpa alguna de mi repentino arrebato de celos, reflexioné.

Avancé despacio, sin prisa, por el paso, tan ancho que Hermann podría atravesarlo con el Mercedes, que se abría entre las ventanas y el corazón de la estancia. En él descansaban tres enormes sofás otomanos de terciopelo esmeraldino dispuestos en semicírculo sobre una alfombra persa salpicada de guirnaldas de flores. Unos brillos procedentes de una pareja de vitrinas gemelas que recorrían casi la largura de la otra pared del salón me obligaron a desviar mi paseo. Acorté entre los sofás para llegar a ellas. Mostraban con arrogancia colecciones de objetos modernos y antiguos de plata, utensilios que veía por primera vez en mi vida y cuya utilidad desconocía, esculturas clásicas, estatuillas de Sajonia, cerámicas procedentes de lugares remotos, monedas rescatadas de pecios españoles, compases de navegación de hacía siglos... Mis pupilas, hambrientas de belleza, no daban abasto para recrearse y analizar escrupulosamente la enorme cantidad de pequeñas obras de arte. Por encima de las vidrieras, un poco más bajas que yo, despuntaba una panoplia de armas antiguas colgadas en la pared que se alternaban con fotografías enmarcadas de los rostros más influyentes del Reich; entre ellos, distinguí el del marido de Clara, encuadrado en un marco argénteo. Era un hombre bien parecido y que, por los aires de grandeza con que se dejaba retratar, bien podría ser poseedor de un título nobiliario. Y su mirada, como la de Günther, destilaba ambición.

Al fondo, divisé por detrás de un piano de cola blanco un ambiente radicalmente distinto, algo más acogedor y familiar que lo que hasta ahora había visto. Cuatro sillones orejeros tapizados en cuero negro y con capitoné se miraban cara a cara emparejados a ambos lados de una chimenea en la que por sus dimensiones podría asarse cómodamente una res en su hogar. Este estaba ennegrecido por el hollín, pero sin una mota de ceniza del invierno pasado. Su faldón estaba rematado en un impoluto mármol rosado y en su repisa, también del mismo material, había colocadas a cada extremo una pequeña bandera roja con la cruz gamada, y sobre ellas, en la pared, pendía un enorme cuadro al óleo del *Führer*. Nada que ver con el pequeño retrato de Hitler que lucía en la repisa de nuestra chimenea o la fotografía coloreada que tenía colgada Günther detrás de su mesa de escritorio en su despacho. Experimenté disgusto por no haber pensado antes en tributar a mi tan venerado adalid los honores que merecía. De modo que decidí en ese mismo instante seguir el ejemplo de Clara: reservaría un espacio estratégico en casa para un cuadro del *Führer* de similares dimensiones. «Sorprenderé a Günther con él para el día de su cumpleaños», sentencié para mí misma henchida por la emoción.

¡Mi marido y yo estábamos tan orgullosos de nuestro líder...! En mi caso, sentía una adoración inefable hacia él que iba más allá de la mera admiración como político honrado, inteligente, estratega o, como yo, estudioso y amante de la pintura y el arte en general.

Di unos pasos para examinar más de cerca aquel retrato al que el autor quiso imprimirle un realismo soberbio, un nivel de detalle que me hizo creer que contemplaba a través de una ventana a un Hitler joven, serio y solemne, con los brazos cruzados y ataviado con la camisa parda y el brazalete nazi. Su carismática expresión corporal, que seguramente compartía con los grandes gobernantes del Imperio romano y los faraones del antiguo Egipto, proyectaba un plan inmenso, que todavía nadie era capaz de figurarse, para rescatar el orgullo de nuestra nación y la gloria que jamás debió perder. Qué duda cabía de que el pintor supo captar la sobrehumana grandeza de nuestro canciller. Me zambullí en cada una de las pinceladas de sus rasgos faciales y me recreé en sus ojos, que irradiaban un brillo especial que para mi sorpresa me hicieron fantasear libidinosamente. Y no, no era la expresión impasible e introvertida de Hitler, como creí hasta ese momento, lo que me tenía cautivada, sino sus ojos, el iris azul claro pero intenso que me atraía como un imán, que me transmitía esperanza y confianza, que traslucía el compromiso sincero del *Führer* con el castigado pueblo alemán. Eran como dos ojos de buey que se abrían a un vasto piélago de prosperidad y conciliación. Hitler era un milagro de nuestro tiempo, como él mismo confesó. Los alemanes tuvimos la dicha de hallarlo entre tantos millones de personas; y él de hallarnos a nosotros. «Pero ¿cómo es posible sentirse tan íntimamente próximo a alguien que no se conoce en persona?», me pregunté.

Caí en la cuenta de que el *Führer* no solo estaba allí para recibir el calor hogareño de la chimenea, sino que ocupaba un lugar estratégico, ya que podía ser admirado también desde el comedor que tenía enfrente y al que se accedía a través de un enorme arco vestido con madera preciosa. No pude evitar la tentación de asomarme al último rincón por explorar de aquella estancia. Su centro estaba ocupado por una suntuosa mesa de caoba de estilo Luis XIV en la que cabrían una veintena de comensales, adornada con marquetería de marfil y apoyada sobre unas robustas patas en forma de aljaba. Dos grandes lámparas de bronce macizo se encargarían de iluminar a quienes allí se sentaran a comer.

Dediqué un momento a contemplar los tres aparadores arrimados a la pared de la izquierda, que dejaban caer su peso en unas garras de león. Lacados con el clásico estilo chino, contendrían, profeticé, las vajillas, las cuberterías, los manteles y demás enseres para vestir la mesa... Por encima del terceto de muebles, un espejo de dimensiones gigantescas, de madera tallada a mano y dorada con pan de oro, reflejaba los trofeos de caza colgados en la pared de enfrente. Identifiqué las cabezas disecadas de un jabalí, un venado y un rinoceronte. Pero había otras a las que no les pude asignar animal alguno, pues venían posiblemente de Asia o de América. Jamás le encontré el sentido estético a colgar de la pared las cabezas de unos animales que habían perdido toda su viveza natural, y menos a tenerlos delante mientras comes. Aún más indescifrable resultaba para mí la extraña vocación que posee todo cazador que se precie por coleccionar dientes, como los entablillados de caninos de todos los tamaños y formas que exhibía a modo de trofeo el marido de Clara junto a las cabezas disecadas.

Retrocedí un par de pasos para contemplar en su conjunto aquel despliegue de naturaleza muerta, y advertí que irónicamente todo él estaba encerrado entre dos paréntesis, los dos colmillos de elefante de casi dos metros de alto montados sobre unas peanas y que adornaban cada uno de los rincones de la pared.

Así, llegué al final del comedor, donde una puerta conducía a la cocina. Lo supe porque estaba entornada y me llegaba a la nariz el aroma a té recién hecho. Dado que allí se acabó mi visita museística, vi llegado el momento de tomar asiento y esperar. ¿Qué podría ser más importante para Clara que reunirse conmigo a la hora convenida? ¿Cinco, diez, quince minutos de demora? Tantas distracciones hicieron que perdiera la noción del tiempo.

Volví sobre mis pasos y escogí el sofá que quedaba más cerca del elegante piano Bechstein, que tenía la tapa superior levantada y en cuyo atril descansaban unas partituras con anotaciones en tinta roja. Me dejé caer sobre su confortable relleno de plumas; mi espalda se hundió entre cojines en encaje de aguja, cuyo color hacía juego con el tapizado del sofá. Puse mis ojos en un pequeño grupo de tilos vejestorios que miraban con antipatía a los álamos más tiernos que crecían delante de ellos, una composición que convertía las cristaleras en gigantescos lienzos de Monet con vida propia. Pocas personas podían presumir de poseer una pinacoteca con paisajes que cambian de forma y color a merced de los caprichos del día y la noche, del otoño y la primavera, de las nubes y el sol.

En la veladora que quedaba a mi izquierda había un pequeño retrato enmarcado en plata del fallecido Heydrich. Estaba rodeado por numerosas imágenes de Karl, en las que aparecía solo o acompañado de gente importante, y siempre ataviado con uniforme y gallardeando con poses militares, en mi humilde opinión, innecesarias. Únicamente vi dos o tres fotografías en las que figuraba al lado de Simonetta —una cabeza más baja que él—, que, a diferencia de su vanidoso esposo, no se afanaba en gloriarse de la dignidad con la que le obsequiaba su posición. Tampoco iba emperejilada como las damas de alta estofa, forradas en joyas, piedras preciosas y vestidos que solo pueden lucir ellas. Mi anfitriona era un palpable ejemplo de la infrecuente combinación de distinción y sobriedad, atributos que se daban de tortas con el refinamiento, el lujo extraordinario que se desplegaba ante mis narices. Me sentí privilegiada de poder experimentar en persona una fastuosidad prohibitiva para la mayor parte de los mortales, aunque fuera merced a un esporádico encuentro del que ahora esperaba sacar mayor rédito que la mera amistad, con las miras puestas a codearnos con lo más granado de la ciudad. Clara podía ser el salvoconducto para introducirnos a Günther y a mí en los ambientes más selectos e influyentes de Cracovia. Dejé correr la fantasía mientras mis codiciosas manos amasaban el suave terciopelo que me arropaba. Por vez primera en mi vida ambicioné ya no labrar un futuro asegurado para mi familia, sino saborear las mieles de la opulencia en toda su plenitud, al igual que mi Simonetta.

Una, dos, tres, cuatro, cinco, seis, siete... Estaba tan enfrascada tratando de averiguar cuántas imágenes del Narciso que conquistó el corazón de Clara vestían la sala que no reaccioné con celeridad al sonido de la puerta que se abrió tras de mí. Cuando me quise volver, ella ya había rebasado el umbral. Fue para mí un alivio verla sin su esposo. Sin duda, era necesaria una mínima intimidad para que entre ella y yo surgieran sin artificios las afinidades y las complicidades que conducen a la amistad. Por otro lado, la presencia de su marido no solo coartaría mi espontaneidad natural, sino que me generaría una terrible inseguridad, debido a que aún no sabía desenvolverme con soltura en las más altas esferas.

Así, sola, Clara se me antojó una persona completamente diferente a la que conocí aferrada al brazo de su esposo en el viejo teatro. Allí me pareció una mujer cohibida, quizá algo insegura, pero la dama que venía a mi encuentro se movía derrochando soltura y decisión, con la cabeza erguida, la mirada altiva y la tez refulgente. Llevaba un vestido azul celeste, discreto pero elegante, que dejaba al desnudo sus hombros. Sobre ellos caía una melena suelta, que se meneaba al ritmo de los pasos, salvo el mechón que iba prendido a un lado con un lirio blanco de tela.

Rompí el silencio con un melodioso «*Heil Hitler!*», y me apresuré hacia ella para estrecharle la mano que me tendió cortésmente. En la zurda sostenía un libro, lo cual me mereció de antemano una buena opinión, pues de seguro que era amante de la lectura.

—*Heil Hitler!* ¿Cómo está usted? —Su voz me acogió con calidez—. Es una alegría para mí volver a verla, *Frau* F.

Quise devolverle el saludo con la misma cordialidad, pero de pronto un dóberman surgió por detrás de ella, que a trote corto y apresurado se plantó delante de mí. El animal se puso a olfatearme los pies y siguió por una de las pantorrillas hasta la rodilla, donde afortunadamente se detuvo.

Los músculos del rostro se me contrajeron agriando mi sonrisa, y la sangre me bajó ingrávida a los pies. No era muy amiga de los perros —y menos de los de ese tamaño y raza—, dado que nunca había tenido ocasión de comprenderlos ni de que ellos me comprendieran a mí. Clara no tardó en percatarse de esto, porque enseguida lo apartó de mi lado tomándolo con mimo del collar de brillantes.

—¡No debe usted preocuparse! Kreta es muy afable y cariñosa, ¡no le va a hacer a usted nada! —me informó sonriente. Y con un gesto de la mano hizo una señal al can, que en el acto se apresuró hacia un cojín grande que yacía en medio de la alfombra de guirnaldas. La piel negra del animal resplandecía intensamente según se movía por entre los rayos de luz que se colaban desde el oeste por los ventanales. Tenía una figura felina, estilizada y esbelta. Dio tres giros sobre sí mismo y se tumbó en el lugar señalado, sin apartar la vista de su ama; sus ojillos penetrantes seguían con pertinaz devoción los movimientos de la persona que a diario le garantizaba el sustento. Solo de cuando en cuando me miraba durante unos segundos, tal vez para comprobar que aún seguía allí. «Kreta... un nombre idóneo para una mascota.» No tardé en caer en la cuenta de que la habían bautizado así en homenaje a nuestra victoria en la isla helena, dos años atrás, donde nuestros muchachos de la Luftwaffe echaron de un puntapié a los británicos.

Con la mano rodeándome el hombro, la anfitriona me condujo hasta el mismo asiento en el que me había arrellanado hacía apenas unos instantes.

—Póngase cómoda, querida.

Era el momento de desplegar mi gracia natural, que heredé de mi madre, y sorprender a la anfitriona con mi refinamiento en los modales: me senté y crucé las piernas con el mismo garbo que gastaban las burguesas de Berlín, y que había observado una y otra vez en las terrazas de los cafés frecuentados por las damas de alto copete. Concluida con éxito la primera fase de la operación, alisé discretamente la falda y picoteando con las yemas de los dedos simulé que retiraba unas pelusas de su tela.

Clara no se sentó enseguida. Antes depositó el libro junto a dos ejemplares de *Das Reich* y *Signal* apilados sobre la mesa de centro. Luego, moviendo su cintura con el donaire de una maharaní, caminó hasta los dos ventanales de enfrente y los abrió de par en par, con el fin de que el céfiro refrescara nuestras pieles acaloradas, especialmente la mía, sudorosa debido a un estado de histerismo que ahora veía injustificado. Clara se irguió y echó ligeramente la cabeza hacia atrás para que la brisa, suave y apacible, le acariciara el rostro. Pero el aire que se colaba por los ventanales era demasiado cálido para mi gusto.

—Permítame ofrecerle algo de beber. Esta tarde está siendo especialmente bochornosa..., inusual para la fecha en la que estamos. ¿Qué le apetece tomar? ¿Un té, un café, una limonada con hielo...? ¿Y algo de picoteo?

—La limonada está bien, por favor —respondí deseosa de refrescarme la garganta—. Con este calor no tengo nada de apetito.

Clara hizo sonar la campanilla desde el sofá de enfrente, donde había tomado asiento, y de inmediato entró, solícita, la misma sirvienta larguirucha y de fealdad molesta que me atendió de forma hosca al llegar. Parecía haber estado esperando todo ese rato al otro lado de la puerta, lista para entrar cuando fuera reclamada. Portaba una bandeja de plata con un platito de pastas y el té negro cuyo aroma intenso ya olisqueé poco antes. Era probable que Clara tuviera la costumbre británica de tomar una infusión a aquella hora, de ahí que estuviera lista para ser servida. Escruté de arriba abajo a la criada mientras se dirigía hacia su señora; y reparé en que la cofia y el delantal blancos llevaban lazos y pequeñas margaritas pespunteados en rosa que combinaban con su vestido, igualmente asalmonado. Un uniforme coqueto que perdía todo su brillo y gracia en aquel, que Dios me perdonara, adefesio. ¿Cómo debía de sentirse una mujer al no resultar agradable para la vista? ¿Y que nadie del sexo opuesto fijara su mirada en ella, salvo para horrorizarse? ¡Qué experiencia tan terrible! ¡Únicamente le quedaba compadecerse de sí misma!

Clara le dio una orden en polaco, lo que hizo que desapareciera de la estancia con la bandeja tal cual la trajo. Deduje que nos traería la limonada. Luego la anfitriona me miró, quizá con la intención de ver mi reacción al escucharla hablar en la lengua del pueblo subyugado. Sin embargo, no fue eso lo que me sorprendió, pues ya en el viejo teatro me demostró que se defendía bien en aquel idioma tosco y ordinario. Lo que de verdad me exasperó fue descubrir que compartía el mismo techo con uno de ellos. ¿Una empleada polaca? ¿Cómo era posible? ¡Qué insensatez! Me asaltó una fugaz sensación de asfixia tras reparar en que la atmósfera aria que envolvía la mansión y que estuve alabando y hasta codiciando estaba en realidad enrarecida por la presencia de aquella neandertal, que era como Günther la llamaría. Intenté disimular el bochorno y controlar mi genio, porque no era el momento ni el lugar de entrar en una agria polémica que con total seguridad me pondría de patitas en la calle, arruinando cualquier posibilidad de volver a vernos. Y todo por un asunto con el que, sin duda alguna, ella no querría polemizar, y menos aún con una extraña. Tendría sus razones para haberla contratado. Pensé que podía mejorar su idea del papel de la mujer en el Reich.

Procuré convencerme de que la manera en que la bella rubia tuviera organizada su vida no era de mi incumbencia. Pero algo en mis entrañas me dijo que quizá el destino nos juntó para que yo le inculcara el auténtico espíritu femenino ario, del mismo modo que lo haría una instructora de la Liga de las Muchachas Alemanas.

Entonces recordé las palabras que solía decir mi padre cuando mi madre se esforzaba en encauzar el comportamiento de Birgit, enviciada por las extravagancias embaucadoras de su Jürgen: «No quieras cambiar a la gente. Las personas jamás mutan, solo lo hacen las circunstancias. Al final siempre nos mostramos como nacimos, para tropezar una y otra vez con las mismas piedras del camino». Mi sabio padre no se equivocaba. Supo ver que mi hermana jamás iba a rectificar: el deslumbramiento causado por el rosario de promesas le impedía ver más allá del tupé de su amado. Mi madre, que quizá pecaba de optimista, le replicaba diciendo que fuera paciente, que siempre hay un destello de lucidez que hace que la persona abandone el camino erróneo y retome la senda de la racionalidad. En cuanto a Clara, de la que desconocía todo de su vida, ignoraba si esa máxima paterna le era aplicable también a ella o, si por el contrario, se dejaría aconsejar por una amiga, la buena y fiel amiga a la que yo aspiraba a ser. El tiempo lo diría...

No quise caer en el tópico de que las mujeres más bellas son menos inteligentes, pero en el poco tiempo que llevábamos juntas me sentí dotada con un intelecto superior al suyo. No obstante, reconocí que toda ella estaba llena de encanto. Aunque guardaba las distancias, su trato era cordial y amable, y se dirigía a mí sin la menor muestra de afectación, con una sonrisa bonita dibujada sobre unos dientes albos, y mostrando una educación propia de las personas de alcurnia. Noté que no iba pintada, y ni falta que le hacía, puesto que las tonalidades naturales de su cutis amelocotonado se encargaban por sí solas de resaltar cada elemento facial. Su rostro, que pecaba por la ausencia de defectos, desprendía una armonía que hubiera encandilado al mismísimo Leonardo da Vinci; de conocerla, tal vez se hubiera atrevido a poner una mujer en el lugar del hombre de Vitruvio. Unos labios finos y bien formados parecían estar diseñados para ser admirados por unas y besados por otros. El lustroso brillo de su cabello rubio y sus grandes ojos garzos, enmarcados en largas pestañas, destacaban sobre una tez nívea iluminada por rubicundas mejillas. El azul celeste del vestido acentuaba el blanco sedoso de sus manos, brazos y hombros, que parecían tener la lisura de las muñecas de porcelana. Desde luego, no era la típica mujer bonita, insustancial, de cabeza hueca que suele verse anclada al brazo de hombres adinerados.

Evidentemente lo que Dios dio a Clara se lo negó a esa criada polaca de carácter avinagrado que se había retirado con una leve inclinación de cabeza tras lanzarnos una mirada de indiferencia. Quizá en otro lugar y en circunstancias distintas me habría compadecido de su fealdad, pero aquí y ahora su presencia me provocaba aún más repugnancia que antes, si cabía. Hice lo humanamente posible para que la anfitriona no descubriera mi ojeriza contra aquel espantajo asalmonado. La aparté de mis pensamientos y me juré ser agradable. Miré sonriente a Clara y me limité a hacer los honores a la majestuosidad de su casa:

—... Es espléndida y está decorada con gusto exquisito. ¡Cuánta excelencia! Doy por sentado que la decoración es obra suya... Reciba mis más sentidas felicitaciones.

Pero ella no dedicó interés alguno a mis elogios; tan solo me miró con esa sonrisa cálida que uno le dedica a alguien que conoce desde hace tiempo y se incorporó para acomodarse a mi lado. Entrecruzó las manos en su regazo. Sus iris brillantes como un pedazo de cielo estrellado se clavaron en los míos.

—Querida, he detectado que le ha afectado, ignoro si para bien o para mal, que me haya expresado en la lengua de mi sirvienta... —Sus labios serenos se sellaron con el silencio, en espera de conocer mi opinión.

—Bueno, en realidad... —Hice una pausa para repensar qué contestar a su inesperado comentario, pues quería ser sincera y, a la vez, evitar soliviantarla—: Me imagino que ya sabía usted polaco antes de que estallara la guerra; de lo contrario, me extraña que se haya sentido usted empujada a aprender un idioma sentenciado a la extinción. Disculpe mi ignorancia, pero ¿dónde queda el provecho intelectual o la utilidad práctica de malgastar el tiempo de este modo?

—Cuando llegué aquí, no sabía decir ni «buenos días», y pensaba del mismo modo que usted. Aprendí polaco, sí, y usted debería hacer lo mismo. Ya sé que se negará en redondo, pero tal vez cambie de opinión si analiza el asunto desde una perspectiva pragmática. —Clara se inclinó ligeramente hacia mí en un gesto de proximidad, como si tuviera que confiarme un secreto y no quisiera que sus palabras llegaran a más oídos que los míos—. ¿Y si le digo que es una cuestión de estrategia?

—¿Estrategia?

—Así es, *Frau* F.; cuando llegué aquí, de esto hace ya casi dos años, decidí matar las horas muertas con algo que me resultara útil de cara al futuro. ¿Y qué podía ser más provechoso que hacerme con la llave de la cultura polaca? La lengua, amiga mía, es un arma que, como bien sabe, usada convenientemente puede unir o destruir desde naciones hasta civilizaciones. Es más potente que cien Tigers o mil Mausers, una herramienta vital para espiar al enemigo: me permite estar al corriente de lo que ocurre en mi alrededor más próximo, saber qué murmuran los cracovianos cuando me cruzo con ellos por las calles que hasta hace bien poco creían que eran suyas, leer en sus labios y escuchar en sus siseos los desprecios y las injurias que nos profesan o las conspiraciones que tejen en su imaginación.

—Me deja usted perpleja. Visto así, su estratagema me parece una muestra de sensatez —susurré con cierta envidia, pues la vi poseedora de una munición que yo no tenía.

—Saber polaco me permitiría, en ciertas circunstancias, anticiparme a una velada amenaza... No puedo depender constantemente de mi escolta, ¿comprende usted? Conocer el idioma de estas gentes me hace sentir más fuerte, más segura... —Hizo una pausa, en su

cara se leía satisfacción—. Y todo gracias a la paciencia de Irena...
—añadió a modo de colofón.

—¿La doncella? —Sospeché que se refería a la misma mujer seca de carnes y espíritu que en breve nos serviría la limonada.

—Sí, le sorprenderá saber que, teniendo en cuenta los incontables dormitorios y demás habitaciones que tiene esta casa, ella, mi mano derecha, es una triste ama de llaves con nada más que una cocinera a su cargo. Su nombre es Claudia, muniquesa como yo, una joven de dieciséis años que...

—Perdone que la interrumpa.... ¿Dieciséis, ha dicho? ¿Y a cargo de la cocina? —volví a preguntar, esta vez algo incrédula.

—Sí, sí, lo que oye. Todo el mundo se sorprende de su corta edad; y más aún cuando prueban los platos que prepara. Déjeme que me extienda en contarle su historia, pues le aseguro que no se aburrirá. Desde pequeña, Claudia supo manejarse muy bien entre fogones. Es huérfana, ¿sabe? Pobre niña... Su padre murió de la forma más tonta, al atragantarse con un bolo de ganso asado durante la cena de Nochebuena; y su madre, debilitada por una anemia, perdió la vida durante el parto. —La mirada de Clara se perdió entre las hojas de los árboles de enfrente, que eran mecidas por una inapreciable brisa—. ¿Se lo imagina usted? ¡Qué cosa tan terrible! Crecer sin las figuras materna y paterna... Brrr, se me encoge el alma de solo pensar en ello... Sin familia que pudiera hacerse cargo de la pequeña, esta acabó en un orfanato, donde la jefa de cocina le cogió un cariño especial. Así fue como Claudia empezó a sentir atracción por las artes culinarias, y ya con solo diez años era capaz de preparar numerosas recetas... Con trece, sus guisos ya eran los preferidos por todas. ¡Encomiable! ¡Aquello no debió de sentar nada bien a su mentora! —Clara rio lo que dura un suspiro, sus ojos seguían clavados en la vegetación de sus jardines; luego su semblante se tornó serio, como si le acabaran de comunicar una mala noticia—: La ilusión de Claudia siempre fue trabajar de cocinera en restaurantes de categoría, pero fue rechazada por su problema incluso en los más modestos, así como en casas particulares. No le he mencionado que sufre una acusada sordera, ¿verdad? Le viene de nacimiento, una desgracia más.

—¿Sabe si la heredó? —interrumpí.

—Adivino por qué lo pregunta. No, fue una infección. ¿Se imagina que, además de todas las adversidades por las que ha pasado, el Estado la obligase a someterse a una esterilización? ¡Pobre, solo le faltaba arrebatarle la experiencia más maravillosa para una mujer! ¡Es una joven tan bondadosa y servicial...! Aunque que la entienda a una requiere paciencia, hay que hablarle alto, preferiblemente de frente, para que pueda leer los labios...

—Ciertamente es una historia trágica. La vida se ceba a veces de manera injusta con algunas personas... Y me imagino que sabe cómo llegó a Cracovia —quise averiguar.

—Es lo que iba a contarle ahora mismo. Como Dios aprieta pero no ahoga, Claudia conoció y se enamoró de un buen muchacho, un joven humilde también tocado por la mala ventura: en su caso, una extraña enfermedad que padeció de pequeño le provocó una parálisis permanente en una mano. ¿Lo positivo? Que, visto de forma optimista, la tara le ha librado del campo de batalla. En fin, la cuestión es que el chico siguió hasta aquí a su padre, que, como otros muchos alemanes, vino al Gobierno General para buscar fortuna, y ella siguió a su amor... —Se detuvo para tomar aire, y me miró por primera vez desde que había empezado a hablarme de Claudia—. Le pido disculpas, estoy divagando... A veces me dejo llevar apasionadamente por la joven, que se ha hecho un hueco en mi corazón... Pero volviendo a Irena... Como le decía, querida, ella ha sido mi maestra de idiomas en este tiempo, una tutora pedagógica y desenvuelta, por cierto, aunque su carácter seco o distante, del que habrá tomado conciencia, pueda transmitir lo contrario. Incluso ha logrado que aprenda a leer y a defenderme mínimamente con la escritura. Y eso que, antes de servirnos a los alemanes, se había dedicado al cultivo de los campos.

Asentí con sincera transigencia. Sin duda, Clara tenía la cabeza sobre los hombros. Mi admiración por ella aumentó, no solo por la astuta iniciativa, sino también por la perseverancia y el titánico esfuerzo que habría tenido que dedicar al aprendizaje de una lengua que en el fondo abominas. Se trataba de un acto patriótico tan repugnante como tener que acostarse con el enemigo a cambio de información. Clara era una Mata Hari de nuestro tiempo.

—Y, sin embargo, ¡qué irónica es la vida! —rio con una mueca amarga—, apenas he tenido ocasión de poner en práctica estos conocimientos... Vivo enclaustrada, casi tan apartada del mundo como una religiosa de clausura.

—No comprendo...

—Permita que se lo explique, *Frau* F. ¿No le desconcertó a usted que nuestro encuentro se celebrara en mi casa en lugar de en la suya, sin que le diera opción de que fuera al revés? Mi descortesía tuvo una razón de ser: padezco un mal extraño que me impide salir al exterior. Pero no vaya usted a pensar... No, no se trata de una enfermedad contagiosa. El problema viene de aquí dentro. —Puso el dedo índice en la sien—. Es miedo lo que tengo. Me aterra salir fuera de casa y exponerme a cualquier cosa impredecible; a veces, mi inquietud puede crecer hasta devenir en un ataque de pánico. No es un pavor que me haya venido de repente, sino que se ha ido adueñando de mí lentamente, desde nuestra llegada a este lugar inseguro y plagado de peligros. Los distintos médicos consultados coinciden en afirmar que es una reacción exagerada e irracional del cerebro a las nuevas y difíciles circunstancias, y que, poco a poco, a medida que la situación en el Gobierno General se normalice, irá desapareciendo. Hace más de un año que no salgo de casa. Ni siquiera me siento capaz de pisar los jardines...

—Y, sin embargo, acudió usted al teatro...

—Es cierto, pero fue una durísima decisión: Karl, mi marido, ya le conoce usted, está cansado de no poder llevar una vida normal conmigo. Sufrimos este problema mío en secreto, ¿sabe? Él no me lo dice, pero yo sé que no quiere que corra la voz de que su esposa es una lunática desquiciada. Unos días antes de acudir al acto de Himmler, empecé ciertamente a notar una leve mejoría y Karl pensó que un encuentro multitudinario, al que solo acudirían patriotas y que estaría vigilado a conciencia, serviría de antídoto, pues los médicos ya le aconsejaron en esta dirección. No hay nada mejor como enfrentarnos a nuestros miedos, ¿verdad?... Mi esposo insistió con tal tozudez que accedí a sus ruegos. No quise que pensara que no hacía esfuerzo alguno por curarme, que me había acomodado en mis pánicos imaginarios... Fue un calvario, pasé noches sin pegar ojo, pero me armé de fuerzas, las suficientes para cruzar el umbral de la puerta de casa, y me resigné ante lo que pudiera pasar.

«Pues no fue nada bien —pensé—; para una vez que sale, nos embiste el enemigo. ¡Hay que ver qué mala fortuna!» Casualmente, Clara sacó a relucir aquel imborrable momento que vivimos juntas:

—Me sorprendió la manera en que controlé mis aprensiones en el teatro, agarrada a mi esposo, al que contemplaba como un salvavidas. Estuve concentrada, vigilando que la ansiedad no se desbocara, para no caer desmayada ante las autoridades y militares que conocían a Karl. Apenas atendí a los discursos, a los vítores, a las muestras de alegría y a la embriagadora satisfacción que bañaba el ambiente. Pero sonó el disparo y todo cambió dentro de mí... Al instante, noté cómo los latidos de mi corazón también se dispararon, sentí un sudor frío, aparte de un calor achicharrador; temblaba, todo me daba vueltas y por un instante creí que me atacaban las luces del escenario. Entonces apareció usted y nos agazapamos protegidas por nuestros esposos... Por fortuna, mis síntomas no fueron a más y, poco a poco, empezaron a remitir, aunque algunos tardaron horas en desaparecer... y otros hasta días. Para serle sincera, creo que aún me quedan pequeñas secuelas de aquella terrible experiencia, sobre todo si pienso en que pudo acabar en una tragedia colectiva... ¿Ve?, con solo mencionarlo me tiembla todo el cuerpo... ¡Espero que no me contemple usted como una perturbada! —exclamó compungida.

—¡Por supuesto que no, *Frau* W.! Yo misma, que no padezco lo de usted, por poco me morí de un infarto durante el atentado. Mis tripas se retorcieron y en mis pulmones apenas cupo una brizna de aire. Casi me asfixié. Me alteré de tal modo que no sé cómo no perdí el conocimiento. En mi humilde opinión, puesto que soy una profana en asuntos relacionados con la psique, creo que usted es una mujer gallarda y fuerte como pocas. Y si su mente logró no venirse abajo ante aquel horror, es que su rehabilitación marcha por buen camino. En cuanto a sus miedos en Cracovia, los entiendo y los comparto. Reconozco que no me siento a gusto paseando por la Polonia conquistada... Me angustia ser el blanco de miradas poseídas por la cólera y de cuchicheos ponzoñosos.

Me solidaricé con ella. Por muy bella que fuera Cracovia, con sus tesoros románicos y góticos, sus preciosos templos y monumentos, sus entrañables y pintorescas vías, nada era comparable a la patria, a mi Berlín... ¡Tenía delante a una mujer que llevaba mucho tiempo en el Gobierno General y que había sido testigo de momentos clave del proceso de germanización..., de las tensiones y los conflictos con sus habitantes, de las sangrías que fueron necesarias no solo para tomar el control de la ciudad, sino también para que funcionara de forma segura! Largos días, eternos meses... Se me pasó por la cabeza que yo pudiera acabar enferma como ella.

Una sonrisa iluminó el rostro de Clara:

—Le agradezco sus palabras de ánimo... No sabe cuánto significan para mí. Pero no nos dejemos llevar por la melancolía, pues aquel incidente sirvió para que nos conociéramos y ahora estemos aquí sentadas departiendo amistosamente. De otro modo, nuestras vidas quizá jamás se hubieran encontrado —comentó Clara haciendo el ademán de querer envolver mis manos con las suyas en señal de gratitud, pero la entrada de Irena con la bebida la cohibió. Es más, su presencia la hizo apartarse dos palmos de mi lado, como si temiera que aquel acercamiento suyo pudiera atentar contra mi intimidad. Pero ¡qué equivocada estaba!; su proximidad hacía sentirme cómoda y abrigada de calidez humana, y me hubiera gustado decirle que no se alejara de mí, pero tampoco yo me atreví a dar ese paso. Además, la antipática figura de la *profesora de polaco* se interpuso entre nosotras para servirnos la limonada. Me quedé observando las manos que llenaban el vaso que me iba a ser destinado con el líquido refrescante. Eran finas y delicadas, y nada parecía apuntar que en otro tiempo hubieran estado dedicadas a los aperos de labranza, sino más bien a aporrear las teclas de una máquina de escribir. Porque yo sabía muy bien qué aspecto tenían los dedos y nudillos encallecidos y engrosados de alguien que había sufrido el trajín, día tras día, de preparar un terreno a golpe de azada. Aprendí muchas cosas de los campesinos con los que habíamos estado conviviendo antes de asentarnos en Cracovia; entre ellas, que la gente del campo a duras penas sabía leer y escribir. Eran contados los labriegos que no fueran analfabetos, ¿por qué iba a ser diferente en Polonia, un país menos desarrollado que el nuestro? No había que ser detective para deducir que el origen campesino de aquella mujer era una farsa; y Clara, una ilusa, por creerla. Por un lado, le creaba inseguridad salir de la casa, por los peligros que acechaban fuera; y por otro, aceptaba con complacencia tener al enemigo en su propio hogar. ¡Podría apuñalarla, o mandar un compinche a que lo hiciera! ¡O incluso envenenarla poco a poco, haciendo creer que se trataba de un suicidio, dada su delicada salud psicológica!... ¡Envenenarnos a las dos! ¡No había nada más sencillo que echar cianuro al zumo de limón!

Por mucho que me esforcé, me resultó imposible entender cómo alguien en su sano juicio podía entregar las llaves de su casa, habitada para más inri por un alto cargo del Gobierno, a un adversario en potencia, aunque tuviera la cara de no haber roto un plato en su vida. Aún menos comprensible era que permitiera a esa cucaracha tocar sus enseres personales, que escuchara sus conversaciones, incluso las más íntimas, que deambulara a sus anchas por las habitaciones, hurgando por aquí y por allá... Y para colmo, la bella Simonetta dispensaba a Irena un trato cortés, casi fraternal. Fui testigo de cómo la despachaba de la sala con una melifluidad que producía arcadas: le acarició el brazo con amabilidad y le dijo que se tomara el resto de la tarde libre, ¡que ella se ocuparía de que no nos faltara nada!

Antes de arrimarme a los labios el vaso de limonada, mi instinto de supervivencia, azuzado por la desconfianza hacia la criada, me empujó a esperar a que Clara diera el primer sorbo.

—Mmm... Si le gusta la limonada, *Frau* F., esta le resultará deliciosa. No sé cómo la prepara, pero Irena le confiere un toque muy especial a esta bebida tan simple —manifestó.

«Espero que ese toque especial no recaiga en ninguna ponzoña», pensé. Las páginas de sucesos de los periódicos estaban llenas de casos de sirvientas que habían envenenado lentamente a sus amos por codicia, despecho o simple venganza. Disimulé explorando el dibujo tallado en el borde del vaso, haciendo así tiempo para constatar que el brebaje amarillo no tenía efectos perniciosos en Clara.

Me humedecí los labios y, sin pensarlo dos veces, introduje el asunto que me estaba royendo por dentro, esto es, si a ella no le inquietaba la convivencia con una polaca. El mío, así pensé yo en ese momento acordándome del nuevo jardinero, al menos no tenía acceso a la intimidad del hogar, y Hans y Otto no lo perdían de vista. Además, Hermann supervisaba cada día su lista de tareas. «Todo bajo control —cavilé—. Quien quita la ocasión quita el peligro.»

—Comprendo su azoramiento, querida mía —dijo sorbiendo del vaso, con absoluta calma—. Cuando llegué a Cracovia, probé a varias compatriotas sin mucho éxito: tuve la mala fortuna de que todas ellas cojeaban del mismo pie. Sucias, malhabladas, indisciplinadas, perezosas... Hasta pasó por aquí una descuidera que intentó llevarse un collar de gemas...

—La verdad es que hay mucho alemán que mancilla el nombre de nuestra honorable nación. Con la guerra, una pierde la perspectiva y llega a pensar que la malicia solo mora en casa del enemigo. Sin ir más lejos, mi padre, que regenta una fábrica textil, se ha visto en más de una ocasión en la tesitura de despedir a empleados, incluso padres de familia numerosa, por las mismas razones que ha esgrimido usted, desde gandules hasta ladrones que se llevaban a escondidas las cajas enteras de piezas para venderlas en el mercado negro —recordé.

—¡Pobre hombre! Resulta frustrante no poder confiar ni delegar en tus asalariados. Por esa razón, creí que jamás encontraría aquí una sirvienta seria. Imagínese lo desesperada que llegué a estar que la mujer de un *SS-Sturmbannführer* en Płaszów, amigo de Karl, se apiadó de mí y me envió de prueba a una de sus empleadas que consideraba poco agraciada para atender a las visitas..., Irena.

No pude evitar soltar una risa contenida, y luego le pedí perdón por mi insolencia.

—No se disculpe, amiga mía, no es usted la primera que se deja llevar por la primera impresión. Yo misma pensé que me la mandó para quitarse, perdóneme por la expresión, un muerto de encima. Recibí con recelo a Irena, pero ella enseguida demostró, como me advirtió aquella dama, que era excelente en su trabajo y, sobre todo, muy honrada. La puse a prueba en repetidas ocasiones, con trampas fáciles de caer en ellas, y siempre mostró una conducta intachable. Más tarde contratamos a Claudia, y afortunadamente ambas congeniaron de maravilla.

—Ya tendrá ocasión de comprobar que dos de mis *virtudes* son la desconfianza y la tozudez —le advertí, sonriente—. ¡Lo admito, es usted muy valiente! Irena, como apunta, será honrada hasta donde pueda serlo una polaca, pero en el momento menos pensado puede hacerle, Dios no lo quiera, algo malo en represalia de lo que estamos haciendo con su pueblo. Quizá ella no logre asimilar la represión que ejercemos sobre los polacos díscolos, agitadores y subversivos.

—¿En qué está pensando, querida? —preguntó Clara como si ya supiera mi respuesta.

—¿Raticida en la comida; que la degüelle mientras duerme? —susurré mirando a mi alrededor para asegurarme de que la fea no estaba por allí.

—Oh, *Frau* F. —Se echó a reír con encantadora coquetería—. ¡Eso es impensable! Irena me produce la misma confianza que Kreta, que jamás osaría atacarme. Todo lo contrario —dijo mirando al can, que le devolvió la mirada al oír su nombre.

—¡Me está hablando de un dóberman! —exclamé con fingida ternura, pues podría percibir mi broma como una ofensa—. He oído que se trata de una raza de muy malas pulgas...

—¡Un disparate! Le puedo asegurar que es el animal más noble que hay sobre la faz de la Tierra. Le apuesto lo que quiera a que en dos visitas más se enamorará como yo de ella... Kreta es un pedazo de pan... Un mendruguito, como prefiere definirla Karl.

No pude evitar soltar una carcajada. Y Clara se contagió. Durante unos minutos fuimos presa de la risa tonta. Kreta no entendía lo que pasaba, pero se sumó al alboroto moviendo el rabo y buscando, con sus orejas echadas hacia atrás, una caricia de su dueña. Lo cual nos condujo a la hilaridad más absoluta.

—¡Ay, *Frau* F.! ¡Qué divertida es usted! ¡Hacía tiempo que no me reía tanto! —exclamó Clara, que se sacó un pequeño pañuelo del sostén para enjugarse las lágrimas.

Aquellos elogios me tocaron la fibra sensible, y las lágrimas de la risa que caían por mi mejilla se mezclaron con las de la emoción. Tras calmarnos, las dos nos refrescamos a la vez las gargantas.

—¿No ha notado nada raro en la limonada? —bromeó la anfitriona.

—Que me muero de lo rica que está. Tenía usted razón sobre la habilidad de su criada mezclando agua, azúcar y zumo de limón —respondí sinceramente, muy a mi pesar.

Volvimos a reírnos, pero esta vez con menos intensidad. Clara retomó la conversación que habíamos abandonado, ya en un tono más formal:

—Hablando en serio, permítame que le diga que en Cracovia todo es mucho más sencillo de lo que cabría esperar. Salta a la vista que todavía desconoce cómo funcionan aquí las cosas; en unos meses, dejará atrás, como yo, las bisoñadas que le preocupan. Oh, y, por favor, no se tome mis palabras como una crítica. Nada más lejos de mi intención. ¡Todos hemos pasado por la fase de novicio! Mire usted, Irena sabe que cualquier paso en falso que dé será lo último que haga en su vida. Además, estoy convencida de que tendrá usted más de una oportunidad de comprobar que los polacos no son como nosotros: se rinden con facilidad. Nuestro Gobierno se ha empeñado a fondo en seleccionar a los más dóciles. En Cracovia, sin ir más lejos, los habitantes que podrían calificarse de intelectuales hostiles, como políticos, maestros, artistas y curas, han sido arrestados o fusilados; y Karl me insiste con que la resistencia está cada vez más arrinconada y débil, y que es cuestión de semanas que saque la bandera blanca. La población general nos tiene un temeroso respeto... Por ello, puedo asegurarle que jamás he conocido a nadie más servil y diligente que ella, ni más atenta... ¡Irena la Próvida!

Clara se levantó y se dirigió hacia el gramófono con el propósito de zanjar este tema:

—¿Le apetece que nos acompañe un poco de música? ¿Qué le parece Vivaldi? ¿*Las cuatro estaciones*, tal vez? Seguro que nos relajará contemplando el paisaje con el que nos está agasajando la tarde —propuso la anfitriona.

Asentí con la cabeza. Mientras ella buscaba el disco y lo hacía sonar, hice un repaso rápido a cómo estaba discurriendo el encuentro. Clara me estaba gustando, me sentía cómoda a su lado y me parecía una mujer que podía aportar mucho a mi vida. Podría ser esa amiga que todos buscamos y que pocos encuentran. No obstante, dentro de mí aún había un impulso de distanciamiento hacia ella y su mundo, pequeño pero pertinaz. Lo que había escuchado hasta ahora sonaba sensato y coherente, sin embargo, todo cuanto me rodeaba se me antojaba ficticio, como si estuviera inmersa en una trama de suspense novelesca.

Me vino a la memoria la defensa velada que hizo del padre insurrecto, en el coche de regreso a nuestras respectivas moradas. Si tenía claro que Irena pagaría caro cualquier traición, ¿por qué se había mostrado tan benevolente con él, con aquel, según ella, «pobre padre»? ¿Era Clara una inconformista, una de esas personas que criticaban y cuestionaban las normas del nacionalsocialismo alemán? En aquel momento no acerté a contestarme, aunque sí tenía meridianamente claro una cosa de ella: no era una radical, una enemiga del Reich. Luego estaba su trastorno, su terrible fobia, que a buen seguro no la dejaba pensar con la lucidez que merecían estas cuestiones tan delicadas, razoné. Me resigné a dar por zanjado el asunto del criminal polaco y, de momento, el de la demacrada criada. Discutir de política no era la mejor manera de estrechar lazos de amistad.

Empezó a sonar *La primavera* y mi mente se centró en acompañar la melodía de sobra conocida. Una descarga de placer serenó mi espíritu, por naturaleza, inquieto; y empeñé mi palabra en que la tarde transcurriera tal y como la había visualizado desde el mismo instante en que supe que vería a mi Simonetta. Y mis anhelos se cumplieron. Clara regresó del gramófono pletórica de alegría, casi flotando en el aire como lianas de seda, con el donaire de una danzarina rozagante. Se sentó con una elegancia que para sí quisieran aquellas burguesas de Berlín que yo imitaba, y rompió el hielo preguntándome acerca de lo que tenía más a mano.

—¿Toca el piano? —interpeló volviendo la vista al suyo.

—Yo no, pero deduzco que usted sí. —Ella me respondió asintiendo con la cabeza, para no interrumpirme—. Mi formación musical es escasa. De niña recibí lecciones de piano en casa, pero al pulsar las teclas solo pensaba en lapiceros de colores, por lo que mis padres decidieron prescindir de la profesora. Me pasaba el día dibujando caballos, paisajes y todo aquello que se ponía delante de mis ojos. ¡Y no es por presumir, pero era muy buena! No le miento si le digo que para fin de curso el maestro animó a nuestra clase para que expusiéramos nuestros trabajos en el salón de actos del colegio. Yo participé con dos acuarelas: un paisaje marino, con un velero y un enorme sol en lo alto del cielo, y un águila blanca con dos ramas de olivo en el pico. Disimuladamente me arrimaba a los adultos que se paraban ante mis obras, para escuchar sus comentarios, que por lo general eran de admiración, aunque lo más divertido de aquella experiencia fue que el padre de un compañero me compró mi particular símbolo de la paz. Me dio un puñado de monedas, y me sentí una pintora de éxito. Contaría ocho añitos.

—Ja, ja, ja... Sus padres se debieron de sentir muy orgullosos de tener una futura pintora en casa, tan cotizada ya desde tan niña —dijo Clara, risueña.

—Sobre todo mi madre, que completó aquella retribución con el dinero que faltaba para comprarme el equipo de dibujo que siempre deseé. Ella me animó a seguir dibujando. Mi padre, en cambio, era más pragmático e insistió tenazmente en que me formara en una profesión de provecho, medicina o derecho. Obviamente no le sirvió de nada.

Pasamos un rato apacible y distendido en el que fuimos picoteando aquí y allá de nuestras vivencias e intimidades... Fue así como me fui abriendo a ella, sin prisas, hablándole de mis inquietudes: de mi solitario Erich, aunque para no pecar de incoherente, me guardé de contarle nada del niño polaco; de mis padres que dejé atrás en Berlín y a los que añoraba con todas mis fuerzas; de mi alocada hermana Birgit y su extravagante compañero sentimental; y, por supuesto, de Günther, al que tanto echaba en falta.

Clara, por su parte, provenía de una familia católica de buena posición social, y compartía conmigo, una protestante no practicante, su poca devoción por las cuestiones religiosas. Creía en Dios, pero dejó entrever que estaba enojada con él. Ella había estudiado Música, y consiguió precozmente alzarse como profesora de piano. Averigüé que tenía veintinueve años, dos menos que yo, aunque la había creído aún más joven. Karl y Clara no tenían hijos. Pensé que era una lástima, no solo por mi Erich, sino también porque el *Führer* quería que las mujeres trajeran al mundo muchos bebés puros, y Clara era la perfecta mujer aria, como venida de la Atlántida o de la estrella de Aldebarán, de una aparente calidad suprema para procrear.

La familia de él permanecía en Múnich; la de ella, por desgracia, pereció en el año 38: sus padres, ambos arquitectos, y su hermano pequeño, de trece años, ingirieron por accidente unas setas venenosas que recolectaron en el campo una mañana de otoño. Clara se libró de una muerte segura porque el fin de semana de los hechos ella se encontraba en Starnberg visitando a una amiga. Fue un duro golpe del que en parte se sintió responsable, por no haber estado allí para evitarlo, ya que era buena conocedora de los hongos.

Poco a poco, empezó a levantar cabeza tras conocer a Karl, un abogado recién licenciado e hijo de militar, procedente de una familia de rancio abolengo y hacendada, del que se enamoró perdidamente. La pareja se casó a los pocos meses de conocerse, y la vida de ambos dio un giro de ciento ochenta grados cuando su marido, miembro del NSDAP, ingresó en las SS. Entonces, le ofrecieron un puesto en el Departamento Jurídico de las SS en Múnich, y su ambición lo llevó a ascender a *SS-Obergruppenführer*.

Una carrera similar había trazado Günther, igualmente de familia adinerada, aunque más modesta, cuyo padre, rígido y estricto, estuvo a punto de perder la vida en la batalla del Somme y luego hizo fortuna con el negocio del acero. Como médico antropólogo y miembro de las SS, mi marido logró hacerse un nombre en la oficina central berlinesa de Raza y Asentamiento.

Las brillantes carreras de uno y otro en el Cuerpo hicieron que, al poco tiempo, fueran llamados a establecerse en el Gobierno General. Curiosamente, el azar hizo que los dos acabasen trabajando en Auschwitz, desempeñando distintas funciones. Tanto Clara como yo los seguimos ilusionadas, con la convicción de que así estaríamos a su lado, apoyándolos y gozando de sus atenciones. Nada más lejos de la realidad. Mientras que Günther pasaba la mayor parte del tiempo encerrado en el KZ, haciendo trabajos que le absorbían la vida, Karl estaba sometido a un trajín de idas y venidas de Alemania para la gestión de traslados de judíos y demás subhumanos a uno y otro campo de concentración, lo que lo obligaba a pasar las noches casi siempre lejos de su hogar. En resumidas cuentas, la soledad era también la habitual compañera de Clara.

—Es lo que nos ha tocado vivir. El nuevo imperio alemán necesita a nuestros esposos. ¡Que todo sea por el bien de Alemania! —murmuró con retintín, como si estuviera cansada de soltar siempre la misma cantinela, a la vez que rellenaba ambos vasos de limonada, que habían quedado vacíos—. Si se cumple el programa, volveré a ver a Karl dentro de veintiún días, ¿qué le parece?

—Resulta desalentador, cierto, pero no debemos olvidar que el *Führer* tampoco tiene una vida privada envidiable. Nos dedica la noche y el día —le dije a fin de consolarla, pero no solo a ella, sino a mí misma—. Günther siempre me dice que primero está la patria, y luego, la familia. En fin, en cualquier caso, somos muy dichosas, pues son pocas las mujeres que gozan del privilegio de estar casadas con unos hombres que sirven de forma directa al *Führer*. Creo que no somos conscientes de lo cercanas que estamos de él. Una maravilla, ciertamente...

»Ejem... Como le decía, solo consolidando los cimientos de nuestra nación, depurando nuestra noble raza, lograremos garantizar un mañana seguro para nuestros hijos y sucesivas generaciones... ¿Se imagina un imperio alemán liberado de la amenaza de la raza judía, poseída por la pulsión de dominar y someter al resto de la humanidad, y de los romas, que vienen a este mundo desde los infiernos solo para delinquir y mendigar en nuestras calles, así como los demás pueblos inferiores con su sangre rancia?

—Y sin esquizofrénicos, epilépticos, vagos, alcohólicos, tarados o imbéciles de nacimiento... ¿No cree que es un escenario un tanto utópico? —preguntó ingenuamente Clara.

—Querida, yo no sé nada de estos asuntos, pero Günther me asegura que es posible construir un mundo feliz gracias a los tremendos avances que el país está realizando en ciencia y a las medidas higiénicas que se están adoptando. En resumidas cuentas, se trata de erradicar la proliferación de las razas que ellos llaman deficientes y de impedir la reproducción de los también deficientes de nuestra propia raza. La civilización no podrá evolucionar si se deja que tanto tarado se multiplique sin control, dice mi esposo, toda una autoridad en la materia —expliqué con orgullo.

—¡Ay, maridos! Ya ni recuerdo cuándo fue la última vez que me cogió entre sus brazos... —me confesó la bella anfitriona, dándome a entender con sutileza que no le interesaba volver a retomar la política, un gesto que agradecí.

—Entiendo su soledad en este paraíso terrenal, casi bíblico, donde vive. Pero me imagino que en este tiempo habrá hecho amistades que mitiguen las largas ausencias de su atareado Adán... —dije metafóricamente.

—Visitas, lo que se dice visitas, no recibo muchas —respondió con el rostro apesadumbrado—. De tarde en tarde, el que llama usted Adán celebra en su despacho reuniones a puerta cerrada con compañeros de trabajo, que salen corriendo cuando concluyen. Si acaban pronto, algunos se quedan con nosotros a tomar una copa. Aunque lo habitual es que los encuentros tengan lugar en el cuartel... o en el pabellón que habrá visto usted al llegar aquí, a unos cien metros de la casa.

—¡Ah, sí! Creí ver coches militares aparcados fuera...

—En él residen algunos de los hombres de Karl, y desde allí se llevan a cabo numerosas operaciones que dicen ser de alto secreto, algunas de ellas supervisadas por el mismísimo Himmler. Desconozco cuántos son y si siempre son los mismos colaboradores; lo único que sé es que al menos cinco de ellos son los subordinados de confianza de mi esposo, pues los invita a cenar con sus mujeres cuando estas están de visita en Cracovia. Pero, claro, eso ocurre de Pascuas a Ramos, porque normalmente son ellos los que viajan a Alemania en cuanto disfrutan de un permiso...

—No todas las mujeres son tan decididas como nosotras —aclaré.

—Mérito nuestro y mérito de ellas —declaró Clara dándome una palmadita en la rodilla—. Soy incapaz de figurarme lo que ha de doler el corazón cuando el ser amado está a cientos o miles de kilómetros, cuando solo en tus sueños puedes acariciar su piel, besar sus labios o sentir su calor y protección. Y no se puede imaginar lo mucho que me reconforta que usted resolviera, como yo, venirse a Cracovia, pues de lo contrario no estaríamos aquí y ahora disfrutando de una tarde estupenda. Todo un milagro. Este rato con usted me ha confirmado que tenemos cosas en común y sospecho que aflorarán otras más.

«¿Había saltado la chispa de la amistad?», me pregunté emocionada. Sus palabras sonaron al principio de algo. Pero a esa emoción se solapó un sentimiento empático. Recapacité en que, si no fuera por mi pequeño Erich, no podría soportar la sensación de no formar parte de nada ni de nadie, el mismo vacío que pesaba sobre Clara. Su capacidad para sobrellevar esa suerte de reclusión era admirable. A mí me habría conducido a la locura en menos de un mes, si no lo estaba haciendo ya.

—Comparto esa misma sensación con usted. Yo también creo que existen buenas vibraciones entre nosotras, dos intrépidas mujeres como aquellas del siglo pasado que subidas a sus carretas conquistaron el Salvaje Oeste. Tenemos la inmensa suerte de ser testigos de primera mano de un hito histórico, pero el precio que hemos de pagar por ello es abusivo. La mayoría de las familias alemanas que se han trasladado aquí tienen la ventura de hacer una vida similar a la que llevaron en Alemania. En nuestra situación, a veces dudo de que hayamos hecho lo correcto —rumié.

—Si le sirve de consuelo, yo misma sufrí idéntica incertidumbre. ¡Cuántas veces estuve a punto de presentarme con lo puesto en la estación de tren y comprar un billete solo de ida a Múnich! Tantas o más como pañuelos empapé en lágrimas. Pero, hoy por hoy, aunque Karl no se deje ver mucho por casa, no lamento estar aquí; Cracovia es un universo de oportunidades para gente emprendedora, y hasta me atrevería a afirmar que se vive mejor que en Alemania... Dele tiempo al tiempo, y quédese con las cosas positivas. Las dos sabemos que no soy la consiliaria indicada, pero este es mi humilde consejo. No sé, pero, por ejemplo, vive en una casa y en un entorno magníficos, su marido posee un empleo envidiable, y su pequeño Erich, aparte de disfrutar de los máximos privilegios que ofrece el Gobierno, podrá contar a sus hijos y nietos que asistió en primera persona a la génesis de la Alemania más grande y poderosa que jamás haya existido. Y, andando el tiempo, querida, tendrá ocasión de ver que aquí no faltan ni fiestas ni reuniones a las que asistir... Hasta los excesos y los vicios han venido ocultos en el equipaje. —Y añadió, contemplativa—: ¡Todo sea en aras de sofocar la melancolía, la soledad, los miedos, la volubilidad! Y en ocasiones funciona, en unos menos, en otros más...

»La soledad no es inherente a nuestra condición de esposas de altos mandos. La mía es producto en gran medida de mi *desarreglo* transitorio, y no le quepa la menor duda de que llevaría una vida social más intensa de no ser por las cadenas invisibles con las que yo misma me inmovilizo. Si de veras le invade la soledad, inmunícese. Le propongo, por ejemplo, que asista al recital de poesía, en ocasiones también de música, que organizan las esposas de algunos oficiales las tardes de los jueves en casa de *Frau* Von Bothmer. Es un grupo íntimo de amigas, de unas ocho mujeres. Todas muy agradables y divertidas. Fui en un par de ocasiones, muy al principio, pero luego... luego tuve que improvisar mil y una excusas para justificar mi indisponibilidad. Al final, llegó a sus oídos la causa real de mis pretextos; al principio me llamaban para preocuparse por mi salud, pero, como era previsible, un día dejaron de hacerlo, y hasta hoy...

—Cómo la compadezco. Ojalá hubiese llegado antes, para animarla y ayudarla a salir de las arenas movedizas que engullen su bondadosa ánima —confesé apenada.

—Es usted una buena persona —contestó apoyando su mano en mi antebrazo—. En efecto, me he perdido muchos buenos momentos. Las mujeres de las que le hablo también acuden juntas al teatro y a la ópera, y pasan muchas tardes en los cafés de moda. Por cierto, se me olvidó mencionarlo antes, Kurt, el novio de mi cocinera, trabaja como mozo de cuadra en casa de una de ellas, *Frau* Dietrich. ¡El mundo es un pañuelo! Ah, pero no me ha dicho usted si le gusta la poesía. ¿Sí? Entonces sepa que en cuanto *Frau* Von Bothmer se entere de su estancia aquí y de su interés literario, la convidará enseguida a que se sume al grupo. Yo misma la informaré si lo desea.

Clara debió de notar que mis ojos comenzaron a brillar con intensidad, porque no insistió. Sería mi oportunidad para hacer amistades y dar algunas pinceladas —o brochazos, quién sabe— de color a mi monocromática existencia, pero, sobre todo, me abriría las puertas a la alta sociedad. Eso sí, en el caso de que esas mujeres me admitieran en su grupo, lamentaría la ausencia de Clara. Echaría de menos esa manera agradable y dulce que tenía de comunicarse, de saber estar, de crear una atmósfera acogedora y mágica sin apenas esforzarse. En cualquier caso, presentí que mi vida, con o sin ella, estaba a punto de dar un giro radical. En efecto, recordé justo en ese instante que por la mañana el viejo Hermann me contó que Günther había almorzado en compañía del *Generalgouverneur* y reparé en que seguramente los acompañó a la mesa la esposa de este. Ya fuera a través de Clara y sus amistades o por los influyentes contactos de Günther o por la suma de las dos opciones, las damas más ilustres de Cracovia estaban ahí fuera esperando a conocerme. Mujeres de hombres que estaban a dos pasos de Hitler, Himmler, Goering, Bormann, Goebbels y otros ilustres colaboradores del Reich.

—Se me pasó por alto mencionarle que algunas de mis amigas hasta organizan sesiones de espiritismo con una médium venida de Tübingen que, según relatan, es muy buena. Yo no creo en estas cosas esotéricas, aunque les tengo mucho respeto. Una del grupo, *Frau* Krause, esposa de un topógrafo militar, me contó que en una de las ocasiones contactó con el espíritu de una de sus tías abuelas y le advirtió que su hijo corría un gran peligro en el frente; dos semanas después, una mina antipersona le arrancó de cuajo una pierna. Afortunadamente sobrevivió... Jamás me verá nadie sentada a una de esas mesas...

—¡Qué horror! Yo tampoco me pondría en manos de una médium ni por todo el oro del mundo. ¡Ni siquiera por una cena íntima con el mismísimo Adolf! Me moriría de un infarto si me hablara una voz de ultratumba o si una fuerza oculta se comunicara conmigo moviendo un candelabro o agitando la mesa en la que nos sentamos. ¡No quiero ni pensarlo!

Hubo unos segundos de silencio, que rompió la perra con un par de ladridos; se puso a cuatro patas, con las orejas apuntando al techo y gruñó otro par de veces. Las dos nos miramos acongojadas; Clara, al ver mi mueca de terror, se rio para adentro, y yo, al ver cómo ella se agitaba de la risa contenida, no pude impedir que me salieran a borbotones unos contagiosos «ji, ji, ji». La perra, alterada quizá por un ruido de fuera, volvió a acomodarse junto a los pies de su ama, y nosotras continuamos conversando sobre nuestras experiencias en esa tierra reservada para el pueblo que, como dijo Hitler, poseyera la fuerza de tomarla. El tiempo se nos escurrió entre los dedos y pronto se hizo demasiado tarde. Ella me invitó a que cenásemos juntas, pero no quise abusar de su cortesía. Además, Erich estaría esperándome para que lo acostara y le leyera más andanzas de su amigo literario; avanzábamos muy despacio con la lectura, pues mi pequeño se dormía antes de que yo pasara la siguiente página.

La despedida fue más distendida de lo que presentí; transcurrió alegre y afectuosa, regada de agasajos por ambas partes y abrigada por una dosis de confianza que normalmente no dejamos que se manifieste en un primer encuentro. En mi caso, soy una persona cauta, y desconfío por naturaleza del prójimo. ¡Cuántas veces nos equivocamos en las relaciones personales por precipitarnos, por delegar la decisión al corazón y no a la cabeza o sencillamente por dejarnos impresionar por lobos con piel de cordero! La vida acaba enseñándote que solo puedes abrir las puertas de tu alma a aquellos que, con el roce del día a día, acaban demostrándote su lealtad, aceptándote como eres y haciéndote la vida más fácil a cambio de nada, solo de una amistad correspondida. Pero entre Clara y yo el tiempo apremiaba: éramos náufragas en un vasto y tormentoso mar en el que la casualidad nos arrojó al mismo bote salvavidas. Sí, nuestras vidas necesitaban ser rescatadas; nos ahogábamos y éramos arrastradas hacia el fondo por el peso de la soledad impuesta. Las dos supimos, inconscientemente, que nos necesitábamos para superar los miedos y librarnos del lastre que amenazaba con llevarnos al abismo de la melancolía. Por eso, el temor a zozobrar en medio de aquel océano, sin nada ni nadie en el horizonte, sirvió de catalizador entre nosotras.

Aquella fue una cita breve pero intensa. Una y otra vez exprimimos al máximo las oportunidades que se presentaban de forma natural o que provocábamos intencionadamente, cada una a su manera, para estrechar lazos, valorar lo común y positivo y pasar de puntillas por lo diferente y separador. Ninguna de las dos queríamos que la tarde se escapara sin que una dejara huella en la otra, como tantas veces sucede en la vida cotidiana. Pues son incontables las almas que se cruzan en nuestras vidas y que caen inmediatamente en el olvido, por el motivo que sea, o a lo sumo dejan un efímero buen sabor de boca, que desaparece con el cepillado de dientes antes de acostarte... o el de la mañana siguiente. No nos podíamos permitir que esto nos sucediera a nosotras. Debíamos esforzarnos por sacar ventaja de las desventajas y beneficios de nuestras adversidades. Por mi parte, supe enseguida que resultaba sencillo ser amigas. No solo por mi necesidad vital de compañía, pues sería egoísta por mi parte, sino porque había algo en Clara de ingenuidad, de sinceridad, de bondad que me persuadía. Me convencí además de haberme topado con un ser profundo, que siente con intensidad, que va más allá de la superficialidad, que se preocupa por todo cuanto le rodea, que escruta y detiene la vista en cada rayo de luz, en cada sombra que este proyecta. Algo arraigaba en ella, tal vez fruto de un sufrimiento mayor que yo jamás había experimentado, que la engrandecía moral e intelectualmente.

«Volvamos a vernos pronto, *Frau* F. No sé usted, pero para mí siempre es motivo de alegría encontrarme con alguien con quien poder hablar, sobre todo si esa persona es tan agradable en el trato como lo es usted. Y en los tiempos que corren, resulta casi una bendición.» Con estas palabras pronunciadas por Clara, que percibí sinceras, acordamos reunirnos de nuevo el miércoles siguiente.

Retorné a casa con el ánimo reverdecido bajo la luz rosada y violeta que teñía el cielo un sol de poniente del color del albaricoque, visualizando por fin un futuro inmediato libre de la negrura que fue apoderándose de mí desde que pisé Cracovia. Mi vida estaba a punto de dar un paso al frente, acompañada de la mano de una buena amiga.

5

Jueves, 10 de junio de 1943

La vaporosa luz del amanecer acariciaba mis párpados pesados, convidándolos a que se abrieran y me permitieran contemplar el nuevo día que empezaba a dibujarse en el cielo raso que se asomaba tras los ventanales entreabiertos de la habitación. Yo misma los había dejado así unas horas antes, cuando entre sueño y sueño sentí que estaba empapada en sudor. Fue la típica noche calurosa y pegajosa de primavera en la que sobraba toda la ropa. Pero ya había bajado la temperatura y me sentía muy a gusto envuelta en la sábana de seda y con la cabeza hundida en la almohada. Entorné un párpado lo suficiente para comprobar que se abría el día y que los focos de seguridad situados en las lindes del jardín aún podían con su luz amarillenta a los enclenques rayos de sol. Bostecé. Me giré y extendí los brazos para abrazar a Günther, aun sabiendo que no estaba allí, pero era lo primero que hacía siempre al despertarme por las mañanas cuando él dormía en mi alcoba o yo en la suya. Volví a bostezar, esta vez con mayor intensidad. Supe que ya no podría volver a adormecerme, por lo que decidí ponerme boca arriba y abrir del todo los ojos, que se quedaron fijos en las lágrimas de cristal de la lámpara que titilaban con el juego de luces artificiales y naturales que penetraban del exterior.

«¡Qué pena que no esté aquí Günther para comérmelo a besos!», bisbiseé. Me sentía lozana y una pizca lujuriosa, lo suficiente para haberle hecho el amor. Luego, relajados en el lecho, habría compartido con él mi grata experiencia con Clara. Ante la imposibilidad de satisfacer la libido, la dejé marchar y en sustitución de ella repasé mentalmente los momentos que más huella dejaron en mí la cita de la tarde anterior, sobre todo las sensaciones positivas que me transmitía la compañía de aquella mujer extraordinaria... Noté un aleteo de mariposas en el estómago, similar al que una siente cuando tiene a la vista un acontecimiento valioso para su vida.

Cerré los ojos de nuevo para saborear aquellos recuerdos con Clara y respiré tan hondo como me fue posible para bañar mis pulmones en el refrescante aroma del alba. Detecté en él un sutil olor a humo de tabaco. Sin duda, provenía del puro de Hans. Supuse que el soldado se encontraba debajo de mi balcón. Lo visualicé con su habitual aire chulesco, comprimiendo el cigarro entre los labios y propinándole las fuertes chupadas que le hundían las mejillas hasta tocarse, juraría, entre ellas dentro de la boca.

—¡Hoy hará un buen día, sí, señor, lucirá el sol y caerán un millar de rusos! —Se escuchó de pronto la voz aguardentosa de Otto, que subía de volumen a medida que se aproximaba a donde se encontraba su compañero. Los tacones de sus botas retumbaban sin compás sobre las losas que bordeaban la casa.

—¡Ya va siendo hora de que se te vea el pelo, tarugo! ¡Menos tonterías, más puntualidad y, por los clavos de Cristo, métete la camisa por dentro, que si te viera un superior con esa facha, te encerraría en el calabozo hasta que te desapareciera esa barriga que arrastras!

—Pero es que...

—¡Ya estás como siempre con los peros, reina de las marmotas...! Nunca te falta un pretexto para retrasarte y ya me tienes hinchadas las narices, porque no pienso dedicar ni un minuto más del que me corresponde en el turno de noche. ¡Estaríamos buenos!... La semana que viene voy a cobrarte con intereses los minutos que me privas de estar planchando la oreja —refunfuñó Hans con manifiesto mal humor.

—Siempre andas quejándote. Pareces una viuda amargada. Un día de estos te va a saltar por los aires el corazón. Para tu información esta vez mi dilación...

—¿Dilación? ¿Qué pasa, que estás haciendo ahora un curso nocturno de lengua y literatura? —interrumpió Hans con tal enojo que su voz se coló en mi dormitorio y pareció estar preguntándomelo a mí.

—Uno que lee algo más que tú, que el único papel que hojeas es el higiénico... Como te decía, mi DI-LA-CIÓN no ha sido por mi culpa. Viniendo presto, sí PRES-TO, hacia aquí, con unos minutos de sobra, Elisabeth me ha RE-QUE-RI-DO en la cocina para que la ayude a colocar en la despensa los sacos de patatas o TU-BÉR-CU-LOS —arguyó en su defensa el gordo.

—¡Ahora entiendo lo de la perla! —exclamó con guasa Hans.

—¿De qué perla hablas? —preguntó un extrañado Otto.

—¡De la legaña del tamaño de un garbanzo que cuelga de tu ojo, marrano! Seguramente la dejaste patidifusa, pues una joya de esas no se ve todos los días... ¡Ja, ja, ja! Confieso que me sorprende tu manera tan singular de seducir a las mujeres —satirizó Hans.

Tuve que taparme la boca con las dos manos para no soltar una carcajada explosiva.

—¡Mira que tienes mala leche, jodido! —repuso Otto manifiestamente molesto.

—Pero ¡no la espachurres, tontaina! Espérate a tener una docena y le haces un collar de perlas. Cuando lo reciba de tu parte, caerá rendida a tus pies —bromeó el otro. Ambos rompieron a reír. Todos en aquella casa sabíamos de sobra que Elisabeth le había tomado la medida a Otto y lo tenía comiendo de su mano, y que el orondo hacía lo imposible para complacerla, mas sin otro propósito que intentar llevársela al lecho.

—¡Puaj! ¿No te quedará alguna gota de aguardiente en la petaca? Seguro que me espabila más que este sucedáneo de café, puro aguachirle —dijo el rollizo para cambiar de tema, pues obviamente no le agradaba que el otro se regocijara en sus frustrados intentos de seducir a una soltera que a buen seguro estaba hambrienta de contacto carnal.

—Sí, y un chorrito de vodka y, si te parece, echamos una partida de pinocle —le replicó el otro con tono irónico.

—¿Por qué no? ¡Estar todo el día de pie y dando vueltas como un burro en una noria es soporífero! —protestó el que se acababa de incorporar al trabajo—. Si mi cuñado se hubiera esforzado más por conseguirme un certificado médico amañado, otro gallo me cantaría. Seguiría en An der Laube, sirviendo cervezas con el viejo Josi, un tipo magnífico. ¡Qué tiempos! ¡Aquello sí que era vida! A estas horas estaría durmiendo la mona, como todas las mañanas... mmm... —Hizo una pausa, luego masculló—: Claro que ahora nada es lo mismo... Lo pude comprobar en mi último permiso... La guerra también hunde sus garras en Coblenza; la pobreza se va abriendo paso, despacio; los clientes merman día a día, y ni siquiera el viejo Josi lo tiene fácil para hacerse con las medicinas que mitigan sus achaques.

—Yo daría hasta mi último *Reichsmark* con tal de saber si la ramera de Frida se está follando ahora mismo al hijo puta del vecino o a algún otro cabrón —vociferó Hans.

—¿Y a ti qué más te da que te sea infiel si en cuanto tienes ocasión te pasas por la piedra a la guarra de Janica? ¡Ja, ja, ja! ¡Tú sí puedes darte revolcones, pero la pobre Frida no puede llamar a los bomberos cuando le arde la entrepierna! ¡Qué te parece, don Celoso!

—Sí, escuchemos a don Casto... ¡Qué sabrás tú de estos asuntos, si ligas menos que un palomo cojo! ¡No tienes a nadie que te espere en tu añorada Coblenza! —le reprochó Hans.

—¡Ja, ja, ja! ¡Claro que a ti te espera Frida, ¡ja, ja, ja!, en la cama del vecino...! ¡Ja, ja! ¡Ah, y qué decir de Janica! ¿También te está esperando? Sí, claro, con las piernas abiertas... porque no puede cerrarlas con el trajín que lleva la moza.

A Hans parecieron hacerle gracia los comentarios de su compinche amondongado, y soltó una carcajada que le provocó una tos flemática, la habitual del fumador empedernido.

—Chist, hablemos más bajo, que nos puede oír la señora —advirtió Otto.

—¡Qué va! A estas horas debe de estar en su quinto sueño... Además, duerme siempre con las ventanas cerradas a cal y canto, ya sabes, por lo del miedo a que la asalten... ¡No tiene ni pajolera idea del par de hombres que le guardan las espaldas!... ¡Qué digo, el hombre y medio! ¿Verdad, Medio? ¡Ja, ja, ja...!

Escuchar aquella conversación subida de tono, salpicada por diálogos soeces, me hizo sentir algo incómoda. Pero la curiosidad venció a mis pudores, y afiné el oído para no perderme lo que a renglón seguido añadió Hans en tono fatuo:

—¡Y a qué quieres que dedique el tiempo libre, camarada! ¡El burdel es mi único consuelo, el diván donde desahogo mi puñetera frustración! No me he hecho soldado para hacer de niñera a una mujer que ha tenido el capricho de venirse hasta aquí para estar cerca de su amado. Me estoy echando a perder..., ¡echando a perder mis habilidades como guerrero bárbaro! —disertaba Hans, no sin escatimar la menor oportunidad para lanzar proclamas grandilocuentes sobre sus supuestas dotes bélicas—. Debería estar en el frente fulminando cabezas a balazos, haciendo saltar por los aires las vísceras de esos cerdos rojos... Solo yo sé la cantidad de enemigos que sería capaz de eliminar... —Su voz engolada se había ido llenando de indignación hasta que finalmente profirió en un grito a todo pulmón—: ¡Se me priva de demostrar mi estoicismo, mi valentía, mi fidelidad al *Führer*! ¡Es un ultraje desperdiciar a un soldado con mi coraje! ¡Me cago en los malditos destinos!

Desde la cama, bosquejé mentalmente una caricatura de Hans mientras colocaba un cojín sobre la almohada, para disfrutar con mayor comodidad de la representación teatral que entretenía a mis oídos: un gallo ataviado con una guerrera y con la cresta escondida bajo una gorra que solo se atrevía a lanzar semejante perorata ante un pelotón de ignorantes, paletos y almas cándidas como la de Otto, pavoneándose con las manos cogidas por detrás, caminando de un lado a otro con paso firme y tan erguido como de costumbre. Su ego era tan inmenso como su mediocridad, una mediocridad que disimulaba con sus gestos grandilocuentes, con sus intentos de ser perfeccionista y controlador, con sus alardes de entender los entresijos del mundo que nos rodeaba y con sus constantes desprecios y reprimendas aleccionadoras a su compañero. Se mostraba adulador con los poderosos e inmisericorde con los débiles. El *gran* Hans añoraba ser alguien en la vida, saborear un instante de gloria, entrar en algún renglón perdido del libro de historia. Si no vinieran de él, esos eran unos sueños en sí mismos loables, pues ¿a quién en este mundo le agrada la idea de abandonar el escenario terrenal de forma inadvertida, sin haber representado ni un solo papel con el que robar una mirada de los espectadores antes de que se baje el telón? Yo misma, que medraba a la sombra de mi exitoso marido, aspiraba a que algún día los críticos de arte, armados con sus plumas lenguaraces, recogieran a la autora y su obra en sus columnas de los periódicos, ya fuera para hablar a favor o en contra de ellas. Ahora bien, si Hans no estaba batallando en el frente, junto con nuestros bizarros soldados, era porque en realidad este no encabezaba la lista de sus anhelos. ¿Era Hans simple y llanamente un cobarde que disparaba al enemigo desde detrás de las faldas de la mujer del *SS-Hauptsturmführer* a la que custodiaba? Ni lo sabía ni me interesaba conocer la respuesta. Entre él y una cucaracha, habría optado sin dudarlo por saber algo más de la vida del insecto.

—Pues qué quieres que te diga, yo estoy muy a gustito aquí... —repuso Otto con indiferencia a su discurso heroico—. Llámame lo que quieras, pero este puesto al menos me garantiza que mi vuelta a casa no será dentro de un ataúd. Toco madera para que las cosas sigan así y no se tuerzan... Aunque, eso sí, debo reconocer que vigilar guetos o campos de trabajo resultaría bastante más animado. ¡Nos echaríamos unas cuantas risas haciendo perrerías a esos hijos de puta! Me han contado anécdotas a cuál más tronchante. La de putadas que puedes hacerles sin que ningún mando te suelte: «Eso no se hace, soldado. La próxima vez que te pille, bla, bla, bla; bla, bla, bla; bla, bla, bla...».

—¡Ja, ja, ja! En efecto, un destino así sería más gratificante que este. Por lo menos contribuiríamos a diseminar el terror entre judíos, gitanos y maricas. No me niegues que no te produce un placentero cosquilleo cada vez que percibes que esas inmundicias nos honran por el mero hecho de llevar este maravilloso uniforme. ¡Ja, ja, ja! Nos temen y nos reverencian, independiente de las divisas. El mismo acojone les produce un soldado raso que un teniente general. Aquí somos los amos, Otto. Y jamás olvides este consejo que te doy gratis: no hay nada más práctico que el respeto nacido del miedo. Cuando logras que germine en uno de estos monos lampiños, sabes que hará todo lo que le ordenes a cambio de un plato de patatas hervidas y unos mendrugos... Así da gusto... Firmaría con los ojos cerrados un nuevo destino, cualquier sitio donde de vez en cuando pudiera llevarme por delante a un judío. ¡Lástima no estar en la unidad de Gustav y Johannes! ¡Qué suerte tienen esos cabronazos! Eso sería mucho más edificante que jugar al pinocle. ¿No crees, eterno perdedor? ¡Ja, ja, ja!

Acto seguido se escuchó un golpe seco y supuse que se trataba de la contundente palmada en el hombro que Hans solía darle a Otto cuando esperaba de él que le riera sus bravuconadas y bromas. Y así fue, el gordo dejó salir por su boca una risotada que resonó como la llamada de alerta de un ganso. Eso dio pie a que ambos se animaran a elucubrar sobre cómo ser más creativo a la hora de ensañarse con el enemigo en una competición que parecía más entre escolares que de soldados de los que dependían nuestras vidas. Y dado que la conversación entre ellos tomaba un cariz cada vez más truculento, me dispuse a levantarme para cerrar las ventanas. Pero no fue necesario, pues sus voces se apagaron en un susurro mientras enfilaban hacia las cuadras.

«¡Gracias a Dios que se han ido! Espero que jamás tengan ocasión de hacer realidad las perversas venganzas que habitan en su enferma imaginación», pensé. En ese instante la puerta de mi cuarto se abrió y Erich entró alborotado. Su pelito rubio apuntaba en todas direcciones, sobre todo en la parte de la coronilla. Aquel cabello rebelde lo heredó de Günther; era tan recio que todas las mañanas había que ahogarlo en agua para que pudiera trabajar el peine y se dejara hacer la crencha.

—¡Qué madrugador está hoy mi pequeño! —exclamé con sorpresa.

De un salto se plantó en mi cama, con la sonrisa de un ángel, y escaló veloz todo mi cuerpo para abrazarme atropelladamente por el cuello con sus bracitos arropados por el suave algodón del pijama.

—¡Madre, madre! ¡Ya está aquí Jędruś! ¿Puede desayunar conmigo? —preguntó mi feliz retoño clavando sus ojos en los míos en busca de mi complicidad. El hecho de tener un amiguito con quien jugar le había empujado a madrugar, ya que normalmente se le pegaban las sábanas y cada mañana era una lucha campal que se levantara. «Habrá oído hablar al polaquito con su padre, y esto le habrá hecho saltar de la cama», imaginé. Fuera como fuese, ver a mi niño de esta manera, tan estimulado y jovial, me colmó de alegría.

—¡Naturalmente que sí! Pero primero vístete, y hazlo tú solito. No importunes a Anne y deja que descanse hasta la hora que le toca, porque hoy has madrugado más que el alba. —Noté que su cuerpecito se escurría por un costado de la cama para poner un pie en el suelo—. Pero, bueno, ¿acaso ya me dejas? ¿Eso es todo lo que querías de tu madre?

Erich rio con picardía. Se agarró a la colcha con las dos manos, para frenar su disimulado deslizamiento y, con un leve impulso, se acomodó en el colchón, sentado como un jefe apache, a la espera de que le diera permiso para marcharse. Aproveché la oportunidad para advertirle que tuviera cuidado de no contar nada sobre Jędruś a su padre. Era preferible dejar todo atado, no fuera que Günther se presentase o llamase de forma inesperada y se armara un tiberio al ver que nuestro hijo fraternizaba con un polaco.

—Erich, tu amiguito Jędruś va a ser nuestro secreto. Un secreto tan especial que si se revela desaparece. ¿Entiendes? Jędruś se esfumará y no volverás a verlo por siempre jamás —le dije imitando con las manos el humo que se desvanece en el aire.

—Pero ¿por qué...? Todos aquí saben que es amigo mío...

—Todos excepto tu padre —añadí seria—. Y es preferible que no se entere.

—¿Para que no lo mate? —replicó sin más.

—¿Para que no lo mate? —repetí sin poder salir de mi asombro—. Pero... ¿qué estás diciendo? ¿Cómo iba tu padre a matar a nadie? —le pregunté con una falsa sonrisa de incredulidad que me costaba Dios y ayuda sostener.

Era la primera vez que oía hablar a Erich de la muerte. Y no solo de la muerte, sino de matar y nada menos que a manos de su padre. Estaba indignada y asustada. Indignada porque no acertaba a entender que alguien fuera capaz de meterle esas ideas en la cabeza a un crío de cinco años; y asustada porque mi hijo hablaba con una impasibilidad sobre la parca que no era propio de un jovencito como él. Era imposible que supiera verdaderamente lo que estaba diciendo.

—Jędruś tiene mucho miedo de padre. Pero yo le he convencido de que no debe temerlo. Que es bueno. Pero él dice que a las personas mayores de Alemania no les gustan los niños polacos. Porque no valen nada. ¿Si padre ve a Jędruś, se lo llevará consigo al campo, donde *ejercutan* a todos? ¿No es lo mismo *ejercutar* que matar, madre?

Me quedé perpleja, vacilante, tan turbada que no podía dar crédito a lo que estaba escuchando. Sus palabras causaron un auténtico cortocircuito en mi cabeza. Era incapaz de encontrar una frase que borrara de inmediato aquella sarta de disparates de la mente de mi hijo. Debía disimular mi aturdimiento y pasar de puntillas por aquellas ascuas que mi niño acababa de arrojarme inocentemente a los pies.

—¡Erich! ¡No consiento que hables así! ¡En el campo se asignan trabajos a los prisioneros! ¡Ah, si tu padre supiera que hemos tenido esta conversación! ¡Te echaría una buena reprimenda! ¡Bien merecida, sí, señor! ¡Tu padre es un defensor de la vida! Recuerda que es médico, y que los médicos curan a la gente, a los bebés, a los niños, a los ancianos, a las personas más necesitadas... Hijo, tu padre y el resto de los médicos han jurado públicamente que siempre harán cosas buenas y que harán todo lo que esté en sus manos para salvar vidas. ¿Lo entiendes?... ¿Qué crees que hace tu padre en Auschwitz sino curar a los prisioneros que enferman o se hieren? Maldita sea, Erich, ¿de dónde sacas estas ideas tan descabelladas?

—Lo dicen Hans y Otto. Siempre se cuentan a gritos las historias que han escuchado en la *Kaserne*. Los oigo a veces por las noches, cuando sus risas me despiertan... Sus voces suben desde la cocina por los conductos de ventilación... Dicen que hay soldados que entran por las noches en las casas, que las registran y echan a las familias enteras de sus hogares, sin dinero ni ropa. Y matan a muchos polacos... Y también a judíos... y a los que se portan mal... Y a los niños también, si son malos... Y yo me tapo las orejas con la almohada, porque no me gusta oír esas cosas.

—Cariño, ningún alemán, salvo que esté rematadamente loco, haría daño a un niño sea de la raza que sea. Las cosas que has escuchado de Hans y Otto son cuentos, como los de Caperucita Roja, Hansel y Gretel y la Cenicienta que te encanta que te contemos tu padre y yo, pero escritos para personas adultas. Y tú sabes que ni Caperucita ni Gretel ni la Cenicienta ni sus historias son reales, ¿verdad?

—Verdad, madre. ¡Tampoco existen en nuestro mundo Huck ni Tom! ¿A que no? —contestó Erich poniendo cara de niño avispado.

—Así es, hijo. ¡Qué listo eres! —lo piropeé con un beso en la frente—. Los cuentos para niños y para mayores son eso, una ficción, y por ello no has de preocuparte ni tomarte en serio las cosas malas que dicen... Y para que Hans y Otto no vuelvan a molestarte con esas historias macabras, les diré que se vayan a contarse cuentos a otra parte y, para mayor seguridad, ordenaré que taponen hoy mismo esos conductos parlanchines —le aseguré. Deduje que las sórdidas afirmaciones que Erich había elucubrado a partir de comentarios recogidos aquí y allá obedecían a su increíble imaginación; además, Jędruś pudo aportar su granito de arena, pues era normal que los polacos previnieran a sus hijos de los alemanes y nos compararan con el hombre del saco o el mismísimo Lucifer. Si al pobre Erich le habían llegado historias como las que me acababa de contar, ¡qué falacias sobre los alemanes no se urdirían en los mentideros de Cracovia!, cavilé. Los débiles siempre buscaban la manera de ultrajar y ridiculizar a los poderosos, para levantar sospechas sobre su moralidad, su decencia y su honestidad, y convencerse a sí mismos de que sus principios eran más puros que, en este caso, los nuestros y de que nuestra cultura decadente y corrompida acabaría sucumbiendo como lo hizo el Imperio romano. «Comprendo que lo hagan, pues de otro modo, sin esperanza alguna, no soportarían su miserable existencia», pensé.

En cualquier caso, no era esta la primera vez que Erich nos desconcertaba a su padre y a mí con un relato trufado de fantasías y razonamientos que jamás creíamos que podían salir de la boca de un renacuajo como él. Los niños son como cajas de sorpresas. Günther y yo teníamos un largo camino por delante para educar a nuestro hijo en un entorno hostil, lleno de trampas y salteadores dispuestos a confundirlo y hacerlo dudar de su integridad aria.

—¡Tubos parlanchines! Ji, ji, ji. —Rio el pequeño—. Pero ¿entonces por qué padre no debe saber nada de Jędruś? —insistió esta vez con voz más seria.

—Sencillamente porque... —Quise improvisar un razonamiento que pudiera pasar por bueno, pero me aturullé.

—¿Porque vale menos que yo?

—Sí... —respondí, compungida, sin saber qué más añadir. Me percaté de que llegados a un punto era imposible ocultarle la verdadera cara de la realidad. Erich sabía mucho más de lo que cabía imaginar. Aquella mañana descubrí que mi retoño había alcanzado una madurez prematura, que ya era capaz de discernir la mentira de la verdad, de asumir y manejar los desencantamientos de la vida. Me sobrevino una extraña sensación de alivio embadurnada de horror.

Aquel monosílabo mío, no obstante, me causó un mal sabor de boca. No podía zanjar el asunto con un vacuo «sí».

—Cariño, no es que Jędruś sea menos que tú o que yo. Sencillamente es diferente, de otra raza, como diría tu padre, que de este asunto sabe mucho y algún día, cuando seas más mayor, te explicará con detalle. Y ser distinto ni es bueno ni es malo. Dios quiso que en el mundo hubiera dos tipos de pueblos: unas razas puras y fuertes, destinadas a llevar el timón del mundo, como nosotros, los alemanes; y las subrazas, que como su propio nombre indica son más débiles, caso de los polacos, y, en algunas ocasiones, alejadas del género humano. Y las fuertes, como es lógico, han de mantener las distancias con las débiles, pues son débiles físicamente y en el aspecto moral.

—¿Y qué es eso de la moral? —preguntó.

—Tiene que ver con la bondad y la maldad. Ahora, solo has de saber que ellos son vagos, embusteros, traicioneros, poco inteligentes... Como te hemos enseñado, los judíos pertenecen a esta categoría, qué digo, forman una categoría endiablada: parecen personas, incluso buenas personas, pero no son ni lo uno ni lo otro. Nunca te compadezcas de un hazañero niño judío, hijo.

—Pero a mí no me importa que Jędruś no sea tan puro como yo. Es mi amigo. Y si es más débil por ser polaco, yo mismo lo cuidaré. ¡Y más aún cuando me convierta en un *Volksjunge*!

—¡Así me gusta, hijo! Anda, no esperes más, ve a reunirte con él. Estoy segura de que Jędruś tendrá mucho apetito. Ofrécele un buen pedazo de la deliciosa tarta de manzana que Elisabeth dejó hecha anoche para el desayuno de hoy.

Erich desapareció dando un portazo. «¡Madre mía, habrá despertado a todo el mundo!» Ignoraba si aquel iba a ser el día risueño que planeé al abrir los ojos, pero quise pensar que sí, que estaba en mi mano ver el vaso medio lleno o, por el contrario, dejarme arrastrar por la negatividad y la resignación que carcomían lenta pero implacablemente mi ánimo. ¡De eso, nada! Debía tomar ejemplo de mi hijo... y de Clara, y cambiar de forma radical mi actitud ante una decisión que tomé por voluntad propia. Si el destino me puso en Cracovia había sido porque así lo quise yo. Era el momento de recapacitar, de minimizar y hasta de despreciar las cosas que me incomodaban y disfrutar de todo aquello que me causara placer. La vida, además, acababa de enseñarme su pasmosa fragilidad: una bala perdida, no dirigida a ti, podía arrebatártela, dejando atrás los sueños y deseos que pudiste satisfacer y que aplazaste por sentimientos de zozobra o simplemente porque creíste que el futuro era el mejor lugar para abordarlos. ¡Qué bobos somos los humanos! La vida dura lo que un suspiro, y no la podemos desperdiciar dejándonos arrastrar por los sucesos adversos que nosotros mismos intensificamos inconscientemente la mayoría de las veces.

Un torbellino de energía positiva me levantó de la cama. Estiré los brazos en cruz y enderecé la espalda, echando la cabeza hacia atrás. Luego me puse la bata y me asomé al balcón. Soplaba una brisa fresca y agradable. Allí pensé que, para celebrar aquellos pensamientos positivos, sería maravilloso plasmar sobre el papel los dorados fulgurantes con los que el sol acariciaba el gigantesco peñasco que se divisaba desde mis aposentos y que antecedía a la suave ladera de una colina vestida de robles y hayas que se tocaban con los verdes campos de alrededor. Dejaría para más tarde escribir unas líneas a Günther para ponerle al corriente de que había disfrutado de una interesante cita con la esposa de su camarada Karl.

Con carboncillo, papel de seda y cuaderno en mano, me acomodé en el orejero y comencé a delinear los contornos de la gran roca, de al menos medio centenar de pasos de largo, que rompía con la monotonía del paisaje que quedaba en la cara norte de la casa y desde la cual partía una alfombra de árboles que se perdía hasta donde llegaba la vista. La prominencia rocosa resultaba especialmente llamativa por su forma de menhir tumbado y porque no había que tener una mente calenturienta para percatarse de que su lado más estrecho cobraba el aspecto de un prepucio humano. Parte de la roca se hundía en el terreno, y la que se asomaba por encima de él formaba una especie de mirador natural. Parecía como si un gigante la hubiera clavado allí en tiempos remotos y luego un travieso terremoto la hubiera tumbado. Todas las mañanas le dedicaba una mirada, para cerciorarme de que seguía allí y calmar el irracional temor de que alguien se la hubiera llevado durante la noche y rompiera así el pintoresco paisaje que mi roca formaba con el estrecho sendero arenoso, moteado por el amarillo de los dientes de león, el violeta de la lavanda y el rojo carmín de las amapolas, que moría en nuestra linde amurallada.

De pronto se me antojó pasear por aquella senda hasta el grueso mineral, gris como el granito, y encaramarme a su panza para otear el horizonte y disfrutar del sugestivo contraste de colores que con seguridad formaba el encarnado de los ladrillos de nuestra casa, parcialmente ocultos bajo una frondosa enredadera que trepaba vigorosa desde la cara este hasta la norte, el verde tierno de los pastizales que la bordeaba y el azul ultramar de un cielo sin una nube que lo perturbara.

¡Naturalmente que sí! Además de una perspectiva diferente, el paseo me pondría en contacto con la naturaleza, con los efluvios sanadores de las plantas en flor, y desembozaría el atranco mental que yo misma había dejado crecer; las ideas brotarían y mis pinceles volverían a bailar sobre el papel. Mi plan de pasear al aire libre, de estirar las piernas —mi tobillo había recobrado toda su vitalidad— y cambiar de ambiente, aunque solo fuera a escasos metros de la casa, hizo que me aseara con una ilusión igualable a la que hubiese sentido si Günther llamara para decirme que estaba de camino para pasar con nosotros unos días. Desenmarañé mis cabellos y los recogí en un moño alto con horquillas cuyos extremos iban rematados en un puñado de falsas perlas que componían un pequeño caracol. Me miré al espejo y liberé sendos mechones por delante de las orejas que me daban un aire desenfadado. La elección de la ropa fue rápida: una camisa estampada y una falda pantalón azul marino que conservaba desde hacía años y que reservaba para salir al campo sin miedo de mancharlas o estropearlas. Sobre el conjunto me puse el blusón de pintar. Y, por último, escogí una pamela de paja para proteger mi piel, pues desde el día anterior me había propuesto conseguir la blancura de Clara. Con las cintas del sombrero hice un lazo en mi cuello para llevarlo sobre la espalda hasta que el sol comenzara a ponerse pesado.

Y así, cargada con caballete y taburete plegables, maletín de acuarelas y cuaderno de papel, salí de mi dormitorio entusiasmada por el propósito que me había fijado para aquella mañana. Los planes improvisados son los más apetitosos de acometer. Sin embargo, a solo unos pasos del preludio de mi aventura, me detuve en seco cuando al otro lado del hueco de la escalera del distribuidor se abrió sospechosamente despacio la puerta del dormitorio de Anne. Unos pocos segundos más tarde, la canosa cabeza de Hermann asomó por ella, como la de un cauto ratón que se dispone a salir a plena luz de su madriguera. Husmeó a un lado y a otro para asegurarse de que no hubiera nadie a la vista. No alcanzó a verme, pues, antes de que su ojo avizor se volviera en mi dirección, yo ya me había puesto a cubierto en el ancho alféizar de la puerta que daba a mi salita de estar. Permanecí firme y con la respiración contenida. Quise evitarnos a ambos el mal trago de cruzarnos sin saber qué decirnos ante una situación tan inesperada: «¡Muy buenos días, Mayor! Espero que haya descansado... en la alcoba de *Frau* Anne».

No obstante, lo que realmente me hizo quedarme quieta fue lo divertido que me resultaría seguir el rumbo de la relación sin que los dos tórtolos supieran que su secreto había dejado de serlo para mí. Me prometí a mí misma que no diría nada a nadie de lo que acababa de descubrir, ni siquiera a mi esposo, para que no se estropeara mi privilegiada situación como espectadora de aquella efervescente historia de amor. Pero ¿cuánto tiempo llevaría Hermann visitando de forma furtiva los aposentos de Anne?, ¿un mes, un par de semanas, unos días, quizá?, me pregunté orgullosa de haber dado, aunque fuera de chiripa, con la prueba definitiva que confirmaba mi sospecha de que entre el Mayor y la institutriz de Erich había algo más que aquellas miradas de complicidad que había destapado recientemente.

Me llenó de júbilo saber que en aquella casa hasta entonces insulsa tuvieran lugar escarceos amorosos, como aquellos de las novelas decimonónicas en las que el corazón del señor o la señora de la casa se encaprichaba de alguien del servicio doméstico. Aunque en este caso Hermann no fuera el amo del lugar, sus ademanes gentiles y su buena planta le otorgaban el suficiente aire de distinción para ser el protagonista del idilio novelesco. ¡Ah, el amor! El amor, ese sentimiento intenso y misterioso que de la nada surge en los lugares y circunstancias más inesperados, entre personas de mundos lejanos, de pareceres distintos, de estratos sociales diferentes... Es como una llama omnipotente que ni sumergiéndola en el agua se puede sofocar.

Al fin Hermann, confiado de que Erich y yo seguíamos acostados, salió de la habitación y, cerrando la puerta detrás de sí con suavidad, dejó que su amada, a buen seguro agotada por la pasión derrochada durante la noche, durmiera unos minutos más. Llevaba media camisa por fuera del pantalón. Portaba la chaqueta doblada en su antebrazo y de sus dedos índice y corazón colgaban el par de zapatos. Caminaba de puntillas, con pasos cortos, para no hacer ruido. Humedeció las yemas de los dedos de su mano libre y se atusó el remolino en que se había convertido su flequillo. Convencido de que nadie lo observaba, se sentó en el rellano de la escalera para calzarse. Apresuradamente se ató los cordones y, ya de pie, volvió la mirada hacia la puerta del dormitorio de Anne para lanzar un beso con la mano. Tras el gesto romántico, comenzó a bajar las escaleras con el sigilo de un ratero en casa extraña. Deduje que se dirigiría a su dormitorio, situado en la planta baja, donde también se encontraba el dormitorio de Elisabeth, junto a la cocina.

Mientras esperaba a que Romeo terminase de bajar las escaleras, posé mi mirada en la hornacina que tenía enfrente. Me recreé siguiendo los rayos de sol que se colaban por unos de los tragaluces del techo y que alumbraban directamente el busto del heleno que yo misma modelé con arcilla en la época que me sentí atraída por la escultura, al poco tiempo de concluir mis estudios. El corazón me dio un vuelco de sopetón: aquel rostro, que salió de mi imaginación y del empeño por plasmar mi idea de belleza masculina, y la cara del jardinero polaco se parecían como dos gotas de agua. El cabello ondulado en bucles, el rostro simétrico, la frente amplia, la nariz recta y proporcionada, las mejillas lisas, los ojos grandes y almendrados del hombre griego, los labios pequeños pero carnosos, el mentón poco pronunciado... Eran tantas las similitudes de mi busto con el semblante de ese hombre que cualquiera que los contemplara uno al lado del otro afirmaría que el padre de Jędruś posó para mí como modelo. Tenía que tratarse de una bufonada de la casualidad... o de una mala broma que me estaba jugando mi mente, dilucidé. Y para evitar embarullarme sopesando si aquella era alguna retorcida señal del destino o algún tipo de premonición, abandoné zumbando mi escondrijo y enfoqué mis pensamientos en el delicioso té que Elisabeth me serviría en unos minutos.

Cuando llegué a la cocina me encontré a los niños enfrascados en el desayuno. Aunque, en ese momento, solo Jędruś seguía peleándose a brazo partido con el pastel. Erich lo observaba ojiplático, con la barbilla clavada sobre los brazos que tenía cruzados sobre la mesa. Enfrente de él, el amigo de Tom Sawyer, ataviado con su nueva camiseta, devoraba absorto una generosa ración de tarta, con el pecho apoyado en el borde de la mesa y la cara casi metida dentro del plato. Tenía los carrillos hinchados como dos pelotas de golf y, aun así, empujaba una cucharada más del dulce en su preñada boca. Tras conseguirlo, dio un trago de leche, para humedecer el engrudo y ayudarlo a cruzar el gaznate.

—*Frau* F., este crío tiene un estómago sin fondo... ¡Ni que fuera hijo de Pantagruel!... Discúlpeme, señora, por no haber empezado por desearle unos buenos días, pero tanto niño me tiene desorientada. —Me recibió Elisabeth con sus mejillas más sofocadas de lo habitual.

—Mujer, no me sea exagerada —repliqué en tono conciliador pensando que la presencia del polaquito no era de su agrado.

—No se crea, a estas edades devoran más que la lima de un carpintero... Pero no piense mal, *Frau* F., para mí es un placer ver cómo vacían el plato... ¡Me recuerdan a ratoncitos famélicos! Hablando de roedores, ¿qué le parece que prepare una tarta de queso para mañana? —concluyó con un largo suspiro de resignación mientras terminaba de colocar en la bandeja los alimentos que componían mi primera comida de la mañana: un panecillo, mantequilla, dos lonchas de queso, mermelada de arándanos y miel, todo ello acompañado de una taza de té negro. Yo solía desayunar sola en el comedor, porque me gustaba contemplar a través de las vidrieras la escasa gente que pasaba por delante de la casa, un ritual monótono pero relajante. Erich, en cambio, tenía por costumbre hacerlo más tarde en la cocina, con Anne y Hermann. Pero aquella mañana parecía que la habitual rutina había sido trastocada.

—Cariño, ¿y tú no tomas nada? —pregunté a Erich.

—Ahí donde lo ve ha devorado el desayuno en un visto y no visto —respondió Elisabeth en su lugar—. ¡No sé cómo puede comer tanto y tan deprisa! Aunque su nuevo amiguito, ya ve, parece una trituradora... Pobre niño... Hoy quizá está siendo su día más feliz en mucho tiempo. —Diciendo esto se acercó a Jędruś para regalarle una carantoña.

No tardé en percatarme de que el enfado de Elisabeth supuestamente causado por la voracidad de Jędruś era puro teatro. Sin duda alguna, estaba disfrutando de lo lindo viendo cómo su pastel era engullido sin rechistar por el renacuajo, que no paraba de sacar la lengua para relamerse.

—¿Otro pedacito más, Jędruś, y así retiramos el plato? —le preguntó al pequeño al tiempo que se tragaba unas gruesas migas de pastel que había recogido del mantel.

Por las veces que la vi sentada a la mesa con el resto del servicio, sabía que Elisabeth pecaba de glotona. No podría ser de otro modo para mantener aquel contorno de mujerona bávara, con sus enormes y firmes pechos que no escatimaba esfuerzos en realzar y el sobresaliente trasero respingón cuyos bamboleos casi cómicos arrobaban a Erich. De padre alemán y madre austríaca, nació y se crio en una granja de Füssen. Al cumplir los diecisiete, hastiada de las labores rurales, se trasladó a Núremberg para labrarse un futuro más estimulante que cuidar el hato de vacas de su padre, exigente y hasta cierto punto despiadado con ella. Allí descubrió sus habilidades culinarias, y tras cinco años de servicio doméstico, viajó a Leipzig y Berlín, siempre trabajando a cargo de la cocina en hogares de gente adinerada. La mujer se había ganado a pulso su potestad sobre los fogones; los amaba hasta el extremo de humanizarlos. Supe por Anne, quien, por cierto, tenía prohibido arrimarse a los guisos incluso cuando hacía de marmitona, que hablaba con las ollas, sartenes y fogones, y que incluso sermoneaba a estos últimos cuando la comida no había quedado en el punto justo.

A pesar de su escasa formación, Elisabeth era una mujer perfeccionista y metódica. Y una de las pocas personas que había conocido en mi vida que de verdad disfrutaba con su trabajo. Era una pasión contagiosa. Hasta yo, que tenía una innata aversión a las sartenes, me buscaba cualquier excusa para introducirme en su territorio y contemplar cómo, enfundada en su delantal siempre impoluto, se manejaba con precisión y celeridad, y su mente afanosa no se dejaba distraer por ningún estímulo externo: corría de un lado a otro de la cocina para coger, aquí y allá, un alimento; calcular los ingredientes o pesar las porciones; amasarlas, cortarlas o triturarlas y aderezarlas; cocerlas, hornearlas o freírlas; y enriquecerlas con deliciosas guarniciones, para finalmente emplatarlas. Siempre improvisaba recetas diferentes, haciendo de las especias sus mejores aliadas; y recurría a trucos y fórmulas que a nadie revelaba. No había ley de la física en la cocina que la amedrentara. El resultado era una sinfonía de sabores que embriagaba nuestros paladares, en especial el de Günther, comilón por naturaleza, que solía tributarle un aplauso al final de cada comida. Entonces, la tez tersa y pálida de la cocinera, salpicada por unas coquetas pecas que se concentraban en la nariz y se dispersaban desde el entrecejo hacia la frente, se tornaba colorada como un tomate maduro.

Estaba convencida de que la cocinera de Clara, la tal Claudia, que aún no había tenido el placer de conocer y cuyos platos esperaba degustar en alguna ocasión, se maravillaría de ver a la inigualable e incomparable Elisabeth en acción.

—Oh, Elisabeth, gracias, pero hoy no tengo apetito. Tomaré solo el té; los panecillos y el queso seguramente se los querrán comer después los niños.

—No le quepa la menor duda. Dentro de un rato me pondré a preparar el almuerzo. ¿Qué le parece para hoy *rheinischer Sauerbraten* con *Kartoffelknödel*? —preguntó. Casi todas las mañanas me hacía una propuesta culinaria, a la que por supuesto nunca ponía objeción alguna. De hecho, me encantaba; cuando me entraba hambre a lo largo de la mañana, me acordaba del menú y contaba las horas que quedaban para sentarme a la mesa.

—Mmm, se me hace la boca agua de solo pensar en ello... ¡Bueno, a otra cosa, mariposa! Los dejo a ustedes, pues tengo que salir corriendo al campo de enfrente para capturar sus colores con los primeros rayos de luz —le dije a Elisabeth señalando hacia los bártulos que había aparcado en el suelo para beberme el té recién hecho. A Jędruś le llamó la atención el caballete que descansaba sobre el maletín. Parpadeó deprisa intencionadamente y miró a mi hijo haciendo con la boca una O de asombro, pues creyó que se trataba de algún juguete desconocido para él. Al ver su cara de pasmarote, Erich se bajó de la silla, cogió el caballete y extendió sus tres patas. A continuación, colocó mi cuaderno en el lugar que le correspondía. Con gestos y movimientos corporales, como los de un mimo en el circo, abrió el taburete y se sentó en él. Adoptó la postura erguida propia del pintor y colocó su diestra sobre el papel simulando que sostenía entre sus dedos un pincel.

—¿Ves, Jędruś? ¡De esta manera se sienta a pintar mi madre! ¡En ese maletín lleva montones de colores!

Resuelto el misterio y viendo que aquel armazón de madera no iba a proporcionarle ninguna diversión, Jędruś se metió en la boca a dos manos el último pedazo de tarta que le quedaba en el plato. Se le escapó un pequeño eructo, lo que hizo que Erich soltara una risita de complicidad. Como un señor, el polaquito se levantó de su sitio y corrió hasta el caballete desplegado; pasó el dedo índice por el cuaderno y luego examinó en silencio el resto de mis artilugios de pintura.

—Yo dibujar con lápices regalar abuelo. ¡Rojo, verde, amarillo, azul, negro... rojo! —exclamó Jędruś contando con los dedos sus lápices, y me dejó perpleja descubrir que no solo nos comprendía perfectamente, sino que también se defendía en nuestro idioma—. ¡*Sześć*..., seis, seis! —profirió tras constatar la suma total.

—¿Queréis acompañarme a la roca grande, a pintar el paisaje que queda detrás de la casa? —Y, dirigiéndome a Jędruś, añadí—: Erich y yo te enseñaremos a pintar con acuarelas. Verás qué divertido es...

—Otro día, madre. Anoche *Herr* Hermann me prometió que hoy nos daría una vuelta a caballo, con Anteojos. Le estamos esperando, pero se habrá quedado dormido... ¡Se está retrasando muchísimo! —se quejó Erich.

—Sí, Anteojos preocupado, mucho esperar —dijo el otro rascándose la punta de la nariz.

—¡Bueno, bueno, galopines! No nos pongamos de los nervios, que la mañana es muy larga y habrá tiempo hasta para aburrirse... Y piensa, Erich, que la clave de tu impaciencia no está en que a

Herr Hermann se le hayan pegado las sábanas, sino en que hoy has madrugado más que un gallo —le razoné con un guiño a mi hijo—. Por cierto, cuando baje el Mayor, prometedme que dejaréis que desayune con calma y que disfrute sin agobios de unas caladas de su pipa...

—Nosotros, buenos niños, *Frau* F. ¿A que sí, Erich? —se adelantó a responder el polaquito. Mi pequeño se encogió de hombros y asintió con cara de diablillo. «¿Qué estará tramando el muy pícaro? Alguna travesura en la que hará partícipe a su nuevo compinche», pensé.

Apuré mi taza de pie, con la mente puesta en la gran roca, dando pequeños sorbos, pues la infusión estaba todavía demasiado caliente como para acabarla con un trago largo. Dejé la taza sobre el plato y me tomé unos segundos para cavilar sobre el nuevo día. Aquel era de aquellos que ya desde que ponías los pies en el suelo te susurraban al oído que todo iría a pedir de boca y que te incitaban a encararlos con energía. Por primera vez en mucho tiempo, Erich tenía un plan; yo tenía un plan. Ambos placenteros, ociosos, estimulantes... ¡Pobre Günther! Nosotros, aquí, disfrutando de una mañana de asueto, y él recluido en Auschwitz, seguramente abrumado por sus muchas responsabilidades y por, como él me decía siempre, una pila de trabajo tan alta como yo, me reproché. Esperaba que al menos gozara de momentos ociosos con sus compañeros en la sobremesa y en las tertulias, que suponía que tendría, después de cenar. Desconocía si su trabajo le proporcionaba satisfacciones; cómo sería para mi esposo el día a día en aquellas instalaciones deprimentes, tratando con gente de la peor calaña y la escoria humana, según sus propias palabras.

—¡A ver, un amable voluntario que me ayude a coger estos trastos! —les solicité a los niños, que se habían acomodado en un rincón de la cocina para guerrear con unos soldaditos de plomo de nuestros ejércitos de los que se encaprichó Günther y se empecinó en regalar a nuestro hijo las Navidades pasadas. Erich sostenía en el aire un Ju 87 y con la otra mano hacía avanzar por el suelo un tractor oruga equipado con un cañón antiaéreo Flak-Vierling 38: «¡Bombas sobre Inglaterra!».

Los dos acudieron raudos a mi llamada al grito de «¡Yo, yo!». A ambos les resultó divertido entregarme los enseres de pintura, uno tras otro, en un improvisado e irreflexivo ritual que me hizo sentir como un caballero medieval al que su paje y escudero vestían para competir en un torneo. Agradecí el gesto al polaquito con una caricia en la nuca, y a Erich le pedí que me diera un beso de despedida en la mejilla. Así lo hizo, y lo acompañó de un fuerte abrazo y un sentido «te quiero, madre». Vi cómo Jędruś nos lanzó una sonrisa contenta, pero aliñada con una mirada triste, pues con certeza añoraba el cariño de una madre. Yo le devolví la sonrisa, disimulando la pena en mis ojos.

—¡Adiós, niños! —me despedí de ellos—. ¡Elisabeth, no se olvide de que tiene dos pantalones para zurcir de Erich! —le recordé justo al abrir la puerta de la cocina que daba al exterior, donde fui recibida por una brisa fresca que me provocó una ligera tiritera. Con la carne de gallina apresuré el paso en busca de Hans y Otto, ya que debía avisarlos de que me proponía salir unas horas a la zona de pastizales donde el viejo Hermann solía soltar los caballos. Al comprobar que no estaban en la parte trasera, rodeé la casa y, al doblar la esquina, escuché unas voces animadas que provenían de la entrada. Seguí caminando algo más despacio, quizá con la instintiva intención de no interrumpir de sopetón una conversación en la que eran partícipes voces desconocidas para mí.

Andados unos metros más, descubrí al gordo y al flaco charlando a mitad de camino de la verja principal con otros dos hombres uniformados que jamás había visto antes. Los cuatro bebían de una misma petaca que se pasaban con la confianza que se brindan los buenos camaradas. Las dos visitas, que sujetaban las gorras debajo del brazo, pertenecían a las *Totenkopf-SS*. El más alto era entre ellos también el de mayor rango, pues se trataba de un *Obersturmführer*. Era un hombre bien parecido, de unos cuarenta y pocos años, con una barbilla angulosa y unos labios carnosos que armonizaban con su nariz nubia; su cabello negro brillaba con intensidad, fruto quizá de un exceso de fijador. Por sus gestos y posturas deduje que estaba ante un petimetre bravucón y arrogante, embriagado por el éxito de su carrera, que seguramente despreciaba a sus subordinados y humillaba a quienes consideraba inferiores a él. Al que lo acompañaba lo situé en las antípodas: inseguro y rechoncho. Se trataba de un *Untersturmführer*, que soportaba sobre sus cargados hombros, copia fidedigna de los de Otto, una cabeza desproporcionadamente grande y lampiña. Pero lo que atraía las miradas de su fisionomía eran sus cejas fusionadas en una y su nariz bulbosa, con forma de higo y enrojecida, sobre la que descansaban unas gafas de sol de cristales verdes.

A una distancia prudencial de ellos, alcé el brazo para captar la atención de Hans. Este me respondió con un respingo y se excusó con los visitantes, que, al detectar mi presencia, quedaron durante un instante absortos observándome; en especial el de la cabeza más resplandeciente, que se echó la mano derecha a la cintura y se acarició el cuello con la otra mientras me echaba una mirada escrutadora. Hans arrojó con determinación la colilla que oprimía entre los dedos, en un gesto de concluir una acción para comenzar otra, y se apresuró hasta mí con más aires de omnipotencia que un mariscal de campo. Mi infeliz SS era tan transparente que enseguida me percaté de sus intenciones, que no eran otras que mostrar a sus colegas quién tenía el control del lugar.

—Gracias por acudir solícitamente, pero no era necesario que se diera usted tamaña carrera. Lo que tengo que decirle no es una cuestión de vida o muerte —le recibí, sonriente y de buen humor, con la intención de predisponerlo a aceptar sin condiciones mi plan.

—Estoy a su disposición para lo que necesite, ya lo sabe usted —dijo pellizcándose la visera de la gorra. Un tufillo a aguardiente raspó mi nariz.

—Por cierto, ¿la visita de estos mandos obedece a algún asunto oficial? —me interesé.

—Para nada, *Frau* F. Se trata de unos colegas míos que trabajan en el campo de Płaszów, bajo las órdenes del *Kommandant* Amon Göth, camarada de su esposo, como usted sabrá. Pasaban por aquí de vuelta de una misión y han tenido la cortesía de acercarse a saludarme. Espero que no le moleste... Se marcharán enseguida —aseveró con una inclinación fugaz de cabeza.

—Pues he de darle un no por partida doble... No tenía conocimiento de que Günther conociera a ese tal Göth, y si me ha hablado de él, no lo recuerdo. Y no, no me supone ninguna incomodidad la visita. Más bien todo lo contrario: cualquier cosa que rompa con la monotonía bienvenida sea. Por cierto, salúdelos por favor de mi parte y tenga a bien ofrecerles unas bebidas. ¿Unas cervezas frescas, tal vez? Coménteselo a Elisabeth...

—Se lo agradezco, *Frau* F. —interrumpió Hans—. Como le acabo de decir, están a punto de partir, pues Heinrich, el *Obersturm-*

führer, tiene prisa por llegar cuanto antes a Płaszów. Cuando usted me diga lo que tiene que decirme, me despediré de ellos.

—Le he interrumpido para hacerle saber que voy a salir al campo de detrás... —dije, y, levantando ligeramente todos mis cachivaches, añadí que no tenía intención de alejarme, que solo pretendía dibujar la casa desde la roca situada a la orilla del bosque, desde donde se podía divisar la finca, por lo que tampoco él me perdería de vista.

Caminar sola hasta allí no me preocupaba demasiado. Aunque judíos huidos y grupos de partisanos armados se escondían en los bosques que rodeaban Cracovia, los próximos a nosotros estaban fuertemente vigilados; a todas horas nuestros hombres los peinaban para garantizar la seguridad de las casas aledañas.

Tras examinar los utensilios que portaba colgados de hombros y brazos, el SS se precipitó a decir con el ánimo exaltado:

—¡Está bien, pero iré con usted! —Unos ojos engrandecidos con pupilas dilatadas me desnudaron de la cabeza a los pies.

Aquel repaso, fugaz y lascivo, me causó una arcada emocional. Enseguida debió de percatarse de que su instinto depredador, aturullado por la morbosa idea de pasar un rato conmigo a solas, le había delatado, pues sus ojos volvieron a adoptar el tamaño y forma de dos judiones resecos.

—Perdone mi respuesta impetuosa, *Frau* F. Solo pensaba en su protección. La acompañaré siempre y cuando a usted le parezca bien, naturalmente; será un placer para mí velar por su seguridad allí fuera... Lo mismo le digo de Otto —afirmó esto último con la boca pequeña.

—Por la cara que me ha puesto pensé que se trataba de algo más grave... ¡Quién va a querer atacar a una mujer armada con un caballete y una caja de acuarelas! —exclamé con una ingenuidad espuria.

—Es mi obligación recordarle que su esposo no quiere bajo ninguna circunstancia que salga de casa sola... No de momento. Espero que acepte mi humilde ofrecimiento, pues tenga en consideración que es más seguro para usted estar acompañada por alguien armado —insistió con una cadencia empalagosa.

No recuerdo qué dijo después, porque mi mente se imaginó cómo sería el camino hasta la roca teniendo que soportar sus para él interesantes conversaciones o sus vehementes disquisiciones sobre el primer tema que le viniera a la cabeza y carentes de interés para mí; su innecesaria ayuda para montar el caballete, desplegar los bártulos y encontrar la mejor perspectiva; sus elogios a cada trazo del dibujo; sus constantes interrupciones mientras yo trabajaba, pues él y el silencio eran como el agua y el aceite, incompatibles; sus aportaciones para mejorar mi obra, que sin duda alguna haría, ya que iba con su soberbia naturaleza tener siempre la última palabra, el consejo más sabio... ¡Y para remate quedaría el viaje de vuelta! Aquel presagio me causó un escalofrío que no dejó rincón del cuerpo sin perturbar, un estremecimiento que se repitió al añadir a la escena sus intentos por seducirme o los calenturientos pensamientos en los que se sumiría al contemplarme absorta en mi obra. Qué duda cabía de que la mera presencia de Hans intimidaría a mi musa, que se negaría a salir de sus aposentos del Olimpo para inspirarme.

Jamás llegué a comprender por qué la mayoría de los hombres son incapaces de captar los claros y casi siempre corteses mensajes femeninos de indiferencia. ¿No se dan cuenta de que con ese proceder su personalidad cae al nivel de las babosas de jardín? En aquel momento mi deseo fue comunicarle a Hans que, si de mí dependiera, él jamás sería mi guardaespaldas personal, pero, como no podía ser de otro modo, me mordí la lengua y, en su lugar, decidí jugar a ser perspicaz, para engatusarlo:

—Prefiero que usted y Otto permanezcan en sus puestos y velen por la seguridad de Erich. Jamás me perdonaría que mi hijo cayera en manos del enemigo o algo peor por haber bajado la guardia a fin de complacer un capricho personal. Es inadmisible. La finca necesita de la presencia de dos hombres valerosos como ustedes, dispuestos a sacrificar sus vidas por mi hijo, por nuestros hijos, por los herederos del nuevo Reich.

—Viniendo de usted, estas palabras resultan estimulantes. Nuestros mandos jamás se acuerdan de la importante función que llevamos a cabo en materia de seguridad, algo desalentador, pero el problema...

—El problema real, insisto, es que alguien nos ataque y uno de ustedes no esté ocupando el lugar que le corresponde. ¿Se imagina usted la reacción del *Herr Hauptsturmführer* o, aún peor, la de sus superiores? No me gustaría estar en su pellejo —interrumpí ágilmente su próxima argumentación—. Sin embargo, lo que pueda o no ocurrirme a mí es solo responsabilidad mía. Ni usted ni nadie puede impedirme hacer lo que yo quiera. ¿Qué va a hacer usted, ponerme unos grilletes? Si algo malo me pasara, que no lo creo, siempre podrá exculparse aferrándose a mi terquedad. Mi esposo me conoce de sobra en este sentido.

A Hans se le hizo jirones el disfraz de hombre seguro de sí mismo ante la insistencia de una mujer sagaz y, por qué no, atractiva. Yo sabía de esa debilidad de él, y la aproveché en mi propio beneficio. El SS miró al cielo con resignación. Se quitó la gorra y con el meñique se rascó en la raya del pelo que corría recta desde la coronilla hacia la sien derecha. Estaba a punto de perder una nueva cruzada contra mí. Me sentí fuerte y con ganas de seguir en aquel combate psicológico hasta tumbarlo en el cuadrilátero de un *punch* certero.

—Ejem, ejem... —Se aclaró la garganta—. Aun así, por no contrariar al *Herr Hauptsturmführer*, es preferible que alguien la acompañe. Iré a buscar al Mayor...

Hans acababa de propinarme un gancho que me dejó noqueada. No podía arruinar la enorme ilusión que les hacía a los niños dar el paseo a caballo que Hermann les había prometido. Sería egoísta por mi parte. Cuando ya a punto estuve de tirar la toalla, sopesando y escrutando qué rincón escoger del jardín para colmar mi urgencia pictórica, vi al hombre polaco. Se hallaba a escasos metros de nosotros, rastrillando con una calma casi mística la hojarasca acumulada en torno a unos arbustos que habían crecido sin control; con la ayuda de una mano, la iba depositando y aplastando en la vieja carretilla. Él podría ser la solución. No, él era la solución, mastiqué. Se me antojó ser el acompañante apropiado, al que no había que darle conversación ni dedicarle la menor atención. El siguiente paso fue hacer que Hans pensara lo mismo que yo.

—No, no, ni hablar. Hermann tiene ya comprometida toda la mañana con varias tareas que le he encomendado. Que venga conmigo el polaco. —Se me ocurrió decir señalando con la vista al padre de Jędruś. Arrugué la nariz y fruncí los labios para dar a entender que tampoco a mí me seducía la idea.

—Con todos mis respetos, *Frau* F., opino que se trata de una desacertada improvisación. —Hans no tardó en entonar su nota discordante—. ¡Marcharse usted sola con ese esquinado del que sabemos su nombre y poco más! ¿Usted y él solos en el bosque?

¡Es la forma más absurda de poner su vida en peligro! —arguyó el hombre, con el espinazo estirado. A continuación, movió la cabeza de un lado a otro y, hablando para sí mismo, murmuró—: No, no... el *Herr Hauptsturmführer* no estaría de acuerdo de ninguna de las maneras... Acabaré en el paredón...

—Por Dios, Hans, no sea tremendista. Solo es una idea. ¿Me toma usted por una cretina? ¿Cree que comprometería mi vida o nuestra seguridad por unas acuarelas?

Hans me miró con poca fe y, desconcertado, se pasó el antebrazo por la frente para retirar los goterones que empapaban sus cejas. Así pues, aproveché para abrumarlo un poco más con una breve arenga que le susurré casi al oído, para evitar que el jardinero nos oyera y, de paso, hacerme la interesante:

—Quien quiera confiar en los polacos que lo haga. Pero tanto usted como yo hacemos lo correcto en recelar de ellos. Como bien dice mi esposo, estos malhadados solo tienen dos opciones: someterse a nuestra voluntad o sufrir y, en los casos sin posibilidades de reorientar la conducta hostil, morir ejecutados sin piedad. No hay posibilidad de medias tintas. Y ya sabe que hasta los hay tan dóciles que trabajan en las mismas casas de nuestros compatriotas sirviendo la comida en la mesa sin que nadie tema que traten de envenenar a sus amos.

Hice una pausa muy breve para tomar aire. Intencionadamente le puse las puntas de los dedos sobre el hombro y me acerqué más a él, para dramatizar nuestra complicidad y, de este modo, tumbarlo en la lona de un resoplido:

—Me huelo que este jardinero no es tonto y conoce de sobra cómo las gastamos los alemanes con los traidores. Ese infeliz jamás me pondrá un dedo encima, ¿y sabe usted por qué? Porque tenemos al bastardo de su hijo, que, como habrá podido observar, lo cuida con devoción. No tengo la menor duda de que daría su vida por él. Es su talón de Aquiles... Un paso en falso y, ¡puf!, no volverá a ver jamás a su dulce hijito. Si osara ponerme la mano encima, usted u Otto se ocuparían personalmente del pequeño. ¿No es así, Hans? Doy por sentado que usted sabe cómo funcionan aquí las cosas.

Debí de ser muy convincente, pues noté que el SS se vino abajo. En parte, los laureles se los debía a Clara, fue ella quien me mostró la manera de pensar que había que adoptar en el Gobierno General. Miré con desdén al hombre fornido, que continuaba enfrascado en la recogida de hojas de espaldas a nosotros, desconocedor de que había arruinado el cariño que durante años profesé a mi busto. Solemos decir que la primera impresión que tenemos de alguien es la que vale, pero en este caso no fue así. Ahora aquel polaco ya no me parecía tan arrogante y altanero como la primera vez que lo tuve ante mí. Vi en cambio a un hombre vulnerable que podría manejar como un autómata: yo pulsaba un botón y él cumplía mi deseo sin cuestionarlo. Y si no lo hacía, solo tenía que recordarle a su hijo. Jamás antes había tratado con un ser anulado, que no pudiera poner en tela de juicio una decisión femenina, por el hecho de ser mujer, lo que despertó en mí un maquiavélico interés. Teniéndolo a mi lado podría estar incluso infinitamente más segura que con cualquiera de los dos soldados, ya que estaba condenado a defenderme incluso con su vida, pues en ello le iba la supervivencia de Jędruś. Ni siquiera confiaba en que Günther se sacrificara por mí en una situación de vida o muerte.

Aquellas reflexiones me condujeron a recapacitar acerca de cómo sería compartir un instante de mi vida con alguien al que se le había cercenado el libre albedrío, cuyos juicios no valieran absolutamente nada, que tuviera que filtrar cada pensamiento y sentimiento para no soliviantarme o que seguir en este mundo dependiera de un antojadizo chasquido de dedos. Me pregunté si tener cerca a alguien así afectaría de algún modo a mis dibujos o incluso a mi visión sobre el conflicto armado, y si a la postre podría relacionarme con él con la misma naturalidad que aprecié entre la aria Clara y la polaca Irena. Y fantaseé con la eventualidad de que, mientras yo deslizaba los pinceles sobre el papel, él podría hablarme de cómo era la vida de los polacos antes de que llegáramos, de sus ritos y costumbres, pues, como bien me hizo ver Clara, entender su cultura me haría más fuerte ante ellos; y si la experiencia no resultaba ser un desastre, podría incluso repetirse. Antes de ir a la roca con Hans u Otto, prefería quedarme en casa; y de ningún modo permitiría que Hermann malgastara así su tiempo, sobre todo sabiendo que el campo y el arte le aburrían tanto como a mí un partido de balompié.

Hans refunfuñó soterradamente y entre dientes pronunció unas palabras que no entendí. Aceptó finalmente, eso sí, tras garantizarle que yo saldría en su defensa en el supuesto caso de que mi excursión pictórica llegara a oídos de Günther.

—¡Polaco! ¡Ven aquí! —vociferé con una prepotencia que hasta entonces no sabía que pudiera salir de mis cuerdas vocales, para que Hans viera que detrás de mi aparente fragilidad femenina había una mujer de armas tomar. No me pareció la forma más adecuada de dirigirme al padre de Jędruś, pero no recordé su nombre. Hermann me lo hizo saber, pero no mostré ningún interés por retenerlo en mi memoria. Mi berrido hizo que el jardinero, que estaba a punto de partir con la carretilla rebosante de hojarasca, la dejara apoyada en el suelo y viniera a mi encuentro como haría una máquina programable. Pero además provoqué que Otto y los otros dos hombres interrumpieran su distendida conversación e hicieran sobrevolar sus seis ojos sobre mí y Hans hasta posarse, como rapaces hambrientas, en el único posible receptor de mi orden: ¡un polaco! Cuando la pareja de visitantes descubrió que la persona requerida por mí era el jardinero, el más espigado profirió:

—¡Eh, tú, polaco!

El hombre innominado se detuvo en seco, pero un instante después optó por reanudar la marcha hacia mí, desoyendo la voz del militar. Obviamente, allí su jefa era yo. Pero el SS insistió con una llamada más enérgica y autoritaria:

—¡Polaco, acércate! ¡Ya!

El jardinero cambió de repente de rumbo y marchó hacia ellos con pasos cortos y lentos, como si sus pies quisieran salir corriendo en dirección contraria a la que ineludiblemente los forzaba a caminar su dueño. Andaba con la cabeza bien alta, pero con la vista hincada en el firme. A medio camino, me lanzó una huidiza mirada que no supe descifrar si fue de auxilio o de reproche por haber vociferado su nacionalidad. Un angustioso silencio se apoderó del jardín: hasta los pájaros cerraron el pico, como cuando presagian que se aproxima una tormenta. Al fin, el hombre llegó a su destino y se cuadró como era su obligación ante los SS.

—De modo que tú eres aquí el que se encarga de las plantas... ¿Me equivoco, polaco? —le preguntó con altiveza el *Obersturmführer*.

El jardinero dio la callada por respuesta, lo que enfureció al oficial.

—¡Hombre, otro polaco sin lengua! Este país está lleno de tarados sordomudos... ¿Se puede saber cuánto llevas trabajando aquí? ¡Porque esto —con un golpe de barbilla señaló el terreno— está hecho un estercolero!

—Unos días, señor... —respondió el padre de Jędruś con actitud serena y sin mirarle directamente a los ojos, intentando así evitar cualquier confrontación con él.

—¡Pamplinas!... Lo que ocurre aquí es que los mentecatos os creéis unos sabelotodo, más inteligentes que nosotros. Te consideras más sagaz que yo, ¿verdad? —preguntó buscando gresca el SS, pues ya había sacado pecho y echado la cabeza hacia delante, como hacen los depredadores antes de abalanzarse sobre la presa.

Me turbó la casi instantánea metamorfosis de aquel *Obersturmführer* de aire distinguido en un capataz negrero de una plantación de algodón de la vieja América. Con la mano apoyada en la pistolera, esperó a la contestación de su interlocutor. Lo avizoraba con una mezcla de desafío y desprecio. Fue entonces cuando me percaté de que la situación podría tomar un rumbo temerario y de que yo no podía interceder para redirigirla por otros derroteros. No de momento.

—No, señor... Jamás, señor... Se lo juro, señor.

—Bla, bla, bla... ¡Maldito adulador! Mirad cómo este cirigallo intenta tomarme el pelo ante mis propias narices. ¡Manda cojones! —lamentó girando la cabeza hacia sus compañeros. El padre de Jędruś evitó levantar la mirada por encima de los hombros del SS que lo acosaba.

—¡Ja, ja, ja...! Habrá que someterlo al test de inteligencia, ¿no crees, Heinrich? —preguntó animosamente su acompañante a la vez que se quitaba las gafas de sol, quizá con el propósito de no perderse detalle del espectáculo que se avecinaba.

—¿El test? —soltó extrañado el largo.

—Sí, hombre, ese que si no se responde adecuadamente se *gratifica* con una *relajada* estancia en Płaszów —apuntó el otro con un guiño.

—Paul, Paul, Paul... ¿Entiendes por qué me encanta que me acompañes en mis salidas del campo? ¡Con ese ingenio que Dios te ha dado no sé qué haces en el ejército! —contestó su superior, al que se le puso una sonrisa malvada de oreja a oreja. Dirigió su mirada al jardinero y crujiéndose los dedos le lanzó la supuesta prueba de astucia—: Presta atención, cabeza de serrín, ¿en qué se diferencia un polaco mamón como tú y un plato lleno de mierda?

—¡Vamos, contesta, imbécil, que se te acaba el tiempo! —Se sumó a la ceremonia tribal Otto, dando golpecitos en la esfera del reloj que se había sacado del bolsillo para simular que cronometraba el examen.

—¡Tictac... tictac...! Ya me dijo la pelandusca de tu madre que su hijo no era muy talentoso... ¡No como ella, que me hizo un trabajito sesudo! ¿Comprendes, bastardo? —se jactó el de la nariz de higo mientras daba una vuelta con el desparpajo de un bufón en torno al padre de Jędruś. Este se mantenía firme, con los brazos caídos y sus manos apoyadas en los muslos. Sostenía la mirada perdida en el infinito, el lugar donde seguramente deseaba estar en aquel instante; sus ojos eran dos cuevas oscuras, vacías de sentimientos, de cualquier expresión que pudiera justificar una acometida por parte de mis conciudadanos. Ante semejante tensión, me imaginé que no era fácil mantener la compostura, reprimiendo el movimiento de cada músculo facial para aparentar ser un busto impertérrito e insensible a cualquier humillación. Colegí que este no era el primer interrogatorio que pasaba ante nuestros SS.

—¡Voy a tener que levantarte la tapa de los sesos para sacarte el serrín que te impide pensar! —bromeó el *Untersturmführer* dándose un disparo en la sien con los dedos. Otto y su alma gemela comenzaron a descuajaringarse; el alto se reía para sus adentros. Mi malestar fue en aumento.

Era incapaz de digerir cómo unos oficiales, que representaban al Reich, podían perder los papeles de un modo tan abyecto, que se ampararan en sus galones para hacer lo que les viniera en gana en mi propiedad. «¿Cómo habría actuado mi esposo ante este incidente? ¿Aprobaría el *Führer* este tipo de conductas ruines y liberticidas?», me pregunté, pero fui incapaz de figurármelo. Cerré la mano en un puño y me clavé las uñas en la palma de la mano para no estallar y echarlos de mi propiedad. Y Hans se frotaba las yemas de los dedos índice y pulgar, un tic que se le presentaba cada vez que vivía una situación tensa; en este caso, la provocada por no ser partícipe de la juerga que se estaban echando sus colegas a un palmo de sus narices, debido a que le cogió a mi lado.

—¡La diferencia está en el plato! ¡En el plato!... ¡Ja, ja, ja! —estalló Hans, que no pudo soportar por más tiempo su papel de mero espectador de aquella charlotada. Estaba tan ansioso por recobrar el protagonismo que, en un abrir y cerrar de ojos, y como si de repente yo ya no existiera, corrió a unirse a ellos con sus habituales andares, esto es, casi de puntillas y con los glúteos prietos. Los demás, desternillados de la risa, se volvieron hacia él, y el *Obersturmführer* lo recibió pasándole el brazo por el hombro.

—¿Qué te ocurre, po-la-co-de-mier-da? —silabeó el de la nariz de higo, y añadió—: ¿No te ha hecho gracia el chiste del *Obersturmführer*? ¿O va a ser que no te sale de las pelotas reírte?

Acto seguido, echando llamas por unos ojos de basilisco, lanzó la pierna derecha al aire y clavó la bota en la entrepierna del jardinero, que, atento a todo lo que acontecía a su alrededor, no tuvo tiempo de protegerse. El padre de Jędruś se dobló echándose las manos a los genitales. Permaneció clavado de rodillas unos segundos y, antes de derrumbarse al suelo, vomitó tras dar varias arcadas. La caída del subhombre hizo que la banda de bárbaros soltara una estruendosa carcajada; Otto lo hacía, cómo no, cogiéndose la panza.

—Mirad cómo ahora se descoyunta de risa. Parece un gusano retorciéndose —prorrumpió el agresor.

Jamás en mi vida había presenciado una patada tan salvaje. El sonido seco del impacto y, tal vez aún más, el mutismo del jardinero hicieron que la sangre me bajara a los pies y que todo me diera vueltas, hasta el punto de que temí sufrir un vahído.

Ninguno de mis compatriotas sintió el menor atisbo de compasión. Todo lo contrario: estaban gozando del dolor que gratuitamente habían infligido a un ser indefenso. Sí, aquellos individuos eran indeseables, unos hombres atrabiliarios que disfrutaban de la crueldad a sangre fría, del odio y de la maldad por mero placer y de la violencia por la violencia, sin pretexto o justificación algunos. En alguna ocasión, pocas he de confesar, fui testigo de la actuación contundente de nuestra policía con elementos subversivos, con traidores y enemigos de Alemania, como el tipo del viejo teatro, pero era una violencia necesaria, ejemplarizante. Esto era otra cosa bien distinta.

—Joder, Paul, tus botas se merecen una medalla. Son máquinas de cascar huevos polacos. ¡Ja, ja! —dijo, desinhibido, el *Obersturmführer*.

Ninguno de ellos merecía llevar el uniforme de nuestros ejércitos; en su lugar, taparrabos cavernarios. Deseé decirle a aquel espigado que era un malnacido y otras cosas que no debían salir por boca de una dama, pero me contuve, no solo porque con ello mancillaría mis buenas maneras femeninas, sino porque temí que llegara a oídos de Günther que había agraviado a unos compañeros para defender a un vulgar polaco.

—¡Tienes suerte, cagarruta! ¡Por esta vez te quedas sin vacaciones en Płaszów! Allí no nos sirves con las pelotas rotas... Además, no hay sitio para ti en el coche, no llevamos la perrera —soltó el que tenía la nariz de higo, al que parecía no importarle en absoluto hacer gala de su vena salvaje delante de una señora. A decir verdad, a ninguno. Quizá eso los hacía sentirse más viriles, pensé. Hasta se me pasó por la cabeza que aquella demostración de hombres recios ocurrió porque yo estaba allí; sin mi presencia, tal vez todo hubiera quedado en una ristra de agresiones verbales y bravuconadas.

—¿Ves lo que ocurre cuando te pasas de chulo, insolente polaco? —recalcó el largo, que dejó caer su brazo del hombro de Hans para ir al encuentro del jardinero y hundirle la bota en las costillas, y de este modo dar la puntilla a la acción de su colega.

—Sí, señor, así es como debemos disciplinarlos, Heinrich. Hay que tratarlos como lo que son: ¡unas boñigas! Que la mierda se revuelve contra ti y comienza a emitir hedores por la boca, pues se la aplasta y punto final —dijo Hans, cuyos ojillos mezquinos destellaban de forma ladina, para deleitar los oídos del tal Heinrich, que seguía pisando su trofeo de caza. La cruel arrogancia de su colega hizo que lo aborreciera.

Imploré al cielo para que el circo funambulesco que había desplegado su carpa en mis dominios acabara cuanto antes. Pero no debió de atender mis plegarias, porque aún quedaba una última función. El *Obersturmführer* apoyó su antebrazo en el muslo de la pierna que presionaba el costado del polaco, que permanecía en posición fetal con las manos recogidas en las ingles, y agachó la cabeza para acercársele al oído.

—Me apuesto las miserables monedas que llevas en los bolsillos a que ahora estás pensando en Dios, rogándole para que te saque vivo de esta... Mentecato... Él no existe, porque si existiera, nosotros no estaríamos aquí. Ahora, mezquino *Untermensch*, yo soy tu dios, el que da vida y da muerte. ¡Ja, ja, ja! Y he decidido que... —hizo una larga pausa que remató simulando con las manos un redoble de tambor— vivas. No te pido que me beses el zapato porque me lo untarás de vómito. ¡Vamos, levanta, y continúa con tu trabajo!

El padre de Jędruś seguía tirado en el suelo hecho una rosca. Su respiración fatigosa y entrecortada llegaba con nitidez hasta mis oídos.

En vista de que no acataba la orden del *Obersturmführer*, Otto, para granjearse la admiración de este, se descolgó del hombro el fusil y con su culata le asestó un golpe seco en el omóplato. A continuación, Hans, con euforia contenida, encorvó el espinazo y echó hacia atrás su pierna derecha con la intención de hincarle la bota en el trasero.

—¡Deténgase, Hans! —grité a tiempo de abortar la coz que estaba a punto de soltar. Fue una orden que espeté con tal arrebatamiento que casi me asusté de mí misma. Me di cuenta de que solo yo podía parar aquella espiral de crueldad, y me propuse intentarlo. Dejé caer mis instrumentos al suelo y bajé por el camino al encuentro de los SS. Me detuve a apenas un par de metros de ellos y cerré bajo llave mis sentimientos de indignación. Con una serenidad impropia del momento, los invité a que pasaran página—: Ya lo tienen ustedes donde querían: rendido a sus pies y humillado. ¡Otto, por favor, ayúdelo a incorporarse para satisfacer el deseo del *Herr Obersturmführer*!

—La distinguida señora tiene razón. Ha sido suficiente, Paul. No es de caballeros comportarnos de forma impetuosa ante una bella dama. Es hora de irse —le anunció henchido de orgullo al de la nariz de higo; guardó la petaca en el bolsillo interior de la guerrera y a continuación se dirigió a mí con voz apenada—: Debo confesarle que su jardinero nos ha arruinado la reunión, pero verla a usted lo ha compensado. —Sonrió con voz ronca e insinuante—. Lamento, *Frau* F., que esto haya tenido que ocurrir precisamente en su casa, pero este —señaló con los ojos al polaco— nos miró de mala manera. No es fácil detectar algo así; para descubrir lo que ocultan en realidad hay que aprender a observar tras sus cínicas retinas. Y usted sabe, como esposa de un respetado representante del Reich, que estas actitudes, aunque parezcan nimias, resultan inadmisibles. Si se pasan por alto, son como granos de arena que acaban en montañas y estas en aludes que se nos vienen encima.

—Entiendo ahora su encolerizada reacción, y disculpe usted mi vehemente intromisión, pero esta no se habría producido de haber sabido lo que usted me ha contado. Resulta lamentable que les extendamos la mano y ellos nos tomen el brazo —mentí para calmar las aguas.

—Son situaciones desagradables, más aún cuando tenemos que bregar con polacos del elitismo, políticos, empresarios, curas o intelectuales. La cultura los hace soberbios, y hay que emplearse más a fondo con ellos. Por lo menos los criados y los campesinos se achantan con un par de berridos. Pero ¡qué le voy a contar yo que usted y su esposo no sepan! Me exaspera que muchas de estas iracundas bestias solo respondan a la violencia —confesó moviendo la cabeza con gesto de resignación, quizá para que me solidarizara con el *adiestramiento* que los cuatro habían impartido al padre de Jędruś—. Si no existieran Płaszów o Auschwitz, habría que inventarlos...

—Le soy honesta, llevo poco tiempo en Cracovia y es la primera vez que asisto a una insubordinación de este cariz —volví a mentir—. Ha sido un escarmiento del que he tomado muy buena nota. —Aquí fui sincera, aunque en un sentido contrario al que podría interpretar el oficial.

—Si me permite ofrecerle un consejo, fruto de mi experiencia con los subhumanos, le diré que los polacos no son gente de fiar, tanto o más que los judíos: a unos y otros los comparo con las serpientes de campo, ¿sabe usted?, esas que encantan con los ojos a los pajarillos que vuelan en sus dominios y, una vez hipnotizados, les inoculan la ponzoña letal de un mordisco traicionero.

Le miré como si su metáfora silvestre de verdad me hubiera fascinado. A cambio de ella le regalé una cita aprendida de Hermann:

—Nada grande se ha hecho en el mundo sin una gran pasión, como la que usted pone por engrandecer Alemania.

—Gran cita de Hegel —susurró haciéndose el interesante.

—Cierto, *Herr Obersturmführer*. Me acaba de dejar gratamente sorprendida —dije para adular al vanidoso que me escrutaba con ojos de galán y que volvía a proceder como un hombre civilizado.

—Insisto en pedirle disculpas, *Frau* F. Con todos mis respetos, aún no me he presentado como debería...

—Entiendo que con tanto alboroto no ha habido ocasión —le respondí con una medida simpatía y le di la mano para saludarnos formalmente.

—Soy el *Obersturmführer* Krüger, y él, el *Untersturmführer* Remer. —Le extendí también la mano, pero este me la besó—.

Y aquí nos tiene a su servicio para lo que necesite de nosotros. A este respecto, permítame como muestra de mi buena voluntad y para compensar este *fatal incidente* que le haga llegar un nuevo jardinero. En Płaszów seguro que alguno habrá más trabajador que este y con mejor sentido del humor —añadió entonces con tono burlón.

—Muchas gracias, *Herr Obersturmführer* Krüger, pero no puedo permitir que pierda su valioso tiempo en algo tan insustancial. Creo que con esta reprimenda han acabado de amansarlo. Y si no ha sido así, prefiero echarlo yo misma y seleccionar al sustituto. No puede imaginarse lo maniática que soy con el servicio, compréndalo —respondí con aplomo para que no me insistiera en remitirme un nuevo jardinero.

—Como usted desee, *Frau* F., pero si cambia de parecer o, insisto, necesita cualquier favor de nosotros, solo tiene que decírselo a mi apreciado amigo Hans... Bueno, *Frau* F., no le robamos más tiempo. Muestre mis respetos a su brillante y reputado esposo, pues su labor en Auschwitz es alabada por nuestro *Kommandant*.

—De nuevo, alguien me hablaba en positivo del trabajo de Günther—. Paul, es hora de irse.

Se despidieron entre ellos con unos abrazos afectuosos y unas enérgicas palmadas en la espalda, y, tras un «*Heil Hitler!*», el par de trogloditas desapareció de mi vista —esperaba que para siempre— tras introducirse en un pequeño Volkswagen de color negro que conducía un soldado.

—¡Vamos, vamos, caballeros! ¡Ayúdenlo a levantarse! —azucé a Hans y a Otto, que alzaron a regañadientes al polaco tomándolo cada uno por un brazo.

Por sí solo era incapaz de mantenerse erguido, y sus piernas se doblaban como si fueran de alambre. Lo primero que hice fue mirarle instintivamente al rostro. Estaba pálido y desencajado por el dolor. Al bajar la vista, descubrí que el pantalón estaba encharcado de sangre en la parte de la entrepierna; la mancha se extendía por el muslo izquierdo hacia la rodilla.

—¡Virgen santa, este hombre está perdiendo mucha sangre! —prorrumpí presa del espanto, pues era la primera vez que veía desangrarse de aquella manera a una persona.

Consciente de que el peligro había pasado, el jardinero se atrevió a emitir por primera vez un quejido, y entre dientes suplicó a los soldados que lo bajaran con cuidado. Hans respondió propinándole una colleja y ordenándole que cerrara el pico.

—Hans, por favor, basta ya de fanfarronadas. Considero que por hoy ya es suficiente —sugerí, indignada—. Túmbenlo de nuevo. Voy a buscar al Mayor; él sabrá cómo hemos de proceder.

Enfilé mis pasos hacia la casa, temiendo que los dos vigilantes aprovecharan mi ausencia para hacerle alguna perrería más. Mi corazón latía angustiado y en mi mente conturbada se me solapaban escenas de la paliza al jardinero. Y renegué de los dos mandos de Płaszów: ¡maldita la hora en la que decidieron pasarse por mi casa! Aquel entorno hostil me empezaba a emponzoñar, lenta pero inexorablemente. Entré en la cocina por donde hacía un rato había salido pletórica de felicidad, y hallé al viejo Hermann, sentado a la mesa con los niños, jugando a las adivinanzas. Con la taza de café en los labios me miró a los ojos y enseguida supo que algo malo había pasado.

—Corra, Mayor, le necesito con urgencia en el jardín delantero. Acompáñeme y no haga preguntas. Se trata del que cuida la vegetación —dije en clave para que Jędruś no me entendiera.

Los niños, no obstante, se levantaron intranquilos de sus sillas al verme tan agitada. Les dije que se calmaran, que el Mayor y yo teníamos que resolver un asunto ahí fuera y que esperaran sentados con Elisabeth en la cocina a que bajase Anne.

Hermann soltó la taza sobre el plato y salió escopetado detrás de mí camino abajo. En el trayecto, le resumí como pude lo sucedido, pues el sofoco y los nervios no me dejaron expresarme con la claridad y coherencia que hubiera deseado. Al llegar a los pies del jardinero, Hans y Otto nos recibieron con esa cara de no haber roto un plato en la vida.

—Le he hecho una almohada con mi guerrera para que se sienta más cómodo —me explicó el gordo para reconciliarse conmigo, o al menos eso supuse.

El Mayor me invitó a que retrocediera unos pasos, y se arrodilló entre el jardinero y yo. En el acto comprendí su intención.

—Déjeme echar un vistazo ahí abajo. Quiero ver por qué hay tanta sangre —pidió afablemente al padre de Jędruś, que en respuesta retiró sus temblorosas manos de las ingles.

El Mayor tiró de la hebilla del cinturón y desabotonó los pantalones para bajárselos hasta las rodillas y así poder explorar la zona afectada. Examinó a conciencia la herida bajo sus cejas espesas.

—¡Uf, creo que esto no tiene buen aspecto! —valoró.

—Parece el huevo de un avestruz, pero negro como el tizón —comentó casi a la par Hans, que se había inclinado para contemplar el resultado de la gloriosa hazaña de sus colegas.

De repente, escuché la voz de Jędruś detrás de mí. En medio de la confusión ni se me pasó por la imaginación que a los críos se les ocurriera seguirnos; debí decirle a Elisabeth que no los dejara salir de la cocina bajo ningún pretexto, no hasta tener la situación bajo control. Al ver a su padre tendido en el suelo, el pequeño Huck salió corriendo hacia él gritando cosas en polaco y con los brazos abiertos, aleteándolos como un gorrioncillo. Intenté interceptarlo, pero me hizo un quiebro y se abalanzó sobre su padre. El Mayor, que en ese momento le subía los pantalones al jardinero, tampoco fue capaz de impedirlo.

—*Bartek, co ci się stało? Bartek, co ci się stało?* —dijo entre sollozos el pequeño. Unas lágrimas gigantes empañaron sus ojos. Volvió a abrazar a su padre aún con más fuerza. Hermann trató de separarlo con la mano, pero sin decisión, pues seguramente pensó como yo que el pequeño se revolvería enrabietado si intentábamos apartarlo de su ser querido.

Erich, que seguía atropelladamente a su compañero, se quedó petrificado a mi vera sin saber qué hacer. Rápido hundí su cabeza contra mi falda con el fin de protegerle de aquella horrorosa escena, y con mis manos le tapé las orejas para impedirle que sintiera el sufrimiento de su amiguito. Entretanto, el pequeño Jędruś experimentó una transformación que nos heló la sangre a los adultos allí presentes. A todos. Se soltó del cuello de su padre y con las manitas cerradas despejó de lágrimas sus ojos y mejillas enrojecidos. Había dejado de llorar y de emitir lamentos ininteligibles. Levantó la mirada y, haciendo gala de una solemnidad impropia para su edad, nos miró uno por uno, hasta detenerse en Otto.

—¿Tú daño? ¿Tú pisar con bota? —preguntó con cara de enfado al gordo—. Tú, demonio...

—No, yo no he pegado a tu padre. Te lo prometo, chaval —balbució Otto, que buscó con la mirada nuestra complicidad.

—Hijo, tu padre se ha lesionado. Ha tenido un percance con la carretilla —corrió en su auxilio Hans. Me dio la impresión de que el dolor de Jędruś ablandó sus corazones y de que los dos se avergonzaron de su conducta inhumana, que no se atrevían a confesar.

—Es cierto, tu padre se ha herido accidentalmente, pero no es nada grave. Se pondrá bien muy pronto —tranquilicé al pequeño sin saber qué más decirle.

Jędruś, arrodillado, tenía cogido a su padre de la mano. Hermann le pellizcó la barbilla y, agarrándole del brazo con la delicadeza que profesa un abuelo a su nieto, intentó apartarlo del jardinero. Pero Jędruś se agitó alterado. Entonces, su padre tiró de él con suavidad para susurrarle en el oído algo en su idioma que hizo que aquel hombrecito inmediatamente se levantara y caminara hacia mí impávido, como si todo aquello ya le fuera familiar. Se pegó a mi falda, junto a Erich, que en un momento de descuido se había librado de mi improvisada protección para girarse y observar todo lo que estaba sucediendo.

Con el campo de operaciones despejado, el Mayor tomó las riendas de la situación, como no podía ser de otro modo, dada su veteranía militar. Me sugirió que era preciso trasladar al padre de Jędruś a un centro hospitalario lo antes posible, para que un médico valorara el alcance de la lesión. Propuso una pequeña clínica a las afueras de la ciudad, donde él mantenía buena amistad con miembros del personal sanitario. Tras darle mi aprobación, ordenó a Otto que fuera en busca del Kübelwagen, que estaba aparcado en la calle, y que lo subiera hasta donde estábamos nosotros. Y envió a Hans a que Elisabeth le facilitara un par de mantas viejas.

En los minutos siguientes, el viejo y yo no cruzamos palabra alguna. Los niños también esperaron en silencio. Contemplé al hombre caído, que ahora sepultaba su sufrimiento físico y, cómo no, mental bajo una máscara de orgullo. Una altivez que interpreté como acto de valentía, de soberbia indómita. Mientras me recreaba escudriñando centímetro a centímetro sus marcadas facciones, resaltadas seguramente por la penuria, él cerró los ojos, que se distraían mirando al cielo. Creí —y el Mayor también— que acababa de perder el conocimiento.

—No se duerma, hombre, debe permanecer consciente... ¿Me entiende, *Herr* Kopeć?... ¡Vamos, *Herr* Kopeć, despiértese! Enseguida le verá un médico —dijo el viejo mientras le daba suaves cachetes con el propósito de evitar que se desvaneciera.

El tiempo se me pasó volando. Otto y Hans llegaron casi a la par, uno con las mantas y el otro con el automóvil. Entre los dos levantaron al herido del suelo y lo trasladaron hasta el Kübelwagen, donde lo acomodaron, con suavidad, en el asiento trasero. Hans subió la capota, quizá con la intención de que el traslado al hospital no llamara la atención de la policía. Hermann abrió la puerta del conductor y, mientras tomaba asiento, quiso llamar a Jędruś para que se metiera en el coche. Pero no hizo falta, el pequeño ya se había colado en él para sentarse detrás, arrimado a su amado padre.

El Kübelwagen verde oliva empezó a moverse con el viejo Hermann al volante. Seguí el vehículo unos metros y a gritos mudos le pedí al Mayor que se comunicara conmigo telepáticamente: a dónde llevaría al jardinero; si le preocupaba que pudiera resultar peligrosa la hemorragia; si allá adonde fuera se atendería al polaco con el mismo celo que a un alemán; si ya tenía pensado dónde dejar a Jędruś. Todo esto y más me avasallaba mentalmente mientras Hermann conducía el coche camino abajo con la pipa colgando de los labios, abandonándome en la incertidumbre sobre el sino de aquel hombre y su hijo.

Al igual que la calma sucede a la tormenta, mi jardín recobró su acostumbrada placidez. Quise impregnarme de ella tomando aire una y otra vez, pero desistí al constatar que mis pulmones seguían acartonados. Decidí entonces encaminarme hacia la casa cogida de la mano de mi hijo, que tirando de mí me asaeteó a preguntas espoleado por la cándida curiosidad de un niño de su edad. Volví a repetirle lo que le dije a Jędruś, adornado con algún detalle más para que el relato fuera coherente. Su mayor preocupación era saber cuándo volvería a ver a su amigo, y yo lo tranquilicé asegurándole que él y su padre regresarían en tres o cuatro días, una semana a lo sumo. Erich aceptó el retorno a su anterior situación de soledad sin rechistar, eso sí, a cambio de que le colmara de atenciones. Reía y correteaba a mi alrededor provocándome para que me sumara a su cascabeleo. Pero yo no estaba en condiciones de mostrarme risueña ni con ánimo de jugar con él a la rayuela. Me exigía mucha energía poder dirigir los ojos hacia aquello que señalaba y mis oídos a todo lo que me decía.

La jovialidad que mostraba mi hijo desató en mí sentimientos encontrados. A unos minutos de nosotros, Jędruś viajaba, con su corazoncito afligido y la mente obnubilada por una situación que lo superaba, junto a su padre maltrecho. Sufrí por él, aun sabiendo que tenía, como me demostró, más arrestos y sentido común que para sí querrían muchos adultos. Me vinieron a la cabeza Hans y Otto, la medida de cuya hombría consistía en echar pulsos, en averiguar cuál de ellos soportaba más aguardiente o en sacar la mejor calificación en lenguaje soez, groserías y blasfemias. «Pobre niño, no debí dejarlo marchar con Hermann», me reproché amargamente al caer en la cuenta de que pude haber hecho algo por el pequeño Huck. Pude haberlo cogido entre mis brazos y calmar su ansiedad como solo sabe hacerlo una madre; y pude haberle hecho un hueco en las cuadras o en la casa de los guardias hasta saber qué hacer con él.

Pero aquel sentimiento maternal estaba siendo arrollado por otro que me arrastró con la fuerza de un tifón hacia rincones de mi conciencia donde no me encontraba nada cómoda. La suerte que pudiera correr el padre de Jędruś me causaba angustia, una especie de temor corrosivo que crecía como una mala hierba por todo mi ser. No era solo la compasión que cualquiera con un mínimo de piedad experimenta al asistir al sufrimiento ajeno. Se trataba de una emoción más profunda que en aquel momento no acerté a descifrar y que hacía que cimbraran mis prejuicios hacia una subraza por la que no debía sentir ni manifestar aprecio o consideración alguna. «Pasa página, Ingrid, si vuelve, bien; y si no, también... Es un miserable jardinero, un don nadie fácilmente reemplazable por otro don nadie», me dije a mí misma para zanjar de una vez por todas la obsesión en la que me había metido.

No sirvió de mucho. Nuestros pensamientos a veces se resisten con terquedad al autoengaño. De hecho, mi cabeza se transformó en un pandemónium y necesitaba con urgencia quedarme a solas para sosegar mi espíritu y colocar mis ideas en sus estanterías, como estaban cuando me levanté aquella mañana. La presencia de Erich me impedía acometer dicha empresa, por lo que decidí llevarlo con Anne con la intención de que volviera a adelantar las clases que habíamos acordado trasladar a la tarde, para que mi pequeño pudiera jugar con Jędruś. Quise esperar a Hermann sentada en las escalinatas de la entrada principal, pero enseguida caí en la cuenta de que aquel gesto podría ser malinterpretado por el servicio y los vigilantes. Solo faltaba que creyeran que me importaba el estado de salud del polaco y que el rumor corriera como la pólvora por los mentideros del vecindario. ¡Ni mi marido podría salvarme de la severidad con la que actúa la Gestapo en casos de traición!

Por tergiversaciones menos graves, agigantadas por los dimes y diretes, se habían puesto en peligro las vidas de no pocos compatriotas. Debía pues actuar con la sensatez y la diligencia que exigía ser la esposa de un respetado miembro del imperio teutón.

Tras dejar a mi hijo con Anne, fingiendo una absoluta indiferencia hacia lo ocurrido con el jardinero y su hijo, decidí encerrarme en el salón. Pedí que nadie me molestara, que la tensión del suceso me había levantado dolor de cabeza y que solo necesitaba reposar. Elisabeth se ofreció a prepararme una tila, pero se la rechacé. Ya en el salón, traté de ponerme cómoda. Me quité el blusón de pintar y me deshice del calzado, para sentir bajo mis pies la suave y mullida alfombra persa, que, al caminar sobre ella, actuaba como un relajante masaje. Miré a mi alrededor y mis ojos se detuvieron en mi pequeño retrato de Hitler. En realidad, no lo estaba contemplando, pues mi conciencia me llevó de nuevo al escenario que quería olvidar. Pero existe en cada uno de nosotros un límite moral, y yo lo había cruzado. Lo atravesé al no hacer nada cuando pude hacerlo, al dejar que pasara el tiempo confiada en que mis compatriotas pararían conscientes de que estaban abusando de un hombre imbele, de un ser que no les había hecho nada malo, salvo provocarlos con una mirada que ellos interpretaron de odio y desafío. Por ello, me sentía responsable, y, aunque no había sido la mano ejecutora del daño causado, el sentimiento de culpa corroía mis adentros como la carcoma la madera seca. La virtud de los magnánimos está en ser justos, y los militares que perturbaron la paz de mi casa actuaron sin piedad, como justicieros medievales que aplicaban la ley del talión arbitrariamente. Podía comprender que en tiempos de guerra nuestros ejércitos gastaran con el enemigo la norma bíblica del «ojo por ojo, diente por diente», pero el castigo aplicado al padre de Jędruś era del todo desproporcionado a su crimen, que en mi opinión no fue ninguno, salvo ser polaco.

Seguramente, Hitler no se sentiría orgulloso de oficiales como el de la nariz de higo o el *Obersturmführer*. «¿Me equivoco?», dije en voz alta mirando de nuevo el retrato de mi *Führer*. Pudiera ser que uno y otro fueran en su momento unos buenos hombres, unos esposos fieles y unos padres ejemplares, pero la guerra los había transformado. Pensé que la metamorfosis dependía de cada persona, de la proporción de maldad y bondad con la que nace y crece; así, los conflictos bélicos galvanizarían los corazones de los misericordiosos y convertiría en monstruos a los inhumanos de nacimiento. Yo misma, sin saberlo, tal vez estaba sufriendo algún tipo de transformación inducida por mi nueva vida en Cracovia, rodeada de conflictos y falta del calor marital, que me conducía a una parte aletargada e ignota de mi ser. «¿En qué tipo de persona me habré convertido cuando ganemos esta guerra?», me pregunté. No tuve ganas de barajar posibles respuestas.

La espera se hizo tortuosa. El cuco del reloj de pared se había confabulado con el tiempo y cada vez se demoraba más en salir a dar las medias y las horas. Traté de distraer la zozobra de la forma que mejor se me daba, esto es, dejando volar sobre el papel mi zurda armada con un carboncillo. Sin embargo, en aquella ocasión el dibujo resultante me estremeció. Como llevada por unos hilos invisibles, mi mano dio un trazo rápido tras otro para dar vida al jardinero en el momento en que Hans y Otto trataron de levantarlo del suelo, cogiéndolo cada uno por un brazo. Enseguida identifiqué la escena con *La Piedad*, obra de uno de mis pintores preferidos, el Greco. Había sustituido al Cristo bajado de la cruz por el padre de Jędruś y a María Magdalena y José de Arimatea por la pareja de soldados. Los ojos del jardinero destilaban rencor, y sus pupilas dilatadas desafiaban a los que fueron sus verdugos: «Castigad mi cuerpo tan lejos como os lleve el odio, pero jamás podréis doblegar mi espíritu».

Mi estado anímico no era el mejor para hurgar en mi subconsciente en busca de una explicación a aquel paralelismo pictórico. Y de ningún modo tenía la intención de acabar la obra que había empezado. Arrojé con desprecio el carboncillo sobre el papel y busqué sin éxito otras maneras de distraerme que no desembocaran en reflexiones que me hundieran aún más en el intransitable fangal que aturdía mi magín: canté en voz baja; luego caminé de un lado a otro de la sala improvisando en los pasos una armoniosa danza de bailarina; cerré los ojos para intentar que el sueño me llevara a mundos placenteros; me zambullí en la lectura de un libro, cuyas páginas pasaba sin fijarme en las letras. Me distraía observando una estatuilla de Mefistófeles que le regaló un viejo conocido a Günther cuando caí en la cuenta de llamar a mi esposo. Cogí el auricular, pero, antes de que me respondiera alguien al otro lado, colgué. ¿Qué sentido tenía hablar con él? Günther seguramente pondría el grito en el cielo por osar importunarlo en sus horas de trabajo para contarle que unos *Totenkopf-SS* habían propinado una paliza al nuevo jardinero por mirarlos con no sé qué ojos. No me cabía duda alguna de que aprobaría la reprimenda y me ordenaría que lo despidiera si tenía la osadía de volver a nuestra casa.

Mi imperiosa necesidad de hablar con alguien familiar me empujó a descolgar de nuevo el auricular; pedí a la operadora que estableciera conexión con Alemania, concretamente con la fábrica de mi padre. En verdad solo esperaba escuchar de él su voz y que, de paso, me comunicara por fin las fechas en que tenía previsto venir con mi madre a pasar unos días en Cracovia, o quedarse definitivamente con nosotros. Pero el teléfono comunicó de forma insistente; a buen seguro, mi padre mantenía una de sus largas conversaciones con un cliente, como solía ocurrir con frecuencia. Intenté entonces hablar con mi madre, en casa. Nadie contestó. De nuevo me invadió el temor de que una bomba les pudiera haber caído encima. Todos sabíamos que tarde o temprano Berlín volvería a ser atacada. Y por más que mi madre me garantizara que el búnker que había construido mi padre en el patio trasero lo resistiría todo, siempre existía el riesgo de que las alarmas antiaéreas no avisaran a tiempo. Me tranquilicé a mí misma pensando en que cuando volviese a llamar por la noche alguno de los dos me cogería el teléfono para decirme que todo estaba bien. Como sucedía siempre que no los localizaba.

Aquella convicción no aflojó la ansiedad acumulada durante aquella aciaga mañana que hizo que se me formara un nudo en la boca del estómago, una sensación horrible de haber perdido el control que me impidió probar bocado durante el almuerzo. Mi desgana y mi rostro apático preocuparon a Elisabeth, que volvió a ofrecerme, esta vez, una taza de melisa, cosa que acepté; y a Erich, que aprovechó la oportunidad para reprenderme de la misma manera que hacía yo cuando él dejaba parte de su ración de comida en el plato. «¡Cuántos niños querrían estar en tu pellejo! ¡Si Jędruś te viera despreciar este sabroso asado, pondría el grito en el cielo... y sus colmillos en tu ración de carne!», se regocijó poniendo cara de lobo hambriento.

«Pobrecito, qué pena», pensé al percatarme de que sus bromas no consiguieron arrancarme ni una leve sonrisa en justa correspondencia; mis labios habían quedado paralizados y mis mandíbulas, atenazadas, presionaban unos dientes contra otros. Hermann tardaba siglos en regresar. ¿Se habría complicado el asunto? ¿Las heridas del padre de Jędruś eran más graves de lo que estimó el viejo? ¿Querría volver a trabajar en nuestro jardín? ¿Y si por una complicación, una infección o Dios sabe qué, aquel hombre muriera? ¿Qué sería de su hijo? ¡Jamás me lo perdonaría!, me lamentaba una y otra vez. Volví a fustigarme por mi inacción, por mi actitud cobarde, por no haberme interpuesto entre ellos y el polaco. De haberlo hecho, ahora no estaría contrariada: los *Totenkopf-SS* habrían partido tan campantes hacia Płaszów, sabiendo que en mi casa mando yo, y el padre de Jędruś me habría acompañado a la roca. Allí habríamos tenido un momento de placidez, él descansando de su rutina —y recuperándose del susto— y yo disfrutando, a su lado, de los colores de mis acuarelas.

Regresé al salón y me dejé caer en el sofá más grande. Abatida. El mundo se me echaba encima y lo que era un nudo en el estómago se transformó en un resquemor que desde mi vientre se extendía como un fuego fatuo en todas direcciones. El suceso de la mañana fue la chispa que prendió mis sentimientos de frustración, mis temores, mis incertidumbres, mi soledad, acumulados día a día, en aquella inhóspita Cracovia. La odié, y maldije la hora en que me dejé arrastrar hasta ella por mi esposo, el ausente. Necesitaba salir de allí y hablar con alguien que pudiera entender mi desesperación. Y fue entonces cuando ella me vino a la cabeza.

Abandoné la casa en busca de Otto para que me ensillara a Iltschi, la esbelta y dócil yegua brandeburguesa que Günther compró para mí a los granjeros que nos dieron cobijo. Decidí cabalgar hasta la mansión de Clara, sin avisarla de que iba a verla; prefería hacer el trayecto y arriesgarme a que no pudiera recibirme a telefonearla y que me dijera de antemano esto mismo. Como no podía ser de otra forma, Hans, al ver el caballo ensillado fuera de la cuadra, vino hacia mí con el rostro más serio que un panteón, pues debió de barruntar que iba de nuevo a ponerlo en un compromiso. Antes de que soltara palabra alguna, le puse al corriente de mis intenciones y lo invité a que me acompañara, él o Otto, en coche, a unos metros detrás de mí.

—Estamos sin vehículo, *Frau* F.; recuerde que el Mayor se fue con el nuestro. Además, sabe usted que hemos de racionalizar el combustible —dijo con preocupación el flaco.

Yo le respondí que les ponía a su disposición mi Mercedes,

pues la ocasión lo merecía. La posibilidad de conducir un coche lujoso ablandó del todo a Hans, que se quedó allí dando órdenes al gordo mientras yo corrí a mi habitación con el ánimo revitalizado. Las prisas que llevaba no impidieron que me detuviera un momento frente al busto heleno y preguntarme si volvería a ver a su doble de carne y hueso. Revolví en mi olvidado vestuario hasta dar con mi traje de amazona, que llevaba meses acumulando polvo junto a las botas de montar en una maleta. Por un segundo temí que los pantalones no pasaran de las rodillas, ya que mis muslos se habían engrosado más de lo deseado desde nuestra llegada a Cracovia, a causa de la falta de ejercicio y mi voraz apetito desatado por mi estado de ansiedad. Pero subieron de maravilla y se ajustaron a mi cuerpo como un guante; realzaban como siempre las piernas y las caderas de las que tan orgullosa estaba. Terminé de vestirme y maquillarme, aunque no acabé de emperejilarme como era habitual en mí. Cogí la documentación que me permitía moverme libremente por Cracovia y bajé en busca de mi corcel.

Al montar a Iltschi constaté que en efecto los pantalones me estaban algo estrechos. Acaricié el cuello del animal y desenredé sus crines negras entre los dedos, lo que me trajo recuerdos placenteros. Hans me estaba esperando fuera con el motor del coche rugiendo. Al pasar a su lado me saludó con una sonrisa. Yo disimulé no haberla visto. Espoleé a la yegua para que comenzara a trotar suavemente. Una brisa imperceptible hacía que algunos cabellos me bailaran sobre la cara, pero no eran molestos. El trote estimulaba todos mis músculos, que volvía a sentir fuertes y vigorosos; y ello me procuró una sensación de bienestar, de conectar con la Ingrid de siempre. Los topetazos de las herraduras con el asfalto sonaron a modo de campanillas en mi mente, que de repente pareció salir de su ofuscamiento. Percibí que mis sentidos habían despertado y captaban con intensidad renovada cuanto me rodeaba; a lomos de mi yegua sentí que las riendas de mi vida estaban en mis manos, que a partir de ahora debía actuar según mis convicciones, sin caer en errores de los que después arrepentirme. Me convertí por un instante en Pentesilea, la reina de aquellas valerosas amazonas guerreras que combatieron en la guerra de Troya. Mi elegancia a lomos de Iltschi robaba las miradas de conductores y transeúntes, por lo general civiles y soldados alemanes que paseaban solos, en parejas o en pequeños grupos bajo las sombras gigantes de los tilos que acompañaban las aceras. Su semblante orgulloso contrastaba con el de los humildes cracovianos que, con la azada al hombro y la mirada cansada puesta en sus pasos, regresaban de sus faenas en el campo.

Hans me seguía a unas decenas de metros, tal vez embelesado ante mi pericia ecuestre. Aceleré el trote con la única intención de incordiarle. Detrás de las hileras de villas, señoriales y bien cuidadas por los nuevos inquilinos, se elevaba una colina, que lucía un gorro de lana formado por un rebaño de ovejas. A mi derecha, paralelo a la carretera, discurría un camino de grava rosada cuyas piedrecitas brillaban según se colaba el sol por las hojas de los árboles que lo flanqueaban. En un momento, aquella alfombra de diminutos diamantes empezó a alejarse de mí, para abrirse en múltiples meandros que conducían a las dehesas y tierras de labor, un infinito mantel con remiendos de todos los tonos verdes imaginables. Tuve la tentación de tirar de las riendas para galopar unos minutos por aquellos senderos, pero no quise causarle un infarto a mi escolta.

6

En casa de Clara

Irena me recibió esta vez con trato más afable. Una sonrisa mansu-
rrona otorgaba a su agriado semblante unas pinceladas de dulzura
que en la ocasión anterior no quiso mostrarme. Ya no me abrió la
puerta como si fuera la vieja ama de llaves del castillo medieval de
una novela gótica, sino que lo hizo jovialmente, como si recibiera a
alguien cercano. Me extrañó ese repentino cambio de actitud hacia
mi persona, que tal vez fue a raíz de que Clara le hablase bien de mí.
Por un lado, eso sería una gran noticia; por el otro, seguía sin gustarme la idea de que gastara ese grado de confianza con ella, únicamente atribuible al gran tiempo que pasaba sola debido a su mal.
Hasta ahora, Irena era la persona que había tenido más cercana. Y eso
iba a cambiar.

La criada se dirigió a mí por primera vez mirándome a los ojos:

—Buenas tardes, *Frau* F. El *Herr Sturmmann* Schmidt nos ha
dado aviso de su llegada. Mi señora la espera...

No terminó de pronunciar la frase en un casi perfecto alemán,
que Clara le habría enseñado pacientemente. Debía reconocer que
mi Simonetta lo estaba haciendo bien en este punto, porque todos
los polacos estaban obligados a hablar en nuestra lengua; los que
habían nacido para servirnos debían comprender las órdenes y satisfacer nuestras exigencias con la diligencia y el respeto que se esperaba de ellos. A continuación, la sumisa polaca bajó la cabeza y retrocedió dos pasos a fin de que yo pudiera acceder al interior. Y con
su diestra me indicó la puerta del salón desde la que provenía una
música de fondo que no tardé en identificar: la trompeta del degene-

rado Armstrong. «Dios, Clara: ¡ritmos negros; impuros y obscenos!», pensé. Las preocupaciones que me llevaron hasta ella pasaron ahora a ocupar una segunda fila. Una vocecilla en mi cabeza volvía a susurrarme que el sino me había puesto en el camino de Clara para poner orden en su desamueblada sesera.

Sirviéndome de mi audacia, antes de que la criada pudiera musitar cualquier cosa, le hice un gesto con la mano para darle a entender que se retirara, que yo misma anunciaría mi llegada. Dado que rompí sus esquemas, aquel espantajo de mujer no supo qué hacer, pero mi porfiada mirada la instó a desaparecer por el largo corredor cuyo final se perdía en la penumbra.

Aguardé unos segundos delante de la puerta de la gran sala hasta asegurarme con el rabillo del ojo de que Irena se había marchado. En ese rato sopesé si debía llamar con los nudillos o abrir sin más. Mi primera reacción habría sido entrar atropelladamente y reprenderla por ofender mis oídos con la música diabólica de ese negro de ojos saltones... Era una violación imperdonable. Pero la melodía que sonaba al otro lado me contuvo: yo había escuchado esa canción antes, antes de que el mismísimo Goebbels calificara ese tipo de música de producto judeonegroide vomitado por la decadente cultura estadounidense. Recordé incluso haberla bailado, disfrutado hasta las entrañas, años atrás, antes de que desapareciera de las emisoras de radio. Aquellos acordes sacaron a flote imágenes de un pasado no muy lejano que me causaron una profunda nostalgia, pues en ellas percibí una felicidad perdida, unos maravillosos momentos que quizá jamás volverían a repetirse. «¿Cómo una música tan alejada de nuestro folclore pudo en otros tiempos despertar en mí tan gratas emociones? ¡Qué fácil resulta dejarnos llevar por los sentidos! Hace pues bien el Gobierno en mostrarnos el camino que seguir y advertirnos de las trampas con las que judíos y demás enemigos de Alemania intentan confundirnos», me dije para no dejarme llevar por aquella pegadiza melodía.

La curiosidad por espiar a la infractora me magnetizó, y sorprenderla mientras pecaba, aún si cabe, más. Así que asomé la cabeza por la puerta con sigilo, para toparme con una escena incomprensible. La mujer más hermosa con la que me había cruzado se contoneaba sensualmente siguiendo el ritmo de la melodía sincopada. El volumen de la música era atronador para mi gusto. Clara no se percató de mi irrupción. Se hallaba al final del salón, bailando como una haitiana en trance vudú. Con una mano sostenía una copa de vino en cristal de Bohemia, y con la otra, un pitillo con boquilla. Estaba como ausente, vibrando con cada nota de la canción, tarareándola.

Envuelta en vaporosos velos violáceos de seda, mi Simonetta ahora parecía la reencarnación de Beata Beatrix: los ojos cerrados; el largo cuello ligeramente inclinado hacia atrás; unos labios entreabiertos y lujuriosos; la luz de las primeras horas de la tarde iluminándola por la espalda, relumbrando el contorno de la larga y exuberante melena dorada que le caía sobre los hombros. Deseé tener el don de la invisibilidad y sentarme allí en silencio con mis carboncillos para captar cada detalle del espectáculo emocionante e irrepetible que espoleaba mi vena artística. Siempre me pasaba lo mismo: nunca llevaba encima mi material de dibujo cuando la ocasión lo requería.

Sentí envidia malsana. No se merecía ser tan feliz, al menos no más que yo. Y buscando una explicación que justificara dicho estado de exultación, cuando en realidad debería estar hundida en sus desdichas, llegué a la verdad: su alegría era aparente, pues detrás de ese vino seguramente francés, de ese vaivén de caderas, de esos aros que hacía con el humo del tabaco, había un intento desesperado de fugarse y evadirse de su carcomida realidad. Así se me antojó al menos aquella fiesta ilusoria que se había organizado la venus de Botticelli para sí misma. Mi explosión de celos me llevó a sentirme agraviada y, de ahí, a admirar su cautivadora idiosincrasia. Clara no era una mujer más, era una dama genuina. La naturalidad con que se manejaba, sustrayéndose de las normas, desencorsetándose de lo políticamente correcto y atreviéndose a desafiar y cuestionar los mismísimos valores del Reich, me provocaba tanta estupefacción como espanto. Bien era verdad que en los tiempos que corrían no todo el mundo podía mostrar sin disimulo su lado díscolo sin que ello tuviera consecuencias, a veces nefastas. Pero evidentemente su posición privilegiada como esposa de un gerifalte le proporcionaba una cierta inmunidad para actuar a su antojo y burlar los convencionalismos sociales. Por otro lado, su exultante belleza dulcificaba, sin duda alguna, cualquier comentario agrio que saliera de sus labios, tan sensuales y misteriosos como los de *La joven de la perla*, y su personalidad irradiaba un halo especial que deslumbraba a todo aquel que se situara al alcance de su aura.

Clara giró dos veces sobre sí misma, aleteando los brazos con la cadencia de una cigüeña, y me pareció ver que flotaba en el salón. Fue entonces cuando creí descubrir el secreto de su esencia. A diferencia de la mayoría de los mortales, ella gozaba del poder de la libertad, de ser libre como un ave silvestre y volar sin rumbo, a donde le pidiera el cuerpo en cada momento, sin importarle en lo más mínimo lo que los demás pudieran pensar de su persona y actos. Su inocente pulsión libertaria y su constante cuestionamiento a los valores dominantes podían ser tan contraproducentes para ella como todo lo contrario. La rebeldía nos hace parecer más deseables. «De una vez por todas, alguien debía atemperar su libre albedrío, y yo podía ser la persona adecuada.»

El embeleso de Clara fue desencantado por Kreta, que lanzó un corto y seco ladrido para delatar a su ama mi presencia, a la vez que salía a galope tendido de su cojín hacia mí. Reaccioné dando un paso atrás y entorné la puerta hasta dejar una pequeña rendija por donde solo cabía su hocico, pues no quería que, como en la ocasión anterior, me olisqueara de forma compulsiva. Al verme, Clara actuó con total normalidad, como si no hubiera perturbado su intimidad; si alguien me sorprendiera bailando así y con esa música indebida, como mínimo me sonrojaría. A decir verdad, yo ya me sonrojé por ella. Clara llamó a su dóberman, bajó algo el volumen del gramófono y se acercó a recibirme con gesto amable, ornado de una cálida sonrisa:

—¡No puede imaginarse la alegría que sentí cuando los guardias me hicieron saber por el intercomunicador que estaba usted en la entrada! Es estupendo tenerla aquí de nuevo. ¿A qué debo la honra, amiga mía? Espero que sea una visita de cortesía, y no por alguna desgracia —dijo dando unas palmaditas en el lomo de Kreta, que moviendo el rabo volvió a su confortable lecho de plumas.

Con un gesto descarté la segunda posibilidad.

Tras estrecharnos las manos y darnos un beso de bienvenida, me invitó a pasar al salón. Ella fue directa en busca de la botella de vino que descansaba en una bandeja de plata sobre una mesita, un exquisito espumoso de Burdeos seguramente requisado a los franceses antes de que pudieran esconderlo de nuestros paladares. Posó el cigarrillo en un cenicero con forma de cisne igualmente argénteo y me sirvió una copa sin que yo se la pidiera. Agradecí ese gesto de confianza. Traía mucha sed, y la bebida me duró un suspiro.

—Deduzco por su indumentaria que ha venido usted a caballo. ¡Maravilloso, querida! ¡Poseo un semental blanco que espero volver a sentir bajo mis nalgas algún día! Uy, qué picante ha sonado eso, ¿verdad? ¡Por suerte, estamos solas! ¡Ja, ja, ja! —Era evidente que a Clara se le había subido el alcohol a la cabeza, aunque en su voz no se le notaba que estaba achispada. Controlaba por completo la situación—. Pero venga, venga, no se quede ahí parada: únase y disfrute conmigo de estas embriagadoras notas.

Volvió a subir el volumen del gramófono y luego se aproximó a mí riéndose, al tiempo que sorbía el caldo espumoso y me ofrecía una segunda copa que acababa de rellenar y que yo acepté encantada, deseosa de sumarme a la diversión. Luego envolvió entre sus dedos un mechón de mi cabello diciendo «Hermosos rizos castaños», y a continuación, me puso las manos en las caderas sugiriendo con un ligero meneo que las moviera. Y yo hice lo propio... y me dejé llevar.

—¡Eso es! ¡Maravilloso! —me azuzaba y, dando un giro ágil al compás de la música, añadió—: Pero, dígame, ¿a qué se debe su grata visita?

Titubeé unos segundos. Ahora ya no estaba segura de querer hablarle de mi estado de ánimo, de la angustia que me estaba desarmando por dentro a raíz del incidente que me empujó a cabalgar hasta su casa. Porque, a quién pretendía engañar, la situación desbordó mis capacidades. ¿Cómo iba a caer en la insensatez de describirle mi desazón por la suerte de un polaco a una mujer que se revelaba ante mis ojos valiente y transgresora? No, no; debía continuar mostrándole mi papel de mujer fuerte y resuelta, que sabe con claridad cuáles son sus prioridades y obligaciones; de modo que contesté, con el ánimo lo más encendido posible:

—¡Oh, a nada en particular, querida! Sencillamente salí a dar un paseo a caballo y... ¡un pálpito me trajo hasta aquí! ¡Intuía que debía reunirme con usted para acompañarla en este momento tan agradable! Hacía una eternidad que no escuchaba música, ¡y qué decir de bailar! ¡Ah, casi había olvidado lo reconfortante que es mover el esqueleto!

—Cierto. Es una lástima que nuestro querido *Führer* desprecie el jazz, el buen jazz. Pero nosotras... ¿por qué deberíamos privarnos de semejante gozo? La música es un puente entre la tierra y el cielo, ¿no cree?...

No supe contestar a aquellas palabras provocadoras. Pero las dejé pasar como agua que lleva la corriente. Me pareció más práctico y deseable sucumbir con ella a aquel frenesí, sintonizar con su estado de ánimo desinhibido y correr un tupido velo sobre prejuicios y pesares. Y así sucedió, pues las notas musicales que danzaban en mis venas trajeron la paz y borraron de mi mente al padre de Jędruś, a mi esposo y a mi acuciante soledad... Bebimos y danzamos desinhibidas, flotando sobre un mar de topacio, como dos adolescentes traviesas cuyos padres habían dejado solas. Y sobre todo dejamos que nuestros corazones se llenaran a rebosar de alegría. Ese sentimiento vital e incontenible, tantas veces inesperado, que siempre nos acompaña, incluso en los peores momentos de nuestras vidas, y del que nos olvidamos e incluso lo rechazamos porque sentimos que no tenemos derecho de disfrutarlo. Clara estaba consiguiendo que me sintiera feliz. Así gozamos hasta que la aguja del gramófono recorrió el último surco. Luego ella se asomó en el mueble que alojaba los discos y se entretuvo a buscar otra música que nos siguiera distrayendo de la misma forma.

—*Frau* W., ¿y no le apetecería más tocar algo al piano? ¡Por favor, sea tan amable de compartir conmigo una de sus piezas preferidas! —No pude contenerme, las palabras borbotaron de mi boca con vehemencia—. ¡Oh, disculpe mi impetuosidad! Desde luego, solo si le apetece...

Clara sonrió al tiempo que la cara se le iluminó.

—¡De acuerdo! ¡Tan solo deje que piense un momento qué pieza tocarle!

Mantuvo su mirada unos instantes fija en la copa y luego se dirigió al mueble bar a por una nueva botella y cuando la estaba descorchando exclamó un «¡ya!». Rellenó su copa y también la mía, que le tendí medio vacía, y con andares ceremoniosos se sentó en la banqueta lacada en blanco que hacía juego con el Bechstein de cola. Abrió el piano. Y sobrevoló con las yemas de los dedos de la mano derecha la superficie del teclado, sin apenas rozarlo. Parecía tratarse de un gesto que tenía por costumbre hacer antes de empezar a tocar.

—El piano, querida mía, cómo explicárselo, aviva en mí la musicalidad de las emociones con cada una de sus teclas —me contó, conmovida, poniendo de manifiesto que también ella gustaba de caer rendida a los placeres del arte, y añadió—: Sabe, *Frau* F., echo tanto de menos a mis alumnos, unos jóvenes talentosos, tan ávidos de aprender y triunfar... Y ahora... ¡ahora me emociona tener a una nueva oyente! Sin duda es una ocasión especial, por lo que voy a tocarle una canción igualmente especial.

Me acomodé en el sofá que quedaba más próximo al piano y que me permitiría contemplar sus gráciles dedos desfilando sobre las teclas, y mientras ella continuaba ilustrándome sobre la canción en cuestión, me encendí un cigarrillo que tomé de su pitillera en piel que yacía sobre la mesa de centro.

—Le voy a cantar una maravillosa *chanson*... —dijo pronunciando la voz gala en un perfecto francés—. Su autora es Édith Piaf, la Môme Piaf. ¿La conoce usted? ¿No? Sinceramente, querida, yo tampoco. No supe de su existencia hasta que un amigo pianista que trabajaba en París me habló de esta formidable cantante en una de sus visitas a Baviera. Imagínese, mantenía un apartamento en pleno centro de Múnich solo para guardar su piano... y organizar fiestas con sus colegas. Según me contó él..., mmm, ¡Dios mío, no recuerdo ahora su nombre! ¡Oh, Clara, qué cabeza la tuya!...

—No se preocupe, *Frau* W., esas cosas pasan... Son pequeños olvidos, puntuales... Cuando menos lo espere, lo recordará... —Me levanté y fui a sacudir la ceniza en el mismo cenicero donde tiempo antes Clara había abandonado su pitillo enfundado en boquilla, consumido por la condena de su breve existencia. Luego, con el cenicero en mano, retorné a mi sitio.

—Sí, sí... Así lo espero, porque se tomó mucho tiempo y molestia para poner por escrito algunas de las melodías de Piaf con la intención de que yo pudiera conocerlas y tocarlas. Y es que él trabajó con ella temporalmente en un cabaré, sabe, y quedó prendado de su talento; me refirió que antes de que su nombre empezara a escucharse por todo París había sido una cantante callejera de los arrabales, que había llevado una vida turbulenta, y, aun así, la risa nunca la abandonaba, ni en los momentos más oscuros... ¡Admirable! Según él, tiene una figura menuda y cuesta creer que de ella pueda salir una voz tan imponente, llena de sensibilidad, que llega a desgarrarle a uno las entrañas. Conmueve al público con canciones que versan sobre los más débiles y oprimidos. Estaba conquistando los corazones de todos los franceses. No albergo la menor duda de que desde entonces ha debido de hacerlo ya... ¡Ah, Francia, París! *Avec ses flâneurs, avec la tour Eiffel et ses Champs-Élysées!*

—*Oh là là... la ville lumière!* —exclamé con emoción contenida, pues me trajo a la memoria a uno de nuestros no pocos amigos
que abandonaron Berlín para hacer fortuna dentro de los nuevos
límites del Imperio alemán. Clemens, al que conocía desde mi tierna infancia, partió a París con su esposa y dos preciosas niñas para
abrir una segunda sombrerería, dejando a su hermano Wilhelm a
cargo de la que heredaron del padre en la Friedrichstraße. «Desde
la ciudad del Sena resultará más sencillo que nuestros exclusivos
sombreros se den a conocer en el mundo», decían.

—Me complace ver que también siente atracción por la capital
gala. Algún día me gustaría volver a pasear por sus bulevares y tener
la ocasión de escuchar en persona a la enigmática Piaf... ¡En fin, hagamos lo que dijimos que íbamos a hacer! Voy a interpretarle la canción que más me gusta de ella, la que a veces tarareo una vez tras
otra, sin que pueda quitármela de la cabeza. La letra habla de una
hermosa joven prostituta cuyo sueño de volver a empezar una nueva
vida se ve truncado por la muerte de su amante, un acordeonista que
es llamado a filas y no regresa del frente. Una triste historia que me
estremece profundamente, sobre todo al pensar que este es el trágico
final para muchos de nuestros soldados y sus parejas, cuyos proyectos de futuro quedan arruinados por una bala endemoniada...

»Dado que nunca he escuchado esta melodía en boca de la cantante, sino en la de mi amigo pianista, que ya me advirtió de que
ella tiene una voz rota y melancólica imposible de imitar, se la in-
terpretaré tal y como yo la siento. Espero no defraudarla... —Clara
sonrió cándidamente y se tomó un momento de inspiración antes
de que sus alargados dedos se arquearan y hundieran en las teclas
para hacer sonar una melodía de aires parisinos, con ritmo ágil y
ligero que enseguida captó mi atención y que ni de lejos presagiaba
el drama que Clara me había relatado.

*«La fille de joie est belle / Au coin de la rue là-bas / Elle a une
clientèle / Qui lui remplit son bas...»*

Clara me sorprendió con una voz dulce que entonaba en un
francés primoroso, haciendo vibrar las erres de una forma que recordaba el trino de los pájaros.

*«Son homme est un artiste / C'est un drôle de petit gars / Un
accordéoniste / Qui sait jouer la java...»*

Estaba más encantadora que nunca, como las grandes divas de
la canción que con su personalidad avasalladora anegan el escena-

rio. Su cintura y el torso se mecían ligeramente al vaivén del movimiento de sus brazos... Así me contagió el ritmo de la melodía, que seguí con el pie que colgaba de mis piernas cruzadas. Los tonos de su voz subían y bajaban sin aparente esfuerzo, cantar le resultaba tan natural como respirar.

«La fille de joie est triste / Au coin de la rue là-bas / Son accordéoniste / Il est parti soldat...»

Poco a poco, el dramatismo de la historia quedó reflejado en su canto doliente y en la expresión de tormento que le desfiguró el rostro.

«Quand y reviendra de la guerre... Que la vie sera belle / Ils seront de vrais pachas / Et tous les soirs pour elle / Il jouera la java... La fille de joie est seule / Au coin de la rue là-bas... / Son homme ne reviendra plus / Adieux tous les beaux rêves...»

Clara estaba completamente inmersa en la historia, como si ella misma fuera la fulana que acababa de tener la noticia de la muerte de su amado acordeonista. Su alma se desgarraba un pedacito con cada tecla que pulsaba.

Me miró con los ojos anegados en lágrimas.

«Alors pour oublier / Elle s'est mise à danser, à tourner / Au son de la musique... Arrêtez! Arrêtez! / Arrêtez la musique...»

Terminó la actuación llevándose las manos a la cabeza y luego escondiendo con ellas su rostro compungido. No supe si debía levantarme para consolarla o si, por el contrario, su aflicción era, como dicen en el ambiente artístico, puro teatro. Al fin dejó verse de nuevo. Se limpió las mejillas con una sonrisa de oreja a oreja, en espera de mi reacción.

—¡Maravillosa, querida, ha estado usted sublime! —Aplaudí entusiasmada, poniéndome, ahora sí, en pie—. ¡Por un momento me había asustado usted! ¡Se había mostrado tan llena de sufrimiento...!

—¡Ja, ja! No puedo evitar sentir la música, su hechizo para alterarme o tranquilizarme a través de sus letras y melodías, despertar recuerdos e imágenes de experiencias pasadas alegres, melancólicas, dolorosas... ¡Me alegra tanto que le haya gustado! —Se levantó de la banqueta y se dispuso correctamente sobre los hombros el echarpe de seda que se había descolgado de ellos y tocaba el suelo—. Sepa, como dato anecdótico, que el compositor de la canción es un tal Michel Emer, un fabuloso músico judío...

—¿Cómo? —la interrumpí medio aterrada, medio indignada. Clara acababa de dejar caer sobre mi cabeza un piano de cola, lo que me dejó tan aturdida que fui incapaz de reaccionar debidamente a ese apunte, que era innecesario sacar a relucir. Debía empezar a acostumbrarme a que Clara me sobresaltara con salidas de tono que sin duda ponían a prueba mi juicio.

—Pero bueno, *Frau* F., ¡se ha puesto usted pálida! ¡Ni que acabara de ver un fantasma! ¿Se sorprende usted? ¡No es para tanto, querida! —exclamó en tono animado y vivaz—. Aunque los judíos sean como decimos que son, es inevitable reconocerles algún que otro mérito, ¿no le parece? ¿De verdad considera aberraciones las obras de Chagall o de Liebermann, por no mencionar a otros muchos? ¿Es usted capaz de negar de corazón su talento?... ¡No, no conteste! ¡Se lo voy a poner más fácil todavía!: ¿en serio le parecería agriado este vino si ahora le dijera que los franceses se han convertido al judaísmo? Odiaría al francés, pero el vino seguiría siendo delicioso...

Puse punto en boca. Quise contestarle que, aunque fuera un caldo extraordinario, dejaría de gustarme, lo escupiría como si me hubiera entrado veneno en el cuerpo.

—¡Querida, nadie nos escucha! ¡Puede usted hablar abiertamente y sin ningún temor! Valoro a las personas francas, ¡sobre todo a aquellas que tienen el valor de responderse con sinceridad a sí mismas!

—Le agradezco su franqueza, *Frau* W., pero, para ser honesta, prefiero no pronunciarme al respecto después de unas copas de vino —dije soltando una contenida carcajada.

Mi petición no pareció molestarla en absoluto, pues con la misma sonrisa de antes me cogió de la mano y me invitó a que la acompañara al exterior. Me confió que la excitación y el vino habían hecho que le subieran los calores y que necesitaba con urgencia una bocanada de aire fresco. Empujó las dos hojas de uno de los ventanales entreabiertos y salimos fuera, donde nos aguardaba una gran calorina. Kreta corrió a arrimarse a sus piernas y, aunque dicen que los perros son inexpresivos, noté cómo el can reaccionó al desasosiego de su ama al verse expuesta a un lugar abierto. La perra levantó sus orejas puntiagudas y estiró el cuello, intentando oler el imaginario peligro que turbaba a su mejor amiga. Clara avanzó solo unos metros hacia el cielo abierto. Dio pasos cortos y firmes, como temiendo que debajo de ella se abrieran de repente unas arenas movedizas. Se detuvo al alcanzar la balaustrada, engalanada con unos lustrosos maceteros preñados de pequeños arbustos entreverados con flores de color rojo, azul y fucsia, y que delimitaba el suelo adoquinado con el jardín, una extensa explanada de césped, uniforme y bien cortado, que a la altura de los tilos y álamos era engullida por una vasta frondosidad de vegetación silvestre. Acarició con sus dedos los frágiles pétalos de una rosa que se había hecho un hueco entre dos hortensias blancas y tomó una enorme bocanada de aire. Su pecho se hinchó hambriento del éter fragante que emanaba a nuestro alrededor.

—Gracias, hace tiempo que deseaba oler de cerca las flores que con tanto esmero cuida Irena. ¿Sabe que no deja que se acerque a ellas a ninguno de la cuadrilla de mantenimiento? —comentó llena de dicha, respirando más pausadamente, con la mirada puesta en el horizonte—. Admirar la obra de Dios tras unos cristales es lo mismo que asistir a un concierto con los oídos taponados. ¡Adoro mirar al cielo, seguir de día el rumbo del sol, que junto con sus polimorfas compañeras, las nubes, enciende, aviva o apaga los colores...! Y luego, en la oscuridad, cuando el astro rey ya cansado se retira, hace acto de presencia la luna, que juega revoltosa con las sombras, a veces vestida toda de blanco, otras de negro, como una viuda, acompañada de hordas de estrellas... —Rio para sí, sin esperar respuesta por mi parte—. Hoy la bóveda celeste está sublime, un cielo de azul intenso que no tiene fin, tranquilo, coronado por esas hebras de lana cardada que forman los cirros..., ni su fino velo impide que los rayos del sol se hagan sentir con fuerza sobre la piel...

»¡Cómo deseo que llegue de nuevo el día en que pueda pasarme horas y horas contemplando la naturaleza, tumbada boca arriba sobre el paño oloroso de la hierba recién segada, sin temblores, sin ahogos, sin sentir que estoy inmersa en un mundo inhóspito. —Sus pupilas dejaron de escrutar la esfera sobre nuestras cabezas y se posaron en mí. A continuación, Clara añadió, llena de esperanza, deslizando su brazo en el mío—: ¿Sabes?, abrigo el presentimiento de que teniéndote cerca seré capaz de superar los extraños miedos que me tienen encarcelada tras los tabiques de esta casa.

—No te quepa la menor duda. Juntas venceremos el mal que te martiriza, y me tumbaré a tu lado a pintar las estrellas —dije un tanto emocionada.

Aquella pequeña conversación, sincera por ambas partes, acabó para siempre con nuestro tratamiento de usted. Clara comenzó espontáneamente a tutearme. Por un segundo pensé que era prematuro emplear ese grado de confianza, reservado a las amistades íntimas, pero la verdad fue que yo también estaba deseando romper con aquel formalismo, una valla invisible pero con la consistencia de un muro de piedra que impedía la proximidad. Se complació de verme reaccionar risueña ante su intrepidez y, con un guiño, me empujó de nuevo hacia el salón. Rellenó una vez más las copas y encendió un cigarrillo para mí y otro para ella. Luego, corrió al mueble de música y eligió un disco. «Pensaba ponerte un blues de mi Louis, pero para que te sientas tan cómoda como en tu casa he elegido la música de una mujer tan bella como tú y de la que es devoto mi esposo. Siempre que la escucha me dice que solo me cambiaría por una mujer, ella... Pero sé que lo hace para ponerme celosa.» Nada más empezar a sonar reconocí la canción de una de mis estrellas preferidas, Zarah Leander, aunque en aquel momento, dado el ambiente que se respiraba en la estancia, hubiera preferido escuchar otra pieza del citado negro y seguir pecando con mis oídos. Callé.

Clara volvió dando saltitos de gacela, marcando con los pies los primeros compases de la música, y se dejó caer de espaldas en el sofá, estiró las piernas y se sacudió los pies para lanzar por los aires sus bonitas sandalias de tacón. Me miró como pidiendo que le perdonara su travesura y rogó que me sentara en el pequeño espacio que dejó entre ella y el reposabrazos, para que pudiera descansar su cabeza en mi regazo. Acepté el envite. Como a ella, a mí también me gustaba repanchigarme en nuestro sofá y apoyar la cabeza o los pies en Günther, una postura que al principio le encantaba que adoptara pero que con el tiempo fue rechazando: o me apartaba sin miramiento, o al poco rato de ceder a mi súplica se levantaba con disimulo con cualquier excusa. «¡En qué hombre tan poco romántico se había convertido! ¿Qué fue del sensible Günther que conocí?», me dije a mí misma.

Refregando la cabeza sobre mis muslos, Clara descubrió el punto ideal para acomodar la nuca y, con los ojos perdidos en un punto del techo, dio al cigarrillo que acababa de prender una honda calada. Su melena estaba del todo alborotada por el terremoto que agitó su cuerpo al arrellanarse en el sofá, y, no sé si fue por la desinhibición motivada por los vapores espiritosos o porque sencillamente deseaba hacerlo, retiré con la punta de los dedos los mechones de pelo dorado, suave y fino como la seda natural, que le caían en la frente. Mis caricias no debieron de agradar a Kreta, pues la sustrajeron de su soñoliento descanso para levantarse excitada y correr hasta nosotras. Directamente se enfiló hacia la mano extraña que se atrevía a jugar a hacer rizos con la melena de su ama. Me olisqueó nerviosa los dedos, tratando de que su sentido del olfato la informara de qué estaba sucediendo allí.

Clara recibió al can sin inmutarse, simplemente torció la mirada y lo miró con cariño, pellizcándole con dulzura el cuello.

—Oh, mi querida Kreta, doy gracias de tenerte. No te inquietes por Ingrid. ¡Al revés, debes sentirte tan afortunada como yo, de que ampliemos el minúsculo círculo de amigos que conformamos tú y yo, y de poder contar con una nueva compañía! —musitó dirigiéndose a la dóberman como si fuera su niño pequeño. Hizo una pausa y me miró con ternura a los ojos, para, sin perder un instante, proseguir bisbiseando con su amor cuadrúpedo—: Alégrate de que tenga a alguien con quien departir relajadamente; me siento como si hubiera recuperado a una hermana a la que llevo tiempo sin ver y con la que estoy deseosa de compartir confidencias.

Kreta escuchó sus amables palabras con las orejas tiesas como un cucurucho, aunque lo que más simpatía me produjo fue el ligero movimiento de cabeza, ora a la derecha, ora a la izquierda, con el que parecía dar a entender que se esforzaba en traducir al lenguaje perruno las frases de su ama. Las comprendiera o no, el animal dio por concluida la charla sacando su rosada lengua, babeante por el calor, con la que propinó un señor lametazo en la mejilla y parte del ojo de la anfitriona. El inesperado gesto del perro provocó que Clara rompiera en una explosiva carcajada que la hizo medio incorporarse y botar repetidas veces sobre mi muslo. Un breve ataque de tos la empujó a estrangular el pitillo recién empezado sobre el cenicero que ella misma se había colocado encima del vientre y ordenó a Kreta que se sentara a su lado, junto al sofá, para así poder acariciarla.

Su pose lánguida evocó en mí a la muchacha que Munch retrató tirada en la cama tras una noche de alcohol, con su brazo y su negra melena colgando fuera del lecho. Una obra que siempre me impresionó, pese a que el *Führer* se empeñara en afirmar que *aquello* no era arte. Nos suele pasar a los artistas; cuando una nueva forma de entender el arte no nos entra por los ojos, la criticamos con acritud y hasta malignidad, deseando lo peor a sus impulsores. Si lo sopesaba, solo discrepaba con Hitler en cuestiones artísticas. Tal vez hubiera entre él y yo más puntos disonantes, pero hasta entonces no los había descubierto o eran irrelevantes, perdonables.

—Sabes, Ingrid, aún conservo viva la imagen de Karl entrando en casa con Kreta a su regreso de un viaje que lo tuvo apartado de mí durante cuarenta y siete interminables días. Era jovencita y adorable, y estaba preciosa, pues Karl había tenido el detalle de adornarla con un enorme lazo rojo atado al cuello. Solo sé que Kreta —con este nombre triunfal se la dio bautizada el cabo que se la consiguió— compensó sus ausencias y me ayudó a sobrellevar los episodios de soledad. La acogí desde el primer momento como un miembro más de la familia. Nunca antes había tenido relación alguna con un animal, salvo con caballos. Pero no es igual. El perro pasa las veinticuatro horas contigo y eso hace que surja una relación que solo se puede experimentar cuando se vive. Jamás creí que pudiera establecerse una conexión tan fuerte entre nosotras: ella me entiende a mí y yo a ella. Basta con mirarnos. Es sensacional.

—No entiendo mucho de perros; me gusta de ellos su lealtad, y me encanta meterlos en mis dibujos, me derrito con sus poses y su elegancia natural, su mirada me cautiva... Pero también me infunden un respeto mayúsculo, como cuando Kreta se sienta en las patas traseras y me observa con la altivez de una reina egipcia. Soy incapaz de adivinar qué está pensando, y eso me da pavor.

—¡Ja, ja...! Has de estar tranquila. Conozco a mi perra y sé, por sus gestos, que le has caído muy bien. Además, ahí donde la ves es un trozo de cielo. No eres consciente de su inmenso cariño ni de su fidelidad incondicional hasta que una de estas criaturas asalta tu corazón. Desde el principio la llevé conmigo a todas partes, a la *stare miasto* y otros muchos lugares de Cracovia. Y ella me acompañaba siempre contenta, también en mis paseos por este inacabable jardín. Unas experiencias que ella agradecía efusivamente, pero que dejé de brindarle cuando comenzaron mis temores de salir al exterior...

La conversación con Clara se tornó lánguida de repente, pues se perdió en recuerdos del pasado que dejaron de interesarme por alguna razón que desconozco. Recuerdo que mi mente aprovechó la desconexión para trasladarse al futuro. En él apareció una nueva Simonetta, con su trauma superado, sentada a mi lado en la terraza de uno de los cafés de moda de Cracovia, bajo un toldo que nos resguardaba del sol y rodeadas de gente con aires parisinos. Y tuve el pálpito de que la escena ocurriría antes de que Günther cumpliera con su promesa de llevarme a los sitios más glamurosos de la ciudad para introducirnos en la vida social cracoviana y establecer un nuevo círculo de amistades. Clara me sacó de mi fantasía cuando decidió salir de su ininteligible viaje retrospectivo y retomó su relato subiendo el tono de voz:

—... Por suerte puedo contar con el *Sturmmann* Schmidt, el apuesto joven que suele recibirte en la puerta. Ya verás por ti misma el amor que siente por los animales, por todos, hasta te diría que incluso por los ratones de campo. Siempre que tiene oportunidad, se pierde en las cuadras para acariciar a los caballos y, en sus ratos libres, ayuda desinteresadamente al mozo a cepillarlos. Y yo aproveché su devoción para hacerle un trato: le propuse que podía montar mi caballo si se llevaba con él a la perra, para que corriera e hiciera algo de ejercicio. Aceptó encantado, y ahora Kreta se ha convertido en su ojito derecho. A veces, la miro cuando juega con él y pienso que la he fallado. ¿Celos? Quizá, aunque en mi defensa puedo alegar que me he volcado en ella como una madre con sus... —Su voz se apagó antes de concluir la oración, y frunció el ceño en señal de dolor.

—¿Hijos? —rematé la frase en un acto reflejo, sin pensar que esas cinco letras pudieran causarle mal alguno, que fueran la llave que abría la puerta de un agrio suceso, un aborto, quizá, o problemas para concebir.

—Sí... —contestó. Se quedó pensativa durante un breve rato, y luego dijo—: Voy a contarte una cosa, querida, algo que no sabe nadie, ni siquiera Karl.

—Puedes contar conmigo para...

—Creo que estoy embarazada. Tengo un retraso de mes y medio —me interrumpió con un tono de verdadera preocupación.

—¡Oh, eso es maravilloso! ¡Mi más sincera enhorabuena! Perdona, por decir esto, pero ya iba siendo hora de que fueras madre. ¿No crees? ¡Karl se va a llevar una gran sorpresa! —Alargué el brazo para apagar el pitillo sobre el cenicero que flotaba en su abdomen. «Suficiente tabaco por hoy», pensé.

—No estoy segura de querer decírselo... No todavía.

Unas lágrimas se agolparon en sus ojos, que se resistían a parpadear para no derramarlas, y su semblante se entristeció.

—¿Por qué ibas a privarle de semejante satisfacción? ¿Acaso no te alegras? ¿No lo estabais buscando los dos? ¿Cuál es la causa de tu desazón? —exploté angustiada en un torbellino de preguntas.

Clara se enjugó las lágrimas antes de que escaparan y tomó aire para responderme con voz insegura:

—No sé si te pasa igual, pero desde que estamos aquí en Cracovia veo a mi marido muy cambiado. Es más, apenas lo reconozco, y en ocasiones hasta me asusta la forma en que me mira y los misterios que se trae entre manos. Se ha vuelto arisco, irascible, poco atento conmigo. Ignoro si la culpa la tiene este lugar, su lugar de trabajo... o tal vez es esta guerra, que no marcha tan bien como pensábamos. No sé. Tengo la corazonada de que no recibirá con alegría la noticia de que va a ser padre...

Que hablara en esos inquietantes términos de su esposo no me causó extrañeza. A mí me estaba sucediendo algo similar con Günther: su actitud distante hacia mí; la frialdad con que en ocasiones me trataba; los impredecibles cambios de humor y arrebatos de ira sin venir a cuento; sus miradas furibundas por nimiedades; sus evasivas por compartir los problemas que le preocupaban y le abstraían de nosotros... La vehemencia con que se dirigía a mí me dejaba del todo desarmada y me hacía sentir insignificante, terriblemente insignificante. Y de un tiempo acá, en las espaciadas ocasiones en que nos veíamos, apenas se mostraba cariñoso, y evitaba con evasivas hacerme el amor o lo hacía con desgana. Él parecía sentirse cómodo en esa relación sin cariño ni calidez ni cercanía que había establecido conmigo desde que llegué a Cracovia. En mi caso, me limité a achacar su conducta al exceso de trabajo, con la esperanza puesta en que se trataba de un estado pasajero y que el fin de la guerra pondría las cosas otra vez en su sitio. Supuse que el marido de Clara estaría sometido de la misma manera a una presión asfixiante por parte de sus superiores. Decididamente, sus trabajos alteraban el temperamento de nuestros esposos.

—No veo qué tiene que ver una cosa con la otra. Que Karl esté de malas pulgas y con el genio revuelto, algo comprensible dado que seguramente su situación laboral le genera tensiones que ni tú ni yo somos capaces de imaginar, no quita que la noticia de la paternidad lo llene de alborozo, sobre todo porque los hijos que nazcan de dos arios como vosotros, sanos y espléndidos en todos los sentidos, contribuirán a consolidar y perpetuar la raza aria.

—Ja, ja... ¡Nos vas a sacar los colores, a mí y al que supuestamente está por venir! —Mi bella Afrodita sonrió satisfecha durante un instante, luego su expresión se tornó sombría—. Tal vez el problema no sea Karl, sino el entorno. Me atormenta pensar en qué mundo vivirá mi hijo... ¿Cuánto más va a durar esta guerra? Ya sé que no se puede decir en público y, además, no quiero que pienses que soy una sediciosa, pero ¿y si el enemigo resiste y obliga a que nuestras tropas retrocedan, como sucedió en Stalingrado o hace bien poco en el norte de África? ¿Acaso nuestras ciudades, grandes y pequeñas, no están siendo castigadas por los bombardeos angloamericanos un día y otro también? ¿Hemos de pasar por alto que sus bombas incendiarias están cayendo en zonas residenciales y que están segando la vida de miles de niños, mujeres y ancianos inocentes? —se preguntó.

—Eso no debe acobardarte, amiga mía. Nuestros caballeros teutónicos del siglo XX nos tienen tan acostumbradas a las victorias que dramatizamos los contratiempos lógicos de una conquista sin precedentes en la historia moderna; no se repetirá la humillación de la Gran Guerra. El desaliento es el mejor aliado de las derrotas. Como dice Günther, se pueden perder batallas, pero esta guerra la ganaremos. Fíjate en mí, con un niño de cinco años y, aunque el destino se resiste a que una nueva semilla germine en mi vientre, no cejo en el empeño de volver a ser madre. El problema en el presente es que Günther y yo nos vemos en contadas ocasiones y, ya sabes, la preñez, mientras la medicina no lo resuelva, es cosa de dos —aseveré con el propósito de quitar hierro al asunto.

—¡Hijos y más hijos! Hitler quiere que nos esforcemos en traer muchos para labrar ese futuro glorioso que pregona el Reich, pero, Ingrid, las mujeres no somos conejas. Pide un sacrificio difícil de acometer para muchas alemanas con pocos recursos y con los maridos batallando en el frente, en lugares fríos y remotos. No me imagino el miedo que sentirán de convertirse en viudas o en madres solteras incapaces de sacar adelante a sus criaturas. La economía de las familias cada vez da para menos; Alemania pasa hambre. Además, qué saben los hombres de lo que significa ser madre. Carecen del instinto maternal —objetó Clara.

—¡Por supuesto que es comprensible que muchas mujeres sean reacias a ser madres por los motivos que señalas! Pero son mujeres de otras clases sociales, por qué no decirlo, inferiores. Nosotras, tú y yo, formamos parte de una élite privilegiada, al amparo del *Führer*. La guerra nos toca de forma distinta, gracias sobre todo a la posición de nuestros esposos. En lugar de fijarnos en esas mujeres hemos de tomar ejemplo de otras como Gerda Bormann, que a sus treinta y pocos años ya tiene nueve niños y está esperando el décimo. Por cierto, ¿de dónde sacará tiempo su esposo para tantas alegrías? En fin, ella sí que es una madre ejemplar, y ya ves que no le para nada el jaleo bélico. Seguramente Hitler estará orgulloso de tener como secretario personal a un hombre casado con una mujer tan fecunda...

Clara no me dio ocasión a que continuara alentándola, pues siguió hablando de lo suyo, en un tono pesimista:

—La guerra... ¿De verdad le ves algún sentido? ¿Qué será de todos nosotros cuando todo esto acabe? ¿En serio crees en la nueva Europa? ¿Compensará tanto sufrimiento, tantas vidas perdidas, tantas familias mutiladas en uno y otro bando? Hemos pasado por tierras polacas como un huracán selectivo; estamos desalojando a sus antiguos moradores; arrebatándoles sus tierras y negocios y repartiéndolas entre los colonos; eliminando a la élite polaca, sometiendo a los infelices y adoptando a sus hijos más afines a nosotros para darles una identidad, idioma y cultura nuevos...

—Pero es la manera, la única, aunque pueda parecernos cruel. Si hubiera otro modo más humano de hacerlo, ¿no crees que el Reich lo estaría aplicando? Es ley de vida; por más que agites una botella con agua y aceite, la mezcla no se tornará homogénea. Está en la naturaleza incompatible de los dos elementos, tan incompatibles como nuestra raza con algunas otras.

—Y, por cierto, ¿quiénes son el agua y quiénes el aceite? —me preguntó con unos ojos sonrientes, cegados por la incredulidad.

—Nosotros somos el agua, por su pureza y transparencia. Los polacos, el aceite, la mancha de grasa mugrienta, si me permites la metáfora. Verás, está demostrado que el cerebro de los polacos es más pequeño que el de los alemanes, y quienes tratan con ellos aseguran que son traicioneros, pusilánimes, ineptos y despreciables en el trato personal y cercano. Viven en casas hediondas que recuerdan a pocilgas, huelen mal, gastan malos modales y sus vidas giran en torno a supercherías e imposturas religiosas. Pregunta a quienes saben del asunto, y todos te dirán que los polacos están más cerca de los cuadrúpedos que del hombre —repuse henchida de placer, el mismo que soñé que experimentaría algún día cuando acabara de dar una clase magistral a los alumnos de Arte en Berlín. Y para celebrarlo di un largo trago hasta apurar la copa de vino, lo que también sirvió para sofocar mi disgusto por la laxitud con la que Clara abordaba el problema polaco, y para impedir que la imagen del jardinero malherido controlara mi mente. Me hice creer que espachurrando a los polacos sería más fácil olvidar al padre de Jędruś, de modo que fui inmisericordemente implacable hasta el final.

—No seré yo quien te niegue que los polacos son todas esas cosas que dices, y doy por sentado que te has dejado otras muchas en el tintero. Nuestro Gobierno está haciendo un esfuerzo sobrehumano limpiando el Gobierno General de ciudadanos de segunda, sí, pero queda en el ambiente un rastro de esas manchas mugrientas que tú dices que ni el disolvente más poderoso podrá arrancar. Así es, el aire que se respira en Cracovia, sin ir más lejos, está viciado por el odio reprimido, por el hambre de venganza, por la violencia desenfrenada, por el hedor que mana de la corrupción y la perversión... ¿No lo notas, Ingrid? Ese éter ponzoñoso está permeando nuestra sociedad, intoxicándonos lenta e irreversiblemente.

»Desconozco si estos pensamientos tormentosos son producto de mi enfermedad, quizá sí, pero la parte cuerda de mí percibe de un tiempo a esta parte, desde no sé cuándo, que la mirada de la gente que me rodea y con la que me relaciono se ha deshumanizado, que la felicidad con la que se dirigen a mí es puro teatro, pues entre bastidores esconden tormentos, penas y remordimientos inconfesables. Estamos infectadas por el virus de la guerra, un germen egoísta y silencioso que ha logrado, como bien sabrá tu esposo, lo que todo virus anhela, esto es, convertirse en epidemia mundial. La guerra se alimenta de vidas humanas, y en esta se está dando un festín. Tengo el pálpito de que al asomarnos a ella estamos contemplando un gigantesco iceberg del que solo vemos lo que queremos ver y lo que nos quieren mostrar nuestros gobernantes. ¿Cuántas almas alemanas llevamos perdidas en esta aventura? ¿Un millón? ¿Dos? ¿Más? ¿Y cuántos millones más las están llorando en este momento? Creo que en lo que llevamos de este siglo se han derramado lágrimas para llenar un océano.

Dejé que Clara continuara desahogándose, despotricando con argumentos raquíticos contra lo que era y lo que iba a ser nuestra gran nación. Pero tal vez influenciada por los efectos sedantes del vino, sus comentarios me irritaban cada vez menos. No obstante, ella lo necesitaba; como nos aseguran los psicoanalistas, hablar es una fantástica terapia, y era bien patente que hacía mucho tiempo que mi Simonetta no coincidía con una persona que supiera escucharla... o que aguantara sus atrevidos comentarios sin salir corriendo a la tan temida como respetada Pomorskastraße, donde se hallaba el cuartel general de la Gestapo. Así, me impuse silencio y seguí popando su áurea melena.

—¡Ay, Ingrid! Echo de menos los tiempos de paz, aunque la nuestra fuera una paz deslucida. ¿Por qué nos ha tocado asistir a dos guerras? La tregua con la que nos obsequió Ares fue tan breve que apenas hubo tiempo para acostumbrarse a ella. Crecimos rodeadas de gente rota, personas que sacaron fuerzas de flaqueza para intentar en la medida de lo posible volver a sus vidas tal y como eran antes de que estallara la guerra, y recomponer los pedazos vitales que dejaron atrás el miedo, la destrucción, la muerte, el sufrimiento, la desolación. ¡Qué ingenuidad! Y a nosotras, unas niñas, se nos arrebató la inocencia de la infancia. Los sueños de toda una generación se convirtieron en amargas pesadillas, y cada día tuvimos que afrontar obstáculos, algunos insalvables. Nuestros padres y abuelos encaraban el devenir mirando de reojo al pasado, como si este fuera una amenaza latente. «No podemos fiarnos del futuro, porque a veces solo es una proyección del ayer», oí decirle a mi padre a mi madre en cierta ocasión. Ahora comprendo aquellas palabras... Todo por culpa de la guerra. Apenas dos décadas estuvo hibernando. Maldita ella. ¡Ah, Remarque lo expresó maravillosamente en su novela! Lástima que el Gobierno haya prohibido su lectura...

—¿Lástima dices? No sé qué has podido encontrar de extraordinario en ese libro que todo alemán en su sano juicio tacha de panfleto antibelicista. Remarque se ensaña mostrando al lector la cara más siniestra y cruel de la guerra.

—¿Acaso ella no es siniestra y cruel?

—Sí, obviamente, querida —afirmé mordiéndome la lengua—. Pero, como dice mi chófer, Hermann, aficionado donde los haya a las citas, el arte de la guerra es como la medicina, siempre causa víctimas. El problema del libro, desde mi humilde perspectiva, es que resulta desmoralizador para cualquier soldado que se asome a sus páginas, cuando lo que hay que hacer ahora es exaltar los valo-

res militares. Pienso que hay detalles de las vivencias de los combatientes que no han de trascender de los muros castrenses, puesto
que, sacados de contexto, escandalizan innecesariamente a la opinión pública. ¿Te imaginas una guía de maternidad donde se des-
cribiera con pelos y señales el doloroso trance por el que pasa una
mujer durante el parto o la cesárea? ¡Ninguna joven querría quedarse embarazada!

—No creo que sea un ejemplo acertado, pues la guerra es una
máquina de destruir hombres, y el parto, una forma de crear vida
—murmuró Clara con tono afable, aunque a mí me causó el mismo
escalofrío que me produce el chirriar de una tiza en la pizarra—. Si
en alguna ocasión vuelves a leer la novela con otros ojos, quizá
cuando todo esto acabe, comprobarás que Remarque lo único que
hace es exaltar la dignidad del ser humano, mostrarnos la fría realidad de las trincheras. No creo que haya exagerado nada de lo que
sucede en el frente, más bien lo contrario, pues posiblemente no
existen las palabras con las que se pueda describir qué se siente al
ver que una granada o una mina vaporiza a tus compañeros o que
las balas de una ametralladora fulminen a tu lado una vida tras otra
en lo que dura un pestañeo.

Entonces me vino a la mente mi padre, uno de los soldados
afortunados que regresaron del frente de una sola pieza, al menos
físicamente, y que cometió la temeridad de comprar la novela.
Supe por mi madre que lloró desconsoladamente y que, después de
leer aquellas páginas que rememoraron su paso por las trincheras,
se sumió varias semanas en un estado taciturno. Despertaba a media noche envuelto en fríos sudores a causa de las pesadillas del recuerdo de la guerra, pero siempre se guardó de relatarnos el infierno que vivió en Bélgica y Francia.

—Querida mía, el Gobierno hizo bien en echar a la hoguera el
libro de Remarque —pronuncié casi sin abrir la boca—. La guerra
y los insalvables sufrimientos que la acompañan constituyen a veces la única salida que algunos dejan para construir un mundo mejor... ¡Fíjate la resistencia que está encontrando Hitler para instau-
rar el Nuevo Orden, establecer nuestra hegemonía y limpiar
Europa de degenerados! Todos sabemos que si dejas las manzanas
podridas en la cesta todas acaban echándose a perder.

Hablando de comida, la criada apareció portando una bandeja
colmada de lo que me parecieron ser unos pasteles.

—Disculpe la interrupción, *Frau* W., pero aquí les dejo el refrigerio que me solicitó. ¿Desea la señora que traiga algo más? ¿Algo de beber, quizá? —preguntó Irena cogiéndose las manos por delante, una pose que empezó a parecerme natural en ella y que interpreté como una manera de escudar su pusilanimidad.

—Ahora que lo dice, ¿nos trae si es tan amable una botella de aquel vino dulce que tanto me gusta y de cuyo nombre nunca me acuerdo?

—¿Se refiere a ese jerez español, *Frau* W.?

—¡Ese mismo! Estoy segura de que deleitará el paladar de nuestra invitada —afirmó cucándome un ojo.

—Es muy posible que me encante. Soy una golosa redomada, aunque te confieso que será la primera vez que tome una bebida de tierras tan lejanas —respondí a la vez que me interesaba por los dulces—. ¿Los ha hecho usted, Irena? Tienen un aspecto apetecible...

—Para serle sincera, todo lo ha confeccionado Claudia, la cocinera de la señora —explicó tímidamente—. Esto de aquí —señaló con el dedo— son bombones caseros y chocolate relleno de mermelada, y lo de allá, unas galletas de jengibre típicas de aquí.

El ama de llaves se marchó por donde vino, tras hacernos una reverencia, y Clara me acercó la bandeja con aquellos dulces de tan buen aspecto para que me sirviera yo misma. Elegí un bombón; y ella, una galleta. Mi bombón estaba realmente delicioso, agradable al paladar y un tanto empalagoso, como a mí me gusta, cosa que hice saber a la anfitriona.

—¡Mmm, santo cielo! Tenías razón cuando alabaste las artes culinarias de tu cocinera. No exagerabas ni un ápice —dije con el convencimiento de que mi Elisabeth era mejor cocinera que Claudia.

—*Oui, avoir une bonne cuisinière a ses avantages...* —indicó en francés Clara, que estaba deseosa de retomar el debate que manteníamos antes de que apareciera Irena—: ¿Un mundo mejor, decías? ¿Para quién? Me deprime pensar que la guerra sea una opción para resolver las diferencias y conflictos humanos. Más bien creo que la guerra no es más que un asesinato en masa, y el asesinato no es un progreso. Es una cita de Alphonse de Lamartine que seguramente conoce ¿Hermann? ¿Así has dicho que se llama? Nuestros padres se esforzaron en inculcarnos la inutilidad de romper las hostilidades, la necesidad de exprimir las palabras antes de disparar una bala.

Porque una vez que se aprieta el gatillo, el amor, la concordia, la alegría, la felicidad, la fraternidad se tornan en voces vacuas que son sustituidas por otras como violencia, odio, venganza, tiranía, tortura, sufrimiento, violación, muerte... Y dudo mucho que las motivaciones que mueven al campesino o el empleado de una fábrica a empuñar un fusil sean las mismas que las de los burócratas que nos gobiernan desde sus confortables despachos: los primeros lo harán, a veces engañados, por el bienestar de sus familias y, sí, por las promesas de un mundo mejor; los otros, por poder y dinero, que en el fondo son el mismo invento del diablo. Los de arriba, rodeados de brillantes cerebros, nos bombardean con su propaganda patriótica y eslóganes que endulzan los oídos como ese bombón tu paladar, a la vez que fabrican y mercadean con armas, cada vez más destructivas y precisas, porque al final resulta que nada hemos aprendido de las batallas pasadas, los enfrentamientos y la sangre derramada de millones de personas, no importa su raza, nacionalidad, credo político, religión o condición social. Seres humanos en definitiva que, embelesados por promesas utópicas o reclutados a la fuerza por el poder, asesinan a sus congéneres, ayer amigos, hoy enemigos y mañana seguramente aliados. La historia es como una sala de cine en la que cada día se proyecta una versión de la misma película.

—¿Una película, dices? Bien, suena interesante —comenté llena de curiosidad, tras mordisquear una galleta de jengibre para analizar su sabor. Clara me estaba mostrando su vena filosófica, atreviéndose a decir sin disimulos ni rodeos, empujada por el exquisito espumoso francés, lo que su cabeza antes había pensado.

—Sí, Ingrid. Esta comienza, por ejemplo, en tiempos de paz, resultado de un sangriento conflicto, que evoluciona hacia una época de prosperidad, felicidad y diversión, donde unos se dejan llevar por la ola de la abundancia y otros, además, aprovechan para trepar hasta lo más alto por las infinitas sendas de la corrupción y el vicio. Y de repente surge como por arte de magia un conflicto, un terrible enemigo real o imaginario, ¡qué más les da a los mercaderes de la guerra!, que amenaza con arrebatarnos todo lo que tan duramente hemos edificado. Por hache o por be, el conflicto acaba en una guerra de la que surgirá un ganador engreído y un perdedor humillado y cegado por el rencor. Pero, al final, cada parte enterrará y llorará a sus muertos, y levantará todo lo que quedó derrumbado... Fin de la historia y hasta la sesión de mañana.

»Lo paradójico es que en cada proyección cientos y miles de ciudadanos, de uno y otro bando, mueren sin haber empuñado un arma, sin saber muy bien qué pintan en medio del conflicto, y hordas de combatientes, que tampoco saben muy bien por qué los ha situado ahí el destino, pues de la noche a la mañana han pasado de ser hombres de paz a soldados, se llevan por delante las vidas de otros, los enemigos señalados por otros, y, aún peor, renuncian a las suyas propias, dejando viudas a sus esposas y huérfanos a sus hijos. ¿Es esto necesario cuando se está aquí de paso en esta vida?

—Y ahora, nosotras somos las protagonistas de un nuevo largometraje. ¿Qué crees que opinarán de él cuando lo visionen las futuras generaciones? —pregunté para ir al grano de su razonamiento.

Antes de responderme, ella cruzó brazos y piernas, para sentirse más cómoda. Kreta, que descansaba al lado del sofá hecha una rosca, levantó las orejas al notar a su ama moverse. En ese preciso instante, Irena volvió a aparecer delante de nosotras, con la botella de vino y dos copas de vidrio polaco sobre una bandeja con asas. Clara le pidió que las llenara generosamente. Así lo hizo ella, que luego nos las acercó hasta donde estábamos sentadas.

—Todo depende de cómo concluya —repuso mi amiga mientras Irena salía de la estancia y yo le daba un sorbo a aquel vino español, fresco, que endulzó cada rincón de mi paladar—. De lo que sí estoy segura es de que se sorprenderán al ver que los protagonistas supervivientes del film anterior, el de la Gran Guerra, que no habían logrado aún recuperarse de tanta magulladura sufrida, salieran a la calle a celebrar con cerveza otra nueva contienda, a gritar vítores a favor de la lucha armada y clamando venganza y la cabellera del enemigo. Todos ellos estaban dispuestos a enviar a sus hijos al frente, poniendo en riesgo sus vidas... El peor de mis miedos es que el conflicto se enquiste y dé así la razón a los pesimistas como yo. ¿Pensarías de la misma forma que ahora si la guerra se prolongase años y años y tu hijo fuera llamado a filas? ¿Y si muriera, Dios no lo quiera, en el campo de batalla? ¿Argumentarías entonces que su sacrificio era necesario para construir ese mundo maravilloso? Me atrevo a vaticinar que, al igual que a los padres que ya han perdido a uno, a varios o a todos sus hijos en esta guerra, vuestro proyecto vital se truncaría justo en el preciso momento de recibir la certificación de su defunción. La guerra deja las naciones llenas de muertos vivientes, de gente que no tuvo el valor de suicidarse en el momento preciso.

Aquella última reflexión impactó en mi conciencia como un dardo ponzoñoso. No es que antes no hubiese contemplado esa posibilidad, sobre todo a raíz de escuchar por la radio que nuestro *Führer* estaba bajando la edad de los muchachos que eran enviados al frente. Lo terriblemente impactante fue escuchar mis propios pensamientos en boca de otra persona. De eternizarse la guerra, Erich acabaría engrosando las filas de cachorros combatientes. Cuando nació, antes de que se liara la gran trifulca, Günther y yo soñamos con el día en que Erich se incorporara a las Juventudes Hitlerianas para que se empapara de los valores nacionales, aprendiera a manejar las armas y germinara en él la disciplina marcial. Pero por entonces solo se trataba de jugar a la guerra. Ahora, la idea de que mi hijo empuñara un arma me ponía los pelos de punta. Pocas noches atrás, un sueño me llevó hasta el andén de la estación de Cracovia. A mi lado estaba Günther, y unos pasos por delante caminaba nuestro hijo imberbe vestido de soldado, cargando con el petate sobre un hombro. Otros padres como nosotros, incluso familias enteras, despedían con gemidos y sollozos a sus hijos, tan jóvenes como Erich y felices como él de vestir el uniforme que jamás imaginaron que lucirían. En sus ojos brillaba la esperanza de regresar condecorados como héroes y ser recibidos por Hermann Göring o el mismísimo Adolf Hitler. Abrazamos y besamos a nuestro hijo; Günther no paraba de darle consejos y yo era incapaz de articular palabra a causa de la emoción. La última imagen que tuve de mi hijo fue un beso que nos lanzó a través del cristal de la ventanilla y el «os quiero» que salió de sus labios, antes de que el tren, entre estridentes silbatos y nubes vaporosas, desapareciera de la estación con destino al infierno. Quise correr tras él, detenerlo con mis manos y hacer que mi hijo se bajara del convoy, pero mis piernas estaban hundidas hasta las rodillas en cemento seco. Grité varias veces su nombre y pedí ayuda exasperadamente, pero Günther había desaparecido de mi lado, así como toda la gente de la estación. Sentí un aire gélido que comenzó a agitar las banderas que engalanaban los andenes, y las esvásticas se transformaron en calaveras que me susurraban «Jamás lo volverás a ver»... Me desperté envuelta en sudor, sin que la pesadilla me revelara su final.

Si los pronósticos del *Führer* no se cumplieran y Erich llegara a ser reclutado, mi hasta entonces apoyo incondicional daría un giro de ciento ochenta grados. Y si mi hijo regresara metido en un ataúd, jamás se lo perdonaría ni a Hitler, ni a mi pueblo, ni a su padre, ni a mí misma: ningún logro de mi país compensaría la pérdida. ¿De qué demonios servía un futuro mejor si Erich no podía disfrutarlo?

Si Clara hubiera podido leerme el pensamiento, me habría echado a patadas de su propiedad. Por hipócrita y farisea. Qué duda cabría de que me hubiera puesto de mil colores, pero una madre también tiene derecho a ser egoísta con sus hijos. «¡Vaya con la belicista! O sea que defiendes con uñas y dientes que miles y miles de jóvenes derramen hasta la última gota de sangre por la nueva Alemania, pero que a tu hijo no le hagan un rasguño», podría haberme recriminado Clara, sin que pudiera responder nada en mi defensa. Yo, sin embargo, me decía a mí misma: «¿Que se llevan a mi niño al frente? ¡Por encima de mi cadáver!».

Agité mi mente para desliar la maraña de pensamientos que intentaban confundirme, y opté por no dejarme contagiar del desánimo existencial de Clara. «Está enferma y se atribula por cualquier adversidad. Es más, que tire la primera piedra aquel que siempre sea congruente con lo que dice y lo que hace», me dije. Por otro lado, debía conservar la fe en que nuestro pueblo, superior moral y físicamente a nuestros adversarios, resolvería el conflicto más pronto que tarde. Y no era el momento de mostrarme ante la anfitriona como una madre sobreprotectora y cobarde, sino como la matriarca aria comprometida con el sagrado proyecto del *Führer*. Cogí impulsivamente de entre los dedos de Clara el cigarrillo que se acababa de encender y le di una intensa calada. El humo del tabaco penetró con gusto en mis pulmones y lo solté sobre su cara, como si de modo inconsciente quisiera castigarla por su alusión a mi Erich.

—¡Uy, discúlpame, querida, casi te ahúmo! —dije aleteando el brazo para disipar la nube—. ¿Sabías que se rumorea que nuestro *Führer* gratifica con un reloj de oro a sus amigos que dejan de fumar? Él debe de odiar tanto el tabaco como a los judíos.

Las dos nos reímos del ingenioso comentario. Pero enseguida yo me puse seria, no quería irme de allí sin dejarle bien patente que, como madre alemana, asumía que nuestros hombres, incluidos Günther y mi hijo, tenían la obligación moral y el deber patriótico de dar su vida por Alemania. Y para adornar mi pastel de mentiras, coronado por la guinda de la incongruencia, le solté sin tapujos que en el hipotético caso de que Erich falleciera defendiendo sus ideales, unos ideales inculcados por su padre, me sentiría orgullosa, aunque, por otro lado, la pena me exprimiera hasta la última lágrima.

—Pero, Clara, no nos adelantemos a los acontecimientos. Dejemos que el futuro haga su trabajo. De momento, Günther y yo tratamos de que al niño no le falte nada, a pesar de las restricciones que todos padecemos. Yo siento que es feliz, y últimamente más... Estoy convencida de que tu bebé será igualmente dichoso, incluso con mayor motivo, pues nacerá en el seno de una familia adinerada y unos padres ejemplares —comenté.

Ella torció la boca en señal de discrepancia, y se le escapó una fugaz mirada, lánguida y funesta, cuyo significado no supe descifrar hasta semanas después. Pero hábilmente dejó de lado su embarazo para hacerme partícipe de un anhelo con el que siempre soñaba despierta y que causaba en ella un poderoso efecto balsámico. Con un tono de voz empapado de nostalgia comenzó a describirme un día cualquiera en un Múnich que solo existía en su imaginación. Me habló de sus calles y plazas animadas por el bullicio de los muniqueses, donde los vendedores itinerantes vociferaban a pleno pulmón sus productos, y enjambres de niños correteaban de aquí para allá felices, con sus tripitas satisfechas por haber disfrutado de un suculento almuerzo. Soñaba con el aroma a pan y bollos recién hechos que se escapaba por las chimeneas de las tahonas, y el olor a café al pasar por delante de las cafeterías, algunas centenarias, con sus terrazas repletas de oficinistas, hombres y mujeres, que charlaban animosamente u hojeaban las noticias del periódico. Los universitarios, cargados de libros y apuntes bajo el brazo, se dirigían a las facultades con la única inquietud de formarse y labrarse un próspero porvenir. Allá adonde se mirara, solo se veía a gente platicando sonriente, despreocupada de si al día siguiente podría echarse algo al estómago o por si llegarían amargas noticias del frente que afectaban a un familiar o ser querido. Era un Múnich en el que la mayor preocupación de los adolescentes estaba en encontrar su primer amor, coquetear, besarse furtivamente, a escondidas de la censura de los ojos adultos, detrás de los troncos de los árboles que ven pasar al Isar. Avenidas limpias de vehículos militares, en que las amas de casa se encaminaban al mercado, con la seguridad de que podrían adquirir todo lo que llevaban apuntado en la lista memorizada. Una ciudad despierta, donde la gente vivía la vida sin dejarla escapar. Las muniquesas presumían de sus trapitos llenos de color, de sus labios carmines, coloretes incendiarios y zapatos de tacón. Caminaban meneando las caderas con la pretensión inocente de robar la mayor cantidad de miradas masculinas. Hombres que giraban la cabeza al verlas pasar y les lanzaban ocurrentes piropos; hombres libres de pensamientos oscuros, al menos de aquellos que implican blandir un arma y disparar sobre aquel que no comparte sus ideas y creencias o que luce una tez diferente... La guerra solo era una palabra del pasado.

—¡Oh, por supuesto, una nueva *Belle Époque*! Tengo la corazonada de que nos espera a la vuelta de la esquina, y que en esta ocasión estará capitaneada por nuestro *Führer*, el soldado en el frente que nos iluminó con su luz en nuestra ignorancia y ahora nos conduce de la mano hacia una nueva era de optimismo, prosperidad y pujanza económica. Compensará con creces a nuestra sociedad, limpia ya de borrones y garabatos humanos, por las terribles heridas y sufrimientos ocasionados por la guerra. Y lo mejor de ese inminente futuro está en que lo viviremos juntas, con nuestros esposos e hijos que, como ensoñabas, irán a la universidad con la aspiración de construir una Alemania próspera y hegemónica, envidia y modelo que seguir de las demás culturas. —La tranquilicé mientras le trenzaba unos mechones del cabello. Ella reaccionó ante mis palabras con un largo suspiro que no supe dilucidar si era de aprobación o de todo lo contrario. Luego, apartando su mano de la cabeza de Kreta y poniéndola sobre el vientre, retomó para mi sorpresa su preñez:

—Espero que seas tan certera como una pitonisa, pues todas las noches suplico al cielo para que amanezca con la noticia de la rendición total del enemigo. —Noté que volvía a recostarse cómodamente sobre el sofá—. Por favor, te pido que me guardes el secreto, que no lo comentes ni siquiera con Günther. Como comprenderás, quiero ser yo quien le dé tan importante noticia a Karl, pero he de buscar el momento idóneo. Ahora mismo me pueden el miedo y la incertidumbre. Para mí también ha sido una sorpresa, pues anhelaba que mi hijo naciera en un entorno bien diferente al que nos rodea, libre de cualquier riesgo o amenaza. Se me encoge el corazón de pensar que solo pueda ofrecerle un mañana incierto, de que la posguerra sea el preludio de un nuevo conflicto global, más agresivo y mortífero que este. ¿Por qué no puede ocurrir una tercera vez? ¿Viviremos una paz más corta que tras la Gran Guerra? ¿No te causa consternación pensar en ello?

—Dalo por descontado, querida. Bienvenida al orbe de los temores maternos. En lo único que has de pensar ahora es que en tu vientre llevas una nueva vida deseosa de salir al mundo y vivirlo, como tú y yo. El mundo que puedas ofrecerle no está en tus manos. Y sí, descuida, prometo guardarte el secreto... Solo si a cambio te comprometes a cumplir una cosa que quiero pedirte. —Clara apretó la cabeza contra mi muslo para mirarme, ligeramente sorprendida—. Prométeme que no volverás a beber en tu estado.

—Prometido... Endulzo mis labios una vez más con este vino y ni una gota de alcohol hasta después del parto. —Una sonrisa volvió a iluminar su rostro, mientras se jactaba de que al menos no le había privado del placer de fumar.

Aquella promesa fue prácticamente lo último que hablamos en aquel encuentro tan rico en intercambio de pareceres. Me limité a dejarme contagiar de su quietud, de su ausencia espiritual, tan distintiva en ella. Permanecimos un tiempo en silencio, ella mirando al techo y yo, al paisaje, que empezaba a ansiar la frescura crepuscular. Fue un silencio contemplativo, lleno de una paz aparente, pues en cada una de nosotras se libraba una batalla de preocupaciones que intentábamos que no traspasaran los confines del propio cuerpo. Siempre pensé que es inherente a la condición humana no sincerarse con la persona que acabamos de conocer, aunque despierte en nosotros una bienquerencia que haga sentirnos a gusto a su lado. La amistad entre dos extraños germina casi siempre con medias verdades por una y otra parte, pues tememos a ser rechazados si nos mostramos de primero como somos en verdad. Clara y yo vivimos entonces ese momento. Debido a su enfermedad y, cómo no, a su natural carácter extravertido y su talante iconoclasta, ella me mostró más de su vida que yo de la mía; de hecho, por más que se esforzó, fue incapaz de sacarme una palabra de mis desasosiegos. Es más, ni por asomo pudo imaginarse el motivo que aquella tarde me arrastró a cabalgar hasta su casa, y que al final resolví no contarle. Hacerlo habría sido dar un paso temerario por mi parte: nuestros sentimientos son lo más valioso que poseemos, pues en realidad hacen de nosotros lo que somos y, dado su enorme valor, nos vuelven vulnerables si los confiamos a la persona equivocada. En realidad, no sabíamos nada la una de la otra. Aun así, allí estábamos las dos, plácidamente meditabundas, bajo la luz pacífica de la estancia, a cada minuto más débil, ella con la cabeza acomodada sobre mi regazo, escuchando ambas el acompasado tictac del reloj de pared que Zarah Leander nos había dejado al apagarse su voz en el gramófono, sintiendo que entre nosotras existía una unión tan intensa que no nos atrevíamos a mencionar.

Mientras que a una distancia de kilómetros se vivía una guerra entre países, entre personas que se odiaban a muerte, bajo aquellas paredes afloraba una amistad entre dos mujeres ansiosas de transformar los sentimientos en palabras sinceras, de desnudar sus almas para liberarlas de las inquietudes que las desasosegaban. Jamás en mi vida volví a sentir aquel impulso espiritual de hermanarme con alguien. Estaba feliz, dichosa de que aquello volvería a repetirse en menos de una semana, el miércoles, como habíamos acordado en nuestra cita anterior. Me rogó esta vez que me acompañara Erich, porque estaba deseosa de conocer al hombrecito valiente del que tan orgullosa me sentía.

Nada más salir de la casa de Clara, mi júbilo, debido en parte a los vapores etílicos, cayó rodando por el precipicio de la realidad: el dulzor que aún impregnaba mi paladar se antojó de repente amargo como un jarabe purgante. El padre de Jędruś volvió a invadir mi mente cuando al pie de las escaleras de la entrada me encontré, en lugar de al agradable *Sturmmann* Schmidt que me acompañaría hasta la salida, a un Hermann con semblante serio. El Mayor me esperaba fumando su pipa, apoyado en la balaustrada de las escaleras y dándose ligeros golpecitos con la fusta en una pierna; las riendas del caballo de Günther y del mío rodeaban el tobillo izquierdo de Afrodita. No estaba enfadado, o por lo menos no lo dejó entrever, pero sí ligeramente disgustado; por haberme venido por mi cuenta, supuse, y por haber apartado a Hans de su puesto. Adiviné que lo había mandado de vuelta a casa, que era donde debía estar. Con una sonrisa cariñosa e inocente en aras de paz, lo primero que quise saber del bueno de Hermann era qué había sido del polaco. Su respuesta lacónica fue que había que esperar y que lo había dejado en buenas manos, al igual que a Jędruś, que en el acto había conquistado a las enfermeras al no dejar, como era de suponer, que nadie lo apartara de su padre.

—¿Esperar a qué, Mayor? ¿Puede ser más explícito? —pregunté, casi en un susurro, intentando disimular mi intranquilidad.

—Perdón por mi aspereza, Ingrid, pero lo que ha hecho esta tarde me parece una rabieta de adolescente más que la conducta de un adulto sensato. Se lo digo, como sabe, con todo mi cariño. ¡Me arrancaría el ojo que me queda si a usted le pasara algo malo! —exclamó en tono paternal.

Yo le miré con cara de «perdón, ya no lo volveré a hacer más» a la que recurren los adolescentes para evitar un severo castigo, y aguardé a que contestara a mi pregunta. Hermann dio una intensa calada a la pipa y esperó unos segundos para soltar las palabras acompañadas de una nube de humo:

—Para fortuna del polaco, las heridas han sido menos graves de lo que en principio me parecieron... La bota le produjo un corte profundo muy cerca del testículo derecho y, aunque este también resultó lesionado, no ha habido que extirparlo. El doctor cree que tiene para unos días y que cojeará quizá algún tiempo, hasta que todo cicatrice, se desinflame y se ponga en su sitio... Una suerte, ciertamente, pues creí que le habían reventado sus partes nobles...

—No hace falta que prosiga con el parte médico, Mayor; ya con lo que me ha explicado casi me provoca un vahído. —En realidad, no quise saber más porque ya solo con el hecho de haberle preguntado por el estado del polaco empecé a sentir que un rubor me calentaba las mejillas y que de seguir acabaría por confundir a Hermann. No supe muy bien el porqué de mi reacción; intuí que se debía al temor de que mi interés por la salud de un sirviente al que había visto un par de veces pudiera despertar falsas sospechas en mi chófer, especialista, dicho sea de paso, en tejer conspiraciones y tramas de toda índole, incluidos los líos de faldas, casi siempre certeramente.

—¿Esperamos a su rehabilitación o desea que empiece a buscar un nuevo jardinero? —preguntó levantando las cejas.

—Su consulta me coge por sorpresa. Así, a bote pronto, no se me ocurre qué responderle. No veo por qué no podamos darle una segunda oportunidad, sobre todo pensando en Erich. ¿No cree?

El Mayor me guiñó el ojo, dándome a entender que compartía mi propuesta. Y mientras cabalgábamos de vuelta a casa, yo supe que la inquietud por el malherido no se disiparía hasta que lo volviera a ver trabajando en mi jardín, acompañado del valeroso mocoso que tenía por hijo.

7

Martes, 15 de junio de 1943

Cinco días tan largos como tres quinquenios quedaron atrás sin que el polaco diera señales de vida. En la mañana siguiente al incidente, cuando el lucero del alba agoraba un lóbrego amanecer y tras pasar la noche prácticamente en vela, sobresaltada una y otra vez por sueños perturbadores, me apresuré a salir al exterior. Albergaba la esperanza de encontrarlo ensimismado en la rutina, en algún rincón del jardín, podando alguna rama enferma o desbrozando las malas hierbas que competían entre sí por ganar altura. Durante unos instantes quise creer que lo que ocurrió el día anterior jamás sucedió. Pero la realidad no es misericordiosa, me abofeteó con la frialdad a la que nos tiene acostumbrados. La carretilla llena de hojas seguía en su sitio, así como el rastrillo que el polaco dejó caer junto al montículo de hojarasca, ahora cubierto por el fino manto del rocío, que se disponía a recoger cuando fue interpelado por mí. Fui recibida únicamente por una decena de pájaros, que huyeron graznando de manera escandalosa al detectar mi presencia.

Volvió así el silencio a hacerse con el protagonismo. La brisa traía un ligero olor a vapores amoniacales procedente de las cuadras. Miré descompuesta a mi alrededor, recogiéndome sobre mí misma para hacer más soportables los escalofríos que el frescor de la mañana provocaban en mi cuerpo. Mi jardín estaba de luto. Percibí por primera vez en mi vida la melancolía de las plantas; arbustos y árboles me miraban lánguidos a pesar de la primavera, con aire de censura, culpándome a mí de haberles arrebatado la oportunidad de que unas manos expertas les devolvieran la lozanía de la que gozaron antaño. De la misma manera me sentía yo. Marchita, ajada, desatendida. Ante mis ojos se extendía un velo que agrisaba cuanto me rodeaba. La sinuosa silueta del horizonte dibujada por el orto incandescente, que otrora me parecía una maravilla de la Creación, ahora se me antojaba obra del maligno. Rogué al sol que no siguiera su curso, que parase el tiempo, pues era la única manera de que el futuro no viniera cargado con agrias noticias. Y maldiciendo mi suerte volví a meterme en casa con la esperanza puesta en no cruzarme con nadie.

Pero aquel día la suerte no estuvo de mi lado. De la nada surgió Elisabeth, con una cesta de huevos y un pollo de nuestro corral recién desplumado asido por sus patas, interesándose por mí, al verme, según ella, con el rostro pálido como la harina y unas ojeras que entenebrecían mis pómulos habitualmente sonrosados. Con su mejor intención, la buena mujer me preguntó por mi salud, que si había pasado una mala noche, que si me dolía alguna parte del cuerpo, que si estaba preocupada por algo, que si me preparaba una tisana o una aspirina. Apenas le presté atención y, cuando lo hice, le respondí con frases lacónicas y vaguedades. Quizá fue esta actitud mía lo que la animó a proponer que Anne llamara al médico. Fue entonces cuando reaccioné.

—¡Ay, Elizabeth, le agradezco su amabilidad! Sin duda me he levantado algo revuelta, ya que no he pegado ojo en toda la noche. Nada grave, quizá algo de la cena que no me sentó bien... —Pero rectifiqué rápido para que no se sintiera ofendida—. Más bien diría que cené demasiado, estaba todo tan rico... Le aseguro que lo único que necesito es intentar descansar, pasar el día de hoy tranquila, sin sobresaltos —le respondí cariñosamente con la esperanza de que captara el mensaje. Mi propósito no era otro que salir cuanto antes de la cocina y recluirme en mi cuarto, aislarme del mundo en el que vivía aislada, sin que nadie me molestara durante un tiempo indefinido.

Elizabeth se fue con mis instrucciones y el pollo hacia la encimera, donde cogió un enorme cuchillo, y yo me deslicé en silencio por las escaleras hasta mi habitación. Me tiré muerta sobre la cama y cerré los ojos. No sé cuántas horas dormí del tirón. Solo quería vivir al abrigo de los sueños, lejos de la realidad. De tanto en tanto, cuando Anne se lo autorizaba, Erich pasaba ratos conmigo para ganarme al backgammon tendidos sobre la cama. A las horas de comer, hacía que me sirvieran los alimentos en la habitación, pero apenas probaba bocado. Elisabeth estaba seriamente preocupada de que la bandeja volviera a la cocina casi intacta. Mi falta de apetito, el cansancio y los dolores de cabeza hicieron que ella llegara a un insólito diagnóstico: «Si no tiene nada aparente, ¿no será que la señora está embarazada?», me preguntó. Sorprendida, le aseguré que este no era el caso, aunque no debí de ser muy convincente, pues a la mañana siguiente volvió a retomar la gravidez como la única explicación de mis síntomas, según ella, difusos.

Anne y Hermann, que vivían en aquella primavera las mieles del amor recién germinado, también se atrevieron a hacer de médicos. Una sobremesa, Anne, al salir de mi habitación, se topó con el Mayor, que se interesó sobre mi estado de salud. Los escuché cuchichear que sencillamente estaba enferma de amor, que mi apatía estaba provocada por las prolongadas ausencias de Günther: una mujer no podía vivir tanto tiempo apartada del calor y la seguridad que ofrece un esposo, murmuró Anne. Afiné el oído para conocer la opinión de su galán, pero no era fácil distinguir su voz grave y áspera a través de una puerta maciza de roble. Solo llegué a escuchar con claridad una de sus frases lapidarias con la que en ese momento no me sentí identificada: «El que no ama es desgraciado, y desgraciado el enamorado».

Pasé por alto los impertinentes comentarios de la pareja de tortolitos, ofuscados por las saetas de Cupido e incapacitados por ello para analizar con objetividad los problemas de alcoba. En realidad, estaban intranquilos a causa de mi indisposición y se sentían frustrados por no poder ayudarme. De hecho, así me lo hizo saber Hermann, que llamó a la puerta de mis aposentos con una consulta insignificante para comprobar con sus propios ojos cómo evolucionaba mi enfermedad. Noté enseguida su nerviosismo al ver la manera en que frotaba impulsivamente con su dedo gordo la cazoleta de su pipa. Me confesó que mi aspecto era mejor del que le habían descrito, quizá porque acababa de empolvarme la cara para esconder mi semblante de ultratumba, y me animó a que telefoneara a mi esposo, pues escuchar su voz podría tener un efecto balsámico sobre mi salud.

—No tengo ni idea de medicina, pero es muy posible que su malestar ancle sus raíces en su cabeza, en los profundos cambios que ha experimentado en tan poco tiempo, en la añoranza que siente por los seres queridos que dejó en Alemania y en lo mucho que echa de menos al *Herr Hauptsturmführer*. Cualquier otra mujer ya se habría desmoronado, pero usted es una auténtica dama aria —aventuró el Mayor con la intención de estimularme.

Como no me encontraba con ánimos de contradecirle, le respondí afirmativamente a todo con una sonrisa en los labios, y le tranquilicé prometiéndole que en cuanto notara mejoría escribiría a mi marido y a mis padres —promesa que hice a mi madre y que aún no había cumplido—. Antes de que se ausentara, le rogué que transmitiera a las sirvientas que me encontraba mucho mejor y que en breve volvería a ser la Ingrid de siempre. Mi súplica pareció funcionar. Al menos, todo el mundo dejó de estar tan encima de mí, y encontré el espacio vital que necesitaba para que mi *recuperación* transcurriera en el máximo recogimiento posible.

Justificar mi pesadumbre moral con aquellos embustes me dejó agotada, aunque lo que realmente me extenuó fue mi infructuoso empeño de pensar en Günther como mi ángel salvador. Por más que lo intenté, la imagen de mi esposo se diluía en mis pensamientos como una gota de tinta en un vaso de agua. En aquellos instantes aciagos solo la visita de una persona habría sido capaz de reavivar mi espíritu. Clara, un ser humano capaz de azotar con su lengua crítica los clichés que atenazan, emponzoñan y corrompen nuestra sociedad, de escandalizarse con las bajezas morales que se pasean ante nuestros ojos como leyes divinas o de mostrarse compasiva ante actos y conductas que los demás pisoteamos con cinismo nauseabundo. Únicamente con ella me habría sincerado; le habría confesado que mi indisposición estaba provocada por el rumbo de la salud de *mi* polaco, una criatura que en su condición natural de subhombre debería dejarme impertérrita. En uno de los muchos momentos en que me vi abatida estuve a punto de coger el teléfono e invitar a mi comprensiva amiga a que acudiera en mi auxilio, pero el solo hecho de tener que salir de su casa podría haber sido un compromiso terrible para ella, tal vez insalvable. Nadie como Clara habría entendido mi desazón, derivada del deseo de que la copia en carne y hueso del busto que modelé con mis manos regresara rehabilitada, sin huella alguna de la inhumana conducta de mis compatriotas. A modo de revelación, comprendí la forma en que Clara trataba a Irena, con respeto y afecto, de igual a igual, cada una representando armoniosamente el papel que Dios le había asignado como raza. Tantos años compartiendo el mismo techo hacen que surjan complicidades, aprecios inevitables. «Si su criada sufriera un percance, Clara enfermaría como yo», cavilé. Salvo que una tuviera el corazón helado, era imposible no encariñarse con ellos. De nada me sirvieron las advertencias de Günther hacia los subhumanos, ni lo mucho que había oído sobre la idiosincrasia amoral e indocta de los polacos.

En mi caso, ese vínculo afectivo, que todo buen alemán trata de aislar y aniquilar, se precipitó encima de mí como un alud de sentimientos encontrados. Sin duda alguna, aquella impensada carga sobre mi conciencia hizo que mi organismo enfermase. ¿Por qué afloraba en mi pecho un dolor tenue pero poderosamente debilitante cada vez que pensaba en el polaco? ¿Cómo debía interpretarlo? ¡No, amor no era! ¡Dios me librara de caer en tal desliz! Borré de mi cabeza la palabra «amor», y la sustituí por otra que encajó mejor como síntoma de mis achaques. Naturalmente, sentía afecto por el jardinero, por quien era el padre de Jędruś, un niño del que no me dolían prendas admitir que había conquistado mi corazón. Tal vez estaba proyectando el gran cariño que profesaba al pequeño hacia su padre, cuyos ojos irradiaban una ternura infinita cada vez que se posaban en su hijo.

Mis sesos bulleron como el agua que hierve en la olla, y en un momento dado sentí cómo unas burbujas de acero golpearon mi cabeza hasta el punto de producirme una terrible jaqueca, que solo se aliviaba cuando el dolor descendía en forma de retortijones a mis tripas. Quise desmayarme para dejar de sufrir, pero mi testaruda mente me reclamaba respuestas a sus tribulaciones. ¿Por qué la posibilidad de tenerlo ante mí de nuevo me causaba un hormigueo desapacible? ¿Cuál sería su reacción al verme? ¿Qué pensaría él de mí? ¿Cuánto me odiaría? ¿Tanto como a los agresores que lo enviaron al hospital? Jamás había tenido la experiencia de ser odiada a muerte, de granjearme un enemigo. Mis remordimientos ofuscaron la razón y no me dejaron pensar con claridad. Si el jardinero volvía a su trabajo, ¿cómo podría hacerle saber que los días en los que estuvo ausente sufrí enfermizamente por su vida, que estaba avergonzada de mi pusilanimidad? Si volvía a verle, me gustaría confesarle que aquella mujer orgullosa y petulante que le plantó cara el día que nos cruzamos por primera vez no era una mala persona, sino alguien que repudia la violencia y el maltrato gratuitos. En el fondo, estaba ejecutando mis obligaciones como conquistadora, estableciendo las distancias con una cultura que, tal y como se nos había indicado, no era merecedora de un trato igualitario. Quería parecerme en parte a Günther, que sabía manejar a los polacos con la altanería debida, y en parte emular a las damas aristocráticas de las grandes novelas, que de forma natural miraban por encima del hombro a la plebe. «Cabe la posibilidad de que mi personalidad no esté forjada para actuar como una Cleopatra», me quejé.

En ese quinto día de recogimiento se me inundó el alma de alegría. Ocurrió muy pronto por la mañana; acababa de amanecer. Escuché desde mi dormitorio que la puerta principal se cerraba estrepitosamente y el sonido de unos pasos raudos y ligeros alborotaban con su eco la calma propia de aquellas horas. ¡Era el torbellino de Jędruś, que subía de forma atropellada las escaleras para sacar a su amigo de la cama! Percibí a continuación el grito de sorpresa de mi hijo seguido de los cuchicheos de las dos voces infantiles, que llenaron súbitamente la casa de vida. Y escuché luego cómo Anne corría siseando detrás de ellos por pasillos y escaleras y rogándoles que bajaran la voz para no despertarme. Pero yo ya estaba más fresca que una rosa. Todos mis males habían desaparecido de sopetón, y una sensación de alivio hizo que me armara de valor para constatar algo que era evidente: el polaquito solo podía estar aquí si venía acompañado de una única persona. Me zambullí a conciencia en el vestido cruzado blanco de lino que había reservado para el momento en que volvería a verle, con la confianza de causar en él una impresión positiva. Con esta arma decidí bajar al campo de batalla.

Salí de mi habitación e hice un guiño a la efigie griega, que aquel día lucía un blanco inmaculado. «Dame suerte», le pedí. Antes de bajar las escaleras, las voces de los niños captaron mi atención. Me asomé con sigilo a la habitación de Erich, para comprobar por mí misma que el amiguito de Tom Sawyer seguía siendo el muchacho alegre y de ojos vivarachos que conocí, y no el pequeño hombrecito que partió enrabiado hacia el hospital. Y por el resquicio de la puerta confirmé que, en efecto, Jędruś volvía a ser un niño preocupado solo por divertirse. Eso era buena señal. Sobre la cama se afanaba en dar los botes más altos posibles y de vez en cuando una voltereta mientras mi hijo se vestía observándole y riéndole las gracias.

Descendí las escaleras ligera y suavemente como lo haría una grácil bailarina, y me vi forzada a disimular mi repentina recuperación cuando me topé con el Mayor en el distribuidor. Frené en seco y dejé caer los hombros con el propósito de mostrarle un aspecto convaleciente. Aunque no caí en la cuenta de que con mi despertar vitalista había encontrado tiempo de recogerme con gracia el cabello, espolvorearme el rostro, dar color a los labios e iluminar mis párpados con alegres rosados.

—¡Buenos días, Ingrid! ¡Vaya, veo que hoy luce una cara radiante! ¿Se encuentra mejor? —quiso saber dándome un fugaz repaso de la cabeza a los pies.

—Buenos días, Mayor. Gracias por su apreciación, ciertamente hoy estoy bastante mejor —respondí llevándome la mano a la frente, como para tomarme la temperatura, y convencida de que él sabía que estaba haciendo teatro, aunque no el porqué.

Tras congratularse por mi mejoría, Hermann siguió su camino hacia el despacho de Günther donde, siempre que mi marido no estuviera usándolo, podía pasar para encender la radio y escuchar los noticiarios sobre nuestros progresos en la guerra. El Mayor era el único varón de la casa que tenía permiso para acceder a la habitación, aparte de las sirvientas, que solo entraban, o bien para limpiar, o bien cuando se las requería para algún servicio. Yo acabé pasando solo cuando era preciso, pues en las pocas ocasiones que mi esposo se sentó en su despacho tuve la mala fortuna de importunarle siempre que estaba inmerso en una tarea que precisaba la máxima concentración. «¡Cariño, tienes el don de la oportunidad!», me decía con sarcasmo sin levantar la vista de los papeles. Antes, en Berlín, no se comportaba de esa desagradable manera, me invitaba a que me sentara en el orejero que había a la derecha de la mesa para disfrutar de mi presencia, y yo, en silencio, le observaba embelesada cómo trabajaba. Luego, en Cracovia, yo ya solo accedía al despacho para realizar llamadas telefónicas que requerían intimidad o cuando quería rescatar la lectura de algún viejo libro de los estantes que estaban reservados para mis novelas y tratados de arte. No resultaba fácil expresar las sensaciones que me transmitía aquella habitación, ninguna de ellas positivas. Era la más oscura de la casa, y la poca luz natural que entraba por las cortinas se reflejaba en las colecciones de armas de todos los tipos y las épocas, dispuestas en orden, que adornaban las paredes. Una panoplia que, lejos de agradarme, me inoculaba malas vibraciones. Nunca supe por qué. Luego estaban aquellas estanterías repletas de libros que no despertaban en mí ningún interés; tomos y tomos de tratados sesudos sobre medicina, fisiología y antropología, así como obras de contenido militar. Creo que Günther prefería aquel tenebroso despacho a cualquiera de las otras estancias, más luminosas y coloridas.

Escuché cómo el Mayor accionaba el picaporte del despacho, y aguardé a que me lanzara la invitación que dejaba caer cuando coincidíamos a la misma hora en aquel punto de la casa: «Ingrid, ¿le apetece escuchar las noticias conmigo?». Con cualquier excusa, rechazaba el ofrecimiento, no por él, sino porque las informaciones del frente me producían ansiedad, sobre todo cuando se hacían eco de que el enemigo nos había zurrado la badana o que había hecho retroceder a nuestros bravos soldados, algo que inexplicablemente ocurría cada vez con más frecuencia en los últimos meses. De la radio me encantaba la música: los valses, las sinfonías y las canciones que se ponían de moda y que me transportaban a un mundo de paz. También pegaba la oreja al receptor cuando las ondas traían discursos de Hitler, Goebbels, Goering o Himmler, hombres que poseían la virtud de levantarme la moral y alegrarme el día. Por otro lado, prefería que fuese Hermann quien me hiciera un resumen de las noticias; primero, porque sabía que disfrutaba haciéndolo y, segundo, porque las adornaba con comentarios, críticas y experiencias de su pasado militar que escuchaba con deleite.

Pero en esta ocasión, el Mayor no dijo ni mu, quizá porque pensó que precisamente aquel día yo no tendría ningunas ganas de sentarme frente a la radio. Y ante su callada fui yo quien de forma impulsiva hizo uso de la palabra con lo primero que se me pasó por la cabeza.

—¡Qué despiste el mío! Discúlpeme un segundo, Mayor, pero olvidé preguntarle por mi marido. ¿Qué tal está? —se me ocurrió comentar, dado que los dos últimos días el viejo los había pasado con Günther yendo y viniendo de Auschwitz a Płaszów no sé cuántas veces.

—Con las complicaciones habituales del campo —señaló volviéndose hacia mí sin soltar la puerta—. Ya sabe, son muchos los prisioneros que hay que mantener a raya y, a pesar de los férreos controles, resulta inevitable que en ocasiones intenten escapar. Cuando se organizan en grupos, la cosa se complica y puede llegar a ponerse seria. Pero nada que nuestros valerosos hombres no puedan reprimir.

—¿Y a él le va bien? —repetí.

—¿Al *Herr Hauptsturmführer*? Bien, bien... No le he hablado de su enfermedad, tal como me indicó, pero tengo la impresión de que les extraña, pues se muestra muy atento cuando le hablo de usted y de Erich.

—Mmm —masculté por toda respuesta.

—Amar en la distancia es la mayor de las pruebas de amor, Ingrid. Si se supera, no hay nada que pueda quebrantarlo —contestó él tratando de consolarme.

Yo le miré incrédula, y le pregunté si sabía cuándo tenía pensado visitarnos.

—Siento decirle que no me ha comentado nada al respecto, y ya sabe qué significa eso. Si se me permite decirlo, está últimamente muy taciturno. Auschwitz lo tiene del todo absorbido. Y no solo eso, también le preocupa el avance ruso, como a todos nosotros, aunque no hable abiertamente de ello... Pero mi experiencia militar me dice que cuando los de arriba del todo se ponen nerviosos, los que están justo por debajo ya no pegan ojo por las noches.

—¡Es el precio que hemos de pagar todos por su cargo! —respondí seria; sencillamente me ponía de mal humor que Günther no encontrara ni un solo minuto para venir a saludar a su pequeño—. ¡Dios, vaya mañana! —exclamé con ironía—. Ay, Mayor, hoy no me haga mucho caso, pues estoy con un humor de perros y algo abotargada. ¿Alguna novedad más digna de mención?

—Sí, una, y no es de ningún modo triste. Ha de saber que *Herr* Kopeć vuelve a estar entre nosotros. Parece que se encuentra del todo recuperado...

—¿*Herr* Kopeć?... ¡Ah, se refiere al jardinero! ¡Qué cabeza la mía! Me alegro por él, aunque quien en realidad se pondrá contentísimo es Erich, pero con mi pregunta me refería a si durante mi retiro hubo algo digno de mencionar del frente —le interrumpí para hacerle creer que solo me interesaba conocer lo justo sobre el padre de Jędruś, un don nadie cuya suerte no debería importarle a nadie de esta casa.

—Oh, sí, aunque espero que la noticia no le arrugue aún más el ánimo... Dicen que los norteamericanos se ensañaron el viernes en Wilhelmshaven y Cuxhaven, que fueron atacadas por más de doscientos bombarderos. Lamentablemente, ha habido muchas bajas entre la población. Pero hay que decir en nuestro descargo que hemos derribado más de sesenta aeronaves enemigas... En este instante, por cierto, me disponía a averiguar más detalles sobre lo sucedido...

—Por favor, Mayor, vaya, vaya... Espero que no se pierda por mi culpa el noticiario —resoplé avergonzada por haberle retenido tanto tiempo.

El Mayor consultó su reloj.

—Aún quedan unos minutos para que empiece el programa... Por cierto, está a tiempo de apuntarse —dijo guiñándome el ojo.

Los dos reímos. Él se encerró en el despacho, y yo entonces solo tenía que urdir una estratagema para salir afuera y moverme por los alrededores de la casa sin suscitar la curiosidad de nadie. No era fácil, dado que habitualmente no salía tan temprano al jardín. Me senté en una de las sillas de la mesa de la cocina y fijé mi mirada en la ventana, esperando a que se me iluminara la mente. En realidad, no hizo falta, pues en cuestión de segundos todo se puso a mi favor.

—¡Buenos días, *Frau* F.! Me alegro mucho de verla aquí de nuevo —exclamó Elisabeth, que venía de la despensa con un tarro de mermelada y unos panes bajo el brazo—. Son para el desayuno de Erich y Jędruś. ¿Sabe que ha venido con su padre, que se incorpora hoy al trabajo? ¡Qué susto! Ya todo pasó, para él y para la criatura.

—Sí, y ya está con Erich haciendo de las suyas en su habitación —intervino Anne, que entraba en la cocina cargada con la cesta de la colada—. ¡Me gusta su aspecto, *Frau* F.! Se nota que los días de descanso le han sentado de maravilla.

—El Mayor acaba de ponerme al corriente sobre el regreso de *Herr* Kopeć y Jędruś. No puedo imaginarme la sorpresa que se habrá llevado Erich —dije clavando mis pupilas en la cesta de la ropa, la coartada perfecta para mis planes—. ¿Quiere hacerme feliz, Anne?

—Faltaría más, *Frau* F. —respondió ella, algo sorprendida.

—Hace una mañana soleada, y al verla con la cesta de la ropa me han entrado unas ganas irresistibles de salir afuera a tenderla —comenté levantándome de la silla con los brazos abiertos—. Han sido demasiados los días sin sentir el aire fresco.

La institutriz celebró verme de nuevo lozana al mando de la casa y no dudó un instante en traspasarme la colada, que despedía un fresco olor a jabón de Marsella. Salí al jardín abrazada a la cesta con la euforia contenida, pero al traspasar el umbral de la casa mis piernas me frenaron en seco. «¿A dónde vas tan rápido? ¿Y si te topas ahora con él de sopetón? ¿Cuál será su reacción? ¿Qué le digo?», pensé mientras miré a mi derecha e izquierda. No vislumbré a nadie; a lo lejos oí a Otto refunfuñando, como de costumbre. Era el momento de armarme de valor y dejarlo todo en manos del destino. Cogí hondamente aire y alcé la cabeza. «Ingrid, no te comportes como una boba... Es un simple jardinero, un humilde polaco que de ninguna de las maneras podrá alterar tu vida. Lo que piense o diga de ti carece de relevancia», me dije a la par que arrancaba a caminar con paso firme. Di la vuelta a la esquina de la casa y mis pupilas se tropezaron con una larga escalera de madera que apoyaba en la fachada, a medio camino entre donde me encontraba yo y las cuerdas de tender. Me detuve y con la vista subí uno a uno los peldaños, hasta que se me aparecieron los pies, las piernas y luego el cuerpo entero del hombre que había tenido mi alma en vilo. Él no advirtió mi presencia, pues intentaba no perder el equilibrio mientras con unas enormes tijeras cortaba las ramas destartaladas de la frondosa enredadera que trepaba como miles de serpientes encadenadas a lo largo y ancho de las paredes, amenazando con cubrir las ventanas.

Me propuse pasar de largo, etérea como un espectro, pero mi cuerpo no obedeció a mi cerebro, o viceversa. El caso es que fui incapaz de dar un solo paso. Sentí cómo temblaba todo mi ser, mis músculos estrangulaban a unos huesos agarrotados y mi frente se llenaba de perlas de sudor. Mis manos apenas podían sujetar la cesta, que de repente me pareció estar llena de pedruscos. Era presa del miedo. Su proximidad me asustó. Y los pensamientos que me espolearon hacía solo unos segundos huyeron cobardemente a parapetarse en mi espalda. La posibilidad de que me rechazara o me odiara volvieron a arredrarme. Ahora, a los pies del polaco, nunca mejor dicho, me reproché haber caído en la insensatez de salir en su búsqueda. Resolví volver sobre mis pasos, pues nadie me vio llegar hasta allí. Pero era demasiado tarde, el jardinero había dejado de dar tijeretazos y me escrutaba con la mirada desde su atalaya. Clavó sus ojos en los míos, y percibí cómo pudo leer en ellos mi sentimiento de culpa. «¡Aparta esos ojos inquisitivos de mí!», quise gritarle. En su lugar dirigí la mirada hacia las losas del empedrado que bordeaban la vivienda. Eran grisáceas e irregulares en su forma. De ninguna manera quise que mis ojos volvieran a cruzarse con los suyos; hay miradas que duelen más que una puñalada en el pecho. Mis labios temblaban y dudé de que de ellos pudiera salir palabra alguna. «¡Eres una vergüenza, Ingrid! ¿Qué pensaría un compatriota si te viera humillándote ante un subhumano que no tiene donde caerse muerto?», me recriminé. Mi impotencia era tan grande que estuve a un paso de echarme a llorar. Solo cuando noté el sonido de sus zapatos en los peldaños, asustada, retomé mi camino hacia el tendedero con paso raudo y la cabeza gacha para evitar verlo. Pero al aproximarme a la escalera me sobresaltaron un par de zapatos marrones, desgastados y retorcidos de viejos, que me obligaron a detenerme y levantar la vista. Su dueño me volvió a mirar fijamente con sus ojos helenos, henchidos por una arrogancia prohibida para los de su estirpe de usar con los alemanes. Estaba cerca, irrespetuosamente cerca. Sin parpadear, echó un vistazo somero a un lado y a otro, para asegurarse de que estábamos solos, y clavando sus pupilas de nuevo en mí extendió el brazo y lo apoyó contra la pared, con el propósito de impedirme el paso. Su otra mano sujetaba una de las empuñaduras de las tijeras de podar, cuyas afiladas hojas apuntaban hacia abajo. Temí por mi vida. Permanecí inmóvil, evitando cualquier contacto visual con él. «Lo que tengas que hacer hazlo ya», me pareció que mi boca articulaba esas palabras de derrota, mas solo rondaban mi mente.

La cesta de mimbre se me escurrió de entre las manos y cayó al suelo sobre nuestros pies. No reaccioné, y él solo agitó una de sus piernas para quitarse de encima las prendas que habían enterrado su zapato.

Ahora lo tenía tan cerca que noté cómo su hálito vaporoso movía las ondulaciones de mi cabello, justo debajo de la oreja, y por la manera profunda de inhalar el aire intuí que estaba olisqueándome. Recordé vagamente que aquella mañana se me olvidó ponerme las sólitas gotas del perfume francés que realzaba mi personalidad. ¡Tonta!

El corazón me repiqueteaba en el pecho a mil por hora. Cerré los ojos y me dejé envolver por aquello que interpreté como una caricia reconciliadora. Quise más. Afiné los sentidos para saber cómo era su olor corporal. Su piel despedía un aroma varonil, ligeramente dulce, ausente de fragancias artificiales, aderezado por los efluvios de la hiedra recién cortada. Y arropando esa sinfonía de olores, me llegó su calor, que como el filo de una navaja cortaba el frío que revestía mi epidermis. De mi espinazo brotó una explosión de intenso calor que atravesó mi pecho y temí que él la notara. Aquella ola efervescente duró una exhalación, pero fue tan placentera que de pronto me pareció estar más segura a su lado que lejos de él. Y el universo entero dejó de existir; salvo aquel instante, nada me importaba: la colada manchándose de tierra; la osadía que profesó aquel súbdito de piel curtida entorpeciendo mi marcha, o el riesgo de que los chismosos Otto y Hans pudieran sorprenderme en aquella tesitura. Günther, padre de mi hijo, quedó fuera de aquel microcosmos, así como el sentimiento de culpa que en cualquier otro momento del pasado más reciente me habría mortificado por sentir atracción carnal hacia otro hombre, más aún, por alguien indigno de una dama aria.

—El polaco que cuida su jardín, señora, tiene nombre; se llama Bartłomiej, pero si le resulta complicado de pronunciar, puede dirigirse a mí sencillamente con Bartek —me susurró al oído confiado de que sus palabras se quedarían revoloteando en mi interior; acto seguido, se echó a un lado y dejó caer el brazo con una elegancia impropia de un inculto polaco, un gesto casi reverencial que me invitaba a pisar la alfombra de pétalos de rosa que en mi imaginación conducía al tendedero. Pero los graznidos de mis guardianes me sacaron de aquella primera página de un cuento de princesas.

En un reflejo rápido, justo cuando apareció la panza de Otto doblando la esquina, el polaco —¡Bartek!, me gustaba el nombre; evocaba masculinidad— adoptó su ensayada actitud sumisa y se agachó para recoger las prendas del suelo y devolverlas cuidadosamente a la cesta. Simuló estar ayudándome en lo que aparentemente parecía tratarse de una torpeza mía.

—¡Hombre, si el Huevo Roto puede agacharse! ¡Tiene cojones la cosa! ¡Ja, ja, ja! —soltó Otto golpeando a su colega en el hombro. Hans le devolvió el golpe con un codazo, pero no porque pretendiera que el gordo se mostrara deferente con Bartek, sino porque yo estaba allí. «Janica me considera el más galán de todos los hombres con los que trata, que no son pocos, porque me dirijo a ella con el lenguaje de un caballero. Así que haz lo propio cuando la señora ronde cerca. No quiero que se le pase por la cabeza que pueda estar hecho de tu misma calaña», escuché decirle a Hans a su compañero en una ocasión, cuando este soltó a voz en grito un improperio al llevarse un pisotón de Iltschi mientras la cepillaba. Porque aquel par de botarates debían de pensar que yo era dura de oído, ya que nunca bajaban la voz lo suficiente como para que no les oyera lo que no querían que yo escuchara.

—¿Algún problema con el jardinero, *Frau* F.? —preguntó Hans engolando la voz.

—No, ninguno... Caminaba ensimismada, tropecé, la cesta se fue al suelo... y el jardinero se ofreció a recogerla —respondí.

—Por cierto, *Frau* F., ya nos han informado de que se encuentra totalmente recuperada. Nos alegramos por ello —dijo Otto con ánimo de alabarme.

Bartek detuvo su tarea para interesarse por el comentario de este último.

—¡Date prisa, polaco, que al ritmo que llevas se va a secar antes de tenderla! —le recriminó Hans. Y, cómo no, Otto le rio la gracia mascullando una oración de la que solo pude oír «Huevo Roto».

El padre de Jędruś se limitó a entregarme el capacho, no sin antes lanzarme una fugaz mirada de complicidad, aprovechando que los dos vigilantes quedaban a su espalda, lo que me produjo la inquietante sensación de haberme adentrado en un espeso bosque lleno de encanto en el que podría perderme sin remedio. Dominé cualquier fibra del cuerpo que pudiera revelar mi alborotado estado interno y con la mirada puesta en los soldados solté un sucinto «gracias». Aquella expresión de agradecimiento puso fin a mi *tropiezo* con él. Aunque me quedé con las ganas de decirle de propia voz que me llamaba Ingrid, pero que debía llamarme *Frau* F. Imaginé que mi nombre dicho por él sonaría diferente, como música para mis oídos.

Con la planta de los pies a un metro sobre la acera, decidí deshacer el camino andado para devolver la colada a Anne, y no me hizo falta volver la cabeza para saber que Bartek me observaba. Tan convencida estaba de ello como de que él no me culpabilizó de la vana paliza que le envió al hospital; más aún, que mi persona estaba lejos de repugnarle. Tal certeza invitó a que mi cuerpo se contoneara con alegría, liberando la tensión que durante días lo atenazó. Pensé que Bartek era un hombre indulgente, totalmente diferente al resto de los polacos, esto me hizo sentir bien. Tanto me relajé que no vi venir cómo la realidad, la única posible, se me echaba encima. Mi corazón entonces se desinfló hasta encogerse y doler. Sentí como si un bello óleo recién acabado fuera embetunado con brochazos de vergüenza, tabúes y reproches. Mi primera reacción fue revolverme contra mi esposo: «¡Günther, él, él y solo él tiene la culpa de lo ocurrido! ¡Me tiene sola, sin cariño, apartada del mundo!». Me di cuenta de que me había vuelto vulnerable, presa fácil de los hechizos de un galán. Quise también enfadarme con el jardinero, por su atrevimiento, pero fui incapaz, porque por un instante hizo sentirme viva, mujer, una gran mujer. Quise que se fuera lejos, pero yo no paraba de dibujarlo en mis pensamientos. «¿Acaso mi espíritu estaba ahora tan salpicado de manchas como las telas húmedas que recogió del suelo el rehabilitado Bartek?», me pregunté. De repente no acerté a explicarme por qué una aria debía reprimir el afecto por los de otras razas, aun siendo estas inferiores. En mis esfuerzos por poner orden en mis ideas, hasta entonces en consonancia con las de mis admirados dirigentes, no pude evitar que me asaltara en la mente el pasaje que la noche anterior leí a Erich en mi cuarto poco antes de que este cayera dormido en mis brazos y tuviera que llevarlo a su cama:

—¿Que... hiciste qué? —volvió a preguntar el maestro.
—Me detuve a hablar con Huckleberry Finn.
No cabía duda, lo había entendido bien.
—Thomas Sawyer, esta es la confesión más desconcertante que he escuchado en mi vida. Unas palmetas no bastarán para reparar tal ofensa. Quítate la chaqueta.

Visualicé a un maestro con bigote tupido, cejijunto y ceñudo, de semblante severo e inflexible, como *Herr* Walther, quien me atemorizó de niña con su carácter autoritario cuando iba a la escuela. «Pobrecillo Tom», me solidaricé con él en voz alta justo en el instante en que a medio camino me topé con Anne, que puso cara de sorpresa al ver que hablaba conmigo misma. Había salido a mi encuentro para avisarme de que mi hermana estaba esperándome al teléfono.

La llamada de Birgit sirvió para ocupar la mente con nuevos pensamientos. Tras poner al corriente a Anne de mi tropiezo con la colada e indicarle que se encargara de volver a lavar las prendas sucias, cogí un taburete para sentarme cómodamente junto al teléfono que colgaba en la pared de la cocina. Allí tuvo lugar la conversación con mi hermana, mientras Erich y Jędruś se ponían las botas con las delicias culinarias de Elisabeth.

Una locuaz Birgit habló desde el otro extremo del hilo para contarme que ella y Jürgen tenían previsto pasar una larga temporada con nosotros antes del otoño, con objeto de buscar en Cracovia contactos para ampliar el negocio en ciernes de su amado, la distribución de un nuevo calzado deportivo que estaba teniendo gran éxito entre los jóvenes berlineses. Escucharla tan alegre me apenó, ya que seguía confiando a ciegas en él y en ningún momento dudó de la viabilidad del nuevo proyecto empresarial, que me sonó a humo.

Le di a mi hermana el beneplácito para quedarse con nosotros cuando y cuanto quisieran, a pesar de que me hubiera gustado tener los reflejos suficientes para haber inventado una excusa que los obligara a aplazar su visita. Necesitaba tiempo para afianzar mi amistad con Clara, y, por otro lado, no estaba dispuesta a que nada ni nadie me forzara a apartar a Jędruś de mi hijo. No podía confiar en Jürgen. Él no guardaría nuestro secreto; es más, de alguna manera intentaría sacar vilmente algún provecho de él ante Günther. Pero en ese momento yo no podía saber que la visita de mi hermana nunca llegaría a realizarse, debido a los acontecimientos que el destino me tenía preparados para más adelante.

Incapaz de vaticinar el futuro, privilegio reservado a unos pocos, di unos sorbos a la taza de té que Elisabeth acababa de prepararme, para así poder llevarla conmigo, sin verter ni una gota de su contenido, al banco de debajo del ventanal de la cocina. Aparté ligeramente el visillo para contemplar el jardín; busqué con disimulo al jardinero, pero debía de estar aún trajinando en el otro lado de la casa. Un repentino revuelo en el palomar captó mi atención. En aquella oxidada jaula de exterior que Hermann había reparado hasta donde le permitieron sus habilidades manuales vivía media docena de palomas. Él mismo las trajo con mi permiso, después de convencerme de que, además de dar vida al jardín, eran aves de la buena suerte. Se trataba de unas palomas mensajeras que habían servido durante años a la Wehrmacht y que fueron retiradas del servicio por viejas, agotadas de llevar misivas de nuestros soldados de un lado a otro. Supuse que algún amigo militar de Cracovia se las regaló al Mayor en vez de sacrificarlas. Su afición por las aves le venía de la Gran Guerra, cuando en el frente conoció al soldado que conducía el camión-palomar y que se encargaba, junto a un oficial, de encomendarles misiones y recibir a las portadoras de mensajes en sus patas. Al Mayor le maravillaba que unas criaturas tan insignificantes pudieran volar decenas de kilómetros sin perder el rumbo. «Son nuestros soldados alados. Eficientes correos, espías que nunca traicionan a su país», me advirtió el mismo día que las enjauló. Me pareció un niño con zapatos nuevos que temía que se los arrebataran. Quizá por ello, para evitar que yo me arrepintiera de adoptar a las seis jubiladas, me relató la historia de una paloma francesa, que no por ser del enemigo dejaba de resultar entrañable, durante el asedio de nuestras tropas al fuerte Vaux. Asfixiados por el acoso de nuestro valeroso ejército, los sitiados no dejaban de enviar palomas informando de su desesperada situación y solicitando a sus tropas la ayuda urgente que nunca llegó. Finalmente, la guarnición francesa se rindió, no sin antes dejar volar una paloma con el mensaje «Seguimos resistiendo». El animal, atravesando nubes de gas mostaza, logró alcanzar su destino. Y, como el Filípides del mito griego, murió poco después de fatiga, agravada por el veneno que respiró. «Aquella paloma, Ingrid, recibió nada más y nada menos que la Legión de Honor, la más prestigiosa de las distinciones que el Gobierno francés concede a sus héroes», me contó el viejo lleno de emoción.

Volví a mirar al otro lado del jardín, por si aparecía Bartek. Nada. Me desconsolé dando un sorbo de té. Otro más. Dejé la taza sobre el banco y entorné la ventana para escuchar a las palomas, el rumor de sus alas al batirse, sus cantos monótonos y los zureos que los machos lanzaban hinchando su garganta a las hembras para conquistarlas. Mi paloma preferida, una albina, se defendía a picotazos de los envites de su pretendiente. Difuminado por la sombra de uno de los árboles, aquel palomar tenía algo de melancólico, una nostalgia salpicada de romanticismo. Imaginaba cuál sería el sentir de las palomas si el bueno del Mayor las dejara marchar. ¿Remontarían el vuelo en busca de bellos amaneceres o regresarían, forzadas por el instinto, a su viejo hogar? ¿O se quedarían cerca de la jaula herrumbrosa, paralizadas por el miedo a emprender un camino sembrado de amenazas ignotas?

«¡¡Cómo voy a hacerlo bien si no sé lo que dices!!» De pronto la voz irritada de mi hijo me arrancó de mis reflexiones. Me volví hacia mis dos rapaces, que seguían sentadas a la mesa, y observándolas en su nuevo juego averigüé que Jędruś trataba de enseñarle a Erich una cancioncilla polaca. Su cara de desconcierto dejaba claro que a mi hijo le costaba manejarse con aquella habla, tan extraña para él, y cuando se equivocaba en la pronunciación, Huck Finn le reprendía, eso sí, cariñosamente, como si estuviera enseñando a pronunciar sus primeras palabras a un hermano pequeño. Pero Erich acabó por perder la paciencia.

—¡Niños, niños! ¡Tengamos la fiesta en paz! —tercié.

Me levanté deseosa de que me hicieran partícipe del contratiempo que sacó de sus casillas a mi hijo. Antes hice un alto para prepararme yo misma otro té y coger dos pastas del plato que anteriormente rechacé a Elisabeth. Se me abrió algo el apetito, quizá debido al relajamiento provocado por el regocijo de tener a Bartek de vuelta y sin reproches de por medio.

—Jędruś, os propongo que os me dejéis ayudaros a comprender la letra en alemán. Estoy segura de que será muy divertido. ¿Lo hacemos, chicos? —pregunté. Los niños asintieron con la cabeza, mirándose intrigados entre ellos. El reto cobró mayor atractivo para mí cuando Jędruś nos explicó que la cancioncilla se la compuso Bartek unas semanas atrás como regalo de cumpleaños. Cinco años tenía ya el polaquito, me aclaró poniendo tiesos todos los dedos de una mano.

Mi propósito era que él nos dibujara en el papel qué representaban las palabras de su lengua que fuésemos incapaces de traducir. Como un relámpago, Erich abandonó zigzagueante la cocina y regresó con unas cuartillas y un puñado de lápices de colores que lanzó sobre la mesa al grito de «¡A dibujar!».

—Yo pintar bien. Padre enseñar —apuntó Huck dando pequeños botes de entusiasmo sobre la silla. La agitación provocó que del bolsillo de su pantalón saliese volando una chocolatina que, sin duda alguna, sisó de la despensa. Él la miró en el suelo con disimulo; luego me miró de reojo; y yo, aguantándome la risa, hice como si no hubiera visto nada. Mandé a Elisabeth que preparara chocolate caliente para los pequeños. No me reconocí. En otras circunstancias, habría atribuido los pequeños hurtos de Jędruś al típico comportamiento irreprimible de un elemento inferior. Pero, en aquel momento, el Huckleberry polaco se me antojó una criatura desnutrida, desamparada, un niño más víctima de su ascendencia racial que, de no ser por sus rasgos nada arios, podría ser fácilmente acogido por una familia alemana. Y por qué no, quizá la nuestra. Pero seguramente Günther le encontraría con solo verlo las debilidades que yo era incapaz de detectar. «¡Si Erich viviera la hambruna de su amigo, robaría no una, sino la caja entera de chocolatinas!», pensé borrando esa horripilante figuración de mi mente.

Mojé la pasta en el té. Estaba ya frío. No quise molestar a Elisabeth, que preparaba la chocolatada en su habitual estilo brioso, moviéndose apresuradamente como quien siempre tiene una pila de cosas pendientes de hacer. Jędruś dibujaba, Erich adivinaba —a veces ayudado por mí— y yo tomaba nota de las soluciones. «*List! List! Chłopiec! Chłopiec!*», repetía una y otra vez el polaquito en tanto que pintaba un sobre que coloreó de rosa y que un niño con triste semblante —*smutne oblicze*— portaba en su mano. «*Szczygieł! Szczygieł!*», decía cuando en el papel empezábamos a distinguir un pajarillo sobrevolando al pequeño, y «*Gałąź! Gałąź!*» mientras dibujaba la rama de un árbol donde aquel se posaba. Ciertamente, Jędruś tenía un don natural para el dibujo; me recordó a mí en mi infancia, siempre garabateando y pintarrajeando en las cuartillas y papeles que caían en mis manos. Me hubiera gustado que Erich hubiese heredado de mí el gusto por la pintura. Del lápiz de Jędruś emergían en lo alto del todo lo que interpreté como unas nubes que nos descubrían el *niebo*, el cielo. También me señaló a mí, la *matka*, 'madre', o *mamusia*, 'mamá'.

A veces, el afanado Huck se quedaba pensativo, con la punta del lápiz quieta sobre el papel. Hacía un garabato y lo borraba. Entonces, cuando se sentía incapaz de dibujar lo que quería plasmar, salía corriendo por la puerta de la cocina para consultar a su padre, que en esos momentos trabajaba enfrente con la azada, tal vez quitando raíces muertas. Henchido de satisfacción, el crío volvía con la solución: «¡La palabra *łza* significa 'lágrima', y *czuła wiadomość*, 'tierno mensaje'!»; «*¡Pocałunek* es 'beso'!»; «*Jestem dobrą wróżką!* en alemán es '¡Soy una buena hada!'». Perdí la cuenta de las veces que entró y salió de la cocina, unas ocasiones agarrándose la gorra gris contra la cabeza, para evitar que se le volara por el camino; y otras, tirando hacia arriba del cinturón del pantalón que amenazaba con hacerle tropezar. Aquella mañana el pequeño me dejó gratamente asombrada. No solo mostró tener una memoria de elefante para recordar vocabulario nuevo de nuestra lengua —le bastaba escuchar una palabra una sola vez para retenerla—, sino que su perseverancia y afán por la perfección eran impropias de lo que hasta entonces se me dijo de los polacos. No obstante, podría tratarse de una excepción o deberse a que aún era demasiado joven como para que afloraran las ineptitudes y conductas que los hacían tan diferentes a nosotros. «¿Heredó Jędruś el carácter indómito de su padre?», me pregunté.

Al menos era orgulloso como él, y quizá exigente, pues no pude evitar fijarme en el esmerado trabajo que Bartek estuvo realizando con la enredadera, cortando por igual todas las ramas que colgaban de forma caótica. Del mismo modo, supe que su hijo no cejaría en el empeño y que, como una abejita, volaría de un lado a otro hasta tener resuelta la cancioncilla. Marchaba con una palabra en boca y regresaba con otra que aportaba un nuevo conocimiento a su regalo de cumpleaños. Y se llenaba de emoción al ver que las piezas iban encajando. Erich se contagiaba de ella, aunque no quiso acompañarlo en ninguno de los viajes, quizá porque sintió pelusa. Probablemente en un algún momento del juego deseó un poema igual para él, y que quien estuviera en el jardín fuese su padre y no el de otro niño. Yo tampoco tuve valor de traspasar el umbral de la casa, pues habría sido más sencillo salir fuera todos y que Bartek nos tradujera de un tirón toda la letra. Me habría puesto colorada, aún sentía vergüenza de mí misma por la intensa experiencia que había sufrido con él hacía menos de una hora. En ese preciso momento no deseaba saber cómo continuaría.

Los niños se estaban divirtiendo de lo lindo con el reto que les planteé y, cómo no, con el tazón de chocolate que les preparó Elisabeth. Ella, por cierto, también se sumó al rompecabezas lingüístico durante unos instantes, antes de desaparecer para cumplir con sus obligaciones domésticas. Incluso Anne y Hermann, que pasaron por la cocina a tomar su acostumbrado refrigerio matinal, quisieron aportar su granito de arena. Pero en el caso del Mayor, la paciencia no era precisamente una de sus virtudes; este tardó el tiempo que invertimos en añadir dos nuevas palabras a la canción para convencerse de que debía marcharse a liquidar una gestión en la *stare miasto*. Anne aprovechó que yo estaba dedicada a los pequeños para irse con él. Sin duda, era el día perfecto para disfrutar de un paseo romántico.

De esta forma, corriendo de aquí para allá, canturreando sin cesar, repitiendo una y otra vez palabras, frases y entonaciones, transcurrió la mañana, en la que fueron floreciendo imágenes y sensaciones. Fue la primera vez que sentí viva la casa. La magia anegó el espacio que ocupábamos. Con su inocencia, el pilluelo me hizo ver que su lengua también era bella y compleja. Que sonaba bien en mis oídos. Por unos instantes me sentí muy próxima a su cultura, muy cerca de Bartek... Pasaron un par de horas hasta que pudimos poner punto final a la cancioncilla, que Erich bautizó como *Un beso al cielo*.

Nunca fui buena con la poesía; jamás fui capaz de componer un poema como tal. En la escuela, *Herr* Walther me dijo que torcía los versos y ahogaba las rimas. No logró entender cómo podía escribir tan mal y pintar tan bien. Pero en aquella ocasión me esforcé para que todos los versos rimaran y encajaran como un guante en la melodía de la canción. Escuchada en boca de Jędruś sonaba lo que era, una canción infantil, alegre y vivaz, pero la historia me resultó tan triste que por un momento tuve que levantarme de la mesa para que los niños no me vieran emocionarme. En sí la cancioncilla que Bartek había regalado a su hijo no era otra cosa que un sincero homenaje a su madre muerta con el que pretendía colmar al crío de ánimo y esperanza.

Tras tener completa la traducción, hice que los niños se sentaran a mi lado y yo misma les canté la conmovedora canción, que se quedó grabada para siempre en nuestros corazones:

> *Dulce como un querubín*
> *de su casa un niño salía.*
> *Una carta como botín*
> *su pequeña mano asía.*
>
> *Era un chiquillo, illo, illo, illo*
> *tan vivaracho como un zarandillo.*
>
> *Un jilguero alegre y cantarín*
> *las lágrimas advirtió del pequeñín,*
> *y con el semblante preocupado*
> *muy rápido se sentó a su lado.*
>
> *El pequeño pajarito, ito, ito, ito*
> *pósose en la rama a su ladito.*
>
> *«¡Triste niño, levanta la mirada!»,*
> *cantábale el ave viva de color.*

«Me presento, soy una buena hada,
y con un deseo alivio tu dolor.»

La hermosa hada, ada, ada, ada
arrancó al niño una carcajada.

«Llevo esta carta al cartero,
que escribí con mucho esmero
a la persona más querida
que añoro por su partida.»

La carta cariñosa, osa, osa, osa
vestida iba con letras de color rosa.

«Mandar un gran beso es mi anhelo
a madre que se fue sin más al cielo,
y no porque así ella lo quisiera,
sino porque la voluntad de Dios era.»

A la madre querida, ida, ida, ida
quiso darle un beso como despedida.

Risueño el niño el sobre abrió
para depositar en él un beso;
el jilguero raudo al cielo subió,
el tierno mensaje llegó ileso.

El beso amoroso, oso, oso, oso
el firmamento azul alcanzó airoso.

Un destello de luz bañó la mirada
que ahora el niño alegre llevaba.
Era la voz de su mamá animada
para decirle que por siempre lo amaba.

Los niños no esperaron al final para romper a aplaudir. «¡Bravo, bravo!», exclamó Erich. Estaban pletóricos de alegría, riendo con sus mostachos de chocolate. Pero la diversión solo duró un par de aplausos más. Con el rostro empañado por una tristeza que solo podía venir del corazón, Jędruś miró a mi hijo y luego a mí. Enseguida me di cuenta de que algo no marchaba bien. Con los ojos clavados en el tablero de la mesa me lanzó una pregunta tras otra que me secuestraron la respiración:

—*Frau* F., ¿por qué Erich tiene mamá y yo ya no? ¿Solo mueren madres de niños malos...? ¿Volverá si portarme bien?

Erich, que se quedó confuso, fue más rápido que yo en contestarle:

—¡Tú no eres malo! ¿Verdad, madre?

—No, Jędruś, tú eres un niño buenísimo... Un angelito como Erich.

—He hecho cosas malas, pero usted no saber... Días atrás, cuando el abuelo vivo, yo mentirle a él. Y hoy... hoy he cogido sin que ustedes ver esta chocolatina. Otros días, otras cosas —confesó recogiéndola del suelo y depositándola, cabizbajo, sobre la mesa.

—Todos los niños cogen dulces sin el permiso de los mayores, ¿verdad, Erich? —pregunté a mi hijo guiñándole un ojo. Y, en tono cariñoso, añadí—: Jędruś, los niños jamás tienen la culpa de que los adultos vayan al cielo. ¿Comprendes lo que te digo?

Le metí la chocolatina en el bolsillo y acaricié uno de sus flacos mofletes.

—Entonces ¿la culpa tener los adultos malos? —dijo él con algo de alivio.

—No siempre, cariño... —contesté sin saber qué quería decirme con eso, de modo que recurrí a lo que cualquiera hubiera respondido en este caso—: La mayoría de las veces, las personas mueren porque se hacen viejecitas, porque tienen un grave accidente o porque contraen enfermedades que no se pueden curar...

Mirándonos a los dos, Jędruś me interrumpió:

—Pero mi *mamusia* morir en fuego...

—¿Ves? Entonces fue un accidente... —Me senté al crío en las rodillas para abrazarlo—. ¿Entiendes lo que es un accidente?

—No, accidente, no. Hombres malos SS.

Como Erich, no entendí nada de lo que me estaba diciendo, pero tampoco me atreví a seguir preguntando. Intuí que el niño no podía mentir en algo tan atroz, y no estaba dispuesta a que Erich escuchara una historia tan macabra. Preferí esperar a encontrar la ocasión de sonsacar a su padre las circunstancias reales en las que falleció su esposa. Quizá fuera una rebelde que se llevó su merecido.

—¿El fuego duele? —Jędruś seguía obcecado en encontrar respuestas.

La saliva se me retiró de la boca y mi lengua buscó cómo humedecerse para articular las palabras:

—Sí, cariño, duele mucho... Jamás has de tocar el fuego ni jugar con él. Pero te prometo que tu mamá no sufrió, porque Dios la protegió con su mágica regadera de estrellas y se la llevó rápido al cielo.

—Madre, no sabía que Dios también fuera bombero —dijo Erich arqueando las cejas.

—Sí, hijo, Dios hace cualquier cosa por impedir que sufran las personas buenas. Como lo fue la madre de Jędruś.

—Ah, entender ahora por qué dejar de escuchar a *mamusia* gritar. Dios llevar con Él, ¿verdad? Dios bueno, y *mamusia* lejos. Dice padre que *mamusia* saber que yo pensar en ella.

—Haz caso a mi madre, ella nunca miente. Tu *mamusia* está bien, sin heridas. —Erich se levantó de la silla para plantarle a su amigo un beso en la mejilla.

El gesto espontáneo de mi hijo tuvo un efecto revulsivo en el pequeño Huck, cuya mirada se llenó de vivacidad al instante. Con una sonrisa dulce, se escurrió de mi regazo y exclamó con su habitual júbilo: «¡Cantemos a padre *Un beso al cielo*!». Se hurgó en la nariz, y Erich le miró estupefacto, pues yo se lo tenía prohibido. Y antes de desaparecer, el polaquito rebañó con el mismo dedo que usó para el hurgado nasal el chocolate que había quedado adherido en el borde de su tazón. Mi hijo salió tras él sin dedicarme un adiós.

Después de poner en orden algunos asuntos domésticos que me quedaron pendientes por la indisposición que bien pude ahorrarme, salí de nuevo al jardín para respirar aire fresco. Pero el sol empezaba a apretar, aunque aún no era molesto. Traté de localizar a los niños, que hasta hacía bien poco los oí desde dentro de casa canturrear y revolotear en torno al jardinero. Escuché el cascabeleo de los pequeños al otro lado de la casa, donde mi vista no alcanzaba a verlos. Bartek estaba solo, plantando unos nomeolvides junto a otras florecillas desconocidas para mí en la orilla exterior del parterre que debería embellecer una de las esquinas de la casa. Lo observé sabiendo que él, abstraído en su labor, no me veía. Se me antojó un individuo singular. No parecía ambicioso, ni que le atrajeran las mismas cosas que a los hombres de mi entorno: las riquezas, el poder, el reconocimiento social, la admiración de las mujeres... Seguramente miraba con desprecio a aquellos para quienes estas metas fueran capitales. Parecía disfrutar con las pequeñas cosas que otros hombres eran incapaces de apreciar, de ni siquiera detectar que existen. Trataba las plantas con la delicadeza que profesan los cirujanos a sus pacientes. En su rostro podía leerse la satisfacción que le producía cavar un agujero en el terreno y plantar un arbusto o enterrar un esqueje con sus manos, sabiendo que con ello les estaba dando vida y vigor.

Intuí que era algo engreído y soberbio, por la forma en que me abordó, y, mirándolo con detenimiento, jamás lo hubiera metido en el saco de los subhombres. Günther siempre se había referido a ellos, especialmente a los judíos, como la falsa humanidad, criaturas que solo compartían con nosotros un aspecto externo similar, pero debajo de cuya piel se escondían seres salvajes, destructivos, amorales, retrógrados, hombres de las cavernas movidos por apetitos primitivos e instintos propios de los animales. ¡Cómo iba yo a poner en entredicho las afirmaciones de un científico que había dedicado su vida a estudiar al ser humano! Sin embargo, fui incapaz de ver aquella barbarie inhumana en Bartek. Hitler también opinaba como mi esposo, pues en uno de sus discursos radiofónicos le escuché decir que la distancia entre un ser humano y las razas más próximas a la aria era mayor que la que había entre el más deplorable de los hombres y un chimpancé adiestrado. Bartek de ninguna de las maneras era así, o así quise creer. Me afligió discrepar del *Führer*.

Me resultó imposible convencerme de que un ser cavernario pudiera construir un poema tan colmado de sensibilidad y amor como el que acabé de descubrir. Precisamente, la cancioncilla de Jędruś y su dulce melodía hicieron que deseara conocer aún más de cerca a aquel emotivo padre, al hombre que apenas hacía unas horas pareció transmitirme que yo era para él una dama diferente, una mujer especial. Aquella sensación me llenó de satisfacción, cada vez más a medida que pasaba el tiempo.

Bartek tomó un nuevo tiesto con una planta y clavó sus rodillas en el terreno. Se pasó el antebrazo por su frente sudorosa y me miró. Duró nada, lo justo para que se me erizara el vello. Sin pensarlo mucho, decidí afrontar lo inevitable y confiar a la Providencia las consecuencias que pudieran derivarse de mi acercamiento a él. Era el momento de que tomase la iniciativa y plantarme ante él como una mujer decidida, segura de lo que hace y desea. Además, solo yo, desde mi posición de aria, podía cortar la invisible alambrada de espinos que nos separaba. Lo más sencillo y razonable hubiera sido caminar en línea recta y soltarle lo primero que se me pasara por la cabeza, como, por ejemplo, preguntarle por el nombre de las flores que no me eran familiares. Era este un buen pretexto, pero no me atreví por temor a quedarme en blanco ante él o a que, por mi forma de expresarme y gesticular, alguien de la casa que me estuviera viendo pensara que estaba coqueteando con él. Así pues, pergeñé una manera menos directa de aproximarme a Bartek, aunque también corría el riesgo de quedar en evidencia si era descubierta por alguna mirada indiscreta. La idea me vino al ver una bicicleta herrumbrosa arrimada en un árbol y que supuse que le pertenecía a él. Arrastraba un pequeño remolque de fabricación casera con unos tiestos con flores y algunos útiles de jardinería. Era lo que andaba buscando.

Volví a casa llena de ilusión para preparar un hato con unos zapatos apenas usados por Erich, dos pares de calcetines sin estrenar, unos pantaloncitos cortos, salazones, una longaniza, dos botes de conservas y un saquito de harina. Me sentí una ladrona en mi propio hogar, caminando casi de puntillas para no ser descubierta por Elisabeth. Lo reuní todo con la única alegría de que Jędruś disfrutara de aquellos presentes, al menos, eso fue lo que preferí creer en aquella ocasión. Entonces no imaginé que aquella operación clandestina se repetiría regularmente y cada vez con mayor frecuencia. Y que, al final, tras ser descubierta, contara con la complicidad de Anne y Elisabeth. Con las limitaciones de las cartillas de racionamiento jamás hubiera podido ayudarlo, pero tenía la inmensa fortuna de que mi esposo trabajaba en Auschwitz, donde al parecer no tenían problemas de suministros. El Mayor siempre regresaba de allí con el maletero cargado de todo tipo de viandas que Günther seleccionaba para nosotros: carne, cacao, macarrones, sacos de azúcar y harina, margarina, condimentos para sopas y hasta paquetes de unos cigarrillos yugoslavos que Hermann compartía con Hans y Otto. Günther me pidió que fuera discreta y que no comentara con nadie de nuestro entorno dicho privilegio, pues podrían sentirse agraviados. Y así lo hice en todo momento.

Intentando infructuosamente camuflar en mi vestido el voluminoso paquete me dirigí caminando sin hacer ruido y a pasos de gigante hasta la bicicleta, después de cerciorarme de que el jardín estaba despejado. Solo estaba allí el jardinero, pero se hallaba de espaldas a mí. Alcancé el objetivo hecha un manojo de nervios, a pesar de tener la certeza de que nadie me vio, y escondí el fardo en un rincón del remolque, debajo de un trozo de tela olivácea que seguramente utilizaba Bartek para protegerlo de la lluvia. Y justo cuando sacaba mis dedos furtivos de su interior aparecieron los críos trotando como potrillos sofocados.

—¡Uf, qué calor! ¡Volvamos a casa, me estoy derritiendo como un helado al sol! —le dijo mi hijo a Jędruś cuando se detuvieron a la altura de Bartek. Este se metió la mano en su holgado bolsillo del pantalón y sacó el pañuelo con el que se acercó a su hijo para limpiarle el sudor de la frente. Erich se los quedó mirando y se pasó un dedo por la sien, para comprobar si también estaba mojada. Luego se metió la mano en el bolsillo para extraer el pañuelo que le regaló la abuela por su cumpleaños e hizo el ademán de llevárselo a la frente, pero en su lugar extendió el brazo hacia el padre de Jędruś.

—¿Me seca a mí también?... —preguntó, expectante. Bartek, sonriente, no dudó en satisfacer su petición: acercó al niño hacia sí por el hombro y le enjugó a él también el rostro. Los niños se dejaron hacer, gustosos por las carantoñas que Bartek les regalaba por igual, seguramente para no despertar los celos a ninguno de ellos. Pensé en Günther y me apesadumbré. ¿Añoranza? No, de ninguna manera. Me plació que mi hijo y el padre de Jędruś hubieran conectado de aquella forma.

—¡Es verdad que hace mucho calor! —rompió el silencio Bartek cuando hubo terminado y devuelto cada pañuelo a su sitio—. Pero ¿sabéis a qué temperatura estamos? ¿Veinte, treinta, cuarenta grados? ¿Cómo podemos averiguarlo?

—¡Qué fácil! ¡Pues mirando el termómetro de la cocina! —saltó Erich.

—Y si, como ahora, no tienes a mano un termómetro, ¿cómo la averiguas? —les arrojó una nueva pregunta el padre de Jędruś.

Los dos niños pusieron a funcionar sus cabecitas entre risitas.

—¿Sacando lengua como perro? —aventuró el pequeño Huck, saleroso. Palpó en el aire con la suya propia para poner a prueba la efectividad de su propuesta.

—¡Sí, sí! ¡Los perros sacan la lengua cuando hace mucho calor! —lo secundó Erich. Bartek desparramó una sonrisa cariñosa.

—Sois dos niños muy listos, pero los perros no sacan la lengua para saber los grados que hace, sino para sudar. Usan la boca como vosotros la frente, los pies o las axilas.

Los niños le interrumpieron con unas carcajadas que resonaron en el jardín.

—¡Los perros tienen el sobaco en la boca! ¡Los perros tienen el sobaco en la boca! —canturrearon ambos revoloteando como polillas ante una bombilla. Bartek los invitó a que se callaran, apretándose el dedo índice en los labios, para proseguir con la explicación:

—¿Dices, Jędruś, que estamos a veinte grados? ¡Hijo, pienso que te has quedado muy corto! Pero para saber si tienes o no razón vamos a preguntárselo a una criatura que vive en este mismo jardín.

Jędruś y Erich volvieron a quitarle las palabras de la boca ansiosos por saber de quién o qué hablaba. Pero Bartek mantuvo la intriga y hasta consiguió que yo misma me interesara por su juego. Aquel hombre tenía don de gentes y, sin duda alguna, sabía cómo meterse a los niños en el bolsillo.

—Antes de desvelar al animalito en cuestión, pues se trata de un ser diminuto, necesitaremos un reloj... ¿Tienes tú uno, Erich?

—Yo no, pero Hans sí. ¡Hans, Hans, venga aquí! ¡Corra! ¡Necesitamos que su reloj nos diga a qué temperatura estamos! —Emocionado por la incógnita que Bartek había dejado flotando en el aire, Erich salió disparado hacia él, que casualmente pasaba por ahí. Seguramente, el jardinero no cayó en la cuenta de que su petición acabaría implicando a uno de nuestros soldados, pero tampoco pareció preocuparle, pues contempló tranquilamente, apoyado en la azada, cómo Hans se quitaba el reloj de la muñeca a regañadientes.

—¡Un reloj para saber la temperatura! ¡Qué bobada! ¡Ese polaco os va a tomar el pelo! ¡Lo quiero de vuelta y sin un solo rasguño en cuanto acabéis con el dichoso jueguecito! —exclamó con retintín. Indudablemente Hans solo atendió a la petición de mi hijo porque yo estaba presente y atenta al acertijo de Bartek. Se lo leí en los ojos.

—¿Cuál? ¿Cuál es el animal? ¡Jędruś y yo nos ocupamos de apresarlo! —vociferaba Erich, que volvía sobre sus pasos, seguido a escasa distancia por un Hans que no quería perder de vista su viejo reloj de oro, fruto de una herencia familiar que exhibía a la menor oportunidad.

—No, no... ¡No debéis atrapar a ninguno de ellos! ¡Muy al contrario, tenéis que dejarlos tranquilos! —explicó Bartek.

—Pero ¿cómo nos va a decir la temperatura desde lejos? ¡Pensaba que haría algo con el reloj! —se lamentó mi hijo. La confusión crecía por momentos en los pequeños, a la par que su grado de excitación.

—¡Llegó la hora, Erich y Jędruś! ¡Silencio absoluto! —ordenó él con el talante de un gran mago mirando a Hans, para que este también se dejara envolver por el halo de misterio. Los niños hicieron el gesto de cerrar una cremallera en su boca y miraron ojialegres al jardinero—. ¿Qué escucháis?

—¡Nada! —respondió mi hijo.

—*Świerszcz!* —contestó casi a la vez Jędruś.

—Eso es, un grillo... Este señorito cantarín nos dará con precisión la temperatura que hace aquí fuera. Es un truco que me enseñó un antiguo cliente que trabajaba de profesor en la universidad. ¡Y funciona, vaya si funciona! Solo tenéis que contar sus cricrís durante veinticinco segundos, dividir el número resultante entre tres y sumarle cuatro al resultado.

—¡Bua! ¡Qué difícil! ¡Odio las cuentas! —protestó Erich.

—Para eso estamos aquí Bartek y yo, para ayudaros —intervino para mi sorpresa Hans—. Tú, pulga, avisa cuando el segundero pase por aquí y grita «¡Ya!» cuando llegue acá —le ordenó a Jędruś señalando con el dedo en la esfera del reloj—. Y tú, Erich, cuenta los cricrís.

Los niños siguieron sus órdenes con una complicidad encantadora: el polaquito clavó los ojos en el reloj y mi hijo fue susurrando los cricrís que a unas decenas de metros lanzaba un enamorado grillo. Bartek nos explicó que solo los machos cantaban desde la entrada de la madriguera, para atraer con sus estridentes y repetitivos cánticos a las hembras. Hans, acuclillado detrás del polaquito, también permaneció atento al segundero, para darle un golpecito en la espalda cuando aquel llegara al número romano V. «¡Ya!», gritó el pequeño.

—¡Sesenta y seis! ¡Han sido sesenta y seis cricrís! —dijo Erich, que contó con la ayuda de los adultos. El grillo siguió enfrascado en sus cantos.

—¡Señores, si el bicho no se ha equivocado, estamos en estos momentos a veintiséis grados centígrados! —exclamó con orgullo el flaco adelantándose a Bartek.

Erich corrió a ver el termómetro que había colgado fuera en la entrada de la cocina. Todos nos quedamos mirando a la casa, callados, aguardando a que regresara con la lectura.

—¡Veintiséis! —vociferó repetidamente mientras daba saltos de alegría.

—¡Ja, ja, ja! ¡Sorprendente! ¡Sí, señor! ¡Hay que ver! ¡Ja, ja, ja! ¡Polaco, te mereces un trago de vodka! —se dirigió Hans en tono amistoso hacia el hombre al que trató como un felpudo apenas unos días atrás y al que, dicho sea de paso, de ninguna de las maneras dejaría que pusiera los labios en su petaca. No obstante, intuí que algo había cambiado en aquel instante, de que aquella experiencia marcó un antes y un después.

—¿Cómo lo ha hecho, señor jardinero? ¿Es un truco de magia? —preguntó mi hijo.

—¿Magia? No, Erich... Es el resultado de aplicar una ciencia que al parecer odias, las matemáticas. Aunque como ves se pueden hacer cosas maravillosas gracias a ellas —contestó él.

El SS marchó con su habitual paso marcial camino abajo, para encontrarse con Otto, que regresaba de dar la señal convenida del mediodía al retén situado al final de la calle. Al tiempo agitaba los brazos en el aire y le voceaba con manifiesta admiración: «¡Es un listillo! ¡Todo un listillo este Huevo Roto, sí, señor! ¡No veas lo que acabas de perderte!». Pero Otto le prestó atención a medias, pues para él suponía una hazaña subir la ligera pendiente del camino. «Te voy a explicar cómo puedes saber qué temperatura hace ahora mismo con un reloj y un grillo tan salido como tú. ¡Habría que hacer partícipes de este conocimiento a todos nuestros hombres! Verás, lo primero que has de hacer...» La voz de Hans se fue apagando mientras la pareja se alejaba de nosotros hacia un lugar apartado, quizá para regar la explicación con el alcohol de la petaca. Siempre me intrigó de dónde sacaban semejante provisión de aguardiente, dado que bebían como esponjas. Y lo más curioso: jamás los vi ebrios.

Erich y Jędruś no quisieron dar por concluida la empresa y, a propuesta de mi hijo, decidieron salir a cazar al sabio grillo. Erich buscó una pajita, con la que hacerlo salir de su guarida; y Jędruś corrió a las cuadras en busca de un tarro de cristal. Bartek se quedó solo, arrodillado y sacando tierra con las manos de uno de los arriates que acababa de zanjar. Aproveché la ocasión para acercarme a unos metros de él. Fingiera o estuviera realmente absorto en su trabajo, tardó un tiempo en reaccionar. Al ver que lo observaba, me miró de soslayo, con curiosidad y simulada extrañeza, a la espera de que yo dijera algo. Prosiguió rascando con sus largos dedos la tierra revuelta y sacándola del hoyo. Los nervios me dejaron la boca seca, y mi lengua pegada al paladar no se atrevió a articular lo que pensé decirle mientras me aproximaba aún más a él: mostrarle mi admiración por el poema que compuso para su hijo y aprovechar la ocasión para expresarle mis condolencias por la muerte de su esposa. Tal vez así, cavilé, podría sonsacarle las circunstancias de su extraño fallecimiento. Pero quedé callada, no se me ocurrió nada mejor que contemplar en silencio sus progresos en el jardín. Un silencio que retumbó en mis tímpanos, que dejaron de estremecerse en cuanto Bartek rompió a hablar con absoluta naturalidad, como si jamás hubiera tenido lugar su *impertinente* acercamiento a primeras horas de la mañana —¿se habría arrepentido de aproximarse tanto a mí?, ¿habría deseado no haberlo hecho nunca?, ¿mi conducta timorata lo decepcionó?—. Por un instante, me asaltaron mil y una dudas.

—*Herr* Hermann me sugirió que escogiera algunas flores para alegrar la entrada principal de la casa... Pensé que a usted le gustarían los heliotropos y los jacintos. Sus aromas dulces pero penetrantes acariciarán los sentidos de todos ustedes al pasar cerca de ellos, y sus fragancias se colarán, según de dónde sople el viento, por las ventanas abiertas, perfumando las estancias. ¿Qué le parece? Detrás de ellas he creído conveniente colocar setos de boj, con algún tejo intercalado... Su verdor intenso contrastará con el encarnado ladrillo de la fachada... Se hace lo que se puede, pues en los tiempos que corren no resulta fácil encontrar las variedades de plantas y flores que a uno le gustaría utilizar para las composiciones florales... Una lástima.

El tono cálido y masculino de su voz segura, atildado con un musical acento polaco al expresarse en mi idioma, volvió de nuevo a encandilarme. Quise que siguiera hablándome, que sus graves palabras flotaran a mi alrededor, cosquilleando el vello de mi piel que ardía a causa de los rayos de sol, o eso creí. Pero selló sus labios, esperando a que yo dijera algo. Solo fui capaz de ofrecerle una tenue sonrisa, y no me extrañó que, tras pedirme permiso, me retirara su mirada calma para embeberse en su faena: colocó media docena de plantas en la zanja y las cubrió con turba fresca. Se alejó unos pasos para comprobar que estaban equidistantes y volvió para retirar con suaves golpecitos los granos de tierra que habían caído sobre los pétalos y hojas de las plantas. Los delicados y precisos movimientos de sus dedos me recordaron a los de Clara pulsando las teclas del piano. Sin retirar la vista de su obra, alargó el brazo para coger la regadera y rociarlas con abundante agua.

—Hay que evitar los huecos, las bolsas de aire entre las raíces y la tierra; el agua resulta ideal para compactar el suelo. ¿Ve las burbujas que salen de la tierra? Eso es bueno para las plantas... —dijo siguiendo con su mirada la parte del arriate que quedaba por arreglar—. No sé si tendré suficientes plantas para acabar hoy el trabajo. Ese grupo que he apartado está infestado por un hongo. ¿Ve esas manchas negras? Prefiero intentar recuperarlo aparte, para que no infeste a las sanas. Los hongos, aparentemente insignificantes, son terribles de combatir. Suele pasarles en la naturaleza a las criaturas petulantes —murmuró; no supe adivinar si con una segunda intención.

Yo le escuchaba sin decir nada. Una sensación inexplicable me presagió que Bartek profesaba una pasión por la naturaleza difícil de encontrar en el género masculino, lo que explicaba el afán por compartir sus conocimientos sobre ella con quien fuera. O no. Quizá supo también ver en mí esa sensibilidad connatural hacia la maravillosa obra de Dios, capaz de manifestarse en criaturas tan despreciadas como una araña o una simple lombriz. Me apeteció imaginarme a Bartek como uno de los siete sabios de Grecia, envuelto en un quitón de lino blanco que le cubría las piernas hasta la mitad del muslo, ilustrándome sobre los oscuros secretos que esconde la vida. Me agaché junto a mi imaginario Tales de Mileto, a una distancia prudencial, para oler la fragancia de una de las florecillas que esperaban turno para liberar sus raíces.

—¡Qué aroma más penetrante! No sabría decirte si en Berlín tenemos esta planta... En realidad, quería decirte... —Me detuve un instante para tomar aliento y aprovechar para preguntarme si no debía llamarlo de usted, dado que era el padre del amigo de mi hijo. Pensé en Hermann, que desde el principio lo llamó *Herr* Kopeć, y con razón—. No quiero dejar pasar la oportunidad de decirle que mi intención de hace unos días, cuando ocurrió la desgracia, ya sabe a lo que me refiero, no era otra que pedirle que me acompañara allá arriba, a la roca, porque necesitaba pintar apartada de todo esto que me hace sentir lejos de casa, de Alemania —le confié.

No sé qué me empujó a hablarle de mis cosas, ¡de mi Alemania!, país que odiaría a muerte. Aquel arrebato de franqueza hizo que me sintiera sucia. ¿Acaso no era una felonía dejarse llevar por pensamientos positivos hacia un polaco? ¿Era cierto pues el rumor de que los subhumanos tenían el don demoníaco de hechizarnos con tretas que superan nuestra racionalidad inmaculada? Me respondí, autoconvenciéndome, que existen reacciones afectivas que inevitablemente escapan a nuestro control, a la obsesión por la pureza que nos trasmiten nuestros líderes. Le sucedía a Clara con Irena; o a Elisabeth, Hermann y Anne con Jędruś; o a Otto y Hans, cuya fidelidad al *Führer* estaba fuera de toda duda, con las meretrices cracovianas que frecuentaban. Yo era otra víctima de la misma flaqueza.

Bartek se sacudió enérgicamente las manos embarradas hasta las muñecas. Unas manos que me tuvieron intrigada durante algún tiempo, porque no se correspondían con las desfiguradas de otros trabajadores.

—¿Y desea, *Frau* F., que la acompañe ahora? —me contestó mientras metía una mano después de la otra en la regadera para desprenderse del barro. La naturalidad con la que me habló y su tono cordial me insuflaron el empujón que necesitaba para hablar con él relajadamente, con la conciencia limpia de toda culpa y sin inquinas de por medio.

—La roca puede esperar. Hoy mis musas deben de estar algo ocupadas...

—Antes no pude evitar escuchar que estuvo indispuesta —interrumpió él—. Si le sirve de ánimo, hoy tiene usted muy buen aspecto —comentó al tiempo que hincaba la pala en el montículo de mantillo. El esfuerzo resaltó sus hombros anchos y acerados. Se puso en pie y se estiró el pantalón pasando las palmas de las manos por las perneras. Luego se metió la camisa de cuadros descoloridos por dentro y se atusó el cabello mirándome fijamente a los ojos con los suyos de una tonalidad verdosa, como la que supuse que resplandecería en los mares del Caribe. En esa ocasión, no aparté la vista. Le miré, eso sí, intentando disimular la grata sorpresa que me produjo su cumplido.

—Hermann me habló bien de usted... de sus cualidades como jardinero. Y dice que tiene planes muy ambiciosos para el jardín.

¿Es así? ¿Cree que podrá devolver la belleza a esta jungla dejada de la mano de Dios?

—Espero no defraudarles ni a usted y ni a su magnánimo esposo, al que agradezco la oportunidad que me ha brindado de trabajar aquí —empezó Bartek, muy cautamente—. Aunque la belleza es algo tan subjetivo, cada uno de nosotros decidimos lo que es bello o no de acuerdo con un criterio propio. ¿No cree? Eso sí, los auténticos ascetas como usted, instruidos en el arte, descubren la belleza allí donde el resto de los mortales jamás lo harían. —Él me habló como si me conociera desde siempre. Y añadió—: Por esta razón su jardín supone un formidable reto para mí... Sí, *Frau* F., tras darle muchas vueltas, ya tengo el diseño en mi cabeza. No será una copia del Edén, pero casi.

—Me ha dejado usted intrigada. ¿Puede avanzarme alguna de sus ideas? —pregunté amablemente.

—El secreto para que un jardín resulte agradable está en las composiciones florales, en las sensaciones que despiertan en los cinco sentidos de quienes las contemplan. Personalmente me gusta vestir de colores las estaciones más frías y apagadas. Mi aspiración es que al jardín nunca le falten colores que compensen el gris melancólico del invierno, la desnudez de las plantas caducas y la ausencia de las que se marchitan con las primeras heladas.

Bartek hablaba con fluidez el alemán, pocas veces se atascaba con alguna palabra, pero cuando esto ocurría, me encantaba ayudarle a que se expresara correctamente en mi idioma.

A modo de cicerone, me guio por sus trabajos y proyectos para mi jardín. Cojeaba ligeramente de un lado. No le dije nada, pero le deseé mentalmente una pronta recuperación. Recorrimos las cuatro esquinas de la finca, parándonos en los lugares donde él tenía algo especial que señalar. Me mostró los árboles que había podado y los arbustos que ya había redondeado. Volvimos a pasar por la enredadera que acababa de arreglar por la mañana, y se paró a señalarme por dónde quería que trepara para cubrir la pared. Tal rincón sería ideal para un magnolio y tal otro había que vestirlo de azul con *Delphinium*. Las azaleas poseen una floración espectacular que alegra el invierno con un maravilloso despliegue de color, contó. Me ilustró sobre cómo había que combinar flores, arbustos y árboles para dar vida a hermosos y elegantes macizos, y me explicó que la combinación correcta de margaritas, adelfas, orquídeas, rosales y otras plantas cuya existencia desconocía invitaba a dar paseos románticos y provocaba momentos mágicos con las luces del alba y el ocaso. Ponía tanta pasión en cada una de las descripciones que mi magín echó a volar para abocetar en mi mente el futuro jardín. Y me gustó lo que pinté. Y él me recordó a mí, persiguiendo la armonía y la sublimidad en las composiciones. A su manera, Bartek también era un artista.

De tanto en cuando, su soliloquio tomaba un cariz inesperado. En lugar de mostrarse suspicaz y reservado, como cabía esperar por la posición que ocupaba, me descubrió su lado más sensible y sus gustos personales. Su manifiesta emotividad por las plantas y los animales provenía por su contacto directo con la naturaleza y porque, como me confesó, estaba convencido de que todos los seres vivos tenían alma y que, por tanto, podían experimentar alegría, sufrimiento, dolor y agradecimiento. Por ello se dejó dominar por las emociones durante nuestro paseo.

—Con las plantas hay que ser tan pacientes como con un bebé: el esfuerzo de la dedicación y el cariño nos lo recompensan con el tiempo, con sus explosiones de hojas nuevas y sus flores llamativas y frutos deliciosos. Se revitalizan con el primer rayo de sol y me agradecen con una descarga de aromas que las riegue cuando están sedientas. Hay flores que se abren por la mañana y otras, con la suave luz de la luna...

Llegó a comparar a las flores con relojes de precisión y me habló de un naturalista sueco del siglo XVIII que llegó a fabricarse uno con distintas plantas que abrían sus pétalos a diferentes horas. Bartek me confesó que enfermaba cuando una planta a su cuidado lo hacía, pues lo veía como un fracaso; y que cuando la vida le asfixiaba, salía al campo en busca de paz.

—La naturaleza tiene un poderoso efecto sanador. Por eso está ahí —dijo convencido. Sentí envidia, frustración. De repente tuve la sensación de que yo habitaba en la superficie de la vida, una costra creada por el hombre que hacía sentirnos infelices y que recompensaba lo peor de la humanidad, mientras que él se zambullía en su interior, donde reinaban otros valores más puros, reconfortantes.

Me sobrevino el deseo de conocer su opinión sobre muchos asuntos, unos profundos y otros no tanto, como si platicara con uno de los nuestros. Porque nada en él me hacía pensar que fuera un hombre embrutecido, ni siquiera una mala persona. Quizá lo estaba idealizando, tal vez fuera de mi casa se comportase como el resto de los polacos. ¿Era Bartek quizá una excepción? Su nivel de conocimientos hizo que me sintiera como un insignificante ratón caminando al lado de un sabio elefante. No experimenté vergüenza alguna de andar a su lado; incluso me veía capaz de hacerlo en público por las calles de Cracovia, recorriendo sus hermosos rincones, museos y parques, contemplando monumentos y paseando sin pudor junto a los muros del castillo de Wawel, donde se alojaba nuestro *Generalgouverneur* Hans Frank. Y me imaginé a Bartek poniéndome al corriente de la vida en Cracovia, sin tener que apartarse a un lado o quitarse el sombrero cada vez que se cruzaba con uno de mis compatriotas. Pero aquella escena solo podía darse en una época pasada, cuando a los polacos aún los considerábamos ciudadanos de primera clase y no estaba castigado confraternizar con ellos. En el presente, si actuaba con prudencia, podría acercarme a él dentro de mis dominios y conocer más a fondo al hombre por el que estaba sintiendo una inesperada atracción. Desde luego jamás permitiría que mi interés por él fuera más allá de un amor platónico, libre de tentaciones carnales. Solté un suspiro de alivio que él oyó.

—Me temo que la estoy aburriendo con tanta explicación. Si es así, le pido disculpas por ser tan locuaz, pero comprenda usted mi deseo de que supiera mis planes para el jardín y conocer su opinión como artista...

Le dije que mi sonora exhalación se debió solo al calor, y alabé todas sus iniciativas florales, confesándole mi absoluta ignorancia en asuntos de jardinería. Dilaté la paseata todo lo que pude con el propósito de que en algún momento me hablara de su vida, de su pasado. La paciente espera tuvo su gratificación. Así es, aproveché uno de sus escasos tropiezos idiomáticos para elogiar su buen alemán y preguntarle acerca de cómo lo había adquirido.

—Se lo debo a mi antiguo empleador, *Frau* F., era de Karlsruhe. Mi profesión verdadera es la de relojero. Estuve trabajando para él más de diez años en su joyería de la céntrica calle Floriangasse, y me habló siempre en su idioma, desde el primer día en que me contrató de aprendiz, sin excepción. Él lo llamaba «formación constante e imprescindible» —me explicó dejando en cada sílaba unas notas de sugestivo sabor exótico.

—Un hombre sabio, desde luego. No cabe duda de que hablar

el alemán con la fluidez que usted demuestra le abrirá las puertas a muchos trabajos —dije.

—Y un hombre entrañable —continuó Bartek sin inmutarse ante mi muestra de reconocimiento—. Además de enseñarme el alemán, me traía libros de autores clásicos, de literatura y de ciencias naturales que yo devoraba en los momentos de asueto. Luego, él me preguntaba acerca de sus contenidos, cuando no había clientes en la tienda, para saber si realmente los había leído y comprendido. Yo fui para él el hijo que jamás tuvo. Nunca se casó, quizá porque temía entregarse emocionalmente a una mujer o, como alguna vez le escuché decir, porque ellas solo querían de él su dinero. Fuera por una u otra razón, trataba a las clientas como un auténtico conquistador, sabía cómo adularlas y hacer que se sintieran bellas, emperifolladas con joyas o sin adorno alguno. —Bartek me hablaba con absoluta naturalidad, sin miedo, y en ningún momento apartaba sus ojos grandes y almendrados de los míos—. Decía de mí que era su mano derecha. Disfrutaba viéndome manejar las joyas cuando él me pedía que se las acercara a la dama que estaba atendiendo. Para él, yo era la única persona en la ciudad que sabía cómo había que deslizar las piedras preciosas por entre los dedos. Las hacía bailar sensualmente, con la misma delicadeza, decía, con la que había que acariciar a las mujeres, las gemas de carne y hueso, y eso, afirmaba, provocaba a las clientas, consciente o inconscientemente. Jugar con la libidinosidad aseguraba las ventas, según *Herr* Littmann, Gottfried Littmann, pues así se llamaba. Yo siempre reía, porque él se lamentaba de que carecía de esa impagable habilidad a la que yo no le daba importancia.

Cuando dijo estas palabras de forma tan espontánea, sin tener en cuenta que estaba ante una dama, me asaltó una erubescencia que debió de teñirme de rojo chillón, al menos por dentro. Fue atrevido por su parte hablarme tan abiertamente sobre los apetitos femeninos sin apenas conocernos. Pero Bartek pareció no advertir que había tocado un tema que me incomodaba. Y si lo hizo, no le importó. Fuera lo uno o lo otro, él prosiguió platicando como si nada:

—Teníamos muchas clientas fieles, el trabajo marchaba viento en popa, disfrutaba con lo que hacía y, además, me daba un buen dinero.

—¿Qué sucedió? ¿Cómo pasó de los diamantes a las margaritas? Oh, perdóneme si estoy siendo demasiado indiscreta con mis preguntas...

—Años atrás, la joyería fue cerrada y sus pertenencias confiscadas por sus compatriotas —dijo tras un instante de silencio, que dedicó a agacharse para cortar una ramita seca a un arbustillo con una tijera que sacó del bolsillo trasero del pantalón.

—Vaya...

—Sí, ocurrió porque mi patrón era judío, un *maldito* judío —murmuró mientras buscaba en la planta alguna otra rama mustia que cortar—. El anciano fue ejecutado en medio de la calle, nada más abandonar su tienda, por ser demasiado lento al caminar. Un soldado regular, que ya lo había empujado un par de veces, lo encañonó por la nuca y pum. El pobre hombre cayó sin vida al suelo... —Bartek refirió la ejecución sin mostrar ninguna emoción, y cambió de tema rápidamente para evitar que me pronunciara en un asunto que nos incomodaría a ambos—. Soy consciente de que Jędruś debe aprender alemán. Cuanto más lo domine, más fácil le resultará la convivencia con ustedes, de modo que procuro hablarle en lo posible en el idioma de nuestros amos. Es más, todas las noches, antes de acostarnos, le obligo a memorizar lo que yo mismo he logrado aprender durante el día y puede serle útil para cuando tenga que servirles.

Referirse a él y al pequeño Huck como siervos y a nosotros como amos no me agradó ciertamente, aunque esa fuera la justa realidad en los territorios conquistados. No quise hurgar en ese terreno cenagoso del que no había nada que discutir; y dejé que me explicara cómo las piedras preciosas dejaron paso a las plantas después de que la ejecución del judío —¡algo más que caminar despacio debió de hacer mal para que un soldado acabara con su vida, seguramente enriquecida a costa de robar a los polacos de bien!— le impidiera continuar ejerciendo su trabajo en la joyería. Desde joven, Bartek ayudó a su padre, jardinero de profesión, en sus labores tras salir de la escuela. Lo acompañaba a mantener los pensiles de la gente adinerada y a transformar en elíseos los solares de los polacos ricos. Los domingos, después de acudir a misa, se sacaba unas monedas cortando la hierba de los vecinos. Con ese dinero se compraba libros de naturaleza, su gran fascinación. Le atraía especialmente la *mecánica* invisible que impulsaba y sostenía a los seres vivos, la terrible lucha por la supervivencia, la diversidad derrochadora de criaturas y los comportamientos enigmáticos e ingeniosos que estas inventaban para reproducirse y salir adelante. Me dijo que el propósito último de la vida es sobrevivir.

—Una fuerza tan maravillosa como enigmática nos empuja instintivamente a perpetuarnos —contó—. El sol, los planetas, la luna, los océanos, las montañas, la alegría, la belleza, el dolor, el amor, la salud y la enfermedad..., todo forma parte de este mecanismo vital, de cuya constancia y precisión matemática dependemos los seres vivientes. Este inefable engranaje de la vida y la muerte lo ha condensado el hombre en un sencillo artilugio, que está condenado a detenerse cuando se le acaba la cuerda: el reloj que nos recuerda que *vulnerant omnes, ultima necat*, añadió a modo de colofón.

«Todas hieren, la última mata», traduje mentalmente. Conocía aquella locución latina que hacía referencia a las horas y que solía leerse en las esferas de los relojes antiguos. A cada minuto que pasaba, Bartek me pareció más apetecible, intelectualmente hablando. En mi cabeza se agolparon decenas de preguntas para hacerle sobre su vida. Sin embargo, había un asunto que necesitaba con urgencia que me aclarase: ¿cómo había muerto su esposa?, ¿qué quería decir su hijo con que falleció entre llamas?

Habría dado lo que fuera necesario por que ese artilugio creado por el hombre congelara su tictac, para que él pudiera explayarse en sus explicaciones sin el apremio de la losa del tiempo. Pero para mi desdicha, escuché pasos detrás de nosotros. Era Hans, que se dirigía hacia alguno de sus quehaceres, y no podía verme hablar distendidamente con el jardinero, por lo que cambié mi rostro fascinado por el agrio de la reina de la casa. Recolecté cuatro piedras que despuntaban de entre la hierba y las coloqué en varios puntos del jardín. Con voz un tanto engolada volví a dirigirme a él de nuevo de tú, indicándole que deseaba que plantara allí y allá esto y lo otro. Él asintió con manifiesto servilismo, siguiendo mi puesta en escena. Fue la última vez que ese día nos cruzamos las miradas. Hans pasó de largo, tan tragavirotes como siempre.

Tomé el camino a casa convencida de que, aunque mejorable, todo salió a pedir de boca. Vi entonces abajo, al final del camino, que Anne y Hermann habían regresado de las compras y estaban llenando las manos de los niños con caramelos. Seguí mi rumbo, deseosa de arrellanarme en el orejero de mi dormitorio, donde quería encerrarme para escrutar mentalmente los dos momentos henchidos de emociones que había vivido aquella larga mañana con Bartek. En especial quería saborear de nuevo el primer encuentro, más tenso, agitado y cercano que el segundo; analizar las oleadas de sentimientos que sacudieron mi corazón desatento a los envites del amor. Quería pasar por el tamiz de la racionalidad una a una las sensaciones que experimenté y las señales de interés hacia mí que Bartek lanzó con la sutileza de un galán. Quería guardar en mi memoria para siempre la esencia de aquel encuentro y encerrar en los calabozos de los recuerdos cualquier pasaje, si lo hubiera, deshonroso. Pensé que así estaría libre de toda condena social. En aquellos momentos, no era consciente todavía de que en breve encarnaría a la propia Catalina Earnshaw, bella e indómita como yo, cuya alma padece los males de un desgarrador conflicto amoroso.

Cuando me disponía a entrar a la casa por la cocina, encontré a Otto recostado en la pared disfrutando de la compañía de Elisabeth, que asomaba por la ventana en una postura de evidente coqueteo, algo provocativa: sus brazos cruzados sobre el alféizar empujaban hacia lo alto su generosa pechera esculpiendo dos carnosos abultamientos que chocaban en el profundo canalillo donde el gordo tenía hundidas sus pupilas. Parecía un torpe aprendiz de Hans, imitando sus gestos de seductor y desnudando con la mirada a la cortejada, que no se daba cuenta o no parecían importarle las verdaderas intenciones del SS.

«¿Estará encantada esta casa, que a todos la sangre nos altera, o será de verdad cosa de la primavera?», me pregunté al entrar, guiñándome el ojo a mí misma en uno de los reflejos del cristal de la puerta.

8

Días de junio y julio

No existe nada más mágico en las relaciones humanas que el nacimiento de la amistad entre dos personas; que dos almas desconocidas entre miles de millones fraternicen y se compenetren hasta el extremo de palpitar al unísono, dándose consuelo y apoyo recíprocamente.

Si hay algo de lo que puedo presumir en mi vida son las amistades, profundas y sinceras, que me han acompañado a lo largo de mi existencia y que ocupan y ocuparán un lugar privilegiado en mi corazón. Amigos y amigas de la infancia, de la niñez, de la adolescencia, de la juventud, de la madurez. Relaciones íntimas y enriquecedoras que me han ayudado en la aventura de descubrir el mundo, a superar mis miedos y complejos, a afrontar los momentos difíciles, a tomar decisiones que han marcado mi vida, a aprender a amar y a ser amada. En definitiva, a crecer como persona. Fueron amistades que viví con pasión, a las que me entregué en cuerpo y alma, y, aun así, ninguna de ellas tuvo ni la fuerza ni la pasión de los lazos sentimentales que durante los meses de junio y julio tejimos Clara y yo.

Las primeras puntadas de nuestra relación las hilvanamos en nuestro siguiente encuentro, el miércoles prometido, en el que Clara conoció a Erich. Su propuesta de que mi hijo me acompañara esta vez a su casa me serviría de doble estrategia. Por un lado, me hacía mucha ilusión que conociera a la personita que más quería en el mundo y que pudiera comprobar por sí misma que no exageré, como es infrecuente en las madres, de su hermosura física e interior. Erich era un niño noble, sensible y especialmente inteligente, don que heredó presumiblemente de su padre. Por otro lado, deseaba con su presencia desadormecer el instinto maternal de Clara, reprimido por su enfermedad, y que se emocionara de solo pensar que en su vientre germinaba lo que pronto se convertiría en una criatura única como Erich.

En un primer momento, mi táctica parecía tener el efecto buscado. Nada más vernos entrar por el salón, Clara únicamente tuvo ojos para él; a mí solo me dirigió una efímera reverencia para ir directa al encuentro del pequeño, al que había vestido con unos pantalones cortos y una camisa también de manga corta que, de no ser por la pajarita azul marino con ositos bordados, le daban un aire de explorador.

Completamente encandilada, Clara se acuclilló ante él, le colocó con ternura la pajarita y lo estrechó como si fuera un sobrino al que no veía desde hacía tiempo. Con un brazo rodeó su cintura, y la mano que le quedó libre la posó sobre la cabeza del crío, para que este no perdiera su ligero sombrero fedora de color carne. Luego, Clara le dio un sonoro beso que le dejó el moflete marcado de carmín. «Pero ¡qué niño más guapo! ¡Eres un calco de tu madre!» Erich apenas hizo caso a los piropos de la anfitriona porque su atención estaba centrada en Kreta, que iba a su encuentro meneando su reducido rabo. El animal fue menos delicado que Clara, pues hundió su húmeda nariz en las carnes del crío, para repasarlo de arriba abajo, como si se esforzara en hallar entre sus ropas alguna golosina escondida de la que apropiarse. Lamió su brazo y, al pasarle la lengua por la cara, Erich respondió con un alegre «puaj», mientras se quitaba las babas con el antebrazo. Clara le hizo saber que la dóberman adoraba a los niños, y le invitó a que saliera a jugar con ella al jardín. «Tírale la pelota de tenis mientras te preparamos un refresco y un platito de dulces. Con el calor que hace seguro que estás sediento», dijo. Mi hijo se colgó sin temor del cuello de Kreta y, tras hundir su cara en el lomo, invitó al animal a que lo siguiera afuera.

Nuestra visita prometía ser divertida, una inyección de ánimo para mi amiga. Pero mi plan fue un completo desastre. Clara, que se sentó mirando hacia el jardín, no apartó su mirada del pequeño, con una brillante sonrisa que poco a poco fue desluciéndose para dejar paso a un rostro melancólico. De tanto en tanto, cuando Erich y la perra hacían algo simpático, ella sonreía, pero enseguida retornaba a su inexplicable tristeza. Y por más que me esforcé en animarla y en averiguar las causas de su desazón, ella disimuló su pesar achacándolo a una fuerte jaqueca que llevaba atormentándola desde hacía horas. Sin embargo, estaba claro que era Erich quien había causado su desazón. Lo observaba con un afecto tan propio de una madre desconsolada que llegó a estremecerme.

Atribuí todo ello a su embarazo, a la lucha que libraba internamente para aceptarlo y compartirlo con su esposo. No obstante, la razón verdadera de su desdicha no me sería revelada hasta semanas más tarde, cuando un inesperado y especialmente tremendo suceso trastocaría por los cuatro costados aquel mundo de hadas que me había construido con ella. En tiempos convulsos, las hadas hibernan; la magia se evapora.

Ver a Clara taciturna hizo que me sintiera impotente, deseosa de que volara el tiempo, que el sol, agotado de lucir, se escondiera al final de la tarde por detrás de los gigantescos álamos. «Mañana será otro día», pensé. Fue entonces cuando Erich entró como un torbellino en el salón y, sin quererlo, sacó a colación a su amiguito polaco:

—¡Madre, Kreta y yo ya somos amigos! ¿Crees que la próxima vez Jędruś podrá acompañarnos para que la conozca?

Pedí a Dios que Clara no hubiera escuchado el nombre polaco que mi hijo acababa de mencionar, e improvisé una posible evasiva por si se interesaba por el tema. Y, por el modo en que ella frunció el ceño, me pareció que era lo que iba a suceder, pero antes de que pudiera articular palabra apareció providencialmente por la puerta Irena:

—Perdón por la interrupción, *Frau* W., pero el *Herr Sturmmann* Schmidt espera desde hace rato en la puerta principal para recoger a Kreta, y pregunta si hoy dará su paseo. Un asunto urgente le ha impedido venir a su hora...

—¡Vaya, con tanta distracción se me había pasado! —interrumpió Clara llevándose la mano a la frente—. ¿Te importa Erich que se ausente tu amiguita? Tiene que ir a su clase diaria de gimnasia.

Mi hijo asintió indiferente, girándose de un salto para volver al jardín, aunque yo sabía que hubiera preferido seguir jugando con el animal. Pero a este ya no le interesaba mi hijo, porque corrió jubiloso al encuentro del joven SS, que entró en el salón portando la correa del perro en su mano izquierda. En esta ocasión, tuve la oportunidad de mirarme a Schmidt más de cerca. Era un hombre apuesto, de veintipocos años y complexión fuerte, rubio y de ojos verdes y ambiciosos. Su mayor virtud, según Clara, era su habilidad como adiestrador. Karl valoraba positivamente la disciplina en las mascotas, así como que se mostraran fibrosas. Solía decir que un dóberman enclenque u orondo no hacía honor a su raza. De ahí que Clara encomendara al *Sturmmann* Schmidt la tarea de sacarla diariamente a pasear y hacer que la perra corriera durante un par de horas hasta agotarla.

La partida del gallardo soldado, con Kreta desfilando airosa a su lado, me serviría de inspiración para una de mis próximas acuarelas, y a la anfitriona le vino de perlas para dar por finiquitada la visita. «Ay, Ingrid, esta migraña va a llevarme a la tumba. Ahora mismo me está martilleando la sien con tanta insistencia que veo chiribitas a tu alrededor. Me reiría, pero el dolor no me deja... No te asustes, es algo normal en este tipo de jaqueca y, como me recomienda mi médico, lo mejor es tomarse la medicación y meterse en la cama con las luces apagadas», me confesó. Y así nos dejó marchar, acompañados de Irena hasta la salida, con una única condición: que volviera al día siguiente. Yo acepté sin pensarlo.

A partir de aquella tarde, las citas entre nosotras se sucedieron una tras otra de forma espontánea. Lo cierto es que ambas las necesitábamos para sentirnos felices, algo que parecía que solo podíamos conseguir cuando estábamos juntas. En el salón de los grandes ventanales, nos guarecíamos del mundo exterior; un lujoso búnker donde manteníamos animados debates y desgranábamos con pasión los temas más variados, conversaciones que podían prolongarse durante horas, incluso días, pues ella o yo las emplazábamos a continuarlas en un próximo encuentro, que solía producirse al día siguiente. Si no fuera porque tenía a Erich esperándome en casa, las veladas se hubieran dilatado hasta altas horas de la madrugada.

A veces, los encuentros transcurrían en un silencio y una paz monacales. Podíamos pasar horas, incluso la tarde entera, con la cremallera de los labios echada. No nos hacía falta hablar. Bastaba con compartir el momento o la actividad en la que estuviéramos inmersas, ya fuera jugando a las damas o al backgammon o enfrascadas cada cual en un libro: *Don Carlos, Emilia Galotti, Agnes Bernauer...* Lecturas todas ellas que invitaban luego a un deleitoso y casi siempre instructivo coloquio, al menos para mí. Su erudición, propia de muy pocas mujeres, aderezada con su locuacidad, la convertían en una sesuda tertuliana que deleitaba mis oídos y, para ser sincera, despabilaba el germen de la envidia. No pocas veces me sentí cual labriega platicando con la cínica Hiparquía de Manorea. En realidad, se trataba de una vaporosa animosidad de la que saqué provecho, pues ella me hostigaba para que compitiera con ella, para que intentara estar a su altura leyendo clásicos que antes jamás habría hojeado. La valerosa personalidad de Clara me pasó por encima como una manada de elefantes. Levantó una polvareda en mi cabeza que me hizo ver con claridad sus méritos, como obviar las convenciones sociales, eludir lo políticamente correcto y atreverse a decir lo que pensaba. Aptitudes que, por mi educación conservadora, me avergonzaba llevar a la práctica. No obstante, aquella sensual rubia me animó a que explorara nuevos horizontes y examinara mi mundo desde ópticas que jamás contemplé. Por otro lado, era una fabuladora con una imaginación desbordante, pues muchas de las historias maravillosas que relataba, desde caballeros medievales que rescataban damas y princesas hasta historias de amor entre amantes de bandos enemigos en la Gran Guerra, eran, según ella, del todo verídicas. Pero algunos de los relatos sonaban tan inverosímiles que eran con toda seguridad inventados. Soñaba despierta, y yo no iba a ser quien la desvelase. ¡Qué importaba que sus historias fueran verdaderas o ficticias!

Yo acostumbraba a tumbarme boca arriba en uno de los sofás, proyectando con mi imaginación las escenas de sus relatos sobre el techo, como si fueran películas en color. Clara prefería sentarse en el orejero situado sobre la piel de cebra, especialmente cuando aprovechaba nuestros parloteos para coser el tirante de un vestido o zurcir el tomate de un calcetín. Lo hacía para aliviar de trabajo a la polaca, un gesto que me irritaba sobremanera, tanto como cuando se refería a ella con el latiguillo «la pobre Irena», que era a menudo. Aunque, para ser honesta, el mal sabor de boca se me pasaba al pensar en Bartek, porque yo misma estaría encantada de poder echarle una mano con las plantas «a mi pobre jardinero». Sería más divertido podar un rosal que remendar un siete en el vestido.

A menudo observaba a mi amiga con el rabillo del ojo, sin que ella se percatara, por el mero placer de embriagarme de su espíritu romántico. Otras veces, para ver su gesto impasible cuando narraba sucesos insólitos que solo un crédulo podría darlos por auténticos.

Me cautivaba su voz pura, madura, rebosante de matices, sin titubeos; la manera con que acariciaba las frases, su capacidad para transmitir emociones a través de sus cuerdas vocales, como hacían los grandes locutores de los seriales radiofónicos. Y todo ello aderezado por el melodioso sonido de nuestra lengua natal. Solo el francés osaba hacerle sombra, con sus irritantes erres. Clara fue para mí un descubrimiento impagable, una bendición de Dios por algo que debí de hacer bien en el pasado... o en otra vida, si es que la hubo. Compartí con ella intimidades que jamás revelé ni a mi madre, ni a mi hermana, uña y carne durante la infancia. Todo lo que hablamos quedó sellado en un pacto tácito bajo las cuatro paredes de aquel salón, que la primera vez que lo recorrí me apabulló por su ostentosidad y donde cada vez me sentí más cómoda. El terciopelo estampado de colores que envolvía el tresillo, la mesita redonda que lo acompañaba, con las tazas de porcelana y la tetera que yacían sobre ella, los ventanales por donde se colaban los rayos de luz insolentes. ¡La chimenea al fondo de la sala con el *Führer* observándonos desde su atalaya! En ese momento pensaba que si él pudiera escuchar a Clara, caería también rendido a sus pies... Y los celos me devorarían.

Después de más o menos un par de semanas, el salón se me empezó a quedar pequeño. Sentí ganas de conocer cómo era el resto de la casa, de explorar la morada de mi amiga, un apetito acrecentado por el hecho de que Clara no me la hubiera mostrado ya. Y queriendo imitar a una detective novelesca comencé a elucubrar sobre los porqués de aquella descortesía, qué misterios esconderían la rubia de cabellos de oro y su enigmático esposo en las habitaciones de aquella mansión. Pero las bobadas que llegué a urdir, propias de una pésima novela de intriga, se desvanecieron un día tormentoso de principios de julio en el que el tedio se apoderó de nosotras y Clara propuso que consagráramos la tarde a recorrer las habitaciones.

Pasamos rápido por la cocina, donde Claudia desescamaba una carpa para la cena mientras hervía unas patatas en los fogones, y nos detuvimos a contemplar una a una las espaciosas y suntuosas estancias de la planta inferior. La mayoría de sus espléndidos muebles, cuadros y esculturas fueron elegidos por Karl, solo una ínfima parte del mobiliario y otros enseres los conservó de los antiguos inquilinos, de cuya historia mi anfitriona no sabía nada. También nos asomamos al despacho de su esposo; solo pude ver que se parecía mucho al de Günther, tenía el mismo tipo de decoración decadente. Clara me apremió a abandonarlo, como si el espíritu de Karl la estuviera acechando. «¿Qué tendrán los despachos de nuestros esposos que tanto nos incomodan?», me pregunté.

En la planta superior, un largo corredor daba paso a aposentos tan grandes como los que acababa de ver, y tan vacíos de vida humana que resultaban inquietantes. En ellos, todo el mobiliario estaba cubierto por sábanas, las paredes nos miraban desnudas y los suelos de mármoles brillaban impolutos.

—¡Ya me contarás para qué necesitamos tantas estancias! ¡Aquí podrían vivir cómodamente dos y hasta tres familias con cuatro o cinco hijos cada una! ¡Cuánto espacio desaprovechado, con la cantidad de desamparados sin un techo bajo el que cobijarse! Pobres desgraciados los que creen que la felicidad se mide por los metros que poseen de propiedades. ¿Sabes que yo no quería venir a esta mansión? Fue Karl quien se empeñó. Siempre tan fatuo, tan apegado a los bienes materiales. Mi esposo tiene la abyecta costumbre, o al menos así lo veo yo, de valorar el éxito de una persona en función de sus logros económicos o sus magníficas posesiones. Yo le insistí en buscar algo más pequeño. Vengo de una familia humilde, y estoy acostumbrada a los espacios reducidos. Recuerdo que vivíamos como sardinas en lata, pero estábamos muy unidos y éramos dichosos... —susurró Clara—. Una vivienda que tal vez se haya venido abajo con los bombardeos de marzo —añadió casi suspirando.

No supe qué responderle, pues, al contrario de ella, yo me sentía satisfecha de vivir en la casa con la que siempre soñé. Más vale que sobre que no que falte, era mi filosofía en cuestiones inmobiliarias. Por otro lado, Karl tuvo un exquisito gusto al elegir aquella finca, que, además de estar presidida por una señorial mansión, contaba con un entorno natural de ensueño.

—Este que vas a ver es mi dormitorio —me anunció Clara—. Siempre se me olvida decirle a Irena que engrase las bisagras o como se llamen esos chismes —agregó al escuchar el tenue chirrido que hizo la puerta al abrirse.

La sobriedad de su alcoba me dejó absorta. Enseguida entendí la perorata que dejó caer hacía un instante sobre la vida austera: una cama con dosel revestido con telas orientales, una mesilla sobre la que se levantaba una pila de libros y una cómoda de caoba adornada con un jarrón de cristal y un ramo seco de azahar. El mobiliario apenas ocupaba espacio en la enorme habitación, que dejaba sitio para poder bailar cómodamente un vals a dos o tres parejas. La vida me había enseñado que la estancia más íntima de una persona, y esta era indudablemente la de Clara —su marido dormía en la habitación de al lado—, era el reflejo de su personalidad. Sus cuatro paredes estaban vestidas únicamente por un diminuto espejo, que debía de tratarse de una antigüedad; y un retrato, algo más grande, que quedó a mi espalda al entrar y que viéndolo de soslayo pensé que se trataba de algún familiar remoto.

Clara corrió los visillos para que entrara más luz. La lluvia azotaba con fuerza y las gotas correteaban por los cristales huyendo del rumor de los truenos. Fue entonces cuando se iluminó el cuadro: un joven con grandes ojos color café y una melena rizada que caía sobre sus hombros parecía seguirme con la mirada. En el acto se me cortó la respiración y me acerqué a él tres o cuatro pasos, con los ojos muy abiertos, para cerciorarme de que lo que tenía ante mis narices era en realidad lo que estaba pensando. Aquel muchacho carininfo, con una gorra negra que le caía hasta el cuello y una camisa blanca de mangas holgadas cubierta en parte por una piel que le colgaba del hombro, me resultaba familiar. Boquiabierta, di dos pasos hacia atrás; luego, me moví hacia la derecha y hacia la izquierda, para finalmente acercarme a un palmo de aquel óleo. El joven estaba sentado junto a una pared de color marrón claro, y a su izquierda se abría un paisaje con árboles, un lago y, detrás de este, lo que parecía ser una ciudad fortificada al pie de una montaña. Mientras tanto, Clara seguía mis movimientos tan extrañada que lo único que le salió por la boca fue «¡¿Qué?!».

—¿Que qué? ¿Te sorprende verme sorprendida?

—Pues sí. Tampoco es para tanto, sinceramente. Es un cuadrito que trajo un día Karl. Me preguntó si quería alegrar un poco mi cuarto con él. No me pareció que el retrato de un desconocido fuera precisamente el regalo ideal para levantar mi ánimo, pero el muchacho tenía algo especial que me recordó a mi padre de joven. Esas mismas cejas, esos mismos ojos sinceros...

—¡Santo Dios!, ¡calla! —exclamé excitada acariciando el marco de la obra—. ¡Me estás diciendo que no sabes lo que tienes colgado en esta pared desolada!

—Si hablas en serio, me dejas perpleja, porque a mí Karl no me dio a entender nada... —susurró intrigada.

—Clara, esto de aquí es un Rafael, uno de mis pintores renacentistas favoritos... —Mi querida amiga me miraba pestañeando casi sin control, con ganas de saber más—. Esto que apenas aprecias aparece en los libros de arte... Pero ¡si es una pieza de museo, te diría que del Museo Czartoryski de la ciudad donde ahora vivimos! ¿Cómo la ha conseguido? Es una obra valiosísima. ¡Le habrá costado una fortuna!

Clara se rio amargamente, mirándome indiferente, como si estuviera ante una ingenua.

—¿Crees de verdad que mi amado Karl ha pagado un solo *Reichsmark* por lo que tú dices que es un Rafael? ¿Piensas que tu esposo paga de su bolsillo cada una de las cosas que trae a casa? ¿Y los lujos? ¿Cuánto han desembolsado por el oro, la plata, el marfil, los muebles de maderas nobles o los mullidos sofás donde descansan nuestros arios traseros? Son piezas de prestado —ironizó.

—No me dices nada nuevo. Ya sé que muchas de las cosas que mencionas, incluidas joyas, proceden de las confiscaciones realizadas a los enemigos... Son trofeos de guerra que nos recuerdan nuestros triunfos. ¡Qué quieres que te diga, prefiero que estén en nuestro poder que en las sucias manos de los polacos! Y si los bienes han sido arrebatados a los judíos, que se enriquecieron a costa de nuestro pueblo, es comprensible no pagar un *Pfennig* por ellos —respondí algo encendida. Si alguien en aquellos días me hubiera dicho que el marido de Clara guardaba en esa estancia otra joya secreta más sorprendente que el Rafael Sanzio, no le hubiera dado crédito.

Astutamente, Clara evitó que nuestra conversación acabase en una áspera discusión, como siempre que tocábamos la política, preguntándome sobre el autor del óleo, su estilo, sus aportaciones al arte y por qué aquel retrato podría considerarse una obra maestra. Y me pidió un favor que se le acababa de ocurrir: hacerle una copia, una copia lo más fiel posible del original, para regalársela a su vieja profesora de piano que admiraba todo lo relacionado con el Renacimiento y con la que siempre se sintió en deuda.

Aplaudí el reto, pues durante mi etapa en la escuela de Arte realicé varios trabajos sobre Rafael. De hecho, una excelente falsificación del retrato que hizo a su amante, *La Fornarina*, adornaba una salita en casa de mis padres, a pesar de la resistencia que puso mi madre a tener que ver todos los días una mujer con los senos al aire.

En los días siguientes, Clara y yo pasamos más tiempo en su dormitorio que en cualquier otro lugar de la casa. Ella se tumbaba en la cama, ora leyéndome, ora dándome conversación. De cuando en cuando, se acercaba a mi caballete para ver los progresos y se volvía a la cama satisfecha tarareando: «Eres una Rafaela, Rafaela, Rafaela...».

Su humor fue mejorando por días, y lo celebraba dándose ánimos a sí misma. A veces y de modo muy pasajero, su mente achacosa la tentaba para desandar lo andado, a devolverla al falso confort en el que la había recluido su ostracismo, y entonces tenía miedo por mí; al pasar tanto tiempo encerradas juntas, le horrorizaba pensar que pudiera transmitirme su padecimiento. «Las enfermedades del alma se contagian con la facilidad de la implacable viruela», me advirtió. Yo la tranquilicé asegurándole que la felicidad que sentía de estar junto a ella era más poderosa que la mejor de las vacunas, que cualquier lugar es bueno cuando se está bien acompañada. Aun así, Clara me insistió con que debía ir al teatro, al cine o a la ópera e incluso me tentó para que acudiera alguna tarde a las reuniones que *Frau* Von Bothmer celebraba en su casa. Ciertamente me picaba la curiosidad por conocer el contenido de esos encuentros, pero, como le manifesté a Clara, solo iría si era acompañada de ella, cuando estuviera del todo curada. Por mi parte no había ninguna necesidad de buscar nuevas distracciones, pues hasta los momentos de tedio junto a mi amiga invitaban a que mi mente entrara en un estado de actividad febril y creativa. Me sentía surcando una mar tranquila en un velero, empujado por una apacible brisa hacia mundos maravillosos donde viviríamos experiencias apasionantes. Al frente del timón, Bartek oteaba el horizonte, de azul ultramar y despejado de nubarrones, y las dos tomábamos baños de sol absortas en aquel remanso de paz, solo perturbado por los ásperos graznidos de las gaviotas que escoltaban el navío.

Los días pasaron y los ojos de Clara empezaron sorprendentemente a fulgurar como dos luceros, ansiosos por reír, por vivir y por volver a sentir. A veces, se palpaba la barriga, para comprobar si crecía, si su futuro bebé daba señales de vida. «Si aquí vive una criaturita, no tiene muchas ganas de manifestarse», me dijo incrédula. Y no hacía las cosas como si fuera a hacerlas por última vez, sino como si fuera la primera vez en experimentarlas. Cuando el joven del cuadro empezó a cobrar color, Clara trajo una silla y se sentó a mi lado. Permaneció junto a mí, aportando ideas y vigilando que no cometiera ningún error, hasta que di la última pincelada. «*C'est fini!*», sentencié con tono solemne. Clara se levantó haciendo una reverencia y arrancó a aplaudir encandilada. «¡Es formidable, Ingrid, nadie podría distinguir el original de tu copia! ¡Tenía el presentimiento de que eras una magnífica artista, pero jamás pensé que pudieras serlo tanto!», exclamó al tiempo que se abalanzó literalmente sobre mí para darme un abrazo que remató con un beso en la mejilla. Tenerla más cerca que nunca me hizo sentir que aquella bella mujer sería mi amiga para toda la vida.

La cortesía que tuve hacia ella con el óleo me sirvió de coartada para pedirle a cambio que me complaciera con un deseo: pasar juntas más tiempo fuera de casa, me bastaba con salir al jardín. Aceptó mi proposición sin poner ninguna objeción, lo que hizo que me ilusionara con la posibilidad de que pronto pudiera librarse de los grilletes imaginarios que la paralizaban y que, como dos valerosas Juanas de Arco, cruzáramos el muro que la aislaba del mundo exterior.

A la tarde siguiente, Clara ya me aguardaba fuera, sentada con las piernas cruzadas en un banco de madera que alguno de sus empleados llevó allí para la ocasión, a la sombra del señorial sauce que disputaba en grandiosidad con la mansión. Al pie de la escalera, Adonis y Afrodita velaban con sus pétreas miradas por mi anfitriona, como también lo hacía Irena desde la puerta principal; seguramente Clara se lo pidió, por si sufría alguna de sus crisis antes de que yo llegara. Mi Simonetta lucía unos pantalones y una blusa blancos, a juego con la pamela y las sandalias que dejaban casi desnudos sus pies marfileños. Quizá eligió aquel color como expresión de sus ansias inconscientes de renacer y decir adiós a sus tenebrosos pensamientos. En cualquier caso, estaba radiante y motivada para enfrentarse a mi desafío. Paseó cogida de mi brazo por la vasta pradera de detrás de la mansión. De vez en cuando se detenía para tomar aire profundamente, y contemplaba con sosiego el horizonte, como si este ya no le pareciese tan inalcanzable como antes.

No llegamos muy lejos, pues sus piernas se habían desacostumbrado a caminar. Se paró agotada y miró a su alrededor: «Olvidé que vivía rodeada de una belleza inconmensurable. No me puedo imaginar cómo sería mi vida si mañana, de repente, fuera un día feliz. Si el pasado dejara de ofuscarme y el presente me abrazara suavemente, sin asfixiarme. Estoy cansada de vivir en un mundo irreal donde mi melancolía tiñe de grises los arcoíris». Yo la escuché en silencio, hablaba para sí misma, y creí que aquellos soliloquios le harían bien.

En los días siguientes, nos dedicamos a explorar lugares que ella nunca antes había visitado, un ritual que tuvo en nosotras un efecto benigno y euforizante. Yo disfrutaba del aire del campo; ella, de la libertad. Hablábamos animadamente y, sobre todo, reíamos. Reíamos hasta quedarnos sin aire. Nos sentábamos en la hierba y observábamos, muchas veces en silencio, ora cómo el sol recorría despacio el medio arco sobre el firmamento, ora el rápido fluir, entre los álamos, de las aguas cristalinas de un riachuelo. A veces, pasábamos las horas muertas en una pradera inmensa, contemplando a los caballos de Karl, entre ellos, Sultán, el de Clara, un robusto semental berberisco de color blanco, de ojos amielados y crines exuberantes. Hacía mucho tiempo que ella no lo montaba, y quizá por eso el animal nunca acudía a su llamada.

Eran momentos en los que la presión de la guerra se atenuaba hasta casi desaparecer de nuestros pensamientos. Salvo cuando el cielo calmo era turbado por el zumbido lejano de algún avión de guerra, un Stuka, tal vez un Würger, que nos recordaba por un instante la realidad de la situación. Solían volar muy alto, pero una tarde una escuadrilla pasó tan cerca de nuestras cabezas que tuvimos que echarnos las manos a las orejas para que el sonido atronador de los motores no nos reventara los tímpanos.

—¡Santo cielo, Ingrid! ¿No se te acelera el corazón con el rugir de estas máquinas cargadas hasta arriba de bombas y munición? —exclamó Clara a voz en grito—. ¿Qué se sentirá al ir a los mandos de la más diabólica arma de guerra creada por la civilización? ¿Qué pensarán nuestros pilotos al sobrevolar el campo de batalla sobre el que dejarán caer sus bombas y al contemplar después que bajo sus pies solo quedan muertos, mutilados y moribundos? Centenares, miles de vidas rotas en un instante; ruinas sobre ruinas. ¿Acaso en sus incursiones sobre pueblos y ciudades no temen matar a niños y ancianos, a madres inocentes o a embarazadas como yo cuyo único anhelo es dar a luz una nueva vida y sacarla adelante? ¿No tienen miedo a que los derriben, a que los fulminen como mosquitos? Entonces ¿qué hay de sus mujeres e hijos? ¡Pobres viudas, desdichados huérfanos!

—Querida, no sé cómo lo haces para sacarles punta a los aspectos más crueles de la realidad —respondí con sarcasmo, aunque sin intención de atacarla, pues empezaba a entender su particular visión de la guerra, del mundo, muy diferente a la que tenía yo y otros compatriotas incondicionales del *Führer*—. ¡Piensa como yo, querida! Sí, mueren inocentes, ¿y qué? ¿Crees que esos de ahí enfrente sienten algún remordimiento cuando bombardean nuestras ciudades y siegan la vida de nuestros compatriotas? ¡Qué va! Cada alemán que matan lo celebrarán con un brindis... Estoy convencida de que los valerosos pilotos de la Luftwaffe que ahora se pierden como siluetas de abejorros en la lontananza se dirigen orgullosos a su destino, que henchidos de patriotismo se animan entre ellos y cuentan ávidos los minutos que restan para lanzar su granizo letal sobre tierra enemiga. Seguramente dedicarán al adversario palabras groseras que irritarían a nuestros recatados oídos: «Vamos a acabar con vosotros, basura inmunda. Temednos, malditos perros —dije estas palabras imaginándome a Hans en el puesto del artillero de un Stuka, echando espuma por la comisura de los labios, y luego añadí—: Bastardos, hijos de Satanás, malditos... ¡Ratatá, ratatá, ratatá!».

Mi simulación del sonido de una metralleta hizo que a Clara se le borrara el gesto de susto por mis palabras y que ambas nos echáramos a reír, y Kreta se sumó excitada con un par de cortos ladridos, como si hubiera entendido la broma. Fue mi modo de quitar hierro al asunto, pues sabía que Clara agradecía cualquier gesto que dulcificara sus corrosivos pensamientos espontáneos. La guerra es en sí misma amarga, amarga como el cianuro, que en pequeñas dosis corroe el cuerpo por dentro de forma lenta pero implacable. Evitábamos ya de manera inconsciente sacar a colación nada que pudiera entristecernos, como que estuviéramos perdiendo a muchos de nuestros hombres en Kursk o que los malditos Aliados hubieran desembarcado en Sicilia. Escuchar la radio nos causaba zozobra. Acostumbrados a las victorias, las derrotas de nuestras tropas minaban la moral de nuestra raza con la saña de un cáncer de sangre. Tras la duda surge entonces la turbación, y con el miedo en los huesos el coraje se ablanda como la llama de una vela hace con la cera. La incertidumbre del futuro de Alemania cayó sobre nuestro pueblo como un velo invisible, tejido con inquietantes fantasmagorías.

Clara y yo nos volcamos en nuestra amistad para de ese modo inmunizarnos de la decepción que carcomía el ánimo de la gente que nos rodeaba. En el ambiente flotaba el dolor, el sufrimiento, la miseria, el hastío. Ávidas de sosiego, construimos una realidad alternativa, ilusoria, pero que mantenía en nosotras viva la llama de la esperanza, la ilusión de que tras el atardecer nos aguardaba un nuevo amanecer, tan sereno como la noche que lo precedió.

Conseguimos así que el verano avanzara de forma apacible, sin apenas contratiempos. Aquel remanso de paz hizo que incluso nos planteáramos si nuestra actitud no era un tanto egoísta, si resultaba moralmente aceptable dar la espalda al horror, en lugar de plantarle cara. Lo fundamental era sentirnos bien, y eso nos bastaba. Las horas con Clara eran caricias para mi espíritu; y mi presencia, un acicate para su convalecencia. Una sensación similar, aunque de otro tipo y más intensa para mis sentidos, experimentaba cuando tenía cerca a Bartek. Con él, los encuentros solían ser esporádicos y más breves de lo que me hubiera gustado que fueran, preparados cautelosamente por mí para no levantar sospechas de ningún tipo, siempre en el jardín. A todas luces, una mujer díscola y un galante adversario eran el centro de mi existencia, aparte de Erich, por supuesto, y un desaparecido Günther, cuyas ausencias, confieso, empezaron a no preocuparme.

Con ella disfruté de momentos mágicos, sin más testigo que Kreta. Solo, de cuando en cuando, la figura siniestra de Irena me sacaba de nuestro nirvana para recordarme que éramos presa de tiempos belicosos. Debía tener cuidado con ella, pues detrás de su apariencia serena y servil podría esconderse una gata astuta y traicionera. Así me lo pareció en un primer momento. Vigilaba disimuladamente cada uno de sus movimientos, suaves y envolventes como la cola de un minino, y con el tiempo llegué a advertir en sus ademanes un cierto aire de distinción; su mirada, espejo del alma, no era la de una palurda campesina polaca como pretendía hacer creer a su ama. Al igual que un noble no puede suplantar los modales de un aldeano, este jamás podría comportarse como un aristócrata. Cada vez estaba más convencida de que Irena era una mujer cultivada que en su fuero interno luchaba por aparentar lo contrario. Incluso a veces, cuando bajaba la guardia, parecía altiva, descendiente de reyes... Al principio, sentí el deseo de desenmascararla, de humillarla y hacerla llorar, para que hiciera las maletas y desapareciera de nuestras vidas. Pero acabé por acostumbrarme a su presencia, del todo inevitable. E incluso, poco a poco, empecé a appreciar la diligencia con que nos atendía; complaciente y servicial, siempre atenta a que Clara estuviera bien y no le faltara de nada. Incluso cuando disfrutábamos del crepúsculo, tumbadas sobre mantas o echadas directamente encima de la hierba fresca contemplando cómo el sol se despedía del día, ella salía por iniciativa propia a nuestro encuentro con cojines bajo el brazo, que ahuecaba para luego colocárnoslos bajo la cabeza. O nos sorprendía a media tarde con nuestros refrescos favoritos para que aplacáramos la sed y humedeciésemos nuestras lenguas, que quedaban secas de tanto hablar. Solo una persona que de verdad quisiera a Clara podría tratarla con el mimo que le profesaba la polaca. Incluso llegué a pensar que, pese a mi indisimulada cautela hacia ella, le caí bien. Fue así como desapareció mi temor por nuestras vidas y empecé a disfrutar de sus incontables agasajos.

Clara nunca hacía distinciones ni con la música, ni con la pintura, ni con la literatura... menos con las personas. En todo momento, trató con exquisitos modales a su ama de llaves, así como a Claudia, la campechana muchachita dura de oído que se ocupaba de la cocina y de complacer mi paladar con sus singulares tartas de manzana o las cestitas que preparaba con tentempiés dulces y salados para que disfrutáramos de ellos en nuestras excursiones por Aquila Villa. Siempre que la vi, Claudia llevaba sus cabellos castaños recogidos en una larga trenza francesa que parecía tener vida propia, pues serpenteaba en su espalda al compás de sus salerosos contoneos; y cuando se paraba y la trenza le caía por delante, ella la echaba hacia atrás con un golpe de mano donairoso. Sus labios carnosos le dibujaban una sonrisa perpetua en su rostro con forma de pera, que se ruborizaba cada vez que elogiábamos sus exquisiteces culinarias.

Asimismo, tuve la oportunidad, aunque de manera esporádica, de tratar al *Sturmmann* Schmidt, un varón al que muchas mujeres de mi edad invitarían a tomar el té, aunque para mi gusto estaba en las antípodas de mi ideal masculino. Aun así, me produjo una agradable impresión, pues sin duda alguna tenía don de gentes y sobre todo porque descubrí que estaba enamorado de mi amiga. Sus ojos brillaban de una manera especial cada vez que Clara le dirigía la palabra para encomendarle una tarea; y su voz respondía temblorosa, insegura como la de un imberbe ante la chica de sus sueños, siempre inalcanzable. Supuse. El apuesto Schmidt debía de estar en un sinvivir, luchando en la turbulenta frontera del amor platónico y el deseo carnal. Aún recuerdo el indisimulado arrobamiento del SS el día en que llegué a casa de mi amiga algo antes de la hora acordada. Ella había salido a disfrutar de un paseo a caballo, lo que para mí supuso la noticia más maravillosa que en aquel entonces se le pudo regalar a mis oídos, solo comparable con la de que Alemania hubiera ganado la guerra.

Complacida de mi papel en su estado de ánimo, decidí aguardarla fuera, sentada bajo las refrigerantes hojas del añoso sauce, hojeando una lujosa edición de *Lo que el viento se llevó* que mi amiga debió de dejar aparcada en el banco de madera. Clara devoraba los libros; se podían encontrar hasta por pares en cualquiera de sus rincones favoritos de la casa. En ocasiones, salía al jardín con un ejemplar bajo el brazo, abriéndolo por la hoja marcada para sorprenderme con algún pasaje sustancial. Se tumbaba boca abajo sobre la hierba con la mejilla apoyada en una mano, recordándome, aunque en versión recatada, a la lectora desnuda de Henner, y comenzaba siempre diciendo la misma frase «Querida, hoy sí que te voy a sorprender», como si no lo hiciera siempre.

Al ver que el paseo a caballo de mi amiga se dilataba más de lo esperado, Irena, sin perder sus ademanes hieráticos que hacían de ella una mujer distante, corrió a traerme una jarra de limonada casi hecha escarcha. Un detalle que agradecí en un día tan caluroso. Apenas tuve ocasión de pasar una decena de páginas cuando el ruido de cascos de caballos captó mi atención. Al levantar la vista la vi a ella cabalgar directamente hacia mí. Subía el camino a lomos de Sultán. La bella estampa del animal sedujo de tal manera a Karl que no le importó pagar un precio escandaloso por él, pues creyó que era la cabalgadura ideal para su amada esposa.

La amazona llevaba puesto un delicado vestido de vichy azul y blanco, lo que me hizo suponer que aquel paseo ecuestre fue fruto de una decisión impulsiva, un signo positivo de su rápida convalecencia desde que me conoció. Sus nacarados muslos quedaban parcialmente al descubierto, debido a que el viento jugueteaba con el vuelo de la falda, arrastrándolo a su capricho. Al *Sturmmann* Schmidt, que trotaba unos metros por detrás de ella sobre un típico caballo inglés, se le iban los ojos tras sus esbeltas piernas, que se marcaban voluptuosamente al apretarse sobre la silla de montar. La picardía de su mirada me hizo sonrojar; ella, sin embargo, cabalgaba tan abstraída en aquel momento de gozo que no se dio cuenta de nada. Él, ensimismado en imaginar desnuda a su Dulcinea, tampoco se percató de mi presencia. No me vio descubrir la razón verdadera de que se ocupara diligentemente de sacar a correr a Kreta, ni de que la entrenara con mimo y mostrara luego los progresos a la dueña y de que sintiera tanto cariño hacia los caballos como para montar y cuidar de Sultán. Ningún mozo de cuadra lo habría hecho mejor que él. Y era imposible que Clara no supiera lo del joven Schmidt. Si no lo sabía, era una ingenua; si lo sabía, lo disimulaba muy bien. «Y si era capaz de ocultarme esto, por qué no una relación amorosa con él», elucubré maliciosamente. La idea de una posible aventura me pareció romántica, pero solo por un instante, pues sentí miedo de que alguno de mis allegados pudiera intuir que yo tenía un romance con Bartek por la manera de tratarlo y mirarlo. Oh, el amor, con qué poca mesura se manifiesta.

—¡Ingrid, querida, ya estás aquí! Te pido disculpas si me he demorado. Acabo de dar la excursión a caballo más asombrosa de mi vida. Fue pasar por delante de las cuadras y ver al *Herr Sturmmann* Schmidt cepillando a Sultán que un deseo inesperado de montarlo me llevó a que me lo ensillaran... *Et voilà!* —me contó Clara.

—¡Es maravilloso! No quepo en mí de alegría... Lo único que lamento es no haber llegado antes para cabalgar a tu lado, pero ya habrá ocasión de hacerlo —respondí.

Sultán se aproximó a mí bailando un suave vals, con sus ojos alegres y orgulloso de llevar encima a su dueña, que lo guiaba sujetando las riendas con la mano izquierda, mientras que con la derecha se aflojaba el pañuelo que sujetaba la enorme pamela que la protegía del sol. Yo la miraba extasiada, reteniendo los trazos de aquella imagen irrepetible que serviría para componer mi *Ninfa a caballo*. Era imposible imaginarse algo más edificante.

Clara se bajó del equino describiéndome la cascada de emociones que había experimentado en el paseo e hizo un paréntesis para ordenar al *Sturmmann* Schmidt, tras agradecerle su compañía, que condujera a Sultán al mozo de cuadra Józef, un polaco entrado en años, barrigudo y servicial que se escondía tras una densa barba plateada.

Pletórica de alegría, mi amiga me estampó un beso en la mejilla, se cogió de mi brazo y me arrastró literalmente a casa, con una sonrisa y un resplandor en los ojos que parecían los de otra mujer.

Una mujer libre. «Hoy, Ingrid, es un día especial. Siento la vida, la propia y la que está por llegar. ¡Celebrémoslo con unas canciones!», exclamó eufórica simulando que tecleaba el piano con su mano libre. Aceleró el paso casi hasta la carrera, y yo la seguí sofocada, subiendo las escaleras con risas entrecortadas.

Como otras muchas tardes, nos esperaban una copa de vino blanco para mí y una taza de té o un vaso de limonada para ella, y era de prever que mi amiga se acomodaría ante su Blechstein de cola, dando rienda suelta a sus teclas. Clara entendía, cómo no, la música de una forma amplia, sin prevenciones. Tocaba piezas de Strauss, Mozart, Bach, Schubert, Beethoven, Bruckner y Brahms, pero también de Bizet, Chopin, Ravel, Chaikovski, Mendelssohn y Debussy. Para ella, las prohibiciones estaban hechas para saltárselas cuando no encajaban en su ideario. Ella no entendía por qué había que marginar una novela, un cuadro o una composición magistrales por el mero hecho de que su autor desagradara a uno u otro régimen político. «La obra siempre trasciende al creador, fuera este vil o magnánimo», me decía. Muchas veces pensé que era una mujer consentida, mimada en exceso por un marido incapaz de imponerse, o que, también cavilé, solo se atreviese a comportarse como una revolucionaria en su ausencia, a modo de pataletas. Y yo era posiblemente el saco de arena que recibía sus reveses intelectuales.

—Hoy dejo que elijas tú la primera canción, ¿quieres deleitar tus oídos con algo en especial? —me preguntó haciéndose sonar los nudillos.

—Déjame que piense, ¿qué tal algún que otro fragmento de *Lohengrin*... ¿O, mejor, de *Tannhäuser*? —propuse. Wagner era uno de mis compositores predilectos, más aún desde que supe por Günther que también detestaba a los judíos y que Hitler era un admirador ferviente de sus composiciones.

—¡Buena elección! Pero a continuación tendrás que soportar otra vez el *Vals de las flores* —apostilló con retintín fingido. Esta pieza de *El cascanueces* producía en ella emociones que la transportaban a instantes tristes de su pasado y sus ojos siempre se humedecían. La misma angustia generaban en su espíritu ciertas melodías de Weber y Schumann.

Pero a mí también me conmovían sus interpretaciones, tanto en los solos de piano como cuando hacía vibrar sus cuerdas vocales. Cuando cantaba, la dulce voz de Clara imprimía a *Lili Marleen* un sentimiento difícil de expresar que no conseguía transmitirme ni de lejos la propia Andersen. Todo el vello de mi cuerpo se erizaba al sentirla y se formaba un nudo en mi pecho que me cortaba la respiración. Quizá porque yo, como la joven de la canción, me veía debajo de la misma farola, esperando a que acudiera bajo su luz mi amado para abrazarme. Pero la mía era una espera infructuosa, pues noche tras noche le aguardaba a él hasta que el alba me echaba del lugar para regresar a casa. Llegué a envidiar a la desdichada Lili.

Un amargo poso también dejaba en mi corazón la manera que tenía Clara de interpretar las melodramáticas canciones de Zarah Leander. Dolían como puñaladas, pero las cantábamos una y otra vez, quizá como válvula de escape de pasiones frustradas y de heridas sin cicatrizar del pasado, incluso de desengaños del presente. Nuestros corazones sollozaban por amor; ambas necesitábamos ser amadas con ardor, ser las heroínas de una vida eterna en un universo libre de represiones, de calvarios, de pecados y penitencias. De los ojos inquisitivos. Tal vez por ello, las canciones nos afectaban tanto. Acaso más a mí como mera espectadora, pues observaba a Clara desde el sofá, tumbada, apoyada sobre los codos y la barbilla descansando en las manos. Sentada en la banqueta, mi Simonetta se movía con elegancia, unas veces, acariciando sensualmente las teclas del piano, y otras, golpeándolas enérgicamente para liberar a través de ellas las penas que llevaba dentro. Eran momentos que ejercían un gran hechizo sobre mí.

—¿A que no ha sido tan terrible, *mon amour*? Casi todos los días mis dedos corren al piano para que lo interprete —murmuró Clara tras la última nota del *Vals de las flores*. El resplandor del lacado en marfil del instrumento contrastaba vivamente con la negrura de Kreta, que se había tumbado debajo como de costumbre. Nunca supe si el animal disfrutaba de las canciones, porque casi siempre dormitaba, fueran aquellas alegres o tristes. A veces, yo la llamaba disimuladamente con un chasquido de dedos para que acudiera al sofá en el que me había arrellanado y se hiciera un ovillo en el suelo a mi lado. Entonces, dejaba caer mi mano sobre su pelaje y con los dedos dibujaba en él las melodías que interpretaba su dueña. Y cuando dejaba de hacerlo, Kreta me daba un ligero golpe con la pata o su húmeda trufa para hacerme entender que prosiguiera con las caricias. Algo que hizo aún más deliciosos aquellos instantes.

—Querida, si he de serte franca, el vals de tu querido Chaikovski se me ha antojado hoy diferente, gratamente distinto —le hice saber llevándome las manos al corazón.

Como si en verdad se hubiera apeado de mi ensoñación, Clara se levantó extasiada de su sitio para buscar un cigarrillo. Volvió con él encendido y el cenicero de plata con forma de cisne que dejó encima del piano. Tras sentarse de nuevo, se colocó los cabellos, dio una calada al pitillo y posó los diez dedos sobre las teclas precisas. Sin mediar palabra, me miró con ojos traviesos y empezó a tocar el primoroso *Ensueño*. Pensé que con ello quería enmendar algo de lo que nos dijimos la vez anterior que la interpretó, y recordé que entonces me preguntó, sin apartar sus grandes ojos melancólicos de un horizonte remoto al que solo ella llegaba a divisar:

—¿No te gustaría volver a ser una niña? A veces me veo en sueños ataviada con mis vestiditos y zapatitos de charol. Que vuelvo a ser la cría inocente, intrépida y libre que fui, a la que nada le apesadumbraba y cuya vida discurría felizmente ajena a lo que le pudiera deparar el futuro... Las horas, los minutos, colmados de luz inmaculada, no importaban. Al menos no se desvanecían con la volatilidad con que lo hacen ahora... ¡Ay, la vida en guerra es vida perdida! —Sus labios se sellaron durante un instante de introspección—. ¡Qué maravillosa fue mi infancia! ¡Tan llena de sueños e ilusiones!

Las añoranzas de Clara me recordaron que mi abuelo siempre me advirtió que nunca había que vivir pensando en el pasado, porque los recuerdos son, por su propia naturaleza, arbitrarios. Los buenos van a parar al fondo del baúl de la memoria, como si pesaran más de lo debido, y, cuando los rememoramos, parecen que han perdido parte del placer que nos produjeron; a diferencia de ellos, los malos se agolpan a pocos metros de la superficie y, a la menor oportunidad, emergen intactos para ensañarse con nosotros, ponernos melancólicos e impedir que cicatricen las heridas que arrastran consigo. Jamás olvidé la máxima de mi abuelo, pasando página y guardando bajo llave, en lo más hondo de la memoria, las malas experiencias. Aprendí a aceptar en lugar de resistirme a aquello que era inmutable. Durante aquellas intensas semanas con Clara se abrieron puertas que creía selladas, y tuve la sensación de que mi vida empezaba a gustarme de nuevo. De ninguna manera sentí la necesidad de volver a ser la niña que fui, pues la candorosa relación con mi nueva amiga me satisfacía plenamente. Dado por hecho que cada uno tiene sus problemas y circunstancias, no acerté por mí misma a descubrir qué era lo que le hacía sentirse a veces tan afligida, tan horrorosamente desdichada. Es por ello por lo que me salió preguntarle lo siguiente:

—¿Acaso no deberías sentirte feliz y orgullosa con lo que has conseguido en la vida? Tienes un buen marido, que además ha llegado a ser un hombre clave para el gran proyecto alemán; Dios te ha bendecido con la belleza de una diosa y la elegancia de una reina; eres inteligente; estás esperando una criatura; tocas el piano envidiablemente y posees la voz de una sirena... Luego eres dueña de este... eh... esta especie de mansión-palacio; eres atendida por un servicio que te tiene entre algodones y estás rodeada por un entorno que hace que te sientas conectada a la naturaleza... Tienes a Kreta, a Sultán, me tienes a mí... Dime, querida, ¿qué te falta pues? ¿Qué sueño no se ha cumplido? ¿Tan inalcanzable es?

Clara dejó de tocar dando una nota equivocada y se giró para desviar la mirada hacia la gran lámpara de araña, absorta ante unas preguntas que no esperaba recibir por mi parte, pues en realidad sus reflexiones en voz alta habían salido por su boca en forma de soliloquio, sin intención de encontrar respuesta ni comprensión por parte de nadie. Se levantó del asiento como si este no quisiera despegarse de ella.

—¡Si pudiera surgir de nuevo de la nada...! —exclamó extendiendo los brazos y alzándolos lentamente a la altura del pecho, todo ello envuelto en tanta teatralidad que captó por completo mi atención—. Entonces encarnaría un pájaro, seguramente un flamenco, un ave pacífica de la que no se conoce enemigo alguno y a la que nadie, que yo sepa, margina u odia. Sería rosa, adornada con plumas blancas, una fulgurante criatura que cuando no estuviera hurgando pacíficamente en el barro pasaría las horas meditando, apoyada, como suelen hacer las de su especie, en una de sus patas, ajena a lo que ocurre a su alrededor... Y nada desearía más que poder volar libremente por donde quisiera y hacia donde se me antojara. —Levantó los brazos sobre su melena áurea y anduvo por el salón con la cabeza echada hacia atrás, haciendo ademán de sentir el viento acariciándole sus rosadas mejillas.

Me resultó extraño que deseara reencarnarse en un flamenco, no por el ave en sí, sino porque desde el día en que me sorprendió dejándose llevar por las notas de Armstrong pensé que ya era una mujer libre. Pero ¿acaso se sentía como un pinzón enjaulado? Me vinieron a la cabeza las palomas mensajeras de Hermann, condenadas a volar en un espacio de media docena de aleteos. Aquello no era volar; cada vez que se impulsaban más de la cuenta, chocaban contra los barrotes y se desplumaban las alas. Una jaula holgada y decorativa para quien la contempla desde fuera; y un presidio para ellas, que gozaron siempre de la libertad y de servir a nuestra patria. ¿Soñaban las palomas de mi jardín con surcar los cielos? Los miedos de Clara habían levantado a su alrededor una prisión con barrotes de oro de la que le parecía imposible escapar. La gran paradoja en que se veía envuelta Clara, siendo prisionera y carcelera de sí misma, así era mi Simonetta.

Luego, se detuvo, de pronto, y, como si una médium la acabase de sacar de un trance, dejó caer muertos los brazos contra las piernas. Se volvió a mí con una pizca de arrogancia:

—Ah, ingenua mía..., seguro que piensas que la vida ha sido dadivosa contigo... —dijo al tiempo que daba un giro sobre sí misma para volver a fingir que volaba por el salón. Aleteó un par de veces sus manos convertidas ahora en alas hasta alcanzar el sofá y me invitó a que fuera a sentarme a su lado.

—Claro que sí, lo mismo que a ti —contesté, llena de curiosidad.

—A mí, querida mía, la vida se niega en concederme la libertad que me permita ser yo misma y satisfacer mis necesidades más profundas... Seguramente a tus ojos y a los de los demás soy ese flamenco que habita en una laguna de aguas translúcidas y nutritivas, pero yo me veo como un ser sin identidad recluido en una ciénaga, que es tragado por el fango un poco más cada vez que intenta huir de sus sucias aguas. Ahora, ¿sabes?, tengo la sensación de que el lodo sube por mi cuello.

—Ay, Clara, si Karl te oyera... ¿No crees que le romperías el corazón si escuchara lo que acabas de decir? Él lo hace todo por ti, trabaja con denuedo para que no te falte nada, para que te sientas plena y dichosa, como una reina.

—Sí, por supuesto, y por ello le estaré eternamente agradecida. —Se llevó las manos al vientre, que empezaba a exhibir una ligera curvatura—. Y ahora estoy a punto de compensárselo. He decidido decirle lo de su paternidad el día que se digne a pasarse por aquí a ver a su esposa. —Cerró los ojos en un gesto de resignación.

Las dos sabíamos que hablar de nuestros maridos siempre acababa dejándonos un mal sabor de boca. De hecho, esta fue la razón de que un día decidiéramos sacarlos de nuestras conversaciones, salvo que fuera estrictamente necesario. En esta ocasión, parecía que sí lo era, ya que mi amiga insistió en hablarme de Karl, de nuestros esposos, de los hombres en general.

—De verdad, Ingrid, me falta el aire y no sabría decirte exactamente la razón..., a pesar de que, como bien apuntas, tenemos la gran suerte de poder hacer lo que queramos; nuestros maridos así lo disponen... —Se levantó airada del sofá para acomodar sus posaderas en el brazo de este—. Coser, planchar, limpiar, cocinar, criar a los niños, contentar al esposo... En casa se nos permite gestionar las cosas a nuestra manera, pero, ojo, solo dentro de estas cuatro paredes. —Y, dejando que sus labios dibujaran una sonrisa burlona, añadió, con sarcasmo—: ¡Cuánta generosidad!, ¡qué halago!

—Pero, querida, ¿no querrás que nuestros esposos dejen de hacer su importante labor para dedicarse a estos menesteres? Permíteme recordarte que hasta para el mismísimo *Führer* las mujeres somos los cimientos del nuevo imperio, y hemos de estar donde estamos para construirlo sin fisuras. Las que abandonan su carrera profesional es porque se ven recompensadas de otras maneras. No me negarás que hoy más que nunca podemos autodefinirnos como queramos, alcanzar las metas que nos propongamos fuera del hogar. Ahí tienes a Leni, a la que adoro; a la mujer de Göring, la bella Emma; o a la aviadora Hanna Reitsch, una destacada piloto de pruebas de la Luftwaffe. ¡Una mujer intrépida que ha logrado volar todo lo alto que ha deseado! Conoces su historia, ¿cierto?

—¿Quién no ha oído hablar de ella y su carrera sembrada de méritos? Pero, querida, sus logros amedrentan tanto a los hombres que estos no le permiten coger más altura. Sé de buena tinta que lleva años luchando para que le dejen formar una unidad de mujeres piloto y la cruda realidad es que solo se encuentra con obstáculos. No tengo claro que alguna vez vea cumplido su anhelo.

—Demos tiempo al tiempo —respondí—. No dudo de que en algún momento encuentre el apoyo oficial que anda buscando. Es cuestión de llamar a la puerta adecuada... No todos los hombres son tan antiguos de ideas... Pero hablemos de nosotras y de lo que pudimos y podemos hacer por nuestras vidas. ¡Tú misma, como yo, comenzaste a labrarte una carrera profesional cuando impartías clases de piano! Por qué lo dejaste es lo de menos; ahora lo importante es que podrías retomarlas si así lo quisieras. Te animo a que lo hagas, si de ese modo te sientes mejor contigo misma. Aquí en Cracovia, la ciudad de las oportunidades, hallarás nuevos alumnos...

—La música vive en mí como la pintura en ti —diciendo esto regresó al piano para retomar la pieza donde la dejó para echar a volar—. Ciertamente siempre estaremos a tiempo de reemprender nuestra vida profesional donde la dejamos. El problema es de mayor calado. ¿No lo ves? Ellos nos tratan como si fuéramos marionetas; muchas no se dan cuenta de las ataduras porque siempre hemos estado anudadas a los hilos que manejan sibilinamente, haciéndonos creer que actuamos por libre albedrío. Nos dicen cómo hemos de proceder según sus necesidades y caprichos: ahora fumas, ahora no; te confeccionan la lista de profesiones que debes emprender y así puedes ser una enfermera pero no una ingeniera; ayer era de marimachos empuñar un arma y desde hace unos meses nos animan a que peleemos junto con ellos en el frente, ahora que han visto las orejas al lobo; ellos se van de burdeles, y luego cuestionan tu fidelidad...

—Pero...

—¡Ay, Ingrid! Déjame, por favor, que te siga explicando... Ya sea fuera del hogar, adiestrándonos a comportarnos como damas merecedoras de ir del brazo de nuestros dignos maridos; o de puertas adentro, nosotras siempre tenemos que estar guapas y con la sonrisa puesta, ¡y pobre de nosotras si cometemos algún error! La realidad es que ellos siempre se liberan de las tareas de las que no desean ocuparse, como dice mi esposo, «de los trabajos estériles para el intelecto». ¿Y en quién recaen?

»Los hombres pueden llevar su vida propia y disponer del tiempo a su antojo. Eso sí que es ser privilegiado. Dedicarte única y exclusivamente a crecer, sin interferencias, volver a tu casa y tener servida la mesa y la cama hecha para dormir o lo que les venga en gana... ¡Solo nos libran de sus apetitos carnales los dolores de cabeza que fingimos tener o las jaquecas que realmente ellos mismos nos levantan antes de meterse en el lecho conyugal! ¿Te das cuenta, querida, de que tú eres libre porque así te lo hace creer la sociedad diseñada por y para ellos? ¡Qué mundo más perverso!

—¿Se puede saber qué mosca te ha picado? Honestamente, Clara, desconozco de dónde has sacado estas ideas peregrinas. Barrunto que de algún libro raro cuyo único destino debería ser una pira junto a su autor. No me parece que hagas justicia trasladando la culpa de tus desilusiones a Karl... —la reprendí, algo disgustada, pensé que ella no era nadie para meterme a mí y al resto de las mujeres en un mismo saco. No compartía la idea que tenía de la genuina mujer alemana, alejada de sus responsabilidades como madre y esposa. Yo pensaba que era libre hasta donde podía serlo, consciente de que para gozar de libertad hay que hacer concesiones que, de una forma u otra, nos esclavizan. Nadie es completamente libre, ni siquiera nuestros abnegados esposos. Nadie se metía en mi cabeza para decirme lo que debía hacer ni pensar, como Clara dejó intuir.

—Ah, Ingrid, no culpo a Karl de mis tribulaciones. Que Dios me castigue si miento. Es el entorno, esa presión de fuera, esos ojos que juzgan despiadadamente a los demás por el mero hecho de ser o pensar de modo diferente. Solo he tomado como ejemplo a nuestras parejas que son, en los tiempos que corren, aún más libres que antes porque descargan sobre el *Führer* todas sus responsabilidades. ¡Libres de la cabeza a los pies! ¡Sí, señor!

Siempre admiré la habilidad que Clara tenía para buscarme las vueltas, para poner la semilla de la duda en mi mente y dejarme sin réplica. Yo me defendía con uñas y dientes, como una gata rabiosa, pero poco tenía que hacer ante una pantera. Aunque en casi todas las discusiones acababa agotada, con la moral lastimada, las pequeñas heridas me servían para reflexionar mientras regresaba a mi hogar en mi confortable Mercedes; a veces, le planteaba a Hermann mis titubeos con Clara, como si surgieran de forma espontánea, y me sentía reconfortada cuando echaba por tierra las palabras de mi querida amiga y coincidía con mi parecer. Sonreía por dentro y me apuntaba una victoria imaginaria. Pequeñas medallas a toro pasado que compensaban las derrotas dialécticas cosechadas.

Con demasiada frecuencia, Clara daba rienda suelta a su enfado con el mundo, despotricando contra todo. Habitaba en ella un hondo rencor que no quería que yo conociera, a pesar de que yo sabía casi todo de ella, al igual que ella de mí. Más de una vez sentí escalofríos por el grado de confianza que llegamos a mostrarnos, pues nos confiamos secretos que jamás nos habríamos atrevido a revelar a ninguna otra persona y despertábamos recuerdos, en todos sus matices, que desconocíamos que se hubieran grabado en nuestras conciencias. Fue el tipo de confidencialidad que solo pueden compartir personas de nuestro sexo: expresábamos nuestros sentimientos tal como surgían, sin filtros ni censuras, sin temor a que fueran traicionados. Llegué así a sentir que éramos incapaces de vivir la una sin la otra. Las pocas cosas en que coincidíamos eran tan intensas que empequeñecían las enormes diferencias que podrían menoscabar nuestra amistad, como ese enojo suyo con la humanidad y su apego a la soledad. Para ella, esta era una bendición y, parafraseando a Schopenhauer, le gustaba decirme con gesto burlesco que la soledad era la suerte de todos los espíritus excelentes, pues sabía que yo necesitaba estar siempre acompañada, sentir que había alguien cerca. Me lo puso de manifiesto en uno de los primeros paseos largos que se atrevió a dar en mi compañía. Caminábamos por una senda tapizada por brotes de hierbas que nos cosquilleaban en los tobillos, en silencio, escuchando los melódicos gorjeos y trinos de una orquesta caótica de aves cantoras, muchas de las cuales echaban a volar con estrépito sorprendidas por nuestra presencia. Clara se había quedado unos pasos detrás de mí, se paró a arrancar del suelo unas florecillas amarillas, las típicas silvestres del campo, y yo aproveché para sacar mi libreta y abocetar a lápiz algunos detalles del paisaje que me habían llamado la atención. Clara me alcanzó y, apoyando la barbilla en mi hombro, se quedó contemplando lo que yo dibujaba. Oí entonces cómo se aclaró la garganta.

—Ejem... Ejem... Imagínate... Imagínate por un momento que se presenta en el mundo un ser todopoderoso que no soporta la felicidad humana. Si en este preciso instante, aquí y ahora, dicho ser cruel tuviera la capacidad de arrebatarte cualquier cosa, ¿a qué no estarías dispuesta a renunciar de todo cuanto te rodea en este momento? —preguntó al tiempo que se llevaba una campanilla amarilla a la nariz. Fui ágil respondiendo:

—Sin duda, la belleza que mana de la naturaleza. Sería terrible que mis ojos jamás pudieran volver a contemplar el milagro de la armonía y la perfección de los reinos animal y vegetal... —Y dado que ella permaneció en silencio, mirando mis bocetos, añadí, recurriendo a una de las cautivadoras descripciones de Bartek—: Observa esta mariquita... No podrás negarme que sería una maldad destruirla porque sí. —Tomé con el índice el insecto que acababa de aterrizar en mi cuartilla y se lo acerqué a los ojos—. Ese color rojo salpicado de puntos negros perfectamente redondos en un cuerpo ovalado, como un grano de café, dotado de unas antenitas y seis patas aparentemente quebradizas, y una tecnología asombrosa de vuelo, que consiste en desplegar unas alas duras que cubre, a modo de escudos, para que no se dañen las alas que realmente emplea para volar... ¿No es sencillamente un maravilloso alarde de diseño fuera del alcance de nuestros sesudos ingenieros? Sería abominable que el ser ruin al que aludes aniquilara la infinita diversidad de formas y colores del mundo que nos rodea, criaturas de Dios que motivan en nuestra mente sensaciones de tranquilidad y paz, pero también de desasosiego e intranquilidad... El yin y el yang que profesan los orientales. ¿No crees?

Me quedé contemplando a Clara, que en ese momento se prendía la flor en el cabello, e imaginé la dolorosa pérdida que supondría para los que la rodean que nuestro ogro imaginario la despojara de su hermosura.

—Oh, sí, sería espantoso, y, sin embargo, jamás se me habría ocurrido pensar en la mariquita, un bichito insignificante, prescindible, Dios me perdone... —me respondió tomando con suma delicadeza el animalito encarnado, que antes de que Clara pudiera sentirlo corretear por sus dedos alzó el vuelo—. Eres asombrosa... Admiro siempre tu visión ilimitada de las cosas, sabes ver más allá de ti misma...

—Cómo te encanta exagerar..., pero, dime, ¿qué no querrías tú que te quitara el monstruo?

—Me vas a perdonar, pero me temo que yo soy más pragmática que tú y un tanto egoísta, miro por mí —dijo guiñándome un ojo y con una sonrisa entre sus mejillas rubicundas—; de modo que le rogaría que no me quitara tu compañía... —Diciendo esto, me colocó una de las florecillas en un ojal de mi vestido.

—Ay, Clara, me siento tan halagada... —Sentí un nudo en la garganta, pues hacía mucho tiempo que nadie me confesaba que mi presencia fuera causa de deleite. ¡Cómo deseaba escuchar que esas mismas palabras salieran de los labios de Bartek, aunque me lo hubiera hecho saber mil veces con la mirada! La agarré del brazo con fuerza para proseguir con el paseo y añadí:

—Yo tampoco te abandonaría. Si ese ser intentara llevarte, le plantaría cara como san Jorge al dragón, salvando a la princesa. —En mi imaginación el óleo de Tintoretto cobró vida, con el apuesto oficial romano clavando su lanza en las fauces del monstruo mitológico—. Conocerte es lo mejor que me ha sucedido desde que llegué a Cracovia, y tu amistad y compañía no tienen precio. Yo también soy un tanto egoísta, pues ya sabes que la soledad me produce desasosiego. En cierto modo, ahora mismo me estoy aprovechando de ti.

Y ella contestó a mi broma lacónicamente, señalándome que «peor que la soledad era sentirse inútil», y que «el aislamiento y hasta la incomunicación voluntarios eran el único camino para conocerse a sí mismo, sobre todo cuando se estaba perdido». Decía ella que vivimos en un mundo invadido por interferencias sociales que nos confunden y desdibujan lo que realmente somos: al listo sentirse estúpido; al necio, inteligente; al bello, feo, o al generoso, un ser egoísta. En aquel momento de mi vida yo no estaba preparada psicológicamente para verme como una anacoreta que se retiraba al desierto para encontrarse consigo misma. Aparte de que creía que no lo necesitaba, la idea me causaba pavor; solo era capaz de pasar el tiempo sola cuando estaba enfrascada en uno de mis dibujos. Entonces el miedo a la soledad desaparecía.

—¡Qué gratificante es la amistad! Como afirmó Cicerón, no hay cosa más grande en esta vida que tener a alguien a tu lado con quien te atrevas a hablar como contigo misma. Disfruto intensamente de nuestros momentos, querida mía, como si se tratasen de los últimos... —continuó Clara al hilo de lo anterior—, porque llegará el día en que se acabarán.

Aquella sentencia me causó pavor. Compungida, traté de borrarle ese pensamiento de la cabeza, pues sabía que por nada del mundo ninguna de nosotras dejaría que zozobrara nuestra amistad. ¿Por qué entonces iba a terminar?

—Por muchos motivos posibles, nunca se sabe, tal vez te canses de mis salidas de tono. Quizá descubras algún aspecto de mí que te desagrade o repugne. Las relaciones humanas son complejas, a veces, insondables... Al margen de esto, resulta imposible saber qué nos depara el destino. No solo dependemos de nosotras mismas, sino de nuestro entorno, que tiene más poder sobre nosotras del que creemos. Si el futuro está escrito, nada podemos hacer por alterarlo.

Clara consiguió que su desánimo calara en mí: un hormigueo en la barriga me hizo dudar de que nuestra amistad fuera sempiterna. Nada es perenne, ni siquiera las acículas del pino. Fui incapaz de imaginar que a dos o tres años vista no siguiéramos siendo tan afortunadas. Nuestros destinos estaban al albur de la guerra, que con sus indolentes garras despedazaba por doquier vidas, familias, amistades, amores y esperanzas. Nos hicimos creer que las victorias del enemigo eran sucesos aislados que no impedirían que al final lográramos la victoria. Aplastaríamos a los rebeldes como a cucarachas. Pero ¿y si no fuera así? ¿Y si ellos ganaran? ¿Qué sería de nosotras? ¿Cuál sería el destino de Günther, de Erich y el mío? ¿Bartek desaparecería de mi vida para siempre? ¿Y Clara? ¿Dónde acabaría dando a luz? ¿En una prisión rusa, en un granero en el exilio? ¿Y si el destino quisiera romper nuestro vínculo para siempre?

Pasé de soslayo por aquellas dudas, evitando que las respuestas pudieran lacerar mis ilusiones o, peor aún, que Clara dejara de ver en mí el baluarte de nuestra amistad. Y lo hice con el deseo de inmortalizar aquel instante. Nuestro paseo nos condujo hasta un pequeño roquedal, iluminado por una luz radiante, de modo que por vez primera le pedí que me dejara retratarla. Le expresé mi deseo de dibujarla leyendo, porque no había nada más hermoso que una mujer bella sumida en la lectura. Y, escudada en mi papel de retratista, me atreví a decirle que era la mujer más bella con la que me había cruzado en la vida, que Dios tuvo que disfrutar mucho modelando cada rasgo de su anatomía. Ella rio con las mejillas arreboladas y me confesó que hubiera preferido ser una mujer menos agraciada, para pasar desapercibida y no ser el foco de atención de las miradas lujuriosas de los hombres ni de los desprecios de las mujeres envidiosas. Y también añadió:

—La belleza femenina tiene sus gratificaciones, pero también sus desventajas, como bien sabrás, pues también tú eres una mujer hermosa, arrebatadoramente atractiva. La gente que valora a los demás por el aspecto físico me parece superficial. Prefiero a aquellos que no se detienen en la epidermis y buscan las virtudes que hacen que las personas luzcan realmente esplendorosas: la humildad, la sinceridad, la lealtad, el respeto... ¿De qué sirve el don de la hermosura si detrás de él se atrincheran el egoísmo, la intolerancia, el rencor, la traición o la prepotencia? Hoy más que nunca, la belleza física es un valor sobrestimado.

—Sí, pero no me negarás que, poseyendo esos rasgos positivos que acabas de resaltar, es mejor estar en el grupo de los bellos. No creo que te sintieras muy cómoda conmigo si mi aspecto fuera el de una bruja. Afortunadamente, pertenecemos a una raza hermosa por naturaleza, que no ceja en su empeño de mejorar ante otras que irremediablemente se van pudriendo con el tiempo. ¿Viste, por ejemplo, alguna vez algún negro atractivo, majestuoso?

—No, quizá porque me he topado con muy pocos en la vida... ¿Louis Armstrong o Sidney Bechet no te resultan mínimamente sensuales? —bromeó, y luego se quedó pensando un instante—. Pero, querida esteta mía, si te soy sincera, hasta en la nariz ganchuda y las orejas prominentes de un judío encuentro una cierta hermosura, digna de ser admirada.

—Sí, en eso te doy la razón, detrás de un ser lindo puedes encontrar una criatura deplorable. ¡Hasta Lucifer era un arcángel bien parecido! —Rompimos a reír como teníamos por costumbre, y Clara me miró como que esta vez había perdido la partida.

Además de una romántica empedernida, Clara era una vencedora, y así quería dibujarla. Me vino a la mente entonces la bella Paulina Bonaparte, que Antonio Canova inmortalizó en su escultura de la Venus Victrix, reclinada semidesnuda en una chaise longue, con la mirada perdida y la mano sosteniéndole la cabeza en lo que parecía una caricia. Y en lugar de tener una manzana de oro en la otra mano como ella, Clara tendría un libro. Eso era fácil de imaginar. Miré a mi alrededor y encontré una piedra con forma de cojín, ideal para que mi amiga se recostara en ella e imitara la delicada pose de la hermana del emperador francés. Mi particular Venus Victrix desplegó todos sus encantos, sin apenas tener que esforzarse, para complacerme. Por mi parte, yo tampoco tuve que hacer ningún esfuerzo para dejar que los carboncillos corrieran por el papel.

—Ingrid... Ingrid, cariño, pareces ausente... ¿Acaso te estoy aburriendo con el *Ensueño*? ¿Quieres que toque algo más animado? —exclamó Clara girando la cabeza hacia mí, pues la primera vez que me habló no la escuché.

—No, te ruego que no pares. Todo lo contrario; solo la música tiene el poder de hacernos volar lejos sin despegar los pies del suelo. Por un instante, la melodía me había transportado al día en que te dibujé como una venus. ¿Lo recuerdas? —murmuré.

—Jamás lo olvidaré. Cada vez que veo mi retrato, me emociono —dijo volviendo a centrar su mirada en la partitura. Sus manos danzaban sobre el teclado por impulsos que afloraban de su alma, y sus dedos hacían que las teclas se estremecieran por el roce de sus yemas. Todo un deleite para la vista y el oído.

La contemplé como hace una madre a su criatura, tiernamente, y sentí de nuevo temor a perderla, el mismo, pero más intenso, que el día que presagió que nuestra relación podría hacerse añicos. Fue doloroso enfrentarse a esa posibilidad, pero me sirvió de catarsis. Desde aquella premonición decidí conservar en mi memoria únicamente los momentos del día que me hacían sentir dichosa. Era un ejercicio que hacía tras dar un beso de buenas noches a Erich y meterme en la cama o sentarme sola en el balcón para disfrutar de las noches de julio, mirando fijamente al firmamento y contando las estrellas fugaces que lo rayaban, antes de caer agotada en brazos de Morfeo. Abocetaba en mi mente las cosas que habían tocado mi corazón, para trasladarlas al papel a la mañana siguiente, a modo de diario ilustrado.

Luego, por la tarde, mostraba los trabajos a Clara, retirando aquellos dibujos que aún no podía ver. A ella le fascinaban mis carboncillos, sobre todo por los trazos suaves y aterciopelados, la delicada manera con la que jugaba con las luces y las sombras y los efectos volumétricos que imprimían un gran realismo y personalidad a las figuras. Para ella era un trabajo ímprobo. «¡Con lo sencillo que es disparar una cámara fotográfica!», decía. Al menos en un par de ocasiones me fotografió, pero nunca llegué a ver las instantáneas, no hasta que así lo marcaron los astros. Sin menospreciar la pintura, a Clara le gustaban más las fotos porque eran espontáneas y captaban la esencia del instante sin perder detalle. «La fotografía y la pintura son expresiones artísticas diferentes, del mismo modo que, salvando las distancias, no es lo mismo escuchar un piano en directo que hacerlo a través de la fría aguja del gramófono», le expliqué a Clara.

—Querida mía, tus dibujos son sinfonías para quien los contempla —dijo en una ocasión mi amiga, que a renglón seguido me rogó que le mostrara mi última hornada de dibujos. Nos acomodamos en el sofá de siempre, y ella empezó por el que estaba el primero, unas golondrinas posadas en el tendido eléctrico que corría paralelo a la acera de delante de casa. Luego me felicitó por el paisaje que había abocetado el día anterior; y se rio con el retrato de Erich metiendo unos grillos en un frasco. Y, al pasar al cuarto carboncillo, un sentimiento de vergüenza me aplastó como el matamoscas a un insecto.

—¡Qué ojos más preciosos! ¡Qué cejas tan interesantes! ¿A quién pertenecen estas penetrantes pupilas? ¿A Günther? —preguntó Clara en tono sensual.

Eran los ojos de Bartek, y, con las prisas, se me olvidó apartar la lámina del montón.

—Son fruto de mi imaginación —respondí intentando serenar mis nervios.

—Si un hombre los poseyera, sería para enamorarse de él. Aparte de varoniles, son ojos que derrochan sencillez y bondad, mucha bondad. Si era lo que querías reflejar en ellos, lo conseguiste —valoró mi amiga.

Sentí celos por sus elogios y porque acarició las cejas de Bartek con su índice feérico. Deseé decirle que esa mirada existía y que moraba en mi jardín. Y que era solo para mí. No me atreví a confesarle mi secreto, aunque en más de una ocasión estuve tentada de llevarle la pila de retratos que había hecho a escondidas de Bartek y usarla como prólogo para revelarle por fin mis sentimientos hacia él. Me moría de ganas de contarle que había un hombre que cuando me miraba me hacía notar que existía, que hacía que mi corazón latiera desbocado, que todo mi ser me empujaba a besarlo y que ansiaba ser correspondida. Pero nunca reuní el valor suficiente para desnudarme ante ella, no hasta una tarde calurosa de finales de julio en que me fue imposible ocultar a Bartek por más tiempo.

Todo empezó el día en que Clara me contó, nada más recibirme y conducirme al salón, que esa misma noche había vivido un desagradable incidente con Irena. La halló llorando desconsolada en la cocina en medio de la noche, cuando bajó a buscar un libro al despacho de Karl que la ayudara a conciliar el sueño. Mi amiga no tenía buen color y su mirada apesadumbrada, enmarcada por unas ojeras pantanosas, auguraba una visita diferente a todas las anteriores.

—Ahora Irena está reposando. La he dejado en manos de Claudia, que cuidará de que nada le falte. Necesita descanso y que nadie la moleste.

—¿Qué ha ocurrido? ¿Tan grave es? ¡Cuéntame! —La senté en su orejero, me apoyé en el reposabrazos y recliné mi cabeza sobre la suya, para que sintiera mi apoyo. Tardó unos segundos en centrarse y desvelarme un secreto de Irena que había conseguido sonsacarle tras asegurarle que no se lo diría a nadie. Se trataba de su hermano, a quien unos hombres de la Gestapo habían arrestado la mañana anterior en su domicilio. Sin que le dieran explicación alguna, se lo llevaron al campo de Płaszów, según la versión de algunos vecinos, o a Auschwitz, según creyeron escuchar otros.

—¡Ah, querida mía! ¡Me tenías con el alma en un hilo! —musité llevándome el puño al pecho, para hacerle saber la angustia que me acababa de causar innecesariamente—. Pensé que se trataba de algo mucho más grave. Es evidente que si lo han arrestado es porque algo malo habrá hecho ese hombre, nuestros agentes no intervienen porque sí... Si es inocente, lo soltarán y asunto zanjado. Y si ha cometido algún delito, deberá apencar con las consecuencias, como es de justicia.

—Pero, ay, Irena no paraba de repetir que a su hermano le aguardaba la muerte..., dondequiera que fuera a parar —detalló Clara, con una inquietud que rayaba en la exageración.

—Solo los criminales, los traidores corren esa suerte. Es de justicia, insisto. Si su delito resulta ser de poca monta, cumplirá su pena. Unas semanas, tal vez unos meses en el calabozo o en un campo de trabajo para bajarle los humos y mostrarle que no se debe jugar sucio con los alemanes. Como dice Günther no hay que sentir piedad por los rebeldes —expliqué.

—¡Cuánto me gustaría tener a veces la mente fría de nuestros esposos, más propia de los hombres que de nosotras, que nos dejamos llevar por el sentimiento de pena ante el sufrimiento ajeno! En cualquier caso, he incumplido mi promesa con Irena por partida doble: no solo te he revelado su secreto a ti, sino también a Karl, por si puede hacer algo desde su posición. Estuvo muy comprensivo pero inflexible. Me insistió en que desgraciadamente no era posible, ninguno de sus camaradas entendería que él se interesara por el destino de un polaco, el hermano de su criada. Me advirtió que, en los tiempos que corren, había que utilizar los recursos de forma inteligente y solo cuando involucraba al entorno familiar o a amigos muy íntimos, y únicamente en casos de extrema gravedad... ¡Pobre desgraciada! Irena tiene un buen corazón y es incapaz de hacer daño a una mosca. Así me lo ha demostrado durante todo este tiempo. Hasta que apareciste tú en mi vida, ella era mi único bastión contra mi mal, y ahora me duele en el alma no poder corresponderla.

—Irena no tiene un pelo de tonta y es consciente de que en ningún otro lugar estará más segura que en tu casa. Deja que hable con ella y la convenza de que has intentado ayudar a su hermano pero

que es un asunto que escapa a tus manos. Yo la tranquilizaré.
—Envolví sus manos en las mías para calmarla.

Me sorprendí a mí misma encomendándome esa misión, pues mi postura ante aquella mujer debería ser de indiferencia. Pero me había encariñado de ella y su sufrimiento me desató un mal sabor de boca.

—No, no, no te molestes, amiga mía. Recuerda que se supone que no sabes nada de esto. Además, he pasado la noche entera a su lado intentando infructuosamente aliviar su angustia. No ha habido manera de quitarle de la cabeza el presentimiento de que jamás volvería a ver a su hermano. Pero a cambio... a cambio logré que aceptara mi compañía y que me abriera su pecho...

—Entonces ¿lograste sonsacarle algo relevante? —Abrí los ojos como platos, intrigada—. ¿Por qué estaba tan convencida de que no volvería a ver a su hermano? ¿Qué sabe ella que nosotras ignoramos?

—El miedo a veces nos hace decir insensateces, y creo que no tiene la menor idea de los motivos del arresto, si bien es verdad que no insistí mucho en ello. Lo importante es su salud, que no se derrumbe... La necesito fuerte —murmuró apesadumbrada.

—Me asombra tu ausencia de malicia. Deberías actuar en este caso con cautela. Supón que su hermano es miembro de la resistencia y ella está al corriente; es más, que Irena de algún modo le estuviera apoyando, pasando información de cosas sensibles que pudiera escuchar de ti o tu marido. De ser así, tu seguridad estaría en peligro. —Según dije esto, me arrepentí. Era harto improbable que Irena fuera una traidora, aunque no se me quitaba de la cabeza que pudiera estar mintiéndonos sobre sus verdaderos orígenes.

—No soy una confiada, sino más bien lo contrario. Cuando la contraté, la sometí a un duro interrogatorio y Karl le dio el visto bueno. Al principio, fui recelosa, pero enseguida se ganó mi cariño. En los casi dos años que lleva conmigo, jamás me he sentido amenazada o traicionada, ni ha dicho o hecho algo que pudiera reprocharle sobre su conducta o su forma de servirme. Más bien lo contrario; durante mi enfermedad me ha cuidado como lo haría una madre y ha sobrellevado mi melancolía como pocas enfermeras serían capaces de hacer. De hecho, gracias a ella no he necesitado contratar sus servicios, como recomendó el doctor. Quizá es tan servil porque la vida tampoco la ha tratado bien: sus padres fallecieron en un accidente ferroviario durante su adolescencia, y ella salió adelante sin ayuda alguna. No sé más de ella. Irena es muy discreta, y nada habladora. Tú lo has podido comprobar con sus monosílabos a veces irritantes.

—Pero ¿estabas al tanto de la existencia de su hermano? —pregunté con ganas de saber más.

—No, para mí ha sido una sorpresa. Aun así, pondría la mano en el fuego por Irena. Seguro que no me quemaría. —Meneó la cabeza.

—Puede que tengas razón y yo esté equivocada —contesté con ánimo conciliador. Temí por que Clara recayera en su dolencia a causa de la ansiedad.

—Durante la noche hablé con ella de muchas cosas de esta guerra... de las cosas horribles que hacemos los alemanes con ellos y que, en cuanto pueda, querría compartirlas contigo...

—¿No irás a importunarme con los malditos rumores de siempre? Hay que hacer caso omiso a esas habladurías, que corren de boca en boca como la pólvora, inflándose como un globo aerostático. Lo que empieza siendo una nimiedad va siendo engordado con nuevas aportaciones hasta convertirse en una acción deplorable que nada tiene que ver ya con la original. El enemigo no tiene otra estrategia que pintar a nuestros policías y soldados como monstruos despiadados. Es la pataleta del vencido. ¡Estoy harta de escuchar lo malísimos que somos! Todo lo que hacemos es criminal: seguro que si un soldado nuestro ayuda a parir a una polaca en medio de la calle termina convirtiéndose en un infanticidio. ¡Maldita sea, una mentira contada mil veces no se convierte en verdad!

—No te enojes, Ingrid, solo quería hacerte partícipe de las historias que me ha contado. Sí, yo también creo que son actos tan espeluznantes que cuesta creer que puedan ocurrir en la vida real, pero, como apunta Irena, para ellos son verdades incontestables que los aterrorizan. Es natural.

—¿Y se puede saber qué es eso tan execrable que cuentan de nosotros? —salté, lanzando un bufido de exasperación.

—Dicen que matamos indiscriminadamente a masas de gente, a mujeres, ancianos e incluso niños, sean o no judíos. A rebeldes y no rebeldes.

—¿Y dónde se supone que cometemos esas atrocidades? —Ahora mi voz adquirió un tono burlón. Se trataba efectivamente de un infundio—. ¡Ah, naturalmente! ¡Cómo se nos ha podido pasar por alto! A cada hora se oyen disparos, en cada rincón se fusila a centenares de personas. Sí, es cierto, se ven por doquier, niños y mujeres que caen como chinches. Cuando paseamos por Cracovia tenemos que ir apartando los cadáveres con los pies.

—Al parecer, son ejecutados en los bosques y allí mismo son enterrados en grandes fosas... —Enarcó las cejas y me miró con gravedad; con un hilo de voz dijo—: Y en los KZ, con un gas venenoso. Los encierran a todos en una sala y los asfixian.

—¡Lo que hay que oír! ¡De qué mentes enfermas saldrán esos tenebrosos infundios! Son tan comunes que hasta han llegado a oídos de Erich, y le han provocado terribles pensamientos que he tenido que quitarle de la cabeza para que pueda dormir. Lo que ocurre es que están rabiosos, quieren hacer creer a sus aliados que somos casi caníbales, para que nos ataquen encolerizados. En guerra, los traidores, los rebeldes son encarcelados, fusilados o ahorcados, a veces, sí, sin juicio o con juicio injusto, o saltándose las normas de la guerra. ¡Qué eufemismo! Pasó en la Gran Guerra y no me cabe duda de que también está sucediendo en esta, en uno y otro bando. Y no niego que ocurran cosas aborrecibles perpetradas a manos de los alemanes con sed de venganza, pero de forma aislada. ¿Te imaginas a Hitler coordinando masacres a diestro y siniestro? Tiene mayores cosas que hacer que perder el tiempo en exterminar a civiles indefensos. No somos hordas venidas del averno, sino un pueblo civilizado con una moral y unos valores que siempre han sido referente para la vieja Europa y lo serán de la nueva en construcción. —Me eché sobre ella para borrarle la cara de susto. Y añadí con tono de burla—: ¡Anda, vamos, a qué esperas! ¡Llama a Karl y regáñale por el mal que está sembrando! ¡Malvado! ¡Yo también llamaré a mi Günther, el Pérfido, para decirle que apague la caldera, aparque el tridente, se quite el olor a chamusquina y se pase por casa, que ya le toca!

—¡No me hagas reír, payasa! La angustia que me hizo pasar Irena quizá hizo que bajase la guardia y que permearan en mí los bulos que uno tras otro me fue contando, hasta convencerme yo misma de que eran auténticos —replicó dándome un pellizco en la nariz, signo de que estaba empezando a relajarse. En respuesta, le propiné un ligero manotazo en el muslo—. ¡Ay!... Ahora me hago a la idea del auténtico poder de estas paparruchas. Emponzoñan la ya de por sí difícil convivencia entre ellos y nosotros. Es como echar sal en la herida abierta —reflexionó Clara—. Para ellos, para las buenas personas como Irena, tiene que ser terrible vivir inmersos en un continuo dilema: odiarnos como pueblo y llegar a querer y cuidar a quienes consideran parte del mal. Solo con amor pueden enmascarar su rencor. Para nosotros tampoco resulta fácil. Por más que trato de no implicarme emocionalmente en la vida de Irena, nunca lo consigo. Con la mano en el corazón, ¿conociéndola, si ahora se muriera, no sentirías nada?

—Únicamente desde el odio podría mostrarme indiferente. Y no la odio, como sabes. Pero hemos de marcarnos límites, líneas que jamás hemos de rebasar, pues a la postre es, aunque duela escucharlo, una polaca, con sus problemas y sus asuntos. De modo que no debes permitir hundirte por un asunto que ni te va ni te viene —le dije pensando en mi complicidad con el jardinero. De nuevo, me sentí coronada como la reina de la hipocresía.

—Tranquila, amiga mía, esto no es suficiente motivo para que me desmorone. Dado que Karl no puede salir en su auxilio, me veo incapaz de quedarme de brazos cruzados. Todos necesitamos que se nos tienda una mano en los momentos de desesperación, que alguien nos ofrezca una pizca de amabilidad y comprensión. Y cuando vemos que no llega, clamamos al cielo para que nos envíe un ángel que nos ayude a bregar con la desgracia. Y a veces ocurre el milagro. Tú misma has sido y eres ese ángel por el que tantas veces clamé a Dios. Y una se sorprende porque lo que recibe no es un espíritu celestial que no puedes ver ni tocar, sino una persona de carne y hueso. Cualquiera de nosotros puede ser un ángel, y yo quiero serlo ahora de Irena, del mismo modo que tú lo estás siendo conmigo... —En sus ojos se abría un cielo infinito de gratitud.

—Tus halagos suenan como cascabeles en mi corazón, pero has sido tú misma la artífice de tu recuperación; yo solo te he dado pequeños empujones para conducirte hacia la luz. Y ya que tanto te fías de tu ángel de la redención, este te dice que es el momento de distraerse. Sé que estás agotada y que te retirarías a dormir, pero también sé que no pegarías ojo. Y dado que Claudia está al cuidado de Irena, te propongo que te acicales y vayamos ahora mismo a mi casa, a pasar juntas la tarde. Has de saber que no admito un no como respuesta.

—¿Tú crees que ha llegado el día, precisamente este día? —preguntó extrañada.

—Sí, este es el día, el día de intentarlo. Fíate de mi intuición, que hasta ahora nos ha funcionado. Quiero que averigüemos cómo has progresado en tu miedo: si sientes que la ansiedad de salir es menor que cuando acompañaste a Karl al teatro. Si notas que te mareas o ves que te sube un ataque de pánico, damos media vuelta y regresamos a tu casa. Pero creo que estás más que lista para traspasar estas murallas. ¿Qué opinas?

Clara bajó la cabeza, llevándose las manos a las sienes. Cerró los ojos y frunció el entrecejo como si mis palabras se hubieran clavado en sus sesos. Guardó silencio durante unos segundos, que para ella debieron de ser una eternidad. Y cuando creía que se iba a echar atrás, sacó pecho y poniéndose erguida susurró:

—Tus palabras me han erizado todo el vello corporal. Una parte de mí suplica quedarse donde está, pero otra me anima a dar el paso. Pensándolo bien, no pasará nada si me mareo o me agobio por el camino, porque tú estarás conmigo. Me has colocado en una encrucijada: salir o hundirme y dejar que gane el ostracismo.

—Entonces... ¿qué has decidido? —pregunté expectante.

—¡Adelante, hagámoslo! ¡Estoy deseando de conocer tu hogar, a Elisabeth y a Anne! ¡Y a esos dos...! ¿Cómo eran sus nombres? Ah, sí... ¡Laurel y Hardy! ¡Ja, ja!

Clara desapareció de mi vista con mejor ánimo. Después de arreglarse, puso al corriente de su salida a Claudia, a la que había hecho creer que la indisposición de Irena se debía al fallecimiento de una íntima amiga de juventud. E hizo llamar al *Sturmmann* Schmidt para que preparara todo lo necesario para nuestra partida. Sería una sorpresa para los vigilantes que la señora de la casa abandonara la finca después de tanto tiempo y en el automóvil de una visita. Schmidt se mostró emocionado, ya que fue su chófer antes de que Clara cayese enferma y ahora tal vez podría retomar su viejo puesto y acompañar a la bella dama en sus compras y recados por Cracovia. Algo de esto pude leer en sus ojos vivarachos, verdes como la malaquita, que no perdían de vista a mi amiga. ¡Ay, el amor, qué lacerante sentimiento cuando no es correspondido! Sentí lástima por el joven Schmidt, condenado a formar parte de ese grupo de hombres y mujeres que se resignan a llamar platónico al amor de su vida.

Brincando alrededor de nosotras, Kreta nos acompañó a las dos al vestíbulo, con las orejas tiesas y meneando el trasero, creyendo quizá que tanto alboroto era el preámbulo de un paseo. Clara abrió la puerta y me invitó a pasar primero; luego se dio media vuelta y extendió la mano con el índice tieso para parar a la perra. «Te quedas al frente de la casa. Sé buena y cuida de Irena», le comunicó a Kreta al agacharse para darle un beso entre las orejas, que entonces llevaba echadas hacia atrás.

El viaje de vuelta a casa resultó muy grato, mejor de lo que esperaba. Clara curiosamente solo fue presa de los nervios al ponerse el coche en marcha, cuando al volver la cabeza vio que su mansión se quedaba atrás. El viejo Hermann la distrajo hablándonos de su nueva paloma, que trajo coja de una pata y que había recobrado toda su vitalidad en apenas una semana.

—¿Sabe usted una cosa, *Frau* W.? —dijo dirigiéndose a Clara por el espejo retrovisor—. Las palomas se parecen mucho a los humanos. Cuando una mensajera se hiere o tiene una experiencia traumática en la entrega de un mensaje, regresa atemorizada y se mete en la jaula sin querer salir más. La única manera de que vuelva a ser la que era no es otra que dándole cariño y confianza. —El Mayor hizo un paréntesis en su exposición para saludar a los guardias que nos abrían la cancela para salir de Aquila Villa, y continuó—: Sin ánimo de ponerme medallas, todas las aves que he curado han vuelto a volar. Se sienten protegidas, como los soldados que tenía bajo mi responsabilidad en la Gran Guerra. Jamás abandoné a ninguno de ellos... Esto se lo digo, *Frau* W., para que se quede usted tranquila. Está en muy buenas manos con Ingrid y conmigo.

A Clara pareció no importarle que le hubiera confiado su *secreto* al Mayor, pues sabía que para mí era como el abuelo bonachón que toda niña desea tener, para sentarse sobre sus rodillas y dejar volar la fantasía con sus viejas historias y escuchar sus sabios consejos. En aquellos dos meses tuve tiempo suficiente de contarle casi toda mi vida a Clara, y de ponerla al corriente de las personas que formaron y formaban parte de mi vida, para lo bueno y para lo malo. Dejé fuera a Bartek y a su hijo, aunque en más de una ocasión tuve que morderme la lengua para no revelarle la última travesura de Jędruś o contarle lo bien que hacía su trabajo mi jardinero. No quería que pudiera barruntar que yo sintiera algo especial hacia un hombre polaco, aunque esto estaba a punto de cambiar.

—¿Les importa que baje la ventanilla? —preguntó Clara excitada, que accionó la manivela de su lado sin esperar respuesta. Asomó la nariz y exclamó un «¡mmm!» repetidas veces.

El aire parecía llevarse con él los viejos pensamientos de mi amiga, que miraba a su alrededor como si jamás hubiera pasado por allí, o si al hacerlo lo hubiera ignorado, y fue fijándose en los detalles del paisaje que captaban su curiosidad: un pozo en medio de un prado, la motocicleta que nos adelantó con una bella joven en su sidecar, una rapaz surcando el cielo, los niños que jugaban cerca del arcén a la salida de una curva, la iglesia coronando la suave colina... Hacer eso, me contó, le servía para sentir que vivía el presente, un lugar en el tiempo que se le escurría entre los dedos. Evité hablarle durante el trayecto, pues sabía que su interior era un hervidero de sensaciones que enajenaban sus pensamientos. Cerraba los ojos para saborear la brisa que acariciaba su rostro y revolvía sus dorados cabellos, se mordía el labio de placer, con una mano jugaba con las perlas de su collar y con la otra me presionaba el muslo para compartir conmigo sus arrebatos de felicidad. Yo también me sentí dichosa; nos mirábamos y sonreíamos. Sobraban las palabras; fue lo más próximo a una experiencia telepática que sentí en mi vida.

Por fin llegamos a casa. Yo no estaba nerviosa; tuve la sensación de que aquella no era la primera vez que Clara me visitaba y no importaba lo que pudiera suceder. Confiaba plenamente en ella. Al ver que no había nadie abajo, Hermann hizo sonar el claxon dos veces. Enseguida apareció Otto, como siempre intentando desfilar a paso ligero; se ajustó la gorra, nos hizo el pertinente saludo militar y nos abrió las puertas de la verja sin quitarle el ojo a la rubia que viajaba sentada a mi lado.

El Mayor aceleró suavemente, pero tuvo que frenar tras recorrer unos metros, porque nos topamos de frente con Bartek, que partía para casa montado en su bicicleta. Miré el reloj; aquel día había acabado su jornada más tarde para ampliar el huerto, de lo cual me alegré, pues fue lo que hizo que nos pudiéramos cruzar. Le acompañaba Jędruś sentado detrás, en el pequeño remolque donde yo metía los fardos de ropa y comida. El pequeño se había atado al cuello un viejo saco a modo de capa y en su mano blandía una espada hecha con una rama seca que manejaba con destreza como un pequeño mosquetero.

Bartek se detuvo a un lado del camino para darnos paso, y nos saludó cordialmente levantando el sombrero. Estaba tan atractivo como siempre. Aquellos ojos grandes y penetrantes me buscaron con disimulo por el interior del Mercedes. Y a través de la ventanilla bajada, pudimos mirarnos durante un instante, el tiempo suficiente para transmitirnos nuestro deseo de reunirnos pronto..., cuando yo ideara un nuevo pretexto para poder estar con él.

El coche siguió su camino cuesta arriba y le perdí de vista. Conteniendo la excitación, le conté a Clara que aquel que dejábamos atrás era nuestro jardinero. Y entonces sentí un inesperado codazo que Clara me propinó en las costillas. «¡Vaya con Ingrid!», me susurró al oído en tono festivo cuando el Mayor se hubo apeado para abrirnos la puerta.

—¡Ay! ¡Qué bruta eres! —le espeté mientras nos bajábamos del vehículo—, ¿qué ocurre?

—¡Chist! —contestó ella desviando la vista a Hermann una milésima de segundo.

En nuestro lenguaje secreto, me daba a entender que esperara a que mi chófer se alejara con el coche.

—¿Que qué me pasa? —preguntó con sonrisa burlona. Me cogió del brazo y me hizo parar en seco—. No puedo creer que nunca me hayas hablado de ese hombre tan apuesto que trabaja para ti. ¡Por el amor de Dios, es el hombre más atractivo que he visto en mucho tiempo! ¡Cualquiera diría que tienes algo que ocultar! Bueno, lo que se dice ocultar, no es del todo verdad, pues esos ojos los he visto antes... Déjame pensar en dónde... ¡Ah, ya! —Reía mirando atrás, como si Bartek y su hijo aún estuvieran saliendo de la finca. Después de divertirse intentando mantener un momento de suspense, aunque yo ya sabía por dónde iban los tiros, clavó en mí una mirada socarrona—: ¿Me equivoco, querida mía?

Me hubiera gustado tener cerca un espejo para verme la cara; soy incapaz de adivinar cómo se me quedó. No recuerdo si enrojecí o empalidecí; si sonreí o aspiré los labios; si gesticulé o se me petrificó el gesto. Por mi cabeza pasó solo un pensamiento: «¡Qué alivio, está ocurriendo lo que tenía que haber sucedido hace tiempo!». El caso es que ya no hubo nada de mi historia con él que pudiera disimular ante mi sagaz amiga, que se sintió confundida, al ver que su broma tenía algo de verdad.

—Clara, ¿qué harías si te dijera que siento por ese hombre lo que nunca he sentido por Günther? —solté en voz baja, completamente aterrada por lo que ella pudiera responder.

—¿Por ese humilde jardinero? Pues diría que me estás tomando el pelo —contestó pensando que en efecto estaba jugando con ella.

—Te hablo muy en serio, Clara, ya me gustaría que así fuera —aseveré acercándome más a su oído—. Ese hombre que has visto partir en una cochambrosa bicicleta me ha robado el corazón.

—Me dejas sin palabras, cariño. —Disimuló su asombro, por si alguna mirada indiscreta pudiera estar observándonos—. Jamás me diste señal alguna de que las cosas te fueran realmente mal con Günther...

—No, si no nos va mal. ¡Cómo va a ir mal nuestro matrimonio si apenas nos vemos! Lo que ocurre es que ese modesto jardinero remueve algo en mi interior.

—¡Pobre amiga mía! Debes de estar pasando un calvario llevando tú sola esta carga... Ahora que lo pienso, pudiste contar conmigo; para situaciones como esta estamos las amigas, ¿no? —refunfuñó con tono ofendido.

—¡Vamos, Clara! —exclamé tratando de controlar el volumen de mi voz—. No me lo pongas aún más difícil. Llevo semanas queriendo contártelo, compartir contigo esta angustia que me devora por dentro, pero si no te he dicho nada es porque... Es polaco... ¡Mi corazón palpita por un polaco! Maldita sea, ¿lo entiendes ahora? ¿Comprendes la vergüenza que estoy sintiendo escuchándome decir esto en voz alta?

—¡Qué me importa a mí que sea un polaco, un alemán o un chino! —repuso ella en voz queda—. ¿Y has llegado con él a algo íntimo?

—No, no, no... ¡Dios me libre! Mi relación con él solo se reduce a conversaciones y cruces de miradas.

Clara me indicó levantando las cejas que alguien se acercaba. Era Otto que volvía de abajo y se dirigía hacia la parte trasera de la casa. Las dos disimulamos saludándole con una sonrisa y, cuando dobló la esquina, continuamos con nuestra conversación.

—¿Y ese polaco sin nombre siente lo mismo por ti? —preguntó pegándose a mi oído y mirando a su alrededor.

—Bartek, se llama Bartek. Y sí, creo que cuando estamos juntos, él está muy a gusto, cariñoso, galante. Todo es muy inocente, aunque cada vez que me mira o me habla con su voz varonil me derrito por dentro.

—Inocente o no tenemos un *pequeño* problema, querida. No porque te hayas encaprichado de un polaco, sino porque os puedan descubrir. Tú quedarías en una posición comprometida. Y él, ni te cuento. —Tuve la sensación de que mi secreto tuvo un efecto reconstituyente para mi amiga.

—Lo sé, Clara. No sé qué hacer, estoy hechizada. Es como la fuerza invisible del imán, que atrae hacia sí el metal, sin que este pueda decidir si acude o no... ¡Ay, Clara! Me atribula pensar que después de mi confesión te alejes de mí, que pienses que soy una buscona. Aparte de una cínica, por las cosas que sabes que pienso de esta gente.

—No digas sandeces. Nadie está libre de ser alcanzado por las flechas de Cupido, un arquero con tan excelente puntería como mala leche, dicho sea de paso, ¡pues bien podría haber dejado la saetita quieta en su carcaj! Pero lo hecho hecho está. Entremos en tu casa y busquemos un sitio tranquilo donde puedas contarme la historia completa desde el principio. De antemano te confieso, querida, que todo esto me parece muy romántico... ¡Para un día que salgo de casa, hete aquí con lo que me he topado! —exclamó en tono conciliador agarrándose de mi brazo, lo hizo con tal cariño que me alivió.

Yo le sonreí. Enfilé mis pasos hacia la casa pensando que aquel día habían coincidido dos sucesos maravillosos: Clara por fin conocía mi secreto y Clara por fin estaba curada.

9

Mis momentos con Bartek

«Tirad las armas y rendíos, malditos traidores... ¡O sabréis lo que es el poder alemán!», gritaba Erich cuando Clara y yo nos aproximábamos hacia él. Estaba tumbado en el rellano exterior, junto a la entrada principal, con las piernas abiertas colgando en los escalones, y garabateaba sobre una cuartilla con un lápiz. La escalera estaba salpicada de papeles arrugados y hechos una bola y había lápices de colores por todas partes, señal de que había pasado un rato animado con Jędruś. Al escucharnos llegar, abandonó la batalla imaginaria que estaba librando y, con los mofletes sonrosados por la excitación y los pelos alborotados, se levantó para ir al encuentro de Clara, a la que reconoció nada más verla. Alzó el brazo con un «*Heil Hitler!*» y luego, emulando a los adultos, le tomó la mano: «¿Cómo está, *Frau* W.?* Me alegro de volver a verla y recibirla en nuestra casa». A mí, me abrazó y me dio un beso, y con los ojos puestos en el camino me preguntó si habíamos traído a Kreta. Mi respuesta negativa le cambió el rostro: me miró con manifiesto disgusto. Pero le duró un par de pestañeos, porque en un periquete me pidió permiso para seguir con su juego. Sorbió la nariz, tragó saliva y salió disparado como una flecha. Clara se lo quedó observando, y lo siguió con curiosidad para descubrir en qué divertimento estaba enfrascado mi pequeño. Otra vez en su mundo, Erich empezó a hacer rayajos y garrapatos sobre el papel, y Clara se colocó delante de él en cuclillas para seguir con asombro los zizagueos del lapicero entre sus deditos.

—¡Vaya, Erich, estás hecho un artista como tu madre! ¿Qué estás dibujando? —preguntó Clara.

—Es una batalla, *Frau* W. —respondió mi hijo sin levantar la cabeza del papel.

—¿Y esa mancha roja es lo que me imagino que es?

—Sí, es sangre... sangre del enemigo. Las esvásticas somos nosotros, los alemanes; y las cruces, los aliados, los polacos. Un amigo del que no puedo hablarle está al frente del batallón... Solo puedo decirle que su nombre en clave es Halcón 1-2-3. Y yo soy Pitón Delta, pero que quede entre usted y yo.

—Entonces ¿quién es el enemigo en esta contienda? —planteó intrigada mi amiga.

—¡Quiénes van a ser, *Frau* W.! Los judíos... Como puede ver, los pocos que quedan están a punto de rendirse —explicó orgulloso Erich.

—Ese judío de ahí abajo tiene pinta de resistirse... No le pierdas ojo —le señaló Clara sobre el papel. Luego se despidió de él con una sonrisa atribulada, quizá porque le desagradaba ese tipo de juegos, y deseándole una pronta victoria. Por mi parte, le pedí a Erich que, antes de meterse en casa, guardara los lápices en el estuche y recogiera los papeles, incluidos los que habían volado hasta la hierba.

Al entrar, Anne ya nos estaba esperando impaciente por conocer a la misteriosa mujer que yo salía a visitar casi a diario. Tras las presentaciones, le ordené que mandara a Elisabeth preparar un par de Fantas con mucho hielo y unos aperitivos ligeros para acompañarlas, aunque Clara insistió en que ella no tenía nada de hambre; solo sed. Mi confidencia sobre Bartek sin duda alguna debió de quitarle el apetito. Le pedí que me siguiera al salón principal, pero cambié de opinión sobre la marcha y la conduje al despacho de Günther, «la estancia de las mil historias escritas de la mano de mil grandes hombres», como él solía llamar al lugar donde guardaba sus libros. Consideré que era el rincón más íntimo y donde nadie nos molestaría. Nada más traspasar el umbral, Clara inspiró con fuerza por la nariz:

—¡Oh, adoro el aroma que desprenden los libros! ¡Mmm, me recuerda al delicioso olor de la vainilla! ¿Por qué será? Pero aquí se me antoja más intenso que el de la biblioteca de mi casa, quizá porque la estancia es más pequeña y, ya sabes, los perfumes exquisitos se sirven en frascos pequeños... Ja, ja... ¡Ay, si esta fragancia se pudiera embotellar! ¿No sería maravilloso, querida, conseguir que toda la casa oliera a sabiduría? —se preguntó a la vez que se detenía a curiosear los detalles del despacho de Günther. Sabía que cuando Clara hablaba sin tomar respiro era porque estaba nerviosa, algo inquieta. Eran demasiadas emociones para asimilarlas en un solo día: la situación de Irena, la incertidumbre del viaje hasta mi casa y, si esto era poco, mi imprevista confesión.

    —Su dulce aroma es lo único que hace de contrapeso en esta triste y sombría estancia, que más bien parece, sin ánimo de ofender a mi esposo, la morada de un vampiro... Aparte de que a Günther le gusta tener las cortinas echadas, esos tres frondosos pinos de ahí fuera apenas dejan pasar un rayo de luz. De buena gana los mandaría talar, pero si lo hiciera, no me lo perdonaría a mí misma —respondí para continuar la conversación que mi amiga había iniciado y así no enfrentarme, de momento, a la verdadera razón por la que estábamos en ese tenebroso confesionario. La dilación me vino muy bien para ordenar en mi cabeza el relato de los acontecimientos que habían llevado a fijarme en el hombre que no debía—. ¿Y qué me dices del mobiliario? ¡Es tan sumamente masculino que causaría daño a la vista de la mujer más tosca! De los libros lo único que me gusta son sus lomos, que dan color y movimiento a los estantes, condenados a soportarlos. Literatura científica por aquí y por allá, salvo en aquellas filas de estanterías de la derecha. Son las mías... ahí guardo mis lecturas favoritas. —Me acordé de un libro de Günther que bien podía pasar a formar parte de mi colección, y corrí a buscarlo. Sabía exactamente su sitio: librería tercera, cuarto estante, entre las seis primeras obras empezando por la izquierda—. Salvo este, naturalmente —rectifiqué, desparramando una sonrisa y tendiéndoselo.

    —¡Ah, por supuesto, *Mein Kampf*! Un volumen que no ha de faltar en ninguna biblioteca —masculló.

    Clara acarició la tapa y pasó, como si entre sus manos sujetara un incunable medieval, sus primeras páginas. Creí que buscaba algo en ellas, y no me equivoqué.

    —¡Qué gracia, está dedicado por el mismísimo Hitler! ¿Te dije que mi esposo tiene otro ejemplar también firmado por él? No, no creo que llegase a comentártelo —dijo mientras seguía hojeando sus páginas, casi todas ellas subrayadas y con anotaciones en los márgenes—. ¡Veo que Günther se ha empleado muy a fondo en su lectura!

    —¡Ja, ja! Entre tú y yo, creo que mi esposo todavía no ha encontrado el momento para leérselo. ¡Si su *jefe* se enterara, le propinaría un buen puntapié allí donde la espalda pierde su honesto nombre!... No, no, en realidad todos los subrayados y anotaciones son míos... Es una obra plagada de revelaciones y verdades irrefutables —le aclaré, orgullosa de poder demostrarle a Clara mi incondicional lealtad al *Führer*. Ella me miró sosteniendo las cejas arqueadas y los labios apretados, con el semblante tan apático que fui incapaz de detectar en él la menor brizna de complicidad o de aprobación que esperé recibir de su parte. Pero Clara tal vez pensó que no era el momento más oportuno de exteriorizar el orgullo patriótico, sino de sentarnos de una vez por todas a hablar de sentimientos palpables, esto es, de mi romance con el jardinero de ojos francos y seductores.

Entonces nos interrumpió Elisabeth, que tocó con los nudillos en la puerta para servirnos la bandeja con las bebidas y un par de platitos llenos de frutos secos y de panecillos untados con un exquisito fuagrás francés que mi esposo se trajo de una de sus visitas a Chrzanów. Se dio prisa en retirarse, no sin antes recordarme que en breve Anne y Hermann acompañarían a Erich al centro para conseguir algo de material escolar y algún que otro tebeo, y que aprovecharían para llevarlo al parque Krakowski a tomar un helado. Sin duda alguna, mi hijo apuraría el paseo para relacionarse con otros niños alemanes en los columpios, bajo las refrescantes sombras de los frondosos árboles. El plan me pareció providencial, pues uno de mis temores era que fuéramos importunadas con nimiedades y que alguien de la casa pudiera enterarse de algo por accidente.

Al verme bloqueada, fue Clara quien tomó la iniciativa, proponiéndome que nos acomodáramos en los orejeros de cuero negro que miraban hacia la chimenea victoriana del despacho, cuya boca, tiznada de humo por los años, parecía abrirse a un submundo escalofriante. Con dos zancadas se puso enfrente de uno de los sillones, curiosamente el que Günther me asignó y que apenas tuve ocasión de domar, y, como acostumbraba a hacer en su casa, se descalzó y se acomodó en el mullido asiento ocultando los talones bajo los glúteos.

Encerrarme en aquel despacho me hizo sentir como una extraña en mi propia casa. Günther llevaba mucho tiempo fuera de ella, tanto que la estela de su alma se había desvanecido del todo. Antes, en Berlín, cuando se marchaba a trabajar pasadas las siete de la mañana percibía su presencia en todos los rincones del apartamento, arropándome en mi soledad. Ahora, aquel filamento invisible que nos unía estaba quebrado. Llegué a dejar de sufrir envidia por las mujeres que tenían a sus esposos a su lado; no sentía ni rencor ni enfado hacia él. Sin embargo, no sentir nada no era lo peor, sino la sensación de que la esperanza de volver a sentirlo cerca se mustiaba. En efecto, mi querido esposo, a sabiendas o no, se estaba distanciando de su familia, y un sexto sentido me advirtió que tendría nefastas consecuencias. Al principio creí que yo era la culpable de su alejamiento, y me preguntaba desesperada en las noches de insomnio qué hice mal. Pero el tiempo pone las cosas en su sitio, y me hizo ver que quien había puesto tierra de por medio en nuestra relación fue él. Trabas para comunicarnos, excusas para visitarnos, estancias cada vez más cortas y dilatadas. ¿Cuál fue la verdadera razón de que no viviéramos todos juntos en Auschwitz, como hacían la mayoría de las familias? ¿Compensaba de verdad vivir en un lugar más bucólico y seguro? Lo poco que nos comunicábamos era a través de Hermann. Solo en un par de ocasiones se tomó la molestia de llamarnos, pero su frialdad y su ausencia de emociones me entumecían los sentidos, era entonces cuando descubría que el verdadero motivo de su llamada no era para escuchar las voces de su mujer y de su hijo, sino para preguntar por el Mayor, a quien quería encomendar algún servicio.

Günther, sí, era un hombre entregado en cuerpo y alma a su trabajo. Karl también lo era, incluso más, puesto que desempeñaba un cargo de mayor responsabilidad que lo obligaba siempre a viajar, e incluso recorría larguísimas distancias, de Polonia a Alemania, de ahí a España e incluso a Marruecos. Pero siempre hallaba un hueco en su ajetreada agenda para enviar a Clara una misiva de su puño y letra o dictarle a un subordinado un par de frases que mandaba hacer llegar a su amada junto a un ramo de flores. Tampoco faltaba el telegrama o la llamada por sorpresa para preguntarle sobre su bienestar. Karl, incluso, alababa nuestra amistad, y nunca se puso hecho un basilisco por recibir correspondencia donde ella se recreaba narrándole, cómo yo, su «buena e incondicional amiga Ingrid», la estaba ayudando a superar su enfermedad, empujándola a realizar paseos cada vez más largos por sus vastos dominios.

Ahora era yo la que necesitaba de la comprensión y complicidad de mi amiga, requería que se mostrara condescendiente y me lanzara la cuerda que necesitaba para salir del foso al que me había precipitado por decisión propia. Y allí estaba Clara, en actitud estoica, como la primera vez que captó mi atención en el viejo teatro, aguardando a que subiera el telón y comenzara a proyectarle la crónica de mi romance, otra historia más de amor como las que tantas veces ella me relató en las tardes que pasamos encerradas en su casa, pero sin la gracia ni la viveza con que ella las adornaba.

—¿Por qué no dejas de dar vueltas y te sientas de una vez? Pareces una culebra acorralada, serpenteando por la alfombra con la ilusión de encontrar un hueco por el que fugarte... Serénate —me invitó mientras ella se levantaba para poner hielo a los refrescos y ofrecerme el vaso que apenas pude sostener a causa de los nervios—. Da un trago, te sentará bien.

—Mil gracias, amiga mía —respondí obedientemente.

—Si no te calmas acabarás por contagiarme tu agitación. ¡Tranquila, Ingrid, no voy a juzgarte! Si ves que en este instante no estás preparada para compartir conmigo los pormenores de tu idilio, no pasa nada. También entenderé que prefieras dar marcha atrás y sellar tus labios. Si es este el caso, haré como que nunca me contaste nada sobre tu atracción por esa persona —afirmó pasándose el dedo índice por la frente, como si con ello borrara los recuerdos—. Confía en mí; sé guardar un secreto.

Las muestras de cariño de Clara me serenaron lo justo para que entonces me viniera a la cabeza una imagen que volvió a inquietarme. Era la de Günther, que con los brazos en jarras y la mirada inquisitiva que heredó de su padre esperaba a que le ofreciera una explicación de mi pérfida conducta. Hasta pude oír el repiqueteo inquisitorial que la punta de su zapato hacía contra el mármol del suelo. Sentí pavor de articular palabra alguna ante Clara, por si el viento, siempre indiscreto, la llevaba hasta los oídos de él. Hasta entonces, las emociones y sentimientos descomedidos hacia Bartek habían habitado dentro de mí, consumiéndome la vida, ahogándome en un llanto inagotable. Guardados en mis entrañas no podían dañar a nadie más que a mí. «Si no hablo de ello, si no lo comparto con nadie, mi pecado solo existirá en mi ser, en el universo inocente de la fantasía», me engañé pensando esto una y otra vez. Pero la traición que estaba cometiendo contra mi esposo se antojaba real. Mis pensamientos en Günther se fueron distanciando en el tiempo, y cuando afloraban se hacían impertinentes y hasta indeseados. Al principio, traté de evitar el sentimiento de culpa rescatando del pasado momentos placenteros con mi esposo, pero todos ellos eran inmediatamente barridos de mi mente por el placer que me causaban los fugaces encuentros con Bartek, que revitalizaban mi corazón.

Ahora, a punto de confesar, intenté aquietarme cerrando los ojos para traer a la memoria a mi amado polaco. Entonces una tiritona agitó todo mi ser al notar cómo me cogía del brazo. Pero no eran sus manos las que presionaban sobre mi piel, sino las de Clara, que se había levantado de su sitio y acudido hasta mí al verme ida. Se me antojó una ironía de la vida verme sentada en el orejero de Günther, justo en un momento embarazoso de mi vida.

Clara aprovechó que estaba de pie para encenderse un cigarrillo. Dio una honda calada y, mirando al techo, exhaló el humo de sus pulmones, jugando a hacer círculos con él. Luego volvió a acomodarse en su sillón, escondiendo de nuevo los pies bajo las nalgas, y clavó sus ojos en mis dilatadas pupilas para decirme con ellos: «¡Adelante, mujer!».

—No sé por dónde empezar —murmuré convencida de que había llegado la hora de liberar mi secreto—. Tal vez lo más razonable es que comience por el principio, aunque te insisto en que no esperes que deleite tus oídos con una historia de amor lacrimógena o que llegue a ruborizarte con pasajes lujuriosos... Vista desde fuera, hasta puede resultar irrisoria, un sinsentido.

—No seas tan dura contigo misma, piensa que el amor es como el fuego, que solo arde si la llama tiene de donde alimentarse.

—En realidad, es una atracción que no sabría describirte. Solo sé que me está consumiendo y que no puedo detener. Sé que él también se siente atraído por mí, que me desea más allá de lo carnal. Pero ninguno de los dos nos hemos atrevido a exteriorizar esta pulsión; nos la hacemos saber con la mirada, los gestos, el tono de la voz, los leves roces imprevistos que nos erizan el vello. Aun así, por muy próximos que estemos el uno del otro, sabemos que entre nosotros existe una brecha tan honda que conecta con el mismísimo infierno. Cada vez que me asomo a este abismo veo cientos, miles de ojos de compatriotas que me miran como si yo fuera una hereje, esperando a que dé un paso en falso para arder en las llamas del averno. Pienso que los estoy traicionando, mostrándome débil e innoble como una judía, al dejarme arrastrar por unos deseos antinatura, que es como los calificaría mi esposo.

»Lo que siento por Bartek constituye el quebrantamiento de las ideas que he defendido desde siempre, pues choca con la educación y los valores que me enseñaron y he defendido con uñas y dientes, incluso ante ti. Es un torpedo en la línea de flotación de la moral que creía ser la correcta... Siempre he detestado la infidelidad, a los hombres y mujeres que caían en sus tentáculos. Los tachaba de veleidosos, de espíritu enclenque y hasta de viciosos y depravados. ¿Lo soy ahora yo entonces? Cada tarde que Bartek recoge sus herramientas y cruza la verja para irse, un torniquete me oprime el pecho. Tengo miedo de perderlo, de que al día siguiente me levante y ya no esté, porque le haya sucedido algo grave o haya encontrado otra mujer a la que pueda amar sin límites. No quiero pensar en ninguna de esas dos posibilidades...

»Cuando lo veo trabajar en el jardín, ese nudo que me deja sin aire se deshace, pero entonces el amor ofusca mi razón. Pienso que está solo a unos metros de mi lado, y saldría a estrecharlo entre mis brazos sin dejar que nadie me lo impidiera; le contemplo arrobada a través de las cortinas, y me devano los sesos buscando una nueva excusa para acercarme a él y sentirlo cerca... Siempre que los niños están a su lado, corro a unirme a ellos, para así no levantar sospechas. Clara, ¿no crees que es una situación para desquiciarse?

—Querida, antes que nada, deja que te diga algo: tengo la impresión de que estás muy enferma, enferma de amor.

—Sí, amiga mía, qué duda cabe —suspiré emocionada y a la vez aterrada.

—¡Oh, Ingrid! Nunca una buena noticia me causó tanta pena. No desearía por nada en el mundo estar en tu piel, solo de escucharte se me hace añicos el corazón. Eres víctima, una más, de los estigmas y prejuicios que campan a sus anchas en nuestra decadente sociedad. Las fuerzas impulsoras del ideario nazi no tuvieron en cuenta el amor, quizá porque este no habita en ellas. No sé mucho de matemáticas, pero si no se tienen en cuenta las variables, las fórmulas no funcionan —reflexionó Clara.

—Es injusto. Nos amamos, nos deseamos, sentimos ambos la urgente necesidad del contacto físico, de besos y caricias, pero estos nunca llegarán, como no lo harán ni el compromiso ni la intimidad que dan vida a la pareja... Si esto es lo que llaman por ahí amor platónico, no lo quiero para mí. ¡Que para sí se lo quede el maldito Platón! —exclamé sacando una sonrisa de donde no la había.

—Cariño, resulta casi imposible dar la espalda al más poderoso y tenaz de los sentimientos. No respeta ni creencias ni razas ni prejuicios ni tabúes, y ni la más alta de las murallas construida por el ser humano puede pararlo. Es algo que siempre he querido hacerte ver de forma sutil y que te has negado a reconocer, como la mayoría de nuestros compatriotas. Tienes que aceptar este hecho: el amor siempre gana al odio, a la marginación, a la exclusión. No existe manera de levantar barreras entre las almas humanas, pues por su propia naturaleza etérea atraviesan los obstáculos del mismo modo que el acero de un sable la margarina. Si lo tuyo fuera un mero capricho, no me preocuparía. Pero no lo es. Y ahora ardo en deseo de saber cómo ese Eros polaco logró conquistar el corazoncito de una obstinada aria como tú —dijo Clara recalcando lo de *aria*, pero sin intención de soliviantarme, sino más bien de todo lo contrario. Ella supo desde el primer momento de mi confidencia que su amiga nazi irreductible estaba siendo demolida por la trituradora de la realidad.

—Tus palabras me reconfortan, Clara, amiga mía, tan sabia como siempre. Ahora caigo en la cuenta de que cuando le miré por primera vez a los ojos se abrió una rendija en mi corazón por donde se coló el alma bondadosa de Bartek. Resulta curioso que no te das cuenta de ello en el instante que ocurre... Es como si se plantara una semilla en tu ser y solo te percatas de que está ahí cuando al cabo del tiempo germina y sus tiernas raíces te cosquillean por dentro.

—¡Así son los misterios insondables del amor! ¡La fruta libera su semilla y el viento la arrastra hasta un lugar en el que *a priori* nunca debió enraizar!

—Una raíz que brota en el corazón y se extiende hasta el último rincón del cuerpo, que ofusca los pensamientos y que acaricia tus sentidos para que le prestes atención a todas horas. Es como una droga de la que nunca te sacias... Permíteme que te explique cómo me volví adicta a Bartek —balbucí mientras borraba con la yema de los dedos el par de lágrimas que me corrían por la mejilla.

Esperé unos segundos para comenzar a hablar, observándome introspectivamente, como hacen los corredores de una maratón antes del pistoletazo de salida. Empecé a narrarle mi historia desde la mañana lluviosa en que caí sobre el suelo húmedo y él acudió a socorrerme; de cómo su hijo Jędruś se convirtió en el compañero de juegos de Erich y en el secreto mejor guardado por un fiel servicio doméstico; la brutal paliza que los *Totenkopf-SS* propinaron a

Bartek sin que yo moviera un dedo para evitarla; los días de espera agónica a que él volviera recuperado del golpe; mis miedos ante sus posibles sentimientos de odio hacia mí; el breve instante que, tonta de mí, temí por mi vida al toparme con él de camino al tendedero...

Narré mi día a día sin escatimar detalles. Rememorar de viva voz aquellas vivencias me hizo sentir mejor, pues así relatadas rezumaban poesía y romanticismo. Ella me escuchó atenta, sin interrumpirme, juzgarme o criticarme, arropando con sus manos quietas el vaso de refresco donde los cubitos de hielo se derritieron hasta desaparecer.

—Como te contaba, dos días después del tenso suceso bajo la escalera llegó el momento más importante. Jamás lo olvidaré, pues marcó un antes y un después en la relación con el polaco. Fue el 17 de junio, un jueves como no ha habido otro en mi vida. Aquella mañana me levanté decidida a ir a pintar a la roca en su compañía, tras el primer intento fallido. Lucharía contra quien fuera preciso para conseguirlo. Pero para mi sorpresa no hizo falta, ya que la fortuna se puso de mi lado. Creo que todo el mundo en la casa se apiadó de Jędruś cuando Bartek acabó con sus huesos en el hospital; y luego, cuando regresó cojeando como un entrañable bucanero, hasta Hans y Otto, quizá este último en menor medida, cambiaron su actitud antipática hacia él. Hermann, como buen observador del proceder humano, sabía que aquel hombre, a pesar de ser polaco, jamás me haría daño. El único dilema con el que tuve que lidiar ese jueves fue el vestuario. Quería estar guapa para él, pero sin excederme. Revolví el armario hasta decidirme por un vestido de lino cerúleo de tirantes cruzados por la espalda. Era sencillo, poco escotado y avivaba el azul piélago de mis ojos...

»En fin, como te decía, nadie puso ninguna traba. Hans incluso golpeó animosamente en el hombro a Bartek y le exhortó a tener los ojos bien abiertos para anticiparse a cualquier peligro... —Hice una pausa tras advertir que Clara daba un respingo y enarcaba las cejas en señal de asombro—: Tranquila, amiga mía, mi propio marido fue el primero en explicarme el inexpugnable cordón de seguridad que hay desplegado en las zonas boscosas próximas a nuestras viviendas. Me imagino que parecido al que os protege a Karl y a ti de posibles ataques de partisanos. De momento, aquí me tienes viva y de una pieza. Y te aseguro que el riesgo mereció la pena.

Además, ¿hay algo más romántico que morir en brazos de tu ser amado? —bromeé.

Ella me miró con escepticismo y me invitó a continuar con el relato, que retomé en el momento en que Bartek y yo nos disponíamos a abandonar la finca por la parte trasera de la casa:

—Era un día especialmente luminoso. Por el cielo azul celeste corrían hilillos nubosos hacia una gigantesca nube blanca con la forma del yunque de un herrero que se erigía dominando el horizonte. Bartek se adelantó para abrir la verja y, agachando la cabeza, me cedió el paso. Y me siguió, unos pasos por detrás, cargado con mis bártulos, por el angosto sendero que conducía hasta el peñasco. Avanzábamos en silencio; él de vez en cuando se aclaraba la garganta, y yo esperaba ansiosa a que dijera algo a continuación. Yo tampoco estuve nada facunda; tenía la mente en blanco y las únicas preguntas que me venían a la cabeza las descarté por insulsas. En ausencia de improvisación, me distraje pues contemplando el tapiz de florecillas violetas, amarillas y blancas que prosperaban a ambos lados del camino. Grillos y chicharras competían con sus cantos rechinantes por ver cuáles eran más ruidosos, y a cada paso que daba, brincaban pequeños saltamontes, fulgurantes insectos alzaban el vuelo desde las briznas de hierbas más altas, que cosquilleaban mis pantorrillas desnudas. La vida hervía esplendorosa alrededor de nosotros. Mientras una brisa perfumada acunaba el piélago de maleza, el sol nos empezaba a calentar la espalda, y nuestras sombras se entrecruzaban por delante de nosotros, al vaivén del caminar. En un tramo de sendero más ancho, Bartek se puso a mi altura, y nuestras sombras se dieron la mano, y luego se abrazaron y fusionaron. Las irregularidades del terreno hacían que las siluetas de nuestras cabezas cobraran vida propia, y por un momento sentí cómo se besaban. Reduje la marcha para disfrutar de aquel juego de figuras chinescas proyectadas en el improvisado escenario. «¿Será esta una representación premonitoria de nuestras vidas futuras?», pensé ilusionada, aunque también se me pasó por la cabeza que tal vez nuestra relación no fuera más allá de unas sombras que el crepúsculo se encargaría de apagar. El sendero se volvió a estrechar, y se fue haciendo cada vez más escarpado. Llegados a lo alto, fuimos recibidos por una bandada de aves parecidas a cuervos, pero más pequeñas, que, incomodadas por nuestra presencia, alzaron el vuelo con un griterío que recordaba al del patio de un colegio.

»—Son *kawki*... Disculpe, creo que ustedes las llaman grajillas —acertó a decir Bartek. Fueron sus únicas palabras durante todo el camino.

»—Sean lo que sean, me resultan escandalosas —respondí alelada. Me sentía como si me hubieran escondido todo el vocabulario y me faltaran las palabras para construir frases ingeniosas, insinuantes o sencillamente comprensibles. Si la primera impresión es la que cuenta, estaba teniendo una actuación catastrófica.

»Por fin estábamos donde yo quería. Él, aún cargando con mis enseres de dibujo, oteó el horizonte. Y yo no pude evitar rodear la roca que siempre había visto desde casa y que ahora me parecía aún más majestuosa, hundiéndose en el terreno como un iceberg en la mar. En su cara norte estaba tachonada por una mullida alfombra de musgos verdosos salpicada de parches de líquenes con diferentes formas y colores. En el lado opuesto, la roca era de granito puro, llena de grietas y ensuciada por chorretones de excrementos de aves que se posaban en ella para disfrutar del paisaje, como era también mi intención. Elegí un lugar para sentarme delante del peñasco, a la vista de todo el que quisiera vernos.

»Le indiqué que posara mi caballete y el taburete plegable en el sitio que le señalé, y él me hizo un gesto cordial para que antes le permitiera allanar el suelo retirando con el pie las piedrecitas que despuntaban sobre un manto de hojarasca. Luego, con el talante servicial de un fiel escudero, me indicó que el lugar estaba dispuesto para mí. Hizo así sentirme la protagonista de una novela caballeresca. Coloqué el caballete y giré sobre mí misma una vuelta completa con el propósito de encontrar el motivo de mi primer dibujo. Las musas se agitaban dentro de mí, incapaces de elegir ante tanta belleza.

»Opté por reservarme para otra ocasión los montes engalanados de hayas y otros árboles preñados de hojas que reflejaban los rayos del sol. Me senté en el taburete de cara a mi casa y las mansiones que quedaban a uno y otro lado de ella, rematadas con elegantes sombreros de tejas. Miré hacia abajo; desde lo alto, la dehesa semejaba una alfombra de cachemira de vivos colores donde revoloteaban aquí y allá pequeños grupos de pajarillos, quizá persiguiendo insectos con los que saciar el apetito. Mientras preparaba el papel y las acuarelas, miré con el rabillo del ojo a Bartek. Descansaba con un pie apoyado en una pequeña roca, casi de espaldas a mí, no por desaire, sino por respeto o, al menos, eso me pareció.

En la comisura de los labios sujetaba un tallo de hierba seca, y jugaba con él retorciéndolo entre los dedos. Lo noté incómodo, lejano. Los escasos metros que nos separaban me parecieron un desierto africano. Solo anhelaba tenerlo próximo a mí, tan cerca que pudiera sentir el aroma de su sudor.

»Bartek avizoraba el horizonte cubriéndose la frente con la mano extendida sobre las sienes, a modo de visera, para así evitar que la luz cegara sus ojos. Estuve tentada de plasmar en el papel cómo los rayos de sol retozaban en sus cabellos desgreñados, pero aquel no era el momento. De tanto en tanto, él echaba la vista atrás para examinarme, cuando creía que yo estaba abstraída en mi acuarela. Pero mi sexto sentido femenino me alertó de que cada rincón de mi anatomía estaba siendo acariciado por su mirada, y semejante deleite me embriagó con la felicidad de haber obtenido su atención. Como no quise que acabara, adorné mis gestos ante el caballete, otorgándoles la justa sensualidad femenina, vacua de lascivia, para evitar incomodarlo o que se confundiera. Moví mi cuerpo cimbrando las caderas como cobra encantada cada vez que imprimía un trazo al dibujo, y me hice la interesante mientras calculaba los puntos de fuga del paisaje. Me levanté del sitio con un lápiz apretado entre los labios, mirando pensativa hacia las casas, haciendo que buscaba la inspiración, y extendí el brazo para enfocar, con un ojo cerrado, la punta del lapicero. Noté cómo esta se meneaba a causa de mi excitación. Repetí la acción varias veces desde diferentes sitios, alternándola con el gesto del pulgar que solemos usar los pintores en nuestras mediciones.

»Dejé así que Bartek se embriagara de mi elegancia artística y, por qué no decirlo, de mi hermosura, aunque no siempre fui capaz de controlar que mi mirada no se torciera hacia él, pues mis ojos corrían desobedientes en busca de los suyos. Él casi siempre acertaba a esquivar mis pupilas, y, cuando por accidente nuestras miradas se encontraban, me regalaba una sonrisa o me saludaba levantando las cejas de un modo seductor que me causaba una enajenación próxima al éxtasis.

Con el codo apoyado sobre el reposabrazos y la barbilla clavada en el puño, Clara me regaló una sonrisa tierna envuelta en una expresión de complicidad.

—¡Madre mía, yo me habría desmayado superada por la libidinosidad del momento! ¿Y quién de los dos rompió con ese mortificante silencio monacal? —quiso saber simulando desesperación.

—Ni él, ni yo, sino un tercero... La naturaleza, que para centrarse en nosotros hizo callar a grillos y chicharras en decenas de metros a la redonda, aguardaba atónita a que dejáramos de comportarnos como adolescentes bobalicones. Y malhumorada de esperar, probó a romper nuestro mutismo colocándonos dos majestuosas aves en lo más alto del cielo, allí donde ya casi no alcanza la vista. Y su treta surtió efecto.

»—¡Águilas reales! Mire allí, a lo alto, junto a esa nube con forma de borrego, ¿las divisa? —dijo Bartek señalándolas—. Hacía mucho tiempo que no veía una, y menos una pareja... La hembra suele poner solo dos huevos, ¿sabe? Pero normalmente uno de los polluelos, el más robusto, mata al otro... La supervivencia del más fuerte...

»Bartek calló de sopetón, tal vez por el atrevimiento de importunarme con lo que podría suponer para mí una intrascendencia. Yo deseaba seguir escuchándole, disfrutando de su alemán exótico, salpicado de pequeñas incorrecciones y giros a veces incomprensibles, pero Bartek siguió con su mirada la trayectoria de las aves, que se alejaron hasta convertirse en unos puntos invisibles. Empecé a esbozar con el lápiz el perfil de los tejados, pero mi mente estaba cavilando cómo seguir con él la conversación.

»—¿Aparte de las águilas, le gustan las vistas, Bartek? Se agradece la paz y serenidad que se respira aquí arriba, ¿verdad? —improvisé.

»—Sí, *Frau* F., es un paisaje sobrenatural, típico de mi tierra. Precisamente, ese bosque de imponentes robles y hayas torturados por el viento, que se extiende hacia el oeste, me ha traído a la memoria la casa de mis padres. Desde mi dormitorio se divisaba uno muy parecido, aunque quizá más frondoso, en el que los árboles apenas dejaban que la luz tocara el suelo... Al atardecer, parecía que el sol, rojo como un rubí, iba a prender fuego a las copas con sus rayos. Para mi padre, aquel espectáculo era el culmen de la Creación, la unión del sol con la Tierra para dejar paso a la luna con el firmamento preñado de estrellas. Él me sentaba en sus rodillas y me acariciaba el cabello, y me contaba divertidas historias hasta que caía la noche o hasta que mi madre nos llamaba para cenar... —calló un instante para luego añadir—: Le pido disculpas, *Frau* F., si la estoy distrayendo de su labor...

»—En absoluto, continúe, por favor, me parece muy interesante lo que cuenta —lo animé a seguir.

»—Era solo eso lo que quería compartir con usted... ¡Hacía tanto tiempo que no recordaba la niñez! La situación actual, *Frau F.*, solo nos permite vivir el presente; uno no puede echar la mirada atrás sin caer en la melancolía, y mucho menos imaginar el futuro. Pero aquí arriba, como usted bien apunta, todo parece muy distinto. Es como si el tiempo se hubiera congelado y la manecilla del reloj nunca llegara a posarse sobre el siguiente minuto, un tiempo infinito en el que nada sucede —dijo tomando una piedrecita del suelo y lanzándola montaña abajo con la rabia de un niño enfurruñado.

»—Permítame que disienta de usted —aprecié con tono vehemente—. Ahora mismo están sucediendo cosas aquí. Estamos hablando usted y yo; yo me estoy divirtiendo con... con mis acuarelas —a punto estuve de decir su nombre— y ha rememorado un recuerdo grato de su niñez. En sus ojos he podido leer que adoraba aquel bosque, aunque pensé, no sé por qué, que era de la misma Cracovia. ¿Me equivoco?

»—Sí, nací y pasé los primeros años de mi vida en el pueblo de mis padres, a un puñado de kilómetros de Cracovia, antes de que el negocio familiar se fuera a pique y mi padre encontrara trabajo de jardinero en la ciudad. Hasta entonces, la casa donde vivíamos la heredó mi padre del suyo y este, del bisabuelo, que, debido a su temperamento misántropo, decidió levantarla en un terreno a las afueras del pueblo, alejado de todo el mundo. Hubo un momento en el que los tres hombres llegaron a trabajar juntos en el taller que había detrás de la casa, pues todos ellos soplaban el vidrio. Una tradición familiar que acabó con mi hermano Jan y conmigo. Yo siempre supe que no estaba hecho para soplar a través de una caña con una burbuja incandescente al otro lado. Además, como era un oficio peligroso, mi padre prefería no verme revoloteando por el taller. Sobre todo después de casi incendiarlo al lanzar unas ascuas a Jan mientras jugábamos a ser centuriones romanos. Recibí unos buenos azotes y el *castigo* de no volver a pisar el lugar, algo que nunca pude agradecer lo suficiente, ya que disponía de más tiempo libre que otros niños del pueblo, que echaban una mano a sus padres después de clase... ¡Y así fue como di con mi primer amor! Pero, disculpe, *Frau F.*, no quiero estropearle su tiempo de ocio con aburridas historias de mi fútil infancia —insistió una vez más un Bartek sonriente, a sabiendas de que me había dejado con la miel en los labios.

»—Ninguna vida es aburrida, Bartek, ni siquiera la más vulgar, que no digo que sea este su caso. Todo lo contrario, tengo la corazonada de que fue usted un niño inquieto, con una infancia llena de divertidas anécdotas. Es más, si le soy sincera, prefiero que hablemos a estar callados como en un velatorio. Le confieso que el silencio me inquieta, tanto como la soledad. Así que le apremio a que prosiga con lo que me estaba contando, mientras yo avanzo en mi dibujo —dije volviéndome hacia él.

»—Está bien... Pero ¿por dónde iba? ¡Me temo que he perdido el hilo! Si me permite decírselo, hacía tanto tiempo que no hablaba con una dama de su clase que se me ha ido el santo al cielo —comentó con clara intención de halagarme. Él sabía que yo estaba deseosa de saber más sobre su primer romance, la primera vez que todos sentimos de algún modo que el corazón puede latir de una forma distinta a como lo había hecho hasta ese momento. Y que el corazón puede experimentar dolor cuando se apaga la magia o es traicionado.

»—Mmm... Ah, sí, estaba a punto de contarme el primer amor de su, según usted, aburrida infancia... —azucé su memoria.

»—¡Ah, sí, mi primer amor! —exclamó dándose una palmada en la frente—. Pero no vaya usted a pensar mal, no se trata de una muchachita... ¡Ya me hubiera gustado! Las mujeres siempre me han cohibido... Mi primer amor fue el bosque y lo que este encerraba, en esencia, una plétora de seres vivos en armonía, aunque de pequeño no lo veía así; es algo de lo que te das cuenta cuando has crecido, echas la vista atrás y pasas tu vida por el cedazo de la experiencia. Lo que queda retenido es lo verdaderamente valioso. Desde que tengo uso de razón, recuerdo que lo primero que hacía cada mañana al poner los pies en el suelo era separar un poco los visillos para asomarme por el ventanuco de mi habitación a la arboleda que había detrás de la valla de piedra que rodeaba nuestro terreno. Aquellos árboles apenas dejaban ver el bosque que no pocas veces me amedrentó con su lóbrega oscuridad, sobre todo en los días neblinosos. Al alba era fácil atisbar animales salvajes merodeando por los alrededores, generalmente una raposa hambrienta que daba vueltas alrededor del gallinero, excitada por el olor a ave... Aunque le confieso que la razón por la que cada día me asomaba a la ventana era para sorprender a algunas de las esquivas criaturas del bosque.

»—¿A qué se refiere con criaturas del bosque? —quise saber.

»—Cosas de críos. Piense que debía de tener por entonces siete u ocho años, y entre la chiquillería del pueblo corrían historias sobre seres mágicos que habitaban en el corazón del bosque, de hadas bondadosas, que concedían deseos, de criaturas malditas, enanos peludos con cuernos y rabo que les robaban los sueños a los pequeños que se portaban mal o que simplemente los secuestraban de por vida. Se contaba que este fue el destino de los mellizos Wierciak, que iban un curso por encima del mío. Según narraron quienes los vieron por última vez, se adentraron en la espesura por un sendero subidos a sus bicicletas y nunca jamás se volvió a saber de ellos.

»—Una historia realmente espeluznante... —murmuré.

»—No se asuste, fue todo una patraña... La verdadera historia de los Wierciak es que su padre, uno de los hombres más ricos de la comarca, los internó, tras hacerse eco de una de sus muchas trastadas, en un colegio religioso de Varsovia, para que recibieran una educación que los convirtiera en hombres de provecho. Desconozco cómo nació la leyenda, pero de lo que sí estoy convencido es de que todos los adultos del pueblo, conocedores o no de la verdad, la mantuvieron y la adornaron con flecos macabros para mantener a sus hijos alejados de los bosques y de sus peligros reales. De forma consciente o no, el hombre recurre al miedo como una poderosa herramienta coercitiva. Somos desde niños prisioneros de los temores que nos implantan en la cabeza, con la vil excusa de protegernos de terribles amenazas, pero cuyo único propósito no es otro que no nos desviemos del camino que nos trazan. ¡Y vaya si funciona! Ningún niño osaba pisarlo si no era en pandilla, y las niñas únicamente lo hacían de la mano de sus hermanos mayores o de adultos. El bosque se convirtió así en el azote de nuestras conciencias, y en combustible de fantasías y pesadillas.

»—Y usted fue de los pocos que tuvieron el valor de adentrarse en él, ¿me equivoco? —le pregunté pensando en que Bartek debió de ser un niño bueno y adorable.

»—No me sobrestime —dijo tocándose la oreja, como si no le gustara lo que estaba oyendo—. Yo fui un niño prudente. Le confieso que la valentía no corría ni lo hace ahora por mis venas, como ya ha tenido usted ocasión de comprobar en el incidente de su jardín con los SS...

»—Bartek, le prometo que usted no actuó como un cobarde, sino como una persona inteligente —repuse con sinceridad—. No tenía ninguna opción de salir airoso; si se hubiera enfrentado a ellos, usted y yo sabemos que hoy Jędruś no tendría padre. Yo sí que me comporté de modo pusilánime, pero creo que no es el momento de recordar el desagradable suceso, ahora que podemos disfrutar de la armonía que nos envuelve en este instante... Y me pregunto qué llevó a ese niño prudente a penetrar en aquel bosque encantado...

»—La curiosidad es el antídoto contra el miedo. Sentía cómo una fuerza ininteligible me empujaba a adentrarme en sus dominios; al principio, animé a mis amigos a que me acompañaran a explorarlo, a vivir aventuras que ni siquiera llegábamos a imaginar, pero casi todos se echaron atrás, acongojados por las leyendas; y los pocos que me siguieron enseguida me abandonaron invadidos por el aburrimiento y la decepción de no toparse con ogros, hombres sin cabeza y otras criaturas siniestras. Yo, por el contrario, solo encontraba diversiones. La clave estaba en saber a dónde mirar. Así me vi paseando al final solo por la espesura, armado con un destartalado catalejo de mi abuelo y una cantimplora, buscando nidos de pájaros, rompiendo las hileras de procesionarias para luego contemplar cómo se recomponían, sacando animales de sus escondites y madrigueras, y metiendo en botes de cristal los insectos y otras criaturas menudas que daba caza con el ánimo de observarlas... Siempre soñé con ser un naturalista, como los mismísimos Darwin y Wallace, y surcar los mares por los que nadie nunca antes navegó. Pero, ya ve, acabé siendo un humilde relojero y, de momento, el jardinero de usted.

»—¿Y recuerda cuál fue la experiencia más bonita que vivió en su bosque?

»—Basia. Así se llamaba la ardilla de la que me hice amigo. Nos conocimos al principio de una primavera; el animalito apenas tenía unos meses, y me llevó varias semanas hacerme con su confianza. Todos los días que podía, a la misma hora, le llevaba un puñado de nueces y mendrugos, y se lo dejaba a la vista sobre una roca. Ella me esperaba en la copa del mismo árbol y, al detectar mi presencia, bajaba a por el botín, que se lo guardaba rápido en sus mofletes para luego marcharse a toda velocidad. Jamás dejó que la tocara.

»—Ja, ja... ¿Y qué fue de Basia?

»—Un día, Basia no acudió a nuestra cita, y a partir de ahí jamás volví a verla. Quizá encontró compañero o tal vez alguien le dio caza para comérsela o hacerse con su piel.

»Bartek aprovechó mi interrupción para dar un trago largo de su cantimplora, no sin antes ofrecérmela a mí, a lo que le respondí que no tenía sed. Un hilo de agua se escapó por la comisura de sus labios para correr por el cuello y perderse en su torso, mojando la camisa a cuadros que llevaba desabotonada en dos o tres ojales.

»Hubo un silencio agradable, lleno de vibraciones positivas que agitaban nuestros espíritus. Mi pincel corría con vida propia por la lámina de dibujo, mientras que Bartek, en cuclillas, dejaba escapar despacio, corriéndole entre los dedos, los granos de arena del puñado de tierra que tomó del suelo. Luego cerró los ojos y respiró hondo, como si quisiera impregnarse de cuanto le rodeaba, de mí.

»Repasé con la mirada todo su perfil que conocía de memoria de tanto observarlo, la perfección de su frente y mejillas, la ternura que se adivinaba en sus labios; el pecho ancho y orgulloso y las manos que hasta nuestra llegada acariciaban joyas y maquinaria de precisión. Su cuasieterna actitud contemplativa, su manera de mirar las cosas, como si planeara sobre ellas captando detalles que pasan inadvertidos al resto de los mortales, le hacían aún más interesante. Hermoso. Sublime.

En ese momento interrumpí el relato y le hice un inciso a mi amiga:

—De verdad, Clara, fue como estar sentada al lado del príncipe con el que todas soñamos de niñas... Algo tiene en su mirada que alborota mi razón. No hay sentido que quede inmutado cuando clava sus pupilas en las mías. Su oscuridad es una pócima que me debilita, que obnubila mi capacidad de reacción. Me siento a merced de él. Cuando me habla y me mira, sus ojos ponen música a su voz. Entonces, todo suena como una melodía.

—¿Cómo pudiste ocultarme algo así durante tanto tiempo, amiga mía? ¡Qué tonta fui al no darme cuenta de que aquellos ojos que dibujaste no eran los de cualquiera! Parecían tan vivos que pensé que tuviste que inspirarte en alguien cercano. Pero me equivoqué de dueño.

—Hasta ahora esos ojos representan en verdad la única señal tangible de nuestro amor. Los ojos de Bartek son dos túneles que conducen directamente a su alma. A veces reina en ellos la oscuridad y resultan impenetrables; pero cuando la luz brilla en su interior, disfruto caminando por ellos, en un lugar tranquilo, apacible, en el que nuestras almas desnudas se hablan sin tapujos y en el que las razas y la exclusión no existen.

—¡Por fin la roca empieza a agrietarse! ¿Entiendes ahora lo que siempre he querido transmitirte? Los humanos no se pueden diferenciar midiendo la longitud de sus narices, analizando la sangre que corre por sus venas o contrastando el color de su piel. Es un acto de vanidad de quienes se creen superiores al resto. Si estos se atrevieran a explorar el alma, se quedarían sin argumentos, sin un enemigo al que responsabilizar de sus desgracias y complejos —lamentó Clara.

—Querida, tú siempre yéndote al otro extremo. ¡No me compares a Bartek con un judío! —dije, pero no me dejé interrumpir y seguí con lo mío—: Cuando él me mira, siento que hace lo mismo, me explora en cada inmersión que hace en el azul de mis ojos. Y disfruto de tenerlo ahí, despojado de todo lo que podría distanciarnos, sin ningún atisbo de rechazo por ninguna de las dos partes. Lo siento como un hombre, sin más; no como un polaco, un negro o un subhumano de las etnias que tachamos de zarrapastrosas. Su mirada, sobre todo cuando la baña en almíbar, despierta las mariposas que habitan en mi estómago y provoca que las venas palpiten tan fuerte como cuando me excedo con el té —confesé.

Hablar con Clara, tan comprensiva con mis argumentos, hizo que se aflojaran las mordazas que yo misma me había apretado hasta causarme una asfixia vital. La tensión me dejó la boca seca, pero los vasos estaban vacíos. Clara también estaba sedienta. Hice pues sonar la campanilla para que acudiera Elisabeth con más refrescos. Mientras los traía, pasamos el rato hablando de banalidades, como de algún que otro cotilleo de la nueva alta sociedad cracoviana y de los vestidos que llevábamos puestos aquel día. Clara aprovechó para mostrarme las lujosas ligas y medias italianas que acababa de estrenar para venir a mi casa, un regalo de su esposo del que aún no había podido disfrutar.

Elisabeth nos sirvió las bebidas y desapareció por la puerta sin dar ninguna señal de que sospechara lo que se estaba cociendo entre las cuatro paredes de nuestro gineceo improvisado. Apenas dio Clara un sorbo del vaso y ya quiso saber más.

—Aquella primera conversación hizo que Bartek se mostrara más tratable. Su mirada dejó de simular el servilismo que tanto le incomodaba, y ya no evitaba mis ojos. Ni yo los suyos. Empezamos a dirigirnos la palabra como dos iguales, fuera de nuestras trincheras, desarmados y echando tierra sobre las grietas que nos separaban. Caídas las barreras, él se me acercó para ver qué estaba pintando. Luego lanzó su mirada sobre el objetivo de mi acuarela y dio dos pasos hacia atrás. Yo inhalé aire de forma instintiva para empaparme de su presencia, buscando información placentera en su suave aroma corporal.

»—¿No le parece maravillosa la obra de Dios? —me preguntó él abriendo los brazos, invitándome a descubrir un mundo conocido solo por él—. Es algo que no se puede apreciar en las ciudades. Adoramos la magnificencia de nuestros edificios y máquinas como ejemplos del progreso humano, pero nos olvidamos de que nuestra esencia está en la naturaleza, en este mismo robledal, mucho más complejo que cualquier invento de la civilización. La manera en que la maltratamos me da muy mala espina, pues temo que los hijos de nuestros hijos ya no puedan disfrutar de ella.

»—Jamás llegaremos a ese punto. Mi esposo dice que la naturaleza nos brinda recursos ilimitados, y que su capacidad para recuperarse de cualquier daño resulta proverbial —afirmé, convencida de la veracidad de mis palabras.

»—Deseo que no se equivoque el *Herr Hauptsturmführer*, pues somos parte inseparable de la naturaleza. ¿Ha probado a cerrar los ojos y experimentar qué se siente en medio de un bosque? La mente se armoniza con el entorno, desaparecen los pensamientos que te atormentan, empiezas a sentir cómo te habla el cuerpo. Y busco la paz en los sonidos que me rodean: el trinar de las aves, el zumbido de las abejas, la brisa que hace titilar a las hojas de los árboles. Concentro mi atención en los rayos de sol que calientan mi dermis, el olor de las bellotas o de la hierba empapada de rocío que estimula mi sentido del olfato. Apoyo mis manos en la tierra para sentir su energía... Entonces me impregno de la obra de Dios.

»—¡Ay, Bartek, me recuerda usted a un filósofo aristotélico! En Berlín, siempre que podía me escapaba con mis pinturas a Grunewald, una bella zona boscosa próxima a la ciudad, tan frondosa como esta, para extraer la esencia de sus paisajes, de sus flores y mariposas, y descubrir sus simetrías y formas geométricas y caprichosas. Siento entonces la naturaleza, pero no del mismo modo que usted, tan apasionado e íntimo —recalqué.

»—Pues pruebe a hacerlo alguna vez, sola o en compañía de un ser querido o de una amistad. O de cualquier persona con la que se sienta a gusto a su lado. Verá que es una experiencia única que querrá repetir —me recomendó Bartek.

Clara volvió a interrumpirme, asombrada por la forma tan diferente que tenía Bartek de ver la vida y por su sensibilidad hacia lo silvestre, que le recordaban más a la idiosincrasia de un asceta hindú que a la de un jardinero. Entonces cayó en la cuenta de que ella y yo ya habíamos experimentado el efecto positivo que nos producían en el ánimo nuestros paseos al aire libre por Aquila Villa. Fueron aquellas sugerencias de Bartek las que en realidad me animaron a obligar a Clara a que saliera de su confortable guarida, y así se lo hice saber en ese preciso instante.

—Nunca dejará de sorprenderme cómo las vidas están conectadas las unas con las otras por hilos invisibles; tiramos de uno de ellos y desconocemos a quién vamos a mover. En cualquier caso, los paseos contigo han sido una friega de alcohol para mi fiebre mental —confesó Clara. Rememoramos juntas con euforia algunos de aquellos momentos, en especial los que gozamos echadas sobre las tiernas hierbas, platicando de lo divino y humano y discutiendo sobre el sexo de los ángeles, pero enseguida pusimos el freno y retornamos mentalmente a la roca.

—Fue excitante. Cuando Bartek se aproximó al caballete y lo tuve muy cerca, ni siquiera me atreví a respirar. Oí borbotar mis venas con la espuma del deseo y sentí un fuego interior que subió hasta mis mejillas. Mi nariz recogió un bocado de aire, para sentir su dulce aliento. El paisaje comenzó a latir como si tuviera vida propia, transformándose dentro de mi cabeza en el edén habitado por dos únicos seres nacidos del barro, faltos de malicia y vulnerables a la tentación. Si la felicidad se pudiera medir, aquel instante fue el más dichoso de mi vida. Me sentí mujer, mujer amada, mujer artista, mujer liberada. Pensé en por qué no era capaz de ser tan dichosa a diario, y llegué a la conclusión de que todo cuanto nos produce alegría depende de las circunstancias, de que las cosas que se nos presentan sean mejores de lo que esperábamos. Y desde que me casé jamás creí que estaría a solas con un hombre que no fuera Günther, y mucho menos que me enamorara de esa persona.

»—Buena, es usted muy buena... Yo no entiendo nada de pintura, pero sé ver cuándo algo se sale de lo común. Es como la primera vez que tuve un diamante entre mis dedos, nada que ver con la bisutería —dijo él aproximándose más al caballete, tanto que percibí la vibración de sus palabras besuqueando mi nuca.

»—¿Está comparando mi paisaje con una piedra preciosa o lo dice solo para alegrarme los oídos? ¡Nunca antes nadie había equiparado una obra mía con una joya! —respondí orgullosa como si su valoración hubiera salido de boca del mismísimo Monet.

»—*Frau* F., no soy persona lisonjera. Normalmente, cuando se me permite, digo lo que pienso. Me fascina cómo ha sabido plasmar el aire señorial de las mansiones, y el cielo parece que lo ha arrancado del natural y lo ha puesto sobre el papel.

»—Menos mal que no sabe nada de pintura —comenté con sorna mirándolo de arriba abajo.

»—Y, si se puede saber, ¿qué la empujó a pintar? —se interesó Bartek.

»Me encogí de hombros, sorprendida por la pregunta.

»—Usted ya lo ha insinuado. Es una pulsión que nace dentro de quien la experimenta. Pintar es una forma especial de soñar, de descubrirse uno mismo. Se trata de poner sobre un lienzo o una cuartilla cómo ves el mundo o, aún mejor, cómo te gustaría que fuera. También es crear algo de la nada, algo que el observador puede ver, palpar y sentir a pesar de estar todo contenido en un mundo bidimensional. Las pinturas son ventanas al alma del artista —dije apartándome un mechón de cabello que me caía sobre la frente, para que Bartek pudiera verme mejor.

»—¿Y ahora qué está sintiendo? ¿Por qué optó por pintar las casas, una naturaleza muerta, y no la viveza que desprenden los bosques que nos rodean? —me planteó.

»Cerré los ojos con fuerza, y busqué en mi interior la razón de mi decisión.

»—Pulsión, Bartek, pulsión... Es la primera vez que veo la casa, mi casa, desde una nueva perspectiva, lejos de sus muros, que, para serle sincera, cada día se echan más y más sobre mí, robándome el aire y haciendo que me sienta prisionera.

»—Pues para ser algo así como su calabozo está siendo usted muy clemente con ella. En realidad, la ha pintado mucho más bella y reluciente de lo que es en realidad —precisó.

»—Ahora, Bartek, estoy expresando cómo me gustaría que fuera, tanto lo que se ve como lo que queda oculto en el envés del papel. ¿Se ha fijado en esos puntitos negros en el cielo? —pregunté, señalándoselos con el pincel—. Son golondrinas que he querido que estuvieran ahí. Una de ellas podría ser yo; y esta de aquí, la que va a mi lado por delante, usted. Volando sin cadenas en un azul de esperanza.

»Bartek me miró largamente a los ojos y creí que me regalaba un beso con sus pupilas: el primer beso nunca se da con los labios, sino con la mirada. Él calló por un instante, tal vez para desentrañar el sentido de mis palabras, y yo entretanto dibujé con el corazón lleno de júbilo unas intrépidas amapolas, de color rojo pasión, que habían germinado en la hendidura de una planicie rocosa la cual ya me llamó la atención de camino a la gran roca. Me bastaron unas pinceladas para darles tal viveza que parecían arrancadas de un bodegón floral de Fantin-Latour.

»—Son aves las golondrinas que simbolizan nuestros anhelos, pero también la fidelidad. No sé si sabrá que forman parejas que duran toda la vida, hasta que la muerte o una desgracia las separa. ¡Mucho tendríamos que aprender los humanos de ellas! —exclamó Bartek, mordiéndose el pulgar.

»Luego carraspeó y frunció el ceño, enojado, como si su comentario le afectara a él en particular. Quizá por la frustración que podría provocarle que yo no fuera una mujer soltera, una hembra de su raza a la que pudiera cortejar sin cortapisas, quise pensar. Eso significaría que le importaba de verdad.

»—¡Qué necio he sido al reprocharle que haya elegido usted dibujar las mansiones en lugar de los árboles! El arte es el placer del espíritu que penetra en la naturaleza y descubre que también esta tiene alma, dijo un tal Auguste Rodin, un escultor del que usted sabrá más que yo. Mi antiguo empleador alemán soltaba esta frase una y otra vez cuando examinaba las joyas que acababa de recibir, algunas procedentes de lugares exóticos y tan llenas de luz que parecían estar talladas por los mismísimos ángeles. Él estaba convencido de que los objetos poseen su propia alma; de ahí que sean capaces de transmitirnos un sinnúmero de sensaciones.

»—Un sabio joyero... En cada obra de arte vive un trocito del alma de su autor, capaz de conectar con el alma de quien la contempla. Es cuestión de sensibilidad, de sensibilidad artística. Quienes poseen este don y lo cultivan pueden desfallecer casi de placer ante una escultura, una fotografía, un libro o una catedral. ¿No le pasa? —le pregunté, y él me respondió con una mirada tierna, invitándome a que prosiguiera con mi reflexión—. A mí me ocurre, cómo no, especialmente con la pintura... Es difícil de comprender si nunca lo has sentido o si uno es incapaz de ver un óleo más allá de las pinceladas. Hay cuadros que me han hecho llegar los aromas de los cielos, las profundidades oscuras de la alegría, las canciones de una tormenta, la frescura de la calamidad humana... ¡Oh, no sé si conoce los atardeceres de Turner! ¡Su luz y su atmósfera a nadie dejan indiferente! Siempre pensé que le robó a Helios su brillante aureola solar para exprimir los secretos de sus rayos en cada obra que nacía de sus pinceles. —Sonreí, ufana.

»Según pasó el tiempo, Bartek se mostró más alborozado, se reía con afectuosidad y sus juguetones ojos penetraban en mi mirada sin encontrar resistencia. Gesticulaba con soltura, confiado en sí mismo, y más de una vez trató de mostrarme su pericia en el arte de la seducción, eso sí, de manera subrepticia. Aunque no consiguió engañarme cuando, fingiendo que estaba sofocado por la calorina, se desabrochó el cuarto botón de la camisa para dejar a la vista su torso varonil. Casi desvanecí enardecida de deseo.

»—Me asombra la determinación con la que aplica el pincel, cómo lo hace planear sobre la acuarela para dejar caer su punta en el lugar preciso, como si lo hubiera ensayado antes mil y una veces... Parece cosa de magia que vaya a acabar el dibujo en un santiamén —comentó él con las manos metidas en los bolsillos, como suelen hacer los críticos del arte para hacerse más interesantes.

»—No me sobrestime, Bartek. En realidad, un artista es una combinación de talento, técnica y experiencia. Como dicen los más viejos de la profesión, el tiempo que un pintor tarda en completar una obra es la suma de los años que han pasado desde que cogió por primera vez un pincel hasta la última de sus pinceladas —terminé diciéndole, mientras sacaba del bolso el termo lleno de té frío con menta que me había preparado Elisabeth.

»Tanta tensión y el calor estival me habían dejado la garganta seca. Dado que llevé dos vasos, algo que preví antes de salir de casa, le ofrecí a Bartek compartir la bebida. Invitación que aceptó.

»—Ustedes los artistas son gentes hechas de una pasta especial. Le aseguro que ni en un millar de años podría hacer lo que usted está pintando. Todos nacemos con alguna cualidad en la que destacamos, aunque muchos no lo saben y se van de este mundo sin descubrirlo. O son conocedores de su virtud, pero no tienen la oportunidad de desarrollarla... —se lamentó Bartek.

»El hombre que soñó con vivir aventuras cual Marco Polo y explorar selvas vírgenes habitadas por criaturas exóticas y desconocidas para la ciencia acabó cuidando los jardines de los ricos, aún peor, de las gentes que habían invadido su país para convertirlos en viles siervos. Sentí compasión por él, pues era un hombre que podría haber hecho realidad sus sueños de no ser por su mala ventura. ¡Cuántos hombres grandes se quedan en el camino sin recibir la gloria merecida! Pero Bartek no era un perdedor y, a pesar de los contratiempos, aún conservaba el anhelo de hacer algo importante en el futuro.

»—No merecen la vida aquellos que no saben sacar provecho de ella —me dijo.

»Un insecto vino a importunarme, posándose sobre las amapolas aún húmedas de la acuarela. Cuando vi que era una abeja, di un bote sobre la silla y por poco caí rodando colina abajo, me descalcé y, agitando la sandalia en el aire como una espadachina enloquecida, logré ahuyentarla. Con cara de pánico, seguí su trayectoria hasta donde la vista me alcanzó. Bartek rio a mandíbula batiente, lo cual hizo que me avergonzara de mí misma. Una dama aria no debía comportarse como una histérica ante un polaco, y mucho menos si lo que desea es lograr su admiración.

»—En lugar de desternillarse a mi costa podría haber salido en mi auxilio —me quejé poniéndole cara de niña malherida que reclama un achuchón de su madre—. No tengo nada en contra de las abejas, pero no soporto que zumben con sus alas a mi alrededor.

»—Le pido disculpas si le he molestado con mi comportamiento, pero estaba usted tan... tan... No sé... ¿No se enfadará si le digo *divertida*? El caso es que volvemos a estar solos, pero si regresara, usted ignórela. Las abejas son como nosotros los polacos; tienen mucho que perder si intentan defenderse y deciden atacar.

»—No le entiendo... —respondí desconcertada.

»—Es una metáfora, no pretendo ofenderla... Verá, las abejas, a diferencia de sus primas las avispas, cuando hincan su aguijón se condenan a muerte, dado que su estilete ponzoñoso se queda hundido en la piel y, al huir a toda velocidad, su cuerpo se desgarra sin remedio. Es su primer y último picotazo... Ironías de la naturaleza.

»Bartek no ahorraba una gota de saliva cuando me hablaba con apasionamiento de este o aquel bicho que se cruzaba en nuestro camino. Todo lo que sabía de plantas y animales lo había sacado de libros y enciclopedias. Y en este sentido era una biblioteca andante que abrió sus puertas para compartir conmigo los tesoros que guardaba en sus estantes. Es cierto el dicho de que la belleza está en los ojos de quien mira, pero los de Bartek sabían encontrar la belleza en todos los rincones de la naturaleza, hasta en la araña del tamaño de una alubia que le subió por el brazo y que yo aplasté usando el trapo para limpiar los pinceles como matamoscas.

Mi mención a las arañas provocó que Clara se frotara los brazos con cara de miedo.

—¡Calla, calla! Solo de pensar en esos bichos peludos y patilargos se me pone piel de gallina... Ahora entiendo de dónde surgen tus recientes y reiterativas alusiones a insectos, alimañas y yerbajos —dijo en tono burlón.

Mi relato sincero hizo que Clara se sintiera cómplice y se convirtiera en el soporte argumentativo de mi aventura amorosa, puesto que nada de lo que le descubrí la escandalizó. Incluso me animó a que enterrara bajo tierra los remordimientos, los reproches a mí misma o los intentos de mi mente por negar la realidad. Tal vez Clara y yo habíamos perdido la capacidad de calibrar los riesgos de forma objetiva debido al influjo contraproducente de la soledad que nos envolvía. Desconocía si la metamorfosis en la que me encontraba inmersa acabaría en una bella mariposa o en un monstruo que con su aliento venenoso acabaría perjudicando a sus seres queridos. Las cosas que nos contábamos eran inadmisibles en el régimen. Éramos rehenes la una para la otra. En este momento, yo lo era más de ella.

—Bartek te ha demostrado ser un hombre singular, valiente, sensible. Quien ama la naturaleza con pasión no puede ser un mal individuo. Su corazón humilde te ha hecho enamorarte de él. ¿Acaso no prefieres sentarte a la mesa de un hombre humilde, que te agasaja con un ramo de flores que él mismo ha recolectado en el campo, a compartirla con uno petulante, que trata de conquistarte con un anillo de diamantes? —preguntó Clara.

—Es un hombre perfecto. Un regalo que me ofrece la vida y que está en mí aceptarlo o rechazarlo. El problema está en que es un obsequio envenenado.

—No te sigo...

—¡Por Dios, Clara! Es polaco, por dentro y por fuera —repliqué frustrada—. El hecho de que pasemos de puntillas por este pormenor ni limpia su origen ni ayuda a resolver el problema. Daría cada latido de mi corazón por que nos hubiéramos conocido en un tiempo atrás. O sencillamente por que fuera ario.

—No estaba en mí solivantarte, querida —repuso Clara con ánimo conciliador—. Yo también me siento impotente por no poder ofrecerte una salida satisfactoria a tu situación. No tengo la varita mágica que te lleve a ese mundo idílico en el que podáis consumar vuestro amor. La única solución que me viene a la cabeza no te gustaría escucharla, aunque es la misma que sé que tú también estás barajando.

Un atronador silencio se apoderó del despacho de Günther.

—No, no quiero escucharla... —le susurré—. Cada vez que pienso en dar un paso atrás en nuestra relación, mi alma suspira de pena. Prefiero vivir esta feliz amargura que la amargura sin más. Me duele comprobar que comparto más cosas con él que con mi esposo, que disfruto viendo cómo lucha por evitar exteriorizar su mundo interior y entregarme sus sentimientos, temeroso de que pueda manipularlos o triturarlos en mil pedazos. Es un hombre de la cabeza a los pies, de principios sólidos que impregnan todo su discurrir y actuar.

—¡Ay, querida, bebes los vientos por tu mosquetero! —Clara derramó una sonrisa—. ¿Sabes que ahora mismo estoy sintiendo envidia de ti? Estar enamorado es el mejor estado en que puede hallarse una persona. La vida se tiñe de los colores del arcoíris y la felicidad impregna todo lo que te rodea. Qué pena que el amor acabe casi siempre marchitándose, desvaneciéndose como una astilla en la llama. Pero no es el momento de ponerme melancólica. ¡Cuéntame cómo acabó el ataque de la abeja *asesina*!

—Con caracoles haciendo el amor... —Solté una carcajada.

—¿Con qué haciendo qué? ¿He oído bien?

—Caracoles, sí esos bichos que se arrastran con la casa a cuestas y que los franceses devoran con fruición. No sé cómo fue, pero el caso es que Bartek acabó hablándome de caracoles y, por si fuera poco, de su fogosa sexualidad. Con total naturalidad, me contó que podían cambiar de sexo, cosa que no sabía; y que podían pasar horas y horas copulando, envueltos en sus babas, faceta que también desconocía.

—Ja, ja, ja... ¡Al menos los animalitos han sabido sacar provecho a su pasmosa lentitud! Los hombres deberían ser en la alcoba como los caracoles, y tomarse el sexo con más calma —afirmó Clara jocosamente.

—Tú te ríes ahora, pero yo me morí de vergüenza allí arriba, a solas con él. Intenté que mi rostro no se tiñera de rojo y solté el pincel con disimulo para que él no notara el temblor de mis manos. Jamás se me pasó por la cabeza que en una primera cita, tu pretendiente hablara de sexo de forma tan explícita y natural, aunque se ciñera al sexo entre caracoles.

—¿Y eso fue todo?

—Todo. Le respondí que me parecía asombrosa la vida de esos bichos, pues un silencio por mi parte le podría hacer pensar que era una mojigata; y no quise preguntar nada al respecto para no entrar en detalles y, sobre todo, no dar pie a que Bartek hiciera, intencionadamente o no, un paralelismo entre el sexo tántrico de los caracoles y el apresurado del macho humano. De hecho, mi cabeza empezó a fantasear con el jardinero y tuve que frenarla distrayéndola. Eché un ojo a los jardines de casa y pensé en que por suerte nadie nos observaba, ni siquiera Hans u Otto. Tras meter en cintura mis deseos, sequé el sudor de mis manos frotándolas sobre la falda y volví a asir el pincel.

Mi amiga me observaba en silencio, apretándose los labios para no dejar escapar la risa.

—Debes saber, Clara, que Bartek es asombrosamente colorista cuando cuenta las cosas —le advertí—, y las veces que aterriza en terreno picante y empieza a hablar de cortejos y cópulas, no solo de animales, sino también de plantas, me gustaría ser un caracol y esconderme en la concha hasta que cambiara de asunto. Desconozco cómo ha de abordar una dama este tipo de conversaciones ante un hombre sin que degeneren en comentarios obscenos o insinuaciones indecorosas...

Al final, Clara no pudo aguantar más y estalló en una carcajada.

—A mí no me hace gracia. Seguro que en mi lugar tú ni te sonrojarías; ¡es más, sería él quien bajaría la mirada superado por tu audacia! —Salí en mi defensa, un tanto molesta.

—Pero ¡qué equivocada estás, querida mía! ¡Yo con tanta baba habría resbalado y, con lo patosa que soy, seguro que me habría roto la crisma! —Las dos reímos, y ella me indicó con la mano que avanzara con la historia.

—Por suerte, Bartek de inmediato se dio cuenta de que su disertación zoológica estaba haciendo que no me sintiera cómoda, ya que cambió de tema enseguida. Me dio las gracias, en su nombre y en el de Jędruś, por el hato de comida que escondí en el remolque de su bicicleta un par de días antes. Me confesó que para ellos fue una bendición caída del cielo, dado que a los suyos cada vez les resulta más complicado hacerse con víveres básicos. Especialmente entre los polacos más humildes. Incluso ha oído decir que hay gente, aquí mismo en Cracovia, que se alimenta de cucarachas, termitas, lagartos y ratas; las ranas no se atreven a croar y los perros y los gatos huyen despavoridos de los humanos.

»Sabía por Günther de los problemas de racionamiento de alimentos entre los alemanes, pero no imaginaba que la situación fuera tan sumamente grave para los polacos. Ahora pienso, querida, que el clima de insurrección que se respira en el Gobierno General se debe mayormente a la hambruna. Si viera que Erich se estuviera quedando en los huesos, ¿qué interés tendría yo en mantener la paz? Saldría indignada a la calle a protestar, a luchar, a mendigar y, puestos en lo peor, a matar por un plato de gachas para mi hijo...

»Ahora bien, me vi en la obligación de advertirle a Bartek de que para los alemanes de a pie la situación no es muy distinta y que, en gran parte del Reich, las cosas se están poniendo muy feas. Sé que cuando le dije esto él se mordió la lengua para no contestarme, pues a buen seguro me recriminaría que nos merecemos cualquier plaga bíblica que se nos eche encima como últimos causantes de todos sus sufrimientos.

—Ellos desconocen las calamidades por las que están pasando allí nuestros compatriotas. Los bombardeos de estos días sobre Hamburgo están siendo terribles... Que Dios nos ayude... a todos. —La jovialidad se esfumó del rostro de mi amiga—. Esta guerra parece no tener fin... Temo que cuando concluya no quede nada. Dejaremos a nuestros hijos sin un futuro esperanzador; les habremos robado su infancia, su mayor tesoro. Qué culpa tendrán Erich y... ese polaquito, cuyo nombre no he logrado memorizar, de las decisiones de los adultos, irracionales, maquiavélicas...

—Jędruś, se llama Jędruś —le recordé—. Bartek se desvive por él, y aun así la primera vez que lo vi sentí una pena profunda; estaba muy delgado y pálido. Yo le llamo cariñosamente Huck, por el vivaracho personaje de Twain. Bartek, antes del toque de queda, recorre las casas vecinales y de amigos para reparar relojes y máquinas de coser, o lo que se tercie, a cambio de alimentos. Ahora yo los

ayudo, con la connivencia del servicio y a espaldas de Hans y Otto...
¡y de Günther! De hecho, la mañana del día que fui con Bartek a la
roca les preparé un segundo hato con un par de botellas de leche,
harina, legumbres, galletas saladas y algo de carne, además de dos
pastillas de jabón, pasta de dientes y una pluma bañada en oro que
Günther dejó de usar hace tiempo y que Bartek podría canjear en el
mercado negro por otras cosas que pudieran necesitar él o el niño.

—¿Y dices que ese crío no tiene madre? ¿Murió? —preguntó
Clara conmovida.

—Sí, la mujer perdió la vida mientras dormía, en un incendio
durante la noche desatado por la llama de una vela. Para su fortuna,
el pequeño Huck pudo ser rescatado a tiempo, pero el recuerdo del
trágico suceso lo tiene aún traumatizado. Sospecho que pudo ver
cómo su madre se quemaba, y se siente culpable por ello. ¡Si vieras la
tristeza que muestra cuando habla de su madre, romperías a llorar!

—¡Qué tragedia! ¿Y, a todo esto, dónde estaba Bartek?

—Ese mismo interrogante se lo hice a él en la roca, cuando hablábamos de la hambruna de su pueblo. Sin saber cómo, acabé preguntándole cuánto tiempo hacía que había fallecido su esposa. Su
rostro se apenó y los hombros se le cayeron al suelo. «¡Pobre Jędruś, tan pequeño y lo que ha tenido que ver y vivir!», susurró Bartek mientras su pensamiento se explayaba en lejanos horizontes.
Sus ojos se habían humedecido y los apartaba de mi mirada para
que yo no notara su tormento. Había metido sin quererlo el dedo
en una herida en carne viva. Después de un silencio, Bartek comenzó a hablar con voz quebrada, y fue entonces cuando me enteré de
que Jędruś no era hijo suyo: su difunta madre había enviudado un
par de años atrás y no tenía a nadie más en este mundo, salvo a mi
jardinero, que era amigo de la pareja desde la adolescencia. Al fallecer ella, Bartek se compadeció del pequeño y lo acogió bajo su techo. Lo cuida como si fuera su hijo; de hecho, el crío lo considera
su padre, y entre ellos ha fructificado una bella relación que no
existe, por ejemplo, entre mi esposo y Erich. Son uña y carne.

—¿Me estás diciendo que él es un hombre libre? —Clara dio
un respingo; pero no reparó en lo doloroso que resultaba para mí
el hecho de que Günther no sintiera ni por asomo ese tipo de afecto hacia su propio hijo, de su misma sangre.

—Sí, Clara —respondí agitada—. Y te preguntarás por qué lo
sé. Porque me lo confesó, aunque para ser precisa tendría que de-

cirte que se lo sonsaqué, aun sabiendo de antemano por boca de Hermann que el padre de Bartek, antes de fallecer, lo había estado ayudando en los cuidados de Jędruś. Pero para calmar mis celos necesitaba tener la certeza de que no había mujer alguna en su vida.

»Averigüé que vive solo con Jędruś. Eso es lo que me contestó, tragando saliva y llevándose la mano al cuello. Le incomodó hablarme de su vida privada. Pero mirándome a los ojos me reveló que estuvo casado, pero que nunca llegó a tener hijos. Se desposó muy joven, con la mujer equivocada, una tal Agnieszka. Cegado por el amor no supo ver que era una muchacha codiciosa, dispuesta a sacrificar lo que hiciera falta para subir algún que otro peldaño en la escala social. Fue una relación tormentosa, pues la ambición de la joven no tenía límites, y nada de lo que hacía Bartek por ella la satisfacía. Agnieszka le recriminaba ser un hombre sin aspiraciones, un fracasado incapaz de hacer algo constructivo, un *buscabichos*, y le presionaba para que abriera su propia joyería. Finalmente, conoció a un rico comerciante de Varsovia con el que se marchó, no sin antes llevarse la poca fortuna que Bartek había podido distraer en una pequeña caja fuerte de las manos despilfarradoras de su esposa. La vida le pasó una elevada factura por una mala elección. Ahora, tal vez Bartek contempla a las mujeres de otra manera, desde la distancia, por temor a tropezar con la misma piedra. Le pasa a la gente de buen corazón: la misma confianza que alimenta su pasión da pábulo al engaño y la traición. Lo único que espero es que él haya visto en mí una mujer fiel, dispuesta a amarlo incondicionalmente.

—Mmm... Esa tal Agnieszka me recuerda tantísimo a una amiga de *Frau* Von Bothmer. Se trata de *Frau* Dietrich. Jamás me ha dado buena espina. Parece una mosquita muerta, pero estoy convencida de que toda ella es una pose para esconder su condición de arpía de afiladas garras —me explicó Clara.

—A propósito de *Frau* Von Bothmer, creo que ha llegado el momento de que quedemos tú y yo con esas mujeres para que nos pongan al día de las habladurías y maledicencias que corren por las élites de esta bella ciudad. Ya sé que para ti muchas de ellas te resultan insulsas, pero lo divertido de la cita son los preparativos: podemos elegir juntas los vestidos que llevaremos y los tocados. ¿Te ves con ánimo para cumplir con este plan? —le pregunté con curiosidad.

—Estaba pensando en...

—¿Irena, tal vez?

—Sí, la...

—¡Cómo te conozco! ¡Irena ya tiene a Claudia para que la cuide! Deja de estar siempre preocupada por los demás y piensa en ti por una vez, en alimentar con experiencias placenteras tu renovado estado de ánimo —dije sin darle oportunidad a que me atosigara con el problema de Irena.

Su primera reacción fue encogerse de hombros, para darme a entender que le había preparado una encerrona. Era normal que los miedos recién desterrados de su cuerpo trataran de volver a invadirlo, pensé. Pero algo estimulante debió de pasar volando por su cabeza, porque al instante cambió de actitud. Estranguló con decisión la colilla del cigarrillo en el cenicero y accedió.

—De acuerdo, amiga mía, ¿por qué no? Veamos..., estamos a viernes... ¿Qué te parece que al llegar a casa telefonee a *Frau* Von Bothmer y nos sumemos al encuentro que ella y otras amigas van a tener mañana por la tarde en el Café Neu-Berlin? —me preguntó Clara sacando el pie de debajo de su trasero para apoyarlo en el borde del asiento—. Seguro que nos divertiremos con los últimos chismes que corren por la ciudad, y con la música y el ambiente tan singulares que dicen que animan ese local.

La vi tan ilusionada con la idea que me emocioné.

—Me parece un plan perfecto. ¡Estoy impaciente por que llegue la tarde de mañana!

—¡Y yo lo estoy por que me cuentes cómo acabó tu salida a esa roca de la pasión! Mira ya la hemos bautizado —contestó ella riendo.

—Ja, ja... ¡La roca de la pasión! Sí, pero de la pasión reprimida. Así terminó la salida. Al final, hablamos de eso y aquello y reímos con confianza y naturalidad hasta el momento de recoger los bártulos y regresar a casa. Fie al tiempo que ocurriera algo más, pero los minutos pasaron volando. De regreso ambos nos vimos invadidos por un pensativo silencio. Él caminaba con la mirada perdida, tratando quizá de comprender el significado de mi invitación, ordenando en su mente el caudal de sentimientos y emociones desconcertantes que turbaban su corazón. Y yo caminaba llevada por mis pies, mientras mi cabeza, obstinada en amargarme con pensamientos sórdidos, se batía en duelo con mi corazón, que latía inmaculado, rendido de amor. Mi mente se resistía a aceptar que estaba locamente enamorada de Bartek y se empecinaba en inundarme de miedos, dudas y remordimientos. Hasta me hizo tropezar varias veces con las piedras y hendiduras del sendero, a modo de premonición, tal vez señalándome que todo mi mundo corría el peligro de desmoronarse. De seguir por esa vereda, echaría por la borda mis ocho años de matrimonio, estigmatizaría a mi familia y arruinaría la posición social que tanto tiempo dediqué a cultivar. Cada contratiempo imaginado fue una patada en el pecho, golpes que mi corazón convertía en caricias, promesas de esperanza. Mi amor por Bartek podía con todo; oírle respirar a unos pasos por delante de mí hacía sentirme segura, invencible. A medio camino, él comenzó a canturrear en voz baja una alegre canción polaca que consoló mi espíritu. Entonces solo escuché mi corazón latiendo al compás de la melodía.

Aquel romántico recuerdo hizo que me echara a llorar. Clara se limitó a no decir nada, solo se levantó para ofrecerme su pañuelo y me cogió la mano para que desahogara mi pena y supiera que tenía alguien a mi lado que me comprendía. Y no la soltó hasta que me vio más calmada.

—Gracias por ser tan buena amiga, Clara —continué—. Me pregunto si este amor tiene algún sentido. ¿Por qué el destino me está haciendo pasar por esta prueba de fuego? Esta maldita tierra ha puesto mi vida patas arriba, sacudiendo cada rincón de mi cuerpo y espíritu. Jamás pensé que el hechizo del amor pudiera cautivarnos hasta el extremo de la ofuscación, impidiéndonos ver la realidad por la que por lógica deberíamos optar y llevándonos a movernos por los impulsos del corazón, fogoso y pasional. Ni mil voces sensatas podrían acallar el deseo de ser suya. Nada de este mundo es capaz de disuadirte de que no vuelvas a reunirte con él, a que caigas una y otra vez en el anhelo de fundirte con tu ser amado. Por eso, desde aquel día, estos encuentros se han sucedido regularmente; en cuanto ha surgido la oportunidad, me lo he llevado a pintar.

»En cada cita, Bartek me hace sentir que más allá de mi mundo se puede ver, tocar y sentir otra realidad, viva de pasión y deseo. Y una fuerza misteriosa me impide dar un paso atrás. A veces, la desilusión amarga por no ver cumplidos mis deseos hace que sienta rencor hacia él. Un inexplicable resentimiento me empuja a castigarlo, hasta el extremo de que en más de una ocasión estuve en un tris de pedirle a Hermann que lo despidiera, por arrogante, por incompetente, por ser polaco y no alemán... En ocasiones he llegado a criticar con crueldad sus trabajos de jardinería, hasta el punto de obligarle a cambiar sin motivo alguno la ubicación de unas plantas o de hacerle el desaire de rechazar una propuesta ornamental. Quizá con ello solo quiero captar su atención, que se arme de valor para cogerme de la mano y huir lejos de aquí.

—Por desgracia, estamos acostumbrados a conseguir la felicidad a través de bienes materiales, tangibles, y tú, querida Ingrid, acabas de descubrir que se puede ser feliz con apenas tan poco como es la ilusión de amar y ser amada por alguien tan humilde que no puede ofrecerte más que lo que es. Cuando una mujer se prenda de un hombre puro, la dicha que vive no se puede contener; la desborda e inunda su alma —dijo Clara.

—La felicidad... Pasamos la vida buscándola sin saber en realidad qué es, y cuando creemos que la hemos encontrado, nos aferramos a ella como el bebé hambriento al pezón materno —repliqué—. En eso consiste la felicidad, ¿verdad? En saborear la intensidad de los momentos junto a Bartek... momentos que, si no pasan de la línea roja que me he trazado, son y serán tan inocentes como destructivos...

—Me puedo imaginar dónde has puesto ese límite —susurró mi amiga.

—En la peligrosa frontera que separa el deseo y tener lo deseado. ¿Piensas, como yo, que con los pensamientos y los sentimientos no se cae en la infidelidad?

—Lo que yo piense a este respecto es irrelevante. Lo importante es lo que te diga tu corazón. ¿Consideras que estás engañando a Günther?

—Mientras que no haya un contacto íntimo, en tanto que entre Bartek y yo solo exista una conexión espiritual, no. Trato de convencerme de que solo le estoy engañando un poquito —respondí con una sonrisa fingida—. Si la situación hubiera sucedido a la inversa y Günther fuera quien estuviera enamorado de una bella polaca, creo que jamás se lo perdonaría. Pensarás que soy incoherente, pero quien está sufriendo este infierno pasional soy yo, y no él. El amor es egoísta, ¿no?

—Pues entonces, querida, mientras que tu relación se mantenga alejada del territorio de las pasiones carnales, no tienes por qué flagelarte. La felicidad y el deber moral son vasos comunicantes.

—No me hables de moralidad... La mía se parece ahora más a un tentetieso, que se balancea de un lado a otro según mejor me convenga —dije imitando su movimiento, lo que causó risa en Clara.

Mencionar tan a menudo a Günther hizo que me sintiera incómoda en su despacho. Es por ello por lo que sugerí a Clara que continuásemos conversando en mi habitación. Subimos las escaleras y, al llegar al umbral de la puerta, ella se detuvo a contemplar mi efigie griega.

—Mmm... ¿Es él? —preguntó dubitativa.

Yo la miré sonriente, tan perpleja como ella a mí, pues me sorprendió su virtud como fisonomista.

—Ja, ja... No, es un trabajo que realicé hace unos años, y casualmente se parece tanto a él que cuando caí en la cuenta casi me dio un vahído. Lo más asombroso del asunto es que no utilicé ningún modelo, sino que surgió de mi imaginación... Una casualidad —murmuré.

—Hay dos cosas en la vida en las que no creo. Una es la suerte, y la otra, las casualidades. El azar es muy retorcido, y seguro que está pergeñando algo a tus espaldas, querida —contestó poniendo voz de misterio, que no supe si era fingida para intrigarme o si era sincera para inquietarme.

Entramos en mi habitación y me apresuré a descorrer las cortinas de los ventanales, mientras ella pasaba la vista rápidamente por mis aposentos. Yo me la quedé mirando, a la espera de que ella adivinara lo que quería mostrarle.

—Por tu sonrisa columbro que ahí fuera hay algo que quieres que vea —dijo a la que caminaba hacia uno de los ventanales. Primero exploró la parte trasera de la casa, milímetro a milímetro, y luego miró hacia la lejanía hasta divisar mi tesoro—. ¡Vaya, qué forma más caprichosa tiene!

—Sí es un tanto obscena, aunque dudo que la naturaleza cayera en la cuenta al colocarla sobre el promontorio —convine con voz agitada, pues había algo en aquella roca que cautivaba mis sentidos—. Es como si alguien en tiempos pretéritos la hubiera puesto en ese sitio para que yo pudiera ahora disfrutar de su presencia. Te parecerá una necedad, pero sentí cómo me invitó a que llevara a Bartek a sus pies.

—El amor hace que todo a nuestro alrededor parezca extraordinario, que hasta los detalles más insignificantes se engalanen de magia...

Las dos nos quedamos meditabundas, mirando el peñasco, que empezaba a ser bañado por unos lánguidos rayos de sol que preludiaban la caída del día. E imaginé que tal vez la roca llegó hasta allí solo para hacernos saber a Bartek y a mí que nuestro idilio era inamovible, sólido como ella.

Rendida por la tensión de mis revelaciones a Clara, me dejé caer sobre la cama; y ella se echó a mi lado, las dos mirando al techo.

—Quizá el lunes me decida a llevarlo conmigo allí arriba. Subiría con él todos los días, pero para no levantar sospechas, dejo que pasen dos o tres días entre una salida y otra. Cuando llega el momento de partir, me invade una euforia que apenas puedo disimular, y me tiembla el cuerpo entero, pues temo que algún contratiempo eche por tierra la excursión. Solo cuando estamos al otro lado del muro empiezo a relajarme; entonces, el magnetismo entre los dos cobra fuerza, y me olvido de los problemas, de las angustias, de las preocupaciones y hasta de la guerra.

—¿Y cuando él está trabajando en tu jardín? Debe de ser para ti un sinvivir tenerlo delante de tus narices y no poder casi dirigirle la palabra —se preguntó Clara.

—Lo espío, amiga mía. Cada habitación de la casa se ha convertido en una especie de torrecilla de vigilancia desde donde contemplarlo. Salgo a este balcón con el pretexto de tomar un poco de sol o respirar aire fresco; arrimo una silla a un ventanal del salón, para simular que leo un libro o salgo afuera en busca de los niños, para ofrecerles un refresco o unos caramelos. Erich y Jędruś se han convertido en mi coartada ideal. Sobre todo, este último, que siempre llama a su padre para que venga a nuestro encuentro o me lleva a él con cualquier motivo. Creo que le gusta vernos juntos. De hecho, una vez me elogió como madre ante Bartek, y le manifestó, con una inocencia angelical, que le gustaría tener una madre como yo. Bartek y yo nos miramos sin saber qué responderle. Fue fugaz, pero tuve tiempo de leer en sus ojos el mismo anhelo. Siempre lo recordaré, del mismo modo que la tarde que me sobresaltaron los gritos de Erich. Sus gemidos hicieron que Anne y yo corriésemos al jardín. Mi pequeño se revolvía en el suelo de dolor sujetándose la pantorrilla, mientras que Bartek corría en su auxilio. Jugando con Jędruś, se había clavado una astilla en la pierna. Bartek lo cogió en brazos y lo sentó en las escalinatas donde hemos encontrado a Erich al llegar. Tras comprobar que, a pesar de la sangre escandalosa y la aparente profundidad de la herida, solo se trataba de un rasguño, pidió a Anne que trajera el botiquín. Con su voz serena, Bartek enseguida logró calmarme. También a Erich, al que acariciaba el pelo y lo consolaba con palabras de ánimo, mientras que Jędruś explicaba hecho un manojo de nervios, mitad en polaco, mitad en nuestro idioma, cómo se accidentó. «Eres un muchacho fuerte; otro ya se habría desmayado... Un hombre sin cicatrices es aburrido», le susurró Bartek al oído, mientras le mostraba una cicatriz en su cuello, detrás de la oreja. Bartek me pidió que lo ayudara a limpiar la herida. Al pasarle las gasas empapadas en desinfectante sentí la piel de sus dedos, y cada vez que lo hice, un placentero escalofrío bajó por mi columna vertebral. Lo noté tan cerca que mi mente se cortocircuitó, y no oí cómo se sumaban al corrillo Hans y Otto. Al acabar, Erich lo abrazó por el cuello; y yo impulsivamente, le estreché la mano en señal de agradecimiento. Él la arropó casi acariciándola, y la retiró rápido para que ninguno de los presentes se sintiera ofendido. Con aquella acción, se granjeó un poco más de respeto por parte de todos. «¿Hay alguna cosa que no sepa hacer este polaco?», se preguntó Hans.

Clara me cogió de la mano y la apretó con decisión con el propósito de infundirme valor. Lo necesitaría para la larga travesía que aún me quedaba por recorrer en mi romance sin horizonte alguno.

—¡Caramba, Ingrid! Has de andar con mucho cuidado; nunca sabes quién puede traicionarte; a veces, la felonía la comete la persona que menos te esperas. No confíes en nadie —me sugirió.

—No temas por ello, actúo con la máxima prudencia. El amor es un secreto que los ojos no saben guardar. Cuando me dirijo a él en el jardín, es para ordenarle un nuevo trabajo o un cambio de planes en la ornamentación. Siempre con frases cortas y concisas. A veces le pido que haga una cosa y me quedo con los brazos cruzados o me llevo las manos a las caderas mirando cómo la realiza. Me pongo quisquillosa y hasta impertinente, y corrijo enfurecida su trabajo. Una representación teatral de la que Bartek es consciente, aunque no pocas veces veo cómo se muerde los labios para no replicar a mis excesivas imposiciones. Pero le guste o no, he de ser convincente, y en cualquier caso son las reglas del juego para poder estar un rato juntos sin levantar sospechas.

Evité profundizar con Clara en mis emociones más privadas, aquellas que solo sientes cuando te entregas a alguien en cuerpo y alma; y nada dije de las aventuras ardientes con Bartek en la intimidad de mis sueños, la única parcela de nuestro ser donde realmente somos libres de hacer lo que nos plazca sin tener que rendir cuentas a nadie. En ese mundo onírico es en el que yo quería estar siempre, pues era la única forma de tener a Bartek sin remordimientos ni peligros. Al apagar la luz de la mesilla, las noches se iluminaban de pasión y lujuria, y yo era quien manejaba las riendas de mis anhelos, haciendo realidad mis fantasías y conduciéndolas por donde se me antojaba. Así viví aventuras con Bartek en las tierras vírgenes de Nueva Zelanda; sobrevivimos como náufragos, prácticamente desnudos, en una isla paradisíaca; nos besamos y abrazamos en la ladera de un volcán en erupción; y nos prometimos amor eterno en las puertas del Taj Mahal, con su cúpula acebollada como único testigo.

En el mundo lúcido, sin embargo, la situación era otra bien distinta, aunque igual de embriagadora. Fantaseaba con él observándolo a escondidas a través de los cristales, lo que añadía un riesgo no exento de morbosidad, especialmente cuando lo dibujaba. De la impaciencia, a veces me temblaba el pulso al lanzar con el lápiz las primeras líneas sobre el papel, y a la que el croquis cobraba forma sentía el hervor de la sangre correteando por mis venas. Cada trazo en el papel era una caricia, y pasar el dedo para difuminar un trazo se convertía en un instante libidinoso. Hice decenas de bocetos y dibujos de su rostro, de sus ojos, de su humilde sonrisa, del sudor tranquilo que brotaba por los poros de su piel a causa de la fatiga. Me permití desnudar su torso y figurarme su musculatura revestida por una suave alfombra de vello. Luego, contemplaba extasiada mi creación y la estrujaba contra el pecho para sentirlo a él. De esto, no dije una palabra a mi amiga. Las láminas las guardaba bajo llave en un baúl del siglo XIX que tenía reservado en el dormitorio para mis útiles de pintura, y donde jamás fisgaría Günther.

Y, como a veces el silencio es oro, tampoco hablé a Clara de una terrible imprudencia que cometí como aria, al entregarle a Bartek algo mío que jamás debía poseer. Todo comenzó una mañana de finales de junio en la querida roca. Esa jornada Bartek estaba especialmente taciturno, algo rumiaba en su cabeza que me fue imposible sonsacarle. No tenía nada que ver con nosotros, quizá se levantó con el pie izquierdo y tan solo no le apetecía hablar. Todos tenemos ese día aciago en el que nos sentimos insignificantes, abandonados, desdichados. Aproveché que Bartek tenía la mirada extraviada en su mundo interior para dibujar sus ojos, que brillaban como si acabaran de bañarse en un lago de belladona, aquellos ojos que mostré por azar a Clara. Casi cuando estaba a punto de acabar, él se dio cuenta de mi osadía. Ocultó su alegría bajo un manto de indiferencia, quizá porque nadie antes lo había retratado o tal vez porque se avergonzaba de que fuera yo quien lo hiciera por primera vez. En el fondo, Bartek era tímido; una timidez que disimulaba aplicándose un barniz de insolencia que me resultaba cautivador. «Me temo que me tiene en gran estima, porque no creo que esos ojos sean el reflejo de los míos... Nunca he estado orgulloso de ellos», confesó, complacido, mientras se recreaba contemplándolos. Esas palabras salían precisamente de la boca de una persona sabedora del arma de seducción que poseía a ambos lados del tabique nasal y que sabía usar con desenvoltura en el juego del flirteo.

Luego me preguntó si me retrataba a mí misma. Y lo cierto era que no, que jamás me había hecho un autorretrato. Es más, nunca fui amiga de dejarme retratar; de hecho, en la escuela de Arte rechacé en no pocas ocasiones la propuesta por parte de mis profesores de posar como modelo para los estudiantes. La razón la desconozco, tal vez no me interesaba desnudarme ante nadie, y no me refiero solo a físicamente; o tener que ver plasmados mis complejos en el papel. Decía un profesor mío de Berlín que el autorretrato no es otra cosa que una mirada hacia uno mismo, la búsqueda de nuestros defectos y virtudes; en resumen, una forma de conocerse mejor.

El autorretrato también podía ser, dadas las circunstancias, la manera más sutil de que Bartek descubriera a la auténtica Ingrid, pensé. Aquella idea me resultó muy excitante, tanto que decidí hacer algo que ni en sueños imaginé.

Ya de vuelta a casa, corrí a mi dormitorio llena de excitación, eché la llave y me senté con mi cuaderno frente al tocador. Exploré mis rasgos faciales como si lo hiciera por primera vez: era una cara hermosa, con algunas pequeñas asimetrías que la hacían más atractiva, aunque estaba lejos de alcanzar la divina proporción del rostro de Clara. El mío era menos ovalado, con pómulos altos y marcados, siempre coloreados con un rubor natural; y unas pestañas largas, tupidas y casi negras, a juego con las cejas, perfiladas y seductoras, que contrastaban con el castaño claro de mis cabellos ondulados. El índigo moteado de franjas grises de mis ojos y mis labios de rubí iluminaban la tez blanca embellecida por una nariz sencilla, estrecha, calco de la de la Mona Lisa. Solo estaba algo descontenta con mi barbilla, un tanto rectangular y masculina, pero que, según Günther, apuntalaba la personalidad extrovertida de mi rostro. Era una bella mujer aria que no dejaba indiferente a los hombres. Pasé rozando las yemas de los dedos por mi cuello de cisne y las deslicé por las clavículas, simétricas y protuberantes, que morían en unos hombros esculpidos, de brillos marmóreos; retiré ligeramente la blusa blanca cruzada para comprobar que la piel nacarada de mi escote seguía tersa, limpia de manchas y lunares.

Sin casi quererlo, solté el lazo de la prenda y me la quité con los ojos cerrados, dejando sentir sobre mi piel la liviandad de los tejidos con que estaba confeccionada mi ropa interior, sus encajes, los bordados y los volantes traviesos que invitaban a la lujuria. Imaginé a Bartek enfrente, viéndome de la misma forma en que me veía yo ahora delante del espejo. El tiempo se había portado bien con mi cuerpo, y cada cosa estaba aún en su sitio, con sus turgencias naturales. Me abracé a mí misma, apretando los antebrazos contra los pechos, nada desfigurados por la lactancia, mientras que la brisa que se colaba por la ventana envolvía mi cintura, erizándome el vello de cada recoveco de mi piel. Me levanté para volverme, y elevé alto los talones para constatar que mis glúteos aún conservaban su voluptuosidad de juventud, unas nalgas que enloquecían a Günther cada vez que hundía sus manos en ellas cuando hacíamos el amor.

Toda mi anatomía lucía lozana, bañada por un desconocido elixir de la juventud. Me sentí como una flor recién salida de su capullo, de pétalos carnosos y húmedos. Y en un arrebato de locura, me quedé como mi madre me trajo al mundo. Corrí el espejo de pie abatible desde una punta del dormitorio a la otra, para situarlo en el lugar apropiado, y deshice la cama para meterme en ella solo con un par de palillos de carboncillo y el cuaderno. Nunca antes había disfrutado tanto de mi desnudez. Me veía libre.

Me recosté de lado, apoyada sobre el codo izquierdo y de cara al espejo. Pero tuve que levantarme un par de veces más, para correrlo hacia atrás, hasta que conseguí que reflejara mi cuerpo entero perfectamente enmarcado. Luego, me cubrí con la sábana de lino blanco, enredándola en el muslo inferior y dejando los senos al descubierto. Recogí ligeramente las piernas para de ese modo acentuar la suave curva de mi cadera que dibujaba el perfil de una guitarra española. Coloqué el cuaderno en la posición correcta y, con carboncillo en mano, me recreé mirando la sugerente forma ovalada de mi ombligo, que me sonreía en medio de un vientre esplendoroso. ¿Durante cuánto tiempo más mis ojos seguirían ilusionándose de tanta beldad? Fui consciente de que ninguna flor mantiene su lozanía para siempre; un día, sus pétalos comienzan a perder frescura y deslucirse, hasta marchitarse sin que haya vuelta atrás. Y recapacité sobre mis experiencias de alcoba. Hasta entonces, la sensible orquídea que yo era solo sobrevivía con las mínimas atenciones del hombre a quien me reservé. Jamás eché en falta mayores cuidados, creyendo que eso era el amor, hasta que apareció en mi vida un jardinero de manos grandes y dedos hábiles, y sentí el deseo agónico de que me tratara como a las flores de mi jardín y que me tomara con la misma delicadeza con la que atrapaba las mariposas para describirme la belleza de sus reflejos iridiscentes. Lo hacía con tanto desvelo que los insectos no querían despegar luego de sus manos, tal y como haría yo si alguna vez él me estrechaba entre sus brazos.

Recostada plácidamente en mi lecho, probé varias poses, buscando la que mejor reflejara mi natural sensualidad. Al entrecruzarme los brazos por detrás de la cabeza para probar su efecto en mis senos me recordé a la maja desnuda, descarada y provocadora, con la salvedad de que mi pubis no quedaba a la vista. Yo no aspiraba a ser tan atrevida como lo fue Goya con su hermosa modelo, pensé. Pero la tentación de romper con el tabú fue más poderosa que el sentimiento de pudor. Fantaseé con la posibilidad de que algún día pudiera regalar a Bartek el autorretrato que mi diestra comenzaba a dar vida en el papel, para que, independientemente de lo que nos deparara el futuro, siempre pudiera contemplar a su amada. No quería ofrecerle un simple desnudo vacío, superficial y lujurioso, sino que en cada una de sus líneas pudiera sentir la desnudez de mi alma, con sus virtudes y fortalezas y también con sus debilidades y miedos. No quise ocultarle nada, y por esa razón decidí apartar la tela de mi monte de Venus.

No calculé las horas que tardé en acabar mi autorretrato, pero, si fueron muchas, pasaron volando; cada trazo, cada sombra, fue una parte de mí que quedó inmortalizada. Fue con diferencia la obra de mi vida con la que más disfruté y una de las que más me satisfizo. La guardé envuelta en papel de seda en el baúl, a la espera de encontrar la oportunidad para entregársela a su destinatario. Pues decidí definitivamente que solo él era quien debía poseer mi desnudez.

El autorretrato durmió bajo llave durante semanas. Pero no solo se trataba de una cuestión de oportunidad, como pensé presa de la excitación cuando lo guardé: antes de entregárselo necesitaba sentir que nuestra relación amorosa avanzaba, aunque fuera sin rumbo ni destino. Y los días pasaron sin que nada nuevo ocurriera entre nosotros. Ansiaba dar un paso adelante, un acontecimiento revulsivo que me llenara de estímulo —y convicción— para entregar el dibujo a Bartek.

Ese momento especial llegó el día anterior de que le revelara a Clara mi secreto. Al igual que otra mañana cualquiera, él y yo visitamos la roca y, como de costumbre, dejamos pasar el tiempo entre insinuaciones, miradas, risas y conatos de acercamiento físico. Vencida por la desesperación, decidí regresar a casa antes de lo previsto, para darme una ducha fría que se llevara por el desagüe el ardor que me consumía por dentro. Bartek no sospechó nada de mi hartazgo. Marchaba, ufano, por el sendero camino abajo delante de mí, entre tarareando y silbando una versión muy particular de la *Polonesa heroica*, porque sabía que me gustaba que lo hiciera. A mitad del paseo, interrumpió su canto para contarme un chiste polaco que acababa de recordar. A pesar de que era muy corto, no lo entendí. Justo cuando trataba de explicármelo me zancadilleé a mí misma sin saber cómo y salí literalmente despedida por los aires. Al escuchar mi alarido, Bartek soltó todos mis bártulos y se lanzó a por mí para evitar que diera con los huesos en el suelo. Me cogió por la cintura y mi cuerpo se enlazó al suyo en una postura forzada, con mis nalgas clavadas en su rodilla y mi mano aferrada a su camisa, que se desabotonó violentamente para dejar al descubierto gran parte de su torso. Con la otra mano me sujetó por la nuca. Nuestros rostros quedaron uno frente al otro, tan próximos que me vi reflejada en sus pupilas. Su pecho presionaba contra el mío y el calor húmedo de su piel traspasaba la tela de mi vestido.

—Debe mirar por dónde pisa, *Frau* F., pudo haberse roto una de sus bellas piernas o, aún peor, desfigurarse su rostro de porcelana —me susurró.

—Siempre que tropiezo está ahí para acudir en mi auxilio. ¿No le parece demasiada casualidad? Voy a tener que nombrarle mi ángel de la guarda —musité forzando un tono suave y sensual.

Ninguno de los dos nos movimos un solo milímetro. No queríamos salir de esa unión que tanto tiempo habíamos soñado con sentir; bastaba un ligero impulso por parte de alguno de los dos para culminar el deseo reprimido, mil veces imaginado. Sus dedos presionaron mi nuca con delicadeza, para llevarme a él, y entorné los ojos para recibir un beso de sus labios.

El ruido atronador de un caza de la Luftwaffe que pasó sobrevolando nuestras cabezas quiso despojarme de mi amado.

—Espero que la señora no se haya magullado —dijo Bartek apartándose de mí despacio. Yo alargué la mano para acariciarle la mejilla. Su expresión era la del hombre que contempla impotente cómo el agua se le escapa entre los dedos, consciente de que nunca volverá a sentirla en sus manos. Y él debió de adivinar mi cuita en la tristeza que enrojeció mis ojos. La desilusión solo halló contrapeso en la certeza por parte de ambos de que nos amábamos, y de que el sentimiento era tan intenso que ninguno de los dos podía cometer el error de arrastrar al otro al fondo de un pozo del que nadie podría rescatarnos.

Él recogió del suelo todos mis objetos y yo me estiré el vestido para deshacer las arrugas. Justo cuando reanudamos la marcha, escuchamos las voces agitadas de Hans y Otto, alarmados con seguridad por el grito que lancé. Los soldados aparecieron por la verja y, con las manos sobre las cartucheras, miraron en todas las direcciones. Estuvieron a punto de sorprendernos en una postura comprometedora. Al ver que caminábamos hacia ellos con tranquilidad, él delante y yo detrás, los dos estafermos se relajaron.

—¿No ha escuchado usted un horrible grito de mujer? Por un momento temimos por su vida, *Frau* F. —dijo Hans al recibirnos, clavando sus ojos de inquisidor en mi acompañante.

—Sí, nosotros también lo hemos escuchado, pero según el jardinero era el gruñido de un jabalí —respondí mirando a Bartek para que asintiera.

—¡Estará en celo! Los condenados lanzan los mismos guarridos que los cerdos de mi pueblo... Si se pusiera a tiro, una noche de estas cenaríamos su sabrosa carne —dio la nota Otto con la voz desagradable de siempre.

Bartek esperaba dos pasos detrás de mí para mantener las apariencias. Le pedí la carpeta que llevaba apretada contra el costado y extraje una de las acuarelas: «Tenga, Hans, envíesela a su esposa.

Dígale que esta es solo una pequeña muestra de las grandes bellezas de nuestro nuevo imperio. Seguro que le dará usted una gran alegría». El soldado se puso firmes y, con una sonrisa que no le cabía en la cara, chocó los talones en señal de agradecimiento. «Para usted, Otto no tengo nada que pueda agradarle. Le prometo que algún día me animaré a pintarle un jabalí: ¿cómo lo prefiere, asado o estofado a la cacerola?», le dije en tono de broma. Los dos soldados se rieron, y Bartek también, pero con discreción. Le ordené que dejara todas mis cosas en la cocina, y me alejé de él sin ofrecerle una última mirada. Continué mi camino deprisa, sintiendo en la cintura cómo un hilo invisible tiraba de mí hacia él. Jamás había visto el rostro de un invidente que distingue la luz por primera vez, pero así era como creí sentirme yo en esos momentos: el amor inundaba mi espíritu con una luz cegadora, placentera e inquietante a la vez, una atracción indomable que me unía a un hombre y que estaba sujeta por el delicado peciolo de una hoja de albahaca.

En mi piel aún sentía el calor de Bartek cuando mi corazón me dijo que había llegado el momento de regalarle mi desnudo. Lo saqué del baúl y lo metí en una carpeta de dibujo que cerré con un lazo. A hurtadillas, fui hasta su remolque y con disimulo la escondí bajo una caja de cartón vacía. Obsequiar a Bartek con algo tan íntimo me hinchó de felicidad: era una manera de que él me tuviera para siempre.

Aquella osadía no solo me metería en apenas dos semanas en un aprieto mayúsculo del que no sabría cómo salir, sino que produjo en mí el efecto contrario del que deseé. En lugar de sentirme satisfecha, pletórica de alegría por que Bartek al fin me tuviera, me asaltaron inseguridades y remordimientos que me estremecieron. ¿Y si aún estaba enamorada de Günther? ¿Y si mi atracción hacia Bartek era producto de los caprichos de una mujer madura en crisis? Quizá estaba dando demasiada importancia al distanciamiento de mi esposo y aún estaba a tiempo de dar marcha atrás. Era cuestión de adiestramiento. De pensar más en Günther. De escribirle todos los días, aunque jamás tuviera respuesta. De irlo a ver a Auschwitz, si él no podía abandonar su puesto. Era cuestión de disciplina, de exigirle menos a él, y más a mí misma. De anteponer la razón a los sentimientos. Estos pensamientos me flagelaban cuando Erich entró a mi dormitorio con el ímpetu de un tifón. Clara contuvo una exclamación de sobresalto y saltó de la cama. «¡Cuántas veces he de decirte, cariño, que antes de pasar a las habitaciones de los mayores hay que llamar a la puerta! ¡Casi matas a Clara del susto!», le corregí mientras me abrazaba, haciendo oídos sordos a mi reprimenda. El pequeño traía su libro de Karl May. Clara, que lo conocía, se ofreció a leerle unos pasajes. Mientras ella se sentaba en mi orejero, Erich se tumbó contento a mi lado en la cama, con restos de helado de fresa en la comisura de los labios. Mi amiga, al igual que solía hacer yo, adaptó el lenguaje de la historia a uno más accesible para que el pequeño lo pudiera comprender. Como en otras tantas cosas, Clara volvió a sorprenderme. Jamás me imaginé que pudiera ser una magnífica cuentacuentos, capaz de imitar voces distintas con una genial teatralidad. Así asumió el papel de Pequeño Oso, el muchacho tonkawa, cuando salvó a la jovencita Ellen Butler de la pantera negra que había logrado escapar de su jaula. Clara dejó el libro en el reposabrazos y se levantó del sillón para emular al joven indio, que, con un movimiento rápido y preciso, tomó a Ellen del cinturón y la hizo saltar con él por la borda. Luego simuló los movimientos del felino, que, al querer hacerse con su presa, se arrojó al río tras ellos.

Erich disfrutó muchísimo con la interpretación de mi amiga, hasta que rendido de sueño cerró los ojos, lo que nos hizo recordar que se había hecho tarde para todos y que Clara debía volver a su casa si no quería que el *Sturmmann* Schmidt empezara a inquietarse por su retraso.

10

Sábado, 31 de julio de 1943

—¡Ay, Ingrid, qué disgusto llevo encima! —me recibió Clara presionándose las yemas de los dedos sobre las sienes nada más verme entrar por la puerta de su casa. Llevaba el pelo desgreñado, como si acabara de pasar un torbellino por su blonda cabellera, y todavía no se había vestido ni maquillado para la ocasión.

—¿Qué ha ocurrido? —pregunté con un hilo de voz, esperándome lo peor.

—Amiga mía, siento tener que decirte que no podré acompañarte esta tarde. En estos momentos me disponía a telefonear a *Fräulein* Gehlen para avisarla de que no contéis conmigo... Espero que aún esté en casa... Siento que en tu primer encuentro con ellas tengas que acudir sola...

—Me estás asustando, Clara, dime ¿qué ha sucedido?

—Se ha reventado una tubería en el cuarto de baño de Karl y no nos hemos percatado de la rotura hasta que el agua no ha empezado a correr escalones abajo. Menos mal que el diligente Schmidt estaba cerca de la casa y ha cerrado la llave de corte antes de que la escalera principal acabara convirtiéndose en las cascadas de Ouzoud —balbució.

—¡Tranquilízate, querida! Por fortuna solo es eso, agua. Peor habría sido un incendio o el derrumbe del tejado —improvisé tratando de restar importancia al incidente. Por sus palabras y gesticulaciones, envueltas en una sospechosa teatralidad, deduje sobre la marcha que el infortunio era la evasiva perfecta para que Clara se recluyera una vez más en su hogar, y evitar así tener que enfrentarse a un nuevo lugar, a la muchedumbre. Inferí que quizá había recaído en su enfermedad, al obsesionarse con la cita de aquella tarde. Pero por fortuna no fue así.

—El agua es lo de menos; lo que me preocupa de verdad es Karl, su reacción cuando llegue mañana después de estar varias semanas fuera y se encuentre con que no podrá usar su baño. Pondrá el grito en el cielo, como siempre que se altera su rutina, y, como de costumbre, me reprochará mi nulidad para resolver los problemas... ¡Diablos, con ese iracundo es imposible entrar en razón! —me hizo entender haciendo aspavientos.

Con ánimo de aquietarla, me acerqué a ella, la abracé por encima de los hombros y le planté un beso en cada mejilla. Le susurré al oído que yo estaba allí para ayudarla en lo que fuera menester, que exageraba cuando decía que Karl reaccionaría poniéndose hecho una furia. Entonces suspiró y su corazón inquieto pareció detenerse, aunque de nuevo volvió a repiquetear a mil por hora sobre mi pecho. Su miedo era tan intenso que hasta hizo que yo también me estremeciera. En ese momento me fue imposible comprender la causa de su pavor. Luego se separó de mí bruscamente, casi de un empujón.

—Un fontanero, dónde voy a dar con uno ahora... Ay, Dios, ayúdame.

—*Frau* W., le pido disculpas, pero no he podido evitar escucharla —intervino el joven Schmidt con aplomo, que surgió como de la nada por detrás de mí—. No se preocupe, yo me encargo de traer uno enseguida. Sé de un fontanero de confianza que dejará todo funcionando de nuevo en un periquete.

—Pero...

—Déjelo en mis manos, *Frau* W., se lo ruego —le insistió el militar ahuecando la voz para parecer más encantador—. Márchese usted tranquila. Diviértase. Le prometo que cuando regrese esta noche todo estará en orden como siempre, y le aseguro que su esposo no notará nada cuando lo reciba usted mañana...

El semblante de Clara se relajó en el acto. Eso sí, dudó un instante torciendo el gesto, pero enseguida meneó la cabeza y se le iluminaron los ojos, que giraron agradecidos hacia el *Sturmmann* Schmidt. Sabía que él haría todo lo posible para deslumbrar a mi amiga, lo cual me tranquilizó, pues yo no habría acudido al encuentro de la tarde sola. Ahora, nuestra cita seguía en pie. Clara dio instrucciones a Irena, que en ese momento pasó por nuestro lado oculta tras una pila de toallas y paños empapados de agua, de acompañarla a sus aposentos para que la ayudara a acicalarse a toda prisa, no sin antes servirme ella misma una copa de Riesling. El rostro de la sirvienta aún estaba marcado por la huella del disgusto que le provocó la detención de su hermano, y se veía que hacía un tremendo esfuerzo por cumplir con su trabajo.

Mi amiga me dejó en el salón con Kreta, que, al ver que no atendía a sus provocaciones para que jugueteara con ella, me despreció mirándome con altanería y se hizo una rosca en su cojín predilecto. Decidí entonces pasearme por la sala acompañada del divino vino del Mosela y me entretuve a contemplar por uno de los ventanales el paisaje calmo que tantos bellos momentos me regaló, hasta que se me ocurrió encender la radio que reposaba sobre el chifonier de caoba. La voz de un interlocutor que hablaba inglés se hizo sentir por toda la estancia, lo cual me sobrecogió. Extrañada, apagué rápidamente el aparato. Por primera vez escuché la emisora de nuestros enemigos, y supuse que no podía ser otra que la BBC.

—Esa preciosa radio es un obsequio que Goebbels hizo llegar a su círculo de colaboradores más cercano —explicó Clara al entrar en el salón. Parecía una estrella de cine, con un discreto toque de maquillaje y ataviada con un vestido rosado con un aire al clásico de aleta y cuentas de flecos que disimulaba a la perfección su embarazo. No lograba entender por qué se empeñaba tanto en ocultarlo, pues tarde o temprano tendría que anunciárselo a Karl, o él mismo se daría cuenta de que en su vientre se estaba sucediendo algo extraño. Entonces pensé que querría decírselo en persona, quizá en su visita del día siguiente.

Clara calló un instante para colocarse bien el collar de perlas azules que reposaba en el cuello en uve del vestido y que hacía juego con los pendientes.

—Quítate esa cara de susto, querida, sintonizar las emisoras del otro bando es un acto de deslealtad que hasta mi marido comete... ¡y yo misma sin ir más lejos! No creo que exista un solo alemán que no haya puesto alguna vez la oreja en la radio enemiga... No serás tú la excepción, ¿verdad? —preguntó con sorna. Ella sabía de sobra que yo jamás violaría una prohibición de nuestros gobernantes.

—Preferiría quedarme sorda antes de dejar que mis tímpanos se contaminen con las mentiras que vomitan por su apestosa boca esos locutores lenguaraces —repliqué enfadada.

—Ay, mi queridísima Ingrid, a veces pienso que vives en la luna, ¿qué digo? ¡En Marte! Hablas de mentiras, pero ¿alguien dice la verdad? ¿Cómo sabes que nuestro amado Hitler no nos toma el pelo con sus promesas trufadas de megalomanía? —preguntó, dibujando unas comillas en el aire cuando pronunció «amado Hitler». Y añadió—: ¿Por qué he de creer a su camarada Speer cuando a través de las ondas nos asegura que ganaremos esta guerra con el valor de nuestros soldados y con las *Wunderwaffen* en ciernes que volatizarán al enemigo? Armamento milagroso que solo ilusiona a los ingenuos, a almas cándidas como la de Claudia, que hace unos días argumentaba que si Hitler ha dicho que ganaremos, es que así va a ser. «¿Acaso no se ha enterado la señora de que nuestros militares están fabricando una bomba secreta capaz de destruir países enteros?» Esas fueron sus palabras. Pobrecilla... Es tan ingenua como tú, amiga mía. ¿Y por qué he de desconfiar de los compatriotas que huyen de los campos de trabajo? En la BBC, denuncian sus condiciones inhumanas. ¿Por qué no puedo creer a los funcionarios que se van de la lengua sobre lo que de verdad ocurre allí dentro? ¿O de aquellos que dan parte de las salvajadas que cometen nuestros soldados? La verdad es relativa; las mentiras, lo mismo...

—¡Maldita sea, Clara! ¡Pues porque no son compatriotas! Todos ellos son desertores cuyo único propósito es abrir una brecha en el espíritu alemán, sembrar la desconfianza entre los dirigentes y la gente corriente. Son unos canallas... unos... ¡No me hagas decir improperios! —exclamé apretando los dientes para desfogarme—. ¿Qué crédito puedes dar a aquellos que nos quieren ver crucificados en lo alto del Gólgota? Yo seré una lunática... o una marciana, pero tú eres tanto o más ingenua que Claudia. Eres una niña malcriada, siempre lo he pensado.

—¡Ya estamos con el mismo sermón! —atipló su voz para darle un tono burlón a la discusión. Y al tiempo que extendía hacia mí sus muñecas, ironizó—: ¡Anda, espósame...! ¡Esposa a tu niñita malcriada por escuchar la BBC! Me lo merezco, por todo lo que te hago sufrir.

Me pellizcó el moflete, cogió mi bolso de mano del sofá y me asió del brazo para llevarme casi en volandas hasta mi Mercedes, donde nos esperaba el bueno y paciente de Hermann con su pipa apoyado en la puerta del conductor. Los gestos casi cómicos de mi amiga hicieron que me olvidara de sus impetuosas invectivas. Ella había aprendido a aplacar mis prontos de furia que, a veces, incendiaba a propósito vertiendo peroratas bolcheviques e idioteces ácratas sobre mi conciencia.

—¡Buenas tardes, Mayor, llévenos a que mi desairada amiga se divierta! —exclamó divertida Clara, que ya nada tenía que ver con la mujer histérica que me había recibido hacía menos de una hora. Luego se dirigió a mí—: ¿No te he dicho que estás guapísima con este vestido tan elegante? Me tienes que contar de dónde has sacado este precioso tocado de flores. De Hilda Romatzki, ¿verdad? Estás tan arrebatadora que hasta los ciegos se volverán para admirarte.

—Me sobran todas las miradas, a excepción de una —susurré a mi amiga con tono melancólico.

Me había arreglado pensando solo en agradar a Bartek. Sabía que lo más probable era que no coincidiría con él al salir de casa o que solo pudiera contemplarme de modo efímero, tal vez desde uno de los rincones del jardín. Pero me bastaba con estar un instante retenida en su retina. La dicha quiso estar de mi lado, y al salir de casa tuve la satisfacción de cruzarme con él y apreciar en los ojos que recorrieron nerviosos toda mi figura una chispa de admiración contenida. Fue un regalo que me estremeció. Entonces dejé caer de forma premeditada mi pañuelo de seda, que había rociado con mi mejor perfume para él. Bartek lo recogió del suelo para devolvérmelo con su habitual gesto sumiso, pero le hice un mohín de rechazo, como si una vez tocado por él ya no lo quisiera.

Otto, que contemplaba la escena a pocos metros de distancia, sonrió aguantándose la carcajada, pensando que fue un desprecio por mi parte hacia el polaco. Nunca antes tanta ignorancia me había provocado semejante grado de satisfacción. Con el rabillo del ojo, pude ver cómo mi polaco estrujó el pañuelo entre sus dedos, tal vez para sentirme, tal vez por la desesperanza de no poder expresar en voz alta lo que su corazón le decía en ese momento.

La ruta hasta el Café Neu-Berlin, un local de moda para aquellos que se lo podían permitir, y que se parecía a un cabaré sin llegar a serlo, se me antojó harto estimulante. La luz revoltosa de la tarde bañaba de energía todo lo que acariciaba y entraba por la ventanilla del coche para besarnos con sus vibraciones positivas, y Clara se olvidó por completo de la inundación en el baño y de Karl. Disfrutamos del viaje, y lo hicimos en silencio, distrayéndonos con la belleza de aquella ciudad. Cracovia me gustó desde que la pisé por primera vez en compañía de Günther. Me enamoré de sus avenidas, sus plazas, sus jardines y parques, sus puentes, sus iglesias y su catedral, sus palacios... Su río y sus orillas asilvestradas. Ofrecía un sinfín de rincones hermosos donde montar su caballete el artista.

A pesar de ello había ido pocas veces al centro y apenas conocía cuatro calles. Me orientaba identificando algunos edificios significativos, como el Deutsche Post Osten, su antigua universidad, el castillo de Wawel donde residía Hans Frank, algún que otro puente que cruzaba el Vístula, la plaza de Adolf Hitler, con su bello Sukiennice y la basílica de dos torres adornadas con nuestras banderas, el parque Planty o el Staatstheater, aquel viejo teatro donde padecí con mi Simonetta el mayor susto de mi vida. Y poco más.

Hermann, sin embargo, sabía callejear por Cracovia como si llevara toda la vida allí. Tras un pequeño atasco provocado por un control policial rutinario, llegamos a nuestro destino, reconocible por los corrillos de hombres y mujeres con atuendos elegantes que se arremolinaban en la entrada. El Mayor pudo aparcar al otro lado de la calle, junto a una biblioteca móvil de la Frontbuchhandlung, donde un soldado con muletas era atendido para llevarse algún libro de reciente publicación que ensalzaba el espíritu alemán.

—¡Qué casualidad, Ingrid! A principio de año mis amigas me propusieron que las acompañase a disfrutar de ese espectáculo, pero rechacé la invitación por el motivo que ya conoces. —Mientras salíamos del coche, Clara me señaló un descolorido y agrietado cartel pegado en el escaparate de un local que parecía haber sido en su día una boutique y que ahora se encontraba a la espera de que un nuevo dueño lo dignificara. Leí: HOLA, 1943. UN VIAJE AL PAÍS DEL HUMOR. TEATRO DE VARIEDADES, DE CHARLIE AMBERG. 16, 17 Y 18 DE ENERO DE 1943... No obstante, el letrero de la lechería de al lado, en el que se comunicaba la falta de género, acaparó más mi atención.

«¡Nuevas informaciones de la caída de Mussolini! ¡El Duce, arrestado!», vociferaba un niño vendedor de periódicos que con el brazo extendido ofrecía ejemplares a los transeúntes. Pero a nadie parecía importarle ya la noticia. A una señal de Hermann respondió un fornido portero de uniforme azul oscuro con galones dorados, que apuró el paso para venir a nuestro encuentro y acompañarnos con una sonrisa mínima hasta la entrada del local.

Una puerta giratoria nos engulló para trasladarnos a un espacio anacrónico, casi idílico en aquellos tiempos aciagos. Envuelto en una fina neblina de humo de tabaco, el bullicio del lugar nos dio la bienvenida. Era un rumor jocundo, desenfadado y festivo, que azuzaba los espíritus amodorrados. Aunque había oído hablar bien del sitio, inaugurado hacía un par de meses, para mí fue inimaginable que algo así existiera en Cracovia. Lo primero que me llamó la atención fueron las mujeres que rompían con los cánones de belleza y las formas de vestir y los modales que exigían amplios sectores del Reich y que, en esta materia, por cierto, no contaban con mi beneplácito. Por allí desfilaban hembras con vestidos de alta costura o en elegantes pantalones Marlene. O exhibían unas cabezas, sin moños ni sosas diademas, con peinados de alta peluquería. Y un rostro embadurnado de maquillajes traídos de Francia e Italia; fumando como carreteros y bebiendo alcohol mano a mano con los hombres. Y nadie las veía como fulanas o traidoras. La gente conversaba contenta, con sonrisas en los labios, al igual que antes de que comenzara la guerra. Ese lugar parecía un refugio donde acudir para evadirse del mundo hostil que reinaba en el exterior o para alimentar la nostalgia. El ambiente me evocó el Berlín desenfadado e irreverente que viví de soltera.

El lugar estaba lleno a rebosar, engalanado por doquier con las banderas diseñadas por nuestro *Führer*. En su pequeño escenario, bajo las luces pajizas de dos focos y arropada por una pequeña orquesta, una cantante, con un ajustado vestido negro de brillantes lentejuelas y escote de hombros caídos y zapatos de charol con tacón de aguja, cantaba una versión moderna de *Nehm' Se 'n Alten*, que comencé a tararear en mi cabeza de manera automática.

Eran tantos y tan diferentes los estímulos a mi alrededor que recuerdo sentir cómo el embrujo del lugar comenzó a enajenarme. Allí donde miraba todo era exhibición, lujo, transgresión, pomposidad, flirteo. Hombres que sujetaban los cigarros como prolongación de su virilidad traspasaban con su mirada los vaporosos vestidos femeninos, ligeros y sensuales, saboreando en su magín la fruta prohibida que bajo la gasa, la seda o el satín se antojaba inaccesible.

Damas aristocráticas mezcladas con burguesas remilgadas y meretrices de buen ver venidas de todos los rincones de Alemania que lucían sus encantos en busca del varón que les costeara sus caprichos o las sacara de la miseria. Seguramente no pocas ofrecían su carne para llevarse unos filetes a casa con los que alimentar a la familia. Mis pupilas dilatadas no se perdían detalle alguno; sentí mi cuerpo levitar a un palmo del suelo al son de la música.

—¡Espabílate, Ingrid! Has venido a divertirte, no a soñar despierta —me exhortó Clara dándome un ligero codazo en la cintura—. ¡Mira, allí están todas esperándonos ya sentadas! —dijo saludando con el brazo en alto a un grupo de mujeres que había en una mesa casi al fondo del local.

Clara, aunque llevaba una sonrisa dibujada en la cara, estaba algo tensa; el tumulto de gente que nos envolvía le causaba cierto temor. Llevaba los puños cerrados y caminaba con pasos cortos, como sobre un alambre, evitando de manera inconsciente que el contoneo donoso y elegante de sus caderas azuzara el morbo de los hombres que le clavaban los ojos llenos de lascivia. Pero aquella beldad era cual magnetita, un imán que atraía al varón y repelía a la hembra.

Semejantes a un enjambre de abejas melíferas, los camareros volaban de aquí para allá sorteando a la clientela con sus bandejas llenas de vasos de whisky, ron y ginebra. Uno de ellos se detuvo a servir en una mesa en la que dialogaba un grupo de gente, que, por su vestimenta y aire bohemio, identifiqué como artistas y poetas. Pensé que estarían discutiendo sobre un tiempo utópico, convencidos de poseer las claves de un mundo mejor, libre y justo, y que criticarían los ideales del Gran Reich. En ese momento, odiaba a esa fauna de estrafalarios. La mayoría me parecían holgazanes que vivían a costa de sus padres o de un mecenas y que no predicaban con su propio ejemplo. Günther solía decir de ellos que eran unos parásitos que no aportaban nada a la causa.

En una mesa vecina, un grupo de jóvenes soldados de la Wehrmacht consumían unas jarras de cerveza en compañía de unas muchachas de buena posición social que brindaban con las altas copas de champán. Y detrás de ellos, en una larga mesa que lindaba con la pista de baile, una decena de mujeres celebraba un cumpleaños ante la mirada almibarada de unos jóvenes apuestos que las observaban en la distancia, a la espera del momento preciso para posarse sobre ellas, cuando la mezcla de cócteles les hiciera bajar la guardia. Todo el mundo parecía vivir el aquí y el ahora, como si a la salida les esperara el apocalipsis.

—*Heil Hitler, Frau W.!* —saludó con jovialidad a mi amiga una de las tres damas, estrechándole la mano por encima de la velita que adornaba el centro de la mesa. Lo primero que me llamó la atención de aquella mujer es que tenía un aire a la actriz Lída Baarová, con su melena negra ondulada, grandes ojos y nariz respingada que le concedían un atractivo singular.

—¡Buenas tardes, *Frau* Von Bothmer! —contestó Clara evitando responder con la misma fórmula, desconsideración que viniendo de ella no me causó extrañeza, y se apresuró a presentármela—: Esta es mi buena amiga *Frau* F.

—Encantada de conocerla. Es todo un placer tenerla entre nosotras —respondió la diva con un tono estirado, dedicándome una prudente mirada glacial de indiferencia solo entibiada por una sonrisa fingida—. Nos tenía usted preocupadas por su prolongada ausencia. Me alegra comprobar que ya se encuentra usted bien; de hecho, su aspecto es lozano, radiante, me atrevería a decir. Espero que a partir de ahora vuelva regularmente a nuestras reuniones, pues echamos en falta su siempre grata presencia —añadió *Frau* Von Bothmer dirigiéndose a Clara con la mirada altiva de la aristocracia. Su esposo era dueño de unas minas de diamantes en Sierra Leona y su presencia en Cracovia obedecía a negocios que la mujer evitó detallar. Era inmensamente rica y saltaba a la vista, pues parecía una joyería andante. Sus dedos lucían sortijas y anillos de oro y piedras preciosas engarzadas; en sus muñecas se agolpaban pulseras igualmente valiosas; de sus orejas pendían un par de diamantes del tamaño de una alubia; y por su cuello bajaba un collar de rubíes y zafiros que reposaba sobre el mostrador que sus exuberantes senos formaban sobre el escote. *Frau* Von Bothmer era madre de dos hijas, las dos felizmente casadas con hombres también de buena posición, y que vivían una en Friburgo y la otra en Stuttgart, a las que sacó a relucir orgullosa en más de una ocasión a lo largo de la velada.

Mientras Clara y yo tomábamos asiento, mi amiga le respondió que su presurosa rehabilitación me la debía a mí, un comentario que me enorgulleció. *Frau* Von Bothmer aceptó la respuesta con poco convencimiento.

Percibí un atisbo de desprecio en sus ojos, bien porque no creyó que Clara hubiera pasado realmente por una grave enfermedad, bien porque esperaba encontrarse con una Clara ajada. Puso los ojos estrechos y miró con complicidad a la señora de la derecha, que me presentaron como *Frau* Dietrich, una mujer de mediana edad, berlinesa como yo, de cabello castaño y ojos de color violeta claro, que destilaba elegancia y distinción. Dietrich se casó joven y embarazada con un muchacho de abolengo, emparentado con la antigua aristocracia austrohúngara. Según me contó Clara, ella y su esposo decidieron abandonar nuestra patria después de que su hija, de catorce años, fuera raptada a la salida del colegio y, tras cuatro días de tensa angustia, su cadáver apareciera a orillas del Dahme, desnudo, mutilado y con signos de violación. Transcurrido un año y medio de pesquisas y después de detener a varios sospechosos, la policía fue incapaz de atrapar al verdadero autor del abyecto crimen. El tormento por el vacío que les causó la muerte de su única hija, unido a los sentimientos de culpabilidad que en estos casos invaden a los progenitores, llevó a que *Herr* Dietrich, un alto cargo del Gobierno, solicitara el traslado y fuera enviado primero a Praga y luego a Cracovia, para supervisar aquí los trabajos del Wirtschaftsamt. *Frau* Dietrich buscó el olvido en el alcohol. De hecho, era la única de las amigas de Clara que tenía a su lado una copa de coñac que apuraba a sorbitos.

El cruce de miradas inicuas entre ambas damas me dejó bien claro que mi amiga era el blanco de sus críticas. Pero no me inquietó. Celos, envidias, rivalidades van unidos a la condición femenina, como la lactancia y el período. No lo podemos evitar, cuando una mujer destaca del resto por su hermosura siempre se buscan motivos para socavar su imagen... y su moral. Más aún si además es inteligente y no se deja manipular como una marioneta, caso de Clara. En su día, yo misma la envidié, le resté valía, me envolví en una ficticia superioridad intelectual para sentirme mejor. Pero enseguida pude ver en ella su gran carisma; sabía escuchar, me inspiraba confianza, no se achantaba ante nada y sus actos eran coherentes con sus acciones. Lo que sí llegó a exasperarme de *Frau* Von Bothmer fue la amabilidad superficial de la que hizo gala en todo momento, así como su necesidad manifiesta de ejercer de matriarca sobre sus amigas e incluso sobre mí misma, sin ni siquiera conocerme.

—Va a pensar usted que somos unas damas maleducadas. Ya que mis amigas no lo hacen, déjeme que me presente. Me llamo *Frau* Bruckner —dijo la tercera mujer con voz tímida y sonrisa aniñada. Me cayó bien nada más verla. Tal vez porque había algo de Clara en ella, salvando las distancias, hasta se parecían físicamente; la misma estatura, la misma belleza curvilínea y un rostro con carácter. Carecía del aplomo del que hacen gala las mujeres con raíces aristocráticas, a pesar de que era biznieta de un gran duque de Baviera. Averigüé que tenía trillizos de doce años y que trabajó como fiscal del Estado hasta mediados del 36, año en el que las mujeres ya no pudimos desempeñar cargos de este tipo en la judicatura, porque, al parecer, éramos incapaces de razonar con objetividad y pensar con lógica. Según sus propios compañeros de profesión, las emociones nos hacen débiles. ¡Qué necedad! ¡Sabrán los hombres lo que ocurre en la sesera de una mujer! Tras sufrir una corta crisis melancólica, *Frau* Bruckner volvió a su antigua profesión de abogada en el bufete de su padre, pero hacía casi tres años ella y los trillizos se vinieron a Cracovia, para estar junto con su marido; el suyo era un mando político de la policía polaca que desempeñó un papel impecable en el desmantelamiento del gueto. A pesar de su carácter reservado y nada vanidoso, no ocultaba el sentimiento de orgullo y admiración hacia su esposo. Yo también elogié el trabajo de Günther y me alegré de que ni ella ni ninguna de las presentes se interesara por lo que hacía. ¿O tal vez lo supieran?

—¿Qué sabemos de *Fräulein* Gehlen? —preguntó Clara al grupo alzando la voz, pues tanta algarabía a veces apenas nos dejaba seguir la conversación—. Lleva la impuntualidad en la sangre...

—¡Es incorregible! Estoy convencida de que lo hace adrede, para hacerse la interesante —replicó *Frau* Dietrich arqueando una de sus cejas, muy depiladas y casi rectas, para corregir, supuse, la excesiva verticalidad de su rostro.

Clara la obsequió con un gesto de complicidad.

—¡Hablando del rey de Roma...! —exclamó *Frau* Von Bothmer levantando el brazo para que *Fräulein* Gehlen nos localizara.

Al verla, *Fräulein* Gehlen le devolvió un saludo agitando la mano, y aceleró el paso, deslizándose ágil como una mamba entre el gentío con el propósito infructuoso de robarle tiempo a su retraso. Era una joven flaca, huesuda, con unas caderas que se marcaban en su falda de vuelo negro y florecillas rojas, tan corta que apenas le cubría medio muslo y tan provocadora como el escote de su blusa, también negra y sin mangas, por donde asomaban unos senos pequeños, pero tersos, salpicados de nubecillas de pecas anaranjadas que subían por el cuello para dispersarse por su cutis de porcelana como salpicaduras de café. Siempre consideré que las efélides otorgaban un aire exótico, y me hubiera gustado nacer con unas pecas discretas que decorasen mis mejillas y nariz. *Fräulein* Gehlen se paró en seco a unos metros de nosotras, con una sonrisa de oreja a oreja, y comenzó a agitar sensualmente su cintura muy ceñida al son de la batería que empezaba a hacer sonar un ritmo hipnotizador que provocó que la gente acudiera en tromba a la pista para bailar la canción. *Fräulein* Gehlen reanudó la marcha hacia nosotras justo cuando empezaron a resonar las trompetas y demás metales por todo el local.

—¡Les pido perdón por la tardanza! —se disculpó sin ruborizarse, a la par que se retiraba de la frente el flequillo de su corta melena pelirroja que recordaba a la de las *garçonnes* de finales de la Gran Guerra—. Al salir de casa me he encontrado con *Frau* Bolz, ya saben, la esposa del jefe de bomberos, y se detuvo a hablar conmigo. Todas conocemos cómo es *Frau* Bolz, que cuando le dan cuerda puede hablar día y noche sin tomar aliento —aseveró mientras corría la silla que le habíamos reservado para sentarse—. En esta ocasión no ha sido fácil deshacerme de ella, pues me ha contado entre lágrimas que su hija de diecinueve años acaba de fugarse con un músico de la Orquesta Filarmónica de Viena. La joven ha dejado colgada en el espejo una nota de despedida en la que solo ha escrito: «Ya tendréis noticias mías». La he consolado diciéndole que son cosas del ardimiento juvenil, que ya volverá al hogar cuando el amor languidezca. Y por dentro me pregunté: ¿dónde está el problema? Ja, ja, ja... *Vive l'amour libre!* —Tras sus alegaciones de inocencia a las que ninguna de las allí presentes dio crédito, se dirigió a mí para presentarse de manera cariñosa y efusiva—: Usted debe de ser *Frau* F. Es un placer conocerla y comprobar que es usted más bella de lo que me describió *Frau* W. Yo soy, como habrá adivinado, la incorregible reina de la impuntualidad, *Fräulein* Gehlen.

Fräulein Gehlen era la única soltera del grupo, y todo apuntaba a que iba a continuar en ese estado durante algún tiempo más. Aunque había pasado por varios amores, que acabaron engañándola, no perdía la esperanza de encontrar al hombre que la hiciera feliz el resto de su vida. Por su carácter directo e irreverente, quienes no la conociesen bien podrían llegar a colegir que ella fue la infiel en sus idilios fallidos. En más de una ocasión, *Frau* Dietrich la riñó por mostrarse tan desenvuelta con los del sexo contrario, como si entre ellos y nosotras no hubiera que guardar las distancias, una forma de ser que, sin duda alguna, atraía a hombres de poco juicio, que confundían la extroversión de la joven con la promiscuidad. En el fondo, este era el monto a pagar por sus inclinaciones feministas, su resistencia a aceptar la naturaleza dominante del varón.

«Los hombres acabarán por aceptar que somos tan capaces como ellos. Nuestro universo es más rico que satisfacer al esposo y cuidar de los muchos hijos que se nos pide... De ningún modo aspiro a que se me otorgue la Cruz de Honor de la Madre Alemana», me comentó ella misma durante una conversación aquella noche. Unos ideales que, *grosso modo*, yo compartía, aunque estaban adormecidos por la moral en la que me educaron. Y por la de mi esposo. «El feminismo es una *merde* pergeñada por los intelectuales judíos para entretener a sus mujeres insatisfechas», argumentaba con desprecio Günther cuando salía a relucir el sitio que la mujer aria debía ocupar en la sociedad moderna. Siempre tenía que callarme o asentir para no acabar tirándonos los trastos a la cabeza. Pero yo sabía en mi fuero interno que la tan pregonada imagen de la madre en la cocina con los niños que tanto gustaba a nuestros hombres y a una mayoría de nuestras féminas era una soga en el cuello de la mujer con aspiraciones profesionales. Y, sí, yo aspiraba a ser una buena madre y esposa, pero también una pintora de renombre, como Angelika Kauffmann y, salvando las distancias, Artemisia Gentileschi. Nada malo había en ello; me resistía a formar parte de la clase de mujer que se sienta pasiva ante el escenario de la vida.

—Jamás había visto una mesa tan triste, queridas amigas. ¿Acaso han reñido con los camareros? —nos reprochó en tono jocoso *Fräulein* Gehlen.

Miró a su alrededor, paró a un camarero que pasaba en ese momento por delante de ella y le dijo con mucho desparpajo:

—Joven, estamos sedientas y solo usted puede poner fin a esta situación. A mí, por favor, sírvame un tequila, y a mis amigas, lo que deseen.

—Mmm... me apetece un *Apfelweinschorle*, por favor —pidió Clara.

—Una ginebra con soda, pero no le ponga la rodaja de limón. Detesto su sabor —aclaró *Frau* Von Bothmer poniendo cara de vinagre.

—De momento, una cerveza bien fría —fue el deseo de *Frau* Bruckner.

—A mí, sírvame otro coñac —ordenó *Frau* Dietrich, tras apurar la copa de un trago.

Yo fui la última en pedir una burbujeante copa de champán. Al cabo de un rato, otro camarero, un chico alto y joven, de cabello castaño oscuro y ojos café, nos sirvió las bebidas y se retiró discretamente.

—Es atractivo, ¿verdad? ¿Se han fijado en sus ojos caídos, en su varonil nariz aguileña? Cómo me gustaría que con ella...

—¡Por Cristo, *Fräulein* Gehlen! No necesitamos saber cómo acaba la frase... —la interrumpió *Frau* Bruckner con una media sonrisa, simulando cara de resignación—. Gehlen, Gehlen... ¿Qué le tengo dicho? Debería fijarse en hombres más maduros, adentrados en la adultez y la sensatez. ¡Amiga mía, déjese de una vez por todas de fantasear con pimpollos!

La pecosa no le tuvo en cuenta la reprimenda, pues entre ellas había la suficiente confianza para decirse las cosas que pensaban sin tener que recurrir a circunloquios.

—Suscribo todas y cada una de sus palabras... Una mujer debe aspirar a relacionarse con varones diez o veinte años mayores que ella si lo que desea es una relación de provecho... ¡Además de inmaduro, ese camarero tiene pinta de italiano! —apostilló con arrogancia *Frau* Von Bothmer.

—¿Y dónde está el problema, querida? Los italianos tienen fama de ser los mejores amantes del continente —le respondió la soltera mirándose el color berenjena de las uñas.

—No hay que dejarse llevar por los instintos, y mucho menos por los estereotipos —rebatió *Frau* Von Bothmer mientras se llevaba la copa a los labios—. ¡Qué quiere que le diga! Prefiero a un alemán que a un extranjero, por muy galán que me pueda parecer este último. Un envoltorio rimbombante no implica que dentro haya una joya. La laxitud de la moral nos ha llevado a donde estamos ahora, inmersos en una apremiante limpieza de nuestra raza, infectada de herencias combadas imposibles de enderezar. Seguro que, si busca entre nuestros hombres, incluso sin salir de este establecimiento, encontrará al amante que satisfaga sus aspiraciones. Si me lo permite, yo misma podría hacerle una selección.

—Discúlpeme si en esto no estoy del todo de acuerdo con usted —intervino mordiéndose la lengua Clara para no hacer saltar por los aires la reunión. Yo sabía que en este asunto no podía permanecer callada—. Nada malo tiene enamorarse de un hombre que no sea ario. Hay razas en Europa y fuera de ella que pueden aportar singulares rasgos que resultarían beneficiosos para nuestra sangre.

—Eso podría ser así si excluye a judíos, gitanos o cualesquiera de las demás subrazas. Porque ¿qué opinarían ustedes de que una de nosotras mantuviera un idilio con un polaco, aquí y ahora, en Cracovia? ¿Eh? —preguntó la exfiscal del Estado echando una corta mirada a cada una de nosotras con un brillo mordaz en los ojos. La última fue para mí.

«Tierra, trágame», pensé. La boca se me quedó seca como una salazón: ¿tenía yo acaso cara de estar enamorada? ¿Existía en el repertorio de los gestos femeninos uno que delatara a una mujer atraída por un polaco? ¿Y si al expresar mi opinión pudiera alguna de ellas leer entre líneas algo que me inculpara? Un pequeño tartamudeo, una sutil incoherencia, un leve sonrojo, un parpadeo a destiempo, una gota de sudor en la frente, podían ponerme en evidencia. Decidí no pronunciarme a este respecto por la cuenta que me traía y, haciendo como que algo me llamó la atención en la pista de baile, dejé que otra de nosotras tomara la palabra.

—¡Para mí sería una traidora! Aunque se tratara de una amiga, juro ante la Biblia que pondría su felonía en conocimiento de la Gestapo —advirtió *Frau* Von Bothmer sin pestañear. Los pómulos se le pusieron incandescentes.

Sus palabras me cogieron dando un sorbo a la bebida y casi hicieron que el champán tomara el camino hacia los pulmones. Tosí e instintivamente miré a Clara, y esta, que detectó mi angustia, desvió la mirada hacia *Frau* Dietrich, que, junto con *Frau* Bruckner, asentía con la cabeza a las palabras de *Frau* Von Bothmer.

—Al tratarse de una amiga, lo pensaría dos veces antes de denunciarla. El corazón humano es egoísta y no atiende a la razón. Quizá antes hablaría con ella para que pusiera fin a su error, ¿no creen? —se preguntó una comedida *Fräulein* Gehlen.

En aquellos años era prudente no fiarse de nadie. Había determinados temas en los que una debía mostrarse reservada, evitar decir las cosas del modo que tus palabras pudieran ser tergiversadas para acusarte de afirmaciones que jamás hiciste. De lo contrario, podrías meterte en líos. Los archivos de la Gestapo estaban llenos de soplos, tanto auténticos como falsos, realizados por amigos y hasta familiares del denunciado.

—Las leyes están para cumplirse. Hay asuntos en los que no podemos actuar con condescendencia, hacer la vista gorda, como si nada pasara —dijo *Frau* Bruckner—. Todas sabemos que no pocos alemanes fornican con cracovianas jóvenes y atractivas aprovechándose de su estrechez extrema. Son hombres sin escrúpulos que solo buscan desfogarse. Pero las alemanas no actuamos así; solo las enamoradizas por naturaleza o las enfermas de promiscuidad corren el riesgo de establecer vínculos afectivos con el enemigo. En cualquier caso, allá los hombres con sus actos, pero que luego no supliquen perdón si los pillan acostados con una polaca.

—Merecen el mismo escarmiento que los que ocultan a judíos —gruñó *Frau* Dietrich, que sacó del bolso una pitillera de plata para encenderse un cigarrillo y ofrecer uno a las demás, que lo rechazaron—. ¿Leyeron en la prensa de hace unos días el caso de una pareja de polacos que daba cobijo a una mujer, a la madre de esta y a sus dos hijas en su buhardilla? Ocurrió aquí al lado, a solo unas pocas manzanas. Los dos polacos fueron ejecutados delante de su casa para que los vecinos tomaran nota de que la violación de las normas tiene consecuencias... En cuanto a las cuatro judías, fueron llevadas a donde deben estar, o sea, Auschwitz, para que tengan el final que les toca...

—¿Qué final es ese? —pregunté con curiosidad al notarla tan segura de ese final.

—¡Qué divertida es la esposa del *Herr Hauptsturmführer* F.! —contestó ella fingiendo que los ojos se le escapaban de las órbitas, pues creyó que yo estaba haciendo una gracia aparentando ser una ingenua.

Todas se echaron a reír, excepto Clara, que tampoco sabía a qué se referían, y *Frau* Bruckner, que, o bien no entendió la ironía de su amiga, o bien la consideró de mal gusto.

—Estaba convencida de que Cracovia ya estaba limpia de judíos, sobre todo después del desmantelamiento del maldito gueto... —retomó el hilo de la conversación *Frau* Von Bothmer, visiblemente preocupada—. Pero en vista de los últimos acontecimientos, ¡a saber cuántos judíos más se encuentran ocultos en nuestra ciudad!

—Son como las ratas. De vez en cuando ves alguna correteando por las aceras, buscando inmundicias entre los cubos de la basura, pero sabes que las alcantarillas están infestadas de estas indeseables criaturas —advirtió *Frau* Dietrich echando el humo del tabaco por la nariz.

—El problema es que hay mucha gente dispuesta a ayudarlas, más de la que cabría esperar —subrayó Clara—. Y no solo ocurre entre los polacos. ¿Creen acaso que muchos alemanes no tienen en su vida a un judío al que tienen en gran estima y al que tratarían de salvar a riesgo de poner en peligro su seguridad personal? Un antiguo compañero de escuela, un viejo amigo al que se le deben favores impagables, el médico que salvó la vida a un familiar enfermo, una novia de la adolescencia...

»No les estoy revelando nada nuevo, pues todas conocemos casos de compatriotas que han sido apresados por ayudar, defender o esconder a judíos con los que mantenían una relación de afecto. Imagínese cuántos de ellos deben de quedar por ahí todavía viviendo en la clandestinidad a causa de nuestra conmiseración... Creo que esta conducta caritativa, si me permiten adjetivarla así, nos pone al mismo nivel que los polacos en lo que se refiere al problema judío, ¿no le parece, *Frau* Von Bothmer?

Las palabras de mi amiga le hirieron como el aguijón de una avispa, cuya ponzoña causa al instante un escozor insoportable. *Frau* Von Bothmer dio un trago largo a su ginebra y se obligó a reír:

—¡Usted siempre nos pone a prueba con sus disertaciones, *Frau* W.! Disfruta con la provocación, sacando a pasear nuestros miedos y miserias, moviéndose con perspicacia en la delgada línea que separa lo correcto de la transgresión... Me congratulo de que su afección no le haya restado vigor a esa espontaneidad suya.

Luego, manteniendo fríamente sus emociones bajo control, *Frau* Von Bothmer susurró algo al oído de *Frau* Dietrich, la cual no pudo reprimir mirar a Clara con desdén.

—Debo reconocer que *Frau* W. lleva razón —comentó *Fräulein* Gehlen mirando a mi amiga con empatía—. Las cosas no son blancas o negras. La vida está llena de matices, y en esos matices caben desde la misericordia y el altruismo hasta el cinismo, las incongruencias y los dislates. Pues ¿acaso no les parece un disparate el trato de favor que dispensa nuestro *Generalgouverneur* a un tal Schindler? No me digan que nunca han oído hablar de él y sus judíos.

Fue *Frau* Dietrich quien tomó la palabra. Clara y yo pusimos cara de no saber quién era esa persona.

—¿Se refiere a *Herr* Schindler, Oskar Schindler? Mi esposo le tiene ojeriza, y si de él dependiera, hace tiempo que ese tipo habría sido interrogado en las celdas del cuartel general de la Gestapo. —Y, dirigiéndose a nosotras dos, nos puso al corriente sobre su persona—: Es propietario aquí en Cracovia de la Emalia, una fábrica de cacharros de cocina y munición para la Wehrmacht, y tiene trabajando a decenas, qué digo, a cientos de judíos como mano de obra barata. Hasta ahí todo bien... El caso es que no los trata como debería...

—Sí, antes los traía del gueto, y luego de Płaszów. Tengo entendido que ha movido viento y marea para conservarlos. Tanto es así que hasta se le ha permitido que les levante su propio campo particular, solo para ellos, donde reciben un trato de favor injustificable. Es un secreto a voces que el número no para de crecer, y que es generoso con ellos; los cuida como si se tratara de operarios alemanes. ¿Se lo imaginan? —expuso una *Fräulein* Gehlen abochornada.

—No comprendo nada. ¿Cómo es posible que un SS pueda encerrarte en el calabozo si cometes la imprudencia de ayudar a cruzar la calle a una vieja judía y que nadie haga nada por meter en cintura a ese empresario? —me pregunté en voz alta, indignada.

—La única explicación es que ha de tener muy buenos contactos en la Abwehr o en la Gestapo o que soborne a tipos sin escrúpulos. Quizá ambas cosas... La corrupción campa a sus anchas allí donde hay dinero y poder —dijo *Fräulein* Gehlen haciéndose la ingeniosa.

—Pues si es así, ese hombre es un enconado filosemita, créanme... —subrayó *Frau* Von Bothmer.

—¿Amigo de los judíos? ¡Bah, no tienen por qué preocuparse! Yo más bien diría que es amigo de su propio bolsillo. Me apuesto con quienquiera de ustedes otra cerveza a que los tiene trabajando de sol a sol a cambio de tener que pagar por ellos unos míseros *złotys*, un dinero que, a la postre, va a parar a las arcas del Reich... Contratar polacos le sale a uno mucho más caro. Así que estoy segura de que *Herr* Schindler es un patriota —sentenció *Frau* Bruckner.

—Eso es, lo importante es exprimir a los judíos sin respiro hasta su último estertor, y me es indiferente que trabajen fuera o dentro de Płaszów o de Auschwitz, bajo un frío que hiela las venas o en un achicharradero. Poco me importa lo que se haga con ellos; la única condición es que su existencia sea un infierno, que su alma se seque como arena del desierto y que prefieran cortar con el hilo de la vida a estar aferrados a él... —prosiguió *Frau* Von Bothmer—. Lo que sí es intolerable es que se los use para hacer las tareas del personal doméstico. Es una vergüenza que en numerosos hogares vecinos a Auschwitz hasta formen parte del servicio doméstico.

»Déjenme que les cuente lo último de nuestra amiga *Frau* Höß. Me he enterado, queridas, de que tiene unos fámulos de lo más grotescos: una judía ayuda en la cocina; otras dos más, en las tareas de limpieza; y tres judíos varones, en las faenas de mantenimiento del jardín, que, por si fuera poco, corren a cargo de ¡un romaní!... ¿Se imaginan ustedes cómo debe de oler la casa? No creo que *Frau* Höß me vuelva a ver el pelo mientras esa fauna more en sus dominios... ¡No me gustaría que me contagiaran alguna enfermedad!

Todas rompimos a reír con este último comentario de *Frau* Von Bothmer, que remató llevándose el pañuelo a la nariz, para aspirar su perfume y disipar así cualquier hedor imaginario que pudiera perturbarla. Las risas sirvieron para hacer un paréntesis en nuestro fogoso coloquio y pedir una nueva ronda de consumiciones. La diva y *Frau* Bruckner aprovecharon para ir a empolvarse la nariz; y la pecosa se levantó de la mesa con la intención de saludar a unos conocidos que atisbó cerca del escenario. Sobre sus tablas, un pianista versionaba una alegre canción de Marika Rökk. Estaba complacida de ver que mi Simonetta se lo estaba pasando tan bien como yo en aquella velada. Entretanto, *Frau* Dietrich, algo achispada, empezó a jugar con los tirabuzones de su melena y lanzar miradas aparentemente difusas a un caballero de cabellos canosos y grandes entradas acodado en la barra de enfrente, junto a un vaso de whisky. Parecía estar solo y vestía un traje de corte impecable, de pantalones blancos y chaqueta de color borgoña. Al principio no estaba segura de si *Frau* Dietrich estaba flirteando, pero la duda se despejó cuando él le hizo un guiño y ella respondió apartando los ojos y volviendo a mirarle con una sonrisa cálida. Sentí pena por ella; su vida tras la muerte de su hija debió de ser una azarosa travesía llena de adversidades y penalidades. Me enteré de que su matrimonio estaba roto por esta razón, además de por su problema con el alcohol. Los ojos se me arrasaron de lágrimas al ponerme en su piel y pensar en mi Erich, y saqué rápido el pañuelo del bolso para enjugarlas. Sorprendida, Clara me preguntó en silencio, acentuando el movimiento de los labios, si lloraba. Le dije que no, que el humo del ambiente había debido de irritarme los ojos. Ella pareció conformarse con la respuesta.

Guardé el pañuelo y de nuevo miré hacia el hombre canoso. Este apuró la bebida, se acicaló el bigote, que le daba un aire a Bernhard Rust, y comenzó a caminar hacia *Frau* Dietrich. La galanura de sus movimientos debió de despertar la libido de nuestra compañera de mesa, pues se le sonrojaron las mejillas y sus ojos se iluminaron. Pero al llegar a nuestra mesa, el hombre hizo un quiebro y se dirigió directamente a Clara:

—Mejorando lo presente, es usted la mujer más bella que he visto en mi vida. ¿Puedo solicitarle el placer de bailar con usted? —dijo concediéndole la mano.

Frau Dietrich fue incapaz de esconder su perplejidad. La cara se le agrió, se rascó la nariz con la uña del meñique y se cruzó de brazos.

Los modos aristocráticos del galán se me antojaron trasnochados, nada que ver con la imagen de hombre moderno que proyectaba. Me produjo repelús, el mismo que debió de sentir Clara, porque lo despachó rápido: «No, gracias, espero compañía». *Frau* Dietrich también pareció sentirse aliviada, ya que su semblante de mujer rechazada se disipó de inmediato. La seca respuesta de mi amiga pareció no afectar a aquel tipo, que se dio media vuelta y regresó al punto de partida. Las tres nos miramos perplejas y sonreímos sin soltar un solo comentario sobre aquel extravagante caballero.

El atrevimiento de aquel desconocido me llevó a imaginar a Bartek acercándose a nuestra mesa para sacarme a bailar. Seguramente el alcohol me hizo evadirme durante unos minutos a un escenario paralelo, donde él me conduciría hacia la pista de baile, vestido con un elegante traje y gastando un refinado estilo que lo convertirían en el centro de todas las miradas. La gente nos abriría paso con cara de asombro, como si contemplara desfilar a una pareja de príncipes enamorados. Bailaríamos pegados, moviéndonos lenta y sensualmente al ritmo pausado de la melodía. Mi cuerpo en ebullición se dejaría llevar por sus pasos, chocando contra el suyo como olas moribundas en una playa salvaje. En un momento del baile, su cálido aliento me susurraría al oído que me amaba, y luego sus labios me besarían el cuello con ardor. Y yo no haría nada, solo disfrutaría de él, extasiada de placer. Decenas de almas nos contemplarían con envidia, excitadas, deseosas de cambiarse por una de las nuestras, de sentir el amor puro, ignorando que yo era una aria y él un polaco. Al acabar el baile, todos los que nos rodeaban aplaudirían con el anhelo de haber sido ellos los protagonistas.

Los aplausos provenientes de la mesa donde el grupo de mujeres celebraba el cumpleaños me sacaron de la fantasía. *Fräulein* Gehlen fue la primera en volver a la mesa. Traía una flor blanca detrás de la oreja izquierda, quizá robada de un centro de mesa. Unos minutos más tarde lo hicieron *Frau* Bruckner y *Frau* Von Bothmer, que tras su paso por los aseos parecía haberles caído encima un bote de maquillaje. Al rato, el camarero con aires italianos volvió a servirnos champán para todas, y la pecosa no pudo evitar tontear con él. Le sonsacó que era de madre austríaca y padre toscano, pero su coqueteo no fue más allá, tal vez cohibida por las miradas censoras que le echamos algunas de nosotras.

—*Prost!* ¡Salud! Brindemos por que en la próxima cita podamos celebrar todas juntas que nuestros ejércitos han ganado a los rusos en Kursk —exclamó en tono solemne *Frau* Von Bothmer.

Todas, incluida Clara, dimos un sorbo a la copa con deleite y regocijo, con la ilusión de que los deseos de la diva se cumplieran cuanto antes.

—¡Y a partir de ahora se acabó el hablar de política! ¡La política es cosa de hombres, por eso envejecen más deprisa y mueren antes que nosotras! —bromeó *Fräulein* Gehlen posando su mano sobre el hombro de Clara.

Pocas cosas más dignas de mención sucedieron en aquel encuentro antes de que cada una regresara a su casa. Fue una velada divertida, agradable, amena, diferente, llena de sensaciones. Y no descartaba asistir a una nueva reunión si la ocasión se presentaba, a pesar de que no sentí ninguna conexión que me impulsara a intimar más con aquellas mujeres. Porque si para algo sirvió aquella cita fue para constatar que no necesitaba más amiga que Clara.

11

Lunes, 2 de agosto de 1943

Habían discurrido cuatro largos días y aún sentía en mi piel el rescoldo del incendio pasional desatado por el contacto de mi cuerpo con el de Bartek tras el traspié providencial de regreso de la mole rocosa. Tras separarnos al acabar el paseo y dejar mi desnudo en su poder, empecé a sentirme como Penélope aguardando el regreso de su amado Odiseo de la eterna guerra de Troya, tejiendo en la intimidad de la noche el lienzo en el que enmarcar nuestro amor y deshilachándolo durante el día, para convencerme de que entre él y yo era imposible labrar un futuro y de que nuestra atracción era una quimera que exhalaba por su boca un tóxico humo embriagador. Con estos pensamientos hirientes abrí los ojos el lunes, solo superados en dolor por una opresión en el estómago causada por la sensación de sentirme extraña en mi propio cuerpo, como si mi espíritu deseara abandonarlo para morar en otro donde pudiera amar a Bartek sin remordimientos.

Él ya estaba trabajando en el jardín, pues oí cómo Jędruś hacía sonar el timbre de la bicicleta para avisar a Erich de que habían llegado; lo normal era que mi hijo ya lo estuviera esperando en la puerta de la cocina, dando los últimos mordiscos al pastelito del desayuno. Como en días anteriores, me habría levantado deprisa para observar a Bartek con discreción, tras los visillos, y decirle con el pensamiento que lo amaba, pero en esa mañana mi cabeza me aconsejaba que lo más prudente era mantener la testa pegada a la almohada, repitiéndome una y otra vez, hasta que quedara grabado en mi mente, que la única salida sensata para los dos era dar sepultura a mi amor hacia él bajo la acre losa de la indiferencia. La mejor solución para una molesta llaga era dejar que cicatrizara. Era consciente de que no podía cambiar mis sentimientos de un día para otro, pero sí de decidir qué rumbo emprender y dar el primer paso hacia él. Pero, ay, la mente humana es ininteligible; y la carne, débil. Los latidos desleales de mi corazón pisoteaban los bisbiseos de la cordura, y el hecho de que nuestro idilio fuera antinatura lo hacía aún más apetecible, mucho más estimulante y tentador.

Permanecí tumbada en la cama boca arriba, con los oídos atentos a los sonidos provenientes del exterior y flagelándome por lo que andaba rumiando, que no era otra cosa que esperar a que Bartek acudiera, tras limpiar las cuadras, a los jardines traseros para proseguir con sus quehaceres, pues él sabía que a esa hora aún estaba en mis aposentos. Y, como en otras mañanas, interrumpiera lo que quisiera que estuviera haciendo para volverse hacia mi ventana y, por unos segundos, buscar tras los cristales mi mirada aún adormecida. Pero esta vez decidí que, si me dejaba ver, no sonreiría, y le haría notar de algún modo que en la vida que nos había tocado vivir yo jamás podría ser suya. Lo que quedaría de nuestro amor sería únicamente mi cuerpo desnudo sobre el papel. Nunca antes sentí un dolor físico tan insoportable como el que en aquel instante de obnubilación me desgarró el alma.

Pero aquella áspera ruptura jamás tuvo lugar, pues lo que yo no podía imaginar era que aquel lunes, presidido por unos agitados vientos nubíferos que anunciaban tormenta, iba a ser el preludio de un suceso que marcaría mi existencia para siempre. Una jornada fatídica que comenzó con la inesperada llamada telefónica de Clara.

El minutero apenas había conquistado las siete y media en el despertador de mi mesilla. En la cocina, Elisabeth estaría haciendo acopio de los ingredientes para preparar el almuerzo, y Erich y Jędruś jugarían cerca de ella a la oca. Hermann y Anne zurearían como palomas enamoradas no lejos de los extremos del jardín, bajo el árbol viejo; y Hans daría las últimas caladas a su primer puro del día en la entrada principal, mientras que Otto aún dormiría tras cumplir con la guardia.

—¿Dios mío, estás bien? —le pregunté a Clara nada más escuchar su voz quebrada.

—No, necesito que vengas —dijo articulando las palabras con dificultad—. ¿Puedes venir cuanto antes?

—Por supuesto. Pero al menos dime qué ocurre. ¿Estáis bien los dos? ¿Os habéis peleado? —No supe nada de ella desde la noche del sábado. Solo esperaba que su reencuentro con Karl estuviera transcurriendo como ella planificó.

—No, no es nada de eso... —explicó. Me pareció que estaba deshecha—. Karl ya se ha marchado...

—¿Te han vuelto a asaltar esos miedos?

—Nada tiene que ver mi pesar conmigo. Es algo mucho peor... Se trata de Irena, pero te ruego que no me hagas hablar por teléfono...

—¿Te ha hecho algo? ¿Has averiguado algo importante sobre su hermano?

—¡Chist! ¡Naturalmente que no! Ven, por favor. No me interrogues ahora. Ya sabes... Por aquí, no... —susurró como si alguien más pudiera estar escuchándonos.

—Está bien, Clara. Salgo ahora mismo. No desesperes, amiga mía. —Clara recelaba del teléfono, porque estaba convencida de que nuestros compatriotas tenían todas las líneas intervenidas, y, en especial, las de los altos cargos como su esposo. Confiaba más en el servicio postal, como si una carta, pensaba yo, fuera más inviolable que una llamada telefónica. En estos asuntos yo era más pragmática. No creía en conspiraciones; es más, a quién podrían interesarle las conversaciones intrascendentales de un ama de casa con su esposo, su madre o una amiga. A decir verdad, tanto me daba que alguien como la Gestapo pusiera la oreja para saber si yo guardaba algún secreto o no era fiel a mi patria, mi fidelidad al *Führer* era incontestable. Pero Clara no soportaba la posibilidad de que alguien vulnerase su intimidad. Y por aquella fantasía confabulatoria suya me dejó en vilo, con los nervios corriendo por el cuerpo y mi cabeza ofreciéndome situaciones, a cuál más escabrosa, que trataban de esclarecer la llamada perturbadora de mi amiga. Que ella no fuera el motivo de su congoja me trajo alivio, pero ¿qué pudo haber hecho Irena, su fiel sierva y mujer apocada, sin apenas iniciativa, para que Clara se sumiera en aquel estado?

Me arreglé a toda prisa y bajé corriendo las escaleras con el corazón en un puño. Mientras le pegaba un bocado a un panecillo y me mojaba los labios con té negro, le ordené a Elisabeth que dispusiera todo para mi partida. Al salir de la casa, Bartek no estaba a la vista, y el Mayor ya me estaba esperando con la puerta trasera del Mercedes abierta. Me preguntó si pasaba algo grave, y yo le respondí que me llevara de inmediato a Aquila Villa.

Cuando Hermann detuvo el coche entre Afrodita y Adonis, el *Sturmmann* Schmidt bajaba las escaleras con paso acelerado. Kreta no le acompañaba, lo que me hizo suponer que acababa de devolverla del paseo de rigor. El joven soldado nos despachó con un huidizo saludo militar. Tenía cara de pocos amigos, aunque tuvo el gesto afectuoso de dedicarme una sonrisa, pero de aquellas que damos de manera forzada para encubrir una preocupación. El viento no se atrevía a soplar y solo unos mirlos juguetones rompían el silencio con sus gorjeos aflautados. La tragedia se respiraba en el ambiente.

En esta ocasión fue Claudia quien me abrió la puerta. La joven cocinera parecía muy compungida. Las ojeras le penetraban en las mejillas, y sus ojos, cansados, evitaron encontrarse con los míos. Llevaba el cabello suelto y algo revuelto, lo que indicaba que aquella mañana aún no había encontrado el momento de peinarse su larga trenza. No pude evitar preguntarle por el estado de Irena, a lo que ella respondió, no sin antes liberar un carraspeo para aclararse la voz, que no estaba autorizada para hablar de ello y que sería Clara la que me pondría al corriente de su salud.

Hallé a mi amiga en un extremo del salón, apoyada en el dintel de la chimenea y con la mirada puesta en el soberbio retrato de Hitler. Parecía que estuviera adorándolo, si no fuera porque sus brazos caídos me decían que estaba derrotada. Kreta la observaba sentada sobre sus patas traseras, inquieta, con las orejas tiesas y su mirada clavada en las manos de su ama, que las mantenía juntas, con los dedos entrelazados como cuando algo nos preocupa con hondura. Nada más verme, la dóberman se levantó y, con su habitual trote majestuoso, vino, alegre, a saludarme, lanzando unos chillidos que sacaron del ensimismamiento a mi amiga. Al darse cuenta de mi presencia, acudió hacia mí con las manos extendidas y, sin mediar palabra, cogió las mías para apretarlas con intensidad. Estaban tan frías que resultaban molestas y sus temblores solo presagiaban un terrible seísmo emocional. Su rostro había perdido su color rosado y sus ojos estaban enrojecidos. Había estado llorando, y mucho. He de confesar que su mal aspecto me aturdió, no supe qué decirle. Esperé un instante a que ella hablase, pero lo único que hizo fue tirar de mí para que la siguiera hasta el orejero situado sobre la piel de cebra. Kreta nos acompañó con movimientos vivarachos, quizá pensando que con mi presencia empezaba la diversión. Nada más lejos de la realidad. Mi amiga se sentó y me dejó de pie ante ella. Fue entonces cuando quise preguntarle, pero ella, cabizbaja, siseó para pedirme silencio. Kreta interpretó ese sonido como una orden para que se tumbara; y lo hizo cerca del reposabrazos derecho. Luego mi amiga susurró una media docena de palabras que me costó entender:

—¿Crees que hay vida tras la vida?

Su pregunta me cogió por sorpresa, y lo primero que pensé es que había ocurrido una desgracia. Quizá había averiguado que el hermano de Irena estaba muerto y Clara necesitaba de mi ayuda para consolarla. Hablar de la muerte no resulta sencillo para nadie, menos aún si afecta a un ser querido. Casi nunca había pensado en ella seriamente, porque como persona joven la veía lejana. Aún hoy esta es una cuestión que me plantea dudas.

—¿Crees que hay vida tras la vida? —insistió Clara al ver que me demoraba en responderle.

—Si no la hubiera, no tendría sentido este mundo —contesté, pensando que algo así era lo que deseaba escuchar en aquel momento—. Pero dime, Clara, ¿qué es lo que te aflige? ¿Qué ha pasado en esta casa para que todos parezcáis haber pasado la noche en vela?

—Irena está muerta —dijo al fin haciendo mohines. Luego rompió a llorar desesperadamente. Le puse la mano sobre el hombro y le ofrecí mi pañuelo para que enjugara sus lágrimas. «Oh, Dios mío.» Era lo último que esperaba escuchar de Clara. De repente, me sentí muy triste, tanto por el sufrimiento de mi amiga como por el cariño que le había tomado a Irena. Pensar en que nunca más volvería a verla hizo que sintiera su fallecimiento en mi corazón. Ya no me abriría la puerta con su adorable fealdad a la que no pude acostumbrarme, ni acudiría con los cojines ahuecados a conciencia cuando consideraba que Clara y yo empezábamos a sentirnos incómodas tendidas sobre la hierba. De ningún modo imaginé que de mis ojos brotaran unas lágrimas de afecto por una polaca.

—¿Qué ha pasado? ¿Ha sufrido algún accidente? —mascullé por miedo a equivocarme.

Clara lo negó con la cabeza, y a continuación se sonó la nariz para poder expresarse con claridad.

—Dios hubiera querido que así fuera... ¡Pobre mujer, no se merecía una muerte así! Ni ella ni la criatura más ruin en este mundo —exclamó dejándome si cabía más intrigada.

Apenas tuve tiempo de reaccionar, pues Clara, tomando una bocanada de aire, comenzó a entrar en detalles en lo sucedido aquella noche en Aquila Villa. Un suceso imposible de creer si no fuera porque quien me lo contó era mi amiga, una persona cuerda y fiable:

—La misma tarde del sábado que fuimos al Neu-Berlin, acudió el fontanero que Schmidt se ocupó de buscar para que arreglara la tubería rota del baño de Karl. Sucedió que ese tipo, un polaco llamado Witold, reconoció a Irena. No era una humilde campesina como nos hizo creer a todos...

—Sus manos, finas y delicadas, eran más propias de una burguesa que de una labriega... Quise decírtelo cuando me percaté de ello, pero pensé que me tacharías de suspicaz, como siempre que critico o desconfío de alguien.

—Yo también me di cuenta de su estilo cuidado y elegante, pero lo pasé por alto. Ya sabes que me suelo fijar más en los ojos de las personas, y los suyos proyectaban bondad.

—Y, dime, ¿quién era Irena en realidad?

—Alguien que jamás podrías imaginarte, aunque fui la última en esta casa en enterarme. Al parecer, ese tal Witold vio en el *Sturmmann* Schmidt a la persona más indicada para delatarla, quizá con el propósito de granjearse la confianza de nuestros soldados u obtener alguna prebenda a cambio. Schmidt prefirió mantenerme al margen, consideró que era un asunto de extrema gravedad que transcendía el ámbito doméstico y prefirió no adoptar ninguna medida hasta que sus discretos amigos de la Gestapo corroboraran la auténtica identidad de Irena, que enseguida tú también conocerás.

»Mientras una red invisible se cernía sobre la pobre Irena, todos mis pensamientos orbitaban en torno a una única idea, que no era otra que encontrar el modo de contarle a Karl que iba a ser padre. Tenía la corazonada de que la noticia no le haría feliz, que lo soliviantaría y que podría reaccionar con un exabrupto que me sumiría en la melancolía. Otra vez. Una mujer sabe detectar cuándo un hombre no es receptivo a la paternidad. Además, como sabes, mi esposo me da miedo...

—Ay, querida, sigo sin entenderlo —repliqué con vehemencia, olvidándome por un momento de todo lo concerniente a Irena—. Te confieso que albergaba la esperanza de que el pavor que profesas a tu esposo desapareciera a la par que tu enfermedad, que tu miedo hacia él era algo imaginario producto de tu mente alterada.

—Yo más que nadie desearía que así fuera, pero la sensación de angustia que me causa su presencia nada tiene que ver con la salud o la enfermedad, amiga mía. Sé que Karl ya no es el mismo hombre del que me enamoré, que está sufriendo una metamorfosis en la que aquella luminosa mariposa que te deslumbra se convierte en una oruga alfombrada de pelos horripilantes. Luego está su mirada... Algo hay en ella que me cuaja la sangre, hasta el límite de que se me aturulla el pensamiento... En sus ojos ya no veo a Dios —murmuró con el miedo pintado en el rostro.

—¿De verdad no te guardas nada en la bocamanga? ¿Te ha faltado Karl el respeto? ¿Te ha puesto la mano encima? ¿Hay otra mujer en su vida? —le pregunté pensando en que solo eran aprensiones suyas o que tal vez la llama del amor se había apagado en mi amiga, del mismo modo que empezaba a ahogarse en mi ser con Günther, y que inconscientemente había creado una imagen distorsionada de su esposo para así echar sobre él el peso de la culpa del desamor.

—Su exquisita educación le impide mostrarse vulgar o descortés con la gente de su entorno. Conmigo siempre ha sido correcto... Hasta ayer.

—¿Por qué dices eso? —pregunté.

—Por lo que aquí sucedió entre las siete y las ocho de la tarde... La hora poca importancia tiene. Pero volvamos al asunto en cuestión: caí en la cuenta de que una cena especial sería el mejor marco para declararle mi embarazo. Irena, a pesar de que no estaba para muchas alegrías, me ayudó con los preparativos. Decidimos utilizar la vajilla de porcelana y la cubertería de plata que reservamos para las visitas, y le pedí a Claudia que trajera de la bodega una botella de vino de las colinas del Chianti, una de las últimas adquisiciones de Karl. Coloqué pequeños ramilletes de flores en el centro de la mesa, cuatro concretamente, mi número de la suerte. Un sortilegio que no sirvió de nada...

Clara detuvo de forma brusca su narración para borrar con el puño cerrado, señal de su ira contenida, la lágrima que se había detenido en su mejilla, y yo aproveché la pausa para ponerme a su lado, de rodillas sobre la piel de cebra, con el alma encogida debido al halo de misterio que iba desplegándose con cada frase que ella dejaba caer.

—Lo irónico de todo esto es que Karl ha vuelto a marcharse sin saber que será padre. Quizá sea lo mejor para nosotros dos... Ahora pienso que hice bien en ponerme este vestido holgado y soso, y no el que elegí en primer lugar, uno ceñido y elegante que habría podido sugerirle lo que en realidad quería esconder hasta la cena. Era preciso que él escuchara de mi boca la noticia, y así aprovechar a hacerle entender que no quise decirle nada antes por si sufría un aborto y se llevaba un disgusto innecesario, ¿no crees? —me preguntó retóricamente.

Le puse la mano sobre el vientre, terso y ligeramente abombado, y lo acaricié con las yemas para de este modo transmitirle a ella y a su pequeño mi solidaridad. La verdad es que los tres meses y poco de gestación apenas se le notaban, y su figura aún no se había resentido.

—Karl llegó por la tarde molido a causa del calor que lo atosigó durante todo el viaje. Mientras esperaba a que el chófer le abriera la puerta, se secó el sudor de la frente con el pañuelo. Estaba serio, como casi siempre, pero al verme esperándole fuera, al pie de la escalera, recuperada por completo de mi fobia al mundo exterior, recobró el buen ánimo. No se esperaba verme tan lozana, e incluso llegó a reconocer que me quedé corta en mis cartas cuando le hablé de mi mejoría.

»Para demostrarle mi equilibrio mental, lo invité a que anduviéramos un rato por el jardín. El paseo duró algo más de un cuarto de hora por los alrededores de la casa, tiempo en el que se agotaron los temas banales de los que hablar y suficiente para demostrarle mi entereza en cada paso que daba. Al verme tan bien, Karl propuso incluir mi recuperación como un motivo más de celebración en la gran fiesta que tiene pensado organizar en casa para el día de su cumpleaños, en poco menos de dos semanas. —Mi amiga puso su mano sobre la mía y con sus gestos vino a decirme que no estaba de ánimo para festejos; y no era para menos por lo que iba a contarme a continuación—: Fruto de la seguridad y confianza en mí misma que adquirí a medida que avanzaban los minutos a su lado, ensoñé que aquella tarde todo saldría bien... ¡Maldita ingenuidad!...

»En fin, llegada la hora de la cena y una vez sentados a la mesa, aún no tenía decidido exactamente en qué momento darle la buena nueva a Karl, si al principio o en los postres con una copa de champán. Irena, a la que había pedido que se ataviara con el mejor de sus uniformes para esa velada, nos sirvió una deliciosa sopa fría de tomate. Y aprovechó una de las ocasiones que estaba detrás de Karl para lanzarme una sonrisa de complicidad por cómo se estaba desarrollando la velada. Le devolví el cumplido. Ella no podía imaginar que por dentro los nervios me estaban matando porque estaba a punto de revelarle a mi esposo que iba a ser padre.

»No fue hasta que ella vino con el segundo plato cuando reuní el valor suficiente para decírselo. Esperé a que Irena se retirara y empecé la conversación preguntándole si le gustaban las flores que yo misma había ido a buscar a la pradera que linda con la alameda. Y él preguntó si aquel esfuerzo obedecía a algún motivo fuera de lo normal. Se debía, le dije, a que él volviera a estar en casa y a que tenía algo maravilloso que anunciarle.

»Pero en ese preciso instante, Irena nos interrumpió con su aparición para transmitirle a Karl que el *Herr Sturmmann* Schmidt lo requería brevemente por un asunto perentorio. No me extrañé, aquella era una escena harto frecuente en las comidas y cenas. Tras limpiarse los labios con la servilleta, Karl abandonó el salón con paso ligero, dándome a entender que regresaría en el acto. Me quedé mirando el solomillo de ternera, ansiosa de poder concluir la frase. Pero Karl volvió al cabo de unos minutos con el semblante muy serio. A mi pregunta de si se trataba de algo grave, me contestó en tono seco que no era nada que no tuviera solución. Llevaba una sonrisa que escondía oscuros propósitos, su cuerpo irradiaba tanta tensión que casi llegué a notar cómo empujaba mi silla. Estrujó los cubiertos entre las manos, pero al instante los dejó caer de mala manera sobre la mesa. Ni siquiera me miró. Vociferó el nombre de Irena varias veces hasta que la vio entrar por la puerta. Luego la abroncó porque le había servido fría la carne. Ella lo miró aterrada por el inusual tono de voz gastado por Karl, y se disponía a disculparse cuando, yo, naturalmente, salí en su defensa. Le dije que Irena no tenía la culpa de que la carne se enfriara, sino su larga ausencia. Mi intromisión hizo que mi esposo me lanzara una mirada furibunda, apretó los labios para contener su ira verbal. Estuvo pensativo unos segundos mientras masticaba el solomillo con evidente fastidio. Luego volvió a reclamar la atención de Irena, que se encontraba hecha un flan junto a uno de los aparadores. En un tono tosco que nunca había empleado con ella, Karl le recriminó que en el plato había un pelo negro azabache: "O es de usted o de una rata. Y aquí no veo ningún maldito roedor", espetó. Fue entonces cuando me di cuenta de que Karl estaba buscándole las cosquillas a Irena por algún motivo que yo ignoraba. La pobre mujer masculló una disculpa que apenas entendí y con diligencia se apresuró a retirarle el plato. Pero él lo impidió colocando la mano delante. La invitó a aproximarse para que verificara por sí misma la presencia del pelo. Irena se acercó al plato titubeante y lo escrutó con la mirada, tratando de dar con el cabello que tanto había encolerizado a su señor. Lo buscó y no lo encontró. Le aseguró que ella no lo veía pero que sin duda alguna tenía que estar allí. Pidió perdón varias veces por el descuido y le prometió que algo así nunca más se repetiría. Se ofreció a servirle otro plato o a prepararle otra cosa si eso era lo que él deseaba.

»Irritada por la sobreactuación de Karl, me levanté de la silla para tratar de que las aguas volvieran a su cauce. Le invité a que por esta vez fuéramos indulgentes, Irena ya había pedido disculpas y era normal que estas cosas le ocurrieran hasta al mejor sirviente. Además, no había que olvidar que Irena estaba pasando por un mal momento a causa del apresamiento de su hermano y que era comprensible que no estuviera del todo centrada en su trabajo. Pero él no dio su brazo a torcer: "¿Ah, que no lo ve? ¡Acérquese más, vamos! ¡Está aquí mismo!", le increpó señalándole con el dedo el lugar donde se hallaba el supuesto pelo. Irena me miró de reojo, perpleja, preguntándome con la mirada si yo entendía algo de lo que estaba ocurriendo, y sin perder tiempo se encorvó para poner sus narices a apenas un palmo de la carne. "Sí, señor, creo que sí lo veo... Ahí, donde usted dice que está", musitó. Ella se disponía a incorporarse para devolver el plato a la cocina cuando Karl le propinó un brutal pescozón en la nuca que hizo que su rostro impactara violentamente contra la porcelana, que saltó por los aires hecha añicos. Luego él le gritó hecho un energúmeno que demasiado bien había aprendido el alemán. Y a mí me preguntó qué me traía entre manos.

»El violento golpe hizo que Irena se tambaleara y quedara tendida en el suelo. Y yo casi me desmayé por la brutalidad que jamás creí que pudiera surgir de Karl: tuve que aferrarme al borde de la mesa para no derrumbarme. Me faltaba el aire. Traté de respirar hondo, pero un dolor punzante a un lado del vientre me lo impidió. Entonces pensé en la salud del bebé, tal vez él también acusó el sobresalto. Me llevé las dos manos al abdomen y saqué fuerzas de flaqueza para auxiliar a Irena. Me arrodillé junto a ella y le tomé el pulso. Miré a Karl, llorando, y le pregunté por qué actuaba de aquel modo. "¿No sabías que esta polaca era la antigua propietaria de esta casa? No me hagas reír, Clara. ¿Por qué, si no, iba a estar trabajando aquí?", me espetó. Yo estaba tan asombrada como él, pero él no se creyó que yo no supiera nada al respecto. Bufó y le propinó a Irena un fuerte puntapié en el trasero. Traté de hacerle comprender que con violencia no se arreglan los problemas y le juré por mi vida que yo nunca supe quién era ella en realidad. En un intento de hacer que entrara en razón, le insinué que era irrelevante que ella fuera o no la dueña de todo aquello, que lo realmente importante para nosotros era que siempre se había comportado como una sirvienta de moral intachable y que me acompañó en los peores momentos de mi padecimiento. Y al rogarle que no siguiera humillándola, Karl dejó de caminar de un lado al otro del salón y, con los puños cerrados, me confesó cuál era la razón verdadera de su ira: Irena era judía. Y a él, por supuesto, ningún judío le lleva el plato a la mesa. Me llamó loca y maldita zorra por pretender convertir aquella casa en un asilo para judíos.

—Dios mío, Clara, ¿me estás diciendo que Irena era una de ellos? —salté en tono despectivo, completamente fuera de mí—. ¡Pues claro, no había más que verla! ¿Cómo hemos podido ser tan idiotas! ¡Su físico solo podía corresponder al de una judía! ¡Qué confundida me tenía la arpía! ¡Bastarda!

—¡Cómo puedes hablar así de Irena, Ingrid! Me cuesta creer que no sientas nada de afecto hacia ella. Cuando me enteré anoche de que era judía, me sentí traicionada, pero cuando unas horas después supe más sobre su vida, comprendí su proceder. Lo único que podría haberle recriminado es que me lo hubiera ocultado durante tanto tiempo. Sé que te echarás las manos a la cabeza con lo que te voy a decir: aun sabiéndolo, jamás la habría delatado. Me gustaría que supiera, allá dondequiera que esté, que la he perdonado —susurró mi amiga.

Yo pensé que el lugar de Irena no podía ser otro que el infierno, para arder eternamente en sus llamas. Y una parte de mí se puso del lado de Karl. La historia de aquella judía tenía que ser muy sobrecogedora para que yo me ablandara. Con la lengua prisionera de mis dientes, seguí escuchando el relato de Clara.

—Era una judía adinerada, muy conocida en la élite cracoviana y muy querida por su generosidad con los más necesitados. Hacía importantes donaciones al orfanato y al hospital de la ciudad, y organizaba colectas y actos benéficos en pro de los pobres. Una mujer bondadosa que, tras la toma de Cracovia, debía esconderse de sus vecinos, para no ser reconocida. Ahora entiendo algunas de sus manías, como evitar en lo posible salir de casa. El caso es que la humilde y leal sirvienta era en realidad una gran dama perteneciente al círculo judío más exquisito, toda una celebridad en su ciudad. Parece una historia de cuento, si no fuera por su trágico desenlace...

—Un cuento nauseabundo. Pensar que has estado años conviviendo con una rata de cloaca me produce arcadas... ¡Puaj! —Kreta se puso en pie, agitada por mi propia alteración, e hizo que despertara dentro de mí la parte que sentía cariño hacia aquella mujer que nos engañó. Amor y odio combatían por llevarme hacia su terreno. Y en esta ocasión la ventaja fue para la compasión. Al fin y al cabo, Irena estaba muerta. Y ya no había razón para indignarse. Irena había pagado su conducta con el mayor de los castigos, como inmediatamente iba a reconocer Clara, pero nunca habría imaginado la forma en que encontró su muerte.

—Chist, querida, no pierdas los nervios. Suponía que ibas a reaccionar como lo haría cualquiera de nuestros compatriotas, pero luego me dirás, cuando sepas lo que yo sé, si una rata de cloaca merece pasar por lo que ella pasó.

Callé como ella me pidió, y Clara hizo sentar a Kreta de nuevo a su lado antes de proseguir, entre sollozos:

—Karl no movió un dedo por Irena. Se limitó a encenderse un cigarrillo y mirarme apoyado sobre un aparador, echando humo por la nariz y pestes por la boca. Aturdida por el miedo y el dolor, retiré los pelos empapados de salsa de la cara de Irena y vi que tenía la nariz rota y sangraba por una brecha en la frente. Quise dar un grito de ayuda, pero mi marido se adelantó y dio un berrido para llamar a Schmidt, que entró en la habitación con otro camarada. Era evidente que habían esperado fuera a la señal de su superior.

»—Llévate esta escoria —le dijo Karl.

»Claudia, atraída por el enorme alboroto, surgió de detrás de los hombres y se llevó las manos a la cabeza. Yo me abalancé rápido sobre ella y la abracé, apretando su rostro contra mi pecho, para impedir que viera a Irena en ese estado. No supe si el temblor que agitaba mi cuerpo era el de ella, el mío o el de ambas. Volví a mirar a Irena, quizá ya sin vida, y a Karl, que disfrutaba de su tabaco con arrogancia, satisfecho de haber cumplido con su deber. Y al cruzarnos las miradas descubrió en la mía el pánico que sentía, el reproche a su conducta indigna de un hombre de Estado.

»—¡Haga el favor de acompañar a mi esposa a su cuarto! ¡Ninguna de las dos pintan ya nada aquí! —le vociferó Karl a Claudia, que reaccionó cogiéndome del brazo para llevarme casi a rastras fuera del comedor. Quise suplicarle que me dejara a mí ocuparme de Irena, que sería discreta, pero estoy convencida de que me habría abofeteado o hecho algo peor. Con Schmidt y el otro soldado delante, no era posible negociar con él el futuro de ninguna judía...

—Es normal, querida, su trabajo consiste, de hecho, en deshacerse de gente despreciable como ella... Quiero decir, en llevarla con los demás de su calaña, lejos de aquí... —Clara ignoró el comentario, reconozco que cruel e inoportuno por mi parte, pues estaba absorta en los acontecimientos de la tarde anterior.

—Pero cuando me detuve a la altura de Karl, indicándole a Claudia que continuara sin mí, me arrimé a su oreja y le pregunté en voz baja qué había hecho con el hombre del que me enamoré. Lo invité a que lo buscara en su interior, mientras puse mi mano sobre la suya, que se aferraba al canto del mueble como el sargento de un carpintero. Karl ni pestañeó ante mis reproches; tan solo me fusiló con la mirada.

»Abandoné la estancia, abatida, arrastrando mi alma hecha pedazos por el suelo. Un siseo machacón en los oídos no me dejaba pensar con claridad, y me alejaba de la escena con el pesar de que abandonaba a su suerte a la desvalida Irena.

»Claudia me llevó arriba y me acostó. Pasé la noche en duermevela, salpicada por pesadillas en las que Karl se me presentaba hecho un basilisco, golpeando a Irena con el azote para arrancarle una confesión y recriminándome a voces que yo era la única culpable de sus desgarradores alaridos. A ella la llamaba bruja judía, y a mí, esposa traicionera. Debí de entrar en un estado febril, ya que el cuerpo me ardía y estaba bañada en sudor. Solo sentía desahogo al notar cómo Claudia refrescaba mi frente con paños húmedos. La dulce muchacha ha pasado buena parte de la noche apostada junto a mi cama.

»Esta mañana unas náuseas en cadena me despertaron muy temprano al despuntar el día. Estaba confusa y desorientada, pero los tibios rayos del amanecer me trajeron los recuerdos de anoche, lo que hizo que saliese corriendo en busca de Irena, llena de malos presentimientos. Abrí la puerta de su habitación con ímpetu y susurré dos veces su nombre en la oscuridad, pues las cortinas estaban echadas. El silencio me contestó que no había pasado la noche en su cuarto.

»Agobiada por el pálpito de que jamás volvería a verla, fui en busca de Karl con la esperanza de que me explicara qué había decidido hacer con mi sirvienta. Confiaba en que hubiera sido clemente con ella. Su dormitorio mostraba indicios claros de que tampoco él había pasado la noche allí, de modo que me apresuré a su despacho. Pero ni rastro de Karl ni de su maletín, que siempre lo acompaña. Descolgué el teléfono y llamé al pabellón, pero un soldado me comunicó que Karl se había ausentado de Aquila Villa. A punto estuve de desesperar cuando vi a Claudia en el umbral de la puerta. No fue necesario que le preguntara por el paradero de mi esposo, porque ella se anticipó a decirme que, pasada la media noche, él tuvo que irse a su despacho del cuartel general por asuntos urgentes de trabajo. También ella estaba nerviosa y visiblemente afectada por lo sucedido.

»—Ay, *Frau* W., tras acostarla a usted, fui a ver qué podía hacer por Irena, y me topé con el *Herr Sturmmann* Schmidt y otro soldado llevándosela en volandas fuera de casa. La pobre sangraba y arrastraba los pies... ¿Tiene usted idea de a dónde la han llevado? —preguntó vacilante.

»Animada por saber que estaba viva, telefoneé rápido a Karl, pero en el cuartel me comunicaron que él no estaba allí, o él dio orden de que se me dijera esto. La suerte de Irena estaba echada. Me senté en un sillón y me llevé las manos a la cabeza. ¿Estaría en Auschwitz? ¿En Płaszów? ¿En alguna mazmorra de la Gestapo?

»—Quizá diga algo aquí —me dijo entonces Claudia sacando un sobre del bolsillo del delantal. Se lo había entregado mi esposo antes de partir, pero ella, presa de los nervios, olvidó dármelo nada más verme. Pero la carta únicamente incluía una hoja con la lista de invitados e indicaciones precisas para empezar con los preparativos de su fiesta de cumpleaños que él aspira a que se convierta en un gran acto social, donde reunirá a sus amigos y la flor y nata cracoviana. En realidad, el lúdico evento es tan solo un pretexto para invitar a las élites de las SS procedentes de varios puntos del Gobierno General y que puedan servirle de trampolín para sus aspiraciones políticas y profesionales.

»¿Te puedes creer que no dedicó ni una sola línea a mi fiel servidora o para disculparse o decirme algo sobre su comportamiento de anoche? Me ha demostrado que es una sabandija, y el muy cobarde se ha largado en la oscuridad de la noche para no enfrentarse a mí y explicarme qué ha hecho con ella. Pero ahora eso ya no importa. Porque lo he averiguado todo. Sé que Irena está muerta. Y él no sabe que yo lo sé.

—¿Cómo lo has averiguado?

—Porque a veces la suerte se pone del lado de los justos... —respondió en tono solemne—. Y porque no cejé en mi empeño de llegar al fondo del asunto. Salí de la casa con el propósito de que alguien me dijera qué había sido de mi leal Irena. Tenía claro que los militares se habrían ensañado con ella, insultándola o tal vez golpeándola de algún modo, como le ocurrió a Bartek. Pero jamás se me pasó por la cabeza que su vida pudiera correr un grave peligro. Mi esposo puede ser severo, hasta intolerante e inquisidor, pero no es un asesino, o al menos eso creía... Un campo de concentración o la celda de una prisión son los únicos sitios en los que podía imaginar a Irena. Y por ello pensé también que quizá, cuando a Karl se le pasara el enfado, al cabo de unos días o unas semanas, podría convencerlo para que se apiadase de ella y que intercediera para garantizarle una vida decente mientras cumpliera su condena e incluso que me diera permiso para poder visitarla. Se lo debía a ella...

»No me pongas esa cara, amiga mía. Voy a decirte algo que sé que te va a molestar, pero es así como lo siento: mi afecto por Irena sigue siendo el mismo, en nada menguó cuando me enteré de que era judía... La mentira forma parte del instinto de supervivencia, y la suya no me ha hecho ningún daño. Siempre llevaré su recuerdo en mi corazón. Tú sabes bien de lo que hablo. —Su comentario me solivantó, pues usó de forma injusta mis sentimientos hacia Bartek para defender los suyos hacia una judía. Entonces pensé que, si no era capaz de ver la diferencia, estaba más ciega de lo que creía.

»Chist, no rechistes —intervino Clara antes de que pudiera abrir la boca—. Pregunté a unos soldados que rondaban el pabellón militar por el *Sturmmann* Schmidt, pero no supieron responderme sobre su paradero. Eran del nuevo turno y allí ya no quedaba nadie del anterior. Tuve la impresión de que no parecían estar al tanto del asunto de Irena. Schmidt y sus camaradas de confianza debieron de actuar con el sigilo de una pantera en la noche. El guardia de la entrada al pabellón tampoco me aclaró nada. Di media vuelta algo desalentada, pero el ruido ensordecedor de un viejo camión militar que frenó con brusquedad junto al pabellón hizo que recobrara la esperanza. A través de la nube de polvo que levantó, pude distinguir de entre los tres hombres que se bajaron del vehículo a uno de los que estuvo anoche con Schmidt. Corrí hacia él, le dije quién era y le pregunté a dónde había llevado a Irena. Se quitó las gafas de sol para cerciorarse de que estaba hablando con la esposa de Karl y, desconcertado por mi repentina aparición, balbució que no estaba seguro y que, si quería saber más, preguntara directamente al *Herr Obergruppenführer* W. Entonces le pregunté por el *Sturmmann*.

»—¿Schmidt? Hace horas que no sé nada de él. Debe de andar por ahí —me respondió haciendo mutis por el foro. Obviamente seguía instrucciones de Karl. Allí no iba a encontrar ninguna pista, y no tenía ni idea de cuál debía ser mi siguiente paso. Pero el poderoso relincho de un caballo me hizo caer en la cuenta de que tal vez Schmidt estaba en las cuadras.

»El camino a las caballerizas parecía interminable. El cielo volcaba todo su peso sobre mis espaldas y me flagelaba con sus rayos del alba como si quisiera detenerme en mi rumbo. Pero llegué al destino, y allí no había nadie salvo una media docena de caballos. Faltaban los tres machos del fondo, además de mi Sultán.

»Así que decidí esperar a que Schmidt regresara con ellos. Traté de serenarme acariciando a los caballos que asomaban la cabeza por sus compartimentos. Fue entonces cuando me tropecé con un pedazo de tela que me resultaba familiar; estaba enganchado en el cerco de una de las cuadras vacías. ¡Era un fragmento de la tira del delantal de Irena! Abrí el portón pensando en el lapso de un suspiro que la hallaría ahí durmiendo, malherida... Pero, en cambio, descubrí un enorme charco de sangre que teñía de rojo el heno.

»Me asusté y grité el nombre de Irena con la confianza de que apareciera, pero quien surgió de un contraluz fue un sorprendido

Józef con un cubo en la mano y un cepillo en la otra. Ya sabes, el mozo de cuadras, ese anciano barrigudo, calvo pero de barba poblada, que tan amablemente te arregló el tacón el día que metiste el pie en el desagüe de los abrevaderos.

»Ha sido él quien me lo ha contado todo. Józef es un buen hombre, y siempre me ha tratado con un cariño especial. ¿Te conté que el año pasado por estas fechas la tisis estuvo a punto de llevarse a su mujer? Una mañana lo encontré llorando en un rincón del establo, desolado porque carecía de los recursos para acceder a un tratamiento que la salvara, dado el avanzado estado del mal, de una muerte segura. Yo me compadecí de él, y moví unos hilos para que un médico especialista atendiera a su esposa y recibiera las medicinas y los alimentos que necesitaba para su cura. Tal vez porque se siente en deuda conmigo, Józef se ha atrevido a arriesgar su vida y revelarme lo que vio anoche, después de suplicarle que me confiara cualquier cosa que supiera del paradero de Irena, ya que no diría nada a nadie.

»—Fue horrible, *Frau* W. Quizá sus oídos no quieran escuchar lo que pueda contarle —murmuró el anciano atusándose, nervioso, la barba. Józef me ha explicado que los hombres de Karl arrastraron a Irena hasta allí, donde le arrancaron la ropa y la violaron una y otra vez entre risas, vejaciones e insultos. Cuando acabaron, le pegaron hasta que perdió el conocimiento.

»Józef asistió al brutal ensañamiento desde el establo de enfrente, pues ayer, al acabar la jornada, se quedó dormido junto a Sultán tras dar un par de tragos a la botella de vodka que siempre lo acompaña. Schmidt estuvo a punto de descubrirlo cuando se le escapó un sonoro eructo causado por los vapores etílicos.

—¿Schmidt? —pregunté con sorpresa.

—Sí, amiga, ese joven, tan formal y educado en presencia nuestra, fue quien llevó la voz cantante. Él tuvo la idea de violarla; y él fue quien se ocupó de rebanarle el cuello después de que sus compinches se negaran a hacerlo. Los llamó *maricas*.

—¡Dios santo! Me he cruzado con él al llegar y hasta me ha sonreído. ¡Qué ejercicio de cinismo!

—Dejaron el cadáver ahí tirado hasta que dieron con la fórmula de hacerlo desaparecer, tal vez mientras buscaban un vehículo para transportarlo; y Józef, antes de poner pies en polvorosa, se acercó para confirmar que estaba muerta y que no podía hacer nada por ella. Imagínate el mal trago que debió de pasar el anciano al verla desnuda, llena de moratones y con un corte mortal en el cuello. Con los ojos encharcados en lágrimas, Józef acabó sincerándose conmigo: él siempre ha sabido quién era Irena en verdad, porque fue ella quien lo contrató para que se ocupara de las caballerizas muchos años antes de que nosotros llegáramos. Me ha contado que era una mujer bondadosa, querida por todo el servicio y la gente que tuvo oportunidad de conocerla... ¡Salvo por un tipo con las aviesas hechuras de Witold! —exclamó enrabietada—. ¡Maldigo el día en que este fontanero pisó mi casa!

—Witold hizo lo correcto, por mucho que su proceder pueda dolerte —gruñí, porque en ese momento tenía claro que ningún judío podía hacerse pasar por lo que no era, una persona normal. En cambio, Józef, pensé, sí que era un polaco infame, un amigo de los semitas, y como tal también merecía pagar por ello. Era evidente que Clara no pensaba hacer nada al respecto, pero no iba a ser yo quien lo delatara, pues podría perjudicarla a ella y a su íntegro esposo.

—¿Y quién decide que algo es o no correcto? ¿Es correcto que Karl golpeara a Irena? ¿O que Schmidt abusara de ella y que luego la degollara sin compasión? Cada cual usa la corrección según la vara de medir, flexible como un junco, que emplea en cada momento —aseveró no sin cierta sorna. Yo me di por aludida, pues detecté en su mirada que volvía a poner en solfa mi *interesado* cambio de actitud hacia determinados polacos.

Clara exhaló un suspiro cargado de incomprensión, y prosiguió:

—He regresado a casa derrotada, con la sensación amarga de que vivo en un mundo malvado, para llorar la muerte de Irena en la soledad de mi habitación. Un dolor inefable ha estallado dentro de mí, y ha sido cuando he decidido llamarte para que vinieras; te necesitaba conmigo. Luego, aún con el corazón hecho añicos, he bajado al salón y me he sentado al piano. Pulsando algunas teclas al azar, ha surgido una lánguida melodía que sonaba a marcha fúnebre, pero mis dedos no han tenido el ánimo para proseguir. Aún resonaba la última nota en el ambiente cuando Schmidt se ha presentado para llevarse a Kreta de paseo. He sentido el deseo de vengarme de él, pero no he sabido de qué forma. El problema es que no estoy hecha de su misma calaña, y me he tenido que conformar con apretar una mandíbula contra otra para esconderle mi desprecio. La única forma de castigarle que me ha venido a la cabeza en ese momento es privarle de Kreta, el gancho al que se ase para verme y hablarme a diario.

»Claro está que este escarmiento, casi infantil, no sirve como resarcimiento del gran daño causado, pero es un primer paso para alejarlo de mí. De modo que en tono áspero y distante le he informado de que a partir de ahora me ocuparé yo misma de pasear a la perra. "Como usted desee, *Frau* W. Ahora que se encuentra tan llena de energía, le vendrá muy bien disfrutar de Kreta por los jardines que rodean la casa", ha manifestado él con voluntad de agradarme. Pero mi respuesta, firme, ha sido que podía retirarse. El *Sturmmann*, desconcertado, se ha ido por donde ha venido pensando que tal vez mi desaire se debe a que estoy enfadada por lo que ocurrió durante la cena y que se me pasará en unos días.

»No te puedes figurar el rechazo que me ha producido su presencia. Lo imaginé abusando de Irena con una sonrisa de oreja a oreja, jactándose de su hombría y fidelidad a mi esposo... Si de mí dependiera, él jamás volvería a pisar esta casa. Para mí, ese tipejo ha muerto. Es un criminal, y espero que la vida, si es justa, le pase factura —remató Clara.

—Cuídate de ese joven... Ahora más que nunca has de andar con pies de plomo. Que jamás note tu afecto por Irena. Ya no puedes hacer nada por ella y, además, pareces olvidar que era una judía.

—Soy consciente de lo que me dices. Por eso, necesito que me ayudes... Tengo que desaparecer de aquí cuanto antes. Temo a Karl más que al diablo. Me ha demostrado, también a ti, que puede ser muy agresivo, capaz de maltratar a una mujer indefensa. Es lo más vil que puede hacer un hombre...

—Estoy convencida de que Karl solo es un buen hombre que perdió los estribos por un instante —repuse para intentar apaciguarla—. ¿No has pensado que quizá su violencia fue consecuencia del miedo que sintió tras saber que tu vida pudo correr peligro al lado de Irena? ¿Acaso puedes poner la mano en el fuego por que ella no tenía ningún plan contra vosotros? Algo tramaba... Quizá con el hermano... O con gente de la resistencia. Se me pone la piel de gallina de solo pensar en ello.

—No, Ingrid, me niego a aceptar esa posibilidad. Irena tuvo infinidad de oportunidades de acabar con nuestras vidas, sola o con la ayuda que sugieres, y no lo hizo. Yo sé cómo me trataba, y era una mujer temerosa de Dios... Y se desvivía por tener contento a Karl, por que no le faltara nada. ¡Y así se lo ha pagado! ¡Mandándola al otro mundo!

—Pero, Clara, no tienes ninguna prueba de que él ordenara acabar con su vida, y me cuesta creer que en privado apruebe la salvajada que han cometido sus hombres —puntualicé.

—No me fío ya de él. Sé que está detrás de su asesinato... Tienes que ayudarme a desaparecer —repitió con mirada suplicante.

En aquel momento poco sabía de la auténtica personalidad de Karl, y me resultó una exageración que mi amiga pretendiera huir de su lado, pues tampoco conocía los motivos del temor que sentía hacia su marido. Le insistí en que, antes de tomar cualquier decisión sobre su futuro, debía dar la oportunidad a Karl de que le contara su versión de la desaparición de Irena, que con seguridad sería muy diferente a la que construyó Clara con lo poco que vio y escuchó. De nada sirvió, puesto que lo único que logré con mi consejo fue que mi amiga levantara a su alrededor una coraza inexpugnable, insensible a la razón. Sin que nos diésemos cuenta, la discusión entre nosotras fue subiendo de tono, y tanto ella como yo empezamos a perder la compostura. En especial cuando traté de hacer patente mi pensamiento hacia los judíos y el lugar que debían ocupar en la sociedad. Llegó un momento en el que empezó a molestarme su prosemitismo, su enconada defensa de las razas inferiores y sus críticas desleales a las acciones emprendidas por nuestros gobernantes para salvaguardar nuestra raza. Dejando de lado el lazo sentimental con mi amiga, Irena era, según el régimen, una enemiga del pueblo alemán, capaz de hacer lo que fuera menester para sobrevivir, no solo ella, sino su pueblo. Era sencillamente otro parásito más, una quimera de judío y polaco que esperaba el momento oportuno para devorar a su hospedador. Es la naturaleza del parásito, como me advertía Günther. Ante esta reflexión, Clara se levantó violentamente de su asiento haciendo aspavientos y tapándose las orejas con las manos.

—¡No, Ingrid! ¡Basta ya! ¡No quiero escuchar más estas barbaridades en tu boca! ¡En verdad eres tú la que no sabe de qué va todo esto! Yo te estoy hablando sencillamente de la dignidad, de lo más esencial y más básico del ser humano: a los polacos se la hemos coartado hasta reducirlos a un rebaño de ovejas que sienten terror por su pastor; y con los judíos hemos ido aún más allá, hasta arrebatarles sus sentimientos y pensamientos. Si un humilde polaco va en su desvencijado carro, cargado de la cosecha que acaba de recoger, y tiene la mala suerte de cruzarse con alguno de nuestros hombres, es seguro que alguno de ellos, solo por el gusto de alardear de su poder, le diga: «Eso de ahí, ¡confiscado!». Y no se contenta con el contenido, no, le arrebata también el carro y el caballo. ¡Y esto, amiga mía, lo he visto con mis propios ojos aquí en Cracovia!

—¡Pues sinceramente no veo dónde está el problema! Ellos harían lo mismo con nosotros. De hecho, los judíos lo han venido haciendo durante siglos en nuestro país, eso sí, de forma artera, acaparando riquezas a costa de empobrecer a nuestros compatriotas, de llevar a familias enteras a la desesperación y al suicidio, víctimas de la usura. Habían conseguido infiltrarse en nuestra sociedad, a todos los niveles, con el único propósito de hundir a nuestro pueblo. ¿Acaso no son ellos los culpables de que nos humillaran en la Gran Guerra? ¡Gracias a Dios que ha aparecido Hitler para hacer justicia y echarlos de nuestras tierras a puntapiés! —me revolví encolerizada.

—Irena no era lo que afirmas de los judíos. ¿Acaso todos ellos son indignos? ¿No puede haber gente de buen corazón entre ellos del mismo modo que hay alemanes maleantes, asesinos y violadores? No es la primera vez que te pregunto esto, y siempre me respondes con evasivas —me espetó de pronto.

—Irena era una judía. Punto final, querida.

—¿Ves? Lo has vuelto a hacer.

—Irena por aquí, Irena por allá... Has de asumir los hechos y pasar página cuanto antes. Hoy mejor que mañana. ¡Es inútil seguir atormentándose!

—Para ti resulta sencillo decirlo, pero ella y yo pasamos mucho tiempo juntas. Desde que llegué aquí. Y me acompañó en mi inmensa soledad, como luego lo hiciste tú. Habéis sido las muletas en las que me he apoyado, y no hay dinero en este mundo con el que pueda pagaros. Solo quiero que entiendas que para mí era un ser humano —replicó ella y escondió el rostro entre sus manos en ademán de desaprobación a mis palabras. Me pareció escuchar un sollozo, luego su voz se extinguió en el silencio, un silencio roto solo por los gimoteos de Kreta, que estaba inquieta por nuestra apasionada discusión.

—Pues quédate con ese sentimiento, y considera que fue un ser humano —recalqué—, víctima de la guerra, uno más. A diario, nuestros hombres, centenares de ellos, dan la vida en el frente. Maridos, hermanos e hijos, sangre de nuestra sangre, luchan y caen por nuestro Reich. Eso sí es motivo de sufrimiento, y no una baja entre los judíos. Como alemana y esposa de uno de los baluartes de nuestra raza, has de ser fuerte. Sabías que estaba condenada. Lleva la culpa a cuestas. Y ahora es libre.

—No alcanzo a comprender cómo puedes ser tan fría —me recriminó en un tono más sosegado. Asomó los ojos por entre sus dedos para mirarme—. Aún más: no entiendo el porqué de que la humanidad entera se haya tornado inhumana...

Perdí los nervios y me lancé sobre ella, la cogí de los hombros, unos hombros que no ofrecían resistencia, y la zarandeé con fuerza. Pero ella se mantuvo cabizbaja, impasible ante mis reproches:

—¡Basta, Clara! ¡Por el amor de Dios! ¡Recobra la cordura y la sensatez!

La vi tan vulnerable que sentí el impulso de abofetearla. En ocasiones, un par de sopapos son la mejor terapia para sacarnos de la ofuscación. Pero justo antes de hacerlo Clara levantó la cabeza y pude comprobar que, ante mí, tenía a una mujer rota, una criatura asustada y desesperada. Me abrumó la presencia de tanto dolor. Ella se echó de nuevo a llorar y se acurrucó en el sillón. Su llanto tuvo un efecto calmante en las dos. La dejé que se desahogara. Mientras la miraba con ternura, me arrepentí de muchas de las cosas que le dije, y le perdoné los dardos envenenados que me lanzó. Pasó algún tiempo antes de que volviese a hablar; al fin dijo algo que ya había escuchado de su boca varias veces esa mañana:

—Tengo miedo, Ingrid; un miedo espantoso.

—¿Por lo de Irena? —pregunté suavizando mi tono y mostrándome cariñosa otra vez.

—Sí, también... No puedo decirle a Karl que estoy embarazada. Por eso he de irme cuanto antes de aquí. Desaparecer como una gota en el océano, que él no pueda encontrarme jamás.

Me dejó completamente estupefacta. Ahora sí que no entendía nada.

—¿Me estás diciendo que quieres huir de Karl solo por temor a decirle que esperas un hijo suyo? —Busqué en mi magín la razón de su alocada decisión—: ¿Porque es suyo, verdad, y no, por ejemplo, de Schmidt?

—No seas frívola. Naturalmente que es suyo —confirmó sin titubeos. Y luego añadió—: Pero si se lo digo, yo seré la próxima... Por la sangre que correrá en las venas de su hijo... Sangre contaminada... —Estas últimas palabras las pronunció muy despacio, como si quisiera que no perdiera sílaba de lo que estaba diciendo. Luego ella me miró buscando comprensión.

Y entonces lo vi todo claro, tan diáfano como el día en que juré lealtad eterna al *Führer*. Di un paso hacia atrás, horrorizada e indignada por igual. Pude haberlo intuido antes, y sin embargo no quise. «No, no es posible, Clara. No digas nada, te lo ruego», pensé. Pero sus labios se empezaron a mover. «¡Nooo! —me dije —¡cállate!» Y puse el codo a la altura de mi rostro, en postura defensiva, como si con ese gesto pudiera protegerme del fuerte golpe que iba a recibir.

—Sin quererlo, me he convertido para él en su mayor enemigo. Tengo su futuro, su vida en mis manos. Y Karl es consciente de ello. Por eso cada día que pasa la repugnancia que siente hacia mí es mayor. Si le digo que espero un hijo suyo, estoy segura de que planeará quitarme de en medio. Cree que solo así pondrá en orden las cosas y tendrá de nuevo el control de su vida... Lo hará, Ingrid. Lo hará para salvar el pellejo. Es injusto, porque yo jamás le traicionaría... Le debo mi vida, el aire que respiro... —dijo con una mueca de desesperación.

La sangre se me subió a la cabeza, y los pensamientos comenzaron a fluir veloces de un lado a otro de los sesos y tropezaban entre sí sin dejarme razonar con claridad... Pero, antes de que me sobreviniera el mareo, no pude evitar examinar sus rasgos físicos, fue como un acto reflejo: nariz, ojos, barbilla y, hasta donde me permitía su melena, orejas. ¡Era imposible toparse con una belleza y una fisonomía más arias! Aquella hermosura extraordinaria que tanto me había cautivado desde el primer día se transfiguró en la Hidra de Lerna, una serpiente poseedora de tantas cabezas como mentiras en su corazón. Reculé, sin perderla de vista, hasta chocar mis glúteos con la cola del piano, para no respirar su aliento venenoso. De mis ojos salían saetas en llamas con las que deseaba fulminarla, como las que disparó el héroe Heracles al monstruo ofidio. Me llevé las manos al vientre, para contener el ataque de náuseas del que fui presa. Clara, al ver mi expresión de repugnancia, rompió a llorar, y Kreta reaccionó a las ligeras convulsiones de su ama lamiéndole las rodillas. Ella respondió a las caricias del perro abrazándose a su cuello. Luego me dijo recobrando la compostura:

—Ahora ya lo sabes; por fin, conoces mi secreto. Y puedes hacer con él lo que quieras... Yo estoy cansada... muy cansada.

Pero no quise escuchar nada más. La dejé ahí, tal cual, y enfilé hacia la puerta, mordiéndome los labios para contener las mil y una emociones que me estaban atizando sin piedad.

—Amas a un polaco. ¿Qué hay de malo en querer a una judía? —Estas fueron sus últimas palabras, que soliviantaron mis tímpanos hasta salir de su casa.

—Adiós, Clara —dije por último dando un portazo, decidida a no volver a verla jamás.

Los vientos fuertes de la mañana persistían y habían arrastrado negras nubes hasta robarle el azul al cielo; el follaje de los árboles rugía desde todos los rincones, y las ramas rotas revoloteaban furibundas. Hermann salió a mi encuentro para abrir a duras penas la puerta del coche, que vaiveneaba a su capricho. La arenilla del camino golpeaba como pequeños perdigones mis pantorrillas, y tuve que cerrar los ojos.

Agradecí que el tiempo tormentoso tuviera al Mayor en todo momento con su ojo puesto en la carretera que me alejaba de Clara y de mi vida con ella para siempre. De esta forma, hallaría la calma y el silencio que tanto necesitaba. Fue una empresa imposible. La sangrienta puñalada que acababa de asestarme aquella judía hizo que se liberara un odio descarnado que jamás había sentido hacia alguien conocido. Pensé que su traición era detestable, un acto de cobardía que jamás le perdonaría y se lo haría pagar. Me sentí como una servilleta usada, hundida en la papelera sin saber qué hacer y cómo salir de ella. Estaba terriblemente sola y desolada.

Llegados a casa, me encerré en mi habitación. Mi almohada acogió en sus plumas la humedad de un río de lágrimas. «¿Qué mal te he hecho para que me trates de este modo?», pregunté a la vida. Mi mejor amiga resultó ser judía, y no solo eso, sino que me constató que no podía fiarme de los de su raza. En efecto, los judíos mentían sin ningún tipo de decoro. Entre ella e Irena no había ninguna diferencia. La desconfianza se apoderó de mí. ¿Cuánta gente más como Clara había en mi entorno? ¿De quién podía fiarme a partir de ahora? El *Führer* no lo debía de estar haciendo tan bien cuando los judíos seguían entre nosotros, engañándonos y pisoteándonos, poniendo en peligro a nuestros hijos y seres queridos. ¡Cómo podía Clara plantarse ante el retrato de Hitler, el azote de su raza, sin inmutarse! ¡Cómo debió de jactarse para sus adentros cuando me insistió con que las subrazas también podían ser bellas! ¿Cómo pude ser tan tonta y no reaccionar ante su hechizo?

No es fácil describir la intensidad de las pasiones que despierta la traición de una amiga. Incredulidad, ira, rencor, ganas de venganza, dolor, humillación, impotencia, desespero... Un veneno que se esparce por los capilares a todos los rincones del cuerpo, corroyendo todo a su paso como hace el vitriolo. Clara llegó a ocupar un lugar preferente en mi corazón, reservado solo a los seres queridos; nuestra relación se basaba en la confianza, en el apoyo mutuo, en compartir sentimientos y experiencias íntimas. A pesar de nuestras diferencias, las dos habíamos conseguido levantar un paraíso común en un lugar hostil, y ahora aquel ardía en las llamas de la traición. Lloré y lloré porque ella había arruinado aquella paz, el sosiego maravilloso que experimentaba a su lado. La judía de ojos azules que me cautivó en el teatro de Cracovia había violado mi confianza, tirado por la borda mi afecto hacia ella y triturado nuestras expectativas. Mi fe en el ser humano estaba herida de muerte. «Maldito ser ingrato», pensé entre sollozos. Entonces todavía no sabía que el enorme vacío interior que me ahogaba solo era una reacción natural de sentimientos encontrados, una lucha del alma entre lo que esta quiere y no debe querer.

El agotamiento causado por la desazón se hizo conmigo y caí dormida, hasta que Erich entró a despertarme para decirme a grito tendido que Clara estaba al teléfono. Le pedí que dijera tanto a ella como al resto de la casa que me encontraba indispuesta y que deseaba que no se me molestara. «¡Cómo tiene la osadía de llamar a mi casa después de lo que me ha hecho! ¿Acaso es tan ridículamente engreída que no es consciente de la gravedad de su farsa? Si lo que busca es el perdón, va lista», me dije retorciéndome a un lado y a otro de la cama.

Debía hacer algo, pero no sabía por dónde empezar. La única cosa que tenía clara era que debía evitar que las emociones tomaran las riendas de mis decisiones. No soportaba cargar con todo aquello yo sola. Tuve el impulso de salir en busca de Bartek, para que dejara lo que estuviera haciendo y me escoltara hasta la roca. Me recostaría en su pecho y le pediría que me abrazara con sus protectores brazos. Le pediría que me ofreciera su consuelo por mi desengaño, que me besara intensamente y que me hiciera olvidar todo el mal sufrido.

Pero no podía complicar más cuanto yo misma había enmarañado: busqué amistad en una judía y al mismo tiempo me enamoré torpemente de un polaco. ¿Podía hallarme en mayor aprieto?

Echarme en brazos de Bartek no pasaba de ser una fantasía; además, ¿quién podía asegurarme que no volvería a ser víctima de una deslealtad? En el mundo real no podía gritar a los cuatro vientos la verdadera identidad de Clara. Cabía la posibilidad de que al verse acorralada, ella se fuera de la lengua y me acusara de ser infiel a mi marido con el jardinero. A todas cuentas, era un asunto de extrema gravedad.

No hay palabras para describir mi zozobra en aquellas horas. Una y otra vez me pregunté quién podría auxiliarme, y siempre me venía a la mente mi esposo. Solo podía confiar en Günther y en su especial capacidad para analizar y resolver los problemas. Además, se trataba de la esposa de su camarada, Karl, cuya vida estaba ahora en juego por acoger bajo el mismo techo a una judía como esposa y a una polaca judía como sirvienta. Le resultaría harto complejo convencer a la policía secreta de que fue víctima de dos engaños, sobre todo por tratarse de un hombre de su posición. Sin duda alguna, su castigo sería una medida ejemplarizante para quienes confraternizan y ayudan a los judíos.

Durante dos largos días, me comporté como una sonámbula caminando hacia ninguna parte. Tenía claro que no podía quedarme quieta sin hacer nada, pero era incapaz de decidir qué hacer con Clara. De repente mis sentimientos hacia Günther cobraron fuerza; a decir verdad, mi esposo jamás me había fallado. Él y nadie más sabría cómo aconsejarme para salir de aquel entuerto y evitar que me salpicara a mí y a mi familia. En realidad, yo no había hecho nada malo, salvo dejarme seducir por los cantos de sirena de una arpía.

Günther tenía la oportunidad de demostrarme que me quería, que mi distanciamiento de él era injustificado, producto de los celos, la soledad y la necesidad de cariño. Pensar en ello hizo que me sintiera menos abrumada. Informé a Anne y a Elisabeth de mi partida a Auschwitz y les di instrucciones para los cuidados de Erich en mi ausencia; y pedí a Hermann que tuviera preparado el coche para salir lo antes posible hacia el KZ. Todos en la casa parecieron sorprenderse por mi imprevista marcha, no porque fuera a ver a mi esposo, sino porque de repente recordaron que tenía uno. Subí a mi habitación para preparar una pequeña maleta, pues cabía la posibilidad de que Günther deseara que lo acompañase durante varios días. Fuera, un chasquido en el cielo dio paso a un poderoso trueno que hizo retumbar toda la casa.

SEGUNDA PARTE

12

Mi viaje a Auschwitz

El destino es pertinaz, a veces imposible de doblegar ante nuestros designios. Por razones que desconozco, lanzó sobre mí un temporal de viento y lluvia que me obligó a posponer nuestra partida a Auschwitz al día siguiente. En realidad, fue Hermann quien atenuó mi premura, porque no veía seguro conducir a merced de las embestidas de un traicionero viento huracanado y unas tupidas cortinas de agua que, de seguro, cegarían su ojo sano. Aún menos agrado le produjo la idea de que partiéramos sin avisar antes a Günther, quien sin duda se sulfuraría si se presentaba conmigo de sopetón. Pero yo era consciente de que Günther me prohibiría ir hasta Auschwitz para hablarle de Clara, por muy grave que fuera el asunto.

Por otro lado, estaba segura de que, una vez allí, el posible enfado de mi esposo se vería ahogado por la alegre sorpresa de verme. Acorralado por mi terquedad, el Mayor intentó disuadirme de nuevo con el argumento de que aquel KZ y su entorno eran tan fríos y desagradables que afectarían a mi sensible ánimo durante semanas. Hermann no sabía que nada podía hundirme más. Entre refunfuños, el viejo se sentó al volante y puso el Mercedes en marcha sin poder quitarse de la cabeza a mi esposo: «¡Por el bien de los dos, espero que el *Herr Hauptsturmführer* no se haya levantado hoy con el pie izquierdo! Vamos allá, Ingrid».

Viajaba yo en silencio, con el monótono ruido del motor adormeciendo mis pensamientos acerca de la gran decepción que me llevé con Clara y si hacía lo correcto yendo a Auschwitz. La revelación

— 383 —

de la que había considerado mi amiga hasta unos días atrás era tan escandalosa que solo podía gestionarla en persona con mi esposo, lejos de los oídos indiscretos que enredan en los hilos telefónicos. Entretanto, Hermann, quizá arrepentido por su enfado conmigo, quiso entretenerme con temas de conversación que nacían y se extinguían a modo de soliloquios donde mi participación se limitaba a lánguidos monosílabos. Él, centrado en la carretera, no se dio cuenta de que su voz solo era una sucesión de ecos entre los interrogantes que me surgían: ¿cuál era mi propósito verdadero? ¿Contarle a Günther que la esposa de un alto cargo de la SS era judía? ¿Una taimada áspid que disfrazada de leal alemana había conseguido mi amistad para Dios sabe qué propósito? ¿Una judía que con una ganzúa envuelta en terciopelo y encendidos elogios había abierto las puertas de mi corazón para después triturarlo sin piedad? ¿Buscaba solo venganza con mi viaje a Auschwitz? ¿Cuál sería el justo castigo por su traición? ¿Encerrarla un tiempo en el KZ? ¿Realmente era Auschwitz tan desolador? ¿Qué era lo que yo quería para ella?

Luché durante el trayecto por ordenar mis ideas, por descifrar cómo Clara había lastimado mis sentimientos, mi capacidad para volver a confiar en un desconocido. Y me di cuenta de que el destino de varias personas dependía enteramente de mí, de la decisión que yo tomara. La justicia en tiempos de guerra deja de ser ciega, y mira ojituerta al acusado. Sentí un hondo terror al pensar que yo, con un simple chasquido de dedos, pudiera truncar la vida del prójimo. Tal vez destruírsela sin remedio. ¿Qué le depararía a Karl, un hombre leal y patriota que había convivido durante años con el enemigo de Alemania? ¿Quién iba a creer que no supiera nada? ¿También sería acusado de alta traición por dejarse cegar por la hermosura e inteligencia de una venus? ¿Acabaría siendo ajusticiado junto con ella en el paredón de los traidores? ¿Qué culpa tenía el bebé, medio ario medio judío, que crecía en su vientre? ¿Podría vivir yo con ese lastre de sangre en mi conciencia? Las gotas de sudor me corrían por la frente, y no eran debidas al calor pegajoso que dejó la tormenta.

Busqué alivio persuadiéndome a mí misma de que Günther sabría cómo resolver el entuerto de la manera menos traumática y más discreta posible. Clara de ningún modo podía caer en manos de militares con sed de sangre, como los que asesinaron a Irena o los que, por diversión, casi borraron del mapa a Bartek. «¡Bartek!», suspiré en mi interior. De repente lo había aparcado injustamente en algún lugar recóndito de mi conciencia y solo pensaba en estar al lado de mi esposo, quizá por el egoísta instinto de supervivencia que nos hace ser pragmáticos. Pero esa necesidad de proximidad solo era producto de la incertidumbre que me atenazaba, pues ya no sentía la vieja impaciencia ni el deseo a veces lascivo de que mi esposo me tomara entre sus brazos y me musitara al oído que era la mujer de su vida. No. Era consciente de que ya no requería de él que me agasajara con tales atenciones. Aun así me dije que debía hacer un último intento por volver a necesitarlas. Olvidar todos los errores cometidos por mi corazón, tan vulnerable en una Cracovia que se me encaró hosca y arisca. Sí, eso es, cavilé, aquel viaje a Auschwitz serviría para encauzar mi vida, desprenderme de aventuras estériles, renovarme de la cabeza a los pies. Era imprescindible volver a encontrarme a mí misma, volver a ser la Ingrid de antes de dejar atrás Berlín.

Según nos aproximábamos al KZ, advertí que el luminoso día que nos acompañó todo el viaje comenzó a ensombrecerse. Miré por la ventanilla y no divisé ninguna nube. Sencillamente el cielo sobre nuestras cabezas se decoloró en un triste gris. Un manto vaporoso dificultaba el paso de los rayos de sol, y solo a través de los desgarrones que el viento practicaba en aquella infinita gasa etérea, casi inapreciable, se abría con timidez el azul pálido de la bóveda celeste. El verde de los árboles perdió su brío, y los tranquilos campos de cereales se tapizaron de un dorado ceniciento. Me pareció que aquella luz lúgubre era un fiel reflejo de mi estado de ánimo, hundido en tinieblas.

Ya quedaba poco, leí un cartel, AUSCHWITZ —*Oświęcim*, antes de que llegáramos los alemanes—, y Hermann fue aminorando la marcha. Bajé la ventanilla para apreciar mejor las calles, las casas, la gente, su vestimenta, sus rostros. Me pareció un pueblo tranquilo, con hombres y mujeres llegados de nuestro país que iban de un lado a otro para cumplir con sus rutinas y quehaceres. Nadie levantó la vista ni siguió con la mirada el Mercedes negro, salvo un pequeño grupo de polacos que se giraron para vernos pasar; iban hechos unos harapientos y rebuscaban en una montaña de basura y escombros acumulados en un descampado.

Poco a poco, nos alejamos del núcleo urbano y empezamos a divisar la zona en la que residían las familias del personal del campo. Era una llanura de escasa vegetación salpicada de viviendas unifamiliares antes ocupadas por polacos; la mayoría de ellas gozaban de terrenos donde los huertos habían robado espacio a los jardines, agradables para la vista pero que no mataban el hambre. Nada que ver con la zona de Cracovia donde yo vivía, mucho más señorial y frondosa. Seguramente, por eso la eligió Günther para nosotros, pese a su lejanía de Auschwitz. Un sacrificio que albergaba su parte de recompensa, en especial para la formación y la felicidad de Erich.

Además, estaba aquella neblina plomiza, que se fue haciendo más y más densa hasta que acabó por envolvernos con sus garras vaporosas. Parecía como si un volcán hubiera estallado y hubiese arrojado sobre nosotros una nube de cenizas.

—Es humo —explicó Hermann, a la vez que se apresuró a subir su ventanilla. Y me recomendó que hiciera lo mismo—. Hay días en los que se te atascan los bronquios, y hoy parece ser uno de ellos —remató.

Por las toberas del aire entraba un hedor nauseabundo, como a carne quemada, que me encogió el estómago. Saqué mi pañuelo y me lo apreté contra la nariz para ocultar el tufo con su perfume.

—¿A qué diablos huele? Hiede a cuerno quemado... ¡Qué pestilencia! —me quejé.

—Lo siento, Ingrid. El olor proviene de unas instalaciones de IG Farben, a pocos kilómetros de nuestro destino, en Monowitz. Hasta donde sé, producen caucho, combustibles sintéticos y no sé qué otros compuestos químicos. Pero, sea lo que sea, lo cierto es que sus chimeneas escupen a todas horas unas columnas de humos y vapores mugrientos que, según de dónde sople el viento, resultan insoportables. Hoy es uno de esos días aciagos en los que hay que taparse el apéndice nasal...

—¿Me dice que este es el habitual ambiente en Auschwitz? Agradezco ahora que Günther nos mantuviera lejos de este albañal —murmuré con el pañuelo aún en la nariz.

Hermann carraspeó, quizá, pensé en ese momento, para aclarar su garganta impregnada de las partículas ingrávidas que flotaban en el aire, y siguió conduciendo bajo un cielo que se resistía a dejar pasar los despabilados rayos de la mañana. De vez en cuando, el viejo me miraba por el retrovisor, preocupado por la ligera indisposición que me produjo la extraña pestilencia. Pero curiosamente mi nariz se debió de habituar rápido a ella, pues sin que me diera cuenta dejé de olerla al cabo de un rato. No así de sentirla, pues aquella atmósfera, que parecía velar una patética realidad, me caló hasta los huesos.

Estábamos cerca, las aguas del río Soła seguían, a nuestra izquierda, el rumbo contrario al nuestro; fluían juguetonas, despreocupadas por lo que les pudiera esperar corriente abajo; una bifurcación que las separara para siempre, un salto que las lanzara al abismo o un embalse donde quedaría estancado su espíritu de aventura. Pero el agua siempre se abre camino, haciéndose fuerte ante los obstáculos, aprovechando la menor fisura para seguir adelante hacia su destino, evaporándose para huir de la sequía, su eterno enemigo. Decía Günther que el ser humano es en gran parte agua, y yo le contestaba que, si era así, la mayoría de la gente desconocía cómo aprovechar sus virtudes.

La carretera se despidió del Soła con una curva pronunciada, y yo giré la cabeza para verlo por última vez, antes de que su cauce desapareciera detrás de unos álamos con las copas carcomidas por algún insecto voraz. Luego no tardamos en llegar a la entrada principal del campo, donde una pareja de *Lager-SS* nos pidió que le mostrásemos el pase para acceder. Hermann les enseñó el suyo, y les explicó con quién iba acompañado, que carecía de salvoconducto porque era la primera vez que visitaba Auschwitz y que mi presencia de improviso obedecía a un asunto que debía tratar sin dilación con mi esposo. Uno de los hombres, que respondía al nombre de Wilhelm, hizo el gesto para que bajara la ventanilla del coche y le facilitara mi documentación. Tras chequearla, me la devolvió acompañada de un saludo militar. También me rogó que lo esperara sin salir del vehículo mientras localizaba a mi marido por teléfono. Hermann aprovechó la ocasión para estirar las piernas y mordisquear la cánula de su pipa en medio de la entrada al campo de trabajo.

Había una inscripción de hierro forjado, que llenaba de un lado al otro la verja de acceso. Supuse que daba la bienvenida a los presos: ARBEIT MACHT FREI. Me pareció una sentencia alentadora: «el trabajo libera». Una advertencia que invitaba a los rebeldes a que se comportaran de la única forma que podía devolverles la libertad, esto era, trabajando para la nueva Alemania.

Empecé a inquietarme, pues el *Lager-SS* tardaba en volver. Saqué el espejo del bolso, me retoqué los labios y el cabello, me empolvé la nariz, me pellizqué los pómulos, para quitarles la palidez de la angustia; por último, me puse unas gotas de perfume en el cuello. Quería que Günther me encontrara atractiva y deseable. Entretanto, un militar se había acercado al Mayor para saludarlo con un efusivo abrazo. No se podía negar que eran viejos conocidos; hablaron de forma amistosa e intercambiaron risas antes de ponerse serios. Deduje que Hermann le dijo que estábamos teniendo problemas para acceder, porque, tras encenderse el SS un puro habano, los dos comenzaron a caminar hacia el coche. A mitad de camino apareció el *Lager-SS* con paso ligero, y el oficial superior lo interceptó con un silbido para darle unas instrucciones. Luego Hermann y su colega se despidieron con el mismo abrazo con el que se encontraron.

—¡Solucionado, Ingrid! —exclamó Hermann mientras ponía el Mercedes en marcha—. Mi viejo camarada, el *Sturmmann* Erwin Bauer, ha dispuesto todo para que pueda usted pasar. El problema es que no localizan a su esposo en su laboratorio, pero el *Lager-SS* me ha recomendado que nos dirijamos a su bloque y lo esperemos allí, pues de lo que no hay duda es de que está aquí y no en Birkenau.

Una vez alzada la barrera y abiertas las dos puertas de hierro que cerraban a cal y canto Auschwitz, se nos dio luz verde para continuar; avanzamos de frente, despacio, sobre el firme empedrado. Sentí un regocijante escalofrío, causado por la emoción de entrar en un recinto al que solo un puñado de alemanes privilegiados podía acceder. Bajé la ventanilla hasta el tope para no perderme detalle.

A ambos lados de la calle se alzaban edificios de ladrillo rojo de dos plantas, en línea, uno junto a otro y frente a frente, con una arquitectura sobria y monótona. Algunos eran de madera. Reinaba un gran silencio, que solo era perturbado por el sonido de los motores y el retumbar de las botas de nuestros soldados en el firme. Nunca pensé que pudiera encontrarme con tanta paz. Miles y miles de almas mudas, purgando sus pecados. Una insonoridad impuesta por el ímprobo trabajo de unos excelentes militares.

—A estas horas, los prisioneros ya están trabajando en sus lugares de destino. Pero estén o no, siempre es así. Su existencia es un murmullo que solo es quebrantado por las trifulcas entre ellos y las revueltas que organizan los más insumisos muy de tarde en tarde —me aclaró Hermann.

Esperaba encontrarme con un recinto sórdido, violento, patibulario, un reflejo de la escoria de la sociedad que iba a parar allí. Sin embargo, me topé con algo bien distinto de lo que me imaginé. No parecía encontrarme en un lugar especialmente desagradable, salvo por sus trazados irritantemente simétricos, por las ametralladoras que apuntaban en todas direcciones desde lo alto de las torres de vigilancia y porque estaba cercado con vallas de alambres de espino. Pero lo peor de todo era aquella humareda fétida, tan densa como la niebla del Támesis que apenas deja reconocer el Parlamento en las pinturas de Monet y con la que se envolvía Jack el Destripador para cometer sus atroces crímenes. Auschwitz despertó en mí una morbosa curiosidad. Quería ver dónde estaban los presos, cómo vestían, qué comían y qué hacían cuando no estaban trabajando; deseaba poder contemplar sus rostros, descubrir su pecado en ellos y cómo la privación de libertad había sometido sus almas impuras. Nunca antes había visto un preso de cerca. Con seguridad, Günther me mostraría todo aquello; por fin me enteraría de su cometido en el KZ, un lugar tan alabado por quienes lo conocían y a la vez tan desprestigiado por el enemigo; y visitaría su apartamento, que sin duda necesitaría de los arreglos de una mano femenina. Este tiempo con mi esposo podría ser la cura emocional que tanto necesitaba, hilvané con el deseo de zurcir el jirón que desangraba mi corazón.

Las primeras personas con las que nos topamos fueron tres enanos que barrían la calle con unas escobas que les venían muy grandes pero que manejaban con desparpajo; uno de ellos, empujaba un carro de limpieza donde iban echando la basura y desperdicios que recogían con ayuda de palas. Los tres eran presos, pues iban vestidos con unos uniformes a rayas blancas y azules descoloridos y, según me continuó informando el Mayor, no eran los únicos de corta estatura que habitaban el campo. ¡Pobres criaturas! Para fortuna de nuestra descendencia, los médicos habían decidido erradicar esta discapacidad a través de los programas de esterilización, tan necesarios para fortalecer la raza. En una o dos décadas, el enanismo sería cosa del pasado, escuché decir a Günther. En la acera de enfrente, dos guardianas se divertían observando cómo trabajaban los enanos, pues sus movimientos recordaban a los de los actores de las películas mudas; una de ellas, sentada en las escaleras de un edificio, daba la última calada del cigarrillo que ya apenas podía sostener entre los dedos; y la otra, la de mayor edad y corpulencia, miraba a los barrenderos puesta en jarras de modo desafiante, sujetando un pitillo entre los labios como los hombres que hacen gala de su masculinidad.

—¿Se ha fijado en esas dos mujeres de gris? Son *Aufseherinnen* de armas tomar, el terror de las prisioneras de Birkenau, dicen, por la dureza con la que se hacen respetar. Es mejor llevarse siempre bien con ellas, aunque no seas presidiario —bromeó Hermann arrancándome una sonrisa. La primera en muchas horas.

Nos cruzamos de frente con un Volkswagen Kubel ocupado por cuatro soldados que se me quedaron mirando; uno de ellos hasta osó dedicarme el clásico silbido que se lanza a las chicas bonitas. Algo que no me disgustó.

—En mi época éramos más respetuosos con las señoras... ¡Esta juventud irreverente se está echando a perder! —gruñó Hermann con el ojo clavado en el retrovisor, para observar cómo se alejaban de nosotros los gallitos que habían importunado a su pasajera. Un despiste que casi nos costó un encontronazo, pues a punto estuvo de embestir a dos *Totenkopf-SS* que cruzaban la calle confiados en que el vehículo aminoraría la marcha. El chirrido de la frenada enfureció a un pastor alemán bien musculado que hasta ese instante caminaba pegado a las botas de su amo, otro soldado de las SS que conversaba con un colega que empujaba una bicicleta. El animal lanzó unos potentes ladridos mientras tiraba enrabiado de la correa, dispuesto a lanzarse contra el Mercedes y sus ocupantes. El SS, afectado por una ostensible cojera, solo tuvo que proferir una orden para que la bestia volviera a su anterior estado de calma. Y el sosiego tomó de nuevo las riendas del lugar. Tanta tranquilidad empezaba a serme molesta.

Llegamos así al primer cruce, donde la repugnante niebla gris se espesaba a medida que la seguía con la mirada por la calle de la izquierda, hasta convertirse en una nube negruzca que se arremolinaba en infinidad de torbellinos como faldas de cientos de derviches danzando en éxtasis. Procedía de una chimenea cuadrada de ladrillo rojo que asomaba por detrás de uno de los tejados. Por su fuliginosa boca vomitaba enormes lenguas de fuego que se extinguían en la espesa columna de humo que entelaba el cielo. Esa era sin duda alguna una de las fuentes de la hediondez que corrompía el aire y que poco o nada tenía que ver con las vecinas fábricas químicas de las que me habló Hermann en el viaje, supuse.

Antes de llegar al final del camino, donde un ramillete de jóvenes abedules apenas habían logrado despegarse una decena de palmos del suelo, el Mayor viró a la derecha. Durante todo el trayecto condujo a paso de tortuga, para que le diese tiempo a explicarme lo que íbamos viendo: torre de vigilancia, bloque número tal, bloque de las cocinas, bloque de las SS, bloque de la lavandería... Sin embargo, pasó rápidamente la chimenea sin decir nada. Fragüé entonces la idea de que durante mi estancia tal vez tendría la ocasión de husmear y averiguar por mí misma qué demonios se quemaba en aquel horno para que oliese tan mal. Mi estancia en Auschwitz, el tiempo que durara, sería una experiencia enriquecedora, así como emocionante. Contrarrestaría sin duda alguna la profunda tristeza y desilusión del terrible secreto que le traía a Günther bajo el brazo.

A nuestra diestra, un grupo de unos veinte hombres, ataviados con el mismo deslucido uniforme a rayas que los enanos, trabajaba levantando un muro en un solar. Todos llevaban también la cabeza rapada al cero, pero estos, a diferencia de los liliputienses, estaban desnutridos. Le pedí al Mayor que aminorara aún más la marcha para examinarlos mejor. Eran de color gris, y flacos como el alambre. Las perneras de los ajados pantalones les bailaban, como si dentro habitaran unas piernas delgadas como palillos; y sus camisas les quedaban lejos del pecho, varias tallas por encima de las que les corresponderían. Todos llevaban cosido en un lugar visible de la ropa dos triángulos amarillos solapados que conformaban una estrella de seis puntas.

—Son judíos. El amarillo es para ellos. Aquí todos los presos llevan un triángulo de color, según su procedencia o condición. Si se fijó, los triángulos de los enanos eran negros, lo que creo que significa que o son gitanos o unos gandules... O las dos cosas... —me ilustró Hermann.

Unos hacían cemento y otros acarreaban ladrillos en sus manos, para dejarlos al lado de los que levantaban el muro. Trabajaban callados, cabizbajos, con la mirada hundida en las cuencas de los ojos, oscuras como las noches sin luna. Caminaban arrastrando los pies, algunos de ellos con zuecos, encorvados como nonagenarios. Deduje que eran prisioneros peligrosos sometidos a un castigo severo, alimentados a pan y agua, y obligados a trabajar hasta la extenuación. Algo terrible habrían dicho, hecho o sido, además de ser judíos. Y mi razonamiento no iba mal encaminado, pues pude percatarme de que uno de los dos guardias que los vigilaban sujetaba un látigo de cuero. Debía de ser gente indigna, despreciable, lo peor de Auschwitz, pues me había hecho a la idea de que los judíos desplazados trabajaban como operarios en las industrias y canteras de los alrededores y de que llevaban una vida normal, eso sí, austera y privada de libertad. De repente, no muy lejos de donde estábamos, empezó a sonar un precioso tango interpretado por una orquesta al aire libre.

—¡Una orquesta formada por músicos prisioneros! ¡Mayor, me parece una brillante idea por parte de la dirección del lugar y un noble gesto hacia todos los que aquí moran, se lo merezcan o no! —No pude reprimir aquella grata sorpresa. «Clara no estaría mal aquí», pensé un tanto aliviada, a ella que tanto le gustaba la música.

Con el tango alejándose de nosotros, Hermann paró y detuvo el motor delante del edificio de ladrillos rojos donde trabajaba Günther, el bloque 10. Con simulada parsimonia, rellenó de tabaco su pipa y la encendió. Yo sabía que estaba muy nervioso, debido a cómo reaccionaría mi esposo por plantarme allí. Se asomó al retrovisor para ajustarse el parche y suspiró profundamente.

—¿Cómo lo hacemos, Ingrid? He pensado que lo mejor será que espere aquí y yo entre para avisarlo de su llegada. Me imagino que el impacto para él será menor así que si de repente nos ve entrar a los dos en su despacho —propuso.

—Me parece muy buena idea, Mayor. Hagámoslo como usted dice. Y ha de saber que, en cualquier caso, yo asumo las consecuencias de mi decisión —repuse con ánimo de calmarlo.

El viejo Hermann salió del Mercedes a toda prisa, para no darme tiempo a que yo pudiera cambiar de opinión. Subió los escalones de dos en dos y desapareció tras la puerta metálica. Pero Günther no estaba en aquellas dependencias, ya que unos segundos más tarde lo vi venir desde el otro lado de la calle. Caminaba en medio de un grupo de seis personas, sin duda, compañeros de trabajo. Se notaba que él era el jefe, por la forma de dirigirse a ellos y por la manera en que ellos le miraban o, mejor dicho, le admiraban.

Günther siempre tuvo madera de líder y sabía cómo granjearse el respeto de todos los que le rodeaban, ya fuera en el trabajo o en su círculo de amistades. No soportaba no ser el centro de atención, era un hombre con un carisma especial, siempre encontraba la manera de hacerse notar. Manejaba como ninguno el don de seducir con la palabra: siempre se sacaba de la chistera una historia o una anécdota con la que sorprender a los presentes; era capaz de opinar sobre cualquier tema de conversación; y lo que decía y cómo lo expresaba apenas dejaba espacio para las réplicas o las críticas. En eso era bastante intolerante, como el semidiós que nunca se equivoca. Además, hablaba con vehemencia, engolando la voz y jactándose, a veces de forma insolente, de aquellos que consideraba inferiores a él y adulando sutilmente a las personas que podían servirle para sus propósitos, agasajándolas con muestras de admiración y sacando brillo a sus méritos, siempre sin dejar de lado sus aires de petulancia. Caía bien a mucha gente, pues además era apuesto y gallardo, un hombre con una mirada cautivadora y el encanto personal del explorador aventurero. Aquel hombre, distinguido y elegante, de carácter fuerte y dominante, fue del que me enamoré y del que me sentí orgullosa de ser correspondida. Pudiendo elegir entre tantas mujeres bellas e inteligentes que revoloteaban a su alrededor, el Günther que caminaba hacia el bloque 10 prefirió formar una familia conmigo.

Instintivamente, me acurruqué en el asiento, tal vez para que él no me pudiera ver y yo pudiese contemplar su *savoir faire*. Caminaba erguido, con la cabeza en alto, dando pisadas suaves, a pesar de que calzaba unas botas altas hasta la pantorrilla, que lucían tanto como la hebilla plateada del cinturón de las Schutzstaffeln que sujetaba sus pantalones negros, siempre sin una arruga a la vista. Llevaba una camisa blanca, arremangada hasta la mitad del antebrazo, y se había cambiado de peinado, dejándose el pelo de encima de las orejas y la nuca más corto de lo habitual.

Gesticulaba como un tirano gobernante ante sus cinco devotos súbditos. Era el sol que iluminaba con su docta luz a los planetas que orbitaban en sus dominios. Uno de ellos en concreto parecía estar absorbiendo con devoción la energía luminosa de su superior. Era una celadora de las SS que se cimbreaba con aires de mujer competente a la izquierda de Günther, muy cerca de él, con unos labios carnosos que dibujaban en su enorme boca un óvalo de asombro y con unos ojos azules que clavaban su entusiasmo en los de él. Llevaba su cabello rubio recogido en una coleta que acababa donde moría el cuello, bajo un gorro ligeramente inclinado a un lado de la cabeza, lo que la hacía parecer muy sensual. En verdad era una joven atractiva, tal vez dos o tres años más joven que yo, que no llevaba una pizca de maquillaje, aunque su rostro lucía como si lo llevara. La equilibrada redondez de sus pechos hermoseaba la sobriedad de su implacable chaqueta, y sus contundentes caderas se contoneaban bajo una falda que tapaban unas piernas largas y bonitas. De su cintura de avispa pendía un látigo, junto a una larga porra de goma; y un pastor alemán la acompañaba a su vera, tan altanero como ella.

Decidí salir del Mercedes para recibirlo, pero Günther estaba tan pendiente del séquito de aduladores que no llegó a verme. Y como mujer, sabía que no era ajeno a los coqueteos de la guardiana, aunque Günther lo disimulaba con una morbosa habilidad. En el silencio de la calle alcancé a escucharle decir que en uno de los bloques de presos se había propagado el tifus y que había que actuar rápidamente para atajarlo. A tres de los hombres les indicó una lista de instrucciones que solo pude escuchar de forma fragmentada y que tenían que ver con el aislamiento. Al cuarto le comunicó que pusiera sobre aviso a un tal doctor Mengele. Los soldados marcharon con las órdenes recibidas. En cuanto a la mujer, a la que llamaba Irma, le pidió que lo acompañara. Detecté entonces en los ojos de ella una dulzura que no surge porque sí, esto es, si no es alimentada por quien la recibe. Supe por ese destello de melosidad que la relación entre ambos no era inocente; una mujer no actúa de aquella manera con un superior si este no le ha dado pábulo a que lo haga. Mi sospecha fue confirmada un segundo después. Günther la cogió por la cintura y, cual animal salido, le untó la lengua por toda la mejilla. Ella, que no esperaba tan efusiva atención, soltó una carcajada de alegría al tiempo que lo apartó con un pequeño empujón en el pecho al descubrir que estaban siendo observados por mí.

El golpe que se supone que yo debía sentir nunca llegó. Me quedé apoyada en la aleta delantera del Mercedes como quien ve llover. No sentí celos, ni perplejidad, ni indignación. Porque al verlo actuar como un efebo en celo me sobrevino un pensamiento revelador: mi marido no me engañó, fui yo la que no quiso ver cómo era él.

Y entonces me vio; despachó con rapidez a la rubia y vino directo hacia mí, provocando con sus botas un terremoto bajo mis pies. Sus ojos de búho llameaban y apretaba los labios con furor, con ira... con odio. Desprendía tanta negatividad que llegó a asustarme. Su mirada hostil pasó por alto mi necesidad de verle; no supo apreciar que tenía que hablar con él, con urgencia. Que mi repentina visita no obedecía a un capricho. «El que está saciado no tiene ojos para el necesitado», me dijo Clara en una ocasión. Me sentí minúscula e insignificante cuando me agarró del brazo de un zarpazo y casi lo descoyuntó al tirar de él hacia su hombro. Con una fuerza brutal que me lastimó todo el cuerpo, me cogió casi en volandas y entre trompicones me arrastró al interior del edificio de ladrillos rojos, a una sala de bajos techos. Me produjo tanto dolor que estuve a punto de echarme a llorar.

—¿Qué diablos estás haciendo aquí? —dijo con el rostro encolerizado y echándome su aliento macerado en aguardiente.

Estaba tan aterrada que no supe qué responderle.

—¿Estás sorda? ¿Me quieres decir qué narices estás haciendo aquí? —repitió zarandeándome y, tras asegurarse de que Hermann no estaba conmigo, levantó el brazo con la mano abierta. La mantuvo así alzada durante unos segundos, en tensión, pero no llegó a abofetearme, pues se percató de que no estábamos solos, y me soltó. En el otro extremo de la interminable pared dos personas nos miraban atónitas: una joven pelirroja enfundada en un ajustado uniforme y un imberbe de las SS, enclenque y con cara de novato, que parecían haber buscado un lugar tranquilo para hablar entre ellos. Ambos hicieron la vista gorda y nos dieron la espalda para seguir cuchicheando. Yo quedé sumida en un total desconcierto: no podía dar crédito a lo que acababa de vivir. Sentí entumecer los músculos de piernas y brazos, y el latir de las arterias me sacudía los oídos, que pitaban aturdidos. Me tambaleé mareada unos pasos hacia atrás, hasta que mis nalgas hallaron apoyo en un escritorio—. ¡Contesta! —rugió Günther echándome otra vez su aliento alcoholizado contra mis narices.

—Pero... —Un velo húmedo empañó la imagen de mi marido—. Querido..., he venido porque... —procuré que el líquido de los ojos no se derramara. Decidí que no era el momento de hablarle de Clara— llevo meses sin verte... —No podía apartar de mi mente la vesania que le había hecho perder la compostura a Günther. Nunca antes me había hablado de forma irrespetuosa y violenta, impropia de un hombre de su categoría, que jamás me había levantado la mano hasta aquel día. Sus ojos desquiciados eran los mismos que los del dios Crono que Goya pintó devorando a su propio hijo. Unos ojos desalmados, asaltados por unas pupilas gigantes que canibalizaban el poco respeto que aún sentía hacia él.

Sus ánimos no se aquietaron ante mi resignación. Me lanzó una mirada cortante a la vez que arrimaba su flequillo al resto de sus cabellos fijados con pomada capilar. Sacó una petaca del bolsillo interior de la guerrera. Desenroscó el tapón despacio y dio un largo sorbo, echando la cabeza hacia atrás. Me miró desafiante, restregándose la mano en los labios humedecidos, y volvió a beber.

—¡Está bien! ¡Ya ves que en Auschwitz no eres bienvenida! ¡Ahora mueve ese culo rechoncho y vuélvete a casa! —arrojó de nuevo su bramido contra mí. Al ver que no reaccioné, me agarró de los hombros y me sacudió de un lado a otro, como si fuera un saco de inmundicias, a la vez que me gritaba en un hiriente tono irónico—. ¡Maldita seas! Sabes de sobra que no apruebo que estés aquí. ¿Acaso se ha muerto alguien de la familia? ¡¿A que no?! ¿Acaso le ha ocurrido algo terrible a nuestro hijo? ¡Nooo! ¿Han bombardeado nuestra casa y te quedaste sin teléfono? ¡Negativo! ¡Ah, la señora está aquí porque echa de menos la entrepierna de su esposo! Vamos, ¿a qué esperas para largarte por donde has venido? ¡Largo!... ¡¡Hermann!! ¿Dónde está el maldito viejo? ¡Cómo se ha atrevido a traerte sin mi permiso! ¡¡Hermann!! —bramó asomando la cabeza al corredor principal.

Hice por soltarme, pero él seguía cortándome el paso de la sangre por las venas del brazo. Ese Günther, borracho y pendenciero, era el hombre antagónico con el que me casé. Luché, en vano, contra sus poderosas manos. Cedió de repente cuando el Mayor apareció por la puerta, en respuesta de su berrido, y, al soltarme, yo perdí el equilibrio. Lo último que recuerdo es que caí redonda al suelo.

Desperté sobre un viejo camastro, tapada hasta el cuello con una sábana raída que olía a moho, en un triste cuartucho de paredes desnudas, que también apestaba, alumbrado por una bombilla que colgaba del techo y cuya luz mortecina a instantes parpadeaba con un tintineo casi imperceptible cuando no producía un ruido chispeante que hacía temblar su filamento. Enfrente, en la oscuridad de la noche, unas polillas atraídas por la luz chocaban insistentemente contra la mosquitera de una pequeña ventana protegida por unos barrotes de hierro. Una de sus hojas estaba abierta para que entrara el fresco, un aire impregnado del hedor que ya me resultaba familiar y que entonces era tan intenso que pude paladear su amargor. Fuera seguía reinando el silencio, solo interrumpido por ladridos de perros en la lejanía y el maullido estremecedor de una gata en celo que me puso la carne de gallina. Debido al aturdimiento no le di importancia a la mujer que estrujaba un paño en el aguamanil de un palanganero situado en un rincón de la habitación y que al verme despierta vino hacia mí.

—Es normal que le duela, *Frau* F. —murmuró al ver mi mueca de dolor mientras ella me ponía el paño en la frente—. Soy Maria y me han traído aquí para cuidarla.

—No recuerdo nada —dije desorientada, mirando a mi alrededor con los ojos entornados, pues la jaqueca con la que me desperté no dejó que los abriera del todo. Enfoqué mis ojos en la mesilla de mi lado izquierdo, iluminada por una lamparita de luz; esta compartía espacio con un plato con caldo de aspecto poco apetecible que aún humeaba, una cuchara y un vaso medio lleno de agua. En el rincón de enfrente había una silla donde reposaba mi pequeña maleta de viaje, y, sobre ella, la ropa que quizá aquella mujer me había quitado para dejarme solo en combinación—. ¿Dónde estoy? ¿Qué hago aquí? —pregunté.

—Sigue usted en Auschwitz, tranquila —me informó la mujer con deje sajón, a la vez que dejaba la palangana en el suelo y se sentaba en un taburete junto a mi camastro—. Apenas sé nada de cómo se accidentó, solo que perdió el equilibrio con tan mala fortuna que se golpeó la cabeza con el borde de una silla, y se desmayó. Se hizo una pequeña brecha en la sien, por la que sangró abundantemente, pero la hemorragia ya está contenida. Fue más un susto que otra cosa.

Me palpé la zona herida, muy próxima a la oreja, y sentí el palpitar de la hinchazón, a pesar de que estaba cubierta por un esparadrapo. La cuidadora me contó que tras recobrar el sentido volví a dormirme enseguida hasta ese momento. No habló mucho más. Cerré los ojos, pues la luz alimentaba el dolor de cabeza. Recapitulé en mi mente cómo había ido a parar a ese cuchitril. Una rubia jovial y atractiva se había interpuesto entre Günther y yo. Jamás se me ocurrió pensar que el padre de mi hijo fuera tan débil de espíritu y se dejara arrastrar por el deseo carnal. Ni sabía que fuera tan fogoso, pues jamás me pasó la lengua de la manera que se lo hizo a aquella buscona. ¡Qué necesidad tenía de acudir al lecho marital si tenía todo lo que necesitaba en su laboratorio! No recuerdo cuántas veces me llamé ingenua a mí misma, pero pasó del millar.

Günther me había tratado de forma vejatoria, cuando lo que debiera haber hecho fue pedirme perdón por su conducta indecorosa. En lugar de mostrarme al menos una brizna de arrepentimiento, me arrolló como una locomotora desbocada, como si yo hubiera sido la infiel. Volví a levantar los párpados presa de una visión y eché una fugaz mirada a la habitación haciéndome esta pregunta: ¿de verdad son así las dependencias reservadas en el KZ para las visitas? La respuesta era evidente. Quizá fue cosa de él recluirme en aquella mazmorra, tal vez era una forma de decirme que esas serían las comodidades de las que disfrutaría si osaba volver a poner los pies en Auschwitz. Lo lógico era que me hubiera llevado con él a su apartamento, pero lo evitó, obviamente, para que yo no me topara con más pistas de su *affaire*.

—Es hora, *Frau* F., de que se tome el segundo analgésico —dijo la tal Maria mientras sacaba una pastilla de un frasco y me acercaba el vaso de agua de la mesilla. Su flacura enfermiza y el cabello corto, rapado casi al cero, me hizo suponer que era una interna del campo, lo que al principio me alarmó. Pero enseguida pensé que Günther, por muy enojado que estuviera conmigo, jamás pondría en peligro la vida de la madre de su hijo. Además, la conducta solícita y desabrida de aquella mujer me recordó a Irena; también era de mirada esquiva y de hablar lacónico. En definitiva, una sierva.

—¿Y Günther? ¿Dónde está mi esposo? —quise saber.

—El *Herr Hauptsturmführer* F. estuvo a su lado hasta hace apenas un rato. Como no se despertaba, partió no sin antes ordenarme que le dijera que volverá mañana a primera hora —contestó ella.

—¿Y Hermann, mi chófer, el caballero que venía conmigo? —continué indagando, para hacerme una composición de lugar.

—Si se refiere al hombre con un parche en el ojo, se fue con su esposo... Le ruego, *Frau* F., que no me haga más preguntas, pues no estoy autorizada a responderle... Como le dije, estoy aquí solo para cuidar de su bienestar. Le vendría bien que se tomara el caldo antes de que se enfríe, y humildemente le aconsejo que intente dormir. Es un bálsamo contra el dolor... Ahora tengo que irme, pero volveré en cuanto se me ordene para ver cómo se encuentra. —Se incorporó y, cuando estiró la sábana hacia arriba para arroparme, descubrí un número tatuado en el exterior de su antebrazo izquierdo: 30884. Mi hijo vino al mundo un 30 de abril; en un mes de agosto conocí a Günther; y en el 84 nació mi padre. Pensé que existía una razón para que aquella prisionera estuviera allí. Deslicé mi mano suavemente sobre las cifras azules, a modo de caricia, imaginando la piel de Clara marcada con el mismo estigma.

—He de suponer que es usted una prisionera. ¿Me equivoco? —arrojé esa pregunta obvia para iniciar una conversación y ganarme su confianza, pues de algo podría servirme tenerla de mi lado.

Asintió sin mirarme mientras se levantaba y recogía del suelo la palangana.

—¿Judía?

Negó con la cabeza.

—¿Por qué razón está usted aquí? —seguí indagando, a sabiendas de que la estaba incomodando.

—No creo que le guste saberlo, *Frau* F. —respondió dirigiéndose hacia la puerta sujetando el recipiente con las dos manos.

—Insisto, se lo ruego...

—Me está prohibido hablar...

—Por favor, no me deje con esta duda. Nadie nos oye —puntualicé.

Ella se detuvo, petrificada, y se produjo un tenso silencio.

—Por no aprobar los ideales del *Führer*... —balbució girándose hacia mí con los hombros caídos. Tenía el semblante de una mujer derrotada, exhausta por el peso de la vida.

Sus palabras en contra de Hitler debieron haberme hecho perder los estribos, saltar de la cama para sacarla a empujones de la habitación. Pero su testimonio no me turbó. No supe entonces qué fue, pero aquella mujer hizo que algo en mi interior se revolviera contra mí. Me apiadé de ella; fui incapaz de usar mi situación de ventaja para aplastarla como un gusano.

—... y por llevar a cabo actividades projudías. —Me miró seria, con el orgullo de quien acomete una hazaña memorable.

—¿En qué consistieron exactamente esas actividades? —le pregunté sin ánimo de prejuzgar su actuación, fuera la que fuere. No tenía el aspecto de una mujer capaz de cometer un crimen, y su falta no pudo ser muy grave si podía estar a mi cuidado sin que nadie la vigilara.

—Fui descubierta al llevar provisiones a una familia judía que se ocultaba en el sótano de unos amigos, en Dresden...

—Por favor, continúe. Cuéntemelo todo —insistí al notar que se arrepentía de haber comenzado a hablar.

La mujer tomó una enorme bocanada de aire como si cogiera el valor necesario para revivir todo aquel episodio sin detenerse.

—... Alguien nos delató, y una tarde, poco antes del ocaso, la Gestapo derribó la puerta de la casa de una patada. Registraron la vivienda con ayuda de perros hasta descubrir la trampilla que daba acceso al escondite. En ese momento, yo estaba abajo con los judíos confeccionando la lista de las vituallas para la siguiente visita. Oí cómo ordenaron a mis amigos, una pareja de ancianos bondadosos, que se arrodillaran, y unos segundos después se oyeron dos secos disparos. Al resto se nos sacó a la calle a punta de pistola, entre golpes con las culatas de las armas e insultos humillantes. Y uno de los policías, le metió un tiro en la sien a la mujer judía, que sostenía a su bebé en brazos. «¡Te dije que lo hicieras callar, maldita judía, y no me hiciste ni puto caso!», gritó el soldado. Ella se desplomó de forma fulminante, y la criatura cayó rodando por el pavimento, hasta los pies de uno de los policías, que lo miró con desprecio. A punto estuvo de pisarle la cabeza con su bota. El bebé lloraba desconsolado, pero no dejaron que el padre lo recogiera del suelo hasta que nos metieron en un camión. —Maria quedó sumida en un silencio que me dejó sin aliento. Y a continuación añadió—: Luego nos obligaron a subir a un tren cuyo destino solo supe cuando llegamos aquí. Viajamos infinitas horas en aquel vagón de carga lleno de familias enteras, con niños, mujeres, hombres y ancianos muertos de miedo. Recuerdo que hicimos varias paradas para recoger a más personas. No cabía un alfiler, y hacía un calor infernal. Nadie nos dio agua ni comida, y la gente hacía sus necesidades por un agujero en el suelo que hicieron unos hombres. El bebé pereció de inanición durante el trayecto, y su padre, desesperado por haberlo perdido todo en la vida, se arrojó a las vallas electrificadas nada más llegar aquí.

»Un drama —sentenció compungida—. Yo tuve, por así decirlo, suerte... Una dicha que maldigo cada hora del día y de la noche. Aun y con todo, volvería a arriesgar mi vida por aquellos que sufren injustamente, ya sea un judío, un musulmán, un polaco o, con todo mi respeto, usted misma. Todos somos iguales a los ojos de Dios. Nadie, incluido el mismísimo *Führer*, puede arrogarse la facultad de juzgar al resto de la humanidad por su raza o por las creencias con las que ha crecido. Pero supongo que usted no compartirá esta opinión.

—Supongo que decir estas cosas aquí dentro puede costarle hasta la vida —advertí en tono conciliador. Volví a mirarla a los ojos, anémicos, enrojecidos por el tormento, y a través de ellos vi su interior, vacío de maldad. Era un alma caritativa, dulce y amable. Su altruismo la había llevado a ser rechazada, relegada al ostracismo. Si su traición a la patria pasaba por dar de comer al hambriento, no merecía estar allí. ¿Merecía yo la misma suerte por dar unos panes y unos zapatos usados a Jędruś? ¿O si decidiera hacer lo mismo con Clara, si ella lo necesitara? En absoluto. Desde la distancia, las cosas se ven distintas, frías e impersonales. Juzgamos al prójimo sin caer en la cuenta de que detrás de cada ser humano hay una historia, unos motivos que lo llevan a actuar de una manera determinada. Y convertimos actos heroicos en comportamientos execrables. La vida me estaba mostrando una realidad que nunca imaginé. Todo a mi alrededor corría a una velocidad vertiginosa, y no podía dejarme atropellar por los acontecimientos.

—Lo sé, pero hace tiempo que morí, *Frau* F. Cuando a una le malhieren el alma, lo que queda es un amasijo de células que luchan con denuedo por sobrevivir, sin ningún otro objetivo. Tal vez lo que me mantiene aún viva es la esperanza, pero no me pregunte de qué... —masculló mirando a un techo salpicado de manchas de humedad.

—¿Y dice usted que lleva mucho tiempo aquí? —Cambié el tema de conversación, pues no quería conocer los pormenores de los riesgos que corría un alemán por ayudar o proteger a gente como Clara. Mi situación era bien diferente; yo no había hecho nada que pudiera interpretarse como un acto de colaboración con los judíos. Mi relación con Clara siempre fue de una alemana con otra alemana. Nunca sospeché que formara parte de una subraza. Y aun sabiéndolo me costaba aceptar que fuera diferente a nosotros, a mí. Y si de hecho hubiera diferencias, estas serían de tan poca relevancia que difícilmente justificarían acabar con ella de un disparo en la nuca. Jamás se me pasó tal cosa por la cabeza. Por supuesto, la odiaba por burlarse de mí haciéndose pasar por una mujer aria, por el daño que podría hacernos a quienes tratábamos con ella; y, sin embargo, la muerte de Clara no entraba dentro de mis planes. No era la solución.

—No sabría decirle... ¿Meses, un año, un año y medio? Aquí los recuerdos se los lleva el viento como hojas de otoño. Ya no consigo traer a la memoria los rasgos de los ojos de mi padre, ni su sonrisa... Tampoco el derroche de colores que alegraba su zapatería en Dresden... Un pedazo del pasado se pierde a cada paso que el sol hace su recorrido. Aquí, los días caminan despacio, a veces deteniendo el tiempo... Cada día es un calco del anterior; lo único que los hace diferentes es el grado de sufrimiento, la gente que a la mañana siguiente no vuelves a ver jamás. Enseguida pierdes la cuenta... —Su voz se apagó en un silencio cósmico. Dejó caer los párpados y respiró profundamente el aire enrarecido. Pasados unos segundos retomó el hilo de la conversación—: La vida aquí es una atormentadora eternidad, *Frau* F., se lo aseguro. A veces me veo como al centauro Quirón, con una herida dolorosa e incurable, que desea concederle a Prometeo su inmortalidad a cambio de poder morir y acabar con su sufrimiento.

—Soy incapaz de imaginar qué es la vida sin libertad. Nunca he estado presa y no he conocido a nadie que lo estuviera. Usted es la primera persona con la que converso que está en esta circunstancia, del mismo modo que es la primera vez que visito una prisión o lo que más puede parecérselo. Todo esto es nuevo para mí; he de confesarle que me imaginaba algo mucho peor, al menos en lo que a su aspecto se refiere. No he tenido ocasión de ver gran cosa, aunque todo parece tan ordenado... Llámeme ingenua, pero supongo que reciben un trato digno, que nos les falta comida, agua, jabón, ropa, medicinas... ¿Me equivoco, Maria? —dije con intención de sonsacarle información. Si Clara era enviada a Auschwitz, me interesaba saber al detalle cómo sería su estancia allí. En verdad, mi amiga judía me importaba, porque, aparcando el enfado aún en carne viva hacia ella, me dolía en el alma que pudiera sufrir. Jamás en la vida me perdonaría que por mi causa Clara corriera el mismo destino que la mujer que tenía delante de mí. En su triste y demacrada faz, aún se adivinaba un destello de la mujer bella que debió de ser. No supe estimar su edad: ¿cuarenta, tal vez cincuenta? Ahora parecía una anciana de color gris mortecino, con la piel agrietada y áspera, pegada a unos huesos que casi desgarraban la epidermis. Vestía un traje andrajoso de tela fina, ajada por el tiempo, y unos zuecos que le quedaban grandes.

—He de irme, *Frau* F. Déjeme marchar —respondió con gesto de extrema preocupación.

—Le pido encarecidamente que se quede un rato más conmigo. No quiero quedarme sola en esta mugrienta habitación —le supliqué, pues aquella estancia me producía espanto, y, allí sola, me sentí un ser abandonado a su suerte.

—Las desobediencias en este lugar se pagan muy caras. Los guardianes son muy estrictos, *Frau* F. —me confió.

—Yo me hago cargo de la situación. Hablaré con quien haga falta, pues algún privilegio tendré por el hecho de ser la mujer de quien soy... Por favor, siéntese a mi lado y hábleme de cómo es un día cualquiera en el campo de trabajo —le rogué.

Maria depositó de nuevo la jofaina en el suelo y volvió con titubeos a sentarse en el taburete. Para ella no fue fácil decidirse a qué orden obedecer, o a la mía o a la de su vigilante. Su capacidad de decisión había sido bloqueada, y su autoestima, aniquilada. Eso me pareció cuando reaccionó a mi invitación con la cabeza gacha y los hombros caídos. ¿Por qué iba a fiarse de una extraña, sobre todo si esta era la esposa de un oficial de Auschwitz, en definitiva, uno de sus carceleros? ¿Por qué iba a mostrarse cortés conmigo? No tenía por qué serlo, pero lo fue.

Se sentó a mi lado. Entre aquella mujer y yo, provenientes de mundos distintos y distantes, surgió una conexión impelida por una fuerza desconocida que actuaba irresistiblemente sobre ambas. Un vínculo que hacía sentirnos familiares, como si ya nos conociéramos, quizá en una vida anterior. Tal vez ese nexo mágico fuera la soledad, la decepción, la incertidumbre, los temores que, cada una a su manera, compartíamos. Fuimos dos extrañas que necesitábamos estar juntas, aunque solo fuera por un momento, para sentirnos a salvo, cada una a su manera. Ella tuvo que percibir que yo no la intimidaba. Que no le deseaba ningún mal, a pesar de que la desconfianza había crecido en ella como parte de su instinto de supervivencia, y se cerraba en sí misma bajo una coraza invisible, inexpugnable.

—No se nos está permitido hablar nada del campo —señaló con angustia—. Y menos todavía hacer comentarios del trato que recibimos, incluso entre nosotros. No podemos opinar de política, ni del frente. Difundir noticias sobre la guerra se considera un acto de traición. A los guardianes les fastidian los bulos y las bravuconerías sobre quién está ganando la guerra.

—¿Podemos entonces hablar de usted? ¿Está casada? ¿Tiene hijos? —Cambié de tema.

Contestó que no tenía hijos, ni marido, que en ese sentido se sentía bendecida, daba gracias por estar libre de un sufrimiento aún mayor.

—Esos pobres críos, los más débiles... Este no es lugar para ellos —balbució removiéndose incómoda en la silla.

«¡Oh, Dios mío! ¡Pobres querubines!», pensé, atribulada. Niños y bebés tras las alambradas de espino. ¿Qué sentido tenía llevarlos allí? Sabía por Günther que al campo llegaban niños de todas las edades, púberes y adolescentes, así como mujeres embarazadas. Lo vi como algo dentro de la normalidad, sin sopesar si Auschwitz era o no un lugar adecuado para ellos. Deberían separarlos de sus padres, aunque fuera desgarrador, y llevarlos a un lugar menos amargo, dado que aquella experiencia solo podía lastimar sus delicados corazoncitos, caí en la cuenta. Y volví a pensar en Clara y en la suerte que podría correr su bebé en aquel lugar. Las tripas se me revolvieron a causa de la angustia.

Fue una ironía que viajara hasta Auschwitz para denunciar a mi amiga y que el destino fuera mostrándome el camino para tomar la decisión más ecuánime. Tenía tiempo hasta la mañana siguiente para decidir qué contarle a Günther. Mis pensamientos zozobraban en un mar de confusiones.

—No es por halagarla —continué—, pero tengo el firme convencimiento de que usted es una mujer sensible, que sufre constantemente por los demás. Eso no es bueno... Me la imagino siempre dispuesta a echar una mano, a sacrificarse por sus compañeras, a ofrecerse voluntaria para realizar las tareas más desagradables que nadie quiere acometer. Y esa responsabilidad la está consumiendo por dentro, ¿me equivoco?

Maria guardó silencio, mirándome fijamente con las manos extendidas sobre sus raquíticas piernas. Sus secos ojos se empañaron; avergonzada, se los enjugó con la manga del vestido y luego tragó saliva.

—Lo digo porque me da lástima verla tan delgada. No tiene buen aspecto... ¿Hay algo que pueda hacer por usted? —pregunté.

—Aquí no hay nadie sano —sentenció con la mirada fija en un punto de la pared. Percibí rabia en su voz—; Auschwitz es un cáncer que avanza implacable, con la parsimonia de la babosa que se arrastra por el jardín después de un chaparrón... —Carraspeó tras percatarse de que estaba hablando más de la cuenta—. Como le dije, *Frau* F., me está prohibido decirle nada de este lugar, pero le agradezco su interés. Es usted muy amable. Hace tiempo que nadie me había tratado de la forma con que lo hace usted ahora. No sabe cuánto me reconfortan sus palabras... Gracias, gracias desde el fondo de mi corazón.

Se le cerró la glotis, tenía el rostro desencajado y parecía que de un momento a otro iba a romper a llorar. La tomé del hombro, un hueso anguloso y pellejudo, y la invité a que dejara salir la angustia que guardaba dentro.

—¡Oooh, *Frau* F.! —Me sobresaltó con un aullido escalofriante que surgió de lo más hondo de su ánima. Desplomó su tronco sobre la cama, encima de mis piernas y empezó a llorar desconsoladamente. Su espalda subía y bajaba en un quejumbroso vaivén, con las vértebras y costillas marcándose en la fina tela del vestido.

Aguardé a que Maria liberara el abatimiento que durante tanto tiempo había acumulado. Su negra melancolía permeó mi piel para fustigar mi fibra sensible. Experimenté una lástima inefable al verla derrumbada, sumida en la más absoluta ignominia por cometer actos vergonzosos, tan deleznables, según la Gestapo, como ser caritativo. Pasé mi mano sobre su nuca desnuda con la intención de que sintiera que no estaba sola, que contaba con mi apoyo y comprensión. La corta pelusa que empezaba a brotar de su cabeza desamparada se hizo notar entre mis dedos. Ella respondió al mimo cogiéndome de la muñeca. La palma de mi mano envolvió aquel 30884. Luego levantó la vista y de sus labios temblorosos brotó un rumor apenas audible:

—¿Cuánto más durará esto? ¿Por cuánto tiempo más?

—Sea paciente, llegará el día en que vuelva a ser libre —aseveré convencida.

—Oh, no, *Frau* F. Eso no ocurrirá nunca, antes moriré a manos de sus colegas. Es el destino de todos nosotros, si no ocurre un milagro... —Y casi en un susurro inaudible añadió—: Los rusos tal vez...

Con lasitud fúnebre, volvió a dejarse caer sobre el camastro, amortiguando los sollozos en el colchón, para que nadie pudiera oírlos.

—¿Rusos? ¿Cree de verdad que las hordas de Stalin la liberarán? Sus tropas son como las de Atila; a su paso solo están dejando sufrimiento y desolación. La radio dice que se comportan como salvajes, violando a niñas y fusilando a la población civil con la que se topan. Comprendo su ofuscación y la animadversión que profesa ahora hacia Hitler. Yo en su lugar también la sentiría, pero esos comunistas nos aniquilarán a todos sin piedad, a usted, a mí, a nuestras familias y amigos. No quedará nada en pie e instaurarán un nuevo orden, nada parecido al que nos ofrecerá nuestro Gobierno cuando gane esta guerra. Tras la firma del armisticio, llegará el perdón y la liberación de la gente que como usted contravinieron las normas sin derramar una gota de sangre. El perdón hará aún más grande a Hitler —apostillé con orgullo.

Levantó la cabeza. Sus ojos enrojecidos estaban abiertos, sin pestañear.

—Ministros del diablo los hay en uno y otro bando. Yo ya sé hasta dónde son capaces de llegar las huestes de Satanás a este lado, y no creo que superen a las que estén por venir del este... Aquí decimos que si el diablo subiera a Auschwitz lloraría de emoción por todo lo que puede aprender de las Schutzstaffeln a cargo de este cementerio de vivos que se resisten a aceptar que están ya muertos.

—Pero ¿cómo ha podido dar crédito a semejante falacia? ¿No cree que es una exageración injusta? —dije con sus horribles palabras resonando en mis oídos, atribuibles a su ofuscación.

—No sabe aún ni la mitad... ¡Allí fuera solo se encontrará con monstruos despiadados! —exclamó señalando a la puerta—. Dentro de unos minutos, unas horas, un día, cuando se les antoje a esos malvados de ahí fuera, sí, señor, me cogerán como a un perro, me apalearán y arrojarán sus fieros canes sobre mí, me torturarán en sus laboratorios, me llevarán a las duchas de la muerte... Solo si la suerte está de mi lado, me volarán la cabeza por los aires, ¡de un tiro! —Alzó los brazos como un mártir atormentado y se levantó de su asiento, agitada, hablando para sí misma—. ¡Claro que sí! ¡Todo es cuestión de tiempo! ¡Quizá, ahora mismo, cuando salga por la puerta!... ¡Pum, pum!... ¡O justo antes de acostarme! ¡Depende exclusivamente de su capricho y humor! ¡Sí, sí, del antojo de mis compatriotas!

—Mujer, no diga eso —repuse para intentar calmarla.

—¡Ah, no! Ellos son dueños de nuestras vidas, y así nos lo hacen saber cuando les viene en gana. Ni nos dejan disfrutarla ni desprendernos de ella. Aquí quitarse la vida está prohibido y, aunque le suene irónico, hasta castigado. ¡Cuántas mujeres no habrán acabado como escarnio colgadas del poste, maniatadas y con los pies bailando en el aire por intentarse quitar la vida sin éxito!

Apenas pude entender qué trataba de decirme, pues mi mente, ya desnortada por el golpe y las pastillas, fue incapaz de poner orden en la enorme cantidad de cosas desagradables que salieron de su boca, aunque hubo un comentario que no pasé por alto: su referencia al disparo en la cabeza trajo a mi mente el final de Irena, de cómo el *Sturmmann* Schmidt la degolló sin que le temblara el pulso. ¿Era esta una práctica legítima para nuestros soldados?

Maria se puso a caminar de un lado a otro de la habitación soltando murmullos confusos cuyas palabras me sonaron a imprecaciones contra las autoridades de Auschwitz. Arrastraba los zuecos sobre las láminas de madera, como cadenas de las que tiran los espíritus errantes. Parecía una mujer fuera de sí a punto de perder el juicio, farfullando de nuevo frases entrecortadas que yo no alcanzaba a comprender. Me asustó, pero no le tuve miedo. Yo no era el blanco de su ira. En ningún momento creí estar ante una loca; Maria era una mujer cuerda sumida en un mundo demente. La compasión, acompañada de una aguda impotencia, se apoderó de mí. Sentí la urgente necesidad de hacer algo por ella, tan joven y tan anciana a la vez.

—Hablaré con mi esposo. Si le digo la verdad, desconozco cuál es exactamente su trabajo, pues es un hombre tremendamente reservado, pero me da en la nariz que aquí manda mucho. Sin duda alguna, él podrá mover los hilos para que reciba un trato de favor. En primer lugar, averiguaré hasta cuándo se va a alargar su estancia aquí... Dígame su nombre completo y veré qué puedo hacer por usted. Pero, se lo ruego, tranquilícese. No está sola.

—¿Mi nombre? —musitó levantando las cejas y soltando una mueca burlesca. Luego alzó el brazo donde llevaba tatuado el número—. Aquí no nos llaman por nuestro nombre; nos lo quitan nada más llegar. Somos números, frías cifras fáciles de olvidar una vez que las borran para siempre. Pero esos números que ya no están pesarán eternamente sobre las conciencias de sus verdugos, y ¿adivina por qué? Porque ellos saben que casi todos los ajusticiados eran inocentes, porque su única transgresión fue ser quienes eran: judíos, polacos, gitanos, homosexuales... —Hizo una pausa—. ¡Yo, ya ve, soy la cosa tres, cero, ocho, ocho, cuatro! Sí, cosa. Arrebatándonos el nombre nos deshumanizan; solo los humanos tienen derechos, y, una vez desposeídos de identidad, pueden hacer con nosotros lo que les entre en gana. —De pronto se detuvo en seco y, esforzándose por mantenerse erguida, con la frente bien alta, encañonó hacia mí una mirada de advertencia—: Si le habla de mí a alguien, colocará usted una soga en mi cuello. No hay nada que usted pueda hacer, salvo poner en peligro la poca vida que me queda.

—¡Por el amor de Dios, creo que se equivoca! Mi esposo es un buen hombre, cuerdo y ecuánime, aunque a veces cometa errores. Pero esto no viene al caso. Estoy convencida de que podemos contar con él —dije, pensando en cómo me había traicionado.

Ella rechazó lo que le estaba proponiendo con un ligero movimiento de cabeza, mirando de reojo hacia la puerta, como si por ella pudiera aparecer Günther con cuernos, cola y patas de cabra. En ningún momento mostró un signo de aquiescencia.

—¡No puede hacer eso! Me matarán —repitió una y otra vez en un susurro, como si rezara una oración. Volvía a caminar de un lado a otro, inquieta.

—Siento que sea tan pesimista. De hecho, me parece que se excede en su cautela —concluí—. Comprendo su desaliento, pero permítame que le diga que es posible que esté influenciada por las patrañas que corren entre los prisioneros; las pequeñas cosas se convierten en atrocidades; las atrocidades aisladas en acciones cotidianas; y lo infrecuente, en habitual. Es lógico que...

Antes de que pudiera terminar la frase, la mujer se puso de espaldas delante de mí y empezó a desabotonarse el vestido, el único harapo que la cubría, pues no portaba ropa interior. Lo dejó caer sobre los zuecos, para mostrarme su cuerpo desnudo, marcado por profundos cortes cicatrizados. Unos más tiernos que otros, dibujaban atroces zigzags desde las espátulas hasta el par de amasijos de arrugas y pellejos que antes fueron sus nalgas.

—¡Dios santo!, ¿qué demonios le han hecho...? —proferí cubriéndome instintivamente los ojos con la sábana.

Perdí la respiración cuando acto seguido se volvió, con las manos cubriéndose el pubis, y aprecié las mismas marcas en el tórax, con la añadidura de un pecho mutilado.

—Hubo un tiempo, muy al principio, en que me mandaron servir en las cocinas —empezó a decir recogiendo aquella especie de camisón del suelo y cubriendo a toda prisa el cuerpo roto—. Como imaginará, el rancho que se prepara aquí ni es variado ni generoso, y ha ido a menos con el paso del tiempo... La hambruna es de tal magnitud que nos pasamos el día pensando en la comida. El rugir famélico de las tripas se nos ha instalado en los sesos... Es una obsesión, y ellos lo saben. Utilizan de forma cruel la poca comida que nos dan como forma de premiarnos y castigarnos... Y de traicionarnos entre nosotros. Ya sabe, el hambre envilece al hombre.

—Sé que no le servirá de consuelo, pero fuera de aquí la gente también está pasando por muchas penurias... —comenté sintiendo al instante vergüenza de mí misma por lo que acababa de expresar.

—Me lo imagino, pero sé de buena tinta que no tiene parangón... Solo ha de fijarse en mi cuerpo, que apenas ya puede con sus huesos. Y los hay que aún están peor que yo. Los *Muselmänner*, así los llamamos, son como esqueletos vivientes, personas demacradas que deambulan por el campo esperando a que el hambre se los lleve al otro barrio...

Las lágrimas volvieron a anegarle los ojos. Formando un cuenco con sus manos, siguió hablando:

—Por las mañanas, haga frío o calor, lo único que nos llevamos al estómago es media taza de algo que llaman sucedáneo de té o café. No sabe a nada, pero hacemos largas colas para acallar las quejas de los intestinos, y, a veces, los últimos se quedan sin el desayuno. Han de esperarse al almuerzo para probar mejor suerte. Es el banquete del día, la recompensa de trabajar horas y horas a destajo —dijo con ironía. Maria pareció perder el miedo a contarme las cosas, y empezó a soltarse, a dar desahogo a sus penas—. Casi siempre son sopas donde flotan trocitos de patatas o sus mondas, en su mayoría medio podridas, y que espesan echándole fécula. En ocasiones nos sorprenden con remolacha o centeno o sémola. También se nos dan pequeñas raciones de pan con un pequeño rectángulo de margarina, normalmente para cenar. Muy al principio, el pan podía ir acompañado de una loncha de fiambre o una cucharadita de mermelada o un cuadradito de queso, a veces, con gusanos.

Maria suspiró.

—Aún no me ha contado nada acerca de esas terribles cicatrices —intervine con la esperanza de que me lo revelara.

—Bueno, en resumidas cuentas, el hambre nos mata, y un día me descubrieron con los bolsillos llenos de cáscaras de patata que había robado para repartirlas entre los niños, como hacía siempre que los ojos de las *kapos* miraban hacia otro lado... En esa ocasión fue cuando perdí el pecho: veinticinco azotes, los tuve que contar en alto, desnuda y atada a una suerte de mesa, entre gritos de dolor, infligidos por una robusta *Aufseherin* delante de las otras presas. Es la forma de escarnecer a los infractores y, de paso, enviar un mensaje al resto de los compañeros. Y en otra azotaina... en otra..., por pudor, no le muestro mis partes íntimas —murmuró esto último al tiempo que volvía hasta mí para sentarse al pie de la cama.

Quedé paralizada, temblando de pánico ante aquella visión surrealista. El sufrimiento de Maria, las cicatrices del látigo en su piel envejecida, su excesiva delgadez, aquellos harapos malolientes no encajaban con la idea que tenía de la nueva Alemania, de los hombres en los que había depositado mi confianza y admiración. ¿Cómo era posible que Günther no reaccionara ante semejante ignominia? ¿Cómo no le conmovió el corazón al contemplar a personas como Maria? ¿Por qué no la ayudó? Ya no estaba a gusto en Auschwitz; solo deseaba que amaneciera y que Hermann me sacara deprisa de allí... No quería saber nada más de aquel sitio dantesco. Pero Maria deseaba continuar hablando, seguir siendo escuchada por alguien ajeno a su entorno, sin la amenaza de ser vilipendiada.

—No quiero que se compadezca de mí. Si me ve como la piltrafa que ellos quieren que sea, nada habrá merecido la pena —comentó ella—. Aunque no le dé esa impresión, le aseguro que puede considerarme una mujer afortunada. De lo contrario no estaría hablando ahora con usted. Las heridas cicatrizaron y la última SS que me azotó falleció dos semanas después del castigo en un accidente de coche viniendo hacia aquí. ¿Sabe que deseé su muerte cada vez que hizo restallar su azote? Justicia divina...

Su voz se apagó en un murmullo mientras se alzó y arrastró sus zuecos hasta la ventana, donde se detuvo para clavar la mirada en el oscuro exterior. Ladeó la cabeza para dejarla descansar en el marco y respiró hondo, tanto que las finas aletas de su nariz se abrieron a fin de que el aire pudiera tocarle los pulmones.

—¿Lo huele usted? —dijo con repentina gravedad—. Es el hedor que nos envuelve a todas horas, nos toca, se pega en todas partes, en nuestras ropas, en nuestros cuerpos, para que no olvidemos su infinita prepotencia. Un humo espiritual que nos recuerda que ellos, llegado el momento justo, cortan el hilo de tu vida, como hacía la moira Átropos con sus imponentes tijeras de oro.

—Hace unas horas estaba ávida de averiguar la naturaleza de esa pestilencia, que empezó a hacerse notar unos kilómetros antes de llegar a Auschwitz, pero ahora temo conocerla... —contesté con una brizna de voz, casi para mí misma, presagiando que lo que iba a escuchar tampoco me iba a agradar.

—Es el olor de los muertos... —sentenció en un tono indiferente, parecía estar muy lejos de allí— procedentes de las calderas del infierno.

Aquellas palabras provocaron que la mujer sufriera nuevamente una transformación. Una cascada de lágrimas le corrieron por las enjutas mejillas, y, reprimiendo un sollozo, añadió:

—Si de verdad le preocupa mi bienestar, no hable de nuestra conversación con nadie, y menos con el *Herr Hauptsturmführer* F. Las cosas de Auschwitz se quedan en Auschwitz. Discúlpeme, pero creo que, salvo que esté usted jugando conmigo, como es habitual en los nazis, desconoce quién es en realidad su marido... No sé cómo una mujer como usted puede estar a su lado, pero no seré yo quien le abra los ojos... En fin, le he hablado con sinceridad, le he contado la verdad, ahora puede hacer con ella lo que le plazca.

Arqueó su columna para recoger aprisa la jofaina y, con ella bajo el brazo, se apresuró con pasos rápidos y cortos hacia la salida al tiempo que decía:

—Si necesita ir al baño o cualquier otra cosa, solo tiene que abrir la puerta. Al otro lado siempre encontrará a alguien dispuesto a ayudarla en lo que necesite. Si le sirve de algo, le diré que me ha caído muy bien. Seguro que en otro momento y lugar hubiéramos podido ser buenas amigas. —Sus palabras me emocionaron, tanto como cuando Clara y yo nos conocimos.

Pero antes de llegar al umbral, se giró, y volvió rápidamente sobre sus pasos, exclamando en un susurro enérgico:

—¡Sí, sí, puede usted ayudarme!

—Por supuesto, ¡por favor, dígame qué puedo hacer por usted! —Salté de la cama henchida de emoción para posar mis manos sobre sus huesudos hombros.

—Su bolso..., ¿lleva en él maquillaje? —Sus ojos se clavaron en el pequeño estuche de piel de serpiente que escogí aprisa y corriendo para acudir a ver a Günther y que conjuntaba con unos zapatos de medio tacón y hebilla.

—Sí, sí, por supuesto. —Me apresuré, ataviada con mi combinación de seda rosada, a coger el bolso que descansaba sobre mi ropa doblada a conciencia. Saqué de su interior la polvera y mi pintalabios rosado, además de los *złotys* que llevaba en el monedero, y, haciéndole entrega de todo ello, le dije un tanto decepcionada—: Hubiera deseado ayudarla de una forma mucho más generosa, pero espero que con estas menudencias pueda conseguir algunos favores... —No alcanzaba todavía a comprender de qué podían servirle allí esos objetos.

—Oh, *Frau* F., no imagina usted la ayuda que esto supone para mí... —Tomó ávidamente lo que mis manos le ofrecían, como si temiera que pudiera cambiar de opinión, y lo puso a buen recaudo en el único lugar que le hacía las veces de bolsillo: sus axilas—. Este dinero es suficiente para sobornar a los *kapos* para conseguir jabón, medicinas y cigarrillos para mis compañeras, pues yo no fumo, y con el maquillaje espero alargar mi vida unos meses... ¡Es crucial tener un aspecto saludable, especialmente durante las selecciones!

—¿Selecciones?

Los ojos de Maria se abrieron ampliamente, tanto como la puerta que ella abrió para cerrarla tras de sí como viento que baja volando, no sin antes sugerirme que hablara con mi marido, pues él mejor que nadie podría contármelo todo, y advertirme lo siguiente una vez más: «Jamás lo olvide: yo nunca le he hablado de nada. ¿Me oye bien? Nunca».

A pesar de que ella ya no estaba en la habitación, seguí sintiendo su presencia, una inquietud espectral que aturdió mis sentidos durante no sé cuánto tiempo. Era incapaz de pensar con claridad a causa del bombardeo de sucesos encadenados que sacudían mis meninges. En unas pocas horas mi vida había dado un giro de ciento ochenta grados. Una amargura profunda se ensañó conmigo. Me parecía estar saltando de pesadilla en pesadilla, a cuál más estrujadora, sin tiempo de recuperarme entre una y la siguiente. Mi cuerpo sufría un constante temblor, casi imperceptible pero agobiante. La culpa de parte de ese malestar la tenía Günther, cuyos reproches y ausencia solo perseguían mi mortificación. No podía soportar la idea de estar sola hasta que él considerara oportuno venirme a ver.

Me sentí impotente, resignándome a que los dolorosos pensamientos me torturaran en una espiral sin fin. Carecía de la audacia para encarar lo que temía que pudiera estar por venir. Nunca fui el adalid de nada. Maria, mujer de acendradas virtudes, sí que era una heroína. Durante mi infancia y juventud, mis padres me protegieron en su confortable burbuja, a salvo de penurias y contratiempos, lejos de realidades que pudieran herir mi sensibilidad. Mi etapa formativa como artista fue un viaje maravilloso a mundos inexplorados, al amor y al sexo, a la diversión y a las pasiones; descubrí gracias a mis profesores un futuro pletórico de sueños e hice lo que más me gustaba en la vida: pintar. Nunca milité en ningún partido, ni luché por alguna causa. Solo buscaba, como la mayoría de las chicas de mi generación, el confort y crear una familia feliz. Después dejé que Günther dirigiera el rumbo de nuestras vidas, la suya y la mía, en otra plácida burbuja que parecía viajar sin necesidad de que la impulsáramos hacia un mañana despejado. Incluso la guerra estaba pasando por nuestra existencia de puntillas.

Era fácil dejarse llevar por la suave marea, disfrutar de mis dibujos sin otra preocupación en la cabeza, sentarme a contemplar el mundo desde una cómoda butaca, sabiendo que la amargura de los que sufren nunca llegaría a salpicarme. Mi cerebro había sido una esponja que absorbió sin ofrecer resistencia las palabras y las imágenes fundadas en el odio a las otras razas que repetidas machaconamente nos servía Hitler en la prensa y la radio. ¿Para qué devanarse los sesos si hay quienes piensan por ti? Fui una cretina. Una egoísta. Una incondicional de los valores promulgados por el *Führer*, que coincidían con los de mi padre, mi esposo y mis amistades, sin cuestionar si eran o no en realidad mis ideales, sin reflexionar sobre si el precio para alcanzarlos era el justo o no.

Invoqué a Morfeo, pero aquella noche se negó a acogerme entre sus brazos. Pensar es un duro ejercicio para quien no ha pensado nunca. Por primera vez en mi vida, tuve la sensación incómoda de sentirme culpable de algo que no había hecho, de haberme inconscientemente vendado los ojos para no sentir la incómoda realidad. Seguro que Maria abominaba de mí por no hacer lo que debí hacer. La dejadez de acción es la más deplorable de las acciones. Seguramente pensó que era una pelele sin personalidad, incapaz de ponerme por un instante en el lugar de los que sufren, ver el mundo a través de sus ojos, y actuar en consecuencia. Un ser siniestro retiraba ante mi paso el suelo firme para que el peso asfixiante de la culpabilidad que caía sobre mis hombros me hiciera perder el equilibrio y caer a un abismo de espíritus en llamas. El miedo me agarrotó el cuerpo entero; me sentía como en una lúgubre reproducción del *Caminante ante un mar de niebla*, en la cima de una montaña, envuelta en una soledad abrumadora y sin poder ver con claridad más allá de unos metros, sin la certeza de saber qué podía haber o qué podía encontrar bajo las tinieblas que me rodeaban. Tan solo percibía un aire malsano a mi alrededor, emponzoñado por la antipatía, el rechazo, la hostilidad, la rabia, el sufrimiento, la sed de venganza...

Me vino a la memoria la expresión de pánico dibujada en el rostro de Clara cuando le di la espalda. Sus ojos me suplicaban comprensión, y yo se los empañé de intolerancia y desprecio. Por primera vez desde que me reveló su origen judío me detuve a pensar en ella sin que la rabia me obnubilase. ¿Cómo fue su vida antes de hacerse pasar por una aria? ¿Cuántas cosas tuvo que dejar atrás para esconder su verdadera identidad? También traté de imaginar cómo sería despertarse todas las mañanas encomendándose la tarea titánica de no cometer ningún desliz que la delatara. Cuán doloroso debía de ser para Clara tener que anularse a sí misma, asistir impasible a cómo la gente como ella era aislada, zaherida y despojada de sus propiedades. Até cabos y entendí muchas de sus maneras de obrar, como era su empeño por pasar desapercibida o minusvalorar sus virtudes o esconder su beldad. Sin género de dudas, aquella tensión acumulada mes tras mes fue el desencadenante de su atormentadora enfermedad. Bastante castigo tuvo ya con ella.

Comprendí entonces que debía afrontar sola el secreto de Clara. No podía revelárselo a nadie, y menos a Günther. Ya no me fiaba de él: si fue capaz de traicionarme por unas faldas, qué no haría con mi judía. Por mi parte, no dejaría que Clara se convirtiese en otra Maria tras las alambradas mortíferas de Auschwitz y Birkenau. Rescaté del recuerdo los buenos momentos que me había regalado sin pedirme nada a cambio, su tolerancia a mis desaires y su complicidad en mis devaneos con mi añorado jardinero, los secretos que nos confesamos y juramos llevarnos a la tumba... Tantos momentos entrañables no podía tirarlos por la borda. Clara era mi amiga, la mejor que había tenido, y ahora estaba sufriendo a solas con su secreto, esperando las consecuencias del quebranto de mi lealtad. Ante el presentimiento de que ella pudiera cometer la locura de entregarse a la Gestapo o algo peor, huir, decidí ir en su búsqueda cuanto antes, para decirle que podía contar conmigo, que ya no me importaba que fuera judía. Que mi corazón era capaz de aceptarla como era, del mismo modo que recibió a Bartek, un humilde polaco al que, curiosamente, comenzó detestando.

Me levanté de la cama incómoda y me pasé el vestido por la cabeza a toda prisa. No había tiempo que perder. Me atusé el cabello con la mano ante un pequeño espejo colgado sobre el palanganero y corrí hasta la puerta, que abrí con energía, como si fuera el único obstáculo entre Clara y yo.

—¡Por favor, que alguien me atienda! —bramé con la voz quebrada. El esfuerzo me levantó un dolor punzante en la herida. En mi fuero interno deseé que al final del pasillo apareciera Bartek dispuesto a rescatarme. En su lugar, un hombre enteco, que se encontraba de pie a pocos metros, apoyado con un hombro en la pared, se sorprendió por mi estado de agitación. Aunque había poca luz, pude distinguir que llevaba ropa de presidiario, la suerte de pijama a rayas que ya me era familiar. Me quedé quieta frente a su silueta larguirucha sin saber qué decirle. Él se limitó a señalarme con el dedo el final de un amplio corredor vacío, sumido en un silencio inquietante, en el que se sucedían a continuación de la mía otras tres puertas antes de una última, donde un cartel decía LATRINE.

El centinela permaneció inmóvil, apostado en mi puerta, esperando una respuesta.

—¿Habla usted mi idioma? ¿Entiende lo que le digo? —me atreví a indagar.

Asintió con la cabeza.

—¿Sabe usted quién soy?

El hombre asintió de nuevo:

—Sí, la esposa del *Herr Hauptsturmführer* F. Yo, su disposición. —Hizo una ligera reverencia. No fui capaz de localizar la procedencia de su acento extranjero, pero sí de atisbar un miedo anquilosado en sus pupilas.

—¿Dónde está mi esposo? —pregunté.

—No saber, señora. A mí no informar cosas así... Yo solo órdenes. —Sus asustados ojos verdes apuntaban al suelo.

—¿Tiene usted por costumbre guardar la puerta de las visitas? —insistí. El hombre permaneció callado sin levantar la vista, su rodilla empezó a moverse sin control, como dominada por un tic nervioso.

—¡Conteste! No creo que le haya hecho una pregunta difícil de responder. O es sí o es no. —Me impacienté.

—No, señora —balbució—. Disponer así el *Herr Hauptsturmführer* F. Yo no pregunto. Él decide; yo obedecer.

—¿Por qué cree que lo ha hecho? —Adopté un aire desafiante. Aunque él no era responsable de nada, me fastidió que Günther pusiera alguien allí para vigilarme.

Él volvió a encogerse de hombros, a arrugarse de pánico.

—¿Teme el *Hauptsturmführer* F. que pueda escaparme? ¿O tal vez que husmee por aquí y por allá y me tope con algún secretito? —pregunté con sarcasmo.

—Yo decir ya, señora, no saber nada... —contestó en un alemán apenas inteligible, y a continuación repitió las mismas palabras que ya había escuchado esa noche—: Por favor, no más preguntas.

—¡Naturalmente que lo sabe! Como esposa del *Hauptsturmführer* F. le ordeno que responda a mis preguntas. —Se me ocurrió decirle, pues me di cuenta de que con órdenes era la única manera de sonsacarle información.

—Quizá esposo protegerla...

—Protegerme ¿de qué?

—De este lugar... —musitó finalmente, tirándose hacia arriba los pantalones mientras miraba a un lado y al otro del corredor para cerciorarse de que nadie lo estaba escuchando.

—¿Qué quiere decir? —Con un gesto lo invité a que entrara en la habitación—. Aquí dentro puede hablar con total libertad.

—¡Oh, no, no saber nada! ¡Oh, no querer hablar! ¡Por mi vida, no poder decir nada! —El hombre se resistía a avanzar hacia el corazón de la estancia, pero yo tuve el atrevimiento de cogerlo por el hombro y, con cuidado, acompañarlo. Dio pequeños pasos, arrastrando sus pies enfundados en unas deshilachadas zapatillas de lona; por una de ellas, asomaba el dedo gordo rematado por una uña larga y enmohecida.

—¿No? ¿Prefiere usted que le diga a mi esposo que no estoy nada contenta con el trato que he recibido por su parte? —Volví a abusar de mi autoridad.

Fue decir esto y el hombre se desplomó sobre sus nalgas y entre quejidos hundió el rostro en los muslos. Jamás vi antes en mi vida un hombre tan sumiso como aquel. Ni con tanto miedo. ¿Por qué me temía? ¿Porque era la mujer de Günther? ¿Y eso qué importancia tenía?

—¡Oh, caballero! ¡Perdone mi brusquedad! Como sabe, me he dado un golpe muy fuerte y aún estoy algo conmocionada... No puedo fingir mi arrepentimiento, señor —dije apenada al verlo tan deshecho.

—¡No quiero amabilidad suya! ¡No llamarme *señor*! —replicó ligeramente molesto.

—Está bien, está bien... —musité en un intento de calmarle.

Él asintió sin ninguna convicción, extrañado de mi trato deferente hacia él. Su mirada parecía la de un perro al que lo habían apaleado hasta molerle los huesos. Era clavada a la de Maria. Su cuerpo había adoptado un gesto defensivo, como si de un momento a otro esperara recibir un golpetazo. Igual que Maria. Y como ella, desprendía tristeza, desconfianza. Alto y delgado, también tenía el pelo rapado y en su cara ovalada, de piel broncínea, crecía una barba negra de uno o dos días. Era algo narigudo y con orejas prominentes. Podía ser un judío, pero en su chaqueta llevaba cosida una P, tal vez de polaco, junto a un triángulo invertido de color rojo.

Le pedí que se pusiera en pie, y así lo hizo. Obediente.

—¿Conoce a Maria, la mujer que me ha estado atendiendo?

—Conocer, sí... Buena mujer... Venir casi nunca a Auschwitz I. Aquí, mujeres, pocas... —susurró.

Me empezaba a irritar que tanto él como Maria me hablaran en clave, con frases que nunca acababan de completar. Hablar con ellos era como obtener la información con sacacorchos. Cada vez tenía más claro que allí imperaba el miedo y que los prisioneros tenían pánico a las represalias. Quise que me aclarara su última afirmación cuando por la puerta de la habitación entró una brisa de aire irrespirable. El mismo olor de siempre, pero esa vez concentrado.

—¿De dónde viene esa fetidez? —le lancé el interrogante al tiempo que me llevaba la mano a la nariz.

El hombrecillo hizo oídos sordos. Yo insistí en la pregunta. Y a la tercera, él recuperó la voz:

—¿La esposa del *Herr Hauptsturmführer* F. no saber?

—Le prometo por la vida de mi hijo, que es lo que más quiero en este mundo, que no sé nada. Estoy desconcertada. Es la primera vez que vengo al KZ y ni siquiera sé cuál es el trabajo de mi esposo.

—¿Usted tomar? —quiso saber el hombre; su dedo apuntaba a la sopa que había sobre la mesilla.

—No, no tengo apetito. Si la quiere, puede tomársela, pero le advierto de que lleva mucho rato ahí fría.

—Siempre sopa fría. No importar, gracias. —El prisionero se apresuró a llegar hasta ella, cogió el cuenco con las dos manos y se lo llevó a los labios. Al probar el caldo, cerró los ojos y se lo bebió de una sentada. Puso cara de placer y se relamió—. Sopa buena. No como dar a nosotros... Agua del váter —comentó limpiándose los morros con el antebrazo, que también lucía una cifra tatuada.

—¿Y qué me dice de este hedor? —volví sobre ello.

—El chocolate, ¿también puedo? —preguntó señalando debajo de la mesilla. Quizá por un descuido de Maria, unas onzas de chocolate destinadas a mí habían ido a parar al suelo.

Se agachó, abrió el envoltorio, rompió una onza y el resto lo guardó en el bolsillo. Se la comió dando pequeños mordiscos y en cada uno de ellos se recreaba como si estuviera degustando un manjar. Le cambió la cara; el chocolate pareció sacarlo de Auschwitz y llevarlo a un lugar tranquilo, donde yo dejé de existir para él. No quise interrumpirle. Mientras tanto, grabé el momento en mi mente para en algún momento de calma pasarlo al papel.

Cuando terminó la onza, volvió en sí y, chupándose los dedos, me miró.

—¿Olor, señora? ¡Mucho tifus en barracones! —exclamó en una actitud más receptiva.

—No comprendo...

—Sí, sí, humo humano, gente muere tifus, muchos cuerpos quemar... Higiene... —dijo, y con las manos dibujó algo así como una nube que se disipaba en el aire.

—Nadie me ha dicho que hubiera un brote importante de tifus en el campo. Se habría establecido una cuarentena, y por nada me habrían permitido el acceso, ni a mí ni a nadie —repuse escéptica. Además, Hermann me lo hubiera dicho enseguida cuando le pregunté sobre la razón de aquella insoportable pestilencia.

—¡Muchos prisioneros con fiebre, señora! ¡Yo saber que su esposo temor usted contagiar! Los piojos, señora, muchos, aquí, allí, y difíciles de matar. Nosotros, muchos en poco espacio, y los bichos muchos más y rápidos... —dijo con una repentina voz afónica.

Todo su cuerpo decía a gritos que me estaba engañando. Se rascaba sin parar su nariz de Pinocho, y su frente se empañó de sudor.

—Sé que me está mintiendo, y no me deja otra opción que comentárselo a mi esposo cuando venga a recogerme. ¿No querrá que lo convierta a usted en nuestro tema de conversación? —Pensé que, con un poco de presión, se abriría como un libro.

—¡Por mi vida que no poder hablar! ¡Por mi vida que no poder hablar! —El hombre volvió a suplicar, agarrándose con manos temblorosas la cabeza calva.

—¿Tan grave es lo que puede pasarle si me lo cuenta?

—Si usted hablar con *Herr Hauptsturmführer*, yo gasear, y si *Herr Hauptsturmführer* enterarse yo contar secretos, yo gasear, señora, igual que los demás, cientos cada día. *Herr Hauptsturmführer* severo... —Alzó las manos y las dejó caer, resignado—. A mí gasean, ¿comprender usted? Ser sencillo... No preguntar más, por favor, señora... Saber es dolor en alma. Silencio yo.

—No, no puede callar ahora —persistí—. ¿Lo entiende? Aquí pasan cosas muy extrañas: Maria me ha insinuado cosas horribles, y usted hace lo mismo, pero no se atreven a contarme la verdad. ¿No cree que tengo derecho a una explicación? No tienen por qué temerme. Dentro de unas horas me habré ido de aquí y jamás volveré. Sea lo que sea, seré una tumba. Lo juro. Añada algo más, se lo ruego, porque no comprendo eso de que *usted gasee*. ¿A qué se refiere con «gasear»?

El hombre del traje a rayas desvaídas se me quedó mirando durante unos segundos dubitativo, pensando en qué hacer. Finalmente, volvió a alzar y dejar caer las manos, con resignación. Luego sus ojos vidriosos me miraron, su miedo parecía haberse disipado, y en un tono de calma, dijo al fin:

—¿Gasear? Entrar gente en duchas..., mucha gente... Sí, duchas grandes... pero no salir agua como normal, sino veneno. ¡Zas! Todos muertos, solo minutos. Primero gritan, luego silencio. Duchas siempre funcionando, nunca descansar... Luego cuerpos desaparecen en hornos. —Y llevándose los dedos a la nariz, concluyó—: Mal olor.

—¿Entiende usted que no pueda dar crédito a lo que me acaba de relatar? Es la historia más macabra que he escuchado en toda mi vida. —Sentí que un escalofrío me recorría la espina dorsal y que los ojos se me empañaban de lágrimas. ¡Dios bendito! Recordé entonces que Irena le habló a Clara de un gas venenoso con el que asfixiaban a las personas, y volví a aferrarme en la creencia de que solo podía tratarse de un rumor tramado por los soldados con el fin de asustar a los prisioneros o con otras intenciones aviesas que se escapaban a mi entendimiento. Pero mi escepticismo se dio de bruces con mi sexto sentido, que comenzó a bisbisear a mi conciencia que tal vez había algo de verdad en sus palabras. También Maria me mencionó las «duchas de la muerte».

—Entiendo, señora. Es única respuesta —dijo en voz casi inaudible—. ¿Poder volver ya a mi puesto, señora? Por favor.

Asentí con gesto piadoso. Parecía aliviado de ver que mi interrogatorio no daba más de sí. Y como yo no quería escuchar más cosas horripilantes, le dije que podía marcharse. Me miró rápido una última vez antes de limpiarse la cara y respirar hondo completamente recompuesto.

—Verdad, doler en corazón... Algún día, mundo conocer verdad. Yo creo no vivir para verlo. Yo triste —se dijo a sí mismo. Luego, antes de salir, se sacudió el trasero y se estiró la camisa a rayas que conjuntaba con los pantalones. Desapareció de mi vista con pasos cortos, arrastrando su pesada vida vacía por un pasillo hacia ninguna parte.

Quedé perpleja, en medio de la habitación. Sentí precipitarme en una espiral de pensamientos enfrentados que solo buscaban atormentarme, como si mi ignorancia de lo que pudiera estar sucediendo tras aquellos muros electrificados no me eximiera de culpa. La culpa de la inacción. Las maldades sobre nuestros compatriotas que corrían como la pólvora entre los cracovianos eran cuentos para niños comparadas con las que acababa de escuchar por boca de los dos presos. Algo dentro de mí me decía que la infinita pena y el miedo en los ojos de Maria y del supuesto polaco espigado no eran fingidos, como no lo eran tampoco las marcas de violencia en el cuerpo de ella. El hedor a carne quemada que contaminaba el aire también era real. Olisqueé para detectar si el olor continuaba conmigo o se había disipado; seguía allí, parapetado en la negrura de la noche. Cerré la ventana y me tumbé en el catre tendida sobre la espalda, deseosa de que entonces me despertara y de que todo lo vivido en las últimas horas fuera tan solo una pesadilla, la respuesta de una imaginación vapuleada por unos sesos afectados por mis disturbios emocionales. Dejé la luz encendida, triste luz cenicienta que había atraído a un par de moscas insomnes como yo.

Günther me había abandonado en un mundo distópico, indeseable, opuesto al que Hitler nos prometió. No me sentí segura en aquel campo rodeado de misterios repugnantes, más bien todo lo contrario. Por primera vez, la soledad fue una sensación agradable para mí. Era el tipo de soledad del que siempre me habló Clara y que pensé que era una construcción de su mente enferma, llena de extrañas fantasmagorías, porque yo jamás la había experimentado. Para mí la soledad era la desagradable sensación causada por la ausencia de gente a mi alrededor, una preocupación banal y transitoria fácil de atajar y que solo se instalaba de manera enfermiza en aquellos que miran la vida a través de un cristal gris, rayado por la nostalgia, el desamparo. Sin embargo, la soledad que en esa ocasión acudió en mi auxilio era sabia y liberadora, proveniente de un místico silencio que me cogió de la mano y me condujo a una parte de mi mundo interior por la que apenas transité antes. Me refiero a la de los miedos, los remordimientos, las inseguridades que siempre evitamos para no toparnos con nosotros mismos. Clara decía que de ese mundo íntimo surgía de forma espontánea un *ruido* con el que debíamos armonizarnos con el diapasón que todos llevamos dentro, pues era la única manera de encontrar la serenidad que necesitamos para tomar las decisiones que guían nuestras vidas. Mi amiga solía insistir en que había que pararse de tanto en cuando a buscar esa soledad, pues el ruido interno era tan frágil que hasta las pequeñas perturbaciones de la vida cotidiana hacían que perdiera su sintonía con el resto del cuerpo.

Por primera vez en mi vida sentí ese sonido atávico tañendo en mi conciencia. Me asaltó entonces una pena inmensa que me hizo sollozar. De mis ojos brotaron lágrimas purificadoras traídas por emociones que había escondido en el trastero de la conciencia donde vamos almacenando todo aquello que nos perturba y hace daño. Momentos de impotencia, ira, frustración y desesperanza me invadieron a modo de retazos, sin orden ni concierto. Todos ellos recientes, como si no hubiera un pasado anterior a Cracovia. Y entonces surgió la imagen de Irena, sin mácula, luciendo su sonrisa y mirándome con ausencia de malicia. Lloré arrepentida, por no haberle agradecido nunca lo suficiente sus atenciones con nosotras, ni mostrado jamás el mínimo interés por su vida. Me retracté también por todo lo malo que pude decir o pensar de ella, por los aires de superioridad que gasté con ella. Y por la soberbia con que acogí su ejecución. Mi idea sobre la humanidad aria y la animadversión hacia los judíos y demás razas inferiores por encima de todo se estaba haciendo añicos. El veneno que fluía por mis venas fue perdiendo su ponzoña para dejar paso a un elixir que rejuveneció mi sangre. Algo en mí se estaba transformando. «Las personas no cambian; en ellas solo cambia la manera de verse a sí mismas», decía Clara.

Nunca jamás dejaría que la corriente me llevara hacia donde ella quisiera, y mucho menos que mis actos y opiniones no fueran fruto de mis propias reflexiones. Viviría a partir de entonces para algo más que para satisfacer los anhelos caprichosos de Günther. Él era la venda que yo quise que no me dejara ver el mundo tal y como era en realidad.

Todavía era de noche cuando el cansancio me venció, y cerré los ojos para caer en un sueño profundo.

Una ráfaga de disparos lejanos, tal vez siete u ocho, me despertaron. La luz que se colaba por la ventana, que alguien había vuelto a abrir, iluminaba el cuartucho con tonos vivos que acentuaban aún más su fúnebre aspecto. La brisa seca me traía fragmentos entrecortados de alguna melodía reproducida a través de megafonía. Y algo pesado me presionaba el vientre. Se trataba de Günther, adormilado, cuya cabeza descansaba sobre mí. Moví las piernas y él se irguió despacio para luego mirarme.

—¿Qué son esos disparos? —balbucí con la lengua acorchada.

—Nada por lo que debas preocuparte, cariño —contestó en voz baja—. ¿Te encuentras mejor? Me han dicho que has dormido como un lirón.

Le miré y torcí los labios acompañados de un lánguido pestañeo. Me sentí molesta por su repentina dulzura y, sobre todo, porque me llamara *cariño*. Me pareció un halago artificioso, vacío de amor. Günther había aparcado bajo el dintel de la puerta su arrogancia y prepotencia, pero ya no podía engañarme. Para mí había un Günther antes y después de que me zarandeara. Un esposo y padre honrado en Cracovia y un hombre infiel e ingrato en Auschwitz. Ese hombre desleal y egoísta me abrazó, estrechándome contra él, y posó sus labios en los míos con delicadeza, buscando una respuesta conciliadora por mi parte. Pero solo sentí rechazo hacia él, asco de pensar que venía de estar con su amante, de percibir de nuevo en su aliento el olor rancio del aguardiente y un perfume femenino desconocido en su piel. Intentó besarme por segunda vez, pero le aparté la cara simulando un ataque de tos.

Él enseguida se percató de mi actitud distante, por lo que por un momento se mostró dubitativo. Permanecimos un rato en silencio, él mirando hacia la puerta, y yo, hacia la lamparita de la mesilla, hasta que sentimos una ligera pero dilatada vibración en el cuarto. Le miré con el rabillo del ojo, y él me contó que era el tren que entraba en Auschwitz con nuevos prisioneros. Aprovechó esa fugaz interacción entre los dos para correr el taburete y sentarse a la altura de mi rostro.

—Lamento que ayer asistieras a un comportamiento indecoroso por mi parte. Entre esa mujer y yo no hay nada. Solo amistad... Te lo juro. —Se exculpó poniendo ojos de cordero degollado.

—Ya vi... Tienes un concepto bastante laxo de lo que es la amistad con las mujeres —ironicé con parsimonia. Günther no sabía que ya no me importaba nada, ni él ni lo que hiciera con su vida, que había desaparecido de mi corazón. Su puesto lo había ocupado un hombre más entero que él. Para mí solo era el padre de nuestro hijo, y únicamente por él le guardé el justo respeto. Un padre, por cierto, que olvidó preguntar por su pequeño.

Al ver que no me puse como una hidra, reacción que era lo de esperar en una mujer engañada, Günther me cogió de la mano y jugó de forma cariñosa con mis dedos. Acarició una y otra vez el esparadrapo, en un gesto de pedirme disculpas por el incidente. Justificó sus actos diciendo que había bebido unas copas de más mientras celebraba con sus colegas el ascenso de un camarada suyo, y que al verme perdió los nervios. Su confesión me entró por un oído y salió por el otro sin alterar un solo nervio de mi cuerpo.

—Espero que me perdones. Es muy duro estar aquí, un día tras otro, sin Erich y sin ti. Sin tu calor. —Diciendo esto, metió la mano bajo las sábanas para palparme el muslo. No podía creer que obviara mi indiferencia para buscar relaciones carnales.

Sin perder la compostura, le retiré la mano y le disuadí con el pretexto de que el golpe me había dejado un fuerte dolor de cabeza.

—No seas tan dura, querida. Has de entender que aquí estoy sometido a una tensión brutal, y a veces no puedo con todo. El trato con la escoria hace que uno pierda la cabeza a veces...

—¿Hablas de trabajo? Jamás has querido contarme qué haces en este lugar. Todo el mundo lo sabe menos yo; la gente me felicita por tu trabajo y yo he de quedarme callada sin saber qué decir —le reproché con tono severo. La conversación empezó a interesarme, pues Günther había bajado la guardia y era la oportunidad de sonsacarle cuál era su papel en Auschwitz.

—Tengo muchas ocupaciones; hay tanto trabajo aquí que todos hacemos de todo. De vez en cuando gestiono traslados, superviso a mis subordinados para que cumplan con sus obligaciones de forma correcta, hago recuentos, examino la salud de los prisioneros o selecciono a los más aptos para trabajar en las fábricas. Lo cierto es que mis cometidos aquí poco o nada tienen que ver con los que llevaba a cabo en Berlín. Es un trabajo monótono, lleno de sinsabores. Solo deseo que acabe esta guerra para abandonar este lugar y volver con vosotros —explicó.

Fuera, desde la lontananza, llegaba un gran bullicio, solo superado por pitidos de silbatos y gritos del tipo «¡Vamos, vamos! ¡Deprisa!».

No creía una sola palabra de lo que me contó acerca de sus funciones en Auschwitz: él jamás habría dejado su despacho en Berlín para dedicarse a elegir mano de obra útil o mirar por la salud de los judíos a los que odiaba. Era evidente que una vez más no me decía la verdad. No era posible que el *Sturmmann* Schmidt lo venerara por una labor que podía hacer cualquier persona con la formación de mi esposo. O que me felicitara por su gran labor aquel endemoniado *Obersturmführer* que castigó a Bartek... Es más, el propio Hermann se iba por las ramas cuando le preguntaba sobre la inconfesable misión de Günther en el KZ. Estaba claro que había gato encerrado.

—Vaya, qué decepción. No digo que no sea meritoria, pero siempre creí que desempeñabas una labor mucho más apasionante. ¿Y para esto dejaste Berlín? —dije para provocarlo. Y fruncí el ceño, en ademán de incredulidad.

—Siento decepcionarte... Ya te he dicho que es un trabajo monótono, pero has de saber que resulta muy importante para los intereses del *Führer*. De lo contrario, no estaría aquí. Además, en ocasiones también intervengo para corregir la mala conducta de los judíos y para meter en cintura a los cabecillas de los sabotajes, que, aunque pocos, alguno hemos tenido... Los bolcheviques son los activistas más peligrosos. ¡En una ocasión, me vi en la necesidad de reducir a golpes a uno de ellos para impedir que me agrediera! —exclamó en un intento de sorprenderme.

—En todos los sitios hay ovejas descarriadas. Pero supongo que el resto es gente dócil, desplazados que no quieren problemas y que se rinden a su destino como pueblo irrelevante. Al menos a estos les daréis bien de comer, pues, como me has dicho en varias ocasiones, una barriga llena es el mejor antídoto contra la rebeldía, ¿no? —Por sus circunloquios era evidente que no tenía intención de revelarme nada sobre su trabajo real, de modo que intenté averiguar algo más de su vida laboral dando un rodeo.

—No sé qué clase de comida reciben. No es mi negociado. —Posó, ausente, su mirada en el plato vacío de la mesilla.

—Mi impresión es que no tienen muy buen aspecto. Hasta ahora solo me he cruzado con esqueletos andantes y rostros famélicos.

—Te insisto, amor mío, que no puedo contestarte a eso, porque no tengo trato directo con los cocineros. Solo puedo decirte que no te puedes hacer a la idea de la cantidad de personas que hay aquí hacinadas...

—¿Cuántas? ¿Centenares? —interrumpí movida por la curiosidad.

—Muchísimas más... No te sabría dar una cifra exacta, pero es muy probable que superen los setenta u ochenta mil. Hay más gente viviendo en Auschwitz y Birkenau que en muchas ciudades de Alemania, lo que explica las dificultades por las que tendrán que pasar los jefes de cocina para alimentar a tantas bocas. Comen como cerdos, les damos alimentos que quitamos a muchos compatriotas que sí que pasan verdadera hambre. Pero ¡esto no es un restaurante! Aquí han de ganarse el pan con el sudor de su frente. Quizá los delgaduchos que hayas podido ver estén en los huesos por su holgazanería.

—¡Pobre gente! —exclamé.

—No sabía que te interesara tanto la dieta de los judíos, que tantas calamidades han causado a nuestro país. ¿Nunca te has preguntado de dónde salen las aceitunas de España, el queso neerlandés, el hígado de oca, la carne de ganso de Hungría o las chucherías para Erich que os lleva Hermann a casa? ¿O el aguardiente croata de ciruela y los cigarrillos y puros para Hans y Otto?... De las maletas abarrotadas que esos judíos de aires de grandeza han acarreado hasta aquí —dijo con vehemencia—. En el éxodo a la nueva tierra prometida viajan con equipajes llenos de dinero, joyas y comidas exquisitas, aferrándose a ellas como si realmente les pertenecieran cuando la verdad es que han sido robadas al pueblo alemán... No has de sentir lástima de ellos, pues ellos ni la sintieron ni la sentirán jamás por nosotros. Está en su sangre su pulsión a subyugarnos.

—¿Y por eso los quemáis? Sé que el olor que satura mi olfato desde que llegué no procede de la planta química, sino que es el humo que despiden los cadáveres que reducís a cenizas aquí mismo, y no vengas a decirme que son los cuerpos de fallecidos de tifus, porque no me lo creo.

Günther me retiró la mirada y sacó una petaca del bolsillo. Se entretuvo desenroscando el tapón y le dio un largo trago. Luego paladeó uno más corto.

—¿Qué olor? ¿Este aroma a pino aderezado con el tufillo a carne quemada? —dijo dando una inspiración corta—. En Auschwitz la justicia no lleva puesta una venda en los ojos, sino tapones de algodón en la nariz. ¡Ja, ja, ja! —Me apretó las manos con las suyas para disipar la tensión entre los dos—. Te has despertado preguntona, y eso es buena señal. Deja el interrogatorio para otro momento. Centrémonos en este instante en que volvemos a estar juntos... Dentro de un rato te habrás ido y esta vez me aseguraré de que no vuelvas, pues este no es sitio para una mujer picajosa y suspicaz.

En efecto, era el lugar idóneo para pelanduscas como su amante, debí responder, pero no quise darle el placer de que creyera que la insultaba por despecho.

—¿Por qué tengo que irme? Las mujeres de muchos miembros de las SS y trabajadores viven en Auschwitz, al lado de sus maridos. ¿Por qué yo no? ¿Para que puedas llevar una vida libertina y disoluta? Me has decepcionado como marido y como hombre. ¿Y sabes que es lo mejor de todo esto? Que no me importa nada lo que haya entre tú y esa mujer. No me duele el corazón, solo el alma por las atrocidades que podáis estar cometiendo amparándoos en nuestra bandera. No quiero pensar en que tú y tus adláteres os hayáis erigido en los inquisidores del nuevo imperio, enviando a la muerte a gente inocente, así, sin más, porque sí.

—¿Inocentes? —bramó—. *Judío* e *inocencia* son dos palabras que debería estar prohibido escribir juntas. ¡Cuántas veces no te habré dicho que es una subraza de avaros, embusteros y egoístas! —Günther olvidó no sin intención añadir en la retahíla de improperios aquello de que los varones judíos (de las hembras nunca me dijo nada) eran unos pervertidos que sabían qué teclas tocar para encandilar a las arias y acostarse con ellas. Pero no era el mejor momento para que él incidiera en este pecado.

—¿Y? —susurré con desprecio.

—Tú sabes que los judíos son una amenaza para la pureza de nuestra raza. Nos odian a muerte. Se han infiltrado en nuestras vidas para corromper nuestros sagrados valores y casarse con nuestros hijos con el único fin de debilitar nuestra sangre a través del mestizaje. ¿Quieres acaso vivir en una sociedad mestiza? Eso es el mayor de los crímenes. El judío es un incendiario del mundo, que solo busca conspirar y maniobrar sin descanso para poner a la humanidad entera bajo su yugo. Por suerte hemos reaccionado a tiempo. Ahora, gracias al tesón de Hitler, los tenemos donde queremos que estén, lejos de las finanzas, de los sindicatos, de la política, de la legislatura... Aquí dentro no son nada; al llegar los desnudamos, los despojamos de la dignidad que creen que les pertenece y los tratamos como lo que realmente son. Nuestra tolerancia hacia ellos debe ser nula. Cero. Porque tolerancia significa debilidad; y debilidad, sometimiento.

—¡Ay! ¡Siempre estás con la misma monserga, que si los judíos son la bestia negra de la raza nórdica, que si son la encarnación de todos los males, el diablo personificado...! Bla, bla, bla... Son tantas las vilezas que se les atribuyen que no sé cómo aún sobrevivimos como raza. En la exageración no puede haber verdad absoluta. Ya no estoy tan segura de que los judíos tengan la culpa de todas nuestras desgracias. ¿Me estás diciendo que los arios, seres superiores y extraordinarios, somos tan estúpidos que nos hemos dejado avasallar por unas bestias sagaces? ¿Que solo a través de la violencia y la aniquilación podemos derrotar a un adversario inferior? Hay algo que falla en tu razonamiento, querido. —Aquel fue mi estreno, mi primera vez rebelándome contra su forma monolítica de ver el mundo, su intolerante ideología.

—Más te vale que pares ahora mismo de decir barbaridades. Por críticas menos injuriantes muchos alemanes han sido tachados de traidores y fusilados o ahorcados... No entiendo tu repentina mordacidad. He de pensar que tus blasfemias se deben al golpe de ayer o al mismo calmante, que te hace hablar sin reflexionar —contestó con manifiesta preocupación de que mis palabras atravesaran los muros de la habitación.

—Nada más lejos de la realidad. El porrazo ha sacado mi lucidez de su amodorramiento, ahora empiezo a ver por mis propios ojos, y lo que contemplo no me gusta. Sí, los judíos podrán ser muchas de las cosas que les atribuimos, pero no recuerdo que ellos jamás nos encerraran, torturaran, apartaran de nuestras familias... y, menos aún, gasearan... Por cierto, ¿qué es eso de gasear a gente como si fueran chinches? ¿Qué diablos es ese gas exterminador? ¡Cómo os atrevéis a cometer esa barbarie en nombre de Alemania! —dije con convicción, como si tuviera la absoluta certeza de que en Auschwitz se cometían esas ejecuciones. Quería ver su reacción ante mi provocación.

No fue preciso que me lo confirmara con palabras; su actitud defensiva y un tanto irracional habló por él.

—¡Eres mi mujer y te exijo que dejes de cuestionar nuestros métodos para manejar a los judíos y gente de su calaña! ¡Cómo te atreves a acusarme de ser un criminal! ¿Tacharías de asesinos a los matarifes por hacer su trabajo?... No sabes nada de nada. Las órdenes de cada cosa que se hace en Auschwitz vienen desde muy arriba, de lo alto del todo... Además, lo que ocurre en los campos se queda en los campos —replicó con ojos de búho henchidos de sangre. Volvió a ser el hombre exaltado del día anterior, indignado porque su sumisa mujer se rebelara contra él. Y añadió—: ¡Maldita sea, una mujer debe sentirse orgullosa del éxito de su esposo, de su noble aportación a la construcción de un nuevo imperio, y no se presenta en su puesto de trabajo para calumniarlo!

Sacando fuerzas de flaqueza dije con tono muy severo:

—No, Günther, si algo así ocurre en nombre de Alemania, si aquí estáis haciendo cosas inhumanas e inconfesables, no quiero seguir perteneciendo a esta raza, en teoría superior, destinada a tomar las riendas de un mundo justo. ¿Cómo lo vamos a conseguir si actuamos como recién salidos de las cavernas?

—¡Cierra la boca, mujer! O te callas o no podré seguir escuchándote como esposo y no me dejarás otra opción que tomar medidas muy desagradables —dijo apretándose una mandíbula contra otra. Se levantó hecho una furia y, cual minotauro encerrado en su laberinto, anduvo de un lado a otro de la habitación. Volvió a dar sorbos de aguardiente de su petaca. Al fin se me estaba revelando el brazo ejecutor del *Führer*.

—¿Me estás amenazando? —pregunté perpleja.

—No, solo te advierto —respondió—. Por tu bien... y por el mío y el de nuestro hijo. Quiero que te vayas ahora mismo de aquí. Dedícate a los pinceles, que es lo tuyo.

Mientras que en el alma de Günther se libraban amargas batallas, inaccesibles e incomprensibles para mí, yo salí de la cama y me aseé y arreglé el cabello deprisa frente al pequeño espejo sobre el palanganero. Deseaba alejarme de mi esposo cuanto antes.

—Está bien, tú ganas. Vuelvo a casa ahora mismo. Pero me llevaré conmigo a Maria —le pedí mirándole en el reflejo del espejo.

—¿Maria? ¿Quién es esa Maria? ¿De quién diantres hablas?

—Maria, la mujer que ha cuidado aquí de mí por orden tuya, supongo.

—¿Sí? ¿Crees que puedes llevarte porque sí a una prisionera? Pero ¡¿quién te has creído que eres?! ¿La nueva *Kommandantin*? ¡Ja, ja, ja!

—No entiendo por qué te mofas de mí. Sé de alemanes que tienen a su servicio prisioneros y polacos... y hasta judíos. Tú confiaste en ella al dejarla sola conmigo. Y ella me ha tratado bien, y quiero devolverle el favor. Es una mujer generosa y no quiero que sufra más. Auschwitz es un peligro para ella. Lo sé todo de este lugar —mentí—. Hasta ahora no has negado nada de lo que te he dicho. Quien calla otorga.

De pronto se volvió y me cogió de los hombros, me vapuleó como a un animal, del mismo modo que el día anterior.

—Suéltame. Estás borracho y apestas a alcohol. —Fue como hablar con una estatua.

—¿Qué sabes? ¿Quién te ha contado nada? —Clavó sus dedos en mis hombros.

—Sencillamente lo sé. ¡Ay, me haces daño! —Me liberé de él luchando.

Me abofeteó. Pero no sentí nada, ni siquiera dolor. Solo una fortaleza nunca antes experimentada que se abría paso en mi interior. No estaba dispuesta a dejarme aplastar.

—¡Furcia mentirosa! ¡Ha sido esa tal Maria la que se ha ido de la lengua!

—¡Naturalmente que no! Pero ¿acaso tenía ella algo más que contarme que no supiera ya? Auschwitz está en boca de todos; lo que ocurre en tu campo al parecer no se queda en tu campo —le contesté para apartarlo de la idea de volcar su furia sobre ella.

Bebió otro sorbo de aguardiente antes de abrir la puerta de la habitación con la fuerza de un tifón. La silueta filiforme de mi confidente se le apareció delante, al otro lado del pasillo, firmes como un tablón y con la expresión de haber visto al mismísimo Lucifer.

—¡Tú, tú... tú has sido! ¡Ahora sabrás lo que es bueno! ¡Ernst, Josef! ¡Ernst, Josef! ¡Vamos, vamos, llevaos a este malnacido de aquí! ¡Dadle el escarmiento reservado para los bocazas!

De la nada surgieron dos SS altos y fornidos y sin decir ni pío cogieron en volandas al hombrecillo que tanto los temía. Fue entonces cuando me di cuenta de lo mucho que Günther mandaba allí. Era alguien a quien todo el mundo parecía obedecer sin rechistar. La pareja de SS se llevó al preso, que se retorcía como una lagartija pidiendo clemencia entre lloriqueos.

—¡Has perdido la razón! ¡Yo no he hablado una sola palabra con ese tipo! ¡Lo juro por Dios! ¿A dónde lo llevas? ¿Qué vas a hacer con él? Vas a cometer una terrible injusticia —clamé a los cielos sin éxito.

Quise salir detrás de los SS, para que soltaran al pobre hombre, pero Günther se colocó delante de la puerta para impedirme el paso. Luché inútilmente golpeándole el pecho, pero me cogió por los hombros y me dejó caer sobre la cama, como si fuera un despojo.

—¡No te muevas de ahí, cretina!... Voy a dar el aviso a Hermann de que ya estás lista para partir. Espero que reflexiones sobre tu inaceptable conducta. Por mi parte, correré un tupido velo y pensaré que esto jamás ha ocurrido. —En su rostro omnipotente no vislumbré el menor atisbo de arrepentimiento. Su indiferencia envolvió con un paño frío mi corazón.

Günther abandonó la habitación dando un portazo y encerrándome con llave, y yo permanecí sentada en la cama, aturdida, con la conciencia fustigándome porque por mi culpa un ser inocente iba a recibir con seguridad un duro castigo. De repente, escuché a mi guardián suplicar por su vida, y unos segundos después su voz tremulosa fue acallada con un disparo. El pistoletazo sonó tan próximo a mi ventana que me llevé la mano al pecho, tosí por atragantarme con mi propia saliva. Mi esposo había ordenado a su arbitrio segar la vida a una persona, sin ninguna prueba, sin ningún juicio justo... Rompió un ser humano como quien en un arrebato de ira rompe un jarrón barato. La seca detonación me demudó el rostro, y su eco impactó una y otra vez sobre mi conciencia. Tanto él como Maria me advirtieron del peligro que para ellos suponía hablar conmigo. Creí que exageraban. Llamas de rabia e impotencia me devoraron por dentro, y de forma instintiva pensé en Clara, en Bartek y en Jędruś. Y en Erich, al que deseaba abrazar con todas mis fuerzas. Rogué a Dios para que mi pequeño jamás descubriera quién era en verdad el padre al que tanto idolatraba.

Günther apareció con el Mayor al cabo de un rato. Jamás pensé que mi esposo fuera tan buen actor, capaz de mentir descaradamente y sin manifestar ningún signo externo que lo indicara. En su rostro no quedaba mancha de la agria discusión que acabábamos de mantener. Es más, se mostró locuaz y se inclinó, haciendo gala de sus modales exquisitos, para darme un beso de despedida en la mejilla. «Dale otro a Erich de mi parte», susurró. Fue entonces cuando me percaté de que llevaba una pistola en el cinturón; desconocía que para su trabajo en el laboratorio tuviera que portar un arma. Me fijé que llevaba desabrochada la funda, tal vez porque acababa de hacer uso de dicha pistola. ¿Fue él el autor material del disparo?, me pregunté. El cuerpo me respondió con un profundo escalofrío de pánico hacia su persona.

Mi esposo ordenó a Hermann que me llevara a casa, y se retiró con el pretexto de que debía resolver unos asuntos urgentes en el otro extremo del KZ. El Mayor no dijo una palabra. Se limitó a atacar su pipa con una calma simulada. En su rostro, muy compungido, pude entrever que se apiadaba de mí. El viejo que tanto había vivido supo enseguida que era presa de un profundo desamor. Hermann sabía muchas cosas, demasiadas. Sería él quien de hecho terminaría de descorrer el resto del velo que me impedía conocer la verdad en toda su dimensión. «Marchémonos, Ingrid. Este lugar solo la va a enfermar», dijo al hacerse con mi maleta de viaje y, con un gesto indicativo, me invitó a que lo siguiera.

Atravesamos el tenebroso corredor de las muchas puertas que llevaba a las letrinas, pero en sentido contrario, siguiendo los chorros de luz natural que se colaban por el tragaluz de encima de la puerta de salida.

Una vez fuera, pude comprobar que no había pasado la noche en el bloque número 10, sino en otro edificio cuyo número no grabé en mi memoria; y que la mañana en Auschwitz era demasiado fresca para estar en pleno agosto. Me recordó a una ciudad recién levantada, con sus habitantes dirigiéndose a su lugar de trabajo. Nuestra calle estaba transitada por hombres de las SS, así como por sonámbulos con trajes de rayas que, como Maria, cumplían sus obligaciones en el mismo campo. Hermann arrancó a caminar hacia la derecha y cruzó la calle. Le seguí en silencio, con la cabeza bien alta, por si Günther me estuviera contemplando desde alguna ventana. Merecía mi desprecio, y ese mismo día lo habría mandado de un puntapié lo más lejos posible de mi vida. Pero no lo hice por Erich. Y eso lo cambiaba todo.

De frente, el andar ondulante de una figura femenina que se aproximaba captó mi atención. Era la dama del lametón. Sujetaba en su mano un látigo y una fusta de equitación, y esta vez no la acompañaba ningún perro. No apartó su mirada vanidosa de mí ni un segundo. Le complacía saberme espectadora de su rebosante sensualidad. Se regodeaba con descaro en su triunfo sobre mí. Cuando hubo pasado de largo, reparé en que sus utensilios dejaban el rastro de un pequeño reguero de diminutas gotas de sangre. Venía de usarlos con alguien. Pensé entonces en el pecho mutilado de Maria, y en qué tenía que pasar por la cabeza de alguien para ver a sus semejantes como meras presas a su alcance en las que volcar su instinto violento.

El viejo Hermann, siempre tan prudente, simuló no percibir el cruce de miradas que hubo entre ella y yo, una nube de animadversión que dejamos que se disipara en el ambiente.

Anduvimos un tramo más de calle y luego doblamos un recodo que nos llevó directamente al lugar donde el Mayor había aparcado el Mercedes. De repente, adoptó una conducta extraña. Aceleró el paso y, sin que viniera a cuento, trajo a colación a Erich, habló de lo maravilloso que era, y a Jędruś, del que dijo que también era un muchacho excelente; y añadió que ambos se alegrarían de volver a verme tan pronto. No supe qué mosca le había picado, pero su maniobra de despiste cobró sentido cuando, una vez en el vehículo, volví la mirada a mi alrededor para ver por última vez el siniestro lugar. Y entonces fue cuando vi el cuerpo ahorcado, colgando de un poste a escasos metros de nosotros. Era Maria.

El sol aún no había decidido asomarse por las boinas de árboles que coronaban las suaves colinas cuando el coche ya circulaba rumbo a casa. Nos cruzamos con una muchedumbre de prisioneros desfilando por la carretera y dirigiéndose a trabajar a algún lugar. Mis pulmones volvieron a llenarse de aire fresco y oxigenado, Auschwitz había quedado atrás. A ello contribuyó sin duda alguna que el viento soplara en dirección contraria a nuestra marcha. Mi pecho se deshizo del nudo de angustia que lo constreñía, del mismo modo que los músculos empezaron a librarse del agarrotamiento causado por la tensión acumulada.

Las horas que pasé en Auschwitz fueron las más esperpénticas y aterradoras de mi vida, por resumirlas en dos palabras. Nada de lo que me sucedió tras las vallas electrificadas fue producto de la casualidad. Tenía las piezas del puzle y debía encajarlas para encontrar su significado. Pero estaba agotada; solo deseé recostar mi cabeza en el respaldo del asiento y encontrar un momento de paz, olvidarme por un instante de Günther, de los presos y, en definitiva, de Auschwitz. Cerré los ojos y me esforcé en eliminar de mi mente aquella última imagen de Maria, una visión que me acompañaría hasta hoy y los días que Dios aún quiera concederme.

Traté de evadirme con un momento nostálgico de mi infancia al que siempre recurría cuando, agobiada por una preocupación, quería conciliar el sueño: en un reluciente día primaveral, mi querido padre me empujaba en el columpio que ambos habíamos fabricado con una cuerda y un viejo tablón de madera y que colgamos de la rama de un añoso tilo que decoraba el jardín berlinés de mis abuelos. De ese recuerdo, guardo en mi memoria el sonido alegre de nuestras risas y el ligero rumor que hacía el viento al acariciar mis mejillas. Entonces todo parecía tan sencillo... Sí, la tierna infancia, aquella que Clara elogiaba siempre. La cuna de la alegría, el amor, la ternura...

A los fotogramas de la niña columpiándose felizmente que la memoria proyectaba en el telón negro de detrás de mis párpados cerrados les sucedieron otros perturbadores en los que se me mostraba a María maniatada y su cuerpo balanceándose en el vacío, cada vez más despacio, como el péndulo de un reloj al que se le acaba la cuerda. Lo contemplaba Günther que, oculto tras una capucha de verdugo, se frotaba los nudillos de una mano con la palma de la otra. Aquella alucinación estremecedora hizo que rompiera a llorar. Pero me fue imposible ahogar los sollozos por más que me empeñara. El dolor era demasiado fuerte. Hermann me miró por el retrovisor un instante y volvió a poner la mirada en la carretera. Me dejó sola con mi llanto varios kilómetros, hasta que, al ver que no cesaba, detuvo el coche en el arcén de una larga recta. Se quitó la pipa de los labios y se volvió hacia el asiento trasero.

—Lamento profundamente su tristeza, Ingrid; deduzco que ya está usted enterada. Desde un principio supe que no era buena idea que hiciera usted este viaje...

Abrí los ojos, asombrada por lo que acababa de escuchar.

—¿Enterada? ¿Enterada de qué, Mayor? ¿De que mi marido prefiera pasar los fines de semana en Auschwitz porque tiene a otra mujer en quien desahogar sus apetitos sexuales? ¿O de que todo el mundo, salvo yo, esté al corriente de lo que pasa en Auschwitz?

Hermann murmuró algo entre dientes y luego guardó silencio. Me arrepentí en el acto de haberle hablado con brusquedad, a mi preciado prusiano, tan digno y leal, siempre celoso y concienzudo en su trabajo.

—Le pido disculpas, Mayor, por mi salida de tono, totalmente injustificada —proseguí, con intención de enmendar mis malos modales—. Me hago cargo de su situación y estoy segura de que no ha sido agradable ni nada fácil para usted saber que Günther me engañaba... Pero no se aflija por mí: ¿sabe qué le digo? Extrañamente me siento liberada... Debe de ser porque lo que satisface al alma es la verdad, aunque esta sea desgarradora.

—Entienda que soy el chófer de su esposo..., y los chóferes ven y escuchan cosas que nunca deberían ver ni oír. El *Herr Hauptsturmführer* me pidió siempre discreción absoluta, y así lo hice, aunque su conducta infiel me corroyera por dentro. Sabe usted que la aprecio como si fuera hija mía, pero, como decía mi difunta madre, uno no debe inmiscuirse en los asuntos de matrimonio, pues siempre se sale perdiendo. Aun así, le prometo que en más de una ocasión estuve tentado de revelárselo, pero nunca encontré el coraje suficiente ni la manera de decírselo... Siempre confié en que él cometiera un desliz y fuera usted quien lo descubriera. —Parecía incómodo.

—Mayor, usted no tiene la culpa de nada. Los únicos responsables somos él, por infiel, y yo, por cornúpeta y confiada.

—No sea tan cruel consigo misma. El infiel siempre es cauto y estratega, y el engañado siempre va dos o tres pasos por detrás. Además, usted es una bellísima persona, íntegra y honrada. Desde luego que sí —repuso.

—No, Mayor. He sido una ingenua, en el matrimonio nunca hay que bajar la guardia... Desconozco si me es infiel desde hace una semana, un mes o incluso, por qué no, años.

—Me temo, Ingrid, que los líos de faldas del *Herr Hauptsturm-führer* vienen de lejos, al menos desde que lo acompañé yo a él a estas tierras para buscarles vivienda a ustedes.

—Eso explica muchas cosas, como, por ejemplo, que cambiara a última hora de parecer en cuanto a que Erich y yo nos instaláramos en la ciudad de Auschwitz, como habría sido lo lógico, y que él pasara las noches con nosotros. A cambio me vino un día con la historia de que en Cracovia nos sentiríamos mejor, que era una ciudad esplendorosa en la que no echaríamos a faltar Berlín, y Erich tendría más oportunidades de compartir amistad con niños de las familias más acaudaladas e influyentes de la ciudad y recibir una enseñanza excelente. Me prometió que, a pesar de la distancia, estaría con nosotros todos los fines de semana y pasaría largas temporadas en casa. ¡Una mentira tras otra! Resulta que solo quería tener libertad para llevar una segunda vida disoluta... Por otro lado, me gustaría pensar que su primera intención fue mantenerme lejos de cuanto sucedía en el KZ, pero algo me dice que mi esposo solo quería protegerse a sí mismo, de que ni yo ni su hijo nos enteráramos de su intolerable participación en los espantosos crímenes que allí se cometen. A ellos se debe esta tristeza que usted me nota, no a que mi esposo sea un adúltero...

—Oh, Dios... —murmuró Hermann, y se puso tan nervioso que la pipa se le escurrió de las manos—. ¿Qué crímenes? ¿Quién se lo ha contado? ¿Su esposo? No, no creo que haya sido él...

Hermann abrió la puerta del coche y se bajó de él para buscar la pipa, que se había metido debajo del asiento del conductor. La necesitaba para calmarse. Yo aproveché para bajarme también y estirar las piernas.

—No quiera saberlo, Mayor —dije en un tono profundamente grave. Luego me apoyé en el capó del Mercedes, para invitarle a seguir con la bochornosa conversación en el frescor de aquellas horas—. Ahora esas personas están muertas debido en parte a mi curiosidad y en parte a mi incredulidad, pues las presioné para que me hablaran de Auschwitz, a pesar de que me advirtieron que al hacerlo ponían en juego su vida. Una de ellas era Maria, ya sabe, la mujer que me cuidó y que usted mismo ha visto colgada, y la otra, el prisionero que guardaba mi puerta —le expliqué, llorosa.

—No imagina cuánto lamento que haya experimentado en sus propias carnes la esencia de Auschwitz. Pocas visitas tienen la oportunidad de contemplar lo que a todo el mundo se le oculta —aseveró el Mayor mientras apretaba la picadura con el prensador.

—Y usted, ¿qué ha visto?

—Como le dije, Ingrid, los chóferes vemos y oímos cosas por accidente. Pero no se equivoque, lo que ocurre en Auschwitz y también en Birkenau es un secreto a voces. Toda la gente que trabaja allí está al cabo de la calle, como no podía ser de otra manera. Tengo buenos amigos en las instalaciones que a veces me revelan a modo de confidencia alguna que otra atrocidad de la que son testigos... Y estoy convencido de que la gente que vive en la ciudad de Auschwitz, los alemanes que en ella residen, entre ellos decenas y decenas de miembros de las SS con sus familias, además del personal de administración y oficina, saben que el KZ no es lo que parece... Obviamente, todos lo aplauden, y el que no, hace la vista gorda, por miedo a represalias. A lo máximo que se atreven es a quejarse del olor desagradable que les entra por las ventanas de sus casas procedente de los crematorios. Sí, Ingrid, el hedor no viene de la fábrica, como le dije. Le pido perdón por la mentira, pero entienda que me avergüenza como alemán hablar de ello. De ningún modo se trata de leyendas difundidas por el bando enemigo para desprestigiarnos. Por un lado, a nuestros gobernantes les viene bien que creamos que lo son, y, por el otro, sirven de coartada perfecta para los que no quieren saber...

—Dígame, Mayor, con la mano en la Biblia, ¿de verdad hemos ideado unas duchas donde es posible matar personas a puñados? —pregunté, llena de congoja.

—Ah, Ingrid, ¡no quiera saberlo! La verdad es tozuda, y a veces malhiere el espíritu —me contestó con un nudo en la garganta.

Me dio la espalda con el pretexto de querer prender el tabaco evitando que la brisa se lo impidiera.

—Pero ¡necesito que me confirme lo que me han contado! ¡Por favor, Mayor! —Sabía cuál iba a ser la respuesta, pero necesitaba escucharla de él. Hermann exhaló unas nubes de humo y miró al cielo. Guardó silencio hasta que el último de los graznidos de una bandada de córvidos que nos sobrevolaba se apagó en la lejanía. Soltó un largo suspiro y se volvió de nuevo para mirarme.

—Desde lo más profundo de mi corazón siento tener que darle una respuesta afirmativa, amiga mía. Duchas convertidas en auténticas fábricas de la muerte —confesó, y de su ojo brotó una lágrima que se extinguió en su mejilla—. La primera vez que uno de mis contactos en Auschwitz me habló entre dientes de ellas pensé que estaba beodo, creí que era invención suya para impresionarme. Una fantochada de mal gusto que empezó a dejar de serlo cuando otros me vinieron con la misma historia, la mayoría jactándose de su eficacia y unos pocos, muy pocos, escandalizados... —Se detuvo para tomar aliento. Se le notaba apesadumbrado. Miró al horizonte y cerró los ojos—: Fábricas de la muerte que funcionan sin parar día y noche, y que se llevan por delante cientos, miles de vidas a diario... Inocentes que nada tienen que ver con la guerra y cuyo único delito es existir aquí y ahora. No creo que haya nada parecido en la historia del hombre.

»Como le he dicho, los tratan como al ganado. Familias enteras. Niños, ancianos, embarazadas, impedidos y demás desechados en las selecciones van a parar a un matadero con alcachofas de ducha por donde en lugar de brotar agua se dispersa un gas venenoso que de un golpe acaba con montones de vidas... Seres humanos que en su ignorancia se enfilan hacia esas instalaciones, donde operarios los invitan amablemente a que se desvistan del todo y entren en esas duchas. Muchos de ellos lo hacen deseosos de recibir un baño higiénico después de un espantoso trayecto en tren de varios días, sin luz ni agua ni nada que echarse al estómago. Sé por camaradas de confianza que de dentro salen gritos de desesperación que poco a poco se van apagando en un murmullo agónico hasta que llega un silencio absoluto. Nadie sobrevive al veneno.

Hermann dio una nueva calada a la pipa y echó el humo. Al verme la cara de espanto, dudó por un instante si seguir con su relato, pero decidió continuar:

—Sí, es una fábrica donde entran seres vivos y salen cadáveres. Y para borrar cualquier rastro de su inhumanidad, nuestros *patriotas* de Auschwitz-Birkenau queman los cuerpos de forma masiva en crematorios diseñados *ex profeso* para ello. Reducen su ignominia a cenizas, literalmente... Los alemanes hemos desarrollado un sistema sumamente perfecto y a la vez macabro de segar de un solo plumazo miles de vidas de personas que entran de forma voluntaria e incluso animadas a un recinto donde morirán. —Su voz se extinguió durante un soplo de tiempo, el tiempo suficiente para que en mi mente surgieran los temibles infiernos de Memling—. ¿Cómo es posible mirar a los ojos a esas criaturas, y a sus madres, hermanos y abuelos, que solo derrochan amor por sus retoños, y con la más absoluta frialdad conducirlos a la muerte? ¿De qué está hecho el corazón de esa gente?

—¡Oh, Dios mío! —clamé al cielo que me diera fuerzas para poder seguir escuchándole, pues estaba en un tris de perder el conocimiento—. ¿Por qué nadie me ha dicho nada? ¡¿Por qué no me dijo usted nada?!

—Para cualquier persona de bien, el conocimiento de estos crímenes a manos de nuestros compatriotas supone una carga moral abrumadora. Yo no estaba dispuesto a que usted la sintiera por mi culpa. La gente de la calle que lo sabe se lo calla o lo comenta secretamente en su entorno más íntimo. Es una información que se puede volver contra uno mismo si se comparte o llega a oídos de la persona inadecuada, lo más probable es que los sabuesos de la Gestapo se les echen encima... y ¡zas! —El Mayor se pasó el dedo índice por el gaznate—. De hecho, en este coche he oído conversaciones que pondrían los pelos de punta al mismísimo diablo y que jamás repetiré en voz alta.

—¿Me está diciendo que todo esto se conoce más allá de Auschwitz?

—¡Cómo no iba a saberse algo así! Las brutalidades que se cuentan de los campos nazis se difunden rápido por todo el Gobierno General, ¡sobre todo entre las potenciales víctimas! Seguro que *Herr* Kopeć está al tanto de ellas. Piense que los muros de Auschwitz no son infranqueables; mucha gente entra y sale a diario, ven y hacen cosas que de un modo u otro guardan relación con lo que allí dentro se hace. Y luego están los presos que logran escapar y cuentan sus experiencias. A nuestros dirigentes les viene bien que su pueblo crea que son patrañas urdidas por el enemigo.

—¡Debemos hacer algo para parar esto, Mayor! —exclamé, desconcertada—. Usted bien sabe que odiaba a los judíos por todo el mal que creía que nos habían hecho; los odié con todas mis fuerzas y les deseé los peores de los males. Vi con buenos ojos que los aislaran en guetos y que los deportaran lo más lejos posible, a Madagascar u otro lugar de África, como me dijo Günther.

—No hay nada que pueda hacer usted. —Hermann torció el gesto con una expresión de impotencia, y me respondió con la serena lógica de la que hacía gala—. ¿Se da cuenta de la perturbación que todo esto causa en su sentido común? Es una angustia de la que ya no se librará usted nunca. Por eso habría preferido que hubiera usted tardado más tiempo en descubrir el oscuro secreto de Auschwitz, la conjura del hombre contra el inocente, que no solo se cierne sobre este cielo: sé con seguridad que en Sobibór y Treblinka se gasea a la gente como aquí. Y que hasta hace poco también algo así ocurría en Bełżec y en Chełmno. ¿Es consciente de la magnitud del desastre, Ingrid?

—Un plan que escapa a la comprensión humana. ¿Cuál es su fin? ¿Borrar del mapa a la raza judía? Eso es imposible, aparte de inadmisible. ¡Ningún alemán en su sano juicio aceptaría ese grado de ensañamiento con quienes consideramos nuestros enemigos! Hitler nos ha engañado, nadie le dio carta blanca para hacer lo que quisiera. Una confabulación de ese calado solo puede tener cabida en una forma putrefacta de entender la sociedad...

—Poco entiendo de política, pero lo que sí sé es que no son criminales solo los que cometen asesinatos o dan la orden de hacerlos, sino también quienes justifican sus actos... Y me sorprende la cantidad de gente, políticos, científicos, arquitectos o médicos, gente en principio con un nivel intelectual superior a la media, que se refiere a los desmanes y crímenes de nuestros dirigentes como algo normal, la única opción para alcanzar la pureza de la raza aria, que, si le digo la verdad, no sé muy bien qué rayos es...

El bueno e íntegro de Hermann, visiblemente afectado por todo cuanto me refería, dejó de hablar al ver que se nos aproximaba un convoy de tres camiones Blitz de la Wehrmacht seguidos de cuatro todoterrenos Kübelwagen. El militar que sujetaba la ametralladora del último vehículo nos saludó al pasar, y mi chófer le devolvió el saludo. El ruido de los motores ya no me pareció el rugir de poderosos leones, sino más bien el lamento de una marmota herida.

—¡Pobre soldado! Si supiera realmente el porqué y para qué de su lucha... —suspiró el Mayor, y, dirigiéndose a mí, dijo—: Recuerde, Ingrid, que esta ya no es su guerra. Lo que ha descubierto en Auschwitz guárdeselo para usted, como hago yo. No le hable de esto a nadie de su familia ni a ningún amigo, por muy íntimo que este sea —subrayó esto último, supuse, refiriéndose a Clara—. Por mucho que desee dejarlo salir creyendo que así aliviará su dolor, no lo haga. Le juro que de nada sirve compartirlo, salvo para cargar con un peso, una terrible culpa, la conciencia del que escucha.

—Oh, no, por supuesto que no, ni se me pasa por la mente. —Si todo esto llegara a oídos de mis padres, que tanto se enorgullecían de su patria, los hundiría en una eterna melancolía—. Ahora bien, Mayor, si a partir de ahora la verdad pesará sobre mi corazón, prefiero saberlo todo. Por favor, necesito saber hasta qué punto está involucrado Günther en todo esto...

El viejo dio un suspiro tan hondo que se me encogieron las tripas. Permaneció unos instantes en silencio.

—Solo puedo decirle que está implicado hasta el tuétano. No comprendo cómo y por qué es capaz de seguir adelante con todo esto. Pero parece que es algo que no le quita el sueño, que incluso le agrada y sirve de estímulo... Perdone, Ingrid, quizá no esté siendo lo suficientemente comedido con mis palabras... Al fin y al cabo, se trata del *Herr Hauptsturmführer*, su esposo... y mi patrón.

—Está bien, Mayor, dejemos de lado los cumplidos. Usted conoce tan bien como yo a mi marido, y acabo de ver con mis propios ojos cómo con un chasquido de dedos ordenó ejecutar a dos personas, con absoluta frialdad, en un intervalo de pocos minutos; es más, estoy convencida de que él mismo segó la vida de una de ellas con una bala de su pistola. Yo no me casé con ese hombre desalmado. No puedo creerme que sea el padre de Erich. Ha sufrido una transformación que no alcanzo a comprender.

El recuerdo de Günther hizo que inconscientemente posara la mano en la mejilla donde me dio el bofetón. El dolor seguía ahí, agazapado debajo de la piel.

—La humanidad tiene muchas cosas buenas, pero lo malo que alberga en el ser humano, aunque sea en pequeña proporción, es más poderoso que toda su bondad. No recuerdo quién dijo que el diablo es optimista si cree que puede hacer peores a los hombres

—continuó diciendo el Mayor—. Que Dios nos perdone por lo que hace nuestro pueblo, sin ningún tipo de impunidad. Y lo más grave, a conciencia y sin cargo de conciencia. —Se detuvo un instante para medir las siguientes palabras de rectificación—: No, el Creador no nos redimirá de semejantes faltas. Nos arrojará de forma inmisericorde contra su enemigo bíblico... Porque no existe forma ni manera de que Alemania expíe todas estas atrocidades. Ni siquiera podrán hacerlo nuestros hijos inocentes. El pueblo alemán cargará con esa infamia para la eternidad. Juré fidelidad al *Führer* y nuestra bandera, pero... ahora solo espero que Hitler se vea cara a cara con el diablo de Dante para que aquel lo sepulte en el hielo del Cocito y le haga purgar por siempre sus pecados.

»He vivido la Gran Guerra en primera fila y he visto cosas que aún me ponen el vello de punta, pero entonces había unas reglas en el campo de batalla que la mayoría de nosotros respetaba. Lo de ahora no es una guerra. No sé cómo llamarlo... ¿exterminio, tal vez? Los agricultores hacen lo mismo para terminar con las plagas que amenazan sus cosechas.

»Cuando una vez descubres el secreto de Auschwitz, amiga mía, dejas de dormir por temor a las pesadillas, que en realidad son solo los vivos recuerdos de lo que has visto y te han revelado. La noche es mi tormento. Los fantasmas del remordimiento se adueñan de mi conciencia, y me pregunto por qué no me rebelo contra la barbarie. Ojalá me hubiera cogido todo esto veinte o treinta años más joven... Ahora no soy más que un viejo achacoso... Un carcamal incapaz de levantar el fusil. ¡Maldita sea! —El viejo dio un puntapié a una lata oxidada que voló más allá de la cuneta—. Recuerdo cuando de pequeño sentí una pulsión especial por la disciplina castrense, y en cuanto cumplí la edad solicité el ingreso en el ejército. La primera vez que vestí el uniforme fue quizá el momento más feliz de mi vida; aquella noche dormí con él puesto, sentado en un sillón para que no se arrugara. Estaba dispuesto a combatir y morir por los valores permanentes e inmutables de Alemania. De luchar por la paz y contra las injusticias y las tiranías. Soñaba con un mundo mejor. Pero con la Gran Guerra todas mis ilusiones y esperanzas se fueron al traste. Años derramando sangre... ¿para qué? Perdí un ojo; otros perdieron la vida, y muchos, a sus seres queridos, que es otra forma de morir en vida. ¿Qué aprendimos de la humillante derrota? Bien poco...

»Avariciosos, usureros y postulantes vuelven a echar leña al fuego para enfrentar a los pueblos, primando sus ambiciones a los intereses de la nación a la que supuestamente dicen resguardar de peligros, para mí intangibles. La guerra es un salvaje negocio donde buitres y hienas se mueven con absoluta impunidad. Un imberbe soldado me preguntó en las trincheras, segundos antes de que una bala enemiga le partiera el pecho, qué hacía dando su vida en el frente mientras los poderosos, los políticos y los altos mandos se fumaban un puro en sus despachos —dijo sujetando un lamento—. Me avergüenzo de haber servido con devoción a este país, que ha perdido su esencia magnánima, una Alemania que aspira a conquistar el mundo sin una sola idea ética en el petate. En más de una ocasión me he visto tentado a arrojar mi viejo uniforme al fuego. Para mí, Alemania ha expirado...

Hermann consultó la hora en su reloj de bolsillo y, con un gesto en la mirada, me dio a entender que emprendiéramos la marcha de nuevo. Me abrió la puerta del coche para que me metiera, y luego él hizo lo propio. Mientras giraba la llave para hacer rugir el motor, añadió:

—¿Sabe una cosa, Ingrid? Me gustaría pedir perdón a los polacos, uno por uno, por seguir machacándolos y acosándolos después de su rendición. No entiendo por qué seguimos gastando con ellos una brutalidad desmedida. ¿Por qué no les damos algo de libertad? Dejar que vivan sin miedo... A veces pienso que somos nosotros quienes los tememos. Porque cada paso que damos está cargado de más y más injusticia. De mentira sobre más mentira. De ceguera sobre más ceguera... No camino a gusto por las calles de Cracovia, me avergüenzo del terror que nos tienen. ¡Pobres gentes!

Antes de reanudar la marcha, mi apreciado amigo vació la pipa golpeándola contra el canto del cristal de la puerta, para que la ceniza cayera fuera, y se la guardó en el bolsillo de la solapa. Luego se sacó el pañuelo para enjugar las gotas de sudor que le humedecían la frente. Estaba irritado y un poco triste. Me di cuenta de que también él necesitaba a alguien con quien desahogarse. ¡Cuánto tiempo tuvo que esperar para poder expresar la indignación que lo asolaba! Desde el asiento de atrás lo contemplé con aprecio. Hasta ese momento, Hermann me había ocultado su lado más íntimo y personal, evitando siempre exponerse en asuntos delicados y actuando con la diplomacia propia de un embajador. Me gustó la forma de manifestar sus convicciones, congruentes, honestas y directas, respetando a la vez mis ideales. Era la primera vez que me daba su opinión sobre las razas, y me sentí gratamente complacida porque para él no había ninguna por encima de las demás. Según Hermann, las diferencias entre humanos están en el individuo y no en la etnia a la que este pertenece. Era un soldado curtido con la lección de la vida bien aprendida.

—¡Superiores nosotros! ¡Y un rábano! Esa es otra de las ridículas suposiciones de los nazis y quienes no ven más allá de sus propias narices... Mire, Ingrid, cuando los individuos de una nación basan su identidad bajo el argumento de que son distintos del resto es porque piensan que son superiores. Porque ¿conoce usted algún caso en el que alguien afirme que es diferente para señalar que es inferior? —Hermann hizo una pausa para tomar aire—. ¡Por supuesto que hay hombres y mujeres superiores! Para mí no hay nadie más superior que quien en esta difícil vida sabe ser feliz, ya sea un judío, un polaco o un gitano. Un ser sublime es el que busca la libertad, la suya y la de los demás; que cree que menos es más, pues sabe sacar partido a las pequeñas cosas que ocurren todos los días; y quiere y se deja querer.

»Alemania está llena de infelices que buscan la manera de exonerarse de sus culpas y fracasos señalando a personas de otras razas como responsables de todos aquellos sucesos que no resultaron ser como quisieron, de sus sueños rotos. Son resentidos y rencorosos, y basta darles un empujón para lanzarlos contra sus imaginarios enemigos. Hablan de la higiene racial, pero deberían empezar por ellos mismos, lavándose sus pútridas conciencias. ¡Y mientras tanto Alemania luce limpia y gloriosa bajo sus banderas y estandartes, sin que se pueda ver la mugre que esconde detrás!

—Mayor, con usted nos hemos perdido un político —dije sin poder ocultar mi emoción.

—Doy gracias a Dios de haberme librado de esa tentación —contestó. Se rascó la ceja por debajo del parche y se concentró en la carretera que nos conducía a casa.

13

A mi regreso de Auschwitz

—Hogar, sagrado refugio... Por más que lo pienso, no es fácil hacerse a la idea de que a poco más de una hora de casa exista un mundo tan radicalmente diferente, vil y despreciable, donde la injusticia campa a sus anchas —reflexioné en voz alta con el propósito de que lo escuchara Hermann, que, como yo, mantuvo un completo silencio durante el resto del viaje, tras la parada que realizamos en la carretera.

El Mayor solo se encogió de hombros, apretándose los labios, compungido como el padre que asiste impotente a los últimos estertores de un hijo desahuciado por los médicos. Se sentía en parte responsable de mi desilusión, del sufrimiento que padecí en Auschwitz, de la infidelidad de mi esposo, a pesar de haberle expresado de forma insistente mi agradecimiento eterno por su sinceridad en un momento tan amargo de mi vida. El viejo Hermann hizo sonar un par de veces el claxon del coche para que alguno de los guardias acudiera a abrir la verja. Enseguida apareció Otto arrastrando su cachaza habitual.

Mientras esperábamos a que bajara el camino, descubrí que un nuevo y hermoso buzón de madera ocupaba el lugar del destartalado, el perforado por la metralla. Bajé la ventanilla a toda prisa para poder apreciar mejor sus detalles. No pude evitar soltar un «oh» de asombro. Las largas epístolas de mi madre ya no correrían peligro de mojarse con la lluvia. Tenía forma de casita en miniatura y estaba pintado con vivos colores. Se me asomó el primer sentimiento de gozo en aquel día aciago, y una sonrisa de ternura invadió mi rostro, demudado por la agradable sorpresa, pues supe que detrás de aquel buzón artesanal solo podía haber una persona.

—Es una excelente obra de manualidad, Ingrid. No hace falta que le diga que el nuevo buzón ha sido una iniciativa de *Herr* Kopeć, que me pidió permiso para hacer el cambio con el loable propósito de darle a usted una alegría. —El viejo Hermann se giró para escrutarme con su ojo vivaracho, pues no quiso perderse mi reacción—. Los niños también han participado de manera activa en su confección, y hasta yo mismo he hecho mi modesta aportación, proporcionándoles las tablas, las bisagras, los clavos y las herramientas que necesitaban para ensamblarlo. No creo que exista en el mundo otro buzón hecho con tanto afecto —soltó, sosteniendo la pipa apagada entre los dientes, en un intento de infundirme aliento.

—Ha sido todo un acierto. Es la pincelada de vida que hoy necesitaba mi ánimo. Como era de esperar, usted siempre se convierte en el artífice de las buenas acciones. —Le guiñé el ojo con un pie ya fuera del Mercedes; me apremiaba explorar de cerca el inesperado regalo—. ¡Vea, Mayor, Otto ya está a punto de abrir la verja! Continúe usted sin mí, y dígale, por favor, que me quedaré aquí fuera unos minutos contemplando la obra de arte.

Emití una larga exhalación de alivio que despejó parte del agotamiento mental que me estaba consumiendo por dentro. Ansiaba tocar y sentir la madera que Bartek había segueteado y lijado para mí, y que mis querubines pintaron con afición. Me imaginé a los tres trabajando codo con codo, henchidos de gozo, como cuando aquella mañana inolvidable tradujimos la cancioncilla de Jędruś. Unas lágrimas de ternura se escaparon de mis ojos que recogí con mi pañuelo incapaz de absorber más.

Ni en mil años Bartek podría imaginar el impacto que su obsequio tuvo en mi alma; fue como ofrecer una cantimplora de agua fresca a un alma extraviada en el desierto. Aquella media docena de pequeños tableros ensamblados con precisión milimétrica me hicieron sentir que había cosas por las que merecía vivir, creer de nuevo en la bondad del hombre. Podía existir un futuro alternativo al de Hitler si era levantado por personas de buen corazón.

Sobrevolé con la yema de los dedos su superficie lúbrica, y sentí cómo sus colores vivos y cálidos cosquilleaban mi ánimo. El tejadillo, de rojo carmesí y dispuesto a dos aguas, albergaba en uno de sus costados una ranura larga y angosta, protegida por una tapa de latón con bisagras, por donde el cartero podía introducir la correspondencia. Había puesta una llave en la pequeña cerradura que servía para abrir la puertecita amarilla que simulaba la entrada a la casita azul cobalto. ¡A pesar de que había logrado prohibir al gordo y el flaco acercarse a mi correo, el viejo Hermann tuvo el detalle de asegurar la casita de posibles fisgones! Probé a girar la llavecilla, que me tendría a mí como única dueña, y tiré de ella hacia mí con suavidad. La puertecita se abrió sin emitir el molesto chirrido de la vieja, y, para mi sorpresa, un sobre en su interior ya había inaugurado mi buzón. Identifiqué en el acto la letra de Clara en el anverso: «A mi querida Ingrid», rezaba en él. Iba sin matasellos. En ese momento, pasaron dos jóvenes montados en sendas motocicletas Zündapp de gran cilindrada a toda velocidad y levantaron una escandalosa polvareda. Para que ni una mota de polvo de aquel viento arremolinado manchara la implacable blancura del sobre, lo aplasté contra mi pecho. Me acordé de que algo parecido hice meses antes con la postal en que Clara me invitaba a su casa por primera vez.

Esperé impaciente a que la lejanía silenciara el rugido de los motores y busqué a mi alrededor un lugar tranquilo donde sentarme. Estaba hecha un manojo de nervios. Me sorprendió que, después de que hubiera ignorado todas sus llamadas telefónicas, Clara insistiera en ponerse en contacto conmigo. El sobre era mullido y por un instante efímero quise quemarlo. Destruirlo hubiera sido lo más fácil para mí, pero con ello volvería a ser la Ingrid que deseé dejar a las puertas de Auschwitz. Una parte de mí ansiaba conocer su contenido; la otra luchaba por disuadirme con preguntas inquietantes: ¿se trataba de un adiós para siempre? ¿Una retahíla de reproches? ¿Tal vez una amenaza o un chantaje?

«No, no puede ser nada negativo. No viniendo de ella», me advirtió mi intuición. Pasé el borde del sobre por delante de mi nariz y olí el delicado perfume a jazmín que me era tan familiar. Sentí entonces a la Clara de siempre a un palmo de mí, a la mujer ecuánime y afectuosa con la que viví experiencias imposibles de hurtar al recuerdo. Anduve inquieta de un lado a otro de la calle, observando los perfectos trazos con que Clara había escrito mi nombre, hasta que me acomodé en un gigantesco tocón muy cerca de nuestra verja, donde la sombra de unos grandes tilos no tapaba los rayos de sol que anestesiaban mis temblores. Despegué la solapa despacio, con cuidado de que no se rasgara más de la cuenta, y saqué del interior una media docena de cuartillas. Comencé a leer:

Mi más preciada Ingrid:

Antes de nada, quería expresarte mi más sincero arrepentimiento por haberte ocultado mi verdadera identidad, y entiendo tu reacción de indignación y dolor tras enterarte, pues yo habría hecho lo mismo. Sé que nada se puede comparar con la decepción de sentirse traicionada por la persona en la que depositaste la confianza y el cariño. Desde el principio estuve tentada de confesarte mis verdaderos orígenes, pero me dio miedo por tu visión del mundo, miedo a tu rechazo y porque, en un arrebato de egoísmo, encontré en ti la muleta que necesitaba para seguir adelante. Nunca habrá palabras suficientes para agradecerte todo lo que hiciste por mí y el cariño que me diste. Por ello, ocurra lo que ocurra, te querré y admiraré lo que me quede de vida, que rezo para que sea lo suficientemente larga para cuidar al hijo que crece en mí. Espero que algún día encuentres la manera de perdonarme. Imagino que en estos momentos soy la última persona en el mundo con la que quisieras hablar. Respetaría tu deseo si no fuera porque necesito confiarte algo nuevo.

En vista de que eludes mis llamadas, he optado por escribirte estas líneas, ya que si me presentara en tu casa obtendría la misma respuesta de que estás de viaje o indispuesta. Porque te conozco, sé que estás herida y que, como ser humano, luchas contra el sentimiento de venganza, pero también sé que desde nuestro último encuentro han pasado varios días y todavía ningún hombre de la Gestapo ha entrado en mi casa para ponerme los grilletes. Por ello, deduzco que no has revelado a nadie el secreto de mis raíces y que aún existe un hálito de esperanza de que vuelvas a creer en mí. Y, si a estas alturas no has roto en mil pedazos estas cuartillas, necesito que continúes leyendo esta carta, dada la importancia de lo que te voy a narrar y que poco o nada tiene que ver con nuestra relación. Tú eres la única persona con la que puedo hablar. Estoy desesperada.

Ha ocurrido algo inesperado, mágico, me atrevería a definirlo. Sucedió al día siguiente de que te marcharas tan enfadada, horas después de mi segunda llamada de teléfono, en la que Anne me dijo que seguías indispuesta. Tras colgar, lloré sin consuelo por el daño irreparable que mi confesión te habría causado. Tal vez estén en lo cierto quienes sostienen que en ocasiones hay verdades que es mejor callar, pues nada reparan y solo causan dolor y enemistad. ¡No sé, estoy tan confundida...!

Aquella tarde acababa de despertarme de un sueño agitado. Aún somnolienta, bajé las escaleras para dirigirme a la cocina, donde Claudia ya estaría preparándose para subirme la cena. Prefería tomármela en mi dormitorio para contemplar el Rafael. Me trae a la memoria lo mucho que reímos mientras pintabas la copia. Ese pequeño lienzo es el ventanuco por el que mi alma prisionera se asoma a ti y te implora clemencia. ¡Cuánto te añoro, Ingrid!

En fin, como iba diciéndote, fui en busca de Claudia. Apenas podía cargar con el peso de mi cuerpo, pues una fuerza hercúlea tiraba de mis hombros y pies, y solo la solidez del suelo impidió que me tragara la tierra; creí viajar al Gehena, nuestro particular infierno donde los malvados rinden cuentas por sus pecados y se purifican. Era consciente de que estaba viva, porque respiraba y el corazón aporreaba mi pecho, pero nada sentía. Tu ausencia, el adiós a Irena, mi irreconocible esposo, el ser desdichado que llevo dentro, todo me hacía sentir un alma errante encarcelada en los intramuros de un cuerpo... Creí volverme loca. Pero eso ahora no importa.

De camino a la cocina me detuve delante de la habitación de Irena. No pude reprimir unas lágrimas al pensar en el trágico final de la mujer a la que tanto debía. Con la mano acaricié la puerta como se lo haría a ella si Dios me permitiera volver a verla viva. Y me arrodillaría ante ella para pedirle perdón por mi apocamiento. Pero el pasado nunca ofrece segundas oportunidades.

De pronto, un ruido que provenía del interior del cuarto me sacó de mi estado letargoso. Fue un golpe seco, como el de un objeto al caer, seguido de unas pisadas, que me hizo dar un paso atrás. Pensé en espíritus, y se me puso el vello tieso como púas de erizo. Solo podían ser ellos... o Claudia.

Golpeé la puerta con los nudillos a la vez que pronunciaba el nombre de la joven. Pero el chorro de un grifo abierto y el sonido de cacharros procedentes del final del corredor me dieron a entender que Claudia se encontraba en la cocina enfrascada en alguna faena.

Esperé un instante con la oreja pegada en la puerta hasta que me convencí de que dentro reinaba un silencio absoluto. Había sido cosa de mi magín, pensé; mi deseo de que ella estuviera viva me estaba jugando una mala pasada. Posé la mano en el picaporte y lo bajé muy despacio; abrí lo justo para asomar la cabeza. Un hedor fortísimo, como a heces, me dio la bienvenida. Los escasos rayos de luz que se colaban por entre las cortinas echadas me dejaron entrever que todo estaba patas arriba. Me llevé el antebrazo a la nariz, y abrí de par en par el ventanal para dejar paso al aire fresco.

Las prendas de vestir de Irena y sus objetos personales yacían desperdigados por el suelo de la habitación. El cajón de la mesilla estaba tirado en un rincón boca abajo, y la puerta del armario, abierta. Solo uno de los uniformes de Irena seguía colgado en una de sus perchas. Los demás estaban hechos un ovillo sobre la cama deshecha, junto a sus vestidos y el par de abrigos de invierno míos que le regalé porque se han quedado algo anticuados. Los bolsillos de casi todas las prendas habían sido vueltos del revés. Colegí que los autores de aquel desorden habían sido los hombres de Karl que llevaron a cabo el registro. Estaba claro que se habían empleado a fondo en buscar pistas que incriminasen a su víctima.

El aguamanil de porcelana china lo habían arrojado contra el suelo y estaba rajado por la mitad. A su alrededor descubrí varios envoltorios de chocolatina. Irena era muy golosa, disimuladamente siempre se guardaba los dulces y las frutas secas que yo me dejaba en el plato, a veces, te confieso, con la intención de que ella los recogiera. Nunca le dije nada. Siempre me tomé esos pequeños hurtos como un juego inocente. El rastro de los envoltorios me condujo hasta la fuente del mal olor. En el suelo, al lado de la cómoda, había un orinal lleno de orín y excrementos que parecían recientes. ¿Qué diantres era aquello? ¿Acaso Irena defecaba en el orinal por no ir al aseo que tenía justo enfrente de su dormitorio? Pensé que aquella duda quedaría sin respuesta. Lo cogí por el asa y salí del cuarto para volcar su fétido contenido en el retrete.

Luego regresé y me dispuse a ordenar el desaguisado y a recoger todos sus enseres. Irena no se merecía ese caos, una mujer casi obsesiva con el orden. Quité la ropa de cama y reuní en un montón las prendas que los soldados habían manoseado y llenado de arrugas, para ponerlas a lavar y planchar. Casi había acabado cuando observé que en la estantería superior del armario descansaban un par de sacos con algo dentro. Los palpé por curiosidad, y me sorprendió comprobar que contenían patatas. ¿Qué haría ella con estos tubérculos en el dormitorio?, me extrañé, aunque en cierta manera las penurias de la guerra nos hacen ser más precavidos de la cuenta. Al tirar de ellos para bajarlos del estante, tuve la mala fortuna de que un objeto pesado, un enorme martillo, cayera al suelo provocando un tremendo estruendo. Y entonces fue cuando sucedió algo extraordinario, la razón de esta carta: escuché el grito corto y ahogado de un niño. Provenía del fondo del armario empotrado. A pesar de que sabía que era una voz infantil, a punto estuve de salir huyendo. Me aparté a un lado para permitir que la luz inundara aquella oquedad, y descubrí un enorme escalón de madera, que iba de lado a lado del armario y cuya existencia ignoraba. Pasé la mano por su canto para ver si se podía abrir, pues quizá Irena lo usaba como arcón, y acerté. Así pude levantar la tapa, eso sí, con el corazón en un puño: era imposible imaginar una aparición más inesperada.

Los ojos de un niño resplandecían en distintas tonalidades de cobrizo, alumbrados por la suave penumbra. La criatura estaba en posición fetal, acurrucada, dentro de la caja, porque no había espacio suficiente para que pudiera estirar las piernas. Enseguida supe que en realidad se trataba de una niña, porque lucía una larga trenza algo desgreñada. El trenzado estaba rematado en un lacito rosa que le caía por encima del hombro derecho. Nos miramos, a cuál más asustada.

Con suavidad y dulzura, le pregunté quién era y qué hacía allí metida, y no obtuve respuesta por su parte. Quise tomarla de la mano, ofreciéndole la mía, pero rechazó cualquier contacto físico recogiéndose aún más sobre sí misma. La dejé tranquila un rato y le di espacio retrocediendo unos pasos. Intenté ganarme su confianza susurrándole palabras tranquilizadoras en polaco, hasta que al final logré que saliera de su cubículo por su propio pie.

Me entristeció ver a un angelito al que le habían arrancado las alas, descolorido por la oscuridad, cuyo cuerpo escuálido iba envuelto en una camisa a cuadros que le llegaba por debajo de las rodillas. Sus pies iban enfundados en una especie de calcetines gruesos cuya suela había sido remendada con un retal de cuero. ¿De quién se trataría? ¿Era posible que Irena tuviera una hija a la que ocultó durante los casi dos años que estuvo con nosotros? ¿En aquellas condiciones, dentro de un arcón? Pero ¿por qué hacer algo así? ¿Por qué esconderla de mí? Aunque Irena no conocía mi secreto, ella sabía de sobra que podía confiar en mí. Yo habría acogido a la pequeña con los brazos abiertos. Tú lo sabes, Ingrid.

El caso es que tenía delante de mí a una muñeca de mofletes sonrosados y con los ojos más bonitos del mundo que me observaban con desconfianza y con un pie listo para echar a correr de vuelta a su refugio en el armario. Cosa que hizo al poco de salir, cuando escuchó a Kreta resoplar y lloriquear por debajo de la puerta. Es la forma habitual en que la perra me exige que la deje entrar. Siseé un par de veces para pedirle silencio, pero lo único que logré fue excitarla aún más. Ella sabía que su ama no estaba sola en la habitación. Abrí la puerta ligeramente y apareció un hocico impaciente por abrirse paso. Entonces pensé que quizá la perra podría ayudarme a confraternizar con la pequeña, visto el efecto que tuvo ella en tu hijo, al que volvió loco de alegría. ¿Lo recuerdas?

De modo que le abrí la puerta y la dejé pasar. Al instante, el animal recuperó la excitación, pensé debido a la sinfonía de olores que manaba de la habitación. Recorrió histérico el dormitorio, olisqueando aquí y allá. De repente, trotó al armario y empezó a rascar el cajón donde la niña se ocultaba. Lo que para Kreta era un divertido juego supuso un trance para la niña, que comenzó a gimotear. Apenas tuve tiempo de reprender a Kreta, pues el salmódico llanto de la niña la detuvo en seco. Se sentó en sus patas traseras y, con las orejas tiesas y orientadas al arcón, comenzó a inclinar la cabeza de un lado a otro como si tratara de descifrar un mensaje oculto en aquella vocecilla aguda. Tomé a Kreta del collar y me la llevé hasta la cama, donde me senté. Hasta donde mi polaco lo permite, chapurreé cariñosamente a la niña en su lengua, diciéndole que quien había rascado en la madera de su casita era mi amiga Kreta, una perra guapa y buena con orejas de elfo. Le insistí en que le gustaba jugar con todos los niños, que quería ser su nueva amiga y estaba impaciente por que le acariciaran el lomo... Mis palabras obtuvieron el resultado que buscaba.

Al rato, la polaquita abrió despacio la tapa de su escondite y asomó la cabeza, sus ojos estaban anegados en lágrimas y un par de velas descendían hasta sus finos labios. Lo primero que hizo fue quitárselas restregándose la mano por la nariz para luego frotársela en la manga. Las muecas de asombro al ver a la dóberman fueron tan cómicas que me hizo pensar que era la primera vez que veía un perro. Pero eso curiosamente no la amedrentó, muy al contrario, salió despacio de su refugio y con pasos muy cortitos se acercó al can. Cuando llegó a su altura, extendió el bracito y, sin mucha convicción, le pasó la mano por la cabeza. ¿Y qué crees que hizo la perra? Respondió como hace siempre que aproximas tu cara a la suya: ¡le dio un lametón en toda la nariz! La cría se sobrecogió, pero enseguida rompió a reír. Yo también solté una carcajada. Todavía más conmovedor fue lo que sucedió después: la niña corrió de vuelta a su arcón, pero no para esconderse, sino para sacar de su interior una pequeña tortuga tallada en madera. Se la puso a Kreta delante de la trufa y esta la olfateó en su estilo persistente. «Kreta, yo me llamo Zosia. Esta es mi amiga Łucja. Łucja pregunta si quieres ser nuestra amiga», le dijo en polaco al can. Así fue como averigüé su nombre. Zosia, diminutivo de Zofia. Fue emocionante escuchar la tesitura aguda de su voz blanca por primera vez; hablaba en un tono muy bajo, casi susurrando, como con seguridad fue enseñada para que no la descubriésemos. Pero ahí no quedó todo entre la pareja. En vista de la buena disposición de Kreta, Zosia se puso a toquetearla por todas partes; le tiró de las orejas y las estrujó como un pañuelo, le levantó el belfo para verle los dientes, contó los dedos de cada una de sus patas y los comparó con los de sus manos de querube. Totalmente sumisa, Kreta cayó rendida panza arriba para que la cría se la rascara. Es evidente que a mi chucho le pirran los críos; con tu hijo también estableció un estrecho vínculo afectivo. Cualquier muestra de cariño, como una caricia o un abrazo, que recibe de la niña, la perra le corresponde con lametones o levantando la pata para pedirle más de lo mismo. Kreta hizo que Zosia comenzara a olvidarse de su confinamiento y que confiara en mí.

Aproveché que ambas estaban ensimismadas una con la otra para ir a la cocina en busca de chocolatinas y galletas hechas por Claudia, lo que alegró a esta, quien, sin saber nada de lo que acababa de sucederme, atribuyó mi apetito a una notable mejoría de mi decaimiento. En parte tenía razón, pero no le hablé de la niña, ni lo haré jamás. Eso queda absolutamente descartado. Claudia no es una mala persona, pero detesta las razas inferiores, y creo saber cómo reaccionaría si supiera que en casa se aloja una judía, aunque se trate de la hija de Irena, a la cual tuvo en gran estima. Ahora no sé cuáles son sus sentimientos hacia ella después de lo sucedido. Es por ello por lo que no me atrevo a confiar en Claudia. De modo que estoy llevando esto sin que ella lo sepa.

«¡Bendita sea la sordera de Claudia!», me dije mientras regresaba al dormitorio de Irena, consciente de que su deficiencia auditiva me haría más sencillo ocultarle a Zosia.

Cuando me vio llegar con el plato de dulces, la niña dejó de interesarse por Kreta y corrió hasta mis faldas para pedirme uno con la mirada; lo mismo hizo la dóberman, que se sentó ante mí babeando y relamiéndose los belfos. Con frialdad, alcé el plato y lo apoyé contra mi pecho. Mi intención no fue otra que obligarla a interaccionar conmigo. Así que le dije que, si quería un dulce, debía decirme cuántos años tenía. Titubeó durante un instante y luego asintió sonriente con la cabeza. Cogió rápido una chocolatina, pero en lugar de decirme su edad, me preguntó dónde estaba su madre. Como imaginarás, aquel interrogante me cogió por sorpresa. No pude decirle en ese momento que su madre había muerto, así que le hice creer que Irena tuvo que salir de viaje con urgencia, un viaje largo, y que me había dejado al cuidado de ella. Le dije quién era yo, *Frau* W. Y cuando ella escuchó mi nombre, sonrió y se mostró más confiada. Su madre ya le había hablado de mi persona. «Siempre dice que *Frau* W. es una mujer buena y que la trata muy bien», estas fueron sus palabras.

Zosia desenvolvió la tableta de chocolate en un visto y no visto, y se la metió entera en la boca, empujándola con los dedos contra ambos carrillos. «¿Ha ido a rescatar a padre?», balbució mientras trataba de tragar el engrudo negruzco que se le había formado en la boca. A esto le contesté que no (¡no pude proporcionarle dos falsas esperanzas!), que desconocía a dónde había ido, pero que estaba segura de que regresaría pronto.

¡Cómo decirle a una criatura que ha fallecido uno de sus padres! Desconozco si los niños entienden el significado de la palabra *morir*. Es una noticia difícil de transmitir, sobre todo si una no tiene experiencia con ellos. Además, aquel no era el momento adecuado, necesitaba tenerla serena, sin preocupaciones que alteraran su frágil ánimo. Y lo conseguí. Le dejé el plato sobre la cama y se abalanzó sobre los dulces como un lobezno hambriento. Comprendí entonces que había sido ella y no los hombres de Karl la que había puesto el dormitorio de Irena patas arriba, ¡buscando algo que poder llevarse a la boca! Cómo pudo esa criatura aguantar tanto tiempo, sin alimento, sumida en aquella incertidumbre y temor de por qué no volvía su madre. Mientras vaciaba el plato logré que me dijera su edad: casi cinco años, aunque es algo más bajita y menuda que Erich. Me sorprendió su generosidad, cualidad que debió de heredar de su madre, pues compartió con Kreta las galletas y a mí también me ofreció la mitad de una de las chocolatinas.

Bueno, querida Ingrid, esto es todo lo que quería revelarte. En resumidas cuentas, jamás pensé que mi patética existencia pudiera complicarse aún más, pero la vida es como un junco, que cuando lo troncha el viento acaba lastimándose por varios sitios. Ahora tengo a mi cargo un ser inocente al que no puedo fallar. Ya me ocurrió con su madre, y pesará siempre sobre mi conciencia. Quizá sea la forma de aliviarla, una oportunidad de hacer las cosas de manera correcta. El problema ahora es que no sé cómo seguir adelante; pero ya pensaré en algo. Me las arreglaré con la ayuda de la Providencia. Obviamente, no puedo contar con Karl. Tampoco quiero involucrarte a ti, máxime cuando desconozco cuáles son tus sentimientos hacia mí en este momento. Me pongo en tu piel y siento el daño que te he causado. Pero también barrunto que me quieres. Que no me deseas nada malo, a pesar del desengaño. Si hubiera alguna manera de reparar el mal que te he hecho, daría mi vida para que ocurriera. Te pido perdón desde lo más profundo de mi alma.

Solo una última anotación: te suplico que, por muy buena que sea tu relación con Günther, no hables de esto con él. No lo hagas por mí, sino por la niña. Por favor. No me fío de ningún SS, y aún menos si tiene que ver con los campos de concentración en que se recluyen a los judíos.

Siempre tuya.

CLARA

Dejé las cuartillas sobre mi regazo y las alisé con las manos por si se pudiera haber arrugado alguna de sus esquinas durante la lectura. Mi mirada ciega de pena se perdió entre los abedules que daban sombra a un lado del camino, pensando en el coraje de Clara y en su imperdonable imprudencia, pues la carta pudo haber caído en las manos equivocadas. Pero la desesperación no es buena consejera de la cordura, y, para qué negarlo, encontrar su mensaje en el nuevo buzón me hinchió de gozo. ¡La hija de Irena! Sentí que el destino me estaba desafiando para que de una vez por todas mostrara mi fidelidad hacia Clara, como Dios hizo con Job. ¡Cuánto inmerecido amor había recibido a mi regreso de Auschwitz! Emocionada, dirigía estos pensamientos al cielo cuando de pronto unas manitas envolvieron mis ojos.

—¡Erich! —grité exaltada.

—¡Hola, madre! —El rostro sonriente de mi pequeño asomó por encima de mi hombro.

—¡Dame un abrazo fuerte, hijo mío! —Me volví para cogerlo y apretarlo entre mis brazos, y por entre el velo de lágrimas que nublaba mi visión pude distinguir a Jędruś detrás de él—: ¡Mi pequeño Jędruś!

—¿Por qué usted llora? ¿No le gusta casita nueva de duendes para coger cartas?

—¡Todo lo contrario, mis lágrimas son de la sorpresa que me ha producido! ¡Y de la alegría que siento por veros! ¡Gracias, gracias! ¡Ven aquí, dame un fuerte abrazo tú también! —Y así lo hizo Jędruś, que se colgó con tanta fuerza de mi cuello que oí el crujir de las cervicales. No me importaba en absoluto que pudieran estar observándome Hans y Otto—. ¡Os estoy muy agradecida, mis queridos Erich y Jędruś! —Los tuve apretados contra mí un buen rato.

—Es la carta de tu amiga, ¿verdad? —preguntó Erich al verla sobre mis muslos.

—¿Cómo sabes que es de Clara, diablillo? ¿Habéis estado husmeando en mi buzón o han sido los pícaros duendecillos quienes os lo han dicho?

—No, claro que no... Ella pasó por aquí a caballo, sola, hace un rato... Pero desapareció enseguida al vernos bajar corriendo por el camino... Qué extraño que no quisiera saludarme, ¿verdad, madre?

—¡No digas eso, cariño! Seguramente tenía mucha prisa o es posible que anduviera distraída y no os viera llegar. —Me encogí de hombros, y me imaginé por un instante a Clara a lomos de Sultán. Se acercó hasta mi casa a riesgo de tener un encontronazo con una Ingrid resentida, ávida de venganza y dispuesta a delatarla y disfrutar de verla tras los barrotes de los calabozos de la Gestapo. Tal vez así hubiera ocurrido, de no ser porque una fuerza desconocida me llevó hasta el maldito Auschwitz. Allí me sucedieron cosas tan extrañas e inimaginables que jamás les daría crédito de no ser porque las viví en primera persona. Una conjunción de sucesos con un último propósito: impedir que consumara una venganza que me consumiría durante el resto de mi existencia. Clara desconocía que me había propuesto ser su mayor protectora, así como de la huérfana Zosia. Por diferentes razones, éramos tres almas desamparadas que debían apoyarse entre sí. Sentí en el pecho una fortaleza vivificadora que aplacó el miedo y la incertidumbre a un futuro presumiblemente convulso.

Erich, la única razón por la que comedía la euforia que crecía en mi interior, me rodeó con el brazo por encima del hombro y, ametrallándome a besos en la mejilla, me preguntó por su padre. Quería saber, como siempre, por qué llevaba tanto tiempo ausente y cuándo lo vería. Yo le respondí que el trabajo lo tenía muy ocupado y que Günther le mandaba un saco lleno de besos y abrazos, y que pronto buscaría un hueco para pasar un fin de semana en familia. Eso le hizo muy feliz, aunque mentirle me causó una gran desazón. En cualquier caso, ideé la manera de cambiar de asunto, y los niños y yo pasamos un rato gastándonos bromas y correteando entre los árboles riendo. Al verlos tan inmensamente felices me sobrevino un deseo. Cogí a Erich y al revoltoso Huck de la mano y subimos el camino que conducía hasta la casa. Una brisa reconstituyente me acarició el rostro y sentí cómo se llevaba con ella la capa de polvo rancio que durante tantos años ocultó a la mujer genuina y con personalidad propia que siempre quise ser. Me propuse hacer mi alrededor más bello, lucharía por hacerlo más extenso y despejado para quienes apreciaba y quería.

—¡Niños, niños! Decid a todos que acudan al palomar. ¡Se me ha ocurrido una buena obra para comenzar el día!

Esperaba que el Mayor me diera su aprobación para llevarla a cabo. Uno a uno, los chiquillos, Elisabeth, Anne, Otto, Hans y Hermann, fueron llegando al lugar de la reunión, algunos con cara de sorpresa y cuchicheando entre ellos. Anne me preguntó con sofoco si ocurría algo grave, y tuve que serenarla diciéndole que se divertiría. Solo faltó a la cita Bartek, que, según me informó Hans, había llevado a reparar una pieza del cortacésped. Mi mundo se vino abajo, pues en realidad la iniciativa se la quería dedicar a él, un gesto que solo Bartek podía llegar a entender en su esencia, pero era tarde para dar marcha atrás. Oculté la decepción mostrándole a todo el mundo una sonrisa de oreja a oreja.

—Os he convocado porque quiero que hoy sea un día inolvidable para todos nosotros —comencé diciéndoles, pero con la mirada puesta en Hermann—. Como sabéis he viajado a Auschwitz...

Es un lugar que no debería existir, pero la realidad es que existe. Allí he vivido y visto cosas que me han hecho reflexionar sobre lo poco que valoramos la libertad los que disfrutamos de ella. Es humano infravalorar lo que se tiene. Os aseguro que el presidio es el mayor tormento al que puede someterse a un hombre. Y al ver a estas palomas encerradas en la jaula he creído conveniente, si el Mayor me da permiso, abrirles la puerta para dejarlas marchar y que desplieguen todas las cualidades que les otorgó el Creador... ¿Qué opina, Mayor? ¿Le parece bien que sean ellas las que decidan qué vida quieren tener, si se quedan o se van? Si ocurre lo segundo y no vuelven, usted siempre tendrá la oportunidad de rescatar a otras palomas enfermas o accidentadas para cuidar de ellas. Díganos, ¿nos deja ver cómo reaccionan al sentirse libres para volar?

El bueno del viejo se metió las manos en los bolsillos y miró pensativo al palomar. Luego nos sobrevoló con la mirada, haciéndose el interesante.

—Me asombra su capacidad de persuasión... —manifestó Hermann dejando aflorar una sonrisa en el rostro—. Pero ¡qué diablos! ¡Hagámoslo, ya es hora de que mis pequeñas tomen las riendas de sus vidas! —Hermann cedió a mis pretensiones porque sabía que la liberación de los pájaros me serviría de catarsis para afrontar el nuevo rumbo que había cobrado mi vida y del que se sentía instigador.

—¡Estupendo, Mayor! ¡Abrámosles la puerta y veamos qué hacen!

—Mas, mi querida Ingrid, solo le pongo una condición...

—¿Cuál? —pregunté con precipitación.

—Que sean los niños quienes las suelten.

No acabó el Mayor de terminar la frase cuando mi hijo y Jędruś ya estaban dentro de la jaula azuzando a las palomas para que dejaran atrás la que fue su cárcel. ¡Una, dos, tres, cuatro, cinco, seis...! Los niños iban contándolas según salían por la puerta; algunas zureaban y otras emitían un silbido de despedida con las alas. El ruido de su aleteo llenó el cielo y retumbó en mi corazón. Creo que en el de todos, pues todos, hasta el agrio Hans, asistieron sonrientes a cómo se perdieron en el horizonte. Incluso Anne y Elisabeth aplaudieron con fervor. Solo dos palomas se posaron en la copa del árbol de enfrente y nos observaron confundidas, pero pronto se unieron a la desbandada.

—¡Volad, palomas, volad lejos! ¡Sed palomas! —vociferé emocionada—. ¿Veis la indescriptible felicidad con que se alejan de nosotros, malagradecidas, sin despedirse de la persona que durante años dedicó una parte importante de su tiempo a cuidarlas? Ningún ser de la naturaleza nació para vivir tras unos barrotes... Dios dio alas a los pájaros para surcar los cielos, para sentir en su alma las alturas y desafiar a la plomiza gravedad con el suave batir de sus alas. Eso es libertad.

Hermann chupó la pipa varias veces, moviendo la lengua hacia atrás, y asintió, pero me miró con una sonrisa salpimentada de escepticismo que en ese momento no comprendí ni le di la debida importancia. Me interesó más dirigirme a mi hijo y a Jędruś para susurrarles al oído la moraleja de la experiencia que habían vivido:

—Niños, recordad que nosotros empezaremos siendo libres cuando dejemos que lo sean los demás. Es una sabia lección que me ha enseñado la vida en Auschwitz y que algún día os contaré en detalle cuando seáis mayores. Por lo pronto, no olvidéis nunca lo que os acabo de aconsejar.

Todos se fueron a seguir con sus quehaceres habituales; y los niños me solicitaron permiso para jugar con la pelota al otro lado de la casa. Me quedé sola, contemplando rebosante de gozo la jaula vacía. Eché una mirada rápida al camino de la entrada anhelando que Bartek surgiera por detrás del seto, pero allí solo había un puñado de gorriones bañándose en un remanso de arena. Tenía unas ganas desmedidas de verlo; sabía que con su sola presencia afloraría la paz interior que tanto necesitaba consolidar. Lo esperé durante un cuarto de hora inacabable y, viendo que se demoraba, decidí hacer tiempo dándome un baño. Llené la bañera de agua caliente y esparcí unas sales con fragancia de gardenia cuyo olor dulce me ayudaría a dejar la mente en blanco. El agua arrancó de mi piel la suciedad física y emocional que atoraba sus poros. Cerré los ojos y dejé que el líquido meciera mis sentidos; entonces un escalofrío placentero recorrió mi cuerpo al imaginarme allí a Bartek, arrodillado junto a la bañera y pasándome una esponja empapada de espuma por los hombros. Una fantasía tan inalcanzable como los espejismos del Sáhara que crean falsas esperanzas en los viajeros.

Entonces fui consciente de la poderosa mano que tiene el destino sobre nosotros. Podemos conducir y reconducir nuestra vida tomando pequeñas o grandes decisiones, pero quien a la postre manda es nuestra estrella, pensé. Nosotros, los seres humanos, somos piezas de un universo complejo y difícil de comprender en el que cada día unas fuerzas sobre las que no tenemos ningún control marcan el rumbo a seguir. ¿Y qué podía hacer yo ante ese poder supremo? Bien poco, estar atenta al momento y saber aprovechar las oportunidades.

Cuando el agua perdió su calidez, salí de la bañera y me arreglé para Bartek con un vestido rosa de tirantes que llevaba bordados bonitos encajes de flores en la cintura y el bajo de la falda, y que me daba un aire fresco y juvenil. Al abandonar la habitación, pasé la mano por los cabellos rizados de la escultura, tan viva ese día que pareció enrojecerse por mi atrevimiento, y fui al comedor con el fin de sentarme junto al gran ventanal para estar atenta a su regreso. Hermann entró al poco rato con café para los dos. Quedamos en silencio mirando al exterior. Él fumando su pipa y tomando sorbos de café, y a punto estuvo de mancharse la camisa cuando vio pasar a Anne por delante de la ventana. Su ojo brilló como el lucero del alba.

—¡Cuánto disfrutó Anne con la liberación de las palomas! A decir verdad, nos sorprendió a todos... Es una lástima que *Herr* Kopeć se la perdiera, ¿no cree?

—Mmm... —contesté como si aquella ausencia me hubiera sido indiferente. Humedecí los labios con la infusión, que me supo más amarga de lo habitual.

Volví a mirar el reloj de pared, esta vez de reojo. Las manillas seguían en el sitio de antes, dibujando una sonrisa torcida. Pensé que estaba jugando conmigo a ponerme cada vez más nerviosa con su péndulo perdiendo el tiempo en cada tictac. Mis manos amenazaban con destrozar la falda del vestido que llevaba puesto, de tanto estrujar entre mis dedos su tela. La tardanza de Bartek se me hizo a cada minuto más insoportable; e imaginé un centenar de motivos, a cuál más trágico, que explicaban que no estuviera allí conmigo, sofocando el incendio emocional que desató en mí Auschwitz. Lo necesitaba tanto como el aire que respiraba. La decepción que me causó Günther había provocado que mis sentimientos hacia el polaco fluyeran como el agua de un hontanar, sin angosturas, libres como las aves que acababa de soltar. Esa explosión de afecto hasta entonces proscrito me inquietó. De un caballo desbocado nunca había que soltar las riendas, sino manejarlas con suavidad e inteligencia. Tenía que calmarme. Controlarme. Ni la represión ni la pre-cipitación eran buenos consejeros en el amor. Caí en la cuenta de que debía comportarme con más cautela que nunca. «¡Maldita sea! ¿Por qué todo ha de ser tan complicado?», me pregunté disgustada.

Al fin, el Mayor y yo vimos llegar a Bartek montado en su bici-cleta.

—¡Ya está aquí *Herr* Kopeć! —exclamé casi dando un bote de alegría, arruinando así ante Hermann mi propósito de ser la dama más discreta del orbe. Ruborizada, traté de fingir mi alborozo—: ¡Ya era hora de que este hombre diera señales de vida! Por un mo-mento pensé que hoy no podría subir a la roca para distraer mi mente, dibujando un rato... ¡Lo necesito tanto como mi corazón latir! Además, desde aquella altura me resulta más sencillo analizar los problemas que me mortifican... Usted ya sabe de qué hablo —se me ocurrió decir.

—¡Cómo no, Ingrid! Contemplar las cosas desde una perspec-tiva diferente y serena a veces hace que sean menos dramáticas y más digeribles.

Vi que el viejo ya había terminado su cotidiana segunda taza de café, de modo que me levanté para ir hacia la puerta y le pregunté:

—Mientras reúno todo lo necesario, ¿sería usted tan amable de avisar a *Herr* Kopeć para que me escolte hasta la roca?

—Por supuesto... —contestó él; tras una pausa, añadió con semblante serio—: Ahora que está usted enterada de todo, Ingrid, de hasta qué punto son ciertos los rumores sobre nuestras conduc-tas indecorosas en esta guerra, le aconsejo, si me permite el atrevi-miento, que vaya con mucho cuidado con lo que dice y hace. Man-tenga la cabeza fría y no se deje llevar por las emociones... Ya me entiende.

—¿A qué se refiere exactamente, Mayor? Creo que no alcanzo a comprender su advertencia. —Noté mi estómago cerrarse en un puño. ¿Sospechaba algo el viejo sobre Clara?

—Bueno, no hay que ser muy perspicaz para darse uno cuenta de que su marcha repentina a Auschwitz tenía que ver con un pro-blema marital... El sufrimiento no se queda agazapado en el cora-zón, sino que acude a nuestro rostro para dejar su huella. Y *Herr* Kopeć... —calló en seco.

—¿Qué ocurre con *Herr* Kopeć? —le pregunté haciéndome la extrañada. Mi mentón fue atraído por la gravedad y unas rosetas pusieron incandescentes mis carrillos. Él sabía que Bartek me gustaba. Ahora bien, ¿cómo lo descubrió si tuve la precaución, al menos eso creía hasta entonces, de ocultárselo a todo el mundo? Hermann me conocía como si fuera de su familia, y así estaba actuando en ese momento, esto es, cual padre que asiste con inquietud al descarrilamiento de su hija. Debía de estar completamente convencido de que lo mío no era más que un enamoramiento pasajero, pues de lo contrario nunca habría osado decirme nada al respecto.

—Querida Ingrid, no me malinterprete. *Herr* Kopeć es un buen hombre, íntegro, y además me cae muy bien. Le diría que lo considero un amigo. Mi intención no es inquietarla —prosiguió al verme estupefacta—, pero tampoco le deseo que se complique la vida aún más, porque es más fácil meterse en líos que salir de ellos.

Me causó un enorme bochorno que el Mayor pudiera pensar que mantenía relaciones carnales con Bartek, siendo infiel a Günther, y traté de recobrar la compostura pensando en que Hermann jamás me juzgaría por mis actos. Me quedé con la mano pegada en la manilla de la puerta, sin fuerzas para accionarla. Mi mirada buscó la suya confiada en encontrar en ella un hálito si no de comprensión que al menos fuera de compasión. No por poseer un solo ojo su mirada dejaba de expresar la intensidad de sus sentimientos. El viejo se levantó de la silla y con paso lento pero firme se acercó a mí para ponerme la mano abierta en el hombro.

—Solo quiero que sepa que, si para cualquier cosa necesita a un amigo, ya sabe dónde encontrarme. Cualquier cosa —puso especial énfasis en *cualquier*—, ¿comprende, Ingrid?

—Creo que sí, Mayor —respondí yo—. Se lo agradezco de corazón, especialmente en estos momentos de zozobra personal. Sus palabras de apoyo hacen que de repente todo me parezca más llevadero. Siempre he sabido que puedo contar con usted. Del mismo modo que usted sabe que mi mano está tendida para cuando precise tomarla.

Salí de la estancia más tranquila de saber que había ganado otro compinche en Hermann, aparte de Clara. Y entonces me sobrevino la siguiente inquietud: ¿hasta qué punto estaría dispuesto el Mayor a ayudarme con una judía esposa de un gerifalte, una niña piojosa, un marido infiel, un polaco que no tenía dónde caerse muerto y una mujer enamorada de este último? El tiempo despejaría la incógnita.

Estaba deseosa de emprender la marcha. Cuando salí de casa cargada con mis utensilios de pintura, Bartek ya me esperaba fuera junto a la puerta de la cocina, mordisqueando un tallo de hierba y con la mirada puesta en unas nubecillas solitarias que rompían la monotonía de un cielo despejado. Me recordó al muchacho imberbe que espera inquieto en su primera cita a la chica con la que siempre soñó. Frotaba de forma compulsiva las yemas de su mano izquierda unas contra otras. Todo él se me figuró un cuadro destemplado. Sin duda alguna, estaba al cabo de la calle de mi viaje a Auschwitz, y tuve el convencimiento de que la noticia no le dejó indiferente. A buen seguro el encuentro con mi esposo agitó en Bartek una montaña de dudas e inseguridades. Si hubiera sucedido al revés, que él partiera para reencontrarse con un viejo amor, yo habría muerto de un ataque de celos.

Al percatarse de mi presencia, arrojó la pajita al suelo y corrió a mi encuentro con una sonrisa tierna, para ayudarme con los bártulos de pintar. Fue incapaz de disimular que se alegraba de verme y sentí cómo me besó con la mirada, que brillaba; por fortuna, nadie estaba cerca para notarle nada. Me invadía la misma dicha, pero no me atreví a expresársela.

De repente, su talante apacible, su aspecto paupérrimo, de un gran hombre reducido a la nada, hizo que me abochornara. Me sentí parte activa de su infortunio. Una culpa que se extendía a todo cuanto había descubierto en Auschwitz, unas atrocidades cometidas por bestias con forma humana que no le eran ajenas, tal como supe por Hermann. Habían sucedido tantas cosas, eran tan intensas mis emociones que sin articular palabra le entregué el caballete y la caja de acuarelas; tan solo le dediqué una mirada fugaz, gemebunda, acompañada de un gélido «buenos días». Noté en él la confusión; frunció el ceño y en su expresión se dibujó un enorme interrogante. Acogió mi sequedad con una réplica de mi desapasionado saludo: «Buenos días, *Frau* F.». Atribulado, Bartek caminó delante de mí, como de costumbre, hasta la verja, donde me cedió el paso para a partir de ahí ir detrás de mí, una deferencia que se había convertido en un ritual entre nosotros.

Aprovechó el fugaz momento en que pasé por delante de él para escrutarme de la cabeza a los pies; de soslayo percibí cómo prestaba atención a cada detalle de mi rostro, mis gestos, mi postura, en un intento, quise creer que desesperado, de averiguar qué callaba, el porqué de mi indiferencia, qué había cambiado desde la última vez en que aquel tropiezo nos fusionó por un instante. Esa distancia por mi parte, pensaría quizá, sería fruto de mi reencuentro con Günther. Sin perder su atractiva arrogancia, clavó sus pupilas en mis esquivos ojos a la búsqueda de un mensaje cifrado que lo sacara de dudas. Pero lo único impropio de mí que tal vez pudo percibir fueron las palpitaciones de mi sien, que retumbaban como el parche de un tambor al ser golpeado por las baquetas. Unas palabras amables hubieran bastado para hacerle saber que entre él y yo solo había un riachuelo de miedos y pesares. Pero incomprensiblemente se quedaron enredadas en mis cuerdas vocales.

Caminamos en silencio por el sendero, estrechado por la hierba recién germinada. Era un mutismo expectante, diferente al silencio de la primera vez que fuimos a la roca. Bartek estaba metido en su papel de siervo, tal vez flagelándose por su ingenuidad, por haberse creído que el vasallo podía conquistar el corazón de la reina. Él era una persona romántica. En cada una de sus pisadas sentí su frustración. Yo ansiaba darme la vuelta y decirle que mi amor por Günther se había apagado para siempre, y que él, la persona que me había hecho ver el mundo desde una óptica más amable y conciliadora, no podía quedar reducido a un hecho anecdótico, a alguien que tenía que cruzarse en mi vida solo para darme una lección y luego desaparecer como si nada. No.

El gigante rocoso nos acogió con su habitual prepotencia, impasible ante los dilemas morales de los mortales. Coloqué el caballete junto a su esquina derecha, asegurándome de que nadie alcanzaría a vernos desde la casa. Ni Otto ni Hans nos vigilaban; a nadie le importábamos, pensé. Y si en algún momento descubrían que no estábamos a la vista, siempre podría aducir que nos adentramos unos metros en el bosque para pintar algo diferente. Tanto me daba la reprimenda que pudiera recibir. ¡Qué importancia tenía ya que Günther se enojara por mis insensateces! Su guerra ya no era la mía. Me urgía intimidad, para pensar en nosotros, en Bartek y en mí, y desvelarme a mí misma el lugar que el nuevo amor debía ocupar desde ese día en mi vida. Dentro o al margen.

Continuaba sin atreverme a mirarlo ni a hablarle, me movía de un lado a otro, colocando en su sitio mis útiles de pintura. Él no me quitó la mirada de encima. Se cruzó de brazos, con un pie adelantado, que la impaciencia parecía hacer zapatear. Finalmente, Bartek puso punto final a la situación: «Supongo que su visita a Auschwitz no ha sido fácil por muchas razones...».

Su comentario me cogió por sorpresa, y los nervios hicieron que los pinceles que sujetaba en la mano saltaran por los aires y cayeran esparcidos sobre la hierba. Me agaché para recogerlos y Bartek salió en mi auxilio. Se arrodilló y, al asir el mismo pincel que yo, atrapó sin querer con sus dedos los míos. Sentí cómo los estrechó con fuerza y luego aflojó la presión. Al retirar la mano acarició con suavidad mi piel. Nos miramos, sedientos el uno del otro. Nos erguimos confusos, sintiéndonos la respiración, en ambos agitada. Él susurró una disculpa y a punto estuvo de dar un paso atrás, empujado quizá por la punzada de un oscuro remordimiento, pero no dejé que lo hiciera. No había llegado tan lejos para dar marcha atrás y desoír los impulsos de mi corazón.

«¡Oh, Dios mío, Bartek!», resollé y me eché en sus brazos; él también me abrazó con pasión. Apretamos nuestros cuerpos, con las miradas mudas diciéndose palabras imposibles de expresar. Luego él me llenó de besos el cuello, uno por cada segundo que había estado apartado de mí. Mis ojos se cerraron para sentir intensamente el remolino de aliento que flambeaba mi piel. El calor de Bartek traspasó el fino tejido de mi vestido, que se escurría jugueteando entre sus dedos impacientes, y atravesó mi dermis para quemarme desde dentro.

Una de sus manos envolvió con calidez el esparadrapo de mi sien herida y luego se adentró en mi melena con furia, hundiéndose en mi cuero cabelludo, pasando sus uñas convertidas en un arado que abría surcos de placer y removía mis instintos lujuriosos. Sutiles lágrimas de felicidad envolvían mis mejillas. Le besé el cuello, la oreja, el mentón hasta toparme con sus labios, que me absorbieron en un breve beso dulce y suntuoso... Tras él, llegó otro más profundo, libre de cadenas, puro y verdadero. Y entonces me sentí como *Psique reanimada por el beso del amor*... Las manos de Bartek corrieron con delectación por todo mi cuerpo, buscando la carne tierna y desnuda. Y las mías buscaban su piel firme y marmórea como la del Cupido de Canova...

Por primera vez en mucho tiempo, sentí que mi cuerpo se llenaba de vida y de un anhelo de poseer y ser poseída que nunca antes había experimentado. Envuelta en sus brazos olvidé que había un mundo más allá de los dos; su alma y la mía se fundieron en una nueva que buscaba la bendición de la eternidad. Mi mente solo deseaba conquistar y poseer al hombre que había revivido mi corazón. Entre besos y caricias fuimos quitándonos la ropa hasta acabar casi desnudos sobre la hierba fresca y mullida. Y nuestros cuerpos danzaron enlazados estrechamente, entre jadeos callados, hasta quedar exhaustos, con nuestra roca como único testigo de nuestro infinito amor.

Tras la excitación me invadió una paz que jamás sentí; olas de felicidad rompían con delicadeza en los confines de mis cinco sentidos. Cada jadeo que salía de mi garganta era un aliento de reconciliación conmigo misma. Miré a Bartek sonriente y, al contemplar su rostro cándido, se me erizó el vello, como si el aire pegajoso del estío se hubiera vuelto fresco y apacible.

Nunca olvidaré que estaba sentada sobre su camisa desgastada, que él me había tendido en el suelo, abrazada a su torso desnudo, con la mejilla apoyada en su pecho. Me rodeaba con los brazos. Contemplábamos pletóricos de alegría el horizonte sobre la verde dehesa, embebidos en un edén onírico exento de preocupaciones e injusticias. El sol, que empezaba a lanzarnos sus rayos desde el otro lado de la roca, solo había recorrido un pequeño tramo de su andadura por la bóveda celeste hacia el ocaso. Por una vez el tiempo se detuvo un momento para mí. Podíamos disponer de unos minutos más antes del almuerzo. Acabé de abotonarme el vestido y, a gatas, me asomé por uno de los flancos de la roca, para cerciorarme de que ninguno de los dos guardias nos vigilaba, y volví junto a mi amado.

—¿Me creerías si te digo que no tenía ni idea de lo que está ocurriendo en Auschwitz? —le solté de sopetón.

Bartek frunció el ceño, tal vez extrañado por que fuera lo primero que le dijera después de hacer el amor.

—Por supuesto... —susurró posando su mano en mi muslo.

—¿Cómo puedes estar tan seguro de ello? —pregunté, incrédula.

—Si hubieras sabido algo, te lo habría notado cuando me mirabas a mí o a Jędruś. Del mismo modo que ahora noto en tus ojos una tristeza indefinida; veo tus pupilas apagadas, cargan con la peor de las culpas, la más destructiva. Me refiero a aquella con la que nos fustigamos cuando presenciamos algo horrendo y nos sentimos impotentes.

—Sí, es como una visión que viene una y otra vez al recuerdo para atormentar a tu conciencia y que te consume la energía vital. Pero ¿por qué nunca me hablaste de lo que es Auschwitz? —le reproché, de forma injusta—. Tú sabes lo que ocurre detrás de esos alambres de espino... ¡Todos lo sabéis!

—¿Para qué iba a decirte nada? Jamás me habrías creído, porque las noticias que nos llegan de allí son tan inhumanas que hasta el más crédulo dudaría de su veracidad. Como cristiano, resulta incomprensible que hombres, hechos a semblanza de Dios, actúen con una vileza que sorprendería a los salvajes antropófagos... ¿Qué crédito hubieras dado a las palabras de un don nadie? Y de haberme creído, ¿qué bien te iba a hacer saberlo? Pienso que a veces es preferible la ignorancia al saber. —Su mirada intensa quedó suspendida en el vacío—. Es egoísta pero también humano... Cada atrocidad que llega a nuestros oídos de Auschwitz, Birkenau u otros lugares es una gota más del cianuro que ponzoña nuestras almas. Te mortifica, mina la moral y hace que el miedo se instale en tus entrañas, haciéndote llorar, enfermar, morir cada noche al cerrar los ojos y languidecer al despertarte. Muchas mañanas lloro de rabia al comprobar que el día anterior no fue un mal sueño.

—Yo no pienso que las cosas nos ocurran porque sí. Todo sucede por un motivo, en un momento y lugar concretos. Y el destino ha querido que ahora sepa cosas que antes desconocía. Entonces ¿qué debo hacer? ¡No puedo quedarme de brazos cruzados!

—Deja que tu vida fluya como hasta hoy. En la guerra, Ingrid, el mundo se rige por leyes que superan a nuestro entendimiento. No hagas nada que pueda comprometerte; para sobrevivir al mal a veces no queda otra salida que correr un tupido velo. —Se volvió muy serio hacia mí. Luego apoyó la cabeza sobre mi frente y su cuerpo se cimbreó contra el mío—. Sé de muchos alemanes que, por su corazón caritativo, han terminado allí. No quiero que ese también sea tu final. No lo soportaría.

Su declaración acarició las fibras más sensibles de mi corazón. Posé mis labios sobre los suyos y cerré los ojos para intentar comprender nuestro mundo en un beso. Solo sentí su calor húmedo deslizándose por mi garganta.

—Ya nadie está seguro —prosiguió Bartek con voz profética—. Desde que llegó Hitler, Cracovia se ha convertido en una ciudad maldita por mucho que las autoridades de ocupación pretendan hacer de ella un lugar donde vivir apaciblemente, a imagen y semejanza de las ciudades alemanas...

—Sí, y para convertirla en el Núremberg del Este... —le interrumpí brevemente sin querer.

—Así es, pero acuérdate de lo que te voy a decir: Cracovia se revolverá como una fiera herida contra quienes la lastimaron, pues tus compatriotas actúan como hordas vikingas. Recuerdo de la escuela que estos bárbaros desvalijaban las iglesias, degollaban a los monjes, saqueaban pueblos enteros y mataban a sus habitantes, violaban a niñas y mujeres o eran esclavizados como parte del botín. Los nazis proceden de la misma forma, con sangre fría y crueldad calculadas. Han conseguido que vivamos inmersos en una atmósfera de continuo terror. Son como lobos entre ovejas. Por las noches todo el rebaño permanece vestido y cerca de las ventanas, mirando entre los visillos, por si los nazis se presentan en su hogar para sacarlos de él, colocarlos en fila india y pegarles un tiro, allí mismo o allá donde se les antoje o llevarlos al averno de Auschwitz. Esos malnacidos hacen que nos sintamos como cucarachas que en cualquier momento pueden ser aplastadas por sus suelas. Quien no acepta la condición de subraza, de vasallo del Reich, es eliminado.

»Se trata de una triste resignación que inevitablemente nos subleva por dentro... Sí, así es, y lo más grotesco es que, aunque se nos obligue a saludar de forma distinta, a renunciar a las propias convicciones para aceptar las de otros o a olvidar nuestro pasado, se nos dice que debemos sentirnos agradecidos por ello...

Bartek buscó una postura más cómoda. Se tumbó cuan largo era cruzando una pierna sobre la otra y apoyó su cabeza sobre mi vientre, y, a la par que perdía sus dedos trazando círculos entre mis cabellos, continuó hablando:

—Me pregunto si hemos de mostrar gratitud por que el alemán se haya convertido en la lengua obligada, por que nuestras creencias religiosas hayan sido pisoteadas, por que nuestros monumentos y símbolos de los que nos sentimos orgullosos hayan sido derribados; las bibliotecas, saqueadas y quemadas; los colegios de nuestros niños, cerrados bajo llave; y nuestra bandera, profanada. Asistimos impotentes a que se confisque toda clase de arte, religioso o no, público y privado, nuestro patrimonio nacional... El hambre y las enfermedades están doblegando nuestra voluntad casi al mismo nivel que la crueldad que emplean contra nosotros... Y la prostitución se está convirtiendo en la profesión más extendida entre las jóvenes polacas, que ofrecen sexo a esos malnacidos a cambio de unas monedas o alguna baratija que puedan cambiar por comida o medicinas en el mercado negro. Dan ganas de vomitar. Es una locura... Mi pueblo vive en un profundo duelo sin posibilidad de resiliencia...

»Pero algo habremos hecho mal, porque Dios no atiende, y menos a nuestras súplicas. Los nazis son el mayor exponente del poder anticristo, y no ha hecho nada para frenarlos. Ellos, que han entrado con lanzallamas en nuestras iglesias y orfelinatos y han fusilado a curas por difundir la palabra de Dios; ellos, que nos han prohibido hablar con Él..., ¡como si pudieran hacerlo! Con su prepotencia se olvidan de que la fe es inalienable. Ahora la Iglesia se ha convertido en una herramienta opresiva más en manos de la Gestapo, que obliga a los sacerdotes a predicar lo que se les pide, para apaciguar a la multitud. Eso piensan...

»Creen que somos estúpidos y que el cretinismo debe ser nuestro estado natural. Por esta razón han ido eliminando sistemáticamente a todos los representantes de la *Intelligentsia* polaca, intelectuales, profesores de escuela y de universidad... Sé de un humilde tendero miope que se las está apañando para atender al público sin sus gafas, por temor a ser confundido con una persona culta e instruida que se esconde tras un mostrador...

Se detuvo un momento para tomar aliento. Su corazón latía a mil por hora y, a veces, su voz se quebraba. Aun así, me sorprendía cada vez más cómo controlaba su enojo, una emoción impredecible y poderosa que yo era incapaz de contener. Pensé que solo el amor verdadero lo frenó de echarse sobre mí, pagar conmigo lo que Alemania le estaba haciendo sufrir a él y a su país. Jamás en su vida tendría una mejor oportunidad de vengarse del invasor; pudo hacer conmigo lo que le viniera en gana. Pero su a veces tono hostil no iba dirigido contra mí; Bartek hablaba de igual a igual, siempre de «ellos, los nazis, esos malditos alemanes», como si por mis venas no corriera la misma sangre de aquellos compatriotas que estaban destruyendo la cultura y el saber de un pueblo tal vez extraordinario. Fue una impresión ambivalente y tan pronto me producía una alegría espiritual como un sofoco similar a los días calimosos en los que no sopla el viento.

—Y luego está el indecible sufrimiento y destino de nuestros compatriotas judíos, pero ya conoces el final de su historia... —añadió, finalmente, con amargo pesar.

Asentí y agaché la cabeza, avergonzada; y, al mismo tiempo, agradecida por su abrumadora sinceridad. Él cerró los ojos, y de sus comisuras surgieron unas lágrimas que borró con la yema de los dedos antes de que escaparan. Luego los abrió y perdió su mirada en el cielo. Suspiró dos veces y volvió a mirarme con ternura, apretando los labios para no dejar salir por la boca lo que le rondaba por la cabeza.

—¿Y esto, por cierto? —preguntó alargando el brazo para volver a acariciarme el apósito de la sien, tapado por un mechón de pelo.

—Un accidente banal con Günther. La huella de una decepción de la que, si no te importa, no me apetece hablar ahora... Además, sería una insolente si me quejara del leve picor que me produce el pequeño corte después de saber lo de esos judíos. Auschwitz me ha abierto una herida por la que supura tristeza y pesar. No quiero que cicatrice. Es el recuerdo vivo en mí de la vileza de nuestros actos que no quise ver...

Se incorporó para sentarse de nuevo a mi lado y apretarme contra su pecho como muestra de comprensión. Resultó irónico que el atormentado se compadeciera del martirizador.

—Así es —proseguí con voz quebrada—, le hablas a una persona que ha vivido demasiado tiempo con la cabeza escondida bajo tierra, compartiendo las penas y las alegrías con alguien al que creía conocer bien y que hoy es todo un extraño para mí. —Era importante dejarle claro que yo no era como Günther y que sentía vergüenza de haber compartido mi amor con él, y me horrorizó pensar que Bartek pudiera conocer lo que él hacía en Auschwitz—. Pero soy consciente de que pecar de ignorancia no deja de ser pecado —sentencié, contrayendo el rostro en un gesto de tristeza.

Bartek solo quiso mostrarme las penurias e injusticias de su pueblo, la irracionalidad de la guerra, y debió de darse cuenta de que sus palabras habían hecho papilla mi espíritu, pues quiso zanjar la conversación con un beso lleno de cariño. Me observaba con ojos de ratón que perseguían las lágrimas que me rodaban por las mejillas hasta morir en mis pechos. Sin decir nada, me agarró la mano, fría y temblorosa, y le dio calor envolviéndola en la suya.

—Por favor, Bartek, no me odies —susurré.

Él sacudió la cabeza con disgusto y cogió una enorme bocanada de aire que luego liberó lentamente mientras pasaba su pulgar por mi labio inferior.

—¡Odio tanto al pueblo alemán que jamás pensé que pudiera llegar a odiar con tanta furia! Es un sentimiento tan fuerte que produce un dolor que me devora por dentro y que, si lo dejara salir, podría cometer con los nazis las mismas vilezas que ellos nos infligen. En sueños, los torturo hasta que suplican por su vida... Y cuando lo hacen, los liquido sin piedad, causándoles el máximo sufrimiento hasta que sueltan su último estertor. Rabia y venganza, dos sentimientos que cuando se encuentran suelen acabar en tragedia. Pero, aunque parezca un contrasentido, a ti te quiero, porque sé que naciste en el lugar equivocado. Te lo diré mil veces hasta que se grabe en tu cabeza: eres una mujer de buen corazón. Lo que ocurre es que eres una enferma convaleciente del fanatismo que te tenía ofuscada... Me enamoré de ti el día que cogiste a Jędruś de la mano y te lo llevaste dentro de tu casa. Lo hiciste inmensamente feliz, y esa noche durmió de un tirón. Fue un acto de conciliación, sencillo pero significativo. Maldita sea, ¿qué digo?: ¡te he amado desde el día en que te conocí! —musitó esto último cubriéndome el cuello de suaves besos.

—¡Pues yo te odié con todas mis fuerzas! Ya viste cómo te traté... ¿No lo entiendes? No te merezco, si conocieras todo de mí echarías a correr...

—Siempre supe que debajo de aquella mujer bella enfundada en una armadura de hierro se escondía la princesa de gran corazón que estoy ahora contemplando —dijo mordisqueándome la barbilla. Luego ahuecó su mano sobre mi cara y me besó buscando unir su lengua con la mía. Me estaba desarmando, dejando sin aliento.

Bartek me demostraba en cada momento que era mejor persona que yo. Me enseñó que, por encima del patriotismo, ese sentimiento que hace sentir pertenencia a un país y a la vez mirar por encima del hombro al resto del mundo, estaban los seres humanos, y que muchos depravados se envolvían en la bandera y los símbolos nacionales para cometer fechorías, sacar provecho del sufrimiento ajeno, tapar sus complejos e infelicidad. Su contagiosa humildad le hacía superior a la mayoría de los mortales, un ser a la vez cargado de generosidad que no era consciente de su grandiosidad. Un hombre que sabía a dónde ir, pero al que le habíamos robado el camino.

—Me dejé seducir... ¿Cómo es posible que millones y millones de personas nos hayamos dejado seducir por la melodía como las ratas del flautista de Hamelín que murieron ahogadas? —me pregunté, sin verdaderamente esperar una respuesta. Para mí resultaba un enigma irresoluble.

Algo, tal vez un reflejo en las hojas altas de una rama, captó la atención de Bartek e hizo que se levantara rápido y asomara la cabeza por uno de los lados de la roca. Vio a Otto que nos buscaba con sus prismáticos. Mi amado se apresuró a ponerse la camisa y a colocar con absoluta calma el caballete en el lugar acostumbrado, donde todos podían vernos desde la casa, como si yo aquella mañana hubiera comenzado mi actividad pintora en un punto diferente que me ofreciera una nueva perspectiva y ahora volviera al sitio de siempre. Cuando yo hube terminado de colocarme bien la ropa y acicalarme el cabello, me senté con naturalidad ante mi caballete. Y levanté el brazo para saludar al soldado y tranquilizarlo. Él me respondió con el mismo gesto, se dio media vuelta y lo perdimos de vista.

—¡Ahí tienes a una de las ratas de las que hablas! —exclamó refiriéndose al SS—. Él, como su compañero, pertenece a ese tipo de personas que se dejan cautivar por las soflamas seductoras del Gran Reich Alemán, llenas de embustes que alegran sus oídos porque es lo que esperan escuchar. La rebeldía es incómoda. A los dóciles les resulta más grato dejarse llevar que pensar, ser la rata que corre hacia el abismo que la que se rebela contra el flautista y regresa al pueblo —contestó Bartek—. Quimeras entre líderes paternalistas y mesías, los nazis de arriba tergiversan el lenguaje, se inmiscuyen en la vida de los ciudadanos y, con el tiempo, una gran parte de la sociedad les cede sus libertades a cambio de unos ideales populistas. Los dirigentes con apetitos dictatoriales siempre aspiran a que no pensemos, que nuestra mente entre en un estado de letargo que les facilite implantar sin que ofrezcamos la menor resistencia cuáles deben ser nuestros pensamientos, principios éticos y morales y maneras de actuar. Por ello podemos odiar a los judíos como causa de la maldad en el mundo o, como hacían en la Inquisición española, quemar a viejas inofensivas acusadas de brujas, seres que nunca debieron salir de los mitos y leyendas. Mi abuelo no se hartaba de decirme que no acatara jamás ninguna idea, convicción o creencia sin pensarla antes por mí mismo. De lo contrario, corres el riesgo de morir cocido como la rana de Poznań.

—¿La rana de quién?

—De Poznań... Sí, es una vieja historia que ignoro si es cierta o no, pero que, aunque parezca una fábula para niños, tiene mucha enjundia. Narra el experimento macabro de un científico que metió una rana viva en un cazo con agua hirviendo.

Me llevé las manos a la boca en ademán de sentir lástima por el bicho. Pero Bartek no se dejó distraer por mí; me observó de reojo con mirada traviesa y retomó su relato:

—Pero ¿cuál fue la sorpresa del experimentador? —Hizo una breve pausa para dejarme en ascuas durante un instante y acto seguido respondió a su pregunta retórica con énfasis, como si la persona que le estaba escuchando se tratara de una niña—: Ni corta ni perezosa, la rana, que no tenía un pelo de tonta, saltó al exterior en cuanto notó en su piel el calor achicharrante del agua... ¡Y se salvó!

Sentí un ligero alivio e imaginé el mal trago por el que debió de pasar el animalito.

—¿Y esto es todo? —le pregunté, intrigada, pues deduje que la historia no se quedaba ahí.

—No, querida. Ocurrió que el extravagante pensador tuvo la inquietante idea de tomar del estanque de su jardín una segunda rana y meterla también en el cazo, aunque esta vez, este contenía agua fría. Y, a continuación, hizo lumbre y dejó que el líquido se calentara con ella dentro, poco a poco. ¿Qué crees que hizo la rana?

—¡Pues saltar para no escaldarse, igual que hizo su compañera!

—Al ver que el agua estaba deliciosamente templada, la rana se puso a chapotear y a gozar del baño, despreocupada, sin la menor intención de regresar a la charca de la que salió. Pero la temperatura fue aumentando y el anfibio siguió nadando y zambulléndose en aquellas aguas cristalinas, sin percatarse de que cada vez lo hacía con mayor dificultad, hasta que al final se quedó quieta, flotando como una boya, y terminó literalmente cocida viva.

No comprendí por qué me contó aquella historia lúgubre y qué tenía que ver conmigo, con nosotros. Él no dijo nada más. Dejó que reflexionara durante unos instantes hasta que lo entendí.

—Sé cuál es la moraleja. He nadado con placidez en aguas con calma chicha, seguras y tan agradables que jamás me planteé salir de ellas, aunque se caldearan por momentos... Ahora no sé si mi alma ha hervido hasta evaporarse irreversiblemente.

—No exactamente —apostilló Bartek—, al contrario que esa rana, tú has salido a tiempo de la cazuela; sentiste que la tibieza del agua empezaba a sofocarte. Tus ojos solo sabían ver lo que tu alma adoctrinada les mostraba. Pero a tu alrededor han ocurrido cosas que han vencido tu cerrazón. Lo que contemplas ahora es la realidad, la verdad desnuda. Y la aceptas y la criticas. Y te indignas y te sonrojas. Y eso es porque tu alma está viva.

—Menuda hazaña la mía... —repliqué avergonzada—. He sido tan vehemente que no he reaccionado hasta que las aguas en ebullición han levantado ampollas en mi piel. Contemplaba desde mi terma el mundo con altivez y arrogancia, creyéndome una faraona a la que sirven miles de esclavos, seres a los que no alcanzaba la larga mano de Dios... ¡Qué soberbia la mía!

Con disimulo, Bartek me acarició el brazo, dejando caer su mano desde el hombro hasta los dedos que sujetaban el carboncillo. Luego dijo:

—Nadie nace iracundo; nos enseñan a odiar. Si de pequeño te dicen que alguien es un demonio y en tu adolescencia y juventud continúan convenciéndote con supuestos hechos irrefutables de que es un demonio, acabas convenciéndote de que es un demonio. Y aunque ese alguien sea en realidad un ángel con alas, tú solo verás un ser con cuernos, rabo y patas de cabra.

—No lo dudes... Yo te consideré como el hijo de Lucifer por ser polaco y, sin embargo, te has revelado a mí como un arcángel, un espíritu de luz que me ha conducido hacia un camino inexplorado de entendimiento entre personas muy diferentes —aseveré con sinceridad—. Yo, en cambio, por primera vez en mi vida no me gusto a mí misma. Me repugna pensar que haya podido sentir placer viendo cómo sufren otros. La antipatía y el rechazo hacia quienes son diferentes crean lazos de unión entre los que son y piensan igual que tú, y no sientes remordimiento por ello. Es como un pegamento social que conforta y alimenta tu lado más siniestro, aquella parte de los sesos donde moran los pecados capitales. ¡No sé si te puedes imaginar la tranquilidad que produce saber que formas parte de una raza diferente y superior, más fuerte e inteligente que ninguna otra! No es un pecado solo de los alemanes. Creo que todos los hombres y mujeres llevamos la semilla del racismo en nuestra naturaleza: en unos duerme para siempre; en otros germina y no va más allá de una inofensiva plántula, salvo que enraíce en una tierra abonada de prejuicios. Entonces, se convertirá en una hiedra descontrolada que robará la luz del sol y los nutrientes a las más delicadas.

—Los niños son puros e íntegros... Te aseguro que ninguno viene a este mundo dispuesto a rechazar a nadie por ser como es. Los padres son los primeros que, a veces sin pretenderlo, nos transmiten valores éticamente repudiables que incorporamos a nuestra lógica y que fijarán en parte nuestro destino —insistió Bartek para aplacar mi evidente sentimiento de culpa.

—¿Tú te consideras racista, Bartek? —le pregunté a bocajarro, quizá impulsada por la desazón que me causaba que fuera tan transigente y tolerante con mis conductas.

—No, creo que no. Rechazo a las personas que no aceptan que los demás no piensen ni actúen como ellas, pero no sé si a esto se le puede llamar racismo... —susurró.

Bartek se quedó mirando la rana que aboceté sin pensar, casi por impulso. El animal asomaba sus ojos saltones en la superficie de un arroyo de aguas cristalinas, pero escondía su cuerpo bajo el agua, como yo, para no exponer su fragilidad a quien la contemplara. La verdad es que no tenía ganas de pintar. Mis sentidos estaban solo centrados en él; en el calor que me llegaba de su cuerpo sudoroso; en sus manos deseosas de volver a hundirse en mi carne; en el olor de su piel, mezcla del suyo y el mío. Bajé los párpados y traté de encontrar, en un ejercicio de introspección, la guarida del ente oscuro que hizo de mí una fanática. Viajé hasta mi niñez para evocar el momento exacto en que la semilla del odio desgarró sus envolturas leñosas para extender sus raíces por mi tierna psiquis. ¿Dónde quedaban la humildad, la modestia, la sencillez?

—¿En qué piensas, amor mío? Pareces ausente... ¿Estás bien? —me interrumpió Bartek.

—Tú, que me haces ver las cosas desde una nueva perspectiva... Estaba indagando en mi pasado, buscando el instante en que decidí ser lo que soy, altiva y vanidosa. Nuestras vidas son laberintos en los que a cada instante debemos decidir hacia dónde dar el paso siguiente. Me gustaría desandar lo recorrido y encontrar la encrucijada que me trajo hasta aquí.

—¿Y crees que podrás encontrarla? Por desgracia, carecemos del ovillo de hilo de Teseo para movernos por los lóbregos pasillos de nuestro pasado.

—Tal vez tengas razón. Por desgracia, no hay mucho donde rascar en mi vida, pues he sido una mujer que a lo único que aspiró fue a llenar su existencia con los elogios de los demás... Es el sino de los mediocres que aspiran a destacar en algo.

—No quiero que te atormentes... Es de cristianos perdonar a aquellos que ven la luz. Eres joven, tendrás tiempo de redimir los errores del pasado, de enarbolar la bandera de la libertad y la justicia. Sin embargo, los ciegos de espíritu, con sus abominables creencias y prejuicios anquilosados, se irán de entre los vivos siendo lo que son: troncos viejos y retorcidos que no se pueden enderezar...

—Sí, cierto... Podría nombrarte a muchos de esos troncos viejos... —Se me vinieron a la cabeza Günther, Karl, Schmidt...—. Entre ellos, mi padre... Como muchos otros alemanes, acabarán como la rana de Poznań. Es un patriota de la cabeza a los pies y preferiría cocerse en su propia causa que dar el salto a una realidad inconcebible para él. Pero, querido, no podemos elegir a nuestros progenitores; ellos nos dan la vida y, como bien dices, nos educan en sus valores y creencias, siempre pensando en que hacen lo mejor por nosotros. Del mismo modo que yo hago con Erich... Si mi padre me oyera hablar así de él, se moriría del disgusto. ¡Menos mal que está a más de medio millar de kilómetros de aquí y su oído no es tan fino! —probé a hacer una broma y quitar hierro al asunto—. Mi padre es muy terco; se niega a abandonar la patria que lo vio nacer... Dice, medio en broma medio en serio, que, cualquiera que sea el resultado de esta guerra, quiere estar cerca del *Führer*. Lo idolatra. Tanto es así que removió todo lo habido y por haber para lograr que su pequeña fábrica de botones y hebillas tuviera como principal cliente a la Wehrmacht. Y lo consiguió...

»Aunque mis palabras te hagan sangrar los tímpanos, yo he sido un calco de mi padre. —Necesitaba ser sincera con Bartek, y, si quería estar a mi lado, él debía aceptar también esa parte de mí—. Como te he dicho, él metió en mi cabeza sus ideales de lo que debería ser la Alemania del futuro y quiénes habían llevado a la ruina a nuestro país, aliándose con nuestros enemigos y robándonos los recursos y puestos de trabajo. Él me señalaba quiénes eran los buenos y quiénes nos ponían la zancadilla para impedir que llegáramos a ser de nuevo un país respetado. Y cuando apareció Hitler en la escena política, vio en él la solución a todos nuestros males, la corroboración de sus pensamientos. En las comidas y cenas, siempre sacaba a relucir lo que había escuchado en la radio o leído en el periódico acerca de él, de cómo quería limpiar el país de judíos, gitanos, negros, tarados y maleantes. "¡Queridas hijas, cuando Adolf Hitler tome las riendas del país, Alemania volverá a ocupar el lugar que le corresponde en la historia!", nos repetía con vehemencia. Nos contagió su pasión; a decir verdad, más a mí que a mi hermana, que disfrutaba llevándole la contraria. "Pero, padre, ¡cómo puedes fiarte de un hombre con esa pose tan poco masculina!", exclamaba ella para picarlo. En una de sus burlas llegó a ganarse un bofetón. Él y yo, por contra, compartíamos eufóricos las determinaciones y victorias del *Führer*, y lloramos juntos las recientes derrotas y humillaciones. Stalingrado fue un duro golpe para los dos...

»Es inevitable sufrir por tu patria, aunque descubras que quienes la rigen sean indignos de llevar su timón... ¡Maldigo su nombre! ¿Sabías, Bartek, que Hitler quiso ser pintor como yo? ¡Qué ironía! Fracasó con la paleta de colores, pero triunfó con las armas. Nos encandiló vomitando fuego contra los comunistas y los judíos. Convenció a la mayoría de los alemanes de que con él vendrían tiempos de bonanza y prosperidad. ¡Su palabra vale menos que la de un vendedor de crecepelo! Aun así, mi padre sigue adorándolo, creyendo que solo él logrará concedernos el ansiado espacio vital y acabar con las subrazas... Si supiera que he hecho el amor contigo, te perseguiría hasta el mismo infierno para despellejarte vivo, y a mí, me repudiaría... ¿Te imaginas? ¡Mi propio padre!... Soy incapaz de imaginarme cómo sería hoy una cena familiar en la que salieran a relucir temas políticos... Tendría que atarme la lengua para impedir que la reunión saltara por los aires. Todo esto es un sinsentido...

Me callé porque no quería seguir hablando de Hitler, mi antiguo Dios, ni de las *virtudes* de mi padre. Bartek me contemplaba expectante, interesado en cuanto le contaba.

—Nos guste o no, somos producto de nuestros padres, con sus aciertos y errores, y por ello hemos de honrarlos —articuló Bartek, cuyo estado de enamoramiento aplacaba su espíritu combativo.

—¡Cómo me hubiera gustado tener la rebeldía de mi hermana! Cuestionaba todo lo que él decía, y esto a él le causaba frustración.

Por eso se centró en su otra hija, más obediente y responsable, siempre dispuesta a asentir sin rechistar. Encontró la manera de que lo escuchara atentamente, sin juzgar sus ideas ni reprobar los comentarios crueles hacia las subrazas. Ejerció su autoridad de forma inteligente. Hizo que me sintiera una niña privilegiada, con unas capacidades sobresalientes por el hecho de ser de raza aria. Por mis venas corría una sangre única, noble e incontaminada, que me convertía en una mujer fuerte, sana e inteligente, diferente de aquellas por cuyos vasos sanguíneos transitaba un líquido rojo corrupto que les empañaba el espíritu. ¿Qué jovencita rechazaría poseer esas dotes más propias de una heroína que de un humano corriente? "Tu padre siempre tiene razón" o "Haz caso a las palabras de tu padre, que solo quiere el bien para ti", me sermoneaba mi madre ante cualquier duda que le planteara sobre política. "Eres la aria más pánfila que he visto jamás", se mofaba mi hermana cuando le decía que ella y yo éramos seres superiores. Pero tanta gente pensando de la misma manera no podía estar equivocada.

»El empujón que necesitaba para rendirme a los pies de Hitler vino con su llegada al poder. Recuerdo como si fuera ayer que para celebrarlo mi padre nos llevó a cenar a todas a un lujoso restaurante e hizo descorchar la botella de vino más cara que guardaban en la bodega. Brindamos por una Alemania libre, soberana y con identidad propia. Y brindé sin saber muy bien qué diablos estaba brindando. De la noche al día, el vecindario sufrió una transformación; era como si los compañeros de clase y maestros, los tenderos, los vecinos de tu edificio, los conductores de los tranvías y los policías se hubieran vuelto locos de repente. Todo el mundo echaba pestes de los judíos, peor de lo habitual; se convirtieron en seres odiosos, hostiles, repugnantes. Si las miradas mataran, en unas semanas no habría quedado vivo ni uno de ellos. En casa, la radio siempre estaba encendida, y la voz de Hitler, o la de Göring o la de cualquier otro mandatario, resonaba ya siempre en algún momento del día, ya únicamente se escuchaba cuánto mal habían causado en concreto los judíos, las medidas para arrebatarles todo aquello que jamás debió pertenecerles y cómo limpiar de sangre espuria nuestra raza, un objetivo clave para la supervivencia del pueblo alemán y el nacimiento del nuevo imperio de la Europa Occidental.

»Y, ya se sabe, los judíos ya no podían mezclarse con nosotros... El problema con el odio es que, servido en calculadas dosis por nuestros gobernantes, conquistó las almas insanas, desilusionadas, envidiosas, frustradas, desamparadas... Un veneno que actuó de antídoto. Recuerdo que el dolor y las desgracias de aquellos desgraciados alegraban nuestro espíritu. ¡Qué miserables éramos! Empezamos detestando a los judíos y acabamos haciendo lo mismo con todo aquel que se salía del patrón ario o era señalado como responsable de nuestras penurias. En una ocasión en que ya no era una adolescente, un joven francés bien parecido y con la tez bronceada por el sol marsellés intentó flirtear conmigo en el Café Josty, uno en Berlín muy frecuentado por los artistas, y un cliente con cara de sepulturero que desde que entré no me quitó el ojo se interpuso entre nosotros y dijo: "¡Habrase visto la desfachatez! ¡Esto es un insulto! ¿Qué se ha pensado usted, que esto es un cabaré? ¡Fuera de mi vista, o yo mismo me ocuparé de mandarlo a patadas de vuelta a su país!". Yo me quedé perpleja, con la pajita del refresco que estaba tomando pegada a los labios, como solo les ocurre a las bobas. No supe qué decir o hacer. Nadie me había enseñado cómo había que comportarse en estas situaciones. La mayor parte de la gente miró a nuestro paisano como si fuera un ilustrado; solo faltaron los aplausos. Yo siempre había pensado que Berlín era una ciudad abierta a nuestros vecinos europeos, y los estudiantes, turistas y comerciantes extranjeros eran bienvenidos... De pronto, Berlín se me volvió tenebroso, hostil, cerrado al arte y la cultura, mi verdadera pasión. —Detuve un instante mi soliloquio para rescatar imágenes del pasado.

»Pero dicha percepción me duró muy poco. Con Hitler, Alemania volvía a brillar alrededor de mí, y la gente vibraba llena de júbilo en torno a unos mismos ideales. Solo unos pocos se resistían a aceptar la evidencia, pero sus voces se perdían como trinos de golondrinas en el cielo. La derrotada Alemania se erguía como un poderoso león después de una larga siesta. Mis amigos y yo nos congratulábamos con esa frivolidad que caracteriza a los jóvenes de que fuera apresado y castigado con dureza todo aquel que intentaba volver a tumbarla. Recuerdo ir cogida del brazo de mi padre por los paseos del frondoso Tiergarten y contemplar con altivez los nuevos edificios y los hoteles y cafés de lujo, atestados de compatriotas disfrutando de los nuevos tiempos bajo un cielo casi tropical. "¿Ves, hija, cómo Hitler ha devuelto el progreso a la ciudad? Haz oídos sordos a aquellos que quieren que nada cambie", repetía padre una y otra vez, mirando henchido de gozo a las hermosas banderas encarnadas con la cruz gamada que engalanaban calles, fachadas y balcones. Él también hizo que me embelesara de los discursos rimbombantes del *Führer*, salpicados de esperanza y soluciones simples a los graves problemas de la gente corriente. Ir al cine era una inyección de optimismo, no solo por las películas que nos animaban el espíritu, sino también por los noticiarios. Jamás olvidaré cómo llorábamos emocionados mi padre y yo en el cine del Haus Vaterland al contemplar a Hitler en la gran pantalla, omnisciente y todopoderoso como un Dios; ver desfilar en actos militares a unos hombres fornidos que deslumbraban en un uniforme elegantísimo; y escuchar cómo masas de gente enfervorizada les lanzaban vítores.

—La verdad es que, si no supiera cómo eres, me daría pánico escucharte —asintió Bartek para sí—. Eras uno de ellos de la cabeza a los pies.

—Si te soy sincera, no sabía lo que era. La política no me interesaba nada; mi padre, como te he dicho, fue quien me invitó a aquel sueño, el suyo y el de una gran parte de Alemania. Imagínate, sin ir más lejos, a mi padre eufórico las veinticuatro horas del día durante las dos semanas que duraron las Olimpiadas. Berlín se vistió de gala, y gente procedente de países remotos nos felicitaba por la calle por la rápida renovación que había experimentado mi país bajo el mandato de Hitler. Los juegos fueron el escaparate internacional de nuestra grandeza...

»Victorias, éxitos, triunfos, proyectos colosales... A mis oídos solo llegaban los cantos de esperanza de mis compatriotas. Sonará mal decirlo aquí y ahora, pero fueron unos años en los que me sentí muy feliz. Mis estudios de Arte, el primer amor, Günther, Erich...

»Sinceramente, jamás pensé seriamente en las consecuencias de los discursos de Hitler. Por razones que no sabría explicarte, las restricciones y las amenazas a los judíos las veía como un ejercicio de justicia. Mi grupo de amigos opinaba de la misma forma y alimentábamos el rencor hacia ellos con comentarios crueles: si tanto daño nos estaban haciendo, ya iba siendo hora de que alguien les parara los pies. Detrás de cada agresión a una familia judía siempre había una justificación: eran avaros, usureros, mezquinos, arrogantes, antipatriotas, parásitos sociales, bolcheviques, pervertidos... Mi juicio quedó en suspenso, la credulidad se apoderó de mí y me dejé llevar por la intolerancia.

»Sí, sabía de la existencia de los campos de aislamiento, de los registros domiciliarios, del terror que las SA y las SS infundían a los opositores; incluso, se hablaba de las ejecuciones de estos. Pero ¡qué se le puede pedir a una burriciega! El fanatismo te lleva a dividir el mundo en dos mitades: en una están ellos, los malos; en la otra, los buenos. Solo ves y escuchas lo que quieres ver y oír. Y apruebas los actos más deleznables para seguir creyendo en aquello que crees que es lo correcto, porque tienes fe en las intenciones del líder... Para mí, Hitler era un hombre que se sacrificaba por su pueblo. Sé que estos argumentos son muy endebles, pero ¡cómo el lobo al frente de la manada va a conducir deliberadamente a sus seguidores al precipicio!

—Pues nada es imposible, Ingrid. Una vez leí que existen unos roedores allá en la tundra llamados lemmings que se suicidan por cientos y miles arrojándose al mar. Y no se sabe por qué lo hacen. Quizá hay en ellos un impulso natural incontrolable que los lleva a cometer esa locura colectiva, a que todos sigan a un lemming suicida hasta el final. Pero nosotros no somos bestias irracionales, y siempre podemos elegir nuestros actos. Aunque reconozco que no es fácil cuando te coartan las libertades. Hitler os ha metido en una jaula llena de dulces y sois incapaces de ver los barrotes que os rodean. Y quienes denuncian su existencia son aniquilados. Mas ¿se puede ser libre cuando no hay opciones donde elegir? —silabeó de repente, en un intento, supuse, de proporcionarme consuelo.

—No seas condescendiente conmigo. Mi cerrazón no me ha llevado a un sitio confortable. Siempre hay donde elegir si uno así lo desea. En este momento, sin ir más lejos, estoy contigo y no con Günther, otra más de las personas que me llenó la cabeza de buitres que han roído mi espíritu. Es algo impensable hace solo unos días, unas horas. He aprendido la lección. El daño que haya podido causar al mundo con mi pasividad no se puede reparar, y si de verdad existe un Dios justo, me lo hará pagar de algún modo en esta vida o tras ella. Pero, como bien apuntas, tengo una vida por delante para ser más crítica conmigo misma y con lo que me rodea. Tal vez las buenas obras compensan de alguna forma las malas acciones en las que incurrimos. Moriré con esa duda. —Bartek sonrió y apretó cariñosamente mi omóplato con su mano—. No entiendo que aún sientas deseos de tocarme después de todo lo que te acabo de contar. Tu caricia debería llegarme al alma como una merecida desolladura.

Bartek me miró con ternura una vez más mientras acercaba los labios a los míos para darme un beso fugaz, con el caballete haciendo de bambalina:

—¿Te sirve esto de respuesta?

Mi primera reacción fue dar un leve respingo, pues temí que alguien pudiera haberle visto. Pero nadie nos estaba observando, Bartek lo había comprobado antes de besarme.

—¡Oh, Bartek! Jamás un beso me transmitió tantas cosas bellas... Pero ¡me duele tanto que te hayas fijado en la mujer equivocada...! Eres merecedor de un amor más digno, de alguien con quien puedas formar una familia, y envejecer ambos felices. Como ves, yo no soy un dechado de virtudes, solo soy una carga para ti, al igual que tú lo eres para mí... —dije afligida. Imaginé que por siempre hurtaríamos nuestro amor de las miradas de la gente, ocultando nuestras identidades tras dos húmedos velos, al igual que hace la pareja que está besándose en el cuadro de Magritte.

—¡Familia...! —suspiró con añoranza.

—¿Dónde están los tuyos? —pregunté. Aunque siempre quise saberlo todo de su vida, ahora sentí pavor.

—Como sabes, mi padre falleció hace unos meses; mi hermano Jan lleva desaparecido desde hace un año; y mi madre, afortunadamente, dejó este mundo antes de que todo esto empezara. Cuando ocurrió, me pregunté por qué Dios se la llevó tan pronto, y ahora lo entiendo y se lo agradezco. A su edad no hubiera soportado tanto sufrimiento. De mis tíos y primos, por parte de mi padre, hace mucho que no sé nada, solo que viven en Vilna. Únicamente me queda Jędruś, que es mi razón de vivir... Para ser precisos, ahora sois dos. —Bartek no mentía, pues sus ojos se iluminaron con una pátina de sinceridad. Me sentí la mujer más afortunada de la Tierra, dichosa de amar y ser amada. Y así quería seguir sintiéndome todo el tiempo que pudiera—. ¡Basta de hablar de cosas tristes! —dijo de repente, para, tras cerciorarse de nuevo de que nadie en la casa nos observaba, besarme la lágrima que había quedado atrapada en una pestaña—. Hoy es un día hermoso, y, como tal, deja que te diga algo bonito: gracias por ser como eres, por amarme, por dedicarme ese retrato tan íntimo y personal de ti, que se ha convertido

en la luz que me ilumina el día, y gracias por hacer tan feliz a Jędruś
con tus atenciones. Debes saber que, en la mesa, durante la oración, él siempre te incluye. «Bendice, Señor, a la mamá de Erich,
porque es buena como lo era madre», eso dice. Te adora... —Me
conmoví. La lágrima que había atrapado Bartek volvió a verse sus-
tituida por otra nueva.

—Háblame un poco de su madre... ¿Cómo era?

El rostro de mi amado se tornó sombrío. Estaba a punto de
confesarme un espeluznante secreto que afectaba a mi pequeño
Huck más allá de lo que yo jamás hubiera imaginado. La tragedia
se hizo notar en las primeras palabras de Bartek:

—Creo que ha llegado el momento de revelarte una verdad que
no puedo callar por más tiempo y de la que has de estar al tanto por
si me pasa algo. Soy una persona que jamás miente, pero lo hice
cuando te dije que la madre de Jędruś había muerto en un incendio
en su hogar. En aquel momento no tenía la confianza suficiente
para confesarte la realidad de su fallecimiento, un salvaje asesinato
cometido por quienes a estas alturas te puedes imaginar. Es una
trágica historia, que, de no ser rigurosamente cierta, solo podría
ser inventada por una mente enferma... —Antes de entrar en detalle en el pasado de Jędruś, hizo una pausa para preguntarme si me
veía con fuerzas para escuchar una calamidad más. Mi corazón
no estaba seguro de si lo soportaría, pero le rogué que continuara.
Y así lo hizo—: Todo sucedió una mañana de mediados de mayo,
bajo un sol ardiente poco propio de esos días... Al despuntar la
aurora, dos camiones descapotados de las SS, uno ocupado por una
decena de soldados y el otro, más pequeño, con cinco civiles y dos
militares, pararon enfrente de mi edificio, en el Kleiner Markt.
Tras consultar una libreta de bolsillo, un suboficial dio órdenes
para que un par de hombres entraran en nuestro portal. No se trataba de una incursión de las habituales, pateando puertas, gritando
y profiriendo insultos; estaba claro que no era un desalojo masivo.
Aporrearon nuestra puerta, mientras les oíamos vocear mi nombre
y apellido. El cielo se me echó encima. Mi padre y yo nos miramos
como si aquel fuera nuestro último día. Cuando entraron, me sorprendió que aquellos hombres no me arrollaran o me propinaran
un puñetazo antes de comenzar a hablar. Ocurrió todo lo contrario: el más alto de los dos, en un tono amable, me informó de que
había sido seleccionado para servir al Gobierno y que viajaría ese

mismo día a Alemania para trabajar como intérprete de los polacos en la fábrica que me fuera asignada. Permitieron que prepara una pequeña maleta con lo básico y que me despidiera de mi padre con un abrazo. Ya en la calle, me hicieron subir al vehículo más pequeño, donde había sentados tres hombres y dos mujeres que también hablaban de forma fluida vuestro idioma. Quise pensar que, tal y como me aventuró Littmann, saber alemán repercutiría en mi vida de forma positiva; aun así, desconfiaba de la verdadera intención de aquellos soldados. Podían parar en cualquier cuneta y fusilarnos bajo cualquier acusación como tantas veces ocurría.

»Viajamos en dirección sudoeste. El conductor y su acompañante cantaban canciones alegres y se carcajeaban contándose chistes picantes. Nosotros, en cambio, nos preguntábamos en voz baja qué hacíamos en la parte trasera de aquel camión, vigilados en todo momento por dos jóvenes *Waffen-SS*, que intentaban contener la risa que les causaban las bromas de sus colegas en la cabina. Al poco rato, la pareja de camiones abandonó la carretera principal para detenerse frente a unas casas a las afueras del pueblo de Skawina. Deduje que estábamos allí para recoger a más intérpretes, pues en nuestro vehículo aún había sitio para otras dos personas más. Mientras esperábamos el regreso de tres de los SS que se apearon del primer camión, vimos, al final de la acera, cómo otro grupo de SS y agentes de la Gestapo que nada tenían que ver con los hombres que iban en nuestros vehículos sacaban de forma violenta a una familia de su hogar: un padre y una madre con sus dos hijas de no más de cinco o seis años que iban agarradas de su mano. Quizá eran judíos que alguien había ocultado... O gente que se resistió a las imposiciones de los nazis. ¡Quién sabe!

»El caso es que aquellos pobres desgraciados fueron llevados a punta de pistola al otro lado de la calle, donde cuatro policías con metralletas vigilaban a un grupo de diez o doce personas, entre ellas, una adolescente y dos niños. Estaban arremolinadas junto a un viejo y ruinoso granero, formando un pequeño círculo, y miraban al suelo para no soliviantar a los policías de gatillo fácil.

»Algunos vecinos seguían los acontecimientos asomados tras las cortinas de sus casas. Otros cerraron las contraventanas. Las calles se quedaron desiertas, tapizadas por un fieltro de silencio. Solo una mujer de cabellos cobrizos observaba las detenciones apoyada bajo el cargadero de la puerta de su casa. Afiné la vista para distinguir mejor a aquella valerosa dama, y fue cuando, para mi sorpresa, la reconocí.

»Era Joanna Lewandowska, una clienta asidua de la joyería, con la que me gustaba tratar, por su simpatía y amabilidad. Ella y su esposo nos traían a reparar los relojes o a pulir las pocas joyas que *Frau* Lewandowska había heredado de sus padres. Calculo que tenía veinticinco o treinta años, aunque soy una calamidad estimando la edad de las mujeres. Era sencilla y de fácil conversación. La recordaba porque en una ocasión vino a reparar el reloj de su madre; tuvo que traerlo varias veces hasta que di con el problema.

»Poco antes de que Littmann muriera, *Frau* Lewandowska nos visitó con su hijo, Jędruś, en brazos. Un niño con ojos avispados que, como todos los niños que entraban en la tienda, quedó fascinado por los brillos y colores de las joyas que relucían en los mostradores y que sin duda le recordaban a las golosinas.

Bartek miraba al frente como si el cielo en el horizonte le proyectara aquellas imágenes del pasado.

—La situación se complicó cuando, sin venir a cuento, un policía hundió la suela de la bota en el trasero de la mujer retenida y una de las niñas cayó de rodillas al suelo. *Frau* Lewandowska corrió a auxiliarla, pero el mismo individuo agresor la frenó poniéndose entre ella y la familia arrestada y apuntándole con el arma al grito de «*Halt!*». Ella contempló, con ambas manos tapándose la boca, cómo aquella gente era conducida entre forcejeos al granero. Luego, unos soldados corrieron a un camión y regresaron con unos bidones con los que rociaron de gasolina el interior del granero.

»Al comprender las intenciones de los nazis, las víctimas comenzaron a dar alaridos desgarradores, y se escuchó cómo los niños chillaban aterrorizados. Ante esta escena, *Frau* Lewandowska no pudo contenerse y, sin pensar en las posibles consecuencias de sus palabras, vociferó: "¡Hitler, vuestro *Führer*, es un asesino y vosotros sus manos ejecutoras! ¡Malditos cabrones! ¡Quién pudiera meteros a vosotros allí dentro! ¡Arderéis en el infierno, bastardos!". Estoy seguro de que de entre todos aquellos alemanes no hubo uno solo que comprendiera lo que ella bramó. Pero les bastó su tono insolente para apresarla a ella también. *Frau* Lewandowska luchaba para soltarse cuando vi salir de la casa a Jędruś, atraído por sus gritos: "¡Soltadme! ¡Cobardes! ¡Asesinos de mujeres y niños! ¡Estaréis orgullosos, hijos de puta!". Con todo aquel alboroto, la pareja de SS que nos vigilaba no se percató de que salté del camión para correr hasta el niño, al que detuve a medio camino entre la casa y su madre. *Frau* Lewandowska fue quemada viva junto con todos los demás, solo por rebelarse contra un crimen de lesa humanidad. Otro más... Y su hijo fue testigo de ello. "*Mamusiu, mamusiu!*", gritaba el niño mientras veía arder la endeble construcción de madera. Entonces escuchó el horripilante clamor que traspasaba sus cuatro paredes, que estaban siendo engullidas por llamas que llegaban al cielo. Los de dentro no enmudecieron hasta que el fuego alcanzó el pajar, lo que provocó un fuerte resplandor seguido de una nube gigante de humo blanco. Quiero pensar que la humareda los asfixió antes de que el fuego alcanzara sus carnes o achicharrara sus gargantas al respirar el aire ardiente.

—Pobre Jędruś... Pobre mujer... Pobres gentes... —balbucí deshecha. Seguí sin comprender de dónde surgía tanta maldad, cómo unos hombres vestidos con el uniforme de mi país podían cometer unos crímenes inenarrables sin que les temblara el pulso, sin mostrar ningún atisbo de compasión. Sin remordimientos ni culpa.

—No creo que existan palabras en ninguna lengua de la Tierra que permitan describir con detalle lo que vi y sentí. El horror te paraliza el cuerpo, que tiembla sin saber cómo reaccionar, y los pies se funden con el terreno y no te dejan caminar. No es cobardía, es otra cosa que trasciende a lo humano.

De repente, vi en Bartek a un ser frágil, cuya vida valía el precio que pusiera a su antojo cualquier alemán. La falta de respeto convierte a los individuos en mercancías sin valor... Pensar eso me deprimió profundamente, aunque no tanto como lo que Bartek narró a renglón seguido:

—En cientos de metros a la redonda solo se escuchaba la crepitación de la madera, el bufar de unos humos que se dispersaban en un cielo enlutado. Jędruś miraba la colosal hoguera esperando que de ella emergiera su madre. Y al ver que eso no ocurrió, comenzó a llamarla a voz en grito y revolviéndose como una bicha para soltarse de mí y correr a su encuentro. Tiraba con tanta fuerza de mi mano que me desplazó unos pasos. La pataleta llamó la atención de los alemanes; en especial, la de uno de los *Waffen-SS* que estaban a cargo de vigilarme y que, al percatarse de su negligencia, salió corriendo hacia mí profiriendo no sé qué cosas. A la par, el oficial de alto rango de las SS que había dado la orden de quemar a esa gente viva también enfiló hacia nosotros. Temí que se llevara al pequeño para que las llamas lo hicieran callar. Por ello, lo cogí en brazos y le tapé la boca con la mano, y él me propinó un enérgico mordisco. No tuve tiempo de quejarme, sentí cómo *mi* SS me clavó los dedos en el bíceps a la vez que me vomitaba insultos irrepetibles. El alto mando aceleró el paso para tranquilizarlo: sin decir nada, le dio unos golpecitos con una fusta en señal de que me soltara el brazo. Ese gran señor de aire omnipotente que no necesitaba hablar para ver cumplidos sus deseos miró a Jędruś, que no dejaba de serpentear en mis brazos, y se puso en jarras, con una sonrisa desafiante.

»Dio un repaso al niño de arriba abajo y se lamentó de que, a pesar de su carácter fuerte y luchador, tuviera unos rasgos físicos que impedían alemanizarlo. Llegó incluso a decir que Jędruś le gustaba y que podría haber sido "un ario con proyección". Quiso colocarle en su sitio el flequillo, pero Jędruś hizo un quiebro y se revolvió enrabiado en mis brazos. Dirigiéndose al SS, le gritó que era una mala persona y que quería que sacara a su madre del fuego. El oficial no entendió ni una sola palabra de lo que le espetó el niño y, riendo a mandíbula batiente, solicitó al SS que estaba a mi lado que se lo tradujera. Este se encogió de hombros, me miró e informó a su superior de que yo podría ayudarle dado que hablaba alemán y que por este motivo estaba siendo trasladado a Núremberg.

»Cuando le traduje una versión más amable de lo que Jędruś le había dicho, él desvió la mirada hacia el granero en llamas. Luego me preguntó si aquel diablillo era hijo mío. Le conté que ahora había quedado huérfano de padre y madre, y que, si me daba la oportunidad, yo podría hacerme cargo de él, enseñarle bien a hablar su idioma y hacer de él un fiel servidor del Reich.

—¿Cómo sabías que no tenía padre?

—Su padre falleció en el 41, en una revuelta callejera que él mismo lideró. Vi su cuerpo colgado junto con el de otros dieciocho partisanos en el parque Błonia, donde estuvieron expuestos durante varios días a modo de escarnio. Lo sentí mucho por *Frau* Lewandowska, que también tuvo que pasar por unos duros interrogatorios, con torturas incluidas, en el cuartel general de la Gestapo para demostrar que ella nada tenía que ver con las actividades políticas de su esposo. Supe más tarde por Jędruś que su padre trabajaba en algo relacionado con trenes, tal vez fue jefe de estación o taquillero, y que guardaba vagos recuerdos de él... Pese a ello, cuenta con orgullo que, según le había contado su madre, Dios tuvo que llevarse a su padre porque necesitaba a un hombre justo y fuerte a su lado.

—Tan pequeño y las experiencias tan desagradables que le ha tocado vivir. Ahora comprendo tantas cosas... —dije emocionada.

—A Jędruś se le ha arrebatado la inocencia infantil; es un hombre metido en el cuerpo de un niño. Los azotes de la vida le han hecho madurar a zancadas. No me resulta fácil dibujarle una realidad diferente a la que estamos viviendo, sembrar la esperanza en su alma, porque es un niño muy avispado. Sé que aún sufre por el trauma que le supuso ver desaparecer a su madre entre las llamas. Muchas noches se despierta empapado en sudor, atormentado por pesadillas en las que su madre lo abandona en el bosque o donde soldados con rostros de demonios lo encierran en una habitación oscura con ratas... Y entonces se viene a dormir a mi cama y me agarra fuerte hasta que logra conciliar el sueño de nuevo.

—Tiene una gran suerte de tenerte, Bartek. El Todopoderoso quiso ponerlo en tus manos para que lo cuidaras.

—A decir verdad, yo he sido el afortunado. El cariño que recibo de Jędruś no se paga ni con todo el oro del mundo. Él me necesitaba, y yo lo necesito a él... Es mi hijo, aunque mi sangre no corra por sus venas.

—Lo que me sorprende de toda esta historia es que dejaran que te lo quedaras... ¿Cómo lo conseguiste? ¿Por qué no estás ahora en Núremberg?

—Cuando aquel oficial de alto rango escuchó mi proposición, me examinó con parsimonia de arriba abajo y señaló que no cabía la menor duda de que hablaba un alemán muy fluido.

»Le respondí que siempre sentí una especial atracción por la que sabía que sería la lengua universal del futuro. El halago hizo que se hinchiera de orgullo y que se interesara aún más por mí, pues lo siguiente que hizo fue interrogarme sobre mi profesión. Yo le mostré mi tarjeta identificativa, donde constaba que era jardinero. Se la quedó mirando durante un rato, pensativo. Finalmente, rompió su silencio dirigiéndose al SS para ordenarle que transmitiera a su superior que yo no iba a ninguna parte porque tenía un nuevo destino. Un camarada suyo, que llevaba poco tiempo en Cracovia, necesitaba un jardinero.

—¿Un mando que conocía a mi marido? —me pregunté en voz alta, sorprendida.

—Sí, debía de conocerlo bien si estaba enterado de que necesitaba a alguien que cuidara de su jardín. Hizo un par de llamadas telefónicas desde el coche militar y luego me ordenó que acudiera a las oficinas de la Oleanderstraße a las cuatro de la tarde del día siguiente para presentarme ante un tal Taschner. Y así lo hice. Al cabo de una semana tuve que volver allí para tener una entrevista con tu esposo, a quien debí de causar buena impresión, ya que hizo venir a un soldado al que le encargó que se ocupara de todo el papeleo para acceder a vuestra zona y trabajar como jardinero a vuestro servicio. Tardaron varios días en tenerlo todo listo, incluida la custodia de Jędruś. Y así es como acabé aquí.

»Aquel hombre quemó vivas familias enteras, con sus madres y niños, pero se apiadó de Jędruś. Resulta irónico, pero al nazi que asesinó a Joanna Lewandowska he de agradecerle que pudiera quedarme con el pequeño y que ahora tú y yo estemos aquí abrazados.

—¿Qué recuerdas de él, de ese SS? ¿Llegaste a oír su nombre? —quise saber; al fin y al cabo, un camarada de Günther era en cierto modo el artífice de que conociera a Bartek.

—Poca cosa. Era alto y bien plantado, y en su mano, creo que era en la derecha, llevaba un anillo con un zafiro estrella, una gema difícil de conseguir que hasta entonces solo había visto en los catálogos de la joyería.

—¿Te refieres a una piedra negra, con un sol de seis puntas?

—Sí, se trata de una asteria que con la luz refracta una fabulosa estrella luminosa...

—¡Oh! ¡Es horrible!

—Dime, ¿acaso conoces a su portador? —preguntó él sobresaltado.

—Dios mío... Si, como me aseguras, estamos ante una gema poco común, únicamente puede tratarse del esposo de una buena amiga mía... Ella solo ha estado aquí una vez. No sé si la viste, ella a ti sí. Era la mujer que me acompañaba en el coche hace unos días; nos cruzamos contigo y Jędruś, cuando os marchabais... Me he estado viendo con ella casi todas las tardes...

—Clara, supongo —me interrumpió.

—¿Cómo sabes su nombre?

—Bueno, Erich habla con Jędruś, y Jędruś, conmigo. He de confesarte que Erich habla todo el tiempo de ti: «Mi madre esto, mi madre lo otro; mi madre dice, mi madre hace...».

Rompí a reír y una bocanada de vida me entró en los pulmones.

—¡Voy a tener que cortar la comunicación con estos dos aprendices de espía! La verdad es que nunca encontré el momento oportuno para hablarte de ella, aunque no dudo de que tendrás ocasión de conocerla. —Tenía mucho que contarle de ella; tal vez todo, pero ahora solo quedaba un puñado de minutos valiosos que dedicarnos a nosotros—. ¡Clara, la mujer más hermosa de la Tierra! Quizá fue mi subconsciente quien evitó mencionártela por temor a que quedaras cautivado de ella con solo escuchar su nombre... ¡No pienses por esto que soy celosa...! Bueno, sí, un poco, pero ¡creo que es soportable!

—Pienso que los celos son inherentes al enamoramiento y hasta de agradecer, siempre y cuando no arruinen los corazones —comentó Bartek—. Cuando me enteré de que partiste hacia Auschwitz, sentí que te perdía y me derrumbé. No te podía imaginar abrazada a tu marido.

—Nada de eso ocurrió —dije tocándome la herida de forma inconsciente—. Solo soñaba con tenerte a mi lado, estar como estamos ahora, juntos... Algo que creía irrealizable. Y ahora... Ahora, Dios mío, Bartek, ¡haces que me estremezca de deseo! Tu amable calor me libera de las cadenas que oprimen mi conciencia. Te necesito como el aire que respiro, pero ¿qué vamos a hacer ahora? Tú y yo... Nosotros... Una relación imposible... No quiero ni imaginarme qué harían contigo si alguien se enterara de lo nuestro, si llegara a oídos de Günther... ¡Te mataría con sus propias manos! ¡Oh, cielos, no quiero ni pensarlo!

—No te preocupes por mí. No hay nada que podamos hacer —me dijo entre beso y beso imaginario—. Lo más sensato sería no volver a repetir lo que acabamos de hacer. Pero mentiría si dijera que soy capaz de renunciar a ti o a volver a tocarte y sentir tu piel... No es posible, te deseo demasiado...

—Yo tampoco imagino verte, mirarte, y no volver a sentirte. No me lo prohíbas, te lo ruego. No me devuelvas al mundo de las tinieblas; cuando estoy junto a ti todo se torna más sencillo, comprensible. Sigamos como ahora, llevando nuestro amor en secreto y a escondidas. Pues qué triste es amar sin esperanza alguna.

Bartek me cogió de la mano, asegurándose antes de que nadie nos veía, y tiró con suavidad de mí para que me levantara y dejara atrás el caballete. Me llevó detrás de la roca y allí me abrazó por la cintura y me besó con pasión. Fue solo un beso, pero aún hoy me produce escalofríos en la nuca cuando pienso en él. Luego mi amado apoyó el rostro sobre mi pecho, y sentí un breve sollozo.

—Te llevaré siempre en mi corazón. Sé que jamás encontraré una mujer como tú, que me ha dado todo lo que un hombre puede esperar del ser al que ama...

Intenté responderle, pero selló mis labios con su dedo índice.

—Es hora de volver —advirtió Bartek. Mientras él recogía los bártulos, miré a mi alrededor. Inhalé una vez más el aroma de aquel lugar, el lugar donde yo había recibido las caricias y el amor que me insuflaban ganas de vivir, de seguir adelante y de luchar por la causa humana, por la vida de esa niña, eso lo tenía muy claro, pero también por la de mi hijo, la de mi amiga, la de mi amor Bartek... y la mía. Había que derrocar el mal que anidaba en el hombre.

Me separé de Bartek nada más entrar de nuevo a la finca. No quise que nadie me pudiera notar que algo diferente había ocurrido allí arriba, y evité entrar en casa por la cocina. Hans y Otto estarían a esas horas rondándole a Elisabeth para obtener su almuerzo. Rodeé la casa a paso lento, dedicando mis pensamientos al hombre que me había espabilado los sentidos y robado el corazón. Sin el menor remordimiento hacia Günther, libre de sentimientos de culpa.

Unos sonidos familiares me obligaron a mirar a mi alrededor, y enseguida vi con sorpresa que provenían de la jaula de las palomas. Todas ellas habían regresado y arrullaban contentas tras los barrotes. Hermann sabía que esto ocurriría. «¡Más sabe el zorro por viejo que por zorro!», pensé sonriente. Al acercarme al palomar, una de ellas se alborotó, chocando de forma violenta con los barrotes; era una nueva, de color amarillo barrado, que quizá vino con las otras. El Mayor se llevaría una profunda alegría al ver a sus *niñas* de vuelta.

Tomé asiento en el banco de piedra para observarlas y responderme a por qué habían vuelto, qué había en la libertad que no les gustara. Pero mi vista se perdió para repasar con calma la casa de los ladrillos encarnados que desde hacía casi medio año se había convertido en nuestra vivienda, más grande y lujosa, pero menos acogedora que la de Berlín. Era el hogar de otro. Un hogar, levantado con trabajo y sacrificio, que había sido arrebatado a una familia cuya suerte desconocía. Hasta hacía apenas unos días me habría encogido de hombros por su destino, aceptando su desgracia con absoluta naturalidad... Incluso, por qué no decirlo, regodeándome de todo el mal que pudiera caer sobre ella; ahora me estremecía de solo pensar que esas personas hubieran acabado en Auschwitz. Ojalá siguieran con vida; ojalá hubieran podido huir a tiempo muy lejos y ser libres, y, si no, que al menos se encontraran en un lugar seguro, escondidos en alguna casa, como lo estuvo Irena, y ahora Zosia.

Dolor, angustia, rabia, impotencia, sensación de derrota... Hice el ejercicio de imaginarme el momento violento en el que un grupo de hombres de la Gestapo debió de irrumpir en la casa que ahora era la mía, dando coces a la puerta o echándola abajo, quizá al amanecer, cuando los padres y sus hijos, tal vez pequeños como Jędruś y Erich, disfrutaban de un desayuno tranquilo. Conociendo su especial manera de actuar, nuestros hombres emplearon con ellos su abusiva autoridad. Amenazas, insultos, empujones, patadas, puñetazos... Cerré los ojos con fuerza, asustada. Me imaginé a la madre haciendo las maletas deprisa, cogiendo lo imprescindible. Los niños llorando aferrados a su falda, y el padre, arrodillado, suplicando compasión a quienes allanaron su morada. En un abrir y cerrar de ojos, pasaron de ser una familia acomodada a unos náufragos a la deriva. Atrás dejaban sus recuerdos, los objetos que daban sentido a sus vidas, las paredes que escucharon sus secretos, sus alegrías y sus anhelos. Un drama no sobrevenido. Me puse en la piel de la madre, una mujer que hasta ayer nada me importaba, y sentí la angustia de una vida improvisada, sin más objetivo vital que volver a ver el amanecer junto a sus seres queridos. Eso si no fueron ejecutados todos de un disparo en el jardín. A esas alturas, cualquier salvajada era factible.

Los sentimientos de compasión que me afligían eran nuevos para mí; noté cómo el odio y el orgullo que había en mi interior y me hacían estar en discordia con una parte del mundo se desvanecían y sus vacíos se llenaban de coraje, entereza e intrepidez. Sí, la gente puede cambiar. Yo lo estaba haciendo, motivada por personas que me querían de verdad.

—¿Podemos sentarnos con usted para observar a las palomas? —Me sacó de mis divagaciones Hans, que iba acompañado de Otto. Ambos fumaban; el flaco chupaba un puro; el gordo, un cigarro.

—Por favor, tomen asiento —dije con una sonrisa forzada para disimular que en nada me apetecía su compañía.

—¡Estos pájaros no tienen ni pizca de tontos, *Frau* F.! —comentó Hans con sonrisa irónica—. Prefieren tener el agua y la comida aseguradas que estar revoloteando por ahí buscándose las habichuelas...

—Rrru... Rrrru... Rrru... —imitó burlonamente Otto a las palomas rascándose su colorada nariz—. No hay nada como volver al hogar, aunque sea una correosa jaula... ¡Ja, ja, ja!

—Algo de razón tiene. Los humanos somos un poco como ellas. Aunque se tratase de una choza bajo un puente, yo siempre volvería, con tal de estar al lado de los míos —reafirmé con un profundo suspiro.

Agradecí que no me preguntaran por mi larga salida con Bartek, pues era señal de que no sospechaban nada fuera de lo normal.

—Muy a mi pesar, he de dejarlos —me disculpé. En realidad, su presencia me perturbaba, y mi mente ya estaba planeando sobre otros asuntos. El principal y más urgente: visitar a Clara.

14

Al poco rato de mi encuentro íntimo con Bartek

Verla por primera vez me causó una estremecedora sensación de contigüidad, pues la neblina que deslustraba su mirada de inmediato me recordó los ojos de Maria. La desconocida que acababa de abrirme la puerta de la casa de Clara llevaba puesto un uniforme de color salmón, que sin duda había heredado de Irena. Ella era más o menos de su misma constitución, un poco más alta y menos flaca, pero dotada de una pareja de bustos firmes que rebosaban de las copas del sostén y tensaban los ojales del vestido. Me pareció una mujer agraciada, aunque en ese momento su belleza estuviera velada por una piel macilenta. El recuerdo doloroso que aquella mujer me trajo de Irena y la prisionera de Auschwitz provocó en mí una gran pena.

—Buenas tardes, *Frau* F. —La muchacha acompañó sus palabras en un perfecto alemán con una ligera reverencia.

Apenas le presté atención en aquel instante, pues mi mente se centró en atrapar las atenuadas notas musicales que aleteaban hasta mis oídos procedentes del salón. Clara estaba interpretando en el piano uno de los nocturnos de Chopin a los que con frecuencia recurría en momentos de desconsuelo. Enseguida adiviné que se trataba del opus 15, número 3. No era la primera vez que lo escuchaba en esa casa, y concluí que, si mi amiga se había decidido por dicha partitura, era debido a que se sentía desdichada.

—Mi nombre es Hedda Ehrlich, *Fräulein* Ehrlich, y soy la nueva ama de llaves de la familia W. —dijo con soltura aunque con la mirada puesta en el solado. Sus ojos eran amarillos como el ámbar.

—Sea bienvenida y le deseo toda la suerte en su nuevo trabajo —respondí sorprendida de que Clara hubiera contratado los servicios de una alemana con tanta presteza. Mayor fue mi perplejidad al preguntarme cómo haría para ocultarle la niña judía. Todo un ejercicio de irresponsabilidad, salvo que la sirvienta hubiera sido *reclutada* por Karl, inferí.

—*Frau* W. la está esperando. ¿Me permite, *Frau* F., que le tome su echarpe y el paquete? —añadió señalando este último. Su espontánea amabilidad nada tenía que ver con la de Irena. La nueva se esforzaba en recibir a las visitas con una sonrisa. A decir verdad, la llevaba puesta desde que abrió la puerta, pero la curvatura suave de sus labios dibujaba en su rostro un sentimiento negativo que no podía disimular, una sutil mezcla de dolor e incomodidad que solo unos ojos ya entrenados como los míos podían captar.

—No, gracias, *Fräulein* Ehrlich, no se moleste, está bien así.

El paquete no era más que una caja de zapatos atada con un cordel en la que yo misma metí algo de ropa que podría venirle bien a Zosia. Apenas me quedaba vestuario en desuso en el armario de mi hijo; prenda a prenda, se la fui regalando a Jędruś.

Fräulein Ehrlich dio dos vueltas a la llave de la puerta principal y se adelantó para acompañarme hasta el salón, donde Clara me esperaba. La nueva empleada poco me recordó a Irena por detrás; al menos, el vestido esculpía en ella una silueta femenina. Era más ancha de hombros que su predecesora; y su cadera, más prominente. Aunque, eso sí, huesuda, como también lo eran sus codos y tobillos. Decididamente no estaba ante una persona de constitución delgada, sino frente a una víctima de la estrechura. Los agobios de la guerra, cavilé, el hambre maldita. Últimamente eran muchos más los alemanes que buscaban encontrar suerte en el Gobierno General, donde la situación presente quizá era más sostenible que en nuestra patria... Pero, ¡oh, Dios mío!, mis divagaciones se vaporizaron cuando, al abrir la puerta del salón, *Fräulein* Ehrlich dejó a la vista los números de Auschwitz tatuados en su antebrazo. Eran como los de Maria; toda ella era una réplica de Maria, lo que explicaba la singular sensación que experimenté al verla.

—*Frau* W., ya está aquí *Frau* F. —me anunció a Clara.

Clara, sin dejar de tocar ni levantar la mirada del teclado, me invitó a pasar con un aleteo de la mano en el aire. Casi al oído, le susurré a *Fräulein* Ehrlich que se retirara, que yo misma me acomodaría.

Permanecí quieta en el umbral, no por voluntad propia, sino porque ningún músculo me obedeció y porque sentí en las plantas de los pies una sensación similar a la de miles de agujas pinchándome la piel. En verdad, la visión de aquel tatuaje me conmocionó. ¿Qué diablos hacía una presa de Auschwitz en casa de Clara? Kreta me sacó del momento de paroxismo que me atenazaba al golpear con su hocico repetidas veces en mi mano. La humedad de su trufa fue como si me hubieran echado un jarro de agua fría sobre la cabeza.

Decidí esperar callada a que mi querida amiga judía concluyera aquel opus de pasajes sombríos. La observé con condescendencia. Más que sentada, mi amiga yacía abatida en el taburete, con los ojos apenados planeando por las partituras. Esta es una escena que el recuerdo me ha traído una y otra vez a lo largo de la vida, idealizada en la joven al piano de Renoir. Veo aún hoy a mi amiga ocupando su lugar, sentada ante aquel piano y vestida con el mismo traje vaporoso, blanco y adornado con elegantes ribetes negros.

La tristeza serena de Clara vagó por mi dermis en forma de vibraciones acibaradas. Sus delicadas yemas caían sobre las teclas como conjuros de un dios de la Antigüedad, defraudado por la traición de un ser querido. Notas lánguidas que se clavaban en mi pecho, buscando la puerta de mi corazón. Hasta Kreta debió de sentir la melancolía de su ama, pues me dirigió media docena de gemidos que calmé con unas caricias.

—Tranquila, Kreta, a tu amiga racional no le pasa nada malo. Solo está triste —susurré a la perra mientras me acuclillaba para sobarle su laxa papada.

—La racionalidad es lo que nos hace emocionales y provoca que nos sintamos culpables —musitó Clara en un tono casi inaudible como colofón a la última nota liberada con su estilo magno.

No dijo nada más en los veinte segundos siguientes. Sus ojos taciturnos se extraviaron en el pequeño grupo de nubes blancas que bisbiseaban en el cielo de enfrente del ventanal, tal vez buscando en ellas la paz que no encontraba.

—Aquí estoy, amiga mía, de brazos cruzados, inmersa en esta absurda lucha, mientras el cuerpo sin vida de Irena se descompone, abandonado en alguna parte, quién sabe dónde, quizá en la cuneta de un camino solitario u oculto bajo la hojarasca de un bosque cercano, a merced de las alimañas... Dudo de que ninguno de sus sanguinarios torturadores se compadeciera de ella y le diera sepultura.

Con la mirada hundida en el teclado, pasó su mano izquierda por encima de una decena de teclas, improvisando quizá una melodía silenciosa como tributo a Irena. Por su mejilla rodó una lágrima que hizo que mis ojos también se empañaran. ¡Cuán arrepentida me sentía de no haberme mostrado más afectuosa con Irena, de haber pensado cosas horribles de ella, de no haber visto a tiempo su hermosura interior! Pero ¿cómo hacer las paces con una persona que pasó a mejor vida?

—Me pregunto por qué mi marido no lo ha hecho —masculló Clara de repente, muy seria, mirándome a la cara.

—Hacer ¿qué? —Me erguí dando una palmadita a Kreta en el lomo y anduve hasta ella. En el camino recogí con la punta de la lengua el hilo de lágrimas que salaban mis labios.

—Pensar... Reflexionar antes de actuar.

Me coloqué en cuclillas frente a Clara y acaricié su antebrazo; ella reaccionó arropando mi mano entre las suyas. Nos miramos enmudecidas durante unos instantes, invadidas por una calma desde la que parecían resonar los infinitos ruidos de la vida. Busqué en sus ojos azules una mirada retrospectiva, las cenizas de un resentimiento amargo avivado por la deslealtad, la quemadura fresca de una traición entre amigas. Pero solo pude descubrir unas pupilas de terciopelo negro que me hicieron saber que ella aún me quería.

—Pensar es la tarea más espinosa que existe, por eso nos resulta más fácil delegarla en otros, hasta que dicha laxitud nos pone al borde del precipicio... Y entonces, zarandeada por el vértigo, tienes que tomar una decisión por ti misma porque es demasiado importante para dejarla en manos de terceros —contesté pensando en mí.

—Ven, amiga mía, ven, siéntate a mi lado. —Clara no parecía tener prisa por ponerme al corriente de Zosia, de *Fräulein* Ehrlich, de Karl... Con unos golpecitos sobre la banqueta me invitó a compartirla; ella se echó hacia un lado y yo me senté en el pequeño espacio que había dejado libre para mí. Al verme el esparadrapo en la sien, Clara pasó los dedos por encima de la pequeña tira de tela con la misma ternura que Bartek me transmitió momentos antes.

—No es más que un corte sin importancia, querida, aunque el golpe que lo provocó fue providencial, porque me ha servido para ver muchas cosas con claridad... Así que en verdad doy gracias a su autor... —le aclaré sonriente con el propósito de que Clara no quisiera saber más sobre el asunto—. En breve estará curado...

Mi amiga me besó el dorso de la mano, levantó la mirada hacia el techo del salón a la vez que ponía sus dedos sobre teclas concretas del piano y, tras tomar aire y soltarlo en un suspiro, comenzó a tocar *Claro de luna*, de Debussy.

—¿Dónde está Zosia? —le susurré al oído mientras dejaba el paquete en el suelo y, señalándolo, añadí—: Contiene ropa de Erich para ella. Esperemos que le sirva. La próxima vez traeré algo más concreto y de su talla. Podríamos ir juntas a comprárselo.

—Zosia está algo mejor. Gracias, Ingrid, por acordarte de ella. Cualquier cosa le vendrá bien, apenas posee media docena de trapos andrajosos, con remiendos sobre remiendos... Enseguida la conocerás. Es una niña dulce como el almíbar... —contestó mientras los acordes, lentos y profundos, nos sumían en un estado de ingravidez que cosquilleaba nuestros espíritus codiciosos de tranquilidad—. Dime primero cómo estás tú.

Mi respuesta fue abrazarla por la cintura, reclinando mi cabeza en su hombro derecho. De nuevo, Clara me hizo sentir como si entre ella y yo jamás hubiera ocurrido un desencuentro del que luego arrepentirnos. Solo los valientes son capaces de perdonar del modo que Clara hizo conmigo.

—Únicamente espero que algún día llegues a perdonarme, amiga mía —dije—, por no haber estado a la altura de las circunstancias cuando me revelaste tu secreto... No hay nada que desee más en estos momentos que poder volver al pasado y hacer las cosas como debía. Fui muy egoísta al acusarte de traidora y no ver el sufrimiento que cargas a tus espaldas. ¡Soy incapaz de imaginar cómo has debido de sufrir!

Ella presionó con cariño su mejilla contra mi coronilla. La melodía mecía tranquila nuestras almas, con sus corcheas recomponiendo el pentagrama de nuestra amistad maltrecha.

—No me pidas perdón, te lo ruego. Conocerte ha sido lo mejor que me ha pasado en mucho tiempo... Sin ti... —No terminó la frase, al menos con palabras. Siguió expresándome sus sentimientos hacia mí a través de la melodía melancólica de la composición de Debussy, pulsando con sus dedos de cristal de Murano las teclas parlantes, emisarias de sollozos estáticos. La contemplé henchida de un gozo amargo. Por mi amor por ella y por el de Bartek. Amores infaustos.

Permanecimos así, yo rodeando su cintura, hasta que el último acorde se volatilizó en la mudez. Abatí, rendida, mi cabeza. Nunca antes tuve al lado un corazón femenino tan noble.

—¿Sabes qué es lo que más me apetece ahora? Compartir un cigarrillo contigo —dijo liberándose con cuidado de mi abrazo para levantarse—. Hagamos como los indios cheroquis, Ingrid, fumemos la pipa de la paz para que nuestros pensamientos más puros viajen con su humo hasta el cielo y allí se unan en un vínculo sagrado de amistad, eterno e indestructible.

Su invitación me entusiasmó. No había otra manera mejor de afianzar nuestra hermandad. Mi pianista de Renoir fue en busca de su pitillera, que se encontraba en su lugar habitual, en la cajita victoriana de nogal que yacía sobre la mesa de centro. Mis ojos quisieron seguir sus movimientos, pero se detuvieron en el Hitler que nos observaba como siempre desde lo alto de la chimenea. Mi primera impresión de rechazo me desconcertó: ya no me pareció el hombre augusto al que dediqué un amor platónico. Me pareció un trampero disfrazado de estadista, un ser desalmado que había enajenado con cebos envenenados las conciencias de mis compatriotas. Su mirada cerúlea, el lucero que alumbraba la senda hacia la nueva Alemania, se me antojó de repente extraviada; ahora me parecía ver claro que era la de un chiflado. Y qué decir de su bigote... casi perdí a una amiga porque se rio de él al compararlo con el de un cómico del celuloide. Un bigote hilarante, si no fuera porque detrás de ese mostacho se escondía un demagogo, un peligroso agitador de masas, un sanguinario autócrata que despreciaba la vida. Aún hoy no acierto a explicar por qué ese óleo me obnubiló hasta el delirio.

—Yo sí que he de pedirte perdón por mi extraña conducta, pero me veo sepultada por un alud de sucesos inesperados. Reconozco que estoy hecha un manojo de nervios. Por un lado, está el problema con Zosia, una niña que se merece que la cuide como haría una madre; por otro, Hedda... la muchacha que te ha recibido —dijo acariciándose el vientre donde crecía una vida a la que también había que prestarle atención.

—*Fräulein* Ehrlich...

Clara asintió, encendió el pitillo y le dio una breve calada que retuvo en sus mejillas infladas para luego soltar el humo de un soplido. A continuación, me ofreció el cigarrillo, para que yo continuara con el ritual. Su humo y el mío se encontraron en el techo del salón; nada mundano podía ya romper nuestra amistad.

—Me ha parecido una mujer extravertida, pues nada más abrirme la puerta se me ha presentado orgullosa de trabajar para ti —continué—. ¿De dónde ha salido? ¡Es una prisionera de Auschwitz! Me imagino que tu esposo ha sido fundamental en la decisión. —En mi voz se percibía cierto desconcierto. Fuera como fuese, *Fräulein* Ehrlich había logrado salir del KZ cuando yo había fracasado en mi intento de hacer lo propio con Maria, que murió por mi culpa...

Me acomodé en mi sitio habitual de nuestro sofá preferido, y ella se sentó a mi lado sujetando el cenicero de plata con forma de cisne.

—¿Y cómo has sabido tú que viene de Auschwitz? ¡Ella no ha podido decírtelo! —dijo Clara sorprendida.

—He visto su tatuaje en el brazo... Debes saber que he estado en Auschwitz. He regresado esta misma madrugada de allí, donde he pasado la noche más espantosa de mi vida...

—¿Auschwitz? Entonces, Günther... —Clara me miró aterrada.

—Tranquila, Clara, él no sabe nada de tu secreto, nuestro secreto, y así seguirá sepultado hasta el fin de los tiempos. Como quiero ser sincera contigo, mi viaje a Auschwitz fue para hablar con él sobre ti, sí, pero una serie de acontecimientos impidieron que cometiese tamaño error que me llevaría al infierno sin posibilidad de redención... Las cosas que no han de ocurrir a veces no ocurren, por fortuna.

—¡Oh, Ingrid, no sé si algún día se me presentará la oportunidad de recompensarte por el trance que te he hecho pasar! —Clara se aclaró la garganta e hizo una pausa para recobrarse del susto—. ¿Y qué has logrado averiguar de ese lugar? ¿Son ciertas las cosas que se dicen sobre él? —me preguntó agitada. Creí que quería conocer detalles del campo por propio interés, por si el destino quisiera que su vida acabara tras sus vallas electrificadas. Pero no era solo su futuro lo que le preocupaba, también lo era el sino de sus seres queridos, miembros de su familia allí confinados, como averiguaría en breve.

—Auschwitz puede esperar. Antes dime cómo convenciste a Karl para traerte precisamente de allí a *Fräulein* Ehrlich..., bueno, a Hedda... Con solo proponérselo, Günther me enviaría a hacer gárgaras... —Resolví no contarle nada de momento sobre la oscuridad más negra que anidaba en mi esposo.

—Bueno, la idea me vino a raíz de lo que contó *Frau* Von Bothmer sobre los prisioneros judíos que tienen a su servicio los Höß.

Una vida de Auschwitz a cambio de la de Irena. ¿Por qué no? Era el único modo que se me ocurría para de alguna forma sobrellevar... o afrontar, qué sé yo..., asumir lo de Irena. Era una necesidad del corazón. De modo que la misma mañana en que supe que Irena estaba muerta, antes de que tú vinieras a verme, y en vista de que Karl eludía hablar conmigo, decidí mandarle un telegrama. Le exigí que consiguiera otra criada, pero no una cualquiera, sino otra judía, ya fuera alemana, polaca o antípoda, a modo de resarcimiento por lo que le ha hecho a Irena.

—¿Y pusiste todo eso en un telegrama? —pregunté espantada, pues una misiva de esa naturaleza sería carnaza para la Gestapo si cayera en las manos inadecuadas.

—¡Por supuesto que no, Ingrid! Parece que no me conozcas. Eché mano de la perspicacia y le redacté un mensaje en clave que solo pudiera entender él.

Clara se levantó, salió del salón con Kreta pisándole los talones y volvió con un pedazo de papel en sus manos y con la perra dando pequeños brincos para intentar hacerse con él. Me tendió con orgullo la pequeña nota, que decía:

Estoy al corriente de todo cuanto sucedió anoche con mi más preciada esmeralda. Enmienda tu acción si no quieres que tu esposa, que nada tiene ya que perder, te haga hacer las maletas para la eternidad: ve a la joyería y compénsame con una piedra preciosa similar a la extraviada.

—No pensé que fuera a tomarme en serio —prosiguió Clara—. Estaba furiosa y solo quería demostrarle que no podía tratarme como un guiñapo, que su esposa judía podía destruir su mundo con un chasquido de dedos, como él hizo con Irena, como los nazis han hecho conmigo...

—Entonces..., ¿él está enterado de que eres judía?

—Por supuesto, lo sabe desde el día en que me conoció —aseveró mirando al exterior, como perdida en escenas pretéritas.

Su revelación me dejó atónita. ¡Un oficial nazi, de sangre pura, casado a sabiendas con una judía! Todo aquel mundo que tanto había idealizado resultaba aún más incoherente si cabía. Estaba plagado de traidores, mentirosos, asesinos, manipuladores... Nada era real, salvo sus efectos funestos en la gente.

—Hoy, el mayor temor de Karl es que alguien conozca mi origen hebreo, o que yo misma pueda hacerlo público.

—¿Y de verdad serías capaz? —Fruncí el ceño.

—¡Naturalmente que no! Le debo la vida a ese mentecato, y él lo sabe. Pero de un tiempo acá se le ha metido en la cabeza que quiero hacerle daño. Creo que su odio a los judíos ha crecido en él hasta el extremo de verme como uno más de ellos, un ser del que no se puede fiar...

—Pero, quizá sin saberlo, le has transmitido ese temor —le insinué.

Clara dio un suspiro triste.

—Lo he pensado. Es posible que mi enfermedad haya contribuido a que vea en mí a una persona vulnerable, inestable y capaz de cometer una locura... Me pregunto si pensará que estoy tentada de desaparecer y que, antes de dar el paso, intentaría arruinar su vida. En cierta manera, a sus ojos, no tengo ya nada que perder —dijo con manifiesta preocupación—. Eso explica que mi amenazante telegrama surtiera efecto, y tan rápido. En un tris me trajo a Hedda. Debió de notarme tan descorazonada y enfadada por lo de Irena que el muy idiota sin duda me vio capaz de cumplir mi amenaza... El caso es que él no dudaría en destruirme a mí para salvar su trasero. En este punto no albergo la menor duda. Ya no.

—No comprendo... Si tanto miedo te tiene, ¿por qué accedió a desposarte? —pregunté con curiosidad.

—Por amor, por el amor que hubo al principio... por su parte —respondió Clara con un hilo de voz.

Estábamos tan unidas y sabía tan poco de ella... Ignoraba el grosor de la máscara tras la que se ocultaba la auténtica Clara, una buena mujer atrapada en una trama de mentiras y ocultamientos, siendo quien no quiere ser.

—Hace dos años, todo era bien distinto entre nosotros. —Se mordió el labio—. Por entonces, para Karl era un gesto de humanidad tender la mano al necesitado, sin esperar nada a cambio. Y es lo que hizo conmigo. Me conoció en uno de los momentos más difíciles de mi vida. Me habían arrebatado a mi amado Albert, a mi madre, a mi hermano Gregor, y cuando a punto estuve de tirar la toalla apareció él. Gracias a Karl me libré de los muchos padecimientos que sufrieron mis iguales.

El salón de repente se convirtió en un horno asfixiante, por lo que le pedí a mi amiga que siguiéramos la conversación en el jardín, donde esperaba que la brisa todavía fresca sofocara las llamas de impotencia que me incendiaban por dentro.

El jardín de Clara se convirtió en un improvisado confesonario al aire libre. Ambas íbamos cogidas del brazo bajo la protección de un parasol grande de color amarillo. Sentí la imperiosa necesidad de mi amiga de desnudarse ante mí. Durante años, su alma había permanecido de espaldas a la realidad, con los ojos cerrados ante el mundo que la amenazaba, agazapada tras una casamata que creía inexpugnable. Necesitaba liberarse de ese yugo, sentir la compasión, la comprensión, la solidaridad y el perdón de la única persona que en ese momento estaba a su lado. De mostrarse más allá de lo evidente, sin lirismos artificiales, y ser aceptada por lo que era y no por lo que fingía ser. La verdadera Clara se me antojó como una versión excelsa de la que había conocido hasta entonces.

No mintió cuando me contó que fue maestra de piano: comenzó muy joven, a los diecisiete años, dando clases particulares a hijos de judíos adinerados, y también a los de pudientes alemanes arios. Con el tiempo, perdió a estos últimos de su cartera de clientes. Pero Clara estaba familiarizada con la indiferencia y el desprecio. Siempre sintió el odio latente, muchas veces intangible, de los alemanes que consideraban a los judíos un grupo marginal y dañino. Desde que tuvo uso de razón, en la escuela, en el parque. Niños aleccionados por sus padres para menospreciar a los compañeros que no eran como ellos, educados para hacerles sentir el estigma de la manera más cruel. Yo sabía bien qué era eso, pues acabé marginando y ridiculizando del mismo modo a los judíos de mi entorno.

—... Y, sin embargo, yo seguía sin verme como alguien diferente, me sentía una más, y aunque los mayores eran más discretos que los niños, siempre había algo, un gesto, una mirada que daba a entender que yo era un ser marchito, desmerecedor de estar allí entre ellos... A la vuelta del colegio, me miraba en el espejo de mi cuarto, a veces desnuda, intentando descubrir qué parte de mí me hacía diferente al resto por el hecho de ser judía. Y lo que veía era una niña rubia, con ojos, brazos y piernas iguales que los de mis compañeros de clase, incluso con una apariencia más agradable para la vista que la de algunos de los que me hostigaban. Me consideraba una niña brillante en los estudios, me gustaba aprender y procuraba no quedar rezagada respecto a los demás. Entonces ¿por qué había quien me miraba de reojo con inquina y se apartaba de mí arrugando la nariz? No lo comprendí entonces y sigo sin comprenderlo ahora.

»Ya habíamos sido perseguidos mucho antes... Se nos culpaba injustamente de muchas de las desgracias de la humanidad. Supe que mis padres, mis abuelos, mis tatarabuelos y hasta mis más remotos antepasados sintieron en sus carnes el odio, la persecución, la exclusión... Detrás de ese antisemitismo estaba la religión, la política, la economía o lo que fuera menester. El caso era mantener vivo el odio hacia nuestra raza.

Clara necesitó un momento para encontrar las palabras y aprovechó el paréntesis para llamar a Kreta, que corría en el prado de enfrente dando saltitos detrás de unas mariposas.

—Y ahora, Hitler... —Tragó saliva—. Eseególatra ha sabido canalizar astutamente la antipatía al judaísmo para hacerse con el poder y usarnos como chivo expiatorio sobre el que descargar todos los ataques... Se nos acusa del fracaso de Alemania en la Gran Guerra, o de la crisis económica que llegó después. Hemos sido su trampolín para alcanzar el poder: se ha granjeado el silencio y la complicidad de la mayoría de los alemanes a cambio de ofrecerles una sociedad perfecta, segura y acomodada, algo imposible de lograr con las subrazas de por medio.... Por eso arremete contra nosotros con esa rabia descontrolada.

»¡Qué sabrán de mí Hitler y quienes lo adulan para decidir si arrojarme o no al contenedor de los seres inferiores! —exclamó con una sonrisa sarcástica, arrastrando un poco las palabras—. La necesidad de ser aprobada por los que me consideraban bazofia hizo que creciera intentando ser siempre mejor persona, la versión óptima de mí misma. Aprendí a mostrarme prudente, modesta, a no sobresalir o vanagloriarme de mis cualidades o éxitos con el propósito de no soliviantar a quienes despreciaban las culturas distintas de la propia. Resulta fatigoso, sobre todo para una adolescente, asumir que lo que otros piensan de ti es más importante que la opinión que tienes de ti misma. Mi meta existencial era ser merecedora del título *ciudadana del Reich*. Pero no importaba lo mucho que me esforzase, hiciera lo que hiciera, dijera lo que dijera, siempre existía un argumento para desacreditarme y, a la postre, aislarme.

»Si eras un judío pobre, se te echaba en cara la falta de espíritu de sacrificio de los de mi raza; si, por el contrario, eras rico, criticaban tu codicia, tu tacañería o tu indiferencia ante los desfavorecidos. Y tampoco importaba que no fuéramos judíos practicantes y que nunca pisáramos una sinagoga. Ni siquiera cambiando de religión lograba nadie desprenderse de la deshonra que pesaba sobre la familia: ¡qué ejercicio de ingenuidad, como si fuera posible que el esclavo se pudiera borrar el estigma de su piel negra!...

Mientras ella caminaba a mi lado con la mirada puesta en la tierra del camino, no notó que con cada una de sus palabras iba dinamitando poco a poco mi corazón. Sus reflexiones cayeron como pesadas bombas lanzadas por Stukas en picado sobre mi conciencia vanidosa. Me sentía desorientada, perdida en pensamientos paradójicos, y me odié por haberme convertido en todo lo que detestaba o debía detestar.

—Así que, poco a poco, y para no acabar de bruces contra la obstinada realidad, fui extremando la cautela a la hora de relacionarme con alemanes que no fueran judíos. Aprendí a no mostrarme jamás confiada con una persona hasta constatar que no me juzgaba por ser judía. Para mi sorpresa, me topé con gente proveniente de las más diversas clases sociales que me tendió la mano con cariño y con la que pude entablar una relación de atención y respeto. Estos eran los alemanes con los que me identificaba, alemanes como yo que no creían en la superioridad de nadie. No les importaba que fuéramos *Saras* o *Israeles*. Pero, con los años, muchos de ellos se alejaron de mí, por la presión, por el miedo, por las conspiraciones. Ya sabes, Ingrid, si te relacionabas con un judío corrías el riesgo de ser tratado como él. Yo lo llamo la guerra de las mirillas. No juzgo pues su comportamiento. Por el contrario, sí me sorprende mi conducta y la de otros muchos judíos con los que he tenido ocasión de compartirla. Me refiero a que, a pesar del trato inhumano del que he sido víctima, me siento alemana. Amo la Alemania que me vio nacer y crecer. Pienso, quiero y sufro en alemán. Soy el producto de su literatura, su música y su arte. Me alegro de los éxitos de mi país y me revuelvo contra quienes lo ofenden. ¿No es suficiente eso? ¿Qué hay de malo en ser judía si siempre fui una patriota ejemplar? ¿Por qué debo sentirme perseguida, existir al margen de la sociedad a la que pertenezco por derecho propio? Solo sé que la alemana que hay en mí se indigna más que la judía... No puedo dejar de ser alemana, ni tampoco judía. ¡Ambas condiciones fluyen de manera indisociable por mi sangre!

—¡Cuánto lo siento, Clara! —suspiré abochornada por haber aplaudido en el pasado las conductas antisemitas. Me dejé caer al borde del camino y rompí a llorar—. ¡Oh, Clara! ¡Si se pudiera retroceder en el tiempo y corregir las maldades!

—No llores, mi adorada Ingrid, te lo ruego. —Clara se puso en cuclillas y me acarició el cabello—. No me malinterpretes; no tengo nada personal contra ti. Conozco muchas personas que como tú se dejaron llevar por las sombras proyectadas en la caverna nazi. Somos humanos y, como tales, cometemos errores. Lo importante es verlos a tiempo y rectificar. Y tú, en este sentido, me has mostrado la grandeza de tu espíritu.

—Soy un ser mezquino... En cambio, tú... ¡tienes un corazón que no cabe en la catedral de Berlín! —gimoteé a causa de mi impotencia para transmitirle mi sincero arrepentimiento. Clara no pudo menos que sonreír.

—¡Qué voy a hacer contigo! Si te sirve de consuelo, es la primera vez que hablo de esto con alguien. Con Karl me fue imposible; nunca encontré las fuerzas... Te pido perdón por haberte utilizado como válvula de escape... Por favor, no derrames más lágrimas... Ven. —Me cogió de ambas manos y me ayudó a ponerme en pie—. Volvamos a casa, el sol me está empezando a comer las pantorrillas... Será mejor que dejemos este tema para otro día. Es hora de que conozcas a Zosia...

—Amiga mía, estoy bien. Solo necesito estar un poco más al aire libre. Busquemos un buen resguardo contra el calor —dije, dándole a entender que necesitaba que me siguiera hablando de su pasado.

Ella vaciló un poco, pero, al notarme con mejor ánimo, cedió a mi deseo:

—De acuerdo; si te parece bien, podemos caminar hasta el plantío de alisos, para refrescarnos los pulmones con sus sombras sanadoras...

Antes de reanudar la marcha, Clara se agachó a coger unas florecillas moradas, para hacer con ellas un pequeño ramillete que luego me entregó. Kreta nos distrajo reapareciendo por entre unos arbustos y corriendo dos veces en círculo a nuestro alrededor para volver a desaparecer en la vegetación arrastrada por un nuevo rastro.

—¿Por dónde iba? —prosiguió—. Ah, sí, como te decía, el ambiente se hacía cada vez más irrespirable para los judíos. Finalmente, perdí a todos mis alumnos, más preocupados por subsistir que por leer partituras. Pero gracias a la mediación de Franz Keller, un violonchelista que me debía algunos favores, el doctor Jakob Goldbaum me contrató como secretaria en la consulta clandestina que había montado en su casa para atender a los judíos que aún podían permitirse ser tratados por un médico de prestigio. Como yo iba saliendo del paso, ingenua de mí, creí que, al final, mi familia y yo saldríamos indemnes de todo aquel horror. Éramos unos ciudadanos normales, cívicos, honrados, que se ganaban el pan con el sudor de su frente y que nunca habían causado problemas para la comunidad, y deduje que no había ningún motivo para que fuésemos el blanco de iras o venganzas... Pero erré de cabo a rabo.

Con aquella frase rotunda llegamos al borde de la arboleda, donde un grupo de cuervos arracimados en la copa del aliso más alto nos recibió con graznidos que rompieron la calma del lugar. Sus voces estridentes despertaron a cientos de estorninos, que alzaron el vuelo al unísono lanzando llamadas de alerta y dibujando en el cielo unas bellas figuras ondulantes que contemplamos con embeleso hasta que las aves desaparecieron en el horizonte.

La gente buena es incapaz de anticiparse al mal, cavilé mientras Clara y yo nos acomodamos sobre el fresco verdor que había a la vera de un gran tronco. Esto fue lo que les aconteció a Clara y a su familia:

La travesía de mi amiga hacia un infierno dantesco dio comienzo en un día de principios de mayo de 1941, de regreso del trabajo. Por entonces hacía ya tiempo que había dejado de trabajar para el doctor Goldbaum, quien huyó a Londres junto con su familia poco antes de que el Reich invadiera Polonia. Realizaba uno de los trabajos forzados reservados para la comunidad judía. A Clara le asignaron el de limpiadora en el servicio de mantenimiento de los tranvías. En aquella fecha señalada, acudió a las cocheras como cualquier día. Resultó ser una jornada intensa, pues sus dos compañeras, también judías, no se presentaron aquel día a trabajar; la razón podría estar en que días antes les oyó decir que estaban reclutando judíos para levantar un área de barracones en Milbertshofen destinados a gente de su raza. Así, haciendo el trabajo de tres, terminó tarde y agotada, como casi siempre, y caminó a paso ligero para llegar a casa antes de las ocho, el toque de queda. Al doblar la esquina para entrar en la calle en que se encontraba el edificio donde vivía junto con su familia, Clara divisó unas furgonetas de las Schutzstaffeln y la Gestapo aparcadas frente al portal de la vivienda, flanqueado por dos soldados rasos. Vio cómo en ese momento unos hombres ataviados con monos de trabajo cargaban en uno de los vehículos su piano de pared Bechstein. Toda ella se puso a temblar al hacerse consciente de que su familia corría un gran peligro, y antes de que pudiera reaccionar le asaltó su vecina, Rosel Schneider, que la cogió del brazo con disimulo y se la llevó a remolque hasta introducirla en un portal situado dos más allá del suyo. La mujer le cubría la boca con un pañuelo, para así amortiguar los sollozos que podían alertar a los SS. Clara la miró fuera de sí.

—Le pregunté si se los habían llevado a todos —me detalló Clara—. Rosel asintió y me abrazó con fuerza contra su pecho: «¡Cuánto lo lamento, muchacha!», me dijo. Me sorprendió su amabilidad, porque ella, que vivía en la misma planta y me había visto crecer, llevaba años evitándonos y dirigiéndonos la palabra solo cuando era estrictamente necesario.

»Los terribles acontecimientos me dejaron conmocionada. Tenía la mente en blanco, incapaz de entender qué nos estaba pasando, por qué sin previo aviso mi familia había sido detenida por las SS: ¿nos había denunciado alguien o éramos víctimas del azar? ¿Por qué no seguimos el consejo de Frederika? Meses atrás, esta amiga de mi madre, también viuda, recibió una notificación en mano que la obligaba a dejar la vivienda; se asustó tanto que resolvió huir con sus dos hijos antes de que fueran los nazis los que decidieran por ella su *reubicación*. Frederika animó a mi madre a que hiciera también las maletas, porque estaba convencida de que los judíos tendríamos un futuro muy negro mientras Hitler estuviera al frente de la nación.

»Rosel me informó de que se habían llevado a los Rosenzweig, incluido su hijo Albert, mi prometido. A él y a mi hermano los subieron a un furgón que iba directo a Dachau, como pudo escucharle decir a un soldado. Asimismo, averiguó que a la madre y la abuela de Albert, así como a mi madre, las habían metido en un vehículo cuyo destino no era ni Berg am Laim ni Clemens-Auguststraße ni ningún otro *Judenhaus*. Posiblemente a un campo de concentración lejos de Múnich. Se enteró por *Frau* Ritter, su vecina del apartamento de al lado, de que todo había sido obra de *Herr* Wegner, el antisemita del quinto que siempre detestó tenernos en el mismo edificio. Nos había denunciado a los Rosenzweig y mi familia ante la Gestapo de estar tejiendo una red de conspiración contra el Reich.

»Quise salir corriendo y entregarme para reunirme con mi familia. Mi destino era estar a su lado, no importaba dónde. Rosel me quitó esa idea de la cabeza. Insistió en que mi madre no querría eso para mí y que, si mi intención era ayudarlos, debía actuar con astucia, desde fuera, con el apoyo de algún familiar o amigo. Ella, por su parte, no podía hacer nada por mí, porque su marido Heinz no se lo permitiría. Tampoco podía quedarme ni un minuto más allí, ya que estaba segura de que volverían a buscarme. "Ahora no solo eres judía, sino también una criminal", remató.

»Aquel día en que se llevaron a mi madre, a Gregor y a Albert, mi vida se vino abajo —sentenció Clara mirando al cielo—; morí por dentro...

No había palabras que pudieran reconfortar el dolor que atenazaba el alma de mi amiga. Tal y como me reveló, su vida se había convertido en un duelo eterno, cruel, blindado por la impotencia, la rabia, la pena y la culpabilidad. Una amalgama de sentimientos intragables.

—Rosel me condujo hasta un pequeño callejón próximo y me instó a que la esperara. Unos minutos más tarde apareció con un grueso abrigo, una bufanda y un bolso de tela colgados del brazo. En él había metido unos guantes por si la noche era fría y algo de dinero y alimento. «¡Dios te proteja!», fue lo último que me dijo la buena mujer. Su mirada compasiva me recordó a la que lanzaba el doctor Goldbaum a los enfermos desahuciados.

»Pero no me marché. Me escondí en un soportal de la callejuela y esperé bien entrada la noche para regresar a nuestro apartamento. Tenía que volver para ver qué había ocurrido allí dentro, y si los SS habrían podido dejar alguna pista que me revelara el paradero de mis seres queridos. Recorrí la calle pegada a las fachadas, para evitar así la luz cobriza de las farolas que la iluminaban. Solo me crucé con un vehículo que venía de frente; al principio me asusté, pero resultó ser una camioneta de reparto.

»Subí de puntillas el tramo de escaleras hasta nuestro piso de alquiler de la segunda planta. Pegué la oreja en la puerta; cabía la posibilidad de que algún SS estuviera esperándome dentro. Pero no escuché nada al otro lado. Entré. Se me echó encima un apartamento caótico; los cajones de muebles y armarios estaban abiertos, y el suelo, sembrado de papeles, ropa y algún que otro objeto pequeño. Todo estaba manga por hombro. No solo se habían llevado el piano, sino también un juego de cuatro cisnes de porcelana pintados a mano y rematados con pan de oro que mi madre heredó de su suegra y que guardó siempre con celo en la vitrina del comedor; la cajita metálica que contenía nuestros modestos ahorros; el joyero, donde mi madre guardaba sus pocas alhajas de escaso valor y algunos anillos y cadenas de mi padre. Éramos una familia humilde y trabajadora; todo nuestro patrimonio era lo que contenía aquel apartamento. Y el resto de las pertenencias que ellos despreciaron quedaba, como era consabido, a la espera de que se hiciera un inventario y saliera a subasta o de que el siguiente inquilino ario los adquiriera a precio de ganga. Bastaba un puñado de horas para destruir toda una vida de sudor y esfuerzo.

»Me quedé tiesa en medio del pequeño salón, igual de abatida que el coronel derrotado que contempla los cadáveres de los hombres de su batallón dispersos en el campo de batalla. La ansiedad debió de levantarme el pitido de oídos que resonaba en mis sesos y que desapareció al escuchar un portazo sordo proveniente de la planta inferior. El golpe me espabiló. Debía darme prisa y abandonar cuanto antes mi hogar. Este ya no era un lugar seguro. Me cambié rápido la ropa que llevaba puesta por algo limpio y discreto. Seguidamente agarré una pequeña maleta y la llené con algo de ropa y muda, mi cepillo para el pelo y el de dientes, dentífrico, un neceser con maquillaje y unas pocas fotos de familia. Obsesionada por llevarme lo estrictamente necesario, olvidé coger la navaja suiza que siempre portaba consigo Gregor y la pequeña cajita de costura que tanto adoraba mi madre, no solo por tratarse de un regalo que mi abuela le hizo cuando cumplió nueve años, sino porque gracias a ella haría sus primeros pinitos hasta acabar ganándose la vida como modista. Mi terrible olvido obedecía a que en aquel instante no concebí que aquella pudiera ser mi última vez allí y que ya nunca volvería a ver cuanto me rodeaba. Abandoné el apartamento desconcertada, sin ser del todo consciente de que dejaba atrás un pasado irrecuperable, los recuerdos más maravillosos de mi vida, y sin un techo en el que cobijarme.

Enjugué con mi dedo índice la lágrima que resbalaba por la sonrojada mejilla de Clara, al tiempo que me revolvía al pensar la de veces que me alegré del traslado de los judíos y de que sus viviendas quedaran libres para ser ocupadas por personas que realmente se las merecían. «¡Cómo pude ser capaz de regocijarme por algo así!», me recriminé.

—Me alejé de allí desalentada —prosiguió Clara—, arrastrando una tristeza que convirtió mis pies en pesas de plomo, incapaces de optar por una dirección concreta. No sabía a dónde ir, ni a quién pedir auxilio. Nuestras amistades judías, si no habían salido del país, habían sido reubicadas a un *Judenlager*, o habíamos perdido la pista sobre su paradero. Llamé al timbre del bloque de pisos donde vivía Gudrun, una compañera aria con la que había estudiado solfeo de niña y a la que me sentía unida, pues nunca manifestó estar a favor del hostigamiento que sufríamos los judíos. Pero nadie contestó. Insistí varias veces, sin éxito. Di unos pasos atrás para ver su ventana, y comprobé no solo que había luz, sino que alguien estaba asomado a ella observándome. Era sin duda la silueta de ella al contraluz, ataviada con unos rulos en la cabeza. Al verme levantar la vista, corrió rápidamente la cortina. En ese instante no supe si la prisa del gesto respondía a que quería abrirme la puerta o esconderse de mí. Puede que esperara media hora hasta darme cuenta de que Gudrun me había fallado. Su impensable reacción desató en mí una marea de emociones que confluyeron en una: temor. Si la que creí ser una amiga me daba con la puerta en las narices, qué no harían otros conocidos con los que mantuve una relación más superficial.

»Las siguientes horas anduve calle arriba calle abajo, como un alma en pena, tratando de asimilar de algún modo que mi mundo entero había desaparecido. Todo él. De repente, en lo mismo que tarda en prenderse un fogón. —Clara me miró a través de un velo de lágrimas—. ¿Te haces una idea, amiga mía?

»Mi mente me invadió entonces con imágenes de un episodio ocurrido años antes, a la mañana siguiente de aquella fatídica noche de noviembre en que la vieja sinagoga Ohel Jakob ardió y tiñó el cielo de un rojo como el de la sangre. Aquel día, la hermana de mi madre y su marido vinieron a casa para convencerla de que los tres, esto es, ella, Gregor y yo, los acompañáramos en su intento de llegar a Suiza. Allí, en San Galo, el cuñado de mi tía conservaba unos viejos amigos que nos darían trabajo y cobijo. Pero mi madre hizo oídos sordos, al igual que lo hizo con Frederika. Puso la tetera en el fuego y miró por la ventana de la cocina, como si fuera un día cualquiera, y les dijo a mis tíos, sin perder la compostura, que era una aventura muy arriesgada, que no podía poner en peligro a sus hijos y que no había que exagerar por una noche de revueltas. Ella estaba del todo convencida de que alguien pararía, más pronto que tarde, los pies a Hitler, y lo harían seguramente los mismos alemanes. La verdad es que mi madre nunca fue una buena pitonisa. Y ahora que me encontraba sin saber a quién acudir, mis tíos estaban muy lejos, ya que al cabo de unos meses decidieron aumentar su cuota de suerte en Estados Unidos.

»En definitiva, anécdotas del pasado que revividas no ayudaban a satisfacer mis ansias de hallar una solución sencilla para un problema tan complicado. Vagué por la noche hasta que la pequeña maleta empezó a pesarme como si contuviera piedras y mis doloridos pies me obligaron a sentarme en un banco del Jardín Inglés, al cobijo de la inmensa rama de un cedro monumental. Intenté permanecer despierta, alerta ante el ejército de sombras vegetales que se retorcían agitadas por un suave viento frío e incómodo, pero en cuestión de segundos caí dormida, bajo un montón de tela que guardaba un cuerpo hecho trizas. Cuando hoy miro atrás, me sorprendo de la inmensa suerte que tuve en aquellas horas adversas de no tropezarme con ningún conocido que me denunciara a la policía por hallarme en la calle fuera del toque de queda.

»Desperté al despuntar el día, el frío me había calado hasta los huesos. La tenue luz de la mañana me permitió comprobar que en aquellas horas ningún ser humano se había acercado aún a pasear por los jardines.

»Abrí por vez primera el bolso de Rosel y di gracias de poder contar con esas cuatro latas de conservas que ella me regaló y que debían servirme para subsistir unos días. Todavía conservo el abridor, los cubiertos y una preciosa servilleta blanca con topos dorados que la buena mujer también metió en él. Lo guardo todo, no solo como recuerdo de su persona, a la que espero volver a ver algún día para darle de nuevo las gracias, sino porque representa para mí la prueba más fehaciente de que hay muchos alemanes de buen corazón y buenos sentimientos que reaccionan ante la injusticia que estamos padeciendo los judíos. ¡Ojalá mi madre, mi hermano y Albert estén entre los judíos que han tenido la fortuna de toparse con alemanes bondadosos, inmunes a las calumnias antisemitas del nacionalsocialismo! Patriotas misericordiosos, como tú, amiga mía. —Clara rezumaba ternura, se puso el puño en el pecho para añadir—: Como los Friedrich, mis segundos padres, a los que nunca olvidaré... Los Friedrich cayeron del cielo, como una bendición...

Kreta interrumpió a Clara con unos ladridos encadenados. Se puso delante de su dueña, con la parte delantera del cuerpo agachada y el trasero levantado, y le lanzó unos gañidos con los ojos clavados en una rama de poco más de un palmo de longitud. Quería jugar, y Clara le lanzó el palo. Luego ella me propuso regresar a casa para refrescarnos la garganta. La suya había quedado completamente seca de tanto hablar. Desplegué de nuevo la sombrilla y emprendimos el regreso con los brazos nuevamente enlazados, dejando en la hierba apelmazada la huella donde habían descansado nuestros cuerpos.

—Continúa, amiga mía, háblame de los Friedrich...

—Sí..., los Friedrich entraron en escena cuando yo más lo necesitaba... Cuando menos lo esperaba, el destino quiso serme benévolo...

»Como te decía, desperté aquella mañana en el banco; un miércoles, lo recuerdo bien. El caso es que no podía quedarme allí sentada; debía actuar, hacer algo para salir de aquella indigencia. Concluí que si había alguien que quizá estuviera dispuesto a ayudarme solo podía tratarse de otro judío. Sí, solo alguien que sintiera la misma exclusión y tormento sería capaz de reaccionar ante mi desventura.

»Pero ¿cómo dar con esa alma compasiva? Por entonces aún no se nos impuso llevar la estrella amarilla, así que no resultaría fácil identificar a alguien como yo, así sin más, callejeando por Múnich. La mayoría de los judíos ya habían sido confinados a los *Judenhäuser*. Entonces recordé el domicilio de dos de los pacientes del doctor Goldbaum, el anciano Chaim Salomon y *Frau* Mendelssohn, que vivía con su hermana viuda. Si la dicha quería estar de mi lado, quizá aún siguieran en sus viviendas. Llamaría a sus puertas y les contaría mi situación. Tal vez ellos me ofrecieran cobijo por unas noches o supieran decirme a quién acudir... Judíos como yo; eran mi única esperanza. Aunque era consciente de que no tenían por qué salir en auxilio de una judía prófuga, pues bastantes problemas tendrían a sus espaldas como para echarse otro más que ni les iba ni venía, me propuse hacer lo imposible por que alguna de esas personas se apiadara de mí.

»Me aseguré de que mi falda y chaqueta todavía conservaban una presencia impoluta y sin arrugas, algo primordial para guardar una apariencia honorable y no llamar la atención de la policía. Si me paraban y me solicitaban la documentación, era el fin para mí. De momento, confiaba en que mi cabello rubio y mis ojos azules siguieran siendo mis grandes aliados, gracias a los cuales solía pasar por una aria más... Como no podía ir todo el día pegada a una maleta, decidí esconderla detrás de unos tupidos arbustos rastreros del mismo parque antes de ponerme en marcha... Y fue en aquel día cuando mi suerte cambió...

»Inge y yo nos encontramos por pura casualidad —me avanzó Clara mientras deshacíamos lo andado hasta la casa—. Ocurrió al salir de los servicios de una estación de autobuses, donde me aseé y acicalé en lo posible y donde dediqué unos minutos a fortalecer mi ánimo para abrir la puerta con la barbilla bien alta y armada de valor: "¡Esto de la supremacía aria es solo cuestión de creérselo!". Y apenas había caminado unos metros cuando el milagro se produjo al doblar la esquina de un edificio...

Fue entonces cuando Clara se tropezó con aquellos ojos de color gris oscuro que le eran tan familiares. Se trataba, en efecto, de Inge. Venía de quitarse una muela en una clínica situada a un par de manzanas de allí, famosa al parecer por sus precios económicos. Una y otra estaban en un lugar donde ninguna de las dos hubiera pensado que coincidirían, lejos de sus respectivas casas. Inge se extrañó de aquella grata sorpresa, y le dispensó a mi amiga un afectuoso abrazo.

Clara me contó que, durante más de veinte años, Inge Friedrich había llevado a arreglar la ropa a su madre. Le importaba un comino que fueran judíos, lo mismo que a Hilmar, su esposo, ambos de entrada edad y sin hijos. Inge vio crecer a Clara casi desde la cuna, y siempre la trató como a una hija, la que quiso tener y nunca llegó porque la naturaleza así lo dispuso. Siempre le llevaba algún detalle: un dulce, unos lápices, una revista infantil, un lacito para el pelo... Y las tardes que coincidía con que Clara tocaba el piano en el salón, ella se sentaba en una silla para disfrutar de las melodías, con los ojos cerrados, encandilada y orgullosa de la prodigiosa pianista de cabellos dorados, como Inge solía decir.

Así, en aquel fortuito encuentro, no hubo mucho tiempo para que Clara le diera a conocer todos los detalles de su tragedia, pero en cuanto Inge supo que su familia había sido acusada falsamente y que solo ella había logrado escabullirse de la Gestapo, no dudó en acoger a la muchacha en su casa, un diminuto apartamento de alquiler donde ella y Hilmar vivían desde siempre.

—A pesar de que frisaba los sesenta, Inge se conservaba bien. Es una mujer alta y fornida, agraciada con un rostro aristocrático, aunque viene de familia sencilla, y un peinado con rizos en la frente y cerca de las orejas que acentúan su agradable personalidad. La fiel clienta de mi madre es del tipo de personas que no se dan ínfulas, que se esfuerzan por ayudar a los demás y por ser de confianza para aquellos con quienes se relacionan. Sin pedir nada a cambio, sin exigirle a la vida compensaciones por las buenas obras. Pero ni Inge ni su esposo sabían en qué embrollo se metían cuando acordaron sin fisuras auxiliarme. La nueva situación de los Friedrich les venía más grande de lo que ellos creyeron *a priori*. En principio, porque era un matrimonio corriente, campechano, que llevaba una vida normal y se relacionaba con gente normal, sin contactos que les pudieran facilitar visados o documentación falsa para mí. Eran tanto o más humildes que mi familia.

—Has sacado a relucir varias veces tus orígenes humildes... —la interrumpí sorprendida—. Sin ánimo de ofender, Clara, siempre creí que una mujer tan educada y con tan exquisitos modales y gusto refinado solo podía tener un pasado aristocrático.

—¡Qué decepción acabas de llevarte, querida! Judía y plebeya... Pues te avanzo que aún hay más sorpresas en mi pasado que podrían causar más de una ampolla en tu sentido común —exclamó esbozando una ligera sonrisa.

Sin querer, Clara logró incomodarme, seguramente por mi conciencia turbada, dominada por el remordimiento de haberla menospreciado como ser humano. En realidad, en ese momento de mi vida consideré la humildad un valor en alza, más aún tras conocer cómo se sacrificaron los Friedrich por ella. Según me detalló, el pequeño apartamento, cuya sala de estar, comedor y cocina compartían un único espacio, contaba con un baño y un solo dormitorio, donde Clara dormía en un jergón estirado sobre el suelo. Un biombo improvisado con tres tableros separaba el lecho de mi amiga y la cama de matrimonio donde dormían sus hospedadores. En aquella minúscula vivienda permaneció oculta durante un largo período de tiempo: lo que en principio iban a ser unos días se convirtieron en semanas y luego en meses. Estuvo oculta sin salir a la calle. Ni siquiera podían hacerla pasar por una sobrina o alguien allegado que estaba de visita, porque en la escalera casi todos la conocían por las veces que Clara había llevado los encargos hechos por su madre no solo a los Friedrich, sino también a otros vecinos del edificio. En breve les llegaría el rumor de que la familia de Clara había sido detenida por traición al Reich y que ella había logrado escapar.

En el apartamento, la mayor parte del tiempo lo pasaba sola, dado que Inge y Hilmar trabajaban más de diez horas diarias en una fábrica de zapatos; una ironía del destino, pues los Friedrich le pidieron a Clara que anduviera descalza por el apartamento, para evitar hacer el menor ruido cuando estaban fuera y, de este modo, no levantar sospechas entre los vecinos, siempre dispuestos a tejer cotilleos, intrigas y rumores.

—Desde pequeña me creí hecha para volar y ver el mundo desde la distancia, y de repente me encontré condenada a vivir enjaulada. Para mí fue como estar en una celda enorme, eso sí, relativamente cómoda, pero privada de libertad, angustiada por que algún día un hombre de negro llamara a la puerta y me llevara con él a Dios sabe dónde. Afortunadamente, tenía el calor de ellos, que, gracias a su paciencia y atenciones, evitaron que perdiera la cordura... Una auténtica pesadilla de la que es imposible despertar mientras ocurre...

—No sé cómo pudiste aguantar esa presión —dije afligida. Clara me apretó contra sí en un gesto tranquilizador, y, tras cerrar la sombrilla y lanzar un potente silbido a su perra que andaba por alguna parte desaparecida, entramos al fresco salón por uno de los ventanales abiertos. Casi a la carrera, mi amiga se abalanzó sobre los dos vasos de agua fría con limón que Hedda nos había dejado listos durante nuestra ausencia. Luego tomó asiento a mi lado y me ofreció sonriente uno de los vasos haciendo tintinear los cubitos de hielo que flotaban en el interior, para despertar aún más mi sed. Apuré la bebida en un par de sorbos y puse el ramillete de violetas dentro del vaso. Clara me lo arrebató para colocar con gracia las florecillas, y luego retomó su historia:

—Mientras me acomodaba a la nueva situación, los primeros días en el apartamento fueron de alivio, pero enseguida me invadió una mezcla de ansiedad y melancolía que me postró en la cama durante al menos dos semanas. Se me quitaron por completo las ganas de comer... Pasaba el tiempo imaginando que me encontraba en mi cuarto de casa y que en cualquier momento asomaría por la puerta mi madre para decirme que Albert había llegado para llevarme al cine o que mi hermano quería que le tocara el *Vals de las flores* —me refirió Clara con nostalgia.

—Ahora comprendo por qué cuando tocas esa pieza se te ilumina el rostro...

—Sí, Gregor era un apasionado de Chaikovski, y cada vez que interpretaba dicha pieza, mi hermano agarraba una silla y se sentaba detrás de mí; jugaba a ser un espectador multiplicado por cien. Al concluirla, me aplaudía con efusión y yo me levantaba para regalarle una pequeña reverencia, nada exagerada, como hacen las elegantes pianistas. A veces se sumaba mi madre a la parodia. ¡No puedes imaginarte cuánto nos reíamos los tres! Por ello, cuando esta música me envuelve, imagino a mi lado a Gregor, que hace pocos días cumplió los diecisiete años y estará hecho todo un hombre, y a nuestra madre, que luchó tanto por la felicidad de sus hijos.

Emocionada, Clara amusgó los ojos y dibujó una ligera sonrisa, como si en ese instante se le hubieran aparecido sus seres queridos.

—En esa situación, el recuerdo de la familia es lo que te mantiene viva. En la soledad del día, después de que Inge y Hilmar abandonaran el apartamento y dieran dos vueltas al cerrojo, mi único consuelo era hablar con mi madre, Albert y mi hermano, largas conversaciones imaginarias que rellenaban de anhelo las horas sin fin. Y en la soledad de la noche, me despedía de ellos hasta el día siguiente. A veces se quedaban conmigo, otras, desaparecían arrastrados por la oscuridad, o por mi agotamiento existencial. Un ejercicio baldío que me iba destruyendo por dentro; sentí cómo día a día el ánimo y la vitalidad se apagaban y cómo el espíritu languidecía. Una lenta agonía que seguramente regocijó a la parca inmisericorde. Llegué a desear que me llevara con ella, y así se lo pedí a Dios con tozudez. Nunca antes había dedicado tanto tiempo a hablar con el Creador. Ni siquiera en los días en que mi padre enfermó y Él al final se lo llevó poco después de celebrar mi vigésimo cumpleaños. Pensé que ahora atendería mis plegarias, que no haría oídos sordos por segunda vez. Siempre me comporté como una judía ejemplar, jamás transgredí de forma consciente una sola ley divina. En mis oraciones se lo recordé una y otra vez, y le supliqué que, si no entraba dentro de sus planes llevarme con Él, entonces debía reunirme con mi familia, a cambio haría el sacrificio que me pidiese. Mi vida por la de ellos si fuera necesario, le propuse.

»Pero su respuesta era un silencio estentóreo, que retumbaba en mis tímpanos ávidos del cosquilleo que les produce una buena noticia, lo que hizo que al final me enfadara con Él. Mis súplicas se transformaron en las exigencias de una hija agraviada. Todavía hoy sigo esperando una señal clara. Quizá Dios ya no esté con nosotros, tal vez sienta vergüenza de su creación. Nos regaló la potestad de decidir entre el bien y el mal, y optamos por lo segundo. Puede que hiciera la vista gorda con la Gran Guerra, pero esta en la que estamos enzarzados ha acabado con su paciencia. Si yo fuera Él, daría con la puerta en las narices a la humanidad. La Tierra sería, sin duda alguna, un lugar mejor sin nosotros.

En ese instante un ladrido canino nos sobresaltó; era Kreta que entraba por la puerta que su ama había dejado entreabierta. Parecía como si desde la lejanía hubiera sentido que ella la necesitaba, y se tumbó a nuestros pies después de saludarnos llena de regocijo.

—Mi existencia se convirtió en un continuo soliloquio que empezaba a afectar a mi cordura —continuó Clara. Se inclinó hacia delante para acariciar a Kreta detrás de las orejas—. Más aún cuando comencé a contar de forma obsesiva las baldosas del apartamento y buscar sutiles diferencias entre unas y otras; o a preocuparme por las cucarachas que correteaban por la cocina. Al principio me daban mucho asco, pero acabé poniéndoles nombres, hablando con ellas, dejando que anduvieran por entre mis manos y echándolas de menos cuando se retrasaban en sus cíclicas batidas para buscar migas de pan, granitos de azúcar...

»Tocaba durante horas las teclas de un piano de cola imaginario. No sé cuántas veces interpreté *Sueño de amor* de Liszt. Y bailaba valses interminables con un Albert producto de mi imaginación, que me envolvía con sus brazos para traspasar los muros de mi prisión y viajar a mundos habitados por flores de perfumes embriagadores que nos hacían caer extasiados sobre praderas verdes jamás pisadas por un ser humano. ¡Hice tantas cosas propias de una lunática... que ahora no sé si reír o llorar, amiga mía!

Clara me sonrió con intención de sosegar mi ánimo trastocado.

—Inge, más que Hilmar, estaba cada vez más preocupada por mi apatía, y temía que cayera en una tristeza enfermiza. Tampoco ayudaba el hecho de que no nos llegara ninguna noticia de Baltimore en respuesta a las cartas que Inge mandaba a mis tíos cada semana, con la esperanza de que ellos, de algún modo, nos pudieran echar una mano. Las comunicaciones se habían complicado desde que habíamos entrado en guerra. Era cuestión de tiempo, decían los Friedrich, confiados, que alguna de nuestras cartas cruzara el gran océano y fuera respondida. Inge se empeñaba todas las mañanas en levantarme el ánimo durante el desayuno, pues sabía que las montañas de horas que pasaba sin hablar con alguien aplastaban mi ánimo. Siempre trataba de provocar una curva en mis labios con alguna anécdota divertida, o me encargaba pequeñas tareas del hogar que al realizarlas no hicieran ruido. En una ocasión, apareció con unas telas para que cosiera unos visillos más tupidos para las ventanas del apartamento, incluidas las dos de mayor tamaño situadas en la estancia principal.

»Pero lo que realmente supuso un vuelco en mi vida fue la tarde en que, al volver del trabajo, Inge se sentó, en el suelo, junto a mi lecho y me obsequió con un diario. "Desahógate en él —me invitó. Me pidió que le dedicara al menos una hora al día—. Escribe, no lo hagas por mí, hazlo por tu familia. Estén donde estén, te necesitan. Necesitan que estés fuerte. Escribir, manifestar tu dolor, te hará bien." El cuaderno permaneció varios días debajo de mi almohada, esperando a que lo abriera. No sabía por dónde empezar ni qué decir, hasta que una mañana me quedé mirando su cubierta, estampada con ilustraciones de diferentes flores, y entonces sentí una pulsión que golpeaba fuerte dentro de mí.

»Recuerdo que estrené la página en blanco con las palabras "Los mirlos cantan, y yo estoy sola. Un mundo sin alegría". Fueron el detonante de largas horas de llanto. Un llanto doloroso pero terapéutico. Diría que adictivo, tanto como las pastillas de Pervitin que dicen que fortifican la moral del soldado en el frente. Lágrimas silenciosas que inundaban mis ojos cada vez que escribía unas líneas en las que me desnudaba por dentro, dejaba escapar los miedos, daba rienda suelta a las emociones que me atenazaban, hablaba con Dios, con mi madre, con mi hermano... y con mi prometido, cuyas caricias y besos apasionados tanto echaba de menos. Dejar correr la tinta me hacía sentirlos próximos y apaciguaba mi perenne frustración.

»Nunca debí permitirle a Karl que quemara el diario para eliminar cualquier rastro de mi pasado... Releerlo quizá podría haberme ayudado a no caer en la enfermedad que me afligía cuando tú y yo nos conocimos, pues en cada renglón escrito en sus páginas se hallaba la auténtica Clara; aquel diario me sirvió para volver a encontrarme a mí misma en medio de una tempestad que me arrastraba a un abismo insondable, lleno de oscuridad.

»Mi lucha fue, poco a poco, dando sus frutos, y pasé de no mover un dedo a convertirme en un ama de casa obsesa de la limpieza. De repente, no podía soportar toparme con una mota de polvo. Estaba deseando que se fueran los Friedrich para pasar el plumero por toda la casa y dejar los suelos tan limpios como el jaspe. Me enfundaba dos o tres calcetines, para que los vecinos no oyeran mis pasos y cuidaba de no hacer ningún ruido mientras me afanaba en luchar contra la suciedad y los microbios. Las cucarachas ya no eran bienvenidas en mis dominios, y las perseguía con la escoba, aunque nunca me atreví a matar ninguna. Al fin y a cabo, eran mis compañeras.

»Cuando soltaba el trapo, agotada o aburrida, pasaba una y otra vez las hojas del *Völkischer Beobachter*. Hasta que Inge comenzó a traerme novelas de la biblioteca, releía los cuatro únicos libros que descansaban en una diminuta estantería que colgaba sobre la de las especias de cocina. Uno de ellos versaba sobre el cuidado de los periquitos; el segundo, sobre repostería de tradición bávara; otro, sobre nociones básicas de economía doméstica; y el último, un atlas del mundo que me permitía salir de aquellas cuatro paredes y viajar a la Gran Muralla China, sumarme a las caravanas del desierto del Sáhara, pasear entre las pirámides de Egipto o surcar Venecia en góndola con mi amado. He de decirte que la humanidad jamás inventará un vehículo más eficaz que la imaginación.

»Mi renovado humor animó al matrimonio a hablarme de sucesos que antes callaban para no preocuparme aún más y que estaban en boca de todo el vecindario. Me ponían al corriente de cuanto se vivía ahí fuera, de quién desaparecía misteriosamente o había sido declarado, como mi familia, traidor de la nación; o de los desmantelamientos de los *Judenhäuser*. Me hablaban de cada vez más deportaciones y reasentamientos en el este. Los judíos, familias enteras, desaparecían y no se volvía a saber nada de ellos. ¿Cómo era posible que amigos ni allegados recibieran correspondencia de nadie, como si se los hubiera tragado la tierra? En mi caso, cada dos o tres días, Inge echaba un ojo al buzón de mi casa, y siempre volvía con las manos vacías. "Seamos optimistas, tarde o temprano darán señales de vida", repetía Inge al contemplar mi rostro marcado por la angustia. Hilmar, imagino que para darme ánimos, insistía en que todos mis seres queridos, aunque estuvieran pasando las de Caín, estaban vivos, así como que el odio irracional a mi pueblo no podía sostenerse por mucho más tiempo. "El radicalismo exacerbado no conduce a ningún lugar bueno. La gente, en su mayoría sensata, acabará por darse cuenta de que Alemania no puede construirse con odio, sangre y exclusión. ¡Al fin y al cabo, vivimos en Europa, en la Alemania del siglo XX, y no en el sombrío Medievo!", decía. Pero sus afirmaciones eran más un deseo que una verdad tangible.

»Recuerdo que una tarde mis ángeles custodios llegaron con la noticia de que un matrimonio judío a unas manzanas de nosotros se acababa de quitar la vida colgándose de una de las vigas de la cocina cuando los SS llamaron al timbre de su casa. Presa del pánico, a Hilmar se le escapó la lengua y confesó que no era algo extraño, que no pocos judíos preferían suicidarse a perder el control absoluto de sus vidas. Entonces fui consciente de que el acoso a nuestro pueblo era mucho más grave de lo que me había imaginado, y de que los Friedrich, en su papel protector, no siempre me decían todo lo que sabían. En el cedazo de su particular censura quedaban atrapados multitud de pedazos de la realidad manchados de sangre, violencia, violaciones, crímenes y asesinatos. Inge prefería no hablar de la muerte, vivir de espaldas a ella, aunque todas las noches esta se sentaba a cenar con nosotros. Estábamos en guerra y ella era la inevitable protagonista de muchas de nuestras conversaciones, que inundaban mi pecho de malos presentimientos. A veces, cenábamos con la radio puesta e Inge se levantaba de la mesa a apagarla cuando el locutor daba malas noticias, una reacción que siempre irritaba a su templado esposo. "¡Guerra, guerra a todas horas! ¿No basta con tenerla fuera que también hay que meterla en casa?", le reprochaba ella. En ocasiones, Hilmar hacía oídos sordos y volvía a encenderla. "Ignorarla no hará que desaparezca... Estar informados es ir siempre un paso por delante de los acontecimientos", le replicaba él.

»La convivencia en un espacio tan reducido creaba fricciones de vez en cuando, pero siempre se resolvían de forma serena. Inge y Hilmar casi nunca discutían, y cuando ocurría era civilizadamente, sin perder los estribos. Era una pareja que se quería y respetaba, que manejaba de manera maestra las emociones durante las disputas conyugales. Por lo que a mí respecta, jamás se enfadaron en serio conmigo; siempre procuraban hacerme sentir como un ser querido, que no era una carga para ellos, y yo todos los días les agradecía su hospitalidad, cada gesto que hacían para que me sintiera arropada por ellos.

»Pero llegó el día en que comencé a notar algo raro en la relación. Ya no estaban tan preocupados por mi situación, sino por la suya propia, y una noche confirmaron mis sospechas: "Sabes que te queremos como si fueras de nuestra sangre, pero no puedes quedarte aquí por mucho más tiempo. Vivimos tiempos muy peligrosos", dijo él con voz triste y temblorosa. A ambos se les atragantaron las lágrimas. La frase no me cogió por sorpresa, pues la esperaba desde hacía tiempo. Siempre temí el momento de escucharla, y me conciencié de que, cuando ocurriera, tendría que reaccionar con sosiego, sin reproches ni recriminaciones ni juicios de valor.

»Me imaginé lo duro que tuvo que ser para ellos tomar la determinación de echarme de casa. Pero el cerco a los de nuestra raza era cada vez más estrecho, y los castigos a quienes los ayudaban, cada vez más horripilantes. Las batidas en el barrio para *cazar* judíos y traidores por parte de los cuerpos de seguridad se intensificaban semana tras semana.

»El detonante de la decisión de los Friedrich pudo estar en una conversación que el día anterior yo misma escuché entre dos vecinas que se habían encontrado en el rellano de la escalera, justo delante de nuestro apartamento. Hablaban del caso de una familia de alemanes cristianos con un hijo de diez años que había ocultado en su casa a un matrimonio judío amigo de toda la vida. Un vecino debió de alertar a la policía, e inmediatamente acudieron al lugar una decena de hombres con perros rastreadores, un espectacular operativo que hizo que se arremolinaran grupos de curiosos a ambos lados de la calle. Entre ellos, había agitadores que proferían gritos de apoyo a los agentes y pedían la muerte de los judíos y sus encubridores. La policía, sobreactuando ante su público exaltado, sacó a los denunciados a patadas y empujones del portal y los metieron en un pequeño Blitz de los que van cubiertos de tela, salvo al matrimonio ario y su hijo, a los que obligaron a arrodillarse en la acera, a modo de escarnio. El padre de familia, con las manos en la nuca, dijo algo que no gustó nada a uno de los policías, y en respuesta este sacó la pistola de su funda y lo ejecutó allí mismo de un tiro. Sin duda alguna era un mensaje para aquellos que se compadecían de las razas marcadas. A la mujer y el niño se los llevaron a la prisión de la Gestapo en el Wittelsbacher Palais. Aprendí con el tiempo que, en gran medida, el destino de una persona podía depender del humor en que se encontrase el nazi en ese momento.

»Inge y su esposo hacían lo correcto. Y yo no podía poner por más tiempo su vida en peligro. Jamás me lo perdonaría si les pasara algo por mi actitud egoísta y cobarde. Por ello, les manifesté aguantando los nervios que entendía su decisión y que dejaría el apartamento al día siguiente. Al fin y al cabo, deseaba volver junto a mi familia, debía aceptar mi destino a su lado. "No, hija, no es algo que debas hacer de hoy para mañana. Jamás dejaremos que te vayas sin haber trazado antes un plan. Si te detienen, de nada habrá servido todo el esfuerzo. Tenemos un poco de dinero ahorrado, el suficiente para comprar un billete de tren que te lleve fuera de Alemania y que te queden unos marcos para subsistir durante unos días. El problema está en cómo llegar a la frontera y cruzarla sin que te intercepten... Hay que pensar en algo, pues los controles son férreos —dijo Inge muy preocupada. Y añadió—: Tus padres hubieran hecho lo mismo por nosotros." Muda por la emoción, asentí con la cabeza y le di un apretado abrazo que casi la dejó sin aliento. Aquella tarde cenamos en silencio, desolados, incapaces de mirarnos a los ojos, cegados por emociones contradictorias; creo que fue la cena más amarga de sus vidas, y de la mía también.

»A la mañana siguiente desperté con una sensación de vértigo que bajaba en forma de hormigueo desde la nuca y se bifurcaba hacia las palmas de las manos y la planta de los pies, y un dolor en el pecho abrasador, tan intenso que me impedía respirar. Me senté en una silla a pensar en mi situación, en cómo afrontar los días venideros sin recursos; no podía acepar el dinero que aquella buena gente ahorró céntimo a céntimo. Recé a Dios de nuevo, le pedí una señal que me indicara el sendero que seguir, que me dijera cómo reencontrarme con mi familia, que convenciera a Hitler para que parara la cruel persecución que ordenó. Pero todo fue silencio; deduje que Él no podía o no quería evitar que las semillas plantadas por el hombre dieran sus frutos envenenados. Mi desesperación llegó al paroxismo y creí volverme loca. Me invadió un miedo invencible que solo era rebasado por los gritos del remordimiento reclamando explicaciones a mi conciencia: por qué era incapaz de salir corriendo del apartamento para evitar males mayores a unas personas maravillosas que me lo habían dado todo. ¿Era verdad que los judíos somos seres despreciables, pérfidos y egoístas, como aseveraban nuestros enemigos? Durante meses no había movido un solo dedo para afrontar mi problema, y me dejé llevar por la hospitalidad de los Friedrich sin asumir las posibles consecuencias. Tal vez el instinto de supervivencia cegó mi razón y creyó levantar una burbuja inexpugnable tras las paredes del apartamento. El batiburrillo de pensamientos y sentimientos virulentos, incoherentes, inconciliables, obnubilaron mi cordura y, deseosa de ver la luz, retiré un palmo los visillos de una de las ventanas del salón. Hasta entonces jamás violé ninguna de las normas de seguridad que me impusieron los Friedrich. Una de ellas era que no podía descorrer por ningún motivo las cortinas y visillos, abrir las ventanas, ni siquiera para ventilar la casa, tarea de la que se ocupaba Inge, y mucho menos asomarme por ellas.

»Miré a través del cristal y descubrí una avenida que jamás había visto antes, pero que había construido fielmente en mi imaginación por los ruidos, sonidos, voces, gritos, palabras y ecos que escuché provenientes de ella durante meses. Sabía que enfrente de casa había una oficina de correos, una lechería y una frutería y, a la izquierda de la calle, justo donde acababa la mercería, se abría una plazuela con una fuente y un banco para sentarse desde donde me llegaba habitualmente el rumor de voces de personas conversando. Los rayos vigorosos de un sol de agosto acariciaron mis pálidas mejillas, y mis pupilas se irritaron por el roce de su luz efervescente. Me froté los ojos y, al volver a abrirlos, por un instante sentí la libertad. Todas mis inquietudes se evaporaron. Fuera de mi presidio había vida: en la plazuela, tapizada por un pequeño espacio verde, un anciano sostenido por una garrota tomó asiento en el banco, quizá para recuperar el resuello o tal vez, como yo, para entretenerse con el paso de viandantes, automóviles y carros tirados por caballos. Innumerables días desconectada del mundo era demasiado tiempo morando en las tinieblas.

»Con la mirada empañada de lágrimas de felicidad, que refrescaban mis ojos como lluvia del alba, observé a la gente moverse con total libertad. Cada persona desfilaba según su albedrío, con un destino, una obligación, un encargo, una tarea que acometer. Hombres, mujeres, padres, madres, niños, adolescentes, parejas de jóvenes enamorados, cogidos de la mano y caminando hacia un futuro promisorio. Personas con pundonor que paseaban intacta su dignidad... Ellos no me veían, no sabían de mi presencia, ignoraban que, a escasos metros, una judía cautiva los observaba desde su atalaya; y, aun cuando pudieran sentir mi hambrienta mirada detrás de ellos, no alcanzarían a comprender lo mucho que significaba para mí el hecho de verlos pasar, aunque su figura solo quedara grabada en mi retina durante un efímero instante. Eso me era suficiente para sentir que en su interior palpitaba un corazón, pensar que tal vez no valoraban lo suficiente ese privilegio, y me dieron ganas de gritarles que la vida es bella.

»Pero de repente mi cuerpo se sacudió al sentir en su piel un escalofrío de aversión provocado por una ausencia palmaria. Ni una sola de aquellas almas era judía. ¿Por qué aquellas personas seguían ahí, y Albert, mi madre y Gregor no? ¿Por qué ellos ya no podían compartir el mismo aire, seguir caminando por aquellas calles, aunque tuvieran prohibido sentarse en los bancos, ni siquiera para recobrar el resuello? Ya no me importaba no poder sentarme en el banco, subirme al tranvía o entrar en la mayoría de los comercios u hospitales. Ahora me parecía que me conformaba con poder caminar por el asfalto. ¿Por qué ya no era posible ni eso?

»Como podrás adivinar, amiga mía, a partir de aquel día mi nueva distracción no fue otra que ver bullir la vida de la avenida a través de las dos ventanas del salón, que me ofrecían distintos ángulos de la calle. Para atemperar mi mala conciencia por engañar a los Friedrich, me impuse unas normas sencillas: jamás retiraría más de dos palmos los visillos, por nada abriría la ventana y nunca permanecería apostada en una de ellas durante más de diez minutos seguidos. Así, una vez que me quedaba sola, colocaba una silla al lado de uno de los alféizares para, durante ese tiempo restringido, dejarme sorprender por la magia de la cotidianidad, soñar despierta, agitar el espíritu amodorrado por la tenebrosidad de mi celda. Era como ver una obra de teatro del discurrir de la vida sentada en la butaca de mi palco privado.

»Pero mal acaba lo que mal empieza, pues a los tres días de que iniciara aquella práctica indebida algo impactó de forma violenta contra el cristal delante de mis narices, mientras catalogaba a dos señoras que salían de la mercería. Sí, clasificaba a la gente; uno de mis pasatiempos consistía en averiguar qué arios por su apariencia estarían dispuestos a ayudar a un judío. La verdad es que fue un ejercicio tan ameno como infructuoso. El misterioso proyectil que se estrelló contra el cristal resultó ser un gorrioncillo, que acabó en la repisa de la ventana panza arriba. Sufría pequeñas convulsiones y aleteaba con torpeza con el propósito de darse la vuelta. Al verme, el ave se quedó quieta como un difunto y me observó con sus grandes ojos entornados. Lanzó dos o tres píos de dolor, y me miró pidiéndome ayuda, o tal vez piedad.

»¿Era esta la señal que esperaba de Dios? ¿Una prueba para demostrarle mi valor y coraje? No podía ser una casualidad que el libro de los periquitos de los Friedrich incluyera un capítulo dedicado a los primeros auxilios en aves, que habría releído tal vez una decena de veces. En cualquier caso, quisiera Dios haber intervenido o no, por la razón que fuera, tener a mi cargo a aquel frágil animalito hasta que recobrara su vitalidad daría sentido temporalmente a mi triste existencia, pensé. De ahí que me llevara un lapso de breves segundos decidirme a socorrerlo. Y abrí la ventana.

»Había llovido durante la noche y un agradable olor a tierra y asfalto húmedos se coló en el interior. Acerqué mi mano lo más despacio que pude hacia el pajarillo tembloroso, pero al rozarle el ala con la yema del pulgar, el gorrión hizo una increíble pirueta y salió volando haciendo quiebros y gritando unos chirrr-r-r, chirrr-r-r, chirrr-r-r que resonaron en toda la avenida, hasta que se posó en el canalón del edificio de enfrente. En lugar de alegrarme de que el golpe tan solo lo hubiera aturdido sin mayores consecuencias, seguí su ágil vuelo con profunda desilusión. Si Dios estaba detrás de ese incidente, no entendí la moraleja. El gorrión ahuecó las alas, se colocó algunas plumas del pecho con el pico, probó que sus alas funcionaban bien e, ignorándome por completo, echó a volar en picado hacia la plazuela. Lo seguí con la mirada hasta que mis ojos frenaron en seco en la silueta de un joven oficial ataviado con el uniforme de la Wehrmacht. Tenía puesto un pie sobre el banco para limpiar con un pañuelo alguna mancha de la bota. Ignoro cuál sería la razón para que alzara la vista mientras sacaba brillo al cuero, acaso el golpe en la ventana alcanzara sus oídos, pero la cuestión era que me estaba mirando, fijamente, como embelesado. Luego, se irguió y me saludó pellizcándose la visera de la gorra.

»"Este es el fin" fue lo primero que pensé mientras notaba cómo el color abandonaba mi rostro. El miedo se presentó con un golpe en el pecho que me paró el pulso y heló el corazón. En lugar de responderle con alguna cortesía neutra y desaparecer de forma natural, como cabría esperar tras una anécdota del todo intrascendente como aquella, solo fui capaz de poner cara de horror y cerrar la ventana de un golpetazo y correr tan rápidamente el visillo que poco faltó para que lo arrancara del riel.

»Una reacción de lo más insensata por mi parte: si lo que pretendía era levantar deliberadamente sospechas sobre mi identidad, aquella fue la mejor manera de proceder. Ida de mis cabales, me senté a esperar a que aquel tipo siguiera su camino. Pasados unos minutos, aparté con cuidado el visillo para meter el ojo y comprobar que el hombre había tomado asiento en el banco y miraba hacia nuestra ventana. Aterrorizada dejé caer la tela por segunda vez, y juré a Dios no descorrerla nunca más. Me alejé de las ventanas y no volví a acercarme a ellas en todo el día.

»Todo mi cuerpo era un seísmo interminable, agitado por las muchas cavilaciones que emanaban de una mente descontrolada. Anduve de un lado a otro de la habitación, mordiéndome las uñas y sopesando si era o no conveniente preparar mi pequeña maleta y poner pies en polvorosa. Temí verdaderamente por Inge y Hilmar. "¡Oh, insensata! ¡Más que insensata! ¡Eres una cabeza de chorlito! —me recriminaba a mí misma repetidas veces—. ¡Y tuvo que verte no una peluquera o un repartidor, sino un soldado de la Wehrmacht! ¡Cómo he podido ser tan incauta..., tan sumamente estúpida!"

»Y por momentos trataba de aliviar mi desconsuelo con pensamientos como que el hombre había sido un testigo más del accidente que sufrió el gorrión, al escuchar el porrazo que se dio en el cristal, y que, probablemente, en breve estaría de vuelta en su casa con su familia o en la *Kaserne*, donde se emborracharía con sus compañeros de armas y se olvidaría de mí, del pájaro, del banco y hasta de mi ventana. Eso sería todo, el asunto no iría a más.

»¡Y cuán equivocada estaba, amiga mía! —susurró Clara mientras se sacaba la pitillera del bolsillo de la falda para encenderse un cigarrillo; la guardó de nuevo ante mi negativa de querer fumar, que di a entender con un ligero gesto de cabeza.

Mi amiga dio dos caladas intensas al pitillo, como si con ello quisiera recobrar fuerzas para continuar con el relato, y se levantó. Durante unos segundos permaneció de pie, inmóvil, junto al piano; solo después posó el cigarrillo en el cenicero, se acomodó ante el teclado y extendió sus manos hacia él. Levantó la vista al techo, tomó aire y comenzó a tocar una sonata para piano de Strauss. Se concentró en la música un instante y después retomó el relato de su vida:

—Ese hombre... ese oficial, que no era otro que Karl, llamó a nuestra puerta sobre las siete y media de aquella misma tarde. Para entonces, yo ya me había convencido lo suficiente como para pasar página, y decidí, por temor a causarles una angustia innecesaria a Inge y a Hilmar, no contarles nada del incidente. Imagínate la cara que se nos puso a los tres cuando el timbre sonó de forma inesperada a esas horas de la tarde. Inge y yo nos encontrábamos zurciendo unos calcetines y cosiendo unas coderas en una de las camisas de Hilmar, respectivamente, y este estaba sumido en la lectura del periódico, junto a nosotras, en la pequeña butaca de tela, bajo una destartalada lámpara de pie de metal cobrizo. Creo que cuando ambos clavaron en mí sus pupilas dilatadas pudieron leerme en el rostro que yo sabía de sobra a qué se debía aquella visita imprevista. Imposibles de contener, unas lágrimas trémulas me resbalaron por la mejilla y me tapé la boca con la mano, apretándola con fuerza, para que de mi garganta no saliera quejido o palabra que pudiera escucharse al otro lado de la puerta.

»El timbre volvió a sonar, esta vez con más insistencia. Hilmar me hizo un gesto concreto con la mano, y yo me levanté del sitio como a cámara lenta y, con calculado sigilo, pusimos en marcha el único plan posible cuando se presentaba alguien de improviso, como *Frau* Hebert, una vecina testaruda que insistía, una y otra vez, en tomar un té con Inge al menos una vez por semana: me metí debajo de la cama de mis hospedadores tumbada boca abajo sobre mi jergón, que escondíamos allí junto al resto de mis cosas durante el día. Gracias a un segundo faldón más largo, cosido a la colcha, no podía divisarse nada que hubiera debajo de la cama desde ningún ángulo del dormitorio. Era evidente que no se trataba de *Frau*

Hebert, por la hora que era y porque ella solía acompañar la llamada con un agudo *"Grüß Gott, Frau Friedrich!"* que se dejaba escuchar por todos los rincones del apartamento.

Clara detuvo en seco el vaivén de sus dedos para coger el cigarrillo del cisne plateado y darle una calada. Soltó una bocanada de humo, y detrás un largo suspiro. Decidió dejar a un lado las teclas para centrarse en las palabras con las que me trasladaría a aquel momento del pasado en que sintió peligrar su vida y la de los Friedrich:

—Desde mi escondite, a oscuras y sin apenas espacio para pestañear, alcé ligeramente la tela para mirar por debajo de la ranura de la puerta del dormitorio. Vislumbré las sombras inmóviles, nerviosas y silentes, de la pareja, que confiaba esperanzada en que quienquiera que estuviera al otro lado desistiera y se marchara. Pero el penetrante sonido se dejó escuchar una vez más... y otra. Estaba claro que quien estuviera al otro lado no tenía intención de cejar en su empeño.

»Los Friedrich aguardaron unos segundos hasta que Inge reunió el coraje necesario para dar el paso. Oí el chirrido de la puerta al abrirse. Luego se produjo un relativo silencio que fue roto por una voz masculina.

»—Buenas tardes, señora. Soy el *Hauptmann* W. Perdone mi improvisada aparición, no suelo tener por costumbre presentarme sin previo aviso en casa de nadie, y menos de personas que me son ajenas, pero no se me ha ocurrido otra manera mejor que esta para poder conocer a la señorita que aquí reside, su hija tal vez —pude escuchar. El corazón me dio un vuelco. Estábamos perdidos. Era él.

»—¿Una señorita, aquí? ¿Nuestra hija? ¡Oh, no, caballero! ¡Me temo que se ha equivocado usted de apartamento! Aquí solo vivimos mi esposo Hilmar y yo, y no tenemos hijos por decisión divina... Quizá esté usted buscando a *Fräulein* Schulz... En el número nueve de la planta superior, justo encima de nosotros... —Me pareció percibir un ligero alivio en la voz temblorosa de Inge. Lo que ella no imaginaba era que aquel hombre sabía con toda certeza de mi existencia.

»Con tono amable, el *Hauptmann* W. solicitó permiso para pasar. Inge titubeó y, antes de que pudiera decir nada, el oficial ya se había colado en el apartamento. Sus pesadas botas resonaban en las baldosas del salón y una tercera sombra se coló por la rendija de la puerta del dormitorio. Un escalofrío de horror me recorrió la espalda.

»—Son ustedes el matrimonio Friedrich, ¿me equivoco?... Para no entrar en conflicto, *Herr* y *Frau* Friedrich, no deben ustedes subestimar nunca a un oficial alemán... Si insisto en que quiero ver a la señorita que vive aquí, no les conviene llevarme la contraria. Les aconsejo que ni se burlen ni desobedezcan a la autoridad... —escuché decir al hombre con la misma afabilidad anterior. Este debió de mover una silla, pues se oyó el inconfundible chirrido que hicieron sus patas al rozar el suelo. A continuación, el desconocido les hizo entender que no pretendía causarles problemas. Su visita obedecía a que quería conocer a la mencionada señorita. Esperaría sentado hasta que esta se dignara a aparecer. Esto último lo dijo levantando ligeramente la voz, con intención, deduje, de que yo le oyera con claridad.

»De nuevo un silencio incómodo se instaló en la habitación. Si yo estaba al borde de fallecer de miedo, no podía imaginarme cómo se sentirían Inge y Hilmar. ¿Estaría este con la cabeza sumida entre las páginas del periódico, para evitar que el *Hauptmann* W. le detectara las gotas de sudor que le empapaban la frente? ¿E Inge? ¿Cuál sería su rostro, una mujer que no sabía mentir? ¿Sería capaz de limitarse a poner agua en el fuego para preparar un té sin que le temblara el pulso? ¿De qué modo cabría comportarse ante una situación como aquella? A esas alturas, ella y él sabían que yo había cometido una imprudencia, que de algún modo me había saltado las normas, y, aun así, seguían protegiéndome.

»De repente, escuché lo que parecía ser el sonido que hace la rueda al rascar la piedra del mechero y el tamborileo de unos dedos sobre la mesa de la cocina. Al fin intervino Hilmar:

»—Inge, ¿no vas a ofrecerle nada para beber al *Herr Hauptmann* W.? ¿Qué desea, caballero?

»—Si le soy sincero, deseo no perder más el tiempo. Si la señorita no quiere salir, me veré obligado a ir a buscarla. Y es lo último que quisiera hacer: no pretendo asustarla ni intimidarla, tan solo conocerla... —contestó él.

»—Pero es que aquí no hay nadie más que nosotros —insistió Hilmar con un hilo de voz.

»—Para no prolongar más esta situación incómoda para todos, permítame explicarles, *Herr* y *Frau* Friedrich, qué me ha traído hasta aquí. —De nuevo, las botas del *Hauptmann* W. se hicieron notar al caminar libremente por la habitación—. Si le preguntaran, la joven sabría decirles por qué sé que está aquí escondida... Desde esta misma ventana, se asomó esta mañana la señorita para auxiliar a un pájaro que se estampó contra el cristal. Una acción que evidencia su buen corazón, dicho sea de paso... Sospeché desde el primer momento que se trataba de una de estas personas que huyen de las autoridades, pero ustedes, con su manifiesto miedo, me lo acaban de confirmar. Se trata de una protegida suya, no de una hija...

»—¡Inge, Inge! —lo interrumpió Hilmar.

»—*Frau* Friedrich, por favor, permítame ayudarla... Siéntese. Así, despacio...

»—Estoy bien, Hilmar, solo ha sido un mareo. Ya estoy mejor.

»—Tranquilícense, se lo ruego, no deben temerme —les susurró el *Hauptmann* W. sin perder su talante amable, luego se volvió hacia el dormitorio para dirigirse a mí—: ¡Señorita, señorita! ¿No pretenderá usted hacerme pasar por el bochorno de que yo mismo la encuentre bajo una cama, dentro de un armario o tras un falso tabique? Haga el favor de salir, sea tan amable. ¡Todo esto me está incomodando sobremanera!

»Al fin, obedecí. De algún modo, sus modales excelentes y la forma intachable con la que trató a Inge y Hilmar hizo que estallara la burbuja de nervios que se me había formado dentro del estómago. Algo en mí deseaba creer que aquel hombre estaba siendo sincero y que no tenía malas intenciones. Salí de debajo de la cama, encendí la luz y me atusé el cabello delante del espejo de la cómoda de Inge antes de dejarme ver. Al otro lado de la puerta, el desconocido carraspeó un par de veces, seguramente para aclarar la voz.

»Cuando lo tuve ante mí, poderoso y distinguido en su porte, recordé las palabras de mi padre: a un enemigo en potencia, sonríele siempre que puedas, porque la sonrisa produce el mismo efecto en los demás. Pero no fui capaz, el miedo me tenía paralizados todos los músculos, hasta los de la comisura de los labios.

»El *Hauptmann* me escrutó de arriba abajo e inclinó la cabeza cortésmente.

»—¿Es usted judía?

»Asentí, cabizbaja. No era capaz de mirar a los Friedrich. Sentía culpa y vergüenza. Y un pánico inexpresable.

»—Lléveme solo a mí. Por favor, deje en paz a los Friedrich... Ellos son inocentes; son un adorable matrimonio al que embauqué para que me escondiese... —le supliqué. Caí de rodillas a sus pies. Fue entonces cuando le miré por primera vez a los ojos durante un instante. Su mirada no era la de un hombre del montón, sino que había en ella algo de aristocrática, profunda y a la vez enigmática.

»—Haga el favor de levantarse, una señorita con su finura y su belleza jamás debe postrarse ante un hombre... y estén ustedes tranquilos... de aquí no se va a ir nadie. Este será nuestro secreto. —Y dirigiéndose nuevamente a mí, añadió—: Solo he venido aquí para preguntarle qué le parecería si mañana viniera a verla un rato... Para conocerla mejor. Paso todos los días por delante de su casa y he pensado que tal vez le apetecería ofrecerme una taza de café.

»Miré a Inge y a Hilmar, que lo observaban con incredulidad, esperando a que en cualquier momento apareciera por la puerta un ejército de la Gestapo con sus armas desenfundadas. Aun viendo el temor en la cara de mis protectores, yo acepté.

Clara hizo una pausa. Se levantó de la banqueta para ponernos música de fondo en el gramófono. Luego me sirvió una copa de whisky con hielo y otro vaso de agua para ella y se arrellanó de nuevo a mi lado, con la cabeza apoyada en mi hombro.

—Y así fue como entró Karl en nuestras vidas —continuó—. En las siguientes semanas, vino a pasar un rato conmigo casi todos los días, a la hora del almuerzo. Siempre se comportaba como un auténtico caballero. Y los días en que venía a última hora de la tarde trataba tan bien a los Friedrich que hasta estos se sentían abrumados... A Hilmar, lo agasajaba con paquetes de tabaco, revistas, periódicos del día y botellas de Kirschwasser, que era su bebida favorita; y a Inge, con flores, pulseras y colgantes de bisutería y bolsas con alimentos que en esos tiempos eran prohibitivos... Una tarde, Karl nos saludó a los tres con la noticia de que en breve podríamos volver a llevar una vida normal.

»Cumplió su promesa. Al cabo de unos días, me había convertido legalmente en una aria. Después de que Karl se hiciera con los documentos y árboles genealógicos necesarios para acreditar mi pureza de sangre ante el *Reichsführer*, él alquiló un pequeño ático, adonde fui a vivir, lejos de quienes pudieran reconocerme y para que los Friedrich pudieran, al fin, respirar de nuevo en paz. A partir de ese momento, pude disfrutar abiertamente de pasearme del brazo de mi pareja por cabarés, restaurantes, teatros, lugares selectos que yo antes nunca había pisado...

»Recuerdo perfectamente la primera vez que me sacó de mi apartamento como su acompañante a una gran fiesta que se celebraba en la Marienplatz. El día anterior de la fecha señalada, me hizo llegar un paquete que contenía dos vestidos elegantes, dos pares de zapatos de tacón, un perfume de París, unos pendientes y un collar a juego y todo lo necesario para maquillarme. Y una tarjeta firmada por él donde me recordaba la hora de la cita. Puntual como un reloj suizo, pasó a recogerme en un flamante Mercedes-Benz SSK de color blanco. La celebración tuvo lugar en el Altes Rathaus, y Karl, sin ningún recato, presumió de mí ante sus colegas, todos de la Wehrmacht, la Schutzpolizei, las SS, la Gestapo y la élite política y económica muniquesa. A él le llenaba de satisfacción notar cómo todos los hombres se quedaban prendados de su nueva compañera, y que a partir de entonces fuéramos el centro de atención de las fiestas y reuniones de amigos a las que lo acompañaba. ¡Puedes imaginarte el miedo que pasé! ¡Tenía a un palmo de mis narices a la gente de la que me estuve escondiendo durante largos meses! —Clara carraspeó y tomó un sorbo de agua; a continuación, y sin decir palabra, se levantó del sofá y salió del salón, para regresar esta vez con un libro y una preciosa caja de música de marquetería que al abrirla se activaban tres bailarinas para girar en círculo mientras sonaba el vals de Marchetti, *Fascinación*.

Clara extrajo el último compartimento, donde guardaba una pareja de pendientes de oro con perla y un sencillo brazalete de nácar que hacía juego con ellos, y subsiguientemente retiró la base de terciopelo que ocultaba un compartimento secreto. De su interior extrajo la tarjeta de identidad que rubricaba sus raíces judías con el sello de una *J* roja de gran tamaño. Junto a su foto podía leerse: «Hilda *Sara* Schoenthal».

Hilda Schoenthal... Dejé que el nombre verdadero de mi Simonetta revoloteara en mi mente cual abeja sobre una flor rebosante de néctar. Jamás podría imaginarme uno más hermoso e idóneo para ella.

Entre las páginas de *El traje hace al hombre*, sacó su partida de nacimiento original. Me entregó ambos documentos con el mismo mimo que se le dispensa a una reliquia de valor incalculable, para que pudiera sentirlos entre mis manos.

—Recuerdo el día en que Karl me proporcionó mi nueva identidad: Clara Huber —prosiguió mi amiga—. Al sujetar el documento entre mis manos sentí un enorme alivio, una sensación de calma, como si se hubiera parado el tictac del reloj que a cada instante te recuerda que puedes perderlo todo de golpe, incluida la vida. Me convencí equivocadamente de que, al fin, después de tanto tiempo, podría descansar. Porque con ese simple papel y la connivencia de Karl dejaba de ser Hilda, una despreciable e insignificante judía, para convertirme en una dama que podría hacerse un hueco en la nueva Alemania. La metamorfosis de una repugnante crisálida a una majestuosa mariposa debía ser rápida y eficaz. Ante mí tenía el reto de construirme una nueva identidad, una personalidad en consonancia con el nombre de Clara Huber, una aria que Karl seleccionó por algún motivo del registro de defunciones.

»Entonces, no caí en la cuenta de que acababa de aniquilar a Hilda Schoenthal. Durante la transformación luché enconadamente por no renunciar a mi yo original y permanecer siempre fiel a mis creencias, principios y valores, a mis verdaderas necesidades, pulsiones y sentimientos. Pero al mismo tiempo debía romper con mi pasado, para evitar cualquier desliz que delatara mis raíces. No solo tenía que aparentar ser una alemana aria, sino también serlo. Además, Clara Huber debía ser una mujer elegante, sofisticada, segura de sí misma, en definitiva, una dama a la altura de Karl. Debía mostrarme bella y hermosa pero a la vez discreta y nada provocadora. Me hice experta en el arte de la discreción. Aprendí a moverme con desenvoltura en los ambientes nazis, procurando no ser nunca el centro de atención, cosa que era imposible cuando Karl me invitaba a tocar el piano allí donde había uno. Siempre me mostraba serena, y me mordía la lengua cada vez que ellos echaban pestes de los judíos.

»En ese peculiar entorno, mi mayor anhelo era hallar la paz suficiente para seguir encontrándome a mí misma, sin el constante ruido y agresión de mi alrededor. ¡Pobre Hilda Schoenthal! Hace apenas unos años me habría resultado imposible imaginar que mi destino desembocaría en la autodestrucción. ¿Existe una tragedia mayor que poner fin a tu propia persona, porque la vida no te da otra opción? ¿Por qué tenía que sacrificar a Hilda para que Clara pudiera existir?

—Te aseguro que Hilda ha sobrevivido en Clara —repuse—. Ahora sé que la persona que tengo ante mis ojos es esa Hilda que crees muerta. La Clara que conocí era una aria ejemplar, aunque algo rebelde e indomable que me sacaba de mis casillas. Bordaste tu papel y lograste engañarme a mí y a todos.

—¿Sabes? —suspiró Clara—. El problema es que soy una actriz pésima, incapaz de meterme por completo en el personaje que represento. Además, resulta agotador. ¿Te imaginas ser el personaje de una obra de teatro que nunca acaba, que te obliga a estar en el escenario día y noche, interpretando tu papel, con los espectadores pendientes en todo momento de lo que haces y dices? No puedes equivocarte, olvidarte de una frase del guion, sobreactuar... Siempre tuve el temor de que el estigma judío traspasara al personaje y Hilda fuera reconocida. Estaba convencida de que cualquier persona observadora notaría que estaba fingiéndolo todo, mis risas, mis alegrías, mis opiniones... ¡Cómo puedes hacer que a los invitados les sepa dulce la sal! ¿O no es así?

—Resulta doloroso decir esto, pero reconozco que para muchos la verdad no importa realmente si la mentira resulta ser más complaciente —la interrumpí, sin querer, hablando a mi conciencia—. En tu caso, el engaño es una cuestión de vida o muerte.

—La mentira, querida, es mala consejera. Una compañera de viaje a la que hay que evitar, pues al final siempre acaba llevándote a un camino de zarzas y despeñaderos. Al faltar a la verdad he dinamitado mi moral, mis creencias, mi verdadero ser. Una pequeña mentira puede en un momento dado hacerte salir del paso, pero cuando te conviertes en una impostora puedes autodestruirte. Yo he llegado a ese punto. Los embustes, uno tras otro, han ido tejiendo una soga en torno a mi cuello, y noto cómo tira de mí hacia arriba. Unas veces es Clara la que se queda sin aliento; otras, Hilda, que me susurra con voz mortecina desde su tumba en lo más hondo del alma. Las dos, mujeres antagónicas, me piden socorro, y yo no sé cómo ampararlas —dijo con sabor amargo—. Una tragedia...

—En una ocasión leí, no recuerdo dónde, que solo en la medida en que nos encontremos con nosotros mismos podremos ser felices... —volví a interrumpirla torpemente, pero esta vez me castigué mordiéndome el labio por dentro.

—Heme aquí que cuando me asomo al espejo veo reflejada a una aborrecible farsante; entonces me pregunto qué sentido tiene vivir en un mundo en el que ya nadie sabe quién soy... Tú dices que ves a Hilda en mí. Puede que tengas razón, tal vez tú has logrado que se manifieste en mí la mujer que fui, pero si en verdad ha ocurrido, no fue de manera consciente.

—Ella está deseando salir del trance catatónico en el que se halla, que alguien se fije en ella, para saber que aún está viva. Pero ¿por qué yo? ¿Qué te llevó a dejarme entrar en tu vida, a abrirme las puertas de tu corazón?

—No lo sé. —Miró por el gran ventanal, pensativa, como si en el poderoso fulgor del sol fuera a encontrar la lucidez—. Tal vez fue el efímero vínculo que el miedo tejió entre nosotras en el infausto suceso del teatro, o quizá esa carta tuya, Ingrid, la inocencia de la invitación, los trazos cuidados de tu letra, el tiempo que dedicaste a escribirla, los pasos que anduviste para enviarla, supongo que fue esa pequeña muestra de interés de una mujer hacia otra...

Clara volvió a callarse, tal vez por el dolor que le causaba el recuerdo de la soledad de esos días. Una vez más, me invadió una inmensa ternura por ella y, recapitulando su vida, me di cuenta de que Clara había estado sumida durante años en un vasto desierto afectivo, de lo más árido y abrasador... «No tener absolutamente a nadie que te consuele, no poder compartir con nadie tus penas más insondables... No imagino nada peor...», me dije, ignorante de que también yo padecería una sensación similar durante largos y dolorosos años.

—Nada de lo que palpé en el pasado sigue conmigo, y nada de cuanto ves aquí es mío —se lamentó Clara llevando el brazo al aire para señalarme con él las cuatro paredes del salón—. Si se desatara un incendio, los discos y mi piano son las únicas cosas de esta estancia que salvaría. Nada de cuanto ves aquí me pertenece ni nunca pretendí que así fuera, por más que me insistiera mi esposo desde el primer día... Vivo rodeada de objetos con los que no me identifico, que no concuerdan con mi estilo ni valores... Menos aún tras saber que muchos de ellos pertenecieron a Irena, y que están impregnados de su espíritu, algo que me provoca cargo de conciencia.

Clara se levantó del sofá y abrió una de las vitrinas para asir la figura de una dama con un gato en un brazo elaborada en porcelana de Meißen y pintada a mano.

—Cuando me instalé en esta casa y vi esta delicada estatuilla, pensé que la adquirió una mujer con buen gusto, quizá de familia ilustre. Me pregunté más de una vez cuál habría sido su suerte, si huyó o si fue desalojada sin que le permitieran llevarse nada. Resulta que tuve a esa desconocida a mi lado sin saberlo, y que me hizo compañía y cuidó de mí en uno de los momentos más delicados de mi vida, aun siendo consciente de que la mujer a la que servía, esposa de un nazi influyente, le había arrebatado su hogar. Cómo podría imaginar ella que a mí me habían hecho lo mismo, que ambas éramos víctimas de la misma sociedad, en la que se priva de libertad o de vida a algunos simplemente porque son considerados diferentes, sin que nadie se rebele contra ello. Las dos éramos criaturas desgarradas de nuestros pasados, espíritus llenos de desesperanza. Ella ya no está, al menos dejó de sufrir. A mí, sin embargo, solo me queda un futuro tenebroso y un tiempo malgastado. De nada ha servido aprender la lengua y la cultura polacas con el fin de poder algún día servirme de ellas para recuperar a mi familia. Y luego la maldita enfermedad, ladrona de arbitrio, me apartó del mundo.

—Cariño, tú has hecho todo lo que ha estado en tus manos. Nada de lo que ha pasado pudiste evitarlo. Nada es culpa tuya —la corregí.

—Es posible, pero la culpa es un sentimiento tozudo y siempre encuentra el modo de reprocharme mi mezquindad. —Clara se tapó los ojos en un gesto dramático—. No quiero mirar en mi interior, porque siento asco hacia mi persona. Debo redimir mi inacción, si aún estoy a tiempo; he de salvar a esa niña, quiero hacer lo que esté en mi mano para darle una vida digna a ese ángel desamparado... y a Hedda...

Quise interrumpirla para que dejara de castigarse de aquel modo, pero ella enseguida volvió a encontrar el hilo narrativo para introducirme en su relación con Karl, con quien más tarde compartiría alcoba:

—De hombre al servicio del bien a lacayo del Maligno —sentenció mi amiga de repente, como si nada—. Le debo a Karl haber salido del apartamento y permitir que los Friedrich siguieran con su vida. También la nueva identidad que me permitió moverme con total libertad por toda Alemania; y, por supuesto, una vida sin apreturas. Él sabe que le estoy agradecida por su ayuda, y le perturba que no me muestre dichosa, pero en muy poco tiempo pasé de un confinamiento físico y voluntario en Múnich a un cautiverio psicológico, incontrolable y malsano en Cracovia... Qué gran ironía, ¿verdad?

—Visto desde fuera, Karl bien podría ser el príncipe enamorado que acude al rescate de la bella princesa secuestrada por la malvada madrastra —dije con la intención de hacer de abogado del diablo.

—Sí, pero en mi caso, querida Ingrid, el cuento es bien diferente. El príncipe salvador es la mano derecha de un malvado rey que oprime a una parte de su pueblo. Enamorado como un loco de mí, el heredero del trono me ofreció protección y me colmó de regalos, me escribió poemas y me pidió matrimonio. Como buena princesa, dije «sí, quiero». Mi corazón, sin embargo, languidecía por un pobre vasallo que el rey había hecho desaparecer. El príncipe, por su parte, sabía que su amor no era correspondido como él soñó, pero pensó que el tiempo me haría caer en sus brazos. Él estaba equivocado. Yo siempre he soñado con recuperar el amor del que se me privó cuando aún era Hilda.

—Te casaste con él por desesperación, para salvar tu vida y la de los Friedrich. Dios me libre de juzgarte por tomar esa difícil decisión.

—La casa de los Friedrich no era un lugar seguro para mí ni para ellos. Cada vez menos. Era una bomba de relojería que podía estallar en cualquier momento y con todos dentro. Entonces apareció Karl. Pensé que aquel hombre que se perdía en mi mirada y se estremecía cuando le hablaba fue la respuesta a mis plegarias. Una respuesta un tanto desconcertante, dado que, de repente, mi salvación estaba en manos de un hombre del Reich, dispuesto a violar las consignas de Hitler, arriesgar su carrera y su vida, por una joven insignificante. Pero, ya sabes, Ingrid, ¡cuán incomprensibles son los juicios de Dios, e inescrutables sus caminos! —Clara enmudeció y dedicó unos segundos a contemplar su vaso de agua, mientras removía con el dedo los hielos mermados a punto de licuarse. Y añadió—: ¿Entiendes, Ingrid, por qué jamás lo traicionaría? Le debo cada segundo que vivo, y Dios sabe bien que le he dado de mí todo lo que mi corazón podía concederle: jamás lo rechacé, lo humillé o le fui desleal... Me desgarra el alma pues que mi esposo me crea capaz de traicionarlo ante los suyos. ¡Antes preferiría morir!

Las palabras de mi amiga me hicieron reflexionar sobre cuántas parejas están juntas porque se aman de forma pura e incondicional y cuántas lo hacen por motivos espurios, incomprensibles, a veces, contra natura. Pensé que yo pertenecía a este último género. Me sentí atraída por Günther en parte por lo que era, un galán deseado por todas mis amigas, y en parte por quién era, por su posición económica, por su trabajo y prestigio social. Una pasión pasajera, un amor incompleto, envuelto en espejismos y trampantojos, del que solo fui consciente cuando conocí a Bartek. Con él afloró una forma de amar que desconocía que existiera, una sensación de plenitud que desbordaba todas mis expectativas, el deseo sin límites. Con él desapareció la frustración causada por las ausencias, los besos que nunca llegaban, las caricias que jamás encontraba, los silencios hirientes. Günther se convirtió en el adalid de la confianza asesinada; el conductor de mi viaje a ninguna parte. El fuego mortecino que ya no calienta.

—Pero con Karl no hay que llevarse a equívocos. Desde que nos casamos no he parado de reflexionar sobre nuestra relación. No niego que muy al principio se enamorara realmente de mí, pero para él el amor es una mera pulsión pasajera, un instrumento para alcanzar un propósito, una obsesión placentera. Karl encontró en mí lo que siempre anduvo buscando de una mujer: belleza y sumisión. Para él soy el broche dorado en su carrera hacia el poder, una beldad a la que exhibe a modo de conquista. Me usa como un objeto con el que deslumbrar a sus superiores y con el que hacer valer su virilidad ante sus compañeros. Disfruta agarrándome de la cintura mientras levanta la copa para que todos brinden por su hombría, su arrogancia y prepotencia. Karl siempre estuvo enamorado de sí mismo y quizá por eso jamás derramó una lágrima por casarse con la mujer que jamás llegaría a deslumbrar, y nunca se sintió infeliz por no ser amado con pasión; para él, el amor es el tiempo que dura un coito... —concluyó dando un sorbo a la bebida.

—Para desgracia de las mujeres, en nuestra sociedad hay muchos hombres como él, dispuestos a coaccionarnos, a usarnos como meros instrumentos de sus fantasías, a arrebatarnos el timón de nuestras vidas para sentirse seguros... —agregué, con Günther en mi mente.

Una vez más, Clara pensó en su esposo:

—¿Y ante casos así tenemos elección, amiga mía? El mismo hombre que te corteja a veces poco tiene que ver con el que te casas y menos aún con el que luego convives a diario. Una vez escuché a una mujer decir entre risas que nos enamoramos de ratoncitos y acabamos compartiendo almohada con hurones... Después de contraer matrimonio, el Karl amable que conocí no tardó en mostrar su faceta más mezquina. Tú misma, sin ir más lejos, has sido testigo de la frialdad con la que se deshizo de Irena. No sé si el mal se lo inocularon de algún modo tras aceptar su cargo y hacer suyos los ideales más execrables del *Führer*, o lo llevó dentro siempre y solo necesitó un pequeño empujón para desplegarlo en toda su plenitud. Su comportamiento se ha envilecido especialmente desde que llegamos al Gobierno General. Aquí, sus aspiraciones de grandeza han adquirido tintes dramáticos. A veces me produce escalofríos contemplar cómo trata a los hombres que están bajo sus órdenes, escuchar la dureza verbal que gasta al referirse a los cracovianos o sentir su creciente antipatía hacia los judíos. Temo que esté perdiendo la cordura. Le he escuchado decir tales barbaridades sobre lo que haría él con todos los subhumanos que soy incapaz de reproducirlas con palabras. ¡Quién puede asegurarme que solo son ensoñaciones de Karl y no planes en curso del Gobierno!

»¿Entiendes ahora por qué no puedo fiarme de él? Es cuestión de tiempo que me vea como una amenaza tangible, sobre todo desde que la búsqueda y captura de personas con sangre judía y de quienes los encubren se hayan vuelto capitales para la Gestapo. Por su cercanía e influencia sobre el *Generalgouverneur*, Karl ha suscitado fuertes envidias entre muchos de sus colegas que, si descubrieran que está desposado con una judía, se alegrarían tanto como si les lloviesen zafiros del cielo. —Sus palabras fueron engullidas por una risa torpe y trémula, que trató de apagar poniendo ambas manos sobre los labios. Cerró los ojos para impedir que las lágrimas se le escaparan—. No pocas veces pienso que Cracovia es mi última parada.

—No seas derrotista, amiga mía. De la misma manera que llegamos, nos iremos de estas bellas pero ingratas tierras, juntas. Todos los alemanes que hemos viajado hasta aquí lo hicimos movidos por alguna causa concreta. En nuestro caso, para estar cerca de nuestros esposos... Por cierto, ¿qué trajo a Karl a Cracovia?

—Cosas del destino, supongo. Como te contaba, a través de sobornos y varios camaradas que le debían favores, Karl consiguió eliminar cualquier rastro de mi pasado judío y darme una nueva identidad, eso sí, sin que supusiera ningún peligro para él. No me preguntes cómo lo hizo, pues nunca me lo contó. Luego contrajimos matrimonio en la más absoluta discreción. —En un acto reflejo, Clara alzó la mano en la que llevaba su sortija dorada con una pequeña amatista—: A su familia la informó al día siguiente con un escueto telegrama. Y poco después del enlace, Karl decidió solicitar el ingreso en las Schutzstaffeln. No le resultó nada difícil, ya que tenía importantes contactos dentro y fuera de la organización. Su incorporación en las SS, considerada como la guardiana de la pureza racial de la nación, nos aportaría seguridad a ambos; dijo Karl que la mejor forma de esconderse es confundirse con el entorno. Mi esposo también me garantizó que en su nuevo cargo le resultaría más fácil buscar a mi familia; de Albert le conté que era un primo lejano al que estaba muy unida. Tras largas pesquisas que se prolongaron durante meses, logró averiguar que mi madre y mi hermano habían sido trasladados al campo de Mauthausen a finales del 41; de ahí, fueron deportados tiempo después a Auschwitz, donde se les perdía la pista. Al principio le creí a pies juntillas, del mismo modo que cuando me contó que no halló ningún rastro sobre los Rosenzweig. Descubriría o imaginaría desde un principio de quién se trataba Albert y lo descartó de su búsqueda, si es que esta existió alguna vez...

»Sé ahora que su deseo de venir al Gobierno General nada tuvo que ver con la búsqueda de mis seres queridos. Karl es un hombre de sólidas convicciones y nunca deja nada al azar; cada paso que da en su vida está calculado al milímetro y obedece a su proyecto personal. Es frío y calculador, y detesta los cabos sueltos: en Cracovia, no solo podía prosperar profesionalmente, sino que la probabilidad de que alguien me reconociera era infinitamente menor que en Múnich... También es un adulador, que supo mantenerme engañada el tiempo que creyó conveniente. ¡Cómo pude ser tan idiota! Él jamás estuvo del lado del pueblo judío, nunca sintió compasión por él como me hizo creer. —Mi amiga calló un instante para acariciar el lomo de la perra y mirarme con expresión amarga—. Hasta las mentiras más ocultas se dejan ver en los pequeños detalles. El día antes de mi cumpleaños, le pedí como regalo que me llevara a conocer el gueto, un deseo que aceptó a regañadientes. Lo recorrimos en un coche oficial descapotado y conducido por un joven *SS-Mann*; ya entonces percibí el placer que le producía a Karl ver cómo esas pobres personas bajaban o retiraban la mirada cuando pasábamos delante de ellas. Él las contemplaba con aires de superioridad, indiferente, con la cabeza echada hacia atrás y un rictus exultante de satisfacción. Una mirada petulante, despectiva en todo momento, que me causó una incomodidad solo equiparable a la que él sintió con seguridad por mi presencia, pues Karl sabía que las condiciones inhumanas en que vivían aquellas gentes, reducidas a la miseria, estaban desatando en mí una batalla interior. Tuve la sensación de estar metida en un cementerio limitado por unos muros con una forma que me recordaron a lápidas erguidas. Jamás creí que pudiera existir algo así al otro lado del Vístula. Miles de personas hacinadas, sin apenas más posesiones que lo que llevaban puesto, ropas viejas y haraposas; transeúntes de caras enfermizas y abatidas; niños entecos pidiendo limosna, royendo mendrugos de pan y arrastrando juguetes destartalados; ancianos desnutridos; basura acumulada en cada esquina; ráfagas de olores nauseabundos que azuzaban mi conciencia...

»Me consideré a mí misma una traidora que veía pasar ante sus ojos escenas dantescas, sentada cómodamente en una butaca, sin hacer nada para remediarlo. Sentí el impulso de apearme del coche y quedarme junto a aquellos seres estigmatizados, para aliviar su sufrimiento en la medida de mis posibilidades. No lo hice porque aún entonces albergaba la esperanza de que, gracias a la influencia de Karl, lograríamos dar con mi familia. Con el corazón exangüe, le pregunté a Karl si no podía hacer nada por aliviar el sufrimiento de la gente del gueto. Su respuesta fue un silencio claro: me miró de reojo y sacó la pitillera para encenderse un cigarrillo. Entendí que Karl era un actor más de la obra de Hitler. Que los judíos formaban parte de su plan, pero en la dirección que jamás quise imaginar.

»Desde aquella visita, mi esposo nunca volvió a mencionar a los judíos en mi presencia, ni sus supuestas pesquisas para dar con el paradero de mi madre y mi hermano. Yo tampoco le he preguntado. ¿Para qué? También he evitado mencionarle a los Friedrich, quienes espero que continúen con su sencilla vida... Ellos no volvieron a saber de mí y yo tampoco de ellos. Ni siquiera sé si el edificio sigue en pie tras los bombardeos. Pero temo que, entretanto, Karl haya podido mover los hilos para hacer que Inge y Hilmar desaparezcan, para eliminar cualquier rastro de mi pasado que pueda conducirlo hasta él... El poder lo ha deshumanizado hasta el extremo de tolerar la violencia y el asesinato de mujeres, mujeres como tú y yo.

Tragué saliva. Ambas éramos sabedoras de la implicación de Karl en la muerte de Irena. En ese momento, mi amiga ignoraba hasta dónde tenía su esposo las manos manchadas de sangre. No iba a ser yo quien se lo dijera. Por miedo. Por cobardía. Por compasión.

—¿Comprendes ahora mi inquietud por ser madre? ¿Cómo voy a traer a mi bebé en estas circunstancias? —se preguntó Clara haciéndose un círculo sobre el ombligo—. Con un marido que solo está con una judía por su belleza... ¡No quiere que alguien como yo le dé un hijo ni en sueños!

—¿Cómo estás tan segura? Al fin y al cabo, un hijo es un hijo.

—Lo sé con seguridad porque él mismo me lo dejó bien claro: ocurrió poco antes de conocerte, cuando albergué la sospecha de que podía estar encinta... Creí que era el momento adecuado para plantearle tener descendencia, pues era una cuestión que siempre había evitado tratar con él y desconocía su opinión. Le dije que deseaba ser madre, que me sentía sola y que quizá un hijo podría hacerme compañía en sus largas ausencias y, de paso, servir de estímulo para salir de mi enfermedad. El tiempo pasaba y no íbamos a ser eternamente jóvenes.

—¿Y cuál fue su respuesta?

—Apretó los puños, lleno de cólera. Me gritó que no se me ocurriera quedarme embarazada, que no quería ningún hijo mío. Empezó a hablarme de la sangre, que jamás permitiría mezclar la suya, aria y pura, con la de una judía, degenerada y débil. Que no quería ser padre de un *hijo diluido*, ya que era una contravención de sus principios. Sus razonamientos me dolieron profundamente, pero guardé la compostura. Sin ánimo de soliviantarlo, me atreví a insistirle con el argumento de que la misión patriótica de ambos era traer al mundo al menos cuatro vástagos. Volvió a gritarme, más enojado aún si cabía, con los ojos inyectados de sangre y la vena de la sien a punto de reventar. Me echó en cara que mi misión patriótica no era traer más judíos a este mundo y que, cuando él lo estimara conveniente, adoptaríamos niños arios que hubiesen quedado huérfanos a causa de la guerra. Obviamente, él se encargaría de la selección. Por la expresión de su rostro supe que se trataba de una engañifa para zanjar de una vez por todas el tema de la paternidad. Yo sabía que Karl tampoco permitiría que una judía educara a sus hijos. ¡Los corrompería, ya no a través de la herencia, pero sí intelectualmente! —exclamó Clara con ironía, para recalcar la conducta hostil de Karl.

Mi amiga, alterada por la angustia del recuerdo, hizo una pausa. Detuvo sus caricias a la perra y se revolvió en el sofá.

—Acabo de recordar que durante aquella discusión Karl me propuso que me esterilizase, para evitar, según sus palabras, riesgos innecesarios —dijo Clara con voz apenada, mientras se dejaba lamer la mano por la perra.

—¡Oh, Dios mío!

—Por eso, si se entera de que estoy esperando un bebé, me hará abortar. O aún peor, puede que idee un plan para librarse de mí para siempre.

—¡Oh, Dios mío! —volví a exclamar aterrorizada.

—Aquella trágica noche, cenando con él, no sé por qué pensé que podía revelarle mi secreto. Albergué la remota esperanza de que Karl sintiera algún tipo de emoción de saberse padre, que su instinto paternal estuviera por encima de su ideario nazi. Pero con lo ocurrido a Irena, quedó meridianamente claro que las acciones de Karl son impredecibles. Vive en una espiral de fanatismo de la que no puede salir y, lo que es aún peor, no quiere abandonarla; en ella se siente cómodo. Como todos los que sustentan y defienden los pasos de Hitler, mi esposo ha llegado a un nivel de degradación moral irreversible.... Ni Zosia, ni Hedda, ni yo estaremos a salvo hasta que esta guerra termine, siempre que caiga el Reich. Si los nazis salen victoriosos, todo habrá acabado para nosotras, también para Bartek y Jędruś. Por eso, confío en que el Ejército Rojo haga lo que tiene que hacer...

—Sí, comprendo que hasta ahora los rusos fueran tu flotador de rescate, pero me tienes a mí, y solo sé que hay que sacarte de aquí como sea, Clara. Te creo cuando dices que Karl podría hacerte daño, más cuando en Cracovia existe la pena de muerte para quien protege a un judío.

—Agradezco tu preocupación por mí, pero ya es demasiado tarde. Este lugar es mi condena. No puedo irme a ninguna parte. Karl me concedió a Hedda sabiendo que su vida dependía de mis actos. Ha sabido jugar sus cartas con astucia, y yo perdí la partida.

—No estoy de acuerdo, Clara. Habrás perdido una mano, pero no la partida. Aún quedan muchas cartas encima de la mesa por repartir —repliqué.

—Pocas opciones de maniobra tienes cuando te sientes espiada. Schmidt se ha convertido en mi sombra, y, con la excusa de salvaguardar mi seguridad, no puedo hacer ningún movimiento fuera de casa sin que él se pegue a mis talones. Sin duda alguna, sus ojos son los de mi esposo. Y luego está Claudia, a la que por cierto le he concedido unos días de descanso. La necesitaba lejos de aquí para poder ordenar mis ideas y pensar cómo organizarme con Zosia. No estoy segura de poder confiar en ella... Ignoro hasta qué punto Karl tiene comprados sus servicios, pero he visto cómo de vez en cuando la sorprende con una gratificación económica o con un pequeño objeto de valor que le ha arrebatado a algún infeliz... Como Schmidt, ella siempre está pendiente de mí, aunque quizá la mujer solo lo haga pensando en mi bienestar. Cabe la posibilidad de que Karl la convenciera con argucias de que tengo perturbadas mis facultades mentales y que lo tuviera al corriente de mis locuras... «¡Pobre *Herr Obergruppenführer* W., que tiene que cargar con una esposa enferma!», pensará Claudia... De momento, amiga mía, con tantos ojos observándome, mi única esperanza es que mi vientre se mantenga como está y nadie se percate de mi embarazo. Aún mejor, que Karl, después de su fiesta de cumpleaños, no vuelva a pasarse por aquí en mucho tiempo...

—Podrás disimular la tripa con chales y ropa holgada, incluso ponerte de espaldas al mundo, pero algo así no puede ocultarse eternamente. El niño o la niña nacerá... ¿Qué harás luego?

—Ese día llegará, sin duda; por eso y porque no sé qué podrá ser de mí cuando eso ocurra, hasta entonces he de haber puesto a salvo a Zosia, y ojalá también a Hedda...

Nos sumimos en un largo silencio, esta vez acompañado de la parálisis provocada por la impotencia de vernos en un callejón sin salida, angosto y oscuro, rodeadas de escombros del reciente pasado... Jamás imaginé que Clara arrastrara una vida tan espantosa, turbada por una feroz melancolía que le cerraba cualquier puerta a la esperanza.

—Esto es todo cuanto me queda del ayer —dijo finalmente, y volvió a poner a buen recaudo sus documentos en el mismo sitio de donde los extrajo—. Karl desconoce que los conservo; le hice creer que se estaban consumiendo junto con todo lo demás que arrojé al fuego. No fui capaz de deshacerme de lo único que da fe de quien fui. Es lo único tangible que me queda de Hilda Schoenthal... —Clara cerró los ojos y suspiró. Fue como si de repente un recuerdo penoso cruzara su mente—. Tuve que deshacerme de las pocas fotografías que rescaté de nuestro apartamento. Las metí en una caja y las enterré en el Jardín Inglés aquella noche, detrás de un enorme banco de piedra semicircular de estilo pompeyano... Espero poder recuperarlas algún día... —Clara me miró un momento, para luego enseñarme una fotografía que sacó de entre las páginas del libro de Gottfried Keller—. No pude evitar la tentación de quedarme con una de ellas; es la más reciente, la hice yo misma, semanas antes de que ellos desaparecieran... Es mi única conexión con mi madre, Albert y Gregor; de vez en cuando, saco la instantánea de su escondite y me zambullo en ella, para revivir aquel día de pícnic que disfrutamos en una pradera que moría en el río Isar. Recuerdo que tras el postre brindamos con vino y que al chocar los vasos mi madre nos dijo: «¡Disfrutad y cuidad vuestra vida, hijos, solo tenéis una!».

Albert era un joven fornido, de cabellos leonados y aspecto respetable y con un rostro más interesante que hermoso; tenía unos ojos risueños y una mirada que transmitía nobleza y una bondad extraordinaria. Posaba sentado en la dehesa, bajo un sol reluciente, con el brazo echado sobre los hombros de Gregor, un muchacho carilargo y salpicado de picaduras de la viruela. A su lado estaba la madre de Clara, una mujer madura y de cara amable, de quien sin duda había heredado su hija la belleza. Frente a ellos se extendía un mantel con refrigerios y una botella de vino. Los tres miraban sonrientes a la fotógrafa.

—Este es el primer y único amor que he tenido —susurró Clara posando el índice sobre el rostro de él en la imagen—. Albert fue la savia de mi vida. ¿Te he comentado que vivía en mi mismo edificio, una planta más arriba? Creo que sí... Con él crecí en las calles de Múnich. Éramos amantes y amigos, confidentes y cómplices, cada segundo que estábamos juntos lo vivíamos con una intensidad egoísta, temerosos de que el mañana dejara de existir. Soñábamos con casarnos y formar una familia, envejecer juntos y cuidarnos el uno del otro hasta que uno de los dos faltara... Pero aquellos anhelos se han evaporado. Ese amor arrebatado me ha destruido. Desde mi ser devastado, todavía mantengo un hilo de esperanza de que algún día pueda dar con él. A veces lo siento y eso tiene que significar que aún vive, y de ser así me gustaría transmitirle allá donde esté que lo sigo amando y lo esperaré hasta el fin de los tiempos. Pero me vuelvo loca pensando en cómo hacérselo llegar. Qué razón tiene la Julieta de Shakespeare cuando dice que los heraldos del amor debieran ser pensamientos que corren diez veces más que los rayos del sol cuando ahuyentan las sombras que se ciernen sobre las hermosas colinas.

»¡Qué puedo hacer si la vida me puso en la tesitura de transitarla al lado de alguien equivocado! La vacuidad que siento en mi interior se debe en gran parte a la ausencia de Albert, al desánimo de no ver cumplidas sus ilusiones, que son también las mías. Ahora tú también te sientes sola y vacía en tu matrimonio, pero al menos has podido ver realizados en gran medida tus sueños. Eres madre de un hijo maravilloso, y el profundo desamor que te ha causado Günther se ha visto compensado por la pasión y el frenesí que anidan ahora en tu alma. Estás enamorada de un hombre honrado y honesto, como lo es también Albert... Y Dios no quiera que te suceda con Bartek lo mismo que a mí con él.

Asentí con el gesto, guardando silencio y estremeciéndome por el escalofrío que me recorrió la espalda, acompañado de una creciente sensación de alarma. Si de repente me arrebataran a Bartek, una parte de mí desaparecería con él. Pensar en perderlo me provocó una explosión de angustia que Clara notó en mi rostro.

—Ingrid, te has quedado muda. No dices nada —comentó con expresión grave mientras besaba a la perra en la coronilla. Y musitó—: ¡Qué haría sin ella!

—No deseo interrumpirte, solo escucharte. Además, no tengo nada que decir. Tus palabras me causan un verdadero suplicio. Solo sé que mientras que tu vida era un infierno, yo vivía feliz viendo cómo Hitler trabajaba en la construcción de una Alemania excelsa... —dije, devolviéndole la fotografía, que ella, en lugar de dejarla de nuevo en el libro, se la llevó al pecho para guardarla bajo una de las copas del sostén.

—Gloria para unos, condena para otros... —Clara retomó mi frase—. ¡Qué ironía! Unos de camino a la Tierra Prometida del Gran Reich Alemán, al menos eso creen, y otros atrapados en las aguas del mar Rojo, aguas teñidas de sangre y tormento de las que es imposible escapar. Los judíos hemos de asumir nuestro destino. Dicen que es de sabios aceptar la senda que se le abra a uno, sea cual sea. A mí todavía me queda un largo trecho para llegar a dicha aceptación... Si es que llega ese día; porque antes creo que me detendré o me perderé en este impracticable trayecto que me ha tocado recorrer... Desde que nacemos solo nos acompaña la muerte. Ahora siento su aliento sobre mi nuca.

—No puedes darte por vencida, consentir algo así es reconocer el triunfo del mal sobre el bien. Has de seguir luchando, hemos de combatir juntas, proteger a las personas que queremos y amamos. Aquel mundo que creía justo también se está volviendo contra mí. No quiero que pienses que soy egoísta, sino una mujer enamorada. Bartek y yo corremos grandes riesgos por el mero hecho de entregarnos amor mutuo, sí, amiga mía, hemos cruzado esa línea roja y no pienso volver atrás, nunca...

—Oh, Ingrid, ¡en qué lío andas metida! ¡Qué insensato es el corazón! No puedo pedirte que olvides a Bartek, porque antes deberías olvidarte de mí, pero me produce pánico que algo malo pueda ocurrirte...

—Tranquila. Estamos siendo muy cautelosos. —Le acaricié la mejilla, que se había encendido por la turbación que le había provocado saber que entre Bartek y yo existía algo más que un inocente flirteo—. Mi amor por él es como la luz eterna del sol que cada noche ilumina la luna, y él siente lo mismo por mí —dije con certeza, mientras en otro rincón de mi alma se cernía el temor de que Bartek pudiera correr la misma suerte que Albert. Mi bella Simonetta, mi Hilda, se llevó la mano a la sien, como si una insoportable jaqueca se hubiera instalado de forma repentina en su cabeza. Era evidente que mi relación carnal con el jardinero la sumió en una profunda preocupación.

—Dios mío, Ingrid —balbució. Antes de que Clara pudiera decir nada más, se abrió la puerta de par en par produciendo gran estrépito. La aparición de la criatura hizo que me estremeciera tanto como las hojas de la mimosa ante el roce de una caricia.

15

Unos bracitos escasos de carne asomaban por las mangas remangadas de una blusa rosa de Clara que le hacía las veces de vestido con una cinta fucsia atada en un lazo en la cintura. Era una criatura preciosa, zanquilarga y de figura espigada, con unos enormes ojos claros, hundidos en unas cuencas tiznadas de negro por unas ojeras impropias de las niñas de su edad. Su larga y áspera melena castaña lucía apagada y su piel brillaba con la palidez de la azucena. Irrumpió en el salón como una nube ingrávida dando pasos cortos. La claridad que se colaba por los visillos desde el oeste cegó las pupilas de la pequeña, que instintivamente se cubrió los ojos con sus manos de dedos finos y largos como tallarines. Trotó rauda huyendo de los insolentes rayos de luz hacia una zona en penumbra del salón, y con una vocecita muy fina, que parecía venir de otro mundo, llamó a Kreta. «¡Kreta, Kreta!», gritó en tono casi inaudible. El eco de su acento polaco recorrió de puntillas la estancia hasta acariciar el oído siempre atento de la perra, que salió de su habitual amodorramiento con un enérgico brinco para recobrar de forma atropellada su postura cuadrúpeda y correr a su encuentro. Kreta la saludó con un lengüetazo que dejó en su rostro una estela de babas que discurría desde la barbilla hasta la frente; la niña carcajeó hacia dentro, sin emitir ningún sonido, y abrazó con gran efusión al can por el cuello. Clara se apresuró a echar los visillos descorridos de los dos ventanales centrales, un reflejo providencial, pues nada más hacerlo pasó por delante de ellos un vigilante que por su silueta bien podría tratarse del *Sturmmann* Schmidt. Los ojos asustados de Clara recorrieron la estancia en busca de una explicación. Me miró a mí, luego a la niña y finalmente a la puerta entreabierta del salón. Fue entonces cuando apareció Hedda, toda sofocada y con el rostro encarnado. Se paró en seco en el umbral de la puerta y con las dos manos se agarró a una de las jambas, tal vez para no perder el sentido debido al vértigo que le causó la escena que estaba contemplando.

—¡Madre mía, Clara! —bisbiseé a mi amiga. Deduje que la niña se había escapado de su habitación—. Para complicar más las cosas, ya solo nos falta que Hedda supiera de la existencia de Zosia.

Mi voz alertó a la niña, que hasta ese momento no se había percatado de mi presencia. Soltó a la perra y dio un pasito hacia atrás. Me miró con los ojos espantados y la boca abierta. Se le cayeron los hombros y sus piernecitas comenzaron a temblar, e hizo el ademán de echar a correr, pero Clara le dijo algo en su idioma, y la criatura se calmó. Volvió a centrar su atención en Kreta, aunque esta vez ocultándose detrás de ella y escrutándome con la mirada por encima del lomo del animal.

—Lo siento, *Frau* W., Zosia salió de la cocina en un descuido mío y cuando me percaté ya estaba corriendo por el pasillo como la liebre a la que persigue el podenco... —dijo Hedda visiblemente afectada. Y añadió compungida—: No volverá a suceder...

Al ver que el despiste de Hedda no fue a mayores, Clara le indicó que podía retirarse y dejar con nosotros a la niña, cuya presencia nos complacía. Acompañó sus palabras con un gesto de mano tranquilizador. Cuando Hedda hubo cerrado la puerta tras de sí, mi amiga se dirigió a mí con el ánimo algo alborotado:

—No, no, mi querida Ingrid... Eso ya lo sabe, de lo que no debía enterarse es de que tú estás al corriente de la pequeña judía. Ahora ya es inevitable... —Una nueva preocupación se instaló en el ánimo de Clara.

—¡Amiga mía, no perdamos la calma! —inspiré hondo e intenté que no trasluciera mi desasosiego. Que Hedda pudiera verme como la encubridora de una criatura de su misma condición no me hizo gracia, pues desconocía hasta qué punto ese conocimiento podría perjudicarme. Mi indulgencia con Zosia podía meterme en un lío morrocotudo, no cabía duda; sin embargo, Clara era la que mayores riesgos corría en esa farsa. Colegí que mi Simonetta no había invertido un segundo de su tiempo en analizar con lucidez la situación. No sabía nada de esa mujer, absolutamente nada; y esta, nada más pisar la casa del *Obergruppenführer* W., ya sabía más de la cuenta. Acababa de ser testigo de cómo una mujer aria era cómplice de que otra mujer, supuestamente también aria, ocultara a una niña polaca de sangre judía. Tener esta información podía ser más valioso que ser dueño de una bolsa de diamantes.

Un sudor frío me empañó la frente. Cuanto más pensaba en el problema, mayor era mi inquietud. En el mejor de los escenarios, Hedda podía ser una mujer cabal que viera con buenos ojos que las esposas de unos mandamases del Reich ayudaran a un ser de su raza, pero, aun así, ¿quién podía asegurar que no utilizaría lo que sabía de nosotras para salvar su pellejo o el de un ser querido en una situación crítica? En realidad, Karl podía devolverla a Auschwitz cuando se le antojara, y allí dentro la vida, por llamarlo de alguna manera, se regía por otras reglas, unos códigos de conducta donde la piedad o la lealtad se desvanecían. Y dando rienda a mi suspicacia, me pregunté si Hedda no era en realidad los ojos de Karl en su casa. Sí, una soplona que le informara de todos los movimientos de Clara a cambio de seguir con vida u otra promesa que, dicho sea de paso, Karl jamás estaría dispuesto a cumplir por su falta de respeto hacia esa raza, por propia seguridad. Era posible que mi amiga se dejara llevar, una vez más, por las emociones y desestimara los peligros de meter a terceros en un asunto tan delicado. Me imaginé a ella y a mí misma caminando con los ojos vendados en un bosque plagado de cepos para zorros. «¡Su candidez sulfura a cualquiera!», pensé.

—A veces nos vemos desbordados por acontecimientos excepcionales que obligan a tomar decisiones que jamás adoptaríamos en otras circunstancias. Al principio descarté contarle a nadie, salvo a ti, la existencia de Zosia. —Escuché de fondo a Clara hablarme mientras yo miraba a la niña, que clavó sus espabilados ojos en los míos al escuchar su nombre. Me regaló una breve pero dulce sonrisa, y agachó rápido la mirada para seguir acariciando el caparazón de Łucja, la tortuga tallada en madera de la que me había hablado mi amiga en su carta. Estaba orgullosa de mostrarla, pues aquel reptil inanimado era posiblemente su única llave al mundo de la fantasía. Pensé que no sabría jugar como un niño normal y que esto explicaría su imagen de niña insegura y taciturna. Erich y Jędruś seguramente sabrían rescatarla de ese inmerecido aislamiento, imaginé—. Su carita de luna me ha prendado el corazón... —prosiguió Clara aproximándose a la pequeña para apartarle unos mechones lacios que le caían sobre los ojos—. Yo sola me vi incapaz de cuidar y mantener oculta a la niña, y Hedda me vino como maná caído del cielo. Tras instalarse en casa, hablé con ella durante horas, le pregunté por detalles de su vida, algunos muy íntimos y comprometedores. Dice que es de Frankfurt y que trabajó como telefonista, hasta que se quedó embarazada de un barbero de Stuttgart que regentaba una barbería muy cerca de donde ella vivía. El fruto de aquel idilio fue un hijo que a los dos años falleció al atragantarse con la papilla. A raíz del trágico accidente, él la abandonó. Ella es una mujer bonachona y confiada a la que la vida ha maltratado sin piedad y, aun así, se la ve deseosa de hacer el bien. No me cupo ninguna duda de que se apiadaría de una niña huérfana, otra inocente más castigada por la adversidad, y eso me animó a implicarla... Además, si en mis manos estaba la encomienda de proteger a dos judías, qué mejor que ambas fraternizaran.

Me reveló cómo entre las dos urdieron un plan para que la pequeña se convirtiera en una criatura oculta a ojos de todo el mundo, del mismo modo que una dríade se camufla en el bosque. Hedda siempre estaba a su lado, y se encargaba de cerrar las cortinas de las estancias donde la niña quería jugar o fisgonear; de mantener echada la llave de la puerta principal, para impedir que nadie entrara en la casa sin antes llamar; y de que la pequeña no abandonara las reglas que le inculcó su madre para vivir como un ser invisible.

—Me parece todo muy bien, pero jamás debes olvidar que ella, aunque lleve un inmaculado uniforme de sirvienta y se comporte como tal, es una prisionera sacada temporalmente de Auschwitz. Sabes de ella las cuatro cosas que te ha querido contar y no hay manera de contrastarlas... —le advertí. Clara bajó los ojos unos instantes para ver cómo la niña pasaba a Łucja por el lomo de Kreta. Tras sonreír, se sentó de nuevo a mi lado:

—Tengo fe en Hedda, pues de momento su actitud es intachable. Además, trata a la niña como si fuera hija suya. ¡Tienes que verlo!... Ya sé que siempre me tildas de ser una mujer sin malicia, pero creo que sé ver cuándo alguien es honesto. Y ella lo es... Soy consciente de que abrirme a ella conlleva riesgos, pero no son menores que los que podrían surgir si me quedase cruzada de brazos.

—Ni una más... hasta aquí han de llegar todas tus revelaciones —dije muy seria—. Se acabó facilitarle más información, y eso incluye no contarle jamás tu secreto... ¿Me oyes? Por mucho que ella te ablande el corazón... Fe, la justa: jamás olvides que Hedda ha entrado en tu vida de la mano de tu esposo. Sé prudente, amiga mía, por lo que más quieras.

—He aprendido la lección... Hay secretos que hieren a su poseedor y a quienes se los confías. Bastante tiene ya Hedda con sus problemas. En cuanto a ti, ¡ojalá tuviera en mi mano la barita mágica con la que borrar de tu cabeza la maldita revelación! Con mi confidencia he puesto tu vida en peligro, amiga mía, cuando mi deseo cardinal no es otro que proteger a los seres que quiero. Mi secreto debería morir conmigo, pues solo deseo la seguridad para aquellos que me rodean, no el peligro... Solo yo he de cargar con las consecuencias de mi secreto, si alguna vez sale a la luz. Quizá lo pague con mi vida, pero ya no temo morir. Muy al contrario; estoy lista. Además, si me arrebataran la vida por una buena causa, creo que sería la forma más bella de dejar este mundo ruin.

—¡Caray, Clara! Me asustas cuando te pones a filosofar —exclamé con la voz entrecortada, y envolví con mis manos las suyas—. Contarme que eres judía es lo mejor que pudiste hacer para ti misma, aunque ahora no lo sientas en tu persona por los muchos problemas que te rodean. El dolor te acecha como un tifón que se pasea frente a la costa mansa, úsalo para hacerte fuerte y no dejes que te destruya. Sé que eres una mujer con coraje. Tu valentía ha desatado en mí una transformación que me permite ver el mundo con otros ojos, sin el filtro de la prevención y la intolerancia. Ahora empiezo a saber lo que quiero y a quién quiero. Y a ti te quiero como a una hermana; en mi corazón solo cabe la idea de ayudarte. A ti, a Zosia... Y si es posible, por qué no, también a Hedda. —Vencida por la emoción, abracé con fuerza a Clara. Ella se apretó contra mí, y sentí el intenso calor de una amiga querida.

—Gracias, gracias, no dejo de pensar cómo sería mi vida sin ti... Te quiero tanto que si me hubieras dejado de hablar te habría seguido queriendo igual —me confió emocionada al oído.

Con Clara descubrí que la vida está llena de opciones, de caminos, encrucijadas, atajos y desvíos que indefectiblemente conducen al bien o al mal. Lo que me sorprendió es que durante toda mi vida optara por transitar por un desierto, hostil y ruin, pero lleno de espejismos alienantes que me invitaban a retozar venturosa en sus arenas estériles. Fue mi amiga quien tiró del cordel de la granada que hizo saltar por los aires mi patético pasado y me situó en el camino correcto. No estaba dispuesta a desviarme de él, no me importaba lo mucho que tuviera que luchar y arriesgar para alcanzar mis metas. Esta vez no, en esta ocasión haría de una vez por todas bien las cosas, con la conciencia y el corazón puestos en cada paso que daría a partir de esa nueva vida. La pasión con la que la afrontaba me cargaba de energía y ahuyentaba el vértigo y los miedos.

La niña, que hasta ese momento buscaba la protección de Kreta y me había vigilado con el rabillo del ojo con un aire de pensativa admiración dibujado en su dulce rostro, se atrevió a mirarme de frente. Entonces sonrió y esperó a encontrar en mí una respuesta amistosa. El abrazo que nos dimos Clara y yo despertó en ella un instinto de acercamiento hacia mi persona, tal vez incitado por los celos típicos que asaltan a los pequeños. Cabizbaja, Zosia cogió a Kreta del collar y se acercó a Clara con los pasos cortos de una muñeca mecánica. Con su otra mano jugaba con la pequeña tortuga, apretando su cabeza entre los labios. Le susurró algo al oído a mi amiga, a pesar de que yo no podía entenderlo aunque lo pronunciara en voz alta. Clara asintió. Y la niña volvió a musitar unas palabras casi inaudibles, esta vez sin quitarme la vista de encima.

—Zosia me ha preguntado si eres alemana y quiere saber si eres de las buenas o de las malas... Sin duda alguna, su madre se ha preocupado de aleccionarla —me dijo Clara con una sonrisa antes de contestarle a la pequeña. Reconocí entre el cuchicheo ininteligible de palabras polacas mi nombre. Zosia lo repitió, «In-grr-id», y soltó una tímida carcajada, lo que hizo que a mí también me diera por reír.

La niña, ya algo más confiada, se atrevió a dar dos pasos a un lado para quedar delante de mí, sin separarse de su protectora cuadrúpeda. Aún no se fiaba de mí. Me miró de abajo arriba y se detuvo en mi rostro, que lo escrutó con minuciosidad, como si estuviera viendo por primera vez un ser de otro planeta. Me incliné ligeramente, con el propósito de que me tuviera más cerca y me sintiera próxima. En la distancia corta, nadie podía resistirse a la fascinación de aquellos ojos angelicales, puros e inocentes. Zosia alargó la mano hacia mi cara y pasó sus deditos por el apósito de mi sien. Luego puso cara de asombro y comenzó para mi sorpresa a hurgar en mi cabello. Durante unos instantes toqueteó uno de los mechones y luego otro y otro, hasta que se separó de mí para mostrarme con orgullo la razón de su osadía: había liberado a una mariquita que debió de quedar atrapada en mi melena cuando salimos al jardín. Con el rostro henchido de orgullo, la niña dejó que el insecto escalara por su dedo corazón, y quedó maravillada cuando aquel, al alcanzar la punta, desplegó sus alas rojas y echó a volar. Pero Kreta, que no había perdido detalle de la jugada, hizo un movimiento rápido y se lo zampó de un bocado. Puse una mueca de estupor y la reñí: «¡Kreta, por Dios, pobre bicho!». La niña, con los ojos encendidos por la sorpresa de ver cómo la perra dio caza al coleóptero, soltó una risotada alegre. Y Clara y yo nos contagiamos de su regocijo. Una cadenita de oro blanco con cuatro gemas que formaban un trébol de la suerte le colgaba del cuello.

Fue Oscar Wilde quien dijo que la risa no es un mal comienzo para la amistad. Y fue así como Zosia conectó conmigo y dejó de verme como una extraña. Lo supe en cuanto se apartó de Kreta y siguió jugando con su tortuga como si cualquier rastro de amenaza se hubiera evaporado del salón. Aproveché su distracción para coger el paquete que había traído para ella y que se encontraba junto al piano y deshacer el doble nudo del cordel con el que lo había atado. Hecho esto, volví sobre mis pasos y, antes de sentarme, lo deposité al lado de la hija de Irena. Kreta corrió hasta él y se puso a olfatearlo excitada. Y lanzó un par de ladridos mirándome a los ojos para decirme tal vez: «¡Eh, tú, aquí dentro está Erich!».

—Es un regalo para ti, Zosia. Re-ga-lo —le dije a la chiquilla.

—Re-ga-lo —repitió ella. Comprendió perfectamente la bondad de aquel gesto—. *Danke! Dziękuję!*

—No puedes hacerte a la idea del cambio que ha experimentado en estos pocos días, a pesar de la ausencia de su madre —comentó Clara, al ver con deleite cómo la pequeña, poco a poco, lograba dominar sus temores para desenvolverse con naturalidad, como si nosotras fuéramos ahora su familia y aquel salón hubiera sido siempre su hogar: con un espíritu lleno de entusiasmo, Zosia abrió el obsequio—. Por suerte para ella, la desaparición de Irena ha sucedido con unos cambios tan positivos en su vida que la tienen distraída casi todas las horas del día.

—Es la libertad, diría yo, un anhelo que no conoce edades. Fíjate, Clara, viendo lo contenta que está la niña, me atrevería a decir que nacemos sabiendo lo que significa y que de modo inconsciente la ansiamos y no paramos hasta encontrarla —añadí apretándole la mano que le había vuelto a coger.

Las dos contemplamos con una sonrisa silenciosa cómo Zosia sacaba del interior de la caja las cosas que traje de mi hijo y las iba desplegando con esmero, una a una, sobre la mesa de centro, para luego estirar las arrugas con la palma de las manos. La desenvoltura con la que se manejaba indicaba que no era la primera vez que lo hacía; Irena le había enseñado a ser ordenada, metódica... y especialmente recatada con las emociones.

Calcetines, un par de camisetas, una camisa y unos pantalones largos y otros dos cortos, dos gorras que a Erich ya no le pasaban por la cabeza y unas sandalias quizá demasiado grandes para ella. Con una enorme O dibujada en la boca y los ojos bien abiertos, Zosia estudió con detenimiento las costuras, los acabados, los colores, los estampados y las texturas de cada prenda. Su expresión de felicidad me recordó a la que ponía Erich cuando abría su regalo de cumpleaños. Me dio la impresión de que era una niña curiosa e imaginativa, y noble de espíritu. También presumida; su mirada destilaba aires de suficiencia, que heredó sin duda alguna de su madre. En cualquier caso, era la hija perfecta que toda madre desearía tener.

—Tal vez Bartek nos pueda echar una mano con ella... ¡No, no! ¿Qué digo? Solo acudiremos a él como último recurso... —me retracté pensando en voz alta.

—¡Eso, deja que tu jardinero se dedique a cuidar de tus plantas! Hemos de maquinar tú y yo el modo de sacarla de aquí de forma segura, sin implicar a nadie más, salvo que, como bien apuntas, sea estrictamente necesario. Y de momento no digamos nada a Hedda sobre nuestras intenciones, pues no podemos prometer algo que no estemos seguras de poder cumplir —sentenció Clara con semblante sobrio.

—¿Y por dónde empezamos? —pregunté con el ceño fruncido al tiempo que apoyaba el puño contra el mentón.

—Querida, estás para hacerte una fotografía... Me recuerdas al pensador de Rodin... ¡Ja, ja! No creo que sea este el mejor momento para poner a prueba tu cacumen. —Por primera vez desde nuestra noche de fiesta en el cabaré la escuché reír con verdadero entusiasmo. ¡Qué mujer!—. Pongámonos serias. ¡Anda, ven! Quiero que veas dónde encontré a Zosia y que me ayudes a averiguar cómo llegó hasta allí. Es un auténtico galimatías que me quita el sueño...

Clara se levantó del tresillo dándome una palmadita en el muslo, e invitó a Zosia a que la ayudara a volver a guardar las prendas en la caja de cartón. La niña obedeció, alegre, y, tras completar su tarea, cogió el paquete con las dos manos y siguió a Clara, quien dio un chasquido de dedos para llamar a Kreta.

—¿Vienes o piensas estar calentando el sofá el resto del día? —dijo mi amiga al aire mientras las tres desaparecían al cruzar la puerta del salón. Verlas juntas se me hizo una estampa entrañable: por la forma en que trataba a la niña, pensé que Clara sería una madre modelo, y deseé que el hijo que crecía en su vientre tuviera la herencia de ella y la menos posible del padre. El amor inconmensurable de aquella cándida judía era capaz de recomponer las astillas ocasionadas por cualquier tragedia que nos sobreviviera. El amor colmaba de esperanza.

—¡Esperadme! —grité.

Al entrar en la habitación fui asaltada por una sensación de vacío que hundió mi pecho hasta el espinazo. Era el vacío causado por la inexistencia de Irena, el hueco dejado por su espíritu, cuya fragancia inodora aún pude sentir envolviendo mi cuerpo. Todo en la habitación estaba limpio y en orden, y apenas quedaban objetos personales de Irena que hicieran pensar que vivió bajo aquel techo durante años.

Lo primero que hizo Clara fue mostrarme el arcón oculto dentro del armario donde la niña pasaba la mayor parte del día y la noche, un espacio claustrofóbico, más pequeño incluso que el que disfrutan algunas bestias del circo. Zosia nos interrumpió, se quitó la camisa de Clara que llevaba puesta y completamente desnuda pidió a mi amiga que le probara la ropa de Erich. Yo me recosté en una pequeña butaca de lino que había junto a la cómoda para observarlas. Parecían una madre y una hija de compras en una boutique infantil de Berlín, eligiendo vestiditos alegremente. Me pareció demasiado hermoso para ser verdad. Entonces, fui presa de un súbito desaliento. Aquella escena solo eran unos fotogramas que se habían colado por accidente en una película dramática. ¿Volveríamos a vivir mi amiga y yo aquellos días plácidos de meses atrás? Un mal presentimiento se me ancló en la boca del estómago.

Entretanto, Zosia se probó ante el espejo del armario todas las combinaciones posibles, hasta que decidió dejarse puestos una camiseta de color tostado y unos pantaloncitos cortos que iban a juego y que le daban un aire masculino. Afortunadamente, Zosia gastaba una talla parecida a la de Erich, aunque todo le quedaba un poco holgado. Se la veía dichosa con su nueva ropa. Estaba tan ilusionada que, mientras Clara le peinaba la alborotada melena, musitó una canción infantil polaca. Luego corrió por la habitación, siempre con los talones levantados, y jugó con Kreta, que, con la paciencia del santo Job, soportaba los tirones de rabo, los cuchicheos en las orejas y los abrazos que le doblaban el cuello. Y aunque pareciera que estaba completamente distraída, la pequeña en ningún momento quitaba sus ojos de Clara y pedía su atención cada vez que ella intentaba iniciar una conversación conmigo. Pero la excitación acabó por agotarla y comenzó a frotarse los ojos. Se tumbó en la cama, y mi amiga se sentó a su lado. Zosia le pidió, entre bostezos, que volviera a contarle el cuento del gato con botas, pero sus párpados se cerraron a la tercera o cuarta frase.

Clara le besó la frente, le quitó las sandalias y la arropó. Yo me levanté de la butaca con el instinto materno enardecido; me senté al otro lado del lecho y le acaricié las mejillas. Ambas posamos nuestra mirada en ella, que respiraba suave y profundamente, arrebujada en las sábanas, confiada en que alguien a su lado velaba por ella. Clara le proporcionaba una gran sensación de libertad, aquella que le arrebató la oscuridad del escondite. Quizá esta fuera la primera vez en mucho tiempo que la pequeña durmiera con placidez, nos dijimos.

—Si pudiéramos dar con alguno de sus familiares —susurré, y, a continuación, quise saber—: Puesto que proviene de una familia acomodada, seguro que podemos averiguar cosas de su pasado o de su parentela, tal vez en la hemeroteca de algún periódico que nuestros compatriotas no hayan arrasado... ¿Sabes al menos cómo se llamaba Irena en verdad?

—Rozalia Epstein-Grynberg —me reveló Clara, y luego añadió—: Debemos quitarnos la idea de la cabeza de buscar a sus familiares, si es que alguno ha logrado escapar. Me parece un esfuerzo no solo infructífero, sino también sumamente aventurado, correríamos el riesgo de situarnos en el punto de mira de la Gestapo.

Mi amiga tenía toda la razón. En Cracovia no se podía dar un paso sin que la policía se enterara. La ciudad estaba minada de soplones, chivatos y espías dispuestos a traicionar incluso a su propia madre a cambio de una miserable prebenda.

Luego supe que todo lo que Clara me había contado sobre Irena había sido una invención suya:

—En realidad, no fue algo premeditado que tuviera a Irena como ama de llaves —empezó a confiarme mi amiga—. Todo ocurrió en un día de finales de diciembre de 1941, durante la ola de frío siberiano que asoló al Gobierno General en el invierno de aquel año. Karl y yo llevábamos poco tiempo instalados aquí. La casa seguía patas arriba; por aquí por allá, aún podías tropezarte con alguna caja de mudanza pendiente de desembalar y muebles que esperaban a ser colocados en su sitio. Había mucho que hacer y, cómo no, Karl desapareció en uno de sus largos viajes. "Espero que a mi regreso esto sea ya un hogar. Haz lo que tengas que hacer y contrata a quien haga falta... Sabes que no soporto el desorden", fueron sus palabras junto al beso de despedida. Por fortuna, conté con la ayuda de Schmidt, que, además de buen chófer, se reveló como un excelente organizador y decorador. Una tarde de aburrimiento le pedí que me llevara a la *stare miasto* para comprar estas y otras telas para la casa. —Clara señaló con la mano las cortinas que vestían la ventana de la habitación—. Recuerdo que se nos hizo muy tarde, porque no me resultó fácil decidirme por el estampado y los colores. Ya sabes, la indecisión te hace prisionera del reloj. Llegué a casa con la garganta seca y fui directamente a la cocina para matar la sed. Mientras el agua del grifo llenaba el vaso, escuché el ruido seco que hace una lata al caer. Pensé que se trataba de alguna rata que se había colado en la casa y rondaba por la despensa, que, como sabes, queda al otro extremo de la cocina. Pero cuando asomé la cabeza a la pequeña habitación para sorprender al descarado roedor, distinguí en su lugar el cuerpo acuclillado de una joven, que estaba metiendo en una cesta todas las provisiones que le era posible. Como te puedes imaginar, en lugar de un repelús, me llevé un susto de aúpa: mis pies no me dejaron huir; mi garganta me impidió gritar y mis manos, temblorosas, fueron incapaces de lanzarle el vaso a la intrusa...

—¡Irena! —no pude evitar interrumpirla.

—Efectivamente —prosiguió Clara—. Era Irena, y estaba tan concentrada en la tarea de escoger con reflexiva calma los alimentos cuya ausencia no llamaran la atención y colocarlos con cuidado de no hacer ruido en el canasto que no se percató de que la estaba observando desde la puerta. Enseguida tuve el pálpito de que aquella mujer no suponía un peligro para mi vida. No me preguntes la razón, tal vez porque algo dentro de mí fue incapaz de expresar ningún sentimiento de repulsa hacia un ser hambriento, que estaba arriesgando su vida no por robar unos candelabros de plata o relojes de oro, sino por unas latas de conservas y unos puñados de arroz, harina y azúcar.

—Aunque se tratara de su propia casa..., ¡se coló en la residencia de un oficial nazi! ¡En una de las propiedades más vigiladas y seguras de toda Cracovia! ¿Una judía? —añadí estupefacta—. Me parece una osadía que se atreviera a llegar tan lejos para rapiñar un cesto de viandas... No, no, qué digo. La pregunta es esta otra: ¿cómo diantre consiguió burlar todos los controles de seguridad, llegar hasta la despensa y pretender salir de la casa sin más, como si fuera un fantasma?

Pero Clara no se dejó interrumpir; con la mirada extraviada en aquellos recovecos intrigantes del pasado, refirió:

—Me quedé quieta, contemplando cómo aquella mujer, que se adivinaba muy delgada pese a la cantidad de ropa que llevaba puesta, cogía, tranquila, comida de las estanterías, como si estuviera en un colmado. Hurtar por hambre no es ninguna transgresión, pensé. Sentí pena por ella y me asaltó la necesidad de ayudarla. —Los ojos de Clara parecieron volver en sí y me miraron con firmeza—. Algo provocó que la intrusa, estando de espaldas a mí, sintiera mi presencia. Devolvió lentamente al estante el bote de tomate que estaba a punto de sumar al botín y se giró muy despacio, con la respiración contenida. La mujer se quedó pasmada, mirándome con cara de desconcierto. Yo me estremecí y no tuve tiempo de pensar que podría agredirme, porque Irena se arrodilló y, cabizbaja, superada por la vergüenza, arrastró con las manos la cesta hacia mis pies, como hacía el vasallo con su ofrenda para su señor. Con voz trémula y en un alemán comprensible, me dijo que lo hacía porque llevaba días sin comer, que no era una ladrona. «Mujer, no se humille ante mí», contesté yo, y me agaché para ponerle con cuidado las manos sobre los hombros. Recuerdo que desprendía un hedor penetrante y desagradable, una mezcla de suciedad y sudor, y aun así no me causó repulsión alguna... «Tranquila, no tema; aquí está a salvo», le susurré.

Los labios de Clara se echaron a temblar. Bajó la cabeza en un gesto de desmoronamiento. Tras un largo silencio, sentenció:

—Le fallé. Me propuse protegerla y fracasé. Me daba igual su raza o credo. Solo era una persona que necesitaba el socorro de un alma caritativa.

Luego Clara me hizo un gesto con la mano en ademán de que estuviera tranquila. Se limpió unas lágrimas de los ojos y observó a la niña, que en ese instante parecía estar pasando por un sueño agitado. Mi amiga sacó su pañuelo y enjugó las perlitas de sudor que brillaban en su frente.

—En realidad, Ingrid, esta es toda la historia. —Su voz había recobrado vitalidad—. La mujer debió de confiar en mi palabra, y se quitó el pañuelo negro que le cubría la cabeza, quizá para dejarme ver que era una persona inofensiva, y lo estrujó entre sus manos. Llevaba el pelo tan rapado para tener a raya a los piojos que su cuero cabelludo se asemejaba a un enorme cepillo. Me contó que vivía oculta en el bosque, sola, pues la poca familia que le quedaba la perdió tras la invasión, al igual que su casa y los campos de cultivo. Sobrevivía gracias a lo que encontraba y conseguía hurtar sin hacer daño a nadie. Bajo aquellos andrajos me pareció que se ocultaba una mujer educada y amable. Poco más me contó de su vida, y yo tampoco insistí en sonsacarle más información, no quise atosigarla... Te confieso que me vi reflejada en ella; yo podría haber acabado como aquella pordiosera de no ser por la generosidad de los Friedrich. Es por ello por lo que seguí el ejemplo de Inge y Hilmar, y le ofrecí que se quedara conmigo haciéndose pasar ante mi marido y todos los demás como la nueva asistenta del hogar. La idea podía parecer una locura, pero fue la manera de agradecer a la divina providencia que saliera en mi socorro. Y aunque al principio Irena se mostró reticente, acabó aceptando mi oferta, porque vio que yo no admitiría un no por respuesta. Gracias a mi intervención, Irena tendría una cama y el calor de un hogar seguro. Sin saberlo, le estaba ofreciendo la oportunidad de regresar a su casa, pero en calidad de criada, para servir a los arios que la habían desalojado por la fuerza. ¿No te parece una situación cruel, Ingrid?

—Me cuesta entender cómo logró interiorizar el nuevo rol en su vida. Tal vez se rindió ante la adversidad o, de no ser así, quizá encontró la manera de anestesiar los sentimientos negativos causados por la abominable injusticia que trituraba su pundonor... Pero ¿cómo hiciste para meterla en casa sin levantar sospechas? Sobre todo, teniendo a Claudia a tu lado todo el tiempo...

—Claudia entró en nuestras vidas más tarde. Por una cosa u otra, yo había ido retrasando la contratación del servicio. Ninguna de las pocas mujeres que llegué a entrevistar me convenció, y hasta la aparición de Irena me fui apañando con las sirvientas que me fue prestando *Frau* Von Bothmer. Me enviaba una o un par cada dos o tres días, según mis necesidades. Por eso, Irena llegó como llovida del cielo. Enseguida se hizo con la casa, y Karl, que al principio se quejó de su aspecto físico, acabó por reconocer su excelente trabajo y capacidad para complacer sus exigencias. Pero Irena tenía una tacha: era una pésima cocinera. De ahí que me fuera muy sencillo convencer a mi esposo de que necesitábamos a alguien en la cocina.

—Pero, insisto, ¿cómo conseguiste borrar su aspecto astroso? Y lo que más me asombra, ¿qué hiciste para que Karl aceptara a una polaca en casa?

—La tuve oculta durante más de una semana. Dejé que descansara y se alimentara a discreción. Se hizo la manicura; todos los días se bañaba en sales y se ponía una mascarilla para limpiarse el cutis; entre las dos arreglamos su cabello; le regalé un par de vestidos que tenía olvidados en el fondo del armario... En unos días su imagen cambió de forma radical. Aproveché una mañana que llovía a mares y soplaba un viento fuerte y racheado que obligó a los vigilantes a guarecerse bajo techo para sacarla de la villa oculta en el maletero de mi Volkswagen y volver a entrar con ella pasadas unas horas, como si la hubiera ido a recoger a algún sitio.

—¿Tienes coche propio y ahora me entero?

—Bueno, anda por ahí e ignoro en qué estado está. La última vez que lo conduje, hará año y medio, fue para llevar a Claudia al encuentro con su amado Kurt y que fueran al cine. En esa época fue cuando mis miedos patológicos empezaron a manifestarse. Desde entonces, creo que nadie lo ha movido de donde lo aparcó Schmidt en las cocheras que hay junto a las cuadras. La verdad es que no lo echo de menos, los automóviles nunca me interesaron. Karl lo sabía y aun así me lo regaló cuando todavía vivíamos en Múnich. Siempre le ha gustado la estampa de una mujer joven y atractiva al volante...

Clara se vio interrumpida por los bostezos que lanzó la niña, que se despertó. Estiró los brazos contra el cabecero y, sin mediar palabra, plantó un beso en la mejilla de Clara. Dudó si darme otro a mí, pero al final lo hizo animada por mi amiga. Luego se metió en la zona más oscura del armario. Un clac nos hizo saber que la criatura se había encerrado en su escondite.

—Siempre vuelve a su refugio. Para ella es su habitación, el lugar donde se siente segura. El apego es tan fuerte que no quiero forzarla a que lo abandone de un día para otro. Podría ser contraproducente... Por las noches, me acuesto con ella aquí, en la cama de su madre, pero al despertar por la mañana o en medio de la noche ella ya no está —murmuró Clara mortificada—. Se levanta con sigilo, para que yo no me entere y así no la intente persuadir para que permanezca a mi lado. No obstante, aún hay tiempo para encauzar esta querencia. Confío que, para cuando regrese Claudia, Zosia se haya olvidado del escondite y se haya abierto por completo a Hedda, pues las dos tendrán que compartir este dormitorio.

—Hasta que sepamos qué hacer con ella, que se confine en su escondrijo puede ser bueno para su seguridad. Ya sé que es un pensamiento macabro, pero a veces hay que ser prácticos y adaptarse a las necesidades —aseveré, a pesar de que me horrorizaba pensar que la pequeña pudiera estar horas metida en aquella caja oscura, en silencio, sin moverse, sin sentir el calor humano, desconectada completamente del mundo. Yo hubiera perdido la cordura, sobre todo después de que Clara y yo averiguáramos ese mismo día que la niña llevaba haciendo algo así desde hacía años en un lugar horrible.

Kreta, que daba cabezadas adormecida por el calor de los rayos de sol que entraban por la ventana, se levantó de la alfombra donde se había acomodado y, con las orejas relajadas, se tumbó al lado del zócalo frontal del armario, cerca de su nueva amiga.

—Desde que la niña ha entrado en nuestros corazones, Kreta la vigila constantemente y no se separa de ella. Y no se moverá de allí si yo no le pido lo contrario. Creo que por instinto sabe que hay que protegerla. —Clara suspiró y yo miré a Kreta con afecto—. Para cuando Karl conoció a Irena la apariencia de esta había mejorado de forma notable. —Clara retomó la historia de Irena mientras hacía una pequeña pila de la ropa de Erich para volverla a meter en la caja en que la traje. Luego colocó esta detrás de unas mantas que había en un estante del armario y se tumbó a mi lado—. Había ganado unos kilos, y su cabello ya no tenía el aspecto del de una presidiaria. Con una bonita cofia y un uniforme que estrenar, Irena parecía otra mujer, la dama más cercana a la que fue y que no supe ver.

A Karl le conté la misma mentira que a ti: que Irena me la había remitido *Frau* Hilger, la esposa de un colega de Karl. Es cierto que corrí un gran riesgo, pero mi secreto nunca salió a la luz, al menos en lo que a los Hilger se refiere. Además, por entonces mi esposo confiaba por completo en mí y aún no había empezado a mirarme con recelo...

—¿De veras nunca te inquietó meter en tu vida a un enemigo en potencia del que no sabías absolutamente nada? Jugaste a la ruleta rusa y tuviste la fortuna de no toparte con la bala...

—Te mentiría si te dijera que no fue una decisión tomada por instinto. En ningún momento tuve la sensación de que peligrara mi vida; lo único que me preocupó de ella fue si sería capaz de asumir que una alemana la aceptara de forma desinteresada. Hice todo lo posible para que confiara en mí, y lo logré. A ella le ocurrió conmigo lo mismo que a mí contigo. La desconfianza dejó paso a la esperanza; las dudas, a las certezas. Por ello, Irena jamás tuvo la necesidad de preguntarme acerca de mi generosidad hacia ella... ni yo de explicársela. Siempre se mostró enormemente agradecida; sus atenciones para conmigo rebosaban de gratitud y cariño. Sobre todo, cuando tenía que poner los cinco sentidos en las clases de polaco. Gracias a su paciencia infinita ahora puedo comunicarme con Zosia. El esfuerzo al fin mereció la pena: las palabras polacas que articulo con mi voz son el cariño encarnado que Irena me dedicó.

—Tantas horas juntas, ¿y ella nunca te reveló nada más sobre su vida?

—No, solo algunas pinceladas irrelevantes... En parte, puede que fuera culpa mía, porque cuando quieres ocultar tu pasado no te interesa conocer el de los demás... Solo hasta aquella noche en que la hallé llorando en la cocina, no supe que tenía un hermano. Por lo demás, toda la vida de Irena es una gran incógnita. Ahora entiendo su discreción y el miedo visceral que tenía a salir de estas paredes. Cuando la acogí, la única cosa que me suplicó es que jamás la enviara a hacer recados, tarea que recayó en Claudia. Pero la vida a veces nos sorprende con su crueldad más refinada: dada su popularidad, Irena evitó ir al centro de Cracovia por miedo a ser reconocida; sin embargo, fue un fontanero en su propia casa quien la identificó... Me hubiera gustado saber que era judía, así nuestra relación quizá habría discurrido por derroteros más íntimos. Tal vez podría haber evitado su desgraciado final.

»Ciertamente, Ingrid, desde que Irena pisó esta casa solo hubo una única duda que me acompañó siempre y que tú misma te has planteado hace un momento: por qué una persona hambrienta escogería entrar precisamente aquí para hacerse con alimentos; por qué exponerse a un peligro tan grande cuando hay infinitas maneras más sencillas de conseguirlos. ¡Yo misma antes le robaría unos huevos a alguno de los muchos granjeros que hay por la zona! Karl diseñó personalmente la vigilancia y los sistemas de seguridad de toda la finca para que esta fuera inexpugnable, sobre todo porque en el pabellón de al lado se elaboran y archivan acciones importantes para el Reich. Solo un comando altamente cualificado podría violarlos, según palabras de mi esposo, y, sin embargo, una mujer sencilla, armada con un cesto de mimbre, lo consiguió...

—Tal vez infravaloramos su astucia... Tal vez tuvo mucha suerte aquella tarde —contesté, pensativa.

—O estaba muy desesperada. La desesperación es mala consejera. Es posible que creyera que el mejor lugar de avituallamiento era el que mejor conocía —concluyó mi amiga sin mucho convencimiento.

—Es posible... Tenía una pequeña boca a la que alimentar. Quizá Zosia llevara días sin comer y su vida empezara a correr peligro... En esta situación, una madre hace cualquier cosa por sus hijos. Yo misma no dudaría en meterme en una osera llena de osos para robarles la miel...

—Mmm... —me interrumpió—. Amiga mía, no dudo de tu valentía, pero estoy convencida de que eso solo lo harías si vieras despejada la entrada a la osera, si supieras que sus inquilinos están hibernando y si, además, tuvieras la garantía de que ninguno de ellos se despertará al oler tu presencia. De lo contrario, Erich se quedaría huérfano de un zarpazo...

De repente una lucecita prendió en mis sesos:

—¿Y si todo es más sencillo de lo que creemos? ¿Y si la niña hubiera estado con ella en la casa en todo momento?

—¿Te has vuelto loca, amiga mía? —Clara me miró desconcertada.

—Lo que oyes, querida. Imagínate que el día en que la descubriste no fuera la primera vez que visitara la despensa. Supón que Irena y Zosia llevaran ocultas aquí la intemerata de tiempo, desde el mismo día en que la policía entró en su casa para desalojar a sus moradores... ¿Por qué no? ¡Irena la conocía a la perfección! Es una posibilidad disparatada, arriesgada a más no poder, pero la casa tiene infinidad de habitaciones en las que entras de tanto en tanto, y no sabes si algunas de ellas disponen, por ejemplo, de armarios especiales, de doble fondo, donde pueden ocultarse una o dos personas con facilidad. Si estoy en lo cierto, cabe la posibilidad de que, una vez que la sorprendiste y le ofreciste trabajar para ti, ella acondicionara esta habitación y escondiese en ella a su hija, que educó para que no hiciera nada de ruido. Cómo lo consiguió, es otro misterio —dije, pensando en Erich, que era incapaz de estar callado ni con las amígdalas hinchadas como pelotas de golf.

—Una buena hipótesis salvo por dos peros importantes. El primero es que la Gestapo trajo a sus perros especializados en rastrear gente escondida y se fueron de la casa sin cobrarse ninguna pieza. El segundo pero es que sé por Zosia que hasta que a su padre lo capturaron unos SS ella estuvo viviendo con él en una *cueva* del bosque. Y tiene que ser cierto, ya que para la niña todo en la casa le parece nuevo, y se queda asombrada con cada cosa que descubre: nunca había usado un retrete ni un lavabo; los fogones de la cocina le parecían mágicos y se pasó horas explorando el piano para averiguar de dónde salía la música.

»Y las puertas, ¡ay! Las puertas le parecían la entrada a mundos inexplorados; y las ventanas, las fauces de un dragón a las que nunca se debe acercar... Nada de lo que ha visto le resultaba familiar. Ni siquiera sabe lo que es una ciudad. Nunca ha estado mismamente en Cracovia. Y tampoco recuerda cómo llegó hasta aquí. Debieron de trasladarla mientras dormía...

—*Touché!* —exclamé—. En esto he de reconocer que los niños dicen siempre la verdad. Las que tenemos hijos sabemos que los pequeños son ingenuos y espontáneos, y que expresan sus sentimientos de forma sencilla y sin rodeos... Luego, por desgracia, todos cambiamos y nos convertimos en criaturas conflictivas, egoístas y presas de complejos y desilusiones... —empecé a divagar.

—Y a poco que hablas con ella, te das cuenta de que es una niña a la que le cuesta relacionarse, no está acostumbrada a hablar ni a interactuar con gente. Su tendencia natural es la de aislarse en su mundo; a veces, parece que el alma sale de su cuerpecito y viaja a quién sabe dónde. Junto a sus padres, a un lugar confortable, a un recuerdo que le produce quietud... Cuando estamos juntas, solo habla de *mamusia* y *tatuś*, los únicos seres humanos que conoce desde que tiene uso de razón. No cabe duda de que, mientras Irena estuvo aquí, conmigo, Zosia vivió durante mucho tiempo lejos del mundo civilizado, quizá no en una cueva como tal, pero si en una pequeña cabaña de madera o piedra convenientemente camuflada en la espesura del bosque, como afirma ella, con su padre. Pero ¿dónde? ¿Dónde está semejante lugar?

—Está claro que no puede hallarse muy lejos de aquí, aunque eso poco importa ahora. Para armar el puzle necesitamos encontrar una pieza fundamental: ¿cómo llegó la niña hasta aquí? —pregunté señalando con el dedo índice el armario.

—Según Zosia, lleva en la casa muy poco tiempo, probablemente unos pocos días, semanas tal vez. Para ella el tiempo es algo confuso... Una vez aquí, la niña pudo moverse libremente y con mucha cautela por la habitación, ya que Irena cerraba el cuarto con llave. Tenía prohibido descorrer las cortinas y encender las luces, ya fuera de día o de noche, y cuando se encontraba en su pequeño refugio nunca debía abrir la tapa, por muchos ruidos que se oyeran en el dormitorio, aunque fuera la voz de su propia madre, salvo que escuchara tamborilear la siguiente señal sobre la madera del arcón. —Clara golpeó con los nudillos sobre la mesilla de noche un toc-toc-pausa-toc-toc-pausa-toc—. Tuvo que ser un sinvivir para ambas, más para Irena, que debía estar permanentemente atenta de que Zosia no fuera descubierta por mí o, peor aún, por Karl... ¡Qué horrible!

Clara y yo andábamos del todo perdidas. La trama de la historia que habíamos logrado tejer entre las dos era tan endeble, tenía tantas lagunas, que fuimos incapaces de vislumbrar indicio alguno del profundo misterio en el que estábamos sumidas. Aun así, intentamos avanzar dando palos de ciego.

—Dejemos aparcado de momento el hecho de cómo logró Irena traer hasta aquí a Zosia, ya que nos hemos metido en un callejón sin salida... —sugerí—. Pero hay otro asunto que no es baladí: de qué modo se enteró del arresto de su hermano o del de su marido si, según tú, estaba aislada del mundo exterior.

—Así es, únicamente se distanciaba escasos metros de la casa. Le gustaba salir a regar las plantas de los tiestos que se ven desde los ventanales del salón, para que yo pudiera deleitarme en ellas mientras tocaba el piano. Y a veces se paseaba por el jardín, pero tampoco podía decirse que lo hiciera muy a menudo; en cuanto notaba la presencia de algún SS, cruzaba los brazos sobre el pecho y regresaba a casa con paso ligero. Como a mí, no le agradaban los guardias... Hablaba poco con ellos, lo justo para no pecar de descortés.

Siguiendo un impulso, le pregunté:

—¿Y el teléfono? Tal vez hacía llamadas telefónicas sin que ni tú ni Claudia ni nadie os enteraseis.

—Mmm... —dudó—. Imposible, querida, ya sabes que todas las llamadas que entran y salen de esta casa pasan por la pequeña centralita que las SS le instalaron a Karl en el pabellón, y el operador se habría extrañado de que la polaca solicitara telefonear a números desconocidos. Ella sabía de la existencia de este protocolo, y no cometería el error de ponerse en evidencia. Ella no.

Las dos nos quedamos calladas, sin ideas. Como aprendices de C. Auguste Dupin éramos una nulidad. Aproveché el silencio producto de nuestra ineficacia detectivesca para hacer con la almohada un respaldo en el que apoyarme y reflexionar más cómodamente. Al hacerlo, esta desprendió el aroma de Irena. «¡Qué extraña ausencia! —pensé con las tripas encogidas—. Me embalsama con su olor sin estar aquí ella.»

Clara no percibió mi turbación, ella se había levantado de su sitio y estaba apoyada en la ventana, con la vista perdida en un pequeño estanque artificial, cubierto por una alfombra de lentejitas y nenúfares.

—Todo un enigma, ciertamente... Por más que le doy vueltas al asunto de mi pobre Irena... —pensó en voz alta Clara al cabo de un rato—. ¿Crees que puede haber entre los guardias a cargo de Schmidt algún aliado de los partisanos o un amigo de los judíos? Eso lo explicaría todo...

—Esa sería la única explicación racional; que Irena estaba al corriente de lo que pudiera sucederles a su hermano, su esposo o quién sabe qué otros parientes gracias a un informador que hasta ahora ha sabido permanecer en la sombra —dije convencida—. ¿Cómo, si no, estaba al cabo de la calle? En efecto, querida, tiene que haber implicadas más personas, sin duda; solo un alemán o alguien acreditado pudo cruzar todos los controles para traer hasta aquí a una niña polaca y judía... ¿El mozo Józef, tal vez?

Clara no contestó, cruzó los brazos y se frotó entre temblores; el hallazgo de tantos cabos sueltos en la vida de su sirvienta la intranquilizaba. Luego, se limitó a coger un vaso que había junto al aguamanil del palanganero y se puso a regar los dos tiestos con pensamientos azules que decoraban el cesto que había sobre la cómoda. Estaba cavilando.

—¡Ah, esta era la cesta que llevaba Irena cuando la descubrí robando en la despensa! —suspiró dolorida, acariciando con la mano el trenzado del mimbre—. ¡Qué curioso! Tiene aquí unas manchas bastante recientes de mermelada... ¿Cómo habrán llegado a parar aquí? —Clara de pronto dio un respingo; se volvió hacia mí con el rostro iluminado—: ¡Eso es! ¡Tú lo has dicho! ¡Colarse en esta residencia es una odisea solo para titanes! Pero era su casa, ¡y conocía todos sus rincones como la palma de su mano! —dijo palmeándose los muslos. A continuación, sacó las plantas del canasto y examinó su interior—. ¡Cuántas migas de pan! ¡Hete aquí, restos de miel...! ¡Y salpicaduras pardas, algo mohosas, tal vez de alguna salsa!

—¡Por el amor de Dios, Clara! ¡Dime qué has averiguado! —solté levantando las cejas en señal de asombro.

—Levanta tus posaderas de la cama y acompáñame. Creo que ya sé cómo lo hizo... ¡Cómo he podido ser tan tonta! ¡No tuvo ayuda ni de Józef ni de ninguna otra persona de Aquila Villa! —Entrecruzó los dedos y los apretó con la esperanza de que esta vez seguía una pista sólida.

Toda su expresión era de satisfacción, la misma que pudo poner Colón cuando divisó la orilla del Nuevo Mundo. Atónita por la euforia repentina de Clara y desconcertada por no saber de qué demonios hablaba, observé cómo deambulaba con paso marcial de un lado a otro de la habitación. En su cabeza, las piezas del puzle parecían moverse de manera frenética para encontrar su posición correcta. Luego se detuvo de sopetón junto a la cómoda y empezó a golpetear los dedos de la mano izquierda contra la madera, mientras posaba la otra mano en la cadera.

—¡A la niña no la trajeron desde la ciudad, ni de cuevas en lejanas montañas, ni de bosques remotos! Verás, amiga mía, es verdad que el asunto es muy sencillo, solo que difícilmente imaginable —expuso abriendo de un golpe la puerta y deteniéndose de pronto en medio del amplio pasillo que conectaba el ala sur con el ala norte de aquella gran mansión, y se volvió para preguntarme—: ¡Mira a tu alrededor! ¿Qué ves? —Y con las manos tocó las paredes como si ellas fueran a darme la respuesta.

Me asomé, eché un vistazo a la derecha y luego a la izquierda y quise complacerla, pero me vi incapaz de mirar a través de sus ojos. Veía una lujosa mansión decorada con mucho estilo, vestida con cuadros y estatuas prohibitivos para la mayor parte de los mortales, mármoles, estucos..., le contesté.

—Esta casa ostentosa solo pudo ser construida por un rico caprichoso. No importa a dónde mires, aquí y allá encontrarás diseños arquitectónicos lujosos y exclusivos. Quien levantó esta mansión no se privó de nada. ¿Comprendes ahora? —insistió invadida por la exaltación que le corría de la cabeza a los pies.

—Clara, por favor, deja de volverme loca. ¡No me tengas en ascuas y cuéntame qué has descubierto! —le rogué con una nota de impaciencia en la voz.

El bello pecho de Simonetta se elevó orgulloso y descendió con un suspiro reconfortante. Se acercó a mí y me cogió la mano con brío, y, con expresión de tranquilidad, dijo:

—Ven, acompáñame al sótano.

Tiró de mí con la fuerza de un vendaval y me condujo hasta el distribuidor que comunicaba el dormitorio de Claudia con otras habitaciones contiguas y la cocina, donde Hedda estaba preparándonos unos apetitosos emparedados. Clara eligió una de las puertas que daba acceso a un cuarto amplio, desamueblado, con una enorme puerta diferente a las del resto de casa, de aspecto rústico, al fondo.

Al abrirla nos recibió una tenebrosidad con hedor a moho. Una humedad añeja, tan fría que calaba hasta los huesos, hizo que las dos nos frotásemos los antebrazos a la vez para calentarnos. Clara palpó la pared interior en busca de la llave de la luz. Unos bonitos farolillos que colgaban del techo iluminaron con luz tenue y titilante unas anchas escaleras de madera que conducían hacia un sótano monumental cuyas dimensiones reales se perdían en una vaporosa oscuridad, rota por los tímidos rayos de sol que se colaban por unos ventanucos a la altura del techo.

—¿Comprendes ahora? —me preguntó Clara—. Tiene que haber un acceso subterráneo que conduzca al exterior.

Ajá. Asentí y bajamos. Los peldaños de las escaleras crujieron bajo nuestros pies, unos gruñidos que ahuyentaron a las ratas, que en su carrera movieron varios recipientes de cristal. El tintineo al chocar y el olor a amoniaco que levantaron hicieron que Clara y yo nos paráramos en seco, aferradas a la barandilla, como si esta nos fuera a salvar de ser arrastradas por esas detestables criaturas del demonio. Ambas temíamos a los roedores; mi amiga, una pizca menos que yo. Es por ello por lo que Clara fue la primera en reanudar la marcha y encender las luces de la gigantesca sala. La mayoría de las bombillas o estaban rotas o fundidas.

Lo primero que me llamó la atención fue una hilera de media docena de barricas que en su tiempo debieron de contener exquisitos caldos y que ahora se notaba que estaban abandonadas. De sus flejes salían chorretones de óxido y muchas de las duelas se habían retorcido como sacacorchos. Entre los toneles había cajas con botellas de vidrio y garrafas forradas de esparto, todas ellas vacías. Y caída en el suelo descansaba una rudimentaria encorchadora del siglo pasado. En uno de los rincones se acumulaban una guadaña, dos palas, un rastrillo y otros aperos de labranza envueltos en telarañas llenas de polvo. Y una carretilla de madera a la que le faltaba la rueda. En la pared opuesta, destacaba un pequeño conjunto de muebles cuidadosamente cubiertos con telas blancas.

—No he tocado nada. Algunas de las cosas viejas y estropeadas que ves aquí —dijo Clara señalando un marco desvencijado sin lienzo— ya se encontraban en este sótano cuando nos instalamos, pero todo lo demás que está cubierto por sábanas son enseres que he conseguido recuperar de los antiguos propietarios de la casa... ¡Ay, quiero decir de Irena! Aún no me he hecho a la idea de que ella... —Hizo una mueca de dolor—. Bajo esas telas solo hay muebles sin ningún valor económico, pero que para mí albergan una fuerte carga sentimental: los reuní con la esperanza de que algún día pudiera devolvérselos a sus dueños, una forma alegórica de decirles que yo no estaba de acuerdo con el expolio de los nazis y que me solidarizaba con su sufrimiento...

»Ya sé que la intención de hacer el bien no garantiza el éxito por sí misma, pero consiguió aquietar mi conciencia del sentimiento de culpa... Los inspectores del Gobierno arramblaron con todas las piezas de valor, salvo las que Karl quiso que se quedaran porque se antojó de ellas. Con un buen soborno se puede alterar el inventario oficial. El resto de los bienes valiosos que ves en la casa los ha ido trayendo él durante estos años y, como ya sabes, pertenecen a otras gentes... otras víctimas.

Distraída, Clara palpó un pequeño candelabro con perlas de cera engalanando sus dos brazos que reposaba sobre el capitel de una pequeña columna de piedra. Vi en los ojos iluminados de mi amiga que el objeto le evocó un recuerdo agradable. Quizá imaginó a Irena prendiendo con unos fósforos las velas del candelabro durante una tormenta estival que la dejó a oscuras justo cuando el crepúsculo cedía el paso a la noche.

—No sé tú, Ingrid, pero a mí los sótanos siempre me producen una tristeza pavorosa. Son lugares incidentales donde arrinconamos objetos que formaron parte de nuestra vida y de los que no queremos desprendernos. Pero el tiempo acaba rompiendo ese lazo sentimental y la mayoría acaba pasando a manos de terceros o en el vertedero. Este sótano huele a tragedia, a presente agonizante, a futuro marchito... —Clara tomó aliento—. Acabo de recordar que Schmidt me contó que el padre del propietario de esta mansión era un banquero importante de Cracovia... ¿Qué habrá sido de aquel empresario? ¿Se trataría del padre de Irena o del de su esposo? Espero que algún día Zosia pueda disfrutar del legado de sus padres, de esta casa, de los pocos enseres testigos de lo que en un tiempo fue una familia.

Registramos palmo a palmo todo el sótano. Retiramos de la pared pequeños muebles, un antiguo trillo y un espejo al que le faltaba la mitad del cristal; palpamos en las paredes ladrillos que nos parecían estar flojos o mal colocados, en busca de alguna oquedad que escondiera un mecanismo que abriera la puerta que buscábamos, y retiramos una alfombra raída con la esperanza de que ocultara una trampilla.

—Me equivoqué, aquí no hay nada —dijo Clara soltando un interminable suspiro—. Subamos y bebamos algo, estoy sedienta.

Me erguí entristecida por el fracaso de la búsqueda. Tras sacudirme la falda, miré a mi alrededor por última vez, impulsada por ese hálito de esperanza de que la suerte te sonría en el último segundo, detectar ese algo que pasó inadvertido ante nuestros desentrenados ojos. Entonces captó mi atención una barra de madera inclinada cuyos extremos se apoyaban en los techos de dos armarios de distinto tamaño. De ella colgaba una gruesa tela de terciopelo verde que caía hasta el suelo tapando el espacio entre los dos muebles. Parecía que había estado ahí durante años, tiesa como el vendaje de una momia egipcia.

—¡Dios mío, Clara! —exclamé.

Ella solo tuvo que dirigir su mirada hacia donde apuntaba la mía para comprender mi repentina efervescencia.

Las dos nos precipitamos hacia lo que se nos reveló como una vieja cortina, y Clara la retiró de un fuerte tirón. Al hacerlo se levantó una densa nube de polvo que nos hizo toser y golpearnos el tórax, para aliviar la sensación de ahogo. La satisfacción iluminó el rostro de Clara, y mis labios dibujaron una sonrisa. La tela ocultaba lo que nos pareció que era una rejilla metálica de ventilación, de un metro de alto y la mitad de ancho. Estaba sujeta a dos bisagras y se abría y cerraba por presión. Clara metió la cabeza y lanzó un «¡eoeo!» que retumbó con fuerza en la profunda oscuridad que se abría ante nosotras.

—Chist, escandalosa... Parece que has gritado por un megáfono. ¿No ves que te pueden oír? —la regañé, y añadí—: Solo Dios sabe a dónde va a parar esto.

—¡Sin duda alguna, a un lugar seguro! Creo que hemos dado con la salida —vaticinó mi amiga mientras sacaba de aquellas fauces que exhalaban un olor a tierra seca un candelero, un par de velas a medio gastar y una caja de fósforos que alguien había colocado estratégicamente a la entrada del agujero.

Clara prendió la vela, se recogió el pelo y volvió a asomarse para iluminar con ella el interior:

—Veo que tendremos que gatear un metro y medio o dos. Luego el hueco se hace más grande... Parece un pasillo estrecho —me detalló.

Por si acaso, agarré media docena de fósforos y la otra vela, y seguí sus talones por el agujero. En efecto, tras cruzar a gatas aquel estrecho paso, pudimos proseguir de pie por un pasadizo muy angosto, no apto para gente claustrofóbica, que nos obligaba a caminar en fila india. Avanzamos despacio, con cuidado de no rozarnos con sus frías paredes de piedra y sin que pudiéramos vislumbrar el final del camino; la luz de la vela solo nos iluminaba unos metros por delante, y tras de mí, una oscuridad tenebrosa me observaba expectante. Sentí miedo por una amenaza imprecisa. Miedo de ser atacada por una criatura ignota, o de que el túnel se derrumbara sobre nuestras cabezas, sin posibilidad de pedir auxilio.

—Ingrid, deja de preocuparte. Este pasadizo es muy seguro, quien lo mandara construir se encargó de que se hiciera a conciencia y se mantuviera en buen estado. Con toda seguridad se ideó para que la familia al completo pudiera escapar en caso de peligro... ¡Estos polacos han estado siempre enzarzados en guerras! Además, Irena lo debió de utilizar casi a diario, y nunca le sucedió nada... ¡Anda, tonta, dame la mano! —dijo mi amiga al sentirme tan nerviosa.

La expedición se me hizo eterna, el tiempo suficiente para cruzar la Tierra de un lado a otro. Al final del trayecto nos esperaban unas escalerillas metálicas que morían en una trampilla en el techo. Junto al primer peldaño, la luz de la vela nos descubrió unos zapatos de mujer, viejos y cubiertos de barro. Nos los quedamos mirando durante unos instantes, imaginando, al menos yo, a Irena con ellos puestos; a una Irena atrapada entre dos mundos, deambulando de uno a otro a través de un cordón umbilical de piedra y ladrillo.

—Esta es la prueba de que ella entraba y salía por aquí —dijo Clara señalando el calzado—. Era tan cautelosa que cada vez que lo hacía se cambiaba los zapatos para no ensuciar el suelo de la casa y así no despertar sospechas.

Clara me pasó el candelero, trepó las escalerillas y agarró la manija del cerrojo, pero justo en el momento de girarla, titubeó.

—No tenemos ni la más remota idea de a dónde nos ha llevado este túnel. ¿Y si tenemos tan mala suerte de que los guardias que vigilan y recorren el perímetro externo del muro nos ven salir? —murmuró para sí—. Quizá Irena tenía información precisa de cuándo hacían las rondas y los relevos y por eso nunca la descubrieron. —Consultó la hora en su reloj de pulsera—. Es posible que en este momento estén todos almorzando...

—¡No digas disparates! ¡Desde cuándo un soldado deja su puesto para saciar el apetito! —repuse en voz baja—. Además, qué más da si nos descubren. No estamos cometiendo ningún delito; con decir que mientras ordenábamos el trastero hemos dado con este pasadizo secreto y decidimos comprobar a dónde conducía... Estate tranquila, yo no me preocuparía...

—No, claro que no me inquieta, pero es mejor que nadie, salvo nosotras, sepa de su existencia. Es un descubrimiento valiosísimo. ¿Y si pudiera servirnos para sacar a Zosia y a Hedda de aquí? Es una posibilidad, ¿no?

Tuvo que empujar el cerrojo con ambas manos para lograr descorrerlo. Levantó la trampilla con mucha cautela, unos pocos centímetros, los suficientes para mirar a través de una rendija. Echó un ojo a un lado y a otro y, al constatar que no había nadie cerca, asomó la cabeza y luego el cuerpo entero. Tal y como ella había sospechado, nos encontrábamos fuera de la propiedad, en pleno bosque, detrás de unas rocas que tapaban la visión del muro. Y lo suficientemente lejos como para no ser vistas por alguien que anduviera bordeándolo.

—Seguro que la ubicación de este acceso no es casualidad, sino producto de una calculada estratagema —dijo Clara mientras me ayudaba a salir. Permanecimos agazapadas, ocultas por una densa maraña de helechos, arbustos y matorrales que dejaba la trampilla prácticamente invisible a la vista. A escasos metros de nosotras, distinguimos un estrecho sendero que se adentraba en la arboleda, y convenimos seguirlo. La excitación impidió que diéramos un paso atrás.

Aquel caminito que serpenteaba entre la espesura, el perfume intenso a flores silvestres y la braveza de los rayos de sol tamizada por las hojas de los árboles que eran mecidas por una brisa placentera, así como el trino de aves que me eran familiares, me evocó la felicidad que sentí aquella misma mañana en que Bartek y yo hicimos el amor en nuestra roca ciclópea. El recuerdo me estremeció entera, y un calor agradable transitó por mi cintura.

Anduvimos con sigilo, yo detrás de Clara, entre las hierbas altas que rozaban desvergonzadamente nuestros muslos y arañaban con sus espinas defensivas nuestros tobillos, hasta que el sendero se ensanchó al adentrarnos en un bosque de hayas y otros árboles. Ni el crujido de las ramas secas bajo nuestros pies ni el desagradable graznido de los grajos alarmados por nuestra presencia achantaron a mi amiga, que más que una pianista parecía una osada exploradora, la Jeanne Baret de nuestra época. Me colmaba de orgullo verla avanzar delante de mí sin el menor titubeo. El miedo parecía no anidar ya en ella, a pesar de que sus pies pisaban terreno desconocido. Tenía ante mis ojos a la auténtica Simonetta, a Hilda Schoenthal, una judía valerosa, inasequible al desaliento.

El camino moría en un riachuelo que cruzamos sin mayor dificultad, saltando sobre dos grandes piedras que había entre ambas orillas.

—¿Y ahora por dónde seguimos? —pregunté a Clara, que contemplaba los tres senderos que nacían a nuestros pies y que enseguida se dividían en otros tantos. La profusión de vegetación, que con sus ramas y hojas competían por el espacio vital, los rayos de sol, hacía impracticable el paso por aquel paraje tan agreste. Giró sobre sí misma varias veces para estudiar el terreno en todas direcciones. Luego se detuvo, pensativa, y profirió—: Lo tengo... ¡Ya sé quién nos puede ayudar!

—¡¿Quién?! —Mis ojos se abrieron como dos lunas llenas.

—¿Pues quién va a ser? —Rio animadamente—. ¡Kreta!

—¿Kreta? —pregunté incrédula.

—¡Kreta es tan eficaz como un sabueso, o incluso más! Ya has visto mil y una veces lo buena que es encontrando rastros de animales, de ahí que a Schmidt le encante llevársela de caza.

—¡Bendita sea esta perra! —exclamó Clara con entusiasmo al ver a Kreta salir disparada hacia una vereda después de que mi amiga le diera a olfatear el pañuelo que llevaba Zosia en el cuello el día en que mi amiga la encontró—. Ha dado con un rastro... ¡Sigámosla!

Seguirla fue un decir, pues Kreta desapareció de nuestra vista durante largos minutos. A veces la oíamos corretear a lo lejos entre los matojos, sin hacer caso a las llamadas de su dueña. Otras veces venía a saludarnos, a decirnos que estaba trabajando en la misión, y volvía a desvanecerse en la lejanía. Nosotras solo avanzábamos por la ruta escogida por Kreta, calladas, expectantes, con la esperanza depositada en la trufa de la perra. Poco después de cruzar el riachuelo que ya nos era familiar, el can nos sobresaltó con un ladrido diferente, particular, entremezclado con aullidos lastimeros. Al fin pareció haber dado con una pista importante.

El animal acudió a nuestro encuentro, moviendo el rabo y muy agitado, y nos invitó a que lo siguiéramos. Tuvimos que salirnos de la senda y caminar a través del bosque orientadas por sus ladridos ya fijados en un punto. A medida que nos acercábamos a él empezamos a notar un olor nauseabundo, que se hizo casi insoportable. Nos llevamos la mano a la nariz: «Aquí hiede a muerto, amiga mía», le dije a Clara, pensando en que un animal había pasado a mejor vida. Me equivoqué.

Las llamadas de Kreta en el silencio del bosque nos condujeron ante un espectáculo perturbador, cuando no repulsivo y espeluznante: un hombre ahorcado que colgaba en lo alto de una rama gruesa. El cadáver, cubierto de moscas atraídas por la carne putrefacta, presentaba un avanzado estado de descomposición, y ya había sido visitado por las alimañas. Le faltaba parte de una pierna, y los cuervos le habían comido los ojos.

Nuestro rostro, horrorizado, nada tenía que ver con el de la perra, que jadeaba, contenta, con la lengua colgándole de la boca como un badajo. Había optado por esperarnos sentada, con manifiesto orgullo por el hallazgo, a los pies del hombre, que le colgaban a la altura de los ojos. Pero el can no había terminado con su cometido. Al vernos llegar, olisqueó una vez más el cadáver y corrió hacia una loma que parecía erigirse sobre unas grandes piedras hundidas en el terreno. Era el primer claro en el bosque con el que nos topamos desde que nos adentramos en la espesura.

—¡Dios santo! ¿Quién será? ¿Qué habrá hecho para morir de esta manera tan aterradora? —Mi espíritu aventurero se desinfló de un golpe.

—Es la forma que tienen los nazis de demostrar a los partisanos que los alemanes podemos hacer lo que queramos con ellos, destrozar personas y vidas, donde, cuando y como se nos antoje... —respondió Clara, en un intento de comprender la razón de aquello—. Ese pobre diablo se debió de topar con alguna patrulla... Que la vida me enfrente a este tipo de crueldades hace que mi alma entre en un coma del que no quiera salir... —Se había vuelto de espaldas para no contemplar por más tiempo la escena, y se puso a seguir a la perra hasta lo alto de aquel promontorio. Luego la oí gritar—: ¡Ingrid, corre, ven!

Pero permanecí quieta, incapaz de dar un paso en ninguna dirección. La parca coqueteaba conmigo. En un solo día, lo hizo tres veces. La muerte del prisionero la sentí en mi oído; la de Maria, en los ojos; y la de aquel hombre podía palparla si quería. ¿A qué obedecía su perseverancia? ¿Estaba enviándome un mensaje?

Honré al ahorcado llevándome las manos al pecho y caminé hasta donde había visto a mi amiga por última vez, en lo alto del pequeño cerro, pero no hallé rastro de ella ni de Kreta. Parecía que a las dos se las había tragado la tierra. Miré a mi alrededor. Estaba subida a un otero rodeado por una llanura frondosa, una alfombra confeccionada con copas de árboles que se fundían bajo un cielo azul adornado con fajas blancas. Mi corazón palpitó con más fuerza y aceleró sus latidos. Fui incapaz de concentrar mis pensamientos en nada; una mujer y su perro no podían desaparecer sin más. Anduve en círculos con la mano en la frente para evitar que los rayos del sol me perturbaran la visión. Pero no las encontraba. Las llamé a ambas casi con desespero.

En menos de un segundo apareció Kreta moviendo su trasero en un baile frenético. Estaba claro que se alegraba de verme, aunque no tanto como yo a ella:

—¿De dónde sales, alma cándida? ¿Dónde estabas metida? ¿Y tu ama? Llévame con ella —le ordené cogiéndola por su collar de brillantes.

El can, esta vez sin adelantárseme, se arrimó a mi muslo para conducirme hasta un punto concreto de la falda de la loma. Pero algo la distrajo y, de nuevo y sin previo aviso, desapareció entre la maleza del bosque. «Este perro parece estar hecho de cola de lagartija... ¿Por qué me habrá traído hasta aquí?», me pregunté. La respuesta la tenía delante de mis narices: a ras del suelo, entre dos grandes rocas que formaban parte del cerro, había una pequeña abertura. Me agaché y asomé a su interior. Se trataba, en efecto, de una oquedad en el terreno. ¡La cueva de la que le había hablado Zosia a Clara! Su boca, que más o menos formaba un triángulo, era tan angosta que apenas dejaba entrar un manojo de rayos de luz, suficiente, no obstante, para distinguir en el interior de la cavidad la silueta de Clara, que se disponía a encender una vela.

Ejecutó un círculo en el aire con la lumbre para hacerse una primera idea de dónde se había metido. La llama azulada nos descubrió un espacio de paredes rocosas, grises y ásperas, y de unos doce metros cuadrados. De altura era bastante incómoda, ya que el punto más alto, que se hallaba a uno de los lados, permitía estar ligeramente erguido; el resto de la superficie obligaba a permanecer acuclillado o sentado, que era como se encontraba mi amiga, sobre un ancho camastro hecho con varios tablones de madera, donde unas mantas dobladas hacían las veces de colchón.

—¡Clara! —solté impresionada. Ella me invitó a pasar haciendo un gesto con la mano. Entrar a gatas era imposible, por lo que tuve que arrastrarme procurando no hacer jirones a mi vestido rosa ni lesionarme la espalda con los bordes cortantes que sobresalían en la oquedad en la roca. Recordé el último pasaje del libro que recientemente le había leído a Erich, en el que Tom y Huck se colaban por el minúsculo agujero que permitía el acceso a la inmensa y laberíntica cueva en medio de la montaña donde días antes Tom había vivido un auténtico calvario, al creer que terminaría por perder allí la vida junto a su querida Becky.

Me senté al lado de mi amiga, y ella me tomó de la mano. Juntas contemplamos en silencio el lugar, con la extraña sensación de haber entrado en el hogar de Irena sin su consentimiento. Una caja de munición colocada del revés hacía las veces de mesilla. Sobre ella había una lámpara de queroseno, una taza de porcelana y un ejemplar antiguo de un periódico polaco. Al lado del mueble improvisado, apenas se sostenía en pie sobre sus cuatro patas una vieja estufa de leña provista con tubo acodado que salía al exterior por uno de los laterales de la cueva, a través de una grieta en la roca. Junto a la boca de la cueva, en el lado derecho, nos observaba un enorme pedrusco que Irena emplearía como puerta cuando fuera menester.

En un rincón de la guarida había un poco de leña almacenada, junto a unos cuantos periódicos y libros viejos y desencuadernados, que servirían para iniciar el fuego de la estufa. El resto de la pared estaba cubierta de cajas de madera apiladas donde Irena guardaba las cosas propias de un *hogar:* vasos, cubiertos y cacharros de cocina, productos de limpieza y latas de conserva. Una de ellas contenía ropa cuidadosamente doblada.

Incapaz de soportar el dolor que le producía la contemplación de aquel sórdido refugio, Clara se desmoronó. Rompió a llorar con el rostro derrumbado entre las rodillas:

—La llegué a querer mucho, amiga mía. Y no logro acostumbrarme a su ausencia... —La abracé y dejé que se desahogara—. Fíjate en todo esto. ¿Te imaginas vivir así? Irena ha hecho una labor encomiable con Zosia. Consiguió educarla, instruirla, hacer que se sintiera querida y, lo más asombroso, feliz. Feliz a su manera, feliz en una existencia ahogada en precariedades y privaciones tan elementales como relacionarse con otros niños, poder gritar y expresar sus emociones a los cuatro vientos...

Trataba de ponerme en la piel de Zosia, cuyo orbe se reducía a las sombras que las raquíticas llamas de unas velas dibujaban en las impenetrables paredes de la cueva, cuando Kreta se coló por el agujero. Se acercó a Clara y le olisqueó el rostro. Luego lanzó un fuerte y seco ladrido y metió su hocico por debajo del catre, que estaba levantado del suelo por cuatro tacos de madera de poco más de un palmo de altura. Olfateó el espacio con curiosidad, como si en su negrura se escondiera un tesoro para ella, y de la excitación empezó a rascar el suelo con las patas delanteras. Clara y yo apartamos el catre sin apenas esfuerzo y nos topamos con un hoyo rectangular excavado sin duda alguna por la mano del hombre. Toda su base estaba forrada con hojas de periódico para aislarla en lo posible de la humedad, y sobre ellas descansaban un tablero y una gruesa manta. ¿Fue este pequeño foso el anterior escondrijo de Zosia?

Las piezas del macabro puzle empezaban a encajar.

—Sin duda, Irena se escondió en esta cueva con Zosia a tiempo de ser capturadas por los nazis. Usaba el túnel para acceder a la despensa y aprovisionarse, siempre cogiendo lo necesario, para no levantar sospechas. Quizá sus salidas nocturnas tuvieran lugar cuando la luna llena le permitiera moverse sin necesidad de guiarse por la luz de una lámpara, y así evitar correr el riesgo de ser descubierta. Hasta el día en que la sorprendí robando alimentos: después, con su nuevo cargo como ama de llaves, le fue todo más fácil, mientras que su esposo permanecería aquí, al cuidado de su hija —Clara ató cabos.

—¿Qué habrá sido de él? —pregunté confusa.

—¿Del padre? Lo único que podemos afirmar es que no está aquí y que lleva tiempo sin pasarse por la cueva —respondió Clara mientras seguía hurgando en la camita oculta de Zosia.

—¿Y cómo sabes eso? —repliqué con curiosidad.

—Por la taza en la mesilla. Aún tiene un poco de café y está mohoso. Eso quiere decir que alguien no se lo terminó. Quizá sea cierto lo que afirma Zosia y que unos SS lo apresaron.

Clara acabó su razonamiento levantando una ceja, sorprendida por lo que acababa de encontrar en el fondo del camastro de Zosia, debajo de la pequeña plancha de madera: una lata de café envuelta en papel de periódico. Contenía la partida de nacimiento de Zosia —llegó al mundo unos meses después que mi Erich, en septiembre de 1938— y las *Kennkarten* amarillas de Rozalia Epstein-Grynberg y Aleksander Grynberg. La foto de Irena nos sorprendió con una mujer que despedía un brillo inefable que nunca llegamos a conocer; siempre fue delgada, pero lucía una sonrisa benévola que los nazis borraron de su cara. La tristeza volvió a asomarse en nuestros corazones cuando ojeamos el documento de su esposo. No cabía la menor duda de que el hombre que colgaba del álamo blanco era él, Aleksander. Con absoluta certeza, los tres habían estado viviendo allí.

—¡Oh, cielos! —exclamó Clara llevándose una mano a los labios—. ¡Pues claro! Acabo de caer en la cuenta de que cuando descubrí a Irena llorando por la desaparición de su hermano, en verdad lo hacía por su marido. Quizá en una de sus salidas para hacerse con leña o ir a por agua al arroyo fuera descubierto por una patrulla de vigilancia que lo tomó por un miembro de la resistencia. Lo someterían a un duro interrogatorio y, como no se identificaría ni soltaría palabra alguna para proteger a su familia, acabó colgado de un árbol. Y ya sin nadie que pudiera hacerse cargo de Zosia, Irena la sacó de aquí para esconderla en el armario de su dormitorio.

—Y no es descabellado pensar que aquella misma noche en que la hallaste llorando Zosia ya estaba en el armario —apunté.

—En efecto, la historia del hermano debió de improvisarla Irena en ese momento para salir del paso y evitar así que la asaeteara con preguntas sobre su esposo que la pudieran comprometer e incomodar —razonó Clara—. Ahora comprendo por qué la niña jamás me ha mencionado a ningún tío, y por qué solo insiste en reunirse con sus padres.

Salimos de la cueva satisfechas de haber resuelto el misterio, pero a la vez apesadumbradas por los oscuros detalles que lo rodeaban. Salvo por unos cuentos infantiles y unos lápices de colores que Clara cogió para la niña, decidimos dejar todo tal cual lo encontramos; los documentos de Zosia y de sus padres estaban más seguros en su escondite que en nuestras manos. Sin que nos diésemos cuenta, habíamos estado envueltas en la tiniebla; fuera, el sol nos hizo notar con sus rayos fundiéndose en nuestra piel que estábamos vivas, el aire refrescó nuestros pulmones y el trino de los pájaros espabiló nuestros oídos ensordecidos por el silencio de aquella lúgubre tumba para vivos.

—¿Crees, Ingrid, que en el tiempo que Zosia vivió en ese agujero salió alguna vez a sentir el sol, ver la luna y las estrellas, jugar al aire libre como un niño normal?

—No lo sé; supongo que no. Solo sé que Zosia es una niña especial a la que le han robado la infancia; y esa pérdida jamás se recupera —respondí muy triste sin atreverme a mirarla a los ojos—. Maldigo a todos los nazis... Y a Karl. —Noté sorpresa en Clara y añadí—: Sí, querida, oyes bien. No entiendo a tu marido. Todo el mundo parece saber que hay judíos que sirven a los alemanes, como en casa de los Höß. ¿Por qué no pudo dejar Karl que Irena hiciera lo mismo? Después de tanto tiempo siéndole fiel y sabiendo el gran esfuerzo y dedicación que tuvo contigo, ¿qué más le daba descubrir que era judía?

—Por la astucia de la que se valió Irena para ocupar el puesto de sirvienta en su propia casa. Para Karl, esta clase de judíos son los más peligrosos. Me refiero a los perspicaces, los inteligentes, los audaces —me aclaró Clara al instante—. O quizá piense que yo la contraté a sabiendas de que era judía, para protegerla. O porque, en cualquier caso, fue incapaz de desenmascararnos. Los delirios se apoderaron de él. Su mente narcisista no alcanzaba a imaginar de lo que ella y yo juntas podríamos urdir contra él... Intenté, ya sabes, quitárselo de la cabeza, pero en su sesera solo cabe el eco de sus pensamientos.

—Comprendo, Irena fue para Karl un nubarrón sobre su persona que debía alejar de él a cualquier precio... En cambio, a Hedda la tiene bajo control absoluto. Es una víctima cuya vida depende de él.

Clara me dio la razón mientras caminaba delante de mí. Al pasar por delante del cuerpo de Aleksander Grynberg, pudimos confirmar nuestras suposiciones:

—¿Ves esta vieja caja de madera puesta del revés junto a sus pies? Tiene estampado el mismo escudo que las que hay en la bodega... Irena la trajo aquí para tratar de bajarlo y seguramente darle sepultura. Pero no llegó a alcanzar la soga del cuello. Está demasiado alta —diciendo esto, Clara me agarró fuerte del brazo y añadió—: Ingrid, prométeme que si algo malo me ocurre harás una cosa por mí.

—Por supuesto, querida mía, pero aleja ya de ti cualquier oscuro pensamiento, ¿me oyes? Ahora me tienes a mí. Estoy aquí para protegerte.

—Está bien, está bien. Pero, aun así, ¿harás lo que te pido?
—Hasta que no le dije que sí, no prosiguió—: Irás al Jardín Inglés y recuperarás las fotos de mi familia. Espero que algún día puedas llevárselas a mi madre y a mi hermano... Será lo único que les quede de la familia... No se trata de un capricho, quiero que a través de ellas recuperen una imagen de nosotros juntos, de mí. Me desalienta que tengan que luchar día a día por recordar cómo fui...

Di un tirón fuerte para liberarme de su brazo y, con manifiesto enfado, le espeté:

—Ni lo sueñes: iremos juntas a buscarlas.

—No me seas infantil, Ingrid —insistió mi amiga—. Ninguna de las dos sabemos si llegaré viva al final de esta guerra... Y escúchame atentamente, enterré la caja metálica detrás del banco semicircular, justo en medio. Ahí es donde debes cavar. ¿Has oído bien?

Asentí a regañadientes. El sinsabor que me causó mi amiga no se disipó hasta rato después de llegar a su casa.

Hedda se sorprendió visiblemente al vernos entrar en la cocina hechas unos zorros. Hasta ese momento no habíamos reparado en la mugre que llevábamos encima. Nuestros vestidos estaban deslucidos por el polvo que los cubría: uno de los bordados de mis mangas se había deshilachado y la falda de Clara lucía dos círculos casi perfectos de barro a la altura de las nalgas.

—No piense que nos hemos dado un paseo por algún frente de batalla; bajamos al sótano a dejar algunos trastos viejos y al final nos liamos a ordenar cosas —comentó ella en tono informal.

Agotadas, no solo física sino también mentalmente, nos desplomamos en las sillas. Hedda nos ofreció agua fresca, además de los emparedados que había estado preparando, de queso fresco con jamón cocido y unas rodajas de tomate. Ninguna de las dos teníamos muchas ganas de comer, pero el olor a pan con manteca recién horneado nos abrió el apetito.

Para mi sorpresa, Clara se levantó con el vaso en mano y se dirigió a Hedda, que en ese momento secaba una cacerola con el paño de cocina:

—Me agradaría que se sentara un rato con nosotras para compartir los sándwiches y conocernos mejor. —Le señaló con la mano la silla que quedaba a mi derecha—. Quiero que conozca a mi amiga, una persona en la que puede confiar.

Hedda dejó de inmediato lo que estaba haciendo y obedeció en silencio lo que consideró que era una orden. Tal vez por respeto, no se atrevió a sentarse a mi lado y dejó una silla vacía de por medio. Auschwitz tenía la perversa virtud de socavar la voluntad de las personas, pensé. Alentada por mi amiga, la mujer cogió uno de los emparedados y le dio un pequeño mordisco. Estaba tan nerviosa que casi se le atragantó. Clara le sirvió un vaso de agua mientras le hacía un resumen de cómo ella y yo nos conocimos y llegamos a ser íntimas amigas, y de cómo salió de su terrible enfermedad con mi ayuda.

A Hedda se la veía incómoda con la situación. Noté cómo me miraba de reojo, sumisa y resignada, y cuando la sorprendía haciéndolo, retiraba sus ojos de miel con una vaga sonrisa dibujada en sus labios carnosos. Mientras escuchaba a Clara, que estaba enfrente de ella, de pie y con una mano puesta sobre el respaldo de una silla, no hacía más que levantar las cejas una y otra vez, o se tocaba, casi de manera compulsiva, el lóbulo de la oreja que asomaba de su corta melena, de cabello liso y negro.

—¿Se encuentra bien? —le pregunté alargando la mano para romper la línea divisoria imaginaria que ella había trazado entre nosotras y posarla en su antebrazo tatuado. Toda ella se estremeció. Su piel se había deshabituado al calor del afecto, como la de Maria.

—Ahora, muy bien, *Frau* F., muchas gracias. *Frau* W. me trata con amabilidad, y desde que estoy aquí solo he recibido de ella aprecio y atenciones que no merezco —habló casi en un susurro con la mirada puesta en el mantel. Dio otro bocado al emparedado, esta vez uno algo más grande.

Se impuso el silencio, y Clara me empujó con la mirada a que siguiera hablando con ella, para que tratara de ganarme su confianza.

—Si *Frau* W. está siendo amable con usted es porque es digna de ello, porque sabe lo mucho que ha sufrido injustamente en Auschwitz. He estado allí de visita, y tengo la convicción de que es de lejos el peor lugar creado por la maldad humana.

Hedda volvió sus ojos hacia mí, aterrados, como si hubiera invocado al diablo. Sus mejillas cetrinas palidecieron. Metió los brazos debajo de la mesa y juntó sus manos en la entrepierna en un claro gesto de autoprotección.

—Auschwitz, no, por favor —masculló y comenzó a golpearse ligeramente el pecho contra el tablero de la mesa—. No hablemos de Auschwitz, se lo ruego...

Clara corrió a su lado para intentar calmar su zozobra con unas palabras que no pudo articular; se limitó a acariciarle la coronilla, y me miró con los ojos abiertos como platos. Salí en su auxilio levantándome de mi sitio y sentándome al lado de Hedda, que seguía balanceando el torso de aquella manera y renegando de Auschwitz.

—Debe tranquilizarse —le pedí poniéndole la mano en el hombro—. Deje de pensar en aquel lugar y considérese que ahora está entre amigas. Con nosotras se halla a salvo, se lo prometo...

Auschwitz es historia para usted, un trance del pasado que superará con el tiempo.

La mujer se echó a llorar amargamente y me besó repetidas veces la mano como gesto de gratitud. Cuando su ánimo pareció aquietarse, mi amiga puso a calentar agua para prepararle una manzanilla.

—Ustedes no saben qué es ese lugar... Hay que estar en sus entrañas para descubrir sus horrores —dijo al final Hedda entre sollozos refiriéndose al KZ.

—¿Y por qué no me lo cuenta? ¿Tan terrible es ese campo como se rumorea? —preguntó Clara con brusquedad desde los fogones, pues el ansia de saber pudo a la diplomacia—. Tú también, Ingrid. Las dos. Usted, Hedda, como prisionera, y tú, amiga mía, como visitante. Necesito recopilar información, necesito saberlo todo de ese lugar...

—No, querida, no quieras saberlo —repuse, consciente de que Clara empezaba a alterarse, una imagen que no debía transmitir a Hedda, quien, por mucha lástima que me diera, estaba puesta allí por su esposo. Sin embargo, pronto me di cuenta de que Hedda se sentía especialmente unida a mi amiga, quizá porque vio su férreo compromiso con los más débiles, al descubrir que era capaz de poner en riesgo su vida por proteger a una niña polaca y, al igual que ella, judía.

—¿Por qué no, Ingrid? ¿Qué mejor ocasión que esta en que os tengo a las dos? —propuso con circunspección mientras traía la bandeja con la manzanilla a la mesa y le servía una taza a Hedda, a la cual se dirigió a continuación—: A mis oídos llegaron noticias de la existencia de vagones donde se obliga a los prisioneros a inhalar gases tóxicos, un método que parece que se aplica incluso en los KZ. Me sonaban tan inhumanas que no les di crédito. También hablaban de fusilamientos de grandes grupos, como el de Riga. Quise pensar que eran masacres puntuales, a modo de represalia a los bombardeos, las sublevaciones u otros actos violentos del enemigo... Incluso una vez escuché que les hacían cavar a los presos sus propias tumbas... Centenares de miles de personas cruelmente asesinadas en Europa Oriental, informó la BBC...

»Muchos alemanes, no obstante, ponen la mano en el fuego por que la mayoría de las historias que se difunden son fantasías, mera propaganda de los Aliados para poner en lo más alto de la ruindad a los alemanes y conseguir así más socios y hacerse más fuertes en la guerra. Tú misma me lo has asegurado mil y una veces, Ingrid. Al igual que Karl, a quien le he preguntado de forma insistente si son ciertas las habladurías que corren por toda Cracovia y que hacen que le sangren a una los tímpanos cuando te las narran. ¿Certezas, medias verdades, falsedades? Me siento perdida en este piélago de confusión.

—Aquello fue solo el principio... Ahora los crímenes se cometen de forma sistemática... en instalaciones industriales, como el KZ de Auschwitz —concretó Hedda, pero en el acto calló. Con la mirada perdida de nuevo en el mantel, dio un sorbo a la manzanilla.

En la cocina se hizo un silencio escalofriante, el mismo silencio que sentí en Auschwitz y que yo llamo *la voz de Auschwitz*. No pude soportar por más tiempo esa sobrecogedora vacuidad y me levanté para tomar del hombro a Clara e insistirle una vez más que se olvidara del asunto. Pero ella repuso:

—No temas, mi fragilidad es solo aparente. Lo sabes de sobra. Soy fuerte, y estoy lista para saber. Necesito saber la verdad, amiga mía. Por favor, prefiero una verdad dolorosa a un millar de incertidumbres carcomiéndome el espíritu.

—De acuerdo, tú ganas. —Me di cuenta de que Clara no podía continuar viviendo al margen de lo que le estaba ocurriendo a su pueblo, que como judía tenía el derecho y la obligación de conocer la verdad, por muy amarga que esta fuera, y yo necesitaba compartir con mi mejor amiga lo que experimenté de primera mano en aquel lugar—. No puedo negarte lo que me concedí a mí misma; el querer saber me empujó a buscar respuestas en Auschwitz. Hubiera bastado la muerte de un solo prisionero inocente para que se hubiera cometido allí una gran injusticia... Pero el caso es que en el campo donde está empleado Günther y que tanto frecuenta Karl son asesinadas a diario un número mareante de personas. Seres humanos. Clara, querida, una breve estancia en Auschwitz me ha bastado para convencerme de que esas mentiras a las que haces alusión son, por desgracia, verdades como puños. No se trata solo de campos de trabajos forzados, ni de tránsito ni de reeducación ideológica para presos políticos. Son todo eufemismos... Burdas patrañas tejidas con astucia para que la parte decente del pueblo alemán no se les eche encima...

—¿Qué viste? —preguntó Clara con cara de espanto mientras tomaba asiento frente a las dos. Hedda nos observaba atenta, ligeramente cabizbaja, con los codos apoyados en la mesa y las manos tapando parcialmente sus orejas—. Cuéntamelo...

—Obviamente no he sido testigo directo de las supuestas tropelías, pero las sentí... Es curioso, pero allí el dolor de los muertos se adhiere a tu piel, el aire huele a muerte y hay algo en el ambiente que te hace sentir vulnerable... Conocí por casualidad a dos presos que por separado me relataron lo que allí dentro pasaba, y acabaron pagando su indiscreción con la vida. Yo misma asistí a cómo se ordenaba su ejecución. —La voz me tembló para no delatar a mi esposo—. Aquello es la destrucción de la civilización, del lado humano del hombre, de la esperanza de un mundo mejor. Auschwitz hiede a humo, ceniza y hollín. A odio, injusticia y venganza ciega... ¿Me equivoco, Hedda? ¿No es cierto que en los hornos del KZ se incineran los cuerpos sin vida de las personas que previamente pasaron por las duchas que expulsan un gas letal en lugar de agua?

—Usted acaba de describirlo, no sé qué más puedo aportar que no hayan dicho ya ustedes, *Frau* W. y *Frau* F. —Hedda se llevó las manos a los ojos y resopló fuerte con la barbilla apuntando hacia el techo—: A los reclusos que no son aptos para trabajar, niños, mujeres, ancianos, enfermos..., los hacen entrar en unos vestuarios, donde deben quitarse toda la ropa, hasta los zapatos; no pueden llevar nada encima, y así, desnudos, los mandan a la otra vida. Mueren de asfixia, por un gas letal, el Zyklon B lo hacen llamar.

—¿Y cómo está tan segura de lo que cuenta? ¿No podría tratarse de rumores para mantener a raya a los presos? Dicen que el miedo es la mejor arma disuasoria. —Clara la miró consternada. Reaccionó a aquellas afirmaciones como lo había hecho yo tantas veces con anterioridad.

—Es cierto que nunca he pisado las duchas —Hedda dejó caer la cabeza con abatimiento—, pero sé exactamente dónde están, sé de judíos que han sido seleccionados y aislados para trabajar en ellas. Pero lo más importante es que he visto con mis propios ojos las colas de personas que entran en ellas y que, como decimos allí, luego salen por las chimeneas. —Soltó un largo suspiro antes de continuar—: Han de saber que no soy una presa cualquiera. He tenido el ingrato honor de estar entre las prisioneras que vivían con unos privilegios que las demás carecían a cambio de ocuparnos de la supervisión y la organización del resto de las compañeras... De forma indirecta, he sido partícipe de esos crímenes, así como de actos espeluznantes, para seguir con vida. En Auschwitz, llevan al ser humano al límite de su resistencia, de su moral, de sus creencias. Traspasamos líneas rojas que creíamos que jamás cruzaríamos. Pero también a nosotras, las *kapos*, nos toca el turno de morir. A mí me había llegado, pero su esposo intervino a tiempo... Decidió traerme aquí...

Clara se dejó caer en el respaldo de la silla, visiblemente defraudada.

—¿Una *kapo*? —pregunté.

—Sí, una prisionera guardiana... Como les acabo de decir, me ocupaba de mantener el orden entre los míos, y para conseguirlo debía actuar con severidad... No me siento orgullosa de mi conducta... Pero, por favor, se lo ruego, *Frau* W., no me haga entrar en más detalles... Son sórdidos, lacerantes, inenarrables... Aunque su marido así lo deseara...

—¿Mi marido dice? ¿Se refiere a Karl? —preguntó Clara enarcando las cejas con gesto de perplejidad.

—Sí, el *Herr Obergruppenführer* W. fue explícito al respecto; quería que le informara a usted con todo lujo de detalles de lo que ocurre en Auschwitz. «Cuéntale lo que es Auschwitz», esas fueron sus palabras... Hablar de Auschwitz está prohibido entre los alemanes, entre los reclusos... Y, sin embargo, insistió en que ese debía ser mi cometido en esta casa... Él me hizo recordar la lista de lo que podía y no narrarle, so pena de muerte. Ignoro las razones de mi cometido aquí. Lo cierto es que no hubiera sabido por dónde empezar... Con Zosia bajo su protección, quería evitarle a usted una angustia más, esto es, la de saber qué le puede esperar a la chiquilla si es descubierta, o a usted misma, en el caso de que alguien averigüe que la está usted encubriendo...

—¡El muy canalla pensaba que me achantaría con sus relatos horripilantes! —se quejó Clara henchida de cólera—. Agradezco su franqueza, Hedda. Quiero que sepa que mi intención siempre ha sido saber la verdad sobre Auschwitz, pero mi esposo jamás me permitió acompañarlo en alguna de sus visitas de trabajo. ¡Cómo iba a hacerlo si está implicado!

—En mi modesta opinión, creo que ya tiene suficiente información para hacerse una idea precisa de qué es Auschwitz, una trituradora de judíos y de todos aquellos que les estorban para alcanzar sus fines... No quiera saber más, se lo ruego. Además, si el *Herr Obergruppenführer* W. se enterara de que le he hablado de ello con su amiga Ingrid delante..., quiero decir con *Frau* F., es probable que me lleve de vuelta allí, donde me harán sufrir hasta el último estertor... Les confieso que ya no me importa morir, pero también les digo que temo morir sufriendo.

—Eso solo será posible por encima de mi cadáver —subrayó Clara—. Puede confiar tanto en mí como en *Frau* F. Esta conversación jamás existió entre las tres.

Asentí para asegurarle a Hedda que lo que estaba diciendo mi amiga era completamente cierto. La joven se sentía cada vez más confiada con nosotras y se atrevió a plantearnos la siguiente duda:

—No me explico por qué razón se tomaría la molestia el *Herr Obergruppenführer* W. de sacarme de Auschwitz para traerme junto a usted. ¿Solo para contarle qué es aquello? ¿No cree que le habría resultado más sencillo contárselo él mismo? Creo, sinceramente, y si me permite decirlo, *Frau* W., que su esposo trama algo, algo nada bueno...

—En realidad, que esté aquí ha sido cosa mía... —contestó.

—Hedda —la interrumpí para evitar que mi amiga dijera algo de lo que pudiera arrepentirse después—, el *Herr Obergruppenführer* W. es un hombre con una forma peculiar de castigar las conductas que él considera inapropiadas. Que quede entre nosotras lo que le voy a confesar: está enojado con su esposa, porque ella, al igual que yo, no ve con buenos ojos que los judíos o los polacos sean tratados con crueldad. Por eso dispuso que usted le desvelara de viva voz y como testigo de primera mano algunos de los horrores del KZ, para hacerla sufrir y que viera las consecuencias de ser críticos con el régimen.

De ningún modo permitiría que Hedda se enterase de que mi amiga era judía. Podría ser su perdición.

—Hedda, dice usted que mi esposo alberga malas intenciones que podrían afectarme. ¿En qué se basa para emitir esa suposición? ¿Le ha llegado a sus oídos algo que yo deba saber? —intervino Clara. Clavó sus ojos en los míos, y en su mirada pude leer un «te lo dije». Los temores de mi amiga a su marido no eran producto de una mente paranoica.

La tensión en el ambiente iba en aumento. Estábamos abordando cuestiones muy íntimas y delicadas con una mujer que acababa de aterrizar en nuestras vidas. La desconfianza, la sospecha de una traición, obstaculizaba los deseos irrefrenables tanto de Clara como de Hedda de sincerarse, de dejar que fluyeran las verdades, el sufrimiento acumulado, los inmerecidos castigos, las coacciones, aunque al final las tres fuimos asediadas por una fuerza misteriosa que nos transformó en compinches de una misma causa. Pero en ese momento, las preguntas de mi amiga cohibieron a Hedda, que se recogió sobre sí misma como un pangolín cuando se asusta. Sin embargo, Hedda no poseía la armadura escamosa de este animal; los carniceros de Auschwitz se la habían arrancado, placa a placa, y su única protección ahora era su piel desnuda, frágil, permeable al dolor y las denigraciones. La mujer permaneció mirándose las manos que había colocado sobre el regazo. Era evidente que no estaba dispuesta a contestar.

Clara, cegada por la frustración de ver que sus pesquisas habían caído en vía muerta, se dejó llevar por los sentimientos y sacó la foto de su familia que llevaba en el pecho. La miró unos segundos y se la mostró a Hedda.

—Se lo ruego, dígame si ha visto allí a estas personas... —preguntó humillando la voz mientras hacía aterrizar la imagen sobre la mesa. De ningún modo quería que la criada no atendiera a razones y sellara los labios.

—¡Clara, no! —No pude reprimir la conmoción.

—Son íntimos amigos, judíos con los que nos relacionábamos antes de las persecuciones. Fueron trasladados a Auschwitz hace más de dos años —añadió al percatarse de su imprudencia.

Hedda cogió la foto con mano temblorosa y la examinó con un velo de agua en los ojos; a continuación, contestó:

—Dos años son una eternidad en Auschwitz, *Frau* W. Las personas allí cambian de aspecto muy deprisa, todos parecen ancianos, hasta los niños... Lo siento, no la puedo ayudar. Además, me trasladaron a Auschwitz recientemente, hará unos siete meses, creo. —Hizo una pausa para limpiarse las lágrimas—. Nada más lejos de mi intención empujarle a perder la esperanza de encontrarlos, pero Auschwitz es la última estación en la vida de los que allí ingresan. Pocos sobreviven mucho tiempo al hambre, al frío, a las enfermedades o a las ejecuciones arbitrarias. —Hedda le devolvió la fotografía a Clara antes de dejar caer en un hilo de voz el mensaje más truculento—: Y sus esposos, *Frau* W. y *Frau* F., son parte de esa maquinaria asesina... Perdóneme por mi atrevimiento, pero insisto en lo mismo, ¿por qué no se lo pregunta a él?

—¿A él? Él, ellos. —Me aclaré la garganta con brusquedad, anticipándome a la ingenua respuesta que pudiera darle Clara—. ¡Maldita sea, por el mismo motivo que antes! El *Herr Obergruppenführer* W. desconoce su existencia, no puede relacionarlos con Clara, y así debe permanecer... Somos mujeres que ignoramos el grado de implicación de nuestros esposos en esta masacre de seres humanos. Yo acabo de descubrir, por casualidad, alguna de las actividades laborales de mi marido. Desde entonces no puedo quitarme de la cabeza cómo es posible que haya convertido la eliminación de inocentes en una obligación moral. ¿¡Cómo!? —me pregunté, golpeando la mesa con el puño, sin esperar respuesta. Había perdido el dominio de mí misma—: Dios mío, Clara, no te imaginas lo duro que ha sido para mí descubrir en estas últimas horas que elegí como esposo y como padre de mi hijo a un verdugo...

—Oh, Ingrid, ¡cuánto lo siento! —murmuró con pena. Y en un susurro añadió—: Yo estoy casada con mi propio verdugo...

Su desahogo causó un terremoto en el cuerpo de Clara, que se levantó de improviso y dejó caer su silla hacia atrás, lo que provocó un gran estruendo al golpear el suelo. Luego, clavó sus manos en la mesa y, mirándonos a las dos, dijo:

—¡Karl se ocupa de la evacuación, del desplazamiento de judíos en sus distritos de residencia o regiones de asentamiento, incluso de la custodia preventiva de posibles enemigos! ¡Son órdenes que cumple con diligencia, pero jamás haría mal a nadie que no se lo mereciera!

Clara había sobrepasado el límite del aguante. Es lo que pasa cuando agitas una botella con nitroglicerina. Años tras una venda hace que la luz duela. Además, le había cogido tanto miedo a Karl que el único modo de sobrellevarlo era negarse a sí misma que él pudiera formar parte del engranaje nazi asesino, aunque ella hubiera visto con sus propios ojos cómo golpeó sin miramientos a Irena hasta casi matarla.

—¡Mentís! ¡No es verdad! ¡Embusteras! —gritó mi amiga con la voz quebrada, y acto seguido se desplomó contra el suelo. Por un momento temí por la vida que crecía en su vientre. Escondió el rostro en sus rodillas, que recogió entre los brazos, y empezó a contraerse a merced de unos sollozos irreprimibles—: Por favor,

Ingrid, dile que eso no es así... Si eso fuera cierto... —Y casi susurrando, añadió—: Yo soy la viva prueba de ello... ¡díselo!

Al escuchar esto último, Hedda quedó como petrificada, y yo sentí algo parecido a un vahído. Tras necesitar unos instantes para asimilar aquellas últimas palabras, la nueva ama de llaves se abalanzó sobre Clara para cogerla por los hombros; y ambas se miraron. En silencio, Hedda abrazó a Clara, y Clara abrazó a Hedda. El sentimiento mutuo de compasión despertó en ambas lágrimas de auténtica gratitud que trepaban por sus almas compungidas.

En un golpe de lucidez, me asomé por una de las ventanas de la cocina para descartar que algún centinela hubiera escuchado el revuelo que montamos. Me quedé tranquila al ver que no había nadie fuera. Por seguridad, cerré las dos que estaban abiertas, aunque eso nos dejase envueltas en un calor sofocante. Hedda levantó la silla del suelo y, entre ella y yo, incorporamos a Clara para sentarla. Mi amiga estaba destrozada y daba pena verla. Con mi mano derecha aparté los mechones de pelo que caían sobre su rostro desfigurado por el dolor y que habían quedado adheridos a su dermis por la humedad lacrimal. Ella tiritaba de cuerpo entero, como si se encontrara desnuda en medio de la nieve.

—Os pido perdón por mi reacción. La verdad a veces nos deja sin aliento. Ahora mismo, siento mi corazón estrangulado, incapaz de dar un latido que me haga sentir mejor. Temo que la falsa realidad vuelva a tomar el control de mi cuerpo y me devuelva a la quietud de la ignorancia —dijo sollozante.

—Sé de qué hablas, querida, porque he pasado por un trance similar. Volverás a ser la gaviota rutilante que sobrevuela las olas, disfrutando de su olor a salitre y de la espuma que el viento salpica en su pico. Juntas haremos frente a cualquier adversidad. Ya no estás sola. Yo estoy aquí para protegerte. Yo te protegeré, pase lo que pase —aseveré con la voz encogida.

Alzó sus ojos enrojecidos y, apretando sus dedos contra mi brazo y tirando de él para que me acercara más a ella, me musitó en el oído:

—Pero ¡hay que hacer algo!

—Amiga del alma —rodeé su vientre con mis manos—, los bombardeos golpean sin descanso las ciudades alemanas. El fin no tardará en llegar: habrá vencedores y vencidos, y nada volverá ya a ser igual. Pero ahora debemos pensar en ti, en tu bebé. También en Zosia y en Hedda. No podemos permitir que les ocurra nada malo. Idearemos un plan que las ponga a salvo. Solo hay que ponerse a ello.

Al escuchar esto último, Hedda se dejó caer aferrándose a mis piernas; necesitaba un soplo de esperanza, una buena acción que compensara tanta iniquidad. Una descarga eléctrica que nació en mi interior agitó mi nuca. Sentí que había seres humanos magnánimos por los que merecía la pena luchar, porque solo ellos, por insignificantes que puedan parecernos, son quienes construirán una humanidad mejor, un futuro tranquilo para mi hijo y los hijos de sus hijos.

16

Viernes, 13 de agosto de 1943

El bochorno se hacía sentir incluso bajo las tupidas sombras de los
tilos, en aquel tocón situado al otro lado de la calle de nuestra casa,
donde me había sentado a leer una larga epístola que recibí de mi
madre. En ella me ponía al corriente de los cambios que ella y mi padre estaban experimentando en Berlín desde la última vez que con-
tactamos. Comenzó con unas inquietantes líneas en las que me
decía que no me alterara por lo que a continuación me iba a referir.
Las últimas decisiones tomadas por parte de ambos habían sido
muy meditadas, en aras del bien de toda la familia. En su anterior
carta, pasó por alto que a finales de julio la Wehrmacht canceló el
contrato con mi padre por motivos económicos, un traspié letal
para la supervivencia de la fábrica, ya que era la única fuente de ingresos con la que pagar a los empleados. Y recientemente, tras los
terribles bombardeos de Hamburgo y una evacuación inesperada
en Berlín, mi padre tomó la decisión de cerrar la fábrica y hacer las
maletas. Eligió Linz como destino, porque, por un lado, le pareció
una ciudad más segura y, por el otro, la conocía de su infancia y
adolescencia. Su abuela materna era de allí, y solía visitarla con sus
padres al menos una vez al año. En ese tiempo hizo muy buenas
amistades; algunas de ellas eran las que le estaban ayudando a buscar una casa en la zona y posibles vías para crear un nuevo negocio.
En ese sentido, me alivió saber que pronto estarían lejos de la capital, uno de los principales objetivos de los Aliados.

Te llamaré desde Linz en cuanto elijamos vivienda. De momento nos han hablado de dos o tres candidatas, pero no quiero decidirme por una sin antes haberla visto. Nuestra intención es estar instalados allí a finales de agosto, a más tardar... Imaginarás lo difícil que ha sido para tu padre decidirse a abandonar Berlín. Lo hace por mí. Pero también por vosotras. Sé que te preguntarás por qué no ha resuelto que vayamos a vivir con vosotros a Cracovia. Pero en esto estoy de su parte. Es por pura prevención; estrategia, prefiere llamarla él. No sabemos qué va a ocurrir en los próximos meses, pero él cree conveniente buscar un lugar seguro que pueda garantizaros a tu hermana y a ti, al igual que a Erich y a Günther, un sitio al que acudir rápido en caso de que las cosas se tuerzan sin solución. Ya sabes que tu padre tiene íntimos amigos militares, y todos ellos le han aconsejado que se instale en el Alto Danubio. Así que tranquila. De momento, vosotros estáis bien donde estáis, y también tu hermana, que vive en Arnstadt, y por ahora prefiere quedarse donde está.

A continuación, mi madre se explayó hablándome de Birgit, cuya vida parecía que había tomado un nuevo rumbo en esa pequeña ciudad de Turingia después de que Jürgen, como era de prever, la hubiera dejado por otra mujer, una magdeburguesa algo más joven que ella, pero mucho más impresionable, pudiente y dispuesta a financiar sus desatinados proyectos; y, como consecuencia, Birgit retomó su vocación de enfermera; su profesión se contaba entre las más demandadas en aquellos tiempos aciagos, y la entrega de sus hábiles manos y gran corazón la habían llevado hasta un hospital de Arnstadt, donde parecía sentirse feliz de ser de ayuda a los demás.

De entre esas noticias, que auguraban grandes cambios en la vida de mi familia, fue tranquilizador para mí que, debido a su reciente incorporación al trabajo, a Birgit le resultara imposible pasar unas semanas con nosotros, como previó, antes de romper con Jürgen. La cancelación de la visita me supuso un desahogo, pues así podía destinar más tiempo a la planificación de una estrategia para poner a salvo a Clara.

El plan para evacuar a Zosia y Hedda iba viento en popa y quedaban poco más de cuarenta y ocho horas para ejecutarlo, el domingo, el día después de la fiesta que Clara había organizado para el cumpleaños de Karl. Desde mi regreso de Auschwitz, mi amiga y yo nos vimos a diario con el fin de dar con un modo para trasladar a la pequeña y a Hedda a un país que no estuviera bajo el yugo de Hitler. Desde el principio, mi plan de fuga incluía a Clara, pero ella lo descartó:

—Eso no es posible. Schmidt no tardaría en darse cuenta de mi ausencia e informaría de inmediato a Karl. ¿Cómo crees que reaccionaría este? Primero se sentiría amedrantado; luego, traicionado. Cegado por la cólera, movería todos los hilos a su alcance para darme caza. Me encontraría, las encontraría, y actuaría sin miramientos. De la otra manera, si yo me quedo, cuando se dé cuenta de la ausencia de Hedda, solo habré de enfrentarme a su enojo, que durará lo que tenga que durar. Es posible que me injurie despiadadamente y puede que hasta me zarandee, pero al fin y al cabo no le quedará más remedio que comprender que era el segundo pago de la deuda que tiene conmigo por lo que le hizo a Irena. Es posible que su orgullo herido lo empuje a ordenar la búsqueda y captura de Hedda, para castigarme, pero se arriesgaría a que alguno de sus adversarios se interesase por el caso y pudiera acabar descubriendo que la misma consorte del *Obergruppenführer* está detrás de la fuga... Tampoco hay que descartar que, en el peor de los escenarios, Karl pudiera querer borrar del mapa a su incómoda esposa judía. Recursos no le faltan para eliminarme sin dejar rastro. En ese supuesto, puedes estar tranquila: al menor indicio huiría a la cueva de Irena... Sabemos que es un buen escondrijo.

Clara tenía una forma de plantear las cosas tan bien argumentadas que siempre me hacía complicado discrepar de ella, pero la imagen de Karl enseñando a Clara sus dientes de lobo rabioso no me dejó tranquila. Sin dejar de pensar en el futuro de Clara, debía pues centrarme en cómo liberar primero a Zosia y a Hedda. Pero tanto mi amiga como yo estábamos completamente perdidas y no teníamos ni idea de por dónde empezar.

—Hemos de dar con la forma de burlar la vigilancia para sacar de la casa a las dos; hemos de encontrar el modo de llevarlas fuera de los dominios del Reich; hemos de decidir a qué país viajarán; y, para ello, hemos de encontrar a la persona o personas que las ayuden a llegar a su destino, ellas por su cuenta jamás lo conseguirían —planteó Clara, que parecía ahogarse bajo el peso de sus propias palabras.

La miré con cara de estupefacción; su síntesis me resultó tan sensata como desalentadora, sobre todo porque en ella había demasiados *hemos*. A ellos teníamos que sumar uno más, al caer yo en la cuenta de una traba cardinal:

—Y lo primero que necesitamos para ellas son los documentos que les permitan moverse libremente por los territorios ocupados, pasar los controles con los que se topen y cruzar las fronteras sin ningún percance: una tarjeta de identidad para Hedda y un acta de nacimiento para Zosia que las identifiquen como no judías. Sin esos papeles, no hay plan que valga.

—¿Y dónde los conseguimos? ¿Conoces a alguien que los falsifique o que pueda decirnos quién? —preguntó, perdida—. No conozco a nadie en Cracovia, salvo el reducido grupo de amigas de *Frau* Von Bothmer, a las que, como sabes, no se les puede confiar ningún secreto, y menos aún uno de este calibre... No hemos echado a andar y ya estamos metidas en un callejón sin salida.

—No caigamos en el desánimo, ni nos dejemos llevar por el desasosiego. Los nervios son el peor enemigo de la imaginación. A veces solo hay que tirar de una hebra para deshacer el ovillo... —dije con ánimo de motivarnos. Jamás pensé que algo que parecía tan sencillo pudiera suponer una empresa tan colosal.

—¿Y Bartek? —propuso Clara entre dientes—. Ya resolvimos que debíamos dejarlo al margen de todo esto, pero quizá sea el momento de replanteárnoslo. Él tiene que conocer a gente que pueda ayudarnos. Toda Cracovia se mueve en un submundo marginal, un mercado negro donde se puede conseguir casi todo con dinero.

—No podemos ponerle en ese aprieto —repuse pensando en que si algo le pasara a él Jędruś quedaría de nuevo huérfano, y yo, sin la nueva savia que alimentaba mi ser. Y añadí, para no parecer mezquina—: Te prometo que hablaré con él si llegadas a un punto nos quedamos estancadas. Pero, antes, exploremos otras opciones.

—¿Como adentrarnos en el bosque y tener la infinita suerte de toparnos con algún miembro de la resistencia dispuesto a ayudarnos? —contestó ella negando con la cabeza, en un gesto de escepticismo.

—Por supuesto que no... —le di la razón a mi amiga, y reaccioné—: ¿Y el Mayor?

Así fue como introduje a Hermann en nuestra causa. El viejo Hermann era un hombre en quien podía confiar, humilde y generoso, que en nuestro viaje a Auschwitz me puso de manifiesto su firme determinación de ayudar al pueblo polaco y al judío si se le presentaba la oportunidad. Pero yo sabía que, estando yo de por medio, no sería fácil de convencer, y que solo había una posibilidad entre un millón de que aceptara echarnos un cable. Él me veía como una hija y jamás formaría parte de ninguna empresa, por muy meritoria que esta fuera, que pudiera ponerme en peligro. No podíamos acudir a él con las manos vacías, con un discurso impreciso y lleno de vaguedades; nos tacharía de ilusas o, peor aún, de alunadas. Ambas estábamos de acuerdo en este punto. Teníamos que ser convincentes, pero ¿cómo?

Ocurrió de repente cuando, observando a Zosia, caí en la cuenta de que esta tenía unos rasgos faciales andróginos y poseía una cara redonda, muy parecida a la de mi Erich; además, sus ojos eran azules como los de él. Eso me hizo pensar en la posibilidad de hacerla pasar por mi hijo. Cortándole el cabello y tiñéndoselo del mismo color que el suyo... Todo encajaba... si a ello sumábamos que Hedda haría de su madre, esto es, de mí. Para fortuna de ambas, tampoco ella poseía facciones semíticas. ¡Hacerlas pasar por alemanas arias! *A priori*, no era un mal plan. Entre Zosia y Hedda había una buena química; la pequeña adoraba a su cuidadora y, pese a que una hablaba polaco y la otra alemán, existía una complicidad tácita que superaba cualquier barrera lingüística.

Al principio no resultó fácil convencer a Clara, que se puso testaruda. El cuerpo se le echaba a temblar de solo pensar que entregar mis documentos y los de Erich a Hedda me situaba en el ojo de la tormenta si algo salía mal. Era arriesgado, sí, pero no se nos ocurrió nada que no lo fuera. Hedda únicamente tendría que suplantar mi identidad durante unos pocos días, hasta abandonar los límites de la nueva Alemania. Para torcer la terquedad de Clara, le insistí en que, si las SS o la Gestapo descubrían el pastel, la documentación no me comprometería de ninguna de las maneras. Yo siempre podría alegar que la había perdido o que me la habían robado, y que, en uno u otro supuesto, no la eché en falta. Al menos, nuestros documentos les podía garantizar una semana de seguridad, quizá más, con suerte meses. En cualquier caso, lo suficiente para estar lejos.

El acta de nacimiento de Erich no llevaba fotografía, por ello, el paso tal vez más complicado en este sentido era conseguir cambiar la imagen de mi documentación por una de Hedda. Esta era otra de las cuestiones que tratar con Hermann. Con todo esto ya teníamos bastante con que abrumar a mi querido hombre del parche. Una vez las hubiéramos puesto a salvo a ellas primero, llegaría el momento de hablarle de Clara. De que era judía, de que tenía pánico a Karl y de que llevaba su semilla en el vientre. Todo a su debido tiempo.

A la mañana siguiente, mi amiga y yo nos citamos en mi casa para abordar al Mayor. Le invitamos a que se reuniese con nosotras en el despacho de Günther y él accedió sonriente; seguramente esperaba escuchar algún problema menor relacionado con el servicio o que le encargásemos algún recado para la fiesta de Karl. Allí fui directa al asunto. Sin preámbulos, le conté que mi querida amiga tenía en su casa a una niña y una mujer judías a las que pretendíamos llevar muy lejos del Gran Reich. La pipa saltó por los aires, como le sucedía cada vez que se ponía muy alterado. Se levantó rápido para pisar el tabaco encendido que se había desperdigado por la alfombra. Estaba consternado y casi fuera de sí: «¿Han perdido ustedes el juicio, las dos a la vez? ¡Por Dios bendito, que esta conversación jamás salga de estas cuatro paredes!», dijo con las manos en la cabeza.

Inútil es decir que el viejo Hermann trató por todos los medios de que nos olvidásemos del plan. No entendía por qué para salvar a dos personas prácticamente desconocidas poníamos en riesgo nuestras propias vidas y las de todas aquellas que la Gestapo quisiera poner en su lista de sospechosos. Para dar por zanjado el asunto, nos espetó uno de sus habituales aforismos: con cada paso que da el zorro, más se acerca a la peletería. Pero yo no estaba dispuesta a desistir, y aún menos con una frase que no comprendí.

Con la ayuda de Clara, le insistí en que merecía la pena arriesgarse por salvar unas vidas inocentes, la de una niña que podía morir sin saber qué es de verdad vivir y la de una mujer que había pasado por Auschwitz y que nunca debería volver a aquel execrable lugar. Mi amiga le manifestó con los ojos llorosos que era una decisión reflexionada y nuestra manera de luchar en aquella guerra, nuestra modesta contribución a mitigar las injusticias que estaban llevando a cabo nuestros conciudadanos en los territorios ocupados.

Poco a poco, el rostro de Hermann fue relajándose, aunque no así su preocupación. Viendo que aún mantenía el ceño fruncido, señal de que todavía no estaba dispuesto a dar el paso, azucé su conciencia haciéndole saber que seguiríamos adelante con o sin su cooperación. El viejo combatiente sabía que era un farol, pero no quería dejarnos solas ante el riesgo de que cometiésemos alguna insensatez, sobre todo siendo las esposas de quienes éramos. La menor metedura de pata nos pondría en el punto de mira; Hermann sabía que si Karl y Günther llegaran a enterarse de nuestras pretensiones actuarían sin piedad con nosotras, y nos someterían al escarnio más cruel que los exculpara de cualquier implicación en el complot y que a la vez complaciese a sus resentidos superiores.

Tras advertirnos de todo lo que nos jugábamos con nuestro disparatado designio, como él lo calificó, Hermann escuchó con atención hasta dónde habíamos llegado en la planificación. «¿Y esto es todo? No sirve ni para salvar a una rata de una alcantarilla», masculló mientras daba una honda calada a su pipa tras haberla recuperado del suelo y vuelto a encenderla. No obstante, no le pareció mala la idea de usar mi documentación y la de Erich para que Zosia y Hedda suplantaran nuestra identidad. Nos esclareció que él no veía otra alternativa mejor y que él mismo se encargaría de la sustitución de la foto. Fue entonces cuando me enteré de una nueva habilidad que desconocía de mi talentoso chófer: ayudó a falsificar documentos durante la Gran Guerra, y sabía por tanto cómo imitar los dos fragmentos de sellos estampados que pisaban la foto de mis papeles, uno, arriba, a la derecha; y otro, abajo, a la izquierda. Clara le prestaría su cámara a Hermann para retratar a Hedda, y él también se encargaría de llevar la película a revelar.

Paso a paso, el plan de evasión iba cobrando forma y, lo más importante, fue convenciendo a Hermann de que podría salir bien sin correr más riesgos de los ya previstos. Mientras que nosotras organizábamos la forma de sacar a Hedda y Zosia de la casa, él se ocupó de buscarles el destino final. Tras unas gestiones de las que no nos dijo palabra, el Mayor decidió que deberían viajar a Palestina: las dos irían en tren hasta Rzeszów, donde un viejo camarada del Mayor, un tal Gerhard Schleicher, también retirado y lisiado —en su caso le faltaban tres dedos de la mano izquierda—, las conduciría hasta la frontera de Rumanía. Allí tomaría el relevo un amigo de este, un rumano llamado Tudor, que las llevaría en coche hasta Bucovina. Dos miembros de una organización sionista las recogerían en Suceava y las trasladarían a través de un puerto en la costa del mar Negro hasta tierras turcas, donde serían recibidas por activistas de un grupo de alemanes que huyeron a Ankara y que desde entonces se dedicaban a ayudar a encontrar un destino seguro a otros compatriotas en peligro.

Clara y yo respiramos aliviadas al hacernos a la idea de que la evacuación de Hedda y Zosia no eran vanas esperanzas. Pero el reloj corría en nuestra contra, ya que todo lo concerniente a la huida tenía que estar bien atado en apenas una semana, con la organización de la fiesta de Karl de por medio, en la que estaba prevista la asistencia de un centenar de personas. Clara llevaba tiempo preparándola con la ayuda inapreciable de sus amigas *Frau* Von Bothmer y *Fräulein* Gehlen, quienes se habían encargado de casi todos los preparativos, como la selección de cocineros y camareros, la elección del menú, el encargo de la tarta en la pastelería favorita de Karl y la contratación de los músicos.

La celebración angustiaba a Clara por partida doble, por un lado, le robaba un tiempo de oro y unas energías que le gustaría estar empleando en nuestro plan secreto, y, por el otro, porque sabía que Karl pondría el grito en el cielo en el caso de que algo fallara durante la fiesta y obviamente echaría la culpa de ello a su esposa. «¡Ánimo, Clara! El sábado Karl tendrá su fiesta; el domingo Hedda y Zosia partirán hacia su destino, y el lunes tú y yo miraremos atrás extenuadas pero orgullosas de la hazaña que logramos», le repetí en varias ocasiones para que esa chispa de vitalidad que la impulsaba hacia delante no se sofocara.

La decisión de elegir el domingo como el día de la huida, a la mañana siguiente del cumpleaños de Karl, fue de Clara, y obedeció a tres razones: la primera era que, por ser domingo, habría poco personal entrando y saliendo de la finca como era habitual entre semana. El *Sturmmann* Schmidt no estaría allí, y serían solo dos los soldados que habría en el pabellón, aparte del retén de la caseta de vigilancia a la entrada de la propiedad. La segunda, igualmente ventajosa, era que, si Hedda desaparecía antes de que Claudia regresara de sus días de asueto, esta no llegaría a conocerla, de modo que tampoco la podría echar en falta ni dar la voz de alarma. La tercera y última era que, si hacíamos desaparecer a Hedda inmediatamente después de la partida de Karl en la mañana del domingo, ella y la niña dispondrían de más tiempo hasta que él volviera por la casa, que de seguro no sería antes de una semana. Y si la suerte seguía de nuestro lado, a su regreso, él también echaría en falta a mi amiga, que para entonces estaría lejos de su área de influencia. Revisé el plan mentalmente una vez más y me sentí orgullosa por no encontrarle ningún resquicio.

Alguien, una vecina quizá, hizo sonar el claxon de su coche al pasar por delante de mí y me saludó agitando la mano por la ventanilla. No tuve tiempo de devolverle la cortesía, pues cuando salí de los pensamientos en los que estaba inmersa, el vehículo ya se había alejado. Guardé la carta de mi madre en su sobre y miré, satisfecha, a mi alrededor. No obstante, el hecho de que los problemas parecieran encontrar solución me causaba una extraña inquietud, un presentimiento intermitente de que algo se torcería en algún momento. «Pero el pesimismo es el mejor socio para que un proyecto se vaya al traste», me dije.

Me levanté del tocón y me estiré satisfecha pensando en lo bien que Hedda y Zosia habían aprendido a interpretar sus personajes para la fuga. Al principio dudamos de que Zosia accediera de buena gana a abandonar la casa en compañía de la sirvienta, ya que a la postre era una persona recién llegada a su vida que, aunque congeniaba con ella, no era sangre de su sangre. Por otro lado, la pequeña había tejido un cordón umbilical invisible con Clara que no sería fácil sajar; para Zosia fue ella quien la liberó de su mundo oscuro y la acogió en su seno como una hija.

Pero Clara fue astuta y le preguntó a la criatura si querría acompañar, en busca de su padre y su madre, a Hedda «en un largo y maravilloso viaje en coche, en tren y hasta en un gran barco, que surcaría el infinito mar en el que habitaban tortugas de verdad, cien veces más grandes que Łucja».

El rostro de Zosia se iluminó. El recuerdo de su madre y de su padre era más intenso que la duda. Con una sonrisa dibujada entre sus carrillos sonrosados, se echó en brazos de Hedda y, mientras permanecía abrazada tiernamente a ella, la obsequió con su colgante de cuatro gemas dispuestas en forma de trébol, que le puso alrededor del cuello.

Clara logró ilusionar a la niña de tal modo que a partir de entonces la pequeña no se separó del lado de Hedda ni un instante. A cada momento quería saber más sobre la mágica aventura que la llevaría a volver a vivir arropada por el cariño de sus padres, y cada mañana al despertarse le preguntaba a Hedda si era el día de partir.

Las tres éramos conscientes del enorme daño que causaríamos a Zosia con las falsas ilusiones que le inculcamos, el terrible dolor que le invadiría al descubrir que al final del viaje solo le esperaba una verdad desoladora. Pero aquel engaño fue necesario para mantener su compromiso hasta el final. En un plazo breve de tiempo, tenía que ser adiestrada para que nadie dudara de que era un varón, un niño que atendía al nombre de Erich, adorable y obediente, y que viajaba con su madre, Ingrid, una alemana de pura sangre, orgullosa de cruzarse con patriotas petulantes envueltos en la bandera del Reich. Transformar a Hedda fue relativamente sencillo: solo tuvimos que estrechar el talle de algunas faldas de Clara y mías, insistirle en que memorizara algunos de mis datos personales y ayudarla a que imitara mi letra y firma, por si era parada por la policía.

Clara le enseñó a desenvolverse como una dama respetable, y yo, a peinarse y maquillarse como las mujeres de la clase media berlinesa. Conseguimos así devolverle la belleza que había quedado soterrada bajo su desdicha, y que aflorasen los sentimientos que ocultó para sentirse segura en el averno de Auschwitz, una ausencia que enlobreguecía su verdadero semblante, amable y hermoso. El disfraz de Hedda era perfecto, salvo por un detalle que le quitó el sueño a Hermann, el tatuaje. En pleno verano, era casi imposible ocultarlo bajo una prenda. La mejor opción era quemarlo, pero corríamos el riesgo de que la herida se infectara y le complicara el viaje. Así pues, el único arreglo sensato que nos vino a la cabeza fue que llevara la muñeca y el antebrazo izquierdos vendados y con un cabestrillo. Si alguien le preguntaba al respecto, ella aduciría haberse lesionado al caer de la escalera por tratar de alcanzar un libro de su biblioteca. Acordamos, asimismo, que cuando ella diera con un lugar seguro donde establecerse, acudiera a un médico para borrarle de forma segura los números de la piel.

La conversión de Zosia nos llevó más tiempo y dedicación. Hedda tuvo el acierto de abordar aquella como si se tratara de un juego, con normas y reglas que la pequeña no se podía saltar. Irena la educó para que fuera muy obediente y, sobre todo, prudente, lo cual jugó a favor de nuestros intereses. Desde el día en que la informamos de su viaje, comenzamos a llamarla Erich y dejamos de dirigirnos a ella como Zosia. El cambio de nombre le hizo gracia, tanto que a la cuarta vez ya lo pronunciaba en un perfecto alemán. Tampoco supuso un problema despojarla de su melena. Hedda le hizo el mismo corte de pelo que lucía mi hijo en una de las fotografías que yo llevaba en mi bolso. Al verse en el espejo, la zanquilarga criatura se pasó la mano por su nuevo peinado y dio una sonada carcajada y en su idioma le hizo saber a Clara: «Ahora soy Erich; ahora soy un niño. Me gusta ser un niño».

Pero ella no tenía ni idea de lo que era un niño, dado que jamás había visto uno. A decir verdad, jamás había visto casi nada del mundo, y eso era algo que nos inquietaba a las tres. Zosia era como un niño de la selva que de repente se encontraría cara a cara con la civilización. Para que comprendiera las diferencias básicas entre varones y hembras, como que ellos llevaban pantalón y pelo corto, le mostramos fotografías de niños en libros. Creo que no entendió nada de lo que le enseñamos, aunque lo más importante para nosotras fue que comprendiera que jamás debía orinar en público, que cuando le vinieran las ganas de hacerlo, siempre debía comunicárselo a Hedda, para que esta la acompañara a un servicio; y que era mejor que se hiciera pis encima a ponerse en cuclillas delante de desconocidos, porque los niños orinaban de pie. Pero eso ella ya lo sabía, «porque se lo había visto hacer a su papá», le contó a Clara.

En el maletero del Mercedes estaría dispuesta para la fecha señalada una maleta grande, que, además de las cosas de Hedda, contendría la ropa, las mudas y el calzado para Zosia que adquirí en Cracovia. La pequeña iría vestida con una camisa blanca, un pantalón de color pardo corto y un cinturón de cuero negro que le conferirían el aspecto de un crío de buena familia y que evocaba de forma intencionada el atuendo de los chavales de la Hitlerjugend. De hecho, le enseñé a saludar levantando el brazo derecho con la palma hacia abajo, pero sin la enérgica frase de «*Heil Hitler!*». Por su lengua materna, primero pensamos hacerla pasar por un niño sordomudo, pero lo descartamos enseguida porque reaccionaría ante cualquier estímulo sonoro, además de que se le podría escapar alguna palabra. Por ello, acordamos convertirla en un crío que había perdido el habla a causa de un reciente trauma. Sabía que estas cosas podían ocurrir, porque Günther me habló del llamativo suceso de un niño alemán que había dejado de hablar cuando un día en las calles de Cracovia vio a unos miembros de la resistencia volarle la cabeza a su padre. En el caso de Zosia, si alguien preguntaba por la causa de su mutismo, Hedda diría que, durante una refriega entre la policía y unos insurgentes, la pequeña presenció cómo una bala perdida alcanzó de muerte a su mejor amiguito cuando regresaban del cine con sus padres.

Zosia no podía responder a nada ni a nadie, le hablaran en alemán o en polaco. Clara le advirtió que jamás podría romper esa regla, de lo contrario, los *malvados* le impedirían ver a sus padres. Descubrimos que Irena empleó esta palabra y otras como *desalmados* para amedrentar a la niña y que jamás quebrantara normas como la de hablar y reír en voz alta o correr por su habitación. Así, le inculcamos que en el viaje solo podría asentir o negar con la cabeza, e ideamos un sencillo código para cuando un alemán se dirigiera directamente a ella: debería mirar a Hedda con disimulo y atender si esta le pestañaba una o dos veces. En el primer caso, la niña tendría que asentir con la cabeza; y si pestañeaba dos veces seguidas, debería negar con la cabeza. Las dos lo ensayaron una y otra vez, hasta que lo hicieron sin pensar, así como otros gestos de complicidad que, por ejemplo, daban a entender que un soldado alemán andaba cerca o que una situación se tornaba peligrosa. Me sorprendió la rapidez con la que la pequeña aprendió nuestras consignas, y cómo interiorizó las posibles reacciones ante los contratiempos que pudieran surgir durante la huida.

Lo que tal vez le resultó más difícil y doloroso a Zosia fue tener que separarse de su tortuguita querida. Clara le dijo cariñosamente que se la devolvería cuando se viesen de nuevo, que sería pronto, le prometió. Fue entonces cuando vi llorar por primera vez a la niña. Lo que me pareció una decisión tan injusta como arbitraria por parte de mi amiga albergaba una significación determinada: una tortuga, no importaba el tamaño que tuviera, podía ponerlas en un aprieto. Tiempo atrás, uno de los lemas de la propaganda disidente y activista entre los polacos era «trabaja despacio, así apoyas a los ingleses en su victoria», y su símbolo era una tortuga, que se podía encontrar muchas veces en fachadas de casas y comercios, en vías y plazas públicas... No era pues ninguna casualidad que la pequeña pieza tallada en madera que le regalaron sus padres tuviera la forma de dicho reptil. Me acordé entonces de la fábula en la que una tortuga reta a una liebre a competir en una carrera. Ganó la tortuga, por su perseverancia, la misma que estábamos mostrando todas nosotras y Hermann para lograr nuestro objetivo; y perdió la liebre, llevada por la arrogancia y la vanidad, las mismas actitudes que estaban conduciendo a Alemania a una vía en punto muerto.

Todos los pasos de la huida los anoté en una cuartilla, que transcribo aquí junto a algún que otro comentario que facilitan su comprensión:

Entre las 9.30 horas y las 10.30 horas: Karl parte hacia Katowice.

11.00 horas: Hedda acude a su habitación para vestir a Zosia y vestirse ella. Clara le venda el brazo a Hedda y la ayuda con el tocado. Luego, entre las dos revisan la documentación que Hedda ha de llevar a mano, además del dinero en efectivo. [Entre Clara, el Mayor y yo, habíamos logrado reunir un total de 500 *złotys* y casi 800 *Reichsmark*. En realidad, se trataba de una cantidad de dinero en efectivo bastante ajustada para tamaña empresa. Hedda portaría consigo un bolso de piel de tamaño medio al que le habíamos cosido en el interior un bolsillo secreto donde esconder los billetes.]

12.55 horas: Hedda y Zosia están listas para mi llegada.

13.00 horas: Hermann y yo llegamos a casa de Clara. Hedda contesta a la llamada que hace el guardia de la caseta de vigilancia para avisar por el intercomunicador de nuestra llegada. Acto seguido, Hedda y Zosia se enfilan hacia el sótano para salir por la trampilla. Una vez fuera, toman el sendero que lleva directamente a un punto muy próximo de la calle que conduce a la finca de mi amiga. [Clara y yo dimos con este sendero mientras trazábamos el plan: se trataba del camino más corto a través del bosque que iba desde la trampilla del pasadizo a un punto estratégico de la calle donde Hermann acudiría a recogerlas. Los árboles y arbustos que lo flanqueaban impedirían que Hedda y Zosia pudieran ser vistas por los guardias que estuvieran guardando el perímetro de la finca; y, si la ocasión lo requería, les permitiría ocultarse con facilidad.] Esperarán allí agazapadas, tras el grupo de arbustos desde donde pueden ver llegar al Mayor en el Mercedes negro.

13.03 horas: Hermann me deja en la puerta principal de la vivienda, que me abrirá Clara, y emprende de nuevo la marcha para salir de la propiedad. Con el pretexto de que ha de realizar unos recados para mi esposo, el Mayor informa a los guardias de la caseta de vigilancia que volverá a recogerme más tarde. Mientras Hedda y Zosia se encuentran de camino al punto acordado, Clara y yo permanecemos en la casa, vigilando sus alrededores desde el interior, atentas a los movimientos de los dos únicos soldados de turno, que a esa hora están acabando de almorzar en el pabellón.

13.10 horas: Hedda y Zosia han llegado al lugar previsto y aguardan a la llegada de Hermann, que, una vez haya aparcado en el lugar señalado, deberá darles luz verde para que se metan en el coche.

Entre las 13.11 horas y las 13.15 horas: Al salir de la finca, Hermann detiene el vehículo a unos trescientos metros, pasada una curva en cuesta que impide ser visto por los vigilantes desde la propiedad de Karl. Simula tener un problema con el motor y levanta el capó para hacer ver que lo inspecciona.

Cuando está seguro de que no hay nadie cerca, el Mayor sacude un trapo en el aire, como si se dispusiera a ajustar con él alguna pieza del motor. Es la señal que le indica a Hedda que ella y la niña pueden echar a correr hasta él sin peligro de ser vistas. Una vez a salvo en el coche, los tres parten rumbo a la estación central ferroviaria de Cracovia. [Con un viejo prusiano como Hermann al volante, en el flamante Mercedes negro, con las banderas del *Führer* ondeando a cada lado del capó y con los pases pertinentes, Hedda y Zosia podrían respirar tranquilas hasta llegar a la estación. Allí, el Mayor les compraría dos billetes de tren a Rzeszów, que tenía hora de salida a las 15.07 horas.]

13.45 horas: Hermann, Hedda y Zosia llegan a la estación.

15.07 horas: Hedda y Zosia parten hacia Rzeszów. Tras asegurarse de que ambas han subido al tren, el Mayor regresa a casa de Clara para recogerme.

17.21 horas: Llegada de Hedda y Zosia a Rzeszów Główny, donde Gerhard Schleicher las recibe en el andén. [Hermann informó a su colega de que sería muy fácil identificarlas, pues la mujer que iba con la niña llevaría el brazo en cabestrillo. Ya solo cabría esperar hasta última hora de aquella misma tarde, en la que Schleicher nos confirmaría con una llamada telefónica que todo iba bien y que muy pronto tendríamos noticias suyas sobre «su propósito de viajar a Cracovia —léase el siguiente destino, Bucovina».]

Sin duda, fueron jornadas de arduo trabajo que dieron por fin sus frutos. Tras repasarlo decenas de veces, el plan nos pareció coherente y ajustado a la realidad. Para asegurarnos de que Hedda pudiera sortear posibles imprevistos, Clara y yo nos ocupamos de incluir en el equipaje casi todas nuestras joyas, un par de relojes de oro y una pitillera de plata, chocolate y cajetillas de tabaco. Todos tenemos un precio, y muchos policías hacían la vista gorda a cambio de un cohecho, como me aclaró el bueno del Mayor, y que yo misma, en apenas unas pocas horas, experimentaría en mis propias carnes: me vería envuelta en uno de los sobornos más rocambolescos de la historia del arte.

Buscando poner el pie bajo la sombra, subí el camino de regreso a casa, con la carta de mi madre bajo el brazo, pensando en lo mucho que quería a mis padres y en todo lo que estaban dispuestos a sacrificar por sus hijas. Me puse en la piel de mi padre, en lo mal que lo debió de pasar por sus empleados, hombres y mujeres con hijos a los que alimentar. Pero nuestra familia era lo primero, y Linz, sin duda, era para él una ciudad llena de oportunidades.

Miré al cielo para buscar al sol. Había aprendido que cuando el astro rey se situaba encima de las caballerizas era la hora de salir con Bartek a *pintar* al peñasco. Deseaba hacerle el amor, todos los días, a todas horas. Y aun así no lo había vuelto a sentir desde que nos amamos por primera vez, de eso hacía ya más de una semana. Ignoro cómo pude resistirme durante tanto tiempo a volver a estar a su lado. Miedo tal vez. Miedo a poderle amar aún más de lo que lo hacía ya. Amar con tanta fuerza era doloroso. Pero en esa huida que pretendía ser lenitiva no fui consciente de que las llamas de la pasión crecían en mi interior como el fuego en un bosque en un día de verano, seco y ventoso. Durante el día logré soterrar mis miedos y pasiones en los quehaceres relacionados con la evasión de Hedda y Zosia. Pero en la noche solo pensaba en él, y me invadía una nada agobiante, como si antes de Bartek solo hubiera existido el vacío.

Los rayos de sol ardorosos que acariciaban mis desnudos brazos desataron un deseo irrefrenable, imposible de prorrogar, de citarme con mi amante, de sentir la lluvia fresca de sus palabras, la libidinosidad de su mirada, las caricias que se pueden esperar de un hombre fervientemente enamorado. Ya no podía demorar nuestro encuentro por más tiempo. Günther llegaba al día siguiente para que asistiéramos a la fiesta de Karl. Se acercaba un fin de semana agitado, salpicado de peligros e incertidumbres. Por momentos temí que aquella mañana pudiera ser nuestra última vez juntos. Era perentorio encontrarme con él.

Entonces Bartek apareció ante mi vista por primera vez en mucho tiempo. Estaba subido a una escalera y podaba las ramas secas de mi haya centenaria. Era un sencillo jardinero armado con un serrucho, pero mis ojos quisieron ver a un guerrero heleno enfrentado con su espada a un gigante centimano de cien brazos que pretendía arrebatarle a su amada. De repente, él me vio. Detuvo el vaivén de la sierra y bajó su mirada, seria, hacia mí. En ella pude leer desconcierto e incomprensión, necesitaba saber la razón de mi distanciamiento, si dijo o hizo algo que me molestara tanto como para ignorarlo, y evitarlo pasando en casa de Clara prácticamente todas las horas del día.

—¡Bartek, hoy subiremos a la roca! Apresúrate en terminar —le ordené con autoridad, deseosa de que la aspereza de mi voz le llegara como una caricia con cada una de las sílabas pronunciadas.

Él me contestó con una sonrisa en la mirada. En breve, le haría el amor y le pediría perdón por mi amargo silencio. Le explicaría que el miedo a la incertidumbre nos convierte en criaturas cobardes que se adentran en laberintos sin salida para evitar afrontar el camino rectilíneo que conduce al ser amado. Bartek se giró para acabar con su tarea, y yo retomé mi camino pensando en envolverme para nuestro encuentro con un delicioso perfume con notas de sándalo.

Cerca de los peldaños de la entrada principal a la casa, hallé a los niños trazando dibujos con palos finos en la gravilla del terreno, que usaban a modo de lienzo. Un montón de canicas habían quedado relegadas a un lado, junto a su gran tarro de cristal de colección de insectos vivos. Jędruś observaba a Erich, quien con la lengua fuera esbozaba sobre la arena lo que parecía ser un avión o un pájaro. Reparé en que el juego consistía en que cada uno adivinara aquello que dibujaba el otro.

Cuando hube llegado a su altura, advertí que, a escasos metros de ellos, junto a un par de ejemplares de *Der Pfimpf*, cuyas ilustraciones solía disfrutar Erich con el anhelo de convertirse en miembro de la Jungvolk, yacía tirado el libro de Twain. Estaba abierto por la página en que aparecía ilustrado el escarabajo de Tom Sawyer que tanta gracia hacía a mi hijo. Siempre se desternillaba de risa cuando le leía el pasaje en el que el bicho le muerde con sus poderosas pinzas el dedo a Tom.

Molesta, lo recogí del suelo, lo sacudí con delicadeza y soplé para quitarle la arenilla que había llovido sobre sus páginas amarilleadas por el tiempo.

—Madre, te pido perdón. Tomé el libro para mostrar a Jędruś que existen bichos más feroces que los que tenemos en nuestro bote... ¡Me llamó mentiroso! —se defendió Erich al notar mi enfado.

Pero su excusa no me satisfizo, pues no justificaba el hecho de poner en peligro la integridad de un libro al cual él sabía que tenía especial cariño. Seria como un profesor en día de exámenes, les propiné una fuerte regañina sobre el significado de los libros:

—Niños, nunca maltratéis un libro, en sus páginas están escritos vuestros sueños, vuestros deseos, vuestras ansias de aventura, vuestras dudas y grandes interrogantes, las emociones más maravillosas. Los libros no solo recogen historias, hablan de las vidas de las personas. De experiencias de otros. Los libros son tan valiosos o más que el más grande de los diamantes, pero, al contrario que estos, son sumamente frágiles. El viento, el fuego, la humedad, la luz implacable del sol o un minúsculo grano de arena pueden destruirlos para siempre. ¿Os imagináis qué sería un mundo sin libros? Pues figuraos que ahora mismo desaparecieran vuestros juguetes, los árboles, los pájaros, los ríos y los lagos, los insectos que encerráis como mascotas... ¿Cómo os sentiríais? Sin libros, la humanidad se sumiría en una tenebrosa oscuridad...

Jędruś escuchó mi sermón con la misma cara de tedio que debió de poner Tom Sawyer durante la homilía que lo llevó a distraerse jugando con su escarabajo. A modo de colofón, le conté a Jędruś que le tenía muchísimo apego a aquel viejo libro, puesto que era el mismo que yo había leído y tenido entre mis manos cuando fui niña como él. Y que si no fuera por Tom y Huck, de pequeñas, a mi hermana y a mí probablemente nunca se nos hubiera ocurrido jugar a ser Robin Hood o unas intrépidas piratas en medio de nuestro jardín.

Los dos niños me miraron arrepentidos, con los labios aspirados hacia dentro. Pensé que habían aprendido la lección y, como gratificación, les propuse que, a mi regreso de pintar un rato en la gran roca, los acompañaría a buscar el escarabajo de Tom en los campos que había al otro lado de la calle. Luego le puse a Erich el libro bajo el brazo para que, una vez que se hubiera lavado las manos, lo llevara de vuelta a su sitio, en la mesilla de noche, junto a *Heidi*, otra de sus compañeras de aventura favoritas.

Mi hijo, feliz, salió disparado a poner el libro de nuevo a buen recaudo, mientras que Jędruś lo seguía con la mirada aullando de contento. Me estremecía cuando en el rostro de mi pequeño Huck se le dibujaba una sonrisa cada vez que les regalaba a ambos un pedazo de mi tiempo. Le colmaba de felicidad estar a mi lado, y se aferraba a mí como el hijo que hace tiempo que no ve a su madre y necesita contarle cuanto ha vivido en su ausencia. A petición de Jędruś, me senté en uno de los escalones para contemplar y adivinar el significado de unos trazos en la arena que dibujó para mí. De vez en cuando y sin que el niño se percatara, levantaba los ojos en busca de Bartek, que seguía encaramado en el árbol serrando las ramas con un movimiento de caderas que me pareció muy sensual. De tanto en cuando, se giraba para verme jugar con su protegido. Nuestras miradas hablaban entre ellas. Se transmitían el deseo de ser los únicos moradores de aquel lugar, lejos de cualquier amenaza y libres de cualquier temor, dedicándonos solo a vivir y a hacer felices a los niños.

Cuando me asaltaban estos pensamientos, me preguntaba si algo así podría llegar a ser realidad algún día. Era impensable en un futuro próximo. Algún día. Algún día, tal vez. Después de la tormenta, me contestaba siempre. Pero tampoco tenía muy claro si la tempestad acabaría en un aguacero o en un diluvio bíblico que arrasaría con todo.

De repente, tres fuertes bocinazos me arrancaron de mis vanas reflexiones, echando por tierra mis castillos levantados en el aire. Divisé, abajo, al pie de la finca, un coche biplaza descapotable de un bonito azul marino. Amusgué los ojos para afinar la vista. ¡Era Günther! Se había presentado un día antes, y sin avisar. Aquella era la primera vez que recibía su llegada con malestar. El inesperado y estridente sonido del claxon también sobresaltó a Jędruś, que dejó caer el palo de sopetón. Rápidamente reaccioné y le expliqué al niño que se trataba del padre de Erich y que, como habíamos hablado tantas otras veces, era preferible que el *Herr Hauptsturmführer* no se cruzara con él. Así que le indiqué que entrara deprisa en la casa y saliera por la cocina para esconderse en las cuadras y no se le ocurriera asomar la cabeza hasta que Bartek, Hermann o yo misma fuéramos a buscarlo. Y así lo hizo; visiblemente asustado, desapareció de mi vista.

Cuando volví a mirar a la calle, Hans, siempre tan adulador y servil ante los mandos, ya le había abierto la verja a Günther y trotaba camino arriba para anunciar a todo el mundo la llegada inesperada del *jefe*.

Pero yo me adelanté a él; corrí tras Jędruś al interior de la vivienda para yo misma dar el aviso. Era del gusto de Günther que los criados lo recibieran a la antigua usanza a su regreso de estar mucho tiempo ausente. Todos salieron uno a uno y se colocaron en fila al pie de las escaleras de la puerta principal, con manifiesta inquietud por las cosas que no estaban listas o perfectas para su llegada. Todos ellos eran sabedores del carácter quisquilloso de Günther y de sus airadas reacciones por todo aquello que consideraba que estaba mal hecho o rematado.

Mi esposo aparcó el flamante vehículo justo delante de nosotros. Al apearse, soltó un sonoro carraspeo echando la mirada hacia sus refulgentes botas. Era un gesto típico de él, una muestra de manifiesta superioridad ante aquellos que debían prestarle atención. Esta vez pudo ahorrárselo, dado que todas las miradas, la de Anne, la de Elisabeth y la de Hermann se centraban en cada uno de sus movimientos para estar seguros de cuándo debían saludar al *Herr Hauptsturmführer*. Pero él no miró a nadie, ni siquiera a su hijo, que, nada más salir de casa, se había abrazado a mi cintura y observaba con asombro el bólido del que acababa de bajarse su padre.

Excitado por la emoción, Erich extendió el brazo en el aire profiriendo un «*Heil Hitler!*» que captara la atención de Günther y que este le autorizara a aproximarse. Todos imitaron entonces a la criatura. Haciendo gala de su afilada soberbia, él se limitó a levantar con desgana el antebrazo a modo de saludo sin realmente hacer mucho caso a nadie, mientras se quitaba los guantes de cuero que usaba para conducir. Dio un giro sobre sí mismo para repasar con la mirada la propiedad, cuyo aspecto había mejorado en su ausencia de forma extraordinaria: el jardín pasó de ser un páramo desatendido a un edén. Se leía satisfacción en su rostro, lo cual me alegró y, sobre todo, tranquilizó. Todo iría bien, discurrí.

Luego colgó los dedos pulgares a uno y otro lado del cinturón y puso los brazos en jarras, como si su primera tarea como señor de la casa fuera pasarnos revista a todos, pues tal vez nos consideraba su tropa. Tras su baño de preponderancia, se acuclilló y llamó a Erich para abrazarlo. Mi niño corrió hasta su padre lleno de emoción, pero él le paró los pies. Sus brazos y piernas cubiertos de polvo y su ropa manchada amenazaban con ensuciarle el elegante e impoluto traje. En un tono serio a la vez que tierno, Günther le dijo que recibiría un abrazo por su parte después de que Anne le hubiera dado un buen baño. El niño asintió con resignación y, como si hubiera pasado página, le preguntó si el coche era nuestro.

—¡Es más rápido que una bala! Un Darl'mat. ¿Te gusta? —le contestó su padre, que de seguido me lanzó una mirada.

—¿De dónde ha salido? —pregunté seria.

—¿Eso qué importa? De un colega. Me lo ha prestado. —Fue su respuesta. Se le notaba molesto por mi atrevimiento de formularle una pregunta tan personal delante del servicio. No le creí ni una sola palabra. Günther se volvió para observar orgulloso cómo nuestro hijo miraba y tocaba la brillante chapa azul.

—Toma, hijo, esto es para ti —dijo tras sacar del bolsillo de su guerrera una armónica con cubiertas de marfil. Erich la recibió maravillado y, tras darle las gracias, sopló a través de ella. Rio y quiso salir corriendo hacia las cuadras donde sabía por mí que se encontraba escondido Jędruś, pero afortunadamente se detuvo en seco y se giró para sonreírle a su padre y agradecerle una vez más el regalo. Todos, a excepción de Günther y Hans, que no se había movido del lado de mi esposo, comprendimos enseguida el significado de la marcha atrás de Erich y, aliviados, volvimos a centrar nuestra atención en el nuevo piloto de automóviles deportivos.

Ni él ni su flamante coche francés eran el principal objeto de mi interés. Mis ojos, insumisos a mi conciencia, se alzaron sobre aquella montaña de petulancia y se posaron en Bartek, que acababa de bajarse del árbol y estaba atando en pequeños fardos las ramas secas que había cortado. Yo sabía que tenía puestos sus cinco sentidos en lo que estaba ocurriendo en la puerta de casa, pero actuó con prudencia, simulando frialdad, pendiente de no llamar la atención y, sobre todo, de no levantar en mi celoso marido la más mínima sospecha de nuestra relación.

Mi plan de disfrutar de su compañía se había ido al traste. Vuelta a esperar. Horas que volverían a avanzar perezosas. Calor que se disiparía sin ser disfrutado. Palabras de amor que se ahogarían en un pozo de saliva amarga sin ser escuchadas. Besos de sabor a mar que se enjugarían sin encontrar los labios en los que atracar...

Bullía por dentro de fastidio por la vuelta en mi vida de Günther, al que había eliminado de mi recuerdo. Y ahora que volvía a tenerlo delante, arrastrándome de nuevo a la vil realidad de mi matrimonio con él, sentía una gran repulsión hacia su persona: su pelo engominado y peinado con raya, su grotesca altanería, sus silbidos continuos, sus órdenes absurdas, su fría crueldad, o su cinismo, que sacaba siempre a relucir cuando en torno a él pudiera haber alguien que estuviera más alegre o de mejor humor que él mismo. Y en ese momento solo pudo aflorar en mí un único deseo, el de perderlo de vista, que se marchara cuanto antes a revolcarse en el lecho de su amante.

Miré en mi interior y mi mente me sonrió con indulgencia; se había desprendido de cualquier sombra de remordimiento por que Bartek ocupara su lugar, colmara mis deseos y necesidades como mujer. «Al menos sentirlo cerca, a unos pocos metros de mí, es un consuelo», pensé mientras mis pupilas se deleitaban en la contemplación de su físico de dios Poseidón. Por un momento imaginé que mi dios, agitador de tierras y corazones, dejaba caer el tridente en la hierba y corría hacia mí, echando a un lado a Günther, para cogerme entre sus brazos y decirle al orbe que era suya para siempre. De repente, tuve la sensación de ser sorprendida cometiendo un grave desatino. Y así fue, de vuelta a la realidad, me percaté de que Günther había advertido la forma acaramelada con que me había recreado contemplando a Bartek, aunque solo hubiera sucedido durante la fracción de segundo que dura una fugaz mirada furtiva.

Quise creer que él no pudo haber notado nada en mí que pudiera delatar cualquier atracción libidinosa hacia nuestro jardinero. Pero no, no existe una fracción de tiempo lo suficientemente pequeña como para que un error de ese tipo pase desapercibido.

El *Herr Hauptsturmführer* entró en cólera por celos, o quizá por el temor de que una mujer aria pudiera despreciar a un superhombre para echarse en brazos de un ilota, un tropiezo imperdonable de la evolución, que era como también le gustaba llamar a los que no eran arios. Günther le pidió su pistola a Otto, que con paso ligero acababa de unirse a nosotros y respiraba con manifiesta dificultad. Lleno de sudor, el gordo la desenfundó un tanto asustado; en un primer momento creyó que el *Herr Hauptsturmführer* la había tomado con él por llegar tarde. El pusilánime Otto respiró aliviado cuando vio a Günther apuntar con ella a Bartek. Supe enseguida que mi esposo me estaba provocando, y decidí mantenerme firme, evitar llevarme las manos a la cara y echarme a gritar, como hicieron Anne y Elisabeth al temer un fatal desenlace. El Mayor y yo le miramos imperturbables, con el rostro serio, pues él también supo que la vida del jardinero dependía de nuestras reacciones; lo natural en estos casos era no alarmarse, mirar con indiferencia y desprecio la vida que estaba al otro lado del cañón de la pistola.

Un sexto sentido debió de alertar a Bartek de que de nuevo su existencia pendía de un hilo en aquel jardín, porque ni siquiera se giró para ver a qué era debido tanto revuelo. Por el contrario, siguió atando ramas, de espaldas a nosotros, esperando a que la suerte lanzara al aire la moneda que dictaminaría su destino. Günther permaneció quieto, con el arma encañonando a su rival indefenso, y se volvió para arrojarme una mirada pérfida y desafiante, en busca de una lágrima o cualquier otra señal de apego al jardinero que le impeliera a apretar el gatillo. Fui rápida de reflejos y asentí, como si me pareciera bien cualquier decisión que él tomase en ese instante.

—Haz lo que se te antoje, pero antes de ejecutar al jardinero deja que me lleve de aquí a nuestro hijo —dije muy seria, conteniendo la respiración. Durante un silencio eterno mi corazón dejó de latir. Erich nos miraba a su padre y a mí, asustado, con la armónica en sus manos a punto de serle arrancada por la gravedad.

—¡Padre, padre! No le dispararás a Bartek, ¿verdad? —Se atrevió a intervenir el pequeño, dando un paso hacia delante.

—Conque Bartek, ¿eh? ¡Ja, ja! Esta vez, no, pero si alguien me da el más mínimo motivo lo abatiré sin contemplaciones, como haría con una alimaña que se colara en nuestro jardín —le contestó revolviéndole el cabello y devolviéndole el arma a Otto. El aire volvió a fluir por mis pulmones y noté el palpitar caótico del corazón.

—Pero, padre, él es bueno... —insistió Erich.

—¡Y tú qué sabrás, renacuajo! —Günther lo cogió por los hombros y lo zarandeó ligeramente y le regañó por mostrarse emotivo—: Un alemán nunca ha de compadecerse de tipos como ese, no permite que le pierdan las emociones. Es fuerte y frío. Por suerte para ti, una vez hayamos ganado la guerra, no tendrás que vértelas con esta gente mezquina. Todos sabemos que, para entonces, no toleraremos a ni un solo polaco en estas tierras y haremos de ellos picadillo para alimentar bien a los cerdos, y el mismo destino tendrán los rusos, los ucranianos o los pocos judíos que queden y que acabaremos sacando de sus escondrijos. ¡Malditas ratas apestosas! Erich, no queremos vasallos ingratos en la nueva Alemania, mediocres, malsanos y canallas que traten de robarte el pan, el trabajo y las mujeres... ¡Ja, ja, ja!

Supe que me esperaba una retahíla de advertencias y reproches por dejar que mi hijo anduviera cerca de Bartek o pudiera estrechar lazos de amistad con él. Un desagradable escalofrío me recorrió el espinazo: ¿qué no haría si descubriera que Erich llevaba meses jugando con mi pequeño Huck?

Palmeó a Erich en la espalda y le ordenó a Hermann que lo ayudara a sacar los paquetes del coche.

—Bueno, ha llegado el momento de los regalos. No creerás, Erich, que la armónica es lo único que te traigo esta vez... Y tú, querida, quedarás encantada. Verás... —se dirigió a mí con fingido tono meloso, un modo de hablar malicioso e irónico cuyo propósito no fue otro que hacerme sentir menospreciada. Sin embargo, él desconocía que sus acometidas verbales me entraban por un oído y salían por el otro sin dejar huella.

El Mayor extrajo del maletero un abrigo de piel de castor y un chal de zorro azul, además de una cámara fotográfica y un par de zapatos de mujer.

—Mayor, la cámara de fotos es para usted —indicó Günther mientras le cogía todo lo demás; luego, tras darme un áspero beso en los labios, dejando un rastro de aguardiente en el aire, y querer hacerme entrega de las pieles, me dijo—: Cierto es que ya son muchos los abrigos que te he traído, pero insisto en que los inviernos aquí son fríos... Creo que los zapatos son de tu talla.

Acaricié la suave piel y miré los zapatos. De cierre de hebilla y tacón medio, estaban confeccionados con una piel de reptil desconocida para mí. Elegantes y sofisticados; los más hermosos y refinados que probablemente había visto nunca. Su anterior poseedora debía de ser una dama adinerada o, tal vez, hubo de ahorrar durante largos meses para adquirirlos. Busqué la etiqueta dentro del abrigo, la inscripción me reveló que era de origen francés, al igual que el chal. Por vez primera, los *obsequios* de Günther no me produjeron ningún tipo de satisfacción.

—No los quiero —respondí—. Devuelve, por favor, estas pieles a sus propietarias. Ellas las necesitarán más que yo para protegerse en Auschwitz de los fríos invernales... si aún siguen allí y viven para combatirlos...

Günther me interrumpió con una carcajada estremecedora que anunciaba un temporal de nieve, con copos afilados como cuchillas y vientos que apenas me permitirían conservar la verticalidad. Ese era el nuevo Günther, gélido como el hielo ártico.

—¡Anne! ¡Elisabeth! —El *Herr Hauptsturmführer* acompañó la llamada con una serie de palmadas, como si aplaudiera mi respuesta—: Llévense estas pieles y el calzado que no son del gusto de mi esposa —les ordenó dándoles los objetos, simulando que mi insolencia no le había afectado—. Aunque lamento que no sean de su talla, espero que sepan ustedes sacarles algún provecho, regalándolos a algún ser querido, vendiéndolos o confeccionándolos para un nuevo fin.

Los ojos de Anne se iluminaron en el acto y estrechó las pieles que Günther le tendió:

—¡Oh, señor, gracias! Haremos que los zapatos nos entren como sea, ¿verdad, Elisabeth?, ¡aunque para ello tengamos que amputarnos los meñiques! —dijo emocionada.

—¡Ah, y las pieles, mis primeras pieles!... Me las arreglaré para embutirme en este abrigo. ¡No importa el hambre que tenga que pasar hasta entonces! —exclamó Elisabeth, arrancándole a Anne el abrigo, y añadió con gesto reverencial—: ¡Le quedo enormemente agradecida, *Herr Hauptsturmführer*!

Reconocí en ellas a la Ingrid que odiaría volver a ser, a la que de la nada le llegaban, como caídos del cielo, los objetos más maravillosos y codiciados sin preguntarse cuál sería su procedencia. Hasta ese día no vi lo fácil que era para un marido manipulador engatusar a una mujer cegada por el amor e ilusionada por ser el baluarte de un matrimonio feliz. Günther se divirtió con la reacción de las doncellas y, al tiempo que les indicaba que se retiraran a sus quehaceres, mandó a Erich coger del asiento del copiloto el último obsequio, un paquete envuelto en papel de regalo, el único, supuse, que había adquirido *legalmente* en un comercio.

Mi hijo se quedó embobado cuando extrajo de la caja de cartón una pistola de madera que disparaba flechas de goma. Günther le dijo que buscara distintos objetivos a los que disparar a diferentes distancias. Y Erich le propuso que lo acompañara a su cuarto para que viera cómo abatía a flechazos a sus soldaditos de plomo. Günther rio en un tono que me resultó aún más desagradable, alargó el brazo para que el crío le diera la mano. Mi pequeño arquero, que con tanto anhelo esperaba el contacto con su padre, hacía ver que disparaba flechas al aire reproduciendo el zumbido que hacen al volar. Miraba feliz a Günther, con mueca de admiración, seguramente ansiando ser de mayor como él. Su inocencia me causó una tristeza profunda, indefinida, un desencanto por haberle dado a mi hijo un padre que no se merecía. Como madre, tenía el deber de no decepcionar a mi hijo.

—¡Ja, ja! ¡Cuánto deseo que crezcas, querido Erich, para que pueda enseñarte el trabajo que hace tu padre por la mejora de nuestra raza! Espero que decidas seguir mis pasos, mi obra, la de Hitler —le soltó cuando se disponía a entrar a la casa.

Estaba cansada de aguantar aquella voz repulsiva que hablaba sin parar, con intención de engatusar a mi pequeño con su particular visión de la vida. Constantemente le contaba maravillas de la raza aria e insistía en valores como la lealtad, la abnegación, la disciplina o la lucha, siempre envueltos en historias truculentas que, aunque muchas resultaban incompresibles para Erich, este las escuchaba con fascinación.

—Querido, te espero en tu despacho, no tardes. Nos serviré unas copas del vino riesling de Alsacia que nos hiciste llegar la semana pasada. He esperado a abrir la botella contigo —se me ocurrió decir para ganarme su voluntad y alejarlo cuanto antes del lado de Erich, cuyo espíritu noble y lleno de bondad no heredó de él. De ninguna manera dejaría que mi hijo viera en su padre un ejemplo a seguir.

—¡Anne haga el favor de bañarlo y enjabónelo bien para quitarle la roña que lleva encima! No soporto verlo tan sucio —refunfuñó Günther a voz en grito justo cuando cruzaba el umbral de la puerta de su estudio, donde lo recibí con una copa de vino en cada mano. Extendí el brazo y le ofrecí la suya, algo más llena. Dio un sorbo largo, sin saborear el caldo, y se le cambió la cara. La bebida tenía en él un efecto casi medicinal; parecía que con ella alimentaba al vestigio insaciable que habitaba en sus entrañas y que le empujaba a ser lo que era, un ser envilecido.

—Veo que el alcohol se ha convertido en tu mejor compañía —dije con retintín, para sacar a colación su incapacidad para controlar su consumo. Sin embargo, él esquivó mi provocación con una reprimenda que me cogió por sorpresa:

—¡Maldita seas, Ingrid! ¿Qué significa esto? —Günther, de repente, rezumaba ráfagas de cólera, recordaba al Basilisco que aniquila con la mirada; agitaba al aire *Las aventuras de Tom Sawyer*—. ¿También voy a tener que ocuparme yo de la formación de Erich?

—Pero ¡si es un libro del todo inofensivo! —Reí por primera vez desde que Günther nos hubiera desconcertado con su visita.

—¡¿Inofensivo?! —gritó él mientras lo soltaba golpeándolo sobre su escritorio. Luego, empezó a rebuscar en los cajones como quien acaba de perder el juicio—. No tolero que mi hijo lea nada de un tipo que es amigo de los negros —repuso en tono tajante. Al fin encontró lo que buscaba: una caja de cerillas. Acto seguido, volvió a coger el libro y esta vez lo arrojó a la chimenea; asió una botella de vodka del mueble bar, vertió todo su contenido sobre la novela y la prendió con una cerilla.

—¿Te has vuelto loco? —Incapaz de reaccionar, contemplé cómo un estallido de llamas devoraba las páginas del viejo libro que tantas veces leí con devoción. En mi corazón sentí, una a una, la muerte de los personajes de Twain. Un crimen. Mi querido Tom desaparecía para siempre de mi cita en la cama con Erich; sus aventuras ya no le volverían a acompañar hasta los brazos de Morfeo. ¿Cómo explicaría a mi hijo lo que acababa de hacer su padre tras el sermón que a él y a Jędruś les arrojé hacía solo un rato sobre la importancia de cuidar los libros?

«Tu padre nos ha prohibido que leamos *Las aventuras de Tom Sawyer* porque detesta a Tom y Huck, porque son niños que una y otra vez se saltan las normas establecidas y constantemente desobedecen a los adultos. Y ya sabes lo rígido que es tu padre con las normas. Pero jamás has de olvidar que, aunque Tom y Huck eran unos niños revoltosos, ambos tenían buen corazón, hasta el extremo de correr riesgos para proteger a los demás. Ser rebelde y apostar por los débiles es una virtud que jamás deberás infravalorar», pensé que le diría a mi pequeño.

Con la conciencia incendiada me dejé caer sobre el sillón que solía ocupar en los momentos que Günther y yo nos abandonábamos juntos a la lectura que él solía escoger para los dos. Él aguardó, apoyado sobre un codo en el dintel de la chimenea, a que el libro y las vidas que en él habitaban quedasen reducidas a cenizas. Satisfecho, apuró la copa llevándose al gaznate las últimas gotas de vino. La rellenó de nuevo, volvió a vaciarla de un trago y la rellenó una vez más.

Luego se quitó la guerrera y, con botella y copa en mano, se sentó en el sillón que se encontraba enfrentado al mío. Dejó la botella en el suelo para sacarse del bolsillo de la camisa su pequeña libreta de apuntes donde solía plasmar reflexiones o ideas relacionadas con sus investigaciones.

—Literatura alemana, de calidad, de eso debe empaparse nuestro hijo. Olvídate de mimarlo con cuentos de hadas y fábulas, eso se acabó; ya tiene edad para que conozca la épica de la guerra. Haré que te manden los libros adecuados —sentenció, y colocándose las gafas de lectura dio a entender que el asunto quedaba así zanjado. Era como contemplar un bloque de titanio, impenetrable, un desconocido que tuviera enfrente a una desconocida de la que nada en ella le interesara.

Lo observé callada, impertérrita ante sus gestos y miradas de menosprecio. Ni sus peroratas ni sus toscos ademanes consiguieron alterarme; tenía a un hombre delante envejecido, pegado a una botella de alcohol, insensible a la belleza de la vida, amarrado a su propia ruindad. Fue incapaz de arrancarme un instante de lástima hacia él. Ni una esquirla de tiempo. Supuse que Günther no era ajeno a mi inequívoco distanciamiento hacia su persona, ya que evitaba en lo posible dirigirle la palabra o tener contacto físico con él. Tomé el libro que había en el velador junto a mi sillón, uno de poesías de Miegel, y hojeé sus páginas sin fijarme en ningún poema concreto.

Berlín quedó atrás; allí donde abandonamos como trastos viejos el amor y la conexión que nos unió. A la sazón, decía y hasta repetía estar orgulloso de mí, de haberse casado conmigo. De ser él el hombre que me había elegido. Sin duda. Él, él y solo él. Todo era ÉL.

Echando mano de las palabras científicas que usaba Günther, Cracovia mutó a mi marido, lo transfiguró en otra persona que vivía sumida en inquietantes pensamientos, en aspiraciones lunáticas, en odios irracionales y en cómo hacer imposible la existencia de las razas inferiores. A su lado, me sentía igual de sola como cuando él no estaba en casa. Viéndole orgulloso de su gesto pirómano no sentí dolor alguno, sino una intensa rabia por darme cuenta demasiado tarde de que cuando nos casamos me convertí en una luna insulsa orbitando a un planeta gigante, que la sujetaba lejos de él con su gravedad omnipotente. Consiguió anularme como persona, coartar mi libertad, por ello, ahora sentía que no tenía escapatoria.

Estaba atrapada entre la persona con la que vivía y no quería y la persona a la que quería y con la que no podía vivir. En medio de dicho antagonismo existencial estaba Érich, ajeno a los conflictos de los adultos, y al que podía perder para siempre si daba el paso equivocado. Amaba locamente a Bartek, pero mi hijo estaba por encima de cualquiera de mis necesidades vitales. Se me pasó por la cabeza el divorcio, pero con qué pretexto, cómo podía demostrar que Günther me era infiel ante un juez... Sin pruebas irrefutables del adulterio y sin los contactos en la judicatura de los que sí gozaba Günther, el riesgo de que me arrebatara a mi hijo era extremadamente alto. ¿Vivía encadenada a él?

De solo pensar en ello, empecé a sentirme indispuesta y resolví retirarme a mi habitación. Si no podía ser de la mano de Bartek, solo la soledad me proporcionaría de nuevo algo de paz y calma interior para sobrellevar mi desdicha.

Procuré ausentarme de forma discreta para evitar nuevas disputas. Aproveché que Günther estaba de piernas cruzadas y ojeando concentrado sus notas para aparcar con sigilo el libro en el mismo sitio en que días antes yo misma lo había dejado. Lo miré de soslayo y advertí que, por encima de sus lentes de lectura, levantó su adusta mirada de la libreta para seguir cada uno de mis movimientos.

Permaneció callado, con rostro hierático, y quieto como el sabueso que huele la liebre para después quitarle la vida de una dentellada certera. El reloj de pared era lo único que alteraba con su metálico tictac el absoluto silencio de la estancia. Una pequeña y última llamarada iluminó el interior de la chimenea y se extinguió rápido, como si con su desvanecimiento vaticinara un mal presagio.

Me levanté con decisión de mi asiento. Entonces él me preguntó si me apetecía que me leyera algo, como solía hacer en Berlín. Pero era demasiado tarde para recurrir a sus añejas tácticas de apaciguamiento; ya no había un cebo lo suficientemente apetitoso con el que hacerme picar el anzuelo. ¿Qué pretendía? ¿Que yo siguiera mi vida como si Auschwitz o su amante no existieran? Por más que él se esforzara, no conseguiría que yo olvidara que estaba casada con un lacayo de Belcebú.

—Gracias, pero ahora prefiero tenderme en la cama unos minutos. Me siento bastante cansada. Con los preparativos de la fiesta de Karl he dormido poco. Había tanto en qué pensar. Aunque Clara, naturalmente, ha llevado todo el peso de las decisiones... Después del almuerzo tal vez... —le contesté en un tono un tanto esquivo y, sin apartar la mirada de la puerta, me apresuré a salir para no darle tiempo a que improvisara una nueva sugerencia. En el vestíbulo cerré la puerta detrás de mí y me apoyé en ella para respirar tan hondo como si acabara de sacar la cabeza del fondo de una ciénaga. «Son solo dos días con él aquí», me dije para tratar de calmarme. Pude escuchar a través de la madera la voz de Günther, que hablaba por teléfono. Solicitaba que le pasaran con el *Kommandant* Göth. No llevaba ni media hora en casa y ya se había aislado en su despacho para continuar con su vida de Auschwitz.

No me interesó saber qué tenía que decirle Günther a ese *Kommandant*, así que resolví ir a la cocina para darle orden a Elisabeth de que nadie me importunara hasta la hora del almuerzo. Subí a mi dormitorio con una sensación extraña de inseguridad, y, una vez allí, mi primer impulso fue el de echar la llave, pero ignoro qué me empujó a abandonar aquella idea. Quizá el hecho de que no me encontrara sola en la casa con él hizo sentirme protegida.

Abrí una de las ventanas para asomarme. Busqué con urgencia a Bartek. Y solo me pareció ver unos nubarrones negros sobre mi cabeza que auguraban tormenta, pero solo fueron producto de mi imaginación. El hombre que deseaba aquí conmigo no estaba allí para socorrerme. Lo llamé en vano mil y una veces desde mi corazón, pero no había latido lo suficientemente intenso que llegara hasta donde mi amado estuviera en ese instante. Quedé aletargada durante largos minutos, siguiendo la curva del sol, que había pasado de largo por encima de las cuadras, a la espera de ver aparecer a mi amado. En vano. Y la roca de la pasión me miró con languidez, desencantada porque faltáramos a nuestra cita.

De repente, la puerta se abrió con brusquedad. La figura exasperada de Günther rompió con la quietud del lugar. Saberlo dentro de mi cuarto me inquietó tanto como si hubiera entrado un extraño. Me aparté rápidamente de la ventana y, dándole la espalda para manifestarle mi rechazo, me fui hasta la cama. Con la presura de un roedor que prepara su nido, levanté la colcha y dispuse almohada y cojines para acostarme.

—¿Acaso tenías pensado irte a la cama sin mí? —dijo en tono incisivo. En una mano sostenía una copa hasta el borde de coñac. Imaginé que durante el rato que había quedado abajo había vaciado entera la botella de vino. Y había echado mano de la de Courvoisier. Estaba ebrio. Se percibía un ligero balbuceo producido por los patinazos que le daba la lengua. Con una serenidad y autodominio que ignoraba en mí, le contesté:

—Márchate a tu habitación, Günther. No me encuentro bien, eso es todo.

—También la última vez te sentías indispuesta —bufó con voz tirana mientras se desabotonaba la camisa.

—¿Se puede saber qué mosca te ha picado? ¿A qué viene tanta hostilidad? Déjame sola, por favor. Quiero descansar.

La ira de Günther no se debía a la posibilidad de que mi cuerpo desnudo fuera acariciado por un vulgar jardinero, un ario de alcurnia o el mismísimo Hitler. El pecado del adulterio no era algo que le quitara el sueño. No. Su indignación simplemente era debida a que sabía que había perdido su dominio sobre mí.

El semblante de Günther se tornó sombrío; levantó la copa y la miró al trasluz, luego bebió de un golpe su contenido. Con los modales de un bárbaro, se limpió los labios en el envés de la mano y arrojó la copa vacía sobre la cama. Colocó no sin cierta torpeza su camisa en mi gabán de noche. Y su mirada me atravesó con el ímpetu de un león en celo. De repente, me invadió un escalofrío de terror. Jamás había visto a Günther tan excitado y agresivo. Cualquier afecto o respeto hacia mí parecían haberse esfumado ante aquel estallido de furia; me repasó de arriba abajo con gestos llenos de lascivia, como si yo fuera una fulana. Sabía lo que pretendía de mí, y no estaba dispuesta a complacerle. Pero no me dio tiempo a reaccionar: él dio unos pasos rápidos para hacerse con mi cintura, que estrujó como haría una rapaz con su presa. Le rogué en vano que me soltara. Me agarró del cabello para acercar mi rostro al suyo, me aniquiló con sus pupilas dilatadas y la mirada de un depravado. De modo instintivo, me retorcí y di un fuerte grito, que él ahogó retorciéndome los labios con los suyos. Luché para liberarme de su fuerza animal. Hasta que caí rendida sobre el lecho, arrojada por él. La copa salió despedida por los aires y estalló en pedazos contra el suelo. De repente sentí su lengua como la de un lagarto intentando entrar en mi boca cerrada y sus manos avanzaron por debajo de mi falda hasta que logró hacerse con mi ropa interior, que arrancó de un tirón. Volví a gritar de dolor.

—No temo lo que vayas a hacerme, pero ¡serás tú, solo tú, el que tendrá que vérselas con tu conciencia! —No pude evitar chillarle con todas mis fuerzas. Él soltó una risa sardónica mientras se montaba sobre mí como un perro en celo.

Y le dejé hacer; sería peor forcejear. Las lágrimas me corrían por las mejillas mientras él se desahogaba en mí. ¿De dónde pudo haber nacido aquel resentimiento contra el mundo, contra su mujer?

—¿Dónde quedó aquel hombre que conocí? —balbucí sin obtener respuesta—. ¿Aquel que se indignaba ante el abuso de la fuerza masculina sobre una mujer?

Mis palabras no le detuvieron, al contrario de lo esperado, lo excitaron aún más. Empujó contra mí con más fuerza, sin importarle en absoluto el enorme daño, físico y emocional, que me estaba causando.

Quedé absorta intentando ignorar el desgarrador dolor. Sentí cómo aquellas finas manos convertidas en garras hincaban sus uñas en mis nalgas y cintura. Eran las manos de la típica persona cultivada, delicadas y cuidadas, que jamás pensé capaces de infligir tormento. No se parecían en nada a las curtidas pero sensibles de Bartek, capaces de despertar el amor más adormecido. ¡Mi amada efigie griega!

—¡Dios es testigo de que todo lo que he hecho ha sido por ti! He trabajado día y noche y ascendido por vosotros, para daros una vida cómoda, digna de reyes. ¿Y así me lo agradeces? ¡Eres una ingrata! ¡Me obligas a esto!

El hombre que estaba violando a su esposa y que justificaba de esta manera su comportamiento dejó de causarme pavor. Ahora sí, ahora podía odiarle con justicia.

Günther fue para mí el paradigma de la vileza humana; se trataba de un ser malo por naturaleza, una persona frustrada por no aceptar que es imposible controlar todo lo que le rodea, obsesionada por escribir una página de la historia. Para él, las personas éramos meros instrumentos para llevar a término sus obsesiones; por eso nos utilizaba como chivos expiatorios cuando se sentía fracasado, débil y vulnerable. De ahí su necesidad de hacer el mal, de usar la violencia para hallar seguridad y protección. En el momento en que se arrodilló ante Hitler, surgió el auténtico Günther, que incluso él mismo desconocía, porque hasta ese momento logró contenerlo en alguna cárcel de su conciencia. El poder y el dinero hicieron el resto. Dejó de existir el médico que había en él, se olvidó de su juramento hipocrático para convertirse en la bestia inhumana que en aquel instante gozaba entre mis piernas, sin freno.

Pudieron pasar diez minutos, una hora o tres, no sabría decirlo, hasta que su cuerpo colapsó sobre mí, grávido de deshonra, sudoroso. Cuando hubo terminado, se abrochó el pantalón. Yo seguí tumbada; solo levanté la sábana para cubrir mi cuerpo semidesnudo, cubierto de babas correosas. No pude leer en su rostro el menor asomo de arrepentimiento. Se puso frente al espejo de pie que había junto a la cama. Él ignoraba que ese mismo espejo captó el reflejo de mi cuerpo desnudo, que acabaría plasmado en un dibujo dedicado a su amante.

Con soberbia, se pavoneó admirando la suavidad de su todavía joven piel y la complexión de sus músculos con un engreimiento más propio del joven Narciso de Caravaggio que de un hombre supuestamente maduro. Actuaba como si nada hubiera pasado. Su piel me hizo pensar en el permafrost, esa capa de tierra que se encuentra permanentemente congelada en las regiones más frías del planeta y en la que nada puede penetrar. Él siempre hizo lo que le vino en gana, ese era el secreto de su éxito en la tiranía de Hitler, se me ocurrió pensar. Luego, sus ojos se movieron unos centímetros para encontrar mi mirada a través del espejo. «Ama a tu enemigo, bendice al que te maldiga, haz el bien al que te aborrezca, ora por el que te ultraja.» Se me vinieron a la mente estas palabras que tanto valor tienen pero que de ningún modo podía llevar a la práctica.

Se terminó de vestir, gozoso, entre silbidos de la octava sinfonía de Beethoven. Antes de que se convirtiera en un vil borracho, Günther siempre solía servirse de la música y la lectura para evadirse de las preocupaciones que le quitaban el sueño. Aunque en aquel momento era evidente que no había nada para él de lo que debiera sustraerse. Simplemente estaba feliz. Estaba bien presente, orgulloso y ufano de haber tomado por la fuerza a su indefensa esposa.

Aparté mi mirada de la suya para dejarla perdida durante unos instantes en las insignias de la guerrera que él llevaba colgada del brazo.

—¿Te has visto bien en el espejo? Me parece que no. Hazlo. Y verás que tan solo eres una marioneta de ese loco que tanto idolatras... —lo ataqué—. Eres una caricatura lastimosa de él. Y quienquiera que esté allá arriba se ocupará de llevaros a ambos a las calderas del infierno y daros el castigo eterno que merecéis.

Günther reaccionó a mis palabras con un giro rápido y me abofeteó. Sentí que esta vez su maldito anillo de la calavera me producía un desgarro en la mejilla.

—¡Maldita zorra! ¡Si osas volver a ofender al *Führer*, te mandaré a la muerte con todos los demás! Nunca tuve que dejarte regresar de Auschwitz.

Volví mi rostro hacia la ventana, donde él no pudiera vérmelo y lloré en silencio. En aquel trance amargo murió definitivamente la esposa del *Herr Hauptsturmführer* a manos de su propio marido. La mujer que abandonó ultrajada en el lecho dejó de ser la Ingrid que trajo consigo de Berlín. De este modo me vi cuando Günther cerró la puerta a sus espaldas con un «volveré mañana por la tarde para la fiesta de Karl. Quiero que estés deslumbrante». Me incorporé en la cama. Al levantarme sentí un dolor punzante acompañado de una comezón en la entrepierna, y me vino a la mente la mantis religiosa, un insecto que, según me contó Bartek, se comía al macho mientras copulaba con él; empezaba por la cabeza. Cuánto deseé en ese momento haber sido una mantis hambrienta.

Quise darme un baño y enjabonar con la esponja cada centímetro de piel, para borrar cualquier rastro de sus huellas, pero me recosté de nuevo y caí traspuesta, en una especie de duermevela durante un tiempo eterno. El rugir del nuevo botín de cuatro ruedas de Günther en la lejanía fue lo que me despertó. Hallé gran alivio al comprobar que el aire fluía por mis pulmones sin que se tropezara con el olor a alcohol y sexo que había asaltado mi intimidad. «Todo saldrá bien», me dije; Bartek y Jędruś regresarían a su casa, y todo volvería a la normalidad a partir del lunes. Pero antes llevaría a Bartek conmigo a las cuadras donde por un breve instante sentiría y saborearía los besos que él imprimiría con sus labios sobre mi cuerpo vejado. Él lo entendería y me aquietaría entre sus brazos. Sin ninguna duda, todo saldría bien, insistí en mi cabeza; en las historias en las que las personas se aman, los finales han de ser felices. Encontré fuerza y esperanza solamente en contemplar esa posibilidad. Porque el amor puede contra todo, eso solía decirse siempre. Y cuanto más daño me hiciera Günther, más crecería mi adoración por Bartek. Era inevitable, como las inquebrantables leyes de la física.

De repente alguien golpeó tímidamente mi puerta con los nudillos. Era Elisabeth, que asomó la cabeza y entró despacio, sin mi permiso, sin intención de causarme ninguna molestia. Portaba en una mano un guante de piel de conejo del que colgaba hilo y aguja. Era uno de los tres pares de guantes que le había encargado confeccionar para el invierno, uno para Erich y otro para Jędruś y uno más para Günther. Aunque en verdad, este último par le sería destinado a Bartek.

—¿Sí, Elisabeth? —la recibí con voz quebrada, algo molesta por los dolores que aún sentía en el cuerpo y también algo molesta porque Elisabeth contravino una orden. No quería ver ni saber nada de nadie. Pero concluí que su visita era debida a que Erich, tal vez, había hecho alguna de sus habituales travesuras en la cocina, como cogerle alguno de sus utensilios y esconderse con él para que la buena mujer lo buscara por toda la casa. A ella le divertía, aunque a veces acudía a mí cuando le era imposible encontrarlo y le urgía poner fin al juego—. ¿Con qué se ha hecho esta vez mi hijo? —pregunté con desgana.

—No, no se trata de Erich, *Frau* F. El niño está con Anne repasando la caligrafía de las vocales... Se porta magníficamente, cosa que no puedo decir de su padre... el *Herr Hauptsturmführer*.

Sus palabras me despabilaron. ¿Había oído bien? Al ver que había logrado captar la atención como había pretendido desde el principio, Elisabeth prosiguió con cierto temblor nervioso:

—Quiero que sepa que siempre he pensado que su marido es una persona absolutamente honorable, decente, concienzuda, y que es el tipo de hombre que necesita nuestro Reich... y que todos nuestros hombres deberían imitarle... Sin embargo, ahora... —Hizo una ligera pausa, y, tras reunir el suficiente valor, añadió—: Ahora me siento decepcionada y confundida. Le pido de antemano perdón por mi atrevimiento o por no saber expresarme con las palabras adecuadas, pero he de ser sincera con usted, y ya no sé qué pensar de él, de su honorabilidad...

—Dígame, Elisabeth, qué ha podido hacerle mi esposo para que esté usted así de afligida...

—A mí nada, *Frau* F., sino a usted... No apruebo que no se haya comportado como un caballero...

¿Era posible que mis gemidos hubieran atravesado las paredes hasta llegar a los oídos de ella? ¿Los sintió también mi hijo? Y contemplé la rejilla que había en un rincón del dormitorio que conectaba con los *conductos parlanchines*, y luego la ventana que había quedado abierta. ¡Bartek, Dios mío, espero que estuvieras muy lejos de aquí cuando grité!

Sentí una profunda vergüenza de que pensaran equivocadamente que fue mi culpa, que me resistí a complacer a mi esposo tras una riña conyugal y que eso hirió su honra.

—No se preocupe por nada, Elisabeth. Son cosas que pasan en las alcobas, ya sabe. Mi esposo tiene un mal día, eso es todo...

Murmuró algo que no pude comprender, pero el tono dejaba adivinar su indignación.

—¿Tan mal día como para mandar llevarse a Bartek? —añadió, enjugándose con el delantal unas lágrimas—. ¿Por unos SS iracundos, sin la menor educación ni sensibilidad? ¿Qué va a ser del pequeño Jędruś, *Frau* F.?

Elisabeth se llevó el delantal a la boca, en un intento de reprimir un sollozo. Yo me incorporé de golpe. Noté que me faltaba el aire y me costaba tragar saliva. No se me ocurrió pensar que Günther pudiera llevarse a Bartek como represalia. Había ido demasiado lejos y me hizo temer lo peor. Si lo que pretendía con ello era que sintiera pánico, lo logró. ¿De qué me habían servido mis plegarias a Dios? ¿Para que dejara morir al hombre de mi vida en manos de mi esposo?

—El Mayor está aquí fuera, *Frau* F., solicita su permiso para entrar. Desea hablar con usted.

A toda velocidad me atusé el cabello con las manos y me enjugué las lágrimas que aún bañaban mis ojos sin precipitarse, frente al espejo donde mi esposo debió haberse ahogado, cual Narciso al contemplarse reflejado en el agua del arroyo. Quería que Hermann me viera sosegada, capaz de dominar la situación. También ella.

—Está bien, Elisabeth. No se preocupe por Jędruś. De momento está a salvo. —Al menos esperaba que así fuera. En un abrir y cerrar de ojos, mi vida volvía a sufrir un terrible vuelco para dejarme de nuevo sin un suelo firme donde pisar—. Haga pasar al Mayor, se lo ruego. Él sabrá cómo proceder, y se lo haremos saber. Puede retirarse, gracias por sus palabras solidarias.

Por detrás de ella apareció Hermann dando chupadas breves pero intensas a su pipa, indicativo de que algo le tenía preocupado. Se detuvo a mi lado y me observó con semblante serio, echando el humo por la nariz.

—¿Qué le ha ocurrido en la mejilla, que sangra?

—Me he golpeado con la mesilla de noche, Mayor, no se preocupe. Fue un traspié sin importancia. Es solo un rasguño —respondí llevándome los dedos a la herida de manera instintiva.

—Sí, es que hay muebles que pueden ser muy miserables, no hace falta que me lo diga... ¿Está bien, amiga mía?

Asentí con una ligera mueca de disgusto y le dije que me informara de lo ocurrido. ¿Cómo pudo suceder todo tan rápido? No lograba comprender nada.

—No me ha sido posible pararle los pies al *Herr Hauptsturmführer*. No lo vi venir, y cuando quise reaccionar ya era demasiado tarde... Esos miserables lacayos de Amon Göth se lo han llevado. Son como perros rabiosos... Estaban deseosos de terminar lo que aquel día les pareció que les había quedado pendiente...

—¿El *Obersturmführer* Koch y el *Untersturmführer* Heine?

—Veo que recuerda usted sus nombres mejor que yo.

—Jamás los olvidaré... ¿Qué han hecho con Bartek? ¿Lo han maltratado? ¿A dónde se lo llevaron? ¿Por qué? —En lo más hondo de mí, albergaba la esperanza de que Günther no cometiera ninguna maldad de la que después tuviera que arrepentirse. Pensé que hizo que se lo llevaran a trabajar al jardín de algún colega para alejarlo de mí.

—Por orden del *Herr Hauptsturmführer*, al campo de Płaszów. Lo lamento en el alma, Ingrid, créame. Soy consciente de hasta qué punto le tenía usted en estima... —subrayó esto último—. Como imaginará, no hay nada que podamos hacer. Por suerte, en Płaszów, el que es fuerte resulta valioso. Y confío que Bartek soportará lo que le echen encima. Además, allí no hay duchas... Un peligro menos...

Mientras Hermann me desgranaba los pormenores del arresto de Bartek, me limpié la herida de la mejilla y terminé de rehacer mi desaliñado aspecto para bajar y tomar el timón de un barco que hacía aguas por los cuatro costados. No había tiempo que perder, había que buscar un modo de detener aquella afrenta.

—¿Qué quiere decirme, que hemos de olvidarnos de él? ¿Como si se tratara de un trasto viejo en un altillo? Ni hablar, Mayor. No puede usted tirar la toalla de este modo, no sin antes luchar... Lléveme dondequiera que esté en estos momentos mi esposo...

Lo más apremiante era hablar cara a cara con Günther. Yo misma me encargaría de convencerlo de que no había nadie en mi vida, que no existía hombre que admirara más que a él y que seguiría siendo suya mientras él así lo considerase. Le juraría que con el jardinero solo fui amable, pero no más que con el resto del servicio. Que de él solo me gustaba el resultado de su trabajo, y que si le requería el regreso de nuestro jardinero polaco era por una cuestión de mera confianza, por su carácter obsecuente, irritantemente sumiso... Todo esto se me pasaba por la mente, aunque en el fondo sabía que con estos argumentos tan endebles difícilmente lo convencería.

—Pero, Ingrid, ¿qué pretende? Si pone sobre aviso a su esposo de su interés por *Herr* Kopeć, podría emitir la orden de que lo ejecuten. Basta que lo diga para que se haga. Ya ha visto cómo las gasta en Auschwitz. Comprendo que va a resultarle muy difícil, pero, insisto, deberá usted olvidarse de él. Dejemos las cosas como están si no queremos poner también en peligro la vida de Jędruś...

¡Oh, Dios mío, Jędruś! ¡Lo había olvidado por completo! ¿En manos de quién dejar a mi pequeño Huck? ¡De nadie, excepto las mías! Había que encontrarle un lugar seguro. En casa, por supuesto, en connivencia con Anne y Elisabeth. El problema eran Hans y Otto. Quién podía asegurarme de que Bartek no estaba ahora en Płaszów porque se habían ido de la lengua y le revelaron a Günther mis idas y venidas con él a la gran roca. Ellos jamás traicionarían al *Herr Hauptsturmführer*. Eran sus ojos en esta casa, unos ojos dispuestos a no parpadear por los paquetes de cigarrillos y botellas de alcohol con los que él los agasajaba.

—¡Jędruś! Vaya a buscarlo, Mayor, se lo ruego. Si lo interceptan antes Hans y Otto, llamarán a Günther para que se lo lleven a él también.

Hermann, incapaz de hacerme callar, me cogió de los hombros y me tranquilizó. Y cuando creyó que estaba serena, me comunicó que Jędruś se hallaba en un lugar seguro, concretamente, en los aposentos de Anne, quieto y sin hacer ruido, como él le ordenó. Cuando llegaron los SS y apresaron y metieron a Bartek en el coche, Otto los informó de la existencia de la criatura. Pretendió movilizar a todos en su búsqueda, pero el Mayor logró frenarlos a tiempo. Les contó que hacía ya rato que lo había visto salir por la verja trasera y adentrarse en el bosque a la velocidad de un gamo. Como era de esperar, Otto refunfuñó, e incluso propuso dar aviso a las patrullas y organizar una batida por el bosque para acorralarlo. Pero, por fortuna, Hans, que a diferencia de su compañero se había encariñado de Jędruś, convenció a los SS de que no merecía la pena movilizar tantos efectivos para buscar a un mocoso. Otto insistió de nuevo, pero la pareja de SS no estaba dispuesta a seguir sudando bajo un sol de justicia y decidieron volver a Płaszów con el polaco que les habían encargado apresar. Hasta sus superiores podrían abroncarlos por llevarles sin autorización a un niño, una boca improductiva a la que alimentar. Así, una vez que el *Obersturmführer* Koch y el *Untersturmführer* Heine se hubieron marchado con Bartek, Hermann fue a buscar al pequeño Huck a las cuadras, que se había escondido entre los fardos de paja. Como cabía esperar, a Hermann le resultó sencillo dar esquinazo a Hans y Otto y esconder al niño en la habitación de Anne.

—Entonces ¿Günther también se ha enterado de la existencia de Jędruś?

—Mientras todo esto sucedió, su esposo se encontraba aquí con usted, moviendo los muebles de un sitio a otro con una furia intolerable e impropia de un caballero... —remató el Mayor, muy enojado con el comportamiento violento de Günther. Jamás se lo perdonaría.

—Gracias, Mayor. Haga el favor de comunicarle a Anne que lleve a Erich junto con Jędruś, para que le haga compañía. Habrá que explicar a los niños la gravedad de la situación e imponerles unas normas severas de seguridad. —Por paradójico que pareciera, la situación de Zosia se repetía en mi casa—. Y luego espéreme en el coche. Necesito primero un momento para hablar con Jędruś.

El viejo Hermann se despidió con una serena reverencia y una sonrisa forzada de apoyo. Al Mayor no había nada que lo amedrentara: de estar a menos de cuarenta y ocho horas de arriesgar su vida poniendo a salvo a dos judías, ahora debía ayudarme a encarar un nuevo desafío. Pero no había que dejarse engañar por su personalidad flemática; yo sabía que estaba sujetándose los nervios de preocupación, no solo porque yo ofreciera cobijo a Jędruś en casa sin saber hasta cuándo, sino porque sabía que yo no desistiría fácilmente de la idea de ayudar a Bartek. Cerró la puerta detrás de sí. El clic último de esta al cerrarse se me antojó como un final definitivo, sin vuelta atrás.

Las piernas no me respondieron y caí de rodillas al suelo empujada por el peso de la impotencia. Golpeé mis nudillos contra la alfombra, cada vez con más fuerza, para que el dolor físico embotara la sangría emocional que me estaba mortificando. Pondríamos a salvo a Jędruś, pero no cabía en mi mente no hacer lo propio con Bartek. No podía dejarlo abandonado a su suerte, con su destino en manos de Günther y sus amigos despiadados. Bartek era el amor de mis días, el elixir fragante que espabilaba mi esencia, la luna que alumbraba mi sendero. ¡Imposible quedarme con los brazos cruzados! Pero ¡¿cómo podía rescatarlo?! Entonces sentí en mí misma lo que Clara padeció con la desaparición de su Albert. ¡Oh, Clara, amiga mía!

17

Unos minutos después

«Es una gran noticia que Günther se haya percatado a tiempo de que tu jardinero no es trigo limpio. Y muy buena decisión también por su parte mandarlo a Płaszów. No tienes de qué preocuparte. Tengo la solución a tu problema. Ven cuanto antes. Hay que actuar ya mismo, si no quieres que las plantas de tu jardín se marchiten con esta calorina. Conozco un jardinero excelente...»

Las palabras en clave de Clara durante nuestra reciente conversación telefónica se repetían en mi cabeza de forma machacona. Imprimían en mí un halo de esperanza de recuperar a mi amado. Di gracias, ya no a Dios, sino a mi intuición, de decidir llamarla antes de obligar a Hermann a que me condujera con premura a los cuarteles de la Oleanderstraße 4, donde Günther se encontraría, según le notificó al Mayor antes de marcharse, y hacerle reflexionar sobre el modo en que su carácter impulsivo y suspicaz lo habían empujado a actuar de forma desproporcionada con un polaco que ni me iba ni me venía, salvo porque había demostrado tener buena mano con las plantas. Él mismo se sorprendió del nuevo aspecto del jardín nada más bajarse del Darl'mat. «Hay que ser prácticos... No puedo echar por tierra el tiempo que he invertido para que haga las cosas a mi gusto, como a ti y a mí nos agradan», pensé razonarle de esta manera el porqué de mi insistencia en que siguiéramos aprovechándonos de sus servicios.

Pero el viejo Hermann estaba en lo cierto, ¿qué pretendía conseguir presentándome allí e incordiar a mi esposo, que casi con seguridad en esos momentos estaría reunido con el *Oberführer* Julian

Scherner, con un tema baladí para él? Era imposible que Günther reconociera que se había excedido y que diera marcha atrás por más que yo lo deseara con todas mis fuerzas. De modo que a lo único que de momento podía aferrarme era al optimismo que Clara me transmitió por el auricular. ¿Cuál sería su as en la manga, cuando Hermann, con sus años de experiencia, estaba convencido de que la liberación de Bartek era una misión inviable?

—Quiero que me cuente todo lo que sepa sobre ese tal Amon Göth. Ese fulano que tanto admira Hans y del que se le llena la boca hablando de su persona... —le pedí al Mayor, que parecía no estar pendiente de la carretera, sino dándole vueltas en su cabeza a lo que Clara pudiera decirnos en breve.

—Poco sé de él, Ingrid. Pero es suficiente para advertirle que no debe usted acercarse a un tipo de su calaña. Además, guarda muy buena relación con el *Herr Hauptsturmführer*. Tenemos todas las de perder... Quiero que se olvide de este asunto... Deje que haga mis propias indagaciones, mueva algunos hilos de forma discreta, y veremos si existe alguna posibilidad de ayudar a *Herr* Kopeć. No quiero que ni usted ni *Frau* W. se involucren en este asunto. Es demasiado peliagudo, y podría descalabrar nuestro plan del domingo si alguno de nosotros acabara en el punto de mira de la Gestapo por poner en cuestión una orden dictada por un mandamás. Mostrar el más mínimo interés por lo que le pueda o no ocurrir a un polaco es suficiente motivo de sospecha. Ya lo sabe, la misericordia, la compasión no tienen cabida en el ideal ario hacia aquellos que portan la etiqueta de *no idóneo*... Jamás de los jamases, Günther puede enterarse de que buscamos a *Herr* Kopeć, que, por otro lado, sabrá cuidarse hasta el lunes o incluso hasta dentro de una o varias semanas. Hay tiempo. Nunca he tenido la prisa como consejera de fiar.

—Pues yo no las tengo todas conmigo, Mayor. ¿Acaso ha olvidado que el *Obersturmführer* Koch y el *Untersturmführer* Heine casi lo matan de una paliza de no ser porque les paré los pies? Lo patearon sin motivo alguno hasta dejarlo casi inconsciente. Creo que lo volverían a hacer, esta vez para concluir lo que dejaron a medias. Nadie se lo tendría en cuenta.

—Claro que conozco hasta dónde pueden llegar esos dos, pero... —No terminó de hablar; se limitó a negar con la cabeza con firme escepticismo.

—No, Mayor. Deje de intentar disuadirme de lo que pienso que tengo que hacer. Ser precavida no significa que tenga que cruzarme de brazos hasta que usted dé con la posible solución, si es que la encuentra. Es un asunto que solo me atañe a mí y que por tanto debo resolver yo misma, sea cual sea el plan que tenga para nosotros Clara... ¿Me entiende qué quiero decir? —Me alteré tanto que estuve en un tris de revelarle hasta qué punto amaba a ese hombre. El Mayor no podía ni imaginarlo—. ¡Hábleme de ese hombre, por favor, tengo que saber a qué atenerme!

El ceño fruncido de Hermann se acentuó en el retrovisor; mi mirada severa frustró las protestas paternalistas que tuviera preparadas en su cabeza para arrojármelas sobre mi intrepidez. Gruñó algo para sí y luego, al fin, accedió a no torpedear por más tiempo mi inquebrantable propósito.

—Es austríaco, lleva a cargo de Płaszów escasos meses. Tiene esposa y dos hijos, que se han quedado en Viena. Se trata de un bellaco infiel, lleva tiempo engañándola con una joven... y con otras más... Y mata por placer. Un tipo listo, frío y calculador; por eso no creo que albergue la menor intención de quitarse de en medio a alguien como *Herr* Kopeć. ¿Por qué? Por un lado, porque es fuerte y saludable; domina el alemán, lo cual lo convierte en un prisionero muy valioso; y tengo el presagio de que no es la primera vez que *Herr* Kopeć se enfrenta a esta clase de personas peligrosas. Por otro lado, a Göth le llega *Herr* Kopeć a través de su marido, persona influyente y amigo suyo, y, por ello, una baza de la que no querrá desprenderse tan rápido. Sepa usted que se está metiendo en un mundo desconocido de tramposos, chantajistas y trileros...

—¿Persona peligrosa? ¿Mata por placer? ¿Qué quiere decir? —Un nudo se me ancló en la garganta.

—Es un asesino sin escrúpulos. Un verdadero psicópata. En él anida un deseo irrefrenable de matar. Todos los días le sobreviene ese impulso. No hay día que refrene esa necesidad o se apiade de la víctima en la que posa sus ojos, casi siempre al azar. Eso me ha llegado a los oídos por diversas fuentes solventes. Es algo que tiene por costumbre hacer, por gusto, como quien masca tabaco o hace crucigramas. De ese tipo de persona estamos hablando. Es un victimario sin escrúpulos, un ser egoísta y ruin. Por eso no quiero que tenga usted nada que ver con él. Sabe usted bien que tengo en gran estima a *Herr* Kopeć y soy también muy consciente de lo que él significa para usted... Pero, por muy persistente que le resulte, es mejor dejar las cosas como están. Si agitamos las aguas de la mar ya revuelta, el barco zozobrará con seguridad.

Sentí un repentino mareo y saqué la cabeza por la ventanilla para respirar. ¿De verdad que no podía mover un dedo por él? ¿Lo más conveniente para todos era que pasara página? ¿Incluso para mí? Lo primero que me vino a la mente fue Jędruś; la estampa de él y la mía sentados a la orilla de la cama de Anne, haciéndole prometerme que no haría ruido ni hablaría en voz alta ni se asomaría a las ventanas, para que Hans y Otto no lo descubrieran. El pequeño asintió con la cabeza, con el temple de una persona madura, convencido de que a cambio yo cumpliría mi palabra de devolverle a su padre, que era lo que Bartek significaba para él. Un padre. Jędruś sin Bartek. Todo por mi culpa, por una fugaz mirada de amor.

Cerré los ojos para sentir la brisa llevándose la larga ringlera de lágrimas que brotaban directamente de mi alma maltrecha.

Cuando volví a cerrarlos, me hallaba de nuevo en el asiento trasero del Mercedes rumbo al campo de Płaszów, concentrada en cada una de las palabras que le diría al *Kommandant* Amon Göth a fin de convencerlo para que me entregara a Bartek.

La estancia en casa de Clara fue corta pero fecunda. Mi amiga había planeado todo para que cuando llegáramos a su casa no perdiéramos un minuto de tiempo en nada que fuera irrelevante.

—La vida de Bartek pende de un hilo. Vamos querida, seguidme —nos pidió a Hermann y a mí nada más abrirnos personalmente la puerta. Luego nos condujo al gran salón con la frase—: Gracias a Dios que se lo han llevado a Płaszów, y no a Auschwitz o a la prisión de Montelupich, de lo contrario no habría podido ayudarte.

Anduvo hasta uno de los sofás donde descansaba lo que parecía ser un lienzo envuelto en papel de estraza. Lo señaló alzando la mano.

—Es el Rafael, amiga mía, el original —explicó, y luego añadió—: Conozco bien a esa sabandija infecta de Göth; en más de una ocasión ha sido el tema de tertulia de Schmidt con sus colegas. Y te puedo asegurar que con este cuadro lograrás, sin hacer grandes esfuerzos, abrirle a Bartek las puertas a la libertad. No sé de nadie más corrupto que él, aparte del *Generalgouverneur*.

—Pero... Es un Rafael de un valor exorbitante... No puedes desprenderte de él sin más... Karl...

—¿Por qué crees que te pedí que me hicieras una copia exacta de este retrato? Falté a la verdad cuando te dije que era para una amiga. Te engañé, aún peor, te utilicé..., aunque sin pretenderlo. Vi en tu talento la oportunidad de disponer de un objeto tremendamente valioso y codiciable que, llegado el momento, me permitiría canjearlo por... —Se acercó discretamente a mi oído para susurrarme—: Ya sabes... mi familia. —Luego prosiguió en un tono de voz normal, para no faltarle el respeto al Mayor—. Pero ahora sabemos que eso nunca va a ocurrir... ¿Crees que cuando Karl vea colgado tu cuadro ocupando el lugar del original va a siquiera imaginar que se trata de una reproducción? ¿Por qué diablos iba a sospechar nada? ¡Además, es incapaz de diferenciar una acuarela de un óleo!

—Te estoy más agradecida de lo que me es posible expresar, pero insisto, amiga mía, no puedo aceptarlo... —Me mordí los labios. «Cínica», me dije. Naturalmente que podía aceptar un Rafael, y hasta los tesoros que encerraba el Vaticano si me los pusieran delante. Entonces ¿me había vuelto loca al pretender convencer a Clara de lo contrario? ¡Por supuesto que quería ese cuadro, qué duda cabía! ¡Se trataba de Bartek!

—¡Se trata de Bartek! —exclamó Clara como un eco en mi cabeza—. ¿Cuánto hace que se lo han llevado? ¿Unas cuantas horas, dices? No perdamos más tiempo. Id cuanto antes a Płaszów, no vaya a ser que lo trasladen o sufra algún daño porque nosotras estamos aquí discutiendo si te lo llevas o no... Ingrid, haz lo que tienes que hacer, y piensa solo que me debes un Rafael. —Mi amiga me guiñó el ojo con el propósito de hacer más llevadero el trance.

Aliviada por su generosidad, miré a Hermann, que, con las manos en cruz, asintió en señal de reconocer que aquella era, si no la mejor opción, sí la única.

—Ya sabe, Ingrid, que todo lo relacionado con el mundo del arte me supera. Aun así, en mi infinita ignorancia sé quién fue ese pintor y lo que entraña ser propietario de una obra suya. No me cabe duda de que el *Kommandant* Göth codiciará tenerla en su haber, saber para vanagloria suya que la consiguió a cambio de nada, de dejar libre, con todos mis respetos hacia *Herr* Kopeć, a un desdeñable polaco. Le quedamos muy agradecidos, *Frau* W., por esta extraordinaria muestra de caridad. Que Dios se lo pague.

Clara se adelantó unos pasos hasta él y lo tomó de las manos:

—No, Mayor, no me dé las gracias, soy yo la que está y estará en deuda con usted el resto de mi vida, por ayudarnos con Hedda y Zosia, y ahora con Bartek... Es usted una de las mejores personas con las que me he cruzado en la vida.

El viejo Hermann inclinó ligeramente la cabeza, en un pueril gesto de pretender ocultar sus mejillas encendidas, y contestó:

—No, *Frau* W., no las merezco. Yo solo soy un viejo. He vivido lo que debía vivir. Ustedes dos y Bartek son jóvenes. Y luego están los niños... —Clara se arrojó al cuello del Mayor y lo abrazó con fuerza.

Una vez estuvimos todos de acuerdo en que lo primero era lograr sacar a Bartek de allí y luego resolver cómo continuar, nos pusimos de nuevo en marcha. Poco más de media hora era el tiempo transcurrido desde el momento en que mi amiga me dijo que fuera a su casa y lo que Hermann y yo tardamos en salir de esta para dirigirnos a Płaszów.

El trayecto hasta Płaszów era corto, unos pocos kilómetros hacia el sudeste, cruzando el Vístula. Habían pasado escasos diez minutos cuando tomamos la SS-Straße, una triste calle en medio de la nada que subía bordeando una colina en cuya vaguada oeste, a resguardo de nuestra vista, se alzaba el campo de trabajos forzados. En aquel paraje de escasa vegetación, salpicado aquí y allá de casas destinadas a oficiales de las SS, se encontraba la Casa Roja, la villa del villano como la bautizó el viejo Hermann con un juego de palabras, donde a esas horas solía hallarse su inquilino. «Es mejor que trate usted con él a puerta cerrada en su propia casa, y no en la *Kommandatur*, donde corremos el riesgo de que algún oficial pueda reconocerla o quiera saber más de la cuenta», me aconsejó el Mayor. Nos presentaríamos sin aviso previo, con la esperanza puesta en que Göth se encontrara en ese momento en la Casa Roja. Jugábamos con el factor sorpresa y evitar así que al *Kommandant* se le pasara por la cabeza contactar con Günther.

El ansia por llegar lo antes posible a Płaszów hizo que concentrara todos los sentidos en aquella carretera que se me antojó inacabable. Reconozco que me puse algo latosa pidiendo a Hermann que pisara el acelerador. Poco antes de llegar a nuestro destino, la casualidad quiso que se nos cruzaran de frente dos SS a lomos de una motocicleta con sidecar. Me dio tiempo a reconocer bajo las gafas del piloto la nariz de higo del *Untersturmführer* Remer; a su lado, sentado cómodamente en el remolque, iba su superior, el altivo Krüger, tieso como una estaca, con una fusta descansando en su hombro. Afortunadamente, no se fijaron en nosotros al pasar. Su ausencia en el campo jugaba a nuestro favor, pensé. ¿Una señal de que hacíamos lo correcto? Recordé una vez más el modo en que semanas atrás me impuse ante esos dos petulantes *Totenkopf-SS* en mi propia casa, y me prometí envalentonarme del mismo modo con el *Kommandant* Göth si me viera obligada. Tenía que hacerle creer que era una mujer de armas tomar, inasequible al desaliento, contundente y, ante todo, femenina. Clara insistió en que mi principal objetivo no era otro que lograr que se rindiera a mis pies, hacer que se despertara en él su instinto mujeriego y bajara así la guardia. Pensando en ello, me sonreí. Clara me había proporcionado lo que ella denominó un arma infalible para estas ocasiones: saqué del bolso un *rouge* con el que engalanar mis labios. «Con él, le causarás más efecto que el Rafael», me garantizó mi amiga, tras haberme obligado a cambiarme mi triste atuendo de color crudo por un atractivo vestido de vivo morado con lunares negros y escote en pico y altos zapatos de tacón a juego que jamás había visto lucir en ella.

El Mayor detuvo el coche muy cerca de un Mercedes Adler Diplomat negro, en cuyo interior esperaba el chófer de algún potentado, y un flamante BMW cabriolé gris, ambos impolutos, cuyo esplendor dejaba en una triste sombra a la solitaria casa que se alzaba en medio de una pradera desatendida que en otro momento debió de tratarse de un jardín. Poco tenía aquella casa de encarnada que explicara la razón de su apelativo, salvo tal vez por la puerta principal, que era de ese color; por sus ennegrecidas tejas, que en su día pudieron ser rojas; o por la pálida pintura rosada que deslucía en la fachada de la planta superior. En verdad, tratándose de quien era, no esperaba encontrarme con una residencia tan desatendida en los detalles, como eran sus ventanas desvencijadas y llenas de desconchones. ¿Sería el aspecto de la vivienda un reflejo del sujeto que la habitaba?

Antes de apearse del coche para abrirme la puerta, Hermann se volvió para preguntarme cómo me encontraba y si aún quería ser yo la que negociara la liberación de Bartek con el *Herr Kommandant*.

—No me subestime, Mayor —contesté algo molesta por su insistencia—. Me veo con las fuerzas suficientes para enfrentarme a ese hombre y al mismísimo *Führer* si se pusiera en mi camino. Además, con ese hombre funciona mejor un pintalabios que un parche en el ojo. Creo que, en este caso, soy yo la única que está en condiciones de hacerlo. Usted, fiel amigo, únicamente preocúpese de hacer entrega del Rafael llegado el momento.

—Está bien, Ingrid, está bien. —Hermann asintió mientras apisonaba el tabaco en su pipa—. Pero la acompañaré hasta la puerta de la casa. Nada más. Luego esperaré aquí en el coche.

Consumida en un manojo de nervios, me alisé la falda al salir del vehículo, al tiempo que trataba de serenarme. «Todo va a salir bien, soy una diosa del hielo, fría y poderosa, dispuesta a arrasar con todo cuanto se me ponga por delante», me convencí. De pronto la puerta principal de la Casa Roja se abrió y un hombre atractivo salió por ella. Era como una ráfaga de brisa fresca en medio de aquel sombrío páramo. No iba en uniforme, sino en un elegante traje chaqueta de lino en color beis.

«Herr Schindler! Herr Schindler!» De repente otro hombre, también de paisano, aunque con una estrella amarilla cosida junto a la solapa izquierda, salió a paso raudo de la casa con unos papeles en mano que aleteaba en el aire gritando aquel nombre que ya había escuchado con anterioridad. Me detuve en seco. Y Hermann me siguió en un movimiento reflejo, extrañado de mi reacción, pero sin hacer preguntas. Estaba estupefacta: ¿sería ese el Schindler amigo de los judíos?

El tal Schindler se volvió, tomó los papeles y los hojeó. Luego le dio instrucciones al joven judío sobre algo al oído, le devolvió los folios y se despidió de él para enfilar los pasos en mi dirección. Yo seguía parada, escrutándolo con la mirada y rumiando en mi cabeza hasta qué punto estrechaba lazos aquel hombre de negocios con los judíos. Como si esos segundos observándole me permitieran adivinar antes que nadie de qué iba su juego con los cientos y cientos de judíos que había atesorado: si solo los protegía por puro altruismo o si, por el contrario, se aprovechaba de ellos como hacía el resto.

Oskar Schindler me saludó cortésmente con su sombrero al pasar por mi lado. Sus ojos claros y cautivadores pasaron de largo por mi rostro, pero los míos, sin embargo, se fijaron en su vaga expresión de preocupación. La mente del apuesto industrial se me antojaba muy lejos de allí; probablemente cavilando sobre cómo recabar más fondos para seguir comprando vidas con el fin de salvarlas, como supe muchos años después. Nunca más volvería a tropezarme con aquel héroe, que desapareció en el Adler negro. Y hoy puedo decir que durante unos segundos en mi pasado tuve el honor de cruzarme con ese ángel salvador. Todavía hoy lamento no haberlo sabido entonces; no habría dudado en acercarme más a él. Muchas veces pienso que de algún modo *Herr* Schindler me habría podido ayudar a proteger a Clara.

El hombre de la estrella que quedó atrás nos miró por encima de sus gafas redondas, tratando de adivinar quiénes éramos y cuál sería la razón de nuestra inesperada visita. El Mayor se adelantó para indicarle que me anunciara al *Herr Kommandant*. En un tono servicial, aquel judío estigmatizado, ataviado con un traje aceitunado que le bailaba en el cuerpo, me invitó a seguirlo. Nada más entrar en la casa, subimos el primer tramo de escaleras que nos recibía de frente y me hizo esperar unos instantes en un pequeño vestíbulo. Luego se abrió una puerta de cristal por la que se colaban hermosos raudales de luz que impedían que mi inquietud quedara en penumbra.

Los ojos vidriosos del *dios Göth*, como se había referido a él Hermann en varias ocasiones, me miraron de arriba abajo con tal penetración y desvergüenza que me hicieron sentir incómoda. Quien me contemplaba así era un individuo alto y de talla atlética. Habría dicho que era un tipo apuesto si no fuera por su mal olor y aliento a alcohol, además de su camisa arrugada y desabotonada casi hasta el pecho, con cercos de sudor bajo las axilas. Con la mano agarrando la jamba de la puerta y el mentón apuntando hacia el techo, volvió a observarme con unos ojos curiosos, primero se detuvo en mis labios y luego bajó la vista por el cuello hasta el escote. Satisfecha su curiosidad, me miró a los ojos esperando una reacción por mi parte.

No supe cómo afrontar su descaro irrespetuoso, así que, para evitar cualquier torpeza que pudiera soliviantarlo, solo se me ocurrió esbozar una sonrisa coqueta y preguntarle:

—¿Nos conocemos, *Herr Kommandant* Göth?

—Mmm... Me asalta usted con una pregunta desconcertante. No creo que se haya tropezado usted conmigo hasta hoy, pero sí estoy seguro de poder decir que la he visto a usted antes, y no crea que hace mucho... —Vi claro que solo me podría haber visto en el teatro con Günther, pues en aquel acto público me dejé ver con mi esposo por primera vez ante aquellos que gobernaban Cracovia, pero me equivocaba—. Más bien puedo decir que la he estado contemplando con gran interés hace apenas unos instantes... Es todo un honor conocerla en persona... —Se quedó reflexionando durante un momento, y me estrechó la mano cuando hube liberado la mía del guante de algodón blanco—. Y deduzco que esa es la razón que la trae a usted hasta aquí. —Trató entonces de emular a un perfecto galán con una ligera reverencia y, mediante un movimiento de cabeza, me indicó que lo siguiera—. Haga el favor de acompañarme, *Frau* F.

No comprendí absolutamente nada de lo que dijo. ¿Me había visto momentos antes? ¿Conocía el motivo de mi visita? Es más, ¿a qué obedecía esa forma extraña de mirarme, como si fuera un bicho raro y a la vez familiar? A ese hombre, o no le regía bien la sesera, o estaba afectado por los vapores etílicos.

Con la mirada puesta en su nuca, lo seguí a la sala de estar. Junto a la chimenea descansaba un gran danés blanco con manchas negras. «*Ruhig, Rolf!* ¡Quieto!», le espetó el sátrapa al advertir que el can, con el pelo visiblemente erizado, hacía ademán de levantarse. El animal protestó con un gruñido y volvió a su anterior postura, con el morro posado sobre las patas delanteras, sin quitarme ojo.

—No lo tema, es, diría yo, el colega de mayor inteligencia que tengo aquí más próximo; es selectivo en cuanto a hacer amistades, ayer nada más ni menos se zampó los testículos de uno de los presos, literalmente... ¡Ja, ja, ja! —Al verme estupefacta, Göth añadió con fingida cortesía—: Oh, discúlpeme si la he incomodado con mi comentario. Estoy tan acostumbrado a tener este tipo de conversaciones que he olvidado por completo que tengo a una dama frente a mí, en esta ocasión, a una distinguida. —Con un gesto de la mano me invitó a sentarme en uno de los sillones que escoltaban un sofá a cada lado.

—Se lo agradezco, *Herr Kommandant* Göth —respondí, sin tomar asiento todavía. Recorrí con la mirada las cristaleras de enfrente, que estaban abiertas de par en par. El aire fresco que entraba por ellas no lograba llevarse consigo el olor residual a humo de tabaco y a alcohol, quizá de la anterior visita, que enrarecía el ambiente.

Las cristaleras se abrían a una amplia terraza donde una mujer que rondaría mi edad tomaba el sol tendida en una hamaca. Su bonito cuerpo de piel morena iba enfundado en un bañador encarnado, que hacía juego con el pañuelo que le cubría la cabeza y por el que asomaban a la altura de la frente unos rizos negros. No pude verle los ojos, que quedaban ocultos tras unas gafas oscuras. La mujer estaba absorta en la lectura del libro que pinzaba con dos dedos; en la otra mano sostenía un cigarrillo al que de tanto en tanto daba una calada. A sus pies, un perrito negro y un dogo marrón dormitaban muy próximos uno del otro.

Nada más arrellanarse, Göth advirtió sobre la pequeña mesa de centro las dos botellas vacías de vodka que había junto a un cenicero infestado de colillas, y gritó con fiereza dos veces el nombre de Lena, al tiempo que metía las manos en una caja de cartón que descansaba sobre la alfombra, junto a uno de los brazos del sillón en el que tomó asiento. De ella extrajo un cuadro que enmarcaba un dibujo en carboncillo; en el acto reconocí las curvas de mi cuerpo desnudo. Sufrí una constricción en la boca del estómago que deprisa se extendió por todas las venas y capilares de mi ser en forma de temblores similares a los de una tiritera febril. Fui incapaz de articular palabra. Aun así, logré no exteriorizarlo.

La criada, una bella joven con vestido negro y delantal blanco, apareció con dos vasos y una botella de coñac sin abrir, como si hubiera estado esperando detrás de la puerta con todo listo. Ignoro si el segundo vaso iba en un principio destinado a mí o a la mujer del jardín, que seguía sumida en la lectura. La mujer no entró hasta que el *Kommandant* Göth le hizo una seña con la mano; ella me miró durante un instante, indiferente, sin que le sorprendiera verme allí sentada. Seguramente el hombre de la estrella amarilla la informó de mi visita.

—Por favor, sirve a la dama —le ordenó a la tal Lena mientras con las yemas de los dedos deslizaba mi retrato sobre la superficie de la mesa en dirección al sillón donde se entendía que quería verme sentada—. Póngase cómoda, se lo ruego; brindemos por este encuentro. No todos los días tiene uno la ocasión de hacer un brindis con tan inusitada compañía.

Tomé asiento. Acepté la invitación a pesar de que no tenía por costumbre beber alcohol a aquellas horas, y menos coñac, con el estómago vacío y vuelto del revés por la enorme congoja que me producía verme desnuda sobre aquella mesa, exhibiendo una sensualidad, íntima, destinada a un único hombre. Me incomodaba bastante pensar que cada vez que me observaba con esos ojos vidriosos me viera en su mente tal y como mi madre me trajo al mundo. No podía creer que las cosas se pudieran torcer hasta el extremo de ponerme en evidencia ante un desconocido con el que jamás querría volver a coincidir. Mientras la muchacha nos sirvió las copas, advertí que un cardenal del mismo color de mi vestido envolvía en un óvalo su ojo derecho.

—Verá que es un coñac suave, con notas de frutas maduras, un deleite incluso para el paladar femenino —dijo mientras chocaba su vaso con el mío para llevarse enseguida el líquido al gaznate. Se lo veía pletórico de felicidad.

Di un sorbo al coñac, que en otras circunstancias me habría sabido a gloria y no a alcohol de quemar. Tosí. Miré a mi alrededor, al piano que descansaba en un rincón, a los cuadros de la pared, a la mesa de comer adornada con un gran frutero lleno de manzanas en el centro, para así demorar el enfrentamiento con mi dibujo más íntimo y personal.

Con la parsimonia de quien se sabe dueño de la situación, él dio otro trago a su copa, a la espera, como empezaba a ser habitual, de que yo diera el siguiente paso en la conversación. Bajé la mirada y tomé de la mesa el cuadro que Bartek había enmarcado con una madera ligera. Probablemente él mismo la habría seleccionado y preparado para tal fin, con la misma maña que demostró con mi casita-buzón. El marco era sencillo y delicado, en consonancia con su carácter. Dejé que la fuerza del amor de Bartek penetrara como un torbellino en cada una de mis células y me insuflara el coraje preciso para enfrentarme a quien se creía el todopoderoso de Płaszów, el *dios Göth*. De forma brusca e inesperada, sentí cómo los miedos me abandonaron y mi cabeza se centró en cómo llevar a mi terreno a aquel *Kommandant* con cuernos y cola de diablo, dispuesto a provocarme y aplastarme en un descuido como a una hormiga. No lo permitiría. Fui allí a negociar, y eso sería lo que haría.

Antes de que yo pudiera dar el segundo sorbo, él ya había apurado el licor de su vaso de un golpe, y se lo volvió a llenar él mismo, en tanto que Lena se esmeraba en adecentar a toda prisa la mesa para satisfacer a su amo, quien sin duda alguna fue el que le había dejado el ojo a la virulé. Colocó en el centro un pequeño jarrón con flores que alguien, tal vez ella misma, recogió del campo esa misma mañana, y retiró las botellas vacías y el pestilente cenicero. Ella le tenía un miedo cerval al inquilino de la Casa Roja: todo lo hacía cabizbaja, mirando de reojo a su señor, siempre en guardia, como si esperara recibir un trompazo en cualquier momento.

—Estos canallas polacos... Menudos ladrones están hechos... —Göth introdujo de esta manera el asunto de mi comprometedor dibujo—. Habría preferido que no se hubieran dado ustedes cuenta del hurto. —Sonrió de forma pícara—. Pero si lo pienso fríamente, verla a usted en persona compensa el tener que devolvérselo a sus propietarios. Ignoraba que Günther poseyera una mujer tan hermosa. —Se quedó mirando con desprecio a la sirvienta, una Irena más de entre cientos, que salió de la estancia con premura—. La belleza aria es sinigual. Y esta de aquí —opinó señalando el dibujo— es una belleza única. Inalcanzable en todos los sentidos para ninguna otra raza. Usted ignora hasta qué punto significa para mí la beldad femenina, esa que me obnubila los sentidos, que me roba el aliento, me absorbe, y que, como si de una droga se tratara, busco sentir y tentar con obstinación... —Su mirada se tornó obscena.

—No se deje engañar por las apariencias, *Herr Kommandant* Göth. En este caso concreto el dibujo no hace honor a la modelo —le dije con una sonrisa falsa, tratando de que dejara de apreciarlo con tanta ansia.

—Peca usted de modesta, *Frau* F., ¿desconoce que la modestia ensalza la hermosura femenina? —insistió.

—Permítame decirle que se equivoca —repuse—. Este autorretrato no tiene ningún valor; no soy yo, solo me miré al espejo e imaginé cómo me gustaría ser. Poco o nada tiene que ver con la realidad... Un desnudo más de los muchos que se pueden hallar en cualquier escuela de Arte...

—¡Esto sí que no lo esperaba, usted la propia autora del dibujo! ¿Sin ningún valor? Pienso que solo aquellos que están colmados de un don artístico son capaces de pintar con la sensibilidad y emoción que usted parece verter en sus dibujos.

—Le agradezco el cumplido, *Herr Kommandant*, pero aún estoy atónita de que el cuadro haya llegado hasta sus manos... Dígame, ¿dónde lo ha encontrado? —osé preguntarle.

—El muy cabrón lo tenía en la mesilla de noche de su apartamento. ¡Un cerdo! Puedo imaginármelo todas las noches regodeándose en ese dibujo antes de acostarse... —Hizo una mueca de disgusto al tiempo que se encendía un cigarrillo—: ¿Fuma? —Me ofreció uno de su pitillera de oro.

—No, gracias. En este momento no me apetece fumar. —Sus preámbulos me ponían nerviosa y quería evitar a toda costa los comentarios que se desviaban a lugares estériles para mis intereses. Debía estar muy centrada—. Deduzco que ustedes han entrado en su domicilio...

—Por supuesto. —En un acto reflejo, Göth señaló la caja de cartón. Hasta donde me alcanzaba la vista, pude ver que contenía pequeños enseres, como dos encendedores, una navaja, una cuchilla de afeitar, un cinturón de cuero y algunos papeles, probablemente los documentos de identidad de Bartek así como su cartilla de racionamiento—. ¿Le sorprende? Es el pan nuestro de cada día. Estos hijos de puta siempre ocultan cosas. ¡Y ya lo ve! No puede usted tener entre sus manos mejor prueba que esta... —Volvió a señalar mi dibujo—. Su esposo no tiene por costumbre pedirle favores a nadie; así que en cuanto me telefoneó, di por sentado que no se trataba de un asunto menor, y decidí ocuparme de la operación personalmente. Tengo entendido que era su jardinero, ¿verdad? A saber qué más cosas les ha sustraído para venderlas en el mercado negro... Pero no se preocupe, mis chicos lo exprimirán como un pomelo y le sacarán sí o sí todas sus malas acciones. ¿Sabía que cuando les apretamos las clavijas da gusto escucharlos, pues cantan mejor que un castrato?

»*Frau* F., se lo digo a todo el que me conoce, tener a los polacos rondando por tu propia casa es una mala idea. Y si uno se empecina en contar con sus servicios por la razón que le venga en gana, antes hay que asegurarse de tenerlos bien pillados por los cataplines. ¡Y, aun así, te la clavan en el menor descuido! Serán hijos de... mala pécora.

»Peores son los judíos, qué duda cabe. Claro que los míos —hizo un círculo en el aire con el dedo índice levantado para darme a entender los que tenía a su servicio en la villa— son leales como perros lazarillos... Solo es cuestión de saber inculcar a esos rufianes una modélica obediencia. Los amaestro yo personalmente, ¿sabe? La clave radica en lograr que te teman más que al diablo, inculcarles que en la cartuchera guardas el escarmiento a sus desobediencias e infracciones... Y cada día desayunarse a uno... ¡Ja, ja!

—No dudo de sus magníficas dotes como adiestrador; no todo el mundo vale para ello —murmuré, lo que le invitó a mostrarme una vez más los dientes enmarcados bajo una sonrisa maliciosa. Sus manifiestas ganas de entablar conmigo una amistad, más bien íntima, hicieron que me atreviera al fin a ir al quid del asunto—: Pero, en realidad, este dibujo no es la razón que me ha traído hasta aquí...

—¿No ha venido usted a recuperarlo? —El *Kommandant* enarcó las cejas en señal de sorpresa y alargó los dedos de la mano por encima de la mesa para hacerse de nuevo con el autorretrato—. Entonces ¿qué puedo hacer por usted... o por Günther... o por ambos?

—He venido a enmendar un error cometido precisamente por él... En realidad, mi esposo no sabe que estoy aquí...

—¿No? —Se recostó con los brazos en los reposabrazos del sillón y me examinó maravillado, tratando de descifrar mis propósitos mientras se recreaba en mi silueta. Dio una calada profunda al pitillo antes de iniciar algo parecido a un interrogatorio—: ¿Qué equivocación ha podido cometer mi tan apreciado Günther para que usted tenga que solucionarlo sin su conocimiento... y, tal vez, sin su consentimiento?

—El haber encerrado aquí, en Płaszów, a un hombre inocente...

—¿Un hombre inocente, dice? ¿Su jardinero? Mmm... —Göth soltó una interminable nube de humo que vició el ambiente aún más de lo que estaba ya; se frotó la barbilla y me escrutó con la mirada, pensativo—. ¿Me está pidiendo que deje marchar al hombre que Günther me entregó, me pidió que lo reeducara personalmente, poniéndolo a trabajar, si fuera necesario, hasta que caiga muerto? —Sin poder evitarlo, me ruboricé—. Interesante... Creo que empiezo a comprender por qué su esposo me encomendó encerrar a ese semental con ínfulas de conquistador para que fuera especialmente inmisericorde con él. El dibujo no es robado, ¿me equivoco?

—No es lo que usted cree... Mi marido es muy mal pensado y especialmente celoso, lo que ha provocado que encierre, insisto, a un hombre inocente.

—¿Me pide usted que traicione a mi queridísimo amigo Günther? ¿Por un polaco? No me haga reír. Yo no puedo ni quiero hacer nada por él, pero..., veamos..., en los supuestos de que pudiera o quisiera complacerla ¿qué estaría usted dispuesta a ofrecerme a cambio? —Volvió a recostarse en su asiento, esta vez con los brazos en la nuca, satisfecho de sí mismo—. Se me ocurre que podríamos discutirlo cenando. Conozco un restaurante a un par de manzanas de la plaza de Adolf Hitler con unos reservados bastante agradables. —Sonrió, divertido. En lo que dura un pestañeo, Göth parecía haberse olvidado de la estrecha amistad que lo unía a Günther y que nunca traicionaría.

—Le puedo ofrecer algo mucho mejor de lo que creo que está usted pensando.

—¿Me está usted leyendo lo que pasa por mi cabeza? —dijo, simulando estupefacción—. ¿Y de verdad cree usted que hay algo mejor que su agradable compañía?

—No es mi intención ofenderle, pero traigo algo conmigo que quizá le interese bastante más que mi humilde persona...

—¿Qué le hace pensar que accederé a su petición? Usted no tiene ni idea de qué es lo que en este momento me apetece... Soy de ese selecto género de personas a las que les atraen aquellas exquisiteces del mundo reservadas para unos pocos.

—Mi oferta va pues en esta línea de exclusividad. Una posesión que le elevará, eso espero, por encima de la mayor parte de los mortales, dado que el valor del objeto del que le hablo le garantizará una vida lujosa de bienestar a usted y a su familia hasta el fin de sus días. Por eso.

—Vaya... —Göth vació el contenido del vaso de un sorbo y se inclinó hacia delante con los codos apoyados en las rodillas, en un gesto de haber despertado sus cinco sentidos. Con la mirada me instó a continuar.

—Un Rafael. *Retrato de un hombre joven.* Una verdadera joya museística con la que nadie como usted o como yo cabríamos soñar. En mi caso, por razones meramente artísticas...

—Vaya, vaya, vaya... ¿Qué dirá su marido cuando lo eche en falta? No creo que le haga ninguna gracia averiguar que ha canjeado un tesoro por una cagarruta que no vale un *złoty*... Como comprenderá, no me agradan este tipo de tratos. Porque de ningún modo acepto reclamaciones ni me gusta tener que lidiar con ellas... Lo comprende usted, ¿verdad?

—Mi esposo no sabe que poseo esta obra. Y menos de su existencia. Solo yo y ahora usted sabemos que está aquí, en el maletero de mi coche, custodiada por mi chófer. Y es una oportunidad única para usted. Se lo garantizo. —Göth hizo tamborilear sobre la mesa una oda a la codicia con los cinco dedos de cada mano—. El polaco y el dibujo a cambio del Rafael. ¿Qué me dice, *Herr Kommandant* Göth?

Göth se puso a reír a mandíbula batiente, negando con la cabeza. Se levantó envuelto en su túnica tracia, sabedor de que ningún gladiador salía victorioso de su anfiteatro.

Junto a un pequeño cartel que rezaba QUIEN DISPARA PRIMERO DISFRUTA MÁS DE LA VIDA colgaba un cuadro con una foto en la que él se encontraba entre dos SS delante de la entrada principal a un recinto con alambre de espino; deduje que se trataba del campo de Płaszów. Lo descolgó y, en su lugar, colocó con cuidado mi autorretrato. Retrocedió dos pasos para ver si había quedado recto y luego otros dos para valorar con mayor perspectiva cómo quedaba mi cuerpo desnudo a la vista de cualquiera que entrara allí. Satisfecho, tomó asiento de nuevo. Se cogió las manos sobre el regazo con los dedos cruzados y, tras emitir un ligero carraspeo, manifestó:

—O una cosa o la otra, estimada *Frau* F. Será nuestro pequeño secreto. —Sabía de sobra por cuál de las dos opciones me decantaría, de modo que añadió—: Si algún día decide recuperar esta maravillosa pieza, habrá que volver a negociar, y, como ya le he dicho, estaré encantado de hacerlo durante no una..., sino dos y tres citas... Tal vez más. Tendremos que discutir los términos del acuerdo, sin duda... Espero que se decida usted por ello más pronto que tarde, no vaya a ser que un día de estos su marido vuelva a dejarse caer por aquí, con tan mala suerte de tropezarse con su mujer en cueros colgada de una alcayata... No sé si sabe que a Günther le encanta venir a mis fiestas... No sé si ha oído hablar de ellas, pero quien asiste a una siempre repite... Es una lástima no haberla visto a usted por aquí antes. Pero afortunadamente esto va a cambiar, ¿no le parece? —Volvió a dibujar en su rostro aquella sonrisa pérfida que en absoluto era postural, fingida, sino producto de su depravada naturaleza. Hermann y Clara se habían quedado cortos con la descripción del necio facineroso, adalid del género *ario*, que tenía delante.

—Es usted un canalla.

—¡Ja, ja, ja! No se solivianté, *Frau* F., le tomo el calificativo como un cumplido. No creo que usted y yo seamos muy diferentes... Si su marido se enterase de todo esto, ¿no cree que le diría a usted lo mismo?

Mientras él telefoneaba para dar instrucciones a un tal Willi Stäubl de que trajera sin dilación a Bartek a su villa —«Sí, ese mismo, el recién llegado que he mandado incorporar al grupo de los polacos asignados a excavar el nuevo almacén de patatas subterráneo»—, el judío recibió órdenes de hacer venir a Hermann con el Rafael.

Al ver al Mayor, Göth le dio una palmada en la espalda y le regaló un paquete de cigarrillos que sacó de uno de los bolsillos del pantalón: «¡Viejo zorro!». El propio *Kommandant* colocó el lienzo sobre un orejero que había en un rincón y lo desembaló.

—Confío en su palabra de que es auténtico, *Frau* F., de lo contrario...

—No le quepa ninguna duda. —Me volví hacia Hermann—. Mayor, tome asiento. Será cuestión de minutos. —No albergaba la menor intención de dejar la obra de arte en manos de Göth sin tener asegurada primero la liberación de Bartek.

Para romper el denso silencio que se había instalado en el ambiente, Göth, bienhumorado, apagó su cigarrillo en el cenicero, dio una fuerte palmada y exclamó:

—¿Qué tal si mientras el *SS-Mann* Stäubl nos trae a su hombre jugamos al skat y de paso nos relajamos?

Göth cubrió de nuevo el Rafael con el papel y lo llevó a la habitación contigua. Volvió con una baraja de naipes en la mano y, cuando se disponía a quitar un tablero de ajedrez que había en una mesa de juego que quedaba a nuestra derecha, dije:

—No, gracias, *Herr Kommandant*. Jugar al skat conmigo no resulta divertido para nadie. —Volví a tomar asiento en el mismo sillón—. Hermann es un magnífico jugador de ajedrez. Estoy segura de que ambos disfrutarán de esa partida que tiene usted empezada. Por favor, diviértanse, y no se preocupen por mí.

Göth miró encantado al chófer y lo invitó a sentarse a la mesa, no sin antes girar el tablero sobre ella de modo que, al tomar asiento, pudiera tenerme a mí en su campo de visión. Sus ojos brillantes casi deslumbraban del gozo que lo invadía. A aquel hombre la vida en su conjunto se le antojaba un juego, un casino en el que ganaba quien más disfrutara y satisfacciones cosechara:

—¡Me parece una idea magnífica si puedo hallar a un buen rival en el Mayor! No creo que a Titsch le importe que Hermann concluya la partida por él. Ganarle siempre me tiene completamente aburrido. ¡Ja, ja! Mayor, ¿una copa de coñac, vodka o algún licor? Tengo un vodka polaco tan fuerte que es hasta peligroso arrimarse a él con una cerilla, ja, ja... ¡Eso o lo que le apetezca! Ya sabe que está usted en su casa.

Hermann, impertérrito, negó con la cabeza la invitación y, sin mediar palabra, tomó asiento, momento en el que advirtió mi desnudo en la pared. Al reconocerme en él, apartó la mirada para ponerla en el tablero. Me miró un segundo de reojo e hizo un mohín. Enseguida ató cabos, porque su semblante se tornó aún más sombrío que cuando entró a la casa con el Rafael bajo el brazo. Vació el contenido de su pipa en el cenicero e introdujo nuevo tabaco en la cazoleta. Luego planeó su ojo por encima de las piezas de ajedrez y, mirándole a la cara al *Kommandant*, movió una torre.

Ignoro cuánto tiempo pasó hasta que al fin se escuchó el timbre, cuyo sonido parecía el de una chicharra afónica. Lo cierto es que no pude hallar un momento de sosiego durante la espera, no solo porque fui incapaz de quitarme a Bartek de la cabeza, sino porque, en el tiempo que lo tuve sentado de frente, Göth lo dedicó a lanzarme miradas empalagosas de forma insistente; en especial, cuando capturaba una pieza de Hermann, que sin duda alguna se estaba dejando ganar para complacer a su adversario. «Debe esforzarse más, Mayor, pues me está sirviendo a la dama en bandeja», le dijo en una ocasión guiñándome un ojo. Harta del acoso, estuve tentada de salir al jardín y entablar conversación con la mujer que disfrutaba del sol y la lectura, pero pensé que era preferible que ella no supiera de mi existencia. Al final me limité a ladear la cabeza ligeramente, para eliminarlo de mi campo de visión, y dejé la mirada abandonada en las hojas de los olmos que se veían por la ventana hasta que el tal Stäubl hizo su aparición por la puerta de cristal. Era manco del brazo izquierdo, y la manga de la chaqueta colgaba suelta al compás de sus pasos.

—Amon, el polaco espera fuera, con Hujar. ¿Le hago pasar?

—¿Pasar? ¡Maldita sea, Willi, pareces un novato! ¿Desde cuándo dejamos que entren ratas en casa? —contestó Göth sin apartar los ojos de mí, ni siquiera para mover sobre el tablero el último peón que le quedaba en pie. Él estaba dispuesto a continuar jugando conmigo, a alargar la espera el máximo tiempo posible, pero yo me erguí como si un muelle del sillón se hubiera clavado en mis glúteos.

—Gracias, *Herr Kommandant* Göth, por haberme recibido y atendido. Ha sido un placer conocerlo y comprobar que los elogios hacia su persona no eran inmerecidos. Ahora hemos de irnos, no quiero abusar de su hospitalidad. Es usted un hombre muy ocupado —dije con gentileza, escondiendo bajo una media sonrisa todo el desprecio que le profesaba. Estaba a un paso de conseguir lo que parecía un imposible, y mi mayor preocupación en ese momento fue que, dado su carácter arbitrario, se echara atrás y que, con una risa cruel, me dejara caer que todo había sido un pasatiempo, o que decidiera quedarse con todo: el Rafael, mi desnudo y Bartek.

Con su inalterable flema, Hermann se levantó de su sitio y se unió a mí.

—¡Es una verdadera lástima, *Madam*! Usted también tendrá muchas cosas que hacer y en las que reflexionar... Y, Mayor, me habría gustado disfrutar con usted de la partida hasta el final. En otra ocasión, que la habrá, podrá mostrarme sus dotes de ajedrecista; eso sí, no le permitiré que se deje ganar. —Göth se encendió un cigarrillo al tiempo que se ponía en pie para situarse a nuestra altura—. Willi, ya has oído a la dama. Se marchan. Acompáñala a ella y a su chófer hasta la puerta. Y deja que el polaco se vaya con ellos.

Stäubl obedeció sus indicaciones y nos invitó a que lo siguiéramos. Decidida a que nadie me lo impidiera, me limité a recoger del suelo la caja que contenía las cosas de Bartek y entregársela al Mayor. Göth únicamente se interpuso en mi camino a la puerta para hacerme una ligera reverencia y besarme la mano:

—La espero. Muy pronto.

Me acurruqué junto a Bartek en el asiento trasero del coche, con la mejilla apoyada en su hombro, sin importarme el olor desagradable y penetrante que desprendía la ropa que le facilitaron cuando tuvo que desprenderse del pijama de preso. La suya no la conservaron, así que le dieron lo primero que encontraron: una camisa desgastada en los codos que apenas le cerraba y a la que le faltaban botones; unos pantalones que se le escurrían y que tenía que sujetarse con una mano; y unos zapatos que por momentos arrastraba al caminar para que no se le escaparan de los pies. Tenía un corte en el labio inferior, y el cuerpo magullado y lleno de rozaduras, como si lo hubieran arrastrado por tierra seca y granosa.

Bartek no me besó, ni yo tampoco a él. No delante de Hermann. Los dos ansiábamos que nuestros labios se encontraran y unieran nuestro aliento en la intimidad del reencuentro de dos almas recíprocas. Nos bastaban las miradas para decirnos lo felices que nos sentíamos de tenernos. Libres bajo la penumbra del totalitarismo. Lágrimas, esta vez no de dolor, sino de dicha, rodaban por mis mejillas por tenerlo a mi lado, vivo, mientras ambos nos alejábamos de lo que hubiera sido tal vez su sepultura. Él tampoco podía contener su emoción: pensó que jamás volvería a verme. Enredó sus dedos entre los míos, como cadenas de las que nunca quisiera librarse. Todos nuestros sentidos se fusionaron en un río de aguas calmas, que por un momento nos inundaron de paz.

—¿Y Jędruś? —fue lo primero que me preguntó.

—El niño está a salvo. El Mayor consiguió esconderlo a tiempo de que los SS le echaran el lazo, y ahora está seguramente con mi hijo, oculto en la habitación de Anne. Y allí permanecerá, quieto y callado, hasta que Günther regrese de nuevo a Auschwitz, el domingo.

—Cuanto antes te alejes de tu esposo, más tranquilo estaré —contestó Bartek pasándome el índice por la herida de mi mejilla. Era evidente que también él había oído el maltrato que recibí de Günther. No imagino la terrible impotencia que le debió de invadir al encontrarse a tan breve distancia de mí sin poder hacer nada para impedirlo.

El Mayor lo miró por el retrovisor, con su ojo brillando de afecto.

Luego Bartek se interesó por mi encuentro con Göth y cómo conseguí convencerlo de que lo liberara. Le hablé de Clara y el Rafael, y le advertí que el *Kommandant* no era un tipo de fiar. No podíamos estar seguros de que cumpliera con su palabra. Era pues apremiante buscarles a Jędruś y a él un lugar seguro que fuera imposible de ser rastreado por los *perros* de Göth. Le propuse que se ocultara en la cueva, el lugar que durante años había servido de escondite a una familia judía. Al menos temporalmente, hasta ver cómo se sucedían los acontecimientos. Allí nunca les faltaría nada, porque Clara y yo nos ocuparíamos de proporcionarles todo lo necesario para subsistir.

—No, Ingrid, no olvides que no soy judío. —Se detuvo buscando las palabras adecuadas—. Aún puedo caminar libremente por las calles. Comprende que no podría estar metido en un agujero con los brazos cruzados, sin luchar por una vida digna. No me pidas eso, amor mío.

—Pero ya nada es seguro para ti. No puedes regresar a tu apartamento del Kleiner Markt —le aconsejé angustiada—. Es posible que Amon Göth, en el momento más inesperado, envíe a sus lacayos a tu casa, para borrar todo rastro del soborno... Es más, no podemos descartar que ya te estén esperando en la puerta.

—Lo sé, Ingrid. Por eso, no es mi intención volver a mi apartamento. Conozco Cracovia como la palma de mi mano y tengo buenos contactos. Sé a quién acudir. En estos años de persecución, se aprende a tener más de una salida, distintas alternativas para sobrevivir. Dejadme en la Radziwiłłowska-Straße. Un poco más adelante. —Alargó el brazo entre los asientos delanteros para indicarle a Hermann dónde detenerse—. No te preocupes por mí. Ahora Jędruś es lo primero. Debo ponerlo a salvo. Tendrás noticias mías a partir del lunes...

—Pero... —De inmediato me di cuenta de que no debía insistir. Volvía a distanciarse de mí otra vez; tenerlo lejos, sin conocer su paradero, aumentaba mi miedo de perderlo para siempre.

Al fin me besó con frenesí, tan apasionadamente que casi perdí el sentido de tanto amor. El capó del coche se llenó de estrellas y luceros. De esperanza.

—Gracias, Mayor, le estaré agradecido de por vida. Es usted un hombre ejemplar —dijo Bartek poniéndole una mano sobre el hombro—. Cuide de Ingrid y de los niños. Hasta muy pronto.

Se bajó del coche con la caja bajo el brazo lleno de energía, como si se abriera ante él una nueva oportunidad ante la vida. Perdí la vista de su mirada a medida que el coche se alejaba con Hermann y conmigo dentro. En mi fuero interno sabía que aquella separación era un principio del fin: la realidad a la que traté de dar la espalda me arrojó de la nube donde creí que era mi lugar. «¿De qué sirve la realidad si no te permite vivir los sueños?», pensé. Ya nada volvería a ser como antes; él ya nunca más se pasearía por el pensil que tantas sensaciones nuevas y excitantes despertó en mi ser. Sin Bartek, el jardín volvería a ser un lugar sombrío, vacío de poesía. Encaraba el futuro con zozobra. Frustrada miré cómo pasaban ante mis ojos las casas de Cracovia, y me pregunté si en alguna de ellas viviría una mujer tan desdichada como yo. Aquel día viajé a

Płaszów con la esperanza de rescatar a mi amor y regresé con él para enseguida verlo marchar como el ave socorrida que echa a volar y deja un hueco en tus manos vacías.

Pero la tragedia de Płaszów no acababa aquí. La sombra de Amon Göth planeaba sobre mí, y solo era cuestión de tiempo que me pidiera una cita. Y luego, otra, y otra, hasta conseguir lo que deseaba de mí. Ni en mi peor pesadilla imaginé que vendería mi cuerpo para poder seguir adelante. La visión de aquel individuo poniéndome sus manos inmundas encima me produjo arcadas. Por mucho que me resistiera o lo prorrogara, acabaría cediendo a su chantaje para impedir que acudiera a mi esposo con mis enredos. De no complacerlo, Göth sería capaz de desatar un huracán: con pruebas irrefutables en la mano de mi relación amorosa con Bartek, Günther no solo no pararía hasta dar con él para ejecutarlo, sino que se divorciaría de mí —con todas las consecuencias añadidas para mí por cometer adulterio con un polaco— y, lo más grave, me arrebataría a Erich.

Mi estómago fue incapaz de digerir el engrudo de pensamientos y temores que crecieron en mi interior y, de forma imprevista, hice detener el coche a Hermann en medio de la calle, abrí la puerta y vomité. Amon Göth no me había puesto un dedo encima y ya me sentía sucia.

Salí del Mercedes con el propósito de tomar aire. El Mayor también se bajó para ver cómo me encontraba. Me miró con preocupación y se llevó las manos a la nuca, juntando los codos a la altura de la barbilla. Unos segundos después me cogió del brazo. «Sé que está así por el *Kommandant* Göth, pero le prometo que no dejaremos que esa alma putrefacta se salga con la suya. No permitiré que le toque un pelo... Será por encima de mi cadáver», aseveró con firmeza. Sus palabras tuvieron un efecto reconstituyente en mí. Hizo bien en recordarme que estaba rodeada de personas dispuestas a luchar por mí. El Mayor me ofreció su pañuelo para que me limpiara los labios y me invitó a volver al coche.

El viejo Hermann había echado un chorrito de agua en el vaso que veía medio vacío: habíamos recuperado a mi jardinero y, si todo salía como estaba previsto, Hedda y Zosia huirían pronto a Palestina. El recuerdo de ellas hizo que pensara en Clara. Quise ir a verla para abrazarla y agradecerle una vez más el impagable favor que nos había hecho a Bartek y a mí. Pero rápidamente cambié de idea. Le indiqué a Hermann que me condujera a casa. Temía que Erich y Jędruś pudieran estar revoloteando por las habitaciones y que Günther, empujado por un repentino destello de arrepentimiento, resolviera regresar esa misma tarde para pedirme perdón. Siempre fui algo ingenua.

Por fortuna, el resto del día discurrió tranquilo. Mi esposo no apareció por casa, los niños se habían portado de maravilla y mantuve una agradable conversación telefónica con Clara en la que le confirmé en nuestro lenguaje secreto que el trato con Amon Göth había salido perfecto, como ella previó, y que Bartek estaba a salvo.

Después de la cena, subí a mi dormitorio con los niños; cerré la puerta con llave y me acosté con Erich a la derecha y Jędruś al otro lado. Ambos me abrazaron. Con los ojos entornados, el pequeño Huck me deseó las buenas noches y dos bostezos después cayó dormido. Mi hijo hizo lo propio unos minutos después. Antes me susurró al oído que estaba orgulloso de que su madre rescatara al padre de su amigo del alma. Fui la última en ser vencida por el sueño; recuerdo que mi último pensamiento fue más bien una añoranza, la nostalgia de no tener a mi lado la pieza que faltaba para completar ese puzle familiar.

Pero el sosiego duró las horas que enlazaban la anochecida con el alba: a la mañana siguiente recibí una llamada de Clara. Un telefonazo enigmático y estremecedor. El timbre del aparato asustó a Jędruś, que de un bote se escondió debajo de la cama, tal y como le advertí que hiciera en el caso de que escuchara un ruido extraño o la voz de mi esposo. Recuerdo que en la lejanía se dejaba oír el canto de un gallo madrugador. El sol aún no había salido de su escondite. Me costó desperezarme. Palpando en la mesilla, alcancé el auricular.

—Ingrid... ¿Eres tú, Ingrid? —dijo ella con la voz agitada, y tras estar segura de que era yo la que estaba al otro lado de la línea, continuó—: Necesito que por nada del mundo faltes a la fiesta. Ha surgido un importante contratiempo y habrás de ocuparte tú de la tarta. —Fue lo primero que soltó mi amiga. Ni siquiera dijo «buenos días».

—¿De la tarta? —Me froté los ojos. Me sentía cansada y mi cabeza no estaba lista para descifrar enigmas. Jędruś reptó de vuelta a la cama y se dejó caer junto a Erich, que seguía durmiendo a pierna suelta.

—Sí, ya sabes, de la tarta con forma de tortuga, esa que nadie puede saber que existe. Hedda ya no podrá hacerlo.

—¿Qué quieres decir? ¿Hedda está indispuesta? ¿Está bien?

—Comprendí que la tarta-tortuga solo podía guardar relación con Zosia.

—Nos hemos visto obligados a prescindir de sus servicios... Karl no estaba contento. ¿Comprendes lo que te digo? —respondió con un hilo de voz.

Un silencio se instaló en el aire.

—¿Quieres que yo sola me haga cargo de la tarta? —me aseguré, entonando cada una de las sílabas de la palabra *tarta*.

—Eso es, tú misma tendrás que ocuparte, ¿me oyes? Esta noche, en la fiesta. Con ayuda de Hermann. Hedda ya no podrá hacerlo.

—Pero... —Un terror plúmbeo me dejó sin respiración. Estaba claro que algo le había sucedido a nuestra criada protegida y que no podía revelármelo por teléfono—. Espera, no te precipites. Deja que vaya a tu casa ahora y me cuentas todo... Por teléfono, ya sabes, no te escucho bien...

—No, no, ni hablar. No es posible. Está aquí Karl. Si te ve aquí, despertaremos sospechas en él, y arruinaremos la sorpresa. Tú hazme caso, te lo ruego. Ya te lo explicaré todo. Insisto, no puedes faltar al cumpleaños. Sabrás en qué momento habrás de sacar la tarta y llevarla a donde toca cuando yo te dé una señal. Será sencillo.

—¿Una señal? ¿A donde toca? Querida, no te entiendo...

—Una señal clara, inconfundible. Todos los invitados estarán pendientes de ella; podrás entonces aprovechar para sacar la tarta de su escondite y llevarla fuera —Clara puso especial hincapié en «fuera»—, por la puerta de atrás, ya sabes. Insisto, nadie se fijará en ti cuando dé la señal. Y cuando eso ocurra, tú sabrás qué tienes que hacer. Y tranquila, te garantizo que podrás salir con ella sin problemas. No te preocupes y no preguntes más, te lo aclararé todo después. ¿Lo has entendido bien, querida? Serás la maestra de ceremonias, desde el inicio hasta el final. Estoy segura de que todo irá bien con la ayuda de Hermann... El bueno de Hermann será tu fiel e intachable colaborador. Siento mucho si te complico la velada... No contaba con este imprevisto.

—Sí, Clara, confía en mí. Desde que sale del frigorífico hasta que llega a su destino..., el plato de Karl. —Me pareció escuchar algo así como un sollozo y, a continuación, un silencio que se me antojó eterno. Sentí un retortijón en las entrañas.

—Sí, tú y Hermann os tendréis que ocupar de todo. Es importante que te lleves la tarta sobrante a casa... No podré ayudarte...

—Confía en mí, lo lograremos —le di ánimos. Ignoraba cómo hacerme cargo de Zosia además de Jędruś, pero si había que cambiar de planes porque Karl pudiera estar oliéndose algo, habría que actuar cuanto antes.

—Bien, amiga mía, no hace falta que te diga que eres la persona en la que más confío... y a la que más quiero. Nunca lo olvides... —Esta vez su voz sonaba trémula—. Y, por favor, es importante que no te dejes caer por aquí antes de la hora convenida. Adiós, querida. Lo siento.

—¡Espera! ¡No cuelgues! —Sentí la respiración alterada de mi amiga al otro lado del teléfono cuando cortó la comunicación. Necesitaba saber tantísimas cosas... Clara me había sacado de un sueño profundo y aún me encontraba bajo los efectos del aturdimiento. Era incapaz de razonar con lucidez, y las preguntas sin respuesta se agolpaban en mi cabeza. ¿Qué había podido ocurrir para que tuviéramos que cambiar de planes tan de sopetón? ¿Qué pasó con Hedda? ¿Le habría hecho Karl algo malo? ¿El qué? ¿Se la llevó de vuelta a Auschwitz, le dio una soberana paliza o mandó hacer con ella lo mismo que con Irena? ¿Y si el marido de mi amiga estaba cerca de conocer nuestro secreto?

Oh, Dios mío... Una sensación de agobio me invadió al preguntarme cómo llevar a cabo la operación de sacar a Zosia sola, sin que Günther sospechara nada. ¿A santo de qué había que hacerlo esa noche? ¿No podíamos esperar a que Karl se marchara al día siguiente? Si ya no estaba Hedda, ¿a qué venía tanta prisa? ¿No sería más razonable abortar el plan de fuga y volver a sentarnos de manera sosegada para buscar una nueva solución? Me lo explicaría todo luego, pero ¿por qué no vernos antes? Si Karl estaba en casa, ella podía venir aquí o podíamos citarnos en un café... ¿Por qué dejarme así, sin comprender nada, y hacerlo todo tan complicado? ¿Tendría Karl retenida en casa a Clara contra su voluntad?

Necesitaba un café para despejarme. Y una aspirina para el dolor de cabeza que se me había levantado. Me senté en la cama, con los codos clavados en los muslos y las manos pegadas a las sienes para concentrarme e intentar descifrar lo que había escuchado. Juntando todas las piezas, solo cabía una única estrategia: cuando me diera luz verde, iría a por Zosia y la conduciría por el pasadizo hasta la cueva. Luego regresaría a la fiesta y volvería a casa con Günther. Durante la noche, ella podría pasar ratos con la niña para que esta no estuviera sola. Cuando Karl y Günther se hubieran marchado por la mañana, seguiríamos el mismo plan que ya trazamos, pero esta vez sería Clara la que ocuparía el lugar de Hedda, en el supuesto de que la hubieran enviado de vuelta a Auschwitz. Hermann me ayudaría sin duda. E imaginé la cara de asombro que se le pondría al Mayor cuando le hiciéramos saber que la esposa del *SS-Obergruppenführer* W. era judía.

Pero nada de lo que monté en mi cabeza sucedería, porque el plan que mi amiga tenía preparado para mí era tan macabro que nunca habría podido imaginarlo.

18

Fiesta de Karl. Sábado, 14 de agosto de 1943

Era un atardecer claro y el todopoderoso sol estaba al fin bajando la guardia, recostando su esfera incandescente sobre unas colinas dibujadas en el horizonte. Bajo un cielo de suaves pinceladas rojas, rosas y naranjas, Hermann me ayudó a salir del Mercedes engalanada en mi sencillo pero elegante vestido de chifón blanco. Nuestras miradas cómplices se cruzaron; ambos estábamos listos para lo que Clara nos tuviera preparado, dispuestos a improvisar lo que fuera menester.

La música que escapaba por las ventanas abiertas de la casa nos llegó a los oídos acompañada del fuerte rumor de las voces y risas de los invitados que habían llegado más puntuales que nosotros. Günther, al otro lado del vehículo, me esperaba ofreciéndome su brazo, para que juntos subiéramos las escaleras flanqueadas por Adonis y Afrodita, cuya finura pétrea quedaba eclipsada ante los lujosos vehículos que había aparcados en los alrededores.

La relación entre Günther y yo se había reducido a nada. Un vacío para la eternidad. Hablábamos lo justo, sin mostrar el mínimo interés el uno por el otro. Apareció por casa a las cuatro de la tarde de aquel mismo sábado y, tras dedicarme un lánguido saludo y cuatro consignas en un tono áspero, se recluyó en su dormitorio, lo cual agradecí. Por la expresión de su rostro y los desaires que gastó conmigo se podía deducir que el ofendido, despreciado y tratado de manera denigrante fue él y no yo. En el tiempo que estuvo desaparecido, Jędruś se quedó con Anne en su cuarto, mientras que Erich permaneció en el suyo jugando o contando tal vez los minutos que tardaría su padre en dejarse ver por allí para dedicarle algo de atención. Pero lo que su hijo pensara de él parecía importarle más bien poco o nada, porque no quiso que nadie lo molestara, hasta que él consideró que había llegado la hora de partir a casa de Clara. Esa era la razón por la cual llegábamos a la fiesta de su camarada Karl con poco más de media hora de retraso.

Envolví su brazo con el mío sin ni siquiera mirarle. Mientras ascendíamos los peldaños, levanté la vista al cielo y detecté la silueta de una mujer que nos observaba desde una de las ventanas de la primera planta. En el acto, la reconocí: era Clara. Estaba asomada, tal vez inquieta por que un imprevisto nos hubiera impedido asistir a la fiesta. Quise sonreírle y alzar la mano para serenarla, pero ella, nada más verme, se metió rápido dentro. Su secretismo no hacía más que aumentar mi incertidumbre y mi preocupación por lo que en verdad se escondía tras su decisión de última hora y por la cual no podíamos vernos ni hablar.

En la entrada nos recibió un joven *SS-Mann* con buena planta, alto y fornido, que hacía las veces de portero, puesto ahí para recibir y controlar quién accedía al interior. Nada más cruzar el umbral, los ojos de mi esposo corrieron a deleitarse con la figura de una joven bonita que en ese instante venía hacia nosotros, con pasos largos y parsimoniosos, sujetando una copa de champán en la mano. Lucía un vestido de pierna abierta y, en su blonda cabeza, un tocado de tres largas plumas rosadas que le asomaban por entre el cabello de la coronilla, y reía con abierta alegría, una risa que era engullida por el barullo de sonidos que rompía la calma de aquella casa, acostumbrada a una paz casi monacal. Günther, que nunca antes en mi presencia se había comportado de manera tan descarada ante una mujer llamativa, la siguió con la mirada y buscó su atención. Pero ella pasó de largo sin más, pues su risada iba destinada no a él, sino a la pareja que entró detrás de nosotros.

Nos fuimos abriendo paso entre los corrillos de gente que conversaba sonriente, de buen humor, y que ocupaba todo el vestíbulo hasta el gran salón, cuyas puertas de acceso estaban abiertas de par en par. También lo estaban los ventanales que daban al jardín; un céfiro cargado de frescor apenas podía renovar el ambiente saturado de calor humano y humo de tabaco. Mirase donde mirase, la mansión había sido ornada con detalles que recordaban que se celebraba una fiesta de postín, desde preciosos centros de flores frescas hasta serpentinas de todos los colores del arcoíris, banderines con la esvástica y las dos runas de las SS impresos, telas colgantes y lazos de papel de tamaño considerable. El jardín estaba repleto de mesas cubiertas con manteles de un pálido beis y sillas con cojines a juego. Hileras de antorchas y lámparas de aceite conferían al conjunto un ambiente tranquilo y romántico, que se complementaba con grupos de globos blancos y rojos que flotaban casi a la altura de la primera planta. Con la cooperación de sus amigas, Clara, sin duda, había logrado crear un ambiente verdaderamente exclusivo, y Karl no tenía ningún motivo para decepcionarse.

En el salón no cabía un alma más; en esos primeros momentos del festejo, solo unas pocas personas charlaban repartidas por el jardín. Bandejas repletas de whisky, vino, champán y coñac surcaban el aire por encima de nuestras cabezas, a manos de al menos una decena de elegantes camareros que pululaban sin descanso. El alcohol corría por las manos de los numerosos invitados satisfechos. Todos serían, sin saberlo, espectadores ciegos de la huida de una criatura, para ellos, aborrecible.

Las mujeres iban vestidas de punta en blanco y tan enjoyadas que sus cuellos y muñecas brillaban como rutilantes estrellas bajo las luces de las arañas que iluminaban la extensa sala. Entre los hombres predominaban los uniformes de gala de la Wehrmacht, la policía y las SS, en cuyas guerreras lucían con honor las condecoraciones recibidas por sus servicios a nuestro país; otros varones, los que menos, iban en trajes livianos, con corbatas de seda o pajaritas en sus cuellos. «¡Qué cohorte de soberbios, vanidosos, pedantes, petulantes!», pensé con asombro, pues hacía solo unas semanas los habría admirado por su refinamiento y su servicio leal a Hitler.

En aquella gigantesca estancia se había dado cita una parte importante de la crema de la aristocracia cracoviana; estaba claro que Karl era un tipo con importantes contactos que se movía por las altas esferas como pez en el agua. Entre la multitud reconocí bajo el gran retrato del *Führer* las figuras de Rudolf Höß, *Kommandant* de Auschwitz, y del alcalde, el *Obersturmbannführer* Pavlu, que Günther me presentó aquel día en el viejo teatro, charlando distendidamente con nuestro anfitrión. También se esperaba de un momento a otro al *Generalgouverneur* Hans Frank, como le oí decir a una dama a otra cuando pasamos por su lado.

Me extrañó no ver ya a Clara atendiendo a los invitados, máxime después de que ella misma me viera llegar. ¿A qué esperaba para saludarme? Quizá aún no había bajado porque se estaba acicalando o ultimando los detalles de su plan. Quise subir e ir a su encuentro para salir de dudas, pero Günther me lo impidió apretándome fuerte del brazo contra su costado. «No te comportes como una maleducada ante mis camaradas, ven a saludarlos y luego haz lo que te plazca», gruñó en mi oído después de intentar achantarme con una mirada impertinente. Me dio un ligero tirón y me llevó hacia donde él consideró que debíamos dirigirnos para hacer nuestra primera parada de cortesía. Durante un breve instante, un camarero nos abordó con un surtido de bebidas en su bandeja; yo elegí una copa con Liebfrauenmilch y Günther cogió un martini. Y seguimos el rumbo fijado por él hasta llegar a dos individuos que le estrecharon la mano con efusión y que se me dieron a conocer como *Oberführer* Scherner y *Obersturmführer* Barth.

Apenas pude entender la conversación que iniciaron los tres debido a que uno y otro grupo de convidados, contagiados de la euforia de sentirse dignos de estar allí, brindaron por las nuevas victorias que nos esperaban, al clamor de un «*Sieg Heil!*». Mientras Günther charlaba de buena gana con sus dos amistades, me permití volverme a uno y otro lado y, entre sorbo y sorbo del delicioso vino, estar atenta a la aparición de mi amiga con la señal que daría luz verde a mi actuación. Una señal clara y concisa, había insistido ella. ¿Cuál sería? Los nervios empezaron a manifestarse con unos casi imperceptibles hormigueos en las pantorrillas.

Durante la espera, mis ojos planearon por el salón, que se revelaba irreconocible. Algunos muebles habían sido movidos de su sitio o retirados con el fin de dejar espacio libre para el baile. La orquesta estaba ubicada junto al piano, donde dos muchachas que parecían gemelas por el modo de vestir compartían la banqueta y tecleaban con gracia el marfil. Secundaban a los músicos en *Dein süßer Mund, du kleine Frau* que una de ellas daba voz.

Cerca de los ventanales se habían dispuesto largas mesas que ofrecían bandejas con pequeños y apetitosos manjares a modo de bufé: crema de bogavante, ternera, jabalí, oca, quesos variados, caviar... Allí atisbé a *Frau* Von Bothmar en compañía de *Frau* Dietrich y *Fräulein* Gehlen, que, saltándose las buenas maneras en la mesa de las damas de su clase, comían a dos carrillos mientras departían animadas. Di un paso atrás para que el cuerpo del tal Scherner me ocultara en caso de que la casualidad quisiera que la mirada de alguna de ellas cayera sobre mí. No podía entretenerme con nadie; debía evitar en lo posible cualquier distracción que me apartara de mi misión.

Cuántas veces soñé con asistir a una fiesta privada de la alta sociedad, codearme con gente culta e influyente, descubrir los intríngulis de sus códigos sociales y vivir de primera mano qué se esconde detrás del glamur, las lentejuelas y todo el artificio a que unos pocos privilegiados tenían acceso. Ahora que me encontraba en una de ellas, mi cabeza estaba en otra parte. Pero la causa lo merecía.

Cada minuto de espera empezó a ser tortuoso. La respiración se me entrecortaba en parte por la gran muchedumbre de mi alrededor y en parte por el humo denso de los cigarrillos y los habanos que ahogaban mis pulmones. Empecé a buscar de forma desesperada a Clara, estirando el cuello, para descartar que había sido retenida por algunos de los muchos corrillos salpicados por el salón. Pero ni rastro de ella. Tampoco de Hedda, aunque ya me lo esperaba.

No podía quedarme allí quieta sin hacer nada. Justo cuando iba a excusarme ante mi esposo para ausentarme un instante, momento que aprovecharía para subir a por Clara, mi mirada se tropezó con la de Karl, que nada más vernos a Günther y a mí dejó el grupo en el que estaba conversando y se abrió paso entre sus invitados para venir a saludarnos. Era bastante más atractivo en persona que en todas las fotos que había repartidas por la casa. Y si no fuera porque conocía sus más oscuros secretos, jamás habría imaginado que detrás de aquel hombre ilustre, cortés y encantador se escondía un verdadero verdugo, un criminal despiadado y sanguinario, como me recordó la gema de su dedo anular que admiré por segunda vez cuando me estrechó la mano.

—¡Aunque tuvimos un encuentro fugaz y accidentado hace unos meses, al fin nos conocemos siguiendo los cánones que dicta la buena educación, estimada Ingrid! —exclamó sonriente—: ¡La mujer de la que Clara me ha hablado tanto y tan bien! Ha hecho con ella una labor impagable. No hace falta que le diga lo mucho que ha mejorado la salud de mi esposa desde que la ha conocido a usted... Por cierto, hablando de salud... Ella ahora bajará, hoy se sentía ligeramente indispuesta. Imagino que los nervios y la muchedumbre la estarán poniendo a prueba una vez más... ya sabe... Pero me ha garantizado que en breve se reunirá con nosotros.

Dijo esto último con un timbre de voz afectuoso, mientras me examinaba en profundidad, como si pretendiera descubrir algo en mí que le estuviera vedado. Rompí esa incomodidad felicitándole por su cumpleaños y sacando de mi bolso el regalo que Günther había preparado para él: era una bonita caja tapizada en terciopelo que contenía un reloj de bolsillo de oro.

—Un Omega de más de treinta años, de dieciocho quilates, camarada —le detalló Günther sonriente a su amigo, que examinaba la pieza muy complacido. De repente, alguien se abrió un hueco en nuestro círculo y me propinó un ligero empujón en el hombro. Me volví para averiguar qué impertinente había tenido tan poca delicadeza, y me topé con el rostro de alguien que desde el día anterior no deseaba volver a ver: el de Amon Göth.

—*Frau* F., ¿verdad? Permítame que me presente, a sus pies Amon Göth —me abordó un elegante e irreconocible Amon Göth, que, al notar mi sobresalto por su intencionado empujón, me tomó de la mano, como parecía haber adoptado por costumbre, y, clavando su mirada lúbrica en mis pupilas, me la besó con la misma galantería que usó al despedirse de mí hacía menos de veinticuatro horas—. Günther, amigo mío, no puedo imaginar una esposa más adorable para ti. Un verdadero encanto —añadió con voz meliflua sin apartar la vista de mí. Su sonrisa estaba cargada de veneno, una mueca que escondía una advertencia, el recuerdo de que, nunca mejor dicho, estaba en sus manos. Tuve que esforzarme con un ligero tirón para que liberara mi mano de la suya, que se había pegado a mi piel como las ventosas de un pulpo.

El *Kommandant* Göth iba acompañado de la mujer morena que había visto tomando el sol en el jardín de la Casa Roja. Traía una sonrisa afable, algo coqueta. Liberada de las gafas de sol y del pañuelo en la cabeza, constaté que poseía una belleza poco común, de trazos más bien mediterráneos, que jamás habría tildado de arios. Ella saludó a Günther con confianza, era obvio que se conocían bien. Y este hizo las presentaciones.

—Ingrid, ella es Ruth Kalder.

«Ruth Kalder», a secas, aunque todos sabíamos allí que se trataba de la amante del *Herr Kommandant*. Nos dimos la mano con poco entusiasmo. Ambas, por motivos diferentes, aunque con un denominador común: la descarada perfidia de su amado. Era imposible que la sibilina mirada con la que Göth me abordó pasase desapercibida para la afinada intuición de la que goza el sexo femenino, especialmente si la mujer está enamorada. Y por incomprensible que me pareciera, Ruth Kalder lo estaba de él, un casanova, casado y con hijos, que exhibía su aventura sin ningún escrúpulo. «Pobre criatura —pensé—, lo que habrá de soportar estando a su lado.»

De pronto, en su repentina mirada de estupor, supe que me había reconocido. Sabía que yo era la mujer desnuda que colgaba de una de las paredes de su casa. Quiso decir algo, pero Göth, que no había sido ajeno a su reacción, le susurró algo al oído. Entonces los ojos azules de aquella joven de piel bronceada parecieron apaciguarse y volver a la calma. Eso no me dejó más tranquila. Mi autorretrato en la Casa Roja corría el riesgo de convertirse en tan popular como la misma maja desnuda de Goya en el Museo del Prado. Era cuestión de tiempo que mi esposo se acabara enterando de su existencia por boca de terceros, si no se topaba con ella en alguna de sus visitas a la villa de Göth.

Günther, ajeno a lo que estaba ocurriendo, se separó con Karl del grupo para estrechar la mano a otro conocido suyo, el *Obergruppenführer* Wilhelm Koppe, que iba acompañado de una mujer, al parecer su esposa, y que al advertir la presencia de mi marido acudió a su encuentro para cumplimentarlo.

Quedé sola con Göth y su amante y los oficiales Scherner y Barth, quienes desde hacía un rato se habían desentendido de nosotros y hablaban entre ellos entre risas.

—Me ha dicho mi esposo que eso que tanto espera se lo hará llegar muy pronto, *Herr Kommandant* Göth, pero deberá usted asegurarse de acallar cualquier rumor en lo referente —me vi obligada a decir lanzando una mirada rápida a Ruth Kalder—. Comprenda que Günther desea absoluta discreción para que todo llegue a buen término, tal y como usted desea... —No pude acabar la frase, porque ella, mi Simonetta, apareció al fin.

En las escaleras.

La anfitriona las bajaba, sin prisa, como esperando a que todos, poco a poco, fueran dándose cuenta de su aparición. Y consiguió su propósito, uno a uno y una a una fueron volviéndose entre suspiros, murmullos y exclamaciones que emergían de un rincón a otro como el contagio de un bostezo. El jardín se quedó desierto:

quienes estaban en el exterior fueron avisados de la presencia de Clara y acudieron raudos para no perderse detalle de su entrada.

Mi amiga estaba radiante y había resaltado intencionadamente su belleza natural. Nunca la había visto tan majestuosa y exuberante. Sorprendió a todos con un desafiante vestido escarlata en organza de seda, ceñido y cruzado en el pecho con escote en pico que resaltaba las delicadas curvas de su cuerpo. La tela ajustada ensanchaba a la altura de las rodillas y moría tocando unos centímetros el suelo. Tanto su cuello como el mío eran los únicos en todo el lugar que iban desnudos de abalorios. Nadie allí podía imaginar que nuestras joyas se hallaban escondidas en una maleta que viajaría lejos de la tiranía nazi.

Una de sus manos, enfundadas en guantes largos de blanca seda, portaba un pequeño bolso encarnado que iba a juego con sus zapatos de tacón alto; y la otra la tenía puesta sobre el talle, cuyas curvas dejaban adivinar a los más observadores que la bella dama estaba embarazada de pocos meses. Ella jamás habría pasado por alto su gravidez a la hora de elegir el traje, por lo que era su pretensión que todo el mundo se enterara de que estaba esperando un hijo de Karl. Su decisión me llenó de extrañeza, pues pensé en ese momento que aquella no era la mejor manera de dar la feliz noticia, en especial, a su esposo. Aparte de esta incomprensible osadía, había algo en ella, atípico e indefinido, que me inquietó. Jamás habría dicho que aquella mujer de rojo era la Clara que conocí. Una mujer fría y serena, algo vanidosa y soberbia, capaz de exponerse a una multitud que la observa con fascinación.

Clara se detuvo a media altura de la escalinata. Carraspeó alto para dar a entender que iba a dirigirnos unas palabras. Buscó entre la multitud, que poco a poco se iba agolpando en el vestíbulo para poder escucharla mejor, hasta dar conmigo. Me sonrió.

Emocionada de que hubiéramos establecido contacto visual, resolví despedirme cortésmente de mi chantajista y su compañera para acercarme en lo posible hasta donde se encontraba mi amiga. No resultó una empresa fácil, dado que toda la gente se había arremolinado al pie de la escalera y me vi obligada a detenerme en el umbral del vestíbulo.

Desde su podio, mi bella Simonetta, con la majestuosidad de una emperatriz, levantó la vista para localizar a su esposo, que la observaba anonadado desde uno de los extremos del salón, con una copa de champán en sus manos, junto a un grupo de oficiales superiores de las SS. Clara le dedicó una leve sonrisa acompañada de un también leve gesto de asentimiento. Karl ordenó acallar a la orquesta y llevado por su vanidad se irguió sacando pecho e inclinó ligeramente la cabeza hacia atrás. Sabía que sus invitados lo observaban y que su esposa dedicaría unas palabras en su honor, al gran *Obergruppenführer*.

—Damas y caballeros, como esposa de Karl, me siento muy halagada de tenerlos a todos ustedes hoy aquí, en nuestro hogar, con motivo del cumpleaños de mi tan amado compañero. Les estoy inmensamente agradecida —comenzó a decir Clara luciendo una amable sonrisa—. Muchos de ustedes, la mayoría, no me conocen, por lo que he dispuesto, si me lo permiten, una presentación de mi persona. Les aseguro que será muy breve. De hecho, se resume en siete cifras: el 5.438.243, mi número de miembro del partido. —Los presentes rieron, y alguno que otro aplaudió, por la simpatía de la anfitriona—. Así es, solo soy un número más... Supongo que muchos de ustedes saben que a mi esposo y a mí se nos conoce como *matrimonio nacionalsocialista genuino*, ló cual sin duda supone un gran elogio para nosotros. Sobre todo para mí, debo decir. Es más, me resulta bastante sorprendente que, sin pretenderlo, yo haya sido honrada con tamaña distinción. Y, aprovechando que están todos aquí, les diré la razón por la cual me produce sorpresa... —Clara hizo una ligera pausa para contemplar las reacciones de las cabezas que quedaban a la altura de sus rodillas.

En solo pocos segundos, la esposa del *Obergruppenführer* W. ya se había adueñado de la atención de hasta los camareros, que habían dejado a un lado sus obligaciones para dirigir todos sus sentidos a lo que tenía que decir aquella mujer. En mí, por el contrario, la curiosidad se desvaneció para dar paso al temor. Noté que en mi amiga había despertado una fuerza desconocida. Estaba plétorica de energía, que emanaba con rotundidad a través de las palabras que fluían de sus labios en un discurso que perduraría por siempre en las ánimas de todos los presentes.

—Pero, antes, damas y caballeros —prosiguió—, permítanme que felicite a mi esposo por su cumpleaños. ¡Felicidades, Karl, por esos treinta y cinco tan bien llevados!

Hice volar mi mirada hacia Karl, que en ese momento había estado distraído estrechándole la mano a un colega. Sin duda alguna se sentía orgulloso de ser quien era y parecía estar satisfecho con el transcurso de los acontecimientos, más aún cuando los convidados, en respuesta a las congratulaciones de Clara, se animaron a alzar las copas en el aire y gritar: «¡Que viva Karl! ¡Viva! ¡Viva!». Karl inclinó la cabeza en agradecimiento de la salva de aplausos.

—Pero también habrán de felicitar a nuestro *Obergruppenführer* por otra buena razón —dijo Clara alzando la voz por encima del alboroto; con su mano acariciaba la curva que le dibujaba el vientre. La calma no tardó en imponerse, y ella anunció—: La de haber transmitido sus privilegiados genes arios a la criatura que llevo dentro.

El clamor volvió a adueñarse del lugar, que parecía haberse convertido en una cancha de tenis, pues las miradas de los invitados iban de ella a él y de él a ella, buscando la complicidad natural que ha de existir en una pareja que se suponía modélica. El regocijo de todos los presentes contrastó de repente con la perplejidad del anfitrión, que se había quedado como petrificado y cuyo rostro se tiñó de diversas tonalidades candentes. A ojos de un lego aquellas rojeces podían atribuirse a la emoción y la alegría de sentirse padre. Solo Clara y yo podíamos adivinar el estado de ánimo verdadero del *Obergruppenführer* W.

«¿Qué tramas, amiga?», pensé con profundo malestar. Ella clavó en mí una mirada de advertencia cuando percibió mi intención de acercarme. Obedecí, y opté por no intervenir, con la esperanza puesta en que de verdad merecería la pena lo que tuviera planeado, no solo para mí y para Zosia, sino también para ella.

—Sí, querido, pensé que este sería el mejor regalo de cumpleaños que podía ofrecerte —le trasladó Clara desde las escaleras, lanzándole un beso con la mano. Este disimuló su contrariedad devolviéndole una sonrisa torcida, sin saber cómo reaccionar a lo que él pudo considerar una encerrona por parte de su indiscreta esposa. Dio un largo sorbo a su copa después de que le estrecharan la mano y recibiera palmaditas en la espalda de las personas que tenía más próximas. Clara apartó la vista de Karl para volver a dirigirse a los presentes—: En efecto, damas y caballeros, este pudo haber sido el mejor presente para Karl, pero, lamentablemente, no es el caso. —Se percibía de repente un profundo amargor en su voz, producto del resentimiento larvado durante años—. Créanme. También hubiera podido ser una buena nueva para el pueblo alemán, tan preocupado por la natalidad, pero tampoco es así. Llevo en mi vientre a una criatura muy bella, de eso estoy segura, bella por dentro y por fuera. Sin embargo, no importa lo maravillosa que esta pueda ser, porque ustedes la rechazarán con odio y rabia.

Un murmullo de incomprensión se sucedió en el ambiente que hasta ese momento había sido festivo. Karl se atragantó con el vino, se le escuchaba toser en toda la sala, incluso desde donde yo me encontraba. Me volví una vez más hacia él: este entregó su copa al que tenía más cerca y se abrió paso entre los invitados dando codazos a diestro y siniestro. Era evidente que se proponía acallar a su esposa.

—¡Clara! ¡Lo que estás haciendo no tiene ninguna gracia! ¡Me estás avergonzando! ¿No te das cuenta de que estás alarmando a nuestros invitados? ¡Haz el favor! —la increpó Karl dando voces y apuntándola con el dedo, sus ojos echaban fuego—. ¡Discúlpenla, estimados colegas! Mi esposa a veces pierde el control con la bebida... ¡Y hace bromas sin sentido!

Al notar que la gente se fue echando hacia un lado para abrirle paso, Clara reaccionó con un gesto rápido: abrió el pequeño bolso e introdujo la mano.

—Así es, damas y caballeros, ¡soy judía! Mi nombre es Hilda Schoenthal, nacida en Múnich, hija de Ellen y Jakob; de profesión pianista. ¡Aquí están los papeles que lo demuestran! —Clara extrajo y alzó en el aire unos documentos, sus documentos, aquellos que solo yo conocía, y los arrojó a los pies del SS que vio más próximo. Karl se quedó pálido—. Ni esto es una broma ni estoy borracha... Jamás osaría mofarme de ustedes con un asunto tan serio. Si hay una persona entre nosotros que sí se ha reído de ustedes, sepan que no he sido yo.

El SS recogió del suelo los papeles y los examinó. «¡Una judía!», bramó a todo pulmón. Las miradas perplejas de todos los asistentes se centraron en Karl, perseguidor ejemplar de judíos, el hombre admirado por los más próximos a Hitler por su intransigencia con los subhumanos. Le pedían una réplica a la confesión de su mujer, una explicación a su alta traición. En un acto reflejo, algunos de los pocos oficiales que portaban armas las desenfundaron, y el mismo SS que tenía en su poder la documentación de mi amiga hizo ademán de querer subir hasta donde ella se encontraba.

Puso un pie en el primer escalón. Clara, sin achantarse, nos sorprendió a todos sacando del bolso una pequeña pistola y apuntó con ella al oficial que pretendía detenerla. Sin inmutarse, el SS dio un paso atrás con los brazos en alto, pidiéndole que se calmara y tirara el arma al suelo. Se produjo un corto murmullo entre los invitados. Ella blandió el arma de un lado a otro de modo amenazante sobre sus cabezas. ¡Clara había perdido toda cordura! Resolví, al fin, abrirme paso para llegar hasta ella y hacer que desistiera de la locura que estaba cometiendo.

Todos los presentes, incluido Karl, se quedaron helados en su sitio sin saber cómo actuar; la mayoría parecían estar recogidos sobre sí mismos, como escudándose en una armadura invisible de la posible bala perdida que pudiera salir del arma de Clara. Solo unos pocos, los que estaban detrás del todo, huyeron al jardín, algunos a gatas.

—Sí, una sucia *Judensau*, como tanto les gusta a ustedes llamarnos... Una *Judensau* más pura que el aire que se cuela por los ventanales, por cuyas venas corre la sangre de mis ancestros del pueblo hebreo... No miento cuando digo que el gran *Obergruppenführer* W. me proporcionó papeles falsos para casarse conmigo —continuó mi amiga con máxima gravedad, las lágrimas le llovían por las mejillas—. Me hizo pasar por su esposa durante años, y gracias a él he vivido en libertad y con grandes lujos entre estas cuatro paredes, a salvo de cualquiera de ustedes... Así es, ¡durante años! ¡Todo este tiempo se ha reído en la cara del *Führer*!

Vi destellar a Clara triunfante cuando apenas me quedaba por salvar un último grupo de personas para llegar hasta ella.

—Por ello, como ciudadana de segunda clase que soy, aprovecho que están aquí todos reunidos para decirles que este nuevo orden que ustedes quieren imponer a costa del sacrificio y exterminio de vidas inocentes es inadmisible. No está en mi deseo vivir en ese mundo, y menos aún que lo haga mi hijo. Solo le aguardan el esclavismo, el estigma y las vejaciones por parte de quienes se creen superiores. El Señor me comprenderá si le anticipo la redención. Y confío también que Él, de algún modo u otro, les haga a ustedes recapacitar, arrepentirse del irreparable daño infligido. Nunca es demasiado tarde para la rectificación. Espero que la ira de Dios caiga con todo su peso sobre el demente al que idolatran y todos aquellos que han desatado y ejecutado esta masacre de seres humanos. Sí, ustedes los arios seguirán viviendo, disfrutando de los frutos de su ignominia... o tal vez no. En cualquier caso, espero que algún día alcancen la paz interior sin tener para ello que tomar el mismo camino que yo...

Un rumor de indignación se apoderó del salón. Las acusaciones y amenazas de Clara fueron recibidas por todos con desaire, como una soflama inadmisible vomitada por la boca de una persona desquiciada. Su mensaje chocó contra unas conciencias duras como el pedernal, impermeables a la indulgencia. Todas las miradas inquisitivas confluyeron en Karl, cuya reacción más inmediata no fue intentar pararle los pies a su esposa, pues es lo que creí que pretendía hacer cuando cruzó el vestíbulo, sino esconderse rápidamente en su despacho, donde cerró la puerta detrás de sí echando la llave. Clara observó flemática el espectáculo, dejó de apuntar a su público, pendiente ahora de Karl, para llevarse el cañón de la pistola a la barbilla. Posó su mano con ternura en el vientre y cerró los ojos para sentir por última vez la vida que hasta ese momento había protegido con gran desvelo en sus entrañas.

Por último, me buscó y clavó sus ojos de brillo diamantino en los míos. Era una mirada sincera, llena de amor y comprensión, cargada de complacencia y deseosa de apagarse, hallar por fin el sosiego merecido. Dar carpetazo a este mundo injusto. Me sonrió desde el alma a través de sus pupilas y en ese momento sentí una grata brisa de paz acompañada de un susurro etéreo: «No temas por mí; esta lucha es mía y la he ganado...».

Cegada por un velo de lágrimas corrí con el propósito de detenerla, me hallaba muy cerca de poder tocar el pasamanos. Pero, al ver mi intención, ella accionó el gatillo. Disparó con sus ojos todavía puestos en los míos, sin pestañear, serena frente al proyectil que le destruiría el cráneo, disipando todos los recuerdos que había atesorado. Sus labios dibujaban una tenue sonrisa que solo yo podía percibir.

El disparo fue seco y atronador. La sangre se diluyó en el aire en decenas de gotas brillantes como el rubí. El cuerpo y postura firmes de Clara se vinieron abajo, y el espanto fluyó por mi interior como un fuego fatuo que achicharró mi garganta y escapó al exterior en un grito desgarrador. Clara rodó escaleras abajo hasta detenerse a unos palmos de mis pies.

La impresión me dejó sin sentido y perdí el equilibrio; alguien que estaba a mi lado me cogió por los brazos antes de que me diera de bruces. Caí de rodillas, desolada, anquilosada por el desaliento y la desesperanza. Un inaudible zumbido en la cabeza me aturdió. Fui incapaz de reaccionar ante la tragedia consumada. Confusión, dolor, pena, tristeza, impotencia. Me sentí responsable de no haber llegado a tiempo para detenerla, para abrazarla antes de que diera su último hálito, darle un último beso estando ella viva, intercambiar con ella una última palabra, decirle que la quería.

Me liberé de quien fuera que me hubiera sujetado y me incliné sobre mi amiga, cuyo cuerpo yacía en una postura que recordaba a la de la joven dormida de Füssli que se rinde al demonio que la acecha en la noche. Contemplé a mi Simonetta sin vida, el color rojo teñía en la alfombra una aureola detrás de su cabeza. Sus ojos apagados aún seguían mirándome fijamente. Pero ya no decían nada, y jamás volverían a hacerlo. Las lágrimas aún húmedas en sus mejillas corrían violentas en mis entrañas como las aguas desbordadas de un río, excavando profundos surcos aflictivos, perennes. En el paroxismo del atroz dolor, le pregunté en un susurro, mientras le pasaba el brazo por debajo del cuello para sostenerla en mi pecho, si pensó en mí cuando decidió volarse la cabeza; si pensó en algún momento en que iba a dejarme sola. «¿Lo hiciste?», le insistí. Su perfume floral se entremezclaba con el olor de la sangre fresca y de la pólvora, una esencia dulce y metálica que aún hoy me visita en las pesadillas que de manera cruel e inmisericorde me enfrentan a su muerte. La abracé por última vez, durante unos ínfimos segundos.

Recuerdo borrosamente, como en un sueño, que detrás de mí se formó un gran tumulto, pero no por la judía que se había quitado la vida, sino por Karl, que ahora acaparaba la atención de todos los presentes. Ella ya era asunto olvidado. Tampoco nadie reparaba en mí; la multitud se arremolinaba delante del despacho del esposo de Clara. Escuché, entre los murmullos de algunos que reclamaban la cabeza del hombre que escondió a una judía y los gritos de otros llamándolo traidor, la voz de Günther rogándole a Karl que le abriera la puerta. Todo cuanto acontecía a mis espaldas parecía estar sucediendo muy lejos de allí, en un universo paralelo que nada me importaba ni atañía.

En mí solo estaba presente el rumor de la soledad. Mi amiga y Bartek habían dejado de estar a mi lado. Ella para siempre.

De repente se oyó un segundo tiro. Me estremecí. La detonación provenía de la habitación en la que se había encerrado el gran

Obergruppenführer W. Se sucedieron gritos, murmullos atronadores, pasos que con estrépito emergían de fuera, y otros que se ahogaban en el exterior. A mis oídos también llegaron los golpes secos de quienes aporreaban la puerta del despacho de Karl hasta que su cerradura finalmente cedió. Y entonces lo hilé todo. Comprendí que la muerte de Clara había sido la señal de la que me habló por teléfono. Pero ¿por qué esa señal? ¿Qué había podido ocurrir para que mi amiga se fuera de este mundo del modo en que lo hizo? ¿Quién me lo iba a explicar? Iba a hacerlo ella...

No disponía de mucho tiempo, así que aparqué todas aquellas cuestiones para más tarde. Había que actuar. Buscar a Zosia. Salvarla. Por ella, por Irena, por Clara. Dejé con cuidado a mi amiga sobre la alfombra. Y me erguí. Me costaba orientarme por el dolor en el pecho que me obnubilaba y no me dejaba pensar con claridad. Giré sobre mí misma en un intento de reubicarme y me topé de frente con Hermann. Como buen soldado, él había comprendido la señal en cuanto oyó el primer estampido de la pistola, y corrió en mi auxilio desde el aparcamiento. Se plantó delante de mí esperando instrucciones; le miré desolada y me llevé las manos a la cabeza, aún asustada, confusa. Pero no había tiempo para lamentaciones, me lo hizo saber el Mayor con su ojo ciclópeo. Al fin logré encauzar mi mente y consagrar los cinco sentidos a la misión que Clara me encomendó.

Mi plan de dejar a Zosia en la cueva para esconderla de Karl y que luego Clara se encargara del resto ya no era viable. Así que le entregué al Mayor mi bolso para tener las manos libres y le indiqué que condujera el Mercedes al punto donde habíamos previsto la recogida de Hedda y Zosia a la mañana siguiente, y que me esperara. Tardaría quince minutos, máxime media hora si surgía un imprevisto en el último momento. «Iremos con Zosia a casa y luego usted volverá a recoger a mi marido. Solo tendrá que decirle que mi indisposición repentina por el suceso lo obligó a usted a llevarme a casa... Vamos, corra, y que no le vea Günther. No podemos permitirnos que nos arruine el plan.»

Me dije a mí misma que debía ser rápida; en breve, la casa se llenaría de agentes de la Gestapo metiendo sus narices por doquier. Tenía que aprovechar aquel primer momento de caos y desconcierto para llegar hasta la habitación de Irena sin que nadie se fijara en mí y, desde la misma, atravesar luego el corredor con Zosia para acceder al distribuidor junto a la cocina y desaparecer en el sótano. La cría solo podía estar donde siempre estaba. Clara no iba a ponérmelo difícil, obviamente.

Así que me apresuré hasta hallarme delante de la puerta del cuarto de Irena. Estaba cerrada con llave. Llamé a la puerta, pero no obtuve respuesta. ¿Y ahora qué? «Zosia, Zosia, ábreme, soy Ingrid», susurré a la vez que movía arriba y abajo la manivela. El silencio que me venía del otro lado empezó a ponerme nerviosa. Entonces caí en la cuenta de golpear con los nudillos la señal secreta que Irena le había enseñado a su hija: toc-toc-pausa-toc-toc-pausa-toc. Sentí en la mano que tenía apoyada en la madera como una llave giraba dentro de la cerradura. Abrí despacio.

Zosia estaba de pie, con semblante asustado, junto a Kreta, cuya ama había dejado atada con la correa a la pata de la cama para evitar que pudiera escaparse para buscarla cuando yo entrara. Había olvidado por completo a la perra. Por fuerza, si Clara la dejó allí era porque deseaba que yo me quedara con su fiel compañera canina. Eso no sería un problema, recapacité. Ya no tenía a sus dueños, así que yo la adoptaría como un favor personal a mi amiga, le contaría a Günther, que era contrario a meter animales en casa. Clara no podría soportar la idea de que Kreta pasara el resto de sus días junto al *Sturmmann* Schmidt, quien no era merecedor de su cariño, o, en el peor de los casos, que se convirtiera en un perro callejero. Yo tampoco.

Zosia corrió a abrazarse a mi cintura, contenta de verme. Aunque la pequeña no podía saber lo que acababa de suceder, los ruidos de fuera debieron de atormentarla, por mucho que Clara la hubiera prevenido de que en algún momento de la tarde escucharía jaleo en la casa. Iba vestida con la ropa que habíamos previsto que llevaría para el día siguiente.

«¿Y Hedda?, ¿dónde está Hedda, Zosia?», le pregunté, pero como la niña no supo contestarme en mi idioma, se limitó a entregarme en silencio un sobre grande y grueso que yacía sobre la cama; seguramente, eso fue lo que le indicó Clara que era lo primero que tenía que hacer nada más verme.

Abracé a la pequeña y la apreté contra mi vientre, en señal de gratitud. La niña, viéndose a salvo a mi lado, asió la gorrita que había estado previamente sobre el sobre y se la calzó con decisión. A Erich ya no le entraba en la cabeza, pero a ella le bailaba por encima de las cejas y le doblaba las orejas hacia fuera. Fue el modo en que me dio a entender que había llegado el momento de marcharse.

Sin perder un segundo, liberé la correa de la cama, tomé a Zosia de la mano y me asomé al pasillo. Seguía despejado. Al fondo del corredor pude ver el tumulto de la gente, que permanecía hacinada en el vestíbulo, esperando noticias del interior del despacho de Karl. Salimos las tres en dirección al sótano, caminando firmes, sin mirar atrás, sintiendo cómo el rumor de las voces se alejaba de nosotras, quedando a nuestras espaldas para siempre. Aquella sería la última sensación que conservaría del lugar.

Cuando llegamos a la falsa rejilla de ventilación, pude comprobar una vez más que Clara había conservado la mente fría mientras planeaba su muerte: junto a la linterna, que desde el primer día sustituyó las velas de Irena, me había dejado preparados unos zapatos de tacón bajo. Dado que calzábamos el mismo número, pensó que el recorrido por el bosque se me haría más cómodo con ellos que con los altos que habíamos ido a comprar juntas para que los conjuntara con el vestido que llevaría a la fiesta.

Recorrimos el pasadizo en silencio, el mismo que nos abrazaba y transmitía confianza. Kreta iba por delante, olisqueando cada palmo de suelo. Su instinto animal le decía que aquella excursión tenía un significado especial, o quizá solo pensaba que al otro lado encontraría a su ama. Zosia iba pisándole los talones, con la correa que ataba al animal entre sus manitas. Avanzaba tranquila, pues había atravesado el túnel varias veces en compañía de Hedda, ejercicio que vimos conveniente hacer para que en el día señalado no le sobreviniera ningún miedo o una reacción imprevista que retrasara la huida.

Yo las seguía enfocándoles por encima con la linterna que llevaba en una mano; en la otra, sostenía mis zapatos, que habría de volverme a poner una vez salvado el bosque. El sobre de mi amiga lo portaba bajo el brazo, que apretaba con fuerza contra mi costado. Aún respiraba con dificultad, el aire se resistía a fluir con normalidad por mis pulmones.

Traté de imaginar qué estaría sucediendo entretanto en la casa. Y visualicé de nuevo el cuerpo sin vida de Clara, que yacería tal cual quedó después de que yo lo tuviera que dejar allí, abandonado, sin que nadie lo velara. «Si se hubiera tratado del suicidio de una aria, ya habría sido trasladada al sofá o a cualquier lugar más digno, y lo habrían cubierto con un chal o una chaqueta ofrecida por algún invitado...», pensé. Aquella gente de moral enferma se sorprendió más por el gran secreto de Clara que por el hecho de que se quitara la vida. Ella y Karl habían dejado de pertenecer a su círculo para convertirse en mera comidilla, protagonistas de una truculenta historia que contar a sus familias y amigos...

Llegadas a las escalerillas metálicas, dediqué un momento a contemplar por última vez el calzado viejo de Irena. Clara y yo nunca lo tocamos; formaba parte de nuestro duelo, una muestra de respeto y admiración hacia su dueña y, en el fondo, una manera de desandar los recuerdos y emociones que compartimos las tres. Quedé con la mirada fija en él: «Ah, Irena, jamás habríamos pensado ni tú ni yo que el destino de tu hija acabaría en mis manos. No debes preocuparte. Te doy mi palabra de que la pondré a salvo», dije en mi mente mientras ayudaba a la criatura a salir al exterior.

Una vez fuera, no nos hizo falta la linterna. En el firmamento recién anochecido centelleaban pocas estrellas, los rayos níveos de la luna llena iluminaban todo el cielo, robando el protagonismo a los lejanos luceros. Me sentí afortunada de tener tan fiel compañera. Anduvimos aprisa. Zosia me tenía cogida la mano con fuerza y caminaba a pasitos cortos, pues estaba deshabituada a transitar por terrenos pedregosos; la otra mano la tenía ocupada con la correa de Kreta, que, acostumbrada a ir siempre delante y excitada, esta vez se comportó como una señorita educada, marchando detrás de nosotras y sin dar tirones.

Me sabía el camino de memoria por las veces que lo recorrí en compañía de Hedda y Clara. Jamás nos vieron los guardias, y, aquella noche, más preocupados por lo que ocurría dentro de los muros que por lo que pudiera suceder fuera, tampoco lo hicieron. Seguía sin saber qué había sido de Hedda, pero algo dentro de mí me insinuó que, de nosotras, solo yo quedaba para guiar a Zosia por aquel sendero de libertad, cuya calma solo era perturbada por el ruido que hacía la hojarasca al ser removida por algún que otro pequeño animal que huía de nuestra inoportuna presencia.

Ahora sí. Ahora que ya divisaba al final del camino al Mayor junto al Mercedes las lágrimas me brotaron sin control. «Mi Clara», hipé en voz baja. Ya nunca más la volvería a ver ni estrechar entre mis brazos. Había dejado de existir; su bello cuerpo había empezado a corromperse.

¿De dónde sacó el coraje para revelar en público su secreto y después poner fin a su propia vida? ¿Cómo logró ocultarme que estaba tan mal? Parecía que había superado la enfermedad con la que la conocí, y que de nuevo su alma se llenó de luz y esperanza. Cuán equivocada estaba. El hallazgo de Zosia me pareció que fue una inyección de energía para ella, un nuevo propósito que aligeraba la carga que llevaba sobre sus hombros. Un peso que acabó hundiéndola en su propio pesimismo. ¿Debí darme cuenta de la gravedad real de su desesperanza, de la pérdida de entusiasmo por las derrotas vividas, de sus ansias por hallar una salida digna a su pena? ¿Tan destrozaba estaba por dentro que no dudó en llevarse con ella a su hijo? Jamás me figuré que mi amiga, mi hermana, me dejaría tan pronto y de una forma tan violenta. En nuestros encuentros, siempre salía a relucir el futuro, lo que haríamos juntas cuando esta guerra acabara. Todos nuestros sueños compartidos, que también eran la mayor parte de mis ilusiones, se los llevó a la tumba. Lloré por ella, por su bebé, por mí.

El viejo Hermann, iluminado por el resplandor titilante de una farola, también nos divisó, y enseguida sacudió un pañuelo blanco en el aire. Luz verde.

El encuentro transcurrió en silencio, entre gesticulaciones y bisbiseos, interrumpido tan solo por un débil «aaah». Zosia no pudo evitar asombrarse al contemplar de cerca el vehículo, el primero que veía. Aunque ya se lo enseñamos en fotografías, al igual que otra multitud de cosas con las que se podría topar en su viaje, no era lo mismo que verlas en el mundo real. Caí entonces en la cuenta de que, a partir de ese instante, Zosia se convirtió en un pollito recién salido del cascarón, inocente e ignorante, que se asoma al mundo por primera vez. La pequeña se dejó acomodar por el Mayor en el asiento trasero sin decir ni pío; su insaciable curiosidad neutralizaba todo miedo que pudiera sentir ante lo nuevo y desconocido. El miedo solo nos incapacita a los adultos.

Mientras, yo me ocupé de Kreta, a la que hice subir al asiento del copiloto. Luego me calcé de nuevo mis zapatos de fiesta y escondí entre la vegetación los de Clara. Era conveniente no llevar nada encima que pudiera levantar sospechas en caso de que la situación tomase un rumbo imprevisto.

Cuando me disponía a entrar en el coche, Hermann me detuvo cogiéndome de la mano y tiró de mí para abrazarme, muy fuerte.

—Lo siento mucho, amiga mía —me susurró al oído.

—Gracias, Mayor. —Apreté mi rostro contra su pecho y sollocé en él. Cómo quería a ese viejo.

—¿Lo sabía usted? ¿Sabía usted que *Frau* W. era judía? —me preguntó serio.

—Sí, Mayor, me reveló su secreto poco antes de nuestra visita a Auschwitz —le contesté con la cabeza aún hundida en su chaqueta—; no pocas veces me vi tentada de contárselo a usted, pero ella y yo creímos conveniente no atosigarlo con más preocupaciones que las que ya tenía... Le juro que no queríamos ocultárselo.

—Pero ¿por qué haría algo así *Frau* W.? Ella sabía que podía contar con nosotros para cualquier cosa que necesitara...

—No estoy segura..., espero que la respuesta me la haya dejado aquí —dije, levantando mi vista vidriosa y mostrándole el sobre.

Él asintió, conmovido por Clara y por mí, y me acunó la cara entre sus manos para besarme la frente.

—Vamos, Ingrid —dijo.

Nos pusimos en marcha. Kreta dio un alegre ladrido, estaba acostumbrada a las excursiones en coche con el *Sturmmann* Schmidt y sabía que al final del trayecto siempre le esperaba una experiencia gratificante.

Zosia, a mi lado, rio cuando sintió al motor rugir, se puso de rodillas en el asiento y apretó la nariz contra la ventanilla. Hablaba consigo misma, tal vez maravillada de que el mundo pasara ante sus ojos a gran velocidad sin ella moverse del sitio.

Apenas pude prestar atención a la pequeña; mis ojos enrojecidos parecían haberse bañado en limón y los párpados luchaban por mantenerse abiertos. Pedí al Mayor que vigilara a Zosia para que pudiera cerrar los ojos durante unos instantes. Me sentía profundamente abatida, poseída por una extraña vibración, como si hubieran hecho sonar la campana de una iglesia con mi cabeza dentro. Respiré hondo para hacer desaparecer todo a mi alrededor, salvo el grueso sobre que podía sentir entre mis manos, sobre el regazo.

Caí en un sueño ligero, tan somero que percibí como un eco placentero las risas de Zosia provocadas por la voz paternal del viejo Hermann, que no paraba de hablarle, aun sabiendo que ella no le entendía nada de lo que él le decía. Me espabilé cuando este activó el limpiaparabrisas con el propósito de volver a deslumbrar a la niña, que se carcajeó de forma estridente. El Mayor enseguida se ganó su confianza, hasta el punto que Zosia se puso de pie a su lado y, abrazándolo por detrás, le plantó un beso en la mejilla.

Mientras Zosia seguía fascinada con las bromas del Mayor, que la deleitaba con sus muecas y sus mímicas al volante, abrí despacio el sobre.

Clara había depositado en su interior la pequeña tortuga de madera y el colgante con forma de trébol, así como el certificado de nacimiento de Zosia y los documentos de los Grynberg. También incluyó los nuestros, el mío y el de Erich, el fajo de billetes destinado a que Hedda pudiera comprar la libertad de ambas, y la invitación que semanas atrás, el 2 de junio, le envié para que viniera a mi casa a tomar un té y tuviéramos ocasión de conocernos tras haber vivido juntas el episodio del viejo teatro: la ironía de la vida hizo que un disparo nos uniera y otro nos separara.

Había sujetado la foto de su familia de pícnic con un prendedor a un sobre que contenía el carrete que atesoraba los momentos juntas que ella captó. Por último, lo más valioso: su carta, en papel vitela. «A tu lado siempre, amiga mía; y en mi corazón», leí en la cubierta. Una violenta punzada me sacudió de nuevo el pecho. Mi mente se negaba a aceptar que Clara ya no estuviera entre nosotros. Se antojaba irreal, una pesadilla de la que despertaría y todo volvería a ser como antes.

Hermann detuvo el coche en el último cruce que nos conducía a casa torciendo a la derecha.

—Es el momento de ocultar a Zosia abajo, entre los asientos —me indicó mientras se quitaba la chaqueta—: Tenga, cúbrala con ella y hágale entender que debe estar muy quieta.

Cómo sacar a la niña del coche y meterla en casa sin ser descubiertos no era motivo de preocupación para Hermann; aquella noche le tocaba hacer la ronda a Otto, lo cual reducía de forma considerable la probabilidad de fracaso. Hermann también había ideado el modo de subir discretamente a Zosia a mi cuarto en el supuesto de que Anne y Elisabeth nos esperaran levantadas. Antes de decidir si contarles o no algo sobre nuestra nueva pequeña inquilina, necesitábamos tiempo para pensar cuáles serían los siguientes pasos. En particular, yo, pues mi cabeza estaba bajo los efectos de un cataclismo.

No me resultó complicado hacerle entender con gestos a Zosia qué era lo siguiente que debía hacer. Obediente, dejó escurrir su cuerpecito en el hueco entre los asientos traseros y delanteros y se tumbó reposando la cabeza en mis pies. La tapé con la prenda oscura, casi negra, del Mayor.

—Ingrid, creo que también sería prudente que Otto no viera a Kreta nada más entrar. Lo atraería como las polillas a la luz y, conociéndole, aprovecharía para fisgonear dentro del vehículo —añadió el Mayor, que me propuso bajar al animal del asiento y hacer que se sentara en el suelo del copiloto. El propio Hermann se lo pidió y, para su asombro, el animal obedeció—. Creo que tú y yo nos vamos a llevar muy bien —le dijo.

Los faros iluminados del Mercedes atrajeron a Otto, que corría camino abajo, tirándose del cinturón hacia la barriga y sujetando a duras penas la correa del subfusil sobre el hombro. Llegó a la verja sin oxígeno y con la cara encharcada de sudor. El calor de aquella noche tampoco contribuyó a mitigar el esfuerzo realizado. Por lo regular, Otto bajaba la cuesta con la parsimonia de la que hacía gala, pero esa noche creyó que en el coche viajaba con nosotros el *Herr Hauptsturmführer*. Y era conveniente no hacerle esperar.

Con el brazo dibujó en el aire lo que vagamente me recordó a un saludo militar, y nos abrió de par en par las dos puertas de la valla con el cuerpo doblado, resollando como mulas que tiran de un carromato maltrecho y, al agacharse a recoger del suelo el arma que se le escurrió del brazo, mostrándonos el final de la depresión que separaba sus orondos glúteos. Una vez concluida la tarea y ver que Günther no venía con nosotros, escupió dos veces al suelo y se tomó un descanso con las manos apoyadas en las rodillas. El coche se movió en dirección a la casa y él quedó atrás para volver a cerrar la verja.

—No tardaré. Será cuestión de segundos —me informó el viejo Hermann apeándose del coche. Contemplé cómo rebuscaba entre las llaves que había sacado del bolsillo, bajo el farol de la puerta principal. Al fin entró. Puse una mano tranquilizadora sobre Zosia. «*Platz!*», ordené a Kreta, que hizo el ademán de asomar el hocico por encima del asiento. Me volví para localizar a Otto. Su figura ventruda se manifestó bajo la luna, que proyectaba en el terreno una sombra estilizada de él. Estaba de regreso, a medio camino, parándose a coger aire cada dos pasos.

—Vía libre. Erich duerme en su cuarto; y Jędruś y Anne, en el suyo. También Elisabeth está acostada. —El Mayor me sobrecogió hablándome por una de las ventanillas bajadas—. Vamos, salga con Kreta. La niña que espere un momento.

Le di unos toquecitos determinados a Zosia en el hombro, la señal que le indicaba que no debía moverse hasta nueva orden. Kreta y yo nos bajamos, y me topé de frente con Otto, sofocado, cuyos jadeos no le permitían articular palabra. Tan solo pudimos leer la sorpresa en su rostro al advertir la aparición inesperada de la perra, que trató de saludarlo saltando sobre su panza, pero la correa no daba para tanto.

—¿Y esa mala bestia de dónde ha salido, *Frau* F.? —me preguntó con un resoplido como broche.

—¡No lo tema! —intervino el Mayor en tono afable—. Es un nuevo miembro de la familia, sus amos han fallecido. Ya se lo explicaré todo en otro momento. Ahora necesito que me vuelva a abrir la verja.

—¿Cómo dice?... ¿La verja?... ¿Otra vez? ¡Maldita sea, podía habérmelo dicho abajo y me hubiera ahorrado este paseo! ¿Es usted consciente del tremendo calor que hace esta noche? —se quejó entre jadeos.

—Lamento hacerle bajar, pero se me fue el santo al cielo —se disculpó el Mayor—. Tengo que volver a salir, con urgencia, para recoger al *Herr Hauptsturmführer*, que ha tenido que hacerse cargo de un contratiempo. Hágame el favor, y apresúrese. Ya sabe que al *Herr Hauptsturmführer* no le gusta en absoluto que lo hagan esperar.

Otto dio media vuelta y, aliquebrado, enfiló hacia la verja lanzando refunfuños. Por primera vez me alegré de contar con los servicios de un SS tan ineficiente.

Con Otto enfrascado en su propia frustración, lo siguiente se sucedió muy deprisa. Sacamos a Zosia del coche y, con sumo sigilo, subimos hasta mi dormitorio, con Hermann unos pasos por delante de nosotras.

Nos dejó en la habitación. Liberamos de la correa a Kreta, que recorrió cada rincón del cuarto sin dejar un solo centímetro cuadrado sin olfatear. La niña hizo lo propio, pero con la mirada. Contempló boquiabierta los preciosos colores que la rodeaban, el de las paredes, los muebles, la colcha, las cortinas...

—¿Puedo hacer algo más por usted? —me preguntó Hermann.

—No, gracias, Mayor, es preciso que vaya a recoger a mi esposo cuanto antes. Todo saldrá bien. No se preocupe.

—¿No cree que sería mejor dejar a la niña en mi dormitorio, como pensamos al principio? Günther jamás entraría en él sin mi permiso —insistió.

—Creo que se sentirá más cómoda conmigo, querido amigo. Además, si hay un lugar en esta casa que jamás volverá a pisar mi esposo son mis aposentos... Lo podrá hacer, sí, pero por encima de mi cadáver —afirmé tajante.

—Como usted prefiera, Ingrid... Estoy convencido de que todo se arreglará. A su tiempo. No se preocupe. Ahora descanse, necesita sosegarse y ordenar en su cabeza el maremagno de sucesos. Si a lo largo de la noche se sintiera triste y necesitara alguien con quien hablar, ya sabe que solo tiene que llamar a mi puerta para encontrar a un amigo.

Asentí, agradecida, y Hermann cerró la puerta detrás de sí. Disponía de al menos media hora hasta que él y Günther estuvieran de vuelta. Ocultarle dos niños en su mismo techo se antojaba un reto sinigual. Muerta de agotamiento, aún no sé de dónde saqué fuerzas para mostrarle a Zosia el hueco en uno de los armarios de mi vestidor donde podía esconderse si fuera necesario. Comprendió perfectamente mis indicaciones a la primera, al igual que cuando le mostré una foto enmarcada de Günther y la informé sobre su persona: «Un alemán malo, zły Niemiec», dos palabras polacas que aún hoy conservo en la memoria. No sé por qué lo hice. Supongo que quise que ella pudiera ponerle cara al Mal.

El espacio que dispuse para Zosia era bastante más holgado que el de su antiguo arcón, lo que me permitió colocarle a un lado un mullido almohadón. En el suelo del armario, acondicioné un par de mantas dobladas para amortiguar la dureza de su superficie. En verdad, tan solo preparé el escondite porque sabía que ella se sentiría más tranquila de tenerlo, por si por alguna razón experimentaba la pulsión de acurrucarse en su primitivo refugio. O por si Günther, borracho, tiraba la puerta abajo para volver a aquietar su concupiscencia carnal. No creí que aquella noche se comportara como un salvaje, pues todo el personal se enteraría de su repugnante proceder. Como mucho llamaría a mi puerta para que lo dejara entrar con la excusa de hablar de lo primero que se le pasara por la cabeza. Ni loca accedería a su petición; estaba decidida a no abrirle la puerta a mi alcoba nunca más. Mi dormitorio, mi gineceo inexpugnable. Ignoro si fue o no por intercesión de la providencia divina que el día anterior Günther me tratara como una vulgar golfa de burdel, y que ese tuviera que ser el precio que pagar por librarme de él para siempre. Gracias a ello, reuní las fuerzas para levantar una coraza en mi corazón y un muro en mi alcoba. Si tenía algo que decirme o comunicarme, el salón sería el lugar idóneo; quedaban descartados su despacho o cualquier estancia de la casa donde pudiera acosarme sin testigos.

Con su particular lenguaje de signos, Zosia me hizo saber que Clara ya le había dado de cenar y a Kreta también. Di gracias por que no me preguntara por mi amiga. Por la manera de actuar de la niña, tuve la corazonada de que Clara no dejó ningún cabo suelto, incluido este delicado asunto. Imaginé que debió de contarle a Zosia una fantástica historia en la que ella desaparecía para siempre por una maravillosa razón que satisficiera a la criatura y no la echara de menos. Bajé a la cocina en busca de agua para ella y el perro, que de momento no parecía necesitar nada, pues aún confiaba en ver aparecer a su ama de un momento a otro. Se había tumbado a un lado de la cama con la mirada puesta en la puerta.

A la vuelta, hallé a Zosia acostada, frotándose los ojos entre bostezos. Me tumbé junto a ella y le pasé un brazo por el cuello. Ella me miró con los párpados entornados, puso dos dedos en sus labios y luego me los plantó en la mejilla. Quedó dormida con la cabeza apoyada en mi pecho.

Minutos después, sentí el golpe de la puerta principal al cerrarse. Deduje que serían ellos. Escuché los pasos de una sola persona pisar cada uno de los escalones. Las pisaduras se detuvieron delante de mi cuarto. Contuve el aire, sentí una ansiedad tan fuerte que rayó el pánico. «Que Dios se apiade de mí», recé en silencio.

—¿Ingrid? —Se escuchó mi nombre acompañado de un golpe de nudillos en la puerta. Era el viejo Hermann. Me comunicó desde el otro lado que no halló a Günther en casa de Clara. Según le habían informado, él y otros hombres habían partido hacia la residencia del *Generalgouverneur* Frank para tratar la traición de Karl y su suicidio. Lancé un suspiro de alivio. A continuación, el Mayor me deseó las buenas noches y se retiró.

Noté que la respiración de Zosia era cada vez más profunda, y me separé de ella con cuidado de no despertarla. Tomé la carta de

Clara que había depositado sobre la mesilla de noche junto con todo lo demás que venía en el sobre y me senté en mi orejero perlado. Ignoro cuánto rato la tuve entre mis manos sin decidirme a abrirla. Miré por el cristal de la ventana a la luna llena, esperando encontrar en ella la energía suficiente para leerla. Sus rayos de plata me inundaron del todo, y despertaron los sentimientos que oculté de forma inconsciente bajo un cúmulo de pretextos y remordimientos. Entonces, rompí a llorar; las lágrimas rodaban por mis mejillas y golpeaban contra el suelo de la alcoba como gotas de granizo. Fríos jirones de mi ser calados de tristeza, de rabia, de frustración por la despedida que vieron mis ojos. Al calor de mi regazo reposaban las últimas palabras de mi mejor amiga, cuya ausencia hacía el mundo menos hermoso. Letras que me hablarían como si ella estuviera viva, a mi lado, mirándome con sus ojos amarillos de flamenco, la criatura en la que le hubiera gustado reencarnarse. Una sombra en la noche que musitaría a mi oído por qué y cómo planificó su propia muerte.

Al fin reuní el suficiente coraje y resolví romper el sello de lacre con el águila. Habituada a disfrutar de su bella caligrafía, la de aquella carta no parecía pertenecerle a ella. Sus páginas estaban escritas deprisa, con una letra de trazos irregulares y picos altos, con fluctuaciones en las líneas que parecían dirigirse a un abismo. Algunos párrafos eran casi ilegibles y contenían tachaduras que ocultaban pensamientos indecibles. Era el fiel reflejo de su ánimo:

Mi más estimada amiga:

No llores, por favor, no llores por mí. Porque cuando tú estés leyendo estas líneas, yo habré al fin encontrado la paz. Esto debes pensar cuando me haya marchado. No quiero que sientas dolor el resto de tu vida por lo que voy a hacer, sino alegría, te lo ruego. No temo esa bala, porque supone no solo mi libertad, sino —y espero no equivocarme— la salvación para todos. Corres peligro, amiga mía.

Lo primero que te preguntarás es qué ha podido ocurrir entre ayer y hoy que me empujara a tomar este camino. La respuesta es muy sencilla: Hedda está muerta.

Aun peor, he sido testigo de cómo Karl la ha ejecutado: le ha metido un tiro en la cabeza sin pestañear, delante de mis narices. Sé que no va a ser agradable para ti conocer todos los detalles de lo acontecido, pero es mi obligación referírtelos, porque alguien debe conservar el recuerdo de lo que ocurrió. Algún día, algún familiar de Hedda, o tal vez la humanidad, deberá conocer su destino para que haya justicia. Pero no quiero volver a la historia de siempre. No hay tiempo.

Sucedió anoche, al despertarme a eso de las tres por el irrefrenable deseo de dar un bocado a algo salado; así que bajé a la cocina para saciar ese antojo. Al pasar por delante de la habitación de Irena, escuché algo así como sollozos acompañados de ruidos. Pensé que tal vez Zosia había tenido una pesadilla y gimoteaba, pero no me cuadraba el violento crujir de la cama, que parecía golpear la pared en un vaivén. Era incomprensible que Hedda y Zosia causaran tanto alboroto estando Karl en casa. Abrí la puerta lo justo para ver qué estaba ocurriendo ¡y me encontré a Karl violando a Hedda!

Ella reprimía el dolor mientras él la embestía con tanta violencia que ni siquiera se percató de que alguien había entrado al cuarto. Me dio tiempo a pensar que la niña seguía a salvo en el armario, aunque, eso sí, aterrorizada por lo que pudiera estar sucediendo a escasos pasos de su escondite. Con un fuego que me arañó la garganta, proferí: «¡Karl! ¡Maldito bastardo! ¡Déjala!». Era la primera vez que le insultaba de aquel modo. Hasta anoche siempre le había guardado el respeto. Él se volvió y me miró, no avergonzado por lo que estaba haciendo, sino molesto y rabioso por haberle interrumpido. Y en lugar de detenerse y apartarse de Hedda, me soltó con sorna: «¡Ja, ja, ja! ¿Acaso crees que es la primera vez que gozo de esta mujer? ¿Por qué, si no, habría tenido algún interés en traértela?». Le llamé malnacido a gritos, y Kreta, que me acompañaba, se alteró y le gruñó sin llegar a enseñarle los dientes. Que su perro hiciera esto pareció sacar de sus casillas a Karl. Ahora sí se separó de Hedda y se abrochó el pantalón del pijama, para acto seguido coger de la mesilla de noche el jarrón azul y arrojárselo a Kreta, con tan mala puntería que se estrelló contra la pared. La cerámica se rompió en pedazos y salieron volando tus documentos junto con el dinero reunido para el viaje.

Hedda y yo palidecimos. En un acto reflejo me agaché para hacerme con ellos deprisa, pero Karl me agarró con fuerza del brazo y me los arrancó de la mano. Sus ojos se encendieron como dos hornos de fundición al ver de qué se trataba. Sin mediar palabra salió del dormitorio precipitadamente. Nos miramos aterradas, convencidas de que, si este no era nuestro final, cerca estaba de serlo. Reaccioné rápido y, sin abrir el cajón, le susurré a Zosia que no se moviera y estuviera tranquila. Pero en el fondo, amiga mía, temí no poder volver en su busca. Estaba en manos de un nazi enfurecido, fuera de sí. Luego encerré a Kreta en la cocina, para evitar que Karl la moliera a palos; no era la primera vez que golpeaba al animal para descargar su ira.

«¡Maldita puta! ¿Qué significa esto? ¡Ya puedes empezar a cantar ahora mismo! ¡O sabrás lo que es bueno...!», le decía Karl a Hedda cuando volví a entrar en el dormitorio. Con una mano la agarraba por el cuello y con la otra la apuntaba con su arma en la sien. Me habría arrojado sobre él para apartar la pistola de ella, pero temí que eso pudiera ponerlo más rabioso y hacerle apretar el gatillo.

Le supliqué que la dejara en paz. Se equivocaba al acusarla a ella, y le juré por mi vida que había sido yo quien te había robado a ti los documentos. Pero Karl es de todo menos ingenuo. Él sabe que yo jamás haría algo tan serio que pudiera comprometerte. De modo que ignoró mis palabras y la emprendió a golpes con Hedda. La sacó al exterior de la casa con empujones, patadas y bofetadas. Yo los seguí rogándole que detuviera aquella locura suya.

Con la luna como testigo, Karl golpeó a Hedda con la culata en la espalda y ella cayó de rodillas sobre los adoquines. Luego le apuntó con la pistola en la nuca y le espetó: «¡Habla, perra! De lo contrario, no solo voy a acabar contigo, sino que yo mismo tendré el grato honor de acabar con tu padre... ¿De qué te sorprendes, maldita idiota? ¿En serio creías que no sé que tu padre es el barbero en Birkenau? ¿De verdad pensabas que te llevaría a mi casa sin más, para fornicar contigo cuando me apeteciera? ¡Menuda imbécil!».

Hedda se ahogaba en su llanto. Quedé atónita al averiguar que su padre era otro prisionero de Auschwitz. Comprendí entonces que era un secreto que ella debía tener bien guardado, pero la desdichada ignoraba que para los de arriba no hay secretos.

Tenía el pálpito de que Karl ya había tomado una decisión irrevocable en cuanto a Hedda, pero hice un último intento desesperado de convencerlo de que de ningún modo ella tuvo la oportunidad y la ocasión de hacerse con los papeles, puesto que, de las dos, solo yo he pisado tu casa.

Hubo un momento de silencio. Pero enseguida Karl se olvidó de mí para seguir atormentando a Hedda. Le propinó un puntapié en el costado y oí cómo le crujían las costillas. Ella dio un grito seco. «Esto es una caricia en comparación con lo que puedo hacerte sufrir. Pero antes, si callas, tendré una charla con el barbero. ¿Y a que no adivinas quién tendrá el grato honor de enviarlo a las duchas mañana a primera hora? O aún mejor... Antes le partiré todos los huesos del cuerpo... Uno a uno, por varias partes... Luego haré rodajas de cada uno de sus dedos, bien despacito... como si fueran longanizas... ¡Vamos, habla!», vociferó. Entonces, Hedda, aterrorizada, le dijo en un hilo de voz que habías sido tú, y no yo, quien le había dado los papeles. Sin embargo, Karl no la creyó: «¿Ah sí? ¿Sin más te los dio? ¿Por qué motivo iba a darte esos documentos a una hez como tú? ¿Os habéis hecho amigas inseparables? ¿La chantajeaste? ¡Ja, ja, ja! ¡Perdone, *Fräulein*, si no puedo contener la risa!». De repente, dejó de reír y en un susurro amenazante le soltó que no le hiciera perder más el tiempo. Le daba tres segundos para que confesara.

Hedda, sin atreverse a mirarle a los ojos, le explicó que yo era una buena persona y que solo trataba de impedir su regreso a Auschwitz. Y que tú, Ingrid, amiga mía, te ofreciste a ayudar. A pesar de nuestras loables intenciones y de que nosotras lo dispusimos todo para que huyera, ella nunca tuvo la intención de cumplir con el plan. Ocultó los papeles y el dinero en el jarrón con el propósito de no utilizarlos nunca y de decirnos que los había perdido. Insistió en que se sentía muy agradecida y en deuda con Karl por haberla sacado del KZ y que, por ello, nunca habría traicionado su confianza. Pero sus argumentos eran tan poco sólidos que no convencían ni al mayor de los crédulos. Karl estaba disfrutando con el interrogatorio. Para ponerla frente a su mentira le preguntó a cuento de qué tú le ibas a dar también el certificado de Erich. «*Frau* F. nos lo entregó por si podíamos salvar una vida más... ¡Eso es todo!», improvisó Hedda.

Karl la volvió a llamar embustera. «¡Es la verdad! *Frau* F. y *Frau* W. solo quisieron ser amables conmigo. ¿Qué puede haber de malo en ello?», contestó Hedda con determinación. Había reunido valor; la vida de Zosia pendía de un hilo. Karl pareció haber perdido la paciencia; le arrancó del cuello la gargantilla con el trébol y le clavó la boca del arma en la frente.

Hedda miró al cielo. Sus ojos serenos estaban anegados en lágrimas y sus labios se movían para rezar una oración. Pero solo pudieron moverse arriba y abajo dos, tres veces, porque no le dio tiempo a más. Karl le metió un tiro. El estruendo ahogó mi grito. Y el cuerpo de Hedda se desplomó contra el suelo, con el cráneo destrozado.

Pensé que yo iba a ser la próxima. Se volvió hacia mí y me apuntó. Estaba tan fuera de sí que creo que también me habría disparado de no ser porque Schmidt y otros dos SS aparecieron corriendo alarmados por el disparo. Recobró la cordura y bajó el arma. «Llevaos de aquí a esa cerda judía», les ordenó señalando el cadáver. Luego me tomó del brazo, convirtiendo su mano en un grillete, y volvimos a casa, donde me sentó en su despacho. Me acusó de haber sido una irresponsable y desagradecida. «¿Cuánto tiempo crees que tardará tu amiga en irse de la lengua? ¿Cuánto? ¿Qué más sabe? ¡Vas a vértelas conmigo! ¡Y tu amiga también! ¡Os voy a arruinar la vida a las dos!», me amenazó. De nada sirvió que tratara de convencerlo de que jamás haría nada que pudiera ponerlo a él en peligro.

Estaba hecha un manojo de nervios, amiga mía, tiritando de miedo de verlo de pie frente a mí jugueteando con la pistola entre las manos. Me acusó de haberte metido en un lío de aúpa, nada menos que a la mujer de su buen amigo Günther. De un hombre admirable. Mi sentencia de muerte estaba certificada. Pero no me tocó un pelo. Entonces caí en la cuenta de que no podía ni torturarme ni quitarme de en medio. No en vísperas de su fiesta de cumpleaños. Eso me dio algo de tranquilidad. Me hizo mil preguntas, en vano, porque o no las respondía o las contestaba con evasivas y vaguedades. A veces, mostrarse ingenua funciona con los hombres. Con la poca información que pudo sonsacarnos a Hedda y a mí, Karl montó en su cabeza una versión de los hechos, seguramente plagada de lagunas, que evitó detallarme, aunque había una pieza que no le encajaba y en la que fundamentaba todas sus sospechas: la partida de nacimiento de Erich. ¿Por qué razón me la diste? Ni en mil años habría caído en la cuenta de que había una niña judía de por medio. Para una persona meticulosa y concienzuda como es él, el libre albedrío, los cabos sueltos o la incertidumbre son fuente de obsesión indefinible. Detecté verdadera preocupación en sus ojos, y lo que nunca antes había visto anidar en él: el miedo. Con certeza, pensó que había perdido el completo control de su esposa judía. Y si tú todavía no sabías nada de mi sangre hebrea, era cuestión de poco tiempo que se me escapara: ¿cómo no contarte nada sobre mí cuando habías facilitado desinteresadamente tus propios documentos en la salvación de una judía?

El *Obergruppenführer* Karl W. se hallaba a un palmo del precipicio que él había socavado con sus propias manos. Se podía adivinar cómo los pensamientos se sucedían en su cabeza a la velocidad de una locomotora desenfrenada a punto de descarrilar. Cuanto más pensaba en lo que acababa de ocurrir, más incómodo se sentía y mayor era su desconfianza hacia mí. Las cartas de mi destino estaban echadas sobre la mesa; entre ellas figuraba la del arcano mayor, la número trece, la que señala el final. Y tú, Ingrid, tú también corres peligro. No sé hasta qué punto es capaz de desplegar su poder para hacerte daño. Conozco a Karl. Como te he adelantado unas líneas más arriba, su futuro depende de tener bien amarrado el presente. En su vida, insisto, todo ha de rimar; abomina los versos libres. ¿Comprendes ahora por qué le tengo que poner punto final a todo esto esta tarde? Parece que al fin Dios sí me ha escuchado. Porque, sin su ayuda, no habría podido encontrar una ocasión mejor para zanjar esto de una vez para siempre.

Karl me despachó finalmente con un gesto de la mano que me recordó al trato que vi dispensar a los SS a los judíos de Podgórze.

Al salir del despacho, me detuve unos instantes junto a la puerta entreabierta para tomar aire y serenarme; sentía que me asfixiaba, que un incontrolable temblor corporal amenazaba con derrumbarme, como hace un terremoto con los edificios. Acababa de vivir la peor de mis pesadillas, pero estaba despierta, lúcida... Cuando creí tener fuerzas para dar un primer paso, me sobrecogió el sonido de un golpe seco, y por un momento pensé que se trataba de otro disparo. Me volví con el corazón en un puño y pude ver por el resquicio de la puerta que Karl estaba de espaldas a mí.

El ruido resultó provenir de una caja metálica de munición que había puesto sobre el escritorio. Nunca la había visto antes. Tenía un tamaño cuatro veces mayor que una caja de zapatos, era vieja, de un color verde muy pálido, y sus aristas estaban oxidadas. Extrajo de ella un cuaderno donde anotó algo. Luego introdujo tus documentos entre sus páginas y volvió a dejarlo dentro junto con el colgante de Zosia y el fajo de billetes. Aseguró el cierre con un pequeño pestillo y metió la caja en uno de los archivadores inferiores de la librería. Cerró el armario con una llave que escondió detrás de un libro gordo de lomo rojo en la librería que queda junto a la ventana. Acababa de descubrir uno más de los tantos secretos que me ocultaba Karl. Todos ellos abominables, esto era uno más.

Lo primero que hice fue asomarme al cajón de Zosia, que dormía tranquila, con las rodillas recogidas y la espalda haciendo una ligera curva hacia delante. Luego, subí a mi habitación y me dejé caer sobre la cama, tumbada boca arriba, saltando de un pensamiento a otro, a cuál más desolador. Kreta se hizo un ovillo al pie de mi lecho. Esperé a que Karl se retirara a su alcoba y que sus ronquidos me corroboraran que ya dormía profundamente. Entonces, bajé a su estudio, para hacerme con la llave y poder recuperar nuestras cosas, además de conocer el contenido de aquel cofre que ocultaba bajo llave. Al moverlo para sacarlo del archivador me sorprendió lo pesado que era. Pensé que guardaba en su interior algún arma junto a documentos, tal vez de espionaje, de acusados, quién sabe... No, por el ligero tintineo que hizo el contenido del cofre al apoyarlo en el suelo, no se trataba de papeles. Descorrí el pestillo y abrí su tapa. El cuaderno de Karl flotaba sobre un mar de sortijas, pulseras, broches, collares, gemelos, medallas, relojes, pendientes... Cientos o tal vez un millar de piezas de joyería en oro o plata, muchas de ellas con incrustaciones de piedras preciosas.

Abrí el cuaderno, que recoge una serie de datos ordenados en cinco columnas, y hojeé sus páginas hasta llegar a la última anotación: «893 / 14.8.1943 / hembra adulta / judía / gargantilla con trébol». Los trofeos de un cazador, amiga mía, ¡botines! ¡893 piezas de 893 personas! Volví hasta la primera página. Karl empezó a llevar un registro de sus víctimas tres días después de que Hitler declarara la guerra a Estados Unidos: el 14 de diciembre de 1941. Más de una persona diaria de media en poco más de año y medio. Hasta donde mi ánimo fue capaz de contar (tuve que salir corriendo al baño a vomitar), segó la vida de al menos doscientos niños...

Llevo años diciéndome que no me puedo permitir abandonarme a la desesperación. Pero, como comprenderás, el vaso se ha desbordado tras estos días convulsos.

Me siento increíblemente anciana, amiga mía. Por el peso que cargan mis hombros y que no puedo soportar por más tiempo... Y es que estoy exhausta, cansada de estar en un sinvivir, de ver sin que se me dé un respiro cómo se me arrebata uno a uno lo que más quiero en este mundo. Y ya no podré resistirlo una vez más.

¿Comprendes ahora por qué estoy decidida a delatar a Karl? Debo hacerlo por la pequeña y por ti. Por todas esas personas muertas y todas aquellas que puedan quedar a su alcance en un futuro.

Al principio no comprendía por qué Hedda te incriminó cuando Karl la encañonó con la pistola. Dijo que tú fuiste quien se ofreció a ayudarla. Ahora sé que lo hacía porque pensaba en Zosia. ¿Qué sería de la pequeña sin mi amparo? Pecando de ingenuidad, Hedda también debió de pensar que echándote las culpas a ti sería más difícil para Karl tomar represalias; ella te veía como una mujer intocable. Perdónala a ella también, te lo ruego.

Está en mi mano evitar que te ocurra algo malo; solo yo puedo garantizar tu seguridad; si algo te pasara por apoyar mis deseos y voluntades, no me lo perdonaría jamás, al igual que no me perdono las muertes de Hedda e Irena. Debí hacer esto mucho antes. ¿Por qué me dejé arrastrar por la inacción? Yo pude detener todo este derramamiento de sangre. Pero se acabó. No quiero volver a ser testigo de más masacres, no si puedo evitarlo.

Lo que lamento profundamente es dejarte sola con la carga que supone Zosia. Solo espero que Hermann consiga papeles falsos para ella o dar con una familia polaca dispuesta a ayudarla. Dependemos de él. Dios quiera socorrerlo a él también.

Y no, por favor, amiga mía, no le des vueltas a mi decisión; los motivos son los que te he expuesto. Prométeme que no te atormentarás, pues de nada servirá. He llorado toda la noche, ya no por mi infeliz existencia ni por las desdichas de Irena, Hedda y mi familia en paradero desconocido, sino por mi bebé. Sencillamente, veo a un mundo ante mí en que los humanos se devoran los unos a los otros, en que es necesaria esa antropofagia para la subsistencia de la erróneamente llamada civilización, incapacitada para desterrar la barbarie. Y quienes deciden no participar en ese festín existencial, en esa lucha tribal por la supervivencia, acaban siendo devorados y engullidos. Sé que he arrebatado a Dios su potestad sobre la vida y puede que tenga que pagar por ello, pero no quiero que mi pequeño, hijo de judía, venga a este mundo.

Si miro atrás, no puedo evitar preguntarme cómo he llegado hasta aquí. Cada uno nace con una estrella. A algunos la vida los ubica en la senda fácil, sin apenas obstáculos. Otros han de transitar caminos pedregosos, plagados de adversidades. Y de entre estos los hay que son más pusilánimes y que se rinden ante el primer contratiempo. En este sentido, mi padre siempre estuvo orgulloso de mi resiliencia; decía que yo era una luchadora, que poseo una capacidad sorprendente para solventar los obstáculos, pequeños y grandes, y salir fortalecida de los traspiés. Supongo que tenía razón, pero jamás imaginó que mi vida se retorcería hasta el extremo de convertirse en una soga en mi propio cuello. No soy una persona brillante, ni he destacado del resto por mis logros. Soy normal y sencilla. Como la mayoría de los mortales, me he ido abriendo camino, poco a poco, llevada por el instinto de supervivencia. Un ser del montón, prescindible.

Nada tengo de heroína. La vida es una carrera de obstáculos y yo he tropezado con el último. Ahora me encuentro de nuevo abatida, hundida en una sima de la que no sé cómo salir. No hay escaleras ni cuerda que alcancen su profundidad. Y mira por dónde, amiga mía, allí, en la más absoluta tenebrosidad, hallo la luz que alumbra mi mente, la solución para salir del foso. La única, la mejor para mi hijo, y para ti. No pienses que es un acto irreflexivo, ni siquiera generoso. Como ya te he avanzado, también hay en él una pátina de egoísmo.

Me alegro de que mis padres no estén aquí para ver en qué persona me he convertido, dispuesta a sacrificarlo todo, a permitir incluso que ejecuten a su marido. Pero creo que me comprenderían bien si les dijera que la moral no está hecha para aquellos que viven la vida como un funambulista con los ojos vendados, sin red, avanzando sobre una cuerda entre dos acantilados. ¿No crees, amiga mía? Al final Karl ha logrado prender ese lado oscuro que todos portamos y muchos conseguimos reprimir, y volverlo en su contra. En verdad, no es un acto de venganza. No sabría cómo llamarlo. Una vida a cambio de otra.

Salvo en los cuentos, la vida nunca tiene un final feliz. ¿Quién desea la muerte? Solo son dichosos aquellos que la buscan. Yo soy feliz por poder encontrar a través de ella el sosiego, la paz interior. Casi considero un privilegio saber cuándo se le pone un punto final a mi tiempo vivido. Ser sabedora del momento exacto de mi muerte resulta hasta alentador. Hay muchas formas de dejar este mundo, yo tengo claro como no quiero que sea la mía: en manos de otro, torturada, fusilada o gaseada, porque NADIE puede arrogarse esa facultad. Si hay alguien que decide sobre mi vida, esa soy yo. Sobre todo, después de que Dios desoyese mis plegarias. Y aún diría más: aunque lo haga de una manera transgresora, me marcho por decisión propia, batiendo las alas libremente, siendo dueña de mi destino. Eso nadie me lo puede robar. Ni el hecho de que mi hijo será libre de cualquier miedo o temor, libre de experimentar el mal en su estado más puro.

Antes yo tenía el convencimiento de que las cosas que amaba, las personas cercanas, eran indestructibles, como lo es la sinfonía *Heroica* de Beethoven o *Júpiter* de Mozart. Nadie nace preparado para cuando ha de llegar el día en que mueren nuestros padres, o nuestros hermanos. Pero menos lo está uno a que otro ser humano te los arrebate. Las cosas en que creía ya no existen. Estaba convencida de que por lo menos todo duraría algún tiempo más. Pero ya nada hay. Ellos, Albert, mi madre y mi hermano, ya no están aquí, me lo dice el corazón. Ahora, para llenar este gran vacío, solo tengo una única esperanza: encontrarme de nuevo con ellos; dondequiera que estén hallaré mi hogar. Espero que mis padres, que pusieron la vida en mis manos para que la viviera con dignidad y felicidad hasta el final, y no en desgracia, sepan perdonarme que le haya puesto fin por acabar con este condenado dolor que me corroe con la virulencia de un cáncer incurable.

Por eso no debes preocuparte por mí, Ingrid: es fácil morir cuando no dejas a nadie de tu sangre atrás; lo único difícil de la muerte es enfrentarse a ella sola. Pero eso es algo por lo que debemos pasar todos, tarde o temprano. Y no temas por mí: no tengo miedo a la parca. He aprendido a que no me intimide. Estoy lista para irme de este mundo. No me da miedo el dolor físico, no puede ser peor que el que llevo en mi interior. Siento un verdadero deseo de morir, y es tan sumamente grande que ya veo a Albert, y a mi madre, a mi padre y a mi hermano, puedo sentir el calor de su piel, el olor de sus cabellos, el amor en sus ojos, la candidez de sus almas... «¡Moriré para vivir!»

La emoción casi me roba el pulso para escribirte estas líneas, tan amargas. Perdona, querida amiga de consuelo y esperanza, pero solo a ti soy capaz de abrirme y compartir estos pensamientos tan profundamente dolorosos y tristes...

He aprovechado estas horas nocturnas para dejar todo listo para llegado el momento: a Zosia no le he contado nada sobre lo que le ha ocurrido a Hedda, solo que los planes han cambiado; es lista y valiente, confía en ti, así que estará preparada para cuando tú llegues.

He escondido la caja de Karl con las joyas en el agujero donde dormía Zosia en la cueva. No se me ha ocurrido un lugar más seguro. Quizá no ahora pero algún día tengas ocasión de hacerte con ella. Ojalá en un futuro próximo los familiares de estas personas, si logran sobrevivir a este holocausto, puedan recuperar las pertenencias de sus seres queridos. Lo dejo en tu mano, amiga mía; confío en que lo lograrás.

No va a haber judíos ni polacos entre las filas de los camareros y cocineros, así que no creo que Karl tenga ninguna necesidad de abrir su armario secreto a lo largo del día. Como ves, aún me queda aliento para la ironía.

Fuera, la oscuridad parece rendirse, y hay una cosa que quiero hacer antes de continuar escribiéndote: dar un último paseo al aire libre, en compañía de mi segunda inestimable amiga, Kreta; necesito salir y caminar descalza sobre la hierba regada de rocío, acariciar los troncos ancianos y jóvenes de los árboles que me han acompañado estos años, amar con mis labios sus hojas, sentir el poder del sol inundándolo todo con abanicos de colores, escuchar a las aves cantar poesía...

Ya he regresado de mi paseo, Ingrid querida. He hallado gran sosiego en él. Me ha parecido sentir de nuevo el mundo cuando aún estaba en orden y daba la impresión de que este orden era imperturbable.

Ha sido un rato hermoso, he saboreado cada instante, hasta el más humilde suspiro de la naturaleza, el bello legado de Dios, pero también ha sido triste, porque tú no estabas a mi lado. Arropada por una sinfonía de grillos, he llorado por lo que pudo haber sido y no es. Y lloro por ti, por el daño que voy a causarte en pocas horas y porque no podré tenerte a mi lado en mucho tiempo, hasta que Dios así lo disponga.

He tenido tiempo para pensar en lo cruel que te resultará recibir estas líneas cuando yo ya no esté aquí. Y sé que pensarás lo mismo que estoy pensando ahora: cuánto me gustaría escuchar tu voz por última vez y poder despedirme. Pero si lo hago, sé que arruinarás mi propósito. Esto no debe ser un adiós triste, ha de ser un canto a la libertad. Puedo deleitarme una última vez en cómo la fragancia de esta tinta azul penetra por mis fosas nasales, sentir hasta las entrañas las emociones que en este momento se me arremolinan en la tripa con tanta vehemencia, en ser tú la destinataria de estas palabras que con todo mi cariño te transmiten cuanto acontece en mi interior ante una decisión tan íntima y crucial...

Por más que tratara de decírtelo en palabras, no alcanzarías a imaginar cuánto te quiero. Tú, que como un soplo de aire fresco entraste en mi vida para darle notas de color. A tu lado pude una vez más vivirme, viajar en mí a través de ti, de tu compañía. Abriste un leve resquicio en mi corazón para que se me inundara de nueva esperanza. La felicidad es para mí lo que tú y yo hemos vivido y compartido. Gracias, querida, por dármela.

Lamento que lo nuestro termine así, que nuestra amistad no haya durando ni una estación. Ha sido breve pero intensa, por ello no dudo de que lo que voy a hacer va a marcarte para siempre. El mundo que conoces se desmoronará. Solo puedo decirte: perdóname, amiga mía, y abraza la vida, ámala y persevera en ese amor pese a las dificultades... Vive esos sueños que yo no pude cumplir, vive lo suficiente para poder ver crecer a tu hijo, y el de morir en casa, rodeada de tu familia y poder despedirte de aquellos a los que más quieres.

Lo primero recupérate de lo que vas a verme hacer y no olvidarás nunca, amiga mía; reponte, avanza. Piensa en que mi adiós durará menos que un suspiro, posiblemente ni llegue a sentirlo. La vida sigue, tiene que seguir, para los que se quedan. Recobra tu bienestar emocional. Al lado de él. No renuncies a su amor. Lucha. Por un amor libre, sin fronteras ni tabúes.

Solo así podrás ser feliz. Plenamente. Confía en mí, ya lo verás. La suerte te acompañará más en tu camino que en el mío, porque sea adonde sea que yo vaya, estaré siempre contigo, amiga del alma.

Ahora debo dejarte, querida; camareros, cocineros están a punto de llegar y quiero contribuir y poner los cinco sentidos en preparar el mejor y más magnífico de los escenarios, y luego arreglarme y estar preciosa para mi acto final... Hoy la noche nos será propicia, la luna estará de nuestro lado. Te servirá de guía en el momento más oscuro...

Estoy orgullosa y en paz. Dios me dé fuerzas para hacer lo Último y más difícil.

Adiós, Ingrid.

Eternamente tuya,

CLARA

P. D. Cuando el eterno fuego de las armas se apague, ve a Múnich, visita a los Friedrich. Búscalos en caso de que el edificio haya sido destruido en los bombardeos, no descanses hasta dar con ellos o saber de su destino. No te rindas. Si queda algo del legado de mi familia, por favor, házselo llegar a ellos. Seguro que les hará ilusión tener un recuerdo de todos nosotros. Si el destino ha querido llevárselos, yo misma podré abrazarlos y darles una vez más las gracias.

19

Miércoles, 18 de agosto

En apenas dos semanas de aquel agosto de 1943 un cúmulo de tragedias me golpearon sin que me diera tiempo a levantarme del suelo. Los asesinatos de Irena, de Hedda, de Maria y del prisionero polaco sin nombre; la decepcionante realidad del nacionalsocialismo con el báratro de Auschwitz como telón de fondo; la traición de mi esposo y el desvelamiento de su maligna naturaleza; la separación de mi amado trufada de incertidumbres; y hasta el devenir de la guerra, que mi país iba encajando con sonadas derrotas.

Episodios todos ellos dolorosos, pero ninguno tan desgarrador como el tan inesperado como trágico final de mi amiga. Mi compañera. La música cuyos acordes puros e inocentes dibujaban cada día una sonrisa en mi cara. Nuestras vidas se habían entrelazado para tejer un tapiz excelso, sin rasgaduras ni deshiladuras. Éramos dos seres dispares pero complementarios; yo, la mitad de ella, y ella, la mitad de mí.

Su suicidio, planificado y escenificado de forma meticulosa, sin dejar nada al azar, dio un vuelco a mi existencia, hasta el extremo de que esta jamás volvió a ser como antes. Me trasladó un sentimiento de culpa que jamás superé, por más que comprendiera que el camino que decidió tomar fuera en ese instante el único posible para ella: halló el modo de irse con la tranquilidad de habernos salvado a Zosia y a mí y, de paso, poner fin a los crímenes de Karl. Lo logró antes de que él pudiera destruirla a ella. Con todo, tardé años en dejar de reprocharle a mi amiga que me abandonara.

El cuerpo de Clara y el de Karl acabaron en una fosa gigantesca excavada a las afueras de Cracovia junto con los cadáveres de judíos y reos de la Armia Krajowa fusilados el día anterior, según pudo saber Hermann. Imaginé que Clara estaría feliz de yacer al lado de los suyos, aunque incómoda por compartir sepultura con su despreciable esposo. Aun así, quizá su espíritu se alborozara porque alguna forma de justicia superior dictara que los restos de Karl reposaran para la eternidad rodeados de quienes odió, torturó y asesinó, lejos de un camposanto, sin un entierro digno, engalanado de honores y salvas como él, dada su privilegiada posición en el Gran Reich, habría creído merecer. Lloré por no haber podido darle a mi amiga el último adiós, por no saber bajo qué suelo estaba para honrarla con un ramo de flores y sentarme al pie de su tumba con el propósito de recordar con ella los momentos felices que compartimos y hacerle sentir que por siempre sería leal a todo lo que nos unió en vida.

La sensación de melancolía por la ausencia de mi amiga solo era igualada por la inseguridad de otra posible pérdida: la de Bartek. Llevaba cinco días sin tener noticias de él. Desde el viernes en que su silueta astrosa se diluyó entre la muchedumbre de la Radziwiłłowska-Straße. Viví pendiente del buzón. A todas horas bajaba hasta él con la esperanza de que al abrir su puertecita gualda me topara con unas letras que certificaran que seguía libre y con vida. Ni siquiera el lunes en que pasó el cartero, el buzón multicolor se apiadó de mi corazón cautivo de amor. Al verlo a aquel cabalgar sobre su añosa montura pensé que tal vez Bartek echó mano del correo ordinario para contactar conmigo, pero toda la correspondencia era para mi esposo.

Cracovia era un sitio cada vez más inseguro para los cracovianos de la antigua Polonia. Aún más si cabe para mi anhelado jardinero, que en aquel momento estaba en el punto de mira de Amon Göth. Con un simple chasquido de dedos, el *Kommandant* de Płaszów podía fulminarlo, borrarlo del mapa para eliminar cualquier rastro de nuestro acuerdo, y, de paso, mostrarme cómo los tentáculos de su red de espías se extendían por toda la ciudad, en definitiva, para ejercer su dominio sobre mí. Quién podía asegurarme que poco después de entregármelo no me lo hubiera vuelto a arrebatar, esta vez para siempre.

Cavilaciones tremebundas, jaquecas perseverantes y noches de insomnio me acompañaron las veinticuatro horas del día. Cada dos por tres, mi corazón palpitaba desorientado y parecía que quisiera desgarrarse de mi pecho para salir en su búsqueda, oprimiéndome el aliento y ahogando mi voluntad con sus estrujones. Finalmente, dejé aparcados mis pensamientos apremiantes y saqué fuerzas de flaqueza para no descuidar a las tres criaturas que dependían de mi entereza: mi hijo benevolente; un polaco sin rasgos arios que chapurreaba el alemán; y una jovencita polaca judía que bien podía pasar por germana pero que nada entendía de la lengua oficial, aunque había aprendido a mimetizarse entre los nuestros haciéndose pasar por un niño mudo.

En su tiempo libre y las horas muertas de su trabajo como chófer, el viejo Hermann tiró de hilos con la discreción a la que estaba obligado para encontrar a alguien entre sus conocidos que pudiera tendernos una mano con Zosia —y si se diera la circunstancia, quisiera Dios que no, con Jędruś—. Pero el tiempo corría y el ansiado samaritano no aparecía, por lo que empezó a rondar por mi cabeza una disparatada salida, la única: huir yo misma muy lejos de allí con los tres pequeños, que en nada se parecían entre ellos, haciendo pasar a Erich y Zosia por mis hijos y a Jędruś por un sobrino huérfano. Sin Clara y con Bartek con un pie ya fuera de mi vida, Cracovia se me antojó un campo sembrado de ortigas que solo me causaba escozor. Dependía una vez más del auxilio y la protección del Mayor para volver a mi querida Alemania o viajar a Linz para estar con mis padres. También de su astucia, para que me aconsejara sobre cómo proceder en el caso de que, mientras organizábamos mi partida, el *Kommandant* Göth me solicitara una cita privada.

—¡Ingrid, Ingrid! ¡Al fin! —El viejo Hermann abrió la puerta del comedor saltándose la costumbre de llamar antes de entrar. Se le veía emocionado y agitaba en el aire un diminuto papel entre los dedos—. ¡Noticias de *Herr* Kopeć!

Su anuncio desató un maremoto en la tila que esperaba a entibiarse en la taza que yo asía por el asa; el líquido se vertió y corrió por sus paredes para precipitarse en el platito posado en la palma de mi mano, y acabó por derramarse y quemarme los dedos. Con los nervios a flor de piel, dejé rápido la infusión sobre la mesa y me llevé de forma instintiva las manos a las mejillas. Mis ojos se encendieron con un destello de esperanza.

—¡Oh, Mayor! ¡Gracias a Dios! —Tuve que reprimir las lágrimas que pugnaban por precipitarse al vacío desde mis pestañas.

Esbocé una sonrisa de placer, pues aquel pedazo de papel que el viejo meneaba con alborozo se transformó en una antorcha de luz que volvía a iluminar mi vida, abismada en la penumbra del fatalismo.

—Vendrá hoy a recoger a Jędruś sobre las diez... En menos de una hora... —precisó mi querido hombre del parche, sofocado por la carrera que se dio.

—¿Se la ha entregado en persona? ¿Ha podido usted hablar con él? —pregunté deseosa de saber algo sobre la situación de Bartek.

—No, no, no... Esta noche nos ha dejado esta nota en el comedero de las palomas. Él mejor que nadie sabe que lo relleno todas las mañanas. —El Mayor me entregó media cuartilla doblada en cuatro partes al tiempo que no podía callarse su contenido—: Dice que debe usted subir a su dormitorio y esperar a que él le haga una señal desde la roca; será entonces cuando habrá de ir usted con Jędruś hasta allí. Yo, mientras tanto, me ocuparé de llevarme a Hans a la entrada principal, pues Otto acabó la guardia muy tarde y aún duerme. Eso no será ningún problema; lo entretendré con la cerradura de la verja, que últimamente no cierra bien... Siempre he pensado que son la vergüenza de las SS; si llegara a oídos de Günther que un vulgar jardinero burló la vigilancia, no quiero imaginar dónde acabarían esos dos incompetentes...

Era innegable que ni Hans, como *SS-Rottenführer*, ni Otto, como *SS-Schütze*, eran brillantes en su tarea, pero eso no restaba un ápice a la intrepidez de mi amado para entrar y salir de la finca sin ser visto. Me sentí orgullosa por ello, y noté a Bartek muy próximo a mí, tan cercano que el vello se me erizó. Una fuerza incontrolada me empujó a asomarme por el ventanal de vidrieras para buscarlo en el jardín, pensando que quizá me observaba oculto tras un árbol.

—No debe de andar muy lejos, Ingrid —afirmó Hermann al notar mi fogosidad—. Me apuesto mi ojo sano a que está más cerca de nosotros de lo que creemos.

Sus palabras me sonaron a dulce melodía. Rompí a reír, y él esbozó una sonrisa cómplice, indulgente. Besé el papel como si fueran los labios de mi amado y abracé con gran efusión al viejo, dichosa de tenerlo de mi lado. Una vez más. Él me arropó en sus brazos. Para un hombre recto y de viejas costumbres no tuvo que ser fácil aceptar o al menos transigir mi idilio con Bartek, una mujer casada y madre. Pero la conducta libertina y criminal de Günther se lo puso fácil; además yo sabía que él sentía un aprecio especial por nuestro querido jardinero.

No podía creerme que en un periquete tendría enfrente de mí a Bartek, y que podría besarlo y abrazarlo, aunque con moderación, pues llevaría de la mano a Jędruś, la abejita que volvería a ser acogida en el calor de su colmena, junto a los suyos.

—¡Vamos, Ingrid, aparquemos las emociones para otro momento y pongámonos manos a la obra! —El largo abrazo pareció incomodar al viejo prusiano, deshabituado a esas muestras de afecto, que se liberó con un leve carraspeo—. Ejem, hemos de actuar con la precisión de un reloj suizo: suba, y usted y Anne preparen a Jędruś. Entretanto, yo pondré al corriente a Elisabeth y buscaré a Hans; confío en que Otto siga durmiendo... Avíseme cuando *Herr* Kopeć haya llegado.

Besé al viejo en la mejilla, para fastidiarle, y, tras pellizcarle la nariz con cariño, corrí escaleras arriba hasta mi dormitorio, que durante el día más bien parecía un *Kindergarten*. Dejé que los tres jugaran allí con una sola condición: nada de gritos ni de peleas ni de alborotos. Jamás confié en que llegaran a ser tan obedientes. Y en ello había que incluir a Kreta, que hacía compañía a los niños hecha una rosca junto a mi orejero perlado cuando no estaba en el jardín tumbada horas y horas al sol.

Al abrir la puerta hallé con los ojos vendados con un pañuelo a Zosia, la Becky que había alterado con su llegada las vidas de mis pequeños Tom y Huck, especialmente al primero, como sucedía en la ficción. Me hizo gracia pensar que la madre estuviera enamorada de un polaco y que su hijo se viera atraído por una polaquita de porcelana. Zosia hacía de gallinita ciega y, con los brazos extendidos, buscaba, alegre, a Anne, la organizadora del juego, y a los dos pillos, que se movían por todo el dormitorio haciéndole muecas y sacándole la lengua a la vez que susurraban su nombre.

Fue fabuloso para mí ver cómo congeniaron los tres niños a pesar de que Zosia y Erich no hablaran el mismo idioma. Unas veces se comunicaban con señas y gestos, y cuando estos no funcionaban, Jędruś intercedía para hacer de intérprete. Al verlos tan unidos, pensé que ojalá nunca crecieran, que sus almas continuaran siendo cándidas y que en ellas jamás germinaran el orgullo y la soberbia causantes de la ruindad que corrompe a los adultos.

Me alegré especialmente de que Zosia se moviera ufana por toda la habitación con los ojos vendados, de que el espíritu de la infancia hubiera vuelto a ella y de que hubiera olvidado su rutina carcelaria. Jamás había visto a otros niños y era la primera vez que compartía risas y juegos con alguien de su edad. Al principio tuve dudas de si juntarla con mi hijo y Jędruś, pues los contempló un tanto asustada. Pero enseguida se unió a ellos con una sonrisa de oreja a oreja, después de que Jędruś, por iniciativa propia, se le acercara para decirle sus nombres y ofrecerle uno de los dos solda-ditos de plomo que sujetaba en la mano. Mi hijo, siguiendo su ejemplo, hizo lo propio con una perinola que se sacó del bolsillo.

Desde la muerte de Irena, a su hija nunca le faltó amor y cariño por parte de Clara, Hedda y mía. También se ganó el corazón de Hermann; y Anne y Elisabeth la acogieron con los brazos abiertos cuando el Mayor, para mantener a salvo nuestros planes, les contó que se la encontró deambulando por una solitaria calle, llori-queando y muerta de hambre; y que obviamente contaba con mi beneplácito para que se quedara con nosotros hasta que decidiera qué hacer con ella. «Ya saben cómo es la señora con los niños; en cuanto la vio, la cogió en brazos y se la comió a besos. *Frau* F. me ha encomendado que trate de localizar a sus padres, que no deben de vivir muy lejos de donde la hallé, antes de entregarla a un orfa-nato o a la policía», las informó el Mayor. Tanto él como yo evita-mos facilitarles más detalles sobre la niña, aunque Anne y Elisa-beth tampoco hicieron preguntas. Ni incluso les extrañó que vistiera y peinara como un varón. Y para que Jędruś no se fuera de la len-gua por lo que Zosia pudiera contarle de su reciente pasado, le prohibí que hablara de ello con nadie, ni siquiera con Erich. Si quería comentar cualquier revelación de la polaquita, le invité a que lo hiciera conmigo. Jędruś enseguida comprendió mis adver-tencias.

Estaban tan concentrados en el juego que ninguno de los niños se percató de mi presencia. No quise interrumpirlos, pero el tiem-po apremiaba. Y justo cuando me disponía a informar a Anne de que de un momento a otro entregaría a Jędruś a su padre, apareció Elisabeth por detrás de mí. Sus jadeos sonoros por la rapidez con que debió de subir los escalones provocaron que Zosia se quitara la venda de los ojos. Cualquier exceso de ruido o sonido aún la ponía en alerta.

—¡Ay, Jędruś, mi pequeño glotón! ¡Cuánto te echaré de menos, ratoncito! —exclamó la cocinera al irrumpir en la habitación con el rostro cubierto de lágrimas. El pequeño Huck la recibió patidifuso. Y ella lo levantó del suelo para achucharlo entre sus abultados pechos.

Anne contemplaba la escena sorprendida, y corrí hasta su oreja para hacerle partícipe de lo que estaba sucediendo. Su primera reacción fue la de agachar la cabeza y fruncir el ceño. Los ojos se le humedecieron y los labios se le echaron a temblar sin saber qué decir. Mirando a Jędruś con profunda tristeza, se aproximó a él, que, cohibido y sin saber qué pasaba, seguía en brazos de Elisabeth, y le plantó un beso en la mejilla mientras le revolvía el cabello con mimo.

Las muestras de cariño y bondad de ambas mujeres me conmovieron, porque actuaban como si nunca más fueran a volver a ver a Jędruś. Más que una despedida me pareció un adiós definitivo. Entonces caí en la cuenta de que, efectivamente, así lo era para ellas. Parecía del todo improbable que Jędruś volviera a pisar nuestra casa, o a corretear por el jardín, o a llenarse los bolsillos de dulces a espaldas de Elisabeth. Su ausencia causaría un vacío en todos, especialmente en Erich. Por lo pronto, esa sería la nueva y única realidad. Triste, dolorosa, injusta. Solo Bartek podía hacer que resultara menos amarga, meliflua a veces. Él debía prometerme que hallaría la manera de vernos con regularidad, en un lugar discreto y seguro. Al menos, él y yo, por el momento. Más adelante, tal vez podríamos organizarnos para que Jędruś y Erich disfrutaran con sus juegos de forma esporádica.

—¡Por el amor de Dios, están ustedes aterrorizando al niño! ¡Que hoy venga su padre a recogerlo no significa que vaya a desaparecer de nuestras vidas para siempre! —dije en voz alta para que Jędruś comprendiera el porqué de los sollozos y achuchones de Anne y Elisabeth.

—¿Padre, buscarme? ¿Padre estar aquí? ¿Verdad, *Frau* F.? —me preguntó mientras se liberaba con un respingo de las dos mujeres para, con paso alegre y una sonrisa en la cara, abrazarme por la cintura.

—Sí, Jędruś, pronto podrás reunirte con tu padre —respondí pasándole la mano por el moflete.

Mi pequeño Huck comenzó a pegar saltos de alegría, gritando «*Dziękuję!*» repetidas veces, y raudo se subió a la cama para celebrar la noticia dando botes sobre el colchón, una costumbre habitual en él cuando se sentía feliz. Mi hijo, como no podía ser de otro modo, siguió sus pasos y se sumó al festejo, pues aún no había caído en la cuenta de que no volvería a ver en mucho tiempo a su único compañero de aventuras. Zosia fue la última en trepar a la cama, después de que Jędruś le dijera algo en polaco. Elisabeth no podía dejar de llorar mientras los miraba, y Anne balbuceaba palabras inteligibles presa de la tristeza. Ambas al final se limpiaron las lágrimas, y Elisabeth optó por retirarse a su dormitorio hasta que se le pasara el disgusto; Anne la acompañó abrazándola por la cintura.

Ver a Jędruś y Erich brincando con deleite, viviendo el presente intensamente, como algo irrepetible a lo que había que exprimir hasta la última gota, sin importarles el después, porque en su tierno raciocinio el mañana no existía, me trajo el recuerdo del último momento que viví junto a mi amiga. Cuando me entregó el Rafael. Con las prisas, salí hacia Płaszów sin abrazarla ni besarla como merecía por su gesto impagable hacia mí, hacia Bartek. Noté un sollozo atenazándome la garganta. Intenté reprimirlo, pero logró escapar por los conductos lacrimales. Erich, al verme con los ojos empañados, dejó de saltar y enseguida se bajó de la cama preocupado:

—¿Por qué lloras, madre?

—Por nada, cariño. Es solo que acabo de recordar que mi amiga Clara se ha marchado a un lugar muy lejano de nosotros y no pude decirle adiós. Pero no es tu caso, hijo, estoy emocionada de veros tan contentos, de que os podáis abrazar sabiendo que os volveréis a ver muy pronto... Es maravilloso, por eso también se me saltan las lágrimas.

—No te preocupes por ella, madre. Los buenos amigos son para siempre, no importa que viajen hasta el infinito, el lugar más lejos que existe. ¿Y sabes por qué la amistad no se pierde?

—No, cariño, ¿tal vez porque les unen los pensamientos?

—Mmm... —dudó mi pequeño—. Puede que también. Pero la realidad es que existen unos hilos invisibles que mantienen a los amigos unidos. Son como las telarañas, pero no tan pegajosos. Es magia.

—¿Ah sí? —Le sonreí, enternecida—. ¿Y quién te ha hablado de esos hilos mágicos?

—Jędruś. ¿Verdad, Jędruś?

Este asintió mientras se soltaba de Zosia con la que en esos momentos saltaba cogido de la mano. Dio un brinco al suelo para plantarse a nuestro lado:

—Aunque yo irme con padre, Erich y yo amigos... Hoy, mañana, un año, mil años, siempre.

Pasó algo más de media hora hasta que al fin Bartek dio señales de vida. La espera se hizo larga para todos; los cuatro aguardamos a que sucediera sentados al borde de la cama mirando hacia la roca, iluminada por unos rayos de sol que caían sobre ella como lanzas que atravesaban las pocas nubes que coronaban un cielo vestido para la ocasión de azul aciano.

—Mirad, niños, a ese gigante rocoso y decidme si de repente notáis algo raro: una bandera que ondee al viento o un duende que dé saltos... Cualquier cosa que os llame la atención podría ser una señal lanzada por el padre de Jędruś. El primero que levante la mano se habrá ganado una chocolatina —propuse a los niños a modo de reto para que permanecieran tranquilos a mi lado y no revoloteando en la habitación como moscardones. Jędruś le tradujo mis instrucciones a Zosia y, siguiendo el juego, simuló con las manos unos prismáticos que apoyó en sus ojos. Los otros dos le imitaron. Aunque Zosia no sabía muy bien para qué lo hacía. Pero a Jędruś la calma le duraba poco. La impaciencia por ver a su padre no lo dejaba estarse quieto. Se levantaba cada dos por tres al creer que había visto algo en la roca, en el cielo, en el bosque de enfrente o en el mismísimo horizonte. Para distraerlo, lo animé a que nos deleitara con alguna canción con la armónica que había heredado de Erich, la misma que le regaló Günther unos días antes. A mi hijo el instrumento dejó de hacerle gracia, porque no lograba sacar ningún provecho soplando a través de sus lengüetas. En cambio, a Jędruś se le dio bastante bien tocarla desde un primer momento, y enseguida empezó a improvisar melodías a las que, entre los dos pilluelos, les ponían letras con rimas que empezaban con risas y acababan en carcajadas, siempre inaudibles. Y Zosia se sumaba en sus alegrías.

A mis pies reposaba un bolso grande de viaje para mi amado. Lo llené con pequeñas cosas de valor que pudiera vender sin dificultad. En esta ocasión, el Mayor también quiso aportar su granito de arena y me pidió que le hiciera entrega de la cajetilla de cigarrillos de Göth, así como de la flamante cámara fotográfica que Günther le había regalado. El objeto más valioso que contenía el bolso desde el punto de vista sentimental, pues antes de guardarla con todo lo demás, le pedí a Hermann que me fotografiara con los niños para que Bartek conservara un recuerdo de todos nosotros. Especialmente de mí, ya que el retrato íntimo que le dediqué estaba en manos de un pervertido y no tenía ninguna esperanza de recuperarlo.

Si el destino nos distanciaba para siempre, esas fotos serían la única conexión con nuestro pasado, con las vivencias que compartimos, una ventana a través de la cual retroceder en el tiempo a un momento y espacio irrepetibles de nuestras vidas. Mientras me retrataba con su cámara, Clara solía decir que uno de los encantos de la fotografía era que tenía el poder de rescatar el recuerdo de los seres queridos, difuntos o lejanos, y reconstruir a partir del instante captado toda una serie de acontecimientos que el tiempo había desconectado, desdibujado o trastocado. Lo más maravilloso, según mi amiga, era que la contemplación de la persona retratada nos evoca lo mejor de ella, las vivencias compartidas que dejaron una grata impronta en nuestro ser.

Unos potentes destellos de luz provenientes del extremo izquierdo de la roca hicieron que los cuatro nos levantásemos de la cama de un respingo. Conteniendo las palabras, los tres niños señalaron a la vez el lugar de donde procedió el haz luminoso intermitente, provocado con certeza por un espejo que Bartek movía para reflejar los rayos del sol. Me apresuré a asomarme al balcón y sacudí mi pequeña alfombra de cama con energía en el aire, simulando estar eliminando de ella alguna suciedad, para darle a entender a Bartek que habíamos captado su señal. Recibí un último y breve destello a modo de confirmación.

Corrí escaleras abajo y avisé al Mayor, que me indicó que le diera unos minutos para bajar el Mercedes a la entrada principal y hacer que Hans y Otto —lo dos ya estaban operativos— bajaran hasta allí y lo ayudaran a ver por qué no iba bien la cerradura, como había planeado. Un aparente bocinazo involuntario sería la señal de que tenía a ambos hombres con él y, por tanto, teníamos el camino despejado. Así fue como Jędruś y yo corrimos sin mirar atrás hasta la gran roca de la pasión, mientras Anne, Elisabeth y la guardiana cuadrúpeda se cuidaban de Zosia y Erich, ambos con cara de basset hound abandonado; el entusiasmo que Jędruś les contagió por volver al lado de su padre se evaporó de forma fulminante.

Bartek se acuclilló frente a Jędruś y ambos se fundieron en un abrazo largo e intenso. Luego, mi amado se levantó y me atrajo con la fuerza de un titán hacia sí para besarme en los labios con ardor. Respondí pasándole una mano alrededor del cuello y apretando mi cuerpo contra el suyo con el propósito de sentir con intensidad las pulsaciones que brotaban de lo más profundo de su ser. Ambos luchamos por controlar los instintos ávidos de placer, pues Jędruś nos contemplaba con una sonrisa de asombro. Bartek me rozó el cuello con su nariz y noté cómo su respiración suave y entrecortada acarició mi oreja.

—Oh, Dios mío, ¡cuánto necesitaba esto! —me dijo entre susurros al oído—. Te quiero, te quiero demasiado, más que a nada en este mundo... No existe mayor tortura que tenerte lejos, pensar que me llegues a ignorar, que tu corazón pueda darme la espalda y vuelvas a enamorarte del hombre que te hace sufrir. —Me miró con aquellos grandes ojos almendrados.

—Eso es imposible. Te amo más que a mi vida —le susurré sepultando mis dedos en su cabello—. Solo pienso en ti y en nada más. Eres mío. Entero. Y siento haberte hecho sufrir la semana antes de que Płaszów nos trastocara la vida para siempre... Te rehuí, demorando nuestra cita, dejando que el miedo se adueñara del calendario...

Bartek me acalló con un beso que fulminó mis pesares. Y entonces noté un tirón en la falda. Era Jędruś. Se abrazó a mi pierna y, buscándome la mirada, me preguntó:

—¿Si usted besar a padre, usted ser mi nueva mamá?

—¿Te gustaría eso, cariño? —Me agaché y envolví su rostro entre mis manos. El pequeño Huck asintió. Sus ojitos esperanzados me sonreían llenos de júbilo.

—Y quiero que Erich sea mi hermano —contestó con firmeza en su alemán en ocasiones perfecto.

Me apeteció responderle que sí, que mi mayor sueño en aquel momento era crear una nueva familia junto con su padre, con él y con Erich a nuestro lado, para ofrecerles amor, seguridad y confianza, un refugio donde encarar unidos un futuro, seguramente nada fácil, que estaba por escribir. Pero antes de que pudiera decir nada, Bartek se me adelantó y le dijo algo en su idioma. Y la sonrisa de Jędruś se apagó de golpe.

—¿Qué le has dicho? —pregunté, algo atribulada. Bartek me había trasladado una gran inseguridad—. ¿Acaso crees que algo así es imposible? ¿Que no deberíamos luchar por nuestro amor?

—Claro que sí. Sabes cuánto significas para mí, que te amo con todo mi ser y que no habrá sitio en mi corazón para otra mujer. Cada día le pido a Dios que nuestros destinos confluyan en uno, pero, hoy por hoy, mi presente es muy distinto del tuyo. No estoy en condiciones de hacer planes. Y no quiero dar falsas esperanzas a Jędruś. Su vida no es fácil. Y tampoco creo que lo sea en mucho tiempo. Nosotros los polacos no debemos dejarnos deslumbrar por espejismos, y menos si de quien hablamos es un niño. Jędruś debe saber que entre tú y yo existe un océano innavegable, donde en el momento más inesperado podemos ser engullidos por un remolino. Lo comprendes, ¿verdad?

—¡Mi vida tampoco es sencilla, Bartek! —contesté dolida; ¿qué había sido de todo cuanto me acababa de decir entre besos y caricias?—. ¡No tienes ni idea, y no te atrevas a juzgarme! ¡El menor de mis problemas en este momento es correr el riesgo de encontrarme aquí y ahora contigo y entregarte a Jędruś!

Bartek volvió a tirarme hacia él para abrazarme, con la mirada me dio a entender que en ningún momento pretendió disgustarme. Entonces, Jędruś llamó la atención de su padre con unas palmaditas en la pernera de su pantalón:

—*Frau* F. no decir mentiras. Ella estar muy preocupada..., en su casa...

El pequeño concluyó lo que tenía que decir en polaco, unas frases que provocaron una sacudida en Bartek.

—¿Una niña judía? Pero... ¿cómo es posible? —Me miró con un rictus serio.

Quedé perpleja. Zosia había revelado su secreto a Jędruś, cuando Clara, y sin duda antes Irena, le prohibió de forma taxativa que por nada en el mundo contara a nadie su condición judía. Pero el pequeño Huck era especial, por su gran corazón y bondad, y quizá la niña halló en él lo que Clara encontró en mí: una persona en la que confiar.

Aún hoy me pregunto qué habría sido de Zosia si en aquel momento Jędruś no se hubiera ido de la lengua. Al contrario de lo que cabría esperar, su inocente indiscreción me causó enseguida una confortable sensación de alivio. Bartek podría por fin hacerse una idea del peso tan grande que cargaba a mis espaldas y el agobio que este me causaba. Por otro lado, confiaba en él; sabía por boca suya que desaprobaba las injusticias y sufrimientos que estaba padeciendo el pueblo judío, incluso antes de que los alemanes invadiéramos el país.

La pretensión original era llevarle a Jędruś y entregarle el bolso, intercambiar brevemente unas palabras, saber cuándo nos volveríamos a ver, y regresar a toda prisa antes de que a Hermann se le agotara el tiempo entreteniendo a los dos SS. Pero Bartek no quiso dejarme marchar sin que antes le explicara cómo había llegado a mis manos una niña judía. En una necesidad de hallar consuelo en mi amado, accedí finalmente a contarle todo lo que había acontecido desde el viernes, sin importarme que el minutero avanzara sin remedio. Además, sopesé, si luego resultaba que Hans y Otto me sorprendían regresando sola de la roca, no me supondría ningún problema; me los quitaría de encima diciéndoles que salí a pasear porque así se me antojó. Asunto zanjado.

Para tener algo de intimidad, animé a Jędruś a que se entretuviera a dibujar figuras en el suelo con piedrecitas. Luego, a una distancia prudente de él, para que no pudiera escucharnos, invité a Bartek a sentarnos sobre un viejo tronco caído.

—Cuéntamelo todo —me rogó con cariño, mientras me pasaba el brazo por el hombro. Así, acurrucada a él, fue como le hablé de Hedda y de Zosia, del plan de huida que Clara y yo urdimos para ellas, de los terribles acontecimientos que condujeron a su fracaso... y, finalmente, del suicidio de mi querida amiga. Esto último le conmovió en gran medida, pues él sabía que gracias a ella él ahora era un hombre libre. Cerró los ojos en señal de duelo. Permaneció unos instantes en un silencio profundo y expectante, con la vista clavada en la verde pradera de musgo que rodeaba al tronco que antaño soportó un árbol monumental.

—Puedo ayudarte con esa niña —dijo al fin, tras un rato de reflexión. Parecía estar decidido a tomar el control de cualquier asunto que pudiera causarme aflicción o ponerme en un serio aprieto.

—Tus palabras de aliento me reconfortan. Por un lado, deseo que me ayudes, porque estoy al borde de la desesperación. Pero, por el otro, temo que al implicarte pueda perderte... perderos a ti y a ese escultor. —Miré a Jędruś, que estaba concentrado en colocarle un segundo ojo a la figurita que iba cobrando la forma de un lagarto gigante.

—Por esto no vas a perderme, te lo aseguro... Creo que tu consternación está haciendo que los árboles no te dejen ver el bosque. Trata de recobrar la serenidad y háblame más de esa cría —dijo con ánimo de aquietarme.

La firmeza con la que expresó que podía ayudarme con la hija de Irena me dio esperanzas. A pesar de verme incapaz de avanzar, me sentí afortunada de contar con dos muletas en las que apoyarme para seguir adelante: a la derecha, mi fiel y querido Hermann, mi guía moral y guardaespaldas incondicional; a la izquierda, el amor de mi vida, un hombre dispuesto a darlo todo por su amada. ¡Qué más podía pedir!

—Como te decía, se llama Zosia... Nacida el 24 de septiembre de 1938 en Varsovia... Es la hija de Rozalia Epstein-Grynberg y Aleksander Grynberg —le detallé—. Tal vez hayas oído hablar de ellos... Gente muy pudiente de Cracovia. Ahora los dos están muertos.

—¿La hija de Rozalia Epstein-Grynberg y Aleksander Grynberg? ¿Muertos? —contestó Bartek con sorpresa—. Muchos creíamos que los Grynberg habían logrado salir del país, corría el rumor de que huyeron a América. Nada se supo de ellos, desaparecieron de repente. Eran judíos muy respetados, incluso entre los polacos antisemitas...

Hubiera querido sonsacarle más cosas de los Grynberg, conocer algún detalle revelador de la excepcional mujer que debió de ser Irena antes de que se ocultara bajo un uniforme de sirvienta, pero el tiempo corría tan egoísta como de costumbre. Con tono apremiante, mi amado me pidió más información sobre el matrimonio Grynberg, pero poca cosa podía revelarle que le pudiera servir para mis propósitos; a lo sumo, cómo murieron los dos.

Bajó la vista hasta mi regazo, donde sus manos ahora exploraban las mías, y a continuación la alzó de nuevo para dirigirla al punto más alto del tejado de nuestra casa, que podía distinguirse desde donde estábamos sentados. Permaneció callado un rato largo para dejar que su cabeza trabajara a toda velocidad.

—Necesito un par de días para encontrarle un lugar seguro... A partir de pasado mañana, viernes, estará todo dispuesto y podrás llevar a la niña al número 22 de la *ulica* Karmelicka —me precisó, y añadió—: Perdona, me refiero a la calle que vosotros ahora llamáis Reichsstraße.

Asentí. Conocía la Reichsstraße, era una de las calles más importantes de Cracovia.

—Se trata de un colmado, regentado por *Frau* Fischer —prosiguió—. Dirígete solo a ella. Asegúrate primero de que es la mujer de la que te hablo; la reconocerás porque tiene junto al lóbulo de la oreja derecha un antojo de color chocolate con forma de fresa. Si por lo que sea, vieras que *Frau* Fischer no se encuentra allí, compra cualquier cosa con total naturalidad y sal por donde has entrado. ¿Comprendes?

—Sí, comprendo. ¿Es alemana?

—Es *volksdeutsch*, de padres alemanes, pero, en su corazón y conciencia, una patriota polaca. Puedes confiar en ella plenamente.

Bartek sacó a continuación del bolsillo del pantalón un pequeño cuaderno cerrado con una goma elástica que sujetaba un lápiz casi comido por el sacapuntas. Anotó algo en una de sus páginas, que arrancó y me entregó:

4 pepinos
3 zanahorias
2 rábanos
1 cebolla

—Memoriza esta lista de comestibles. Se la cantarás a *Frau* Fischer. Es vital que al final la remates con la frase: «Y la cebolla, por favor, que no me haga llorar». Con eso, estará todo dicho, y *Frau* Fischer te hará saber cuál es el siguiente paso que seguir...

—¿Estás en la resistencia? —pregunté sorprendida por todo lo que me estaba revelando Bartek; era evidente que se trataba de una red de personas que trabajaba de forma organizada, y él me lo confirmó asintiendo—. ¿Desde cuándo?

—Desde el momento en que vi que se nos trataba como si fuéramos sabandijas... ¿Recuerdas el impacto que me produjo el asesinato a sangre fría de Gottfried Littmann? La cara de odio e indiferencia de su ejecutor se me quedó grabada en la retina, pero el detonante de mi decisión llegó algo después, en el verano del 41, cuando también fui testigo de cómo unos SS borrachos fusilaron sin motivo alguno, por puro entretenimiento, a dos amigos míos y a sus respectivas esposas mientras tomaban un baño en la playa del Vístula.

—¿Por qué nunca me dijiste nada?

—Porque es más seguro para ti no saberlo... No me pidas que te dé más detalles. Además, Jędruś podría oírnos, y ya sabes cómo son los niños —respondió en un tono apenas audible, a pesar de que la criatura en ese momento había dejado a un lado las piedras y se encontraba algo más lejos de nosotros, blandiendo una rama larga para batirse en duelo con un enemigo imaginario—. Jędruś no sabe nada de mis actividades clandestinas y así ha de continuar. Del mismo modo que evité que lo supiera mi padre.

La nueva faceta subversiva de Bartek provocó en mí una mayor atracción hacia él, una fruición que cosquilleó mi naturaleza femenina. Lo imaginé sin su rastrillo y tijeras de podar y luchando cual revolucionario contra las injusticias. Sentí admiración y comprensión por su causa, aunque eso implicara conspirar contra nosotros, los alemanes. Gente valerosa como él iba a poner su vida en juego para ayudarme a salvar a Zosia e impedir que acabara en una cámara de gas, su destino más probable. Esos polacos tenían que ser nobles y de buen corazón, como mi Bartek.

—Dime que donde vives ahora es un lugar seguro, que los trabajos que realizas en la resistencia no son violentos y que extremas las precauciones. Si te pasara algo, jamás me lo perdonaría...

—Mi preocupación por su integridad física era aún más honda que antes si cabía. Bartek relajó el gesto para restar importancia a mis palabras.

—Ahora estoy alojado en casa de un amigo en la Alten Weichselstraße. Pero solo durante un par de días. En breve se me asignará un nuevo destino, y obviamente me llevaré a Jędruś conmigo. No te preocupes. Todo saldrá bien. Pronto volverás a tener noticias mías —me dijo con voz persuasiva. Volvió a coger la libreta y anotó—: Michał.

Miré el nombre escrito, y él lo leyó en voz alta para que yo supiera cómo se pronuncia en polaco.

—Es el seudónimo por el que se me conoce en la clandestinidad, porque sustituí a un tal Michał que murió justo antes de llegar yo... Solo muy pocos conocen mi verdadero nombre. —Quedó un instante enredado en sus pensamientos; luego me cogió de la barbilla para darme un beso profundo que me transmitió una vez más lo mucho que yo significaba para él—. Ahora, debo irme, y tú debes regresar a casa. En este juego peligroso los errores no tienen cabida. Y no lo olvides, ve allí con la niña a partir del viernes.

El intenso olor a verduras y frutas entremezclado con el aroma a especias y pan fresco sedujo mi pituitaria nada más entrar en la pequeña tienda del número 22 de la Reichsstraße. Zosia me asía con fuerza de la mano, abrumada por los constantes estímulos, el entusiasmo provocado por todo lo novedoso con lo que fue topándose en el camino hasta el colmado. En mi otra mano portaba una cesta de mimbre, en la que oculté bajo un periódico los documentos de la cría y sus padres, además de la tortuga Łucja y el colgante con el trébol, el dinero y los objetos de valor que en su día metimos en la maleta para Hedda.

Hice detenerse a Zosia nada más cruzar el umbral hasta que la campanilla que fue golpeada al cerrar la puerta detrás de nosotras se cansó de tintinear. Mis pupilas se dilataron para acostumbrarme a la escasa luz natural que se colaba a través del toldo exterior y alumbraba el local. Era un comercio humilde, con las baldosas del suelo agrietadas y con grandes desconchones en las paredes; todo parecía muy viejo, pero estaba impoluto. Los anaqueles de las estanterías de madera estaban vacíos o escasos de género, así como las cajas de madera y cestos repartidos por el establecimiento.

Seguramente, unas horas antes la cola de gente doblaría la esquina del edificio. Para nuestra fortuna, en ese momento no había nadie, salvo una anciana apoyada en su fino bastón: estaba siendo atendida en el mostrador por una tendera de mediana edad con un descolorido delantal gris que en ese momento estaba recortándole los cupones de la cartilla de racionamiento. La mujer del delantal que yo esperaba que fuera *Frau* Fischer, pues su cabello de plata le tapaba las orejas y me impedía ver si tenía o no el lunar del que me habló Bartek, se ajustó las gafas en lo alto de su nariz aguileña y nos ojeó a Zosia y a mí con recelo. Quizá intuyó por mi modo de vestir que era alemana, y los alemanes éramos motivo de rechazo por mucho que ellos intentaran transmitirnos la impresión contraria. De ahí que su mirada pareciera decirme «no tengo ni idea de quién es usted, y una alemana no es bien recibida en mi casa». Eso me hizo pensar que ella no era mi contacto; de lo contrario, no se mostraría tan suspicaz al verme, ya que estaría al corriente de mi llegada con Zosia.

Era evidente que, por la razón que fuera, *Frau* Fischer no pudo estar ese día o a esas horas a cargo de la tienda, por lo que lo más conveniente sería comprar cualquier cosa y marcharme, y volver en otro momento, tal y como me indicó Bartek. Así, Zosia y yo aguardamos tranquilas a ser atendidas a unos pasos detrás de la anciana tras dar las buenas tardes.

La parsimonia con la que la dependienta despachaba a la anciana empezó a ponerme nerviosa; charlaba de forma distendida y con la calma de una eremita. La mujer del delantal metía, muy despacio, en una bolsa de tela la botella de leche, un bulto envuelto en papel de periódico y el puñado de patatas que la señora le había comprado, como si no hubiera nadie más esperando el turno. Y mi inquietud fue a mayores en el momento en que la clienta, justo cuando ya se estaba despidiendo, recordó un producto que había olvidado añadir a su lista de la compra. Por un instante, se me pasó por la cabeza salir de allí sin más, pero temí cometer un error si no seguía las instrucciones concisas de Bartek. Traté de relajarme paseando la vista por las estanterías, donde aún quedaban algunos frascos de mermelada y de compota y latas de conservas de manteca de cerdo y de carne de vaca. A mis pies, junto a Zosia, había cuatro cestas: dos vacías, una de las cuales contenía restos de hojas de rábanos; otra con remolachas arrugadas y la última con un puñado de judías verdes con un aspecto ya feo, casi pútrido.

De repente, otra mujer, más joven, con un pañuelo rosa en la cabeza que le recogía por detrás una melena morena, salió por una puerta estrecha que se abría al final del mostrador y que con seguridad daba a la trastienda. Tal vez la muchacha acudió al oír el sonido de la campanilla que anunció nuestra presencia.

—Danuta, haz el favor de ayudar a *Frau* Krajewska —le indicó la mujer del delantal a la del pañuelo con una pronunciación alemana impecable.

—Sí, madre, ahora mismo. Permítame, *Frau* Krajewska —dijo la muchacha, que, tras saludarme cortésmente con un ligero movimiento de cabeza, se adelantó para abrirle la puerta a la viejecita.

—Gracias, Danuta —contestó aquella al salir—. Buenas tardes, *Frau* Fischer.

Aquella mujer con delantal, de aire reservado y aspecto de campesina por sus brazos rollizos y piel curtida, era *Frau* Fischer. Suspiré aliviada. Y comprendí. Comprendí que quizá *Frau* Fischer descartara que yo fuera la mujer enviada por Bartek porque a simple vista iba acompañada de una criatura con pantalones cortos y gorra de chico. Y ella esperaba a una mujer con una niña, tal como debió de ser informada. Por precaución convertí una vez más a Zosia en mi Erich para poder pasar los controles sin problema. Hasta aquel momento nos había funcionado de maravilla: Hermann esperaba mi regreso en el mismo punto donde nos había dejado a las dos, un par de manzanas más allá, en el Westring —la zona este del parque Planty—, para que Zosia y yo recorriéramos a pie lo que restaba de camino. Sencillamente, ninguno de los dos vimos conveniente detener el Mercedes con los banderines y sus respectivas esvásticas en la misma puerta de la tienda de comestibles. Si en una hora yo no estaba de vuelta, el Mayor acudiría a mi encuentro por si pudiera haber surgido algún imprevisto.

Frau Fischer y Danuta, madre e hija. «La suerte está echada», me dije, ya solo tenía que recitarle sin equivocarme la lista de hortalizas.

—¿En qué puedo ayudarla, señora? —preguntó con amabilidad *Frau* Fischer. De manera instintiva cogí por sus hojas las tres últimas zanahorias de una de las cajas de los estantes inferiores y tiré suavemente de la mano de Zosia para que me siguiera. Al llegar al mostrador las dejé sobre su superficie de mármol blanco y las eché a un lado.

—En realidad no es esto lo que quiero, señora. —Miré a la mujer del delantal fijamente a la cara y sin titubeos le enumeré de carrerilla el nombre de las cuatro verduras en el mismo orden que Bartek me indicó. Cuando al final le solicité que la única cebolla de la lista no debía hacerme llorar, ella enarcó ligeramente las cejas, volvió a examinarme por encima de las gafas y se recogió el cabello por su lado derecho para mostrarme la oreja. Entonces fue cuando apareció el antojo, innecesario ya para la misión. Asintió con aire reflexivo, lanzó una mirada a su hija Danuta, que nos vigilaba de soslayo haciendo como que ordenaba los cuatro botes de una estantería, y desapareció en la trastienda.

La puerta quedó entreabierta y escuché el sonido que hace el disco marcador de un teléfono al girar. Cuando alguien contestó al otro lado de la conexión, la tendera susurró algo muy breve en polaco y colgó. Repitió la misma operación y volvió a colgar tras soltar un par de frases. Tanta llamada me puso nerviosa, pero enseguida me vinieron a la cabeza las palabras de Bartek: «Puedes confiar en ella plenamente». Y, Dios gracias, así fue. La mujer regresó al mostrador con una sonrisa dibujada que iluminaba su cara deslustrada. Puso las manos en cruz sobre el mármol y, sin mediar palabra, se quedó contemplando a la pequeña.

Zosia permanecía obediente a mi lado, dejando que yo la dirigiera. La pequeña sabía la razón de nuestra presencia en aquel lugar y estaba concentrada en interpretar su papel de Erich sin cometer ningún error. Y yo también confiaba en que a la hora de tener que decirme adiós no se echara a llorar o se aferrara a mis piernas empujada por el miedo.

Frau Fischer le dijo algo en polaco a Zosia y esta le devolvió una sonrisa. Por mi parte, lo primero que hice fue sacar de mi bolso el certificado de nacimiento de Erich y entregárselo.

—¿Por qué razón me da este documento? —quiso saber ella mientras lo examinaba.

—Es de mi hijo. Le he enseñado a Zosia a hacerse pasar por él. Quizá así les resulte a ustedes más sencillo...

No me dejó terminar. Con resolución, ella misma introdujo el documento de vuelta en mi bolso en un movimiento de mano rápido.

—Gracias, *Frau* F., por su interés. —Se dirigió a mí por mi nombre—. Guárdelo. No debe usted correr riesgos innecesarios. Esté tranquila; le proporcionaremos a Zosia los papeles pertinentes. La convertiremos en una polaca no judía y le daremos unos padres adoptivos que la protegerán y querrán como a una hija. Se lo garantizo...

—Bien... Pero al menos deje que las ayude en algo con este dinero, aunque no es mucho... También he traído unos objetos que quizá..., es poca cosa, pero... y los documentos originales de la familia Grynberg, de ella y de sus padres... —Apoyé la cesta sobre el mostrador para entregarle el contenido—. Zosia no debe olvidar nunca quién es ni de dónde viene.

Me encontraba separando las hojas del periódico cuando, de repente, Danuta exclamó en voz baja:

—¡Los Azules!

Frau Fischer y yo nos sobrecogimos. Ella pasó por encima de mí su mirada para posarla en el estrecho escaparate de su negocio.

—Quieta, actúe con naturalidad —me susurró.

Saqué despacio la mano de la cesta y, con discreción, me di la vuelta para ver qué acontecía al otro lado del cristal. En efecto, dos agentes de la policía polaca conversaban tranquilos parados delante del colmado.

Con certeza, aquellos hombres de la Blaue Polizei emprenderían de nuevo la marcha para patrullar las calles y nosotras volveríamos al asunto que nos ocupaba. Aun así, Zosia de inmediato leyó la inquietud en nuestros rostros y noté cómo su mano se empapaba de sudor. Comenzó a respirar deprisa y apoyó el cuerpo contra mi muslo buscando protección. Se abrazó a mi pierna. Temí por un instante que rompiera a llorar. Pero enseguida se soltó. Debió de recordar las palabras de Jędruś, quien siempre le insistió en que había que ser valiente como lo eran Tom y Huck ante Joe el Indio. Erich le había referido tantas veces la historia de Twain a Jędruś que este se la conocía al dedillo y la evocaba con la misma intensidad y emoción que mi hijo.

El tiempo pareció tomarse un descanso en el colmado de *Frau* Fischer. Danuta sacó del bolsillo de la falda un trapo y lo pasó una y otra vez por el mismo estante con la oreja puesta en lo que se decían los policías. Zosia y yo no movimos un pie. Ni siquiera me atreví a girarme otra vez para mirarlos; temía que cualquier gesto o movimiento por mi parte pudiera invitarlos a curiosear a través de los cristales. Finalmente, cerré los ojos y respiré hondo. Todos sabíamos que la policía polaca podía ser a veces más inmisericorde que la Ordnungspolizei. Según decían algunos, por ganarse el favor y demostrarles su lealtad a sus superiores alemanes, otros afirmaban que su crueldad respondía al miedo que les tenían a estos.

Frau Fischer resolvió mantenerme al corriente de lo que se sucedía a mis espaldas; me contó que uno de los agentes, el más joven, pero de aspecto derrengado, sacó del bolsillo del pantalón una cajetilla de tabaco de la que extrajo para ambos sendos cigarrillos. Luego palpó por los demás bolsillos de su uniforme en busca de un encendedor, y el otro hizo lo propio al ver que su colega no daba con él. Finalmente, uno de ellos se volvió alrededor en busca de alguien que les diera lumbre. Pero las dos personas que pasaron por delante de ellos no pudieron satisfacerlos.

—¡Atención todas! ¡Uno de ellos se dispone a entrar! —Con estas palabras *Frau* Fischer calló para dejar de contarme lo que sucedía fuera y, en un reflejo rápido, cogió dos puñados de judías verdes de una caja que quedaba detrás de ella y las metió rápidamente en mi cesta, a fin de que su contenido quedara bien oculto. Con mi dedo corazón presioné tres veces la palma de la mano de Zosia, señal de que las fuerzas de seguridad del Estado estaban rondándonos cerca.

—¡Buenas tardes, agente! ¿En qué podemos ayudarlo? Disculpe, señora, si atiendo primero a nuestro hombre de la ley. Solo será un momento... —dijo *Frau* Fischer en el alemán que era obligado para todos, incluida la policía polaca, con una sonrisa servil. Yo me volví hacia él; se trataba sin duda del de más edad; una barba blanca e hirsuta bien recortada le otorgaba un aspecto respetable.

—Faltaría más. Buenas tardes, caballero —contesté poniendo de nuevo mi mirada en *Frau* Fischer, para luego posarla en Zosia, que, para evitar mirar al policía de voz ronca, fijó sus ojos en un bote grande que contenía caramelos de colores. Tenía su manita atenazada a la mía, y con el dedo gordo le acaricié cariñosamente el dorso, en un gesto tranquilizador. Noté que el brazo del hombre se rozaba con el mío cuando este se situó a mi altura en el mostrador.

Y allí estaba yo. Quién lo hubiera imaginado solo unos meses atrás. A un lado, amparando a una niña judía; al otro, rozando la manga de mi vestido con la guerrera de un policía seguramente hambriento por atrapar a un traidor y colgarse una medalla. Fue entonces cuando por primera vez en mi vida sentí verdadero orgullo de mí misma. Pensé en Clara, que estaría observándome desde alguna estrella, y entonces el espacio a mi alrededor se colmó de una energía desconocida que me llenó de valor.

—¿Tienen fuego las señoras, por favor? —preguntó el hombre con afabilidad, pegando el pitillo a sus labios, enmarcados por un bigote teñido de amarillo por el tabaco. Nos sorprendió con un alemán nada macarrónico. Era fluido, y su acento, acre, lejos del musical y cálido de Bartek.

—Lo lamento, caballero, yo no fumo —respondí, al notar que el hombre esperaba una respuesta por parte de las tres.

—Yo tampoco, señor... Pero dicen por ahí que el humo no es nada bueno para los pulmones —le soltó una risueña Danuta desde su puesto de limpieza en las estanterías, con ánimo de ser amable y natural. Ahora sacaba brillo a los frascos que estaban a su alcance.

—*Fräulein*, malo o bueno, solo sé que, si hoy me quitaran el tabaco, mañana estaría muerto. ¡Ja, ja! Estoy condenado a no abandonar jamás el mayor de mis placeres.

—Sé que deben de andar por aquí. Veamos en este... ¿Dónde diablos os habéis escondido? —*Frau* Fischer rebuscó en los cajones del mostrador hasta dar por fin con una fosforera. La agitó y todos pudimos oír que no estaba vacía, pero casi. Extrajo una cerilla y frotó su cabeza roja sobre el raspador, pero no prendió. La mujer lo intentó de nuevo con otro fósforo, pero obtuvo el mismo resultado.

—Vaya, vaya... No lo estará haciendo usted a propósito, ¿verdad? Ya solo le queda una cerilla... ¿Sabe una cosa? Me fastidia horrores que se me boicotee por el mero hecho de llevar este uniforme... —En su tono de voz no era posible adivinar si sus palabras encerraban una amenaza o una broma de mal gusto. *Frau* Fischer se quedó mirando el último fósforo con cierto malestar.

—Es que *Frau* Fischer no es fumadora, ¿sabe, caballero? —intervine—. Si es tan amable, *Frau* Fischer, permítame; deje que yo lo intente, a veces los fósforos se humedecen y, ya sabe, se plantan en rebeldía... —Ella me entregó el pequeño cerillero—. A mi esposo, fumador como usted, le encanta que le encienda los cigarrillos, pues afirma que así la primera calada le sabe mejor. Creo que en ello hay algo de sensual, ¿no cree usted? —dije lanzándole una sonrisa coqueta al policía. Él me devolvió la sonrisa y se atusó la barba.

Froté con decisión el fósforo sobre el raspador y se escuchó un chasquido que rompió el silencio atronador que habíamos alimentado entre los cinco presentes. El palillo se iluminó como una estrella fugaz en el cielo. Acerqué la llama al cigarrillo y el policía dio una chupada profunda. Contuvo el humo en sus pulmones y luego elevó la barbilla para lanzarlo, complacido, hacia el techo.

—Su esposo está en lo cierto, señora. El tabaco sabe mejor cuando le da vida una dama, especialmente si es bella —señaló de forma respetuosa. El policía dio una segunda calada, menos intensa, mientras me examinaba con la mirada. No hacía falta que nadie le dijera que se hallaba ante una alemana del Reich. Una colona cuya sangre estaba por encima de la de él. Esta vez soltó el humo por la nariz y giró la cabeza hacia la puerta del colmado para ver qué hacía su compañero, quien en ese momento miraba al otro lado de la calle con las manos cogidas detrás de la espalda. Finalmente, el hombre de la barba blanca chascó los dedos y se interesó por Zosia, que, ajena a la conversación, se miraba los zapatos:

—¡Eh, renacuajo!

Un golpe de calor me recorrió de la cabeza a los pies. *Frau* Fischer tensó el espinazo y a Danuta se le cayó al suelo uno de los botes a los que quitaba el polvo. Como era de esperar, Zosia no se dio por aludida, de modo que no reaccionó. El hombre me miró y esgrimió una mueca de extrañeza; resolvió captar la atención de la criatura pellizcándole la viserita de su gorra. Esta vez, la pequeña se volvió, con un ligero respingo, y se topó de frente con la cara risueña de aquel hombre de azul, que se colocó delante de ella en cuclillas. El hombre de azul del que le habíamos advertido, un uniforme más de los tantos que había de temer.

—Conque te gustan los caramelos, ¿eh? —dijo el policía dejando escapar el humo a un lado para no echárselo en la cara. Zosia se lo quedó mirando, muda. Quise que alzara la vista hacia mí para hacerle la señal afirmativa del pestañeo, pero estaba desconcertada.

—Veo que se te ha comido la lengua el gato —continuó él. Permaneció un instante pensativo, luego nos sorprendió a todas introduciendo una mano en el bolsillo del pantalón de Zosia para sacar de él un dulce envuelto en papel encarnado—. Bueno, ¿me vas a decir al menos tu nombre, pequeño ladronzuelo? —le lanzó un nuevo interrogante mientras sacudía el caramelo cogido de uno de sus extremos delante de sus narices. Noté cómo Zosia se puso muy tensa. No entendía nada de lo que estaba ocurriendo ni por qué el hombre de azul le había cogido el dulce del bolsillo. Ella no tenía ni idea de que acababa de hacer algo reprobable: robar.

—¡Oh, agente, no le dé ninguna importancia! —improvisó *Frau* Fischer—. Los caramelos son siempre una tentación para los críos. ¡Y más en los tiempos que corren! La culpa es mía por dejar el frasco a su alcance...

El Azul hizo caso omiso a las palabras de la tendera. Continuaba interesado en la criatura.

—Mmm... ¿No piensas decir nada en tu defensa? —La entonación del hombre pareció adoptar un tono más grave. De repente, el pantaloncito corto de Zosia se oscureció en la entrepierna. Un hilo de orina recorrió una de sus pantorrillas hasta mojar su zapatito y formar un pequeño charco en el suelo. El policía no se percató de ello.

—Se llama Erich y es bastante tímido... —dije, al fin, para atraer su atención de nuevo hacia mí—. Más ahora que lo ha sorprendido usted haciendo algo que él sabe que está mal. No creo que vaya usted a arrancarle ni una sola palabra, pues tiene un respeto a los uniformes que raya el espanto. Ya sabe, alguna vez los ha visto a ustedes actuar con dureza y se le ha quedado grabado en la mente...

—Ja, ja... Eso es bueno, que sepan que las malas acciones tienen consecuencias desagradables. ¿Verdad, Erich? —opinó en tono jocoso.

—Le aseguro que me siento un poco confundida por lo que ha hecho. Es un niño bueno. Y algo así no es propio de él...

Unos golpes en el cristal nos hicieron volvernos a todos hacia el escaparate. Era el otro policía, que señalando el reloj de su muñeca le daba a entender al compañero que estaba harto de esperarlo.

—*Idę!* —gritó a su compañero y volvió a meter el caramelo en el bolsillo de Zosia, le dijo que no lo volviera a hacer nunca más y, tras despedirse de nosotras cordialmente, salió por la puerta diciendo—: *Auf Wiedersehen!*

La campanilla tintineó hasta que ambos agentes de la Blaue Polizei desaparecieron de nuestra vista.

Zosia soltó unas lágrimas de alivio y se pasó las manos por las piernas aún húmedas por el orín. Danuta fue más rápida que yo y le dijo algo en polaco para tranquilizarla. Una diminuta sonrisilla apareció en los labios de la pequeña, luego me miró. Me di dos golpecitos en la nariz para decirle que ya podía hablar. Y entonces ella y Danuta intercambiaron un par de frases. Luego la joven Fischer la cogió de la mano y, dirigiéndose a mí, dijo:

—Zosia ha accedido a que la aseemos y a que la llevemos con sus padres. Eso es bueno. Hay que aprovechar el momento... Despídase de ella, *Frau* F.

De repente todo me pareció estar yendo muy deprisa. ¿Así, sin más? ¿Todo acababa ahí?

Frau Fischer y Danuta percibieron que no me sentía preparada. Me invadió un malestar intenso, la angustia causada por la incertidumbre, el desgarro en el corazón que se produce por la marcha de alguien a quien quieres; por un instante intenté convencerme de que el mejor lugar para ella estaba a mi lado. La mujer del antojo con forma de fresa rodeó el mostrador para ponerme una mano en el hombro.

—*Frau* F., en cualquier momento puede entrar alguien. Vamos. Sea valiente. Confíe en nosotras. Piense en que le está regalando usted una nueva vida a esta niña. Estará bien, tanto como lo ha estado hasta ahora con usted. Le doy mi palabra...

Las lágrimas que hasta entonces había logrado contener brotaron en mis ojos. Zosia notó mi pena y me abrazó por la cintura con sus bracitos delgados y me dio un beso tierno en la mejilla con el que sentí esperanza. Me dijo «adiós, te quiero, hasta pronto» en alemán.

La idea del tiempo en la mente de los niños nada tiene que ver con la que tenemos los adultos. Para Zosia su «hasta pronto» no se correspondía con un futuro lejano; para ella el mañana era algo al alcance de su mano. Sin embargo, para mí su despedida fue un adiós quizá definitivo. La apreté contra mi pecho con el cariño de una madre y ella me besó la mejilla una vez más. Asumió como una persona adulta su nuevo destino. Danuta la cogió de la mano y la condujo a la trastienda. La niña giró su cabecita con una sonrisa triste para mirarme por última vez antes de desparecer tras la puerta. A continuación, *Frau* Fischer con un gesto amable me ayudó a incorporarme, pues el peso de mi cuerpo derrotado tiraba de mí.

Aún pensando en la pequeña, concluimos los trámites que nos vimos obligadas a posponer con la visita de la Blaue Polizei. Le hice entrega de los documentos y todo lo demás que había metido en un saco vacío de legumbres. La mujer lo abrió para echar un vistazo rápido a su contenido, asintió en silencio, agradecida, y lo depositó en el fondo de una vieja ánfora de barro que había en un rincón detrás de ella. Luego *Frau* Fischer hizo añicos el pedazo de papel en que le había apuntado mi nombre, mi domicilio y mi teléfono, para que pudieran estar en contacto conmigo. Había que evitar en lo posible llevar encima datos o mensajes que lo pudieran comprometer a uno, me explicó. Y añadió:

—Sabemos todo sobre usted. Pero le insisto: desde este momento debe hacerse a la idea de que no va a tener más contacto con Zosia y de que no puede volver por aquí en busca de información sobre ella si no quiere poner en peligro nuestra misión y nuestra tapadera... Michał se ha saltado muchos protocolos para hacer una excepción con usted... ¿Entiende lo que le digo?

Asentí, con resignación, y le prometí que cumpliría a rajatabla lo que me pedía por difícil que me resultara. Ella volvió a salir del mostrador y se enfiló hacia la puerta. Se asomó a la calle y miró a un lado y a otro. Luego preguntó:

—¿En qué dirección va usted?

—Hacia la *stare miasto*... —contesté.

—Entonces, bien. Afortunadamente, los dos Azules van en sentido opuesto. Es importante que ahora no se tropiece usted con ellos sin su *hijo Erich* acompañándola... ¿Se lo imagina? Adelante, *Frau* F., ya no pueden verla, acaban de doblar la esquina; debe usted marcharse. —Me sonrió para insuflarme ánimo.

No quise salir de allí sin cogerla antes de la mano, apretársela como muestra de afecto, y manifestarle mi inmensa gratitud:

—Por su trabajo, por los riesgos que corren ustedes al salvar vidas... Gracias, gracias, *Frau* Fischer... Le deseo todo lo mejor. —Unas lágrimas resbalaron por mis mejillas.

Las farolas, los automóviles, los árboles, el gentío de aquellas horas, proyectaban largas sombras negras en el suelo gris cuando salí del número 22 de la Reichsstraße con la sensación de que en aquel humilde colmado había dejado una parte de mí. La esencia de Zosia se había esfumado. Una vez más, otro ser querido que habría deseado tener a mi lado. ¿A cuántas pérdidas más habría de enfrentarme? «Amiga mía, tú que estás allí arriba con Dios, habla con Él e ínstale a que me dé un respiro», dije posando la vista en el cielo donde unas nubes parecidas a plumas de ganso, tenues y delicadas, se extendían de forma caprichosa por toda la bóveda celeste. Su composición anárquica me trajo a la memoria aquellas que John Constable captó sobre el lienzo en Hampstead con una inusitada hermosura poética. Una belleza voluble y liviana que me sacudía por dentro, que despertaba infinitas emociones. Esas mismas que sentí cuando, de repente, al poner los ojos de nuevo en la realidad de mi entorno, lo vi a él al otro lado de la calle. Bartek. Me contemplaba. Me esperaba. Me deseaba, decían sus labios entreabiertos.

Casi me costó reconocerlo: llevaba puesto un traje elegante de color gris marengo, con un pañuelo azul asomando en el bolsillo superior de la chaqueta, y unos zapatos de vestir negros y relucientes; y las insurgentes ondulaciones de su cabello habían sido domadas por un fijador brillante que le otorgaban a mi amado un aire apolíneo y muy distinguido.

Él me hizo un ligero movimiento con la mano y se puso a andar a paso ligero en dirección al Westring, con los hombros hacia atrás, la cabeza erguida y la barbilla en alto, el donaire propio de uno de los siete sabios de Grecia; y yo le seguí deslumbrada, sin cambiar de acera. Caminábamos en paralelo, con zancadas amplias, separados por la calzada y la fila de coches que circulaba por ella, pero conectados por nuestras miradas que se encontraban a cada instante. Los pies de él marchaban decididos, con un destino prefijado; los míos, por el contrario, iban a merced de los suyos, ansiosos de que en algún instante desfilaran junto a ellos por la misma acera. Los transeúntes se cruzaban con nosotros sin siquiera percibir el fuerte campo magnético que generaban aquellas energías colmadas de hechizo.

Al fin, Bartek se detuvo en seco, esperó a que no pasara ningún vehículo y cruzó la calzada directo hacia mí. Me cogió el brazo y lo enlazó con el suyo, y me dejé llevar hacia donde él quisiera conducirme, sin detenernos ni intercambiar ninguna palabra. Yo lo miraba de reojo, alienada por una sensación de entusiasmo, de pura felicidad y orgullo. Sentía su calor a través del lino fresco y ligero que le envolvía el brazo. Y su inconfundible olor, enmascarado por una fragancia de dulces notas cedrinas que me llenaban la nariz de aspiraciones de libertad. Éramos tan felices... Se había cumplido mi anhelo de caminar con él abiertamente por las calles del mundo como una pareja normal, que nada debe temer y de nada tiene que ocultarse. Me invadió un placer rebelde, la satisfacción de transgredir lo que no podía ser violado ni profanado. No me importaba toparme en esos instantes con una cara conocida; ni siquiera con la de Günther, sino fuera porque supondría el despertar de aquel sueño arrebatador.

Llegamos al Westring, y al pasar junto al Mercedes negro, que Hermann había aparcado a la sombra de un enorme tilo del Planty, Bartek se asomó por la ventanilla abierta desde la que en ese momento el Mayor sacaba el brazo para vaciar su pipa. Le comunicó al viejo que la entrega de Zosia había ido bien y que a las ocho nos esperara entre la Hauptstraße y la Thomasgasse, y que no se preocupase por nada. Hermann reaccionó con sorpresa, por lo inesperado de ver a Bartek conmigo y también por su nueva e imponente apariencia, que nada tenía que ver con la de un humilde jardinero, sino con la de un respetable hombre de negocios.

—Mis felicitaciones, *Herr* Kopeć, jamás dudé de que fuera usted un caballero que se viste por los pies —le dijo el Mayor. Seguidamente me miró sonriente y no pudo callarse una de sus máximas filosóficas—: Hay que saber escoger la oportunidad, querida Ingrid.

Le pregunté a Bartek a dónde me llevaba, pero él quiso mantenerlo en secreto. Dijo que era una sorpresa. Anduvimos unos minutos bajo las ramas indiscretas de los árboles del Planty. Cogidos de la mano, luego nuevamente del brazo, y otra vez de la mano, nos comportábamos como dos adolescentes enamorados. A ratos, cuando apenas nos tropezábamos con nadie, protegidos por la frondosidad de los arbustos, nos deteníamos para besarnos y sentir el roce inocente, disimulado y fugaz, de sus manos por encima del vestido, por lugares de mi cuerpo que ardían en llamas. Me dejé llevar por mi instinto voluptuoso, por la excitación y el placer que esta provoca; estaba dispuesta a dejarme arrastrar por el caos y el frenesí del amor desbocado con tal de sentir lo que se me placiera con absoluta libertad, sin tabúes ni censuras. Con Bartek como cómplice, amante y protector. Llegar tan lejos como el universo nos concediera. Qué mal hacíamos en desear lo inimaginable. Contábamos al menos con el beneplácito de los millares de hojas verdes y tiernas que, agitadas por una suave brisa, aplaudían nuestro querer al pasar por delante de los árboles de donde pendían.

Salimos del Planty para adentrarnos en la *stare miasto* y recorrer unas pocas manzanas. Mi amado dio un giro sorpresa de noventa grados, y me vi entrando en el número 5-7 de la Hauptstraße, el Grand Hotel, reservado solo a alemanes. Los dos hombres de la Schutzpolizei apostados en la entrada ni se inmutaron. Cualquier polaco que incumpliera esa norma y osara entrar allí podía enfrentarse a multas de cientos de *złotys* o acabar con sus huesos en un calabozo durante meses. «Querida, qué gran error humano es juzgar al hombre por su aspecto», me susurró jocoso al oído. Luego me hizo esperar en medio del vestíbulo, cerca de un matrimonio joven que tenía puesta su atención en un plano de la ciudad, y avivó el paso para acudir al mostrador de la recepción, donde fue atendido por una atractiva y sonriente recepcionista de mediana edad. Mi Michał no tardó nada en regresar; portaba en la mano la llave que nos abriría la puerta a una estancia reservada solo a los pocos adinerados que se podían permitir pernoctar en un establecimiento tan lujoso. Y se deshizo del botones dándole con discreción unos billetes que se sacó del bolsillo. Estaba impresionada. Actuaba con desenvoltura, como si toda la vida se hubiera movido en ese refinado ambiente.

—Pero... ¿cómo has logrado...? —le pregunté anonadada. No contestó. Se limitó a ofrecerme el brazo para subir juntos las escaleras tapizadas por una alfombra densa y mullida de motivos orientales que nos condujeron a la primera planta. Allí Bartek tiró de mí por el largo pasillo y buscó hasta detenerse en la puerta con el número nueve, en la que introdujo la llave.

El lugar nos acogió con un fastuoso mobiliario de estilo neoclásico. Una habitación de ensueño, amplia y luminosa, perfumada por el embriagador aroma procedente de un jarrón de cristal preñado de lirios y rosas adornados de verdes variados que reposaba sobre una cómoda. Jamás imaginé que llegaría a alojarme en un hotel tan distinguido. Nada que ver con la habitación que Günther le alquiló por una semana a una anciana en la Avenue de Villiers, en nuestro único viaje, a París, tras nuestra boda.

—Oh, Bartek... Esto... ¡esto cuesta mucho dinero! —exclamé, abrumada.

Me puso el dedo índice en los labios para que no dijera nada más.

—Ven aquí. —Me rodeó la cintura con los brazos y me atrajo hasta su cuerpo para apretarme contra él. Luego me deslizó la mano por la columna vertebral y sembró de suaves besos y mordiscos amorosos mi garganta, subiendo por el cuello hasta toparse con mis labios, que se fundieron con los suyos en un beso largo, intenso, anhelado. Cerré los ojos y me abandoné al amor. No recuerdo cómo llegamos a la cama.

Nuestros cuerpos yacían sudorosos uno al lado del otro, y eran acariciados por unas suaves descargas de placer que nos estremecían cada poro de la piel. Quise que aquel estado de plena felicidad durara algunos minutos más. Pero un beso suyo en la sien, silencioso como un grito bajo el agua, me dijo que el último grano de la arena del reloj estaba precipitándose hacia el bulbo inferior. Bartek se levantó y fue hasta una de las ventanas para contemplar a través de los visillos casi translúcidos a los transeúntes pasar bajo sus pies. Estaba completamente desnudo. Su cuerpo masculino se dejaba iluminar por la luz de la tarde cayendo sobre su piel y envolviéndolo entre un juego hermoso de luces y sombras. Todo él embellecía aquel entorno.

—¿Por qué me has traído aquí, amor mío? ¿No habría sido menos arriesgado haber ido a cualquier otro hotel, menos céntrico y más modesto?

—Tenía que ofrecerte algo bello, por una vez... Quiero esto para ti, para nosotros. Una experiencia que quedará grabada en nuestros corazones más allá de nuestras existencias, algo que nuestras almas conserven cuando se reencuentren después de que se agoten nuestras siempre breves vidas corpóreas.

—¡Oh, Bartek, aunque viviera mil años jamás olvidaré este momento! Pero esta habitación cuesta una fortuna, ¿cómo vas a pagar esto? —Me preocupó que pudiera estar dilapidando sus ahorros, si había logrado atesorarlos, con su mísero sueldo de jardinero.

—Hoy por mí, mañana por ti. Así funcionan las cosas aquí en Cracovia. Frauke, la recepcionista del hotel, es una vieja conocida. Y una disidente. Además, no voy a comprometerla por mucho tiempo. Estoy en medio de una operación, y en un par de horas debo estar en Wieliczka para tratar un asunto.

—¿Correrás peligro?

—No te puedo mentir por más tiempo, amor mío —contestó y volvió para sentarse al borde de la cama, a un palmo de mí—. Pertenecer a la resistencia es un riesgo en sí mismo. No importa la magnitud de lo que hagas; somos eslabones de una larga cadena que no es fácil mantener íntegra. La detención de un solo miembro por la Gestapo o las SS puede acabar con el apresamiento de muchos de nosotros, el desbaratamiento de planes trazados durante semanas, meses...

—Había oído hablar de vosotros, pero nunca me paré a pensar cómo sería vuestro día a día... —le dije poniendo mi mano encima de la suya, que se apoyaba sobre el colchón—. Siempre me imaginé que todas las tardes, al marcharte de mi lado, agotado tras una jornada de duro trabajo, ibas a tu apartamento, cenabas con Jędruś y te metías en la cama rendido para recobrar fuerzas para el día siguiente. ¿De dónde sacas tanta vitalidad?

—No me sobrestimes. En la mayoría de las ocasiones, se trata de falsificar papeles o hacer llegar un mensaje o algún documento a un partisano; otras, de proporcionar una nueva vida a alguien o de boicotear o preparar emboscadas al enemigo... A veces, los objetivos se logran sin violencia. Otras, por medio del uso de la fuerza. Es inevitable que haya bajas en uno y otro bando. En mi caso, esta vez estoy ayudando a esclarecer la desaparición de una persona. Uno de los nuestros... —El ceño de Bartek se frunció. Era evidente que conocía a esa persona y su desaparición le tocaba de forma directa. Aquel día fui consciente de que, dentro de su cotidianidad, Cracovia ocultaba una inmensa red de civiles, un enjambre de gente corriente que ponía su granito de arena para oponerse al invasor. Yo acababa de hacer el amor con uno de ellos, y yacía desnuda a su lado, sin ropa y sin sentimientos patrios, de fanatismos, de odio. Éramos dos almas en paz que trascendían a cualquier frontera o ideología.

—Siento mucho lo de tu compañero, Bartek. —El miedo por su integridad volvió a sacudirme por dentro. Mi amado se movía en terreno hostil y en cualquier momento la parca podría arrebatármelo. Me incorporé y lo abracé por la espalda, apretando mi torso en ella y apoyando mi barbilla sobre su hombro—. ¿Qué vamos a hacer? Los dos sabemos que no podemos vivir el uno sin el otro... Y sin embargo... Lo sé, amor mío, soy egoísta porque no puedo dejar de pensar en nosotros mientras que tú te enfrentas día a día a una montaña de problemas... Pero ¿has pensado alguna vez en que el falsificador de documentos de tu organización podría proporcionarte una identidad falsa de *Volksdeutsch*? Podríamos irnos con los niños de aquí muy lejos, a Linz, con mis padres, a Viena o a donde tú decidas que sea lo mejor y labrar un futuro juntos...

—No me pidas algo así. No en estos momentos. Debemos ser valientes, y pacientes, y aguantar un poco más. Yo nací y crecí aquí, he visto morir a seres queridos, a personas inocentes; he visto al mal actuando con total impunidad, y veo a la propia Dama de la Justicia desatendiendo las aturdidoras quejas y los lamentos de los mortales que acuden a ella con la esperanza de hallar amparo. Queda mucho por hacer, los culpables del sufrimiento han de pagar por ello. Por suerte, las cosas están cambiando muy deprisa por cómo evoluciona la situación en el frente... El Ejército Rojo está aplastando a la Wehrmacht en Kursk. Es cuestión de meses que esta guerra alcance su punto final... Y yo tengo que contribuir a que ello ocurra, y ayudar a quienes lo necesitan. Mañana a primera hora, Erich y yo nos marchamos a Tarnów, donde en breve van a liquidar el gueto... El destino de esas pobres gentes será, sin duda, Auschwitz-Birkenau... Tenemos puesto en marcha un plan para boicotear los traslados. En mi caso, puedo ser útil en muchos aspectos, ¿comprendes?; no olvides que entiendo de mecanismos de relojería...

—¡Oh, Bartek! ¡Eso suena demasiado peligroso! —Un escalofrío fustigó mi espinazo. Fue tan intenso que también debió de estremecerlo a él, pues me tumbó boca arriba sobre las sábanas de satén y se echó encima de mí. Me besó en el rostro mientras, entre beso y beso, yo le susurraba—: Escúchame, te lo ruego, si dejas Cracovia, permite que vaya contigo, con Erich. Podré ocuparme de Jędruś. Y también podría ser de ayuda a la organización... Y así siempre sabré de ti... Aunque nos veamos con cuentagotas...

—No, tampoco me pidas eso. No puedo llevarte conmigo. Te quiero demasiado. A ti y a Erich. Y luego está tu marido. ¿Acaso crees que se quedaría de brazos cruzados? No podemos exponernos de esta manera... Amor mío, cuando todo esto acabe, iré a buscarte. Jędruś estará bien atendido en casa de un matrimonio amigo de Tarnów. Lo único que te pido que hagas es que te desvincules cuanto antes de tu esposo. Es un loco que no sabe lo que significa el respeto... Reúnete con tus padres en Linz, te lo ruego... Será por poco tiempo...

—¿Es esto una despedida? Me estás asustando...

Bartek guardó silencio. Me besó en la frente y suspiró con tristeza. Se dejó caer a un lado de la cama para contemplar conmigo el techo azulino de la habitación, cogido de mi muñeca.

—No, en absoluto. Es un hasta pronto, querida mía... Si me quedo en Cracovia, moriré. Göth ha arrojado contra mí a los sabuesos de la Sicherheitspolizei y la Gestapo, y me pisan los talones.

—¿Göth? Lo suponía... Suponía que no respetaría nuestro acuerdo... Ese malnacido... —dije con amargo disgusto—. ¡Debería ir allí con un arma para reclamarle que me devuelva el Rafael! Con él podríamos conseguir muchísimo dinero, sobornar a quien hiciera falta para viajar al lugar más pacífico del planeta y vivir el resto de nuestras vidas sin estrecheces...

—Nada lograrías. En cierto modo, él cumplió con su palabra al liberarme de Płaszów. Pero ahora cuenta con un argumento de peso para darme caza. Sabe que estoy en la resistencia. Mi búsqueda y captura está del todo justificada.

—¿Cómo lo ha descubierto?

—Es un perro viejo. Respetó vuestro acuerdo hasta donde a él le convino. Ordenó a sus hombres esperarme en mi apartamento a mi regreso de Płaszów.

—¿Un perro? Un hijo de perra, eso es lo que es... Un hombre sin palabra no es un hombre.

—Habría sido mi final. Peor suerte tuvo mi compañero Tomek. Él fue a mi piso aquella tarde, donde esperaba encontrarme, pues desconocía que yo había sido arrestado y trasladado a Płaszów. Habíamos quedado en reunirnos después del trabajo porque tenía que entregarme una transcripción traducida de la BBC para que yo se la llevara al encargado del mimeógrafo y tener así cientos de copias para su difusión entre los nuestros. Él no creyó adentrarse en la boca del lobo cuando llamó a mi puerta. Estoy seguro de que los hombres de Göth estaban al otro lado, esperando a que me dejara caer por allí. No hemos vuelto a saber nada de Tomek, por lo que nos tememos lo peor. Pero tenemos la certeza de que no ha hablado, de lo contrario muchos de mis compañeros no seguirían conmigo, y probablemente *Frau* Fischer tampoco... Sé que Tomek morirá sin decirles una palabra. Por eso ahora a Göth le urge apresarme, para despellejarme vivo y llegar hasta el fondo del asunto. Y, claro, deshacerse de la parte más débil del *acuerdo pictórico*.

—¡Oh, Dios mío!

Me revolví y hundí el rostro en la almohada para amortiguar mis sollozos. Había llegado el día que tanto temí. Decirle adiós sin saber hasta cuándo. Tal vez para siempre; yo no era tan optimista como él. Bartek se puso de costado y me atrajo hacia sí para calmar el violento vaivén de mi cuerpo. Por un momento creí estar en brazos de un héroe capaz de alterar el curso de la historia, nuestra historia. El amor es ciego en verdad, y además un hábil tramposo que sabe cómo mantener la llama viva de una realidad inasequible. Pegada al hombre de mi vida, sentí paradójicamente la muerte de mi mundo interior. De él surgió el grito que la almohada acalló, el mismo grito de dolor que Masaccio plasmó en el rostro atribulado de Eva mientras era expulsada del Edén.

—No te preocupes por mí, estaré bien en Tarnów, con una nueva identidad... —me susurró mientras me acariciaba los cabellos con dulzura. Después se levantó de la cama para coger de la silla su chaqueta y sacar de ella su cuaderno de bolsillo. Volvió a sentarse a mi lado, y observé cómo escribía con su pequeño lápiz el nombre de «Tadeusz Grzesiuk». Arrancó la página y me la dio. Así se llamaba ahora, me contó, mientras me ayudaba a incorporarme para sentarme en la cama. Me limpió las lágrimas y esperó a verme más tranquila para pedirme que le anotara mi domicilio de Berlín.

—Debo saber todos los lugares en que sea posible encontrarte —añadió.

Con el corazón desgarrado, le proporcioné el teléfono y la dirección de mis padres en Berlín y, por si acaso, la de Birgit en Arnstadt. Pero aún no podía darle la más importante, la nueva de Linz.

—Estoy a la espera de que mis padres me la faciliten... —le expliqué.

—No importa; cuando la tengas, es importante que se la transmitas a *Frau* Fischer. La pondré sobre aviso. En la nota no cites los nombres ni apellidos de nadie, ni siquiera la ciudad de Linz; tan solo la calle y el número junto con las letras NGRD.

—¿Las letras NGRD? ¿Qué significan?

—Son las consonantes de tu hermoso nombre. —Sonrió y levantó la vista para mirar por la ventana; los rayos apagados que se colaban por sus cristales anunciaban que la tarde agonizaba. Suspiró muy profundamente. Me solté de su mano y me envolví en la sábana empapada de nuestros olores para levantarme y guardar el papel en el pequeño bolsillo de mi vestido. Luego me dejé caer en el sillón encarnado de capitoné que decoraba un rincón de la habitación y enjugué mis lágrimas en un pico de la sábana mientras me concentraba en apaciguar mi respiración.

Él respetó el espacio de recogimiento que me había creado, y se levantó para recoger sus pantalones y camisa que la pasión desperdigó por la moqueta y se vistió. Luego descolgó el teléfono que había en la mesilla de noche, marcó un número e intercambió unas frases en polaco con un tal Mietek. Colgó y observó el aparato con expresión pensativa.

—Debo irme —fue lo siguiente que dijo.

Mi semblante se retorció y me deshice en llanto. Él volvió a mi lado para sacarme del amparo de mi sillón y, con absoluta ternura, me ayudó a vestirme, en un silencio que me asfixiaba. Cada botón del vestido que me abrochó sonó al clic de un candado cuya llave caía a un lago de aguas turbias, profundas, solo asequibles para el dueño de mi corazón. Era una mujer rota.

—¿Cómo voy a poder seguir respirando sin tu aliento, salir al jardín rodeada de rosas negras, margaritas deshojadas y una maleza tan alta como las murallas de Troya que no me dejará ver el mañana? —salté, irritada, al verme incapaz de afrontar nuestro inminente adiós—. Mi corazón te esperará hilando sueños y fantasías, confiado en volver a palpitar con el rayo de luz de una sola de tus miradas. ¿Y si todo se queda en nada? ¿Y si la dilación es nuestra adversaria? Oh, ¿por qué hemos de pasar por esta prueba?

Me pasó los dedos sobre los labios con suavidad, destellos de emoción empañaban sus ojos del color de hojas de otoño, tranquilos, rebosantes de esperanza. Cogí sus manos y las apreté con todas mis fuerzas contra mi pecho. Nuestros cuerpos pegados ansiaban seguir así hasta la extenuación.

—Nuestro amor será el combustible que alimente el motor de mi vida. Tu recuerdo me acompañará dondequiera que esté, porque siempre que te busque te encontraré esperándome en mis pensamientos... —musitó.

—Es imposible que me conforme con los recuerdos, amor mío, te necesito junto a mí, pues a tu lado lo imposible se vuelve asequible... —Me veía sin fortaleza para seguir adelante.

—Cierra los ojos, amor mío, vamos, ciérralos... —insistió, y esperó a que así lo hiciera—. Eso es. Ahora respira hondo... Y, dime, ¿qué percibes?

—Siento mi mano entre la tuya, su calor.

—Más cosas, qué más cosas te embriagan.

—La forma en que ese calor nutre el palpitar de mi corazón.

—Bien, pero quiero que te alejes de mi presencia y me digas hasta dónde alcanzan tus sensaciones. —Soltó su mano de la mía.

—No comprendo...

—Quiero que te des cuenta de que, a pesar de estar a ciegas, eres capaz de ver el mundo en toda su plenitud. Afina tus oídos, céntrate en tu piel, aspira con vigor. ¿Oyes el graznido de la urraca? Debe de estar a unos pocos metros de nosotros, posada en algún tejado vecino. Ese sonido te permite *ver* esa distancia. Siente en tu vello la brisa que se cuela por la ventana entreabierta. Al ser invisible, no sabemos de dónde viene ni a dónde va, y sin embargo ese suave viento te acerca al bullicio de la calle, te transporta hasta las arboledas del Planty y te trae el aroma de las gavillas de la siega de los trigales que rodean la ciudad. Es la belleza de la vida, y la ignoramos. Dejamos escapar lo que verdaderamente importa. La mayoría de nosotros no somos conscientes de que los sentidos trascienden los límites del cuerpo y usan el éter que nos envuelve para conectarnos en el tiempo y el espacio... Cuando me eches en falta, espera a que la luna llena salga de su escondite y mírala a la cara. Será nuestra fiel acompañante en las noches de soledad. Deja que su luz te inunde, que sus rayos de ternura iluminen el abismo de tu añoranza y te llenen de calor, pues serán los mismos haces de luz que me ungirán de ti.

—Son como hilos mágicos que no vemos... ¿verdad? —dije, abriendo los ojos.

Él me sonrió. Supo enseguida que Jędruś estaba detrás de esa historia de lazos afectivos.

—Él te quiere, lo sabes, y te echa mucho de menos.

—Lo sé, por eso te pido, amor mío, que no olvides ni un solo día recordarle a Jędruś que su segunda madre, la que tiene en la tierra, reza por él y que lo lleva siempre en su corazón...

La plácida quietud de esos instantes se desvaneció cuando Bartek advirtió que el minutero del reloj de pared estaba cerca de señalarnos las ocho. Nos besamos, por última vez. Con intensidad, para enmudecer nuestra congoja y como queriendo sorber una parte de la vida del otro, la suficiente como para que nos alimentara hasta el próximo encuentro.

Bartek salió de la habitación número 9 detrás de mí y cerró la puerta con un golpe seco, de enfado. Porque fue un portazo a la felicidad, a la pasión, a la suerte. Me cogí de su brazo y recorrimos cabizbajos el largo corredor; a medio camino, el silencio lo llenó una pareja que se cruzó con nosotros y casi nos arrolló. Eran dos jóvenes enamorados que corrían a su habitación, entre risas impetuosas, besándose; él llevándola a ella de la cintura, con una botella de champán en la mano. Su dicha me entristeció aún más. Pensé que el amor romántico era un regalo de la vida, un sentimiento que se apoderaba de nuestros sentidos y nos impulsaba a estar con la persona amada, y que igual que te era concedido te era arrebatado, de manera caprichosa, sin avisar... ¿Por qué el amor no podía ser eterno e inalterable? ¿Por qué pasaba de mano en mano, como un testigo que se debe ceder a otro en la carrera de fondo que es el paso por este mundo? La vida quizá decidió transferir nuestra felicidad a esos dos jóvenes ignorantes con los que nos cruzamos en el pasillo, quienes en cualquier momento sufrirían el mismo golpe que Bartek y yo, amores fáciles de quebrantar por el destino, siempre ciego e impasible, indolente al afecto.

Dejamos atrás el Grand Hotel, y en el cruce acordado divisamos al Mayor, que había llegado a la hora señalada. «Te amo con locura, con desesperación, con todo mi amor y con todo mi ser», me susurró Bartek al oído cuando me abrió la puerta para que entrara en el coche. Estaba noqueada por el golpe; me dejaba ir, dejaba marcharme de su lado, derrotada por el convencimiento de que jamás volvería a ser tan feliz como lo fui en sus brazos.

No hubo más besos, no hubo más abrazos. El Mercedes arrancó y vi cómo mi amado se alejaba de mí, caminando con las manos en los bolsillos, en la esquina entre la Hauptstraße y la Thomasgasse. «No sé cuándo, no sé cuánto tiempo querrá el destino tenernos lejos el uno del otro, pero lucharé contra él, te buscaré y te encontraré. Será mi misión en esta vida.» Aquella fue su promesa, que retumbaba en mis oídos desde que me la formuló poco antes de que abandonáramos la habitación.

En un estrato profundo de mi conciencia irruyó el horrible presentimiento de que jamás volvería a verlo. Hermann viró a la derecha, y entonces fue cuando perdí de vista su silueta. Me invadió una sensación de abandono, como si un maremoto acabase de arrancar el ancla ancorada en la roca que me brindó seguridad y estabilidad.

En la mañana del viernes 27 de agosto solo dos nubes, grandes y redondas como unos inmensos ojos de algodón, observaban nuestros movimientos, cada una de ellas acomodada a un lado del sol. Era un día fresco y apacible. Tras haber cargado el maletero con nuestro equipaje, Hermann arrancó el coche, con Erich y conmigo en el asiento trasero, y Kreta sentada en el del copiloto. Mi pequeño tarareaba feliz *Un beso al cielo* mientras hacía volar en su mano una pequeña avioneta de madera por fuera de la ventanilla abierta. Yo también me sentía venturosa, aunque mi estado de ánimo era un revoltijo de penas y alegrías. Aún no era capaz de concebir que estaba a punto de abandonar aquella tierra, la tierra que me había regalado vivencias hermosas y entrañables, y ofrecido la luz para encontrarme conmigo misma. Pero Cracovia al mismo tiempo dejó en mí sufrimientos y vacíos inconmensurables, la pérdida de personas que en gran medida contribuyeron a convertirme en la persona que era y de la que me enorgullecía.

Cuatro días antes, alrededor de las once de la mañana, me llamó mi madre para darme la dirección de la casa en la que se habían instalado, a unos minutos del casco antiguo de Linz, y un número de teléfono provisional al que llamar en caso de que surgiera una urgencia. «Erich y yo os visitaremos lo antes posible, quizá en unos días. Te avisaré. Os quiero. Cuidaos», le dije de manera espontánea antes de colgar, evitando entrar en detalles.

Sentir la voz de mi madre en mi oído fue el antídoto que necesitaba contra el anquilosamiento. Por casualidades de la vida, unos minutos antes de que sonara el teléfono, estaba dándole vueltas en mi cabeza al consejo de Bartek de que me apartara de mi esposo y me reuniese con mis padres. La breve conversación que mantuve con ella me hizo profundizar en el hecho de que Erich no merecía estar cerca de su padre, y afianzar mi anhelo de alejarme de allí. Sin Clara y sin Bartek, ya nada me retenía bajo las cuatro paredes de aquella casa. Al contrario, las llamas del infierno de Auschwitz, a escasos kilómetros de distancia, ardían tan cerca de mi conciencia que necesitaba alejarme de ellas para tomar aire. Mi sitio estaba junto a mis progenitores.

Eres libre. No nos busques. Porque no nos encontrarás. Me llevo a Erich muy lejos, lejos de Alemania, de la Alemania que un día amé y por la que ahora solo siento vergüenza. Lejos de ti. Tengo la remota esperanza de que algún día llegues a un estado de consciencia que te permita ver más allá del fanatismo y los odios que hoy te ciegan, resarzas el daño causado y sepas perdonarte. Y comprendas por qué tuvimos que alejarnos de tu lado.

Esta fue la nota que habría deseado escribirle a Günther y dejarle en un sobre sobre su escritorio, para luego huir de él literalmente. Pero no podía dejarme llevar por las emociones. Tenía que ser pragmática. Cabrearlo solo complicaría las cosas. En medio de un conflicto bélico, nada me garantizaba que, en el peor de los escenarios, hubiéramos de regresar. Por ello, debía actuar con astucia e inventarme un pretexto lo suficientemente creíble como para que Günther no pusiera ninguna objeción a que Erich y yo realizáramos un *breve* viaje al Alto Danubio.

No fue fácil dar con él en el KZ, tuve que telefonearle varias veces hasta que se dignó a atender mi llamada. Como llevábamos tiempo sin dirigirnos la palabra, empecé por resumirle la quiebra del negocio de mi padre y la determinación de este, impulsada por las evacuaciones masivas de la capital del Reich, de trasladarse junto con mi madre a Linz, un lugar seguro hasta donde cabía, en el que hallaríamos refugio toda la familia en el caso de que la situación en los distintos frentes se pusiera muy fea. A Günther no le sorprendió la decisión de mis padres, pero entre carcajadas la tachó de exagerada. «No me parece mal que acaben viviendo en otra de las magníficas ciudades del *Führer*, aunque transmíteles de mi parte que no deshagan mucho las maletas porque más pronto que tarde regresarán; Berlín jamás caerá.»

Encajé su burla para luego fingir ponerme seria y hacerle creer que mi padre había sufrido un infarto grave y que, según los doctores que lo atendieron, tenía el corazón tan débil que en cualquier momento podría producirse el desenlace. Le expresé mi deseo de poder despedirme de él, y de que nuestro hijo viera por última vez a su abuelo. Como cabía esperar, su respuesta se resumió en un «lo siento» y un «no os podré acompañar, estoy desbordado de trabajo». Tal vez movido por un arrebato de compasión o por fingir preocupación y respeto a sus suegros, me pidió, antes de colgar, que enviara a Hermann a Auschwitz para que recogiera un sobre con dinero para los gastos del viaje y los que pudieran surgir durante la estancia en Linz. Le agradecí su generosidad y comprensión entre unos sollozos servidos con teatralidad.

La conversación con mi esposo me sirvió de acicate para realizar una llamada pendiente que me tenía intranquila. Sentada cómodamente en el sillón del despacho de Günther descolgué el teléfono y marqué el número que Hermann me había proporcionado de la Casa Roja. Atendió al teléfono una voz joven, supuse que era la de Lena, la pobre infeliz que servía al *Herr Kommandant*. La suerte quiso que él se encontrara allí. El gran Amon, el dios Göth, enhiesto como un káiser en su proclamación, arrimó el auricular a su oreja mientras se aclaraba la garganta un par de veces. Luego un breve silencio se estableció al otro lado de la conexión. Intuí que daba rienda suelta a su fantasía, por creer que mi llamada era para concertar la cita que él tanto ansiaba.

—Buenos días, *Frau* F. No se imagina el grato placer que me produce escuchar su voz. Dígame, ¿qué puedo hacer por usted? —preguntó engolando la voz. Si en su rostro se había instalado una sonrisa lujuriosa, le iba a durar un suspiro.

—Siento tener que darle la mala noticia de que mi padre ha sufrido un infarto y la familia reclama mi urgente presencia en Linz. Nuestro encuentro, pues, deberá aplazarse *sine die, Herr Kommandant* Göth —le comuniqué con voz áspera—. En cualquier caso, le informo de que si por venganza, vanidad o el motivo que sea pierde la paciencia y decide hablarle de mi autorretrato a Günther...

Él no me dejó terminar. Carraspeó un par de veces y con tono amenazante me dijo:

—No me tome por estúpido, estimada *Frau* F. No olvide que soy cazador y estoy habituado a esperar el tiempo que haga falta para cobrarme una pieza. Sería usted la primera que escapa de mi punto de mira... No tengo nada más que comentar con usted, salvo que cuanto más demore usted nuestra cita, mayor será el pago que tendrá que realizar... *Auf Wiederhören!*

El reyezuelo de Płaszów se puso hecho una furia y dio un sonoro golpe al colgar. Su amenaza me entró por un oído y me salió por el otro. Salvo que el destino me jugara una mala pasada, jamás en mi vida volvería a verle el pelo.

Mientras terminaba de colocar los dos sombrereros en el asiento del Mercedes, de manera que no nos estorbaran a Erich y a mí durante el trayecto, recordé que también podía respirar en paz porque *Frau* Fischer ya tenía en su poder mi nueva dirección de Linz, que le haría llegar a Bartek cuanto antes. Y, no solo eso, en nuestro fugaz encuentro en el colmado, ella me confirmó que Zosia estaba bien, con una nueva familia que le estaba dando mucho amor.

Pero mi dicha se diluyó en una profunda pena al contemplar por la ventanilla del coche a Anne, Elisabeth, Hans y Otto, que habían acudido hasta la puerta de la casa para despedirse y desearnos un feliz viaje. Todos ellos, cada uno con sus virtudes y defectos, fueron mi familia en Cracovia. Hasta el gordo y el flaco se habían hecho un hueco en mi corazón. En sus rostros había dibujada una sonrisa, pues ignoraban que quizá nunca volveríamos a vernos. Mi efusión fingida me estaba destrozando por dentro. Ninguno de ellos se merecía aquella farsa, la misma que tejí para Günther.

Tan solo Hermann quedó a salvo de mis embustes. A él sí quise contarle las verdaderas intenciones que escondían mi viaje. Se las di a conocer durante un paseo que le pedí que hiciéramos a la roca, de la que deseaba despedirme. Accedió a regañadientes, pues era poco amigo de caminar por el campo, y aún menos, cuesta arriba. Allí, le confié mi propósito de quedarme en Linz con Erich durante tiempo indefinido. Semanas, meses, y quién sabe si años... Todo dependía de la evolución de la guerra, y de la reacción que tuviera Günther al descubrir que mi plan era no regresar a su lado nunca más. Le rogué al Mayor que no dijera nada a Anne ni a Elisabeth, no de momento. No hasta que mi esposo decidiera cerrar la casa y quedarse en su apartamento de Auschwitz. Entonces, sí habría de contarles la verdad, y pedirles perdón en mi nombre por haber desaparecido en la forma en que lo hice. El viejo Hermann me dio un abrazo sentido, cargado de emoción, que yo le devolví con el rostro inundado en lágrimas.

—No llore, Ingrid, es la decisión más acertada que ha tomado en su vida. Tiene todo un prometedor futuro por delante. Es usted una mujer joven y valiosa.

Lo estreché con más fuerza y le dije con un hilo de voz:

—Le escribiré, Mayor... Y si halla algún momento de sosiego para dedicarme unas líneas, me hará usted muy feliz... Espero volver a verle pronto. Sabe que siempre será bienvenido en Linz... o dondequiera que me conduzca la vida, que espero que sea al lado de la persona que ya sabe...

Miré a la roca, y ella me miró, triste. Nos dijimos adiós. Aquel horizonte abierto, rodeado de la naturaleza viva que tantas veces me acogió en su lecho con Bartek, nos acompañó a Hermann y a mí por el pequeño sendero que nos conducía de regreso a casa.

Una lágrima indómita se me escapó al pensar de nuevo en el afectuoso abrazo del Mayor. Lancé una mirada al espejo retrovisor para ver reflejado en él el ojo sano de mi dilecto chófer, atento en esos momentos a hacer rodar cuesta abajo el coche por el camino de nuestro jardín para tomar la carretera, rumbo a la estación central de ferrocarriles, donde Erich, Kreta y yo tomaríamos un tren que nos conduciría a Viena y de allí a Linz.

—Detenga un momento el vehículo, Mayor, se lo ruego —le dije al viejo justo cuando cruzábamos la verja—. Será cuestión de un momento. Enseguida vuelvo...

Me apeé del Mercedes y caminé hasta la casita-buzón que Bartek, Hermann y los niños fabricaron para mí. Era un objeto con alma propia, cada pieza con la que fue construido conservaba un trocito de los corazones que se unieron para darle forma. Por un instante, me invadió un deseo inmenso de arrancarlo de su estaca para llevármelo conmigo, pero acto seguido recapacité; en verdad, aquel buzón formaba parte de aquella casa, de aquella historia, y debía seguir en su sitio prestando su fiel servicio a los futuros moradores. Llevaba conmigo otros recuerdos valiosos de mi amado, me dije, los retratos que le había hecho durante nuestros encuentros en la roca. Los de él, los de Jędruś y, cómo no, los de Clara.

Deslicé los dedos sobre el encarnado tejado del buzón para despedirme también de él. Aún llevaba colgada del cuello la pequeña llave que lo abría, así que me la quité para depositarla dentro. Al abrir la puertecita amarilla, los rayos del sol, imparables, llenaron de luz el espacio interior e iluminaron un blanco sobre, sin remitente ni destinatario. Lo abrí y extraje la cuartilla que contenía. Se trataba de una sucinta misiva, un presente para antes de mi partida, que, una vez más, me embriagó con un sentimiento de profunda esperanza:

En breve amanecerá Polonia libre, y recuperaremos nuestro orgullo y honor. Si algo bueno podemos esperar del mañana tras tanta destrucción y sufrimiento, es un mundo donde no haya cabida para las diferencias ni los tiranos que se sirven de ellas para corromper el alma humana. Confío en que de las cenizas surgirá un mundo tolerante y pacífico donde tú y yo podremos seguir un mismo camino cogidos de la mano, expresando de forma abierta todo nuestro amor.

B. K.

TERCERA PARTE

20

Sábado, 15 de septiembre de 1990

—Madre, no puedes guardarte esto por más tiempo —me dijo mi hijo Wolff con el rostro radiante y, a la vez, una preocupación cálida en su voz. Ulrike, su esposa, que iba sentada a su lado, enfrente de mí, asentía con la cabeza para darle la razón. Ambos daban pequeños sorbos a los cafés que Wolff acababa de traer del coche bar.

—No sé cómo podéis tomarlo en esos vasos de plástico; matan todo su sabor. El café hay que beberlo en taza, para disfrutar todo su aroma. Ya sé que, como siempre, vais a decirme que soy una anticuada... —refunfuñé mirando con una sonrisa a Ulrike, que sujetaba el vaso entre las dos manos, para calentárselas, pues siempre las tenía heladas. La compañera de mi querido hijo era una mujer esbelta, de tez clara, ojos azules intensos y boca grande adornada con unos dientes níveos perfectamente alineados. Lucía siempre una densa melena morena, larga y suelta, y vestía con un estilo casual y juvenil, pero elegante y sofisticado, que nunca dejaba de sorprenderme gratamente.

—Haz caso a papá, abuela, la gente debe conocer vuestra historia, la de Clara —salió en su apoyo mi nieta, Clarissa, bautizada así porque Wolff quiso de este modo rendir homenaje a mi amiga judía, la persona que salvó la vida de su padre—. El mundo ha de saber lo maravillosa que fue esa mujer de la que siempre nos hablas. ¿Qué habría sido de Anne si no hubiera escrito un diario? ¡Y qué habría sido de mí si no hubiera podido leerlo! —Alzó en el aire el libro de Anne Frank que en esos momentos estaba leyendo—. Habría sido una pérdida tremenda para todos nosotros no haber podido conocer a esa chica, ¡una adolescente como lo fui yo hace apenas unos años!, saber el sufrimiento injusto e innecesario que padeció... Han sido tantos los sueños destruidos, tantas las sonrisas borradas de tantos seres humanos... ¡Clara, Irena, Hedda, Maria..., todas ellas también merecen ser recordadas!

Mi nieta me miraba con esos ojos grandes, casi violetas, que había heredado de Wolff. Era terca y pertinaz, y una luchadora incansable como su abuelo. Estaba sentada a mi izquierda, al otro lado del pasillo, frente a su tío Erich, que en ese momento se entretenía leyendo el *Kurier* junto a su pareja Edward. Este dormitaba con los auriculares puestos, escuchando en su *discman* seguramente a David Bowie, el cantante favorito de los dos. Acabábamos de hacer transbordo en Katowice, y el tren ahora se dirigía a Cracovia, donde Jędruś nos estaría esperando en el andén en solo un par de horas.

Aún no me había hecho a la idea de que en breve me reencontraría con su padre. Desde que Jędruś llamó a nuestra puerta en Linz, hacía apenas dos semanas, mi cuerpo se había convertido en un diapasón que vibraba día y noche golpeado por el anhelo y la emoción de una historia de amor inacabada a la que jamás creí que podría ponerle un cariñoso punto y final.

«Soy Jędruś», fueron sus palabras tras preguntarme si yo era *Frau* F. Hacía mucho tiempo que nadie se dirigía a mí por el apellido de Günther. Desde que me aparté de su lado, decidí volver a llamarme Ingrid Brandt, mi nombre de soltera. Supe entonces que aquel hombre maduro, de cabello cano, un poco más alto que yo y de buen ver, que hablaba con acento extranjero e iba acompañado de una hermosa mujer regordeta y bajita, que lo cogía por el brazo, y de otro varón más joven, espigado y dueño de una barba bien cuidada, era alguien que formó parte de mi lejano pasado, pero en ese instante no supe adivinar de quién se trataba. De sus ojos enormes, pardos y mansos, manaba un brillo especial, familiar, que encandiló mis retinas. Parecían decirme «¿de veras no sabes quién soy?». Casi acariciando los ochenta años, mi memoria se conservaba ágil y fiable, como la de esas modernas computadoras que fascinaban a las nuevas generaciones, pero los reflejos, ay, habían perdido su presteza.

Él y los que luego se me revelaron como su esposa Natalia y su hijo Bartłomiej tuvieron que salir en mi auxilio en cuanto caí en la cuenta de que se trataba de mi pequeño Huck. Me llevé las manos a las mejillas, y, al verme tambalear, este y su mujer me cogieron por los brazos para que no me derrumbara, ya que a punto estuve de desfallecer a causa de la impresión. Entretanto, el barbudo de nariz gibosa, abriéndose paso, me pidió permiso para entrar en mi casa y buscar un lugar donde recostarme.

Casi diez lustros tardó Dios en atender mis súplicas. Siempre pensé que la parca me llevaría consigo sin que antes pudiera resolver el misterio del destino de Bartek y su hijo tras el fin de la guerra. Pensé que nunca sabría la razón de que mi amado no cumpliera su promesa de venir a buscarme, ni por qué nunca dio la más mínima señal de vida que aliviara la tortura de pensar que había muerto o dejado de quererme. Nunca creí en su muerte ni que hubiera renunciado a nuestro amor.

—¿Me lo prometes, abuela? —Clarissa interrumpió los pensamientos que me habían hecho retroceder en el tiempo—. Tu historia, abuela, ¿la escribirás? —insistió al ver que había perdido el hilo de lo que me estaba diciendo. La miré y asentí, alargué el brazo hasta su sitio para coger su mano y estrecharla con fuerza. Me sentía muy orgullosa de aquella jovencita veinteañera, tan sabia y llena de sensatez; no debía temer por ella, pues la nobleza era uno de sus valores más destacables. Todos, sus padres, Erich, Edward y yo, participamos en su educación. Evité reproducir en ella los errores de mis padres, y le enseñé a pensar por sí misma. Era una frágil semilla que logramos hacer germinar libre de prejuicios. Aquella muchacha, de espíritu fuerte y generoso, era nuestra flor de la esperanza a un futuro más justo. La alegría de nuestros corazones. Estaba terminando la carrera de Derecho; quería seguir los pasos de su tío Erich y convertirse en una abogada con el objetivo de luchar contra las injusticias allí donde estas se produjeran. Clarissa era una valedora del Bien.

La familia que logré edificar, feliz y unida, se la debía, en gran parte, a Clara. No solo me libró de las garras de Karl y me ayudó a sacudirme el yugo de Günther, sino que consiguió, con su ejemplo de bondad y tolerancia, devolver la vista a una víctima de esa suerte de ceguera de la mente y el corazón que obnubila la razón. Eso me cambió para siempre. Clara empujó la pieza del dominó que causó en mi interior una cascada de sucesos y metamorfosis que me condujeron a ser quien soy en el presente: una persona mejor, accesible y tolerante con los que piensan diferente, con los extranjeros, con las otras culturas, con los que hablan otro idioma. Aún siento viva su influencia dentro de mí. Es más, sé que Clarissa, Wolff y Erich llevan un pedacito de mi amiga impreso en sus corazones, los tres son empáticos, solidarios, humildes y sinceros.

Desde aquel agosto de 1943 en el que Bartek emprendió su camino y yo el mío, con la certitud de que en un puñado de meses ambos confluirían en una sola senda, sin cruces ni bifurcaciones, procuré no desviarme un milímetro del nuevo rumbo que me había marcado. Llené mi maleta de buenas intenciones, de mansedumbre, de luz y de amor. Porque no quería morir sufriendo, quería morir habiendo vivido cada día con felicidad y luchando por un mundo mejor, por Erich y por el bebé que llevaba en mi vientre, de cuya existencia no supe hasta que nos hubimos instalado en Linz.

Allí, en el apartamento de dos plantas con un pequeño jardín en el patio trasero que mi padre alquiló en la Schubertstraße, esperé hallar la paz que tanto añoraba. Sin embargo, a escasa distancia de Linz se levantaba el campo de concentración de Mauthausen, que en los últimos años se había erigido, junto a Auschwitz, en uno de los más grandes del imperio nazi. También existían un infinito número de subcampos por los distritos del Danubio y los Alpes. Pero lo peor fue descubrir que las pretensiones de mi padre en Linz no eran otras que abrir con el apoyo de la VÖEST una acería en la que tener a su cargo mano de obra esclava procedente del KZ.

Mi padre nunca llegó a materializar su proyecto empresarial, porque cayó enfermo a las pocas semanas de haberse mudado a su nuevo hogar. Fue algo fulminante que lo postró en cama. Estuvo ingresado durante un tiempo en el hospital, pero ni siquiera los médicos, haciéndole infinidad de chequeos, supieron dar con la causa de su súbita debilidad y la constante sensación de agotamiento. Así que lo tuvimos de vuelta en casa, en la que vagaba arrastrando los pies desde su sillón de lectura hasta la cama, sumido en una vida absolutamente inactiva que alimentaba su frustración. La actitud distante de Günther también le inquietaba sobremanera, por mí, por Erich y por la vida que estaba por venir, pues veía cómo pasaba el tiempo sin que diera señales de vida y enviara algo de dinero. «¿Cuándo piensa visitarnos? ¿Por qué no ha solicitado el traslado a Mauthausen? ¿Qué tiene el campo de Auschwitz que no tenga este? ¡Tiene una familia a la que atender!», clamaba indignado. Y también asaltado por la preocupación, dado que los ahorros de toda su vida volaban, y debíamos apretarnos el cinturón para subsistir sin saber hasta cuándo. Mi padre se veía incapaz de trabajar, y nadie daba empleo a una embarazada como yo. Solo mi madre consiguió algunos ingresos como planchadora. Poco a poco, logró hacerse con un ramillete de clientes, vecinos de familias numerosas que en aquellos tiempos de escasez podían permitirse el lujo de pagar los servicios de planchado a domicilio. No pocas veces se traía o le traían ropa a casa, y entonces yo la ayudaba a plancharla.

Siempre pensé que la enfermedad de mi padre germinó cuando tomó la difícil decisión de dejar atrás su ciudad natal, y que, desde el principio, todo su mal estaba en su cabeza. Luego su salud cayó en picado con el telegrama que llegó de Arnstadt donde se nos comunicaba la muerte de Birgit, el 6 de febrero de 1945, cuando una bomba estadounidense destruyó el barracón de la Cruz Roja en el que ella trabajaba atendiendo a los soldados con graves traumatismos. Que falleciera sirviendo a nuestro país sirvió de poco consuelo para todos nosotros. Birgit fue el único familiar que me robó la guerra. Una muerte especialmente injusta, era una mujer antibelicista, caritativa y crítica con el nazismo. Por ironía del destino, una bomba de los Aliados le segó la vida. Mi padre jamás se recuperó de aquel mazazo. Su apatía era tan profunda que apenas se ilusionaba por nada. Abandonó sus pocos paseos matutinos, descuidó su aseo personal y dejó de mostrarse afectuoso con sus dos nietos. Su vitalidad se resintió aún más cuando la radio dio la noticia de la caída de Berlín y de Hitler, cuya muerte mi padre no quiso aceptar. Insistía con terquedad teutona en que el *Führer* en realidad logró escapar de las manos de los bolcheviques y que, tras recomponer sus ejércitos, regresaría con sed de venganza. Parecía haber perdido el contacto con la realidad. Entraba en cólera al escuchar en el transistor los horribles crímenes de los que se acusaba al Reich, al contemplar las fotos que se publicaban de los KZ o al leer las declaraciones de los supervivientes a la catástrofe nazi. Arrojaba el periódico al suelo o desgarraba sus páginas echando espuma por la boca. «¡Son imágenes manipuladas! ¡Malditos traidores!», vociferaba con el poco aliento que podía retener en sus pulmones. Yo le reñía cuando entraba en aquellos estados de delirio, pues no quería que Erich, inmerso en la adquisición de nuevos valores en la escuela, escuchara sus retahílas de improperios e incoherencias a favor de Hitler. Yo sabía que las imágenes y los testimonios que recogían los periodistas mostraban la realidad de la barbarie cometida por nuestros compatriotas. Por mi propio marido, por el esposo de mi mejor amiga...

Jamás le confesé que viví en primera persona algunos de los actos vergonzosos que empezaban a ver la luz. Mi padre se instaló en la negación, cubrió sus ojos y oídos. Su actitud me produjo mucha pena, pues yo sabía que en el fondo era una buena persona. Como padre, siempre luchó para darnos lo mejor a Birgit y a mí y para que en casa nunca nos faltara nada. Vi en él a la rana de Poznań, que insistía con empeño en seguir chapaleando en unas aguas que le estaban quemando el alma, hasta que sucumbió en ellas el 9 de noviembre de 1946, poco después de que concluyeran los juicios de Núremberg. Para él, el proceso fue una farsa, y tachó de traidores a los jerarcas políticos, militares y médicos nazis que trataron de eludir sus responsabilidades o se mostraron arrepentidos para así salvar el pellejo. Para mí, el juicio fue un espejo en el que debíamos mirarnos los alemanes que habíamos apoyado a Hitler para ver que nos habíamos comportado como ojeadores que jaleaban a perros rabiosos durante sus cacerías y que, por acción u omisión, habíamos contribuido a la agresión, persecución y asesinato de miles de personas inocentes.

Muchos criminales de la Alemania nazi tuvieron que rendir cuentas en Núremberg por sus actos terroríficos, pero fueron más los que se libraron del peso de la justicia. Solo esperaba que a todos ellos la culpa los consumiera por dentro, como hacía conmigo.

Solo tras fallecer mi padre, me armé de valor para sincerarme con mi madre. Le hablé por primera vez de todo cuanto viví en Cracovia, la razón verdadera que me llevó a venirme a Linz y por qué nunca quise regresar al lado de Günther. También le desvelé quién era el verdadero padre de Wolff. Y que era él con quien esperaba volver a unirme ahora que todo había terminado. En ella, una pobre viuda y madre de una hija muerta, también deshecha por la guerra, hallé el consuelo y la comprensión que necesitaba.

Las muertes casi encadenadas de Birgit y de mi padre, la imagen de una Alemania y una Europa reducida a escombros, las ciudades y los campos sembrados de cadáveres y mutilados, las humillaciones propinadas por parte de los vencedores, la vida en penuria, la incertidumbre de qué nos depararía el futuro... No era fácil levantarse y tener que afrontar el día a día. Rescataba de mi mente las conversaciones sobre la guerra que mantuve tantas veces con Clara; ella, siempre sensata, yo, frívola y combativa. Si viviera, me habría dicho: «Te lo advertí». También pensaba en Bartek y Jędruś, en cuándo volverían a estar junto a mí. No había noche que no rezara por su bienestar. Siempre que aparecía la luna llena en el firmamento, salía a la calle o al pequeño jardín de la casa para contemplarla con afán, esperando que sus rayos de plata me ungieran de mi amado. A veces, sentía un suave estremecimiento, y entonces, emocionada, le susurraba que lo abrazara con su luz, que le trasladara todos mis pensamientos y sueños, como el beso que el jilguero lleva raudo al cielo en la cancioncilla de Jędruś. Esas vanas imaginaciones mantenían viva mi esperanza desde que dejé de tener noticias de Bartek en el verano del 44. En su última carta, me informaba de que los alemanes, dada la situación en el este, estaban obligando a los polacos, tanto a hombres como a mujeres, a cavar trincheras. Entre líneas, me decía que la resistencia estaba organizando «algo muy gordo» que permitiría tomar el control de la ciudad. «Ya queda muy poco, amor mío...»

Bartek nunca llegó a saber que en Linz le esperaba un hijo suyo; las cartas que me mandaba iban siempre sin remitente, por mi seguridad, en caso de que su tapadera fuera descubierta y alguna de sus epístolas interceptada.

Por entonces, no podía saber a ciencia cierta que la criatura que llevaba en mi vientre fuera de Bartek. Günther también podía ser el padre. Deseaba que mi segundo hijo fuera fruto del amor, y no de la violencia de un alcohólico. Así me pareció confirmado el día en que el bebé llegó al mundo: el 8 de junio 1944, justo un año después de que viera a Bartek por primera vez en mi jardín. El hecho de que mi hijo naciera precisamente en esa fecha era una señal evidente de quién era el padre, me dije a mí misma para convencerme de que no podía ser de otra manera. Luego el tiempo hizo su trabajo: tuve la gran suerte de que Wolff, el nombre de mi abuelo que mi madre quiso que le pusiera, no solo heredara los grandes ojos almendrados de su padre, sino también su nariz ática y su cabello oscuro ondulado. Cada día que pasaba, Wolff me recordaba más y más a Bartek. «Este niño no ha salido en nada a Günther. Se parece a él como yo a un caracol. Eso sí, tiene tus labios, y su barbilla es un calco de la de su abuelo», dijo en una ocasión mi madre con la mayor inocencia, mientras le cambiaba el pañal. Ella aún no sabía nada de mi enmarañada vida en Cracovia. Yo sonreí henchida de felicidad, pues consolidaba que Bartek era el padre de Wolff.

Una felicidad relativa, pues se diluía con los avatares del día a día. Me apenaba que Wolff no tuviera un padre que lo viera crecer, ni yo un compañero que me ayudara a encarar la montaña de problemas y tormentos que me acosaban en Linz. Un confidente a quien fiarle mis inseguridades: mi añorado Bartek. Era imposible comunicarme con él, pero no me resigné. Comencé por contestar sus cartas aunque no tuviera a dónde enviarlas. Pero lo que en un principio fue algo esporádico se convirtió en un hábito. Siempre que quería hablar con él, cogía la pluma y le escribía. Aquellas largas epístolas, pensé, se las daría en mano cuando le viera, en breve. Un día cualquiera, después de la guerra, Bartek llamaría a la puerta de nuestro apartamento en la Schubertstraße, con mi pequeño Huck cogido de la mano. Albergaba la convicción de que con la rendición de Alemania sería cuestión de semanas que aquel ensueño se hiciera realidad. Pero mes tras mes arrancaba desolada las tristes hojas del calendario, cada vez más arrepentida de haberlo dejado marchar el día que nos amamos en el Grand Hotel. De confiar nuestro amor al destino, una esperanza vacía. Quién iba a pensar que, tras la ansiada paz, el mundo, que aún se lamía las heridas de la guerra, se partiría en dos mitades, con ideologías enfrentadas e irreconciliables, que no eran otras que las que traían bajo el brazo los libertadores de un lado y el otro. Una nueva razón para provocar dolor en multitud de vidas humanas. Persecuciones, venganzas, castigos, coacción, imposición, discriminación. «¿Por qué los humanos no podemos vivir nunca en paz? ¿Por qué cuando caminamos hacia ella siempre aparece en el horizonte una cegadora tormenta de arena?», se preguntaba mi madre.

Mi querida Spandau formaba parte del Sector Británico de Berlín Oeste. El sur de Linz, donde nosotros nos hallábamos, estaba en manos de los norteamericanos. Ciudades ambas desmembradas en dos, fragmentos que volvían a marcar diferencias y coartar libertades. Fui incapaz de imaginar la frustración que debió de causar en Bartek el nuevo escenario en Europa que nos condenaba una vez más a vivir apartados el uno del otro por una cordillera infranqueable de intolerancias, de desavenencias, de antagonismos y, por qué no decirlo, de odios. Él, atrapado bajo el férreo yugo comunista; y yo, sin poder salir en su auxilio.

Él tenía razón cuando dijo que la guerra acabaría pronto, pero creo que jamás sospechó que lo único que unía a los Aliados era su afán por derrocar a Hitler. Albergaba el convencimiento de que si Bartek, estando vivo y de una pieza, no venía a mí, era porque las circunstancias se lo impedían. Yo tampoco podía partir en su búsqueda: no me vi capaz de dejar a mis dos hijos solos con un padre enfermo y una madre superada por los acontecimientos. Es más, tampoco contaba con el dinero ni los contactos para conseguir los visados y permisos pertinentes. Ni siquiera tenía idea de si existía una ruta segura para ir y volver de Cracovia o de Tarnów, el último destino de Bartek del que me habló. Y en el supuesto de que lograra llegar a cualquiera de esas dos ciudades, ¿por dónde empezaría a buscarlo? En una de sus últimas cartas, me reveló que algunas de las células de la resistencia cracoviana habían sido descubiertas y que «la tendera y su hija», como las identificó en clave, se vieron obligadas a largarse. ¿Y si él tuvo que huir también más tarde, quizá incluso a otro país? Sin la intervención de *Frau* Fischer o Danuta, resultaría una tentativa absurda la de buscar completamente a ciegas; es más, una aventura casi suicida. Una mujer sola y, para más inri, alemana, que siempre sería tratada como sospechosa de ser una nazi, era carne de cañón para sufrir todo tipo de tropelías. Demasiados obstáculos y dificultades. Los mismos, si no menos, que los que Bartek habría de superar para llegar a mí.

La vida solo me dejaba un sendero por el que transitar, el de la resignación, el camino accidentado y vertical de la aceptación de la desventura. La ausencia de certeza sobre la suerte de Bartek empezó a ser obsesiva, una preocupación que consumía mis energías y amenazaba con enfermarme. Llegué a un punto en el que tuve que reconsiderar mi vida, impedir que un duelo perenne me venciera. Saqué fuerzas de flaqueza para afrontar el futuro, reconstruir mi vida al lado de mis dos hijos, con Bartek en mi corazón.

Un amor a prueba de tempestades, de la distancia y el tiempo. Por eso mi corazón viejo y polvoriento latía ahora fuerte, bailando con los sonidos de las ruedas del tren que me conducían a él, al enigma de su existencia vacía de mí.

Miré el bolso que yacía en el asiento desocupado de mi lado, junto a una maleta de viaje de Clarissa, y que custodiaba la montaña de cartas que recogían la esencia de la familia que Bartek jamás pudo disfrutar. Cientos de líneas dirigidas a mi amado en los días duros y radiantes de mi vida, escritos íntimos y confidenciales en los que le pedía consejo y auxilio y le expresaba cómo echaba de menos el calor lenitivo de su cuerpo, el hombro en el que descansar tras una jornada agotadora. Y daba rienda suelta a mi imaginación para relatarle momentos felices de un futuro compartido. Algunos sobres contenían fotografías o retratos de nuestro hijo hechos a lápiz o carboncillo para que Bartek viera cómo él crecía y se iba haciendo un hombre íntegro, fuerte y valiente. Seguramente le placería saber que Wolff se había convertido en un ingeniero forestal, un tenaz conservacionista de la naturaleza, que desde su despacho en la universidad luchaba por una explotación equilibrada en los bosques de las regiones del Attersee y el Traunsee de la Alta Austria. Allí precisamente fue donde conoció, en una manifestación encabezada por ecologistas, a Ulrike, una bióloga acérrima defensora de los derechos animales de la que se enamoró nada más verla y con la que contrajo matrimonio tras apenas un año de noviazgo.

Con la lectura de aquellas cartas, ansiaba que Bartek pudiera conocer de cerca a su hijo, la forma en que fue descubriendo la vida jugando junto con su hermano, cuáles fueron sus sueños de juventud y cómo aprendió a correr en un mundo hostil y lleno de obstáculos. Sabría que Wolff fue un niño querido y feliz, del mismo modo que lo fue Erich. Ambos crecieron y se educaron en Linz. Mi madre recién enviudada y yo decidimos permanecer en la ciudad donde Mozart compuso su sinfonía número 36 hasta que los niños fueran más autónomos y Berlín se recuperara del diluvio de bombas que la convirtió en una ciudad fantasma reducida a escombros.

Los primeros años en Linz no fueron nada fáciles. Nuestra economía se vino a pique y nos vimos obligadas a alquilar las habitaciones de la planta superior, que fueron ocupadas por un matrimonio de funcionarios estadounidenses, Nancy y Alan Campbell, ambos originarios de una ciudad de Carolina del Sur llamada Charleston. No fue fácil meterlos en casa, pues mi madre se empecinó en no dar alojo a aquellos que enarbolaban la bandera que segó la vida de Birgit. Pero necesitábamos el dinero, y nadie, salvo gente recién llegada de América, se interesaba por las habitaciones. Al final cedió, a regañadientes. «Les dejaremos que se queden a un precio atractivo a cambio de que me enseñen inglés», la persuadí.

Desde luego, conocer bien su idioma me ayudaría a encontrar un buen trabajo en Linz, pues todo parecía apuntar a que los estadounidenses habían venido para quedarse durante mucho tiempo. «Madre, las lenguas son las llaves a otras culturas, la forma más rápida para que te acepten. Es una herramienta eficaz para sobrevivir, sobre todo en un entorno hostil. Ahí tienes los ejemplos de Bartek con el alemán y de Clara con el polaco», le recordé a mi madre, que conocía con detalle la vida de ambos.

Los Campbell eran tan educados y atentos que mi madre no tardó en dejar de mirarlos con recelo y tomarles afecto. Tanto es así que de vez en cuando encendía el horno y los agasajaba con unas galletas o un bizcocho. Le cogió un especial cariño a Nancy, una tímida joven de cabellos rojos y con el rostro cubierto de pecas que delataban su origen irlandés. Todas las tardes, ella y yo nos citábamos en mi habitación, donde acomodé una pequeña mesa redonda y dos sillas, para que durante una hora me enseñara a escribir y expresarme en inglés y de paso me ilustrara en aspectos básicos de su cultura, pues lo poco que conocía de ella me llegó a través de las películas de Hollywood. Sin que nos diésemos cuenta, nos hicimos buenas amigas, y, aunque ella contaba con un círculo de amistades de su misma nacionalidad, halló en mí una compañera que le hizo de guía y la ayudó a sentirse más cómoda en Linz.

Pasado más o menos un año, Nancy y su esposo llamaron una mañana de sábado a nuestra puerta para honrarnos con una sorprendente noticia: habían decidido por iniciativa propia, por considerarlo más justo, pagarnos más por el alquiler de la planta superior. Mi madre, impresionada por el gesto, se metió en la cocina y les preparó un delicioso *Baumkuchen* como muestra de agradecimiento. Pero su generosidad no quedó ahí. *Mister* Campbell, un hombre delgado y nervudo de treinta y tres años, un lustro mayor que su esposa, poseía unas firmes convicciones cristianas y sufría al vernos pasar estrecheces. Al conocer que buscaba trabajo, movió los hilos pertinentes para que la recién inaugurada Amerika-Haus me contratara como ayudante en la gestión de actividades culturales y en el proyecto de abrir una pequeña biblioteca que sirviera para acercar Estados Unidos a los ciudadanos austríacos.

En pocos meses demostré a mis jefes norteamericanos que era una mujer inteligente y de mucha valía. Enseguida me ascendieron para desempeñar tareas de mayor responsabilidad, como organizar exposiciones, debates y conferencias, y el dinero que entraba en casa nos permitió vivir holgadamente durante los años en que estuvo funcionando la institución. Mi madre pudo tener una vejez tranquila, que dedicó al cuidado de sus nietos.

Cuando la Amerika-Haus echó el cierre definitivamente en 1965, diez años después del fin de la ocupación estadounidense, llegué a un acuerdo económico con el arrendatario para continuar con su actividad cultural. Aproveché las instalaciones no solo para conservar su biblioteca y continuar con las charlas y las reuniones, ahora centradas en el mundo del arte, sino también para montar una galería que promocionara a jóvenes artistas de la ciudad. Una de sus salas la acondicioné para impartir cursos de pintura y escultura, el sueño de mi vida.

Fue idea de mis dos hijos bautizar aquel nuevo centro cultural como «Brandt & Kopeć». Para entonces mi madre ya había fallecido de forma natural, por problemas cardíacos; y Erich y Wolff me tendieron la mano para sacar adelante el negocio. Fue así como, sin darme cuenta, terminé echando raíces en Linz. Los lincienses me habían acogido con los brazos abiertos y me hicieron sentir que aquellas tierras eran mi hogar.

Conseguí al fin que mi vida cobrara un sentido, a pesar de que siempre eché en falta a Bartek en los momentos difíciles. Para ser sincera, he de decir que me rodeé de buenas personas. Algunos hombres me pretendieron, por ejemplo, el hermano soltero de *Mister* Campbell, Richard, que nos visitaba a menudo bajo cualquier pretexto con el fin de verme y estar cerca de mí. Pero con todos ellos fui desde el primer momento honesta, revelándoles que mi corazón ya tenía dueño. Algunos se sorprendieron, porque siempre me vieron sin pareja, y me preguntaron dónde estaba ese hombre afortunado. Y yo les respondía que vivía en mi corazón.

En todos aquellos años, hasta hoy en que me encuentro de vuelta a Cracovia, solo abandoné Linz en una ocasión, y no fue para visitar mi querido y troceado Berlín, sino para viajar a Múnich, la ciudad que vio nacer a mi Simonetta. Con el sueldo de la Amerika-Haus, pude ahorrar, mes a mes, el dinero que necesitaba para un viaje de unos diez días. Por otro lado, Erich ya tenía edad suficiente para ayudar a su abuela en las tareas del hogar, incluido el cuidado de Wolff, y no debía preocuparme en delegar en alguien la labor de atender a los Campbell, debido a que acababan de mudarse a una casa más grande y señorial a unos minutos andando de la gran Hauptplatz. A *Mister* Campbell le habían ascendido en el trabajo y Nancy consiguió por fin quedarse embarazada, algo que buscaba desde que llegaron a Linz.

Corría el año 1952 cuando visité por primera vez la gran urbe bávara, que poco a poco iba recuperándose de los destrozos causados por los bombardeos. Allí alquilé una habitación en un edificio próximo a la estación central. Recuerdo que fue un mes de agosto especialmente caluroso. Paseé por las calles que vieron crecer a Clara, el barrio donde vivió y jugó; visité el conservatorio donde ella estudió, así como otros lugares de los que me habló y que formaron parte de su vida. Algunos ya no existían. Me la figuré de niña, de adolescente paseando cogida de la mano de Albert. Besándose en la ribera del Isar, viendo pasar las aguas de la vida. La imaginé disfrutando los tiempos felices de su juventud, sonriente y descarada, tal cual era. Y acudí al Jardín Inglés, donde fui recibida por una vegetación verde y exuberante y unas estatuas fascinantes. Busqué el banco de piedra semicircular del que Clara me habló y, tras localizarlo, me senté en él. No sé cuánto tiempo estuve contemplando la belleza que me rodeaba, imaginándome que en ese mismo parque estuvo mi amiga, sola y asustada. El mismo impulso que me había llevado hasta allí hizo que sacara del bolso mi cuaderno de dibujo y un lápiz y plasmara el espíritu de la naturaleza que me envolvía y causaba en mí un extraño estado de alienación. Al acabarlo, lo contemplé, y unas lágrimas rodaron por mis mejillas.

Esperé a que no hubiera nadie alrededor para sacar una cuchara del bolso y escarbar en el punto donde ella me indicó. A un palmo de profundidad, di con una pequeña caja metálica completamente oxidada. Y las cuatro fotos que contenía, con la fecha y los nombres de las personas retratadas en el reverso, estaban algo enmohecidas y descoloridas. Encontré también una pequeña nota en la que ella se dirigía a la persona que pudiera dar con la caja y en la que le rogaba que devolviera el contenido a la familia Schoenthal o la familia Rosenzweig en las direcciones que dejó apuntadas.

En una de las instantáneas, Clara aparecía de niña junto a su padre, un hombre grueso de aire serio y bonachón, en el Wittelsbacherbrücke sobre el río Isar. En otra, con doce o trece años, sostenía en sus brazos a su hermano recién nacido. Una tercera mostraba a su madre tomando el sol en bañador a orillas del lago Constanza, riendo a mandíbula batiente y haciendo aspavientos para evitar ser fotografiada. En la última, Gregor y Clara, ya hecha toda una mujercita, aparecían retratados uno al lado de otro, en la boda de su tía materna. Albert, situado a la derecha de su amada, le envolvía, orgulloso, la nuca con su mano.

Me fue imposible encontrar algún familiar al que confiárselas y pasaron a formar parte de las reliquias que conservo de ella, junto con la única fotografía que yo misma conseguí tirarle con su cámara un día de julio en su pensil de Aquila Villa. Tuve que insistirle para que me dejara retratarla. Tras su muerte comprendí que su fijación por retratarme solo a mí era para tenerme y poder así revivir sus tardes conmigo cuantas veces se le antojara en el futuro. Pasara lo que pasara.

Gracias a mi tozudez, ahí la tengo, la última instantánea de ella, a la altura de mis ojos cuando me siento a leer en mi sillón orejero, sobre un velador, junto a algunos carboncillos y fotografías enmarcadas de las personas que me han importado en la vida. Mis hijos Erich y Wolff, mis padres y mi hermana, mi añorado Bartek, Jędruś, el hombre de un solo ojo... En aquella foto en blanco y negro capté sin que fuera mi intención su alma, ella me miró con unos ojos llenos de vida y sentimiento de amistad, con una sonrisa sincera y bella. Me seguía contemplando como aquel día, encuadrada en un marco de plata, una puerta a un pasado que se revela una y otra vez sublime, irrepetible. Ella y yo nos miramos, fijamente, sin prisas, y mis ojos se empañan mientras en el tocadiscos suena la voz de Edith Piaf, a quien ella nunca escuchó cantar.

Aquel retrato de mi amiga estaba en el carrete fotográfico que ella misma me dejó en el sobre junto con su carta de despedida. Al revelarlo, descubrí que en las horas en que mi amiga dedicó a planificar su sacrificio también tuvo tiempo de tomar fotos del interior de la cueva de Irena y de los documentos de los Grynberg y los suyos propios. También fotografió algunas páginas de la libreta de Karl, así como la caja de munición, con la tapa abierta, donde su esposo acumuló sus macabros trofeos. Su contenido lo entregamos a una organización israelí de víctimas del Holocausto para que hiciera con él lo que creyera más conveniente; existía la posibilidad, aunque remota, de localizar a algunos de los familiares de las personas propietarias de aquellas joyas. Pero la donación de aquel material robado no se produciría hasta meses después de mi inminente reencuentro con Bartek. Sin la ayuda de Jędruś, a quien le entregué un mapa que yo misma tracé en el 43 para no olvidar nunca la ubicación de la cueva, no habría sido posible recuperar la caja de Karl.

Retomando la historia de mi viaje a Múnich, me fue imposible encontrar algún familiar de Clara al que hacerle entrega de las fotos que desenterré en el Jardín Inglés. En efecto, averigüé que ni Albert, ni Gregor ni su madre lograron sobrevivir a la barbarie. Karl mintió a Clara cuando le dijo que su familia fue deportada a Auschwitz. Su amado Albert y su hermano Gregor jamás salieron del KZ de Dachau. Viajé a la Oficina de Registro de dicha ciudad, a escasos kilómetros de Múnich, para que me confirmaran la reclusión de ambos en el campo de concentración en mayo de 1941. En los archivos así constaba, y los funcionarios también me certificaron la muerte de los dos; Albert Rosenzweig feneció a principios de 1942 como consecuencia de unos experimentos en los que fue infestado con el parásito de la malaria; Gregor Schoenthal, por su parte, fue ejecutado meses después cuando trató de escapar durante la deportación al KZ de Auschwitz. Respecto a la madre de Clara, Ellen Schoenthal, me resultó imposible dar con ninguna pista sobre su paradero. Aquel fatídico día de principios de mayo tuvieron lugar muchísimos traslados y movilizaciones. Tampoco conseguí localizar a sus tíos en Baltimore; las cartas que les remití me fueron devueltas porque no existía ningún destinatario con ese nombre y apellidos en la dirección indicada. La última regresó dentro de un sobre más grande con una nota de los actuales propietarios de la casa en la que me informaban de que los anteriores inquilinos emigraron a Israel a finales de 1948.

En cuanto a los Friedrich, *Frau* Hebert, que seguía viviendo en el mismo bloque de edificios, me contó que Hilmar e Inge fueron detenidos porque la policía, por un chivatazo, encontró propaganda comunista en su casa. La vecina me dijo que desde que eso sucedió, en el día de Año Nuevo del 43, no volvió a saber nada del matrimonio. Enseguida colegí que Karl pudo estar detrás de aquel acto deleznable.

Cada día que pasaba en Múnich, mayor era mi frustración e impotencia. Todas las noticias sobre el pasado de Clara eran desgarradoras, la huella de un ayer trágico y doloroso que aún se dejaba sentir, como la herida que se resiste a cicatrizar. No me fue fácil encarar sola esta labor, más propia de un detective que de una humilde artista. Eché de menos la mano siempre extendida de mi querido y fiel Hermann. Pero el Mayor dejó este mundo poco antes de que yo emprendiera el viaje a Múnich, a finales de enero, debido a una bronquitis crónica, como me hizo saber en una carta su esposa Anne. Ella y él, junto con Elisabeth, regresaron a Alemania en febrero de 1944, del mismo modo que hicieron muchos alemanes ante el imparable avance de las fuerzas soviéticas, y sobrevivieron a los bombardeos que sufrió Berlín. En una correspondencia anterior, el propio Hermann me contó que estaba mal de los bronquios y que los médicos le aconsejaron dejar el tabaco. Pero yo sabía que jamás abandonaría su pipa. Sentí una gran tristeza por él, porque las personas buenas jamás deberían morirse y porque no encontré la ocasión de volver a ver a alguien a quien quería tanto. Nos prometimos un reencuentro una y otra vez en nuestras misivas, pero, por una causa o por otra, nunca hallamos la ocasión de vernos.

A decir verdad, no viajé sola a Múnich. Erich y Wolff me animaron a que llevara conmigo a Kreta, el último vínculo tangible que me quedaba de Clara. Así lo hice. Aquella dóberman fiel y compasiva llenó de alegría mi corazón y el de los pequeños, siempre vigilante de que no les sucediera nada malo. Fue un miembro más de la familia que nos dijo adiós mucho tiempo después, a la edad de catorce años. Toda una ancianita que apenas podía ya caminar por sus problemas de cadera. Resistió hasta el mismo día en que Erich comenzó sus estudios de Derecho. Murió sin que me percatara de ello a última hora de la tarde, hecha un ovillo sobre mis pies, junto al sillón en el que yo releía la breve novela de Gottfried Keller, aquella historia entre cuyas páginas mi Simonetta tuvo escondida tanto tiempo su partida de nacimiento original.

Mi última parada en la gran ciudad bávara antes de regresar a Linz fue en el Nuevo Cementerio Israelita, donde reservé para mi amiga judía un nicho con la siguiente inscripción: «En memoria de Hilda Schoenthal (21 de marzo de 1914-14 de agosto de 1943). Símbolo de la lucha, el valor y el altruismo. Inestimable compañera, la luz en mi oscuridad, un ángel de acompañante en mi solaz. Víctima del Holocausto».

—¡Madre, madre!... —Erich agitó en el aire el *Kurier* a la altura de mis ojos. Luego musitó para sí entre suaves y cariñosos gruñidos—: Ya ha vuelto a perderse en un mundo lejano del pasado...

—Perdóname, hijo. Me quedé traspuesta, ¿a qué viene tanto alboroto? —Vi que señalaba una pequeña columna en sus páginas. Me puse mis gafas de lectura que llevaba colgadas del cuello y tomé el periódico para acercármelo a la altura de los ojos. «Extradición del nazi Joseph Goertz a Múnich», rezaba el título. La noticia hablaba de un exmiembro de las SS que estuvo activo en Auschwitz y que había sido detenido en el aeropuerto neozelandés de Auckland unos meses antes por utilizar un visado falso. Se supo de quién se trataba porque su nombre constaba en la lista de los criminales de guerra nazis más buscados.

«Otro más», pensé. Aquel mes de mayo había sido esperanzador. De igual forma, en Honolulú fue detenido por el mismo motivo un tal Stefan Paal, antiguo SS que también sirvió en el mismo KZ. Aunque hasta entonces, después de décadas, habían sido hombres libres, al fin serían juzgados y cumplirían condena.

Günther, sin embargo, se salió con la suya. Ignoramos cómo lo hizo, pero logró eludir a sus persecutores y a la justicia. Hasta que finalizó la guerra no supe en qué consistían las actividades reales de mi esposo, ni su implicación en el exterminio de Auschwitz. Fue entonces cuando dio comienzo el proceso de desnazificación que llevaron a cabo los Aliados con el fin de limpiar tanto al pueblo alemán como al austríaco de cualquier influencia nazi. Obviamente, como esposa del *SS-Hauptsturmführer* F., los norteamericanos llamaron a mi puerta un montón de veces, para someterme a interrogatorios con la intención de conocer el paradero de Günther. A cambio de mi colaboración, acordé con los agentes que mantuvieran al margen a mis padres, que jamás pusieron un pie en Cracovia y que desconocían quién era en realidad mi marido.

Los norteamericanos me pusieron al corriente de los numerosos crímenes de los que estaba acusado Günther. Averigüé infinidad de cosas que desconocía, entre ellas, que el Castillo de Hartheim, situado muy cerca de Linz, funcionó como un centro de exterminio de personas enfermas durante el nazismo y que, cuando vivíamos en Cracovia, mi esposo estuvo en dos ocasiones allí con el propósito de seleccionar *voluntarios* para sus experimentos médicos. También supe que el nombre de Günther aparecía en las listas de la Comisión de los Crímenes de Guerra de las Naciones Unidas y en el primer Registro Central de Criminales de Guerra y de Sospechosos de Atentar contra la Seguridad (CROWCASS).

Las atrocidades que él protagonizó fueron de tal crueldad que jamás las revelé ni comenté con nadie, no para protegerme yo, sino para proteger a mi familia de posibles represalias. Me va quedando menos para abandonar este mundo, pero mis hijos, especialmente Erich, no deben ser vilipendiados por los crímenes de su indigno padre. Porque son inocentes, y deseo que vivan en paz lo que les quede de vida. Eso explica también que desde el principio de mi relato haya mantenido siempre oculto el apellido de Günther, así como el de Karl, muy vinculado a las actividades repugnantes del padre de Erich.

Dos investigadores militares de la USFA, la United States Forces of Austria, Jim Williams y Thomas Davis, llevaron mi caso. Accedí a sus peticiones sin ofrecer resistencia alguna; en el fondo, necesitaba confesarme, expiar mi culpa. Así, les conté mi historia a aquellos hombres; les hablé con sinceridad de mi amor incondicional a la patria, a Hitler; de cómo consideré los valores del nacionalsocialismo como la única forma de recuperar el orgullo y la grandeza de la Alemania previa a la Gran Guerra, y de cómo vi en las fuerzas de las SS la más indicada para cumplir con ese ideal. De lo orgullosa que me sentía de Günther al principio de nuestra relación, de cómo adopté sus argumentos racistas y las prácticas eugenésicas como si fueran míos. No me hubiera importado ir a prisión por ello, de no ser porque tenía dos niños a los que sacar adelante. De modo que alegué en mi defensa que todo eso cambió en cuanto vi con mis propios ojos los crímenes que se cometían en nombre de nuestro pueblo; y que desde entonces traté de hacer las cosas de manera correcta: les hablé de Irena, de Hedda, de Zosia y de Clara... Los convencí de que gracias a ellas había cambiado, alejado de mí los odios y el sectarismo. Y, cómo no, les hablé de Göth. Les confesé mi implicación en la desaparición del Rafael, que aún hoy continúa extraviado.

Para demostrarles mi desvinculación con el Reich en el año 43, les enseñé las cartas de mi amiga y las fotografías citadas más arriba de los documentos de identidad de Clara y los Grynberg. También les prometí que estaba dispuesta a colaborar dentro de mis posibilidades en la captura de mi esposo. Les mostré las últimas cartas que Günther me había enviado sin indicar el remitente ni plasmar su firma en ninguna de ellas.

La más antigua que nos permitía rastrear su localización fue la que recibí a mediados de agosto de 1944, poco después de que los rusos liberaran Majdanek, en Lublin, que llevaba fecha de junio. En ella me informaba de que la situación en la frontera del este lo obligaba a abandonar Auschwitz. En otoño, un telegrama lo situaba en Buchenwald. Ignoro si huyó con su amante, aunque no lo creo, ya que prefería viajar sin exceso de equipaje, que es lo que fuimos para él su hijo y yo. De hecho, en ninguna de sus epístolas me reprochó que Erich y yo no hubiéramos regresado a Cracovia, a su lado. Y no lo hizo, entre otras cosas, porque en las cartas solo se dirigía a nuestro hijo. No fue algo que me sorprendiera, dado que él sabía que su relación conmigo había muerto para siempre. Después de aquel telegrama no volvimos a saber nada de Günther hasta 1949. Se trataba de una breve misiva en la que le decía a Erich que debía prolongar su viaje, pero que pronto regresaría para no separarse jamás de él. Por el matasellos supimos que la echó a un buzón de correos de la ciudad española de Barcelona.

Sin perder un minuto, corrí a mostrarle la carta a Williams y Davis, pero ellos me explicaron que quizá Günther ya había abandonado la península ibérica con rumbo desconocido. También me revelaron que este era el habitual proceder de la mayoría de los nazis prófugos: se comunicaban con sus familiares justo antes de partir a un nuevo destino. Acudí asimismo al cazanazis Simon Wiesenthal, víctima del nacionalsocialismo, quien fundó en Linz el Centro de Documentación Histórica Judía, para albergar archivos con los testimonios del holocausto nazi, así como información que sirviera para perseguir a los criminales de guerra. Siempre creí que Wiesenthal sería la persona que le echaría el lazo a Günther, sobre todo cuando, gracias a sus pesquisas, se dio caza en la década de los cincuenta a Adolf Eichmann.

Desde entonces hasta 1963 solo recibimos una postal de Brasil y una breve carta de Uruguay, en las que insistía una vez más en que pronto volvería a reunirse con su hijo. Su última parada fue Buenos Aires, donde su cadáver fue hallado en el cuarto de un hotelucho de Mar Chiquita el 2 de febrero de 1965. Estaba gravemente enfermo tras haber contraído el mal de Chagas, pero la causa de la muerte fue por la ingestión de cianuro. En la mesilla de noche dejó una carta dirigida a Erich junto a una breve nota en la que daba a conocer su identidad real y solicitaba que se informara a sus padres de su fallecimiento. Estos habían perecido en los bombardeos del 3 de febrero del 45 sobre Berlín. Pero esto Günther nunca llegó a saberlo, del mismo modo que nunca supo de la existencia de Wolff ni que su propio hijo nunca quisiera saber nada de él. Al principio, Erich no comprendió la razón de que su padre nos abandonara a los dos y no se lo perdonó. Le conté que Günther me dejó porque le fui infiel con Bartek y que fruto de ese amor fue su hermano Wolff. Que antes de que eso sucediera, su padre había dejado de quererme y tenía una amante. Le hice comprender que a veces las parejas se rompen sin más, porque se extingue la llama del amor.

Creí que, con aquella verdad a medias, Erich quedaría protegido de la verdad sobre su padre. Pero mi explicación nunca convenció del todo a mi hijo, y el ir y venir de policías y funcionarios estadounidenses a nuestra casa tratando de conocer el paradero de Günther tampoco fue de gran ayuda para despejar sus dudas. Empezó a sospechar que su padre, al que admiró por ser alguien importante en Auschwitz, era un nazi que pudo haberse manchado las manos de sangre inocente. Uno de los muchos que se evaporaron para no ser apresados. Yo pensé que con el tiempo pasaría página y se olvidaría de ello. Nada más lejos de la realidad. Erich acababa de estrenar los dieciséis años cuando una tarde, al regresar de la escuela, hizo que me sentara en el tresillo junto a él porque tenía algo importante que decirme: «Madre, sé que lo hiciste con tu mejor intención, pero me mentiste sobre padre. Padre es un genocida buscado por lo que hizo en el KZ». Apretó los dientes y rompió a llorar sobre mi hombro. Siempre deseé que aquel día nunca llegara, pero, cuando se presentó, no pude hacer otra cosa que asentir con la cabeza y consolar a mi hijo. Luego senté a Wolff con nosotros, y les conté a los dos la verdad sobre quién era Günther. Fue traumático pero necesario. «Rezaré a Dios todos los días para que sea atrapado y pague por lo que hizo a tanta gente inocente», dijo Erich.

Aquella fue la última vez que los tres hablamos de Günther. Erich y su hermano, que lo apoyó en todo momento, evitaron mencionar en público al padre y padrastro *Hauptsturmführer* F. Creo que nadie en este mundo puede ponerse en la piel de Erich y entender su sufrimiento. No hay nada más lesivo para la conciencia de un hijo que descubrir que su padre es un criminal, temer que haya podido heredar de él la semilla del mal y que en cualquier momento pueda manifestarse de un modo siniestro. Erich era incapaz de entender que su padre realizara en nombre de la medicina experimentos atroces con hombres, mujeres y niños. Niños como lo fue él cuando su padre trabajaba en Auschwitz. Que los hiciera sufrir hasta morir o que los mandara a la cámara de gas sin compasión. Que odiara a los judíos, a los polacos, a los gitanos, a los minusválidos, a los homosexuales. Homosexuales como él.

Erich jamás pudo desprenderse del estigma que perseguía a los descendientes de nazis culpables de segar vidas inocentes: aunque no podía huir de su pasado familiar, no debía sentirse responsable de los actos cometidos por su padre, un hombre ruin y despreciable que no respetaba la vida ajena, que justificaba y perseveraba en sus crímenes. Así lo dejó por escrito en su carta de despedida a nuestro vástago:

> No me arrepiento de nada de lo que he hecho en mi vida, volvería a hacerlo sin pestañear... El gran trabajo realizado por Hitler ha sido dilapidado por el enemigo, y solo hay que ver en la basura política y social que se ha convertido Alemania. Dónde han quedado los valores tradicionales del *Volk*, la lealtad, la lucha, la abnegación. Veo la Alemania desde la lejanía, con perspectiva, y lloro por cómo una clase política corrupta vuelve a acoger con los brazos abiertos a judíos, extranjeros y degenerados... No puedes llegar a imaginar lo que es vivir entre criaturas inferiores, como las que me rodean a diario desde hace dos décadas, maniatado, sin poder quitármelas de encima...

Erich leyó aquella letanía de pensamientos enfermizos sin apenas pestañear, sin mostrar emoción alguna, con frialdad. «Su mayor castigo fue vivir lejos de su mundo de lujo y poder, en la más absoluta soledad, sin medallas ni honores. Pudriéndose lentamente en su soberbia e inmundicia. Mejor esto que la horca, que le habría ahorrado esta pena», fueron las únicas palabras de mi hijo tras estrujar con rabia el folio y arrojarlo hecho una bola a la papelera.

Dicen que el perdón cierra las heridas, que expulsa del cuerpo el veneno que nos destruye por dentro y paraliza nuestras vidas. Pero Erich aún no ha hallado el camino que le conduzca a perdonar a su padre sin que ello implique olvidar el pasado, entender los motivos de sus actos, buscar justicia o restaurar el vínculo padre-hijo. Aún hoy, anidan odio y rabia en él. Y sangra por una herida abierta cada vez que piensa en Günther. Entonces, se deprime y se sume en un aislamiento que le puede durar largos días postrado en cama, fustigado por terribles pesadillas en las que su padre se le aparece actuando como un sádico asesino.

Doy gracias a que mi hijo haya encontrado en Edward el apoyo y la comprensión que necesitará toda su vida para sobrellevar sus constantes huidas de sí mismo como hijo de Günther. A veces, inconscientemente, se esconde de las personas, evita mostrarse irritado o combativo con sus ideas en público, por miedo a que vean en él algún parecido con su padre. Ello le perturba hasta el extremo de que se ve incapaz de desempeñar su profesión. Así, ha luchado durante toda su vida por anteponer su equilibrio personal a la deshonra de ser el hijo de un criminal nazi. A esto hay que sumar su atracción por las personas de su mismo sexo, que no le ha acarreado pocos problemas desde la adolescencia. Yo lo protegí y apoyé desde el momento en que lo supe. También lo ayudé a disimular y ocultar su homosexualidad, para que nadie lo humillara tachándolo de amoral, desviado o vicioso. Un disfraz que pesaba como un traje de buzo sobre su libre albedrío.

La dicha en el terreno amoroso le visitó a los veintiocho años, cuando conoció a Edward precisamente en nuestra galería, durante la inauguración de su exposición. Siempre se sintió atraído por otros jóvenes, pero Edward fue su primer y único amor. Es escultor y profesor en la Universidad de las Artes y el Diseño Industrial, e hijo de una saga de contratistas de Pensilvania que, tras la ocupación aliada, halló una oportunidad de expansión del negocio en Linz. En Edward, cinco años mayor que él, encontró también al compañero con el que poder hablar. Entre ellos fructificó una relación basada en el entendimiento y la comprensión, casi fraternal, más estrecha aún que la que Erich mantuvo con su hermano pequeño. Él siempre me pareció que mostró un complejo de inferioridad ante Wolff. Sentía que no estaba a la altura de su hermano, debido a que consideraba que este era hijo de un auténtico héroe, mientras que él lo era de un siervo de Satán.

Desde que entró en nuestras vidas, Edward fue como un tercer hijo para mí. A los pocos meses de conocerse, decidieron irse a vivir juntos; y para evitar habladurías en el vecindario, tuve la idea de simular que le alquilaba a Edward un cuarto en la planta superior de mi casa, donde ambos viven desde entonces.

El silbato del tren quebró el flujo de mis pensamientos, y unos segundos después se nos cruzó por la otra vía una vieja locomotora que tiraba de un sinfín de vagones, cortando con su triquitraque los rayos de luz que se colaban por la ventanilla. «Mickey, ven aquí ahora mismo y siéntate», llamó una madre enfadada a su hijo dos o tres filas detrás de mí en un inglés cuyo acento me pareció canadiense. Resultaba sorprendente coincidir con gente de tan lejos en un mismo vagón rumbo a Cracovia. Discreta, me volví para contemplar la escena: el niño correteaba sin control por el pasillo. Llevaba una camiseta con un manchón de chocolate entre las cabezas de lo que parecían unas tortugas de aspecto humano. Encima de ellas pude leer *Ninja Turtles*. Y, claro, la primera imagen que se me pasó por la mente al ver aquellas simpáticas tortugas con antifaz fue la de la pequeña Zosia abrazando su mascota de madera. En su visita a Linz, Jędruś me contó que, aunque ella nunca pudo recuperar su vida en Cracovia, era una madre feliz con cuatro hijos y varios nietos en Minsk, donde vivía desde los años sesenta con su esposo, un empresario de origen moscovita que abrió una pequeña fábrica de yogures, quesos y otros productos lácteos en la capital bielorrusa. A mediados de los setenta, la hija de Irena acompañó a su marido en un viaje de negocios a Cracovia, y el destino quiso que ella se tropezara con un viejo conocido, uno de los miembros de la antigua organización Żegota que le procuró de niña unos nuevos padres. Durante la conversación salió a relucir el nombre de Michał, el hombre de la Armia Krajowa que hizo posible que ella llegara a manos de Żegota. Fue de este modo como ella logró dar con Bartek, para agradecerle lo que hizo por ella. «De su paso por el colmado guardaba un vago recuerdo; solo le venía a la memoria la imagen de un agente de la Blaue Polizei de barba blanca que le hizo sentir muchísimo miedo —me contó mi *pequeño* Huck de cincuenta y dos primaveras. A lo que añadió—: La familia de acogida la trató como a una hija; era gente humilde, pero hacendada en afecto y simpatía. Recibió de ellos tanto amor y cariño que enseguida superó sus traumas y aceptó la pérdida de sus padres biológicos para convertirse en una niña normal, tierna y hasta algo extravertida, perfectamente integrada en su nueva familia.»

También les dijo que siempre llevó en el corazón a su otra familia, y cada noche agradecía a Dios que la hubiera agasajado con dos padres, uno biológico y otro adoptivo, y cuatro madres: una polaca que le dio la vida; una alemana judía que le abrió las puertas al mundo; otra alemana, aria, que la condujo a la libertad; y, de nuevo, una polaca que la convirtió en una mujer de provecho.

Claro que todo esto me lo contó Jędruś después de que me recuperase del vahído del que fui víctima al contemplarlo en la puerta de mi casa aquel viernes de finales de agosto. Él y su hijo me sentaron en la cocina, y Natalia me preparó una tila que ayudó a que mi cabeza volviera a estar en su sitio. Tenerlos a los tres sentados enfrente, en la mesa de mi cocina de Linz, fue como estar soñando despierta. Lloré de felicidad, envolviendo mis dos manos en las de Jędruś, a quien también se le empañaron los ojos.

Ya con las emociones bajo control, llamé a Erich y Edward para que bajaran a saludarlos y les encargué que avisaran de aquella magnífica visita al resto de la familia. Erich no podía creerse que quien lo abrazaba con todas sus fuerzas fuera el niño que conoció en Cracovia; y Wolff, asombrado, al fin pudo conocer al chico huérfano que su padre rescató y cuidó con gran desvelo; la pequeña criatura salida de la novela de Twain de la que tantas veces le hablamos su hermano y yo.

Aquella tarde que auguré tranquila y monótona se tornó mágica, y el encuentro se prolongó hasta altas horas de la madrugada. Eran muchos los años cargados de recuerdos sobre los que sobrevolar; llenos de éxitos y traspiés, de esperanzas y expectativas, de sueños cumplidos y de ilusiones muertas. Mis manos temblaban por las emociones que borbotaban del recuerdo y mis ojos brillaban felices de constatar que en efecto existía un hilo mirífico que unía nuestras vidas y que bastaba con tirar de él para reencontrarnos. Una hebra que tendió puentes con los nuevos miembros de aquella suerte de familia que comenzó a fraguarse en la Cracovia ocupada. Natalia, cuyas facciones me recordaron a Berthe Morisot, me suscitó agradables vibraciones: de trato afable y modales finos, estuvo en todo momento desenvuelta y dicharachera, pero lo que más me conmovió de ella fue su forma de mirar a Jędruś, que no dejaba lugar a dudas de que aún estaba frenéticamente enamorada de él.

A pesar de la barrera del idioma, nos organizamos para improvisar una cena rápida. Mientras la preparábamos, las cuatro reímos, gesticulamos y charlamos hasta perder el aliento; y, por supuesto, mi nieta, Ulrike y yo apenas nos enterábamos de lo que nos decía

Natalia, lo mismo que ella de nosotras. En muchos momentos, Jędruś acudía en nuestra ayuda como intérprete; sin él tampoco Bartłomiej hubiera podía seguir las conversaciones. Este, de treinta y cinco años, había aprovechado el viaje a Linz para acompañar a sus padres y así poder conocerme, pero debía regresar al día siguiente a Varsovia. Era ingeniero de caminos, y fue llamado a establecerse en la gran ciudad en 1983 con su esposa y tres hijas, de ahora ocho, diez y trece años, para trabajar en el levantamiento del metro. Fue muy impactante tener delante de mí al hijo de mi Huck brindando con Erich y Wolff con un vino del Bürgenland.

Aquella fue una de las mejores veladas de mi vida, un sueño imposible de ensoñar, en el que el tiempo corría relajado, un sueño fragante de afecto, de sentimientos puros y sinceros. Nueve personas con sus corazones abiertos a la fraternidad, a compartir vivos recuerdos, visiones encantadoras del ayer.

Jędruś y Erich revivieron el verano que pasaron juntos, sus chiquillerías y diabluras, y confesaron travesuras que me ocultaron para que no los castigara y que, a toro pasado, hicieron que me riese. Tras los postres, Jędruś sacó de su bolsillo la armónica con cubiertas de marfil, amarilleado por los años, para entregársela a Erich, pues era su deseo que a partir de ese instante la conservara mi hijo. «Fue gracias a ella, querido amigo, que descubrí mi pasión por la música y acabara siendo clarinetista en la orquesta de la Filarmónica de Cracovia.» Sus ojos, que aún conservaban la mirada vivaracha de cuando era un niño mocoso con piernas de alambre, chispearon de emoción. Antes de darle el instrumento a mi hijo, lo miró y luego se lo llevó a los labios para hacerlo vibrar por última vez. Sopló y de sus lengüetas metálicas sonó un blues, amargos acordes que hicieron estremecerme en un cortante escalofrío; sentí dentro de mí a Bartek, mi amado, la persona que eché en falta durante toda la cena.

Él se encontraba en Cracovia, a más de seiscientos kilómetros de nosotros, ajeno a todo. Su hijo y su nuera le ocultaron tanto el destino como las verdaderas intenciones del viaje; le dijeron que Jędruś y otros miembros de la filarmónica habían sido invitados para dar un concierto en Lublin. De conocer la verdad, Bartek no les habría dejado marchar. Ignoraba pues que su hijo había emprendido la aventura, por cierto, a ciegas, sin saber con certeza si aún me hallaría con vida, de buscarme e invitarme a regresar a Cracovia para verme con su padre. «Un reencuentro ineludible —así lo califico Jędruś con una expresión grave—. Bartek necesita tu perdón para poder perdonarse a sí mismo.»

—¡Abuela, despierta, no te vayas a dormir ahora! —exclamó mi nieta dándome un meneo en el brazo.

—¿Qué pasa, cariño? —respondí algo desorientada, de vuelta al presente.

—Estamos a punto de entrar a la estación. —Clarissa se levantó de su sitio para estirar las piernas, como ya estaban haciendo otros pasajeros, y me besó la mejilla con una sonrisa—: Creo que estoy más nerviosa que tú; no puedo creer que vaya a conocer a mi abuelo, el hombre que se te llevó el corazón sin dejarte opción de que pudieras entregárselo a otro hombre... ¡Es la historia de amor más triste y hermosa que he escuchado en mi vida!

Ningún habitante de la Tierra en aquel momento podía estar más nervioso que yo. Ver a Bartek de nuevo acabaría con años de incertidumbre, de dudas y del dolor latente causado por una narración inconclusa. Tiempo tuve de sobra de imaginar cómo sería nuestro encuentro, de una reacción desapasionada, tímida y fría, por parte de ambos a fundirnos en un cálido abrazo. Me sentía un saco de miedos. ¿Qué quedaba en el Bartek actual del apasionado jardinero que conocí? Aunque nuestras almas siguieran siendo las mismas que se enamoraron la una de la otra, podría ocurrir que al mirarnos contempláramos a unas personas diferentes, desconocidas. ¿El encuentro sería el final de nuestra historia o la primera línea de un nuevo capítulo? Como la protagonista de una película, estaba a punto de interpretar el desenlace, pero improvisado, sin guion. De ahí, mi excitación.

Jędruś detuvo su viejo Lada Zhiguli de color verde oliva en la *ulica* Przedwiośnie, una calle que bordeaba el río Wilga en su desembocadura al Vístula, y salió rápido para ayudarme a bajar del asiento del copiloto, pues en todo momento quiso que fuera sentada a su lado, de la estación al hotel y desde este, donde hicimos parada para dejar el equipaje, hasta nuestro destino final, la casa de los Kopeć. Durante el trayecto, Jędruś no paró de hablarme con el rostro iluminado por tenerme tan cerca de él. Cuando no era de política era de cómo se había desmejorado la ciudad en los últimos años o de apuntes curiosos sobre los nuevos barrios, los edificios emblemáticos o las nuevas construcciones que íbamos dejando atrás. Era una zona de Cracovia por la que jamás pasé. A veces, mi simpático guía apartaba la mirada de la carretera para asegurarse de que no me aburría con su plática fogosa, y yo le miraba sonriente, aún algo desacostumbrada a tener a mi lado a quien durante un tiempo le ofrecí el calor de una madre.

Hay personas que exteriorizan más que otras el niño que habita en su interior, ese que se resiste con mayor o menor ahínco a que caigamos en el abismo de la vejez, tediosa y predecible. Él era una de ellas; todos sus gestos destilaban una inocencia, vitalidad y espontaneidad impropia de la adultez, una pureza de espíritu que solemos perder durante el tránsito por la infancia y la juventud. Mi sensación no era otra que la de tener a mi lado al Huck revoltoso, al ladronzuelo de nueces, al incansable trepador de árboles, al niño generoso que regalaba sonrisas en momentos de desaliento y que en más de una ocasión daba lecciones de generosidad a mi hijo Erich. No podía evitar ver en su rostro una expresión de devoción hacia mi persona, quizá alimentada en su pubertad por Bartek, que le habría hablado bien de mí, como yo hice con Erich y Wolff acerca de él. «Una vez fui tu hijo y, aunque solo ocurrió durante unos meses, no lo olvido. Recibí tanto cariño por tu parte que tu huella aún sigue llameando en mi corazón —me confesó llevándose la mano al pecho mientras esperábamos en la cafetería del hotel a que bajara mi familia de sus habitaciones. Y añadió—: Me siento feliz de haberte encontrado y poder mostrarte mi más sincero agradecimiento por cómo nos trataste a mi padre y a mí.»

Clarissa y Erich se apearon del asiento trasero para recibir al taxi que venía siguiéndonos y en el que iban Ulrike, Wolff y Edward. Toda mi familia de Linz se detuvo a contemplar durante unos instantes la vivienda unifamiliar que daba cobijo a mi pequeño Huck, a su esposa y a Bartek. La casa, vieja y chapada en piedra y con tejado negro a dos aguas, se erguía sobre una parcela con un césped cuidado donde medraban arbustos lozanos y árboles frutales de distintas especies. Como nos explicó Jędruś, él y Natalia ocupaban ahora la planta superior, y Bartek, la inferior. A la izquierda de la casa, casi a pie de calle, se levantaba otra pequeña construcción de ladrillos algo desconchados y musgosos y con un gran ventanal enrejado, cuyo cristal estaba cubierto por dentro con papel de periódico. Encima de la puerta de acceso destacaba un rótulo metálico que anunciaba, en polaco: SE REPARAN Y RESTAURAN RELOJES. Era el taller de Bartek, que abrió sus puertas después de la guerra y que le permitió mantener a su familia. Llevaba cerrado desde hacía más de año y medio. «Además de su negocio, era el lugar donde él celebraba reuniones con miembros de los Clubes de Inteligencia Católica y, más tarde, con los del Solidarność, para, como decía él, poner piedras en el camino al Gobierno comunista... Ya sabes cómo es mi padre; lleva en la sangre el espíritu revolucionario e inconformista. Tras la guerra se sintió, como muchos polacos, traicionado por los Aliados occidentales y superado por el proceso de estalinización del país», nos explicó Jędruś.

Era un barrio obrero envuelto, me dio la sensación, en una atmósfera lúgubre. La misma impresión tuve nada más salir de la estación: aunque el sol de la tarde iluminaba con la misma belleza y calidez de antaño, Cracovia tenía un lustre diferente, gris, más apagado del que guardaba en mis recuerdos. En un primer momento, me impactó no ver ciudadanos alemanes transitando por sus calles, y me causó un placer tranquilo y gustoso ver que en el rostro de los cracovianos no quedaba huella de la amargura causada por nuestro pueblo.

Natalia y *Pani* Kowalska salieron a nuestro encuentro al escuchar los motores de los vehículos. Esta última me recordó la figura de nuestra diligente Elisabeth por sus dos trenzas rubias, tan largas que terminaban por debajo de sus grandes senos, que descansaban sobre un vientre generoso. La mujer enviudó recientemente y llevaba más de una década trabajando en la casa de los Kopeć, ayudando a Natalia en las faenas domésticas y en los cuidados de Bartek. Mientras Natalia reunía a todos en la sala de estar para ofrecerles asiento y algo de beber, Jędruś me apartó del grupo y me invitó a que lo acompañara al jardín trasero. Todos me miraron con expectación, y pude leer en los labios de Erich la palabra *suerte*.

A las puertas de un bello vergel cuyos tonos rojizos, castaños y áureos anunciaban el alumbramiento del otoño, Jędruś se volvió hacia mí para ponerme las manos con cariño sobre los hombros y darme un beso en la frente. Luego, desapareció para reunirse con los demás. Me dejó sola, sobre una pradera de hierba abrigada con hojas anaranjadas, para que yo misma diera, cuando el valor me lo permitiera, el siguiente paso.

Allí, al cobijo de las frondosas ramas de un añoso tilo a punto de hibernar, era donde en esos momentos, me explicó Jędruś, Bartek gustaba de contemplar la caída del astro rey, «por la vehemencia, efímera, en que los colores se esparcen por todo el cielo desde la curva de la Tierra». El mismo sol crepuscular que él disfrutó de pequeño con su padre, el mismo sol enamorado de la luna que al mirarnos se sonrojaba celoso de nuestra increíble historia de amor.

Y allí, a la sombra del señalado árbol, estaba él..., contemplando, ausente, el sereno ir y venir de las carpas doradas que besaban la superficie del agua del pequeño estanque que tenía delante, con la barbilla descansando sobre una mano. Mi alma suspiró, triste. Él me recordó a Jappe Nilssen sentado en la playa, también abstraído, con el rostro invadido por la melancolía y la mirada perdida en las aguas de un mar cuyas olas rompían exhaustas en la orilla. A diferencia de Bartek, el amigo de Munch, al que este retrató, era aún joven y tenía toda la vida por delante para redimirse de sus fracasos amorosos. Mi hombre cogitabundo, por el contrario, era un anciano, como yo, y estaba sentado, no sobre una roca, sino en una silla de ruedas, con las piernas cubiertas por una fina manta de cuadros. Bartek sufría una paraplejía y no podía valerse por sí mismo. Desde noviembre de 1944, cuando una bala alemana le seccionó unas vértebras de la espalda, lo que le causó una lesión irreparable en la médula espinal. Supe por Jędruś que sucedió durante un levantamiento fallido de la Armia Krajowa. Un proyectil que buscó su cuerpo solo unas pocas semanas antes de que Cracovia fuera liberada, el 18 de enero; una pequeña pieza de metal que transmutó la ilusión en tormento, y que cambió su vida, y la mía, para siempre. El destrozo que la bala causó en el cuerpo de mi amado fue la razón por la que no viniera a buscarme. «Se negaba a volver a entrar en tu vida de aquel modo. Se sentía un hombre incompleto. Por eso decidió apartarte de su vida, librarte de la carga que supondría estar a su lado. Una decisión que le dolió infinitamente más que el daño causado por el disparo que lo dejó lisiado. Tardó muchos años en aceptar su nueva situación, una nueva realidad en la que no podía incluirte por vergüenza, por amor propio», me explicó Jędruś.

«Ese viejo estúpido», me dije mientras lo contemplaba, llena de rabia y frustración. ¿Por qué no acudió a mí? Yo le hubiera cuidado, aliviado su sufrimiento. Pude haberle dado el consuelo y amor que necesitaba. Él fue quien me enseñó a dar sin esperar a recibir nada a cambio. Ojalá hubiese podido hacerle saber en aquellos momentos de zozobra que para mí hubiera sido una fuente de satisfacción poder estar a su lado, hacerle sentir con mi amor que no era un sacrificio, sino una oportunidad de construir un futuro unidos. Juntos habríamos hecho frente a la vida que tuve que soportar vacía de él, un vacío que aún hoy amarga mi felicidad. Y Wolff habría tenido a su padre a su lado. Y Erich también, la figura paternal que nunca poseyó y que siempre deseó tener, y que sin duda le habría ayudado a superar la decepción de tener como padre a un ser despreciable.

Pensé, una vez más, en lo que pudo ser y no fue. Wolff me habló en una ocasión de que había la posibilidad de que existiera un universo paralelo al nuestro en el que los acontecimientos sucedían tal y como nos hubiera gustado que ocurrieran. Me resultó interesante, pero para nada consolador.

El alma me pedía llorar, y los pies no me dejaban dar un paso al frente, porque cuanto más miraba a Bartek, más consciente me hacía de que, como sospechaba, tal vez ya no éramos esas dos gotas gemelas de rocío que se deslizaban por la vida acariciadas por los tiernos rayos de sol que cada mañana nos fundían en una sola, única e irrepetible. Una gota que se evaporaba en el éter de la felicidad y la pasión, y que la humedad de la noche volvía a fraguar en un nuevo ciclo del que ninguno de los dos deseaba escapar.

La visión de aquel hombre despertó un miedo atenazador que nunca antes experimenté. Un hombre delgado, marchito, frágil. Una sombra indeseada, una realidad ajena. Se estaba cumpliendo la peor de mis premoniciones. De un plumazo, se esfumó el sueño de que Bartek, al verme, corriera a mí para estrecharme entre sus brazos, con la fuerza de un dolor placentero, y me besara apasionadamente, como hacía en nuestra roca, hasta que perdía el control de todo mi ser. El hombre al que respetaba y admiraba, que durante casi una vida entera me acompañó sin su presencia y por el que hubiera dado mi vida sin pestañear, se apagaba. El hombre más maravilloso que se había cruzado en mi camino se extinguía de forma inexorable. Sus riñones, agotados de filtrar tanto dolor y sufrimiento, no podían más. Mi amado se consumía a causa de una insuficiencia renal avanzada.

La enfermedad era la razón de que yo me encontrara allí en aquellos instantes. Porque Jędruś decidió romper la promesa que años atrás contrajo con Bartek: la de no buscarme jamás. Yo debía creer que él había muerto. Mi amado quería que conservara intacto el recuerdo de él. La escultura griega de la que me enamoré. Como católico que era, esperaba encontrarse conmigo cuando así lo dispusiera Dios; en otra vida libre de las ataduras físicas. Fue su frustración la que le llevó a romper con el pasado, de forma unilateral, sin tener en cuenta mis sentimientos ni mi derecho a decidir cómo quería que fuera mi vida. En cierto modo, fue una ruptura egoísta que de ninguna manera iba a reprocharle.

Pero, ante el estado de salud de Bartek, Jędruś vio necesario acudir a mí, porque su padre todavía nombraba mi nombre por las noches cuando le asaltaban las pesadillas, y no faltaba a su cita obligada de «contemplar el bello rostro de Ingrid reflejado en el blanco de la luna», aunque con ello corriera el riesgo de acatarrarse o de que el reúma se cebara con sus huesos. Nunca dejó que ninguna mujer se le acercara. Era viudo, alegaba. Y en su taller siempre estuvo rodeado de nuestras fotografías, aquellas que Hermann nos hizo a los niños y a mí con la providencial cámara de Günther. En su mesilla de noche, Bartek tenía enmarcada la única imagen en que el Mayor me fotografió a mí sola, junto al ventanal de mi dormitorio, con la roca de la pasión al fondo sonriendo a la cámara.

Di un primer paso, inseguro, y sin darme cuenta fui atraída hacia él con la fuerza de un imán, empujada por un deseo que se espabilaba de su letargo. Sí, los hilos mágicos seguían ahí, vivos, perdurables como los que tejen las arañas. Él sintió mi presencia y apartó sus ojos del agua para mirarme y escrutar los míos, y me estremecí. De aquel cuerpo comido por la enfermedad emanaba igualmente la firmeza y seguridad que tanto añoré y cuya falta lloré. La belleza de su persona irradiaba en su rostro como el último y gran resplandor que da el fuego antes de extinguirse. Un escalofrío me recorrió de arriba abajo; fue tan brutal que sentí cómo traspasó la suela de mis zapatos y perturbó el entorno con el ímpetu de una fuerza telúrica. Él lo percibió.

«Ingrid», musitó, serio e incrédulo, como si creyera que aquella persona que tenía de pie a su lado solo fuera producto de su frágil imaginación, como si no fuera la primera vez que se llevaba una decepción tras descubrir que la Ingrid que tenía ante sí era una jugarreta de sus sesos envejecidos.

«Amor mío», contesté cogiéndole la mano para que pudiera palparme y sentirme. Su débil calor se fusionó con el mío, y nuestras miradas se encontraron en un dulce y callado abrazo. El abrazo con el que siempre soñé se hizo realidad, un abrazo espiritual cuya intensidad no tenía parangón con el que podían darse físicamente dos seres enamorados. En sus pupilas absortas brillaba el destello de su amor aún vívido, y ambos, con los ojos empañados, nos hicimos saber, en el silencio de aquella tristeza, que éramos víctimas de una separación cruel e injusta. Mi corazón latía con el ímpetu de cuando era joven, satisfecho de sentir que nunca fue abandonado. El mismo amor de antaño seguía enajenando nuestras almas, aunque nuestros cuerpos no pudieran ya seguirle el paso. Mi ahora anciano Bartek sonrió:

«Gracias».

Luego mantuvo la sonrisa para dedicársela a cuanto nos rodeaba, los árboles, los pajarillos que descansaban en sus ramas, el mullido musgo que tapizaba la tapia, los últimos rayos de luz que nos calentaban... Me besó la mano despacio, con ternura, y me volvió a mirar, para luego cerrar los ojos y dejarse caer en un sueño del que no despertaría.

Durante el tiempo en que Bartek estuvo en coma, Jędruś colocó el sillón de la sala de estar junto a su cama para que yo pudiera estar cómoda a su lado mientras le leía a mi amado, con su mano entre la mía, las cartas que hablaban de lo mucho que le eché de menos y de todo lo que quise decirle en mis días de soledad en Linz; de Wolff, el fruto de nuestro amor; de aquella condenada y a la vez hermosa vida que nos tocó vivir sin él. El médico me advirtió de que la conciencia de Bartek ya no estaba con nosotros, que se había reducido a la nada absoluta, pero me resistí a creerlo. Yo sentía cómo sus tenues destellos me acariciaban cada vez que lo tocaba, cogía su mano o ponía la mía en su frente. Él no podía marcharse sin antes conocer el contenido de las epístolas. Leérselas fue lo más hermoso que pude hacer por él. Y por mí. Le leí. Le hablé. Le besé. Con la esperanza de que despertara y pudiera mirarme una vez más. Mirar al hijo de cuya existencia nunca supo, y a su nieta. Pero Bartek nos dejó al cabo de una semana, al abrigo del silencio de un sol rojo que se colaba por la ventana y de las sombras de unas torcaces mudas que alzaban el vuelo hacia ese lugar que solo ellas conocían.

Clara y Bartek seguirán entre nosotros mientras yo viva. Pero pronto llegará mi hora, y no puedo permitir que su recuerdo se desvanezca conmigo. Son personas que no merecen ser olvidadas. Si no fuera por la insistencia de mi nieta y el apoyo de Erich y Wolff, jamás habría resuelto dejar por escrito esta historia. La historia de Hilda Schoenthal, que es también la mía. De cómo caí rendida en las garras del fanatismo más radical, el odio por el odio, y de cómo salí de él.

En todos estos años me pregunté si había esperanza para la humanidad. Es un interrogante al que aún hoy, en las postrimerías de mi vida, no he encontrado respuesta. Pero sí hay algo que puedo contestar con certeza: cuando el odio se hace con todo tu ser, acaba por apoderarse de tu alma; el odio se convierte en alimento, aún peor, en una droga; no imaginas vivir sin él. Vive instalado en tu mente y, como un inquilino molesto, se hace sentir a todas horas, y a todas horas debes alimentarlo para que se haga más y más poderoso dentro de ti. Siempre tratas de satisfacerlo, buscando cómo hacer daño o acabar con el objeto de tu odio, lo odiado. Hablo como la adicta al odio que fui. Un testimonio del odio.

La buena noticia, y ahí es donde anida mi soplo de esperanza, es que una vez que logras liberarte de él, ya no es posible que vuelva a ti. Es como si te inmunizaras contra un virus letal. Sus ataques por volver a poseerte los rechazas con el coraje de un guerrero. Porque sabes que es un veneno que daña lo que toca, que se propaga y pudre cuanto hay a tu alrededor. Y, lo más grave, a ti mismo. Es pura autodestrucción, aniquilación de tu persona. Aprovecha nuestras debilidades para infectarnos, del mismo modo que una bacteria se vale de una herida o un bajón en las defensas para conquistar nuestro organismo, y de ahí saltar a otros y, si no se ataja a tiempo, convertirse en una epidemia. La inconsciencia es la llave que abre las puertas al odio. Para ganarle al odio son necesarias grandes dosis de consciencia. Una vez eres consciente, la luz ilumina por siempre tu camino, y reaccionas ante cualquier fuerza cegadora.

El odio pesa; el amor, por el contrario, es tan ligero que te permite batir las alas y volar. El odio te encadena; el amor es libertad. Clara se fue con el corazón libre, sin saber qué era el odio. Venció, y nos salvó.

Vivirás por siempre en nuestros corazones, amiga mía.

Nota de los autores

Salvo Heinrich Himmler, Oskar Schindler, el gobernador general Hans Frank, el comandante de Płaszów Amon Göth o la sirvienta judía o la amante de este, los personajes de esta novela, así como sus circunstancias, sus vivencias y su suerte, son ficticios. Esto no quita que todos ellos pudieran haber vivido en la Cracovia del mundo real, en la Polonia ocupada por los nazis. Porque lo que contamos en *Diario de una nazi* es fruto de una meticulosa y profunda documentación; solo nos hemos tomado algunas licencias históricas, las menos posibles, con el propósito de caracterizar a las figuras principales, envolverlas en una trama creíble e invitar al lector a la reflexión, a ponerse en la piel de los que sufrieron la terrible persecución nazi, a explorar la mente de sus verdugos, de quienes apoyaron y repudiaron la barbarie desatada por el Tercer Reich. A preguntarse, como lo hicimos nosotros, cómo es posible que los discursos de prejuicios, rabia y odio difundidos por personas investidas de alguna autoridad y poder consigan permear en la sociedad hasta el extremo de hacer creer a un grupo de ciudadanos que es superior al resto y que, por el bien común, se arrogue el derecho de perseguir y eliminar a quienes considera inferiores, inadaptados o simplemente diferentes. Cómo es posible que el lenguaje del odio llegue a crear enemigos que son vistos como objetos sin alma en lugar de personas y logre deshumanizar hasta al ser humano más racional y cultivado y lo lleve incluso a cometer los horrores más tremendos.

Sí, Ingrid, Clara, Bartek, Hermann, Irena, Hedda, Maria... son seres imaginarios. Pero todos ellos llevan en su interior un alma construida a partir del sufrimiento, el dolor, la empatía y el coraje de numerosas personas de carne y hueso que han servido de inspiración para darles vida y a las que honramos a través de ellos: Edith Hahn, judía austríaca que, bajo una identidad falsa, se casó con un oficial nazi y sobrevivió al Holocausto; Irena Sendler, enfermera y miembro de Żegota que salvó la vida de más de dos mil quinientos niños judíos en el gueto de Varsovia; el escritor judío Jakob Wassermann, infatigable luchador contra el antisemitismo imperante y en pro de la justicia y la razón; Helga Deen, joven judía neerlandesa que escribió un diario dedicado a su amado para hacer más soportable su reclusión en el campo de concentración de Herzogenbusch, en Vught, en 1943, y que sería asesinada en el campo de exterminio de Sobibor cuatro semanas después; el matrimonio polaco judío Miriam Peleg-Marianska y Mordecai Peleg, quienes aprovecharon su apariencia aria para combatir en la resistencia cracoviana; o los descendientes de los criminales nazis, que cargaron con una culpa que no les correspondía.

Las disidentes *Frau* Fischer y Danuta, madre e hija, también existieron. De ellas no nos ha sido posible averiguar sus nombres completos ni más detalles sobre sus vidas, tan solo que formaron parte de ese entramado de personas que lucharon por un mundo libre, en su caso, tras el mostrador de una tienda, su tapadera, situada en un número desconocido de la calle Karmelicka.

Pecaríamos de injustos si no dijéramos que en nuestras investigaciones de documentación nos topamos con otros muchos pequeños y grandes héroes que, armados con la palabra y una infinita bondad, se opusieron al régimen de Hitler y ayudaron a los más débiles, incluso arriesgando su propia vida. Aun así, solo componen una diminuta parte de los millones de personas que reaccionaron al mal y no quisieron cruzarse de brazos como meros espectadores. Personas cuyos valores demuestran que en el ser humano, a pesar de sus flaquezas, existe la grandeza.

Ingrid Brandt y Hilda Schoenthal no habrían visto la luz si Lucía Luengo no hubiera creído en su historia cuando esta era solo un embrión. Gracias, Lucía.

Y gracias también a Clara Rasero y a Carmen Romero, por su energía y atención dedicadas, así como a Raffaella Coia, a Antonia Dueñas y al resto del equipo de edición y maquetación de Penguin Random House, por todo el esmero que han puesto en hacer realidad este sueño.

Asimismo, queremos expresar nuestro agradecimiento a nuestros padres y nuestros amigos, que hasta el día de la entrega de la novela nos recriminaron las horas que pasaron sin nuestra compañía; y a nuestra perra Cloe, que se perdió más de una de sus largas excursiones por la misma razón.

A Raquel de la Morena y Pedro Estrada, por su apoyo durante el trayecto.

A Manuel Montero, por compartir con nosotros sus conocimientos sobre historia.

Y muy especialmente al lector, por tener este libro en sus manos: nuestro mayor deseo es no decepcionarle, y que al leerlo le llegue todo el cariño que le dedicamos al escribirlo.

«Para viajar lejos no hay mejor nave que un libro.»
EMILY DICKINSON

Gracias por tu lectura de este libro.

En **penguinlibros.club** encontrarás las mejores
recomendaciones de lectura.

Únete a nuestra comunidad y viaja con nosotros.

penguinlibros.club